LA TOUR DE NESLE

II

LA
TOUR DE NESLE

Grand Roman inédit

TIRÉ DU CÉLÈBRE DRAME

DE

Fréd^c **GAILLARDET** et **A**lexandre **DUMAS**

par **HENRI DEMESSE**

II

PARIS

JULES ROUFF ET Cie, ÉDITEURS

CLOITRE-SAINT-HONORÉ

DEUXIÈME PARTIE

I

LES RÊVES D'AVENIR DE MAITRE ORSINI

...Maître Orsini, ayant dormi quelques heures, après la très longue et très suggestive conversation qu'il avait eue, en sa Taverne, avec son second : Landry... relativement au Capitaine Buridan — s'était trouvé plus calme, à son réveil... moins inquiet de l'avenir.

Il espérait... et l'espoir le réconfortait.

Depuis longtemps, il n'avait pas été si guilleret.

Si le protecteur de Landry, ce hardi Capitaine qui avait entrepris une lutte, acharnée, contre la Reine — et qui, jusque-là, avait triomphé d'elle... chose extraordinaire, invraisemblable... réelle, pourtant ! — triomphait d'elle, en fin de compte... Orsini, pendant que Landry se retirerait en terre Bourguignonne... partirait pour l'Italie, affranchi, à jamais, de Marguerite de Bourgogne !

Résultat envié !

— Ah ! Si le Capitaine pouvait réussir !... se répétait l'Italien.

Il était décidé, du reste, bien décidé... à le servir fidèlement, et de toutes ses forces.

Toutefois... sans se compromettre.

Car à quoi bon chercher à éviter un danger pour tomber dans un pire ?

Jeu de dupe, certes !

Jeu que Maître Orsini, fort habile, fort prudent, très âpre au gain, n'avait joué, de sa vie.

Lorsqu'il eut ouvert sa Taverne, il vaqua à ses quotidiennes et matinales occupations.

Après quoi, prenant un vaste panier dont il se servait, habituellement, pour aller aux provisions, il sortit.

Non sans avoir pris soin, bien entendu, de clore son huis, hermétiquement.

Dehors, dans la douce tiédeur de ce matin ensoleillé, il dévala allègrement.

Il allait, tout pensif.

Charmé, en son for... et voyant tout en rose.

Comme il serait heureux, en son pays natal, sous le ciel, toujours pur, des campagnes italiennes.

Et, surtout, loin de ce Paris, qu'il haïssait... loin de cette femme, de qui il était la chose, l'esclave soumis... de cette femme qu'il avait, si long-temps, et si criminellement servie — par crainte... presque autant que par cupidité.

Il aurait une jolie habitation, dans un riant village... une habitation modeste ; mais où rien ne manquerait.

De plus, un grand jardin, plein d'arbres... et qui lui donnerait, aussi, des fleurs et des fruits.

Quel décor différent de celui dans lequel il vivait, depuis tant d'années !

Cette Taverne, enfumée, sans air et sans lumière... au milieu de cette ruelle étroite, où la misère des villes, et le crime, même, suintaient... de chaque muraille lépreuse, de chaque pavé boueux !

Il vivrait !

Oui, il vivrait, enfin !

Il serait libre !

Libre !...

Mot magique qu'il répétait, avec ivresse, et qui l'enthousiasmait !

Sans doute, le souvenir de son passé pèserait, lourdement, sur ses épaules, à certaines heures.

Ses nuits seraient hantées par de torturants cauchemars, au cours desquels il reverrait ses innombrables victimes.

Tous ces jeunes et beaux Seigneurs qu'il avait abattus, et qu'il avait vus râler à ses pieds !

Comme en le bouge qu'il habitait, dans sa Taverne, à Paris... il entendrait leurs cris, leurs derniers appels, leurs lamentables supplications !

Le Remords, qui le tenaillait, ne lâcherait pas sa proie !

Peut-être ?

Le très avisé Italien se disait qu'il obtiendrait rémission.

Pourquoi non ?

En toute chose, il suffit de savoir s'y prendre adroitement pour avoir satisfaction.

N'était-il pas riche ?

Très riche... même !

— Avec de l'or, on a tout !... se répétait Orsini, avec une conviction profonde... Oui, tout !...

Orsini poursuivait sa route sans répondre aux quolibets qui pleuvaient, sur lui, drus comme grêle. (P. 886.)

LIV. 111. — LA TOUR DE NESLE. — F. GAILLARDET ET ALEXANDRE DUMAS. — J. ROUFF ET Cᵢᵉ, ÉDIT.   LIV. 111.

Il prétendait... il était sûr, que, avec de l'or, il achèterait, de Dieu, son pardon.

Comment ?

En faisant de bonnes œuvres.

Il offrirait, aux Moines, les plus beaux fruits de son verger...

Il leur enverrait, pour leurs autels, les fleurs les plus parfumées de ses jardins.

Il donnerait, à la Madone, au jour de sa fête, un collier magnifique... des parures... des étoffes rares.

Les Moines, en remercîment de ses offrandes, prieraient, pour lui, avec ferveur, le Dieu Tout Puissant... près de qui, d'autre part, la Vierge, Mère trois fois sainte de Monseigneur Jésus, intercéderait en sa faveur.

Oui, oui, Dieu... ainsi prié, supplié, pour son serviteur très humble, Orsini, lui pardonnerait ses fautes.

Ses crimes, même.

D'ailleurs, par sa piété, il édifierait tous ses concitoyens... à qui il donnerait l'exemple de la plus ardente dévotion.

Il se repentirait.

Or, tous les Religieux ne répétaient-ils pas, à l'envi, qu'il y avait, au Ciel, plus de joie pour un coupable repenti que pour dix justes !

Son repentir serait si sincère, que, lorsqu'il comparaîtrait par devant le Tribunal suprême, tous les Anges, les Archanges, les Séraphins... la sacrée phalange qui fait cortège à Dieu le Père, seraient joyeux de voir l'abominable, le criminel, le sanguinaire Orsini prendre place, parmi les Élus, dans une Gloire, à la dextre du Tout Puissant Maître de l'Univers !

Quelle apothéose !

Du Ciel, il verrait, au plus profond des Enfers, gémir ses infortunées victimes... qui, de par lui, n'avaient pas eu le temps de se repentir !

Seulement, pour que toutes ces choses arrivassent, il fallait que le Capitaine Buridan triomphât de Marguerite.

Il fallait que la Reine fût abattue.

Sa chute, seule, pouvait affranchir Orsini... lui permettre de quitter l'odieux Paris, la France, même... de se retirer en Italie, et d'acheter son pardon avec l'or gagné par ses crimes.

— Oh !... Pourvu... pourvu que le Capitaine Buridan triomphe de la « goule ! »... se répétait le Tavernier, tout à son rêve éblouissant... en déambulant, tête basse, sans souci des passants, à travers les ruelles et carrefours...

II

SÉRIE DE MAUVAIS PRÉSAGES.

...Il avançait, lentement, son panier sous le bras... marchant guidé par son instinct, qui veillait, en lui, et le menait.

Il arriva, sans savoir comment... sans savoir, au juste, quelle route il avait suivie — au marché des Saints Innocents, devant l'Église... et devant l'Hôtellerie de Maître Pierre de Bourges.

A ce moment-là, même, le gros Hôtelier des Saints Innocents saluait deux Nobles Dames qui venaient de remonter dans un char richement décoré, rehaussé de fines peintures... un char aux roues dorées, auquel étaient attelés deux beaux chevaux noirs, fringants sous leur caparaçon orné de plumes, panaches, grelots, sonnettes en argent ciselé.

Orsini regarda cette scène obliquement.

Ce Pierre de Bourges avait eu toutes les chances !

Faisait-il assez de politesses à ses voyageuses !

Quel singe !

Était-il assez hideux avec son gros ventre tremblotant sur ses petites jambes torses... avec ses bajoues écarlates qui tombaient, en cascades, sur son col !

Sa bouche se fendait, de l'une à l'autre de ses oreilles, pour le sourire qu'il adressait à ses clientes en guise de remercîment.

Ah ! Le ridicule personnage !

Il était riche, lui aussi... très riche, même.

Et tout son bien avait été honnêtement gagné par lui... c'était connu.

Son Hôtellerie, bien achalandée, recevait plus de visiteurs d'année en année, depuis plus de trente ans.

Pierre de Bourges était, vraiment, un homme heureux.

Il vivait absolument maître de soi... sans remords... sans cauchemars... sans crainte — sûr que sa vie s'achèverait, paisiblement, dans sa vieille maison... sûr qu'il était estimé par tous, et qu'il serait regretté par quelques-uns.

Le char s'étant éloigné, le gros Hôtelier s'occupa d'un jeune cavalier qui avait mis pied à terre devant l'Hôtellerie.

Il appela ses gens afin qu'ils s'occupassent de la monture du nouveau venu ; puis, fort poliment, avec toutes sortes d'égards, de soins, il conduisit son hôte, lui-même, en sa maison.

Et voilà comment ce Pierre de Bourges savait attirer... retenir, garder
et ramener, chez lui, les gens.

Ce spectacle exaspéra Orsini... qui poursuivit sa route, en grommelant.

Dès longtemps... il jalousait, et haïssait, sourdement, l'Hôtelier des
Saints Innocents.

— Il crèvera, un de ces jours... noyé dans sa graisse !... murmura-t-il...
Digne fin d'un pareil goinfre !...

Il ricana.

Cependant, la vue de son confrère heureux l'avait tout attristé.

Sentiment extra-humain !

Il regrettait d'être venu là.

Ce fait avait troublé sa joie... qui lui était venue de ses rêves basés sur
le triomphe de Buridan.

Comme il levait la tête, il vit un vol de pigeons blancs qui s'enlevaient
d'une des Tours de l'Église.

Six pigeons !... Six pigeons blancs !...

Mauvais présage !

C'eût été différent s'il avait vu un nombre impair d'oiseaux de couleur
foncée. Ce Pierre de Bourges lui avait porté malheur !

Ah ! pourquoi... pourquoi était-il venu là ?

Il était si heureux, un moment auparavant !

Furieux, il déambula à travers les groupes, vociférants, des marchands
et acheteurs.

Il acheta une carpe, un quartier d'agneau... noir — pour conjurer le
mauvais Sort — des légumes, et des fruits secs... le tout pour sa subsistance,
et pour celle des rares hôtes qui venaient s'asseoir à sa table, où l'on vivait
fort mal !

— Rentrons !... fit-il.

Peut-être trouverait-il, devant l'huis clos de sa Taverne... Landry, attendant son retour ?

Peut-être Landry aurait-il vu le Capitaine Buridan ?

Peut-être apporterait-il de bonnes nouvelles, qui compenseraient, heureusement, le mauvais effet produit, sur l'esprit haineux et superstitieux
d'Orsini, la vue de Maître Pierre de Bourges et des six pigeons blancs ?

Lors, jouant des coudes... de ses coudes puissants, qui entraient dans
l'échine des gêneurs comme pic en terre glaise — il se fraya un chemin,
brutalement, dans la foule... qui, bousculée, par lui, et meurtrie, l'injuriait...
ce dont il se souciait aussi peu qu'un chat d'une houlette !

*
* *

...Au rebours de Buridan, qui, la veille, à cette même place, avait déam.
bulé en ne voyant — ou en ne voulant voir que ce qui récréait ou charmait

son regard : gentes jouvencelles à la taille souple, aux yeux ardents, au minois
éveillé, frais et rose... ou robustes ribaudes au corsage lourd, hautes en couleur et à la langue bien affilée — Orsini ne voyait... question de tempérament... que le laid, le triste... tout ce qui devait augmenter sa méchante
humeur, surexciter ses nerfs, aggraver ses transes, lui créer des angoisses.

Les aigris, les envieux, les jaloux... et, aussi, les malchanceux, tous ceux
que la vie n'a pas favorisés, ceux que le remords tourmente, ceux qui souffrent, moralement ou physiquement, par leur faute, par la faute d'autrui,
ou par la complicité du Sort... s'obstinent à ne voir que les épines d'une belle
gerbe de roses superbement colorées et exhalant le plus suave parfum !

Le jour le plus ensoleillé leur paraît sombre... le plus beau spectacle est,
pour eux, sans splendeur, parce que les choses ambiantes ne se parent, à nos
yeux, que lorsque notre for collabore avec elles.

Seuls, l'être bon, juste, simple, sans ambition, sans intérêt immédiatement personnel — et l'homme en œuvre pour une chose utile, ou noble,
traversent la vie heureux — même quand ils souffrent, physiquement...
même dans la détresse la plus désespérante, parce qu'ils portent, en eux, la
« petite fleur bleue » qui met du rêve, et, partant, des joies, dans leur existence... les vraies joies humaines — de par l'illusion, la sainte illusion, plus
réconfortante, encore, que l'espérance !...

*
* *

— Oh! le vilain oiseau !... dit une ribaude que Maître Orsini avait failli
renverser parce qu'elle ne se rangeait pas assez vite pour lui livrer passage.

— D'où sort-il?... Masque de taureau et corps de boucher !...

— Gibier de potence !...

— Vieux truand !

— Rebut de l'Enfer !

— C'est Maître Orsini.

— Le Tavernier empoisonneur !

— C'est un loup-garou !

— Est-il poilu !

— C'est un singe !

— Ou bien un ours !

— Un laid animal, à coup sûr !

Orsini poursuivait sa route sans répondre aux quolibets qui pleuvaient,
sur lui, drus comme grêle.

Peut-être ne les entendait-il pas... car il était tout absorbé dans ses
pensées?

Il était venu, là, guidé par son instinct... il s'en retournait de même.

Soudain, il dut s'arrêter.

Un cortège traversait la Place... un cortège précédé de Clercs en lourdes chapes, étincelantes, avec croix et bénitiers, bannières et oriflammes.

On portait un mort en terre.

Sur le passage de ce cortège funèbre, d'où sortaient des chants pieux, sonores, cadencés... accompagnés en mineur, par des violes, rebecs et trompes... hommes, femmes, tout à coup respectueux, graves, recueillis... s'agenouillaient et se signaient, dévotement.

Tous les bruits avaient cessé, sur cette Place, au-dessus de laquelle planait, tout à l'heure, l'assourdissante rumeur de la foule.

Orsini avait blémi.

Comme tous les marchands, acheteurs, manants et ribaudes qui se trouvaient là, il s'agenouilla, et se signa.

Encore un spectacle de tristesse et de désespérance !

Oh ! ces chants !

Ils vous martelaient la cervelle !

Les cloches de l'Église se mirent à sonner, lentement, en glas.

Les vibrations du bronze résonnèrent, lugubrement, aux oreilles du Tavernier...

Le cortège s'éloigna.

Orsini était, alors, devant le Porche de l'Eglise des Saints Innocents.

Comme il se relevait, après son agenouillement, un gros chien jaune passa entre ses jambes et faillit le faire tomber.

Un chien jaune !

Encore un mauvais présage !

Tout le monde sait que la vue d'un chien jaune, surtout quand on l'a rencontré devant le portail d'une Eglise, est signe de mort !

Le Tavernier allongea un grand coup de pied à la pauvre bête, qui s'éloigna en hurlant, lamentablement.

Puis, fortement troublé, tout tremblant, hagard, il entra dans l'Eglise, brusquement.

Mauvaise... très mauvaise journée !

Mal commencée, elle finirait mal... c'était sûr.

Le très superstitieux et très pusillanime Italien se disait que tous ces présages, qu'il avait rencontrés, devant lui, quasiment à chaque pas, depuis qu'il était dehors, constituaient autant de preuves que le Sort le guettait !

Dans l'Eglise, il se signa.

Puis, il déambula sous les sombres arceaux de l'édifice, marchant, tout droit, vers une Chapelle, très brillamment éclairée.

Cette Chapelle l'attirait.

C'était la Chapelle de la Très Sainte Madone.

Il la voyait, la Vierge Mère du Doux Jésus, dans toute sa gloire, portant dans ses bras de statue, son Divin Enfant.

Elle était toute chapée de richissimes vêtements, en étoffes précieuses lamées d'or, d'argent et ornés de pierreries étincelantes.

Elle portait une couronne d'or dont chaque fleuron représentait une étoile... et un collier, d'or également, chef-d'œuvre d'orfèvrerie.

L'autel sur lequel elle s'élevait, souriante, enluminée, était couvert de fleurs... et entouré de cires, allumées, en guise d'ex-votos, par la piété des Fidèles, qui s'étaient agenouillés, devant elle, suppliante.

Orsini regarda la statue... les bijoux dont elle était parée, les fleurs, les cires... Il acheta une cire... l'alluma... s'agenouilla et pria.

Ce, pour conjurer le Mauvais Sort... pour faire une nargue au Malin.

Et, en attendant qu'il fût en Italie, où il expierait ses fautes et achèterait son pardon en comblant de cadeaux les Moines qui prieraient Dieu pour lui!

Il sortit de l'Eglise plus calme.

Lors, pour fuir la foule, il s'engagea dans une ruelle, qui menait vers le Louvre.

Il s'était dit qu'il ferait un crochet pour rentrer chez lui.

Cela allongerait sa route, certes: mais tout valait mieux, pour le Tavernier, que de se retrouver sur la Place, devant l'Hôtellerie de ce Pierre de Bourges qui lui avait jeté un Sort, assurément... et au milieu de ces marchands, de ces acheteurs, de ces manants, de ces ribaudes, qui encombraient le marché.

Soudain, et comme il dévalait, au beau milieu de la ruelle, il entendit le bruit d'une chevauchée rapide.

Il n'eut que le temps de se ranger pour n'être pas renversé par deux cavaliers qui, très certainement, se dirigeaient vers le Louvre à toutes brides.

Or, c'était Monseigneur Charles de Valois et son serviteur.

Maître Orsini frissonna.

— Que Messire Lucifer te confonde!... s'écria-t-il, en levant, vers le Prince, son formidable poing.

A ses yeux, cette rencontre, avec l'oncle du Roi de France, constituait, encore, un mauvais présage.

Chaque fois que le Tavernier s'était trouvé face à face avec Monseigneur de Valois, il lui était arrivé quelque chose de fâcheux.

Il l'avait remarqué.

Il en était sûr.

— Oh!... reprit-il, en poursuivant sa marche... tout frémissant après cette nouvelle alerte... Cela finira mal!... C'est clair!... Rentrons!... Rentrons!... J'ai hâte, très grande hâte de me voir chez moi!... Pourvu que mon amé Landry ne tarde pas à y venir... Pourvu qu'il m'apporte de bonnes nouvelles... J'en ai besoin!... Je suis tout abattu!...

Orsini, épouvanté, éperdu, avait vu toute la scène. (P. 892.)

III

RÊVES A VAU L'EAU

... Il déambulait vite... très vite... tout en monologuant... et, toujours,
sans se soucier des choses ambiantes, tant il était préoccupé.

LIV. 112. — LA TOUR DE NESLE. — F. GAILLARDET ET A. DUMAS.   LIV. 112.

Pourtant, son attention, fut attirée par un fait insolite.

Une rumeur montait dans le silence.

D'où provenait-elle?

De la ruelle voisine, à coup sûr.

Une ruelle qui coupait en deux — à vingt pas de l'endroit où il se trouvait — celle qu'il parcourait... et qui était, alors, absolument déserte.

Que se passait-il donc, là?

Il sembla, à Orsini, que cela devait l'intéresser.

Il lui sembla qu'il allait voir quelque chose qui le toucherait très personnellement.

Quoi?

Certainement une chose qui lui serait déplaisante... plus que déplaisante: préjudiciable!

Une chose qui aurait une importance, capitale, sur sa destinée.

Il s'arrêta, net.

Il attendit... plus que jamais troublé... plus que jamais ému... plus que jamais frissonnant.

Il se blottit dans l'embrasure d'une porte close.

Il percevait, très nettement, les pas d'une troupe nombreuse d'hommes... et, même, d'hommes armés, à coup sûr — car le bruit de pas était accompagné, scandé, par un cliquetis de fer retentissant.

Il ne tarderait pas, certes, à voir apparaître ces hommes, là-bas, au tournant de la ruelle.

Qui étaient ces hommes?

Où allaient-ils?

Immobile, Orsini regardait, droit devant lui, fixement.

Le bruit augmenta.

Les hommes armés se rapprochaient.

Brusquement, ils surgirent.

Le Tavernier blémit.

— Le Capitaine Buridan!... murmura-t-il, éperdu... Le Capitaine Buridan!...

Il avait reconnu le hardi Capitaine, qui marchait, sans armes — fait que Orsini constata tout aussitôt — au milieu d'une troupe d'archers conduits par le Sire de Savoisy.

— C'était prévu!... reprit Orsini, en baissant la tête... Les présages ne trompent pas!... Tout est à vau l'eau!...

Une foule de manants, curieux, suivaient le cortège.

La troupe passa devant le Tavernier, toujours blotti, immobile, très pâle, tremblant, dans l'embrasure de la porte.

Personne ne le vit.

Pas même Buridan, qui avançait sans voir, tant il était absorbé dans ses pensées.

Une minute s'écoula.

— Terrible!... s'écria Orsini... Terrible!... La « goule » triomphe!... Nous sommes perdus!...

Tous les beaux projets du Tavernier s'étaient écroulés, en un clin d'œil.

Il n'en restait plus rien... rien!

Mais ce n'était pas assez!

Non seulement Orsini ne s'affranchirait pas de Marguerite de Bourgogne... non seulement il ne quitterait pas Paris... non seulement il ne se retirerait pas en Italie — pour y vivre, en paix, ses derniers jours, et pour expier ses crimes, pour obtenir, du Dieu Tout Puissant, un pardon acheté par son repentir et ses bonnes œuvres; mais, encore, il était sûr... absolument sûr que ce fait: l'arrestation du Capitaine Buridan... constituait le prélude de toutes sortes de maux qui allaient fondre sur lui.

Un mal n'arrivait jamais seul, c'était connu.

D'autres maux faisaient cortège à celui qui vous avait assailli le premier.

Et le superstitieux Orsini s'écria, désespéré.

— Je suis perdu!... Oui, oui, perdu!... Mon espoir en des destinées meilleures s'envole!... C'en est fait de moi!... C'en est fait de moi!...

Fort heureusement, il n'avait trahi la Reine qu'en intention.

Il s'était bien promis de servir le Capitaine Buridan, contre la « goule »... oui!

Mais il n'avait pas eu le temps de mettre son projet à exécution.

Par conséquent, la Régente ne pourrait rien lui reprocher... Il n'avait rien à redouter d'elle... Elle n'avait aucun reproche à lui adresser.

C'était bien quelque chose.

Ah! ce Landry... il avait failli l'embarquer dans une sombre aventure.

Aussi... quelle folie de croire que ce Capitaine, si audacieux, si hardi, si adroit et si bien armé qu'il fut, contre Marguerite, triompherait d'elle... toute puissante, richissime, femme — et quelle femme?... de plus, Reine!

La lutte d'un fétu de paille contre la tempête!

Folie!... Oui, oui, folie!

Le Capitaine l'avait emporté, sur Marguerite, pendant un jour...

Et puis... la Reine avait pris sa revanche.

Maintenant, son adversaire était vaincu.

Tout à coup, Orsini se demanda:

— Que va-t-on faire de lui?... Où le conduit-on?

Il voulut le savoir.

Pourquoi?

Gardait-il donc, à part soi, quelque espoir, encore, si vague fut-il... que tout n'était pas fini?

Ou bien, était-il seulement poussé par la curiosité ?

Il n'eût pu le dire.

A présent, les hommes d'armes, et les manants badauds qui suivaient le cortége du Capitaine Buridan étaient loin, déjà.

Mais Orsini les voyait encore, tout au bout de la ruelle qu'il avait parcourue.

— Allons... allons... s'écria-t-il... suivons-les... Il faut que je sache ce qu'ils vont faire de lui... Nous verrons après...

Et, rebroussant chemin, toujours chargé de son panier contenant des provisions de bouche, il se mit à marcher vite, afin de rattraper le cortége.

— Diavolo !... murmura-t-il... Si l'on pouvait le tirer de là !...

*
* *

Le cortége, après avoir parcouru plusieurs ruelles, arriva, enfin, sur une place, et s'arrêta devant un monument aux murailles noires, hautes... un bâtiment massif, dont toutes les portes étaient closes, et qui avait l'aspect d'un château fort.

C'était le Grand-Châtelet.

Le Sire de Savoisy heurta à l'une des portes qui s'ouvrit.

Il parlementa, un instant, avec l'homme qui avait ouvert la porte.

Puis le Sire de Savoisy, et Buridan pénétrèrent dans la prison.

Sur l'ordre du Capitaine, les hommes d'armes de l'escorte étaient restés dehors, pour contenir la foule des badauds qui avait grossi depuis que le cortége s'était arrêté sur la place.

Orsini, épouvanté, éperdu, avait vu toute la scène.

— Nous sommes perdus !... répéta-t-il... Oui, oui, la « goule » triomphe !...

Il s'interrogea.

Que devait-t-il faire ?

Et il se dit qu'il lui fallait, d'abord, informer Landry de ce qui s'était passé...

Lors, il retourna à la Taverne, en toute hâte...

IV

OU L'ON FERA CONNAISSANCE AVEC TROIS NOUVEAUX PERSONNAGES

... De son côté, Landry, après son entretien avec Maître Orsini... entretien qui s'était prolongé jusqu'à après le lever du soleil — était rentré chez lui, afin de prendre quelques heures de repos.

Il en avait grand besoin, certes.

Après les fatigues... les émotions, multiples, des journées et des nuits précédentes, il était très las... si robuste et si vigoureux qu'il fût.

Il eut, d'abord, des rêves enchantés.

Il se vit en Bourgogne, au seuil de sa maisonnette... de cette maisonnette qu'il devait acquérir, grâce aux libéralités de Buridan, si le Capitaine triomphait de la Reine — il se vit, contemplant son domaine, situé au penchant d'un riant coteau, tout planté de vignes et ensoleillé... laissant couler sa vie tout doucement... et escomptant, d'avance, l'opulence de sa récolte prochaine, qui lui donnerait le vin clairet, parfumé, et frais, avec lequel il se rougirait la trogne, plus encore, jusqu'à ce que son heure sonnât... jusqu'à ce qu'il allât dormir son dernier somme en cette terre aimée qui avait reçu la dépouille de ceux qu'il avait tant chéris !

Puis — ô contraste éminemment déplaisant — il eut un abominable cauchemar.

Il rêva qu'on le pendait !

On lui avait passé le collier de chanvre ; on l'avait conduit au pied d'un arbre ; on lui faisait grimper l'échelle fatale... ce, pendant qu'un Moine, un Crucifix au poing, psalmodiait les prières des agonisants.

Enfin, on le précipitait dans le vide...

Landry sursauta...

Il jeta un cri.

Et il se réveilla.

Encore frémissant, terrifié, il regarda tout autour de lui, et fut charmé de se retrouver en son logis... vivant, bien vivant.

Agréable constatation !

A son cri, un aboiement furieux... un miaulement prolongé... et un sifflement aigu avaient répondu.

Et, comme il s'était assis sur son grabat... il sentit qu'on léchait sa main pendante... il vit une masse noire, soyeuse, se blottir à son côté... et il entendit un froufrou d'ailes sur sa tête.

Il sourit.

Il parut tout réconforté.

Les hôtes de son bouge... ses compagnons de misère... ses bons amis étaient près de lui ; ils avaient salué, à leur manière, le réveil de leur maître.

— Bonjour, Luc... bonjour !... dit-il, affectueusement... Bonjour, Satan !... Bonjour, Merlin !

Luc était un chien.

Satan un chat.

Merlin un merle.

Luc posa ses deux pattes sur le bord de la couche de Landry, afin qu'il le caressât... et il aboya, joyeusement.

Satan se tapit sous son bras, et ronronna.

Merlin s'était perché sur le coin d'une table, et sifflait.

Assourdissante cacophonie… qui charma, pourtant, les oreilles du second de Maître Orsini.

Il chérissait ses bêtes… qui le chérissaient.

L'homme, et les bêtes, se rendaient amour pour amour.

Ils se comprenaient.

Landry n'avait que ses bêtes, au monde… ses bêtes, pour qui il était le Bienfaiteur, le Maître tendre, l'Ami fidèle… ses bêtes, qui n'eussent point quitté son taudis pour aller vivre dans le Palais du Roi, et pour qui le Roi n'eût été rien à côté de lui !

Ses bêtes ne savaient pas qu'il était miséreux, méprisé, honni, que c'était un manant sans appui, presque sans feu ni lieu.

Elles ne savaient que ceci : qu'il était doux, caressant, et qu'elles l'aimaient.

L'amour des bêtes console… des amertumes, des misères, des ignominies de la vie… tous les humbles, tous les faibles, tous les déshérités de la nature, tous ceux qui souffrent par le fait des hommes, justement ou injustement.

Pauvre, laid, honni, bafoué, calomnié, le maître d'une bête reste, pour elle, l'ami, le protecteur… l'être le meilleur, le plus beau, le plus puissant et le plus noble.

Pour Satan, pour Merlin… et, surtout, pour Luc, le bouge où ils vivaient était un Palais, où régnait Landry.

Luc, Satan, et Merlin, faisaient fête, à Landry, comme les Courtisans, au Louvre, faisaient fête à la Reine.

Seulement, au rebours des Courtisans de Marguerite, Merlin, Satan, et Luc, étaient désintéressés.

Quand Landry sortait, le chien, le chat, et le merle, étaient tout attristés.

Ils étaient joyeux quand il rentrait…

Et, chacun selon ses moyens, savait lui témoigner sa joie.

Dans son taudis, Landry oubliait ses maux, toujours, grâce à ses amés compagnons…

V

HISTOIRE DE LUC, DE SATAN, ET DE MERLIN

… Par un froid matin d'octobre, dans l'avant-dernier automne, le jour de la Saint Luc, comme il revenait de la Tour de Nesle, Landry avait ramassé son chien, à moitié gelé, au coin d'un ruelle.

Il l'avait fourré sous son vêtement et l'avait emporté chez lui.

Il l'avait réchauffé, nourri, soigné... et sauvé.

Luc, alors tout petit, avait grandi.

C'était une sorte de lévrier de haute taille, à la robe tigrée, noire et blanche... un lévrier bâtardé de chien courant de la vieille race française dite de Saint-Hubert.

Il avait une belle tête fine, intelligente, aux yeux jaunes, très doux.

Le plus aimant, le mieux aimé des trois — parce que, donnant plus à Landry... Landry lui rendait davantage.

Et puis, il était le seul qui sortît avec son maître... qui l'accompagnât, dans ses déambulations... aussi souvent que cela était possible.

Privilège qui lui constituait, sur ses compagnons, en sus de sa force, de son intelligence, de sa fidélité, une évidente supériorité.

Enfin, il était le maître, au logis, en l'absence de Landry... un maître débonnaire, certes — car Luc était très bon — un maître nécessaire pour remettre de l'harmonie dans les rapports de Satan et de Merlin, qui ne s'entendaient pas toujours... Satan étant égoïste, jaloux, traître, haineux, et, même, capable de devenir, à l'occasion, meurtrier, ou bourreau... par représailles, ou, seulement — ce qui était pis — par gourmandise !

Certes, Merlin avait dû la vie... plus de dix fois... à Luc — qui l'avait protégé contre les entreprises, scélérates, de Satan — car, si Merlin avait des ailes, Satan était souple, agile, et sautait jusqu'à l'asile où s'était réfugié Merlin...

*
* *

... Landry avait sauvé Satan de la noyade.

Un après-midi, une bonne femme portait, à la rivière, la portée de sa chatte : trois petits chats... nés de la veille... et gros, à peine, comme un œuf.

La robe, noire, lustrée, de l'un d'eux, lui avait plu.

Il avait emporté le petit chat.

C'était six mois après le jour où Luc était devenu son premier compagnon.

Satan vécut, non sans peine, de par les soins, très attentifs, du bon Landry... accepté, du reste, par Luc, sans trop de jalousie.

Son beau pelage noir était magnifique, et superbe son opulente queue en panache.

Admirables ses yeux verts... aux reflets jaunâtres... et qui brillaient, dans l'ombre, comme des escarboucles.

Depuis quelque temps, il se dérangeait.

Le printemps, qui approchait, en était cause.

Casanier, pendant tout l'hiver — qui avait été très froid... et durant lequel il était resté blotti, frileusement, sous les hardes, haillonneuses, de Landry — maintenant, il disparaissait, pendant des nuits entières... en quête de ses amours... et pour la plus grande tranquillité de Merlin.

Mais, régulièrement, il rentrait au logis, au petit jour... las... fourbu... exténué... pour dormir, se reposer, et se nourrir...

*
* *

... Quant à Merlin, Landry l'avait pris, dans son nid, déjà gros, peu après sa rencontre avec Satan — au cours d'une de ces échappées qu'il faisait dans les grands bois environnants, lorsque les aubépines en mai refleurissaient.

A cette époque de l'année, le sacripant éprouvait le besoin, impérieux, de courir les champs... de humer l'air particulièrement embaumé par les aromes printaniers, ou de sentir l'odeur qui s'exhale de la terre en rut... des herbes fraîches... des arbres où monte la sève.

Alors, il disparaissait, avec Luc, de son logis... que gardait, seul, Satan.

Landry, et Luc, vivaient, sous bois, au grand air, en pleine nature... couchant dans les fourrés, sur la mousse, ou sur une botte de paille... mangeant ce qu'ils trouvaient... se désaltérant avec l'eau claire des ruisseaux — libres... heureux... contents... vigoureux et vaillants.

Aucune aubaine n'eût pu retenir Landry, à Paris, pendant la première quinzaine de Mai.

Orsini devait se passer de lui.

Les profondeurs des grands bois l'attiraient, irrésistiblement.

Il subissait les lois de l'hérédité... ce fils d'innombrables manants tant épris de la glèbe que leur dur labeur rendait féconde, nourricière... et qui se parait, pour eux, au renouveau, de toutes ses splendeurs, dont s'émerveillaient leurs yeux, en attendant qu'elle leur donnât la récolte promise, récompense de leurs efforts, juste prix de leurs sueurs !

La misère, les coups du sort, l'avaient jeté dans les villes... contre son gré, certes !

Mais la nature le reprenait, une fois l'an... et le forçait à lui payer son tribut, sinon de travail, du moins d'admiration.

Il le lui payait, dévotieusement.

Ce miséreux revenait, dans Paris, apaisé... meilleur — les yeux éblouis par les magnificences des aubes sereines... par la solennité des midis... par la douce mélancolie des couchers du soleil.

Pendant plusieurs jours encore, il croyait entendre les chansons qu'il avait entendues sous la feuillée, dans les haies fleuries, au bord des rivières, près des sillons — chansons d'oiseaux, bourdonnements d'insectes, murmures

— Tu voudrais bien venir avec moi, hein ?... fit le sacripant. (P. 903.)

de la brise, bruissement des jeunes pousses, susurrement des ruisseaux, tintinnabulement d'une sonnette accrochée au cou d'une vache s'esbattant au
pré prochain, refrain entonné par quelque laboureur rentrant au logis après
son labeur quotidien, grincement d'un char roulant, au loin, sur une route,
voix grêle de la cloche de quelque moustier sonnant l'*Angelus*, à l'heure où
le crépuscule étend son ombre bleuâtre sur la profondeur des vastes espaces
champêtres.

En son bouge parisien, il rapportait quelque chose de pur, de sain...

Son échappée, annuelle, au grand air, réconfortait ce désespéré... mettait une ivresse en sa vie lamentable.

Quelques jours après... la misère, le crime, Orsini, avaient repris leur proie !

Landry, un moment régénéré... redevenait, bientôt, assassin, aux gages de la Reine de France, Très Haute, Très Noble, Très Puissante Dame Marguerite de Bourgogne.

Donc, l'année précédente, en Mai, pendant son exode aux champs... passant près d'un fourré, il avait vu, dans un nid, son merle.

Se souvenant des exploits de son enfance, en terre bourguignonne... au cours de laquelle il avait vagabondé, comme tous les petits paysans, au pourchas des jeunes couvées... il s'était emparé, non sans peine, de l'oiseau — ce, après avoir guetté, longtemps, les faits et gestes, pleins de prudence, de la bête, ivre de liberté.

Triomphant, il avait rapporté l'oiseau, chez lui, à Paris.

Morne, d'abord, en le taudis qui constituait sa prison, le merle s'était, enfin, apprivoisé.

Il s'était habitué à sa captivité...

Un jour, il s'était mis à siffler.

Et, pour Landry, ç'avait été une joie !

Le merle l'avait enchanté — de là le nom qu'il lui avait donné : Merlin... parce que cette appellation, — vague coq à l'âne — l'avait amusé, d'une part... et parce que, d'autre part, le merle, en sifflant, l'avait charmé, autant que les effrayants et poétiques récits que l'on se répétait, dans son enfance, pendant les soirs d'hiver, sous les hautes cheminées des masures, d'après le fameux Enchanteur Merlin... ces récits qui donnaient la chair de poule aux enfantelets, et qui faisaient frémir les jouvencelles...

Maintenant, Merlin avait atteint tout son développement.

C'était un bel oiseau, au bec affilé, aux yeux brillants, au plumage lustré, aux pattes d'un beau jaune orangé.

Il était vif, alerte, joyeux.

Dodu, parce que bien nourri — ce qui était un danger... à cause de la gourmandise de Satan !

De plus, et grâce à Landry, son maître ès art — c'était un virtuose remarquable.

Il savait d'admirables chansons, qu'il sifflait avec une incomparable maestria... pour charmer les heures d'oisiveté du très original acolyte du Tavernier Orsini...

VI

LA FAMILLE ET LE TRÉSOR DE LANDRY

— Oui... oui... oui... bonjour !... Bonjour, mes amés compagnons !... Bonjour !... répéta Landry.

Il caressa Luc, qui aboyait éperdûment.

Il passa sa main sur l'échine de Satan, qui ronronnait de plus belle, tout en dressant, majestueusement, son noir panache caudal.

Et il baisa, sur le bec, Merlin... qui était venu, familièrement, se percher jusque sur son épaule.

Ces amicales démonstrations avaient mis le sacripant en belle humeur.

Il y avait de quoi, certes !

Rien ne donne, à l'être, plus de joie, d'orgueil, et de force, que quand il se sent aimé.

Par hommes, ou par bêtes... qu'importe ?

Le tout est d'être aimé.

Et c'est le secret du vrai bonheur !

Etre aimé, cela passe richesse, honneurs — qui ne procurent, souvent, que déboires, et joies vaines, toujours !

— De par mon Très Saint Patron... reprit Landry... la réalité vaut mieux que mon rêve !

Il passa la main autour de son cou... et ricana.

— Pendu !... dit-il... Je l'étais !... Sensation désagréable !... Mais, fort heureusement, ce n'était qu'un rêve... encore !...

Gaîment, il ajouta :

— J'espère que cela ne sera jamais réalité !... Pareille mort ne me dit rien qui vaille.

Et, s'adressant à Luc :

— On me pendait, te dis-je... fit-il... Ils m'avaient fait gravir les échelons d'une échelle haute... très haute, ce, pendant qu'un Moine, à face rougeaude, et rond comme une futaille bourguignonne, chantait, en faux bourdon, des psaumes funèbres, comme pour saluer mon entrée dans l'Eternité... Et, tout à coup, comme j'avais atteint la plus haute branche de l'arbre... un homme, le bourreau, qui ressemblait, vaguement, à mon Maître, Orsini, que Dieu damne... me précipita dans le vide !... De par tous les Bienheureux qui célèbrent les louanges du Tout-Puissant dans le Saint Paradis... le moment fut pénible !... Très pénible !... Même en rêve !...

Luc, assis près de Landry, l'écoutait, gravement.

On eût dit qu'il le comprenait.

Les bêtes aiment qu'on leur parle ; elles écoutent, très attentivement, le son de la voix humaine.

Le chien aboya, furieusement.

Satan fit entendre un miaulement plaintif.

Et Merlin siffla les premières mesures du « Noël protecteur » de Landry.

— Bien, mon doux Merlin !... reprit le sacripant... Siffle ce Noël, mon amé compagnon... ce Noël que ma défunte mère m'apprit, jadis... et qui nous protège !... Quand il retentit, près de nous, ce Noël, l'âme de la vieille femme qui tant m'aima, erre, autour de nous, et détourne, de nos êtres, les malins esprits, qui nous veulent du mal !...

Luc approuva par un aboiement.

— Non... non... poursuivit Landry... je ne finirai pas mes jours, branché !... Non !... Non !... Mon capitaine, Messire Buridan, réussira... Il triomphera de la « goule »... J'en suis sûr... Il tiendra la promesse qu'il m'a faite... Grâce à ses largesses, j'aurai ma maisonnette... là-bas, dans ma belle Bourgogne... cette maisonnette que j'ai vue dans la première partie de mon rêve, tout à l'heure... avec des vignes... au penchant d'un coteau chauffé par le soleil... Vous viendrez avec moi, mes amés compagnons... Nous serons libres, tous les trois, en pleine nature... Libres, vous entendez ?... Libres !... Nous quitterons ce taudis, infect, et noir, où nous vivons, présentement... ce taudis sans air et sans lumière... cette Ville, infâme, où nous végétons !... Nous serons libres !... Nous vivrons en plein air, sous le soleil... dans l'espace !... Toi, Luc, tu m'accompagneras partout... Toi, Satan, tu ne seras plus obligé de courir, sur les toits, au pourchas des chattes... Tu en rencontreras tant que tu voudras aux alentours... Quant à toi, Merlin, tu retrouveras les grands arbres des bois auxquels je t'ai ravi... Que de joies, pour nous tous, mes amés compagnons !

Ce long discours, écouté, par le chien, par le chat, et par le merle, avec recueillement, fut salué, à sa chute, par un long aboiement, par un doux miaulement, et par un sifflement très harmonieux : Trio qui chanta aux oreilles du bon Landry, charmé !

Pauvre Landry !

Ce miséreux... ce criminel odieux... était un homme d'imagination, un sensitif.

Un être très doux... que la vie avait fait ce qu'il était, sans pouvoir lui ôter ce que la nature avait mis, en lui, de tendresse et de générosité.

Il sourit.

— Vous m'avez compris, hein ?... reprit-il... Or, attendons !... Attendons, patiemment, que sonne l'heure de la délivrance... Elle sonnera bientôt... qui sait ?... Aujourd'hui, peut-être... Demain... Nous verrons... Attendons, vous dis-je... Qu'est-ce qu'un jour, deux jours, une semaine... un mois

de souffrance de plus, pour qui souffre, comme moi, depuis tant d'années ?...
Qu'il vous suffise de savoir que l'heure, tant désirée, est proche... Enfin !...

Il se leva.

— Or çà... s'écria-t-il... je meurs de faim !... Et vous ?... Vous devez
avoir faim, aussi ?... Grand' faim, même !... J'ai été si occcupé, hier, que
j'ai oublié, je crois, de vous fournir votre ration habituelle et quotidienne...
Je vais, donc, me mettre en campagne pour me procurer des vivres... et
pour vous, et pour moi... Si nous voulons jouir, avant peu, du bien-être et
du bonheur qui nous sont promis, il faut, n'est-il pas vrai, que nous vivions,
d'abord ?... Et l'on ne peut subsister si l'on ne mange, hélas !... Manger !...
Il faut manger !... Dure nécessité !... Cause première, immédiate, de tous
les crimes humains !... Mangeons donc !... Mangeons !...

Ce discours philosophique avait endormi Satan.

Il dormait, maintenant, couché, en rond, à la place que le corps de
Landry avait échauffée ; mais il ne dormait que d'un œil, observant, à travers les paupières, mi-closes, de son œil attentif, les faits et gestes de son
maître.

Luc attendait.

Merlin s'était perché sur un meuble.

Landry s'habilla, prestement...

*
* *

... Son taudis était meublé d'un grabat... deux bottes de paille, jetées
dans un coin de l'étroit réduit, et recouvertes de haillons — de deux escabeaux, aux bois grossièrement équarris et assemblés... d'une petite table
boiteuse, portant des gobelets et des vaisseaux d'étain, un chandelier de fer,
des pots... d'un coffre, en cuir, où Landry enfermait quelques hardes.

Des ustensiles de pêche : filets, et cerceaux, étaient accrochés aux murailles, noires, lépreuses.

Des toiles d'araignée, poussiéreuses, pendaient des poutres, enfumées,
qui écrasaient le bouge, aussi peu haut que large, à ce point que Landry,
debout, n'y pouvait marcher que courbé.

Une croisée, ou, plutôt, une fente, l'éclairait, donnant sur une cour
fétide.

Jamais le soleil ne pénétrait là.

C'était moins qu'une soupente... presque une niche, à peine suffisante
pour Luc, seul.

Et, pourtant, Landry... rêvasseur — Landry, abstracteur de quintessence,
y vivait heureux, relativement, grâce à ses bêtes... grâce, aussi, aux envolées
de son imagination, qui mettaient, en lui, « la petite fleur bleue », la fleur
qui embaume la vie des poètes, ces buveurs de rêve !

Il y vivait heureux en évoquant les chers souvenirs de son enfance et de son adolescence.

Il y vivait heureux en se forgeant des illusions qui lui montraient un avenir radieux.

Et, par ainsi, il oubliait ses maux, son présent misérable, son existence lamentable, son infâme métier.

Au-dessus de son grabat, à la muraille, on voyait un Crucifix, en cuivre...

Une image grossière, représentant le Christ, était clouée sur la Sainte Croix.

Des rameaux bénits enveloppaient, de leurs feuilles jaunies, depuis la dernière Pâques fleurie, la Divine Image... dont les bras, étendus pour étreindre toute l'Humanité souffrante, supportaient un chapelet, et un sachet, pendants.

Le chapelet, en bois,... un pauvre chapelet qui ne valait pas un sou parisis — avait appartenu à la douce fiancée du bon Landry.

Ce chapelet, elle le portait le jour de l'attentat... le jour où elle s'était tuée plutôt que d'appartenir à celui qui avait voulu la prendre... celui que Landry avait occis, quelques années après, pour venger, sur lui, la mort de sa bien-aimée.

Quant au sachet, en grosse toile bise, il contenait des herbes, des feuilles, des fleurs, séchées, que Landry avait cueillies, dans le cimetière de son village, en terre bourguignonne, aux environs de la place où sa mère, et sa fiancée, avaient été inhumées.

Ce chapelet... ce sachet... étaient, pour lui, saintes reliques.

Quand il était par trop meurtri... par trop désespéré... quand il souffrait, par trop, de la vie... il s'enfermait, dans son bouge — il prenait le chapelet, il ouvrait le sachet, il les contemplait... il rêvait longtemps, pleurait, sanglotait, gémissait... et, grâce à ces reliques, grâce aux doux souvenirs qu'il évoquait, de par elles, il se réconfortait.

Ses reliques, et ses bêtes... étaient son trésor, et sa famille.

Ils lui suffisaient... en attendant des jours meilleurs — qui viendraient, peut-être...

*
* *

— Soyez sages... mes amés compagnons !... dit le sacripant... Je serai de retour, céans, avant un quart d'heure... Nous nous empiffrerons... Nous nous divertirons, ensuite, pendant un moment... Après quoi, j'irai à mes affaires... Il faut que je voie mon Capitaine, Messire Buridan... N'oubliez pas que, si nous allons en Bourgogne avant peu, ce sera grâce à lui !... Il importe, donc, qu'on le serve, cet homme, et qu'on le serve bien... A tout à l'heure !... A tout à l'heure !... Encore une fois, soyez sages !...

Il ouvrit la porte, ce disant.

Luc, qui s'était faufilé, prestement, entre ses jambes, sortit, subrepticement.

Sortir avec son maître était une joie, pour lui... une joie qui ne lui était que rarement donnée.

En deux bonds, il avait descendu les échelons de la courte échelle qu'il fallait gravir pour atteindre au perchoir de Landry, sous les toits... et, sur le palier, au-dessous, il attendait, vaguement inquiet, tout frémissant, angoissé par le doute, agitant sa queue, fixant, sur son maître, un regard suppliant, comme pour l'implorer afin qu'il le laissât l'accompagner, et poussant de petits cris plaintifs.

Il avait, alors, une si comique attitude, que Landry, en le regardant s'esclaffa.

Fait qui souleva un aboiement triomphal, car Luc — avec cette intelligence prodigieuse, parfois stupéfiante même, qui est la caractéristique des chiens — sachant, dès longtemps, que, quand son maître riait il était satisfait... Luc avait considéré le rire de Landry comme un acquiescement.

— Tu voudrais bien venir avec moi, hein?... fit le sacripant.

Nouvel aboiement, très sonore, et joyeux.

Réponse affirmative du chien, certes.

Mais Landry reprit :

— C'est impossible!... Tu me gènerais... Et puis, il faut que tu restes, céans...

Luc écoutait, très grave.

— Oui, oui... poursuivit Landry... il faut que tu te dévoues, mon bon Luc... Satan m'inquiète... Il sommeille, et son sommeil ne me dit rien qui vaille... Il a faim!... Et, quand on a faim, homme, ou bête, on est capable de tout... Satan est traître, tu le sais!... D'autre part, Merlin est gras... J'ai peur pour Merlin... Tu le protégeras contre les entreprises criminelles de Satan... Si Satan mangeait Merlin... je ne m'en consolerais pas!... Tu ne voudrais pas que j'eusse du chagrin!... Reste donc... et veille!... Allons, viens... viens... mon petit Luc... viens?... Sois une gente bête... Je t'aimerai bien... Viens?...

Le sacripant avait parlé, à Luc, de sa plus douce voix.

Luc avait la queue basse; il l'agitait, encore, faiblement.

Ah! Il était déçu... très déçu... tout attristé.

Et, pourtant, soumis, il céda.

En deux bonds, il se retrouva, au-dessus de l'échelle, aux pieds de Landry... et se coucha, comme pour lui demander pardon de son audace... et pour lui témoigner sa respectueuse obéissance.

Attendri, Landry caressa Luc.

— Bon!... Tu es un bon chien, mon Luc... Un beau chien, féal et intel-

ligent !... Oui, oui, tu es mon plus amé compagnon .. Je t'aime... Nous sortirons ensemble, toujours, quand nous serons en Bourgogne... En attendant,
mon bon Luc, veille... Observe Satan... et, à la moindre alerte, protège Merlin... Tout à l'heure, nous mangerons... Va, mon bon chien!... Va!...

Luc rentra au logis.

Landry referma, soigneusement, l'huis... et descendit...

VII

REPAS EN FAMILLE

... Il resta dehors, en quête de vivres, pendant un quart d'heure,
environ.

Il était temps qu'il rentrât, certes.

Lorsqu'il arriva au pied de l'échelle par laquelle on accédait à son gîte,
il comprit que la vie de Merlin était en danger.

Depuis un moment, déjà, il entendait des aboiements furieux.

Assurément, le chien s'efforçait de protéger le merle contre les entreprises, scélérates, et gastronomiques, du chat.

Il y eut un bruit de pots renversés... comme un choc; puis, un froufrou, un sifflement aigu, lamentable, plaintif... un cri d'être en détresse —
dominé par un hurlement prolongé de Luc.

— Oh !... Oh !... se dit Landry, plein d'inquiétude... Que se passe-t-il
donc?... J'arrive à point nommé, à ce qu'il me semble !...

Il gravit rapidement les échelons.

Il ouvrit sa porte.

Il entra chez lui.

Oui, oui, il était temps qu'il arrivât.

De la table, sur laquelle il s'était hissé... Satan avait dû bondir sur
Merlin, perché sur les bras du Christ.

En bondissant, il avait culbuté, sur les dalles, un pot d'étain et un
gobelet restés sur la table.

Merlin s'était envolé assez vite.

Satan était retombé sur le grabat de Landry.

Luc s'était jeté sur Satan, qui lui avait donné un formidable coup de
patte, toutes griffes hors... coup qui avait ensanglanté le museau du chien.

Maintenant, Luc aboyait.

Satan faisait le gros dos, hypocritement.

Et Merlin, le plumage hérissé, volait, deci, delà, tout effaré.

— Entrez!... La porte s'ouvrit. Une femme parut... (P. 908.)

Landry déposa, sur la table, les provisions de bouche qu'il avait rapportées.

Puis, il regarda, fixement, Satan.

— Tu me lasseras, à la fin!... lui dit-il, sévèrement... Tu ne te plais, chez moi, que parce que tu y trouves tes aises, de la chaleur quand tu as froid... et des vivres quand tu as faim!... Tu es un égoïste... Tu ne m'aimes pas pour moi!... Mais ce ne serait rien, si tu n'étais pas traître... et lâche —

LIV. 114. — LA TOUR DE NESLE. — F. GAILLARDET ET A. DUMAS.

presque autant qu'un homme!... Oui, tu me lasseras, à la fin... Sache que
tu es celui de mes compagnons auquel je tiens le moins!... Je ne te garde
que parce que tu m'amuses, en ce sens que ta scélératesse, ta fourberie, ton
égoïsme me rappellent tels ou tels actes plus scélérats, plus fourbes, plus
égoïstes encore, et qui furent mis en œuvre par des hommes... Et puis, tu
es beau... Tes mouvements ont de la grâce... Tu es câlin, souple, rampant...
Tu me rappelles « la goule » — cette Marguerite de Bourgogne de qui le
Capitaine Buridan triomphera, bientôt, je l'espère, pour notre bonheur à
tous!... Ecoute : Je te pardonne, pour cette fois... Sache, seulement, que si
tu me prives de Merlin... tu seras sacrifié à ma vengeance!... Si Merlin est
mangé, par toi... tu mourras!... A regret, je t'exécuterai ; mais tu seras
exécuté, je te le promets!... Cela dit : A table!...

Luc avait écouté ce discours avec attention.

Il approuva par un aboiement.

Satan, toujours somnolent, en apparence, n'avait pas bougé ; mais il
regardait, obliquement, les vivres que Landry avait posés sur la table...

Quant à Merlin, il se rassurait, peu à peu ; il se secouait... il sifflait et
volait...

Finalement, il vint se percher sur l'épaule de Landry... qui, s'étant
assis sur un escabeau, répéta :

— A table!

Il tira, du panier dont il s'était muni pour sortir... un jambonneau, des
œufs cuits au dur... du pain... des saucisses fumées, et du fromage.

— Mangeons!... dit-il.

Luc s'était assis à sa droite... sa place habituelle quand la famille prenait ses repas.

Soudain, on entendit un miaulement plaintif.

Satan s'était levé... avait rampé vers la table, sur laquelle, leste, il
sauta.

Il resta debout... le panache haut, et, gentiment, vint se frotter contre
l'épaule de Landry, du côté opposé à celui où se trouvait Merlin.

Le sacripant sourit.

— Sale bête!... dit-il... Es-tu assez fûté?... Tu t'es bien gardé de venir,
encore, effarer Merlin!... Tu me câlines à gauche quand il est à droite... A
quoi bon prendre l'oiseau, qu'il faudrait plumer, avant de le dévorer...
puisque tu vois du jambonneau, des saucisses et du fromage?... Cela sent
bon, hein?...

Satan miaula, et se frotta, de manière plus câline, encore... à Landry.

— Sale bête!... répéta le sacripant.

Luc suivait, des yeux, tous les mouvements de son maître.

Affamé, pourtant, c'était visible... il attendait, patiemment, respectueusement, qu'il plût, à Landry, de lui donner sa part... ce, pendant que Satan,

tout en caressant son maître, tout en faisant le beau, et tout en ronronnant, se rapprochait, insensiblement, de la chère, d'où se dégageait un parfum suave pour des êtres qui n'avaient pas mangé depuis près de vingt-quatre heures!

Landry, ayant pris un couteau, taillait dans le jambonneau, dont il mettait les morceaux au fond d'un vaisseau d'étain, à côté de lui.

Tout à coup, Satan, traîtreusement, allongea une de ses pattes... saisit, entre ses griffes, avec une incomparable adresse, le morceau le plus gros... et, d'un bond, se sauva, avec sa proie, dans le coin le plus sombre du bouge.

Le coup avait été fait si prestement, que Landry en demeura tout stupéfait... tout ébaubi.

Luc protesta par un grondement sourd.

— Sale bête!... dit Landry, pour la troisième fois.

Puis, il haussa les épaules, et il ajouta, philosophiquement :

— C'est la vie!... Les gredins sont servis, d'abord!... Et ils sont, toujours, d'autant mieux servis qu'ils se servent eux-mêmes!...

Il regarda Luc.

— Toi, tu es la dupe!... Tu attends qu'on te serve... Imbécile!... Honnête chien, tu es victime!... L'autre mange!... Tu crèves de faim!... Oui, imbécile !

Il ricana.

— Pour une fois, et exceptionnellement, la vertu aura sa récompense!... poursuivit-il... Cela tient à ce fait que ton maître est aussi bête que toi... en ce sens qu'il sait voir ton dévouement, ta fidélité, ton respect, ton amour... Tiens, mange aussi, imbécile!... Honnête chien!... Brute!...

Il servit, à Luc, une large tranche de jambonneau.

Le chien se coucha, et mangea.

Landry, alors, émietta, sur la table, du pain, des graines; il cassa un œuf dont il mit le jaune dans une écuelle; puis, prenant Merlin, il le posa, debout sur ses belles bottes orangées, devant ces victuailles.

Merlin mangea à son tour.

Enfin, Landry se préoccupa de lui-même.

Il coupa une énorme tranche de pain, une non moins énorme tranche de jambonneau, et il dévora.

Ce pain noir... ce jambonneau... ces œufs — le tout arrosé d'eau claire... repas succulent... royal repas pour des ventres affamés !

Pas d'apprêts... point de mets recherchés, savamment cuisinés selon les plus expertes règles de l'art gastronomique.

A quoi bon ?

Le vrai secret de bien manger, c'est d'avoir faim.

L'homme, seul, parmi tous les êtres créés, mange sans faim, boit sans soif, aime sans amour !

Mais l'homme est un être supérieur, c'est connu !

Et c'est réel, du reste.

Seulement, l'homme, en général, se sert mal de ses facultés supérieures !

Un assez long temps se passa... pendant lequel on n'entendit, dans le bouge, que le mouvement des mâchoires de Landry, de Luc, et de Satan... et les coups de bec, précipités, que Merlin portait sur la table, et dans l'écuelle.

Tout en mangeant, Landry pensait.

— Conspuer Satan est niais !... se disait-il... La faute en est à moi, s'il fut coupable !... Il avait faim !... La faim excuse tout !...

Il commençait à digérer.

Or, la digestion satisfait, et, par suite, rend indulgent.

Pour faire des êtres bons, il suffit de les nourrir.

Supprimer le besoin, en le satisfaisant, c'est le meilleur moyen de supprimer, aussi, le mal.

Landry but un plein gobelet d'eau claire... et s'écria :

— Dire, que, avant un mois, peut-être, je prendrai mon repas au penchant du coteau, devant ma maisonnette... en terre bourguignonne !...

En extase, il s'enfonça dans son rêve... ce, pendant que Satan, repu, se léchait les babines... que Luc, tout de son long couché, dormait, et que Merlin lustrait ses plumes, coquettement, avec son bec jaune.

La rêverie du maître... et le repos des bêtes, furent troublés, soudain : Quelqu'un s'était arrêté, au dehors, au-dessous de l'échelle.

— Qui vient là ?... se dit Landry, non sans une vague inquiétude.

Maintenant, le visiteur gravissait, péniblement, les échelons.

Puis, il frappa à l'huis.

Luc, réveillé, aboya.

Merlin s'envola.

Satan alla se blottir, au chaud, sur le grabat.

Et Landry, stupéfait, cria :

— Entrez !...

La porte s'ouvrit.

Une femme parut...

VIII

LA FEMME DE MAÎTRE ÉTIENNE PIERRE SABASSE, ANCIEN HÔTELIER
DU PAON COURONNÉ.

...Une femme... oui !...

Et quelle femme !...

Une créature longue... longue comme le manche d'une faulx... maigre comme un squelette... noire et ridée comme un pruneau.

Une momie d'Egypte tirée de son sarcophage.

Elle était vêtue d'oripeaux de couleurs diverses, un bariolage qui eût réjoui une négresse, un bariolage éminemment criard, où le rouge, le jaune, et le vert dominaient, comme dans le plumage d'un perroquet.

De plus, couverte de bijoux, de verroteries — tout comme la châsse où l'on enfermait, dans la Sainte-Chapelle, les reliques de Monseigneur Jésus : la Vraie Croix, et la Couronne d'Épines, rapportées, de Palestine, par le bon Roi Louis IX, aïeul du Roi régnant.

Seulement, les pierres qui paraient la châsse étaient richissimes... au lieu que celles qui ornaient les oreilles, les bras, et la gorge, de la visiteuse, ne valaient guère plus que les cailloux des routes Royales.

Quel âge avait-elle ?

Nul n'eût pu le dire exactement.

Entre cinquante et soixante-dix ans... probablement.

Ses cheveux, très noirs, étaient nattés de chaque côté de son front raviné.

Son nez, étroit d'arête, se recourbait, en lame de serpe, sur sa bouche aux lèvres minces, à peu près vide de dents.

Il faut dire, pourtant, qu'elle avait des yeux superbes, noirs, brillants, sous des sourcils épais et bien arqués.

Jeune, et alors, peut-être potelée... avec de pareils yeux, elle avait dû plaire... charmer, même... Seulement, il y avait longtemps de cela... fort longtemps !

Visiblement, néanmoins, elle tenait à plaire encore...

C'est pour cela qu'elle se parait, coquettement, d'affiquets qui lui semblaient superbes, et qui aggravaient son ridicule.

— Toi !... Vous !... s'écria Landry, à son aspect.

La visite l'avait surpris, certes... et, plutôt, désagréablement.

— Moi !... répondit l'intruse, en minaudant de la manière la plus hilarante.

Cependant, Luc, mécontent, et, du reste, défiant, aboyait, toujours, sourdement.

— Paix!... Luc!... fit Landry.

Le chien se tut... et se coucha aux pieds de son maître.

L'inconnue s'assit, sur un escabeau, à côté de Landry — qui paraissait, décidément, mal à son aise.

Cette visite, inattendue, troublait, de la manière la plus désobligeante, sa digestion, si heureusement commencée.

Sans compter qu'elle le gênait, car il fallait qu'il sortît, bientôt, pour aller voir, chez Maître Pierre de Bourges, à l'Hôtellerie des Saints Innocents, le Capitaine Buridan.

— Tu m'avais abandonnée, ingrat!... dit la visiteuse... Depuis deux longues années, je te cherche dans cette gueuse de ville... Mais je t'ai retrouvé, enfin!...

Elle parlait avec volubilité, d'une voix pointue, éraillée.

Et quel accent!

Le plus pur accent des pays du Sud-Est de la France, entre Avignon et Marseille.

En l'écoutant, on eût dit que l'on entendait gémir le mistral, par une nuit d'hiver.

Sa voix montait, aiguë... ou descendait, sépulcrale... ou se tenait dans un médium où elle avait des grondements roulants formant un bruit pareil à celui que fait la mer en léchant les rochers.

Tout en parlant, elle riboulait des yeux comme un ramier bombant sa gorge près de la femelle qu'il veut charmer.

— Tu m'as retrouvé!... répéta Landry, ahuri.

— Oui!... Pour mon bonheur!... fit la visiteuse.

— Que le Diable... déjà maudit par le Dieu Tout Puissant — et qui t'a mise sur ma piste — soit maudit, derechef!... s'écria le sacripant, en levant, au ciel, comiquement, ses deux longs bras, terminés par ses poings gros comme des têtes d'enfant.

— Coquin!... dit l'inconnue... Tu es toujours le même!... Jeune, et beau!... Oui!... Beau, surtout!... Mais, avec moi — à qui tu dois tant — brutal et disgracieux!... N'importe!... Je t'aime ainsi!... Je t'ai retrouvé, c'est tout ce qu'il me faut... Dis-moi des choses pénibles... Je les écouterai comme si tu me chantais les refrains bourguignons qui me charmaient aux premiers temps de notre amour... Bats-moi, si cela te plaît... Je recevrai les coups comme si tu me caressais!... C'est que je suis en joie, mon amé Landry... Je t'avais perdu... Je gémissais!... Je suis près de toi!... Et rien n'égale mon ivresse!...

— Où m'as-tu retrouvé?

— A cent pas d'ici.

— Quand ?

— Tout à l'heure !...

— Le Mauvais Sort est sur moi !

— Ingrat !

— Jour exécré !

— Landry !

— Mauvais présage !

— Écoute...

— Du reste, il faut, absolument, que je sorte, pour une affaire d'importance... Je ne saurais, donc, te tenir compagnie.

— Je reviendrai !

— Le lierre à l'arbre... Le coquillage au rocher !... Le taon au poitrail du cheval !... La misère aux flancs d'un pauvre diable !

— Je t'aime !

— Fatal amour !

— Tu n'as pas toujours dit de même !

— L'amour est le contraire du vin... il ne gagne pas en vieillissant !

— Le cœur reste jeune...

— Oui... mais la face se ride !

— Certes... je n'ai plus trente ans.

— Ni moi... Hélas !

— Mais tu es toujours beau !

— Je te sais gré de me voir tel...

— Me trouves-tu donc vieillie?

— Non !...

— Me trouves-tu laide?

— Non !... Non !

— Crois-tu que je ne puisse plus plaire?

— Dieu m'en garde !... Il vaudrait mieux avoir, contre soi, tous les Diables de l'Enfer, qu'une seule femme à qui l'on eût fait croire qu'elle ne pouvait plus plaire !

Landry se leva.

— Abrégeons, ma toute belle... reprit-il... Je te l'ai dit : Il faut que je sorte... Un rendez-vous que je ne peux remettre...

— Méchant !... fit l'inconnue.

— Sortons !

— Deux mots...

— Parle?...

— Je veux te revoir.

— Impossible !

— Tu changeras d'avis, peut-être?

— Jamais !

— Sache que je suis, maintenant, riche... quasiment.

— Corruptrice !

— Que j'ai une cave, bien garnie... où reposent, en de solides futailles, de bons vins de ton pays de Bourgogne.

— Il y aurait de quoi me tenter.

— Et que mon mari, Maître Étienne Pierre Sabasse, est un personnage.

— Un personnage ?

— Oui-dà !... L'un des premiers servants de Messire le Grand Prévôt de Paris... Nous sommes logés en Maison Royale.

— Bah !

— Nous avons des profits... Maître Étienne est toujours un bon homme.

— Un muids ambulant ?

— Il est toujours gros, je l'avoue.

— Et laid ?

— Autant que tu es beau.

— Tu le trompes toujours !

— Mauvais !... dit la dame, en minaudant... Est-ce toi qui dois me le reprocher ?...

— Mais, enfin, que fait-il donc, à présent, ton mari — le mari le plus trompé de France !... Maître Étienne Pierre Sabasse, jadis tenancier de l'Hôtellerie du Paon Couronné, où j'ai vécu pendant six mois... Hôtellerie jadis florissante, où Maître Pierre mangea son bien, ce, pendant que tu l'y aidais, en hébergeant, pour leurs beaux yeux, les amants, que, par amour du changement, tu renouvelais chaque jour ?

— Maître Étienne Pierre Sabasse, mon honoré mari, est, présentement...

— Achève ?

— Guichetier...

— Guichetier ?... Odieux métier !

— Métier fructueux !

— Soit !... Guichetier !... Rien qu'en entendant prononcer ce mot, on croit entendre un bruit de chaînes... Mais, où est-il guichetier ?

— Au Grand-Châtelet.

— Brrr !... Un nom qui sonne mal à mes oreilles !...

— On y est fort bien logé.

— Comme guichetier, peut-être...

— Sûrement !

— Mais comme prisonnier de Messire le Grand Prévôt de Paris... autre affaire !

— Que nous importe ?... Nous ne sommes pas prisonniers.

Landry se trouva, nez à nez, avec Maître Orsini. (P. 917.)

— Ma chère, par le temps où nous vivons, nul ne peut savoir ce qu'il adviendra de sa personne... Tel qui couche au Louvre, une nuit, peut s'attendre à être logé, le lendemain, au Grand-Châtelet !...

— Si le Mauvais Sort t'y conduisait, mon Landry...

— Eh! bien?

— Tu y vivrais, grâce à moi, tout comme un coq en pâte.

— Merci!... J'aime mieux vivre de privations dans mon bouge, où je suis libre.

— Landry... Tu viendras me voir?

— Au Grand-Châtelet?

— Oui.

— Jamais!... Jamais, te dis-je... J'aurais trop grand' peur que l'on ne m'y retienne.

— Tu y seras le très bien accueilli... On te servira du vin de ton pays.

— Jamais!

— Et je te prouverai que je t'aime toujours.

— Jamais!

— Mon doux Landry...

— Laisse-moi!...

— Tu viendras me voir dès aujourd'hui?... Je t'attendrai?... Dis que tu viendras me voir?

— Attends-moi toujours.

— Je ne sortirai d'ici que quand tu m'auras promis que tu viendras me voir aujourd'hui même.

— J'irai.

— Bien vrai?

— Je le jure!

— C'est pour te débarrasser de moi?

— Non!... Non!... J'irai... Je te le promets!...

— A la bonne heure!...

— Maintenant... va-t'en...

— Je m'en vais... Je m'en vais!... Dire qu'il faut, déjà, que je me sépare de toi!... A peine si je t'ai revu!... Et je ne suis pas sûre de te revoir!...

— Je suis pressé!... Vrai, je devrais être sorti!... Si j'arrive trop tard à l'endroit où il est nécessaire que je me rende, il en peut résulter, pour moi, des choses très graves... Tu ne le voudrais pas?...

— Non!... Je ne te retiens plus... Seulement...

— Seulement?

— Embrasse-moi!...

— Que je...

— Un baiser!... Un baiser, mon doux Landry!...

Landry avait reculé, d'instinct.

Il regarda la visiteuse.

Il hésita...

Mais la femme de Maître Étienne Pierre Sabasse, Guichetier du Grand-Châtelet, l'étreignit... et lui dit, avec son accent aux harmonieuses et tonitruantes modulations :

— Je t'aime!... Je t'aime!... Oh! je t'aime!... Si tu savais comme je t'aime!...

Elle était toute frémissante.

Elle baisa Landry à bouche goulue.

Il dut lui rendre ses baisers.

— Fripon!... Coquin!... Amour!... Je t'attends?... reprit-elle... Je t'attends?... Aujourd'hui même... Tu ne t'en repentiras pas!... Aujourd'hui!... C'est juré!... Viens!... Oh! je t'aime!... Dieu te garde!...

Elle s'arracha des bras du sacripant, de plus en plus ahuri.

Brusquement, elle ouvrit la porte... et sortit... en coup de vent.

— Que Messire Lucifer t'emporte!... s'écria Landry, quand il se retrouva seul.

Luc, réveillé, avait grondé; Merlin, qui somnolait, poussa un cri aigu, croyant, encore, sans doute, que Satan le pourchassait... Quant au traître félin, il entr'ouvrit sa paupière, et se rendormit, tout aussitôt.

— Elle a troublé ma félicité!... reprit le sacripant... Nous pouvions, repus, passer un si bon moment!... Je comptais apprendre un nouvel air à Merlin... On se serait diverti en famille... Au lieu de cela, il m'a fallu subir les assauts de cette vieille folle!... Oui, oui, que le Diable l'emporte!...

Il s'était assis.

Il sourit.

— Tout de même... fit-il... elle a raison : je suis un ingrat!... Elle était appétissante, jadis... Elle avait... elle a toujours des yeux magnifiques... Elle était un peu maigre — moins qu'à présent, pourtant... et c'était une femme... oui... une vraie femme!... Et puis, elle m'a nourri... et je ne l'ai payée... qu'en baisers!...

Il hocha la tête, sourit, derechef, et ajouta :

— Maître Étienne Pierre Sabasse serait riche... très riche, s'il possédait, seulement, autant de marcs d'or que sa femme eut d'amants!... Guichetier au Grand-Châtelet, triste fin!... Vivre, dans une prison, bénévolement, sans être emprisonné!... Triste métier!... Voir, sans cesse, des malheureux que l'on a privés du meilleur des biens : la liberté... Ouvrir, et fermer, des portes de cachot... Triste!... Triste!... J'aime mieux crever de faim, et de misère, dans ce taudis, où je ne prive, du grand air, et de l'espace... en somme, que mon amé Merlin... Encore n'est-ce plus que pour quelques jours, si, comme je l'espère, je l'emmène, avec moi, avant peu, dans ma plantureuse Bourgogne.

Il haussa les épaules.

— Aller voir Mariette... reprit-il... jamais!... Aller la voir au Grand-Châtelet!... Jamais!... Jamais!... Jamais!... J'ai vu, pour la dernière fois, aujourd'hui, la femme de Maître Étienne Pierre Sabasse, mon ancienne amie... Je pense qu'elle ne viendra pas me relancer jusques en Bourgogne;

où je vivrai heureux, tranquille, avant longtemps... grâce au Capitaine Buridan...

Il se leva.

— Eh! donc, allons le retrouver, cet homme!... poursuivit-il... Il m'attend, sans doute, et s'étonne, j'en suis sûr, de ne m'avoir pas vu, encore... Ne le laissons pas se morfondre davantage...

Il fronça le sourcil.

— Pourvu que la visite de cette « guichetière » ne m'ait pas porté malheur!... ajouta-t-il.

Et, d'instinct, pour conjurer le Mauvais Sort, il chanta, d'une voix sonore, son Noël protecteur :

> Comme les bestes, autrefois,
> Parloient mieux latin que françois,
> Le coq, de loin, voyant le faict,
> S'écria : *Christus natus est;*
> Le bœuf, d'un air tout ébaubi,
> Demande : *Ubi, ubi, ubi?*
> La chèvre, se tordant le groin,
> Répond que c'est à Bethléem.
> Maistre baudet, *curiosus,*
> De l'aller voir, dit : *Eamus!*
> Et, droit sur ses pattes, le veau
> Beugle, deux fois : *Volo! Volo!*

Chant qui fut accompagné, avec une prestigieuse maëstria, avec de très harmonieuses et exquises modulations, par Merlin — ce, à la très grande joie de Landry... au très grand ennui de Luc, qui, comme tous ses congénères, n'aimait pas la musique... et au très grand déplaisir de Satan, qui s'agitait, mécontent d'être troublé, dans sa digestion, comme dans son sommeil, par ce duo, où son maître, et le merle, faisaient leur partie.

Landry, cependant, réconforté, s'écria :

— Merci, mon petit Merlin!... Merci, mon doux enchanteur!... Merci!... A présent, je m'en vais !... Je vous laisse... Soyez sages !... Rien ne doit troubler votre solitude... Vous êtes repus... Vous n'avez plus besoin que de repos... Dormez !... Faites de beaux rêves... Moi, je vais travailler pour nous tous... Patience !... Notre heure est proche !... A bientôt !...

Il caressa Luc... passa sa main sur l'échine de Satan, qui ne daigna même pas ouvrir l'œil... baisa Merlin, sur le bec, et répéta :

— Soyez sages!

Puis, il ouvrit son huis et sortit...

IX

OU MAITRE ORSINI ET SON SECOND LANDRY ESPÈRENT ET DÉSESPÈRENT
TOUR A TOUR.

... A la porte, même, de la masure qu'il habitait, dans l'une des ruelles les plus étroites qui rampaient au bord de la rivière, à trois cents pas du Louvre, Landry se trouva, nez à nez, avec Maître Orsini.

Grande fut sa stupéfaction, certes.

Et grand, aussi, son émoi.

D'autant plus que le tavernier avait l'air tout bouleversé.

— Vous!... s'écria Landry, frissonnant.

— Moi!... répliqua Orsini... Je suis bien aise de te rencontrer... Je craignais que tu ne fusses pas chez toi...

— Vous veniez chez moi !

— Oui!...

— Voilà qui est extraordinaire !...

— Il faut que je te parle.

— Que se passe-t-il donc?

— Des choses graves !

— Des choses graves ?

— Oui!

— Quelles ?

— Marchons... Tout en marchant nous causerons... Viens... Faisons vite... Il n'y a pas une minute à perdre.

Maître Orsini, et Landry, s'éloignèrent...

... Le Tavernier était rentré chez lui, en toute hâte, après avoir vu le Capitaine Buridan, et le Sire de Savoisy, disparaître dans le Grand-Châtelet.

Il avait déposé, à la Taverne, son panier, et les provisions achetées, par lui, au marché des Saints Innocents.

Puis, il était venu chez son second, Landry.

Pourquoi?

Dans quel but?

Il n'en savait rien, bien sûr.

Mais il avait besoin de voir Landry... de lui apprendre tout ce qu'il savait... tout ce qu'il avait appris, par grand hasard.

Il avait besoin de causer avec son acolyte.

Certes, selon lui, Orsini, il n'y avait guère de chances que l'on pût tenter quelque chose d'utile pour venir en aide au Capitaine Buridan... et, par suite, il était impossible que l'on reprit espoir sur les projets, trop beaux, que l'on avait formés... de sortir de Paris... de s'affranchir de Marguerite de Bourgogne.

Le hardi Capitaine, maintenant, appartenait à la Reine !...

Elle avait triomphé de lui...

Elle le tenait...

Et elle ne lâcherait pas une pareille proie !...

Toutefois, Maître Orsini gardait, encore, tout au fond de lui-même, une vague espérance... cette espérance qui soutient l'être dans les situations les plus absolument désespérées.

Le hasard aidant, peut-être trouverait-on, tout de même, un moyen de servir Buridan...

Landry était plein d'imagination, de ressources inventives... d'adresse, aussi... et, même, d'audace, parfois... quand cela était nécessaire.

Il fallait, donc, le consulter...

Tout au moins l'avertir de ce qui s'était passé.

C'est pour cela que le Tavernier s'était mis, immédiatement, au pourchas de son second...

... Les deux hommes, ayant marché vite, étaient sortis de la ruelle où s'élevait la masure sous le toit de laquelle logeait Landry.

Ils arrivèrent sur la grève... au bord de la rivière... non loin de cette chapelle, abandonnée, où, la veille, le Capitaine Buridan avait revêtu la robe de nécromancien sous laquelle il avait osé pénétrer dans le Louvre, et comparaître par devant la Reine Régente de France.

Ils virent passer des chars, des cavaliers... les Hauts Seigneurs... les Nobles Dames... les Dignitaires Ecclésiastiques... toute cette foule, bigarrée, superbement vêtue, empanachée, couverte de richissimes bijoux, flanquée de pages, d'écuyers, de servants — qui avait stationné, devant le Louvre... et qui rentrait au logis, n'ayant pu, ce matin-là, pénétrer dans la Forteresse Royale, demeurée close, de par le vouloir de la Reine... sans que personne ait pu s'expliquer le pourquoi de cette mesure incompréhensible et inaccoutumée.

Pour être libres de leurs faits et gestes... pour pouvoir causer sans être observés, Maître Orsini, et Landry, descendirent jusques au bord, même, de la rivière... proche de l'endroit où le Tavernier amarrait le bateau dont il se servait, la nuit, pour conduire Marguerite de Bourgogne, et les Princesses Jeanne, et Blanche, à la Tour de Nesle.

La journée, comme celle de la veille, était radieuse... tiède, ensoleillée.

Là-bas, des bateliers pêchaient, presque sous le Louvre, au-dessous de la berge où l'on avait déposé les cadavres de Philippe d'Aulnay et de Hector de Chevreuse.

La Tour de Nesle, haute, noire, dressait, dans l'air très pur, sa silhouette massive, reflétée par les eaux, tranquilles, de la rivière.

Et, à gauche, la flèche, dorée, de la Sainte-Chapelle — émergeant des toits, en poivrière, du Palais — étincelait au soleil.

— J'ai hâte, Maître... dit, enfin, Landry... de connaître ces choses, très graves, que vous êtes venu m'annoncer.

Il avait marché, jusque-là, tout pensif, la tête basse, à côté d'Orsini, qui rêvait, de son côté.

Le sacripant était tout marri.

Navré, même !

Oh ! Il avait formé de trop magnifiques projets !

Il s'était laissé éblouir par des rêves trop enchantés !

Il avait entrevu — avec quelle ivresse ! — un avenir trop radieusement éclairé !

Cela ne pouvait pas durer !

Est-ce qu'il était fait pour le bonheur ?

Allons donc !

Le Destin, implacable, n'avait guère tardé à remettre, sur sa victime, sa hideuse patte !

Oui, oui, la femme de Maître Etienne Pierre Sabasse, Guichetier au Grand-Châtelet, lui avait porté malheur !

Qu'est-ce qu'il allait apprendre ?

De quel faîte serait-il précipité ?

— Parlez ?... dit-il... Parlez, Maître ?... A présent, les poissons, seuls, pourront nous entendre !...

Alors, le Tavernier raconta tout ce qu'il savait.

Il raconta comment il avait rencontré, en revenant du marché, le cortège qui emmenait le Capitaine Buridan... comment il l'avait suivi... et comment, enfin, il l'avait vu disparaître dans la Prison du Grand-Châtelet, cette Prison où l'on enfermait les criminels, et, surtout les criminels d'Etat, sous la garde du Grand Prévôt de Paris... cette Prison devant laquelle les manants ne passaient, jamais, qu'en se signant... cette Prison, tant redoutée... cette Prison, formidable, derrière les murs de laquelle il se passait, affirmait-on, des choses terribles... cette Prison, dont les caveaux contenaient tous les appareils, tous les ferrements avec lesquels on mettait les prisonniers à la géhenne... cette Prison, où l'on entrait vivant, vigoureux, plein de jeunesse... et d'où l'on ne sortait que mort, la nuit, cousu dans un sac, pour être jeté au fond de quelque charnier !

Landry avait écouté le long récit du Tavernier sans l'interrompre.

Tour à tour, stupéfait... épouvanté... désespéré... frissonnant.

Maintenant, il était morne... accablé.

— Terrible !... s'écria-t-il... Terrible !...

Ah!... Il ne s'était pas alarmé en vain !

Tous ses rêves s'écroulaient !

Plus de maisonnette fleurie au penchant du coteau bourguignon !

Plus de vignes se chauffant au soleil des torrides après-midi de juillet incendié !

Plus de récolte de vin clairet, étincelant rubis, plaisir des yeux... liqueur embaumée, caresse des lèvres... parfum de la bouche... chaleur du corps... joie de l'être !

Plus de liberté... plus d'affranchissement... plus d'exode, de la Ville maudite, en la luxuriante campagne, dans la nature saine, revivifiante !

— Terrible !... répéta-t-il... Terrible !

Cela devait arriver !

Ç'avait été folie que de croire, même pendant une heure, que le Capitaine Buridan... si hardi, si adroit, et si armé fût-il, pourrait triompher de la Puissante et richissime Reine de France, Marguerite de Bourgogne.

Elle avait triomphé de lui, au contraire.

A présent, il était enfermé à la Prison du Grand-Châtelet.

Il n'en sortirait plus que mort !

Jamais... jamais on ne reverrait le Capitaine Buridan... jamais !

Il ne fallait pas trop braver le Sort !

Le Capitaine, ayant échappé, par miracle — Oh! oui... oui... par miracle ! — aux assassins qui devaient l'atteindre, l'autre nuit, à la Tour de Nesle... aurait dû se tenir pour satisfait... et ne pas s'engager, derechef, dans une aventure en laquelle il lui faudrait s'attaquer à une femme telle que la « Goule ».

Elle était si scélérate !

Et si forte, aussi !

N'avait-elle pas, dans sa main, des moyens de défense extra-redoutables de par son rang, de par sa richesse... des moyens auxquels de plus puissants, de mieux armés, cent fois, que le Capitaine, n'eussent pu opposer aucune résistance efficace ?

— Tout est perdu !... reprit Landry.

Et il ajouta, tristement :

— Oh! mes rêves... mes chers rêves !... Fumée !

Puis, il dit, encore :

— Pauvre Capitaine !... Que la très Sainte Madone daigne intercéder, près de son Divin Fils, pour que le Capitaine entre dans le Saint Paradis... Ce fut un brave homme !... A moi, comme à tant d'autres, il n'a fait que du bien !...

— Ainsi soit-il !... murmura Orsini.

Le Tavernier, lui aussi, était triste, morne, accablé.

Lui aussi, il voyait ses chers rêves s'envoler en fumée.

Un moment, le Tavernier put croire que son acolyte était devenu fou. (P. 928.)

Il avait souhaité de voir Landry afin qu'il trouvât un moyen, quelconque, d'aider le Capitaine à se tirer d'affaire.

Or, Landry ne voyait pas que cela fut possible... puisqu'il se désespérait tant... puisqu'il prononçait l'oraison funèbre de Buridan.

Le désespoir de Landry... navrait, donc, Orsini.

Sa dernière espérance s'était évanouie !

— Selon toi... fit-il... le Capitaine est perdu ?

— Perdu !...

— Sans rémission ?

— Sans rémission !

— En es-tu sûr ?

— Sûr !... Que faire, contre la « goule » ?... Que pourrions-nous tenter d'utile, nous, pour aider le Capitaine ?... Nous, qui ne sommes rien... nous qui n'avons ni puissance, ni richesse ?... Comment espérer que nous réussi rions quand le Capitaine a échoué ?... Lui qui était armé, pourtant, contre Marguerite... suffisamment pour qu'il ait pu, hier, lui tenir tête et la braver ?...

Landry s'assit, sur la berge, tout au bord de la rivière, dont les eaux scintillaient au soleil.

Il demeura pensif... regardant, devant lui, la Tour de Nesle, du faîte à la base.

— Pauvre Capitaine !... répéta-t-il... Comme il fut courageux !

Il le revoyait, là-haut, sur la plate-forme de la massive Tour... se jetant à l'eau, la tête la première.

Il le revoyait, à cette même place, lui apparaissant quelques heures après.

Il se rappelait que, alors, il avait cru, tout d'abord, être en présence du fantôme de Buridan.

— Comme il était fier, hardi, généreux, bon !... murmura-t-il... Hélas !... Hélas !... On ne le verra plus !...

Soudain, il fit un mouvement.

Une grosse araignée, velue, s'était posée sur sa main appuyée à la berge.

Il la jeta à l'eau.

Et, frémissant, il dit :

— Araignée du matin... chagrin !

Orsini soupira.

— Où est le temps... reprit-il... où tu disais, gaîment : Araignée du matin... bon vin !... Araignée de midi... aussi !... Araignée du soir... « faut » boire !...

Cela fit sourire Landry.

— Boire !... s'écria-t-il... Boire !... C'est bon !... Quand on boit, l'on oublie !... Allons chez vous, Maître... Et buvons, pour noyer notre chagrin dans le vin... Boire nous consolera... Boire nous donnera des idées... Allons boire!... Venez...

Il se leva, ce disant.

— Attends !... fit Orsini.

— Quoi ?... demanda Landry, surpris.

— Écoute...

— Parlez?

— M'est avis qu'il ne faut pas désespérer, encore.

— Bah !

— Oui...

— Le Capitaine n'est pas mort.

— Il n'en vaut guère mieux !... Vivant, ou mort, le Grand-Châtelet est une tombe!... Une tombe, vous dis-je !

— La Tour de Nesle, aussi, est une tombe, tu le sais bien, pour ceux qui y viennent boire, rire, chanter avec la Reine et les Princesses... Or, le Capitaine est sorti de cette tombe, pourtant !...

— Par miracle, Maître !... Messire Lucifer ne prête pas, deux fois, pareille assistance à un mort !...

— Qui sait?

— Que voulez-vous dire?

— Je veux dire, mon amé Landry, que, si le Capitaine Buridan... homme hardi, adroit, autant que tu me l'as dépeint, et qu'il est, réellement.. a tenté l'entreprise en laquelle il s'est engagé, contre Marguerite de Bourgogne... c'est que...

— C'est que...

— C'est que, très certainement, il se sentait fortement armé pour la combattre.. Cela ressort, directement, du long entretien que nous avons eu, à ce sujet, la nuit dernière... Sur ce point, tu t'en souviens, nous sommes tombés d'accord?

— Eh! bien?

— Eh! bien... cela étant connu...

— Achevez?

— Il ne me parait pas possible que le Capitaine Buridan ait usé, déjà, les armes dont il comptait se servir... Quoi donc?... La lutte est à peine engagée, entre la Reine, et le Capitaine... Je dis : à peine... car leur rencontre date d'hier... Or, encore une fois, le Capitaine n'aurait plus aucun moyen, déjà, de se défendre, efficacement, contre Marguerite?... Je te répète que cela est impossible!... Oui, oui... impossible, absolument!... Ou bien, le Capitaine aurait été très téméraire... très présomptueux... Il aurait agi avec une manifeste imprévoyance, une sans pareille légèreté... A son âge, on est moins imprudent, moins fol... surtout quand on sait que l'on va s'attaquer à une Reine, toute puissante, richissime, habile, et scélérate, autant que

Marguerite... Crois-moi, le Capitaine Buridan n'est pas vaincu... Il est, présentement, enfermé au Grand-Châtelet?... Qu'importe?... Qui sait s'il n'en sortira pas, dans une heure, triomphant?... La Reine a pu s'emparer, de lui, par un coup de surprise, d'audace... maladroitement, même, qui sait?... Les plus hardis, les plus habiles, sont, parfois, les plus imprudents, les plus maladroits... Seulement, le Capitaine aura besoin, c'est probable, qu'on l'aide... Nous avons intérêt à l'aider... Aidons-le donc, si possible!... Et sans trop nous compromettre... afin de ne pas éveiller, contre nous, la défiance de la Reine... car nous aurions évité un mal pour tomber dans un pire... attendu que, à la défaite du Capitaine nous n'avons à perdre que de ne pas gagner, tandis que si Marguerite s'attaquait à nous, par représailles, nous serions, à tout jamais, perdus!...

Landry avait relevé la tête... de plus en plus... au fur et à mesure que Orsini s'expliquait.

Il l'avait écouté avec une attention soutenue.

— Finaud!... s'écria-t-il, enfin.

— T'ai-je convaincu?... demanda le Tavernier.

— Italien subtil!...

— Réponds?

— Homme madré!

— Explique-toi?

— Vieux malin!

— Ton avis?

— Vous avez raison, certes... cent fois raison!... Vous avez vu juste, comme toujours!... Moi, sentimental, tendre, rêvasseur... j'ai été écrasé, tout d'abord, quand vous m'avez appris que le Capitaine avait été arrêté... Le coup fut rude!... Non pas, seulement, parce que j'avais vu s'envoler, en fumée, tous les rêves, très doux... que j'avais formés depuis vingt-quatre heures; mais, aussi... et surtout, même... parce que je déplorais le sort de cet homme, que j'aime pour les très grands services qu'il m'a rendus, jadis... Cependant, à votre voix, j'ai repris espoir... Vous m'avez, vraiment, réconforté... Je n'avais pas eu le loisir de penser aux choses que vous avez énoncées, très judicieusement... vous qui, encore une fois — en homme pratique, que vous êtes, — voyez tout avec une plus grande lucidité que moi... moi, que la moindre entrave, le plus faible obstacle déconcertent et affolent... Il est fort heureux que j'aie eu l'heureuse idée de vous associer à mon entreprise... Vous m'êtes d'un grand secours... A nous deux, nous nous complétons... Espérons qu'il en sortira quelque chose d'utile pour mon malheureux Capitaine... Oui, vous avez raison, il ne se peut pas, que, déjà, le Capitaine ait usé toutes les armes qu'il s'était forgees, assurément, avant de s'engager dans cette aventure... Oui, il se peut qu'il ait besoin de notre aide... et que si nous la lui donnons... il triomphe... Or, nous la lui donnerons;

certes, cette aide... et, cela — au moins pour mon compte — sans but intéressé... pour le plaisir... et pour l'accomplissement d'un devoir que je
considère comme un devoir sacré!... Oui, oui, je tenterai l'impossible pour
aider le Capitaine à sortir de peine... je tenterai l'impossible pour l'aider à
triompher dans une entreprise, qui ne peut avoir — j'en répondrais —
qu'un but généreux et utile... Et, cela, même aux dépens de ma sécurité...
même si je dois risquer ma vie pour sauver la sienne... et, même, je suis
prêt à la donner, cette vie — qui m'est plutôt à charge... sacrifice peu méritoire, par conséquent — si cela est nécessaire pour que le Capitaine soit
sauf!...

Le sacripant avait articulé ces derniers mots avec une sincérité, une
émotion excessives, qui eussent touché, très profondément, Buridan... s'il
avait pu entendre son amé Landry s'exprimer ainsi.

Orsini exultait.

Soudainement, il avait repris espoir.

Il se disait que, peut-être, les rêves qu'il avait caressés, de son côté,
depuis la veille, se réaliseraient.

Il se disait que, peut-être, et grâce à Landry, le Capitaine Buridan sortirait du Grand-Châtelet, qu'il reprendrait son empire sur Marguerite de
Bourgogne, qu'il triompherait d'elle... et que, par suite, affranchi de la
Reine..., il reverrait sa chère Italie, son village, où, par ses œuvres pieuses,
il achèterait, du Dieu Puissant — pour la joie et le repos de ses derniers
jours, pour sa part de Paradis, — le pardon de ses crimes.

Ainsi — chose stupéfiante — il s'était mis au pourchas de Landry
pour que Landry lui rendît l'espoir en l'avenir qu'il avait irrémissiblement
perdu... et c'était lui... lui, le désespéré, qui avait réconforté Landry!...

— A la bonne heure!... dit-il... Je suis aise de t'avoir convaincu de la
nécessité d'agir, mon amé Landry... Or, agissons... Agissons vite... Le plus
tôt sera le meilleur... Nous n'avons pas une minute à perdre, à ce qu'il me
semble!...

— Pas une minute!... répéta Landry, tout pensif.

— Marguerite est hardie... décidée... tu le sais?... Elle frappe vite et
fort...

— Vite, et fort... Oui!...

— Elle peut abattre son ennemi avant que nous ayions eu le temps
d'intervenir et de l'aider à se défendre.

— La gueuse!

— Or, qu'est-ce que nous allons faire?

Landry hocha la tête, tristement.

Il regardait droit devant lui, fixement... tout préoccupé... sans voir
l'admirable décor qui s'étendait devant lui... la rivière scintillante, où des
barques passaient, portant des pêcheurs qui jetaient leurs filets... la Tour

de Nesle, toute dorée par le soleil... et là-bas, tout au fond du paysage, derrière les hauts bâtiments, crénelés, de l'Abbaye de Saint Germain-des-Prés,
les coteaux qui verdoyaient, mettant, à la Grande-Ville, une ceinture richissime, où les fleurs printanières allaient, bientôt, s'épanouir, et où, de chaque
buisson, monterait, avant longtemps, l'harmonieux concert des nids pleins
d'amour !

— Oui... répéta le sacripant... qu'est-ce que nous allons faire ?

Il hocha la tête, derechef.

— Voilà le difficile !... reprit-il... Que pouvons-nous... deux pauvres
hères que nous sommes, contre une Reine... une Reine exaspérée ?... Et
quelle Reine ?... Marguerite de Bourgogne !... La plus abominable « goule »
qui oncques ait vécu sous la calotte céleste !...

Il répéta :

— Voilà le difficile !

Il demeura immobile, muet.

Il pensait.

Il cherchait un moyen... quel qu'il fût... de venir en aide au Capitaine
Buridan.

Et cette recherche, vaine... l'énervait !

— Rien !... Rien !... s'écria-t-il désespéré... Il n'y a rien à faire !...
Je ne trouve rien !... Rien !.. Rien !...

Orsini insinua :

— Il faudrait essayer de parvenir jusques au Capitaine Buridan.

Landry ricana.

— Certes !... fit-il... Mais le moyen ?... Parvenir jusques au Capitaine
Buridan !... Rien que cela !... Comme vous y allez, Maître ?... Parvenir
jusques au Capitaine Buridan !... Vous m'amusez, vraiment !... Mais le
moyen, encore une fois...

— Par ruse...

— Par ruse !... Par ruse !... C'est tôt dit !... Comment ?... Tout
est là !...

— Mais...

— Pénétrer dans le Grand-Châtelet... un bâtiment dont les murailles
sont épaisses, dit-on, de six pieds, au moins... dont les moindres meurtrières sont défendues par des barreaux de fer plus gros que mes bras...
dont les portes, en chêne massif, sont bardées de ferrures, de serrures, de
verroux, et de chaînes !... Mieux vaudrait essayer de pénétrer, dans le Saint
Paradis — que le Très Haut réserve à ses Élus, et dont la porte est gardée
par Monseigneur Saint Pierre, qui daigne nous protéger — nous, vous et
moi, avec l'effroyable fardeau de nos crimes !...

— Pourtant...

— Impossible, vous dis-je!.. Et vous n'en doutez pas!... Il faut trouver autre chose!...

— Quoi ?

— Ah! Si je le savais!

— Cherchons!

— Oui, oui... cherchons!... Et trouvons, surtout!...

XI

OU LANDRY EST TOUT A LA JOIE ET MAITRE ORSINI PLEIN D'INQUIÉTUDE.

... Soudain, le bon Landry se leva, brusquement.

Ce, à la très grande surprise de Maître Orsini.

Le visage du sacripant s'était épanoui.

Ses yeux brillaient.

Il s'agitait, comiquement... dodelinant de la tête, remuant ses grands bras qui battaient l'air comme les ailes d'un moulin à vent, ce, pendant qu'il esquissait un pas, tout en glissant sur la terre, humide, de la berge.

Un moment, le Tavernier put croire que son acolyte était devenu fou.

Le coup qu'il avait reçu lui avait tourneboulé l'entendement, bien sûr.

Pauvre Landry!

Il aimait tant le Capitaine Buridan!

Il l'avait si fidèlement et si adroitement servi jusque-là.

Il avait tant espéré que le hardi Capitaine triompherait de la « goule », Marguerite.

Oui... oui... il était devenu fou, subitement... fou à lier!

Dommage!... Dommage!...

Mais Landry, souriant, tout guilleret, s'écria :

— Où avais-je l'esprit?... Comment n'ai-je pas songé, plus tôt, à cela?... De par mon Très Saint Patron, la nouvelle, si inattendue, que vous m'avez apportée, Maître, m'avait enlevé tous mes moyens...

Orsini, stupéfait, demanda :

— Que veux-tu dire ?

— Soyons tout à la joie !

— Mais...

— Réjouissons-nous !

— Enfin!...

— Espérons!

Orsini s'accrochait, désespérément, aux vêtements de Landry... (P. 935.)

— T'expliqueras-tu ?

— Remercions le Dieu Tout-Puissant... la douce Madone... Monseigneur Jésus !...

— Landry...

— Le Sort est pour nous !

— Mais encore...

— Hosannah !... Hosannah !... Noël !... Noël !...

Landry, enthousiasmé, entonna son Noël protecteur.

> Comme les bestes autrefois,
> Parloient mieux latin que françois,
> Le coq, de loin, voyant le fait,
> S'écria : *Christus natus est ;*
> Le bœuf, d'un air tout ébaubi,
> Demande : *Ubi, Ubi, Ubi ?*

— Qu'est-ce que tout cela signifie ?... reprit Orsini... non sans impatience...

Mais Landry, sans lui répondre... et comme se parlant à lui-même... s'écria :

— Et dire que je l'ai mal reçue, cette femme!

— Quelle femme?

— Dire que j'ai été brutal avec elle !... Dire que, il y a seulement un quart d'heure, je jurais, encore, que je ne la reverrais jamais !

— Qui ?

— Dire que je m'étais promis que je n'irais pas à son logis !... Ah ! c'est mon bon ange qui m'a guidé, ce matin, hors de mon taudis, à l'heure, précise, ou elle devait me rencontrer, me suivre, et me rejoindre !... C'est mon bon ange — c'est l'ombre de ma défunte mère, ou de ma bien-aimée... chères ombres qui veillent, sur moi, et me protègent... qui ont remis cette femme sur ma route !... Pour notre bonheur à tous !... Sans cela, que ferions-nous ?... Non !... Non !... Ce n'est pas le hasard qui a fait ces choses... Il y faut voir une Intervention Providentielle... Oui, Providentielle !... Quoi donc ?... Je n'ai pas revu cette femme depuis de longs mois... Et voilà que je la retrouve, juste, le jour, même, où je vais avoir besoin d'elle !... Non, ce n'est pas le fait du hasard !... Notre Père, qui est dans les Cieux, a tout conduit... C'est manifeste... Par conséquent, notre cause est juste.. puisque le Dieu Tout-Puissant nous aide... Nous réussirons donc... Hosannah !... Hosannah !... Noël !... Noël !...

Landry joignit les mains, ce disant... courba la tête, et pria.

Orsini se signa, dévotement... pensant que, à tout prendre, cela ne pouvait pas lui nuire... au contraire !

Le Sacripant reprit :

— Elle est laide comme la bouche de l'Enfer, certes !... Il n'importe !... Elle aura mes plus chauds baisers !... Je frissonne à l'idée, seule, que je me trouverai dans sa maison... Tant pis !... J'y entrerai, dans cette maison... Et, certes, quand je pénétrerai, plus tard, dans le Paradis, dont Monseigneur Saint Pierre m'aura ouvert les portes, je ne serai pas plus joyeux !... Oui, oui, nous réussirons !... Dieu est avec nous !... Ah ! la bonne journée !... La bonne journée !...

Son enthousiasme augmentait de seconde en seconde.

Il était heureux... bien heureux.

Il allait pouvoir tenter quelque chose pour servir le Capitaine Buridan.

Il avait cette extraordinaire bonne fortune — par lui tant désirée — de lui payer sa dette de reconnaissance.

Une indicible satisfaction pour une belle âme, certes !

Sans compter que — double joie... double profit — en travaillant pour le Capitaine, il allait travailler, aussi, pour lui, Landry !

Il avait repris espoir.

Maintenant, il ne doutait pas de la réussite finale.

Tous les êtres impressionnables sont bien pareils au bon Landry.

Il suffit d'un rien pour les abattre.

Il suffit d'un rien pour les remonter.

Pour eux, pas de milieu...

La ruine, la chute... irrémédiables — ou bien l'apothéose !

Jamais le magnifique décor, ambiant, n'avait paru plus beau, plus radieux, plus ensoleillé à Landry... jamais !

La Tour de Nesle n'avait jamais été, pour ses yeux, plus splendidement enveloppée du riche manteau doré que lui mettait le soleil.

Jamais la rivière ne lui était apparue plus scintillante... ni plus magnifique le panorama de la Ville... ni plus profonds les horizons qui verdoyaient, là-bas, derrière les Tours, les flèches, les toits pointus du Palais de Sa Majesté Louis le Dixième.

Il se tourna vers Orsini.

— Il faut que je vous quitte, Maître... fit-il.

— Ah !... dit Orsini, de plus en plus effaré.

— Comme vous l'avez, fort justement, indiqué, tout à l'heure, nous n'avons pas une minute à perdre... N'êtes-vous plus de cet avis ?

— Si fait !

— Alors, laissez-moi m'éloigner.

— Où vas-tu ?

— Voir le Capitaine Buridan !

Orsini recula.

Pour lui, le fait, à présent, n'était plus douteux : Son amé Landry était devenu fou.

— Dieu vous garde, Maître !... reprit le Sacripant.

Le Tavernier, pris de pitié, se rapprocha.

— Tu vas voir le Capitaine Buridan ?... demanda-t-il.

— A l'instant...

— Mais...

— N'avez-vous pas dit que nous devions tenter l'impossible pour cela ?

— Je l'ai dit...

— Eh ! bien ?

— Oui... mais..

— Achevez donc ?

— Le Capitaine Buridan est, présentement...

— Au Grand-Châtelet... C'est de vous que je le tiens.

Landry frissonna.

— Est-ce que je me serais trompé ?... demanda-t-il, derechef inquiet... Est-ce que j'aurais mal entendu ?... Est-ce que vous vous seriez mal expliqué ?... Répondez ?... Répondez ?...

— Tu ne t'es pas trompé !... Tu n'as pas mal entendu !... Je ne me suis pas mal expliqué... Le Capitaine Buridan est bien au Grand-Châtelet... hélas !

— A la bonne heure !... J'ai eu un moment d'angoisse !... Eh ! donc, puisque le Capitaine Buridan est bien au Grand-Châtelet... et puisqu'il faut, absolument, que nous joignions le Capitaine Buridan... je ne vois qu'un seul moyen d'y parvenir... c'est d'aller où il est, c'est-à-dire au Grand-Châtelet...

— Il faudra y pénétrer.

— J'y pénétrerai.

— Toi ?

— Moi !

— Impossible !

— Pourquoi donc ?

— Pour les raisons que tu as, toi-même, exposées, tout à l'heure... raisons fort judicieuses, certes.

— Quelles ?

— Un bâtiment dont les murailles sont épaisses, dit-on, de six pieds, au moins !...

— Bah !... fit Landry, négligemment.

— Dont les moindres meurtrières sont défendues par des barreaux de fer plus gros que tes bras !... reprit Orsini.

— Peu de chose !... répliqua Landry, avec un admirable dédain.

— Dont les portes, en chêne massif, sont bardées de ferrures, de serrures, de verrous, et de chaines !

— Qu'est-ce que cela fait ?

— C'est toi qui l'as dit : « Mieux vaudrait essayer de pénétrer, dans le Saint Paradis — que le Très Haut réserve à ses Élus, et dont la porte est gardée par Monseigneur Saint Pierre, qui daigne nous protéger — nous, toi et moi... avec l'effroyable fardeau de nos crimes ! »

Landry se redressa... Il prit une attitude pleine d'assurance et de crânerie.

— Je pénétrerai, pourtant, dans le Grand-Châtelet, Maître... avant une demi-heure !... dit-il.

— Tu es fou!... déclara Orsini.

— Et, avant une heure... poursuivit Landry... j'aurai vu, tout comme je vous vois, le capitaine Buridan.

— Tu es fou, te dis-je!

— Et, si le Capitaine Buridan, comme vous l'avez cru — avec raison, sans doute... espérons-le, du moins — si le Capitaine Buridan, disais-je, n'a pas émoussé toutes les armes dont il était muni contre la « goule »... si, grâce à notre aide, il peut se remettre en campagne... nous triompherons !... Je ne suis pas fou le moins du monde, je vous prie, humblement, de le croire.

— Messire Lucifer, alors, te conduira par la main?

— Non pas !... Je n'aime pas la compagnie de l'ange au pied fourchu, qui dégringola, des hauteurs paradisiaques, par la volonté du Très Haut.

— Tu seras donc guidé par quelque envoyé du Ciel ?

— Non !... Non !... répliqua Landry, gaîment... Les anges, j'en suis sûr, ne ressemblent pas au guide que j'aurai pour pénétrer dans le Grand-Châtelet !

Il avait entrevu le visage, noiraud, de la douce épouse du Maître Etienne Pierre Sabasse, Guichetier au Grand-Châtelet... qui n'avait pas, certes, ou qui n'avait plus — ce qui était tout un — masque de chérubin.

— Je m'y perds !... reprit Orsini.. Et, pourtant, je l'avoue, ton assurance me plaît... en ce sens qu'elle me réconforte...

Landry sourit.

— Ne cherchez pas, Maître... dit-il... Ne cherchez pas !... Vous ne trouveriez pas !... Il faudrait que je m'explique pour que vous compreniez... Or, cela nous prendrait trop de temps... Un temps précieux, certes !... Qu'il vous suffise de savoir que je pénétrerai, dans le Grand-Châtelet... avant une demi-heure, je vous le répète... et que, avant une heure, j'aurai vu le Capitaine Buridan...

Maître Orsini n'en revenait pas.

Son inquiétude augmentait.

Son second était devenu fou — ce n'était que trop certain... bien qu'il raisonnât comme un homme sain d'esprit.

Jamais il ne lui était apparu tel qui le voyait alors... loquace, sûr de lui, épanoui, l'œil brillant, le geste décidé...

La folie, seule, avait pu le transformer à ce point.

En cet état, Landry était dangereux... très dangereux, même — en ce sens qu'il pouvait commettre quelque maladresse, dont les suites leur seraient préludiciables à tous les deux.

Or, cela effrayait le Tavernier.

Et il se dit, que, ce qu'il avait de mieux à faire, c'était de s'efforcer de retenir Landry.

Il ne fallait pas le quitter.

— Par ainsi, je gagnerai du temps... se dit Orsini... Et je l'observerai... Je me rendrai compte de ce fait, à savoir s'il est fou, vraiment... C'est cela!... C'est cela!... Pour le moment, il n'y a rien de mieux à faire... Essayons!... Diavolo!... Qu'on a du mal à se tirer de peine quand on s'est fourvoyé, imprudemment, dans une male aventure!...

Lors, il reprit :

— Mon amé Landry, soyons prudents!...

Il se fit patelin, très doux, très caressant.

— Soyons prudents, te dis-je!... poursuivit-il... En pareille matière, on ne saurait l'être trop!... Il faut réfléchir... peser, soupeser, longtemps, toutes choses... Nous n'avons rien à y perdre, et tout à y gagner... Crois-moi!... Que comptes-tu faire?... Je n'en sais rien!... Mais laisse-moi te le déclarer : J'ai peur que tu ne t'abuses sur la force dont tu disposes...

Malgré les gestes de souriante dénégation de Landry, Orsini ajouta :

— Nous avons fait assez pour le Capitaine Buridan... Ne nous compromettons pas davantage... Nous risquerions trop à aller plus avant... Au moins, sans une certitude presque assurée, de réussite... Ecoute... Il vaut mieux que nous nous tenions cois, jusqu'à nouvel ordre... Suis-moi... Rentrons à la Taverne... Là, nous causerons... Nous causerons en buvant, bien entendu... Car, comme tu le disais, fort justement, tout à l'heure : Boire, est bon... Quand on boit, l'on oublie... Allons boire pour noyer notre chagrin dans le vin... Boire nous consolera... Boire nous donnera des idées... Je te verserai de ce petit vin blanc des coteaux bourguignons que tu aimes tant et qui sent le silex, comme tu dis... Viens?... Viens?...

Le Tavernier essaya d'entraîner Landry, qui résista.

— De par mon Saint, et très Vénéré Patron... dit-il, gaiement... pour la première fois de ma vie, j'en suis sûr, je refuse une offre ayant pour but d'aller boire!... Cela me coûte fort, je l'avoue... surtout étant donné que vous m'offrez, Maître — chose rare! — votre petit vin blanc des coteaux bourguignons... ce vin, vermeil, qui se boit comme du petit lait, qui rafraîchit le gosier tout en le parfumant et qui réchauffe le ventre... ce petit vin, qui, c'est bien vrai, sent le silex... ce petit vin qui est boisson royale, vraiment!...

— Cette boisson, royale, te sera servie à discrétion.

— Merci!... Mais, pour l'instant, nous avons autre chose à faire... Je n'y faillirai pas!... Je vous ai dit que je verrai le Capitaine Buridan... Je le verrai, certes...

— Mais...

— Il est en grand danger, peut-être, cet homme... Or, il est du devoir des braves gens de s'entraider, quand ils le peuvent... Nous pouvons aider le Capitaine...

— Sans doute... Mais...

— Aidons-le donc... Pour moi, je suis prêt... Et il faut agir vite... le plus vite possible, même... — car, puisque vous retenez et répétez si bien mes propos, vous ne vous étonnerez pas que, d'autre part, je retienne, et répète aussi les vôtres... Marguerite, avez-vous dit, avec raison... Marguerite est hardie, décidée... Elle frappe vite, et fort...

— Eh! bien?

— Il ne faut pas qu'elle abatte son ennemi avant que nous ayions eu le temps d'intervenir et de l'aider à se défendre...

— Landry...

— Je vais me mettre à l'œuvre, incontinent.

— Comment?... Comment, encore une fois?... Ah! tu me fais trembler!

Landry dodelina de la tête, comiquement... regarda son maître en riant... et dit :

— Ayez foi, Maître!

— Tu m'épouvantes!... reprit Orsini.

— Soyez sans inquiétude!

— Tu vas nous perdre!... Insensé que tu es!

— Je vais nous affranchir!

— Tu nous feras pendre!

— Que non pas!

— Reste!...

Orsini s'accrochait, désespérément, aux vêtements de Landry... qui tentait, vainement, de lui échapper.

— Reste!... Reste!... dit-il.

— Il faut agir vite!... répliqua Landry.

— Comment pénétrer dans le Grand-Châtelet... sans aide?

— J'ai une aide!

— Quelle?...

— Messire Cupido...

— Messire Cupido?

— Oui, oui... Messire Cupido, le petit Dieu d'Amour!...

— Landry... tu n'as plus ta raison!...

— Jamais je ne fus plus lucide, au contraire... Je vous dis, Maître, que Messire Cupido m'ouvrira, tout à l'heure, les portes du Grand-Châtelet... Encore une fois, je ne peux pas vous en dire plus long, pour le moment... Mais, soyez sûr que je réussirai... Laissez-moi donc m'éloigner...

— Mon amé Landry...

— Déjà, nous n'avons que trop perdu de temps en causeries inutiles...

— Ecoute-moi...

— Et de par tous les Saints du Paradis, ne vous étonnez pas trop de ce qui se passe... Messire Cupido est le plus adroit de tous les Dieux... Le plus petit; mais le plus fort... Rien ne lui résiste... Ni hommes, ni choses!... Il fait ce qu'il veut... tout ce qu'il veut!... Qui l'a pour soi triomphe!... Il pénètre partout... Aucune force ne lui résiste... De par lui, vous dis-je, les portes du Grand-Châtelet, qui pourraient résister, même, à la volonté armée du Roi, s'ouvriront, devant moi...

— Landry...

— Laissez-moi partir... Bientôt, vous aurez de mes nouvelles... Et, aussi, de celles du Capitaine Buridan...

— Attends...

— Elles vous combleront de joie...

— Je...

— Elles vous annonceront notre triomphe prochain...

Et Landry, par un mouvement adroit, put, enfin, se dégager de l'étreinte, désespérée, du Tavernier.

— A bientôt, Maître !... s'écria-t-il... A bientôt !... En attendant... Dieu vous garde !...

Il s'éloigna, en courant... laissant Orsini tout ébaubi — et désespéré, du reste!

— Notre dernier jour a lui!... s'écria l'Italien... navré!

Il se signa.

— Au Nom du Père, du Fils, et du Saint-Esprit!... fit-il, dévotement.

A pas lents... tout rêveur... morne... il retourna à sa Taverne...

Depuis longtemps, Landry avait disparu...

XI

AU GRAND-CHATELET

... Le bon Landry marcha vite... très vite, tant il tremblait que Maître Orsini ne se fût mis à son pourchas.

Il s'en était bien rendu compte, le Tavernier était demeuré persuadé de la folie de son acolyte.

Assurément, il ne pouvait guère concevoir comment Messire Cupido ouvrirait, à son second, les portes, si fortement défendues, du Grand-Châtelet.

Il allait les lui ouvrir, pourtant, ces portes... et toutes grandes, encore — le joli petit Dieu d'Amour.

Landry était tout en allégresse... à cette pensée qu'il pourrait servir, bientôt, son amé Capitaine... à qui il devait tant — le seul être, en ce monde, qui l'eût aidé de façon désintéressée... par bonté d'âme, par générosité, uniquement.

Là-bas, un homme, assis devant son échoppe, raccommodait des chaussures... (P. 942.)

Il se sentait fort... plein de hardiesse, et prêt à tout tenter pour parvenir jusque à Buridan.

C'est que la certitude que l'on va accomplir un acte utile, et noble, donne de la joie, du courage... décuple l'énergie et l'adresse humaines... procure une satisfaction intense qui vous rend capable d'admirables choses — au lieu que, à l'idée que l'on s'apprête à commettre un méfait, on n'avance que timidement, en tremblant, effaré, blême, hagard... portant, déjà, le faix, très lourd, dont on va charger ses épaules, et qui, tôt ou tard, vous écrasera !

Il ne se dissimulait pas qu'il courait, ainsi, bénévolement, au devant de grands dangers, peut-être.

Cela ne le tourmentait pas... et pour cause.

Il ne voyait que son but : Arriver jusqu'au Capitaine.

Quand ce but serait atteint, Buridan aviserait.

De par tous les Saints du Paradis, il saurait bien se tirer d'affaire... quand il se sentirait aidé par un être dévoué, prêt à tout, encore une fois, pour le servir.

Oui, oui, il fallait voir Buridan.

Tout était là.

Cela constituait l'œuvre de Landry.

Le reste ne le regardait pas.

Il faut insister sur ce point, il n'avait aucune arrière-pensée.

N'avait-il pas fait, à l'avance, le sacrifice de sa vie, même?

Piètre sacrifice, du reste!

Sacrifice dont il n'y avait pas lieu de se vanter!

En admettant que Buridan échouât, en fin de compte, dans son entreprise contre la Reine... et que Marguerite, l'ayant abattu, fît pendre celui qui avait voulu le servir... qu'est-ce que cela faisait?

Etre pendu valait mieux, encore, que de mener, plus longtemps, l'existence, odieuse, que le second de Maître Orsini menait, depuis trop lontgemps, déjà!...

Etre pendu... cela constituait une solution !

C'était la fin... la fin de tout... la fin des abominables jours de misère et des horribles nuits de crime !

La vie lui était à charge !...

Il ne s'y était raccroché, subitement, que dans l'espoir, qu'il avait si agréablement nourri, de retourner en Bourgogne, et de vivre, paisiblement, les ans qui lui restaient, dans cette maisonnette élevée au penchant d'un coteau... dans cette gaie maisonnette entourée de ses vignes, verdoyantes, chargées de grappes au jus couleur de rubis.

Du moment qu'il devrait renoncer à son rêve... du moment qu'il aurait acquis la certitude, absolue... qu'il ne l'aurait pas, cette maisonnette, puisqu'il ne pouvait la tenir que de la générosité du Capitaine Buridan triomphant... que lui importait le reste !

On le pendrait donc !

Un peu plus tôt... un peu plus tard... dans son cas, il estimait qu'il valait mieux que ce fut tôt que tard — parce que, si on l'accrochait au gibet, son supplice ne durerait qu'un instant, au lieu que, vivant, il durerait des jours, encore, des mois, des ans, peut-être... le tout, du reste, pour en arriver au même point, car, assurément, en continuant à servir Orsini, il ne finirait... il ne pouvait finir que la corde au cou !

Raisonnement très logique autant que très subtil, basé sur raisons très péremptoires, certes !

Et, cependant, tout en rêvant à ces choses... il déambulait... il déambulait toujours, vite, toujours plus vite — ayant de plus en plus hâte d'atteindre son but au fur et à mesure qu'il s'en rapprochait.

Il allait, à travers les rues, ruelles, places, et carrefours, sans voir êtres ni choses... marchant — comme Maître Orsini, tout à l'heure — guidé par son instinct, qui le dirigeait... très sûrement, du reste... et le menait, par le plus court chemin, vers le Grand-Châtelet.

Parfois, il ricanait... en pensant à la surprise qu'il ferait à la femme de Maître Etienne Pierre Sabasse.

Une vraie surprise !

Elle serait ébahie... la vieille coquette !

Charmée, d'ailleurs... il n'en fallait pas douter.

Assurément, il obtiendrait, d'elle, tout ce qu'il voudrait... tout !

Comment agirait-il, grâce à elle, pour voir Buridan ?

Nul ne pouvait le savoir !

Mais, certes, la dame tenterait tout, au monde, pour le satisfaire.

Elle n'aurait rien à refuser à un galant aussi empressé.

Elle saurait bien embobiner son mari pour donner satisfaction à son amant.

En pareil cas — et Landry l'avait, jadis, expérimenté maintes fois — elle était tout particulièrement experte...

Rien ne lui coûtait pour en arriver à ses fins.

On eût dit qu'elle avait double plaisir à tromper, deux fois, son époux, c'est-à-dire, à le tromper pour le pouvoir mieux tromper...

Pauvre Maître EtiennePierre Sabasse !...

Il ne lui serait loisible de dormir, sûr de la fidélité de sa femme, que lorsqu'il l'aurait couchée dans son linceul !

Tout à coup, Landry se sentit angoissé...

Son cœur battit à coups précipités...

Encore quelques pas, et il allait, enfin, tourner la ruelle qu'il suivait, depuis un moment déjà... et il se trouverait, alors, devant le Grand-Châtelet.

Le Grand-Châtelet !

Effrayant édifice !

Depuis plus d'un an, Landry n'était pas venu là.

Il faisait, souvent, un long détour pour ne pas passer devant la maison de Monseigneur le Grand Prévôt de Paris.

Même alors qu'il traversait les ruelles avoisinantes, il lui semblait entendre des bruits de chaînes... le grincement, horrifique, des tenailles, ferrements, chevalets, et autres terribles engins de torture que le bourreau mettait en œuvre pour « questionner », et géhenner, les infortunés, coupables ou non, qui avaient maille à partir avec la Justice de Sa Majesté Louis X, Roi de France, et de Navarre... il lui semblait entendre les cris des victimes, leurs appels désespérés, leurs lamentables râles... il lui semblait entendre les chants funèbres que les Moines psalmodiaient près des agonisants — il avait la vision du gibet !

Il ralentit sa marche.

Puis, il s'arrêta... frissonnant.

C'est qu'il ne s'agissait plus seulement, pour lui, maintenant, de traverser la place... de passer devant l'édifice, exécré, et terrifiant.

Il fallait qu'il y entrât !

Si résolu qu'il fût... il se sentit mollir.

Blême, tremblant sur ses jambes flageolantes, il dut s'appuyer à la muraille prochaine.

— C'est effrayant !... murmura-t-il.

L'allégresse qui l'avait mené, jusque-là, était tombée... comme les pétales des arbres en fleurs, épanouies sous les caresses du soleil d'avril, tombent, abattues par une soudaine et brutale averse.

— C'est effrayant !... répéta-t-il.

Mais, presque aussitôt, il se reconquit.

La noblesse de l'œuvre de reconnaissance qu'il devait accomplir l'ennoblit... et cela lui rendit son courage, sa vaillance, sa force, son énergie.

— Marchons !... dit-il.

Sauver le Capitaine !

Ce Capitaine, qui, jadis, avait été si bon pour lui !

Le seul homme, encore une fois... le seul ! — qui se fût intéressé, sans espoir de retour, à ce pauvre être, miséreux, gémissant, que la vie n'avait reçu que pour le torturer !

Sauver le Capitaine... si possible — cela ne valait-il pas qu'on risquât sa vie... qu'on vainquît son humaine faiblesse, sa lâcheté, sa pusillanimité ?

Si fait !

— Marchons !... Marchons !... répéta-t-il, bien décidé.

Et, brusquement, il tourna la ruelle...

Le Grand-Châtelet lui apparut.

*
* *

Un grand bâtiment, massif, flanqué de tourelles percées de meurtrières et coiffées d'un toit en éteignoir.

On y pénétrait par une grande porte, à cintre ogival, orné de sculptures... et par deux autres, plus petites — toutes les trois très lourdes, chargées d'épaisses ferrures.

Un bélier, mis en œuvre par cent bras, ne les eût point abattues.

Devant le bâtiment, à gauche de la porte principale, on voyait une croix, de fer, montée sur un piédestal de pierre au-dessus de trois marches.

A droite, il y avait un pilori où l'on attachait, par le cou, les criminels, la face tournée du côté de la place, afin que les passants, effrayés, puissent voir leur masque grimaçant.

Parfois, trois ou quatre malfaiteurs étaient exhibés, en même temps, publiquement, à ce banc d'infamie, pendant de longues heures.

Et la foule... tour à tour railleuse, stupide, méchante et lâche, ou apitoyée... raillait, insultait ces misérables, ou prenait pitié d'eux.

On y mettait des jouvenceaux, des hommes... voire des vieillards à cheveux blancs.

Et pour quels crimes?

Peccadilles, souvent !

Pour vol de quelque oie grasse... pour tapage ou cri séditieux... pour avoir blasphémé... pour ne s'être pas découvert devant une Croix, volontairement, ou, même, et seulement, par inattention... pour avoir ramassé du bois mort... dérobé, en quelque verger, ou champ, des fruits ou légumes... braconné en forêt, en plaine, gibier de poil ou de plume... pêché quelque carpe ou brochet en rivière, ou écrevisses en ruisseau... pour adultère... pour, étant ivre, avoir rossé quelque archer... pour avoir colporté des marchandises prohibées... pour avoir mangé de la viande un vendredi... et, même, souvent, pour rien !...

*
* *

... Au Moyen Age, les Conducteurs d'Etres — Rois, Hauts Barons, Comtes, Abbés... tous ceux qui détenaient le « Droit de Justice Basse et Haute », tous — sauf exception, cela va sans se dire — s'efforçaient d'asseoir leur puissance, sur la masse, par l'épouvantement !

Ils érigeaient des prisons formidables, aux énormes murailles, aux portes hérissées de grappins de fer... bastilles où l'on gémissait — des piloris où l'on faisait triste figure, des gibets où l'on grimaçait hideusement !

Partout, l'attirail justicier se dressait, menaçant et terrible !

A chaque coin de rue, sur chaque place, à la lisière des champs profonds et des forêts épaisses... devant le portail des Eglises et les ponts-levis crénelés des richissimes Abbayes, se dressaient une potence, ou un pilori... qui semblaient dire aux passants :

— Vous êtes en dépendance !... Vos biens, votre vie, appartiennent à vos Seigneurs !

Sinistre obsession !

Triste moyen, du reste !

Pour un pouvoir sans vraie base — car le seul moyen de régner, véritablement, c'est d'être bon — ils ne créaient que la haine, la révolte, ou la nargue !

La nargue, car le populaire, en France — et c'est ce qui fit sa supériorité sur les autres peuples — fut, toujours, spirituel... et, jusques au jour où, déchaîné, il brisa tout... il eut force de résignation de par la moquerie, le rire, uniquement.

Pour se consoler des souffrances, injustes, qu'il subissait, il riait de ses bourreaux... il daubait, sur eux, à ceinture débouclée... il faisait des gorges chaudes dont ceux qui le torturaient fournissaient les motifs — qu'ils fussent Rois, Princes, Hauts Seigneurs, Grands Barons, ou Moines.

En France, rires et chansons furent baumes que l'esprit public sut mettre sur toutes blessures.

Le rire de la moquerie soulage... parce que, souvent, il crée le mépris... et parce que quiconque peut mépriser, avec raison, son ennemi, est bien plus fort que lui.

La preuve en est que le populaire, en France, ayant gardé, dans les temps les plus troublés, son éternelle belle humeur, sa gaîté féconde, son esprit railleur, fait de bon sens et de logique... souffrit moins que les autres sous le joug, dont il sut, le premier, s'affranchir.

Un peuple qui rit... pense, par conséquent — et la pensée ne mène-t-elle pas au besoin de Vérité et de Justice ?

Et Vérité, et Justice, ne sont-elles pas procréatrices de ce bien, par excellence, la Liberté ?...

*
* *

... La place était quasi-déserte.

Là-bas, un homme, assis devant son échoppe, raccommodait des chaussures, et battait le cuir sur son genou.

Un vendeur de légumes allait, de porte en porte, offrant ses marchandises.

Des enfants jouaient... rieurs et turbulents.

Une vieille femme promenait un chien... passait, et repassait devant la croix de fer, en se signant chaque fois qu'elle repassait devant l'insigne divin.

Un cavalier, tout empanaché, et qui venait du Louvre, assurément, traversa le carrefour, rentrant à son logis... suivi, à dix pas, par son Écuyer.

La façade de la Prison... demeure de Monseigneur le Grand Prévôt de Paris.. était superbement ensoleillée.

Ce fait frappa le sensible Landry.

Une illumination radieuse sur cette muraille honnie, derrière laquelle il n'y avait que ténèbres !

Quel contraste !

Un contraste qui troublait... déconcertait... affligeait... navrait !

Pourquoi tant de lumière et de chaleur au dehors... tant de souffrances à l'intérieur ?

La nature, clémente, donnait le soleil... L'homme créait l'entrave, la géhenne !

Stupide contradiction !

— Marchons !... Marchons !... Marchons !... murmura Landry.

Certes, il n'était pas venu, jusque-là, pour philosopher.

Il avait autre chose à faire.

Du reste, à quoi bon s'indigner ?

Les choses étaient telles... Et ce n'était pas lui qui pouvait les réformer, hélas !

On les réformerait, peut-être, un jour.

Peut-être, un jour, y aurait-il, de par le monde, tant, et tant de Prisons, Forteresses, Bastilles, où l'on priverait tant de gens des bienfaits du Soleil, que l'on s'indignerait, enfin, et que l'on renverserait Prisons, Forteresses et Bastilles !

Mais quand cela arriverait-il ?

Dans des siècles et des siècles !

Après d'innombrables souffrances !

Au prix du sang de millions de victimes !

— Il y aura beau temps que ma carcasse sera retournée en poussière, quand ces temps arriveront !... se dit le sacripant... Marchons !... Marchons !...

Mais comment allait-il entrer dans le Grand-Châtelet ?

Par quelle porte ?

Il était très perplexe.

Ah ! qui eût dit, la veille, qu'il s'embarquerait dans une pareille aventure... qu'il chercherait à franchir, volontairement, le seuil de cet édifice exécré ?

Une idée, qui traversa son esprit, soudain, le rassura.

— Le Sort est pour moi, c'est démontré !... se dit-il... Tout ce qui s'est passé, dans ma vie, depuis ce matin, le prouve, surabondamment... Mes « aimées », ma mère, et ma fiancée, veillent sur moi, et guident mes pas... c'est clair !... Je dois, donc, continuer à me laisser guider par elles... Je vais agir au hasard... Aussi bien, toutes les combinaisons que je pourrais inventer seraient-elles vaines... puisque, après tout, je vais entrer dans l'inconnu... Oui, oui, marchons, et laissons-nous conduire !

Par surcroît de précaution, et pour complaire aux chères ombres qui le guidaient — il en était absolument convaincu... et cette conviction le rendait très fort — il chanta, à demi-voix, son Noël protecteur.

Il était arrivé devant l'une des petites portes du Grand-Châtelet.

Au milieu de cette porte, il y avait, au-dessous d'un guichet, un lourd marteau de fer, représentant une tête de tigre, ouverte, et armée de formidables crocs.

— Tout est menace, ici!... murmura Landry, en regardant cette gueule de fauve qui semblait prête à mordre la main qui se posait sur elle.

Il la toucha, pourtant.

N'était-il pas protégé?...

Et, par suite, sûr que le Malin ne pouvait rien contre lui?

Il leva le pesant marteau... qui retomba, lourdement, sur les ferrures de la porte... produisant un bruit, qui, d'abord sonore, s'assourdit en se prolongeant, et en se perdant jusques dans les profondeurs les plus lointaines des couloirs de la Prison.

Un assez long moment se passa... pendant lequel Landry continua à chanter, en sourdine, son Noël... le Noël que sa mère révérait tant, jadis... et qui lui semblait si efficace, dans les passes difficiles de l'existence, quant il fallait braver un danger, et éloigner, de soi, les Mauvais Esprits errant dans l'espace.

Enfin, le visiteur entendit, au delà de la porte, un cliquetis de fer... un grincement de verrous et serrures.

Toutefois, la porte ne s'ouvrit pas encore.

Landry, frémissant, attendait toujours.

Soudain, il fut épouvanté.

En face de lui... il avait vu luire deux yeux ardents.

D'instinct, il recula.

Mais, instantanément, il se rassura.

Il s'était rendu compte de ce fait, à savoir que l'on avait ouvert le guichet, jusque-là fermé, qui se trouvait dans la porte, massive, au-dessus du marteau.

L'individu, quel qu'il fût, qui était accouru à son appel, avait voulu, avant d'ouvrir la porte, reconnaître le visiteur.

A cet effet, donc, il avait ouvert le guichet.

C'était bien naturel.

Il n'y avait pas de quoi s'effarer d'un fait si simple.

Car, enfin, on n'entrait pas, dans le Grand-Châtelet, comme à l'Hôtellerie des Saints Innocents, chez Maître Pierre de Bourges.

Tel lieu... tel accueil!

Toute la question était de savoir quel accueil l'homme qui avait ouvert le guichet ferait à Landry.

Et, d'abord, s'il ouvrirait la porte.

L'inquiétude de Landry s'accrut.

Son aspect — et il en convenait — était fort peu engageant.

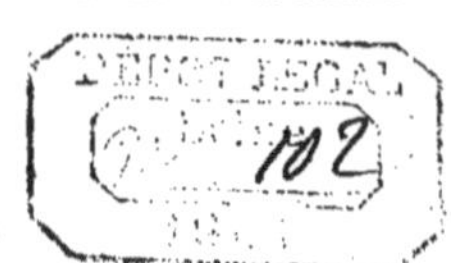

Lorsqu'elle parut dans la salle où se trouvaient Maître Etienne Pierre Sabasse et Landry,
elle était accoutrée de la manière la plus hilarante. (P. 951.)

Avec ses loques... son air patibulaire, il n'avait rien de ce qu'il faut
pour inspirer confiance — du moins parce qu'il se présentait, seul, au Grand-
Châtelet... car, s'il y était venu avec une escorte des gens de Messire le
Grand-Prévôt de Paris, les portes de la Prison, certes, se fussent, plutôt,
ouvertes d'elles-mêmes devant lui, tant il avait l'air d'un gibier de Justice,
pour Prison ou Potence !

Mais, à sa très grande surprise... et pour sa plus grande joie, du reste

— il entendit une voix, qu'il reconnut, bien qu'elle n'eût pas frappé ses oreilles depuis longtemps, déjà... une voix aiguë, dire, gaiement :

— Eh! mais... c'est notre amé Landry!

Ah! oui... oui... ses « aimées » le protégeaient!

Elles l'avaient guidé... et bien guidé!

Hosannah!... Hosannah!

C'était la voix de Maître Pierre Étienne Sabasse...

Il était là, le guichetier... l'époux de Mariette...

La porte s'ouvrit.

— Entrez!... Entrez!... Entrez donc!... dit Maître Pierre, très affable...

Landry, ahuri, ébaubi, médusé, n'entrait pas... Il se disait qu'il rêvait... qu'il allait se réveiller... que tout ce qui arrivait était invraisemblable, fou... qu'il allait lui arriver malheur!... Il se disait, aussi :

— Entrer!... Bon!... Je le veux, certes... Je le désire... Je ne veux et ne désire que cela, même... Mais sortirai-je?...

Or, cela l'épouvantait encore, à cette minute ultime!

— Entrez!... Entrez, Landry!... répéta le Guichetier, en souriant, béatement.

Landry hésitait toujours.

Oh! cette porte ouverte...

Un gouffre!

Elle apparaissait telle au visiteur... terrifié, et charmé, tout à la fois!

La gueule d'un monstre, prête à happer sa proie!

Il semblait, à Landry, qu'il perdait sa liberté... que, jamais, il ne reverrait la lumière du soleil... qu'il allait faire un saut dans l'éternité.

Et cet homme, ce gros homme... cet être effroyablement obèse... qui le regardait en grimaçant... qui l'engageait à franchir ce seuil redouté... ce, avec des airs hospitaliers, doux, engageants, lui faisait horreur!

Il eût mieux aimé voir Cerbère, en personne... avec ses trois têtes menaçantes.

Cela lui eût paru plus adéquat à la situation.

On n'avait pas une mine si plantureuse... on n'accueillait pas un homme ainsi — à la porte d'une Prison telle que le Grand-Châtelet!

Tout cela était suspect... encore plus qu'invraisemblable!

Et, pourtant, sur une troisième injonction du Guichetier, Landry entra... enfin.

La massive porte se referma, derrière lui, lourdement... avec un formidable bruit de ferrures.

Le sacripant était dans la place...

XII

MAITRE PIERRE ÉTIENNE SABASSE, GUICHETIER DU GRAND-CHATELET, ET SA FEMME, MARIETTE, CHEZ EUX

... Plus ahuri, plus ébaubi, plus effrayé que jamais, du reste.

Il n'avait plus, aucunement, conscience de son moi... ni de la réalité des choses ambiantes.

Il lui semblait qu'il assistait à un spectacle, dans lequel il se voyait jouer un rôle.

Il n'était pas possible qu'il fût dans le Grand-Châtelet.

Oui, oui, tout cela était rêve!...

Tout allait se dissiper en fumée!

Messire Cupido, dont il avait vanté la puissance, tout à l'heure, à Maître Orsini, n'avait pas tant de pouvoir... et n'avait pu lui ouvrir ces portes.

— C'est gentil à vous, Landry, d'être venu nous voir tout de suite... dit Maître Pierre Étienne Sabasse...

Le son de cette voix humaine fit sortir Landry de sa torpeur.

Oui, oui, c'était réel!

Tout ce qu'il y avait de plus réel.

Il était bien dans le Grand-Châtelet.

— Venez... venez... Landry... reprit le Guichetier... Je vais vous mener chez nous.

Le sacripant, sans mot dire, se laissa conduire, à travers des couloirs mal éclairés par la faible lueur qui filtrait des meurtrières, percées, de loin en loin, dans la muraille.

Le Guichetier reprit :

— Ma femme m'a conté qu'elle vous a rencontré, ce matin, et qu'elle vous a convié à nous faire visite... Nous comptions bien vous voir, un jour ou l'autre; mais nous n'espérions pas que ce serait si tôt...

Était-ce reproche?

Landry le prit ainsi.

Il se dit que le Guichetier savait qu'il était l'amant de sa femme... et qu'il comptait se venger de lui — effroyable vengeance! — en le gardant au fond de quelque cachot!...

Il s'était jeté dans la gueule du loup, niaisement!...

Ah! l'imbécile!...

Sans aucun profit pour le Capitaine Buridan!...

Ah! comme il souriait hideusement, cet odieux Guichetier!...

Comme il était heureux de tenir, enfin, sa vengeance!...

— Prenez garde, Landry... il y a deux marches à monter!... dit le Guichetier.

Comme il avait soin de sa victime!

— Ces couloirs sont un peu sombres... poursuivit Maître Pierre Etienne Sabasse... mais, tout à l'heure, nous nous trouverons en pleine lumière!...

Il marchait en trottinant menu, menu... très légèrement pour un homme si gros, si lourd!

Et Landry le suivait péniblement.

— Ma femme sera bien surprise!... reprit le Guichetier... Et bien contente, aussi!... Nous vivons très reclus... Et c'est plaisir quand nous avons visite... Surtout quand le visiteur est un vieux ami tel que vous, Landry... Encore trois marches à monter... Là... Vous y êtes... Patience... Nous serons, bientôt, chez nous...

Un moment après, les deux hommes arrivèrent dans une petite cour... une sorte de puits, dont les murailles étaient formées par les hauts bâtiments du Grand-Châtelet.

Quelques arbustes anémiés, et quelques plantes chétives croissaient, dans un coin de l'étroite cour... où il y avait un banc, de pierre, envahi par la mousse, à côté d'une porte basse: la porte d'entrée du logis de Maître Pierre Etienne Sabasse.

Jamais le soleil ne pénétrait là.

En levant la tête, on apercevait un pan du ciel bleu...

Landry frissonna.

Il eût mieux aimé mourir que de vivre en cet endroit...

Il gémissait dans son bouge; mais il n'avait qu'à en sortir pour respirer... pour voir des horizons... pour s'enivrer d'espace.

Oh! ne voir, jamais, que ce pan du ciel, sur sa tête!...

Etre entouré de ces hautes murailles, noires, humides, lépreuses!...

Un sépulcre!

— C'est notre jardin!... dit le gros Guichetier... Je le cultive à mes heures de loisir... Il n'est pas grand; mais suffisant pour nous!...

Son jardin!

Landry ne répondit pas.

Il souffrait de plus en plus.

Il étouffait!

Il regardait, avec pitié, ces pauvres plantes, ces arbustes nains... prisonniers, eux aussi!

Maître Pierre Etienne Sabasse, cependant, avait ouvert la porte de son logis.

— Entrez!... fit-il... Nous sommes chez nous.

Landry hésita, encore, à aller plus avant.

Il entra, enfin.

Le Guichetier entra derrière lui, et cria :

— Holà!... Holà!... Mariette... Mariette...

Une voix se fit entendre dans les profondeurs du logis... où l'on ne voyait guère plus clair qu'au fond d'un caveau.

— Qu'y a-t-il?... demanda la voix.

— Une visite... Viens... répondit le Guichetier.

Et, se tournant vers Landry :

— Oui, oui... elle sera surprise autant que satisfaite !... ajouta-t-il.

Il offrit un siège à Landry, qui s'assit.

— Nous allons boire un bon pot de vin, mon amé Landry... dit-il, gaîment... Ce sera plaisir, pour moi, croyez-le, que de boire en votre compagnie... Il y a longtemps que cela ne m'est arrivé...

Vraiment, le gros homme était tout heureux de voir le second de Maître Orsini.

C'est que, à mesure que l'on prend de l'âge, le souvenir des jours passés, plus heureux — ou qui semblaient tels, surtout, et seulement, peut-être, parce que l'on était plus jeune — hante l'esprit — même des êtres les plus vulgaires — charme, crée des regrets... si bien que l'on a plaisir à revoir ceux qu'on a connus, jadis, ceux qui furent témoins des joies évanouies.

Et puis, Maître Pierre Etienne Sabasse souffrait, par sa femme, abominablement.

Il était la victime de cette créature, éperdue de se sentir délaissée, de se voir ridée, vieillie.

Il cherchait tous les moyens possibles de la distraire... ou de faire partager sa peine par un autre.

La visite de Landry pouvait amener une accalmie dans sa vie.

Ce serait, toujours, autant de gagné, certes !

Une aubaine, quoi !

Le Guichetier avait introduit Landry dans la salle où sa femme, et lui, prenaient leurs repas... où ils se tenaient, d'ordinaire.

Une vaste salle, dallée, aux murailles nues, noires... avec, dans un coin, une haute cheminée de pierre... et meublée de huches, chargées de vaisseaux d'étain... de coffres, d'une table, de bancs et d'escabeaux.

Au delà de cette salle, il y avait, encore, une autre salle, où les époux dormaient.

— Dès que Mariette sera céans... dit le Guichetier... j'irai chercher le pot de vin que je veux vous offrir !... Ah ! mon bon Landry, je suis bien aise de vous revoir !

Il tapa sur l'épaule de Landry, très amicalement, ce disant.

Maître Etienne Pierre Sabasse était un tout petit homme d'une soixantaine d'années... aussi large que haut... et portant, non sans peine, sur deux petites jambes, tordues en cerceau, la masse, énorme, de son prodigieux abdomen.

Sa tête, très petite, chauve, s'agitait, comiquement, à chacun de ses pas.

Son masque, bouffi, n'avait plus de traits...

Il était, seulement, troué de trois trous, qui constituaient ses yeux et sa bouche.

Son nez, épaté, était perdu dans la graisse de ses joues luisantes... marquant un point rouge, quasi incandescent, au milieu de son visage.

Quelques mèches de cheveux, encore blonds, d'un blond tirant sur le roux, s'abattaient sur ses oreilles, en plat à barbe, ornées, au lobe inférieur, d'un anneau d'or.

Il portait un vêtement en drap vert sombre, barré par une large ceinture de cuir, qui entourait son ventre, et à laquelle un lourd trousseau de très grosses clés était suspendu.

Depuis un moment, déjà, Landry se rassurait.

Il se répétait qu'il s'était alarmé à tort.

Ce « muids ambulant » — comme il avait qualifié Maître Pierre Etienne Sabasse — ne pouvait avoir les mauvais projets qu'il lui avait prêtés.

Tel il l'avait connu... tel il était toujours, assurément.

Jovial, bonhomme, crédule, faible, naïf, doux... et mangeur émérite, buveur sempiternel.

— Ou je me trompe fort... se dit Landry... ou je réussirai, ainsi que je l'avais pensé... Grâce à Mariette, je pourrai voir le Capitaine Buridan... Je suis dans la place... Agissons avec prudence et habileté... Oui, oui, je réussirai !

Maintenant, le logis du Guichetier lui semblait moins triste, moins sombre.

Et, de plus, les murailles de cette Prison, dans laquelle il n'était entré qu'avec épouvante, ne pesaient plus aussi lourdement sur ses épaules.

Tout à coup, on entendit un bruit de pas précipités... un frou-frou d'étoffes... et une voix qui grommelait.

— On ne peut pas être tranquille une minute !... Il faut, toujours, que tu me déranges !... Que veux-tu encore ?... Ne me laisseras-tu jamais en paix ?

C'était Mariette.

Elle entra, dans la salle, en coup de vent.

Sans voir, tout d'abord, Landry, qui était dans la pénombre.

Oh ! l'étrange apparition !

Quand Maître Etienne Pierre Sabasse l'avait appelée, elle était fort occupée, dans l'arrière-salle.

Fort occupée, oui !

A une besogne très importante, certes, pour une femme sur le retour. Elle s'attifait.

C'était son passe-temps favori.

Elle restait, souvent, des heures devant son miroir... à se coiffer, à se décoiffer, cherchant à donner, à ses cheveux, un tour plus harmonieux.

Elle se fardait... elle se noircissait les paupières, pour augmenter, encore, l'éclat de ses yeux.

Elle vidait les coffrets — pleins de bijoux sans valeur qu'elle achetait, sans cesse, dépensant, en ces folies, toutes les menues sommes dont elle disposait — et elle s'en parait avec une joie enfantine.

Pendeloques, colliers, chaînes, bracelets étaient essayés, tour à tour, par elle... mis, ôtés, remis, ôtés derechef.

Elle allumait des cires pour mieux faire resplendir les verroteries serties dans des bijoux de cuivre.

Elle possédait d'innombrables loques, trouvées, çà et là, au hasard de ses déambulations dans la ville : étoffes de soie, de velours, de brocart... plumes et fourrures, même — dont elle se composait des vêtements étranges, aux couleurs violentes, disparates... et qu'elle endossait, pour le plaisir de se faire belle.

Vêtue d'oripeaux, couverte de plumes, de bijoux et de verroteries, fardée, coiffée, elle se promenait dans la salle, à la lueur des cires, se mirant, s'asseyant, se relevant, marchant, saluant, faisant mille grâces, souriant, parlant, avec gestes protecteurs, à des hôtes absents... et s'imaginant... — avec une conviction souveraine... pour son bonheur, et de par la force d'un rêve très bienfaisant — qu'elle évoluait dans un Louvre, en robe d'atours, entourée de courtisans par elle charmés, tout comme Très Noble, Très Haute, Très Puissante Dame, Sa Majesté Marguerite de Bourgogne, Reine Régente de France!

Lorsqu'elle parut dans la salle où se trouvaient Maître Etienne Pierre Sabasse, et Landry, elle était accoutrée de la manière la plus hilarante.

Elle avait fixé, dans ses cheveux, un diadème, qui dominait son front, et qui était orné de trois plumes blanches, frisées.

Ses joues, fardées, étaient rouges comme la peau d'une pêche exposée aux rayons, ardents, des premiers jours d'un brûlant août.

Ses yeux, aux paupières noircies, étincelaient comme charbons au fond de l'âtre.

Des boucles, longues, chargées de cailloux taillés à facettes, pendaient à ses oreilles.

Elle avait drapé, sur son corps, une sorte de tunique, en étoffe rouge, ornée d'une bande de fourrure imitant l'hermine...

Cette tunique entourait son torse, et laissait, nu, l'un de ses seins..
petit, blanc, à pointe rosée, d'une très belle forme encore.

Sur son col, nu, s'étalait un collier très lourd, à plusieurs rangs, fait de
cailloux taillés pareils à ceux qui brillaient à ses pendeloques.

— Qui est là ?... demanda-t-elle... s'adressant à son époux... Que me
veut-on?... Tu ne...

Elle s'interrompit... brusquement.

Elle avait vu Landry.

L'expression de sa physionomie se modifia, tout aussitôt.

De furibonde, qu'elle était... elle se fit souriante, enjouée.

— Landry !... s'écria-t-elle, charmée.

Elle le regarda, tout attendrie... reconnaissante...

Elle était bien heureuse qu'il la vit dans toute la gloire d'une parure longtemps étudiée, et sous laquelle elle se trouvait superbe, majestueuse.

Certes, il ne pouvait arriver plus à point nommé !

— Mon amé Landry !... reprit-elle... Quelle bonne surprise !... Surprise
inattendue !...

Elle serra, tendrement, les deux mains de Landry — qui l'examinait...
tout ébaubi, ne sachant, au juste, s'il devait rire ou admirer... estimant que
Mariette était bien étrangement vêtue; mais se disant, aussi, qu'elle avait,
vraiment, grande allure, sous cet accoutrement !

Et comme elle sentait bon !

De ses cheveux, de sa tunique, se dégageait une forte odeur de musc.

Et comme ce sein, qu'elle montrait, était beau, ferme, poli, sous les
pierres, étincelantes, du collier, et souligné par les plis de la tunique écarlate.

— Est-ce que tu vas rester ainsi « harnachée »?... demanda Maître
Etienne Pierre Sabasse.

Il était très pudibond... et il souffrait de voir sa femme exhiber sa nudité
devant Landry.

Harnachée !

Maître Pierre Etienne Sabasse avait bien articulé ce mot: harnachée !

Mot malheureux, certes !

Mot imprudent !

Mot injurieux, presque... mais, en tout cas, attentatoire, au premier
chef, à la coquetterie de Mariette !

Et, ce, d'autant plus qu'il avait été dit devant Landry.

Mariette regarda son époux dédaigneusement.

— Harnachée !... S'écria-t-elle... Harnachée !... Chacun s'arrange à sa
façon et prend son plaisir où il le trouve... Le tien est de boire... Le mien
de me parer... Je ne te chicane pas sur le nombre de pots que tu vides,
quotidiennement... Laisse-moi me harnacher à mon gré... C'est ainsi, seulement, que nous vivrons en paix !...

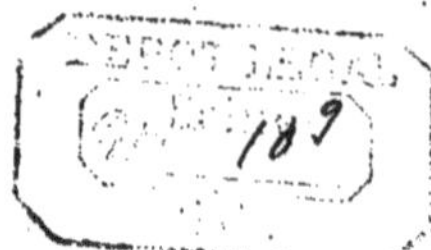

— Notre bonheur ne dura que six mois!... Un jour, mon père connut la vérité...
Il faillit me tuer... (P. 958.)

Le Guichetier haussa les épaules.

— A ton aise!... répondit-il... Tu es parée... Je vais boire... J'ai promis, à Landry, que je lui servirais un pot de ce clairet qu'il aime... Je vais le lui chercher...

— Va!... fit Mariette... Va!...

Elle avait hâte de se trouver seule avec Landry.

Celui-ci, habitué à ces scènes de famille, entre Maître Etienne Pierre Sa-basse, et sa femme, ne sourcilla pas.

LIV. 120. — LA TOUR DE NESLE. — F. GAILLARDET ET A. DUMAS.

— Landry partagera notre repas... reprit Mariette...

— Si cela lui convient, cela me convient, certes!... répliqua le Guichetier.

— Cela lui convient... dit Mariette... Nous l'avons retrouvé, il faut que nous jouissions de lui... Il nous donnera quelques heures... N'est-ce pas Landry?

— Ce qui vous plaît me plaît, Mariette, aujourd'hui, comme hier!... fit Landry, galamment.

— A la bonne heure!... ajouta Mariette triomphante.

— Fort bien!... dit Maître Etienne Pierre Sabasse... Je vais, toujours — et en attendant que sonne l'heure du repas — tirer le pot de vin promis.

— Allez, Maître Etienne!... approuva Landry... Allez!...

— Va!... dit, à son tour, Mariette... Va!...

Le Guichetier sortit.

Landry demeura, seul, avec Mariette.

— Oh!... pensa-t-il... Moment difficile!...

Mais il se promit de se conduire avec autant de galanterie que d'habileté... car s'il était assez galant et assez habile... il pourrait, avant longtemps, certes, en arriver à ses fins, c'est-à-dire : Voir le Capitaine Buridan...

XIII

HISTOIRE DE MARIETTE.

... Dès que Maître Pierre Etienne Sabasse eut tourné les talons... Mariette, leste comme une chèvre, bondit vers Landry.

Le sacripant avait prévu le mouvement.

— Moment difficile!... répéta-t-il, en son for.

Il fit une grimace significative.

Mais il était bien décidé à se montrer galant, autant que possible.

Mariette s'était assise sur ses genoux... et le baisait à toutes lèvres.

— Mon doux Landry!... murmura-t-elle... pâmée... Comme je te suis reconnaissante de ta très délicate attention!...

— Il n'y a pas de quoi !

— Si fait!... Si fait!... Du reste...

— Du reste...

— Je t'attendais!

— Bah!

— Oui!... Quelque chose me disait que tu devais venir !

— Vraiment?

— C'est pour cela que je me suis parée !...

Mariette sourit.

— Ou « harnachée » — comme a dit « ce muids ambulant », selon ton expression — si exacte, d'ailleurs!... ajouta-t-elle... Oui, j'étais sûre que tu viendrais me voir dès aujourd'hui...

— Le fait est... répliqua Landry... le fait est que, aussitôt après ton départ de chez moi...

— Achève?

— J'ai été pris, presque tout de suite, du désir, ardent, de te revoir.

— C'est vrai?

— Archi-vrai!...

— Que tu me rends heureuse!

— Oui!... J'ai senti que je t'aimais, autant que naguère... Je me suis souvenu des jours d'ivresse que j'ai vécus par toi.. et cela m'a ravi!

— Landry!...

— Et j'ai été poussé, jusqu'ici, invinciblement...

— Par l'amour?

— Certes!

— Tu m'enchantes!...

— C'est que je t'ai bien aimée, va... Mariette!

— Et tu m'aimes encore?

— Je t'aime!

— Répète-le!...

— Je t'aime!... Je t'aime!... Je t'aime!...

— Ah ! que c'est bon d'entendre dire ces mots... Pas de mots pareils, mon Landry!... Je t'aime!... C'est tout!... Jamais personne ne m'a dit ces mots aussi bien que toi...

— C'est que personne ne t'aima comme moi.

— Peut-être!... Tu me trouves, donc, toujours belle?

— Plus que jamais!

— Tu me rendras folle de joie!

— Ma petite Mariette!...

— Dis?... Suis-je mise à ton gré?

— Tu as l'air d'une Reine!... La Régente, elle-même, Très Haute et Très Puissante Dame, Marguerite de Bourgogne, en personne, n'est pas, mieux que toi, parée pour recevoir ses courtisans, et n'est pas, plus que toi, belle et majestueuse!

— Majestueuse?...

— Certes!...

— A t'entendre je deviendrais fière !...

— Je ne dis que la vérité !... La vérité toute nue... nue comme ce sein, si blanc, si ferme, si poli !

— Comme il y a longtemps que l'on ne m'a dit de si douces choses !... Ah ! Pourquoi avons-nous vécu loin l'un de l'autre ?... Que de bonnes heures perdues !

— Nous nous rattraperons !

— Tu ne me trouves pas vieillie ?

— Tu es dans tout l'épanouissement de ta beauté.

— Un peu mûre, peut-être ?

— Les fruits mûrs ne sont-ils pas les plus savoureux !

— Je suis à l'automne de ma vie !

— L'automne est la saison par excellence !... Le printemps est plein de promesses que l'automne seul tient !

— L'approche de l'hiver est attristant !

— Nous n'en sommes pas là !... A quoi bon prévoir les jours glacés, la neige et les autans... quand le chaud soleil des riants automnes se joue sur les vignes chargées de grappes dorées.

— Tu as réponse à tout... Tu es un charmeur !

— Un amant qui sait ce que vaut son trésor !

— Je suis un trésor pour toi ?

— D'une valeur inappréciable !

— Je te dis que tu m'enchantes !

— C'est ce que je veux !

— En me parlant ainsi, tu me conduirais au bout du monde... Tu te ferais, de moi, une esclave, soumise, prête à tout pour te plaire toujours.

— Encore une fois, c'est ce que je veux.

— Je suis à toi !... Oui, oui, à toi... toute à toi, mon bien-aimé Landry !...

Caressante, enthousiasmée, Mariette passa ses deux bras autour du cou de Landry, et lui dit, de sa voix la plus douce :

— Je souffrais !... Tu me réconfortes !... Sois béni !... Par toi, je vis une heure inoubliable !... Je te suis reconnaissante au delà de toute expression...

La vieille coquette ne jouait plus un rôle.

Elle était sincère.

Et, comme la sincérité est la vraie force de l'être humain... Mariette, sincère, attendrit le bon Landry.

Subitement, avec l'instinct, très sûr, qui éclaire les gens de cœur, même les plus humbles, même les plus simples d'esprit, lorsqu'ils se trouvent en présence d'une vraie douleur... Landry avait compris ce qui se passait en Mariette... il s'était rendu compte, exactement, de son état d'âme...

— Pauvre femme !... murmura-t-il... très sincère, lui aussi.

Mariette était assise, sur un escabeau, à côté de Landry, tout près de lui.

Elle tenait ses deux mains... et elle les serrait, fortement, dans une très douce étreinte.

Non plus lascive, à présent ; mais émue à un point indicible... touchée, reconnaissante.

— Oh !... fit-elle, à demi-voix... Je souffre, Landry !... Tu me comprendras, toi ?... Ecoute !... Il est des choses que tu ignores et que je veux t'apprendre... Tu as, de moi, mauvaise opinion, peut-être... Eh ! bien, je veux que tu m'estimes... ou, tout au moins, que, connaissant ma vie, tu ne me méprises pas... Ecoute... Ecoute... Cela me fait du bien de te parler ainsi... Cela me soulage... Cela me réconforte... La bonne heure que je passe avec toi... Il y a longtemps que je n'en ai pas eu de pareille !...

— Parle ?... Parle ?...

— Jeune... J'étais très belle... Tout le monde le disait... Et je le voyais bien, car on s'empressait à mes côtés... J'étais, partout, choyée, adulée, recherchée... Les galants, de tout âge, de tout rang, papillonnaient autour de moi... J'étais fille d'un Hôtelier, dont la maison, en mon beau pays Provençal, était renommée... Sans être riche, mon père vivait dans une très large aisance... On ne me refusait aucun ruban, aucun affiquet pour me parer... bien que je fusse belle, assez, pour pouvoir me passer de parure... J'étais très douce... J'étais un être de tendresse et d'amour... Une rêveuse, aussi... Une créature impressionnable, enthousiaste...

— Poursuis ?

— J'étais fort courtisée par le premier garçon de l'Hôtellerie... mon époux, Maître Etienne Pierre Sabasse... Mais il ne me plaisait pas !... Je le trouvais trop préoccupé de choses qui n'étaient rien pour moi... la bonne chère, le boire parfumé, les plaisirs sensuels... Pourquoi n'étais-je pas une fille de noble race ?... Je rêvais, souvent, que j'étais une jeune Châtelaine habitant un haut Donjon, régnant sur tout un peuple de guerriers valeureux, d'Ecuyers, de Pages qui me faisaient cortège, et attendant le plus beau, le plus noble des Seigneurs, qui, au retour de la guerre, devait, en la Chapelle du Donjon, échanger son anneau de Chevalier contre mon anneau de Damoiselle, par devant le Chapelain de ma Maison, en présence d'une assemblée brillante, portant armes, éperons d'or, haumes, joyaux... J'étais folle, est-ce pas, Landry ?

— Non !... Toutes les jouvencelles, peu ou prou, font des rêves pareils !... Cela est si naturel !... Mais, poursuis... poursuis ?...

— Non loin de notre Hôtellerie, le Donjon de mes rêves s'élevait... Il était habité par un vieux Baron qui avait suivi le Saint Roi, Louis IX, à la Croisade... Ce Baron avait de nombreux Ecuyers... parmi lesquels, un... plus jeune, plus beau, plus tendre, plus galant que tous les autres...

— Tu l'avais remarqué?

— Oui!...

— Tu l'aimas?

— Oui!...

— Tu fus heureuse, alors?

— Bien heureuse !

— Or, qu'advint-il?...

— Notre bonheur ne dura que six mois !... Un jour, mon père connut la vérité... Il faillit me tuer... Il me donna le choix entre ces deux propositions... entrer dans un Cloître, ou épouser, dans la huitaine, Etienne Pierre Sabasse, qui, connaissant mon aventure avec l'Ecuyer du Baron, consentait, néanmoins — tant il m'aimait, assurait-il — à me donner son nom...

— Bien entendu, tu choisis, entre les deux propositions, cette dernière?

— Oui !... Huit jours après, j'étais la femme de Pierre Etienne Sabasse.

— Mais... l'Ecuyer...

— Le pauvre!... Il fut tué, à la chasse, moins d'un mois plus tard, par un sanglier...

— Après ?

— Hélas !... Ma vie était liée, à jamais, à celle de Pierre Etienne Sabasse !... Mon père mourut... Mon époux reprit l'Hôtellerie... qui décrut... Tu sais le reste... D'année en année, nous nous appauvrîmes... Il nous fallut quitter la Provence... Nous nous installâmes à Paris, où mon époux installa, avec les débris de notre aisance patrimoniale, l'Hôtellerie du Paon Couronné, où tu logeas..., Et, maintenant, nous voici, sur la fin de notre vie... au Grand-Châtelet!

— Triste !... Triste !...

— Landry, je me rends compte de mes fautes... Mon époux avait des qualités... Si j'avais su les faire valoir, nous eûmes réussi... Mais le Sort m'avait donné des goûts et des aspirations de Haute et Très Noble Dame, tout en faisant, de moi, la fille d'un humble Hôtelier... Tout mon malheur vient de là... Oui, j'ai été folle!... Toute ma vie, j'ai couru après un idéal impossible à satisfaire... Aujourd'hui, tout comme naguère, je suis victime de mes illusions... Je plains Maître Etienne Pierre Sabasse d'avoir lié sa vie à la mienne... Sans moi, il eût été heureux... Il m'aima vraiment... Il m'aime encore!... Il fut, toujours, très doux, très bon... Je l'ai odieusement trompé... Et je le hais!... Oui, je le plains, et je le hais, tout à la fois!... Landry, je suis un monstre!...

— Pauvre Mariette !

— Et, maintenant, je suis vieille !... Je suis laide !... Ma face se ride !... Mes dents, et mes cheveux, tombent !... Mon corps, qui fut si svelte, si pur de lignes, n'est plus qu'une loque !... Sort cruel !... Je fus un être d'amour, et je n'eus pas les joies que j'ai tant et si follement désirées... J'ai eu soif de jouissances ineffables et ma soif fut toujours inassouvie... Mes rêves me montraient un idéal que je ne pouvais atteindre... J'étais née pour être Reine, et je ne fus que la femme d'un Hôtelier balourd, à présent Guichetier de Prison !...

— Pauvre... pauvre Mariette !

— Et mes amants... tous... oui, oui, tous... même quand j'étais jeune et belle, mes amants jouirent de moi sans me donner aucune satifaction réelle !... Je fus leur dupe !... Aucun d'eux ne me comprit... ne me donna ce que je lui demandais... Ils admiraient ma beauté... Ils en étaient épris... Mais pour le plaisir de leurs sens... Aucun ne m'aima comme je souhaitais d'être aimée !... Toi, seul, mon Landry... tu me donnas quelques joies... Mais, ce dont je te suis très reconnaissante, c'est que, seul, tu as su compatir à ma peine !... Jadis, j'avais besoin d'être aimée... Maintenant, j'ai besoin qu'on me plaigne !... Oui, oui, je souffre !... Je souffre !... Je souffre tant que je voudrais mourir !... Je suis désabusée !... La vie me pèse !... La mort me délivrerait !...

— Pauve Mariette !... répéta Landry.

La confession de Mariette l'avait touché, vraiment.

Ce simple, ce doux, ce tendre... l'ami de Luc, de Satan, de Merlin... l'être qui s'attendrissait devant le chapelet qui avait appartenu à sa fiancée... et qui gardait, dévotieusement, dans son sachet, la terre où ses « chères aimées » avaient été inhumées — avait de la pitié pour toutes les douleurs vraies... savait plaindre tous ceux qui souffraient... et excuser toutes les faiblesses de la nature humaine.

Certes, le sort de Mariette était lamentable !...

La pauvre créature était, vraiment, digne de pitié... encore qu'elle fut la cause initiale de toutes ses misères et de toutes ses souffrances.

Le monde est plein de gens qui souffrent... le plus souvent, pour ne pas dire toujours, par leur faute... ou, plutôt, par la faute de la nature, qui leur a donné des passions, ou des vices, sans leur donner d'armes suffisantes pour réagir.

Honte, non sur eux — ils sont excusables, en somme ; mais sur qui les accable... et, même, sur qui n'a pas pitié d'eux !

— Oui, oui, pauvre Mariette !... dit, encore, le très sentimental Landry... Je te plains !... Je te plains !... Tu es à plaindre, vraiment !... Je reviendrai te voir... Je te consolerai... Tu peux compter sur moi...

— Tu es bon !... répliqua la pauvre affligée... Tu es bon, Landry !...

Des larmes, pressées, roulaient sur ses joues, creusant un sillon dans l'épaisse couche de fard qui les recouvrait.

— Je sais ce que la vie pèse sur nous, miséreux !... fit Landry... Et, parce que je le sais, je suis pitoyable !... Plus on a souffert et plus on compatit, sincèrement, aux souffrances des autres... Il est rare de voir un être absolument bon s'il fut toujours heureux !... En ce bas monde, il faut s'entr'aider... C'est la loi !... Qui ne s'y conforme pas se prive de bien des joies et s'expose à de cruels retours du Sort !... Oui, oui, je compatis à ta peine, Mariette... Je ferai tout ce que je pourrai pour l'adoucir...

— Merci !... Merci !...

— A charge de revanche ?

— Certes !

— A ton tour, tu m'aideras si j'ai besoin de ton aide ?

— De tout mon pouvoir.

— J'en aurai besoin... peut-être...

— Tant mieux !

— Avant longtemps !

— Tant mieux !... Tant mieux !...

— Aujourd'hui !

— Je suis prête à te servir...

— Tout à l'heure...

— A l'instant... De quoi s'agit-il ?... Parle, parle... Landry ?... Parle ?... J'écoute...

Landry allait s'expliquer — l'occasion lui semblant excellente pour cela... le Hasard, le Sort, la Providence l'ayant servi, à souhait, bien au delà, même, de ses plus folles espérances — quand on entendit résonner, sur les dalles, au dehors, le pas, lourd, de Maître Pierre Etienne Sabasse.

— Attends ?... dit Landry... Pas un mot devant lui !... Nous reprendrons cet entretien dans un moment, quand nous nous retrouverons seuls, derechef...

— Sache, dans tous les cas... répliqua Mariette... que je suis toute à toi !... Et avec quel plaisir !...

Elle prit les mains du sacripant, et les baisa, dans un transport.

— Oh ! la bonne journée !... La bonne journée !... s'écria-t-elle...

Cependant, Maître Pierre Etienne Sabasse entra dans la salle...

XIV

L'IVROGNE.

...Le Guichetier marchait péniblement.

Il titubait.

Sa face était écarlate...

Son pif trognonnait, plus que jamais...

Ses yeux brillaient, d'un très vif éclat, sous ses paupières mi-closes.

Maître Pierre Etienne Sabasse se leva... (P. 967.)

— Il est toujours fameux, mon petit clairet que vous aimez, Landry!...
dit-il... d'une voix empâtée.

Il posa, sur la table, le pot d'étain qu'il avait emporté, tout à l'heure.

— Vous allez goûter ça!... reprit-il, en dodelinant de la tête, comiquement... Ça coule, dans le gosier, comme du petit lait... C'est frais à la bouche
et chaud au ventre... On dirait que l'on boit du soleil!

Il s'assit... car il se tenait, difficilement, sur ses petites jambes, flageolantes.

— Mariette... fit-il... Mariette... donne-nous des gobelets, ma bonne!...
Il sourit.

— Des gobelets!... dit-il... Rien!... Ils ne contiennent rien!... Dommage... dommage que l'on ne puisse pas boire, à même, au tonneau!...
Oui, oui, dommage!...

Mariette, encore toute ému, lorsque son époux avait reparu, après sa
conversation, très tendre, avec Landry, ne s'était point aperçue, d'abord, que
Maître Etienne Pierre Sabasse était ivre à demi.

Elle s'en aperçut, bientôt... et s'indigna.

Elle était exaspérée, toujours, quand elle voyait son mari gris.

Mais, réflexion faite, elle se dit que, plus le Guichetier serait ivre... plus
tôt elle pourrait reprendre, avec Landry, l'entretien interrompu... plus tôt
elle pourrait lui rendre ce service qu'il attendait d'elle... ce service au sujet
duquel il lui avait été impossible de s'expliquer complètement.

Elle s'était levée.

Elle prit, sur une huche, deux gobelets, qu'elle mit, sur la table, à côté
du pot de vin.

— Tu es resté bien longtemps au caveau!... dit-elle.

— Eh! quoi... répliqua Maître Pierre Etienne Sabasse... tu t'en es
aperçue?... Voilà de quoi m'enorgueillir!... Depuis que nous vivons côte à
côte, c'est la première fois que tu remarques mon absence!... Je ne me suis
fait aucun scrupule de ne pas revenir tout de suite... Tu n'étais pas seule!...
Notre amé Landry te tenait compagnie...

— Tu as bu?... reprit Mariette.

— Je l'avoue!... fit le Guichetier, en riant... Je l'avoue!...

— Tu t'es grisé!

— Grisé?... Non!... J'ai, peut-être, une petite pointe!... C'est tout!...

— Tu es ivre, te dis-je!

— Mariette... tu exagères!

— C'est à peine si tu peux te tenir debout!

— Je n'ai vidé qu'un seul pot... Un seul!... Je le jure, par mon Patron
vénéré, qui tient les clefs du Paradis...

Son visage s'épanouit.

— Boire dans le caveau même, près du tonneau... poursuivit-il... c'est ce qu'il y a de meilleur au monde !... Est-ce pas, Landry ?

Landry opina de la mine et du geste.

— Ivrogne !... s'écria Mariette...

— Chacun son goût, ma bonne !... Je te l'ai dit, déjà : Tu te pares... Je bois !... Cela nous plaît... Ce sont nos seules joies... Ne nous en privons pas !... Cela ne fait tort à personne... Et la vie se passe, ainsi, moins tristement !...

Le gros homme, cependant, avait rempli, de vin, les gobelets.

— Buvons, Landry !... Buvons !... dit-il...

— Buvons !... fit Landry.

— Il faut manger chaud et boire frais !... Je tiens cela de mon aïeul, qui vécut jusqu'à quatre-vingt-deux ans... Je m'en suis souvenu ; je l'ai mis en pratique, et m'en suis bien trouvé !... Trinquons !... A votre santé, Landry !

Landry prit l'un des gobelets, et, le levant :

— A votre santé !... dit-il... A votre santé, Maître Pierre Étienne Sabasse !...

Puis, se tournant vers Mariette, il ajouta, galamment :

— Nous boirons, aussi, à la santé de votre épouse, ici présente... Maître Pierre — si vous le voulez bien ?

— Certes !... répliqua le Guichetier... A la santé de Mariette !

Il but, et reprit... sur un ton larmoyant :

— Je l'ai toujours aimée... tendrement... De son côté, elle a fait tout ce qu'elle a pu pour me le rendre ; mais sans y parvenir... il faut le constater !...

Il soupira.

Puis, il poursuivit :

— Que voulez vous ?... On n'est pas maître de son cœur !... Mariette aurait dû naître fille d'illustre race !... Un homme de cuisine ne pouvait pas lui plaire !... Tant pis pour moi !...

Il secoua la tête, et ajouta :

— Malgré tout, nous n'avons pas fait mauvais ménage !... Je ne t'ai pas rendue malheureuse !... Pas vrai, Mariette ?...

— Non !...

— C'est quelque chose !... A votre santé, Landry.

Deux fois, déjà, tout en parlant ainsi, l'ivrogne avait vidé son gobelet.

Plus que jamais son masque rougeoyait.

Et, de plus en plus, sa langue s'empâtait.

Il ne parlait plus, depuis un moment, qu'avec une extrême difficulté... et, pourtant — bien pareil, en cela, à tous les gens ivres — moins il lui était possible de s'exprimer, et plus il voulait parler...

— Il faut dire... Mariette... que... si j'ai été... absent... longtemps...

tout à l'heure... bégaya-t-il... je ne suis pas resté... tout ce temps-là... au caveau !

Landry observait son hôte, attentivement.

Il se rendait compte, exactement, des progrès, toujours croissants, de son ivresse.

— Qu'il se grise !... pensait-il... Qu'il tombe, ivre-mort !... Voilà qui servira fort mes projets... Quand ce « muids » dormira, j'obtiendrai tout ce que je voudrai de Mariette...

Raisonnement très judicieux, certes !

Vraiment, le Sort servait, toujours, le bon Landry.

Les événements marchaient mieux, à son gré, pour son entreprise hardie, que s'il les avait conduits lui-même.

Pour la première fois de sa vie, peut-être... il restait sobre.

C'était à ne pas le croire : il ne buvait pas !...

A peine, si, de temps à autre, il trempait ses lèvres dans son gobelet... pour faire croire, à Maître Pierre Etienne Sabasse, qu'il lui rendait raison.

Sacrifice méritoire... car le petit vin blanc du Guichetier exhalait un arôme dont se pourléchait Landry !

Toujours, il remplissait le gobelet du gros homme.

Mariette s'apercevait fort bien de la manœuvre de son amant...

Tacitement, elle l'approuvait.

— A votre santé !... dit Landry...

Maître Pierre Etienne Sabasse avait vidé, à lui tout seul, le pot de vin clairet.

— A votre santé !... répéta-il...

Les gobelets s'entrechoquèrent.

— Vous disiez... reprit Landry... que vous n'étiez pas resté, au caveau, tout le temps que vous avez été absent ?

— Non !...

— Qu'est-ce donc que vous avez fait ?

— Je me suis occupé du prisonnier...

— Quel prisonnier ?

— Le nouveau prisonnier...

— Vous avez un nouveau prisonnier ?

— Oui !...

— Ah !...

— Et un prisonnier d'importance.

— Vraiment ?... Depuis longtemps ?

— Depuis deux heures, environ... Un grand criminel... Un criminel d'Etat... Il a été envoyé, au Grand-Châtelet, sur l'ordre, exprès, de la Reine Régente...

Landry était tout frémissant.

— Sur l'ordre, exprès, de la Reine-Régente ?...

— Oui !... Très Haute... Très Noble, et Très Puissante Dame, Marguerite de Bourgogne, en personne.

— Qu'a-t-il donc fait ?... Le savez-vous, Maître ?

— Non !... Seulement...

— Seulement ?

— Son affaire est claire...

— Qu'est-ce que voulez dire ?

— Je veux dire, mon amé Landry... je veux dire que... je ne donnerais pas... un sol parisis... de la peau de ce prisonnier.

Landry frissonna.

— Expliquez-vous mieux ?... demanda-t-il.

— C'est bien simple... répliqua le Guichetier, en bégayant plus que jamais... C'est bien simple... La Reine-Régente l'a fait amener, ici, sous bonne escorte, par le Sire de Savoisy... l'un des plus féaux serviteurs du Roi... l'un des plus braves Capitaines qu'il y ait à la Cour... Conduit par lui, le criminel ne pouvait s'échapper, quand bien même l'escorte aurait été attaquée par une compagnie tout entière... Ce n'est pas tout...

— Achevez ?

— Jamais la Reine, le Roi, Monseigneur Enguerrand de Marigny... n'ont envoyé criminel... au Grand-Châtelet... en prenant plus de précautions !

— Ah !... Quelles ?

— Monseigneur le Grand Prévôt de Paris a reçu l'ordre, de par le Sire de Savoisy... au nom de la Reine... d'enfermer le... criminel dans le... caveau le plus profond et le plus sombre du Grand-Châtelet... de faire veiller, sur lui, sans cesse.... et de ne le laisser approcher — ni voir, même — par personne, sans un ordre... spécial, signé par... Marguerite de Bourgogne elle-même.

Landry pâlit.

— Ces ordres ont été exécutés ?... demanda-t-il.

— Certes !... répliqua Maître Pierre Etienne Sabasse... Qui donc... oserait résister... aux volontés formelles... de la Reine ?

— Le... criminel a donc été enfermé dans le caveau le plus profond, et le plus sombre du Grand-Châtelet ?

— Oui !.. Oui !.. Dans le caveau où l'on enferme ceux qui doivent être mis à la torture... un caveau qui est à plus de vingt... pieds sous... terre — un caveau... dont les... murailles ont dix pieds d'épaisseur... et auquel l'on n'arrive qu'après avoir ouvert une porte, bardée de fer, défendue par deux verroux et une serrure... Depuis que je suis Guichetier... au Grand-Châtelet, un seul homme a été mis... dans ce caveau : Un Moine... qui avait tenté d'assassiner... une Très Haute et Très Noble Dame.... une des

favorites du Roi, a-t-on dit... Ah !... comme il hurlait, le malheureux...
quand on le mit à la torture !... Mais personne ne pouvait entendre ses cris,
ses appels, ses lamentations... sauf ceux qui assistaient à la scène terrible !...
Il mourut... quelques heures après... Il paraît que, aucun de ceux qui ont
été enfermés dans ce... caveau n'a revu la... lumière du jour... La nuit suivante... on enferma la dépouille du... Moine dans un sac... et on le jeta dans
une fosse, pleine... de chaux... sans, même, qu'une prière... soit dite... sur
le lieu de la... sépulture... Ainsi disparaissent... les hommes... qui portent...
des secrets dont la... révélation pourrait... nuire aux intérêts... de l'Etat...

— C'est effrayant !... murmura le bon Landry, épouvanté.

Après un temps de silence, il reprit :

— Et vous croyez, Maître... que pareil sort attend le criminel amené,
céans, aujourd'hui, par le Sire de Savoisy ?

— J'en ai peur !... répliqua Maître Pierre Etienne Sabasse.

Depuis un moment, déjà, il faisait des efforts pour répondre à son interlocuteur.

— Vous l'avez vu, tout à l'heure ?... poursuivit Landry.

— Oui !

— Vous êtes entré dans le caveau où il est, déjà, presque enterré...
vivant !

— Oui !...

— Que dit-il ?

La tête du Guichetier s'agitait comiquement.

Visiblement, il luttait contre le sommeil, qui appesantissait ses paupières.

— Il a demandé... qu'on lui amenât... un Religieux... répliqua-t-il.

— Un religieux ?

Maître Pierre Etienne Sabasse se leva... disant, assurément, qu'il
lutterait, mieux, contre le sommeil, s'il pouvait se mouvoir.

— Sans doute !... fit-il... Il se rend compte... que sa fin est... proche,
c'est probable...

Il dut se rasseoir.

Il ne pouvait pas se tenir en équilibre.

Il reprit, d'une voix presque indistincte :

— Il voudrait être... absous de ses... crimes avant... de comparaître...
par devant le Dieu... Tout Puissant... qui nous... jugera... tous !

— Le malheureux !... Et, lui donnera-t-on satisfaction ?

— Non... puisque le... prisonnier ne doit... voir personne... sans un
ordre de la Reine.

— Mais... ne peut-on faire connaître, à la Reine, le vœu du prisonnier ?...

— Monseigneur... le Grand Prévôt de... Paris avisera... Ce sont là... choses dont... ne se mêle... pas un simple... Guichetier.

— Le prisonnier est chargé de chaînes ?

— Il est lié avec des... cordes... solides... aux jambes... et aux... poignets... Il ne peut faire... aucun mouvement... Il gît... sur un banc, sous... lequel on... a mis une... botte... de paille.

— Il ne se plaint pas ?

— Non !...

— Le malheureux !... Le malheureux !... s'écria Landry, de plus en plus épouvanté.

Maître Pierre Etienne Sabasse vida son gobelet.

— Oui, oui... dit-il... vous avez... raison, Landry... le... malheureux !... Le... malheureux !...

Encore une fois, il se leva...

Il fit deux pas, tituba effroyablement... et se rassit, de nouveau...

— Je suis... las !.. reprit-il...

Il prit le pot de vin.

— Vide !... dit-il...

Riant, il ajouta :

— Comme... vous avez.. bu... Landry !... Je crois... que nous... sommes... gris !...

Puis, s'adressant à Mariette :

— Va... va... chercher... un autre pot... ma bonne... va !... Va !... Landry... et moi... nous... avons encore... soif !.. Pas vrai, Landry ?... Va, Mariette !... Va !... Va, ma bonne !... Oui... j'ai... soif...

Il s'accouda, sur la table... à moitié endormi, déjà... et dit :

— Soif !... J'ai... soif !... Landry !... Mariette !... Le prisonnier !... Soif... J'ai... soif !...

Sa tête pencha en avant...

Il put se relever, encore... et articuler, difficilement, ces mots :

— Mariette... un autre... pot... J'ai soif !... J'ai... soif !

Et, tout à coup, il s'abattit, lourdement, sur la table...

XV

L'ENTENTE

...Landry se leva.

Il se rapprocha de l'ivrogne... et il le regarda.

Ce n'était plus qu'une masse, informe... effondrée !

— Va... va... ma bien-aimée... Va!... Je t'aime!... Je t'aime!... (P. 976.)

Sa tête, chauve... autour de laquelle se hérissaient des touffes de cheveux roux, retroussés, à la nuque, par les bourrelets de graisse de son col, s'appuyait sur ses coudes, posés sur la table.

Son gros corps reposait sur le banc où il avait pris place pour boire, et ses petites jambes étaient recroquevillées sous lui.

De cette masse se dégageait un ronflement sonore, pareil au bruit que produit, en roulant, la meule d'un moulin.

— Il dort !... dit Landry, à demi-voix... s'adressant à Mariette... Il dort profondément !

— Ivrogne !... murmura Mariette, avec dégoût... Il me fait horreur !

Landry sourit.

— Moi... il m'enchante !... dit-il, très gaîment.

Il était triomphant.

Et, pourtant, perplexe, encore, vaguement.

Car, somme toute, il se rendait fort bien compte qu'il allait risquer sa vie pour le salut du Capitaine Buridan.

Or, si décidé qu'il fût à ce sacrifice... il éprouvait, encore, à cette minute ultime — et quel homme, à sa place, ne les eût éprouvées ? — les angoisses, très vives, que sa pusillanimité lui suggérait... et qui luttaient, en lui, contre les élans de sa générosité.

Servir un Criminel d'Etat... contre qui la Toute Puissante Reine-Régente avait pris tant de précautions, c'était jouer gros jeu !

Très gros jeu, certes !

Une partie de dés avec la Camarde !

S'il perdait la partie, il serait accroché au gibet !

Marguerite de Bourgogne ne lui pardonnerait pas d'avoir voulu lutter contre elle !

— Il en est temps encore... lui criait, en son for, sa faiblesse humaine... ne bouge pas !... Tiens-toi coi !... Abandonne tes projets... Le Capitaine Buridan est perdu !... Soit !... Mais toi, tu te sauves !

Et sa générosité lui soufflait :

— Ne sois pas lâche !... Ne sois pas ingrat !... Il faut s'entr'aider ici-bas... sinon à quoi bon vivre ?... Il est beau de se dévouer !... On y trouve toujours son compte... Quiconque, pouvant venir au secours d'un homme en détresse, reste coi, est un sot plus encore qu'un couard... car égoïsme est sottise !... Celui qui ne vit que pour lui ne vit pas !... Marche !... Marche !...

« ... Tu n'es pas venu, jusqu'ici, pour reculer... Tes « aimées » t'ont protégé... Sans elles, tu ne serais pas là, et en si bonne posture pour agir... Elles t'aideront encore.... Ne les entends-tu pas ?... Elles t'invitent à te mettre en campagne... Pour ton bonheur, du reste !... Oui, oui, pour ton bonheur !... Pour la joie de tes jours futurs... Tu l'auras, ta maisonnette, en terre bourguignonne... au penchant du coteau... et tes vignes mûriront au soleil des torrides après-midi d'août incendié !.., Agis !... Agis !... Tu n'as pas une minute à perdre...

« ... Aucun être n'eût jamais pareils moyens de servir, efficacement, un autre être... Il faut que tu en profites... Et puis, ne l'oublie pas : Tu dois la vie au Capitaine Buridan !... Sans lui, il y a longtemps que ta carcasse, accrochée à une potence, se balancerait, dans le vide, et servirait de proie aux corbeaux !... Est-ce qu'il a hésité, lui, jadis, à te venir en aide ?... Il a risqué sa vie, lui aussi, pour sauver la tienne, après ton premier meurtre, lorsque tu eus tué le misérable qui fut cause de la mort de ta douce fiancée... Va... Agis, te dis-je !..

« .,. Tu accompliras une bonne action, qui te sera comptée !... Et tu rempliras ton devoir... La preuve que égoïsme est sottise, c'est que, si tu agis, tu seras fier de toi, et que tu vivras heureux, par surcroît, si tu triomphes... ou bien que, si tu te tiens coi, tu sauveras ta vie, mais tu traîneras, tristement, derrière toi, le remords de n'avoir pas rempli ton devoir !... Tu ne vivras donc pas... car on ne vit que lorsqu'on a la conscience tranquille, ce qui vous met en allégresse !.. Agis !... Agis !... Agis !..

Maître Pierre Etienne Sabasse ronflait toujours.

— J'agirai !... s'écria Landry.

Il était décidé, très décidé à agir.

La voix de sa conscience avait vaincu, définitivement.

Elle avait eu raison de sa faiblesse, de sa pusillanimité, de son égoïsme.

Il était prêt à tout braver... la Reine, la Mort, même... pour remplir son devoir... pour payer sa dette à Buridan.

Oui, oui, ses « aimées » l'avaient aidé, jusque-là... puissamment.

Elles l'aideraient encore, certes !

Lors, le sacripant se tourna vers Mariette.

Elle était immobile.

Elle se rendait compte que Landry allait reprendre l'entretien que la venue de Maître Pierre Etienne Sabasse, avait, tout à l'heure, interrompu.

Elle se rendait compte, aussi, qu'elle touchait à une minute décisive... qui aurait une très grande influence sur sa destinée.

Or, cela la troublait fort.

Qu'est-ce que son amant allait lui dire?

Il avait été, d'abord, hésitant...

Elle l'avait constaté.

— J'agirai !... s'était-il écrié, enfin.

Comment ?... Dans quel but?... Pour quelle entreprise ?...

— Ecoute, Mariette?... reprit Landry... Ecoute?... Ne perdons pas de temps.

Il prit la main de son amie... et, lui parlant, très vite, à demi-voix, en la regardant, fixement, les yeux dans les yeux.

— Tu m'aimes?... demanda-t-il.

— Je t'aime!... répliqua Mariette, très nettement.

Elle était convaincue, enthousiaste, heureuse.

— Tu as déclaré, tout à l'heure, que, si j'avais besoin de ton aide, tu me le donnerais?... poursuivit Landry.

— Je l'ai dit... Je le répète...

— Je t'ai fait savoir que j'en aurais besoin avant longtemps... Tu t'en souviens?

— Oui...

— Eh! bien...

— Eh! bien?

— J'en ai besoin.

— Aujourd'hui?

— Tout de suite...

Mariette s'écria, dans un transport joyeux :

— Tant mieux!...

— Ma bonne Mariette!... fit Landry, touché.

— Je suis toute à toi... Landry... Oui, oui, toute à toi... Que puis-je faire pour te servir?... Parle?... Parle vite?...

— Maître Pierre Etienne Sabasse, ton époux, nous a appris que Monseigneur le Grand Prévôt de Paris a reçu, il y a deux heures, un nouvel hôte... un Criminel d'Etat... envoyé, au Grand-Châtelet, par la Reine Régente Marguerite de Bourgogne?...

— Après?

— Ce Criminel a été enfermé, toujours sur l'ordre de la Reine, dans le caveau le plus profond, et le plus sombre, de cette Prison, où nous sommes?

— Après?... Après?...

— Il paraît que aucun de ceux qui ont été enfermés dans ce caveau n'a revu la lumière du jour?

— Conclus?

Mariette, certes, était impatiente de savoir où Landry voulait en venir.

Landry, fort adroitement, préparait Mariette, sans en avoir l'air, à connaître les projets, très dangereux, qu'il avait formés.

Il ne fallait pas qu'elle s'effarât, en se trouvant, trop inopinément, conrainte de se jeter, avec son amant, dans une entreprise aussi hardie.

— Eh! bien... reprit Landry... il importe que tu saches, ma bonne Mariette... que je connais le Criminel d'Etat qui est enfermé céans.

— Ah!... fit Mariette, toute tremblante.

— Ne t'effraie pas!... Sois calme... Suis bien mon raisonnement...

— Parle?... Parle?

— Oui... je connais ce Criminel l'Etat... Je le connais depuis longtemps... depuis fort longtemps, même.

— Je m'en doutais!... Oh! Landry, Landry... j'ai peur!...

— Peur?... Pourquoi?

— J'ai peur de deviner tes projets... Mon Landry... Oui, oui, j'ai peur!... C'est égal... Poursuis?... Poursuis?

— Ne tremble pas!... Encore une fois, sois calme... Nous ne courons aucun danger... Si nous agissons, nous agirons avec prudence...

— Explique-toi ?... Vite !... Agir ?... Que comptes-tu faire ?... Oui, parle vite... J'aime mieux savoir tout de suite ce que tu attends de moi...

Landry étreignit Mariette... tendrement, très tendrement.

Il se fit câlin... doux — tout comme un très jeune amant près d'une jouvencelle adorée... aux heures, si délicieuses, des premiers rendez-vous.

Il savait bien que, par ainsi, il deviendrait irrésistible.

— Nous sommes protégés... poursuivit Landry, d'une voix très caressante... Les puissances surnaturelles m'ont guidé jusqu'ici... Elles veillent... Je te répète que nous n'avons rien à craindre... rien !... Ma petite Mariette... si nous réussissons, je t'associerai à mon bonheur... Tu viendras demeurer, avec moi, en terre bourguignonne... Nous ne nous quitterons plus... Tous tes désirs seront exaucés... Tu auras des bijoux, des parures... de riches étoffes... Tu vivras, dans la joie, les années qui nous restent... Ah ! comme nous serons heureux...

Mariette l'écoutait, immobile, muette, enivrée.

— Je ne veux pas que cet homme meure... reprit-il... Je lui dois tout... Mariette, je veux risquer ma vie pour sauver la sienne... Mariette, tu m'as promis ton aide... Tu me la dois... Me la donneras-tu ?... Réponds ?

— Ah !... Puis-je te refuser quelque chose ?... répliqua la femme de Maître Etienne Pierre Sabasse...

— A la bonne heure !...

— Tu me conduirais au fond des enfers, même... enjôleur que tu es, en me parlant ainsi !...

— Ma chère Mariette...

— Mais... comment puis-je te servir ?... Que veux-tu de moi ?... Tu ne prétends pas, j'imagine, que nous tentions de rendre la liberté à cet homme ?... C'est impossible !... Absolument impossible !...

— Non !... Non !... Il ne s'agit pas de cela... Je veux, seulement...

— Seulement... Achève ?...

— Je veux arriver jusqu'à lui... Je veux pénétrer dans son cachot... Je veux le voir... Je veux lui parler...

— Cela sera, déjà, très difficile !

— Difficile... peut-être !... Mais non impossible ?

— Je l'espère.

— On peut, du moins, le tenter ?

— Oui !

— Mariette... Sois bénie pour ce mot !

— Nous courrons de grands dangers.

— Quels ?

— Si Monseigneur le Grand Prévot de Paris, ou la Reine-Régente, savaient que nous avons enfreint leurs ordres...

— Je te répète que les puissances, surnaturelles, qui m'ont aidé, jusqu'ici, nous aideront encore, nous protégeront.

— Ainsi soit-il !

— Donc, tu es prête à agir ?

— Oui !...

— Bien !... Or, comment allons-nous agir ?

— Attends !... D'abord, je vais dévêtir ces habits, que je porte, et reprendre mon costume habituel.

— Après ?

— Nous prendrons le trousseau de clés qui pend à la ceinture de mon époux... et où se trouvent les clés qui ouvrent la porte du cachot où le Criminel est enfermé.

— Fort bien !... s'écria Landry, triomphant... Après ?... Après, ma bien-aimée Mariette ?... Après ?

— Nous nous munirons d'un falot...

— Et puis ?...

— Nous nous mettrons en marche...

— Mais...

— Parle ?

— Si l'on nous rencontrait ?... Il faut tout prévoir...

— C'est vrai !... Attends...

— Oh ! cherche, Mariette... cherche... Et trouve un moyen de résoudre cette question...

— J'ai trouvé...

— Très bien !... Dis ?...

— Nous paierons d'audace... Je te ferai passer pour un parent, qui m'aide à remplir la fonction de Guichetier parce que mon époux est indisposé...

— Te croira-t-on ?...

— Il faut en courir le risque... Nous n'avons pas autre chose à faire...

— Bien !... Après ?

— Nous arriverons jusques au cachot...

— Ah ! Dieu, pourvu que nous y arrivions !... Dis-moi, Mariette, tu connais bien tous les tours et détours du Grand-Châtelet ?

— Oui !... J'irais, les yeux fermés, jusqu'au cachot du Criminel...

— Bien !... Enfin...

— Enfin... tu ouvriras la porte du cachot...

— Oui... oui... La porte ouverte, je pénétrerai dans le cachot... Je verrai le Criminel... Mais... toi... que feras-tu, alors ?

— Je refermerai la porte...

— Sur moi ?

— Oui.

Landry frissonna.

Cette idée, qu'il serait enfermé, dans le cachot, avec le Capitaine Buridan... l'épouvantait.

Mariette s'expliqua.

— Il vaut mieux que la porte du cachot soit fermée, sur toi, pendant que tu seras avec le Criminel... dit-elle... Si quelqu'un — Monseigneur le Grand Prévôt de Paris, par exemple — passait, alors, et me voyait là, il ne faut pas que ses soupçons soient éveillés... Si la porte était ouverte, il pourrait avoir des doutes... Il voudrait entrer dans le cachot, peut-être... Il t'y trouverait... Tout serait perdu... Au lieu que, la porte étant close, il croira que j'erre dans les galeries, pour suppléer mon époux... Dans tous les cas, il ne demandera pas à pénétrer dans le cachot... Une porte ouverte, cela vous invite à entrer... Au contraire, on passe, sans s'arrêter, devant une porte close...

— Tu as raison!... fit Landry... Tu fermeras, donc, sur moi, la porte du cachot... Après, ma bien-aimée Mariette, après?

— Tu causeras avec le Criminel... Votre entretien sera aussi court que possible... je n'ai pas besoin d'insister sur ce point — car, pendant qu'il durera, les minutes vaudront des heures, si l'on veut les estimer au prix des terribles dangers que nous courrons...

— Tu as raison!... Tu as raison!... Je t'admire!... Oui, oui, le Sort nous sert... Ah! ton aide m'est précieuse... bien précieuse!... Je suis troublé à ce point que je ne saurais trouver tout ce que tu trouves... Poursuis, Mariette... poursuis?

— Pendant que durera l'entretien, donc... je ferai le guet.

— Après?

— Quand l'entretien sera terminé...

— Achève?

— Tu frapperas, deux fois, doucement, tout doucement... sur la porte...

— Bien!... Alors, tu me l'ouvriras... cette porte?...

— Je l'ouvrirai!... Tu la refermeras... Et nous reviendrons, céans...

Mariette, toute frissonnante, s'écria :

— Ah! je voudrais que nous y fussions revenus... Pourvu que nous y revenions!...

— Nous y reviendrons, Mariette... Nous y reviendrons, te dis-je... Aie confiance!... Je te le répète : nous sommes protégés.

— Que Dieu t'entende!... Attends-moi... Je vais changer de costume, ainsi que c'est convenu...

— Va!... Fais vite!...

— Je serai toute à toi avant cinq minutes...

— Pourvu que ton époux, Maître Pierre Etienne Sabasse, ne se réveille pas!...

— Il ne se réveillera pas... Il dormira, à poings fermés, jusqu'à ce soir !...

— Va... va... ma bien-aimée... Va !... Je t'aime !... Je t'aime !...

Mariette sortit...

Et Landry, resté seul, pensa à ce qu'il allait dire au Capitaine Buridan... devant qui, par intervention Providentielle... il allait comparaître — chose inouïe, invraisemblable, folle... réelle, pourtant !...

XVI

PRÉPARATIFS

... Aucun bruit ne retentissait dans la geôle, pleine, seulement, des tonitruants ronflements de Maître Pierre Etienne Sabasse.

L'ivrogne n'avait pas bougé.

Son énorme corps était affaissé sur la table, et sur le banc.

Il dormait si profondément que les fanfares, vibrantes, qui devaient saluer, quelques heures plus tard, la rentrée de Sa Majesté le Roi de France, et de Navarre, Louis le Dixième, dans sa Bonne Ville de Paris... ne l'eussent pas réveillé !

Landry voyait le trousseau de clés qui pendait à sa ceinture.

Les clés qui ouvraient la porte du cachot du Capitaine Buridan étaient là.

Tout à l'heure, Mariette allait tenter de s'en emparer.

— Ah !... pourvu... pourvu que Mariette puisse les prendre, ces clés !... se dit Landry, frémissant, angoissé.... Pourvu que l'ivrogne, contre toute attente, ne se réveille pas !...

Non... non... il ne se réveillerait pas...

Mariette lui prendrait les clés sans coup férir.

— Nous sommes protégés !... ajouta Landry, avec une conviction souveraine... Mes « aimées » veillent !...

Du reste, Landry n'avait-il pas un nouvel allié ?

Et quel allié ?

Une femme !

Mariette !

C'est-à-dire un être d'amour.

— Or, une femme constitue une force, une force considérable !... murmura le doux Landry... Surtout quand cette femme aime, et quand elle sert qui elle aime !... Mariette sera invincible !... J'aime mieux avoir, en cette aventure, l'aide de Mariette, que celle de Monseigneur le Grand Prévôt de Paris, en personne !...

— Victoire !... fit-il... Première victoire !... Continuons ! (P. 981.)

Et il avait raison, le sacripant !...

Qui a, pour soi, les femmes... est invincible !

Dieu veut ce que veulent les femmes... c'est connu.

Il faut, seulement, qu'elles veuillent fermement...

Or, Mariette, fermement, voulait servir Landry au profit du Capitaine Buridan.

Par conséquent, Landry devait réussir dans son entreprise difficile, dangereuse, et hardie...

Pauvre Capitaine !

Il ne se doutait guère, alors, certes, que son amé Landry était si près de lui !

Il ne se doutait guère qu'il s'efforçait d'arriver jusqu'à lui !

Il serait bien surpris quand il verrait surgir Landry à ses côtés, dans son cachot...

Le plus puissant homme du royaume n'eût pas pu pénétrer, sans un ordre, formel, de la Reine Régente... dans le cachot, où Landry, de par la grâce de Mariette, allait pénétrer... lui !...

N'était-ce pas admirable ?

Tout à coup, Landry sursauta.

Maître Pierre Etienne Sabasse avait fait un mouvement.

— Pâsques Dieu !... murmura Landry, épouvanté.

Blême, il se souleva sur son siège... prêt à tout... oui, oui, prêt, même, à étrangler l'ivrogne, au besoin... afin qu'il ne s'opposât point à ses projets.

Vaine crainte !

Le Guichetier tourna la tête... dit, seulement, ces deux mots :

— A... boire !...

Et il se rendormit, tout aussitôt, profondément.

Landry respira.

Pas moins qu'il avait eu une fière peur !

— Ivrogne !... Animal !... Porc !... Muids !... s'écria-t-il... encore tout tremblant, et pour se soulager... en montrant le poing au dormeur.

Il s'aperçut, avec une véritable satisfaction, que, dans son mouvement, Maître Etienne Pierre Sabasse avait déplacé son corps... et que, par suite, le trousseau de clés qu'il portait suspendu à sa ceinture se trouvait mieux placé pour qu'on pût s'en emparer.

Il voulut voir, dans ce fait, qui s'était produit à l'improviste, une nouvelle et très manifeste preuve de l'intervention des « Êtres » qui le servaient !

Sa confiance, en la réussite, finale, de son entreprise audacieuse, s'en accrut encore.

Mariette reparut.

Elle avait ôté son « harnachement » — selon le mot, peu galant, de son époux.

Elle avait natté ses cheveux... essuyé son fard... dégrafé ses bijoux... déposé ses plumes et les oripeaux dont elle s'était couverte.

Elle portait une robe très simple, en drap bleu foncé... une robe qui se drapait bien sur son corps — maigre, il est vrai ; mais aux lignes encore gracieuses, fines, élégantes.

Elle était cent fois mieux, sous ce costume, qui seyait à sa personne... plus accorte, plus pimpante, plus jeune... que sous ses falbalas ridicules, ses fanfreluches, bijoux, fourrures, plumes et autres prétentieux accoutrements.

La simplicité est la vraie parure, certes...

Landry fut frappé, fort agréablement, du contraste.

— Tu étais parée, tout à l'heure!... dit-il... Tu es belle, à présent!...
Je t'aime mieux ainsi.

Le compliment charma Mariette.

Elle sourit.

— Tu me dis cela pour me faire plaisir!... répliqua-t-elle.

— Non!... Vraiment...

Il étreignit son amie, et il l'embrassa, tendrement.

— Quand nous vivrons en terre bourguignonne... ajouta-t-il... c'est-à-
dire avant longtemps, j'espère... je veux que, pour ma joie, pour le plaisir de
mes yeux, tu sois, toujours, aussi simplement mise...

— Enjôleur!... fit Mariette, ravie...

Elle s'arracha à l'étreinte de Landry.

— Agissons!... fit-elle... Agissons!...

— Agissons!... répéta le sacripant.

*
* *

...Mariette s'assit, sur un escabeau, tout près de son mari.

— D'abord... dit-elle, à demi-voix... emparons-nous des clés du cachot.

— Commencement indispensable!... répliqua Landry... qui essayait de
se faire jovial pour se donner une assurance qu'il n'avait pas, certes.

Il ajouta :

— Si je n'étais pas si maladroit de mes mains, je te proposerais de
t'aider; mais, en vérité, je ferais quelque sottise, et je préfère que tu agisses
seule.

— Oui... oui... laisse-moi faire.

— Avec tes gentes menottes, ma douce Mariette, tu vas subtiliser les
clés sans la moindre difficulté...

— Je l'espère!

— Pourvu que ton époux ne se réveille pas!

— Rien à craindre!

— Que le Grand Saint Landry, mon Très Honoré Patron, daigne t'entendre!

Mariette, dextrement, avait touché le trousseau de clés, parmi lesquelles
elle chercha les deux clés du cachot où le Grand Prévôt de Paris avait fait
enfermer le Capitaine Buridan sur l'ordre de Sa Majesté la Reine Régente,
Marguerite de Bourgogne.

Landry, immobile, muet, la regardait faire... retenant son souffle...
tout angoissé.

Mariette agissait avec tant d'adresse que les clés passaient, tour à tour, entre ses doigts fuselés, sans s'entrechoquer, sans bruit.

Landry l'admirait.

— Les voici !... dit Mariette, enfin.

— Tu en es sûre ?... fit Landry.

— Sûre !

— Bien !... Il faut, à présent, les ôter de l'anneau qui les retient.

— Oui !

— Tâche difficile !

— Nous l'accomplirons.

— Sois prudente...

Landry, haletant, observait les manœuvres de Mariette... qui s'efforçait de tirer la première clé de l'anneau.

Soudain, un bruit de pas retentit, au dehors.

— Qu'est-ce que cela ?... demanda Landry, frémissant.

Mariette, effrayée par le cri de son amant, lâcha les clés qu'elle tenait, et qui, heurtant les autres, produisirent un cliquetis sonore.

Maître Pierre Etienne Sabasse remua.

— Tout est perdu !... murmura le sacripant, plus que jamais angoissé.

Mais le bruit de pas cessa, et l'ivrogne redevint immobile.

— Fausse alerte !... dit Landry.

— Recommençons... fit Mariette, patiente... Tu n'es pas accoutumé aux bruits qui se produisent, céans... Un archer, de garde, est passé devant la porte du logis... De là le bruit de pas que tu as entendu... Tu l'as bien dit : « Fausse alerte !... »

Elle se remit à l'œuvre.

— Attends... reprit Landry.

— Quoi ?

— J'ai une idée.

— Quelle ?

— Les clés qui ouvrent les portes de tous les cachots du Grand-Châtelet sont là ?

— Oui.

— Toutes ?

— Toutes... Pourquoi cette question ?

— Je m'explique... Au lieu de chercher à avoir, seulement, les clés de la porte du cachot du Criminel, si nous emportions le trousseau, tout entier... Qui sait ?... Cela nous serait utile, peut-être.

— C'est que...

— Achève donc ?

— Le trousseau, tout entier, est embarrassant.

— Bah !...

— Tu as raison... Emportons le trousseau tout entier... C'est vrai... Cela supprime bien des difficultés.

— Sans compter, encore une fois, que cela pourra nous servir... Je m'étonne que nous n'ayions pas songé à cela, tout d'abord... Il ne s'agit que de déboucler la ceinture de ton époux... Cela fait, le trousseau sera à nous.

— A l'œuvre !

Et Mariette se mit en devoir de déboucler la ceinture qui entourait l'énorme abdomen de Maître Pierre Etienne Sabasse.

Cette besogne fut accomplie en un tour de main... sans que l'ivrogne eût bougé.

La ceinture ôtée, le trousseau se trouva, instantanément, ès mains de Landry, qui l'éleva, à bout de bras, triomphalement.

— Victoire !... fit-il... Première victoire !... Continuons !

Il avait les clés de la porte du cachot de Buridan !

Ah ! Maître Orsini, certes, eût été bien étonné, s'il avait pu savoir ce qui se passait, alors, au Grand-Châtelet !

Il eût déclaré, énergiquement, que c'était impossible... absolument, radicalement impossible !

Or, cela était, pourtant !

A présent, Mariette, sans mot dire, poursuivait son œuvre.

Dans un coffre, elle prit un falot, en corne blonde, garnie de ferrures et de portes... dans lequel elle mit une chandelle... qu'elle alluma — après quoi elle rabattit les portes de fer sur la corne, de telle sorte que la lueur, très vague, qui se dégageait du falot, et qui, du reste, était suffisante pour éclairer la marche d'un homme dans l'obscurité — s'éteignit.

Munis de ce falot, Landry, et Mariette, pourraient évoluer, dans les couloirs, galeries, tours, tourelles et cachots du Grand-Châtelet, sans exciter l'attention, soupçonneuse, de personne... et ils pourraient, au besoin, éclairer leur route.

— Sortons... dit Mariette...

Et, regardant Landry, fixement :

— A partir de maintenant... ajouta-t-elle, gravement... n'avançons que pas à pas... avec toute la prudence possible... Chaque pas que nous ferons, désormais, sera, peut-être, un pas fait vers la Mort !

Si décidé qu'il fût, Landry frissonna encore.

Machinalement, il mit la main sur le manche du coutelas qui pendait à sa ceinture... et s'assura qu'il jouait bien dans sa gaîne de cuir.

— Marchons !... dit-il.

Il s'était chargé du trousseau de clés.

Mariette portait le falot, à demi dissimulé sous la mante qu'elle avait jetée, sur ses épaules, pour parcourir les galeries froides, humides, où elle allait s'engager... pour l'amour de Landry... et au profit du Capitaine Buridan...

Elle s'assura que son époux, Maître Etienne Pierre Sabasse, dormait, toujours, profondément.

Puis, un moment, elle s'arrêta derrière la porte de son logis, afin de s'assurer qu'aucun bruit, suspect, ne retentissait au dehors.

— Que le Dieu Tout-Puissant marche avec nous !... s'écria-t-elle, en se signant, dévotement.

— Ainsi soit-il !... ajouta Landry, en se signant... lui aussi... Au Nom du Père, du Fils, et du Saint-Esprit !

Mariette ouvrit la porte.

Landry sortit.

Mariette sortit, à son tour, non sans prendre soin de fermer son huis, à double tour de clé.

Enfin, Landry, et Mariette, se mirent en route...

XVII

A TRAVERS LES COULOIRS, GALERIES, TOURS, TOURELLES DE LA PRISON DU GRAND-CHATELET.

... Mariette marchait en avant.

Landry la suivait, pas à pas, perdu dans son ombre... rasant les murs... s'efforçant de se faire petit... de se rendre invisible.

Son cœur battait à coups précipités.

Le sacripant récitait, en son for, son Noël protecteur.

Il lui semblait que jamais, plus qu'à cette minute, il n'avait eu besoin de l'entonner, cet air, sacré, qui lui assurait l'aide de la Providence.

Mariette, et Landry, au sortir du logis, avaient traversé, d'abord, le « jardin » de Maître Pierre Etienne Sabasse.

Ils s'engagèrent, bientôt, dans une longue galerie, obscure, noire, où, de loin en loin, une très vive lumière... la lumière, resplendissante, du soleil... filtrant à travers la bande, verticale, d'une étroite et haute meurtrière... mettait un éblouissement... une clarté de nimbe, dans laquelle flottait comme une poussière d'or.

Après quelques minutes de marche, ils arrivèrent sur une étroite plateforme, d'où l'on dominait les fossés qui entouraient le Grand-Châtelet.

Une grosse tour, massive, aux flancs de laquelle s'accrochaient, pittoresquement, des lierres et des mousses, flanquait cette plate-forme.

On pénétrait, dans la tour, de la plate forme, par une porte basse, que Mariette, et Landry, franchirent.

Au delà de cette porte, ils firent quelques pas, encore éclairés, dans leur marche, par la lueur du jour venant de la plate-forme.

Tout à coup, Mariette s'arrêta... devant une sorte de trou, béant, tout noir.

— Attention!... dit-elle, tout bas, à Landry...

— Qu'y-a-t-il?... fit le sacripant, déjà effrayé.

— Nous allons descendre.

— Bien !... Descendons!

— Appuie-toi à la muraille... Assure bien ton pied sur les marches, qui sont glissantes... Avançons lentement...

— Je te suis...

— Allons !

— Pourquoi ne sors-tu pas le falot, pour nous éclairer ?

— Par mesure de prudence !... Nous pouvons descendre sans lumière...

— Marche!... Marche!...

Mariette s'engagea dans l'escalier.

Et Landry la suivit, lentement... en s'appuyant à la muraille, toute suintante d'humidité... et en prenant soin de bien assurer ses pieds sur chaque marche, ainsi que Mariette le lui avait recommandé.

Recommandation utile, certes... car, effectivement, les marches de pierre, usées, étroites, très hautes, étaient mouillées, glissantes.

Cet escalier était un véritable casse-cou.

Mariette descendait... descendait, très agilement — au lieu que Landry trébuchait à chaque pas.

Et cette descente ne finissait pas!

Après une marche, une autre... dix... vingt autres!

Il semblait à Landry qu'il descendait, ainsi, depuis un temps sempiternel!

A coup sûr, ils étaient arrivés jusques au plus profond des entrailles de la terre.

De plus en plus, l'humidité mouillait les murailles et les marches.

Aucun bruit!...

Aucune lueur!...

Plus d'air respirable!...

C'était plus qu'un caveau... Une tombe !... Un sépulcre !...

Il se dégageait, de ce souterrain, cette odeur, affadissante, qui prend à la gorge dans les endroits souterrains.

Landry suffoquait.

Depuis un moment, déjà, il descendait machinalement...

Il n'avait plus conscience de son moi.

Où était-il?... Que faisait-il?... Il ne s'en rendait plus compte exactement...

Enfin, Mariette s'arrêta.

Une bouffée d'air frais caressa le visage de Landry

Cela le ranima.

Il reprit, à la fois, force et courage.

Il put comprendre, et raisonner.

Ayant levé la tête, il vit une ouverture, béante, au-dessus de lui... comme s'il s'était trouvé au fond d'un puits.

L'air qu'il avait aspiré, à pleins poumons... et qui avait, soudainement, rafraîchi son sang — venait de cette ouverture.

— Où sommes-nous ?... demanda-t-il à Mariette... de qui la silhouette, très faiblement éclairée, se profilait devant lui.

— A cinquante pas du cachot du Criminel que tu veux voir... répliqua Mariette.

— Une tombe!...

— Oui!

— Pauvre Capitaine !

Landry soupira, profondément.

— J'ai hâte de le voir... reprit-il... Marchons, Mariette!... Hâtons-nous !

— Attends !... dit la femme de Maître Pierre Etienne Sabasse.

— Quoi?...

— En suivant cette galerie, nous risquerions de rencontrer une ronde d'archers...

— Alors...

— Par surcroît de prudence, il vaut mieux que nous fassions un détour.

— Mais nous arriverons, tout de même, au cachot du Capitaine?

— Oui... De même, nous aurions pu venir, céans, plus directement, et sans descendre toutes ces marches que nous avons descendues ; mais en passant par là, j'étais sûre que nous ne rencontrerions personne... Cela valait de prendre la peine que nous avons prise.

— Tu es le chef de file, Mariette... Je t'ai suivie... Je te suivrai.

— Viens...

— Tournons à gauche.... Baisse-toi, car nous ne pourrions suivre, debout, la galerie où nous allons entrer...

Mariette se remit en marche... à demi courbée, et suivie par Landry, qui tenait le bout de sa mante.

Maintenant, comme ils marchaient sur le sol détrempé, boueux, ils n'avançaient pas sans peine... ils glissaient, presque à chaque pas, et se soutenaient l'un l'autre.

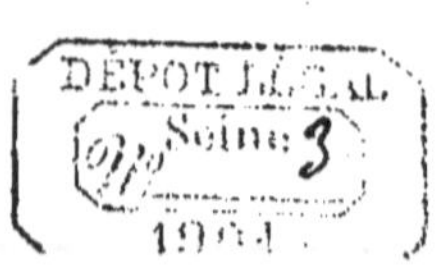

Et Landry put voir, tout au bout de la galerie, des archers, portant des torches,
et dont les armures étincelaient. (P. 987.)

— Baisse-toi... reprit Mariette, à demi-voix.

Landry obéit.

Et, pendant deux longues... deux interminables minutes, ils suivirent
une sorte de boyau de pierre... une galerie si étroite, si basse, que l'énorme
et obèse époux de Mariette, certes, n'eût pas pu le traverser... même en
marchant à quatre pattes.

Enfin, ils arrivèrent au bout de cette galerie... dans laquelle ils avaient rampé, quasiment.

— Oh !... fit Landry, tout heureux de pouvoir relever la tête... Incommode chemin !...

XVIII

LA RONDE.

... Tout à coup, Mariette, par un mouvement rapide, le tira en arrière, et le contraignit à s'effacer derrière la muraille de la nouvelle galerie où ils s'étaient arrêtés... Ce, afin qu'il ne restât point à l'orifice de la galerie étroite... et pour cause.

Elle avait l'ouïe fine, la Mariette.

Depuis qu'elle vivait au Grand-Châtelet, ses oreilles s'étaient habituées, insensiblement, à percevoir les moindres bruits qui retentissaient dans les profondeurs de la Prison.

Or, elle avait entendu un cliquetis d'armes, au delà de la galerie étroite qu'elle venait de parcourir, avec Landry.

— Qu'est-ce donc?... demanda le sacripant, non sans inquiétude.

— Ecoute!... répliqua Mariette.

Le bruit qu'elle avait perçu, la première, retentissait, maintenant, assez pour que Landry l'entendît à son tour.

— Qu'est-ce que cela?... demanda-t-il encore... plus inquiet, à présent.

— Il était temps!... fit Mariette... Si je n'avais pas eu l'idée, fort heureusement, de suivre ce chemin...

— Eh ! bien ?...

— Nous nous serions jetés, tous les deux, dans la gueule du loup !

— Qui donc vient là?

— Une ronde d'archers.

— Alors, nous sommes perdus!...

— Non!... La ronde remontera par la galerie qui se trouve à gauche de celle que nous avons traversée...

— Pâsques Dieu!... Nous l'avons échappé belle, en effet!... Quand je te disais que nous sommes protégés!... Au fur et à mesure que j'avance dans cette aventure où je me suis engagé, tout ce qui m'arrive semble avoir pour but de me démontrer, davantage, que le Tout-Puissant est avec nous?

— Regarde!... reprit Mariette... Mais sois prudent... Ne t'avance pas trop... Il ne faut pas que les archers, qui vont s'arrêter, c'est certain, au bout de la galerie, afin de s'assurer qu'elle est déserte — t'aperçoivent...

Landry, frémissant... à demi effacé derrière la muraille, regarda dans la direction que Mariette lui avait indiquée.

La galerie étroite s'était éclairée, soudain, d'une lueur rougeâtre... qui fit briller les parois, suintantes, de la muraille cintrée.

Et Landry put voir, tout au bout de la galerie, des archers, portant des torches, et dont les armures étincelaient.

Un homme, de haute taille... un vieillard, à cheveux blancs, au masque énergique, s'était arrêté, là-bas.

Il portait une chaîne d'or au cou.

Mariette le reconnut.

— Oui... oui... nous l'avons échappé belle!... murmura-t-elle...

— Qui est-ce?... interrogea Landry.

— Monseigneur le Grand Prévôt de Paris, en personne!... répliqua Mariette.

— Que la Sainte Madone, qui nous a protégés, daigne nous protéger encore!

— Etant donné l'importance du Prisonnier que la Reine Régente lui a envoyé, Monseigneur le Grand Prévôt de Paris a voulu conduire, lui-même, la ronde des archers.

— Que Messire Lucifer le confonde!

— Nous sommes hors de danger!... C'est l'important!

— Oui!... Mais atteindrons-nous notre but?...

— Je l'espère!

On entendit, dans le grand silence, la voix sonore du Grand Prévôt de Paris... qui arriva, très distinctement, aux oreilles de Landry, et de Mariette, à travers la galerie, qui constituait comme un énorme porte-voix.

— Personne!... fit-il... Marchons!

Les archers se remirent en marche.

La lumière des torches, qui éclairait la galerie, décrut... puis, s'éteignit.

On perçut, un moment encore, le bruit, lointain, des armes.

Enfin, tout redevint obscur, et silencieux, autour de Mariette, et de Landry...

XIX

L'ARCHER

— Ils sont partis!... dit Landry... Qu'est-ce que nous allons faire, à présent?...

— Nous remettre en marche, nous aussi... Dans quelques minutes, nous serons près du cachot du Criminel.

— Je n'ose plus faire un mouvement!

— Pourquoi?

— Il me semble que la ronde des archers, guidée par Monseigneur le Grand Prévôt de Paris, va se retrouver devant nous.

— Rien à craindre!... Sa ronde faite, le Grand Prévôt est tranquille... Il va rentrer chez lui... Il n'y aura pas de nouvelle ronde avant une heure, au moins... C'est plus de temps qu'il ne nous en faut pour agir... Viens... Tu l'as fort justement dit : Le Tout-Puissant nous protège, visiblement!... Viens, te dis-je!... Hâtons-nous.

— Mariette, je t'admire!... Ah! comme les femmes sont fortes, et courageuses!... Tu auras fait plus... cent fois plus que moi, pour mon amé Capitaine!... Sans toi, je ne me sentirais plus aucune énergie!... Je rebrousserais chemin, peut-être... quitte à me faire prendre sottement... après des efforts sans utilité... par les archers du Grand Prévôt!... Grâce à toi, je reprends espoir et force!... Oui, oui, marchons... marchons... marchons!...

Landry, tout en parlant ainsi, se démenait très fort... et parlait haut, comme tous les poltrons, pour s'enhardir.

Mariette, toujours attentive, dut l'exhorter à la prudence.

— Chut!... fit-elle... Prends garde!... Ne parle pas à haute voix... Avançons plus que jamais silencieusement!... Viens?...

— Tu as toujours raison!... Marche!... Je te suis!... répliqua le bon Landry, à voix basse.

Il obéissait à Mariette comme un enfant obéit à qui le mène dans les ténèbres qui l'effarent.

— Si tu ouvrais les portes du falot?... proposa-t-il... Cela n'a aucun inconvénient, maintenant, puisque nous sommes sûrs, as-tu dit, de ne rencontrer plus personne!

— Non!... Non!... Il vaut mieux que nous avancions dans l'obscurité... La moindre lueur révélerait notre présence, céans... Du reste, nous pouvons marcher sans y voir... Prends le pan de ma mante, comme tu l'as fait tout à l'heure, et suis-moi sans crainte... je connais les altres...

— Si nous allions tomber dans quelque trou!

— Bête!

— Choir dans quelque oubliette!

— Poltron!... Avançons, te dis-je...

— Avançons donc!...

Mariette se remit en marche, suivie par Landry, angoissé.

Ils suivirent une galerie... montèrent des marches, redescendirent... et débouchèrent, enfin, sur une nouvelle galerie.

Brusquement, Mariette s'arrêta, de nouveau...

Elle fit quelques pas en arrière, en poussant Landry... frissonnant.

— Qu'y a-t-il donc?... demanda celui-ci...

Il tremblait comme un chien sortant d'une rivière glacée.

— Tu n'as rien vu?. . dit Mariette.

— Rien!... Que se passe-t-il?

— Ce que je craignais, depuis un moment dèjà, est arrivé!

— Quoi?

— Tout est perdu!

— Perdu?

— Oui!... Impossible d'aller plus loin.

— Encore une fois, pourquoi donc?

— Impossible de pénétrer dans le cachot!...

— Qu'est-ce que tu dis?

— Dans la galerie, même...

— Explique-toi?...

— Quand nous avons tourné, à droite, là, tout à l'heure, dans la galerie au milieu de laquelle se trouve le cachot...

— Eh bien?

— J'ai vu...

— Achève?

— J'ai vu briller une lueur, dans la galerie...

— Une lueur?

— Oui!... La lueur, blafarde, d'un falot... Je suis étonnée que tu ne l'aies pas vue, toi aussi.

— Il y a donc quelqu'un dans la galerie?

— Oui!

— Ou bien, Monseigneur le Grand Prévôt de Paris a-t-il donné l'ordre qu'on laissât, là, un falot... pour éclairer la galerie?... C'est possiblé!... Il ne faut pas s'alarmer trop vite...

— C'est que...

— Parle?

— J'ai vu, aussi...

— Parle?... Parle?

— Ah!... Oui, oui, tout est perdu!... Tout est perdu!... Fuyons!... Fuyons!... Viens, Landry...

C'était au tour de Mariette de trembler, à présent.

Fort heureusement, Landry ne tremblait plus, lui...

Au contraire, il semblait que, à point nommé, il avait reconquis toute son énergie.

A point nommé, c'est-à-dire au moment même où cela devenait nécessaire pour réagir contre la désespérance de Mariette.

— Mais, enfin... reprit le sacripant... Qu'est-ce que tu as vu?... Réponds?... Réponds, Mariette?

— Un archer!... répliqua la femme de Maître Pierre Etienne Sabasse.

— Un archer?

— Oui!... Tout ce que je craignais, encore une fois... Un archer!... Laissé, là, en sentinelle, par la prévoyance de Monseigneur le Grand Prévôt de Paris... Et, juste... devant la porte du cachot où nous voulions pénétrer...

— Diavolo, comme dit Maître Orsini!... s'écria Landry... Voilà qui était inattendu!...

— Impossible d'avancer, donc!... reprit Mariette... Impossible d'arriver jusqu'au cachot!... Ce que nous avons de mieux à faire, c'est de rebrousser chemin... de rentrer au logis!... On ne peut rien contre l'impossible!... Viens, Landry... Rentrons... Nous sommes en danger... On ne peut rien tenter d'utile pour celui que nous avons voulu servir... Ce n'est que trop certain, hélas!...

XX

TENTATION

... Landry n'écoutait plus Mariette.

Il réfléchissait.

Il avait bien trouvé un moyen d'en arriver à ses fins; mais il hésitait à le mettre en œuvre.

Et pour cause!

C'est que, depuis une heure, il avait fait une dépense de forces considérable au service du Capitaine Buridan... et que, pour mettre son projet en œuvre, il lui fallait en dépenser plus que jamais.

Or, il doutait de le pouvoir.

De plus, pour triompher, il fallait faire, encore, œuvre de meurtrier.

Et cela l'épouvantait !

— A quoi penses-tu ?... lui demanda Mariette... Viens ?...

— A quoi je pense ?... répondit Landry, immobile... Je pense que, si je le voulais, fermement... si je n'étais pas si lâche...

— Eh ! bien ?

— Je pourrais, avant cinq minutes, à présent, entrer dans le cachot du Capitaine...

— Comment ?

— Mais... je suis lâche !... ajouta Landry, comme s'il répondait à ses propres pensées... Oui, je suis lâche !... Lâche !... Lâche !... Je n'ose pas !... Du reste, aurais-je assez de forces pour agir ?... Tout est là !... J'en doute !...

— Tu m'effraies !... Landry...

— Oh ! si j'osais !... Je devrais oser !...

Le sacripant était tout frémissant.

Sa main droite était crispée sur le manche de son couteau... de ce même couteau avec lequel, déjà, — et sans tant d'hésitations — il avait frappé d'innombrables victimes, à la Tour de Nesle !

Une de plus !...

Est-ce que cela comptait ?

Oui, mais... lorsqu'il abattait, là-bas, l'un des amants de la Reine, ou des Princesses... il était ivre, toujours !

De sang-froid, il n'eût point oser tuer !...

Jamais !... Jamais !...

Or, à cette heure, dans les galeries souterraines du Grand-Châtelet, il était de sang-froid.

Malheureusement !

Dommage qu'il n'eût pas bu avec Maître Pierre Etienne Sabasse !...

Oui, oui, dommage !...

Ivre, il eût agi !

Il n'eût pas craint de faire une nouvelle victime !

Cette fois, d'ailleurs, pour œuvre pie... car il ne doutait pas, que, si le Capitaine Buridan s'était attaqué à Marguerite de Bourgogne, ç'avait été pour servir une noble cause.

Par conséquent, n'était-ce pas servir cette cause que de mettre le Capitaine Buridan en puissance d'attaquer, encore, Marguerite de Bourgogne, et de lui permettre, peut-être, de triompher d'elle ?

Oui, oui, oui... dommage !... Dommage !

Tuer !...

Tuer !... De sang-froid !...

Impossible !

Et, pourtant, pour servir Buridan... il n'y avait aucun autre moyen à mettre en œuvre... aucun !...

Quelle malechance !

Echouer... ainsi... tout près du but !

Parce que Monseigneur le Grand Prévôt de Paris avait eu l'idée, quelques minutes auparavant, de mettre, là, un archer en sentinelle !

Malechance !... Malechance !...

Avoir tout fait... avoir accompli des prodiges... et être arrêté, au dernier moment... à l'heure du triomphe... par un obstacle ridicule !

Oh! le Tout-Puissant ne protégeait plus le bon Landry !

Ses « chères aimées » ne l'assistaient plus !...

Elles ne lui accordaient plus leur précieux concours !...

— Il faut prendre une résolution !... murmura Landry, en proie à une indicible surexcitation... Nous ne pouvons pas nous immobiliser ici !... Ou bien, il faut renoncer à voir le Capitaine... rebrousser chemin...

— Oui !... Oui !... dit Mariette, suppliante... Rebroussons chemin !... Nous n'avons pas autre chose à faire !

— Ou bien... poursuivit Landry, sans paraître se soucier des propos de Mariette... ou bien...

— Ou bien?...

— Aller de l'avant !...

Le poing de Landry étreignait, plus fortement que jamais, le manche de son couteau.

Son visage était blême...

Ses yeux resplendissaient.

— Aller de l'avant?... répéta Mariette...

— Oui !...

— Mais... la sentinelle...

Landry, frémissant, répliqua :

— On pourrait...

Mariette comprit...

Elle jeta un cri.

— Tu m'épouvantes !... fit-elle.

Et elle s'accrocha au bras de son amant.

— Landry !... Landry !... poursuivit-elle... Fuyons !... Fuyons !... Je te dis que tu m'épouvantes !... Toi !... Toi !... Frapper cet homme !... Tuer !... Tuer !... Toi?... Meurtrier !... Non !... Non !... Fuyons !... Fuyons !...

Landry demeurait immobile.

Il hésitait toujours.

— Lâche !... Lâche !... Lâche !... s'écria-t-il, éperdu... J'en ai frappé bien d'autres !... Pourquoi hésiter, cette fois?... Marche !... Marche !...

Il ne se rendait plus compte de ce qui se passait autour de lui.

Landry, bouche bée, écoute parler Mariette.
Il ne comprend goutte à ses propos. (P. 997.)

Il ne savait plus qu'il était dans les caveaux du Grand-Châtelet.

Il ne voyait plus Mariette.

Il avait une idée fixe : Il lui fallait tuer cet homme... cet archer... cette sentinelle, appostée, là, par le Grand Prévôt de Paris... et qui l'empêchait, seule, de pénétrer dans le cachot de Buridan : but, si ardemment désiré, de l'entreprise en laquelle il s'était engagé.

Son cœur battait vite, très vite... poussant, violemment, son sang dans ses artères... mettant un bruit de houle en ses oreilles... injectant ses yeux...

Ses muscles frémissaient tant ses nerfs étaient surexcités.

Dans ce souterrain, où il ne respirait qu'un air humide, nauséabond, vicié... dans ces ténèbres affolantes, créatrices de fantômes... il était comme halluciné !

Il lui semblait entendre des voix qui lui ordonnaient d'agir.

Il était convaincu, à présent, superstitieusement, que cette victime — la sentinelle — était nécessaire !

— Allons !... s'exclama-t-il, tout à coup, hagard, terrible, effrayant... Nous n'avons pas tant fait, jusqu'ici, pour reculer...

Son couteau tiré... et solidement affermi à son poing... il tenta de se soustraire à l'étreinte de Mariette.

Mais, éperdue, terrifiée, celle-ci s'accrocha, à lui, désespérément.

— Non !... Non !... Landry !... fit-elle, de plus en plus suppliante... Je ne veux pas !... Je ne veux pas que tu tues cet homme !

— Laisse-moi !...

— Landry...

— Laisse-moi, te dis-je.

— Landry... je te supplie...

— Laisse-moi donc...

— Meurtrier !...

— Il le faut !

— Ecoute...

— Rien !...

— Attends...

— Je veux agir...

— Un mot...

— Nous avons perdu trop de temps, déjà !...

— Mon amé Landry...

— Une dernière fois, laisse-moi, Mariette !...

— Tu n'avanceras pas !... Arrête !... Pas un pas de plus... ou bien...

— Ou bien ?...

— Ou bien, je jette l'alarme... J'avertis la sentinelle...

Landry saisit les poignets de Mariette, et les serra jusqu'à les briser... surtout celui qu'il tenait en même temps que son couteau, dont le manche broyait le bras de la pauvre femme.

— Tu me gênes, à présent !... fit-il.

Il était fou, quasiment.

Cette lutte, dans les ténèbres, l'avait exaspéré.

— Prends garde !... ajouta-t-il, menaçant...

— Tu me fais mal !... clama Mariette... Landry !... Grâce !... Grâce !...

Le sacripant parvint à se débarrasser de l'étreinte de Mariette... qui était épuisée, du reste... et plus que jamais terrifiée!

Il fit quelques pas... son arme haute.

Il arriva au tournant de la galerie... où il avait marché en titubant, comme un ivrogne.

Lors, il vit ce que Mariette avait vu, un moment auparavant...

A la lueur, blafarde, du falot accroché à la muraille humide... l'archer, qui veillait devant la porte du cachot de Buridan.

Son casque... sa cuirasse, toutes les pièces de son armure, étincelaient, rougeoyaient, en réfléchant la lumière du falot.

Il était debout... appuyé sur sa lance.

C'était un tout jeune homme.

Il rêvait.

Sans doute à la très gente jouvencelle qu'il aimait... qu'il comptait revoir, bientôt... et dans les yeux de qui il mirerait, avec ivresse, ses yeux d'amoureux.

Landry recula.

— Non!... Non!... Non!... fit-il, éperdu... Je n'oserais pas!... Tu as raison, Mariette... Fuyons... Fuyons!...

Et, lui-même, il entraîna sa maîtresse...

XXI

RETRAITE.

...Ils parcoururent vite, en sens contraire... très vite... comme des êtres en détresse qui fuient un grand danger auquel ils ont échappé par miracle — le chemin qu'ils avaient parcouru, tout à l'heure.

Tout en marchant, Landry gémissait.

Il prononçait des mots inarticulés, sans suite.

— Terrible!... Terrible!... Pauvre, pauvre Capitaine!...

Il était fou, quasiment.

Il suffoquait...

Il avait grand besoin de respirer l'air pur du dehors, de revoir la lumière du jour...

Mariette le suivait, péniblement.

Elle était brisée...

Elle aussi... elle avait besoin de sortir de ce souterrain, où elle avait engagé cette lutte, terrible, contre son amant!

Ils se retrouvèrent à l'entrée de la galerie, étroite, et basse, qu'ils avaient suivie en rampant.

Ils s'y engagèrent, machinalement.

Lorsqu'ils furent au bout de cette galerie, ils s'arrêtèrent, simultanément, d'un même mouvement.

Mariette s'assit sur l'une des marches de l'autre galerie dont ils avaient descendu les innombrables degrés.

Là, ils respirèrent.

Là, ils purent voir, sur leur tête... la lumière du jour.

L'air du dehors pénétrait, là, au fond de ce puits, par l'ouverture, béante... sous laquelle, tout à l'heure, déjà, ils avaient aspiré de l'air à pleins poumons.

— Pauvre... pauvre Capitaine !... murmura Landry.

Il soupira, profondément.

— Oh !... poursuivit-il... Comme j'ai souffert !

Il se trouvait mieux.

Il avait repris conscience des choses ambiantes.

A présent, son cœur battait normalement.

Il n'entendait plus cet effrayant bruit de houle que la pression du sang dans ses artères avait mise en ses oreilles, et qui l'avait troublé jusqu'à l'hallucination, jusqu'au délire furieux.

Lors, très doux, apitoyé, il se rapprocha de Mariette... qui restait muette, immobile, rêveuse.

— Je t'ai mal payée de tant de peines que tu as prises pour moi !... fit-il, affectueusement.

Mariette tressaillit... sursauta, comme un être qu'on arrache, brusquement, à une profonde rêverie.

Elle releva la tête, et regarda Landry... Dans ses yeux, deux larmes perlèrent.

Elle avait été, soudain, très émue... par la douceur, exquise, des paroles de Landry.

Elle était très touchée de sa tendre affectuosité.

Elle était si peu habituée à de pareils égards !

Reconnaissante, elle prit la main de Landry... et la baisa, sans mot dire, en guise de remercîment... pour lui faire comprendre, mieux que par des mots, qu'elle avait compris ce qui s'était passé en lui... et qu'elle lui pardonnait sa brutalité.

— Oui... oui... dit-elle, après un temps de silence... tu as dû souffrir !... Mon amé Landry !...

Elle voulait le plaindre, maintenant, pour le réconforter.

— Échouer, ainsi... tout près du but... après tant de peines... après

avoir dépensé tant d'énergie, couru tant de dangers!... s'écria Landry...
Malechance!... Malechance !...

Il soupira, derechef.

— Pauvre Capitaine!... répéta-t-il...

Et, très las, lui aussi, il s'assit, sur la marche, à côté de Mariette...

XXII

L'IDÉE DE MARIETTÉ

... Que se passe-t-il donc?

Tout à coup... et à la très grande surprise de Landry... Mariette se
lève.

Elle est très agitée.

Elle paraît joyeuse.

— Mariette... dit Landry.

— Oh! comment n'ai-je pas pensé à cela plus tôt?... reprend Mariette.

— Que signifie?

— Écoute...

— Parle?

— Rien n'est perdu, encore, peut-être.

— Que veux-tu dire?

Mariette ne répond pas... Elle semble se consulter... Evidemment, elle
creuse l'idée qui a traversé, soudainement, son esprit.

— Oui... oui... s'écrie-t-elle, de plus en plus joyeuse... On peut agir
ainsi... Et, même, sans coup férir!... Sans avoir rien, absolument rien à
craindre de personne!... Oh! comment... comment n'ai-je pas pensé à cela
tout d'abord... C'était le moyen, le meilleur, le plus sûr, le moins dangereux
à employer... Que de temps perdu!... Depuis longtemps, tu devrais être dans
le cachot du Criminel... Quelle bonne idée tu as eue de me faire prendre, au
lieu, seulement, des deux clés de ce cachot, toutes les clés... le trousseau...
Sans cela, nous ne pourrions agir.

Landry, bouche bée, écoute parler Mariette.

Il ne comprend goutte à ses propos.

Seulement, il en augure bien.

Quelle idée a-t-elle eue?

Que prétend-elle faire?

— Depuis longtemps, as-tu dit... insinue-t-il... je devrais être dans le
cachot du Capitaine?

— Oui !

— Tu as donc repris espoir de m'y faire pénétrer ?

— Oui !... Oui !...

— Mais... la sentinelle... appostée, là-bas, par Monseigneur le Grand Prévôt de Paris ?

— Elle ne pourra te voir.

— Mariette...

— Je te répète qu'elle ne pourra te voir !

— En es-tu sûre ?

— Sûre !

— Voilà qui est prodigieux !... Mais comment...

— Ne perdons pas de temps !... Viens, mon amé Landry, suis-moi... Il me faudrait trop parler pour m'expliquer... Agissons... Par ainsi, tu comprendras mieux, plus vite, et plus utilement... Viens, te dis-je... Aie confiance... Je suis sûre de mon fait, encore une fois... Avant cinq minutes, tu seras dans le cachot du Criminel.

— C'est invraisemblable... inouï !

— Cela est?... Viens?

— Marchons donc...

Mariette se met à gravir, lestement, les marches... et Landry, stupéfait, ahuri, la suit.

Ils montent, ainsi, rapidement, trente marches, environ.

Soudain, Mariette s'arrête.

Elle ouvre les portes de son falot.

Un mince filet de lumière brille et éclaire la place.

Alors, Mariette, et Landry, voient, à quelques marches au-dessus de celle où ils se sont arrêtés, l'embrasure d'une porte, ouverte dans la muraille.

Ah ! certes, Mariette ne s'est pas vantée.

Elle connaît, à merveille, les aîtres du Grand-Châtelet.

Bien qu'elle ait gravi les marches de l'escalier dans la plus profonde obscurité, elle a fait halte presque à la hauteur de cette porte.

— Passons par ici... dit-elle à Landry.

— Où cette porte nous conduira-t-elle ?... demande le sacripant.

— Dans une galerie qui s'élève immédiatement au-dessus de celle que nous avons parcourue, tout à l'heure, et où s'ouvre le cachot du Criminel.

— Un étage au-dessus ?

— Juste !

— Mais, puisque nous allons nous trouver dans une galerie élevée au-dessus de celle où s'ouvre le cachot du Capitaine... comment pourrais-je pénétrer, dans ce cachot, ainsi que tu m'as annoncé que je le ferais incessamment?... A moins que tu n'aies découvert un moyen de passer à travers les murailles, je ne vois pas...

— Viens... Viens... Tu comprendras tout dans un instant...

— Je me fie à toi... Marche... Je te suivrai...

Mariette, par mesure de prudence, referme les portes de son falot... dès que, avec Landry, elle a franchi le seuil de la porte...

Elle s'engage dans la nouvelle galerie, très haute de voûte, celle-ci; mais fort étroite, et où l'on n'avance que péniblement.

Du moins y voit-on clair, vaguement... et peut-on respirer — ce qui est quelque chose — car la galerie est percée, de loin en loin, de meurtrières, par lesquelles passent air et lumière.

Enfin, Mariette, et Landry, débouchent sur une galerie plus large, pareille, absolument, à celle dans laquelle, à l'étage au-dessous, ils n'ont pas pu s'engager, parce qu'ils avaient vu, à la lueur du falot qui l'éclairait, l'archer, apposté, devant la porte du cachot du Capitaine Buridan, par le très prévoyant Grand Prévôt de Paris.

— Nous sommes arrivés... dit Mariette, à demi-voix... Nous n'avons plus que quelques pas à faire...

Soudain, le mince filet de lumière que projette le falot de Mariette brille.

Toujours suivie par Landry, elle fait vingt pas.

Elle s'arrête devant une porte grossièrement faite avec des montants et des barres de bois... une porte épaisse, garnie de lourdes ferrures.

Et elle cherche, dans le trousseau de clés de Maître Pierre Etienne Sabasse, la clé qui ouvre la formidable serrure de cette porte.

— Que vas-tu faire?... demande Landry, stupéfait.

— Ouvrir cette porte... réplique Mariette.

— Et puis...

— Nous entrerons là...

— Pourquoi?

— Tu le sauras...

— Qu'est-ce que ce cachot?

— Tu vas le voir...

Landry est impatient de connaître le projet de Mariette.

Cependant, elle a trouvé la clé qu'elle cherchait.

Elle la donne à Landry... et lui dit :

— Ouvre cette porte... Il faut, pour l'ouvrir, une main plus forte que la mienne...

Non sans peine... Landry ouvre la porte... qui tourne, en grinçant, lamentablement, sur ses gonds rouillés.

— Bien!... dit Mariette... Entrons!...

— Entrons!... répète Landry, frissonnant.

Et, le premier, portant le falot, il pénètre dans le cachot dont il a ouvert la porte...

XXIII

LES INSTRUMENTS DU MAÎTRE DES HAUTES ŒUVRES.

...C'est une assez vaste salle, dallée, dont les murailles, cintrées, sont couvertes d'instruménts étranges, effrayants... et dont on ne s'explique pas, tout d'abord l'objet : poutres, poulies, cordages, vaisseaux de cuivre et de fer, chevalets, scies, trépieds, soufflets, fourches, fouets, roues, bancs, cruches, pinces, chaînes — attirail formidable, ferrements d'invention diabolique, qui constituent autant de motifs d'épouvantement !

L'ombre portée de ces objets les allonge, semble-t-il, de manière démesurée, ce qui leur donne un aspect plus horrifique encore.

Vus ainsi, ils ont apparence de monstres.

On dirait qu'ils vivent... qu'ils s'agitent : hydres effroyables... gigantesques serpents... pieuvres aux bras mouvants prêts à enlacer une proie.

Landry recule.

Il est blême.

Il tremble.

Il se dit qu'il a réveillé, brusquement, et pour son malheur, ces monstrés, qui dormaient...

Il se dit que sa dernière heure est venue.

Il croit entendre les cris, désèspérés, des victimes, innombrables, faites par ces bêtes hideuses.

Comme il a glissé, sur les dalles humídes, il s'imagine qu'elles sont couvertes de sang.

Il voudrait fuir...

Impossible !

La frayeur le paralyse.

Et, pourtant, il interroge Mariette.

— Où m'as-tu conduit ?... demande-t-il...

Mariette ne s'est pas rendu compte de l'effroi de son compagnon.

Elle exulte.

Elle est toute à la joie... car, grâce à l'idée qu'elle a eue... elle est sûre, absolument sûre qu'elle donnera, bientôt, satisfaction à son amant... sûre qu'elle lui fournira le moyen de pénétrer, enfin, dans le cachot du Capitaine.

LA TOUR DE NESLE

Cette dernière tentative a réussi... La trappe est levée... (P. 1006.)

— Nous sommes, céans... répond-elle... dans la salle où le « Maître des Hautes Œuvres... (1) » enferme les divers engins dont il se sert pour géhenner, torturer, tourmenter, questionner les condamnés... (2).

Maintenant, Landry voit les instruments de torture.

Il les reconnaît.

Il n'est pas moins épouvanté que tout à l'heure.

Ces terrifiants engins ne sont-ils pas, à de certaines heures, de par la volonté des hommes, plus redoutables, cent fois, que les plus farouches monstres ?

Ne mordent-ils pas la chair... n'arrachent-ils pas les membres... ne font-ils pas couler le sang... ne prennent-ils pas la vie ?

Cet attirail, qui représente la Justice humaine, est effarant.

— Mais... reprend Landry... pourquoi sommes-nous venus dans cette salle ?

Mariette a refermé la porte, à clé, soigneusement.

Maintenant, elle est tranquille.

Monseigneur le Grand Prévôt de Paris, en personne... une ronde, nouvelle, d'archers, peuvent passer, au dehors, dans la galerie... ni le Grand Prévôt, ni les archers ne se douteront, certes, que Mariette, et Landry, sont dans la salle où le « Maître des Hautes Œuvres » enferme ses instruments de supplice.

Mariette, et Landry, peuvent donc travailler, sans danger, au profit du Capitaine Buridan.

— Nous sommes, céans, juste au-dessus du cachot du Criminel... dit Mariette.

Landry, toujours impressionné par l'effrayante ambiance, écoute Mariette, pourtant, avec une attention soutenue.

— Or... poursuit Mariette... il ne s'agit plus que de passer, de cette salle, dans le cachot du Capitaine...

— Comment ?

— Rien de plus facile !

— Explique-toi ?...

---

(1) *Maistre des haultes œuvres* — autrement dit : le bourreau.

(2) Selon Josse Damhouder, il y avait treize manières de faire l'exécution... Il les range dans l'ordre suivant : « Le feu, l'espée, la force, l'esquartelage, la roue, la fourche, le gibet, traisner, poindre ou picquer, couper oreilles, desmembrer, flageller ou fustiger, le *pellorin* (pilori) ou eschaffault.

XXIV

LA TRAPPE.

... Lors, Mariette montre, à Landry, une trappe, en bois, garnie de ferrures, qui se trouve au milieu des dalles, sous leurs pieds.

— Regarde... dit Mariette.

— Cette trappe...

— Oui... Cette trappe met la salle, et le cachot, en communication.

Landry comprend.

Ces paroles l'ont éclairé.

Il a suffi, pour cela, de quelques mots... comme il suffit d'une très faible lueur pour creuser un trou profondément lumineux dans une immensité enténébrée.

A son tour, il exulte.

A présent, cet impressionnable, tout à la joie, enthousiasmé, en allégresse, ne voit plus les engins de torture... ou, s'il les voit, ils lui paraissent objets indifférents : Monceau de bois et de fer.

Il étreint Mariette...

Il l'embrasse.

Il est, tout à la fois, très tendre, et très reconnaissant.

— Je comprends!... s'écrie-t-il... Je comprends!... Une idée merveilleuse!... Ah! Mariette, ma douce Mariette!... Ange!.., Merci!... Merci!...

Et il s'exclame :

— Oui... oui... idée merveilleuse!... C'est la Providence qui te l'a suggérée!... Mes « chères aimées » nous protègent toujours!... Hosannah!.. Hosannah!... Noël!... Noël!...

Le Capitaine Buridan est là.

Dans un moment, Landry sera près de lui.

Oh! dire que, tout à l'heure, il se désespérait !... Dire qu'il croyait que tout était perdu !

Et voilà que, l'instant d'après, on touche au but tant désiré... duquel on semblait être si loin !

Que de péripéties!

Que d'événements invraisemblables... inouïs !

Que d'angoisses!

Que de peines!

Mais qu'importe ?... Le résultat est satisfaisant... Cela suffit !... Dans la joie finale on oublie tout ce qui vous a fait souffrir !

Ah ! cette Mariette !

Une vraie femme !

Une créature pleine d'énergie... de dévouement... de tendresse... de ressources inventives.

— Donc... reprend Landry... nous n'avons plus qu'à lever cette trappe ?

— Oui !

— Et à descendre dans le cachot qui se trouve au-dessous de cette salle où nous sommes ?

— Oui !... Oui !...

— Et je verrai le Capitaine ?

— Oui !... Oui !... Oui !...

— C'est admirable !... C'est prodigieux !... Mariette, je t'adore !... Mariette, tu viendras, avec moi, en terre bourguignonne... Tu vivras, près de moi, dans ma maisonnette... Avec moi, tu boiras le petit vin clairet de ma récolte... Et, si tu deviens veuve, si Maître Etienne Pierre Sabasse rend son âme à Dieu, tu seras ma femme !... Je t'épouserai, foi de Landry !... Nous nous aimerons tout comme des jouvenceaux... Nous roucoulerons, tout le jour durant, comme des tourterelles amoureuses !... Mariette, je t'admire !... Jamais je ne pourrai te donner assez de satisfactions pour te payer des joies que tu me donnes !...

Derechef, il embrasse Mariette.

Ah ! quelle ivresse en l'âme du sacripant !

Il triomphe !

Il va voir le Capitaine Buridan.

— A l'œuvre !... s'écrie-t-il.

Il se baisse... prend la poignée de la trappe et s'efforce de la soulever.

Cette trappe est très lourde.

Et le premier effort de Landry reste infructueux.

— A quoi cette trappe sert-elle ?... demande-t-il à Mariette.

— A faire passer de cette salle, dans le cachot qui est sous nos pieds... les instruments de torture dont se sert le « Maître des Hautes Œuvres »... réplique Mariette.

— Ce n'est donc pas dans cette salle que l'on torture les condamnée ?

— Non !... C'est dans le cachot où tu vas descendre.

Landry tressaille.

Mais il reprend, bientôt :

— Pourquoi torture-t-on les condamnés dans le cachot où je vais descendre plutôt que céans ?

— Parce que ce cachot est une basse fosse dont les murailles sont si épaisses qu'elles étouffent les cris de souffrance de ceux qu'on met à la question !

— Horrible !... Horrible !... clame le bon Landry, consterné.

Il se remet vite.

Maintenant, il est plus que jamais lucide... et plus que jamais il a hâte de voir le Capitaine Buridan.

Il se rend compte qu'il lui faut agir vite... qu'il n'a pas une minute à perdre.

— A l'œuvre !... A l'œuvre !... répète-t-il

De nouveau, il s'efforce de lever la trappe

Oh ! comme elle est pesante !

Il la soulève ; mais elle retombe.

— Aide-moi !... dit-il à Mariette... A nous deux, nous y arriverons, j'espère ?

Mariette s'approche.

Ses petites mains saisissent la poignée de fer.

— Du courage, ma douce Mariette... s'écrie Landry.

Ils continuent leurs efforts...

Deux fois, encore, ils soulèvent la lourde trappe... qui, deux fois, retombe.

Les mains de Mariette... ses mains si blanches, qu'elle soigne tant, et dont elle est fière... ses pauvres mains sont meurtries... presque ensanglantées !

La bonne créature est épuisée.

Mais, courageusement, elle dit à son amant :

— Essayons encore !

— Ange !... murmure Landry... qui est, vraiment, touché.

Ils redoublent d'efforts... Ils font une surhumaine dépense d'énergie... Ils en sont récompensés, du reste.

Cette dernière tentative a réussi...

La trappe est levée...

Enfin !...

Landry jette un cri de joie.

— Hosannah !... Hosannah !... Noël !... Noël !... clame-t-il, en essuyant, avec sa manche, son front couvert de sueur.

Lors, en proie à la plus vive émotion, il se penche sur le trou, noir, béant.

Oh ! Dire que le hardi Capitaine Buridan, qui a tenu, pendant si longtemps, la campagne, pour le service de Sa Majesté le Roi Philippe, le Quatrième et de Sa Majesté le Roi Louis, le Dixième... le Capitaine beau, brave, noble valeureux... la fine fleur des Chevaliers de France — est là !

Dans cet *in-pace !*

Dans cette basse fosse !

Vivant, encore... et mort !

Oui, oui... mort !... Hélas !...

Condamné, tout au moins — ce qui est tout un !

Et, ce, par le vouloir de la « goule »... Marguerite de Bourgogne !

Mais le Tout-Puissant veillait, fort heureusement.

Il n'a pas voulu que Marguerite triomphe.

Peut-être que, grâce à l'aide qu'il va donner au Capitaine... par l'effort de Landry, et de Mariette... on tirera, de son tombeau, l'adversaire de la Reine.

On le vengera, dans tous les cas !

Joie !... Joie immense !... Ivresse !...

Landry s'est agenouillé au bord du trou

Il se penche... et, mettant ses deux mains sur sa bouche, en porte voix, il appelle :

— Capitaine ?...

Rien !... Rien !... Aucun bruit ne se produit... Aucune voix ne répond à cet appel.

Landry, reprend plus fort :

— Capitaine ?...

Appels inutiles !...

Landry est angoissé !...

Est-ce que le Capitaine est mort ?... Est-ce que, déjà, la vengeance de la « goule » s'est exercée sur lui ?

Landry appelle encore :

— Capitaine ?... Capitaine ?... Capitaine ?

Landry perçoit, soudain, un léger bruit... un bruit de paille froissée...

Il est tout frémissant... plus que jamais ému... troublé à un degré excessif.

— Qui m'appelle ?... répond une voix — la voix de Buridan... sortant des profondeurs de l'*in-pace*, et qui monte jusqu'à Landry.

Vivant !... Le Capitaine est vivant !... Réconfortante compensation !

Landry répond :

— Moi !... Moi !... Moi, Capitaine !

Il pleure.

De grosses larmes — des larmes de joie... coulent de ses yeux.

— Qui ?... Toi ?... reprend la voix..

— Moi !... Landry !...

— Landry ?...

— Oui !

Un silence...

La voix du Capitaine Buridan se fait entendre, de nouveau.

— Où es-tu ?... demande-t-il.

Landry projette la lueur de son falot dans le cachot du prisonnier; mais il ne peut en éclairer les profondeurs.

Buridan doit la voir, cette lueur.

Il la contemple comme le passager d'une barque perdue, en mer, par une tempête furieuse, contemple la lueur qui brille, au loin, sur la côte, et vers laquelle il s'efforce de se diriger.

— Je suis ici... dit Landry.

Certes, Buridan doit être stupéfait.

Il se demande comment Landry a pu venir là... c'est sûr.

Il se demande comment il se fait que cette aide, inespérée, lui vienne

Mais il est joyeux, certainement.

Landry?... Là?...

Fait extraordinaire!... Réel, pourtant!...

— Je vais descendre dans le cachot... reprend Landry... Dans un moment, Capitaine, je serai près de vous!

— Viens!... Viens!... répond Buridan.

Landry se relève.

Il prend des cordes... qu'il attache, solidement, aux montants de la porte, d'une part... et dont il laisse pendre un bout dans le cachot de Buridan.

Puis, il étreint, encore, Mariette, et l'embrasse.

— Sois bénie!... dit-il, solennellement... C'est à toi que je dois la joie, profonde, dont mon cœur est plein... Je ne l'oublierai pas!...

— Va!... Va!... Hâte-toi!... Songe que les minutes sont précieuses... Pendant que tu causeras avec le Capitaine... je retournerai à mon logis... Il faut que je m'assure que mon époux ne s'est pas réveillé... Et puis, je suis inquiète... Je ne sais pourquoi... Je veux savoir ce qui se passe... Je vais donc m'éloigner... Le temps, juste, d'aller chez nous, et de revenir... Je laisse, ici, les clés... La porte de cette salle sera poussée, seulement... afin que je puisse rentrer, céans, facilement... Sois prudent... Dans le cachot, ne parlez qu'à voix basse... Il importe que vous n'attiriez pas l'attention de la sentinelle... Hâte-toi!... Il faut que, quand je reviendrai, tu sois prêt à sortir d'ici... prêt à me suivre... Garde cette pensée, en ton esprit, que nous sommes en danger... Pourvu qu'il ne nous arrive rien de fâcheux!... Oh! je ne serai tranquille que quand nous serons hors d'ici... Et, même, que quand tu seras hors du Grand-Châtelet... A bientôt!... Que le Dieu Tout-Puissant te garde, mon amé Landry!...

— Dieu te garde, Mariette!...

— Descends!... Je ne m'éloignerai d'ici que quand je te saurai près du Capitaine... Prends le falot, je n'en ai pas besoin... Garde-toi d'en ouvrir les portes inutilement, ou imprudemment...

Un instant auparavant il avait vu entrer, dans son cachot, le Guichetier
Pierre Etienne Sabasse. (P. 1015.)

Mariette a donné ces sages conseils, à Landry, en toute hâte...
Elle est très émue.

Landry lui serre la main affectueusement.

— Je serai prudent... dit-il... Sois tranquille!... A bientôt !...

Cependant, la voix de Buridan se fait entendre, de nouveau.

— Landry?... clame-t-il... Landry?

Il s'impatiente.

Il craint, peut-être, que ce secours, inespéré, qui lui a été annoncé, ne lui vienne pas !

— Me voici !... Me voici !... dit le sacripant...

Il saisit la corde dont le bout pend dans le cachot; il fait un dernier signe à Mariette... et il se laisse glisser dans l'*in-pace* où le hardi Capitaine Buridan est enfermé, de par le vouloir de la Reine-Régente de France : Marguerite de Bourgogne...

Mariette s'est penchée sur le trou dans lequel son amant a disparu.

— J'y suis !... dit Landry.

Alors, Mariette, frémissante, sort de la salle, et s'éloigne, rapidement...

XXV

LE CACHOT

... Lorsque l'on avait jeté le Capitaine Buridan au fond du cachot où Landry, par miracle, allait pouvoir s'introduire, quelques heures après... on lui avait lié les bras, les poignets, et les jambes, à la hauteur des chevilles, avec des cordes solides... ainsi que Maître Pierre Etienne Sabasse l'avait dit à son amé Landry; puis, on l'avait assis sur un banc, sous lequel on avait mis une botte de paille... et on l'avait laissé.

Le hardi Capitaine n'avait pas prononcé une parole... ni articulé une plainte.

A quoi bon ?

Ceux qui l'avaient amené dans cette prison... ceux qui lui avaient lié bras et jambes, n'étaient que des valets, obéissant aux ordres qu'ils avaient reçus, qu'ils ne pouvaient enfreindre... et, par suite, ils n'eussent écouté ni les protestations du prisonnier, ni ne se fussent préoccupés de ses menaces.

Donc, il valait mieux que Buridan subît son sort en silence.

N'avait-il pas affronté, cent fois, la mort dans les combats... et sans pâlir ?

Or, il ne voulait pas que les archers, et les geôliers, de Monseigneur le Grand Prévôt de Paris pussent croire qu'il avait peur.

En beau joueur qu'il était, il reconnaissait qu'il avait perdu la partie entamée contre Marguerite de Bourgogne...

Certes, il paierait l'enjeu, bravement.

L'enjeu, c'est-à-dire sa vie.

Il la donnerait sans une défaillance... comme il convenait à un Chevalier, ayant le droit de porter une chaîne et des éperons d'or.

Il ne fallait pas que Marguerite eût cette joie d'apprendre qu'on avait vu trembler son très redoutable adversaire.., qu'elle avait vaincu seulement par trahison.!

Non !... Non !... S'il devait mourir, il mourrait debout, le front haut. Non sans un regret.

Celui de n'avoir pas accompli cette œuvre, qui lui tenait tant à cœur... cette œuvre pour laquelle il avait licencié sa compagnie... cette œuvre, à laquelle il ne pensait jamais sans une émotion profonde... et pour laquelle il était venu à Paris.

Dire qu'il avait touché au but !

De par Landry, il allait connaître ce secret qu'il lui fallait pénétrer avant de se mettre en campagne.

Or, à cause de la trahison de la Reine, tout était perdu !

— Dommage !... Dommage !... Dommage !... dit, par trois fois, Buridan...

Etendu sur le banc, dans son cachot obscur, il pensait à ces choses...

Ce, pendant que, dans le logis de Maître Etienne Pierre Sabasse, Landry, et Mariette, se disposaient à se mettre en campagne pour essayer de pénétrer dans le cachot du Capitaine.

Encore une fois, Buridan avait fait le sacrifice de sa vie.

Il n'était donc plus préoccupé de sa personnalité.

Il gémissait de n'avoir pu accomplir son œuvre... qui avait pour but — comme on sait — le bonheur d'un être qu'il aimait, sans le connaître, de toutes les forces de son âme !

S'il souhaitait d'échapper à Marguerite... ce n'était que pour se jeter, derechef, dans la lutte — et pour vaincre, cette fois, au profit de cet être dont il ne savait même pas le nom !

Mais il se rendait compte de ce fait, à savoir, que, s'il échappait à Marguerite, ce ne serait que par miracle.

Or, il ne croyait pas aux miracles !

Marguerite le tenait... et elle le tenait bien !

Elle ne lâcherait pas sa proie !

— Je suis perdu !... murmura-t-il.

Qui donc pouvait s'intéresser à lui ?

Personne !

Personne au monde !

Bientôt, le Maître des Hautes Œuvres entrerait dans son cachot... le mettrait à la torture, peut-être — car Marguerite tenterait tout pour tâcher de tirer, de lui, ses secrets — puis, on le mettrait à mort... et on jetterait son cadavre au fond de quelque charnier...

Tel était le sort qui l'attendait !

Et, pourtant... malgré tout... le hardi Capitaine ne désespérait pas encore.

Il avait beau ne pas croire aux miracles ; il avait beau se répéter : « Je suis perdu ! »... tout au fond de lui-même, il se disait :

— Peut-être !

Sortir du Grand-Châtelet, prison formidable....

Sortir de cet *in-pace* où on l'avait jeté ?

Rêve fou !

Ah ! ce cachot !

A la lueur des falots que portaient les archers, et les geôliers, de Monseigneur le Grand Prévôt de Paris qui l'avaient amené là, il avait pu se rendre compte que la vengeance de Marguerite de Bourgogne s'était exercée, contre lui, férocement !

Son cachot, très exigu, était plus qu'un *in-pace*... un affreux cul de basse-fosse... où l'eau suintait de toutes parts... et dont le sol, détrempé, formait boue, liquide et nauséabonde.

Là, pas d'air... pas de lumière !

Un être vivant ne pouvait demeurer, sans danger, dans ce caveau pendant plus de vingt-quatre heures.

Si robuste qu'il fût, même !

Il fallait, certes, avoir une force de caractère absolument exceptionnelle, pour — étant dans ce cachot — garder l'espoir d'en sortir !

* *

Au Grand-Châtelet, on appelait le cachot où l'on avait jeté Buridan, la *Chausse d'Hypocras*, parce que les prisonniers y avaient perpétuellement les pieds dans l'eau.

« A cette époque, chaque Justicier avait sa geôle particulière, entièrement soumise à son bon plaisir.

« La loi, ou la commune, n'admettaient aucune règle fixe pour le régime intérieur des prisons.

« On peut, toutefois, supposer qu'en général ces prisons, ou *chartres seigneuriales* étaient aussi exiguës que malsaines.

« Le Prévôt des Marchands, et les Echevins, avaient, à la fin du XIVᵉ siècle, rue de la Tannerie, une *chartre* qui ne mesurait pas plus de onze pieds de long sur sept de large, quoi qu'on y entassât, à la fois, dix ou vingt détenus.

« Paris, d'ailleurs, renfermait, à lui seul, vingt-cinq à trente prisons spéciales, sans compter le *vade in-pace* des nombreuses Communautés Religieuses : le Grand-Châtelet, le Petit-Châtelet, la Bastille, la Conciergerie, l'Abbaye, le For-l'Evêque, ancien siège de la juridiction temporelle Ecclésiastique de l'Evêque de Paris.

« La plupart de ces lieux de détention contenaient des cachots souterrains presque entièrement privés d'air et de lumière, comme ces *chartres basses* du Petit-Châtelet où il fut constaté qu'on ne pouvait passer un jour sans être asphyxié... ou, encore, ces affreux cachots creusés à trente pieds sous terre, dans la geôle de l'Abbaye de Saint-Germain-des-Prés, et dont la voûte était si basse qu'un homme de moyenne taille ne pouvait s'y tenir debout, et que l'eau croupissante, suintant des murailles, soulevait la paille qui servait de lit au prisonnier.

« Le Grand-Châtelet était une des plus anciennes prisons de Paris, et, peut-être, celle qui recevait le plus grand nombre de détenus.

« Par suite d'une bizarre et tyrannique tradition, ceux-ci payaient, à leur entrée et à leur sortie, un droit de geôlage, qui variait suivant la condition des personnes, et qui avait été fixé par un réglement qui nous est resté et qui constitue un précieux document grâce auquel on connaît les noms que portaient les divers lieux de réclusion qui composaient l'ensemble de cette vaste prison.

« Les prisonniers qui étaient enfermés dans les endroits dits *Beauvoir*, ou *la Mate*, ou *la Salle*, avaient droit « à faire venir ung lit de leur maison », et ne payaient plus, alors, au geôlier, que le *droit de place;* ceux qu'on avait déposés en *la Boucherie*, ou *en Beaumont*, ou en *la Griesche* « qui sont prisons fermées » devaient payer quatre deniers « pour place »; le détenu que l'on installait en *Beauvais* « gist sur nattes ou sur coucher de *feurre* ou de *paille* »; il pouvait être mis au *Puis* (puits), en *la Gourdaine*, au *Bercueil*, ou en *oubliette*, et il ne payait pas plus que s'il était en *la Fosse*.

« C'était, là, sans doute, la moindre redevance.

« Quelquefois le prisonnier était laissé « *entre deux huis* » et, alors, il payait beaucoup moins qu'il n'eût payé en *Barbarie* ou en *Gloriette*.

« Le sens, exact, de ces noms bizarres n'est plus intelligible pour nous, malgré la terreur qu'ils inspiraient autrefois; mais leur étrangeté même donne à penser que le régime des prisons était, alors, soumis à d'odieux raffinements de cruauté vénale.

« Au Grand-Châtelet, il y avait encore un cachot, nommé *Fin d'aise*, épouvantable réceptacle d'ordure, de vermine et de reptiles.

« Quant à *la Fosse*, aucun escalier n'ayant été ménagé qui en facilitât l'accès, on se servait d'une poulie pour y descendre le prisonnier!

« Les cachots souterrains de la Bastille ne différaient guère de ceux du Châtelet.

« Il y en avait plusieurs, dont le fond, en forme de pain de sucre, ne permettait pas à ceux qui y étaient enfermés de se dresser sur leurs pieds, ni de prendre une position tolérable soit assis, soit couché! » (¹)

---

1. Emprunté au très savant ouvrage de Paul Lacroix (Bibliophile Jacob), *Mœurs et Coutumes au Moyen Age*

XXVI

LA RÊVERIE DU CAPITAINE BURIDAN

— Ai-je seulement quelques heures à vivre ?... se dit Buridan... J'ai compté les deux cent vingt marches que j'ai descendues pour venir ici... les douze portes qui se sont ouvertes pour livrer passage aux archers, aux geôliers de Monseigneur le Grand Prévôt de Paris !... Allons, Buridan, allons... songe à mettre de l'ordre dans ta conscience !... Tu as à démêler, avec Satan, un compte long, et embrouillé !... Insensé !... Dix fois insensé que j'ai été !... Je connais les hommes... leur honneur qui se brise comme verre, qui fond, comme neige, quand l'haleine, ardente, d'une femme souffle dessus... et j'ai été suspendre ma vie à ce fil !... Insensé !... Cent fois, mille fois insensé !...

Il soupira, profondément.

Puis, il ajouta :

— Comme elle est contente, à cette heure !... Comme elle raille !... Comme elle serre son amant entre ses bras !... Comme chacun de ses baisers arrache, à Gaultier, un remords du cœur !... Tandis que moi... moi... je me roule sur la terre de ce cachot !...

Il secoua la tête, et poursuivit :

— J'aurais dû éloigner le jeune homme !...

Après un assez long silence, il murmura :

— Si jamais...

Quel espoir venait de luire en son esprit ?

— Oh !... redevenir libre !...reprit-il... Pouvoir recommencer la lutte... entamer une deuxième partie !... Je la gagnerais, certes !

Il s'enfonça dans une profonde rêverie.

— Oui... oui... s'écria-t-il... c'est possible !... Ce n'est pas une chimère, forgée par mon esprit, et en laquelle il se complaît parce ce que je désire qu'elle se réalise... Je connais Marguerite... J'ai semé la peur en elle !... Au fond... tout au fond de son être, elle tremble !... Elle demeure convaincue que ce que je lui ai dit est vrai... que mes menaces auront leur effet... Elle voudra me voir !... Elle voudra m'interroger... Elle viendra, céans... Elle y sera poussée par une force irrésistible !... Oh ! qu'elle vienne !... Qu'elle vienne !... Je la tiendrai, alors !... Elle ne m'échappera pas !...

Il répéta, dans un transport :

— Oui !... Oui !... Qu'elle vienne !... Qu'elle vienne !... Elle viendra !...

Plus calme, il ajouta.

— Cet espoir me soutiendra !... C'est une seule étoile dans un ciel sombre ; c'est un feu follet pour un voyageur perdu... Non !... Non !... Elle ne me laissera pas mourir ainsi !... Elle voudra me voir, ne fût-ce que pour insulter à ma mort !... O démons... démons qui faites le cœur des femmes... j'espère que vous n'avez oublié, dans le sien, aucun des sentiments, pervers, que je lui crois, car c'est sur l'un deux que je compte !...

Soudain, il tressaillit.

Il avait entendu du bruit, au dehors.

Un bruit lointain.

Mais qui était arrivé, pourtant, jusqu'à ses oreilles, dans le grand et profond silence qui planait, lugubrement, sur lui.

Un instant auparavant il avait vu entrer, dans son cachot, le Guichetier Pierre Etienne Sabasse.

Cet homme lui avait dit quelques mots ; puis, il s'était éloigné.

Buridan aurait voulu s'entretenir plus longtemps avec lui ; mais il avait remarqué qu'il était pris de vin et il s'était tu, par prudence.

Est-ce qu'il allait revoir d'autres geôliers ?

— Qu'est-ce que cela ?... fit-il.

Il s'était redressé, à demi, sur son banc.

Il écouta.

Le bruit se rapprochait.

Une troupe, nombreuse, marchait, là, au dehors.

Il distinguait, très nettement, un cliquetis d'armes qui s'entrechoquaient.

— Si c'était elle !... murmura Buridan.

Il était perplexe.

Il écoutait, avec une attention soutenue, tous les bruits qui retentissaient, de plus en plus rapprochés.

Aucun bruit de voix !

Les êtres qui marchaient, là, avançaient silencieusement.

Bientôt, Buridan vit luire, à travers les fentes de la porte de son cachot, une lumière rougeâtre, très vive.

— C'est elle !... s'écria-il, enthousiasmé... C'est elle !... Ce ne peut être qu'elle !... Dieu soit loué !... Elle vient à moi !... Encore une fois, je la tiens !...

Il se rendit compte que le cortège, quel qu'il fût, qui passait, là, se trouvait, juste, devant la porte de son cachot.

Oui, oui, c'était la Reine-Régente : Marguerite de Bourgogne... en personne.

Autrement... pour qui un pareil, et si nombreux cortège ?

Il devait y avoir, là, des hommes d'armes, portant des torches... et probablement, aussi, Monseigneur le Grand Prévôt de Paris, accompagnant la Reine.

Le cachot était presque complètement éclairé par la lueur des torches... quoiqu'elle ne pût passer qu'à travers les fissures de la porte.

Buridan attendait, frémissant.

La porte de son cachot allait s'ouvrir, certes...

Il allait voir paraître Marguerite.

Le cortège s'était arrêté.

Buridan entendait, encore, le cliquetis des armures ; mais plus le bruit de pas.

Même, il perçut un murmure de voix ; mais il ne put comprendre ce qu'on disait.

Sans doute, la Reine, avant de pénétrer dans le cachot, donnait des ordres aux gens de sa suite.

Prudente, comme toujours, elle prenait toutes ses précautions.

Rien de plus naturel !

N'allait-elle pas comparaître par devant un adversaire... redoutable, encore, quoique vaincu et en sa puissance ?

Oui, oui, la porte du cachot allait s'ouvrir.

Ah ! Buridan, avec une indicible impatience, attendait que cela se produisit.

Un assez long instant se passa... qui parut sempiternel à l'infortuné Capitaine.

Que faisait donc Marguerite ?

Pourquoi ne se décidait-elle pas à entrer dans le cachot ?

Avait-elle peur de son ennemi, détenu, lié, abattu... elle, toute puissante, entourée de ses hommes d'armes ?

Tout à coup, Buridan blémit.

— Si c'était le bourreau !... fit-il, tout frémissant... On vient, peut-être, me mettre à la torture !... Ma dernière heure est arrivée !...

Que ce fût Marguerite... ou que ce fût le bourreau... pourquoi n'entrait-on pas dans le cachot ?

Et Buridan, soudain, entendit, derechef, en même temps que le cliquetis d'armes, le bruit de pas.

La lueur qui éclairait le cachot, décrut.

Buridan se retrouva dans les plus profondes ténèbres.

Le bruit de pas... le cliquetis d'armes décroissaient.

— Ils s'éloignent !... dit le Capitaine, stupéfait, déçu, angoissé.

Qui donc était venu là ?

Jusque devant son cachot... sans y entrer ?

Au dern'er moment... Marguerite s'était-elle donc ravisée ?

Et Buridan se demandait s'il devait renoncer, définitivement, à cet espoir, suprème, qu'il avait eu, de voir la Reine.

Sa dernière chance de salut !

On avait laissé, là, un archer en sentinelle. (P. 1018.)

Il fallait le craindre... hélas !

Or, le cortège qui s'était arrêté devant la porte du cachot de Buridan, marchait derrière Monseigneur le Grand Prévôt de Paris... faisant une ronde dans les couloirs, galeries, tours et tourelles du Grand-Châtelet... afin de s'assurer, en personne, que rien de suspect ne pouvait troubler sa quiétude en ce qui touchait au prisonnier que le Sire de Savoisy lui avait recommandé, de manière toute spéciale, de la part de la Reine-Régente.

C'était cette ronde que Mariette, et Landry, avaient failli rencontrer...
cette ronde d'archers qu'ils avaient évitée grâce à la prudence de Mariette.

Lorsque tout bruit eut cessé aux alentours de son cachot, Buridan
s'affaissa sur son banc.

— C'est fini !... murmura-t-il... Je suis perdu !... Marguerite est venue
jusqu'ici... avec l'intention, formelle, de me voir... Pour des raisons que je
ne puis concevoir... elle s'est éloignée !... Elle ne reviendra pas !... Oui, oui,
je suis perdu !...

Maintenant, le silence paraissait, à Buridan, plus profond, encore qu'auparavant.

Il entendait, très nettement, derrière lui, les gouttes d'eau qui suintaient
de la voûte, et qui tombaient sur le sol, formant mare.

Aussi, ne tarda-t-il pas à percevoir le bruit des pas de la sentinelle que
Monseigneur le Grand Prévôt de Paris avait laissée dans le couloir, devant la
porte du cachot.

Qui était-là ?

Buridan prêta l'oreille.

Pour un homme dans sa situation tout, le moindre fait... avait une
importance.

Il entendit, enfin, le cliquetis des armes de l'archer.

Lors, il comprit.

On avait laissé, là, un archer en sentinelle.

Précaution inutile !...

Car on n'avait pas à craindre, certes, qu'il s'évadât ?

Aucune puissance humaine, hélas !... ne pouvait le tirer du Grand-Châtelet sans le vouloir de la Régente !

Ce fait, pourtant, lui rendit espoir... et courage, par conséquent.

— Rien ne prouve, après tout... pensa-t-il... que Marguerite soit venue
là !... Le Grand Prévôt de Paris a pu faire une ronde... Des hommes d'armes
l'accompagnaient... Cela explique tout... En s'éloignant, et par surcroît de
précautions, il a laissé, devant la porte, une sentinelle.

On sait qu'il ne se trompait pas.

Il ajouta :

— Si Marguerite était venue jusqu'ici, elle n'eût pas hésité à entrer
dans mon cachot... Donc, elle peut venir, encore !... Elle viendra, certes !...
Attendons !...

Ainsi réconforté, Buridan se remit à penser, avec un esprit plus libre.

Il entendait, toujours, dans la galerie, au delà de la porte de sa prison,
le bruit des pas de la sentinelle, et le cliquetis de ses armes... scandés par
le clapotis, monotone, et régulier, des gouttes d'eau qui suintaient de la
voûte.

— Oui, oui... elle viendra !... se répétait-t-il.

Certes... comme il le lui avait affirmé... il n'avait pas épuisé toutes les armes dont il avait compté se servir, victorieusement, contre la Reine.

Celles qui lui restaient étaient terribles !

Plus terribles que celles dont Marguerite s'était emparée, traîtreusement, c'est-à-dire la page des tablettes de Philippe d'Aulnay... la page accusatrice... où la victime, à l'heure de sa mort, avait indiqué le nom de son meurtrier.

Oui, oui, il possédait, contre la Reine, des armes plus terribles... cent fois plus terribles !

A savoir : les lettres qu'il avait lues, au cours de la précédente nuit, dans sa chambre, à l'Hôtellerie des Saints Innocents, chez Maître Pierre de Bourges... ces lettres qu'il avait enfermées, avec des rubans fanés, des boucles de cheveux roux, dans le coffret qu'il avait caché sous une dalle.

Seulement... comment les utiliser... ces armes ?

Comment les mettre en œuvre ?

Là, était la question !

Oui... oui... ces armes étaient terribles.

Encore fallait-il qu'elles donnassent l'effet qu'on en pouvait attendre.

Or, pour cela, il était indispensable que Buridan fût libre.

Et il était détenu, au fond d'un cachot, au Grand-Châtelet, d'où il ne sortirait que mort... c'était plus que probable !

La Reine l'avait abattu.

Il ne pouvait plus rien contre elle... bien que disposant d'armes avec lesquelles il aurait pu, s'il l'avait voulu, lui faire perdre sa Couronne.

Non seulement il ne lui était pas possible de les mettre en œuvre, ces armes; mais elles ne lui serviraient même pas à se venger de celle qui l'avait vaincu !

En effet, personne, au monde... ne connaissait son secret.

Personne, au monde, ne pouvait aller, en son lieu et place, à l'Hôtellerie des Saints Innocents, chez Maître Pierre de Bourges, et prendre, sous la dalle, dans le coffret, les lettres... ses armes contre la Reine...

Son secret disparaîtrait avec lui.

Personne ne découvrirait sa cachette.

Et, en admettant qu'on la découvrît, personne ne saurait se servir des pièces qu'elle contenait.

Ah ! Il avait été très imprudent, certes.

Armé comme il l'était, il aurait dû triompher de Marguerite de Bourgogne... et obtenir, d'elle, tout ce qu'il voulait obtenir.

Il avait agi trop vite... et sans prendre assez de précautions.

Il avait trop compté qu'il tenait la Reine.

Il aurait fallu qu'il mît, dans son jeu, un autre lui-même... connaissant tous ses secrets... et capable d'agir, contre Marguerite, à son défaut... quand bien même ce n'eût été que pour le venger.

Il y avait pensé... certes; mais où trouver un être humain assez sûr pour lui confier, avec un pareil secret, une pareille mission?

Un moment, il avait eu l'idée d'utiliser, à ce sujet, les services de Landry.

Un sacripant, oui... mais un tendre, un sentimental, en somme — qui pouvait lui rendre l'office qu'il attendait de lui.

Ce Landry avait semblé lui être reconnaissant du service rendu, jadis.

Déjà, à la Tour de Nesle, ne l'avait-il pas secouru, avec un absolu dévouement... même au péril de sa vie?

Mais les événements s'étaient précipités.

Buridan n'avait pas pu revoir Landry assez longtemps pour lui parler... pour lui raconter, en détail, tout ce qu'il fallait qu'il sût, pour agir, au besoin, en son lieu et place.

Même, il n'avait pas pu lui parler de ces choses au sujet desquelles il l'avait fait venir... et qui, pourtant, le préoccupaient si fort.

De plus, il était hésitant.

Pouvait-il confier son secret, complètement, à Landry?

Ce « miséreux », même armé, contre la Reine, très puissamment... saurait-il, et pourrait-il... se servir de ses armes, qui, en les mains d'un gentilhomme, quel qu'il fût, eussent été victorieuses?

Landry ne pouvait les utiliser, ces armes, que pour venger le Capitaine.

Or, à quoi bon?

Buridan s'était dit qu'il fallait agir, seul... qu'il fallait tout entreprendre pour triompher... et que, s'il échouait dans son entreprise hardie — il lui importerait peu d'être vengé... puisqu'il ne verrait pas les effets de cette vengeance.

Du reste, il était sûr de réussir... sûr de vaincre!

Et, maintenant qu'il était vaincu, il se disait :

— Tout de même... on meurt avec moins de regret quand on sait que ceux qui vous ont vaincu seront, de par vous, et après vous, vaincus à leur tour!... Ah! si je pouvais abattre Marguerite!... A l'heure de sa chute, que j'aurais préparée... mes mânes, au fond de mon tombeau, tressailleraient!...

Il pensait, encore :

— Qu'elle vienne!... Oh! qu'elle vienne, céans!... Encore une fois, elle tremble, certes!... Je l'ai menacée... Je lui ai dit, que, moi, mort, je serai vengé... Elle voudra m'interroger, à ce sujet... Elle viendra donc... Il n'est pas possible qu'elle ne vienne pas... Suprême espoir que je veux garder jusqu'à ma dernière heure!

Il en revenait toujours là, pour se réconforter... pour se tenir en énergie... à tout hasard.

— Me venger d'elle!... reprit-il... A défaut du triomphe, la vengeance!... Qui me la donnera?... Ah! Landry!... Landry!... J'aurais dû, ne pouvant mieux utiliser ses services... j'aurais dû l'armer, pour ma vengeance, en cas de défaite !...

Il soupira, profondément, et il ajouta :

— Il est trop tard !... Il me faut subir mon sort, quel qu'il doive être !... Je suis vaincu... Elle triomphe... Qu'elle me fasse occire, tout à l'heure, et elle n'aura plus rien à redouter, de moi, jamais... jamais !...

Après un assez long temps de silence, il dit :

— A moins que le hasard... ou la Providence... ne m'apportent une aide inespérée... inattendue... Mais...

Il n'acheva pas.

Il tressaillit.

Il avait entendu, au-dessus de lui... semblait-il... un bruit étrange... inexplicable...

XXVII

ADMIRABLE DÉVOUEMENT

... Le bruit a cessé, soudain.

— Me suis-je donc trompé ?... se dit Buridan.

Il prête l'oreille.

Il n'entend que le bruit des pas de l'archer, dans la galerie, au dehors... le cliquetis de ses armes... et le clapotis, régulier, et monotone, des gouttes d'eau qui suintent de la voûte.

A-t-il eu une hallucination de l'ouïe ?

Non !... Non !... Il a très nettement perçu, sur sa tête, une sorte de grincement.

Même, il lui a semblé entrevoir une lueur... une lueur très faible, qui, comme un éclair, a troué les ténèbres épaisses, et s'est, aussitôt, éteinte.

Heureusement, il ne sait pas que, dans la salle qui se trouve immédiatement au-dessus de son cachot, le « Maître des Hautes Œuvres » enferme les engins dont il se sert, au nom de la Justice Royale, pour torturer les condamnés... car il pourrait craindre que l'instant de son supplice ne soit arrivé.

S'il n'avait entendu que le bruit qui s'est produit, il se dirait qu'il y a, là-haut, un autre condamné... et que ce bruit a été produit par lui — bien que cela soit invraisemblable, car les murailles doivent être si épaisses qu'aucun bruit ne peut être perçu d'un cachot à l'autre ; mais, encore une fois, il a vu la lueur... il en est sûr... absolument sûr.

Il faut, donc, qu'il y ait, là-haut, une ouverture...

Il faut que quelqu'un, muni d'une torche, d'un falot, d'une cire... se soit approché de cette ouverture.

Dans quel but?

Tout cela est, vraiment, extraordinaire!

Et pourquoi le quelqu'un est-il venu là?

Pourquoi s'est-il éloigné si vite?

Ce fait doit-il être pris, par le prisonnier, en bonne ou mauvaise part?

Doit-il en tirer crainte... ou bien espoir?

Anxieux, Buridan attend que le bruit se reproduise.

Chaque seconde qui s'écoule lui semble longue... très longue.

Il tressaille, de nouveau.

Le bruit s'est fait entendre... Le même, absolument le même.

Une sorte de grincement... qui ressemble au bruit d'une porte qui s'ouvre et roule sur des gonds rouillés.

Buridan lève la tête.

Car, il en est sûr — il faut insister sur ce point — c'est bien au-dessus de lui, à la voûte de son cachot que le bruit s'est produit.

Et il revoit la lueur... très faible, qu'il a aperçue, déjà.

Seulement, cette fois, la lueur ne s'éteint pas.

Même, le Capitaine distingue, très vaguement, des formes humaines... deux têtes, ou, plus exactement, deux silhouettes, penchées sur le cachot, au bord de l'ouverture, béante.

Il y a, là, c'est évident, une trappe... que les êtres, quels qu'ils soient, qui s'agitent, là-haut, ont ouverte — ce qui a produit ce grincement, dont il n'avait pu s'expliquer la cause, et qui a retenti, consécutivement, par deux fois.

La trappe est lourde, sans doute... et, lors de leur première tentative... elle est retombée; mais ils ont redoublé d'efforts, et ils ont pu lever la trappe, enfin, qui, maintenant, est ouverte.

Que va-t-il se passer?

Qui sont ces êtres?

Des amis, ou des ennemis?

S'apprêtent-ils à lui faire du mal... ou bien — chose inouïe... à ce point qu'elle est impossible! — viennent-ils à son secours?

Lui apportent-ils cette aide, sur laquelle Buridan, toujours optimiste... comme les gens qui sont sortis, sains et saufs, des plus grands périls... a compté?

Dans tous les cas, et par prudence, le Capitaine se tient coi... bien qu'il soit impatient de savoir à quoi s'en tenir sur l'acte dont il est le témoin angoissé.

Il perçoit un murmure de voix.

Puis, son cachot s'éclaire.

Il voit un bras qui soulève, au milieu de l'ouverture, un falot.

Qu'est-ce que cela signifie ?

Buridan demeure immobile.

Il est plus anxieux que jamais.

Effrayé... et plein d'espoir —· en même temps.

Oui... oui... il y a, là, deux êtres... Il les voit mieux encore, à présent... Deux êtres qui s'occupent de lui, c'est évident.

Le bras s'écarte...

Le falot disparaît...

Le cachot redevient obscur.

Est-ce que la trappe va se refermer ?

Est-ce que les êtres qui s'agitent, là-haut, vont s'éloigner, déjà... sans avoir opéré une action, quelconque, — contre, ou au profit du prisonnier ?

L'angoisse de Buridan augmente.

Tout à coup, il se redresse, frémissant, sur son banc.

Rêve-t-il ?...

Est-il halluciné ?

Il lui semble qu'on l'a appelé... qu'une voix a prononcé, nettement, ce seul mot :

— Capitaine ?

Oui .. oui... c'est ce mot qu'on a prononcé...

Buridan l'entend, derechef.

C'est donc bien à lui qu'on en veut.

C'est bien pour lui que ces êtres, qui l'appellent, à présent, sont venus là.

Et ce sont des amis... c'est sûr.

Ils viennent à son aide.

Comment... par quel moyen la lui donneront-ils ?...

De quelle force disposent-ils ?...

Il n'importe !

Ils sont forts... à coup sûr — et, dans tous les cas, hardis, décidés, même puissants... puisqu'ils ont pu arriver jusque-là.

— Qui cela peut-il être ?... se demande Buridan.

Oui... oui... qui ?

Il s'interroge.

Il cherche.

— Gaultier d'Aulnay !... s'écrie-t-il, triomphant... Gaultier d'Aulnay !.. Ce ne peut-être que lui !... Lui... lui seul, est assez puissant pour avoir pu pénétrer jusqu'ici !...

C'est Gaultier... C'est Gaultier d'Aulnay !... Il n'en faut pas douter !

Gaultier a eu des remords !

Gaultier a voulu voir celui qu'il a trahi.

Il a voulu l'interroger.

Il y a quelques heures, quand — devant la Poterne du Louvre — il a arrêté Buridan, sur l'ordre de Marguerite de Bourgogne... il lui a dit, en proie à une surexcitation excessive :

— Dites-moi... oh ! dites-moi ce qu'il y avait, sur ces tablettes ?

Buridan allait lui répondre, quand la Reine apparut et donna l'ordre, impérieusement, au Sire de Savoisy, d'emmener le Capitaine, et de le conduire, sous bonne escorte, à la Prison du Grand-Châtelet.

Mais, depuis, Gaultier d'Aulnay a réfléchi — quoi de plus naturel ?...

Il s'est dit que les accents de Buridan étaient sincères.

Si grand que soit son amour pour Marguerite... il s'est dit que, peut-être, elle l'a trompé.

Et il a voulu voir... interroger le Capitaine... le supplier de s'expliquer... de lui dire ce qu'il y avait sur ces tablettes, de Philippe, qui lui avaient été confiées si solennellement... dépôt sacré dont il a abusé !

Toutes ces idées traversent l'esprit du Capitaine Buridan avec une surprenante rapidité.

Oui, oui, les êtres qui agissent, là, sont : Gaultier d'Aulnay, et quelque geôlier du Grand-Châtelet, qu'il a acheté, c'est probable.

Encore une fois, ce ne peut être que Gaultier.

Lui, seul... oui, seul — est assez riche, assez puissant, pour avoir pu pénétrer dans la formidable Prison d'Etat.

Buridan connaît les hommes.

Il sait qu'ils ne marchent jamais — ou presque jamais... à quelques exceptions près, que quand leur intérêt, immédiat, est en jeu.

Pour les titres, les honneurs, l'argent, l'orgueil... voire la vanité.

Même, quelquefois, pour faire le mal... sans profit matériel aucun, uniquement pour la joie, très goûtée par certains êtres particulièrement malfaisants, de voir agoniser une pauvre victime !

Or, personne, au monde, n'a intérêt à lui prêter assistance... personne... personne !

Il n'a ni parents, ni amis, ni femme, ni maîtresse.

Seul, Gaultier d'Aulnay a intérêt à s'occuper de lui.

Pour apaiser son remords... ou par curiosité, c'est-à-dire dans le but de savoir tout ce que lui a caché le confident de son frère.

Donc, encore une fois... c'est lui — ce ne peut être que lui qui agit, là-haut.

Buridan, convaincu de ce fait, attend... impatiemment, qu'une nouvelle manifestation se produise par le fait des gens qui s'intéressent à sa personne.

Toutes ces pensées ont traversé l'esprit du Capitaine en un clin d'œil... en quelques secondes.

On l'appelle, derechef.

Il raconte comment il a agi, avec l'aide de Mariette... (P. 1029.)

Oh! cette voix!

Il la connaît.

Où donc l'a-t-il entendue, déjà?

Récemment... tout récemment.

Ce n'est pas la voix de Gaultier d'Aulnay!

Alors, qui donc est là?

Oui... oui... qui?

Buridan, stupéfait... profondément troublé... interroge l'homme qui lui a parlé... et qui est penché sur l'ouverture béante.

Il le voit... ou, pour mieux dire, il entrevoit sa silhouette, accroupie, éclairée par le falot qu'il porte ; mais il ne peut le reconnaître.

L'homme lui répond.

Il se nomme.

Landry !

Oui... oui... c'est Landry... c'est le bon Landry.

Ah ! le brave cœur !

Lui... lui... le sacripant... le complice de Maître Orsini... l'être sans feu ni lieu... il a pu — il a osé pénétrer dans le Grand-Châtelet ?

Comment... comment a-t-il pu accomplir pareil exploit ?

Il l'a accompli !

Par la force que donne le vouloir de faire une belle œuvre !

Il s'est souvenu... lui... le déshérité... des services jadis rendus

Il a voulu payer sa dette à son Capitaine... risquer sa vie pour sauver celle d'un homme qui, pour lui, naguère, a risqué la sienne !

Admirable dévouement !

Acte incroyable !

Evénement impossible !

Réel, pourtant !

Oui, réel... car le bon Landry est là...

Une corde, qu'il attache, pend dans le cachot.

Buridan voit Landry saisir la corde... s'y cramponner... et se laisser glisser dans le cachot.

Cet acte s'est accompli avec une extraordinaire promptitude... avec une sans pareille agilité.

Landry s'approche du prisonnier.

Il l'étreint...

Il l'embrasse.

— Capitaine !... s'écrie-t-il, fortement ému.

— Mon amé Landry !... répond Buridan...

Il est enthousiasmé, ému, transporté d'allégresse, reconnaissant, orgueilleux d'avoir excité un pareil dévouement.

— Mon amé Landry !... répète-t-il...

Et deux larmes, très lourdes, roulent sur ses joues...

XXVIII

DANS L'EXTASE

... Oui... oui... Buridan est enthousiasmé !
Tout à l'heure, il a blasphémé, quand il a dit :
— Les hommes n'obéissent qu'aux poussées de leurs intérêts !
Moins d'une minute après, le Sort lui a infligé un formel démenti...

... Le Monde est plein d'égoïstes, de « braves gens passifs », qui s'indignent, volontiers, contre l'Injustice ; mais qui se contentent de s'indigner, sans agir, de peur de compromettre leur bien-être... de risquer leur vie... de perdre leurs dignités, leur rang, les honneurs dont ils se parent.

Ce sont des lâches... et des niais !

Toute injustice humaine crée un foyer de purulence... d'où sort la gangrène, qui gagne, très vite, tout le corps social, atteint, même, les égoïstes, qui, honteusement et maladroitement, n'ont pas voulu, ou n'ont pas osé, tenter, en temps utile, l'œuvre de salubrité, de purification.

Il y a, d'autre part, des êtres très nobles de cœur, des êtres généreux, qui courent, bravement, sus à l'injustice... et se mettent, tout entiers, âme et corps, au service de ceux qui souffrent... sans crainte, sans regrets, sans souci de leur personne.

Gloire à ces altruistes qui honorent l'Humanité... et qui la régénéreront !

On ne les rencontre que parmi les hommes supérieurs... ceux qui pensent, ceux qui réfléchissent, ou, même, ceux qui rêvent — car la largeur d'esprit ne va pas sans la grandeur de l'âme.

Ceux-ci, plus haut juchés sur les points culminants, dans l'air pur et dans la pleine lumière, voient plus net et plus loin.

On les trouve, aussi, parmi les humbles... parce que les humbles, qui vivent dans les bas-fonds sociaux où sévissent la misère et l'injustice, ont souffert, et souffrent — et parce que tout être qui connaît la souffrance peut, sait, et veut, presque toujours, compatir à celles des autres.

Gloire... gloire aux hommes supérieurs par l'Idée... et gloire aux Humbles !

Ils feront surgir l'ère, Sainte, de la Justice, par la Bonté...

... Le capitaine Buridan, comptant sur une aide quelconque, attendait le gentilhomme qui, selon lui, devait agir pour servir son intérêt.

O réconfortante surprise... il se voit servir par le manant... à qui, une fois, déjà, à la Tour de Nesle, l'avant-veille, il a dû la vie!

Il se voit servir par le manant... qui s'est mis en œuvre, à son profit, uniquement par reconnaissance!

— Toi!... Toi!... s'écrie-t-il, ivre de joie.

— Heureux moment!... dit Landry, en allégresse...

Oui... oui... en allégresse!

Le sacripant exulte.

A cette minute pour eux solennelle, il se dégage de ces deux êtres, qui ont tant fait l'un pour l'autre, une sorte de fluide, issu de leur double émotion, de leur joie profonde... et ce fluide les baigne, crée un être unique, pour ainsi dire, de leurs deux personnes, qui sont comme fondues dans un même sentiment de reconnaissance émue.

— Dire que j'ai si longtemps hésité, par lâcheté, par crainte qu'il ne m'arrive malheur, à me donner le bonheur que j'éprouve!... reprend Landry... Imbécile que je suis!...

Il soupire, et ajoute :

— C'est vrai que, dès qu'on a fait son devoir... dès qu'on a donné une joie à autrui... on se sent mieux vivre... on est tout allègre!... C'est vrai!... C'est bien vrai!... Il me semble que je ne pèse plus rien!... J'ai des ailes!... Si j'étais en plein air, je m'envolerais tout comme un oiseau, j'en suis sûr!...

Il rit... et poursuit, d'une voix aux modulations étonnamment harmonieuses :

— Et puis... j'éprouve, là, au cœur... une ivresse indéfinissable... quelque chose de doux et de chaud, tout à la fois!... C'est bon!... C'est bon!... C'est délicieux!... Oui, oui, triple sot que je fus!... Dire que, si j'avais écouté la voix de ma pusillanimité, je n'eusse pas goûté ces joies!... Jamais... jamais plus, désormais, je n'hésiterai à me dévouer pour autrui — car, dès qu'on a agi, on est si richement payé de la peine qu'on a prise, que, cela vaut de risquer sa vie... sa liberté, même!...

La joie rend le bon Landry dithyrambique, et lui suggère des aphorismes philosophiques fort judicieux, en somme.

Buridan l'écoute, charmé.

Pour un moment, ils ont oublié, tous les deux, qu'ils sont au Grand-Châtelet.

Ils ont perdu conscience du danger qu'ils courent.

Situation pleine de délices, où l'homme, en extase, n'a plus d'attaches matérielles avec la terre... où la partie, psychique, de son être, flotte, dans les espaces, libres, où tout est pur!

Landry s'est assis, sur le banc, à côté de Buridan.

Il touche ses mains.

Il s'étonne que ces mains ne lui rendent pas son affectueuse étreinte.

Et, tout à coup, il se souvient.

Il dégringole, des hauteurs où il planait, dans l'odieuse réalité!

Les mains du Capitaine sont liées.

Il se lève...

Il tire son couteau.

A la lueur du falot que Landry a posé sur le sol boueux, Buridan voit son mouvement, et comprend ce qu'il veut faire.

— Ne coupe pas ces cordes!... s'écrie-t-il.

— Pourquoi?... demande Landry, stupéfait.

— Si le Grand Prévôt de Paris... ou l'un de ses geôliers entraient, céans... il ne faut pas qu'ils soient mis en défiance par ce fait, que, ayant lié mes mains, ils me retrouvent libre de tous liens!

— C'est juste!

— Auparavant... mon amé compagnon... il faut que je sache ce que tu peux faire pour moi... Nous verrons après... Ne perdons pas de temps... Causons...

— Causons!

Oui, les deux hommes ont repris pied sur terre.

Il faut qu'ils se préoccupent de leur situation.

Après les envolées, si douces, dans le rêve, radieux... il faut se mettre au pourchas des utiles réalités.

— Et, d'abord... reprend Buridan... dis-moi comment tu as pu arriver jusqu'ici?... Le fait est si surprenant, si prodigieux, que, bien que te voyant, là, tout près de moi, je me demande, pourtant, si cela est réel...

Lors, brièvement, le bon Landry raconte tout ce qui s'est passé, dans sa vie, depuis quelques heures... c'est-à-dire depuis le moment, où, dans son taudis, il a reçu la visite, très inattendue, de Mariette, femme de Maître Étienne Pierre Sabasse, ancien Hôtelier du Paon-Couronné... présentement Guichetier au Grand-Châtelet.

Il dit tout... sa rencontre avec Maître Orsini... son chagrin... son désespoir, même — et ses espoirs, ses craintes, ses hésitations.

Il parle de ses « chères aimées », qui l'ont poussé, guidé, protégé... et, finalement, introduit dans la formidable et inaccessible Prison.

Il raconte comment il a agi, avec l'aide de Mariette... comment ils ont déambulé, à travers les couloirs, galeries, tours et tourelles du Grand-Châtelet... comment ils ont échappé à la ronde d'archers conduits par le Grand Prévôt de Paris... comment ils ont vu la sentinelle appostée, devant la porte du cachot, par le Grand Prévôt en personne...

Et, comme ils ont été angoissés en se rendant compte qu'ils avaient pris, en vain, tant de peines.

Mais, comment, enfin, grâce à l'heureuse idée de Mariette... il a pu pénétrer, dans le cachot, en passant par la salle où le Maître des Hautes-Œuvres enferme ses engins.

Il a dit tout cela simplement, sans morgue, sans forfanterie... sans paraître se rendre compte qu'il a accompli de réelles prouesses... fait preuve d'un courage, d'une énergie, d'une opiniâtreté et d'une ingéniosité rares.

Buridan l'admire, ce bon Landry!

Ah! le brave homme!

Grand cœur!

Ame généreuse et naïve!

Véritable héros!

Cet humble... ce manant... ce sacripant... ce miséreux, sans feu ni lieu, a fait acte de Chevalier!

Pas un des Hauts Barons, marchant, derrière Sa Majesté Louis, le Dixième, Roi de France et de Navarre... précédé de bannières, d'oriflammes et de fanfares... coiffé du heaume empanaché... portant collier et éperons d'or, n'eût été capable, de façon aussi désintéressée, d'une pareille action... pas un... non, non, pas un!

— Mon amé Landry!... dit Buridan, plus que jamais profondément touché.

Mais Landry, modestement, reporte, sur Mariette, tout l'honneur de la réussite.

Sans elle, il n'eût rien pu faire.

Il explique cela avec la même simplicité... mais avec des trouvailles de mots pleins d'originalité, et cela charme de plus en plus Buridan.

— Donc... poursuit Landry... vous connaissez la situation, maintenant, Capitaine... A vous de parler?... Que puis-je entreprendre pour votre service?... Hâtons-nous... Nous pouvons être surpris d'un moment à l'autre... Il importe que nous prenions, d'un commun accord, toutes les mesures possibles pour vous être utile...

Buridan, homme de guerre, était habitué à concevoir vite un plan d'action.

En campagne — il faut le répéter — il avait dû la vie, souvent, à des manœuvres organisées et exécutées rapidement.

— Ecoute... dit-il.

— Parlez, Capitaine?

XXIX

OU L'ON CONNAITRA L'UN DES DEUX MOYENS D'ACTION INVENTÉS PAR LE CAPITAINE BURIDAN.

— Donc... poursuit Buridan... Mariette va revenir?... Quand elle se sera assurée que son ivrogne d'époux dort toujours, et qu'il n'y a rien de suspect aux alentours, elle se retrouvera là-haut, où tu la rejoindras?

— Oui.

— Alors, tu la suivras... Elle te guidera, derechef, à travers les couloirs, galeries, tours et tourelles du Grand-Châtelet, que vous avez parcourus déjà?

— Oui.

— Et tu sortiras, enfin, de cette Prison ?

— Pour exécuter, au dehors, vos volontés... quelles qu'elles soient... oui, Capitaine !

— Bien !... Or, mon amé Landry, deux moyens d'action s'offrent à nous ?

— Deux?

— Oui.

— Expliquez-vous ?

— L'un est hardi... Mais, hélas...

— Hélas?

— Impossible à mettre en œuvre, probablement.

— Et l'autre...

— Sera adopté par nous, si, après examen, nous ne pouvons pas, décidément, nous servir du premier.

— Fort bien... Examinons, donc, les deux projets...

— Le premier, d'abord... mon amé Landry...

— J'écoute ?

— Tu m'as dit que tu as tout tenté pour me voir parce que tu avais la conviction, absolue, qu'il me restait des armes pour combattre Marguerite de Bourgogne, et pour la vaincre ..

— Je le répète...

— Eh ! bien, tu as eu raison de croire cela... Il me reste, en effet, contre mon ennemie, une arme que je peux utiliser... une arme terrible, qui me rend invincible !

— Hosannah !

— Seulement...

— Seulement?

— Elle ne peut être utilisée, fructueusement, cette arme... que par moi, par moi-même...

— Diavolo... comme dit Maître Orsini!

— Ce qui revient à dire, mon amé Landry, que cette arme, pourtant si puissante, est vaine... car, comme, seul, je pourrais l'utiliser fructueusement, il faudrait, pour que je le pusse... il faudrait que je fusse libre... Or, il ne m'est guère permis d'espérer que je le deviendrai...

Landry secoue la tête, tristement.

— Hélas!... dit-il.

Buridan poursuit :

— A moins...

Landry, repris, soudain, d'espoir... regarde, fixement, le Capitaine... attendant, impatiemment, qu'il s'explique...

— A moins... demande-t-il.

Oh! il connaît Buridan...

Il l'a vu, maintes fois, sortir... jadis... et faire sortir, avec lui, ses compagnons de guerre, de situations qui semblaient, à tous, absolument désespérées.

Il se dit que ce diable d'homme est capable, certes — pourvu qu'on l'y aide — de sortir, même, du Grand-Châtelet... malgré Monseigneur le Grand Prévôt de Paris — malgré ses archers, geôliers et guichetiers.

— A moins... poursuit Buridan...

— Achevez?

— A moins que nous osions...

— Quoi?... demande Landry, frémissant.

— Tenter le coup, hardi, dont je te parlais tout à l'heure.

— Quel?

— Coup... mon amé Landry... qu'il est impossible, je le crains, de mettre en œuvre, ainsi que je l'ai indiqué, déjà... C'est ce que nous allons examiner, si tu veux?

— Examinons!

— Voici... Mariette va revenir... Elle sera, là-haut, tout à l'heure...

— Eh! bien?

— Elle t'appellera?

— Oui...

— Nous saurons, par ainsi, qu'il n'y a rien de suspect, aux alentours?

— Après?

— Lors... tu couperas, avec ton couteau, les liens qui attachent mes bras, mes jambes, et mes poignets...

La curiosité de Landry se trouve éveillée. Il entrevoit un nouveau moyen de servir
celui à qui il a voué toute son énergie... (P. 1038.)

— Et puis...
— Tu te hisseras, là-haut...
— Après?
— Je te suivrai...
— Vous?
— Moi!

Landry est haletant.

— Après?... Après?... interroge-t-il.

Il comprend, à demi, le jeu du Capitaine... Il admire son imperturbable audace, qui, en même temps, l'étonne et l'effare!

Buridan sourit.

— C'est bien simple!... ajoute-t-il... Tous les trois, Mariette, toi, et moi... nous sortirons de la salle où le Maître des Hautes-Œuvres enferme ses engins... Mariette nous guidera, derechef, à travers les couloirs, galeries, tours et tourelles, que vous avez parcourues...

« ... Nous arriverons, ainsi — sans coup férir... espérons-le — jusques au logis de Maître Etienne Pierre Sabasse... Nous y resterons cachés par l'habile et dévouée Mariette... Enfin, au moment opportun, nous tenterons de sortir... Peut-être sous un déguisement, que ta très ingénieuse amie saura bien nous procurer... Mais ce dernier point sera à examiner plus tard...

« ... Que ce plan réussisse... Et, ce soir, je me retrouverai, sur le pavé de la bonne Ville de Paris... prêt à agir, de nouveau, contre Marguerite de Bourgogne, avec cette arme, terrible, que j'ai gardée contre elle... arme avec laquelle, je le répète, je triompherai d'elle, j'en suis sûr — pour notre bonheur à tous... le tien, le mien, et de plus...

Buridan s'interrompit.

— De plus?... interroge Landry.

Le Capitaine, après un temps de silence, ajoute, très gravement:

— De plus, pour le bonheur d'un troisième être qui m'intéresse fort... d'un être au sujet duquel nous devrons conférer... et de qui nous nous occuperons quand il en sera temps.

Et il conclut ainsi:

— Voilà mon premier projet, mon amé Landry... Il est hardi, comme je te l'ai annoncé... Mais est-il aussi impraticable que je le crois?... Du moins, veux-tu, et peux-tu, — m'aider à le mettre à exécution?... A toi de répondre!...

Landry a écouté Buridan sans l'interrompre... et pour cause!...

C'est qu'il est épouvanté!

Sortir du Grand-Châtelet!...

Le Capitaine est trop audacieux!...

Sortir du Grand-Châtelet!... Formidable tentative!

Oui... oui... c'est effrayant!

— Tu ne dis rien?... fait Buridan.

— C'est que...

— Achève?

— Attendez!... Comment vous dire... Enfin...

— Mon projet est inexécutable?...

— Mais...

— On peut tout ce qu'on veut... Il suffit de vouloir fermement... Pourquoi ne pourrais-je pas sortir, avec l'aide de Mariette, de cette Prison, d'où tu vas sortir, toi, tout à l'heure, grâce à elle... toi, qui es, présentement, avec moi, dans ce cachot?...

— Mais... moi... moi... c'est autre chose!...

— Pourquoi?... Expose tes raisons!... Si l'on te prend, ici, avec Mariette, tu seras pendu!... Si l'on m'arrête, je serai réintégré dans ce cachot... Toi, et Mariette, vous ne courrez pas plus de dangers à être pris en ma compagnie... Et nous pouvons y gagner, tous les trois... Moi, d'être libre... vous, — et sans plus de dangers, encore une fois — de m'avoir aidé à poursuivre mon œuvre...

— C'est vrai!

— T'ai-je convaincu?

— Je ne dis pas non.

— A la bonne heure!... As-tu d'autres objections à faire?...

Tout à coup, le bon Landry se redresse.

— Lâche!... clame-t-il... Je suis toujours lâche, d'abord!... J'ai peur!... Je tremble... Et puis, je me raisonne... Et, finalement, j'agis...

A présent, il paraît aussi résolu qu'il a été timoré, tout à l'heure.

Même, pour se donner plus d'assurance, il fait le bravache.

— Oui... oui... poursuit-il... finalement, j'agis!... J'agirai, Capitaine... Nous agirons... Ce soir, vous serez libre...

Il se grise de ses paroles.

— Libre!... reprend-il... enthousiasmé... Libre!...

Il voit, déjà, Buridan, sur le pavé de la bonne Ville de Paris.

— Libre!... répète-t-il... Libre!... Vous agirez contre la « goule »... Vous vous servirez, contre elle, de votre arme invincible!... Vous abattrez cette gueuse!...

Il se signe, et dit :

— Au Nom du Père, du Fils, et du Saint-Esprit!... Ainsi soit-il!...

XXX

POUR LA VENGEANCE

... Le sacripant exulte.

— C'est dit, Capitaine!... reprend-il... Dès le retour de Mariette, nous sortirons d'ici... Que le Tout-Puissant, mon Saint Patron, et mes « chères aimées » nous protègent!... Ils nous protégeront... Si nous sommes pris... je serai pendu!... Nous nous retrouverons, tous, en Paradis!

Et, tirant son couteau, il dit :

— Il faut que nous soyions prêts à tout événement !... Mariette, à présent, ne peut tarder à revenir... Je vais, toujours, couper vos liens... Il me tarde de vous voir libre !... Il me tarde de vous voir debout !.... Il me tarde de pouvoir serrer vos mains, Capitaine !...

Il va couper les cordes qui lient les bras, les chevilles, et les poignets, de Buridan.

Mais celui-ci l'arrête.

— Attends !... dit-il.

— Quoi ?... demande Landry, qui reste, bouche bée, stupéfait.

— Un mot, d'abord.

— Dites ?

— Je t'ai convaincu... Tu es prêt à risquer ta vie pour moi — ce dont je te sais un gré infini... C'est bien !... Mais...

— Mais...

— Il faut que nous sachions, aussi, d'autre part...

— Achevez ?

— Si Mariette est disposée à faire le même sacrifice...

— Certes !

— Nous ne pouvons pas agir sans son acquiescement... Il faut donc la consulter... avant tout... Nous le devons...

— Je réponds d'elle.

— Encore faut-il la prévenir.

— A évoluer, céans, avec moi, près de vous... ne court-elle pas, présentement, les mêmes risques que moi ?... Donc...

— Mais elle a consenti à les courir ces risques... puisqu'elle t'a accompagné, guidé, jusqu'ici... Elle a consenti, encore, à les courir, pour ton retour... Mais il faut savoir si elle consent à nous prêter, à tous les deux, désormais, une aide qu'elle t'a accordée à toi seul...

— Vous avez toujours raison... Capitaine !... Ceci est une idée de gentilhomme !... Je n'y avais pas pensé, je l'avoue... Je n'avais pas vu que nous devions agir ainsi, par un sentiment de délicatesse... qui s'impose, en effet... Mais, je peux vous le dire... à l'avance, je réponds de l'acquiescement de Mariette... Néanmoins, je lui ferai connaître votre plan... Elle l'approuvera, c'est sûr...

« ... Dès qu'elle sera revenue, je remonterai dans la salle où le Maître des Hautes Œuvres enferme ses abominables instruments... Je verrai Mariette... Je lui exposerai, brièvement, et rapidement, la situation... Puis, vous vous hisserez là-haut... Et, dès que vous nous aurez rejoints, nous fuirons !... Ah ! j'ai hâte que Mariette soit, enfin, de retour !... Quand le vin est tiré, il faut le boire frais... Et il faut manger le lièvre dès qu'il est hors du four, avant qu'il ait eu le temps de refroidir !...

Landry se rapproche de Buridan.

Derechef, il veut couper ses liens.

Mais le Capitaine l'arrête encore.

— Attends!... dit-il... Il sera toujours temps de couper ces cordes au dernier moment... Ce sera l'affaire d'un instant, seulement... Il faut tout prévoir... Nous pouvons être surpris... Dans ce cas, tu n'aurais qu'à fuir... à te cacher, là-haut, dans cette salle où personne ne soupçonnerait ta présence... quitte à revenir, ensuite... Au lieu que la défiance du visiteur, quel qu'il soit, qui pénétrerait ici, à l'improviste, serait excitée, s'il me trouvait dégagé de mes liens.

— C'est vrai!... réplique Landry.

Il admire le sang-froid de Buridan.

Quel homme!

Il pense à tout!

Il prévoit tout!

C'est un être merveilleusement organisé, certes!

Landry remet son couteau dans sa gaîne.

— Comme Mariette reste longtemps absente!... reprend-t-il, inquiet, de nouveau. Pourvu qu'il ne soit rien arrivé de fâcheux, là-bas!... Pourvu que son ivrogne d'époux ne se soit pas réveillé!... Ce serait une malechance!...

Mais Buridan réfléchit...

Et, bientôt, il reprend :

— Ecoute-moi, Landry... Je n'ai pas dit tout ce que j'avais à te dire.

— Parlez, Capitaine?... dit le sacripant... Seulement, faites vite... Mariette peut revenir d'un moment à l'autre!... ¡Le plus tôt, du reste, sera le meilleur!

— Ecoute... Je te le répète : il faut tout prévoir!

Qu'est-ce que le Capitaine va dire?

Quelle nouvelle idée a germé dans son fertile et vaillant cerveau!

Si angoissé qu'il soit... si pressé qu'il soit de sortir, avec Buridan, de cette basse-fosse, il attend, curieusement, les nouvelles explications que son interlocuteur va lui donner.

— Supposons, mon amé Landry... poursuit le Capitaine... supposons que, pour une cause quelconque — quand ce ne serait que par le refus que Mariette peut, en somme, opposer, à ta proposition — en ce qui me concerne — supposons, disais-je, que je ne puisse sortir d'ici?

— Supposons-le, Capitaine!... dit le sacripant... Supposons-le, puisque cela vous plaît, car aucune cause ne peut s'opposer à votre fuite... Encore une fois, je vous réponds de Mariette, absolument... tout comme je vous ai répondu de moi-même...

— Suppose que... n'ayant pu sortir d'ici... je succombe!

Landry tressaille.

— Je ne veux pas supposer cela!... dit-il... Qui sait si cela ne nous porterait pas malheur ?... Rien de tel que de craindre une chose pour qu'elle vous accable!...

— Supposons-le, pourtant...

— Supposez-le donc, Capitaine... puisque vous le voulez, absolument.

— Dans ce cas, l'arme, dont je dispose, contre Marguerite de Bourgogne... cette arme dont je peux, seul, me servir... et qui me rendrait invincible... cette arme aura été inutile.

— Hélas!

— Eh! bien...

— Eh! bien?...

— Si je n'ai pu utiliser cette arme, à notre profit... pour abattre Marguerite... Il faut, du moins...

— Achevez, Capitaine?

— Il faut qu'elle me serve, néanmoins.

Landry regarde Buridan.

Avec ce diable d'homme, on marche, toujours, de surprise en surprise.

Oui... oui... il pense à tout!... Il prévoit tout!... Quelle force il représente, moralement et matériellement!... Quel dommage si une pareille force était abattue!

— Il faut que votre arme serve, disiez-vous, Capitaine... reprend Landry... dans le cas où vous auriez succombé...

— Oui.

— Mais... comment?

— Pour la vengeance!... réplique Buridan.

— Pour la vengeance?... répète Landry... Expliquez-vous?

— Oui!... Mon arme, je ne saurais trop le répéter, ne peut être maniée que par moi... et, encore, à la condition que je sois libre, — tout au moins, que je me retrouve face à face avec la Reine...

— Après!

— Mais un autre que moi, pourra, quand je n'y serai plus...

— Quand vous n'y serez plus...

— Utiliser cette arme pour venger ma mort.

— Ah!...

La curiosité de Landry se trouve éveillée.

Il entrevoit un nouveau moyen de servir celui à qui il a voué toute son énergie, toute son intelligence... sa vie même.

— Et, cet autre que vous, Capitaine... est-il possible que ce soit moi?... demande-t-il, anxieusement.

— Oui!

— De par mon Très Saint Patron... voilà qui me met en joie!... s'écrie Landry, tout en allégresse.

Il se reprend, tout aussitôt.

— Vous entendez ce que je veux dire?... explique t-il, naïvement... Nous ne faisons que des suppositions, c'est toujours convenu?... J'espère bien que vous sortirez d'ici, tout à l'heure, avec moi... J'espère bien que vous pourrez utiliser, vous-même, et victorieusement, votre arme, invincible, contre la « goule »...

— Je l'espère aussi!... Poursuis?

— Mais, si, par grand malheur, nous voyions échouer notre entreprise... Si, par grand malheur, vous succombiez...

— Poursuis?... Poursuis?

— Et, si, moi, au contraire, je me retrouvais, sur le pavé de la bonne Ville de Paris, sain et sauf...

— Tu m'as compris... Achève?

— Diavolo, je serais bien aise, n'ayant pu vous voir hors des griffes de la Reine... oui, oui, je serais aise... bien aise... de pouvoir, au moins, vous venger...

— Parfait!

— Je vous vengerais, certes!... Et quand bien même, pour atteindre ce but... quand bien même je devrais donner ma carcasse au Maître des Hautes-Œuvres!

— Fort bien!... Mon amé Landry, je n'attendais pas moins de toi... Nous sommes d'accord.

— Et comment opérerai-je, Capitaine, pour vous venger?...

— Je vais te le dire... Ecoute-moi très attentivement.

— J'écoute...

— D'abord, fouille dans ma poche...

— Dans votre poche?

— Oui!... Dans la poche de mon vêtement, à gauche.

— Mais... à quoi bon...

— Fais ce que je dis... Il y a, dans cette poche, une bourse... Prends-la...

Landry obéit.

Il fouille dans la poche de Buridan.

Il y prend une bourse...

— Bien!... dit le Capitaine... Ouvre la bourse...

— C'est fait... répond le sacripant.

— Quelle somme contient-elle?

— Trois marcs d'or.

— Cent soixante-cinq livres tournois...

— La bourse contient, de plus, une petite clé...

— Je te dirai, tout à l'heure, à quel usage tu utiliseras cette clé...

— Bien!...

— Donc, la bourse contient, disions-nous, cent soixante-cinq livres tournois... Eh ! bien, mon amé Landry... cette somme est à toi...

— Mais...

— Cette somme t'appartient, te dis-je...

Landry fait un mouvement, et veut parler ; mais Buridan l'interrompt :

— Je ne te donne pas cette somme... dit-il... pour te payer tes dévoués
et amicaux services... On ne paie pas de tels services avec de l'or...

Landry s'écrie :

— Bien, Capitaine !... J'avais besoin de vous entendre dire cela !...

— Bête !... poursuit Buridan, très affectueusement... Je connais mon
Landry... Mon Landry devrait me connaître...

— Mettons que je n'ai pas fait d'objection... Capitaine !

— A la bonne heure !... Reprenons... Je te donne cette somme afin que
tu aies les moyens matériels d'agir... pour ma vengeance.

— C'est que cette somme est considérable !... Je n'ai pas besoin de
tant d'or, pour agir... comme vous dites.

— Tu utiliseras, pour vivre, ce qu'il t'en restera...

— Et vous... Capitaine ?

— Si l'on doit me pendre... je n'ai plus besoin de rien !...

— Mais...

— Si je me sauve... ce qui est possible, après tout — tu auras quatre
fois cette somme... et moi... mille !

— Qu'y a-t-il à faire ?

— Une chose bien simple...

— Quelle ?

— Dès que tu auras la certitude que, malgré ton aide, et celle de Mariette, je ne puis me tirer d'ici... et dès que tu seras libre, tu iras chez Maître
Pierre de Bourges.

— A l'Hôtellerie des Saints Innocents...

— Oui.

— Après ?

— Tu pénètreras dans ma chambre... dans cette même chambre où tu
es venu me voir, hier.

— Maître Pierre de Bourges — il faut penser à tout — m'y laissera-t-il
entrer, dans cette chambre ?

— Oui, c'est convenu entre l'Hôtelier, et moi... J'avais prévu le cas...

Landry opine, de la mine, et du geste.

— Jusqu'à présent... cela ne me paraît pas difficile !... dit-il...

— Ecoute... reprend Buridan... Quand tu seras dans ma chambre, tu t'y
enfermeras...

— Bien !

— Pauvre Mariette !... Remets-toi !... Remets-toi... Donc, nous sommes en danger ? (P. 1047.)

— Il importe que personne, au monde, ne puisse, alors, se rendre compte
de l'œuvre que tu accompliras...

— Personne ne s'en rendra compte... Que ferai-je donc?

— Tu compteras les dalles qui pavent la chambre, à partir du coin où
se trouve un Crucifix...

Landry se signe, dévotement.

— Ecoute-moi donc!... dit Buridan, avec un geste d'impatience.

— Un Crucifix!... répète Landry.

Le Capitaine reprend :

— Sur la septième dalle, tu verras une croix : tu la soulèveras avec ton
couteau.

— Après?

— Sous une couche de sable, tu trouveras un coffret de fer, qui s'ouvre
avec la clé qui est dans ma bourse...

— Un coffret... Bien...

— Ce coffret contient des rubans, des boucles de cheveux, quelques bijoux sans valeur, des fleurs séchées et des parchemins jaunis... Tu prendras ce
coffret et tu l'emporteras avec tout ce qu'il contient.

— Je le jure, sur mon Salut Eternel!...

— Attends... Il faut que tu saches ce que tu devras faire encore... C'est
le plus important...

— Dites... Capitaine?...

— Si... ce soir, à l'heure de la rentrée du Roi Louis X dans sa bonne
Ville de Paris... tu ne m'as pas revu...

— Achevez?

— Si je ne t'ai pas dit: « Rends-moi le coffret, et la clé... »

— Eh! bien?

— Tu remettras coffret, et clé, à Notre Sire le Roi...

— Moi-même?...

— Toi-même!...

— Comment pourrai-je arriver jusqu'à lui?

— Tu en chercheras les moyens... et tu les trouveras...

— Je les chercherai... et je les trouverai... oui, Capitaine...

— Je m'en rapporte à toi.

— Est-ce tout?

— C'est tout!... En agissant ainsi, si je meurs, tu m'auras vengé!...
Mon âme sera tranquille!... Et c'est à toi que je le devrai!...

— Sur la part que j'espère dans le Paradis... je jure d'accomplir vos
volontés, Capitaine...

— Bien, mon amé Landry!... Je n'attendais pas moins de ta bonne
amitié... Je t'en reste reconnaissant plus que je ne saurais le dire!...

Buridan se tait.

Il réfléchit.

A-t-il bien tout prévu, cette fois ?

A-t-il bien pris toutes ses précautions ?

Oui !

Dans sa situation, il ne peut faire mieux, ni davantage...

XXXI

OU L'ON CONNAITRA LES RAISONS DU RETARD PROLONGÉ DE MARIETTE.

— Du reste... reprend-il, bientôt, gaiement... j'espère que tu n'auras pas besoin d'agir... J'espère que, avant quelques heures, grâce à ton dévouement... grâce à l'appui que nous prêtera cette bonne Mariette... nous serons libres, sur le pavé du Roi...

De son côté... Landry est resté rêveur... pendant que le Capitaine réfléchissait.

Il a pensé à tout ce que Buridan lui a dit... à la mission qu'il lui a confiée.

Mission difficile, certes... et qui l'effraie.

Non à cause de risques qu'il courra en l'accomplissant ; mais, seulement, parce qu'il a peur de ne savoir l'accomplir assez adroitement pour en tirer les effets que le Capitaine en attend.

Le dernier propos de son interlocuteur le rappelle à la réalité.

— Oui... oui... s'écrie-t-il... avant longtemps, Capitaine, nous évoluerons, tous les deux, sur le pavé du Roi !... Il vaut mieux que vous utilisiez vos armes, vous-même, contre « la goule »... Espérons !... Espérons !...

Toutefois, il est inquiet.

Que fait donc Mariette ?

Pourquoi n'est-elle pas revenue encore ?

Il semble, à Landry, qu'il y a un siècle qu'elle s'est éloignée !

Est-ce que Maître Etienne Pierre Sabasse s'est réveillé ?

Dans tous les cas, Mariette aurait bien trouvé le moyen de s'affranchir de lui...

Il y a à craindre, plutôt, que quelque événement, inatte ndu, ne se soit produit.

Quel ?

Le Grand Prévôt de Paris a pris des mesures telles, peut-être, que Mariette, momentanément, se trouve dans l'impossibilité d'évoluer, de nouveau, dans les galeries, couloirs, tours, tourelles du Grand-Châtelet.

Oh ! si cela était... cela serait terrible !

Landry s'efforce de chasser, de son esprit, ces affolantes pensées.

Et, surtout, il ne les communique pas à Buridan... de crainte de lui ôter son espérance... et, par suite, son courage.

Il donnerait, sans hésiter, un an de sa vie... pour entendre, là-haut, un bruit quelconque... qui lui annoncerait le retour de Mariette.

Mais il n'entend rien... rien... rien, hélas !

Rien que, au dehors, dans la galerie, devant la porte du cachot, le bruit des pas de l'archer, resté, là, en sentinelle... et le cliquetis de ses armes.

Ce silence, profond, qui plane sur le cachot, pèse aux épaules des deux hommes... lourdement... très lourdement !

Ils sont unis si étroitement, que, à leur insu, ce qui préoccupe l'un... ne tarde pas à préoccuper l'autre.

Bientôt, l'inquiétude, exaspérée, de Landry... gagne Buridan.

C'est la transmission de la pensée... phénomène que subissent, toujours, deux êtres ayant les mêmes sentiments... les mêmes intérêts... les mêmes soucis.

Maintenant, c'est Buridan qui cache ses appréhensions à Landry, afin de ne pas l'alarmer.

Lui aussi, il trouve que Mariette tarde bien à reparaître.

Il y a longtemps... très longtemps que Landry est dans le cachot.

Certainement, il est arrivé quelque chose à la femme de Maître Pierre Etienne Sabasse.

Quoi ?

Impossible de le savoir !

Tout à coup... Buridan, et Landry, tressaillent.

Ils ont entendu marcher... précipitamment... dans la salle où le Maître des Hautes-Œuvres enferme ses engins.

C'est Mariette... à coup sûr.

Ce ne peut être qu'elle !

Enfin !

Landry s'est levé... Il reste aux aguets...

Il voit briller, là-haut, une lueur.

Il aperçoit... au bord de l'ouverture, béante... la fine silhouette de Mariette, éclairée par la clarté qui se dégage d'un falot qu'elle porte... d'un autre falot dont elle s'est munie pour se remettre en route à travers les galeries, souterraines, de la Prison.

— Landry !... Landry !... Landry !... clame-t-elle, d'une voix vibrante.

Oh ! cette voix... cette voix, qui tremble... cette voix qui appelle... exprime, aussi, comme une plainte !

C'est la voix d'un être en détresse !

C'est la voix d'un être affolé, qui demande aide... et qui fuit devant quelque effroyable et très imminent danger !

— Il est arrivé quelque chose !... dit Buridan, angoissé... mais tout en s'apprêtant à supporter, avec sa vaillance habituelle, un nouveau coup du Sort.

— Un malheur !... C'est sûr !... ajoute Landry qui, déjà, désespère... Hélas !... C'était prévu !...

— Landry !... Landry !... Landry !... répète Mariette.

On dirait qu'elle est plus terrifiée, encore.

On dirait qu'elle veut faire savoir, à ceux qu'elle aide, que les quelques secondes qui se sont écoulées, depuis son premier appel, ont creusé, plus profondément, encore, l'abîme dans lequel ils vont choir.

Et Landry, cependant, sans articuler un mot, sans informer Buridan de son dessein, a saisi la corde qu'il a attachée, là-haut, aux montants de la porte... cette corde qu'il a laissée pendre dans le cachot — et, à la force du poignet, il se hisse jusque dans la salle de l'étage supérieur.

Il faut qu'il apprenne, par Mariette, ce qui est arrivé... les raisons de son retard inexplicable... les raisons de son effroi.

Buridan a compris les motifs de l'acte de Landry.

Il l'approuve.

Landry est agile...

Du reste, la certitude qu'il a du danger qui plane sur lui... sur ceux qu'il aime, lui donne plus d'énergie que jamais.

En un clin d'œil, il s'est hissé dans la salle où Mariette l'attend.

Elle l'aide à se mettre debout.

Oh ! oui... oui... il est arrivé quelque chose !

Landry ne s'est pas alarmé en vain.

Mariette est pâle... effroyablement pâle !

Elle tremble !

Assurément, elle est terrifiée !

Et pour cause... certes!

— Que se passe-t-il donc?... demande Landry... lui-même tout apeuré.

— Une chose inattendue !... réplique Mariette... Oui, oui... certes... inattendue... et terrible !

— Ton époux, Maître Pierre Etienne Sabasse, n'étant pas assez ivre, s'est réveillé... s'est aperçu qu'on s'était emparé de ses clés... et...

— Ah ! s'il ne s'agissait que de cela !

— Tu m'effraies !

Landry se trouble davantage.

— Il y a de quoi s'effrayer, certes !... reprend Mariette... qui est haletante... oppressée... et ne peut répondre que par phrases très courtes — quelque grande que soit son envie de s'expliquer.

— Monseigneur le Grand Prévôt de Paris sait que je suis dans le Grand-Châtelet?... demande Landry... Il me cherche?... Ses archers, geôliers, et guichetiers, me traquent?...

— Non?... Non!...

— Alors quoi?... Pour Dieu, explique-toi donc, Mariette?

La pauvre Mariette joint les mains, suppliante.

— Tu saurais tout, déjà... si j'avais pu parler... réplique-t-elle... Il me faut le temps de me remettre!... J'ai couru, si vite, pour venir te rejoindre... et j'ai eu si peur de ne pas arriver assez tôt, que je me soutiens à peine... et que, tout d'abord, j'étais sans voix...

— Pauvre Mariette!... Remets-toi... Remets-toi... Donc, nous sommes en danger?

— En grand danger!

Landry, se trouble, plus encore.

— Immédiat?... interroge-t-il.

Mariette, cependant, est plus calme...

Elle sent qu'elle peut s'expliquer, à présent.

— Voici les faits... dit-elle... Tout à l'heure, et comme je m'étais assurée que mon époux dormait, toujours, paisiblement, cuvant son ivresse... et qu'il n'y avait rien de suspect, aux alentours — comme je me disposais à revenir ici...

— Eh! bien?...

— J'entendis frapper, violemment, à la Porte du Grand-Châtelet... Or, sais-tu qui venait?

— Non!

— La Reine!

Landry est stupéfait... abasourdi... épouvanté.

— La Reine?... répète-t-il... La Reine?

— Oui... Marguerite de Bourgogne.

— Diavolo!... Voilà qui était inattendu, en effet...

— Et terrible, ainsi que je te l'ai dit!

— Oui!... Oui... terrible!...

— Un seul homme l'accompagnait... Elle l'appelle Orsini...

— Orsini!.. De par mon Très Vénéré Patron — qui daigne me proté-ger! — voilà qui se complique!... Poursuis, Mariette, poursuis?

— Or, la Reine est venue, au Grand-Châtelet... pour voir le prisonnier... ton Capitaine!... Ne l'as-tu pas, déjà, compris?...

— C'est juste... Diavolo!... Après?... Après?... On ouvrit la porte, de la Prison, à la Régente?

— Oui!...

— C'est effrayant!... Or, que se passa-t-il?

— La Reine fut conduite, tout aussitôt, sur son ordre, par un archer...
chez Monseigneur le Grand Prévôt de Paris.

— Après, Mariette?... Après?

— Alors... moi... plus morte que vive, je rentrai chez moi... Je me
munis d'un falot... Et, par le plus court chemin, je revins ici...

— Mais la Reine...

— Elle va venir.

— Diavolo, Mariette... nous sommes perdus!... Nous avons les clés qui
ouvrent le cachot...

— Ce n'est pas ce qui m'inquiète...

— Pourtant...

— Tous les guicheliers du Grand-Châtelet, et Monseigneur le Grand Prévôt de Paris, ont des clés pareilles... Tu comprends que le Grand Prévôt
accompagnera la Reine, lui-même, jusqu'ici... Il lui ouvrira la porte du cachot...
Ce n'est donc pas ce fait qui m'a inquiétée, je le répète... Je tremblais,
seulement, de ne pas arriver, assez tôt, pour te prévenir de ce qui se passe...
Comment ne me suis-je pas tuée en descendant les marches, quatre à
quatre... dans l'obscurité — et en glissant sur le sol boueux?... Le Tout-
Puissant m'a protégée!... La Reine va venir!... Voilà ce qu'il fallait que
tu saches... J'ai une grande avance sur elle... Cependant, elle ne peut tarder,
à présent... Agissons donc vite...

— Agir?... s'écrie Landry, effaré.

Il est terrifié...

Il n'a pas entendu... ni, même, écouté... les dernières explications, détaillées, pourtant, de son interlocutrice.

— Certes!... réplique Mariette... Il faut agir... Même, il faut agir vite!

— Je ne demande pas mieux!... Mais que pouvons-nous faire?... Si tu
as une idée, parle?... Je t'obéirai!... Moi... je n'ai plus la tête à moi!... Je
suis trop troublé!... Je considère que nous sommes perdus!... Qu'on me
prenne donc!... Qu'on m'emmène!... Qu'on me pende!... Et que cela
finisse!... On ne peut rien... rien... rien, contre l'impossible!...

Mariette reprend tout son courage, en présence de l'affaissement de son
compagnon.

— Tu vas redescendre dans le cachot... dit-elle... vite... vite...

Elle parle avec beaucoup d'énergie... impérieusement.

— Tu préviendras le Capitaine de la visite qu'il va recevoir...

L'énergie que dépense Mariette est communicative.

Elle gagne le bon Landry, qui, peu à peu, se redresse.

— Puis, tu remonteras ici... reprend Mariette, toujours impérieusement.

— Après?

— On retirera la corde... On refermera la trappe...

Lors, elle rentra dans le Louvre. Elle regagna son appartement. (P. 1054.)

— Et puis...

— Nous resterons ici...

— Ici?

— Nous n'y courrons aucun danger... Enfin... nous nous éloignerons dès que la Reine sera dans le cachot.

Où irons-nous?

— A la geôle... Chez nous... Je trouverai bien un moyen de te faire sortir du Grand-Châtelet...

— Mais...

— Pas de mais... Fais vite... Tu as souhaité de voir le Prisonnier... Tu l'as vu... Tu as pu causer avec lui, et recevoir des instructions s'il en avait à te donner... Que veux-tu de plus?...

— C'est que...

— Agis!... Agis!... Plus de mots inutiles... Nous n'avons pas une minute à perdre..: Va... Va!... Fais tout ce que je t'ai dit... Va!... Et que tes « chères aimées » nous protègent !

Eloquente et très suggestive insinuation, certes !

Elle donne, aussitôt, l'effet que Mariette en attendait.

Ah ! que les femmes, même les plus humbles... surtout les plus humbles, peut-être — sont adroites, énergiques, sublimes, dans le dévouement.

— Agissons !... s'écrie Landry... Plus de mots inutiles !... Bien dit !... Je vais agir !

Il saisit la corde qu'il a utilisée, déjà, tout à l'heure... et il se laisse glisser, dans le cachot de Buridan, en fredonnant son Noël protecteur.

Mariette se penche au bord de la trappe.

Elle attend, angoissée...

XXXII

BURIDAN ENTHOUSIASMÉ

... Le bon Landry se retrouve près de Buridan.

Brièvement, il redit, au Capitaine, tout ce que Mariette lui a appris.

Or, il est stupéfait... car Buridan, au lieu de se désespérer, comme Landry s'y attendait... s'est soulevé, sur son banc, et il a dit, dans un transport :

— J'étais sûr qu'elle viendrait ici !... Hosannah !... Hosannah, mon amé Landry !... Nous sommes sauvés !... Je le crois, fermement... Et nous sommes sauvés, du reste, grâce à toi... grâce à ton courage, à ton énergie... et à ton dévouement... Tu ne peux pas comprendre le sens de ces paroles... et je n'ai pas le temps de te les expliquer...

Et il ajoute, vraiment enthousiasmé :

— La Reine... ici !... Tout ce que je souhaitais !...

Son clair regard brille...

Le Capitaine est frémissant...

Et Landry, plus que jamais, l'admire !...

Quel ressort, en cet homme !... Quelle énergie !... Quelle force !...

Il garde son sang-froid dans les situations es plus désespérées.

Tout à l'heure — après avoir pu craindre qu'il ne sortirait plus de cette basse-fosse, où l'a jeté la volonté de son implacable, et toute-puissante ennemie... il avait organisé, savamment, tout un plan d'exode qui pouvait réussir, certes...

Et, maintenant, il a d'autres projets... qu'il va mettre en œuvre, c'est certain.

Oh! il est inlassable... invincible!...

Tombé... il guette les faits et gestes de ses adversaires, prêt à tirer parti, à son profit, de leurs moindres fautes.

Vaincu, en apparence, il se relève, et recommence la lutte, avec une force sans pareille!

C'est, vraiment, un être absolument exceptionnel... un être né pour les grandes choses.

Rien ne lui manque de tout ce qui fait les hommes dignes des plus hautes destinées.

Et Landry, en le voyant ainsi, se reprend à l'espoir de la réussite finale.

Buridan, certes... triomphera de la « goule »...

— La visite, inattendue, de la Reine, céans... dit Landry... ne nous permet plus de mettre à exécution le projet de fuite que vous aviez forgé, Capitaine, et qui pouvait réussir... Mais... ce projet... on le reprendra, plus tard, si vous voulez...

Rien de tel que l'exemple... et les exhortations, pour enhardir les pusillanimes, pour réconforter les faibles, pour exalter les hésitants.

A voir l'énergie de Mariette... et l'assurance, le courage de Buridan, Landry a repris énergie, assurance et courage, tout à fait.

Il est redevenu lui-même.

Non seulement, il agit; mais, de plus, il pense.

— Oui... reprend-il... Je vais rester caché, chez Mariette, ainsi que je vous l'ai dit... Je saurai, par elle, ce qui se passera au Grand-Châtelet... Et, la nuit prochaine, je reviendrai, céans, avec elle... Qui sait, si, alors, nous ne pourrons pas fuir, comme nous devions tenter de le faire?...

Buridan secoue la tête, et répond :

— Un plan avorté ne peut jamais être repris utilement — j'en parle par expérience!... Toutefois, mon amé Landry, gardons ce projet... Nous tenterions de l'utiliser en désespoir de cause... Vois-tu, rien ne peut me servir plus, à cette heure, que ce qui m'arrive : La visite de la Reine... Ou je me trompe fort, ou cette même créature, qui m'a fait jeter, céans, traîtreusement... il y a quelques heures — va m'ouvrir, elle-même, les portes de cette Prison, qui devait être, pour moi, une tombe!...

Le Capitaine a prononcé ces paroles avec une profonde conviction.

Comme il est sûr de lui!...

Son assurance réjouit, de plus en plus, Landry.

La Reine va ouvrir, au Capitaine, les portes du Grand-Châtelet!

Voilà qui serait extraordinaire!

Le bon Landry, pourtant, ne doute pas que cela sera.

— Va!... Va!... poursuit Buridan... Rejoins Mariette... Fuis... Va, mon amé Landry... Nous nous reverrons avant longtemps!...

— Mais... demande Landry... que dois-je faire?... Avez-vous des instructions, nouvelles, à me donner?

— Oui!... Tout ce que je t'ai recommandé d'accomplir devra être accompli...

— J'irai, donc, chez Pierre de Bourges, à l'Hôtellerie des Saints-Innocents?

— Oui.

— Je pénétrerai dans votre chambre... Je prendrai, sous la septième dalle, le coffret?

— Oui!... Oui!...

— Je l'emporterai?...

— Oui.

— Et, si je ne vous ai pas revu, demain...

— Tu porteras le coffret à Notre Sire le Roi...

Et Buridan, gravement, ajoute :

— Ceci est très important, mon amé Landry... Je t'ai dit que c'est grâce à toi que je suis fort, à cette heure?... C'est vrai!... Ma force, par devant la Reine — force que je vais mettre en œuvre — me vient de la certitude que j'ai, présentement, que mes ordres, relatifs au coffret, seront, par toi, exécutés fidèlement.

— Ils le seront, je le jure!...

— Bien!... Va donc!... Va, encore une fois!.... Sors, d'ici, le plus tôt possible... Dès que tu seras libre, cours chez Pierre de Bourges... Prends le coffret... Emporte-le... Cache-le... Et attends...

— J'attendrai!... Et, au besoin... Capitaine, j'agirai !

Superbe, le hardi Capitaine dit, avec l'accent du triomphe :

— Tu n'auras pas besoin d'agir!... Avant ce soir... dans quelques heures... dans quelques instants, peut-être — je serai libre!...

— Puissiez-vous dire vrai!

— Libre, et tout-puissant, j'espère!... Embrasse-moi!... Embrasse-moi, mon féal et amé compagnon!... Et fuis!...

— Que la Sainte Madone vous protège, Capitaine...

Buridan, tout à coup, dresse l'oreille.

Il a entendu, dans la galerie prochaine... au dehors, un bruit de pas... un cliquetis d'armes...

C'est Marguerite, sans doute?...

Ce doit être elle! ..

Elle vient.

Un cortège, conduit par le Grand Prévôt de Paris, l'accompagne, c'est clair.

— Fuis!... Fuis!... Hâte-toi!... dit Buridan... C'est elle!... C'est la Reine!... Fuis!... Fuis!...

— Dieu vous garde!... reprend Landry, en proie — à cette ultime minute — à une excessive émotion.

— Fuis!... A bientôt, mon bon Landry!...

— A bientôt, Capitaine!

Landry a pris le falot, qu'il attache à sa ceinture.

Il saisit la corde... et, lestement, il remonte à l'étage supérieur, ou Mariette, frémissante, l'attend toujours.

Il tire, à lui, la corde... qui a servi à ses descentes et à ses ascensions.

Puis, il se penche au bord de l'ouverture, béante, et il dit, encore :

— Courage... et espoir, Capitaine!

— A bientôt!... répond Buridan, d'une voix vibrante...

— Oh!... s'écrie Landry... Pourvu que je le revoie!... Pourvu qu'il triomphe de la « goule »!...

Il rabat la trappe, qui retombe en grinçant lugubrement...

Il frissonne — car il lui a semblé qu'il enfermait Buridan dans une tombe!

Il était temps, certes, que la trappe fût rabattue.

Buridan a perçu... plus nettement encore... le bruit de pas... le cliquetis des armes — dans la galerie.

Son cachot s'est vaguement éclairé... car les hommes qui accompagnent la Royale visiteuse portent des torches, dont la lueur filtre à travers les fissures de la porte, comme lors du premier passage du Grand Prévôt de Paris dans la galerie souterraine.

Une clé tourne dans la serrure de la porte.

La porte s'ouvre.

Buridan, farouche, presque debout... regarde.

Alors, dans l'entrebâillement de la porte, sous la lueur, rougeâtre, des torches que portent les archers du cortège... il aperçoit une forme de femme.

Il la reconnaît, aussitôt.

C'est elle!

C'est bien elle!

C'est la Reine Régente...

C'est Marguerite de Bourgogne!

— Je la tiens!... murmure Buridan.

Son masque resplendit... éclairé par la joie que lui donne la quasi certitude de son prochain triomphe!...

XXXIII

OU L'ON SAURA CE QUI S'ÉTAIT PASSÉ, AU LOUVRE, APRÈS L'ARRESTATION DU CAPITAINE BURIDAN

... Après l'arrestation du Capitaine Buridan, devant la Poterne du Louvre... Marguerite — ayant vu s'éloigner, et disparaître, le cortége, commandé par le Sire de Savoisy, qui emmenait son ennemi — avait cherché Gaultier d'Aulnay.

Elle ne le vit pas.

Il avait disparu.

Qu'est-ce qu'il était devenu?

Lors, elle rentra dans le Louvre.

Elle regagna son appartement.

Elle était, à la fois, satisfaite, émue, troublée,... angoissée, même.

Satisfaite, parce qu'elle avait triomphé de son adversaire... parce qu'il lui appartenait, désormais... parce qu'elle le tenait, parce qu'elle n'avait plus rien à craindre de lui!

Troublée... angoissée — parce qu'elle n'avait pas revu Gaultier d'Aulnay.

Buridan lui avait parlé longtemps, lorsqu'il lui avait rendu les tablettes de Philippe — la Reine l'avait bien vu, du haut de la plate-forme qui dominait la Poterne du Louvre : Fait qui l'avait décidée à descendre, et à intervenir... pour que ses ordres, à l'égard du hardi Capitaine, fussent exécutés plus vite.

Or, au cours de cet entretien qu'ils avaient eu, qu'est-ce que Buridan avait dit à Gaultier?

Quel secret lui avait-il révélé?

Buridan avait-il accusé Marguerite par devant Gaultier?

Lui avait-il fourni des détails sur les faits qui s'étaient produits, au cours de la nuit fatale, à la Tour de Nesle?

Lui avait-il appris que les tablettes de Philippe avaient contenu la dénonciation du nom du meurtrier écrite par la victime?

C'était probable!

Dans ce cas, pourquoi Gaultier avait-il disparu?

Il était surprenant qu'il ne se fût pas efforcé d'avoir, immédiatement, au sujet des révélations de Buridan, un entretien avec Marguerite.

Les paroles de Buridan avaient-elles donc été si convaincantes que Gaultier leur donnait créance?

Ce Buridan était un habile homme!...

Marguerite ne le savait que trop!...

Il avait pu fournir, à Gaultier, des arguments probants... capables, certes, de l'émouvoir, de le troubler.

La Reine connaissait son empire sur son favori... et se disait qu'elle parviendrait à annihiler, absolument, et sans grand effort, en l'esprit de Gaultier, l'effet des révélations de Buridan; mais, encore, fallait-il qu'elle sût quelles accusations le Capitaine avait portées contre elle... et fallait-il qu'elle vît Gaultier...

Oh! ce Gaultier!

La Reine le chérissait!

Elle ne pouvait pas supporter cette idée qu'il pourrait se détacher d'elle!

Elle ne pouvait pas supporter cette idée qu'il pourrait cesser de l'aimer... de l'estimer, même!

Elle eut perdu, sans regret, sa Couronne, et sa Puissance... plutôt que l'amour, et le respect de Gaultier!

D'où venait cette attraction qu'il exerçait sur elle?

Par quel étrange lien lui était-il donc attaché?

Elle ne se l'expliquait pas!... Elle ne pouvait pas se l'expliquer.

Elle subissait cette attraction... elle sentait la force du lien qui l'unissait à son favori — et voilà tout!

Car — il faut insister sur ce point — elle n'aimait pas Gaultier en amante.

Il était plus beau, pourtant... plus désirable, certes, que tous les hommes à qui elle s'était donnée; mais, en sa présence, elle n'éprouvait aucun frisson...

Elle se plaisait avec lui...

Elle ne se lassait pas de le voir... de l'écouter... de l'admirer...

Mais jamais... jamais elle n'avait désiré son étreinte passionnée.

Au contraire!

« Goule » avec tous les autres... elle restait chaste avec lui!

Ivre d'amour, de passion... il l'avait cherchée, suppliée... à ce point qu'elle n'eût pu résister à tout autre que lui, parce qu'une telle flamme eût brûlé ses sens — elle était demeurée, pour lui, glacée!...

Cela la surprenait!

Et cela la charmait!

Oui, oui, elle ne voulait, de lui, que sa présence... son amour... et son respect!

— Pourquoi a-t-il disparu?... se demandait-elle, quand elle fut assise, dans sa chambre... qu'est-ce que Buridan a pu lui dire?

Elle était de plus en plus troublée... de plus en plus inquiète.

— Il va venir, peut-être!... pensa-t-elle...

Elle se leva... et s'assura que le verrou de la porte du couloir, secret, par lequel Gaultier pouvait entrer chez elle, n'était pas poussé.

Puis elle appela :

— Charlotte!... Charlotte!... Charlotte!...

Sa servante accourut.

— Madame...

— Rolande est-elle là?

— Oui, Madame.

— Je veux qu'elle aille, tout de suite... tu m'entends, tout de suite? — chez Messire Gaultier d'Aulnay.

— Bien, Madame.

— Qu'elle lui dise que je l'attends... que je désire le voir immédiatement... Va!...

— A l'instant, Madame!

La servante allait sortir.

Marguerite la rappela..

— Charlotte...

— Madame?

— Un mot encore,.. Si Messire Gaultier d'Aulnay n'était pas en son logis... dis à Rolande qu'elle vienne m'en prévenir, incontinent...

— Oui, Madame.

— Ce n'est pas tout... Et, dans ce cas, qu'elle s'informe... qu'elle cherche Messire Gaultier d'Aulnay... qu'elle tâche de savoir où il est... qu'elle le trouve — tu entends?... qu'elle le trouve!... et me l'envoie...

— Bien, Madame.

Charlotte sortit.

Et la Reine, frémissante, se mit à marcher, dans sa chambre, pour tromper son inquiétude par une action quelconque.

Elle s'arrêta devant cette croisée qui donnait sur la rivière, cette croisée d'où, peu auparavant... elle avait vu, pour la première fois, Philippe d'Aulnay errant, sur la berge.

Elle frissonna.

— Comme il lui ressemblait!... murmura-t-elle...

Elle revit, par la pensée, le beau jouvenceau qui l'avait charmée... allant et venant, sur la rive ensoleillée... heureux de vivre... plein de jeunesse .. ivre d'espoir et de liberté!

Il n'était plus!

Hélas!... pour une nuit d'amour... il avait donné sa vie!

— Je l'avais prévu!... reprit la Reine, profondément abattue... Oui, oui, je l'avais prévu!... Le sang de cette victime retombera sur ma tête!...

Elle soupira.

— La fatalité était sur lui!... C'était écrit!... Oh! le beau jouvenceau!...

Marguerite jeta le parchemin sur une table. (P. 1063.)

Comme il me suppliait !... Pourquoi ne l'ai-je pas épargné?... Il m'avait frappée, blessée, meurtrie !... Mais il était ivre de vin et d'amour !... Ce meurtre me coûtera cher !... Je le sens !... J'en suis sûre !...

Farouche, elle ajouta :

— Je me défendrai !... Je tiens l'autre !... Il ne peut m'échapper, maintenant !... La nuit prochaine, il disparaîtra... Mon secret périra avec lui !...

Elle s'assit... regarda droit devant elle, fixement, et demeura pensive pendant un assez long temps.

— Il ne faut pas que je m'alarme inconsidérément !... dit-elle... Je saurai bien reconquérir Gaultier...

Elle sourit.

— Que je le voie... que je reste, avec lui, pendant une heure — une heure, seulement... et je reprendrai tout mon empire sur lui... Les propos de Buridan ne prévaudront pas contre mes dires... et contre mes caresses !...

Certainement, Rolande le trouverait au Louvre, en son logis.

Elle allait le ramener.

Encore quelques instants d'attente... de patience... et Gaultier d'Aulnay serait par devant sa bien-aimée Marguerite.

Et, quand il la quitterait... il serait, par elle, reconquis... convaincu... subjugué.

Rien ne resterait en son esprit... rien — de tout ce que Buridan avait pu lui dire.

— Buridan !... Buridan !... s'écria Marguerite.

Oh ! ce nom, honni... vibrait, à ses oreilles, comme un glas !

— Pourquoi m'occuper de cet homme, encore ?... fit-elle... Pourquoi ?... Je n'ai plus rien à redouter de lui... puisque je le tiens... puisqu'il est dans ma main... puisque, demain,... demain, à pareille heure, il n'existera plus !...

Elle s'en occupait, pourtant.

Malgré elle !

Vainement, elle cherchait à éloigner, de sa pensée, cette idée, qui l'obsédait.

Elle y revenait toujours !

Buridan l'avait menacée.

Buridan avait dit... il avait répété, que, même après sa mort... sa vengeance s'exercerait sur la Toute Puissante Reine Régente de France.

Il avait prononcé ces paroles, à diverses reprises, avec une souveraine conviction.

Il devait être sûr de son fait, lorsqu'il parlait, ainsi... avec tant de Superbe !

Mais... comment... comment cette vengeance, annoncée, s'exercerait-elle ?

Impossible de le savoir !

Impossible de le deviner... de le pressentir, même !

— Il a voulu m'effrayer !... se dit Marguerite... Oui, oui, il a voulu m'effrayer !... Il ne peut rien... rien !... Que pourrait-il faire ?...

Or, elle avait beau se répéter cela... pour se rassurer — elle demeurait inquiète, anxieuse.

— Oh !... Si j'avais pu, seulement, connaître son vrai nom !... murmura-t-elle.

Elle s'arrêta sur cette idée, longtemps.

— Si j'avais pu l'interroger encore !... se dit-elle, rêveuse... Mais cela n'était pas possible...

Ses yeux flamboyèrent.

— Libre, il me bravait... Il eut triomphé\ de moi... Il fallait que je m'empare de lui... Il fallait le mettre dans l'impossibilité d'agir contre moi... Cet homme est plein de courage, et d'audace !... J'ai bien fait de mettre ma main sur lui afin qu'il ne pût mettre sa main sur moi !...

Oh ! comme elle le haïssait, ce Buridan... qui s'était dressé tout à coup, par devant elle, en adversaire redoutable.

D'où venait-il?...

Que voulait-il?...

Qui était-il?...

Triple question que la Reine se posait, depuis la veille, sans pouvoir y répondre !

— Je le connais !... reprit Marguerite... Oui, oui, je le connais !... J'ai vécu tout près de lui !... J'en suis certaine... J'ai déjà vu ce regard, ardent, qui s'est fixé, sur moi, menaçant, à diverses reprises... J'ai déjà entendu cette voix, vibrante, qui a donné des ordres à la Reine !... Où?... Quand?... Voilà ce que je ne saurais dire !...

En même temps, elle songeait à Gaultier d'Aulnay.

Comme Rolande tardait à revenir !... Que faisait-elle donc?... N'avait-elle pas trouvé Gaultier au Louvre?

Où pouvait-il être allé?

Or, cela inquiétait la Reine à un degré excessif.

Son impatience, grandissante, aggravait son énervement.

Et, frissonnante, elle en revenait à l'objet de son idée fixe... obsédante : le Capitaine Buridan !

Tout à coup, farouche, elle dit :

— Si je pouvais le revoir !

Jusque-là, elle n'avait pas encore songé à cela.

Cette pensée l'enthousiasma.

— Pourquoi non?... Pour moi, rien de plus facile !... murmura-t-elle.

Elle ricana, et, terrible, elle ajouta :

— Le revoir, au Grand-Châtelet... au fond du cachot où, sur mon ordre, on l'a jeté !... Le revoir, poings et pieds liés... sur la paille !... Le revoir... vaincu, dompté !... Oui, oui, cela me plaît !... Je le reverrai !... Je le reverrai !...

Oh ! quelle admirable idée !

Pourquoi lui venait-elle si tard ?

Comment ne l'avait-elle pas eue, déjà ?

— Il m'a bravé !... reprit-elle... Je veux voir quelle sera sa nouvelle attitude, en ma présence !... Il m'a meurtrie !... Je veux qu'il sache jusqu'à quel point ma main est lourde !... Je veux qu'il sache, par moi, que la mort me délivrera de lui... bientôt !... Oui, oui, je le reverrai !... Une heure d'ivresse, pour moi !... Une revanche !... Je l'aurai !... Je veux... je veux l'avoir !...

Elle se complaisait dans son idée.

Elle était heureuse d'avoir imaginé cette torture, morale, contre son ennemi.

Une torture qui devait faire souffrir son ennemi cent fois plus que par les engins, les plus terribles, du Maître des Hautes Œuvres.

— J'irai au Grand-Châtelet... dit-elle... dès que j'aurai vu Gaultier...

Oh ! mais... que faisait donc cette Rolande ?

Il était inouï qu'elle n'eût pas reparu, encore !

Marguerite reprit :

— Je n'ai pas pu interroger ce Buridan tant qu'il était libre !... Soit !... Mais, à présent, autre affaire !... A présent, il est mon prisonnier !... Il faudra qu'il parle !... Il faudra qu'il me dise son nom !... Il faudra qu'il me fournisse la preuve que sa vengeance peut s'exercer, sur moi, même après sa mort !...

Elle se leva.

Ses yeux flamboyèrent, derechef.

Ses narines, roses, battirent.

— Démon !... s'écria-t-elle, farouche... Démon !... Je connaîtrai ton secret !... Tu me le livreras !... Dussé-je, pour cela, te faire subir mille morts !...

Il n'était pas possible qu'elle gardât, toujours, désormais, cette inquiétude que devait mettre, dans sa vie, la menace de Buridan.

Il importait d'en finir avec cet homme, quel qu'il fût.

N'était-elle pas Reine, et Toute Puissante ?

Qui pouvait résister à ses volontés ?

Personne !... Personne !... Personne au monde !...

Pas même les plus Hauts Seigneurs !...

A plus forte raison ce Capitaine d'aventures... sans fortune, presque sans feu ni lieu — ce Capitaine d'aventures, hier encore inconnu... et qui, après avoir osé braver la Reine, un moment... était, dès maintenant, dans un cul de basse-fosse... au fond du Grand-Châtelet... déjà presque rayé du nombre des vivants !

— Oui... oui !... s'écria la Reine, triomphante... Je veux le voir !... Je veux le voir !...

Elle s'assit sur des carreaux de velours... la tête appuyée sur ses mains, les coudes posés sur ses cuisses.

Elle était très belle, en cette posture... oui, très belle... féline... terrible !

Plus que jamais pareille à la sauvage et superbe panthère de Maître Lothaire, de Pibrac !...

XXXIV

BURIDAN... D'ABORD !... CHARLES DE VALOIS APRÈS !

... Soudain, la porte de la Chambre Royale s'ouvrit.

Charlotte reparut.

Marguerite avait tressailli.

Elle tourna la tête... et dit :

— Eh! bien... Rolande?...

— Rolande est là, Madame... répliqua la dévouée servante de la Reine.

— Qu'elle vienne !... Vite!... Vite!...

Charlotte sortit, et revint, précédant Rolande.

— Comme tu as été longtemps absente !... dit Marguerite.

— Messire Gaultier d'Aulnay n'était pas en son logis, Madame...

— Ah !... fit la Reine, avec dépit...

— Je l'ai cherché, dans le Louvre... reprit Rolande...

— Est-il donc hors du Louvre?

— Oui, Madame...

— Depuis quand?... Le sait-on?

— J'ai interrogé, à ce sujet, les hommes d'armes de la Poterne...

— Que t'ont-ils dit?

— Messire Gaultier d'Aulnay est sorti du Louvre, Madame, il y a une heure, environ...

— C'est étrange!... murmura Marguerite, rêveuse... Où peut-il être allé?...

Elle répéta, après un temps de silence.

— Oui... oui... où peut-il être allé?

Comment... après ce qui s'était passé... n'avait-il pas éprouvé le besoin, impérieux, de la voir?

Elle était sûre, tout à l'heure encore, qu'il viendrait, jusqu'à la Chambre Royale, par le couloir secret.

Or, il était sorti du Louvre !

Ce fait, inexplicable autant qu'inattendu, troublait Marguerite à un point excessif.

Elle réfléchit.

Que devait-elle faire?

Et, résolûment, elle se dit :

— D'abord... et avant tout... voir Buridan!...

Elle pensa :

— Gaultier... mon amé Gaultier ne peut pas plus se passer de moi que je ne puis me passer de lui... Il me reviendra, donc, avant longtemps, dans tous les cas... Alors, et quoique Buridan ait pu lui dire... je saurai bien le reconquérir.

Oh! oui... oui... elle avait hâte, à présent, de se rendre au Grand-Châtelet... hâte, très grande hâte, de voir Buridan!

Lors, se tournant vers Rolande :

— Va chez Orsini... lui dit-elle... Tout de suite... Tu lui ordonneras en mon nom, de se trouver, dans une demi-heure, avec sa barque, au pied de la Tour du bord de l'eau... J'aurai besoin de lui... Va... Va...

Rolande s'inclina et se disposa à sortir.

— Attends!... reprit la Reine...

Rolande s'arrêta.

— Quand tu auras vu Orsini... poursuivit Marguerite...

Elle s'interrompit.

On eût dit qu'elle hésitait à s'expliquer davantage.

Pourtant, après un instant de silence, elle ajouta :

— Quand tu auras vu Orsini... mets-toi, immédiatement, à la recherche de Messire Gaultier d'Aulnay...

— Bien, Madame...

— Tu es adroite... Tu le retrouveras, si tu le veux fermement.

— Peut-être...

— Si tu le retrouves...

— Que Votre Majesté veuille bien achever...

— Tu lui diras...

Derechef, Marguerite s'interrompit...

— Rien!... poursuivit-elle... Si tu le retrouves, tu me diras, seulement, où tu l'auras retrouvé... Agis avec habileté et prudence... Tu ne t'en repentiras pas...

— Je suis toute dévouée à Votre Majesté....

— Je le sais... Va... Va...

Rolande sortit.

Cependant, Charlotte s'approcha de la Reine, et lui remit un parchemin, portant le Sceau Royal... et qu'un cavalier, arrivé, au Louvre, un moment auparavant, avait apporté pour elle.

Marguerite déplia le parchemin.

Elle lut ce qui suit :

« *A Très Haute et Très Noble Dame*

« *MARGUERITE DE BOURGOGNE*

« *Reine Régente de France et de Navarre.*

« *Nous arriverons, aujourd'hui, a deux heures de relevée, en Notre Royal*
« *Château de Vincennes, où nous ferons une halte, et où Nous comptons*
« *vous retrouver, afin que vous preniez rang, dans Notre Cortège, pour Notre*
« *rentrée dans Notre Bonne Ville de Paris.*

« *Nous prions le Dieu Tout Puissant qu'il vous ait*
« *en sa très sainte garde.*

« *LOUIS.* »

Marguerite jeta le parchemin sur une table.

Oh! cette préoccupation, qui se rapportait au très imminent retour du Roi, à Paris, et qui s'ajoutait aux autres préoccupations, qui, déjà, l'accablaient... acheva de troubler l'esprit de la Reine.

Aurait-elle le temps d'aller au Grand-Châtelet, de voir Buridan, de l'interroger... avant que sonnât l'heure où il faudrait qu'elle se mît en route pour obéir au désir, exprimé par Louis X, de la voir au Château de Vincennes?

Et, si elle se décidait à ne voir Buridan que le lendemain, ce retard ne lui serait-il pas nuisible?

Sans compter que, le Roi étant à Paris, elle ne serait plus aussi libre de ses faits et gestes.

Ah! pourquoi n'était-elle pas maîtresse, absolue, d'elle-même?

Que d'entraves autour de sa personne Royale!

Que n'eût-elle pas donné pour avoir, devant elle, un jour, un seul jour, complet, de liberté?

— Madame... reprit Charlotte, qui, une minute, avait respecté la rêverie de la Reine.

— Qu'y a-t-il?... demanda Marguerite.

— Je dois informer Votre Majesté que Monseigneur Charles de Valois s'est présenté, céans, tout à l'heure, et qu'il désire voir la Reine.

Marguerite eut un geste d'impatience.

— Non!... Non!... répliqua-t-elle... Je ne le verrai pas!... Je ne le verrai pas!...

Ah! Dieu... Non!

Cet homme l'horripilait!... De plus, elle le méprisait, et le haïssait... et pour cause!

Il était, à la fois, fourbe, haineux, ambitieux, envieux.

Jadis, il avait desservi la Princesse près de son beau-père : le Roi défunt,

Sa Majesté Philippe, le Quatrième... et, plus que jamais, à présent, il s'efforçait de desservir la Reine près de son époux, le Roi régnant, Louis, le Dixième.

Que lui voulait-il?

Il n'était pas difficile de s'en rendre compte.

Il avait appris l'arrestation du Premier Ministre: Enguerrand de Marigny... et il s'était empressé d'accourir, au Louvre, pour connaître les intentions de la Régente.

Toujours sa même tactique!

Il se plaisait à opposer ennemis contre ennemis, à les aguicher les uns contre les autres... quitte à abattre, ensuite, et, toujours, à son profit, par quelque autre moyen scélérat, ceux qui restaient debout.

Marigny, de par les œuvres, de par les suggestions du Prince... avait été abattu par la Reine...

Maintenant, à coup sûr, Charles de Valois allait tendre de nouveaux fils pour abattre Marguerite, qu'il haïssait.

Et, dans ce but, il venait voir, interroger, celle de qui il s'apprêtait à faire une nouvelle victime.

Déjà, il était, presque, le Roi de France... car il avait su enchaîner, à son gré, son très faible neveu, Louis X.

Il régnait — Roi sans couronne... sur la France.

Il allait régner plus — et mieux encore — maintenant que le vieux et très grand serviteur du Trône — Marigny... était abattu.

Il régnerait, absolument, quand Marguerite aurait disparu.

— Non!... Non!... répéta la Reine... Je ne veux pas voir le Prince.

Cette visite lui était odieuse...

Elle était, de plus, inopportune.

Marguerite avait autre chose à faire que de converser avec Monseigneur Charles de Valois.

Elle voulait aller au Grand-Châtelet... voir Buridan... l'interroger...

Elle était occupée de cela... seulement — et pas du tout des affaires de l'État, si importantes qu'elles fussent.

— Dis à Monseigneur Charles de Valois que je suis lasse... très lasse... reprit Marguerite... et que je me repose afin d'être en état d'aller, aujourd'hui, au-devant de mon époux, Notre Sire le Roi, qui fera, cette après-midi, sa rentrée, solennelle, dans sa Bonne Ville de Paris... Excuse-moi près du Prince... Va!... Va!...

— Bien, Madame.

— Dis-lui, encore, que je le verrai lors du retour du Roi.

— Je le lui dirai.

— Reviens vite... J'aurai besoin de toi... Il faut que je sorte... Hâte-toi... Hâte-toi.

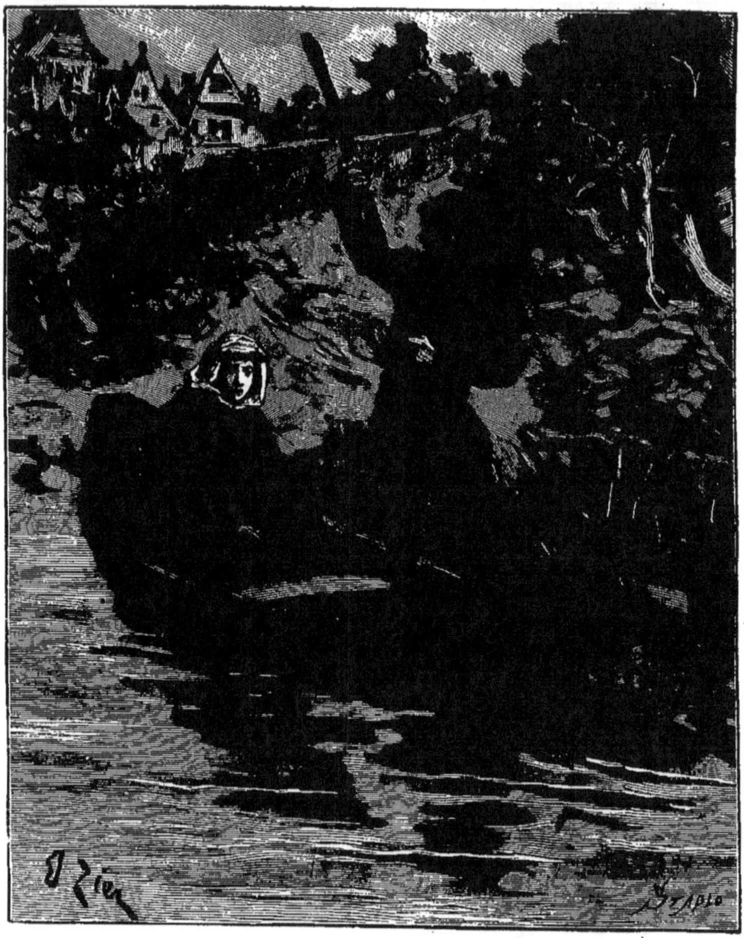

Le Tavernier, debout à l'arrière du bateau, une longue perche ferrée à la main,
poussa le bâteau... (P. 1067.)

Charlotte s'éloigna.

— Oh!... murmura Marguerite, lorsqu'elle se trouva, seule, dans la
Chambre Royale... Je m'occuperai de ce Charles de Valois, quand je n'aurai
plus rien à redouter du Capitaine Buridan... Cet homme-là me hait!... Son
ambition s'accroît... Marigny ayant disparu, il sera, de plus en plus, maître
du Roi, et de la France... Il doit rêver — il rêve, c'est sûr... de le devenir
plus encore en se débarrassant de moi, qui le gêne toujours... seul obstacle
qui se dresse, à cette heure, entre lui et le pouvoir!...

Elle était très agitée... très énervée... Elle marchait, de long en large, dans la Chambre... impatiente d'agir.

— Jusqu'ici... reprit-elle... j'ai été trop sûre de ma force, de ma puissance... trop dédaigneuse de mes pires ennemis!... Et puis, j'ai trop sacrifié au plaisir... aux jouissances de toutes sortes... Il faut que je me ressaisisse... Il faut que je me défende... Et, même, il faut que j'attaque...

Elle apparut, un moment, farouche.

— J'ai de l'empire sur le Roi, moi aussi... poursuivit-elle... Je veux en avoir plus encore... Je gêne cet homme, Charles de Valois, et il me hait... Moi, je le hais, d'autre part, et il me gêne, de même... Il a entamé la lutte contre moi... Luttons donc... Il faut que l'un de nous disparaisse... J'espère que je viendrai à bout de lui!... Je vais agir, d'abord, contre Buridan... C'est dit... Nous verrons après.

Charlotte, cependant, reparut.

— Eh! bien... le Prince... demanda Marguerite

— Il s'est retiré, Madame... répliqua la servante.

— Qu'a-t-il dit?

— Rien!

— Fort bien!... Or, maintenant, Charlotte, donne-moi une mante et un voile... un voile épais dont je couvrirai mon visage afin que nul ne puisse me reconnaître, en ville...

La servante apporta, à la Reine, la mante et le voile demandés.

Elle aida Marguerite à endosser la mante et à s'envelopper du voile.

— Prépare, en mon absence, mes habits d'atour... reprit la Reine... Je les revêtirai dès mon retour céans, pour aller, jusqu'au Château de Vincennes, au-devant de mon Royal Époux.

— Votre Majesté sera obéie!...

— Je serai de retour, au Louvre, avant deux heures, j'espère.

— La Reine souhaite-t-elle que je l'accompagne?

— Non!...

Marguerite s'approcha de l'une des meurtrières qui éclairaient la Chambre Royale... celle qui s'ouvrait sur la rivière.

Elle regarda au dehors.

Elle vit, au pied de la Tour, la barque d'Orsini... amarrée à l'un des pieux fixés sur les marches de pierre grâce auxquelles on pouvait aborder là.

Orsini, debout sur les marches, attendait.

Rolande avait bien rempli la mission dont la Reine l'avait chargée.

Le Tavernier avait répondu à l'appel de Marguerite.

— Allons... murmura la Régente... à l'œuvre!... Buridan, d'abord!... Charles de Valois après!

Elle sortit de la chambre... et s'engagea dans cet escalier qu'elle avait descendu, l'autre nuit, avec ses belles-sœurs, les Princesses Jeanne et Blanche, avant de s'embarquer dans l'esquif d'Orsini, qui devait les conduire — pour leur malheur — à la Tour de Nesle...

XXXV

LA REINE RÉGENTE DE FRANCE AU GRAND-CHATELET

... Au pied de la Tour du bord de l'eau, Marguerite dit à Orsini :

— Embarquons!... Faisons vite!... Je suis très pressée...

Lestement, elle sauta dans la barque... où le Tavernier la rejoignit bientôt.

— Où allons-nous?... demanda Orsini.

— Remonte la rivière... répliqua la Reine... en longeant la berge afin que l'on ne nous voie pas... Tu aborderas quand je te le dirai.

— Bien !

Le Tavernier, debout à l'arrière du bateau, une longue perche ferrée à la main, poussa le bateau contre le courant, toujours rapide, de la rivière, en prenant soin, suivant la recommandation de Marguerite, de côtoyer la berge, le plus possible.

Les bords de la rivière étaient déserts.

Sur l'eau, une seule barque, en amont, tout près des îles, un peu au-dessus de la Tour de Nesle... une barque montée par deux pêcheurs, qui jetaient des filets.

Bientôt, le bateau d'Orsini, fort bien mené par lui, arriva à la hauteur de l'endroit où le Tavernier amarrait son bateau, d'ordinaire...

C'était là que, l'avant-veille, le bon Landry, stupéfait, et épouvanté... avait revu le Capitaine Buridan vivant, bien vivant... le Capitaine Buridan, qu'il avait pris, tout d'abord, pour le fantôme, échappé des Enfers, de l'homme qui s'était précipité, dans la rivière, du haut de la plate-forme de la Tour de Nesle.

Jusque là, Orsini, et la Reine, étaient restés muets.

Très préoccupés, du reste... chacun de son côté.

Lorsque Rolande, de la part de Marguerite, avait donné l'ordre, à Orsini, un instant auparavant, d'aller attendre la Reine, avec sa barque, au pied de la Tour du bord de l'eau,... elle avait trouvé le Tavernier tout pensif... tout angoissé.

Orsini, désespéré, attendait, vainement, depuis trois mortelles heures, le retour de Landry.

Qu'est-ce qu'il avait fait ?

Pourquoi n'était-il pas revenu ?

Les moindres bruits qui se produisaient autour de lui le faisaient tres-saillir.

Il se répétait qu'il était perdu !

Dire qu'il avait vu briller, devant lui, une lueur d'espoir...

Dire qu'il avait pu croire que, bientôt, il serait affranchi de Marguerite de Bourgogne... et qu'il lui serait permis de retourner, en Italie, où il finirait sa vie, dans la quiétude, après une longue existence très tourmentée !

Et tout cela s'en était allé à vau-l'eau !

Oui, à vau-l'eau — car le Capitaine Buridan avait été arrêté... le Capitaine Buridan était dans la main, terrible, et toute-puissante, de la Reine !...

Il ne lui échapperait pas !

Oh ! l'épouvante d'Orsini s'était accrue quand la Reine, par Rolande, l'avait fait appeler.

Savait-elle quelque chose ?

Savait-elle qu'il avait voulu aider le Capitaine Buridan à triompher d'elle ?

N'allait-elle pas le faire arrêter, lui aussi... et le faire accrocher au gibet ?

Tremblant... il avait obéi, pourtant, aux ordres de Marguerite.

Ayant fermé sa Taverne... il s'était dirigé vers la rivière et s'était rendu, à l'endroit indiqué, au pied de la Tour du bord de l'eau.

Il avait frémi, encore, lorsque la Reine lui était apparue.

Impossible de voir son visage, caché sous le voile, épais, qu'elle portait.

Impossible, par conséquent, de savoir dans quelles dispositions elle se trouvait, à son sujet.

Quoique tout apeuré, tout frémissant, il se gardait, d'instinct.

Le rusé Italien, qui était très circonspect, en toute circonstance, s'était dit qu'il s'efforcerait de cacher sa frayeur, à Marguerite, et qu'il ne répondrait, à ses questions, que le plus brièvement possible.

Or, la Reine ne lui avait dit que quelques paroles.

Et son silence l'avait effaré... plus encore que ses reproches ne l'eussent troublé.

Où allait-elle ?

Pourquoi était-elle sortie, ainsi, secrètement, du Louvre, à pareille heure ?

Tout en manœuvrant sa longue perche ferrée, Orsini observait Marguerite, attentivement.

Elle n'avait pas fait un mouvement, depuis qu'elle s'était embarquée.

Elle était restée accoudée, au bordage de la barque... rêveuse, assurément... préoccupée, et fort agitée — car Orsini l'avait vue tressaillir deux fois.

Soudain, elle leva la tête.

— Abordons!... dit-elle... Là !

Elle indiqua la berge, à la hauteur de la rue des Lavandières, un peu au-dessous du Grand-Pont.

A cette époque, ce Grand Pont mettait en communication la rive droite de la rivière avec l'Ile de la Cité, de la rue de la Grand-Bariszerie à la rue Saint Denis.

Un peu plus bas, la Planche de Mibrai unissait la rive droite au centre de la Cité, de la rue des Arsis, aux rues de la Lanterne et de la Juiverie, et à la rive gauche, par le Petit-Pont, qui débouchait de la Grand Rue Outre le Petit Pont, par laquelle on pouvait aller jusqu'à la Porte Saint-Jacque.

Le Grand Pont, la Planche de Mibrai, et le Petit-Pont, étaient les seuls moyens de communication, d'une rive à l'autre.

De l'endroit où elle avait voulu aborder, la Reine pouvait aller, assez vite, au Grand-Châtelet, par les rues des Lavandières et de la Bérengerie.

Orsini, ayant arrêté la barque, l'amarra ; puis, il aida Marguerite à mettre pied à terre.

— Dois-je attendre, ici, Votre Majesté?... demanda le Tavernier.

— Non !... répliqua la Reine... Suis-moi...

— Puis-je demander à Votre Majesté où nous allons?

— Nous allons au Grand-Châtelet.

— Au Grand-Châtelet?

— Oui!... Viens... Marchons...

Au Grand-Châtelet !... Ainsi, la Reine allait au Grand-Châtelet !...

Orsini était stupéfait, ébaubi...

Marguerite allait voir le Capitaine Buridan... c'était sûr!...

Dans quel but!...

Pour le torturer, par sa seule présence... ou parce que, bien qu'il fût son prisonnier, sa chose, elle avait encore peur de lui?

Quoi qu'il en fût, elle se préoccupait de lui.

Pour lui, elle s'était échappée du Louvre, secrètement...

Pour le voir, cette Reine de France ne craignait pas d'affronter la foule, sans cortège, accompagnée du seul Orsini !

Comme elle le haïssait, cet homme, ce hardi Capitaine... si elle n'allait, au Grand-Châtelet, que pour le faire souffrir... pour insulter à son infortune... pour mieux affirmer sa vengeance sur lui !

Et comme, détenu, vaincu, enchaîné... il était puissant, toujours... si la Reine ne se rendait, vers lui, que poussée par la peur !

Marguerite, par le souci que cet homme lui causait, démontrait quel cas elle faisait de lui.

Orsini, dès lors, se reprit à espérer.

Il se dit que tout n'était pas fini, encore... et que le Capitaine Buridan triompherait, peut-être.

De plus, il était rassuré.

Evidemment, la Reine ne savait rien de ce qui s'était passé, entre lui et Buridan, avec Landry en trait-d'union.

Cependant, Marguerite, et Orsini, s'étaient engagés dans la rue des Lavandières.

La Reine, frémissante... de plus en plus, au fur et à mesure qu'elle se rapprochait de son but... marchait vite, si vite que le Tavernier avait peine à la suivre.

Elle allait, drapée dans sa mante noire... le visage voilé — et si majestueuse que les passants s'écartaient pour lui faire place.

Pas un quolibet, sur elle, ni sur Orsini, ne tomba des lèvres des manants et des ribaudes qui déambulaient, nombreux, à cet endroit, venant de la Grande Boucherie, située près du Grand-Châtelet... de la triperie et de la poissonnerie, dont le marché avait lieu aux alentours.

Marguerite traversa, sans aucun obstacle, les groupes d'acheteurs et de vendeurs, assemblés, devant l'étal des bouchers, encombré de quartiers de viandes... et où l'on entendait, sans cesse, retentir les coups, sourds, des couperets, maniés par des gaillards aux bras nus, musculeux, à la face rougeaude.

Elle frô a, sans encombre, les tripiers, tout ensanglantés, qui s'en allaient offrir leurs marchandises en ville... et les poissonnières — chargées de paniers puants — qui criaient la carpe, le brochet, les écrevisses aux pattes rouges, et le menu poisson pour fritures.

Enfin, elle arriva devant la Porte du Grand-Châtelet.

Elle s'était signée, dévotement, en passant devant la Croix de pierre qui s'élevait en face de la Prison.

Elle souleva le lourd marteau de fer que Landry avait soulevé une heure auparavant, et elle frappa à la Porte.

— Qui va là?... demanda un archer, qui veillait, à présent, derrière la Porte, sur l'ordre de Monseigneur le Grand Prévôt de Paris, et qui avait entr'ouvert le guichet...

— Ouvrez!... Ouvrez!... dit Marguerite impérieusement...

— Qui êtes-vous?... fit l'archer.

— Ouvrez, vous dis-je!... Je suis la Reine Régente de France...

Marguerite, en parlant ainsi, avait soulevé son voile et montré son visage.

L'archer la reconnut.

Il ouvrit la Porte, aussitôt.

La Reine — avec Orsini, frémissant, épouvanté — entra dans le Grand-Châtelet.

La Porte de la Prison se referma sur eux.

Le Capitaine de garde, prévenu, par l'un de ses hommes, de la venue, inopinée, de la Royale Visiteuse, envoya quérir, en toute hâte, Monseigneur le Grand Prévôt de Paris, qui accourut.

La Reine l'avait attendu dans l'une des salles basses, ou on lui avait apporté une chaise à bras.

— Conduisez-moi, immédiatement, au cachot où vous avez enfermé le Prisonnier d'Etat que je vous ai envoyé... ordonna-t-elle.

— Je suis tout aux ordres de Votre Majesté!... répondit le Grand Prévôt de Paris, respectueusement.

On alluma des torches, que quatre archers portèrent.

Deux archers précédèrent la Reine, accompagnée du Grand Prévôt; Orsini les suivait... et les deux archers marchaient derrière eux.

Le cortège, ainsi constitué, déambula à travers les galeries, couloirs, tours, tourelles, du Grand-Châtelet.

Enfin, il s'arrêta devant le cachot où Buridan avait été enfermé.

— C'est là!... dit le Grand Prévôt.

— Bien!... Ouvrez!... ordonna la Reine.

Elle était profondément émue... profondément troublée... toute frémissante.

Très belle... très majestueuse, sous la lumière des torches qui éclairaient son visage, et faisaient resplendir ses yeux.

Farouche... terrible... aussi!

Le Grand Prévôt, cependant, avait ouvert, lui-même, la porte du cachot de Buridan.

Marguerite entra dans le cachot.

Elle vit son ennemi, assis sur son banc, pieds, bras et poings liés.

Elle sourit.

Puis, de ses mains Royales, elle saisit une torche, et la fixa dans un anneau de fer scellé, à cet effet, dans l'épaisse muraille.

Et elle dit au Grand Prévôt de Paris, qui était entré, dans le cachot, derrière elle :

— Eloignez, d'ici, vos archers... Eloignez-vous, vous-même... Tenez-vous prêts, seulement, à accourir à mon premier appel...

Le Grand Prévôt de Paris obéit...

Avec ses archers, il se retira tout au bout de la galerie, à l'endroit, même, où, quelques instants auparavant, Landry, et Mariette, avaient vu la sentinelle apostée devant le cachot de Buridan.

Sur l'ordre de la Reine, Orsini demeura dans la galerie, derrière la porte du cachot, qu'il avait poussée.

Et Marguerite se trouva seule, avec son redoutable ennemi, le hardi Capitaine...

XXXVI

FACE A FACE

...La Reine s'approcha du prisonnier.

— Toi!... fit Buridan, ironiquement.

— Oui... moi!... répliqua Marguerite... Ne comptais-tu pas me revoir, avant de mourir ?

— Je l'espérais !... Ah ! Marguerite, tu t'es dit : « Il ne mourra pas sans que je jouisse de mon triomphe... Sans qu'il sache que c'est bien moi qui le tue... Femme de toutes les voluptés, à moi, à moi celle-là ! »... Ah ! Marguerite, oui, oui, j'avais compté sur ta présence, tu as raison !

— Mais sans espoir, n'est-ce pas ?

— Sans espoir ?

— Tu me connais assez pour savoir qu'après m'avoir réduite à la crainte... abaissée à la prière... il n'y a ni crainte ni prières, qui me fléchissent le cœur !

— Nous verrons !

— Oh ! tes mesures étaient bien prises, Buridan... Seulement...

— Achève ?

— Seulement, tu avais oublié que, dès que l'amour, l'amour effréné, entre dans le cœur d'un homme, il y ronge tous les autres sentiments... il y vit aux dépens de l'honneur, de la foi, du serment... Et tu as été confier au serment, à la foi, à l'honneur d'un homme amoureux, amoureux de moi, la preuve, la seule preuve que tu eusses contre moi !

Marguerite, tout en parlant ainsi, tira, de son aumônière, la page des tablettes de Philippe d'Aulnay.

Elle la montra à Buridan.

— Tiens... fit-elle... la voilà, cette précieuse page des tablettes de Philippe d'Aulnay... La voilà...

Elle lut :

« *Je meurs assassiné par Marguerite de Bourgogne.* »

PHILIPPE D'AULNAY.

— Dernier adieu du frère au frère... poursuivit-elle... et que le frère m'a remis !

Elle marcha vers l'endroit où elle avait fixé, dans un anneau de fer, la torche, qui les éclairait.

— Tiens... tiens... regarde !... fit-elle.

— Merci, Marguerite !... dit, encore, le hardi Capitaine. (P. 1079.)

Elle brûla la page à la flamme de la torche... et dit :

— Meure... avec cette dernière flamme... ta dernière espérance !

Buridan ne sourcilla pas.

Il demeura impassible... muet... dédaigneux... et, même, ironique.

Son sang-froid... son impassibilité troublèrent Marguerite.

— Suis-je libre, maintenant, Buridan ?... demanda-t-elle... Puis-je faire de toi, ce que je voudrai ?

Anxieuse, elle attendit la réplique de son interlocuteur.

— Qu'en feras-tu?... interrogea Buridan.

— N'es-tu pas arrêté comme meurtrier de Philippe d'Aulnay?... répondit Marguerite de Bourgogne.

— Eh! bien?

— Que fait-on des meurtriers?

— Et quel tribunal me jugera sans m'entendre.

La reine ricana.

— Un tribunal?... dit-elle... Mais tu es fou, Buridan...

— Fou?...

— Sans doute!

— Explique-toi?

— Est-ce qu'on juge les hommes qui portent, en eux, de tels secrets?...

— Pourtant...

— Il y a des poisons si violents qu'ils brisent le vase qui les renferme!... Ton secret est un de ces poisons!...

— Alors...

— Buridan... quand un homme comme toi est arrêté... on le lie comme tu es lié... on le met dans un cachot pareil à celui-ci...

— Et puis...

— Si l'on ne veut pas perdre, à la fois, et son âme, et son corps,... à minuit, on fait entrer, dans sa prison, un prêtre, et un bourreau.

— Après?...

— Le prêtre commence...

— Poursuis?

— Il y a, dans la prison, un anneau de fer pareil à celui-ci... des murs aussi sourds et aussi épais que ceux-ci... des murs qui étouffent les cris, éteignent les sanglots, absorbent l'agonie...

Marguerite, en parlant ainsi, fixa son regard étincelant sur le Capitaine Buridan, qui souriait.

Eperdue, farouche... elle reprit :

— Le prêtre sort le premier.., et le bourreau ensuite!... Puis, lorsque, le lendemain, le guichetier entre dans la prison...

— Achève donc?... Pourquoi trembles-tu?... fit Buridan, avec le plus grand calme...

— Ce guichetier remonte, tout effrayé... reprit la Reine.... disant que le condamné, à qui l'on avait eu l'imprudence de laisser les mains libres... s'est étranglé, lui-même... preuve qu'il était coupable!...

Le hardi Capitaine sourit.

— Je vois que nous avons même franchise, Marguerite... fit-il...

— Même franchise?... demanda la Reine, non sans inquiétude... Que veux-tu insinuer?

— C'est bien simple... Je t'avais dit mes projets... et tu me dis les tiens !

Marguerite, fixa son regard investigateur, sur le masque de son ennemi, comme si elle avait voulu lire jusqu'au fond de son âme...

— Tu railles !... poursuivit-elle, frémissante... Ou, plutôt, tu veux railler !...

— Non !... A quoi bon ?

— Ton orgueil se révolte de ma victoire !

— Non !

— Tu voudrais me laisser supposer...

— Dis toute ta pensée ?

— Que tu as quelque moyen de m'échapper, pour tourmenter mon sommeil ou mes plaisirs !

— Marguerite...

— Mais... non... non... ton sourire ne me trompe pas... Les damnés rient, aussi, pour faire croire à l'absence de la douleur...

— Marguerite...

— Non !... Tu ne peux m'échapper, te dis-je...

— Je...

— C'est impossible !... Tu es bien lié !... Ces murs sont bien épais... ces portes bien solides !... Non... non... tu ne peux pas m'échapper !...

Buridan sourit, encore, et, toujours calme, devant sa toute puissante ennemie, frémissante, il dit :

— Conclus ?

Marguerite, exaspérée, regarda le hardi Capitaine...

— J'ai vu ce que je voulais voir !... poursuivit-elle... Je t'ai vu dompté !... Je sais que, demain, tu auras vécu... et, que, par conséquent, je n'ai plus rien à redouter de toi !... Cela me suffit !... Buridan, si tu restes détenteur, comme tu me l'as affirmé, d'un secret redoutable... tu emporteras ce secret dans les Enfers !... Oui, oui, dans les Enfers, car le bourreau, seul, pénétrera, la nuit prochaine, dans ce cachot !... Je me garderai, de toi, jusqu'à ta dernière heure... Je me défie de tous ceux qui pourraient t'approcher, même d'un Confesseur !...

Buridan haussa les épaules, dédaigneusement, et ricana.

— Folle !... dit-il, seulement.

Ainsi, cet homme, lié, vaincu, menacé, près de la mort, bravait, encore, son ennemie !

De quelle force disposait-il donc, contre elle ?

— Oui... oui... folle !... répéta Buridan.

De plus en plus, il se rendait compte de l'action qu'il exerçait sur sa Royale interlocutrice.

Il la tenait, c'était sûr.

Seulement, pour qu'elle ne lui échappât point, il fallait agir, plus que jamais, avec une excessive prudence.

— Je mourrai!... Soit!... reprit le Capitaine... Seulement, mon secret restera... Crois que mon œuvre s'accomplira... Tu en verras, avant peu, les effets... Marguerite — pour ton malheur!... On tue les hommes!... La vérité subsiste!

— Vaines menaces!... fit la Reine... en s'efforçant de se montrer calme, comme son ennemi.

— A ton gré!...

— Si tu avais un moyen de me vaincre, tu l'emploierais.

— Et si tu ne croyais pas... que dis-je? — si tu n'étais pas convaincue que je dis vrai, Marguerite, tu ne serais pas ici.

— Ton secret... je te le ferai arracher, par le bourreau, dans les tortures.

Buridan ricana encore.

— A quoi bon?... s'écria-t-il.

— Que veux-tu dire?.... demanda la Reine.

— Je veux dire que je suis prêt à te le révéler, ce secret... Oui, oui, à toi... à toi-même... Quand tu le connaîtras, tu apprécieras... Tu sauras si je te fais de vaines menaces, comme tu disais, tout à l'heure.

Marguerite avait tressailli.

Donc, Buridan voulait lui révéler son secret?

L'imprudent!

Oh! la dangereuse créature exultait.

Elle n'aurait pu espérer, un instant auparavant, que sa démarche lui donnerait un si heureux résultat.

Mais, tout à coup, sa joie tomba.

Elle s'était dit, en effet, que, si le hardi Capitaine s'était décidé à lui livrer son secret, c'était parce qu'il avait, à le faire, un intérêt capital.

Dès lors, elle devint très attentive... afin de ne rien perdre de ce que Buridan allait lui dire, et afin, aussi, de se garder, contre lui, autant que possible.

— Parle?... répliqua-t-elle.

— C'est un souvenir de jeunesse que je veux te raconter... fit Buridan.

— Un souvenir de jeunesse?

— Oui!

— J'écoute...

XXXVII

OU L'ON CONNAITRA LE VÉRITABLE NOM DU HARDI CAPITAINE BURIDAN

— En l'an 1293... commenca le Capitaine... la Bourgogne était heureuse, car elle avait pour Duc bien-aimé, Robert II...

La Reine fit un mouvemeut... et regarda, plus fixement que jamais, son interlocuteur.

— Ne m'interromps pas, Marguerite... s'écria Buridan... Et accorde dix minutes à celui pour qui va s'ouvrir l'Eternité !

— Poursuis!... fit la Reine, en proie à une violente émotion.

— Le Duc Robert... reprit le Capitaine... avait une fille, jeune, et belle : l'enveloppe d'un Ange, et l'âme d'un Démon... On l'appelait Marguerite de Bourgogne.

La Régente tressaillit.

Elle voulut, cette fois encore, interrompre Buridan.

Mais celui-ci poursuivit :

— Laisse-moi achever!... Sois patiente... Mon récit ne tardera pas à t'intéresser, j'en suis bien sûr...

— Poursuis?... Poursuis donc?... fit la Reine, résignée.

Et Buridan reprit :

— Le Duc Robert avait un page, jeune, et beau... au cœur candide et croyant... aux cheveux blonds, et au teint rosé... On l'appelait Lyonnet de Bournonville.

Pour la troisième fois, la Reine tressaillit.

Oh ! Elle écoutait le récit de Buridan avec une attention soutenue.

Le Capitaine n'avait pas exagéré lorsqu'il avait dit, à la Régente, que son récit ne tarderait pas à l'intéresser.

Il l'intéressait, certes !

Et passionnément, même !

— Ah !... fit Buridan, toujours très calme... Tu m'écoutes avec plus d'attention... ce me semble?...

— Poursuis?... dit Marguerite, prudemment.

— Le Page, et la jeune fille, s'aimèrent... poursuivit le Capitaine... Celui qui les aurait vus, tous deux, à cette époque, et qui les reverrait, maintenant, ne les reconnaîtrait certes plus!... Et, peut-être, s'ils se rencontraient, ne se reconnaîtraient-ils pas, eux-mêmes !

— Où veux-tu en venir?

— Oh ! Tu vas voir !... C'est une histoire bizarre !

— Après ?

— Le Page, et la jeune fille, s'aimèrent, donc, à l'insu de tout le monde... Chaque nuit, une échelle de soie conduisait l'amant dans la chambre de sa maîtresse, et, chaque nuit, la maîtresse, et l'amant, prenaient rendez-vous pour la nuit suivante...

— Après ?... Après ?...

— Un jour... la fille du Duc Robert annonça, en pleurant, à Lyonnet de Bournonville, qu'elle allait être mère.

La Reine, profondément troublée, frémissante, jeta un cri.

— Grand Dieu !... murmura-t-elle.

Et Buridan, très maître de lui, dit, d'une voix très douce :

— Aide-moi à changer de place, Marguerite !... Cette position me fatigue !

La Régente se prêta au désir de son ennemi, qui l'en remercia, en riant, et qui reprit :

— Où en étais-je, Marguerite ?

La Reine répondit :

— La fille du Duc allait être mère...

— Ah ! oui, c'est cela !... poursuivit le Capitaine... Huit jours après, ce secret n'en était plus un pour son père, et le Duc annonça à sa fille, que, le lendemain, les portes d'un couvent s'ouvriraient pour elle, et, comme celles d'un tombeau, se refermeraient, sur elle, pour l'Eternité.

Marguerite, plus que jamais attentive, écoutait, angoissée, le récit de Buridan.

Oh ! cet homme... ce démon !

Il ne s'était pas vanté.

Il disposait, bien, comme il l'avait affirmé, d'un épouvantable secret !
Mais, que savait-il encore ?

Et comment avait-il su cela ?

— Après ?... dit la Régente.

Buridan reprit :

— La nuit réunit les deux amants... Oh ! ce fut une nuit affreuse !... Le Page Lyonnet de Bournonvillle aimait la jeune Marguerite comme Gaultier d'Aulnay t'aime !... Nuit de sanglots et d'imprécations !... Oh ! comme la Marguerite de cette époque promettait d'être ce qu'elle est devenue...

— Après ?... Après ?... fit la Reine, farouche.

Mais le hardi Capitaine, très doux, très calme, dit :

— Ces cordes, qui lient mes bras entrent dans mes chairs, et me font mal, Marguerite...

La Reine tira, de dessous sa mante, un poignard, à garde d'or, superbement ciselée, ornée de pierreries étincelantes... une arme superbe, et terrible, à la fois... à lame aiguë, tranchante, triangulaire, artistement ajourée, et, par suite, d'une incomparable légèreté... une véritable dentelle d'acier, d'une trempe si parfaite, que cette lame, même maniée par une main de femme, eût transpersé une planche faite avec du chêne durci au feu.

La lame étincela à son poing.

D'un seul coup... elle trancha les cordes qui serraient les bras de Buridan, et les maintenaient appliqués à son torse.

— Merci, Marguerite!... dit, encore, le hardi Capitaine.

— Poursuis?... fit la Reine, en remettant son poignard dans sa gaîne de velours incarnat... Poursuis!... Tu disais que la nuit avait réuni les deux amants?...

— Oui!... reprit Buridan... La jeune Marguerite tenait un poignard pareil à celui dont tu viens de te servir... Et, éperdue, câline... elle disait...

— Que disait-elle?... Achève donc?

— Elle disait : « Lyonnet... Lyonnet... si, d'ici à demain, mourait mon père... il n'y aurait plus de couvent... il n'y aurait plus de sépération... il n'y aurait que de l'amour! »...

— Après?... Après?...

— Je ne sais comment cela se fit; mais le poignard de Marguerite passa, de ses mains, dans celles du Page Lyonnet de Bournonville...

— Après?... Après?...

— Un bras le prit... le conduisit... le guida, comme à travers les détours de l'Enfer... souleva un rideau... et le Page, armé, et le Duc, endormi, se trouvèrent en face l'un de l'autre...

— Après?... Après?...

— C'était une noble tête de vieillard, calme et belle, que l'assassin a revue bien des fois dans ses rêves... car il l'assassina, l'infâme!...

Buridan se tut, un moment.

En prononçant ces dernières paroles, il avait frissonné.

Marguerite avait jeté un cri d'effroi.

Atterrée, elle baissait la tête, à présent.

Pendant un moment, l'on n'entendit plus, dans le cachot, que le bruit, monotone, et régulier, des gouttes d'eau qui suintaient de la voûte, et qui s'écrasaient dans la boue.

Bientôt, le hardi Capitaine se redressa.

— Te plaît-il que je poursuive?... demanda-t-il.

— Oui!... Oui!... Poursuis?... Poursuis?... fit la Reine, à demi-voix.

Et Buridan reprit :

— Le Duc Robert II étant mort... Marguerite, la jeune et belle Marguerite n'entra point au couvent... Elle devint Reine de Navarre... puis, de France... Quant au Page, Lyonnet de Bournonville, au lendemain du meurtre du Duc, il reçut, par un homme nommé Orsini, une lettre, et de l'or...

Marguerite le suppliait de s'éloigner pour toujours... Elle disait que, après leur crime commun, ils ne pouvaient plus se revoir...

— Imprudente !... s'écria Marguerite.

— Oui, imprudente !... ajouta Buridan... Plus qu'imprudente !... Car cette lettre, tout entière de son écriture, signée d'elle, reproduisait le crime dans tous ses détails, et dans toute sa complicité... Marguerite, la Reine, ne ferait plus, maintenant, ce qu'a fait Marguerite, la jeune fille, n'est-ce pas ?

La Régente, à son tour, se redressa.

Superbe d'audace, et d'énergie.

Farouche, plus que jamais.

On eût dit, que, en présence du danger, terrible, qui la menaçait, elle avait recouvré, soudain, tout son courage.

— Eh ! bien... dit-elle... Lyonnet de Bournonville partit, n'est-ce pas ?

— Il partit !... répliqua Buridan.

— Et l'on ne sait ce qu'il est devenu ?

— On sait, du moins, qu'il ne tomba pas sous les coups des assassins, appostés, par ton ordre, sur la route qu'il devait suivre en s'éloignant du Château où il avait vécu des jours délicieux, et, où, par toi, il était devenu meurtrier !

— Qu'importe ?... Il a disparu !... On ne le reverra jamais !...

En parlant ainsi, la Reine fixa son regard, ardent, sur le Capitaine Buridan.

Anxieuse, elle attendit sa réplique.

Buridan se redressa plus encore...

Il regarda, fixement, lui aussi, son interlocutrice, et dit, d'une voix vibrante :

— Le Page Lyonnet de Bournonville n'est pas mort !... Et tu le sais bien, Marguerite... car je t'ai vue tressaillir, tout à l'heure, en le reconnaissant !

— Démon !... s'écria la Reine...

XXXVIII

POUR « L'AUTRE »

... Ses yeux étincelaient, dans sa face très pâle.

Oui... oui... elle avait reconnu, en Buridan, son premier amant, le Page Lyonnet de Bournonville, l'assassin du Duc Robert, — le complice du crime qu'elle avait suggéré, préparé... ce crime que le Remords, en la tenaillant, lui faisait expier, si cruellement, pendant ses longues nuits sans sommeil !

... Que de belles choses d'amour il lui avait dites! (P. 1083.)

Oh ! elle ne s'était pas trompée, quand elle avait dit, depuis deux fois vingt-quatre heures :

— Je le connais !... Je l'ai vu !... J'ai entendu le son de sa voix !... Où ?... Quand ?...

Comment n'avait-elle pas pu mettre son vrai nom, sur le visage de cet homme ?

Lyonnet de Bournonville !

Le Capitaine Buridan, c'était le Page Lyonnet de Bournonville !

Ah ! comme elle l'avait aimé, jadis !

Comme, alors, il était beau, jeune, ardent, passionné, chevaleresque !

Quelles nuits délicieuses ils avaient passées, dans le vieux Donjon du Duc Robert II, en Bourgogne !

Lui, amoureux... elle extasiée !

A la lueur des étoiles, qui éclairaient, de leur molle et tremblante clarté, sa chambre de jeune fille... que de belles choses d'amour il lui avait dites !

Que de doux baisers échangés, pris, rendus... pour la joie de les prendre et de les rendre encore !

Et comme, à regret, ils voyaient monter, à l'horizon, les premières lueurs de l'aube, dans l'air frais du jour naissant, tout parfumé des aromes des grands bois prochains... où chantaient les matinales alouettes — et qui s'étendant, peu à peu, sur la campagne, annonçait l'heure, détestée, de leur séparation.

Nuits inoubliables !

Nuits sacrées !...

Comme ces temps étaient loin !

Le joli Page, Lyonnet de Bournonville, qui avait éveillé l'amour dans le cœur de la fille du Duc Robert, devenue Reine... était vivant !

Vivant !

Et cet amant, jadis tout enivré, était, maintenant, le plus implacable ennemi de celle qu'il avait tant aimée, jusqu'au crime, même !

En présence de cet homme, Marguerite était, à la fois, épouvantée, exaspérée, et émue.

Exaspérée, parce qu'il la bravait encore... et épouvantée parce qu'elle se rendait compte qu'il la tenait.

Emue, parce que les souvenirs du passé la charmaient... parce qu'elle était fière d'avoir donné les prémisses de son amour à ce beau Page, jadis distingué par elle... à ce beau Page qui lui avait semblé le plus fier, le plus noble, le plus brave et le plus beau... et qui était devenu le hardi Capitaine assez fier, assez noble, assez brave pour oser... lui — lui seul au monde !... lutter contre la Très Haute, Très Noble et Très Puissante Reine qu'elle était.

Oui, oui, ce premier amant qu'elle s'était donné était digne d'elle !

Un homme !

Un homme dans toute la très grande acceptation du mot !

Que n'était-il né sur les marches d'un Trône ?

Quelle différence entre cet homme et tous les Grands Seigneurs, lâches, veules, corrompus, qu'elle frôlait, chaque jour !

Ce Buridan était plus grand, plus brave, plus énergique, plus courageux, plus chevaleresque que les Princes du Royaume... que le Roi même !

Roi, il eût accompli des prouesses !

C'eût été un héros !

Tout ce qu'il avait fait, depuis trois jours, le prouvait, surabondamment.

Qu'est-ce qu'il était devenu... qu'est-ce qu'il avait fait depuis qu'il s'était éloigné du Donjon du Duc Robert, après le meurtre ?

Pourquoi n'avait-il pas reparu ?

Pourquoi ne s'était-il pas montré ?

Pourquoi n'était-il pas venu à la Cour ?

Faute, certes !

Grave faute !

Car la Reine lui eut fait un sort digne d'envie.

Mais il avait craint, sans doute, qu'elle ne voulût se débarrasser d'un complice qui pouvait la perdre.

Il s'était caché... sous un nom d'aventure, et il avait guerroyé — noblement, à coup sûr.

Le pauvre !

Hélas !... Leur vie, à tous les deux, avait été brisée par ce terrible drame qui s'était joué, jadis, là-bas, à la Cour de Bourgogne !

Oui, oui, brisée !

Car, si elle était Reine... si son sort paraissait digne d'envie... comme elle souffrait, pourtant !

Le Remords l'écrasait !

Pour lui échapper, elle était devenue plus criminelle encore.

Pour n'avoir pas l'odieuse, et abhorrée vision, de son père, qui lui apparaissait tout ensanglanté... tel qu'elle l'avait vu au cours de l'abominable nuit du crime... elle fuyait son Palais, sa Chambre Royale... la nuit... pour courir au plaisir, à l'orgie, à de nouveaux crimes !

Mais pourquoi le Page, Lyonnet de Bournonville, devenu le Capitaine Buridan, avait-il, enfin, reparu ?

Pourquoi s'était-il retrouvé par devant sa maîtresse tant aimée ?

Et pourquoi en ennemi acharné, et implacable ?

Il fallait le savoir.

Marguerite se sentait, déjà, vaincue, à demi, par Buridan.

Elle gardait, pourtant, encore, un vague espoir de triompher de son irréductible ennemi...

*
* *

... Quant à Buridan... un moment, lui aussi, il avait été fortement ému lorsqu'il avait dit, à la Reine :

— Lyonnet de Bournonville n'est pas mort !... Et tu le sais bien, Marguerite... car je t'ai vue tressaillir, tout à l'heure, en le reconnaissant !...

Un moment, lui aussi, il avait eu la vision du passé, qui lui était bien cher, et qu'il maudissait, tout à la fois.

Lui aussi, il avait revu les troublantes scènes d'amour de sa prime jeunesse, dans la chambre de la jeune fille idolâtrée... qui l'attendait, chaque nuit, avec impatience... qui le jetait dans de folles et délicieuses extases... qui lui rendait, passionnément, ses passionnés baisers... qui l'enivrait de sa voix, le charmait par sa resplendissante beauté... et le voyait, à l'aube, s'éloigner, avec tant de regret, tant de tristesse !

Ah ! comme il l'avait aimée, cette femme... cette créature si belle, si charmeresse !

Si perfide... hélas !... Et si perverse !...

En même temps, il avait revu, d'autre part, la scène du meurtre !

Il avait revu l'odieuse jeune fille... éperdument caressante, soufflant, à ses oreilles, avec d'affolants propos d'amour, l'abominable idée du meurtre... du parricide !

Il l'avait revue, demi-nue, toute frémissante... dans ses bras... écrasant, sur sa poitrine, son admirable gorge palpitante... laissant flotter, sur ses épaules, sa fauve et soyeuse chevelure, dont le parfum le grisait — et glissant, cependant, dans sa main crispée, l'arme, le poignard, dont il allait, bientôt, de par elle, se servir pour occire le vieillard, irrité, qui avait menacé la liberté de sa fille.

Il l'avait revue, le guidant, dans les ténèbres, à travers les salles du Château, jusqu'à la chambre du Duc.

La gueuse !

Elle avait fait, de lui, un meurtrier !

Un meurtrier particulièrement odieux !

N'avait-il pas frappé, en la personne du Duc Robert, son bienfaiteur... qui devait lui être sacré !

Et, le coup fait... Marguerite avait chassé son complice.

Bien plus, elle avait voulu qu'il disparût à jamais.

Elle avait payé des assassins, qui devaient l'abattre, traîtreusement, au détour du chemin, dans une lâche embuscade.

Depuis, il avait erré sous ce nom d'aventures, qu'il avait illustré dans maint combat.

Mais sa vie avait été brisée... pour jamais!

Tous les titres qu'il pouvait acquérir... les honneurs auxquels il pouvait prétendre, de par son beau nom, de par sa haute intelligence, de par son courage, de par son énergie... lui avaient échappé.

Il pouvait devenir, en même temps qu'un homme utile, un homme glorieux.

Fortune, titres, honneur, gloire, lui avaient été volés!

Par elle!

Par elle, qui lui avait ôté, en même temps, la paix de la conscience... et, partant, le bonheur!

Et, soudain, toute la haine que, pendant des années, il avait amassée, contre elle, en son cœur ulcéré, lui était revenue, aux lèvres, comme une nausée.

— Gueuse!... Gueuse!... Gueuse!... avait-il murmuré, dans un sanglot... qui avait secoué sa vigoureuse poitrine.

Dès lors, il s'était dit :

— Achevons l'œuvre commencée!... A présent, je la tiens!... Elle est vaincue!... Travaillons pour « l'AUTRE! »

L'AUTRE?

C'est-à-dire cet être, que Buridan n'avait jamais vu... et pour qui, cependant — il faut insister sur ce point — il avait licencié sa compagnie... cet être pour qui il était venu à Paris... cet être pour qui il avait affronté la redoutable Reine Régente de France, son ancienne maîtresse, Marguerite de Bourgogne — cet être, enfin, dont il avait connu l'existence, peu auparavant, de par les récits faits, par Landry, jadis, à l'un de ses compagnons de guerre...

XXXIX

OU L'ON SAURA POURQUOI LE CAPITAINE BURIDAN AVAIT LICENCIÉ SA COMPAGNIE ET POURQUOI IL ÉTAIT VENU A PARIS

...Cependant, et après un assez long temps de silence, le hardi Capitaine, et la Reine... ayant recouvré assez de calme pour reprendre la lutte, un instant interrompue, se regardèrent.

A la même minute.

Marguerite, énergique... farouche.

Buridan, hautain, sûr de sa force... sûr de son prochain triomphe.

— Lyonnet de Bournonville n'est pas mort... dit la Reine... Soit!... En effet, je t'ai reconnu!...

— A la bonne heure !... répliqua le Capitaine.

— Lyonnet de Bournonville est vivant !... Que m'importe ?... Il est dans ma main !... Il ne peut m'échapper !... Il disparaîtra la nuit prochaine !...

— A ton gré !... J'ai vu la mort, en face, très souvent, dans les combats !... Elle ne m'effraie pas !...

— Quant à la lettre que je t'ai écrite, autrefois...

— Achève ?

— Elle est perdue ?

— Le crois-tu ?

— J'en suis sûre !

— Tu te trompes !

— Elle est, toujours, en ta possession ?

— Oui !...

— Mais... que peux-tu faire de cette pièce... de cette preuve, toi, qui es, présentement, enfermé dans ce cachot, d'où, de par ma Royale Volonté, tu ne sortiras que mort ?...

Et Marguerite, frémissante, inquiète, angoissée, attendit, avec une indicible impatience, la réponse de Buridan.

Celui-ci, très calme, toujours hautain, répliqua :

— Cette lettre... c'est le premier placet qui sera offert, aujourd'hui, à Sa Majesté Louis X, Roi de France, et de Navarre, ton époux, quand il fera sa rentrée, solennelle, dans sa Bonne Ville de Paris.

— Par qui ?

— Par un homme à moi... un ami sûr, et dévoué... un autre moi-même, qui agira, si, d'ici là, il ne m'a pas revu.

— Démon !

— J'avais donc raison de te dire, Marguerite, que ma mort sera vengée... En es-tu convaincue, à présent ?

— Tu ne parles, ainsi, que pour m'épouvanter.

— A ton gré !

— Cela n'est pas !... Cela ne peut pas être !...

— Soit !

— Si tu avais eu, contre moi, une pareille arme à ta disposition, tu t'en serais servi, d'abord.

— Tu as pris soin de m'en fournir une autre... J'ai réservé celle-ci pour une seconde occasion... N'ai-je pas mieux fait ?

— Démon !... Démon !... Il a réplique à tout !... Oh ! cette lettre !... Cette lettre !...

— Ce soir, ton époux te la rendra, Marguerite !...

— Démon ! .. Démon !... Démon !...

— Tu m'as dit quel était le supplice des meurtriers.. Sais-tu quel est celui des parricides et des adultères ?

Et Buridan, d'une voix vibrante, poursuivit :

— Écoute : On leur rase les cheveux avec des ciseaux rougis... On leur ouvre, vivants, la poitrine, pour leur arracher le cœur ; on le brûle ; on en jette la cendre au vent, et, trois jours, on traîne, dans la ville, le cadavre sur une claie.

— Grâce !... Grâce !... clama Marguerite.

L'orgueilleuse Reine Régente de France était vaincue.

Oui, oui, le hardi Capitaine Buridan la tenait, à présent.

Il pourrait faire, d'elle, tout ce qu'il voudrait, tout !

Elle était épouvantée.

— Allons... allons... un dernier service, Marguerite... dit-il, tout à la fois hautain et ironique... un dernier service...

Il tendit, vers la Reine, ses poings, toujours liés.

— Coupe ces cordes !... ajouta-t-il... Tu n'as rien à redouter de moi... Les armes dont je me servirai, contre ta personne Royale, seront dans une main plus puissante, et plus terrible, que la mienne... dans la main du Roi de France, ton Souverain, ton Maître, ton Epoux, ton Juge !

La Régente, pour la deuxième fois, mit, au clair, la lame de son mignon poignard.

Et, d'un seul coup, elle trancha les cordes qui liaient les poignets du Capitaine Buridan.

De même, elle trancha celles qui liaient ses chevilles.

Buridan se mit debout.

Il étendit ses bras, et ses jambes, pour rendre du jeu à ses muscles engourdis... à ses os ankylosés.

Il apparut, aux yeux de Marguerite, superbe, triomphant, comme grandi.

Il lui apparut gigantesque, formidable.

— Ah !... fit-il, en soupirant... Il est bon d'être libre !... Vienne le bourreau, maintenant !... Voilà des cordes !...

Il regarda la Reine, prostrée, et, plus que jamais hautain... plus que jamais ironique, il ajouta :

— Eh ! bien, mais... qu'as-tu donc ?... Pourquoi es-tu épouvantée ?... Ne suis-je pas dans ta toute puissante main ?... Fais ton œuvre !... Appelle le Maître des Hautes-Œuvres afin qu'il fasse, aussi, la sienne, d'après tes ordres... Demain, on criera, par la ville : « Le Capitaine Buridan, le meurtrier de Messire Philippe d'Aulnay, s'est étranglé dans sa prison. » Un autre cri lui répondra, du Louvre : « Marguerite de Bourgogne est condamnée à la peine des adultères, et des parricides. »

— Grâce !... Grâce, Buridan !

— Je ne suis plus Buridan !... s'écria, d'une voix forte, le hardi Capitaine... Je suis Lyonnet de Bournonville... le Page de Marguerite de Bourgogne... l'assassin du Duc Robert II.

— Le nom de cet homme, Marguerite, à qui tu as confié nos enfants? (P. 1096.)

La Reine étreignit son ennemi.

— Tais-toi!... Tais-toi!... Tais-toi!... lui dit-elle, suppliante.

Mais Buridan, narquoisement, répliqua :

— Pourquoi trembles-tu?... Que peux-tu craindre?... Nulle oreille humaine n'entend mes paroles!... Ces murs étouffent les cris, éteignent les sanglots, absorbent l'agonie!... C'est toi-même qui me l'as déclaré, tout à l'heure... Ne t'en souviens-tu pas?...

Marguerite courba la tête et demanda :

— Que veux-tu de moi ?... Parle ?... Parle vite ?... Réponds ?

— Ce que je veux... fit Buridan...

— Oui !

— Ne le sais-tu pas ?

— Mais...

— Je veux, aujourd'hui, ce que je voulais hier... ce que tu devais me donner si tu avais tenu la promesse que tu m'as faite... si tu n'avais pas agi, traîtreusement, contre moi... Sa Majesté le Roi Louis X rentrera, dans quelques heures, à Paris... Tu chevaucheras à sa droite... Je veux chevaucher à sa gauche, comme le second du Royaume... Nous irons au-devant de lui ensemble...

— Nous irons !...

— De par toi, et avant tout, Lyonnet de Bournonville sera Premier Ministre.

— Enguerrand de Marigny n'est pas mort.

— Mais il est arrêté... Il sera jugé et condamné...

— C'est que...

— Hésites-tu ?

— Non !...

— A la bonne heure !

— Je puis donner, à Lyonnet de Bournonville, ce que je n'ai pu donner au Capitaine Buridan.

— Soit !

— Et... cette lettre... cette lettre que Marguerite écrivit, jadis, à Lyonnet de Bournonville...

— Cette lettre... répliqua Buridan... eh ! bien...

— Eh ! bien ?

— Quand mon ami sûr, et dévoué... mon autre moi-même, la présentera au Roi...

— Achève ?

— C'est moi qui la prendrai...

— Toi ?

— Sans doute !...

— Mais...

— Ne serai-je pas Premier Ministre ?

— Tu le seras !

— Bien !

— Est-ce tout ce que tu exiges de moi ?

— Non.

— Ah !... que veux-tu donc encore ?

Et la Reine, stupéfaite, attendit, plus que jamais attentive, la réponse de Buridan.

Le Capitaine était devenu très grave, soudain.

Son masque, à l'expression ironique, s'était éclairé.

Maintenant, il rayonnait.

— Une dernière question, Marguerite?... dit-il, d'une voix très douce.

Visiblement, le hardi compagnon....le terrible adversaire de la Régente... était en proie à une indicible émotion.

— Parle?... Parle?... fit la Reine.

Et Buridan, tout attendri, reprit :

— Marguerite... réponds-moi sincèrement?... Marguerite... tu peux, d'un mot, me faire oublier tous mes griefs contre toi... Tu peux te créer, en ma personne — et d'un seul mot, je le répète — le plus solide, le plus dévoué de tous tes serviteurs...

— Parle, encore une fois?... Parle?...

— Marguerite... je t'ai haïe autant que je t'ai aimée!... Je t'ai maudite, autant que je t'ai bénie!... Marguerite, l'être humain naît pour l'amour... L'amour est la raison d'être de notre existence... Et non pas, seulement, l'amour qui donne la satisfaction des sens... celui qui exalte l'âme, qui transforme et ennoblit l'être... Cet amour, qui se dégage des créatures, se répand — je le crois fermement — dans toute la nature, et constitue des forces, latentes, insoupçonnées... très réelles, pourtant!...

« ... Marguerite, je t'ai aimée pour la satisfaction de mes sens; mais je t'ai aimée, aussi, et surtout, avec toute mon âme... Tu m'attirais... Cette force d'amour qui nous jetait, aux bras l'un de l'autre, après l'épuisement de nos sens, à l'heure où ceux qui ne s'aiment pas se séparent, brusquement, l'un de l'autre... cette force qui nous retenait, étreints, en extase... a subsisté... J'ai senti son empire même aux heures où je te haïssais, où je te maudissais le plus... Elle a laissé, en moi, une ineffaçable empreinte...

« ... Même alors que je rêvais de me venger, de toi, effroyablement... de toi qui m'avais chassé, renié... de toi qui m'avais transformé en assassin... de toi qui avais voulu me faire occire... de toi qui avais brisé ma vie — je gardais, charmé, enthousiasmé, enivré, le doux et troublant souvenir de la jeune fille, qui, la première, m'avait aimé...

— Où veux-tu en venir?...

— Tu vas le savoir... Je ne t'aurais jamais revue... Jamais je n'aurais cherché à me retrouver en ta présence... J'aurais continué à mener une vie d'aventures, jusqu'à l'heure où la mort m'aurait abattu dans quelque escarmouche... A quoi bon me mettre à ton pourchas?... J'avais pour toi, amour et haine, tout à la fois... Si je t'avais revue, je n'eusse pu que haïr Marguerite, criminelle et ingrate... Loin de toi, je ne me souvenais que de Marguerite amoureuse... Or, un jour...

— Un jour...

— Un jour, par très grand hasard, j'appris...

— Poursuis?...

— J'appris — et ce fut le premier jour de très grande joie que je vécus depuis, que, ivre d'amour, j'avais baisé, pour la dernière fois, tes cheveux d'or, dans la chambre du vieux Donjon où nous avons vécu d'inoubliables heures — j'appris, disais-je, qu'il existait des preuves, vivantes, de notre amour.

Marguerite tressaillit.

— Ah !... fit-elle.

Buridan poursuivit :

— J'appris que, des amours du Page Lyonnet de Bournonville, et de Marguerite de Bourgogne, un enfant était né.

— Eh ! bien ?

— Je n'eus plus qu'un rêve...

— Quel ?

— Savoir si le fait était exact...

— Alors ?

— Je licenciai ma compagnie... Je me séparai, non sans regret, de mes hommes, avec qui j'avais porté, pendant de longues années, le lourd harnais de guerre...

— Et puis...

— J'accourus à Paris...

— Après ?

— Je voulais te voir, Marguerite... Oui, oui, je voulais te voir, car, seule au monde, tu pouvais me révéler la vérité, sur ce point.

— Achève ?

— Hélas !... Je devais te rencontrer dans les conditions que tu sais... A la Tour de Nesle!... Au cours d'une nuit d'orgie !... Au cours d'une nuit, où, pour la deuxième fois, j'ai failli être assassiné, sur ton ordre, en même temps que mes infortunés compagnons de débauche, Philippe d'Aulnay et Hector de Chevreuse, qui, eux, succombèrent sous le couteau des meurtriers appostés par toi !

Et Buridan, très fortement ému, reprit, après un temps de silence :

— Marguerite... réponds?... Cet enfant, issu de nous, existe-t-il?

XL

PÈRE

... La Reine ne répliqua pas.

Elle réfléchissait.

Son implacable ennemi lui était apparu, tout à coup, sous un jour tout nouveau... absolument différend de celui sous lequel elle l'avait vu jusque-là.

L'habile, et perverse créature, se demandait — peut-être — comment elle exploiterait, fructueusement, à son profit, l'insoupçonnée sentimentalité de ce hardi Capitaine, qui s'était révélé, à elle, tout d'abord, audacieux, énergique, terrible, formidablement ambitieux... et qui, sous son apparence d'aventurier prêt à tout pour conquérir, à la fois, richesses et puissance... était un tendre, encore bouleversé, troublé, ému, au souvenir des jours amoureux d'antan... un tendre qui avait couru d'innombrables dangers pour acquérir la certitude que « l'enfant issu de ses amours » — selon son expression — existait !...

— Réponds?... Réponds, Marguerite?... répéta Buridan... Notre enfant est-il vivant?... Qu'en as-tu fait?... Réponds, te dis-je... réponds?...

Et, dans un transport, il s'écria :

— Oh! le voir, cet enfant!... Le connaître!... L'embrasser!... Le chérir!... Que ne donnerais-je pas pour avoir tant de joie!... Tout, je donnerais tout!... Un Trône, si j'étais né Roi!... Le Trône de France, même... qui est pourtant, le plus beau du Monde!... Un enfant!... O bonheur!... Un fils, peut-être!... La chair de ma chair!... Un héritier de mon nom!... L'arbrisseau, plein de sève, qui croît près de l'arbre, à demi brisé, que la foudre a frappé!...

« ... Souvent, j'ai appelé la mort!... Elle devait me délivrer de mes souffrances... Elle devait arracher, enfin, sa proie au Remords, qui, depuis la nuit du meurtre, me traque, me torture, me tenaille... me fait gémir — pendant les longues... les interminables heures d'insomnie, entremêlées de hideux cauchemars, où je revois, avec une implacable netteté, ma noble victime, ensanglantée, me reprochant mon odieux crime!...

« ... Or, je veux vivre... à présent!... Tu entends, Marguerite?... Oui, oui, je veux vivre... pour cet être que je chéris sans le connaître... Je veux consacrer, à son bonheur, les jours qui me restent... Je veux qu'il ait toutes les joies qui m'étaient promises et qui m'ont échappé... Je veux qu'il ait titres, honneurs, richesses... auxquels je pouvais prétendre... Je veux qu'il

perpétue mon nom... Je veux, surtout, qu'il soit grand, utile, noble parmi
les plus nobles, et, de plus, aimé, respecté, béni, pour ses actes généreux !...

« ... Par ainsi, j'effacerai ma faute !... L'horreur de mon crime disparaîtra sous la grandeur des actions de l'enfant de mon sang... Et, de par
lui, la victime, apaisée, pardonnera au meurtrier...

« Belle œuvre, à laquelle j'ai voué toutes mes forces, toute mon énergie,
toute mon intelligence, et tout mon courage... Je l'accomplirai !... Et je suis
prêt à t'y associer, pour la paix de ta conscience...

« ... Te plaît-il... dis... veux-tu que nous l'accomplissions ensemble ?...
Réponds ?... Réponds ?... Oh ! réponds... réponds donc ?...

La Reine resta muette.

— Tu hésites ?... poursuivit Buridan... Tu te tais ?... Pourquoi ?... Que
peux-tu craindre ?... Rien !... Ni personne !... Donne-moi cette joie de voir
notre enfant, Marguerite... et nous serons deux pour t'aimer, pour te chérir,
pour te protéger !... Tu n'auras pas, dès lors, de serviteurs plus féaux que
nous !... Tu as des ennemis, je le sais... des ennemis acharnés... Or, nous
les abattrons !...

« ... L'œuvre, géante, érigée par le Grand Roi défunt : Philippe IV, et
qui s'effrite... sera, par nous, reprise, et menée à fin pour notre plus
grande gloire, et pour le bonheur du généreux Peuple de France, qui nous
bénira par delà les siècles des siècles...

« ... Ton époux, Louis X, est un faible... Le sceptre qu'il porte est trop
lourd pour sa débile main !... Nous le porterons, nous !... Et nous saurons
le tenir haut et ferme... Il ne faut pas que la Couronne de France se pose,
jamais, sur la tête des héritiers de ce Charles de Valois, si médiocre, qui
convoite le Trône de Saint-Louis, si solidement affermi par l'homme qui osa
abattre la Papauté en la personne de l'orgueilleux Boniface VIII... par l'homme
qui, le premier, érigea le flambeau de lumière, qui rayonne, dès à présent,
sur cette noble Terre Française, et qui éclairera le Monde...

« ... Marguerite, à nous la France !... Marguerite, aidons-nous, et, si
nous le voulons, nous ferons, de notre enfant, un Roi de France !... Réponds ?...
Dis-moi ce que notre enfant est devenu ?

La Reine se taisait toujours.

Immobile, elle semblait profondément absorbée dans ses pensées.

Et Buridan reprit :

— Tu as peur ?... Mon ambition t'effraie ?... Eh ! bien, si cela te convient mieux, je suis prêt à tous les renoncements, relativement aux rêves que
je viens de formuler... Où est mon enfant ?... Dis-le moi ?... Montre-le moi !...
Avec lui, je fuirai... loin... bien loin !... Le Monde est vaste... Mon amour
paternel est immense... Or, l'amour désintéressé est toujours vainqueur...
parce qu'il donne énergie, courage, patience, bonté : sources des grands

triomphes!... Pour mon fils, j'acccomplirai des prodiges... Je lui taillerai un Royaume, hors d'Europe, s'il lui plaît d'être Roi...

Un moment, les yeux de la Reine étincelèrent.

A la voix de Buridan, plusieurs fois elle avait frissonné.

Elle avait paru hésitante...

— Il est trop tard!... murmura-t-elle, enfin.

— Trop tard?... demanda Buridan, surpris.

— Oui... oui... trop tard!... répéta Marguerite... Il faut subir notre destinée, jusqu'au bout!...

Elle baissa la tête.

Deux larmes roulèrent sur ses joues blêmies.

— Mes enfants!... dit-elle, avec une réelle émotion... Mes enfants!... Mes enfants m'eussent sauvée, peut-être!...

— Tes enfants?... demanda Buridan, frémissant.

Oui!... Ils étaient deux...

Le hardi Capitaine répéta :

— Deux?

— Deux jumeaux!... reprit Marguerite.

— Deux fils?... Réponds ?

— Deux fils!... Oui... Deux beaux enfants!... Ils se ressemblaient étrangement... Hélas!... Hélas!... Je ne pouvais les garder près de moi!

— Malheureuse!... Qu'en as-tu fait?

— Je les ai confiés à un homme.

— Le nom de cet homme...

Marguerite allait répondre, peut-être...

Mais, soudain elle se tut.

Un moment attendrie, elle s'était, bientôt, reconquise.

— Trop tard!... Trop tard!... Trop tard!... répéta-t-elle... résolûment... Encore une fois, la Destinée nous emporte... Subissons-la.

Buridan comprit qu'il ne triompherait plus de Marguerite qu'en restant son ennemi, en se servant des armes dont il disposait contre elle.

Assurément, elle était décidée, bien décidée, à ne plus vouloir que le passé, mort, pour elle, revécût!

Elle voulait, au contraire, que toute trace de ce passé fût, à jamais, effacée.

Il n'en restait que ce Buridan... qui s'était dressé, tout à coup, devant elle, à l'improviste.

Or, il était plus dangereux que jamais, à ses yeux, maintenant qu'elle le connaissait... maintenant qu'elle savait que le hardi Capitaine Buridan et le beau Page, Lyonnet de Bournonville, ne faisaient qu'une seule et même personne.

Oui, oui, certes... tout à l'heure elle avait hésité.

Elle avait été touchée par les accents de son interlocuteur.

Elle avait failli lui céder.

Maintenant, au contraire, elle était résolue, derechef, à la lutte, contre son ennemi.

Buridan reprit :

— Le nom de cet homme, Marguerite, à qui tu as confié nos enfants?

La Reine redressa la tête...

Elle regarda, fixement, son interlocuteur.

— Je ne m'en souviens pas!... répliqua-t-elle.

Le Capitaine, alors, redevint très grave.

Et, fixant, lui aussi, son clair regard sur la Régente.

— Soit!... fit-il... Je t'ai proposé une alliance qui devait nous rendre forts... et qui pouvait nous faire heureux... Tu la repousses... Soit!... N'en parlons plus !... Tu le regretteras, qui sait?... Et avant longtemps, même!... C'est alors qu'il sera, vraiment, trop tard. — selon ton expression... Avant de répondre, négativement, à mes offres, sincères, de paix... tu as hésité, pourtant...

Marguerite fit un mouvent.

Mais Buridan poursuivit :

— Je l'ai vu... Ne dis pas non... J'ai pu croire que je t'avais convaincue... Mais tu as pris une autre résolution, brusquement... Pour quels motifs?... Je l'ignore... Je ne veux pas les rechercher...

« ... Je suis donc redevenu, pour toi, le Capitaine Buridan, en qui tu ne veux plus voir qu'un ennemi, d'autant plus redoutable que tu es dans sa main, par le terrible secret qu'il porte... Et, comme nous allons, toujours, de par ton vouloir formel, reprendre la lutte engagée... entre nous... désormais, tu vas employer tous les moyens dont tu disposes pour m'abattre, afin qu'il ne subsiste rien de ce passé qui pèse, sur toi, trop lourdement...

« ... Luttons donc... Je suis prêt...

« ... Qui de nous deux triomphera?... Personne ne saurait le dire, exactement...

« ... Seulement, retiens bien mes paroles... Marguerite, tu luttes dans un but égoïste — pour toi... uniquement pour toi!... Moi, je lutte pour mes enfants que je chéris, sans les connaître... afin qu'ils soient grands, de par moi, et afin que leurs actes, nobles, rachètent mon crime...

« ... But louable, certes!... La noblesse du but me donne un avantage, énorme, sur toi... Donc, je triompherai, c'est sûr... Ou, tout au moins, si tu me perds, je t'entraînerai, avec moi, dans ma chute...

« ... Cela dit, en guise d'exhortations, suprêmes, et dans l'espoir que tu reviendras sur ta résolution... je t'en supplie, réponds à ma question?... Dis-moi le nom de l'homme à qui tu as confié nos enfants?...

— Je ne m'en souviens pas, te dis-je... répliqua Marguerite.

— Nous allons au devant de Sa Majesté Louis X, Roi de France... (P. 1102.)

Buridan haussa les épaules, dédaigneusement.

— Folle!... s'écria-t-il.

Et il reprit :

— Le Baron Lyonnet de Bournonville sera, ce soir, Premier Ministre de Sa Majesté Louis X... de par la volonté de la Reine Régente, Marguerite de Bourgogne, et, ce, aux lieu et place de Messire Enguerrand de Marigny, qui sera, bientôt, jugé et condamné... Est-ce exact?

— Après ?

Mais Buridan, impérieusement, demanda :

— Réponds, Marguerite ?... Est-ce exact ?

— C'est exact !... répliqua la Reine.

— Bien !... Nous allons donc sortir, d'ici, tout à l'heure... pour nous préparer à aller, ensemble, au devant de Notre Sire le Roi ?...

— Après ?

— Je veux, auparavant, que tu m'aies répondu... Le nom de l'homme à qui tu as confié nos enfants, Marguerite ?... Dis-moi ce nom, ou bien...

— Ou bien ?

— Ou bien, je resterai au Grand-Châtelet... Tu iras, seule, recevoir le Roi, ton époux... Et mon second, mon autre moi-même, lui remettra, comme je te l'ai dit, en guise de placet, lors de sa rentrée dans sa Bonne Ville de Paris, la preuve de tes crimes...

La Reine tressaillit.

— Réponds ?... Réponds ?... dit Buridan, implacable.

— Je ne m'en souviens pas !... répéta Marguerite.

— Ce nom !... Il me faut ce nom !... Cherche !... Cherche !... Tu te le rappelleras...

— Cet homme a disparu.

— Son nom ?... Cet homme a disparu ?... Je le chercherai... Je le retrouverai... Son nom ?...

— Je ne le dirai pas !

— N'était-ce pas cet Italien maudit... cet Orsini qui fut l'exécuteur, honni, de tes ordres criminels ?... Je veux m'en assurer.

— Comment ?... demanda la Reine, épouvantée.

— Tu vas voir... répliqua Buridan...

XLI

PREMIÈRE VICTOIRE

... Il marcha vers la porte du cachot.

Il l'ouvrit.

D'une voix vibrante, il appela :

— Orsini !... Orsini !... Orsini !...

— Que fais-tu ?... dit Marguerite.

— Cet homme n'est-il pas là ?... répliqua Buridan.

— Non!... fit la Reine, affolée, et perdant toute prudence...

Orsini, cependant, qui était resté au dehors, dans la galerie — on se le rappelle, sans doute? — ayant entendu les appels de Buridan, accourut.

Il pénétra dans la cellule.

A son aspect, le hardi Capitaine regarda la Reine... haussa les épaules, eut un sourire de pitié, et dit :

— Le voici!...

Puis, d'une voix grave, il ajouta :

— Approche, Orsini !

Le Tavernier, stupéfait, s'approcha.

Quoi donc?... Le Capitaine Buridan était debout, libre, triomphant !

Oui, oui... triomphant — devant Marguerite affaissée !

N'était-ce pas invraisemblable, inouï ?

Cela était, pourtant !

Que s'était-il passé entre cet homme, vraiment extraordinaire, et la Toute Puissante Reine Régente de France ?

— Ecoute... reprit Buridan... écoute, Orsini ?

— J'écoute, Messire... répliqua le Tavernier.

— Dès maintenant... je suis Premier Ministre... poursuivit le Capitaine.

Orsini sursauta.

Premier Ministre ?...

Le Capitaine Buridan était Premier Ministre?...

Lui ?...

Lui qui avait été arrêté, quelques heures auparavant... lui qu'on avait enfermé dans l'un des plus profonds souterrains du Grand-Châtelet ?

Buridan sourit.

— Tu ne me crois pas?... fit-il, avec une bienveillance tout à la fois hautaine et goguenarde.

Et, s'adressant à la Reine :

— Dites-lui que je dis vrai, Madame...

— C'est la vérité !... répondit Marguerite, sans relever la tête.

Cette réplique, pourtant attendue, acheva de stupéfier Orsini.

— Or... poursuivit Buridan... le premier acte de mon pouvoir sera de faire donner la question à un certain Orsini, qui était à la Cour du Duc Robert II, de Bourgogne...

Le Capitaine avait articulé cette menace avec une telle énergie que le Tavernier en fut épouvanté.

— Et pourquoi... Monseigneur?... Pourquoi?... s'écria Orsini...

— Pour savoir, de lui... répliqua Buridan... comment il a accompli les ordres qu'il avait reçus de sa Souveraine, Marguerite de Bourgogne, relativement à deux enfants...

Le Tavernier blêmit.

Se méprenant sur le sens de l'interrogation du très mystérieux individu qui lui parlait, il se crut perdu.

Or, il s'agenouilla devant le Capitaine... suppliant, et, il dit :

— Oh!... pardon, Monseigneur... pardon de ne les avoir pas fait mourir, comme on me l'avait ordonné...

La Reine intervint :

— Ce n'était pas moi qui avais donné cet ordre... dit elle, à demi-voix... c'était...

Buridan l'interrompit.

— Tais-toi... Marguerite !... dit-il, impérieusement... Tais-toi !...

Et, très doucement, cette fois, il reprit... s'adressant au Tavernier :

— Poursuis, Orsini ?... Ces enfants...

— Pardon, Monseigneur !... Pardon !... je n'ai pas eu le courage de les tuer !... Ils étaient si faibles... si beaux !...

— Qu'en as-tu fait, malheureux ?

— Je les ai donnés... pour les exposer... à l'un de mes hommes...

— Après ?

— J'ai dit qu'ils étaient morts !

— Mais... cet homme à qui tu les as confiés...

— Cet homme...

— Les a-t-il exposés ?

— Oui, Monseigneur.

— Sait-on ce qu'ils sont devenus ?

Orsini, croyant, toujours, qu'on lui faisait un crime de son acte... se fit plus que jamais suppliant... et clama, en forme d'excuses :

— Non !. Non !... Monseigneur !... On ne le sait pas, je le jure — je le jure de par la Très Sainte Madone qui daigne me protéger !... Jamais on ne reverra ces enfants !... Jamais ils ne vous gêneront, Monseigneur.

Buridan, une deuxième fois, haussa les épaules...

En vérité, ce misérable était digne d'exciter la pitié... plus que la colère d'un homme tel que lui.

— Le nom de l'homme à qui tu as confié les enfants ?... demanda-t-il...

Et il attendit la réponse du Tavernier.

— Cet homme se nommait Landry, Monseigneur... dit Orsini...

Le Tavernier, toujours circonspect, n'ajouta pas un mot.

Mais, à sa très grande surprise, le Capitaine Buridan reprit :

— C'est bien, Orsini !... Voilà un trait qui te fait honneur !

Le visage du hardi Capitaine rayonnait.

— Monseigneur !... fit Orsini, ne sachant, encore, à quoi s'en tenir, au juste, sur les intentions de son redoutable interlocuteur.

— Oui... oui.. poursuivit Buridan, non sans émotion... un trait qui te fait honneur!... Une idée qui t'est venue, à toi... et qui n'est pas venue à une mère... qu'on n'avait pas besoin de tuer ses enfants lorsqu'on pouvait les exposer!...

Son émotion s'accrut.

— Mes enfants!... Mes enfants!... répéta-t-il dans son transport.

Ses enfants!...

Orsini comprit tout.

Tout s'éclaira, à ses yeux.

Ainsi, il ne s'était pas trompé au cours de cette longue conversation, relative aux choses du passé, qu'il avait eue, l'autre nuit, en sa Taverne, avec le bon Landry.

Le Capitaine Buridan, et le page Lyonnet de Bournonville... le Page du Duc Robert II, le premier amant de Marguerite de Bourgogne... ne faisaient qu'une seule et même personne.

Oui, oui, tout s'expliquait... tout!

Le Page Lyonnet de Bournonville, devenu le capitaine Buridan... était bien armé, certes, contre la Reine Régente.

Il la tenait!

Il obtiendrait, d'elle, tout ce qu'il voudrait... quand bien même il lui demanderait l'impossible.

Bien mieux, il avait tout obtenu d'elle, déjà.

En effet, n'était-il pas — au dire même de Marguerite, Reine Régente, de France — Premier Ministre?

Que d'événements, depuis vingt-quatre heures!

Que de surprises!

Orsini, quelques heures auparavant, avait dégringolé, lourdement, des hauteurs du rêve qui l'avait emporté, jusque dans les plus profondes affres de la désespérance!

Il s'était vu perdu...

Et voilà, que, tout à coup, son rêve reprenait des ailes, de formidable envergure, et l'enlevaient plus haut, encore, qu'il n'était monté.

Admirable dénouement!

Le Tavernier, maintenant, était en allégresse.

— Orsini... reprit Buridan... Eusses-tu commis bien des crimes... voilà une action qui les rachète!...

— Monseigneur!...

— Tu auras de l'or ce que pesaient ces enfants!...

Et Buridan répéta, avec une joie indicible:

— Oh! mes enfants!... Mes enfants!... Je les verrai!... Je les connaîtrai!... Je le veux!... Je le veux!...

Il s'assit, et demeura pensif, un moment.

Orsini s'aperçut que des larmes roulaient sur son visage bronzé... à l'expression énergique — sur ce masque d'homme fait .. qu'il avait vu, jadis, empreint de toutes les grâces juvéniles.

Marguerite, immobile, vaincue... rêvait, de son côté.

Un assez long instant se passa...

... Soudain, le Capitaine Buridan se leva.

Il redressa sa très haute taille.

L'expression de sa physionomie s'était modifiée...

L'émotion qu'il avait éprouvée s'était dissipée.

Maintenant, souriant, ironique, résolu... absolument maître de lui, il était prêt à poursuivre son œuvre.

— Orsini ?... dit-il.

La Reine tressaillit.

Elle leva la tête... et regarda Buridan.

Qu'est-ce qu'il allait faire ?

— Monseigneur ?... demanda le Tavernier.

— Prends cette torche... répondit le hardi Capitaine... Ouvre la porte... Et marche devant nous.

Orsini obéit.

Lors, Buridan... très galamment, reprit — s'adressant à la Reine :

— Appuyez vous sur mon bras, Madame... Votre Majesté ne pourrait trouver, dans tout le Royaume, un plus solide appui !

Marguerite se leva...

Elle prit le bras de Buridan...

— Où allons nous ?... demanda-t-elle, timidement.

Et le Capitaine répliqua, d'une voix vibrante :

— Nous allons au devant de Sa Majesté Louis X, Roi de France, et de Navarre, qui rentre, ce soir, dans sa Bonne Ville de Paris !...

XLII

RETRAITE DE LANDRY ET DE MARIETTE.

... Or, pendant que se jouait cette scène, terrible, entre le Capitaine Buridan, et Marguerite de Bourgogne... le bon Landry, et Mariette, la femme du Guichetier Maître Pierre Etienne Sabasse — qui étaient restés dans la salle où le Maître des Hautes Œuvres enfermait ses instruments de torture — n'avaient pas perdu leur temps.

D'abord, Landry avait mis Mariette, rapidement, et brièvement, au courant de ce qui s'était passé, dans le cachot, entre le Capitaine et lui.

Puis, tous les deux... effarés comme des oiseaux qui ont failli se prendre en les rêts du chasseur... ils demeurèrent cois.

Ils avaient besoin d'un temps de repos pour se remettre de leur émotion.

Muets, ils pensaient, chacun de son côté.

Momentanément, ils n'avaient rien à redouter de personne, certes; mais, le terrible danger qu'ils avaient couru restait suspendu sur leurs têtes.

— Ecoute, Mariette... dit, enfin, Landry, à demi-voix...

Il prit, par la taille, la courageuse et très tendre créature; il l'attira sur sa poitrine... et lui donna plusieurs baisers, affectueusement.

— Je veux, d'abord, te remercier, encore, de tout ce que tu as fait pour nous, ma bien-aimée!... reprit-il... Pour ton dévouement, je t'aime!... Je te prouverai que tu n'as pas affaire à un ingrat... Oui, oui, je t'aime, ma douce Mariette...

En parlant ainsi, Landry était sincère, certes.

Mais, n'eût-il été qu'habile, il eût trouvé le moyen le plus efficace, on le sait, pour empaumer la sentimentale épouse de Maître Pierre Etienne Sabasse.

Avec de doux propos, et des baisers, il eût conduit Mariette même jusques au plus profond du Royaume de Messire Belzébuth.

Sous les caresses du bon Landry, Mariette reprit courage, énergie, audace.

Ah! que ces baisers lui étaient doux!

Tout ce qu'elle avait fait, pour Landry, n'était rien... rien absolument, à ses yeux.

Elle restait son obligée...

Jamais elle ne pourrait s'acquitter envers lui.

Lui... lui seul, avait su, jadis, lui donner ces joies du cœur qu'elle avait toujours voulues, recherchées... enviées.

Lui... lui seul, à cette heure, savait les lui donner.

Elle lui en avait une reconnaissance infinie.

O bonheur!... Elle vivait encore!

Oui, elle vivait... puisque Landry l'aimait... et puisqu'elle ne concevait pas la vie sans amour.

— Mon cher... mon amé Landry... répondit Mariette, dans un transport... Comme tu es bon!... Moi aussi, je t'aime!... Et je suis prête, pour toi, à tous les sacrifices, à tous les dévouements.

— Bien!... Bien, Mariette!... Tu en seras récompensée!... fit le sacripant... Avant longtemps, même... Je puis, à présent, te l'affirmer!...

— Je suis heureuse de te satisfaire et, je ne demande rien de plus.

— Qui ne demande rien doit s'attendre, mieux qu'un autre, à tout recevoir.

— Ah! que je suis heureuse de t'avoir retrouvé... reconquis.

— Et moi!... Bonne journée, Mariette!... Bonne journée pour tous!

— Pourvu qu'elle ne finisse pas mal!

— Non!... Non!... Elle ne finira pas mal... J'en réponds... Mes « aimées » nous protégeront encore.

— Ainsi soit-il!

— Encore une fois, je te le répète, tu viendras, avec moi, vivre tes derniers jours dans ma Bourgogne.

— Rêve!

— Ce sera réalité.

— Conservons-en toujours l'espoir!

— Ma bonne Mariette!

— Mon amé Landry!...

*
* *

... Le bon Landry, et la sentimentale Mariette — deux vieux amants, liés de nouveau, l'un à l'autre, par le hasard, par la reconnaissance... et qui se donnaient, mutuellement, des gages, très doux, d'une affection sincère... eussent prêté à rire, assurément, à des jouvenceaux, qui eussent trouvé plutôt comique ce duo d'amour tenu, si tendrement, par ces deux êtres à la peau racornie.

Certes, ces mots sublimes : « Je t'aime! » ne peuvent être articulés, avec toute leur divine harmonie, que par les lèvres, roses, d'amants qui ont l'avril aux joues!

Mais un philosophe eût été touché de l'accent, profondément doux, encore, que mettait Mariette, édentée, ridée, parcheminée, en ses réponses aux propos du vieux Landry, parce que son cœur leur donnait une sincérité, une passion naïve, vraiment toute juvénile.

Ce qui augmentait le comique, touchant, de cette scène... c'était qu'elle se jouait dans cette salle du Grand-Châtelet — dans cette salle, réservée au Maître des Hautes-Œuvres, et pleine de ces engins de torture... de ces ferrements aux formes effroyables, quasiment fantastiques, qui avaient créé tant de souffrance humaine!

Ah! ces contrastes... qui sont comme les pivots sur lesquels tourne l'existence des êtres!

On les retrouve partout!

Partout on voit le drame opposé à la farce... l'horreur et la splendeur... l'amour et la haine... la vertu et le crime.

Mieux encore :

— La gueule du loup!... fit Landry, goguenard... Gardons-nous de nous jeter dedans...
(P. 1108.)

Cette scène d'amour, entre Landry, et Mariette... se jouait, précisément au-dessus, même, de ce cul de basse-fosse où le Capitaine Buridan, et la Reine Régente de France, Marguerite de Bourgogne, luttaient, farouchement... dans le but de s'abattre, mutuellement!

Étranges jeux du Sort!...

*
* *

... Landry reprit :

— Qu'est-ce que nous allons faire, à présent, Mariette?... M'est avis que nous devons chercher à fuir, le plus promptement possible...

— Oui!... répliqua la femme de Maître Pierre Etienne Sabasse... Il faut tenter de nous éloigner d'ici, le plus promptement possible, mon amé Landry...

— Le pourrons-nous?... Tout est là!... Réfléchis à cela Mariette... Je m'en remets à toi du soin de notre sécurité... Tu es le chef de file...

— Nous le pourrons, j'espère.

— Tu n'en es pas sûre?

— On ne saurait répondre de rien!

— C'est que, ici, nous sommes à l'abri d'une surprise.

— Qui sait?...

— Que veux-tu dire?

— Si l'on nous surprenait, céans, à l'improviste!

— Tu me fais trembler!

— Il vaut mieux, à tous égards, que nous tentions l'impossible, même, pour fuir.

— Fuyons donc.

— Je ne serai tranquille, absolument, que quand nous nous retrouverons dans la geôle.

— Allons, fuyons... Mariette!... Fuyons...

— Attends?

— Quoi?

— Ecoutons... A cette heure, la Reine Régente doit être, avec le Capitaine, dans le cachot.

— C'est certain.

— Si nous pouvions en être sûrs...

— Comment faire?...

— Il faudrait entr'ouvrir cette trappe... et...

— Moyen dangereux, mon amée Mariette...

— Tu as raison!... Eh! bien...

— Achève?

— Voici... Nous allons sortir d'ici... Dehors, dans la galerie, nous n'avancerons que très lentement, avec la plus extrême prudence...

— Bien!

— Le cortège, formé, par Monseigneur le Grand Prévôt de Paris, pour accompagner la Reine, doit attendre, au-dessous de nous, dans la galerie, non loin de la porte du cachot occupé par le Capitaine.

— Il n'en faut pas douter... Poursuis?

— Nous ne devons donc pas craindre de nous jeter dans le groupe des archers de ce cortège.

— C'est clair!

— Il est, de plus, à peu près certain, que nous ne rencontrerons âme qui vive dans les couloirs, galeries, tours et tourelles que nous traverserons, car les gens du Grand-Châtelet qui pourraient errer, dans ces couloirs, en temps ordinaire, resteront à leur poste, à cette heure, sachant que, la Reine étant céans, Monseigneur le Grand Prévôt de Paris ouvre l'œil...

— Puissamment déduit!...

— De tout cela, il résulte que nous avons plus de chances que jamais, maintenant, de nous tirer d'affaire.

— C'est très juste... Profitons-en.

— Oui, oui, profitons-en... avant que la Reine s'éloigne, ce qui peut arriver inopinément, plus tôt, même, que nous ne le croyons.

Landry, cependant, s'agenouilla sur les dalles, tout près de la trappe... qu'il s'efforça de soulever.

Il y parvint.

Il put jeter un regard, rapide, dans le cachot.

Il laissa retomber la trappe, et se releva.

— Eh! bien?... lui dit Mariette... qui avait suivi tous ses mouvements.

— Je les ai vus... répliqua Landry... Le Capitaine, et la Reine... Le cachot est vivement éclairé, par la lueur d'une torche, sans doute...

— Ils sont seuls?

— Seuls!... La « goule » était tout près du Capitaine... assis, toujours, sur son banc... Monseigneur le Grand Prévôt de Paris est donc bien, dans la galerie, avec ses archers...

Et Landry, ayant soupiré, s'écria, tout attendri :

— Pauvre Capitaine!... Triomphera-t-il, comme il l'espère?... Que la Très Sainte Madone le protège!...

Il ajouta :

— Dans tous les cas, j'ai des projets que je te soumettrai si cela est nécessaire, Mariette... En attendant, fuyons, maintenant, puisque nous sommes d'accord... J'ai hâte d'être sorti du Grand-Châtelet... J'ai hâte d'accomplir la mission que le Capitaine m'a confiée... Je l'accomplirai, certes... Viens... Viens...

— Allons!...

— Que Dieu nous garde!... Embrassons-nous, Mariette!...

Le bon Landry étreignit, encore, la femme de Maître Pierre Etienne Sabasse, et il l'embrassa, très tendrement.

Après quoi, doucement, très doucement, il entr'ouvrit la porte de la salle réservée au Maître des Hautes Œuvres.

— Silence absolu!... dit-il... Obscurité profonde!... Rien de suspect... En route, mon amée Mariette, en route!

Il sortit.

Mariette le suivit.

Ils arrivèrent, vite, au bout de la galerie.

Là, ils s'arrêtèrent, pour reprendre haleine.

Ils entendirent un brouhaha, confus, de voix... et le cliquetis des armures des archers de l'escorte de la Reine.

— La gueule du loup !... fit Landry, goguenard... Gardons-nous de nous jeter dedans...

— Hâtons-nous !... dit Mariette, à voix basse.

— Tu es la prudence même... répliqua le sacripant... Oui, oui, hâtons-nous !... Par où faut-il passer ?

— Viens.

— Marche, Mariette... Je te suivrai...

Ils s'enfoncèrent dans cette galerie étroite, basse, qu'on ne parcourait qu'en se courbant... cette galerie qu'ils avaient traversée, déjà, une heure auparavant.

Ils la parcoururent avec moins de peine, cette fois.

Et, sans mot dire, ils commencèrent à monter les degrés, boueux, glissants, qu'ils avaient si péniblement descendus.

Maintenant, Landry évoluait, là, comme s'il y avait vécu toute sa vie.

C'est que, à cette heure, il n'était pas impressionné à l'idée que ces murailles, épaisses, qu'il frôlait, étaient murailles de la plus formidable prison Royale de France.

C'est qu'il était, d'autre part, plein d'espoir.

Or, l'espoir donne une force incomparable à l'homme qui le porte, surtout quand la crainte, et son impressionnabilité, ne le paralysent plus.

Même, à présent, Landry ne souffrait plus d'évoluer dans ce souterrain sans air, et sans lumière.

Il se répétait — et cela lui donnait une indicible joie — qu'il allait vers le jour, vers l'espace... vers la liberté !

Les malheureux qui s'enfoncent, quotidiennement, dans la mine, à des profondeurs souterraines effroyables, savent combien est effarante la descente dans le gouffre, et combien est douce, au contraire, l'heure où ils remontent à l'air pur, sous le ciel ensoleillé.

Enfin, et sans la moindre alerte, sans avoir vu rien de suspect, sans avoir rencontré personne — on eût dit que le Grand-Châtelet était inhabité — Mariette, et Landry, se retrouvèrent dans le jardinet, étroit, qui s'étendait près de la geôle.

Stupéfaits, certes !... Charmés aussi !

Ah ! ce jardinet lamentable... à présent, Landry le voyait superbe !

Les arbustes grêles lui semblaient admirables !

Et comme le ciel bleu, radieux, était pur !

Un moment après, les deux féaux amis du Capitaine Buridan pénétrèrent dans la geôle...

XLIII

OU L'ON SAURA COMMENT LE BON LANDRY SORTIT DU GRAND-CHATELET.

...Ils n'y étaient pas entrés sans une vague inquiétude, dans cette geôle... et pour cause !

Maître Pierre Etienne Sabasse, le ventripotent et ivrogne Guichetier, ne s'était-il pas réveillé ?

Non !...

Fort heureusement !

L'ivrogne n'avait pas bougé !

Il dormait, toujours, à poings fermés... et ronflait de façon si tonitruante, qu'il semblait qu'on entendait résonner les fanfares, vibrantes, qui devaient, bientôt, saluer Sa Majesté le Roi Louis X, faisant sa rentrée, solennelle, dans sa bonne Ville de Paris !

Landry l'admira.

— Homme fortuné !... s'exclama-t-il... Pendant que les êtres s'agitent, autour de lui, poussés par leurs passions, il dort !... Il fait vendange, abondante, dans les très sacrées vignes du Seigneur !... Oui, oui, homme fortuné !... Heureux homme !...

Il hocha la tête, et ajouta, philosophiquement :

— Il faut que chacun, suivant ses goûts, et son tempérament, prenne son plaisir où il le trouve !... Je l'admire, et, pourtant, je n'envie pas sa quiétude... car, en me démenant, depuis plusieurs heures, au service d'autrui, j'ai goûté les joies les plus exquises qui m'aient été données depuis que je suis un homme fait !... Le vrai bonheur, en somme — il n'est pas encore trop tard, certes, pour m'en apercevoir, et pour en jouir — consiste à donner de la joie aux autres !...

Mariette, très lasse, s'était assise... après avoir déposé, sur une table, son falot, et le lourd trousseau de clés de Maître Pierre Etienne Sabasse.

Landry reprit :

— Je voudrais bien savoir ce qu'il adviendra de l'entrevue de la « goule » avec le Capitaine... et je voudrais attendre que Marguerite sorte, d'ici, avant que d'en sortir moi-même ; mais, d'une part, j'ai hâte de remplir la mission que le Capitaine m'a confiée... et, d'autre part, à quoi bon demeurer, céans : Assurément, la Reine ne me fera pas confident de ses pensées... Elle ne me dira pas ce qu'elle compte ordonner relativement à son ennemi... Par conséquent, ce qu'il y a de mieux à faire, pour le moment, et sauf ton avis,

Mariette, c'est que nous devons tout mettre en œuvre pour assurer ma retraite?

Mariette approuva.

— Certes!... fit-elle... D'autant mieux que, pour le moment, comme tu dis... tout le monde, ici, se préoccupe, uniquement, de la présence de la Reine au Grand-Châtelet... et que, par conséquent, je pourrai, plus aisément que jamais, te faire sortir, de la Prison, sans difficulté.

Landry hésitait, cependant.

— Il est vrai... dit-il... que le Capitaine, tout à l'heure, espérait que, grâce à ces armes dont il dispose, contre la « goule », il la contraindrait à ui ouvrir, immédiatement, les portes du Grand-Châtelet...

Il hocha la tête.

— Rêve!... ajouta-t-il... Marguerite, certes, ne lâchera pas si facilement sa proie!... On ne sort pas, du Grand-Châtelet, aussi aisément qu'on y entre, hélas!... Que le Capitaine triomphe, de la Reine, avant peu... je le crois; mais, tout de suite, autre affaire!... En toute occasion, il faut être patient!... Chaque chose vient à son heure... et pas avant!...

Il restait perplexe, malgré tout.

— Il est vrai... reprit-il... il est vrai que le Capitaine est un très habile homme!... Il n'existe pas, sur terre, deux êtres pareils à lui!... Tout de même, s'il allait sortir d'ici, dans un instant, avec Marguerite!... C'est moi qui regretterais d'être parti avant son exode!... C'est moi qui regretterais de n'avoir pas vu son triomphe!...

Il hocha la tête, de nouveau.

— Rêve!... Rêve!... répéta-t-il... Encore une fois, un tel résultat n'est pas possible!... On ne peut l'obtenir aussi vite!... Tu as raison, Mariette, il vaut mieux que je profite, pour m'éloigner d'ici, de ce que tout le monde se préoccupe, uniquement, de la présence de la Reine au Grand-Châtelet... Hâtons-nous donc... Dès que je serai dehors, je remplirai ma mission... Et nous verrons après?... Mariette, encore tous mes remerciements!... Séparons-nous... Je suis prêt à partir...

Le visage de Mariette se rembrunit.

— Hélas!... dit-elle.

Elle soupira.

— Quand nous reverrons-nous?... demanda-t-elle.

— Dès ce soir.

— Dès ce soir?

— Oui!... S'il s'est passé, céans, quelque chose de nouveau, viens me le dire.

— Chez toi?

— Oui.

— Je t'y trouverai?

— Je rentrerai, à mon logis, aussitôt que j'aurai rempli la mission que le Capitaine m'a confiée... c'est-à-dire, avant deux heures.

— Bien !

— Et... car il faut tout prévoir... dans le cas où je ne t'aurai pas vue, d'ici à ce soir...

— Achève ?

— Je reviendrai...

— Ici ?

— Oui...

Et Landry ajouta, mystérieusement :

— Peut-être, alors, pourrons-nous tenter, encore, quelque chose d'utile au profit du Capitaine.

Il pensait, en parlant ainsi, au hardi projet d'évasion, du Grand-Châtelet, que le Capitaine Buridan avait formé... et qui eût été mis en œuvre, certes, sans l'arrivée, inopinée, de Marguerite de Bourgogne, à la Prison Royale.

— Que veux-tu dire ?... interrogea Mariette.

— Rien !... répondit Landry... Je m'expliquerai, seulement, quand il en sera temps !...

On sait, du reste... que Landry ne devait pas être obligé de s'expliquer, plus complètement, avec Mariette, à ce sujet, puisque Buridan, contrairement aux pronostics, dubitatifs, du sacripant, son amé compagnon... allait sortir, peu après, du Grand-Châtelet.

Toutefois, il fallait indiquer que le féal Landry avait mis tout en œuvre, qu'il avait pris toutes ses précautions, pour servir, jusqu'au bout, avec autant d'intelligence que de dévouement, celui à qui il avait résolu de donner sa vie, même, au besoin...

Mariette soupira, de nouveau.

— Il m'en coûte de me séparer de toi, mon amé Landry !... dit-elle, tendrement.

— Il le faut, ma chérie !

— Oui !... Hélas !...

— Mais, bientôt, va... nous ne nous séparerons plus...

— Est-ce vrai ?

— C'est vrai !...

— Mon Landry !...

— Ma douce Mariette...

— Je t'aime !...

— Je te chéris !... Nous sommes liés à jamais !...

— Répète-le ?

— A jamais !

— Jour fortuné que celui-ci !... Je revis !... Je renais !... Tu me charmes, Landry !... Oui, oui, oui, je t'aime ?... A toi ma vie !

— A toi les jours qui me restent!

— Un baiser?

— Je t'adore!... A ce soir!... Viens... Séparons-nous...

**

...Duo d'amour, extra sentimental, tendre, éminemment comique... dont chaque mot était scandé par les ronflements, formidablement sonores, de l'obèse Guichetier — de cet ivrogne... de ce « muids ambulant »... Maître Pierre Etienne Sabasse!...

..Ah! l'on eut bien étonné le bon Landry, certes, quelques heures auparavant, après la visite de Mariette, à son logis, si on lui avait dit, que, avant la fin de la journée, il serait repris, absolument, au culte, amoureux, de la coquette, mûre, qu'il avait si mal accueillie!

Cela était, pourtant... si invraisemblable que cela fut.

Le sacripant avait été sincère, en ses tendres effusions.

Oui, oui, sincère... absolument sincère!

Il était bien résolu à donner, à Mariette, les jours qui lui restaient... sans réserve comme sans regret.

Avec joie, même!

Elle lui était apparue sous un jour tout nouveau.

Elle s'était comme révélée à lui.

Avec lui, et pour lui... elle s'était dévouée au Capitaine Buridan.

Quel dévouement... quel esprit de sacrifice... quels trésors, inconnus, il y avait en ce cœur de femme!

Elle n'était plus de la première jeunesse; elle était plus que mûre; mais Landry n'était pas jeune, lui non plus.

Ils vivraient heureux... avant longtemps... en terre bourguignonne, dans la maisonnette que le bon Landry voulait avoir, au penchant d'un coteau, sur lequel s'étageraient des vignes qui se chaufferaient au glorieux soleil d'août incendié!...

Et ce bonheur, qu'ils éprouveraient, alors... ils ne l'auraient volé ni l'un, ni l'autre...

**

...Landry, amusé, regarda, une dernière fois, Maître Pierre Etienne Sabasse... qui dormait, toujours, à poings fermés.

— Nous irons, par les bois, par les prés, qui embaumeront l'odeur des foins coupés!... dit-il, poursuivant son rêve... suivant la vision qu'il venait d'avoir, dans les bras de Mariette... Nous cueillerons des roses, et des marguerites, des bluets dans les blés mûrs... Ce, pendant que ton époux boira, à gorge que veux-tu, le vin clairet que nos vignes nous donneront...

Maître Pierre de Bourges les servait, en personne... (P. 1120.)

Il embrassa encore Mariette... enivrée.

— En attendant, que Dieu te garde !... ajouta-t-il, enthousiasmé... Viens...

Mariette, tout d'abord, sortit, et s'assura qu'il n'y avait rien de suspect aux alentours...

Puis, elle revint dans la geôle.

— Viens?... Viens?... dit-elle... Rien à craindre !... Hâtons-nous !...

Landry sortit, derrière Mariette... qui s'était munie de la clé qui ouvrait la porte d'entrée principale du Grand-Châtelet.

Tous les deux, ils traversèrent la galerie qui aboutissait à cette porte.

Là, ils ne virent qu'un archer qui rêvassait.

Cet archer reconnut Mariette.

Il regarda Landry.

— A bientôt, mon cousin !... dit Mariette... Remerciez ma cousine, pour nous, du poulet, et des œufs, qu'elle nous a envoyés... Embrassez les enfants !... J'irai les voir incessamment...

Landry comprit.

Il s'extasia sur l'habileté de Mariette.

Etait-elle assez fûtée ?

Ah ! oui... oui... cette Mariette, méconnue, était une maîtresse femme !

— Dieu vous garde, ma cousine !... répliqua le sacripant, en s'efforçant de se donner l'air niais d'un rustaud de village... Oui, oui, venez chez nous... Ma femme sera bien aise de vous voir, près d'elle, pendant un jour... Je lui ferai votre commission... Comptez-y !...

Mariette, cependant, avait ouvert la porte, prestement.

L'archer était retombé dans sa rêverie... qui lui montrait la fine jouvencelle, fille d'un riche boucher de la Grande Boucherie prochaine, qu'il courtisait, et avec qui, un jour où l'autre, il échangerait l'anneau des épousailles.

Landry partit... après avoir serré, une dernière fois, la main de Mariette.

La porte de la redoutable Prison se referma.

Et Mariette, attristée... mais pleine d'espoir — retourna, seule, à la geôle...

XLIV

FAITS ET GESTES DU BON LANDRY APRÈS SA SORTIE DU GRAND-CHATELET

... Dehors !

Libre !

Une bête sauvage, habituée à vivre à travers champs, dans les espaces, sur les monts et dans les plaines, libre de s'enfoncer sous la feuillée des grands bois épais, pleins de frissons et de murmures... d'aller boire l'eau fraîche des torrents... de s'étendre sur les roches, moussues, chauffées par le soleil... de chercher ses amours à l'époque du rut — et qui, tombée aux mains du chasseur, qui l'a enfermée, géhennée, asservie, reconquiert sa liberté perdue, n'est pas plus ivre, joyeuse, éperdue, que ne le fut le bon

Landry... lorsqu'il se retrouva, au sortir du Grand-Châtelet, sur la place, inondée de lumière !

Il fut, d'abord, ébloui par la resplendissante clarté qui rayonnait autour de lui.

Et il demeura, là, pendant une longue minute, immobile, quelque désir qu'il eut de s'éloigner le plus tôt possible.

Il ne voyait pas, nettement, les choses ambiantes.

Elles ne lui apparaissaient que comme à travers un brouillard léger.

Libre !... Libre !...

Il était libre !

Il lui était permis d'aller où il voudrait !

Il ne sentait plus peser, sur lui, ces murailles, épaisses, au milieu desquelles il avait évolué, plus de deux heures durant.

Il respirait un air pur, vivifiant.

O sainte liberté !

Plus qu'un autre, le bon Landry, qui se plaisait à vivre dans les espaces, en face des vastes horizons, appréciait les délices, ineffables, que l'Etre éprouve lorsqu'il a la faculté, extra-précieuse, d'évoluer à son gré, en toute indépendance.

Le soleil, haut dans le ciel, car on approchait de l'heure méridienne, dardait, sur la place, des rayons très chauds.

Les maisons voisines en étaient parées, superbement.

Toutes les croisées étaient ouvertes, chacun voulant profiter des effluves printanières, de la bienfaisante chaleur de ce radieux matin, et s'éblouir les yeux de la lumière, dorée, qui tombait de ce ciel si pur.

De fraîches jouvencelles passaient, les joues en fleur, les lèvres ouvertes, les cheveux au vent, le corsage béant, et marchaient, allègrement, allant au travail, au gain, au plaisir — et sans se soucier de la formidable Prison Royale, dans les souterrains de laquelle se jouaient, pour les passions des Grands, des scènes tragiques.

C'est ainsi que l'œuvre de vie se poursuit, sans trêve, comme pour démontrer son néant à l'homme, orgueilleux de son rang, de ses titres, de sa puissance, de ses richesses — biens aussi vains qu'éphémères !

Le très grand Ministre Enguerrand de Marigny, le plus puissant Personnage de France, qui avait été le Coadjuteur du très grand Roi Philippe-le-Biau — comme disent les Vieilles Chroniques — avait été abattu... comme son Maître, que la Mort avait fauché peu auparavant... et comme ce Pape, Boniface VIII, qui, du haut du Trône de Pierre, avait osé dicter ses altières volontés au Roi de France — et tous ces événements formidables, qui devaient transformer l'Etat le plus civilisé du Monde, à cette époque tourmentée, n'empêchaient pas le soleil de luire, les filles de sourire et d'aimer, la sève de pousser les fleurs aux branches des arbres, ni les papillons de butiner et les oiseaux de chanter dans l'air tout parfumé des senteurs, balsamiques, répandues, à travers champs, par les plantes, pâmées d'amour à l'approche du renouveau !...

...Le bon Landry, pourtant, se mit en marche.

Le souci de sa sécurité lui avait rendu la faculté d'agir.

Il ne pouvait demeurer, là, plus longtemps, sans danger.

En effet, la Reine, la « goule », Marguerite, pouvait sortir, à l'improviste, du Grand-Châtelet... le voir... le reconnaître... s'étonner qu'il fût à cette place.

Ne savait-il pas, par Orsini, que la Régente se défiait de lui ?

Or, de l'étonnement au soupçon, il n'y a que l'enchaînement d'une idée à une autre idée... c'est-à-dire un effort insignifiant pour un esprit imaginatif comme celui de Marguerite.

Pourtant, il en pouvait sortir un très grand péril pour Landry.

Car, Marguerite, soupçonneuse, deviendrait, tôt, farouche.

Et qu'est-ce que, pour elle, comptait Landry ?

Rien !

Moins que rien !

Elle n'aurait qu'un signe à faire pour que ce « rien » disparût à jamais !

Cette disparition ne compterait pas plus que la suppression d'un insecte, écrasé, en retournant à la fourmilière, par le pas, trébuchant, d'un enfant jouant sous les yeux attendris de sa mère !

En ce sens, du moins, que personne, au monde, ne pourrait reprocher son acte à la Régente.

Car la disparition de Landry eût compté, certes, pour Buridan... puisque le Capitaine ne pouvait être armé, contre son ennemie, et il l'avait dit, formellement, que si la mission, qu'il avait confiée à son amé compagnon, était accomplie.

C'est ainsi que tout Etre, ici-bas, si infime soit-il, compte... et qu'il ne doit être attenté, en aucune façon, à son indépendance, et à sa vie, qui peuvent être utiles à quelqu'un...

Maintenant, Landry déambulait, très vite, à travers les ruelles étroites, bousculant les passants... et allant vers son but.

C'est-à-dire vers la grasse Hôtellerie des Saints Innocents, tenue par Maître Pierre de Bourges.

Il était tout en allégresse.

Et pour cause !

Il avait conscience d'avoir rempli son devoir... conscience d'avoir servi autrui.

Or, rien ne donne plus de force, plus de gaîté, plus de joie !

Le secret du vrai bonheur tient en ceci : Se donner aux autres !

Qu'on ne croie pas que c'est duperie.

Tout au contraire, c'est grande habileté.

Car si l'on s'est donné à cent ingrats... un seul vous paiera, un jour, au centuple.

Sans compter que l'on a, par surcroît, l'ivresse, incomparable, d'avoir fait cent heureux !

L'ingratitude des obligés n'efface pas les effets du bienfait.

Enfin, Landry arriva sur la place, ensoleillée, devant le parvis de l'Eglise des Saints Innocents... sur cette même place où Maître Orsini, en quête de provisions de bouche, avait évolué, quelques heures auparavant, et où il avait été averti, par tant de mauvais présages, des faits, déplorables, qui allaient mettre, en sa vie, de si cuisants soucis !

Cette place était quasiment déserte, à présent.

Les marchands qui y avaient offert, dans un grouillement de foule, parmi les cris, les appels, les rires, les lazzis et les injures, voire les blasphèmes... leurs marchandises aux manants, aux truands, aux bonnes gens, aux jouvencelles — avaient disparu.

Il ne restait plus, là, que quelques revendeurs de produits invendables, offerts, au rabais, aux plus pauvres acquéreurs... et des mendiants, loqueteux, qui invoquaient la charité des fidèles se rendant, à l'Office Saint, en l'Eglise prochaine.

Landry s'arrêta, sous le portail de l'Eglise... et, de loin, il regarda la façade de l'Hôtellerie des Saints Innocents.

Elle apparaissait nette, propre, toute blanche, sous l'illumination du soleil.

Elle avait un aspect honnête qui attirait.

On devinait, rien qu'en voyant cette Hôtellerie, qu'on y serait bien accueilli, bien traité... qu'on y trouverait gîte agréable et reposant, souper de choix... vie large, dans la paix la plus parfaite.

Toutes les croisées étaient entr'ouvertes, afin que le soleil parât les salles de l'Hôtellerie de tout l'éclat de ses rayons... afin que l'air, pur, les baignât.

Les plantes, grimpantes, qui croissaient, très vigoureuses, au pied de ses murailles, mettaient une gaie note verte parmi les fines sculptures qui couraient sur le bois de ses poutrelles... et entouraient la statue, enluminée, des Saints Innocents, qui surmontait la porte d'entrée, principale, de l'hospitalière et renommée demeure de Maître Pierre de Bourges.

Deux chevaux de selle, et un âne, étaient attachés, par un licol, à l'anneau scellé dans le mur, devant de vastes « mangeoires », pleines d'avoine, et se repaissaient, pendant que leurs maîtres, assurément, buvaient dans l'Hôtellerie.

La porte cochère par laquelle les chars attelés pénétraient, dans la cour, pour être livrés aux garçons qui s'occupaient des chevaux et des véhicules... était grande ouverte.

Or, tout cela effarait le bon Landry.

Il se sentait mal à l'aise à l'idée, seule, qu'il lui fallait, encore, pénétrer là.

Il y avait été si mal reçu, la veille... malgré la bonhomie, plus voulue que réellement sincère, de Maître Pierre de Bourges, qui, en toute occasion, s'efforçait, toujours, de ne déplaire à personne.

Les « ventre-creux » s'effarent devant les « ventres rebondis ».

Un « crève la faim » n'ose regarder un rubicond individu assis devant une table couverte de mets succulents et de boissons exquises.

Les « haillonneux » fuient les gens richement vêtus.

Non par haine, ni par envie ; mais bien parce que le spectacle du bonheur, et du bien-être, les gêne, les humilie...

Car l'être miséreux est un vaincu...

Or, tout vaincu est un timide !...

Ce n'est que quand les pauvres, les déshérités, sont légion qu'ils se sentent forts... qu'ils reprennent énergie, et qu'ils deviennent farouches !

Certes, Landry était moins affolé en songeant qu'il allait pénétrer, derechef, dans l'Hôtellerie, grasse, des Saints Innocents, qu'il ne l'avait été, quelques heures auparavant, lorsqu'il s'était arrêté, tout tremblant, devant la façade, terrifiante, du Grand-Châtelet ; mais, pourtant, devant la demeure de Maître Pierre de Bourges, il avait fait halte... d'instinct — ayant éprouvé le besoin, impérieux, de s'enhardir, avant d'oser franchir le seuil imposant... avant d'oser se retrouver, face à face, avec le très majestueux et très ventripotent Hôtelier.

Tout à coup, il sursauta.

Comme il avait mis, par hasard, sa main, droite, dans sa poche, il avait entendu le très harmonieux tintement de l'or.

L'or du Capitaine Buridan.

L'or que le prisonnier du Grand-Châtelet lui avait donné.

Oui... oui... donné !

Cet or, maintenant, appartenait, en propre, au bon Landry.

Buridan avait dit, en le lui donnant :

— Je te donne cette somme afin que tu aies les moyens matériels d'agir... pour ma vengeance... Tu utiliseras, pour vivre, ce qu'il t'en restera... Si l'on doit me pendre, je n'ai plus besoin de rien... Si je me sauve... ce qui est possible, après tout — tu auras quatre fois cette somme... et moi... mille !...

Donc, la somme était bien à Landry.

Une grosse somme, certes.

Une fortune, quasiment.

Jamais... jamais, au cours de sa vie, Landry n'avait eu, à la fois, en sa possession, la vingtième partie de cette somme!

Même, jamais il n'avait vu pareille somme réunie.

Oui... oui... oui, une fortune!

Assez pour acheter, en terre bourguignonne, au penchant d'un coteau, la maisonnette entrevue dans ses rêves, et la vigne qui donnerait abondante récolte de vin clairet.

Il se sentit, soudain, très enorgueilli.

Il lui sembla qu'il était un tout autre homme.

N'était-il pas riche, à présent, lui aussi?

Or, cette constatation lui donna, incontinent, une assurance tout à fait inaccoutumée.

Il avait bien, encore, l'aspect, efflanqué, d'un loup, affamé, devant une grasse et chaude bergerie.

Il était loqueteux, et faisait, encore, l'effet, lamentable, d'un « ventre creux » sans feu ni lieu.

Mais il avait de l'or... beaucoup d'or — une fortune... à lui... bien à lui.

Événement extraordinaire... invraisemblable, certes — absolument réel, pourtant!

Lors, sans hésiter, maintenant... il se dirigea, très guilleret, le front haut, l'air vaguement arrogant, même... vers l'Hôtellerie de Maître Pierre de Bourges...

XLV

MISSION REMPLIE

...Landry apparut, tout à coup, dans la Grand'Salle de l'Hôtellerie.

Dans un coin de cette salle, un Moine, très long, et très maigre, achevait de prendre un repas d'anachorète, composé de laitages et de fruits.

Près d'une croisée, deux Seigneurs buvaient un pot de vin blanc.

Et, au fond, deux couples étaient attablés, qui faisaient magnifique chère.

Deux couples jeunes, rieurs, heureux de vivre... et de bien vivre.

Deux jolies jouvencelles, aux yeux brillants, aux lèvres rouges... au corsage rebondi — très attifées, d'ailleurs, couvertes de rubans et de riches fanfreluches... parées de joyaux d'un grand prix, perles et diamants, rubis et émeraudes... souriaient à leurs amants, ou à leurs maris, deux Seigneurs richissimes, assurément, eux aussi superbement vêtus de soie, de velours, aux vives couleurs.

Maître Pierre de Bourges les servait, en personne... aidé de trois de ses garçons, très affairés.

Le bonhomme, à son ordinaire, remplissait ses devoirs d'hôte, à merveille, quand il avait des clients disposés à forte dépense.

Il allait, venait, empressé, souriant... vantant, sans trop d'indiscrétion, la succulence des mets... la finesse des vins qu'il offrait.

Il découpait les viandes avec une incomparable adresse...

Il veillait à ce que les gobelets d'étain ne fussent jamais vides.

Il voltigeait, littéralement, avec une incroyable légèreté, tout autour de la table où ses hôtes festoyaient... et qui était couverte de napperons d'une indicible blancheur... de fleurs... de fruits, savamment groupés pour constituer la joie des yeux avant le régal du goût... pour parfumer l'atmosphère avant d'embaumer le palais.

Il venait d'offrir, à ses hôtes, un superbe buisson d'écrevisses, pareilles à celles qu'il avait servies, la veille, à Buridan... et il expliquait, avec une très comique emphase, comment il s'y prenait pour confectionner le court-bouillon dans lequel elles avaient rougi... une recette qu'il connaissait seul — quand il demeura bouche-bée, en entendant les convives s'écrier :

— Le vilain oiseau !

— D'où sort-il ?

— C'est un loup !

— Un loup-garou !

Rires éclatants... sonores... vibrants, poussés par les quatre convives, follement amusés par l'inattendue apparition du bon Landry.

— Est-il laid !... reprit l'une des jouvencelles.

— Et maigre !

— Son nez flambe !

— Quelles jambes !

— Et ses pieds !

— Et quelles mains !

Maître Pierre de Bourges, ahuri, s'était retourné, brusquement... tout d'une pièce, comme un tonneau qu'on fait virer.

Il vit Landry.

Il le reconnut.

Il courut à lui, et voulut l'entraîner dans l'arrière-salle... afin de soustraire le truand à la vue, évidemment offusquée, de ses très nobles hôtes.

... Gaultier marcha vite... très vite... suivant les ruelles qui serpentaient sous la Royale Forteresse.
(P. 1127.)

Mais Landry, se sachant riche, et, par suite, dédaigneux des lazzis qui l'eussent humilié s'il n'avait senti, dans sa poche, l'or du Capitaine Buridan... regarda les festoyeurs, bien en face, sourit... et dit :

— Beaux Sires, et très gentes damoiselles... vous êtes jeunes e beaux... je suis vieux et laid... mais sachez que, dans un demi-siècle, nous serons. tous, aussi maigres... sachez que nous aurons, tous, le nez aussi camard !... Et que cette pensée ne trouble pas vos joyeux ébats !... Il faut que jeunesse rie et s'amuse... Riez donc, et amusez-vous — fût-ce, même, à mes dépens !... J'en ai vu bien d'autres !... Ce n'est pas la première fois... ce ne sera pas la dernière, que l'on a ri, que l'on rira, de ma maigreur, de mes longs pieds, de mes grosses mains, de mes jambes torses et de mon nez incandescent... Buvez frais, jeunes gens... mangez chaud !... Embrassez-vous tendrement !... Profitez de vos jeunes ans... Le soir tombe tôt... L'hiver arrive vite... Profitez du matin... Profitez du printemps... Et que Dieu vous garde !...

Le Moine approuva.

Les deux Seigneurs qui buvaient applaudirent.

Les quatre festoyeurs acclamèrent Landry, qui, satisfait, passa dans l'arrière-salle avec Maître Pierre de Bourges.

Le sacripant était tout heureux de son succès.

Il tirait, de cet insignifiant épisode, matière à philosopher.

Étrange chose que la vie ! .

Que de scènes, diverses, auxquelles il se heurtait, depuis quelques jours !

Quelle différence entre ce spectacle qui lui était offert, en cette Grand' Salle de l'Hôtellerie des Saints Innocents... et celles auxquelles il avait assisté, tout à l'heure, au Grand-Châtelet !

Ici, joie... ivresse... plaisir !

Là bas... souffrance... horreur !...

Partout, toujours, le comique... le tragique !

Et ce n'était pas tout : les jouvencelles le trouvaient laid — Mariette, au contraire, l'admirait, le voyant beau !

Ce qui était vérité, pour les uns, était, pour les autres, erreur !

Toujours, et partout, la lutte, des êtres, des idées, des faits.

Qui avait raison ?

Qui voyait juste ?

Qui était sage ?

Cependant, le gros Hôtelier, ayant soustrait Landry, assez brutalement, à la vue de ses hôtes... redevint gracieux, immédiatement, avec « l'amé compagnon » du Capitaine Buridan : Un digne hôte, lui aussi, certes...

Maître Pierre de Bourges savait changer de physionomie, au besoin, d'une seconde à l'autre, selon les gens.

Qualité inappréciable... et indispensable, du reste, à tout habile commerçant.

Il avait fallu ne pas déplaire à ses jeunes hôtes en ne leur laissant pas voir, trop longtemps, le haillonneux, le sordide, l'efflanqué Landry.

Mais, d'autre part, aussi, il ne fallait pas déplaire au Capitaine — particulièrement aimable — en recevant, mal, un homme, à mine patibulaire, c'était vrai... de qui, pourtant, il avait semblé faire très grand cas.

Souriant, donc... fort empressé, maintenant, le gros Hôtelier dit, à Landry :

— Vous venez, céans, de la part du Capitaine ?

— Oui-dà !

— Le reverrons-nous, aujourd'hui ?

— Peut-être !... répondit Landry, très gravement... et sans rien compromettre.

Très épanoui, Maître Pierre de Bourges poursuivit :

— Je souhaite qu'il soit en joie, ce digne gentilhomme, avec la très gente Dame qu'il a honorée de sa présence !

— Il est en joie !

— Sans doute, en quelque demeure bien chaude, et richissime ?

— Dans une Demeure Royale !

— Royale ?

— Oui... A deux pas d'ici !

Ainsi, le Capitaine était en une Demeure Royale — oui, oui, Royale, Landry avait bien prononcé ce mot...

Un honneur... vraiment, d'avoir un pareil hôte !

De plus en plus, Maître Pierre de Bourges se dit qu'il avait intérêt à être agréable à ce « digne gentilhomme », et, par suite, à ceux qui venaient en son nom...

— Ah ! certes, le Capitaine est jeune assez... reprit-il... assez beau, et brave, et noble, et spirituel — pour plaire à Madame la Reine Régente, même... Sa Gracieuse Majesté, Marguerite de Bourgogne... que Dieu garde !...

Landry opina, de la mine, et du geste.

— Or, Maître... fit-il... je ne veux pas vous retenir, céans, trop longtemps, aux dépens de vos hôtes — des hôtes de choix, à ce qu'il m'a semblé — et je vais vous dire, en deux mots, ce qui m'a amené en votre Hôtellerie.

— Parlez, Messire ?

— Je suis chargé, par le Capitaine, de prendre, dans sa chambre, quelques objets, dont il a besoin, et que je dois lui porter.

— Fort bien !... Le capitaine m'a prévenu que vous pourriez venir, ici, en son lieu et place... et il m'a prié de vous laisser agir, chez lui, librement...

— Veuillez donc me faire conduire, Maître, incontinent, chez le Capitaine.

— Incontinent.

— Merci...Je ne veux pas abuser de vous, Maître... Aussi, quand je me

serai muni des objets que je suis venu chercher, céans, pour le Capitaine...
je sortirai, de l'Hôtellerie, par la cour... comme hier... ce, afin de ne pas
effaroucher, derechef, par ma mine de gueux, vos très riches et très heureux hôtes...

— A votre gré, Messire.

Maître Pierre de Bourges appela l'un de ses servants... il lui donna
l'ordre de conduire Landry jusques à la chambre du Capitaine... de lui en
ouvrir la porte... et de le laisser libre, ensuite, d'agir à sa guise.

Puis, le gros Hôtelier retourna dans la Grand' Salle... ce, pendant que
le servant conduisait Landry au logis de Buridan...

*
* *

... Moins d'une heure après, le bon Landry eut accompli sa besogne.

Muni du précieux coffret que le hardi Capitaine avait caché, sous une
dalle, dans sa chambre... Landry, sans revoir Maître Pierre de Bourges, sortit
de l'Hôtellerie... par la porte charretière, qui donnait sur la place des Saints
Innocents — et, rapidement, il retourna à son bouge.

Après tant de péripéties, il avait hâte de prendre quelques heures d'un
repos bien gagné... hâte de revoir ses amés compagnons : Luc, Satan, et
Merlin... hâte, surtout, de mettre, en lieu sûr, le coffret qu'il devait rendre,
au Capitaine Buridan, s'il le lui réclamait... ou offrir à Sa Majesté Louis X,
Roi de France, et de Navarre, lors de sa prochaine rentrée dans sa Bonne
Ville de Paris...

XLVI

LES FAITS ET GESTES DE GAULTIER D'AULNAY APRÈS L'ARRESTATION DU CAPITAINE BURIDAN.

... Or, après l'arrestation du capitaine Buridan, par le Sire de Savoisy,
sur l'ordre de la Reine, Gaultier d'Aulnay était rentré chez lui, au Louvre.

Frémissant !

Epouvanté !

Quand il fut dans sa chambre, il pensa.

— « Ces tablettes sont sorties de vos mains, un instant... avait dit
Buridan... Cet instant, si court qu'il ait été, a suffi pour signer un arrêt de
mort !... Cet arrêt est le mien !... Et mon sang retombera sur vous, car c'est
vous qui me tuez ! »

— C'est effrayant!... s'écria le favori de la Reine.

Qu'est-ce que Buridan avait voulu dire ?

Qu'y avait-il sur cette page des tablettes de Philippe... cette page qui avait disparu ?

Impossible de le savoir !

Buridan n'avait-il pas répondu, à Gaultier, qui le suppliait de s'expliquer :

— « Vous ne me croiriez pas, à présent... à présent que la 'page est déchirée !... Car on vous aveugle !... Car vous êtes un insensé! »

En parlant ainsi, le hardi Capitaine avait eu un accent de loyauté qui avait fait impression sur Gaultier.

Ces mots, surtout, « On vous aveugle! »... le troublaient, profondément.

« ON. »

Qui ?

Evidemment, Buridan avait voulu désigner, par ce mot... Marguerite de Bourgogne.

Tout à coup, Gaultier tressaillit.

Une idée avait traversé son esprit.

— Après ce qui s'est passé... elle voudra me voir... s'écria-t-il...

Effaré, il ajouta :

— Non!... Non!... Je ne veux pas me retrouver en sa présence... en ce moment, du moins !... Je ne veux pas !... Fuyons !...

Il s'enveloppa d'un manteau, en drap noir.

Il était de plus en plus agité.

— Elle va m'envoyer quérir... c'est certain !... reprit-il... Or, il ne faut pas qu'on me trouve, céans... Fuyons !... Fuyons !

Ainsi, il fuyait Marguerite, à présent ?

Marguerite... qu'il adorait ?

Etait-ce possible ?

— Je veux songer, librement, à tout ce qui s'est passé !... murmura-t-il... Il importe que je ne subisse pas son influence...

Prêt à sortir, il s'arrêta.

Puis, après avoir, un instant, réfléchi, il ouvrit un coffre, dans lequel il prit une bague, joyau magnifique... un anneau, d'or, richissime, enchâssant un admirable diamant, gros comme un œuf de pigeon, et qui jetait des feux éblouissants.

Le jonc de cet anneau, assez large, merveilleusement ciselé, avait un caractère hautement artistique, dans le goût des bijoux asiatiques.

Des oiseaux, et des insectes, minuscules, y étaient représentés, voltigeant sur des feuillages, et des fleurs, d'une flore, et d'une faune, chimériques : travail exquis, accompli, dans un labeur quasiment surhumain, par un artiste original et patient.

Il passa cet anneau au petit doigt de sa main gauche.

— J'irai « là-bas »... peut-être !... murmura-t-il... rêveur.

Et, mystérieusement, il ajouta :

— Elle me consolerait !... Elle me réconforterait !... Elle !

Il hocha la tête, soupira, et reprit :

— Hélas !... Je dois renoncer aux rêves de bonheur que j'ai formés, jadis !... Je subirai ma destinée !... J'irai LA voir !... J'irai l'embrasser une dernière fois !...

Il sortit.

Il était temps, certes.

Gaultier d'Aulnay était hors du Louvre, depuis quelques minutes, seulement... quand Rolande, de la part de la Reine, se présenta à son logis...

XLVII

ETAPES VERS LA VÉRITÉ.

... Gaultier marcha vite... très vite... suivant les ruelles qui serpentaient sous la Royale Forteresse.

En quelques minutes, il se trouva au bord de la rivière.

L'endroit était désert.

Gaultier erra sur la berge.

De temps à autre, un sanglot le secouait, et, dans la plainte d'un être en détresse, il répétait.

— Philippe !... Philippe !... Philippe !...

Des larmes roulaient sur ses joues blêmies.

Il se remémorait les paroles de Buridan.

— « On vous aveugle !... Vous êtes un insensé ! »

Le malheureux souffrait, atrocement !

Il doutait de Marguerite !

Maintenant, il en arrivait à l'accuser, même !

Il cherchait à approfondir des pensées que sa volonté, mise en œuvre par son amour, avait repoussées, jusque-là, avec une indicible horreur.

Comme il avait souffert, déjà, de par Marguerite.

Il souffrirait plus encore, de par elle !

Elle lui serait fatale !

Quel sphinx... que cette femme !

Il n'avait obtenu, d'elle, d'autre faveur que de lui baiser la main.

— Je ne saurais expliquer, exactement, ce que j'éprouve pour elle!... pensa-t-il... Elle m'attire!... Je ne puis me passer de la voir, de vivre près d'elle!... Je la désire, passionnément, et l'idée, seule, qu'elle m'appartiendra, m'épouvante!... Je veux la fuir, et je sens que, si je ne la voyais plus, je serais torturé!...

De temps à autre, il se retournait, et regardait cette Tour du Louvre où se trouvait l'appartement de la Reine... la Chambre Royale.

Et, derechef, il soupirait.

— Elle ne m'aime pas d'amour!... reprit-il... Elle ne peut pas plus se passer de moi que je ne peux me passer d'elle!... Mais, dix fois, prête à se donner à moi, elle s'est reprise, brusquement... On dirait que, comme j'ai peur qu'elle m'appartienne, elle redoute, elle aussi, de m'appartenir!...

Il se rappelait tout ce qu'il avait entendu dire, souvent — avec quelle colère! — dans l'entourage de la Reine, par les Courtisans.

Des choses abominables!

Marguerite était un être éhonté, un monstre de luxure, de perfidie, de scélératesse.

Elle s'était donnée à tous les amants — de rencontre, même — qui avaient excité ses sens.

— De par Dieu... s'écria Gaultier... il y a des moments où je crois que ces choses sont possibles!

Cette idée l'indigna contre lui-même.

Il lui sembla qu'il venait de proférer un sacrilège.

Il lui sembla qu'il avait commis une profanation!

— Je souffre!... se dit-il... La souffrance me rend mauvais!... Marguerite!.... Ma bien aimée Marguerite... Pardon!...

Elle tenait tant à ce qu'il eût du respect pour elle... lui!

Elle le lui avait répété, souvent.

Cela lui constituait — disait-elle — une compensation des infâmes calomnies dont on la souillait!

Pourtant, et malgré tout, la Reine, depuis quelques heures, apparaissait, à Gaultier, sous un aspect nouveau.

Il se répétait les propos de Buridan, et il voyait Marguerite, tour à tour, ange, et démon!

— « On vous aveugle!... Vous êtes un insensé! »

Encore une fois, qu'est-ce que le Capitaine avait voulu dire?

Oh! le revoir... lui parler... l'interroger, le supplier de s'expliquer!

Mais comment s'introduire dans cette formidable Prison, le Grand-Châtelet... où la volonté, toute puissante, de Marguerite, l'avait fait jeter?

Comment obtenir qu'il livrât le secret, terrible, qu'il portait, assurément?

... Gaultier franchit la passerelle, au milieu d'une foule de manants, effarés...
(P. 1131.)

La Reine, seule, était assez puissante pour prêter un appui, utile, à quiconque voudrait tenter de pénétrer dans le Grand-Châtelet, et de faire parler le Capitaine.

Gaultier, regarda, une fois encore, la Tour du Louvre où se trouvait le logis de Marguerite.

— Si je retournais là-bas?... fit-il... Je la verrais!... Franchement, loyalement... je lui dirais tout ce qui se passe en moi... tout!... Je lui ex-

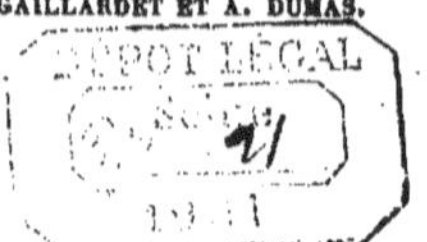

primerais mes doutes... Elle saurait comme je souffre!... Elle aurait pitié de moi, peut-être?... J'obtiendrais, d'elle, un laisser-passer pour entrer au Grand-Châtelet... pour arriver jusqu'à Buridan?...

Et, soudain, il revit la Reine telle qu'elle lui était apparue, une heure auparavant, sous la Poterne du Louvre... c'est-à-dire farouche, terrible, pour donner l'ordre, impérieusement, au Sire de Savoisy, d'emmener le Capitaine.

Jamais il ne l'avait vue ainsi.

L'ange qu'il connaissait, qu'il respectait, qu'il vénérait, qu'il adorait... s'était fait démon!

Son masque, alors, avait eu une expression, effrayante, de cruauté, de haine.

Ah! certes, à ce moment-là, elle eut fait occire Buridan, sans pitié, si elle l'avait pu!

Comme elle haïssait cet homme!

Pourquoi?

Que s'était-il passé, entre eux?

L'avant-veille — cela était certain — Marguerite ne connaissait pas le Capitaine.

Or, comment, en si peu d'heures, une pareille haine avait-elle pu naître?

— Non!... dit Gaultier... Je ne la verrai pas!... J'ai bien fait de la fuir!... Elle me tient!... Elle peut tout obtenir de moi... Je ne sais pas lui résister!... Quand elle me regarde, quand elle me parle, j'oublie tout!... Je ne sais plus que m'agenouiller, devant elle, pour que son regard s'abaisse, encore, sur moi... et pour que, de ses lèvres, tombent ces mots qu'elle trouve pour me charmer...

Il recommença à déambuler, à grands pas, sur la berge de la rivière.

Mais, maintenant, en s'éloignant du Louvre.

Il répétait:

— Je ne la verrai pas!... Je ne la verrai pas!...

Certes, il eut donné une fortune... une fortune Royale, même, pour connaître le secret du Capitaine Buridan.

Mais, en même temps, il avait peur de le connaître.

Oui, peur!

Parce qu'il tremblait d'acquérir la certitude que ses doutes, contre la Reine, étaient justifiés.

Parce qu'il tremblait d'être obligé, peut-être, de maudire cette femme... qu'il adorait!

Etre contraint de honnir ce qu'on a vénéré!

Quel brisement!

Il ne pouvait s'accomplir sans tortures!

Qui eut dit, la veille, que Gaultier souffrirait tant dans son amour !

— Je ne la verrai pas !... clama-t-il... Elle me reprendrait, la sirène, l'enchanteresse !... Elle me persuaderait de la culpabilité du Capitaine Buridan... Fuyons !...

Il avait besoin de s'éloigner, plus encore, du Louvre.

Il remonta la berge... allant du côté de la Planche de Mibrai... la passerelle qui mettait la rive droite en communication avec la Cité.

Il était temps qu'il s'éloignât.

En effet... moins de cinq minutes après, la barque du Tavernier Orsini devait s'arrêter — on le sait — proche de l'endroit où Gaultier, tout agité, avait rêvé longtemps — amenant Marguerite de Bourgogne, qui allait aborder, à cette place, afin de se rendre, par les ruelles, au Grand Châtelet, pour voir, en son cachot, le Capitaine Buridan...

XLVIII

GUEUSE !

... Gaultier franchit la passerelle, au milieu d'une foule de manants, effarés, se pressant, se bousculant, riant ou s'injuriant.

Il passa devant le Palais, demeure du Roi de France... Sa Majesté Louis, le Dixième — Palais dont les jardins s'étendaient jusqu'à la pointe de la Cité.

Et, par des ruelles tortueuses, étroites, sales, il arriva jusque sous le Chevet de la Basilique Notre-Dame.

La porte principale de la Maison de Dieu était ouverte.

Gaultier en franchit le seuil.

Dieu !...

Dans sa douleur... il n'avait pas pensé, encore, à Dieu, Consolateur des affligés !

Il allait prier.

La prière lui ferait du bien.

Elle le réconforterait !

Peut-être que Dieu l'éclairerait !

Peut-être que Dieu lui donnerait une aide... lui suggérerait une idée grâce à laquelle il trouverait un moyen, quelconque, de sortir de peine.

Il se signa, très dévotement.

Il passa devant les statues, équestres, du Roi défunt, Philippe-le-Bel...

et du Grand Ministre, Enguerrand de Marigny, que le Capitaine Buridan, le matin même, avait arrêté, sur l'ordre de Marguerite de Bourgogne, Reine Régente de France (1).

Malgré ses préoccupations, il ne put regarder, sans qu'un frisson le secouât, cette statue du Ministre, naguère puissant... honoré — et, maintenant tombé!

Ses ennemis avaient triomphé de lui, enfin!

Il avait été abattu, par eux!

Ah! que la Grandeur... la Puissance humaine étaient peu de chose!

A cette heure, l'Eglise était quasiment déserte.

Quelques fidèles, recueillis, priaient, avec ferveur, dans la pénombre des Chapelles.

Des Clercs ornaient, de fleurs, les autels...

Gaultier, plus calme, rasséréné, erra, longtemps, dans la nef... distrait, de ses pensées, par les choses ambiantes... s'arrêtant, çà et là, pour voir une sculpture, une verrière, un ornement.

Il s'agenouilla, enfin, devant un autel, et pria.

Après son oraison, il fut repris par ses préoccupations...

Il retomba dans une profonde rêverie.

Maintenant... il pouvait penser plus librement.

Effet de la prière?

Ou bien son cerveau, reposé, concevait-il mieux?

Cette fois, encore, il revit, avec une implacable netteté, la scène de la Poterne, quand Marguerite avait surgi, derrière lui, pendant sa conversation,

---

(1) La statue, équestre, d'Enguerrand de Marigny, avait bien été érigée, dans Notre-Dame, à côté de celle du roi de France... Elle fut détruite peu de temps après la mort du Ministre.

A la bataille de Mons-en-Puelle, Philippe-le-Bel avait fait vœu, s'il était victorieux, d'offrir, à Notre-Dame, son harnais de guerre. En conséquence de ce vœu, un jour de l'automne 1304, le Roi, accompagné d'une foule de Seigneurs ayant été, avec lui, aux champs de Mons-en-Puelle, entra, *à cheval*, dans l'Eglise en fête, poussa jusqu'au chœur, et s'en vint faire, solennellement, hommage, à la Vierge Marie, de son armure de guerre. Une statue équestre du Roi, commémorative de cet événement, fut élevée, dans la nef, sur un soubassement porté par quatre colonnes, au dernier pilier de droite, avant le chœur. Cette image de Philippe-le-Bel était revêtue de l'armure portée à la bataille, et offerte, à Notre-Dame, avec le destrier Royal. Cette statue, votive, était encore à Notre-Dame, en 1792. Des fédérés marseillais, venus, à Paris, peu de jours avant le 10 Août, pour coopérer au décisif assaut qui se préparait contre la Royauté, visitaient la cathédrale, que l'on ne songeait point, encore, à consacrer à la déesse Raison. Pendant que l'on chantait les Vêpres, à l'Autel, ils se précipitèrent sur l'effigie Royale, pour se faire la main, la chargèrent, à coups de sabre, et finirent par la mettre en pièces. Ainsi disparut cette statue, d'un intérêt historique si considérable, précieuse, aussi, comme spécimen, et comme reproduction d'un harnais de guerre princier du xive siècle. — *Le cœur de Paris*.

avec le Capitaine Buridan... cette conversation qu'elle avait, brusquement, interrompue. ·

Oui, elle avait été farouche!

Le démon, qui était en elle, était apparu, alors, visiblement.

Elle devait être cachée, aux alentours, quand Gaultier, muni de l'ordre d'arrestation, avait mis sa main sur l'épaule du hardi Capitaine!

Elle devait guetter sa proie!

Sa proie... c'est-à-dire Buridan, qu'elle haïssait tant — pour des raisons inconnues...

— Peut-être a-t-elle entendu ce qu'il me disait?... murmura Gaultier.

Comment n'avait-il pensé plus tôt à cela?

Oh! comme il avait bien fait d'entrer dans cette Eglise...

Il y voyait plus clair, à présent.

Il comprenait des choses qu'il n'avait pas comprises, encore.

Dieu, qu'il avait prié, lui était venu en aide.

— C'est cela!... Elle a entendu ce que Buridan me disait... répéta Gaultier... Elle a vu les tablettes de Philippe entre ses mains... Elle a été épouvantée... Elle a craint qu'il ne me révélât un secret qu'ils connaissent, tous les deux... c'est sûr!

Il s'étonnait de sa perspicacité.

Il s'en effrayait, même!

Car, allait-il acquérir une preuve, quelconque, capable de justifier les dires des courtisans, et de lui démontrer, de manière absolument irréfutable, que Marguerite était une gueuse?

— Ce secret... poursuivit-il... Marguerite ne veut pas que je le connaisse... C'est évident... Mais pourquoi?...

Toujours, il se répétait les paroles du Capitaine... ces paroles qui l'avaient si fortement impressionné... et qui avaient fait naître ses premiers doutes contre la Reine :

— « Ces tablettes sont sorties de vos mains, un instant... Cet instant, si court qu'il ait été, a suffi pour signer un arrêt de mort!... Cet arrêt est le mien!... Et mon sang retombera sur vous, car c'est vous qui me tuez! »

Oui, les tablettes que le Moine de Saint François lui avait remises, de la part de Buridan, étaient sorties de ses mains!

Hélas!

Il se rendait compte que tous les maux dont il souffrait... lui venaient de ce fait.

Il en arriva à revoir, très nettement, la scène au cours de laquelle il s'était démuni de ces tablettes.

Il en reconstitua les moindres détails.

Lors, il fut plus que jamais épouvanté.

Il y avait de quoi, certes!

Maintenant, il se rendait compte du jeu que la Reine avait joué... et dont il avait été la dupe.

Comme elle avait été habile !

— Oui... s'éria-t-il... elle savait que les tablettes étaient celles de Philippe... Comment ?... Je m'y perds !... Mais c'est sûr !... Elle avait intérêt à me les prendre... Elle a feint d'être jalouse... Oh ! je la revois... Quelle habile créature !... Que vais-je découvrir, encore ?... Je lui résistais... Je ne voulais pas me dessaisir de ce dépôt, sacré, qui avait été confié à mon honneur... Je n'ai cédé, enfin, que lorsqu'elle m'eut menacé de ne plus me revoir !... Bien mieux, lorsqu'elle m'eut chassé !... Oh ! comme elle tenait à avoir ces tablettes !... Pourquoi ?... Enfin, lorsqu'elles furent entre ses mains... je m'en souviens fort bien... pendant que j'étais prostré, après la longue lutte que j'avais dû soutenir, contre elle... elle ouvrit les tablettes... Elle était frémissante... Très pâle !... Toute bouleversée... Or, que fit-elle ?...

Gaultier, effaré, ajouta :

— En pourrais-je douter ?... Elle s'empara de cette page... que Buridan ne retrouva plus !... C'est sûr !... Tout s'éclaire pour moi !... Dieu m'aide à pénétrer ce mystère... C'est effrayant !... Quel intérêt avait-elle à faire disparaître cette page ?... Dire que ces tablettes ont été entre mes mains... Dire que le secret qu'elles gardaient pouvait m'être révélé !... Sur ces tablettes, a dit Buridan, il y avait... « écrit de la main de mon frère, avec son sang » — ce sont bien ses paroles... Quoi ?... Je ne le saurai jamais, peut-être !... Le Capitaine ne m'a-t-il pas répondu, quand je le suppliais de s'expliquer... « Vous ne me croiriez plus, à présent... à présent que la page est déchirée !... Car on vous aveugle !... Car vous êtes un insensé ! »

Gaultier était en proie à une surexcitation indicible.

A mesure qu'il reconstituait la vérité, ses tortures augmentaient.

— Donc... poursuivit-il... c'est démontré... Marguerite savait que les tablettes appartenaient à Philippe... Elle avait intérêt à s'emparer de la page sur laquelle mon frère — avec son sang ! — avait écrit quelque chose... Avec son sang !... Comment Buridan a-t-il appris ce détail ?... Et, du reste, comment était-il en possession des tablettes de Philippe ?...

Il réfléchit.

Tout à coup, il frissonna.

— Dieu !... Mon Dieu !... J'ai peur de comprendre !...

Il se leva... fit quelques pas... en titubant comme un homme ivre.

Il dut se rasseoir.

Il ne pouvait plus se tenir debout.

Ses jambes flageolaient.

— Dieu !... Mon Dieu !... répéta-t-il...

Il tremblait.

Ses yeux étincelaient.

Ses narines battaient.

— Si cela était !... répéta-t-il.

Bientôt, terrible, il s'écria :

— Cela est !...

Mais, presque au même instant, il eut, encore, un dernier mouvement de révolte.

— Non !... s'écria-t-il... Ce n'est pas possible !... Ce serait par trop odieux !... Dieu puissant, vous ne permettriez pas que de telles choses s'accomplissent !...

Il ajouta :

— Marguerite !... Ma bien-aimée !... Pardon !... Oh ! oui, la souffrance rend méchant et lâche !... Sainte Madone... O Vierge, Mère de Notre doux Seigneur Jésus, délivrez-moi de ces abominables pensées !...

Derechef, il pria.

Très dévotement.

La prière le calma.

Son indignation tomba ; mais il se sentit de plus en plus attristé.

Autour de lui, même solitude... si favorable à la rêverie.

La gigantesque Basilique était toujours déserte.

Le soleil qui brillait, au dehors, dardait ses rayons, éblouissants, sur les admirables verrières, magnifiquement colorées... et projetaient, sur les hautes colonnes massives, sur les autels chargés de richissismes pièces d'orfèvrerie, sur les statues, les monuments funèbres élevés à la mémoire des Grands du Royaume, des taches d'un coloris superbe.

— Dieu... comme vous m'éprouvez !... fit Gaultier, gémissant.

De déductions en déductions, il en était arrivé à reconstituer la vérité... dans toute son horrible réalité.

Vainement, il voulait douter encore.

Les faits étaient probants.

— J'ai ouï dire, cent fois... pensa-t-il... que Marguerite, et ses sœurs, faisaient racoler, pour leurs amours d'une nuit, de beaux gentilshommes... qu'elles les retrouvaient en un lieu commun... qu'elles se livraient, avec eux, à des débauches effroyables... On a même affirmé, que, après l'orgie, des assassins, appostés par la Reine, tuaient les amants, d'une heure, des trois Grandes Dames... On a répété que les cadavres de ces jeunes hommes, que l'on a retrouvés, si souvent, depuis quelques mois, sur les berges de la rivière, étaient ceux des amants de Marguerite et de ses sœurs... J'étais outré quand j'entendais formuler ces accusations... Si je n'avais craint de compromettre Marguerite, j'eusse fait rentrer ces paroles dans la gorge des accusateurs... Un jour, même, j'ai failli tuer le Sire de Savoisy, qui racontait, plaisamment, dans un groupe de courtisans, une histoire de ce genre...

dont tous ces Hauts Seigneurs riaient!... Or, ils disaient vrai!... Cela n'est que trop certain, hélas!...

Tête basse... morne, désespéré — il poursuivit :

— C'est clair!... Philippe, et Buridan, jeunes, beaux, inconnus, nobles, vont à un rendez-vous d'amour, à eux donné par une femme inconnue... Un troisième gentilhomme était convoqué à ce même rendez-vous... Trois hommes!... Il devait, donc, y avoir trois femmes, au rendez-vous?... Quelles femmes?... La Reine, et ses deux sœurs...

«...Cette nuit-là — détail qui me fournit une preuve de plus contre Marguerite — je l'ai surprise, chez elle, dans sa chambre, en habits de fête... Elle parut troublée... lorsqu'elle me vit... Je m'en souviens très nettement...

«...Qu'elle était belle, en cette robe blanche, si simple... qui la parait splendidement!... Je l'admirai!... Elle se remit, vite, de l'émotion qu'elle avait éprouvée, à mon aspect... Elle me dit qu'elle comptait me voir cette nuit-là... qu'elle m'attendait... qu'elle s'était parée, pour me plaire...

Gaultier ricana.

— En réalité... reprit-il... elle s'était parée pour aller retrouver les amants qu'on avait racolés, pour elle, et pour les Princesses!... Elle parvint à m'éloigner... Et elle sortit, dès que je fus hors de sa chambre... Or, ce fut cette nuit-là que Philippe mourut!... Le lendemain, on trouva son cadavre, et celui de Hector de Chevreuse, sur les berges de la rivière!...

«...Buridan, plus vigoureux, plus hardi, ou plus heureux — peut-être plus vigoureux, plus hardi, et plus heureux tout en même temps — avait échappé aux assassins... Mais, auparavant, sans doute, il avait tenté de défendre Philippe... Mon frère lui avait confié ces tablettes, afin qu'il me les fît tenir...

«...Or, qu'est-ce que Philippe avait écrit, sur ces tablettes — avec son sang, le malheureux! — sinon un renseignement, quelconque, qui devait me mettre sur la trace de ses meurtriers?...

«...Il est probable que, le lendemain, Buridan voulut voir Marguerite... Dans quel but?... Nul ne le saura jamais... La Reine se rendit compte du danger qu'elle courait... Elle parvint à me circonvenir — c'était facile, certes!... Elle s'empara des tablettes, fit disparaître la page... peut-être accusatrice...

«...Et c'est alors, seulement, que, sûre qu'elle n'avait plus rien à craindre de Buridan... c'est alors qu'elle me donna l'ordre de l'arrêter... Combinaison à la fois scélérate et infernale, par laquelle elle avait imaginé de faire arrêter le protecteur de la victime par le propre frère de celle-ci!...

Derechef indigné, Gaultier clama :

— Gueuse!... Gueuse!... Gueuse!...

... Dans la douce tiédeur d'une salle immense... chauffée par des foyers souterrains...
une véritable forêt d'arbres exotiques, croissaient... (P. 1143.)

XLIX

DOUBLE RÉSOLUTION.

...Il se lève précipitamment.

Il a pris, soudain, une résolution irrévocable.

Il veut voir Marguerite.

Tout de suite !

Il n'a plus peur d'elle, maintenant !

Il ne craint plus qu'elle le subjugue... l'enchanteresse !

Le charme est rompu !

Cette femme, qu'il a tant et si follement aimée... il la méprise, à présent !

Bien plus... elle lui fait horreur !

Il va l'interroger.

Il saura bien la contraindre à avouer ses crimes !

Il faudra bien qu'elle lui dise la vérité.

La gueuse !... La gueuse !... La gueuse !... Un monstre !... Une femme abominable... scélérate parmi les plus scélérates !...

Et Reine !...

Reine Régente de France.

Il veut lui crier son mépris... sa haine... son horreur !

Puis, il s'éloignera d'elle !

L'avoir tant adorée... idolâtrée... respectée... bénie !...

Quelle dupe il a été !...

Dupe de la plus exécrable des créatures humaines !

C'est décidé... Il va se rendre au Louvre...

Il tentera tout... l'impossible, même, au besoin, pour voir Marguerite...

Il la verra, certes...

Dans la Basilique, il marche vite, très vite...

Il a très grande hâte d'être dehors...

Des chants pieux retentissent, soudain... derrière lui, dans le chœur de l'Eglise : Des Clercs se sont installés, là-bas, et ont entonné quelque Office.

Gaultier franchit le seuil de la porte par laquelle il a pénétré dans la Basilique.

Une pauvresse l'arrête... lui tend la main.

— La charité, Messire?... dit-elle, d'une voix suppliante... La charité?... Notre Seigneur Jésus vous le rendra.

C'est une femme, jeune encore... encore jolie... que la misère a blêmie... que la faim a amaigrie... que la maladie a terrassée.

Gaultier la regarde... tire une pièce d'or de son escarcelle, et la donne à la pauvresse, qui s'effare d'une telle aubaine.

Elle reste, bouche bée, devant ce jeune homme... qui vient de la faire riche !

Il s'est éloigné.

Il est déjà loin.

Elle le poursuit pour le remercier.

— Monseigneur... Monseigneur... clame-t-elle, d'une voix dolente... Que la Sainte Madone vous protège !... Qu'elle vous rende vos bienfaits en longs jours de bonheur !...

Gaultier a entendu cette phrase.

Cela le fait gémir.

Est-ce qu'il peut avoir de longs jours de bonheur, à présent ?

Non !...

Il pouvait être heureux... certes — s'il l'avait voulu.

Bien heureux, même !

Le bonheur, pour lui, était ailleurs qu'où il a vécu...

En un endroit qu'il a quitté pour poursuivre une œuvre, que Philippe, et lui, considéraient comme un devoir.

C'est en se mettant en campagne pour accomplir cette œuvre... qu'il a rencontré Marguerite de Bourgogne... qu'il l'a aimée — follement... oh ! oui, oui, follement ! — et qu'il s'est perdu.

Perdu !...

Car, si l'horoscope de la sorcière qui a prédit leur destinée aux frères d'Aulnay se réalise... avant vingt-quatre heures, Gaultier aura vécu.

Avant vingt-quatre heures !

Plus que vingt-quatre heures à vivre !

Assez pour se venger !

Gaultier se retrouve proche de la Planche de Mibrai, dans la Cité.

Il aperçoit, là-bas, sur l'autre rive, la Royale Forteresse.

Marguerite est là !...

En moins de dix minutes, Gaultier peut être près d'elle.

Frémissant, il va s'engager sur la passerelle, à cette heure plus que jamais chargée d'une foule de passants.

Et, tout à coup, il s'arrête.

— Mourir !... s'écrie-t-il... Mourir sans l'avoir revue, ELLE !... L'AUTRE !..

Il sourit à la chère, adorée, et gracieuse vision qu'il vient d'évoquer... une figure de jeune fille, délicieuse et troublante...

— Elle ne m'a donné que des joies pures !... reprend-il... Par elle j'eusse pu être si heureux !... Elle a dévoué sa vie à ma vie !... Elle a quitté son beau pays pour me suivre !... Je ne peux pas mourir sans l'avoir revue une dernière fois !... Je veux l'embrasser !... Je veux lui dire « Adieu »... Après... mais après seulement, je me vengerai de Marguerite de Bourgogne !... Puis, je pourrai mourir !... Je serai prêt à subir ma destinée !...

Cette idée l'enthousiasme.

— Oui, je veux la revoir !... murmure-t-il.

Tout ému, il ajoute :

— La pauvre exilée !...

Son masque s'est radicalement transformé.

Gaultier est rayonnant, maintenant.

Il semble réconforté...

— Le bonheur!... dit-il...

Il secoue la tête, et dit encore :

— Aucun homme, au monde, n'eût été plus heureux que moi, si je l'avais voulu!... Pourquoi, Philippe, et moi, sommes-nous revenus en France, dans cette ville honnie... sous ce ciel morne, et froid?... Nous étions si bien, là-bas!...

Il regarde, encore, les Tours du Louvre, qui se profilent, massives, à l'horizon.

— Oui... fait-il... je veux voir l'AUTRE, d'abord...

Il murmure, d'une voix très douce :

— L'ange!...

Il ajoute :

— Après... je verrai Marguerite... la gueuse!... Allons!...

Rebroussant chemin, il revient vers la Basilique de Notre-Dame...

L

LA DEMEURE MYSTÉRIEUSE

...Il s'engagea dans l'une des ruelles, étroites, qui tournaient tout autour de la Basilique, dont le Roi Philippe Auguste avait posé la première pierre, et qui avait été achevée, seulement, sous le règne de Philippe IV, père du Roi régnant... quelques années auparavant.

Il s'arrêta, enfin, devant une petite porte basse, épaisse, massive, barrée d'énormes ferrures, munie, à hauteur d'homme, d'une sorte de guichet.

Cette porte était pratiquée dans une muraille faite de pierres énormes, sans la moindre sculpture... une muraille qui constituait la façade d'une maison, haute de deux étages, percée de deux croisées, à chaque étage... deux croisées, alors hermétiquement closes.

Gaultier jeta, une dernière fois, un coup d'œil, rapide, aux alentours.

Il ne vit rien de suspect.

La ruelle était déserte, absolument.

Lors, il saisit le marteau de la porte... un marteau lourd, sans aucun ornement, un simple anneau de fer massif...

Il le laissa retomber sur la plaque, de fer, également, au-dessus de laquelle l'anneau était encastré dans le bois.

Il attendit.

Assurément, ce n'était pas la première fois qu'il venait là... — car un assez long instant se passa avant qu'on répondit, à son appel... et, pourtant, il ne manifesta aucun étonnement... aucune impatience.

Tout à coup, un grincement, strident, se produisit, derrière la lourde porte.

On avait ouvert le guichet par lequel, avant d'entrebâiller l'huis, on examinait, de l'intérieur, le visiteur.

Gaultier vit luire, à travers les mailles, très fines, du grillage, deux yeux brillants.

Alors, il prononça, d'une voix gutturale, deux mots en une langue étrangère.

Le guichet se referma.

La porte s'ouvrit... sans bruit.

Le favori de la Reine-Régente de France pénétra dans la très mystérieuse demeure...

LI

L'ESCLAVE NOIR

... Gaultier d'Aulnay, s'étant déganté, ôta, de son doigt, l'anneau d'or dont il s'était muni, avant de sortir du Louvre.

Il le montra à l'homme qui avait refermé, derrière lui, la porte de la maison mystérieuse.

Celui-ci, aussitôt, s'inclina, profondément, devant le visiteur.

Respectueusement, il lui baisa la main.

C'était un noir.

Jeune...

Il n'avait guère plus de vingt ans.

Il était de très haute taille.

Il devait être prodigieusement robuste.

Sur sa toison, crépue, il portait une sorte de turban, allongé au-dessus du front... un turban en soie jaune, orné de deux plumes blanches.

Des boucles d'or étaient suspendues à ses oreilles.

Il était drapé dans une longue robe, en soie jaune, pareille à son turban... serrée, à la taille, par une ceinture, en mailles d'or, chargée de deux kandjiars, dont les poignées, d'or, étaient constellées de pierreries.

Il était chaussé de fines babouches, en cuir jaune, tout brodé de fils d'or, d'argent et de soie.

Gaultier d'Aulnay, et l'esclave noir, se trouvaient, alors, dans une vaste salle, aux murs de pierre nus, dallée, sans meubles.

Une salle froide, humide, basse, éclairée, seulement, par la lueur d'une croisée donnant sur une cour intérieure.

Au bout de la salle, il y avait une haute cheminée, en pierre fruste, sous le large manteau de laquelle six hommes auraient pu se chauffer, à l'aise, devant un âtre capable de contenir le tronc d'un arbre centenaire.

Assurément, lorsque cette maison avait été érigée, cinquante ans auparavant, pour un Seigneur de la Cour du Roi Philippe III, le Hardi, fils du bon Roi Saint Louis, grand-père du Roi Régnant... cette salle avait dû constituer une salle de garde, pour les hommes d'armes, et les varlets.

Maintenant, elle servait de vestibule...

Personne n'y séjournait jamais.

Telle quelle, elle formait, autour de l'esclave noir, un décor morne, presque lugubre, au contraste saisissant.

Car on rêvait de voir ce serviteur, vêtu d'habits richissimes, en quelque palais des Pays Infidèles, évoluant dans des jardins pleins de plantes, rares, épanouissant leurs fleurs, aux vives couleurs, aux capiteux parfums, sous un ciel embrasé.

Le noir, cependant, attendait, respectueusement, que le visiteur lui donnât des ordres.

— Je veux voir Kaly... lui dit Gaultier d'Aulnay, toujours dans cette même langue étrangère dont il s'était servi pour se faire ouvrir la porte... Conduis-moi vers elle...

L'esclave s'inclina.

Il ne prononça pas un mot.

Il ouvrit une porte...

Il s'effaça pour laisser passer le visiteur.

Gaultier se trouva, avec l'esclave, dans une galerie, assez longue, à demi-ouverte, longeant la cour intérieure, de laquelle elle était séparée par une balustrade, à hauteur d'appui, chargée, de loin en loin, de colonnes, en pierre sculptée, qui soutenaient l'étage supérieur surplombant.

Ils suivirent cette galerie.

Gaultier marchait très vite.

Il avait hâte de voir la personne qu'il était venu voir, en cette maison.

La cour intérieure était déserte.

Ç'avait été, jadis, un jardin, probablement.

Un jardin en friche, maintenant.

Toute cette partie de la mystérieuse demeure semblait inhabitée.

Aucun autre bruit ne troublait le silence, profond, que le cri, rauque, des corneilles, qui volaient autour des hauts murs de la Basilique prochaine.

Les deux hommes arrivèrent, enfin, devant une troisième porte... cintrée, massive... comme les autres alourdie de ferrures.

L'esclave l'ouvrit en faisant jouer un ressort, caché dans un des ornements des ferrures.

Certes, quelqu'un qui serait entré, là, pour la première fois, au sortir de la salle d'entrée, et de la galerie, eût été, tout à la fois, stupéfait, et ébloui...

LII

DÉCOR DE RÊVE

... Dans la douce tiédeur d'une salle immense... chauffée par des foyers souterrains... une véritable forêt d'arbres exotiques, croissaient, entrecroisant leurs branches chargées de fleurs odorantes... parmi lesquelles voltigeaient, en liberté, des oiseaux au plumage éclatant, vert, blanc, bleu, jaune, écarlate : cacatoès à la livrée blanche... loris, au plumage cramoisi... psittacules émaillés... couroucous aux ailes d'or et vermillon... malcohas à gros bec... coucals aux plumes rigides... boubous, taccoïdes, édolios, eudynamis, surnicous, barbus, pics, drongos au ventre azuré, calytomènes au corps émeraude, eurylaines et myophones métallisés.

Cette salle, très haute, était surmontée d'une coupole, faite de verrières d'un prix tel, que le plus riche Baron de France, et le Roi, lui-même, n'eussent pu en acquérir de pareilles.

Le soleil, radieux, de cette belle journée, donnait, d'aplomb, sur la coupole, et éclairait la salle, en projetant, sur les arbres, sur les plantes, une lumière, très douce, tamisée par les verrières, légèrement teintées de tons bleuâtres, presque opalins.

Au milieu de la salle — parée d'une mosaïque exécutée, à grand prix, par ces admirables artistes italiens qui ont créé tant de chefs-d'œuvre, en ce genre, dans les Palais de Rome, de Florence, de Venise, — il y avait une sorte de bassin, en marbre rouge, où montait une gerbe d'eau, dont le ruissellement chantait dans le grand silence de ce séjour... inouï, à cette époque, dans la Bonne Ville de Paris.

Tout au fond de la salle, s'élevait une sorte de tente, très haute, très vaste, faite d'étoffes d'une richesse prodigieuse, alourdies de féeriques broderies formées par des fils d'or et d'argent, représentant des batailles de tigres, de léopards, d'ours, de zèbres, d'alligators, de rhinocéros et d'éléphants — des vols d'oiseaux, à la géante envergure, planant sur des pagodes où des idoles, aux formes étranges, effroyables, aux visages débonnaires, farouches, mystérieux, étaient accroupies.

Cette tente était empanachée de plumes blanches et rouges...

Ses draperies, relevées, en plis lourds, étaient supportées par des défenses d'éléphant d'une invraisemblable longueur, d'une éclatante blancheur, rehaussées de garnitures en bronze doré.

Des sièges, innombrables, des carreaux, recouverts d'étoffes superbes, d'une admirable couleur... des meubles, en bois d'essences précieuses, légers, gracieux, ornés d'incrustations d'or, d'argent, de nacre, d'ivoire — y étaient entassés.

Ça et là, il y avait des instruments de musique inconnus dans les pays Occidentaux... tambours, cymbales, sonnettes, flûtes, gongs, dont les accents pouvaient donner des vibrations d'une mélodie extraordinairement harmonieuse et douce... ou formidablement puissante, tonitruante, terrifiante, même.

Dans des cassolettes de bronze, merveilleusement ciselées, ajourées, montées sur des pieds de marbre vert... brûlaient des parfums que les Orientaux, seuls, savaient extraire, alors, des résines et des plantes.

Sur une table, placée près d'un siège en forme de divan, il y avait quatre plaques d'or, sur lesquelles était gravé le résumé du grand Code Religieux des Hindous, le *Rhish-Veda*, le *Jagiour-Veda*, le *Samah-Veda* et l'*Atarvana-Veda*, qui contiennent tout le savoir humain, sorti de la bouche de Brahma, au commencement du monde... et répandu, sur la terre, par ses fils, les *Richis*, ou demi-dieux.

Dans l'un des angles de la tente, il y avait, sur un piédestal de marbre, rehaussé d'or, de bronze, et constellé de diamants, une statue de Wichnou, le dernier Dieu de la Trinité Indienne... qui ne se révèle, à l'Humanité, que par une bienveillante influence...

Sa statue avait quatre bras, une figure noble et gracieuse.

Sa tête était ornée d'une triple tresse, représentant les trois grands fleuves du Gange, de la Jumna et du Saresouali.

Il était couché sur le serpent Adisseshen, qui le berçait sur une mer de lait, divan habituel de son *Waïcondom*, ou Paradis.

On y voyait, aussi, sur des socles moins élevés, la statue de Parvati, femme de Chivah, qui est, encore, en très grande vénération dans toute l'Inde... celle de son fils Ganesu, Dieu de la Sagesse... celle du Dieu Singe Hanouman, qui jouissait, comme les lares païens, des honneurs du foyer, et qui, adoré, quelquefois sous le nom de Poléar, était représenté avec une tête d'éléphant... enfin, l'image de Vairevert, autre fils de Chivah qui avait, comme celle de Wichnou, quatre bras, trois yeux, deux dents, saillantes, en forme de croissant, et portait, en guise de collier, des têtes enfilées les unes dans les autres...

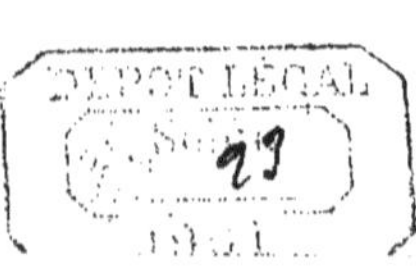

Frémissante, elle courut au-devant du visiteur, et se jeta dans ses bras. (P. 1146.)

* *

... Gaultier, toujours précédé de l'esclave noir, marcha vers la tente.

Une harmonie, très douce, s'élevait, produite par des jeunes filles qui jouaient du sarenguy, sorte de viole... du nagassaram, espèce de haut-bois ayant une hanche de roseau... du tourti, qui ressemble à une musette... de la vina, pareille à une guitare.

Et, une douzaine de bayadères, toutes jeunes et jolies, dansaient... légères comme des sylphes.

Elles étaient vêtues de pagnes, en fine mousseline, parsemée de paillons et paillettes d'or et d'argent... sous lesquels on apercevait leurs corps nus... leur corps svelte, à la peau bistrée...

A chacun de leurs pas, les bracelets, d'or, garnis de grelots, et sonnettes, d'or, également, qu'elles portaient aux bras, et aux chevilles, s'entre-choquaient... tintinnabulaient, se mêlant, harmonieusement, aux modulations des instruments.

Un habitant, quelconque, de la Bonne Ville de Paris... tout à l'heure errant près de la Planche de Mibrai, proche du Grand-Châtelet, du Louvre, ou de la Tour de Nesle... et qui eût été transporté, là, brusquement — eut cru qu'il rêvait, certes !

Cette scène qui se jouait, sous le Chevet de la Basilique Notre-Dame, en le Paris de l'an de Notre Seigneur Jésus, 1315, constituait un décor de rêve, une féerie, l'œuvre de quelque prodigieux Enchanteur.

Elle était réelle, pourtant... bien réelle.

Et Gaultier d'Aulnay, qui était venu, souventes fois, dans cette mystérieuse demeure, ne s'étonnait pas de ce qu'il voyait.

Soudain, il apparut, à l'entrée de la tente.

Alors, un cri se fit entendre, dominant le son, très doux, des instruments... le murmure, harmonieux, des grelots et des sonnettes.

Un cri joyeux.

Un de ces cris que l'on entend dans l'allégresse des jours de fête.

— Gaultier !... Gaultier !... Gaultier !... dit une voix.

Une voix chaude, bien timbrée, sonore, caressante... une voix plus mélodieuse que la chanson du vent, passant, en une matinée de printemps, à travers les branches des haies couvertes d'aubépines.

Une jeune fille... qui était étendue, mollement, sur des carreaux de soie brodés d'or, écoutant les vibrations des instruments touchés par les doigts de ses compagnes... regardant, rêveuse, les évolutions des bayadères — s'était levée.

Radieuse apparition !

Frémissante, elle courut au-devant du visiteur, et se jeta dans ses bras.

— Gaultier !... répéta-t-elle, comme en extase.

— Kaly !... répondit, tendrement, Gaultier d'Aulnay.

L'esclave noir s'était éloigné.

Les jeunes filles, musiciennes et bayadères, avaient disparu, comme par enchantement.

Kaly, ivre de joie, emmena Gaultier vers le divan où elle était assise...

Et, dans le grand silence qui planait, maintenant, sur ce palais enchanté plein de richesses... sous cette tente où montait la fumée des parfums qui se

dégageaient des cassolettes de bronze — on n'entendit plus que la voix... la
voix, charmeresse, de Kaly, répétant le nom bien-aimé :
— Gaultier !... Gaultier !... Gaultier !...

LIII

KALY.

Kaly était une admirable créature.

La grâce même...

Certes, Marguerite de Bourgogne était belle... troublante... majestueuse.

Il semblait qu'aucune autre femme n'eût pu paraître belle à ses côtés.

Pourtant, Kaly était plus belle, encore.

Ou, plutôt, sa beauté avait un tout autre caractère.

La Reine Régente de France était une femme de qui se dégageait un
charme irrésistible, enveloppant... qui s'emparait, tout à la fois, de l'esprit
et des sens...

Elle excitait des passions, violentes, qui pouvaient susciter des criminels ou des héros.

Kaly, au contraire, était comme un être de rêve... comme une de ces
figures nées de l'imagination, ardente, des poètes Orientaux... c'était comme
un de ces êtres légers, quasiment fluidiques, pareils aux fantômes que certains hommes, particulièrement doués, entrevoient, dans de douces visions,
et qui, peut-être, sont des formes féminines perdues dans l'espace, des
âmes consolatrices, dégagées de toute matérialité, ayant, encore, une mission bienfaisante à accomplir avant de prendre rang parmi les anges...

Elle n'avait pas plus de dix-huit ans.

Ses cheveux, très noirs, d'un noir brillant, étaient appliqués, en ban-
deaux, sur son front très pur.

Ses sourcils, très épais, très noirs aussi, formaient comme une barre,
d'une incomparable finesse, au-dessus de ses yeux... deux diamants noirs
étincelants.

Son nez, légèrement arqué, s'abaissait sur sa bouche, aux lèvres fortes
et très rouges.

Son brun visage avait une exceptionnelle expression d'intelligence,
d'énergie, et de bonté.

Rien de plus pur que le contour de son visage...

Rien de plus adorable que son col long, flexible... légèrement bistré à la nuque.

Rien de plus admirable que sa jeune gorge, ferme, allongée, pointue.

Rien de plus impeccable que sa taille, svelte, haute, superbement modelée, attachée à ses hanches au dessin exquis.

Elle avait des mains splendides, aux doigts fuselés... aux ongles rehaussés de rouge et d'or..., et des pieds jolis comme le pistil d'un lys, nus dans des babouches mignonnes, en duvet de cygne, ornées, chacune, d'une perle, qu'une fortune Royale n'eût pu payer à sa valeur.

Une fleur, écarlate, était piquée dans ses cheveux... et retenue par une épingle d'or terminée par un rubis scintillant.

Un collier de diamants était attaché à son col... et brillait, au-dessus de sa gorge, comme les étoiles en l'azur du ciel.

Elle portait une sorte de tunique en gaze blanche, transparente, lamée d'or et d'argent, bordée de perles, de turquoises, d'améthystes et de topazes... sous laquelle son jeune corps apparaissait comme une statue à demi enveloppée des vapeurs de l'aube.

Des bracelets d'or, ciselés, ornaient ses bras nus, et ses chevilles.

Et sa taille était entourée d'une ceinture, faite de maillons d'or, enchâssant, chacun, un diamant d'une invraisemblable grosseur...

... Kaly, demi-nue, restait très chastement adorable.

Elle apparaissait comme un être ineffablement pur.

Elle excitait l'amour dans ce qu'il a de plus ineffablement doux... dans ce qu'il a de surhumain... l'amour qui donne une extase... l'amour qui n'a plus rien de charnel... l'amour que les jeunes amants éprouvent, sans trouble, sans frisson, dans la paix, tranquille, d'un beau soir, lorsque, silencieux, aux bras l'un de l'autre, ils contemplent l'espace, où l'esprit les emporte, loin des matérialités terrestres, et écoutent les harmonies, troublantes, qui se dégagent, pour eux, des profondeurs du Ciel...

* *
*

... Gaultier, et Kaly, l'un à côté de l'autre, formaient un couple idéalement jeune et beau.

Le décor qui les entourait, richissime et superbement artistique, les parait encore.

Si Marguerite de Bourgogne avait pu les voir, elle eût été farouchement jalouse...

LIV

HISTOIRE DE GAULTIER ET DE PHILIPPE D'AULNAY

... Or, comment Gaultier avait-il rencontré Kaly ?

Il faut qu'on le sache.

On connaîtra, en même temps, l'histoire des jeunes ans des frères jumeaux Gaultier et Philippe d'Aulnay.

. . . .

C'était vers la fin de l'été, en l'an de Notre Seigneur Jésus 1294.

Un homme déambulait, depuis plusieurs heures, à travers les rues, ruelles, places, et carrefours, de la bonne Ville de Paris.

Il avait erré sur la rive droite, longtemps, au hasard, sans voir les passants qu'il avait coudoyés, nombreux, d'abord... et qui s'étaient faits de plus en plus rares, au fur et à mesure que la soirée s'avançait — sans voir les maisons qu'il frôlait... les monuments devant lesquels il passait... sans admirer les splendeurs du soleil couchant, ni les effets de lumière et d'ombre produits par la lune, qui, maintenant, projetait sa molle clarté sur les Tours, sur les flèches, sur les toits, pointus, des Palais, des Forteresses, des Eglises, des maisons... et sur les bords, très pittoresques, de la rivière.

Il marchait comme une « âme en peine »... selon le mot, si expressif, des bonnes gens.

Profondément affligé, certainement.

Sans but.

Sa déambulation, prolongée, ne semblait pas le fatiguer... car il marchait, il marchait toujours, tantôt à pas comptés, tantôt très vite.

Il rêvait.

Instinctivement, il cherchait les coins où il y avait peu de passants, et où, par suite, sa rêverie devait être le moins troublée.

Peu après la tombée de la nuit, fuyant la foule qui s'était répandue dans les rues, par cette belle et sereine soirée, pour la promenade avant le coucher prochain... il avait passé la Planche de Mibrai... et il avait rôdé dans la Cité, sous le Chevet de Notre-Dame ; puis, autour du Palais, alors habité par Sa Majesté Philippe IV, et sa femme, la Reine Jeanne de Navarre... et, même, jusques à la Poterne de Saint Germain-des-Prés, au delà de laquelle s'élevaient les vastes bâtiments de la richissime Abbaye.

Il n'avait rencontré, de ce côté de la rivière, que quelques Moines, encapuchonnés, regagnant leur Monastère, en égrenant, dévotement, les grains

de leur Rosaire... quelques manants rentrant au logis, en brinqueballant,
après des agapes chez des voisins... quelques hommes d'armes, de garde au
Palais, dévalant, en devisant, pour se dégourdir les jambes... et une
bande, folle, tapageuse, de jeunes étudiants, de ribaudes, venant de faire
liesse à l'Hôtellerie du Chapeau-Rouge, sise hors les murs, devant le Pilori
de Monseigneur l'Abbé de Saint Germain-des-Prés, et tenue par Maître Guillaume Lehurier.

La soirée était superbe.

Lumineuse, tiède — une admirable soirée d'arrière-saison.

Il était déjà tard.

Tout près de dix heures.

Les lumières, qui brillaient aux croisées, s'éteignaient, une à une.

Le mouvement, et le bruit, cessaient, peu à peu.

Même, la rumeur qui montait, de la rive droite, et retentissait, sourdement, jusque sur la rive gauche, s'atténuait.

Paris allait, bientôt, s'endormir.

De temps à autre, et dans le grand silence qui planait sur cette partie
de la Ville, on entendait résonner les vibrations de quelque cloche, appelant,
à l'Office du soir, les Religieux des Monastères voisins.

L'homme était arrivé sur le Parvis Notre-Dame.

Une place étroite... entourée de maisons aux toits en éteignoir, aux
façades barrées de poutrelles sculptées, ornées d'une statue de quelque
Saint, enluminée, dorée, au pied de laquelle, dans une lampe de cuivre ouvragé, brûlait une flamme, qui l'éclairait, vaguement, de bas en haut, lui
donnant un relief quasiment fantastique.

Ces maisons étaient écrasées par le géant de pierre qui les dominait...
et dont les hautes tours, à demi perdues dans l'ombre, découpaient leur
profil — dont les bords étaient ajourés, comme une fine dentelle — sur le
fond bleu, très lumineux, d'un ciel tout rutilant d'étoiles.

Sur cette place, il y avait un Calvaire, de pierre... érigé au-dessus d'un
haut piédestal, dont le socle formait bancs.

Le promeneur s'assit au pied de ce Calvaire.

Il était las... enfin !

Il rêvait toujours.

De temps à autre, il se plaignait... il gémissait... il soupirait... il prononçait des mots sans suite, inarticulés, incompréhensibles.

Même, plusieurs fois, de grosses larmes roulèrent sur ses joues blêmes.

Un moment, il joignit les mains... et pria, avec ferveur.

Il y avait quelque grande douleur au cœur de cet homme.

Il devait avoir cinquante ans, environ.

Il était long... maigre — légèrement voûté... ce qui lui donnait l'aspect
d'un vieillard plus que sexagénaire ; mais, quand on regardait sa face, à

l'expression énergique et bonne, aux yeux vifs... et sans rides, on se disait que cet homme, affaissé par le chagrin, était vigoureux, vaillant... et dans la force de l'âge, encore.

Il était tout vêtu de noir.

Il portait une chaîne d'or au cou, à laquelle un médaillon, en or, également, était fixé.

A sa ceinture pendait une épée, dont la poignée, d'or ciselé, étincelait.

C'était, assurément, un Haut Seigneur.

Le Calvaire, de pierre, au pied duquel il s'était assis, était très fortement éclairé par la clarté de la lune, qui projetait une clarté, bleuâtre, très douce, sur les délicates sculptures de la façade de la majestueuse Basilique.

L'homme, tout à coup, écarta les pans de son manteau... prit le médaillon qui pendait à la chaîne d'or qu'il portait... fit jouer un ressort et le médaillon s'ouvrit.

Alors, l'inconnu regarda un portrait de femme qui se trouvait dans le bijou.

Un portrait de jeune femme.

Très belle... souriante... délicieusement blonde, avec de grands yeux bleus, profonds, sous des sourcils bien tracés, très noirs.

Elle avait une fleur à son corsage, légèrement entr'ouvert, pour laisser voir son col, et le haut de sa gorge ronde et très blanche.

L'homme s'absorba dans une longue contemplation, quasiment extatique...

. . . .

... Tout à coup, il tressaille...

Il a entendu, derrière lui, à quelques pas du Calvaire, un bruit très léger, presque indistinct.

Ce bruit l'a arraché, brusquement, à son extase...

Il écoute.

Il attend que le bruit se reproduise.

Machinalement, il a refermé le médaillon... et l'a caché sous son manteau.

Il redresse la tête, se retourne... regarde tout autour de lui.

Personne !

L'endroit est toujours désert.

Pourtant, l'homme est bien certain d'avoir entendu ce bruit, qui l'a tiré de sa profonde rêverie.

Il se lève... et, par suite, son regard peut se porter plus loin, aux alentours.

Personne !... Personne !...

C'est étrange !

Dans tous les cas, cet incident a ceci de bon qu'il a créé une diversion, salutaire, grâce à laquelle l'inconnu est distrait de ses pensées... de cette idée, fixe, dont la profonde tristesse l'accable !

Soudain, le même bruit se fait entendre, de nouveau.

Cette fois, l'homme est sûr qu'il ne s'est pas trompé.

Le bruit ressemble à une plainte... au vagissement, très faible, d'un tout petit enfant.

Oh ! ce bruit, l'inconnu le connaît bien.

Il l'a entendu, si souvent, retentir, près de lui, en les dernières années qu'il vient de vivre.

Un murmure d'enfant !

L'appel d'un être idolâtré... qui s'est éveillé, brusquement...

Certainement, il y a un enfant... proche du Calvaire de pierre.

L'inconnu est prodigieusement ému.

Emotion très douce, réconfortante !...

Il fait quelques pas autour du Calvaire.

Et, tout à coup, il aperçoit, là-bas, dans la muraille d'une maison qui touche à la Basilique... une maison habitée par l'un des principaux desservants de Notre-Dame... une sorte de niche, de pierre...

LV

LES JUMEAUX

...Au-dessus de cette niche, il y a une statuette de la Madone... entourée d'une guirlande de feuillages verts... et éclairée par la lueur d'une lampe.

La Vierge est couronnée d'or... drapée de vêtements d'azur semés de fleurs d'argent.

Souriante, elle porte son Divin Fils.

Au-dessous de la statue, il y a, sur un socle de pierre, une large coquille de marbre.

L'inconnu comprend.

C'est là que le vagissement d'un enfant a retenti.

Pas de doute possible.

Il y a, là, un enfant « exposé ».

— Ils seront heureux !... s'écrie-t-il, très gravement... Je le jure !... (P. 1157.)

Cette niche... cette coquille de marbre, proche la Basilique, sous cette statue de Marie, Mère du Dieu Vivant, Souveraine Protectrice des Affligés — c'est une place d'exposition... où les mères, trop pauvres, abandonnent, à la charité publique, l'enfant qu'elles ne peuvent nourrir...

*
* *

...Pas un jour ne se passe, sans qu'on trouve, là, quelque enfant « exposé ».

Devant toutes les Eglises de la Bonne Ville de Paris, il y a de pareilles niches... de pareilles coquilles de marbre, où des femmes éplorées... ou sans âme! — apportent, en se cachant, la nuit, de pauvres petits êtres.

Scène pitoyable, certes !

Cette femme... cette mère a rôdé, longtemps, aux alentours... avant d'oser s'approcher de la coquille.

Il lui semble que tout le monde la voit.

Il lui semble que, de toutes les maisons closes, noires, des êtres vont sortir... pour la maudire.

Il lui semble que l'enfant, qu'elle porte, s'accroche, à elle, désespérément.

Elle le serre contre sa poitrine... sur sa gorge, que la maternité, trois fois sainte, a gonflée; mais que la hideuse misère a tarie !

La misère des mères... qui ont des enfants à nourrir !

Honte !

Le crime le plus odieux des sociétés humaines !

Enfin, frémissante, la femme s'approche de la niche... de la coquille qui va servir de berceau au tout petit être qui a fait tressaillir ses flancs.

Elle lève les yeux, suppliante, vers cette Mère, si glorieuse dans sa maternité, et qui ne fait rien pour elle !

Et elle s'éloigne... sans avoir pu se décider au définitif abandon.

Heureuse de garder l'être aimé un instant de plus.

Un instant de plus... car elle sait bien qu'elle reviendra, là !

Elle ne peut faire autrement.

Elle est sans pain... sans gîte, peut-être — et sans appui, d'aucune sorte.

Sans époux, probablement... car le père de l'enfant, qui s'enivra d'amour, à l'heure de la conception, s'est enfui, lâchement, à l'heure du devoir! — et, stupidité !... à l'heure où son bonheur, réel, allait commencer de luire, pour éclairer, radieusement, sa vie tout entière !

La pauvre femme a tout à craindre.

De ses proches... qui peuvent la maudire!...

De ceux qui la connaissent, et qui la mépriseront!...

De ceux qui mettent du travail entre ses faibles mains, et qui la chasseront !

Elle n'a d'autre moyen de se soustraire à cette honte : sa maternité — qui devrait être, pour tous, sacrée... sa maternité qui la fait reine rayonnante... que de tuer son enfant. . ou de l'exposer!

Dieu!.. Tuer l'enfant !

Abomination !

Non!... Non!... Elle l'exposera !

Hélas!...

Par ainsi, il aura chance de vivre.

Chance de vivre?... Une sur cent!...

Car les enfants ainsi exposés succombent, presque tous! (¹)

Longtemps, encore, la mère, lamentable, rôde autour de cette niche, où il lui faudra exposer son enfant.

De loin, elle la regarde... et elle la maudit!

Elle l'attire, pourtant.

C'est le dernier terme!

Et, enfin, elle revient vers la Madone, toujours souriante, qui regarde, attendri, l'enfant de pierre qu'elle porte.

Veillera-t-elle sur le petit être de chair que l'autre mère va lui confier?

Quel sort l'attend?

Entre les mains de qui tombera-t-il?

Supplice sans nom pour la créature affligée et gémissante !

Brusquement, elle dépose l'enfant dans la coquille de marbre.

Un geste rapide...

Le sacrifice est accompli!...

Et une fuite, éperdue... de la mère, qui a senti, en elle, un déchirement... plus effroyablement douloureux, cent fois, que celui qui l'a torturée quand l'enfant de sa chair, en venant au monde, a jeté son premier cri à la vie !

Elle fuit, hagarde, blême, frémissante... sans oser se retourner.

Elle pleure!...

Elle sanglote !

Elle est seule, à présent!...

Seule !...

(¹) On peut se rendre compte du sort des enfants abandonnés, en 1315... en lisant le rapport suivant fait, en 1531 — c'est-à-dire *deux siècles plus tard !* — par la Prieure de l'Hôtel-Dieu, à la suite d'une enquête qui avait révélé « que des enffans estoient bien souvent, et quasi de moys en moys, ou de septmaine en septmaine, exposez et délaissez, sur les degrez des deux grandes portes, ou entrées, d'icelluy Hostel-Dieu, tant du costé de devers le parvys Nostre-Dame, ou église de Paris, que de l'autre costé, de vers Petit-Pont, en pauvre et piteux estat, aucunes fois gisans sur une petite poignée de feurre, et, souventes fois, sur la dure des dictz degrés, lesquels petiz enffans l'on trouvait, à portes ouvrantes du dict Hostel-Dieu, sur iceulx degrez, *en grant danger d'estre dévorez de pourceaulx ou autre bestail*, et pour la pitié, charité et compassion que les dictz de l'Hostel-Dieu en avoient, et ont, de jour en jour, recepvoient et recepvent iceulx enffans, et les recueilloient et recueillent, faisoient et font panser, traicter et alimenter, par les officieus et servantes du dict Hostel-Dieu, et les aucuns baptiser quand ils n'avaient escriptaulx d'estre baptisez »... Ces enfants étaient placés dans les salles de malades « dix ou douze en ung lict, tant au pied que au chevet ». Les religieuses les nourrissaient comme elles le pouvaient, avec du lait, de chèvre ou de vache, car il n'y avait, dans l'Hôtel-Dieu, qu'une seule nourrice... Les enfants, infectés par le « mauvais aer » de l'Hôtel-Dieu, subissant « L'INDIGENCE DE MAMELLE », mouraient, presque tous, au bout de quelques jours, « tellement que de vingt il n'en réchappe pas ung ! »

Dans la nuit où elle cache sa grandissime douleur, sa honte imméritée... et le remords, tenaillant, que lui laisse l'acte qu'elle vient d'accomplir !...

* *

...L'inconnu ne s'est pas trompé.

— Ah !... les pauvres petits !... s'exclame-t-il.

Oui, les pauvres petits !...

Car ils sont deux... couchés, côte à côte, dans le même berceau.

Des jumeaux, assurément.

Tout roses et blancs, les mignons...

Et jolis comme des chérubins.

L'un est blond... l'autre brun...

Le premier dort, profondément... une toute petite et adorable menotte, tracée de fossettes, hors du berceau.

L'autre s'est réveillé.

C'est lui qui a poussé le cri, bien faible, qui a vibré dans le silence... et que l'inconnu a entendu.

— Les chers... chers petits !... répète l'homme.

Il s'est penché sur le berceau.

Il est comme en extase.

L'expression de sa physionomie, si triste, tout à l'heure, s'est modifiée, immédiatement, et radicalement.

— Étrange coup du Sort !... murmure-t-il.

Il est tout attendri... profondément ému.

— Madame... dit-il à la Madone... vous leur avez porté bonheur !

Maintenant, la lune éclaire toute la place du Parvis, où le Calvaire, de pierre, s'élève, portant le Crucifix, dont le Christ semble vouloir étreindre tous les affligés.

La façade de la Haute Basilique, décorée de tout un cortège de Rois couronnés... ornée de la rose gigantesque qui s'épanouit à son fronton... flanquée de ses formidables tours, ajourées, chargées de feuillages de pierre sculptée, d'anges souriants, de monstres et de diables grimaçants, d'animaux barbus, cornus, d'oiseaux géants — est superbement illuminée.

Aucun bruit.

Pas une lumière aux pignons des maisons endormies.

Et l'inconnu, à demi perdu dans l'ombre, sous la vacillante clarté de la lanterne qui éclaire la niche et le berceau... prononce des mots sans suite — et qui ont un sens, pourtant — dans ce silence, solennel, qui plane sur la place.

— Abandon !... Mère désespérée !. . Pauvre femme !... Plus d'enfants !...

Les uns vous échappent par la mort!... La misère, ou le crime, vous enlevant les autres!... Triste!... Triste!...

Que fait-il?

Il prend les deux enfants.

Il regarde, derechef, la Sainte Madone.

— Oui, oui... vous leur avez porté bonheur, Madame!... répète-t-il.

Il tient, sous son bras gauche, le berceau... sur lequel il rabat, soigneusement, les larges pans de son manteau.

Il lève son bras droit vers la Vierge... Mère du Dieu Vivant.

— Ils seront heureux!... s'écrie-t-il, très gravement... Je le jure!...

Et il ajoute :

— Veuille votre Divin Fils les protéger avec moi? ..

Et, se signant :

— Au Nom du Père, du Fils, et du Saint Esprit!... Ainsi soit-il!... dit-il, dévotement.

Puis, il s'enfuit, à grands pas... comme un voleur emportant une très précieuse proie.

— Les chers petits!... Les chers petits!... répète-t-il... Mes enfants!... Mes enfants!...

LVI

AU CHATEAU D'HANNEBAUD

...Quinze années se sont passées, depuis cette soirée d'automne où l'inconnu a pris les jumeaux dans la coquille des enfants exposés, près du Calvaire de pierre, sur le Parvis Notre-Dame.

On est en l'an de Notre Seigneur Jésus 1309.

Sa Majesté Philippe IV, roi de France et de Navarre... avec l'aide de ses grands ministres : Enguerrand de Marigny et Guillaume de Nogaret... poursuit son œuvre.

Il crée la France.

Il donne des bases, solides, à la Monarchie.

Il abat, de plus en plus, la puissance féodale... et, ayant su mettre la Papauté dans sa main, il cantonne, énergiquement, l'Église dans le Spirituel.

Il a jeté bas les Chevaliers de l'Ordre du Temple... qui, de par leur richesse, constituaient... et menaçaient de constituer, plus encore... un État dans l'État.

Il protège les Légistes, qui lui font des Lois... guides de la Société nouvelle basée sur le Droit, par la Justice.

Il érige des Écoles, où il appelle les plus éminents philosophes du temps.

Il réglemente les impôts.

Il réunit des Assemblées où viennent siéger, pour la première fois, en France, à côté des Hauts Seigneurs et des Dignitaires Ecclésiastiques, des représentants du Populaire.

Il s'efforce de créer l'unité monétaire dans le Royaume...

Et, pourtant, ce très Grand Roi, l'un des plus admirables qui aient régné sur la noble terre Française... ce roi, sous le règne de qui les manants commencèrent à vivre autrement que comme un bétail... sera flétri, par ses ennemis, trop intéressés à le calomnier — et portera, devant la Postérité, le surnom, infamant moins encore qu'injuste, de Faux-Monnayeur!

Car, il faut qu'on le sache, Philippe-le-Bel, dit le Faux-Monayeur... par son œuvre, eut mérité qu'on l'appelât : le Grand...

... Or, par un après-midi, radieux, du mois de juin de l'an de grâce 1309... un vieillard était assis, dans une haute chaise à bras armoriée, sous une banne en soie cramoisie, sur la terrasse d'un Château, situé, en pleine Normandie, à quelques lieues de la magnifique et très renommée Abbaye du Bec, fondée, deux siècles auparavant, par le Bienheureux Helluin.

Ce vieillard, c'était l'inconnu du Parvis Notre-Dame.

Il avait nom : le Baron Roger d'Hannebaud.

Un des plus Hauts Seigneurs de la Normandie.

Souverain Maître de la Baronnie d'Hannebaud, de qui trente villages dépendaient, et qui comptait dix mille créatures humaines en état de vasselage.

Jadis, il avait guerroyé, valeureusement, sous la bannière fleurdelysée de son Souverain, Philippe-le-Hardi, père du Roi Régnant.

Depuis vingt-cinq années, il avait déposé le harnois de guerre, et vivait, sur ses terres, dans la grasse Normandie... se rendant à Paris deux fois l'an, pour rendre hommage au Roi... et pour embrasser son très féal ami, et compatriote, Monseigneur Enguerrand de Marigny.

Il avait, alors, soixante-cinq ans.

Maigre, long... plus que jamais courbé par l'âge, par les fatigues des années de guerre, par les chagrins qui avaient attristé sa vie... il avait, maintenant, l'aspect d'un octogénaire.

Vêtu d'une robe en velours rouge, trop large pour son corps étique... appuyé sur des carreaux, faits d'étoffes précieuses, dont le fond de sa chaise était garni... il regardait devant lui, et prenait un vif plaisir aux joûtes de deux jouvenceaux qui s'esbattaient sur une prairie d'une très vaste étendue.

Ses grands yeux, très brillants, éclairaient sa face maigre, encore allongée par sa longue barbe blanche, et entourée de cheveux, très blancs également, qui retombaient jusque sur ses épaules.

Il portait, encore, cette même chaîne d'or, à laquelle était suspendu un médaillon contenant ce portrait de jeune femme... qu'il avait regardé, avec une poignante émotion, le soir où il s'était trouvé devant la niche à la Madone du Parvis Notre-Dame.

Une escarcelle, et un couteau, à manche d'or ciselé, enrichi de rubis... étaient fixés à sa ceinture.

Une lourde bague, sur le large chaton de laquelle son scel était gravé, brillait à l'annulaire de sa main droite, aux doigts longs, très blanche, et quasi décharnée.

— Montjoie!... s'écria-t-il, soudain.

Il était transporté d'allégresse.

— Montjoie!... Montjoie!... répéta-t-il.

Là-bas, les deux jouvenceaux, montés sur de beaux chevaux de race normande... armés de toutes pièces... la lance en main, couraient, éperdûment, depuis un quart d'heure, sus une sorte de mannequin d'homme, portant armure, de grandeur naturelle... installé au beau milieu de la prairie, à un quart de lieu de la terrasse.

Les chevaux, bien enlevés par les jouvenceaux, manœuvraient avec une vertigineuse rapidité.

A cent pas du mannequin, les lances des cavaliers s'abaissaient sur le « simulacre » d'archer.

Vain effort !

Le mannequin restait debout.

Les cavaliers passaient sans le toucher.

Mais, excités par l'Écuyer qui leur apprenait l'art de la guerre, ils revenaient en arrière... reprenaient du champ... lançaient leurs montures, et couraient, derechef, sur l'ennemi de fer, qu'il fallait toucher, de la lance, et abattre.

Or, l'un des jouvenceaux, avait, enfin, touché, de sa lance, l'homme d'armes... qui s'était écroulé, lourdement, aux acclamations, enthousiastes, du vieux Baron d'Hannebaud.

— Montjoie!... Montjoie!... Montjoie, Gaultier!... s'écria le Baron.

Des varlets, sur l'ordre de l'Écuyer, avaient, déjà, relevé le mannequin.

Et l'autre jouvenceau, mis en émulation par le triomphe de son compagnon, lança son cheval, à son tour... et, avec une habileté excessive, abaissa sa lance, toucha l'homme d'armes, qui s'abattit, pour la seconde fois.

— Montjoie!... Montjoie !... Montjoie, Philippe !... répéta le vieillard.

Il fit un signe.

Des fanfares, vibrantes, aussitôt, retentirent.

Là bas, l'Ecuyer avait remis, à chacun des vainqueurs, une oriflamme rouge, portant les armes du Baron d'Hannebaud.

Ces oriflammes, triomphales, furent attachées au sommets de leurs lances.

Et les deux jouvenceaux, escortés par l'Ecuyer Maître de la joûte, se dirigèrent, au grand galop de leurs montures, vers la terrasse ou se trouvait le vieillard charmé.

La journée était magnifique.

Une radieuse journée d'été.

La façade du château d'Hannebaud, flanquée de tourelles pointues, dominée par un haut Donjon, était incendiée par le soleil... qui dardait ses rayons de feu sur tout le paysage, entouré de collines empanachées de verdure, et où l'on voyait, à l'horizon, deux villages, dont les masures étaient comme accroupies autour du clocher du Moustier paroissial.

Les armures des jouvenceaux étincelaient, sous leur oriflamme rouge, qui flamboyait et palpitait.

Ils se rapprochaient.

Ils arrivaient avec une rapidité extraordinaire... comme l'ouragan, furieux, venant du large, par une froide nuit de décembre.

— Les beaux enfants!... murmura le Baron, qui admirait leur grâce, leur adresse, leur jeunesse, leur vigueur.

— Oui... oui... de beaux enfants !... Vous avez raison, Monseigeur !... dit une voix, derrière lui... une voix grave, sonore, bien timbrée.

Le vieux Baron se retourna.

Or, c'était un Moine, qui avait ainsi parlé.

— Vous étiez là, mon Révérend?... demanda le Baron.

— Depuis un instant... oui Monseigneur !... répliqua le Religieux... Je suis arrivé, au Château, tout à l'heure... On m'a dit que je vous trouverais ici... J'y suis venu... Je n'ai pas voulu vous arracher au spectacle qui vous intéressait fort... Je suis resté à l'écart... J'ai vu les exploits des deux jouvenceaux... Et j'y applaudis, encore, avec vous !

— Vous êtes le très bien bienvenu au Château d'Hannebaud, mon Révérend... reprit le vieux Baron... Je suis aise de vous y voir... Je ferai l'impossible pour vous y retenir... Je vous attendais avec une grande impatience... Oui, oui, je suis aise de vous voir céans !... Belle et bonne journée que celle-ci !... Elle m'a donné, déjà, deux grandes joies !...

Le Moine s'inclina, profondément, respectueusement, devant le Très Noble et Très Haut Seigneur d'Hannebaud.

— Je veux que vous fassiez connaissance avec le Révérend Père Anselme...
de qui je vous ai souvent parlè... (P. 1163.)

Cependant, les deux jouvenceaux étaient arrivés au pied de la terrasse du Château.

Ils quittèrent les étriers... remirent leurs lances à l'Écuyer... tandis que des varlets emmenaient leurs fringantes montures, frémissantes encore... puis, ayant ôté leur heaume empanaché, ils gravirent, lestement, les degrés, de pierre, de la terrasse, et vinrent s'incliner devant le vieux Baron.

— Je suis content de vous, Messires !... leur dit le Très Noble Seigneur... Par mon Saint-Patron, qui daigne nous protéger tous... vous ferez deux des plus beaux Chevaliers de France !...

Il souriait.

Il s'était levé.

Il mit ses mains sur les épaules des jouvenceaux, qu'il dominait de toute la tête...

— Notre Sire, le Roi, me devra deux vaillants soldats !... reprit-il.

Les jouvenceaux se ressemblaient étrangement.

Tous les deux, ils étaient sveltes, et gracieux, comme de frêles damoiselles.

Même taille.

Mêmes gestes.

Même voix.

Gaultier était brun.

Philippe était blond.

Différence qui permettait de les reconnaître.

Beau visage... aux grands yeux noirs... à la bouche fine... au front large... au nez bien arqué — entouré de cheveux taillés sur le front, et retombant sur la nuque.

Ils portaient, tous les deux, une armure pareille... une riche armure, enrichie de dorures représentant des têtes de lions.

— Allez dévêtir ces armures, mes enfants !... reprit le Baron d'Hannebaud... Reposez-vous, et vous restaurez... Et, dans une heure, vous nous retrouverez dans la Salle des Bannières.

— Oui, Monseigneur !... répondirent, d'une même voix, les jouvenceaux.

— Je veux que vous fassiez connaissance avec le Révérend Père Anselme... de qui je vous ai souvent parlé... ajouta le vieillard.

Ce disant, il montra le Religieux.

Les jeunes hommes saluèrent le Moine.

— Allez, mes enfants !... dit, encore, le Baron... Allez !...

Les jouvenceaux s'éloignèrent.

Alors, le vieillard, s'adressant au Religieux :

— Venez... venez, mon Révérend !... fit-il... La chaleur, à cette heure méridienne, est excessive, ici... Rentrons... Nous serons plus au frais dans le Château, et, par suite, plus à l'aise pour causer...

Et, avec une excessive bonhomie, il ajouta :

— Car il faut que nous causions... J'ai tant de choses à vous dire...

— Je suis à vos ordres, Monseigneur... dit le Moine.

— Venez !... Venez !...

— Je vous suis.

Le Religieux, et le Baron... pénétrèrent dans le Château d'Hannebaud... et se dirigèrent vers la Salle des Bannières, où les jouvenceaux devaient les retrouver, une heure plus tard...

LVII

LE RÉVÉREND PÈRE ANSELME.

...Une gigantesque salle que cette Salle des Bannières, au Château d'Hannebaud.

Très haute, avec une voûte, cintrée, supportée par de massives colonnes aux chapiteaux sculptés représentant des feuilles de lierre.

Elle était éclairée par six croisées, larges, défendues par des verrières aux vives couleurs, et ouvrant sur cette prairie, s'étendant devant le Château, où les deux jouvenceaux avaient évolué, tout à l'heure.

Tout autour de la Salle s'étendait une sorte de galerie, surplombante... protégée par une balustrade de pierre ouvragée... d'où l'on pouvait voir, aux jours de grande fête, les invités du Baron danser... ou assister aux assemblées, solennelles, que le Suzerain de la contrée tenait, une fois l'an, par devant ses Vassaux.

Au pied de chaque pilier soutien de voûte, il y avait une armure, ou un trophée d'armes, de chasse, ou de guerre : Arbalètes, épieux, lances, masses d'armes, épées, couteaux, poignards, cuirasses, heaumes, brassards, cuissards, jambards, boucliers, écus, hauberts.

Et, à la balustrade de la galerie, des bannières, flottantes, étaient accrochées.

D'innombrables bannières.

De toutes couleurs.

Chargées d'armoiries.

Toutes les bannières de guerre des Seigneurs vassaux de la Baronnie d'Hannebaud.

Même, trois bannières surmontées du Croissant... prises, jadis, aux Croisades, sur les Infidèles, par le premier Baron d'Hannebaud, qui avait guerroyé, en Palestine, aux côtés du Pieux Roi Saint Louis, Aïeul du Roi Régnant, Philippe, le Quatrième.

La bannière, rouge, armoriée, des Barons d'Hannebaud, dominait toutes les autres, sur lesquelles, plus grande, plus haute, elle flottait, fièrement.

Huit trophées de chasse, constitués par des têtes de cerfs aux géantes ramures... des têtes de sangliers aux menaçantes défenses... des aigles, des vautours, des hiboux, et des faucons... étaient appendus aux murailles — ornées, en outre, de tentures richissismes, rapportées, de la Terre Sainte, par les ancêtres du Baron.

Tout au fond de la salle, il y avait une sorte de Trône, surélevé, surmonté d'un dais chargé de plumes d'autruche, et d'où pendaient des rideaux de velours portant l'écusson d'Hannebaud.

Des bancs, chaises à bras, escabeaux... et une lourde table, en chêne, étaient placés, çà et là, près de ce Trône, ou siégeait le Baron.

Là, des peaux de bêtes étaient jetées, sur les dalles... ainsi que de grands carrés de velours écarlate...

*
* *

...Le vieux Baron d'Hannebaud prit place, sur une chaise à bras... et il indiqua un escabeau au Moine qui l'avait suivi là.

Le Moine, le Révérend Père Anselme, dépendait de l'Abbaye du Bec.

C'était un homme de cinquante ans.

Tout petit, et très maigre.

En son froc blanc, il avait l'air d'un Moinillon... quand on le voyait déambuler, très allègre, vif, à travers les galeries de l'Abbaye, ou les parcs et jardins qui l'entouraient... jardins, prairies, au milieu desquels serpentait une jolie rivière, nommée la Risle, où foisonnaient les truites.

Mais on le regardait curieusement, soudain, et, même, avec respect, quand on examinait son masque... à l'expression souverainement intelligente, au front démesurément haut, bossué, lumineux, entouré d'une couronne de cheveux très noirs — son masque aux yeux ardents... à la bouche grasse, avec une lèvre inférieure venant en avant, signe d'éloquence... au menton rond, signe de volonté et d'énergie.

Il avait des pieds très petits, cambrés... des pieds de femme.

Et des mains d'enfant.

Cet homme était l'un des plus grands esprits de son époque.

L'une des lumières de la célèbre Abbaye du Bec, où résidaient, alors, des Religieux d'une très haute envergure, que les plus doctes Clercs du Monde entier venaient consulter fructueusement.

Ce n'était pas seulement un théologien, admirable entre tous, un prédicateur aussi puissant que persuasif... un philosophe profond et érudit, c'était, de plus, un savant qui se tenait au courant des découvertes faites dans le domaine, si étendu, des sciences naturelles, physiques, mathématiques, astronomiques, médicales.

Il avait des correspondances, suivies — par l'entremise des Moines qui parcouraient l'Univers — avec les plus renommés Maîtres, occupés de choses de Science, dans le secret des laboratoires.

Depuis quarante années, il donnait ses jours à l'étude.

Dormant peu... vivant avec une sobriété excessive... entretenant son extraordinaire vigueur native par des exercices raisonnés, une hygiène rigoureuse, une absolue chasteté — il était inlassable.

Il travaillait, sans répit, dix-huit heures par jour.

Un être exceptionnel...

Un de ces savants admirables qui firent la gloire des Abbayes des XIVe et XVe siècles... et qui, moins occupés de Religion que de Sciences et de Philosophie... moins Croyants que curieux, furent, au Moyen Age, les seuls détenteurs de la Pensée, les vrais propagateurs des formules scientifiques qui préparèrent la voie aux Savants de l'avenir, pour le plus grand profit de l'Humanité.

A cette époque tourmentée, le Savant ne pouvait travailler librement, fructueusement, que dans le Cloître, à l'abri de la curiosité malveillante, sinon hostile... des Grands et des manants... avec tous les moyens d'étude dont il avait besoin... sans le souci d'assurer son existence matériellement, et — ce qui était fort important — avec la certitude d'être toujours d'autant mieux protégé, soutenu, défendu, par cette force que représentait le Pouvoir Religieux... qu'il était un plus grand motif de gloire, de richesse, pour l'Abbaye dont il dépendait.

C'est donc un sophisme de prétendre que de tels hommes fussent grands par la Foi, et de vouloir parer la Religion de leur Gloire.

En réalité, ils ne pratiquèrent que le culte de l'Art, et de la Science.

C'est pour cela qu'ils furent grands, car aimer l'Art c'est aimer la Beauté... aimer la Science, c'est aimer la Vérité : Or, l'amour de la Beauté, de la Vérité, créent l'amour de la Justice... et Beauté, Vérité, Justice constituent une Trinité, trois fois sainte, de laquelle sort ce qu'il y a de plus désirable et de meilleur, ici-bas...

*
* *

...Cependant, le Baron d'Hannebaud dit :

— Vous allez savoir pourquoi je vous ai prié de venir céans, mon Révérend... Veuillez m'écouter attentivement...

— Je vous écoute, Monseigneur... répondit le Révérend Père Anselme...

LVIII

MOINE ET HAUT BARON

— Vous êtes arrivé, depuis peu, à l'Abbaye du Bec?...

— Depuis trois semaines...

— Je sais, depuis huit jours, seulement, que vous vivez ici près... Je l'ai appris par le Père Zacharie, votre très Docte Abbé, que j'ai rencontré, par hasard, aux environs... Cette nouvelle m'a comblé de joie...

— Ne m'accusez pas d'ingratitude, Monseigneur... J'eusse souhaité de vous voir dès mon arrivée en ce pays ; mais les obligations de ma charge m'ont retenu, bien malgré moi, à l'Abbaye... Toutefois, sachez que je comptais vous rendre hommage très incessamment... Cependant, vous m'avez fait appeler... Et j'ai répondu immédiatement à votre appel.

Après un silence, le Baron reprit :

— Il y a longtemps, déjà, que nous nous connaissons.

— Quarante ans, Monseigneur...

— Je ne vous ai pas vu depuis vingt ans!

— J'ai quitté la France pour voyager à l'étranger, comme vous savez... puisque j'ai pris soin, toujours, de vous informer de mes faits et gestes... J'ai vécu, pendant quinze années, en Terre Sainte... Pendant trois autres années dans l'Inde... Et, à mon retour à Paris, je me suis cloîtré pour écrire le résultat de mes études, de mes recherches... Enfin, j'ai éprouvé le besoin, impérieux, de revoir mon pays natal... et d'y vivre un temps, dans la paix et le repos, avant de reprendre mes travaux, et de me remettre en route à travers les Pays lointains où je poursuivrai les recherches que j'ai entreprises... Mais, pendant ces vingt années, jamais, croyez-le, je n'ai oublié que, grâce à vous, je pus étudier, entrer dans les Ordres, voyager et travailler à mon gré.

— Vous ne me devez rien, mon Révérend!... Enfant de cette contrée, né sur mes terres, vous vous fîtes remarquer, de bonne heure, par votre très vive intelligence... par votre précoce valeur... par votre assiduité, votre inlassable puissance de travail... Je vous donnai des maîtres... Je vous envoyai à Paris... Vous y complétâtes vos études...

«...Devenu, à vingt ans, l'un des hommes les plus doctes de ce temps, vous souhaitâtes de vous faire Religieux... Je favorisai vos désirs... En vous servant, j'ai servi la France, dont vous êtes l'une des gloires... et l'Humanité, à laquelle vous avez consacré votre vie... Je tire une grande joie de

vous avoir aidé à vous produire... Cette joie me paie, largement, de mes bienfaits... Donc, je vous le répète, vous ne me devez rien !... Nous sommes
quittes !...

— Pourtant, Monseigneur, je saisirai, avec empressement, une occasion
de vous témoigner, par des actes, toute ma reconnaissance.

— Je le sais... Je vous en remercie... Mais je me ferais scrupule de
détourner, à mon profit, la moindre des forces dont vous pouvez faire un plus
utile usage... Pourtant, outre que je devais prendre un réel plaisir à vous
revoir... c'est pour vous demander un service que je vous ai prié de venir au
Château d'Hannebaud...

— Vous m'en voyez tout joyeux, Monseigneur... Parlez, en quoi puis-je
vous servir ?

— Vous allez le savoir... Je vous ai tenu au courant, par les missives
que je vous ai fait tenir, en réponse aux vôtres, de tout ce qui s'est passé,
ici, depuis vingt ans...

— Oui.

— Vous savez que, il y aura vingt ans bientôt — j'avais, alors, qua-
rante-cinq ans — je me mariai, avec la fille d'un de mes vassaux, le Comte
de Montfort...

— Je sais, aussi, que vous eûtes la très grande douleur de perdre la
chère créature, moins de cinq années après.

Le vieillard soupira, profondément.

— Oui !... répliqua-t-il... Vous avez bien dit, mon Révérend : La très
grande douleur !... Ma chère... ma bien-aimée Blanche !...

Il secoua la tête, tristement.

— L'amour veut de jeunes servants pour célébrer son culte... reprit-il...
Rien ne réjouit les yeux, et n'enthousiasme plus, que de contempler un
couple allant, à pas comptés, sous la feuillée, par un soir de mai, quand les
amants, errants parmi les haies fleuries, ont les vingt ans au front... Les doux
propos qu'ils murmurent sont très pure harmonie... Hélas ! Blanche avait
vingt ans de moins que moi quand je demandai sa main... Que n'eussé-je
pas donné pour être jeune comme elle ?... Toutes les grâces la paraient...
Moi, j'étais, déjà, un homme mûr !... Néanmoins, elle accepta cette union dis-
proportionnée... Elle me donna sa jeunesse et sa beauté... Elle avait été
touchée de mon amour fait de respectueuse tendresse à défaut de juvénile
passion... En moi — et j'en garde une profonde reconnaissance à sa mémoire
— elle aima le vaillant et glorieux soldat que j'avais été... le puissant Suzerain qui s'était efforcé, toujours, de n'user de sa puissance que pour créer
du bonheur, ou pour diminuer la souffrance autour de lui...

« ...Elle fut une admirable Châtelaine... Sa bonté, et sa grâce, régnèrent,
sur ce pays, pendant cinq années, qui passèrent plus vite qu'un beau jour de
printemps !...

Le Révérend Père Anselme regarda le vieux baron : « — Vous êtes un Saint...
Monseigneur !... prononça-t-il, très gravement... » (P. 1171).

« ...En ces cinq années, elle me donna deux enfants... une fille et un
fils !... Hélas !... Je perdis les deux enfants... et la mère !... Ils furent
emportés par le même mal, un fléau, qui coucha, dans la terre de la Baronnie,
deux mille personnes, en moins de six mois !... Je n'échappai à ce mal, moi-
même, que par miracle...

« ...Et, quand je me retrouvai debout, sauf, au milieu du deuil qui
m'avait frappé, comme époux, comme père, et comme Seigneur... effaré, je
maudis la mort, qui m'avait épargné !...

Le Baron se tut, un moment.

— Sombres jours !... murmura-t-il...

Après un nouveau temps de silence, il poursuivit :

— Un mois après... je dus aller à Paris, pour rendre hommage à Notre Sire le Roi... J'étais tout désemparé !... Quel brisement, en moi !... Il me semblait que je ne vivais plus... Il me semblait que tout était fini pour moi... Chaque jour, j'errais, âme en peine, pendant de longues heures, à travers la Ville... regardant tout sans rien voir... hanté par les adorées visions de mes chers morts... Lorsqu'un soir, le hasard me mena vers le Parvis Notre-Dame... Vous savez ce qui se passa ?...

— Vous trouvâtes, dans la niche à la Madone, au fond de la coquille de marbre destinée à recevoir les enfants abandonnés... les deux jumeaux que nous avons vus évoluer, tout à l'heure, dans la prairie, devant le Château...

La physionomie du Baron s'éclaira.

— Les chers enfants !... s'écria-t-il, dans un transport.

Puis, bientôt, il ajouta :

— Je les emportai... Avec eux, je revins ici... Ils me sauvèrent du désespoir !...

LIX

LA PROFESSION DE FOI DU BARON D'HANNEBAUD.

...Le Baron d'Hannebaud, ayant repris haleine, poursuivit :

— La chère morte m'avait guidé, là... C'est elle, qui m'avait conduit devant cette niche où je devais trouver les enfants... Un instant auparavant, j'avais contemplé son image bien-aimée, que je portais, dans ce médaillon dont je ne me suis jamais séparé... Je l'avais implorée... appelée... Je lui avais dit que je voulais aller la rejoindre... La mort devait briser mes liens, me délivrer... Dans l'au delà, je la reverrais, celle qui avait fait l'ivresse de ma vie !...

« ...Or, elle me dicta mes devoirs...

« ...Elle me fit comprendre que je me trompais lorsque je m'imaginais que, elle, étant morte, je n'avais plus de raison d'être ici-bas... Elle me montra ma tâche... Elle me révéla qu'il me fallait donner les jours qui me restaient aux malheureux, aux affligés, à tous ceux qui souffraient...

« ...Belle œuvre !... Très belle œuvre, certes !...

« ...Et, dès lors, je vécus, pour obéir à celle que je voyais, toujours, présente à mes côtés, quand je soulageais quelque infortune... Elle continua de régner, sur la Baronnie, en ce sens que, en son nom, je fis tout le bien possible, autour de moi...

« ...Mon Révérend, depuis vingt années, il n'y a plus un seul être malheureux sur les terres d'Hannebaud... Tout le monde y vit dans l'aisance, par le travail... J'ai enrichi l'Abbaye du Bec, qui me seconde dans mes efforts... Nous avons créé des écoles, nombreuses, où nos enfants s'instruisent... Nous avons érigé des Moustiers... Nous avons construit des maisons où l'on reçoit les malades, et où des Moines, élèves de Maître Jean Pitart, Chirurgien de Notre Sire le Roi, les soignent... Nous développons, autant que nous le pouvons, les moyens de culture... Partout, on plante des pommiers, qui nous donnent une boisson saine et abondante... Pas un coin de terre n'est en friche... On élève des chevaux... On nourrit, dans nos prairies, des troupeaux innombrables...

« ...Et puis, je dote et marie les filles... Je préside les cérémonies d'épousailles et de baptême... Aux jours de grande fête, j'organise des jeux... des danses, des repas en plein air... Tous les jouvenceaux de la contrée sont exercés à monter à cheval, à lancer le javelot, à tirer l'arc... Que Notre Sire le Roi m'appelle, sous sa bannière, et je lui mènerai, cinq mille cavaliers et archers qui lui vaudront vingt mille soldats...

« ...Telle est mon œuvre, mon Révérend... ou, plutôt, l'œuvre de ma chère morte, qui fut mon instigatrice, et au nom de qui j'ai agi, je le répète...

. « ...Oui, oui, la bien-aimée avait raison...

. « ...Tout être, ici-bas, a une tâche à accomplir... Il se doit, à lui-même, de répandre du bonheur, autour de lui, dans la mesure de ses moyens... Quand il remplit cette tâche, avec amour, le malheur n'a pas prise sur lui... Il peut braver tout... Car il a cette force : Le Renoncement personnel... Rien ne le touche que ce qui touche autrui... Et, dans son effort pour soulager les autres, il oublie ses souffrances !...

Le Révérend Père Anselme regarda le vieux Baron.

— Vous êtes un Saint... Monseigneur !... prononça-t-il, très gravement... Et il ajouta, avec une conviction souveraine... comme inspiré :

— Le Renoncement personnel !... Tout est là !... Il faudrait que cela fût le Dogme !... L'altruisme !... C'est la Doctrine de Jésus !... Aimez-vous les uns les autres !... C'est le premier Commandement inscrit à la première page de tous les Livres Sacrés... Je l'ai lu sur les textes des Religions de l'Inde... L'altruisme !... Le Renoncement personnel !... Le secret du bonheur !...

LX

L'OFFRE.

...Certes, le Moine, et le Haut Seigneur — deux êtres d'élite, au grand cœur, à l'intelligence d'envergure géante, étaient dignes l'un de l'autre.

Ils se comprenaient.

Ils s'appréciaient, mutuellement.

— Je poursuis, mon Révérend... dit le noble vieillard.

— Je vous écoute, Monseigneur... répliqua le Moine, respectueusement.

— Cependant... poursuivit le Baron d'Hannebaud... les orphelins, jumeaux, que j'avais recueillis sur le Parvis Notre-Dame, à Paris... grandissaient... Je leur donnai des maîtres... aussi bien pour développer leur intelligence au point de vue intellectuel que leur force au point de vue physique... Deux Moines de l'Abbaye du Bec les instruisirent... leur apprirent tout ce que doivent savoir des hommes appelés à conduire ceux que la Nature, et le Sort, ont moins bien doués, moins servis... Ils étudièrent la Théologie, la Philosophie, l'Astronomie, les Sciences naturelles... Oh! Ils sont très instruits, déjà... Attentifs, désireux d'apprendre, et, du reste, fort intelligents... Ils sont fils de gens de race, assurément — je parle au point de vue moral, bien entendu...

« ...Ces enfants mirent une vive clarté dans mes ténèbres... Ils ne me donnèrent que des joies... Ils sont tendres, caressants, doux... rieurs, gais .. et vaillants, charitables, bons... Ils s'ingénient à me témoigner leur vive reconnaissance pour le bien que je leur ai fait... car je ne leur ai rien caché du passé, estimant que l'on doit, avant tout, la vérité à tous ; mais, surtout, aux enfants... L'erreur, en tout, est le mal !... Et l'on ne saurait donner, trop tôt, la vérité, entière, quelle qu'elle soit — c'est-à-dire la lumière — aux Etres !... Et, ils m'aident, ces chers enfants, de toutes leurs forces, à remplir la tâche que je me suis imposée, pour honorer la mémoire de Haute et Très Noble Dame, la défunte Baronne Blanche d'Hannebaud... mon épouse vénérée...

« ...D'autre part, ils surent, de très bonne heure, manier les armes, monter à cheval, dresser les faucons et les lancer... Ils sont très savants dans l'art de la vénerie... Et, s'il leur fallait combattre, sous la Bannière Royale, ils seraient aussi vaillants soldats que chefs prévoyants... Du reste, vous les avez vus à l'œuvre, tout à l'heure... et, avec moi, mon Révérend, vous les avez admirés et acclamés...

« ...Enfin, et pour que vous soyiez au courant, tout à fait, de ce qui s'est passé, céans, depuis quinze années... il faut que vous sachiez que j'ai donné, à ces enfants, la riche terre d'Aulnay, dépendante de la Baronnie d'Hannebaud... terre que Notre Sire le Roi, Sa Majesté Philippe, le Quatrième — que Dieu garde! — a bien voulu, sur ma demande, ériger en Comté... Oui, mes enfants, Gaultier, et Philippe, sont, depuis trois ans, Comtes, et Souverains Seigneurs, sous ma Suzeraineté, des Comtés d'Aulnay, avec Droit de Justice basse et haute, avec tous les titres, revenus, apanages, servages, qui en dépendent.

« ..Mais, j'estime que, à leur égard, ma tâche n'est point achevée, encore.

« ...Dès maintenant, moralement et physiquement, ce sont des gentilshommes accomplis, en tous points... Il leur manque, pourtant, quelque chose que je considère comme absolument indispensable à des Conducteurs d'Etres qu'il faut munir de tous les moyens d'action nécessaires pour qu'ils remplissent leurs devoirs et fécondent, à leur tour, du bonheur au profit des autres, autant que possible...

« ...Or, c'est sur vous, mon Révérend, que j'ai compté pour donner, à Gaultier, à Philippe d'Aulnay, ce qui, selon moi, leur manque.

Le vieillard, ayant ainsi parlé, attendit la réplique du Révérend Père Anselme.

— Je ne puis que vous répéter ce que je vous ai dit, tout à l'heure, Monseigneur... fit le Moine... Moi aussi, et comme tant d'autres, je vous dois tout... Aussi, suis-je prêt à saisir, avec empressement, cette occasion, que vous m'offrez, de vous témoigner, par des actes, toute ma reconnaissance... Parlez donc?... Apprenez-moi comment je peux vous servir... par quel moyen je peux être utile aux Comtes Gaultier et Philippe d'Aulnay?...

— Voici.

— Dites?...

— L'expérience de la vie m'a appris que, plus les dirigeants sont éclairés, plus ils sont bons et justes... Un mauvais Seigneur, un mauvais Roi, sont, toujours, gens sans culture intellectuelle... Tout être appelé à conduire les autres doit être, d'abord, capable de les instruire... Un temps viendra, j'en suis sûr, où nul ne sera le premier, le chef, que s'il est le plus fort par l'esprit...

« ...Sur une nef, pour traverser les mers, le pilote commande, parce que, seul, il connaît les récifs, les passes dangereuses... parce que, seul, il sait voir poindre le nuage, qui vient du large, et apporte la tempête... Est-ce que la vie humaine n'est pas hérissée de difficultés?... Est-ce que la tempête ne menace pas, journellement, les hommes?...

« ... Par suite, le pilote, ici, comme là, ne peut diriger que s'il sait... et il dirige d'autant plus habilement qu'il sait davantage.

Le Révérend Père Anselme opina de la mine et du geste.

— Cela étant indiqué... poursuivit le très noble et très sage Baron d'Hannebaud... j'estime que le Conducteur d'Etres ne doit pas se borner à apprendre, en son pays, tout ce que savent les hommes de sa race... Un Conducteur d'Etres est un sommet... Or, il est connu que, des sommets, on voit plus loin... Le Conducteur d'Etres doit voir loin...

«...Qu'un manant, né fruste, balourd, et capable, seulement, de rester, toujours, courbé, péniblement, sur la glèbe nourricière, sur laquelle coulera sa sueur, ne regarde, et ne voie, que l'horizon de son pays natal... le clocher du Moustier autour duquel ses pères ont vécu... cela vaut mieux, pour lui, peut-être — car, en vivant dans ce milieu resserré, suffisant pour son esprit peu ouvert, il acquiert le culte des terres qu'il défriche, des bois qu'il parcourt, des masures qu'il habite ; il aime ses pareils, comme lui enfermés dans l'étroit espace... et il crée, sans s'en rendre compte, heureux dans sa médiocrité, la base de la famille humaine... dont l'effort, bien dirigé, pourrait donner, au Monde, de si fécondes moissons...

«...Mais le pilote, le chef, tout au contraire, doit s'affranchir, de bonne heure, de toute assujettissante accoutumance... laquelle peut le faire choir, un jour, dans la mollesse et l'incuriosité de tout ce qui ne se rapporte pas, immédiatement, aux êtres, et aux choses qui suffisent à son bien-être moral et matériel... Et puis, il faut qu'il augmente, sans cesse, l'appoint de ses connaissances... Or, comment le pourrait-il, s'il se cantonne à la même place, au fond de son Château?... Vienne l'âge mûr, il s'obstine dans une routine qui sied à son impotence relative... et tout ce qu'il pourrait donner, encore, d'essor au progrès, est perdu, pour un long temps !...

« ...Dès lors, c'est un être égoïste, inutile, et, par conséquent, nuisible... Il tient, de ceux qui ont vécu avant lui, des bienfaits qu'il ne rend pas à la communauté humaine, puisqu'il vit sans augmenter l'héritage qu'il a reçu de ses ancêtres... Sur l'arbre humain, c'est une branche gourmande, juchée au sommet, en plein soleil, qui se nourrit de la sève commune, et qui ne donne pas de fruits !...

« ...Honte à ces êtres, d'autant plus méprisables qu'ils pourraient faire plus de bien... étant plus puissants, plus haut placés, plus riches !

« ...Je ne veux pas que mes amés fils, les Comtes Gaultier, et Philippe d'Aulnay leur ressemblent.

« ...Ils savent, à cette heure, au double point de vue des connaissances intellectuelles, et physiques, tout ce qu'ils peuvent savoir.

« ...Or, j'estime que, pour eux, le moment est venu d'acquérir de nouvelles sciences.

« ...Ils ne les acquerront qu'en se déplaçant... qu'en courant le Monde... qu'en voyant d'autres peuples... d'autres coutumes... d'autres mœurs.

« ...Je veux que leur vie s'étende plus loin que l'horizon de la Baronnie d'Hannebaud... et, même, plus loin que celui de la terre française...

« ...Ce résultat ne sera acquis que s'ils voyagent.

« ...Quand ils reviendront ici, ils rapporteront, de leurs excursions lointaines, mille connaissances utiles, à tous les points de vue.

« ...A contempler les vastes espaces, leur esprit se sera élargi.

« ...Ils auront vu, comparé, étudié...

« ...Ils auront le goût des recherches, et, même, des aventures — ce qui ne m'effraie pas... car l'homme doit s'efforcer d'agrandir son domaine, et, parfois, pour le tenter, il lui faut de l'audace... de la passion, autant que de la patience et du courage.

« ...Enfin, ils n'en aimeront que mieux le coin de terre où ils ont grandi... quand il le reverront après une longue absence... et vers lequel leurs regards se seront tournés, souvent, au cours de leurs explorations.

« ...Certes, il m'en coûtera — et beaucoup, même... de me séparer d'eux !

« ...Qui sait si je les reverrai ?

« ...Je suis vieux... et la Mort me guette...

« ...Elle me prendra demain, peut-être !

« ...J'eusse aimé que ces enfants me ferment les yeux !

« ...Mais c'est précisément parce que la Mort peut me coucher, demain, sous la large pierre armoriée où dorment mes enfants et Celle que j'ai tant pleurée, la défunte Baronne Blanche d'Hannebaud... que je veux achever ma tâche...

« ...Il faut qu'elle soit accomplie avant que sonne mon heure.

« ...Je l'accomplirai.

« ...Les Comtes Gaultier, et Philippe d'Aulnay sont dans l'âge où les voyages s'entreprennent avec joie — et fructueusement... car tout ce qu'on voit, tout ce qu'on entend, dans la prime jeunesse, impressionne, davantage, et l'esprit, et le cœur.

« ...Et, à cet âge, de quelle force, de quelle énergie, inlassables... ne dispose-t-on pas ?

« ...On ne connaît pas le danger, et la fatigue n'a aucune prise sur vous.

« ...J'ai donc résolu, mon Révérend, que mes enfants bien-aimés... pour leur bien, propre... et pour le bien à venir de leurs vassaux... se mettront en route, prochainement... le plus prochainement possible.

« ...J'ai longtemps pensé à ces choses... et, depuis plusieurs années, je me prépare à ce moment.

« ...Bien entendu, je n'entends pas que ces jouvenceaux aillent, seuls, parcourir le Monde...

« ...J'ai cherché qui pourrait être leur guide, au cours de leurs voyages...

« ...Je voulais que ce guide fût assez sûr pour que je pusse lui confier les êtres que j'aime le mieux en ce monde... assez instruit pour qu'ils trouvassent, en lui, un Maître, capable de leur tracer leur route et de la leur faire parcourir utilement, fructueusement... assez tendre, aussi, pour les aimer, afin qu'ils ne regrettent pas trop tout ce qu'ils perdront en s'éloignant de ce Château, où ils se savent chéris par moi... et par tous ceux qui les approchent...

« ...Or, mon Révérend, c'est à vous que j'ai voulu demander d'être le guide sûr, instruit, et tendre, à qui je confierai mes enfants...

« ... Vous avez parcouru le Monde...

« ...Présentement, ainsi que vous me l'avez dit, tout à l'heure, vous vous reposez, à l'Abbaye du Bec, dans votre pays natal, avant de vous remettre en route pour poursuivre les recherches que vous avez entreprises.

« ...Eh ! bien, quand vous partirez... quand vous quitterez la France, derechef, je vous demande d'emmener, avec vous, les Comtes Gaultier et Philippe d'Aulnay.

« ...Je vous demande de vous intéresser à eux, de les instruire, de les associer à vos travaux.

« ...Lorsqu'ils reviendront ici... grâce à vous, ils seront définitivement armés pour entrer dans la vie, pour y tenir le rang que mon désir leur assigne... et pour y jouer le rôle, utile, que de bons Conducteurs d'Etres doivent remplir. »

Le Baron d'Hannebaud attendit la réplique du Révérend Père Anselme...

LXI

LE GUIDE DES COMTES GAULTIER ET PHILIPPE D'AULNAY.

Le Moine avait écouté le vieillard avec une attention soutenue.

— Vous êtes un Saint, Monseigneur !... répéta-t-il... Je vous admire !... Je vous vénère !...

— Acceptez-vous l'offre que je vous ai adressée ?... demanda le Baron.

— Je l'accepte !

Les jouvenceaux s'assirent côte à côte, sur une roche moussue. (P. 1182.)

— Hosannah!... Mon Révérend, vous me rendez joyeux!... Voici, certes, une bonne journée pour moi.

— Je me remettrai en route dans cinq mois...

— Dans cinq mois, c'est-à-dire à l'automne?

— Oui!... C'est la bonne saison pour se rendre dans les pays que je compte visiter.

— Et ces pays...

— Je retournerai dans l'Inde... où j'ai vécu, déjà... où je séjournerai pendant plus d'une année... et où je reviendrai, encore, après une longue excursion à la Chine... J'emmènerai, avec moi, vos fils, Monseigneur... J'approuve vos projets, sans réserve...

« ...Ah ! Comme il serait à souhaiter que tous les Hauts Seigneurs de cette noble terre de France eussent les mêmes idées que vous...

« ...Oui, il est bon que les jeunes hommes s'expatrient, pour un temps... Rien ne peut les servir davantage !... Quand ce ne serait que pour leur faire aimer mieux leur pays natal...

« ...En les excursions lointaines, ils trouvent, outre qu'ils acquièrent des connaissances qu'ils ne pourraient acquérir en restant attachés à leur foyer — un moyen de dépenser leurs forces vives au service d'actes utiles, au lieu de les user dans les passions du jeune âge, auxquelles l'oisiveté, la richesse les exposent... passions qui dégradent les êtres les plus purs, et ôtent, aux hommes, leur énergie, leur foi, leur virilité...

« ...Je vous ramènerai vos fils, Monseigneur, mieux armés — comme vous l'avez dit, fort justement — pour commencer l'œuvre de leur vie, qui sera noble, j'en suis sûr, s'ils suivent, comme je l'espère, les leçons du très tendre et très grand homme qui les éleva...

« ...Avec eux, je travaillerai... Ils verront tout ce que je verrai... Je les suivrai... Je les aimerai... Je remplacerai, pour eux, autant que possible, le père que le Dieu très clément leur a donné pour leur bonheur...

« ...En agissant ainsi, je remplirai un double devoir... D'abord, je parachèverai votre œuvre en m'efforçant de faire deux hommes d'élite, et puis, je vous paierai, en partie, la dette que j'ai contractée envers vous... Vous pouvez, donc, compter sur moi, absolument, Monseigneur.

— Mon Révérend, je vous le répète... Voici une bonne journée pour moi !

— Elle est bonne pour nous deux, car ce m'est une joie, très grande, que de vous satisfaire.

— Dès maintenant, je vais faire tout préparer pour le départ des enfants... Je veux qu'ils ne manquent de rien, au cours de leur séjour à l'étranger... Nous aurons, à ce sujet, de nouvelles entrevues, au cours desquelles nous prendrons toutes les mesures nécessaires, d'un commun accord, pour que les jouvenceaux soient munis, comme il convient, selon leur rang, et comme bagages, et comme armes et comme serviteurs... En attendant, mon Révérend, je veux qu'ils vous connaissent... Ils vont se rendre ici, très incessamment, selon le désir que je leur ai exprimé, tout à l'heure... Et...

Le Baron s'interrompit.

Les jumeaux du Parvis Notre-Dame, les enfants de Monseigneur d'Hannebaud, les Comtes Gaultier, et Philippe d'Aulnay étaient entrés dans la Salle des Bannières.

Maintenant, les jouvenceaux portaient, tous les deux, le même costume, très élégant, en soie bleu clair, qui moulait leur corps svelte, bien fait.

On eût dit des jeunes filles, qui, par fantaisie, portaient des habits d'homme.

Personne n'eût cru que c'étaient les cavaliers qui, tout à l'heure, bardés de fer, maîtrisant, de leur poignet de fer, des chevaux fougueux, avaient évolué, si martialement, dans la prairie prochaine, sous les yeux, charmés, du Noble et Très Haut Baron d'Hannebaud.

Une dague, à poignée d'argent — un vrai joyau... pendait à leur ceinture.

Leurs longs cheveux flottaient sur leurs épaules.

Ils avaient l'air très doux.

Ils étaient très beaux.

Ils venaient, à pas lents.

Gaultier s'appuyait sur l'épaule de Philippe.

Bientôt, dans cette salle immense, que le soleil illuminait, baignant de clartés les bannières, multicolores, des Vassaux de la Baronnie, faisant étinceler les brillantes armures, les armes d'ost et de chasse — dans cette salle où tenait la gloire de plusieurs lignées de Hauts et Puissants Seigneurs... les jumeaux se trouvèrent en face du généreux vieillard qui leur avait servi de père... et du très grand Moine qui avait consenti à devenir leur Maître.

— Messires, leur dit, très gravement, le Baron d'Hannebaud... saluez le Révérend Père Anselme... Remerciez-le de la bonne promesse qu'il m'a faite...

Les jouvenceaux s'inclinèrent, respectueusement, devant le Religieux.

Le vieillard poursuivit :

— Le Révérend Père Anselme parachèvera votre éducation Outre-Mer, Messires... Vous serez, bientôt, informés de nos desseins à votre sujet...

Et il ajouta, solennellement :

— Le Révérend Père Anselme connaîtra mes instructions futures, mes enfants — en ce qui vous concerne... Mais, d'ores et déjà, sachez que, quand je n'y serai plus, il me remplacera auprès de vous... Vous devrez... c'est ma volonté expresse... le respecter, l'honorer, lui obéir... comme vous me respectez, comme vous m'honorez, comme vous m'obéissez !...

— Votre volonté nous est, et nous sera, toujours, sacrée, Monseigneur !... répondirent, d'une seule voix, les jumeaux.

— Montjoie !... s'écria le Baron, dans un transport.

Son front rayonnait.

Il éprouvait une joie profonde.

Il était tout en allégresse.

Il répéta, avec une vive émotion :

— La bonne journée que celle-ci !

Il reprit, s'adressant aux Comtes Gaultier et Philippe d'Aulnay :

— Messires, le Révérend Père Anselme va retourner à l'Abbaye du Bec...
Je veux que vous le conduisiez... Chemin faisant, vous causerez ensemble...
Allez !

Il remercia le Religieux avec effusion.

Et il ajouta, enfin :

— Je vais me retirer dans l'Oratoire... Je veux songer, dans la retraite,
à tout ce qui vient de se passer, céans... Je veux prier le Dieu Puissant de me
donner tout le courage dont j'aurai besoin à l'heure, si amère, de la prochaine
séparation !... Je veux, aussi, le remercier de la joie qu'il m'a donnée, et
appeler, sur nous tous, sa sollicitude et son appui... Je souhaite, mon Révérend, qu'il vous ait en sa Très Sainte Garde !

Le noble vieillard s'éloigna.

Et le Révérend Père Anselme, ému, avec les jouvenceaux, troublés —
sortit de la Salle des Bannières...

LXII

LA RECLUSE DU TROU AUX CHOUETTES.

...Un mois avant l'époque où le Révérend Père Anselme devait s'éloigner
de l'Abbaye du Bec, et se rendre, dans l'Inde, avec les fils du vieux Baron
d'Hannebaud, les comtes Gaultier, et Philippe d'Aulnay... les jouvenceaux
prirent part à une grande chasse organisée par l'un des Vassaux du Baron,
le Comte de Brionne.

Une chasse au cerf... dans la très giboyeuse forêt de Brionne... située
à trois lieues, environ, du Château d'Hannebaud.

Gaultier, et Philippe, connaissaient, à merveille, cette verdoyante
contrée, qu'ils avaient parcourue, en tous sens, depuis leurs plus tendres
années.

Or, comme ils suivaient la chasse, à cheval, l'épieu en main, le cor à la
ceinture, l'un des harnachements qui retenaient la selle de Gaultier se rompit,
tout à coup.

C'était dans un chemin creux, au flanc d'un coteau... bordé d'un abîme
d'une grande profondeur.

Le jeune homme, excellent cavalier, put sauter à terre à temps... et
maintenir sa monture.

Fort heureusement.

Car, sans son adresse, sa présence d'esprit, cavalier, et cheval, pouvaient
rouler dans l'abîme.

Et c'était la mort !

Une mort terrible !

Philippe, épouvanté, blême, tout tremblant, ayant vu le danger que Gaultier avait couru, avait mis pied à terre presque en même temps que son frère.

Il attacha les deux chevaux, par la bride, prestement, au tronc d'un arbre.

Sans mot dire, tout d'abord — car il était ému à ce point qu'il ne pouvait parler — il se jeta dans les bras de Gaultier.

Il l'étreignit, éperdument.

— C'est effrayant !... murmura-t-il, enfin.

Terrifié, il regardait le gouffre.

Il voyait le corps de son frère brisé, déchiré par les branches, aiguës, des halliers... pantelant, ensanglanté.

— Oui, oui... c'est effrayant !... répéta-t-il.

En guise de remercîment au Très Haut, qui avait sauvé Gaultier d'une mort certaine, il se signa, très dévotement.

Au loin, dans la combe prochaine, on entendait les fanfares des cors sonnant l'hallali.

L'endroit où les jouvenceaux se trouvaient, alors, avait un aspect superbement sauvage.

Des arbres aux troncs énormes, rugueux, se dressaient, majestueux, chargés de feuilles brûlées par les ardents soleils d'août, et parées de cette couleur fauve qui met une note mordorée, très chaude de tons, sur les paysages aux approches de l'automne.

Des lierres, très vivaces, enguirlandaient les rochers surplombant la route, et dont les bords découpaient, sur le ciel, comme des silhouettes de monstres formidables, chimériques, qui semblaient être les gardiens, farouches dans leur immobilité, de ces solitudes sylvaines.

Le Château de Montfort, flanqué de deux Tours, massives, s'élevait au sommet du coteau.

Par delà la combe où Gaultier avait failli rouler, l'horizon s'étendait, à perte de vue, tout verdoyant.

Sous l'illumination du soleil, on voyait étinceler les eaux de 'a Risle, qui serpentait, dans les prairies bordées d'oseraies où nichaient les mésanges...

Des villages apparaissaient, avec les toits de chaume de leurs masures barrées de poutrelles croisées supportant les murailles faites de terre durcie, et entourés de pommiers, dont les branches étaient chargées de fruits qui mûrissaient.

Un sentier s'étendait proche de l'arbre auquel Philippe avait attaché son cheval.

Un sentier étroit, broussailleux, qui semblait fait plutôt pour le passage des bêtes que pour celui de créatures humaines.

— Nous ne rejoindrons pas la chasse... dit Gaultier.

— J'ai entendu sonner l'hallali... répliqua Philippe.

— Nous retournerons, à Hannebaud, directement.

— Reposons-nous, d'abord !... Veux-tu ?

— Reposons-nous !

Les jouvenceaux s'assirent, côte à côte, sur une roche moussue.

— Ah ! J'ai eu une fière peur !... reprit Philippe.

— Il est vrai que si le Dieu Tout Puissant, et mon très vénéré Patron, ne m'avaient protégé... à cette heure je ne serais qu'une loque humaine toute déchiquetée par les épines de ces halliers.

— Mon frère !...

— Mon amé Philippe !

— Que devenir l'un sans l'autre !... Ah ! Gaultier, si je te perdais... je mourrais !

— Je mourrais, de même, Philippe, si je te perdais !

— Jamais, comme en ce moment, je n'ai senti comme tu m'es cher !

— Il est bien vrai qu'il y a des moments où il me semble que nous ne faisons qu'un seul et même être en deux personnes.

— C'est cela !... Tu as fort bien exprimé ce que j'éprouve moi-même !...

— Nous sommes tout l'un pour l'autre.

— Tout !

— Notre père d'adoption, le Noble Seigneur d'Hannebaud, que nous vénérons, nous aime, certes ; mais on peut dire, sans blasphémer, que malgré ses soins, sa tendresse, il ne nous tient pas lieu de ce qui nous manque, et qui constitue, pour nous, cette souffrance qui nous accable, à certains jours plus particulièrement, et nous cause cette mélancolie, cette tristesse, contre laquelle rien ne peut réagir !...

— Rien !... Tu as raison !

— Une mère !... Il nous manque les caresses, le sourire d'une mère !

— Hélas !

— J'ai envié, souvent, le sort des enfants que j'ai vus dans les bras de leur mère !

— Leur sort est enviable, en effet !

— Pour être à leur place, j'aurais donné tout ce que nous avons et que l'on nous envie.

— Avec joie !

— Etre pauvre... mais être aimé par un être qui a le même sang que vous !

— C'est le vrai bonheur !

— C'est pour cela que nous nous aimons si tendrement, mon Gaultier... Nous sommes, l'un à l'autre, toute notre famille !

— Oui !...

Philippe soupira.

Et, après un instant de silence... pendant lequel on n'avait perçu que le bruissement des feuillages secoués par la brise, les appels des oiseaux qui voltigeaient sur les haies, et le bourdonnement des insectes — il reprit :

— Que fait notre mère ?... Et pourquoi nous a-t-elle abandonnés ?

— Nous ne le saurons jamais, hélas !

— Jamais !...

— Elle devait être riche, car les langes dont nous étions enveloppés, dans notre berceau, sous la niche à la Madone du Parvis Notre Dame... étaient faits d'étoffes de prix... Ce n'est donc pas la misère qui a forcé notre mère à se séparer de nous... à briser le lien qui nous attachait à elle !...

— Ah ! De quelle tendresse elle s'est privée !... Comme nous l'aurions aimée !...

— Pauvre femme !... Je la respecte ; je la vénère, sans la connaître !... Elle pleure sur nous, sans doute, comme nous pleurons sur elle !... Elle nous a cherchés, peut-être !... Elle nous cherche encore...

— Ah ! que la Sainte Madone, protectrice des mères, veuille que nous la connaissions un jour !... Qu'elle daigne, pour notre plus grand bonheur, la mettre sur notre route, et la jeter dans nos bras !... Jour de joie !...

— Rêve impossible.

— Qui sait ?...

— Dis, frère, as-tu essayé, parfois, de te la représenter !

— Oui !...

— Ah !

— Souvent !

— Moi de même... Mais, réponds... comment la vois-tu ?

— Grande... svelte... très belle.

— Moi, de même !

— Blonde... avec des yeux bleus très doux.

— C'est cela !... C'est cela !...

— Et majestueuse... comme une Reine !

— Oui !... Oui !... Comme une Reine !... C'est ainsi que je vois notre mère...

Dans un transport, Philippe s'écria :

— Oh! la connaître !... L'étreindre !... L'embrasser !...

— Rêve... hélas !... murmura Gaultier.

Et les deux jouvenceaux se turent.

Ils étaient profondément émus.

....Ils demeurèrent immobiles, regardant droit devant eux, fixement... tout pensifs...

Leurs entretiens relatifs à leur mère se terminaient toujours ainsi... dans une sorte de recueillement mélancolique — très doux, pourtant.

Autour d'eux, même splendeur, même harmonie.

Le soleil illuminait l'horizon de clartés resplendissantes... faisait scintiller les eaux de la Risle... mettait des tons dorés sur les cimes blondes des arbres — et, sous le souffle, léger, de la brise, les feuillages bruissaient... les oiseaux chantaient dans les buissons... les insectes bourdonnaient.

Une forte odeur de résine se mêlait, dans l'air, à l'âcre senteur des lierres, au parfum des lavandes, des bruyères et des thyms sauvages...

. . . .

... Tout à coup, Gaultier, et Philippe d'Aulnay tressaillirent.

Ils levèrent la tête.

Une voix grave avait retenti, dans le silence de ce coin si pittoresque.

Une voix sonore, bien timbrée, très harmonieuse.

Une voix de femme.

Elle chantait une sorte de mélopée, aux accents lents, plaintifs, pénétrants.

Ce chant avait une particulière puissance dans ce décor sauvage, sous ces grands arbres, près de ces rochers géants.

Décor, et mélopée, semblaient se compléter l'un l'autre.

Dans cette mélopée il y avait quelque chose de farouche, à la fois, et de très doux, que le décor, également farouche, et très doux, servait à merveille.

C'était comme la plainte amoureuse d'une femme des premiers âges du monde pleurant sur un amant tué en quelque lutte homérique.

Elle contenait des phrases où l'on percevait des cris de fureur, de désespoir... des appels à la vengeance, et, tout à coup, comme des supplications, des murmures empreints d'une surhumaine tendresse.

Les jouvenceaux... surpris, et charmés, écoutèrent.

Dans l'état d'esprit où ils étaient, après leur entretien... cette mélopée, entendue, soudain, les secouait, nerveusement, plus violemment qu'en toute autre occasion.

Ils ne pouvaient voir la chanteuse.

Elle était perdue sous bois.

Mais elle se rapprochait.

Elle devait parcourir, en chantant, le sentier broussailleux, étroit... qui semblait fait plus pour le passage des bêtes sauvages que pour celui de créatures humaines... le sentier qui s'enfonçait, dans la forêt, un peu au-dessous du talus sur lequel les jeunes hommes étaient assis.

— Qui cela peut-il être?... murmura Gaultier.

— La voix se rapproche... dit Philippe.

... La recluse du Trou aux Chouettes s'était arrêtée, tout net, au détour
du sentier. (P. 1188.)

— La chanteuse ne tardera pas à paraître.

— C'est sûr !

— Attendons !

La chanteuse se rapprochait de plus en plus.

Les chevaux, attachés près de l'entrée du sentier... effrayés, piaffaient, secouaient leur crinière, et hennissaient.

— Nous sommes, à ce qu'il me semble, à peu de distance de la maison brûlée ?... dit Gaultier, à demi-voix.

— Eh ! bien?... demanda Philippe.

— A moins de deux cents pas de l'orme creux?...

— Oui...

— Or, la chanteuse qui vient là...

— Achève ?

— Ce doit être... ce ne peut être que la recluse du Trou aux Chouettes.

— Tu as raison...

— La Sorcière qui jette des Mauvais Sorts, dit-on, aux jouvencelles, amoureuses, égarées en ces parages.

— Et qui protège, au contraire, les jouvenceaux venant lui demander son aide, quand ils souffrent du mal d'amour.

— La voici... j'ai entrevu sa silhouette à travers les feuillages... Je l'ai aperçue, une fois, déjà, tout près d'ici, pendant une minute... Elle me regarda... Et, tout à coup, elle s'enfuit... Je suis curieux de la revoir... C'est un être étrange...

— Je ne sais pourquoi, j'ai peur !

— Peur?

— Oui.

— Mais...

— Pourvu que cette femme ne nous porte pas malheur!... Voir cette étrange créature en cet endroit, où tu as failli périr... en cet endroit où nous avons parlé de notre mère, et formé le vœu de la connaître, un jour... cela me trouble !

Les jouvenceaux, à la même minute, frissonnèrent.

Ils se serrèrent l'un contre l'autre, d'instinct.

Ils ne s'étaient pas trompés.

La créature qui chantait, sous bois, c'était bien la recluse du Trou aux Chouettes.

Elle apparut... sortant du sentier broussailleux...

*
* *

... Etrange créature, en effet, comme l'avait dit Gaultier — très étrange créature!

C'était une femme d'une quarantaine d'années.

Grande... très bien faite.

Vigoureuse.

Au masque superbe.

Bronzé, hâlé, par le soleil... l'air... le froid... la pluie — éclairé par deux yeux très noirs, ardents, qui brillaient dans des orbites profondes, sous des sourcils épais, noirs, admirablement arqués.

Sa bouche, aux lèvres fortes, rouges... son nez, large, aux narines dilatées... son menton, rond, au ferme contour... son front, haut... entouré de cheveux très noirs, flottant jusque sur ses épaules... donnaient, à son visage, une expression d'énergie, de force, d'audace, de passion, et d'intelligence tout à fait remarqnables.

Elle avait l'aspect farouche.

Elle était vêtue, mi-partie de loques... mi-partie de peaux de bêtes... qui laissaient voir son buste, aux seins puissants et très fermes... — bien attaché à son col, rond et d'un beau dessin... à ses hanches rebondies — et ses beaux bras, aux formes très pures, terminées par des mains petites et fines...

Etait-elle née sur la terre normande?

Assurément non.

Elle était, plutôt, de race étrangère.

Mauresque... peut-être — ou, tout au moins, du pays d'au delà des Monts Pyrénéens.

Quelle tempête... quel coup du Sort, l'avaient amenée dans la Baronnie d'Hannebaud?

Nul ne le savait, aux environs.

Personne ne le lui avait jamais demandé.

Du reste, aurait-elle voulu... aurait-elle pu le dire?

Elle vivait, là, depuis plusieurs années... près de l'endroit dénommé le Trou aux Chouettes, une sorte de grotte, creusée dans le roc, et où nichaient les oiseaux nocturnes.

Elle habitait, sous bois, une sorte de hutte, qu'elle avait construite, elle-même, avec des branches d'arbres.

On lui faisait l'aumône, quand elle quêtait, pour sa subsistance, une fois par semaine, dans les villages avoisinants.

On lui donnait du pain... des œufs, des fruits — voire quelques menues pièces de monnaie.

Elle disait la bonne aventure pour payer les bonnes gens de leur charité.

Comme elle ne faisait pas de mal... comme elle ne commettait aucune déprédation, et comme elle ne gênait personne, puisqu'on ne la voyait que lorsqu'elle sortait du bois, en quête de vivres — on la laissait tranquille.

Elle n'avait pas d'autre nom que celui-ci : La recluse du Trou aux Chouettes...

*
* *

... Lorsqu'elle déboucha du sentier qu'elle avait parcouru en chantant, elle avait, sur l'épaule droite, une chouette.

Une chouette de la plus grande taille... dont le masque, rond, était éclairé par deux yeux aux reflets verdâtres, phosphorescents.

L'oiseau, terrifiant, énigmatique et curieux à la fois, presque beau dans sa hideur... était immobile.

L'apparition de cette étrange femme, avec cette bête sur son épaule, avait eu quelque chose de fantastique.

Cela avait impressionné, très vivement, les jouvenceaux : Gaultier et Philippe d'Aulnay.

Tous les deux, ils la regardaient... immobiles, muets, frissonnants.

Vaguement effrayés.

On eut dit qu'elle développait, autour d'elle, un charme magique...

On eut dit qu'elle « prenait le regard ».

Elle fascinait...

Tout comme ces serpents qui, rien qu'en la regardant, attirent leur proie et la font choir, bientôt, dans leur gueule béante..

LXIII

LA PRÉDICTION

... La recluse du Trou aux Chouettes s'était arrêtée, tout net, au détour du sentier.

Elle avait, soudain, cessé de chanter.

Stupéfaite, elle regardait, fixement, les jouvenceaux...

Telle une statue.

Un assez long instant se passa... pendant lequel on n'entendit que le piaffement des chevaux dominant les harmonies du bois.

Tout à coup, la chouette, qui était restée perchée sur l'épaule de la recluse, battit des ailes, et s'envola, en lançant son chant strident, qui ressemble à un éclat de rire — ce chant qui effraie le voyageur rôdant, sous bois, le soir... ce chant qui fait frémir les villageois lorsqu'ils l'entendent vibrer, lugubrement, dans le morne silence des nuits d'hiver.

Alors, la recluse fit quelques pas en avant.

Par ainsi, elle se rapprocha des jouvenceaux.

Sans mot dire, elle leur tendit la main.

Par un même mouvement, les Comtes Gaultier, et Philippe d'Aulnay, fouillèrent leur escarcelle.

Ils en tirèrent, chacun, une pièce blanche, qu'ils mirent dans la main de la recluse...

Les deux pièces disparurent, aussitôt, dans l'une des poches de la pauvresse.

Puis, par un geste rapide... elle prit, en même temps, les mains, gauches, des deux jeunes hommes.

Et, s'asseyant, devant eux, sur le sol, où elle demeura comme accroupie, elle examina, très attentivement, les lignes qui y étaient tracées.

Gaultier, et Philippe d'Aulnay... de plus en plus impressionnés, la regardaient toujours, muets, immobiles, effrayés, curieux.

Bientôt, la recluse parla, d'une voix gutturale... avec un fort accent étranger.

— Hauts... Très Hauts-Seigneurs !... dit-elle...

Elle paraissait surprise... très fortement intéressée.

— Illustre race !... reprit-elle... Race Royale !...

Les jouvenceaux ne soufflaient mot, craignant de troubler la devineresse en ses évocations.

— Votre mère... Très Grande, Très Noble, Très Puissante Dame... Reine, peut-être !... poursuivit la recluse.

Maintenant, Gaultier et Philippe, étaient profondément émus.

La recluse reprit :

— Oui, oui... Reine, peut-être !...

Soudain, elle parut effrayée.

— Les pauvres enfants !... murmura-t-elle...

Et, par deux fois, elle répéta, d'une voix dolente :

— Les pauvres enfants !.... Les pauvres enfants !

Elle poursuivit, après un temps de silence :

— La Fatalité !... La Fatalité !... Elle frappe les meilleurs !... Toujours !... Toujours !...

Elle examinait, tour à tour, les mains, gauches, des deux jeunes hommes... avec plus d'intérêt, encore, plus de curiosité, plus d'attention.

— La même destinée !... reprit-elle... La même !... Absolument la même !... Ce qui atteint l'un, touche l'autre, inévitablement... et comme par contre-coup !... Non !... Non !... Je ne me trompe pas !... Les signes sont nets... L'arrêt du Sort est inéluctable !... Rien ne pourra l'empêcher de s'accomplir !... Terrible !... Terrible !... Pauvres, pauvres enfants !... Aucune aide possible !... Aucun secours, d'aucune part !...

Mystérieusement, elle ajouta :

— Le même signe que dans la main du mien !... Oui, oui, le même !...

A ce souvenir, elle pleura.

Assurément, elle avait perdu quelque être qui lui avait été bien cher...

— Dire qu'il aurait le même âge qu'eux !... murmura-t-elle, toute attendrie... fortement émue.

Elle répéta :

— Le même signe !... Le même !... Les êtres qui le portent, poussés par une ivresse d'amour, sont victimes de la passion qui a présidé à leur naissance... Ils meurent par l'amour!... C'est l'amour qui les frappe et les abat!...

Comme inspirée, elle s'écria :

— Je vois!... Je vois!... Ecoutez!...

Gaultier, et Philippe d'Aulnay, frémissants... attendirent l'arrêt que la devineresse allait rendre.

— Vous mourrez jeunes, tous les deux!... Vous serez fauchés, par l'implacable mort, au printemps de la vie!... Et par le fait d'une femme!... Probablement, la même... Oui, oui, la même!... Elle vous sera fatale, à tous les deux!... Gardez-vous... gardez-vous, Messires, d'une femme, très belle, qui vous aimera, et que vous aimerez tous les deux!... Gardez-vous d'elle!... Fuyez-la!... Fuyez-la!... Elle vous perdra!... Elle vous perdra, vous dis-je...

«... Votre Destinée est écrite dans votre main... Parfois, on voit des lignes mal tracées, coupées par d'autres lignes, barrées par des dessins qui déroutent l'observateur... Dans ce cas, il ne saurait donner des affirmations absolues... Ici, rien de tel!... Les lignes sont précises.... très nettes... Encore une fois, l'arrêt du Sort est inéluctable!...

«... Celui-ci — et la devineresse montra Philippe — se séparera de vous, Messire — et la recluse montra Gaultier — Vous vous séparerez pour échapper à votre destinée... Puis, quand vous croirez que le danger qui vous a menacés s'est dissipé, vous vous retrouverez... car vous vous aimerez, tendrement, jusqu'à la dernière heure, et toute séparation vous sera torture..

«.... Vous ne vous reverrez que pendant quelques instants.

«... Oh!... cette femme, par qui vous succomberez, elle domine votre existence tout entière.

«... Dès maintenant... et sans que vous la connaissiez, sans que vous soupçonniez, même son existence, elle s'occupe de vous!

«... Oui, oui... elle vous sera fatale!

«... Une femme très belle... Très Noble, Très Haute, Très Puissante,... une Très Grande Dame... richissime!

«... Gardez-vous d'elle!... Gardez-vous d'elle!...

«... Rien!... Rien!... Rien!... pour conjurer le Mauvais Sort!

«... Aucune aide!... Aucun secours!... Aucun!... Aucun!... Hélas!...

«... Attendez!... Si... Peut-être!... Peut-être!...

La devineresse apparut, soudain, très joyeuse.

L'expression de sa physionomie, tout attristée, se modifia, radicalement.

Oh! Comme elle s'intéressait au sort des jouvenceaux... sans doute parce que la même Fatalité qui avait frappé quelqu'un des siens, les menaçait... parce qu'ils avaient l'âge de celui de qui elle avait évoqué le souvenir, tout à l'heure.

Oh!... Comme elle était heureuse d'avoir cru découvrir, dans leur main, une ligne, nouvelle, qui pouvait modifier sa prédiction.

— Oui... oui,... reprit-elle... peut-être... peut-être !... Je vois une femme... une autre femme !... Celle-ci pourrait triompher de la Destinée... Elle vous sauverait, qui sait ?... Attendez !... Celle-ci est capable de tous les dévouements... Elle est très puissante, elle aussi... Mais sa force diffère de la force de l'autre... Toutefois, elle n'exercera pas, sur vous, la même action que l'autre !...

« ... Oh ! cette autre !... Comme elle est forte !... Terrible !... Redoudable !...

« ... Je vois, de même, un homme... Un homme de guerre, probablement... Il vous cherchera... Il vous aimera...

Mais la devineresse jeta un cri de rage et de désespoir.

— Démon !... clama-t-elle... C'est cet homme, qui vous cherchera... qui vous aimera, qui sera cause de votre perte !... Démon !... Oui, oui, démon !... Je vois... Je vois... Je suis sûre !... Le Destin est inéluctable, comme je l'avais indiqué, d'abord... L'action de celle qui pourrait vous sauver ne s'exercera pas suffisamment... Vous mourrez, mes enfants !... Vous mourrez !...

« ... Oui, vous vous reverrez pendant quelques heures, après votre séparation...

« ... Vous, Messire — la devineresse, pour la deuxième fois, montra Philippe — vous serez frappé le premier...

« . . Vous, Messire — et la recluse désigna Gaultier — vous disparaîtrez, à votre tour, moins de vingt-quatre heures après.

« ... Un jour... un seul jour... vous survivrez à votre frère.

« ... Et, tous les deux, je le répète, par le fait de la même femme...

« ... Gardez-vous... gardez-vous d'elle !...

« ... Défiez-vous de toute femme Très Noble, Très Haute, Très Puissante, qui vous aimera tous les deux.

« ... Si vous la rencontrez, fuyez-la... vite... vite... le plus vite possible.

« ... Et, même, séparez-vous pour un temps.

« ... Il arrive que, par le fait du Hasard... et par des voies qui nous sont inconnues... la Destinée se modifie, brusquement.

« ... Priez Dieu qu'il vous protège, Messires.

« ... Surtout... fuyez, fuyez toute femme qui vous aimera tous les deux — je ne saurais trop vous le répéter.

« ... Là, peut-être, est le salut.

« ... L'autre femme... celle qui peut vous protéger — votre ange sauveur... interviendra, qui sait ?... à un moment donné.

« ... Je le souhaite !... Je le souhaite !... Je le souhaite ardemment ! »

La devineresse se releva, brusquement.

Elle fixa son regard, ardent, sur les Comtes Gaultier, et Philippe d'Aulnay.

Elle leva ses deux bras, nus... sur leurs têtes.

Ses longs cheveux flottaient au vent.

Elle apparut, aux jouvenceaux, comme grandie... très belle, en sa posture.

Puis, elle redressa la tête... et sembla supplier les Puissances Occultes de protéger les deux jeunes hommes.

Son incantation dura près d'une minute.

Elle prononçait, dans une langue étrangère, des mots incompréhensibles... scandés par des monosyllabes qu'elle articulait d'une voix vibrante... et qui ressemblaient à des cris.

Tout à coup, elle virevolta sur elle-même.

Et, rapidement, elle s'éloigna.

Elle disparut dans le sentier, broussailleux, par où elle était venue ..

*
* *

... Un moment, les jouvenceaux entendirent, derechef, sa voix, sous la feuillée.

Elle chantait, encore, cette mélopée que Gaultier, et Philippe, avaient entendue, déjà, tout à l'heure.

Enfin, tout bruit cessa.

Et les jumeaux, stupéfaits, très impressionnés... demeurèrent immobiles, rêveurs, à la même place, pendant un long instant.

Une heure après, seulement, Gaultier rajusta sa selle, tant bien que mal... et les deux frères, profondément troublés, regagnèrent, lentement, le Château d'Hannebaud...

LXIV

VÉRITÉ... C'EST LUMIÈRE

... C'était sur la terrasse du Château d'Hannebaud.

A la place, même, où le Très Noble et Très Haut Baron était assis, quelques mois auparavant, pour assister à la joute des Comtes Gaultier et Philippe d'Aulnay... le jour où les jouvenceaux avaient été présentés, par leur père d'adoption, au Révérend Père Anselme, de l'Abbaye du Bec.

Il était tard.

La onzième heure, avant minuit, était proche.

La soirée était magnifique.

Tiède, sereine, embaumée, très lumineuse.

Le vieux Baron les avait bénis devant la Poterne du Château. (P. 1196.)

La lune, en son plein, éclairait, de sa douce lueur bleuâtre, tout le paysage, à perte de vue... et argentait, superbement, le haut Donjon du Château.

Il y avait un peu plus de trois semaines que les jeunes hommes avaient rencontré la recluse du trou aux chouettes sous le Château de Montfort.

Ils devaient quitter la terre d'Hannebaud quelques jours après pour suivre, dans l'Inde, le Religieux aux soins de qui la sollicitude, éclairée, du vieux Baron... les avait confiés.

LIV. 150. — LA TOUR DE NESLE. — F. GAILLARDET ET A. DUMAS.

Ils avaient passé la soirée, sur la terrasse, avec le Père Alselme.

Ce, afin de s'entretenir, avec lui, de leur prochain départ... de leur voyage... du pays, lointain, où ils devaient se rendre.

Conversation qui avait charmé les jumeaux — car le Religieux était un de ces hommes près de qui les heures passent comme dans une extase.

Délicieuse causerie où les adolescents avaient entrevu, sous la parole, imagée, du Maître, une multitude de visions qui séduisaient leur jeune imagination.

Quel silence autour d'eux !...

On n'entendait plus que le chant d'un grillon, qui retentissait, monotone, au pied de la terrasse... l'aboiement, lointain, d'un chien, qui hurlait à la lune... le murmure, très doux, des feuilles qui devaient choir, bientôt... et qui, jaunes, sèches, s'entrechoquaient sous le souffle, léger, de la brise du soir — une brise rassérénante, qui rafraîchissait le sang des créatures, après une torride journée d'arrière-saison.

Ce décor, tranquille, grandiose... prêtait plus de charme, encore, à la causerie, nocturne, du Savant Religieux et des jouvenceaux...

*
* *

... Et Gaultier cessa de parler.

— Ainsi... dit le Révérend Père Anselme... voilà donc pourquoi, mes enfants, vous nous apparaissiez si tristes depuis trois semaines !...

Il ricana.

Puis, il reprit,... avec une excessive bonhomie :

— Monseigneur le Baron d'Hannebaud, votre père vénéré, croyait que votre tristesse vous venait de ce fait : que vous appréhendiez de quitter ce pays... de rompre avec vos habitudes... pour vous mettre en route dans l'inconnu... J'avais pressenti qu'il y avait autre chose... C'est pour cela que je vous ai interrogés, ce soir, avec tant d'insistance... Vous avez répondu à ma question... Je vous sais gré de votre franchise... Donc, vous êtes restés, tous les deux, fortement impressionnés par les dires de la recluse du trou aux chouettes ?

— Oui... mon Révérend !... répliqua Gaultier.

Cédant aux instances du Moine, Gaultier lui avait, enfin, conté, en détail, l'aventure de la forêt de Montfort... leur rencontre avec la devineresse...

Il avait dit la prédiction de la Sorcière.

— Que ne m'avez-vous fait, plus tôt, cette confidence?... dit le Révérend Père Anselme.

Il mit sa main sur l'épaule de Gaultier... et, regardant Philippe affectueusement, il dit :

— Enfants !... Sensitifs !... Êtres par trop impressionnables !...

Puis, après un temps de silence, il ajouta :

— Dès demain... je préviendrai le Baron d'Hannebaud de ce qui s'est passé...

Les jouvenceaux regardèrent le Moine... comme pour l'interroger relativement à cette décision qu'il venait de prendre.

— Oui... poursuivit le Révérend Père Anselme... je préviendrai le Baron... Ne vous êtes-vous pas aperçus qu'il se tourmente, fort, à votre sujet?... Lorsqu'il nous a quittés pour rentrer chez lui, un peu après la tombée de la nuit, n'avez-vous pas remarqué qu'il était tout affligé... Je sais qu'il craint que votre tristesse — qu'il a constatée... car il ne vit que pour vous, et tout ce qui vous touche l'intéresse à un degré excessif — ne vous vienne de l'idée de votre prochain départ...

« ... Il s'en est ouvert, avec moi, plusieurs fois, depuis quelques jours... J'ai donc hâte de le rassurer là-dessus... Car — et c'eût été déplorable pour vous — il était presque décidé à vous garder ici... décidé à renoncer à se séparer de vous — sacrifice qui lui coûtait, certes... sacrifice auquel, pourtant, et dans votre intérêt le plus immédiat, il s'était résigné...

Et, dans le grand silence de cette radieuse soirée, le Religieux, après un nouveau silence... reprit, de sa voix sonore, aux harmonieuses modulations... de cette voix qui charmait et troublait les foules, quand le Père Anselme parlait, du haut d'une chaire :

— Mes chers enfants... comment avez-vous pu être impressionnés, si vivement, par les propos de cette femme?... C'est une folle... Que des manants, ignorants, puissent croire aux prophéties des prétendus Sorciers qui les exploitent, et les abusent... passe encore!... Mais vous... les Comtes Gaultier et Philippe d'Aulnay, les disciples, instruits, des Pères de l'Abbaye du Bec... c'est inimaginable!...

... Aucun être humain ne peut prédire l'avenir, tout simplement parce que la destinée des hommes n'est pas inscrite à l'avance : Chacun fait sa destinée... Le sort des êtres est subordonné, non au vouloir d'une puissance quelconque; mais à leurs propres actes... Certes, un homme clairvoyant, avisé, peut, jusqu'à un certain point, prévoir la destinée des autres, rien qu'en examinant leurs faits et gestes... Le mal crée le mal... Le bien féconde le bien... On peut tirer de ces vérités toutes les déductions possibles... Elles se réalisent peu ou prou... N'en croyez pas davantage.

« ... Tous les maux dont souffre l'espèce humaine viennent de l'erreur, du mensonge... moyens d'oppression, qui, de tous temps, et dans tous les pays du Monde, ont été mis en œuvre, à leur profit, par les imposteurs... L'homme est timoré et crédule... En exploitant, plus ou moins habilement, sa pusillanimité par sa crédulité, on le domine aisément... Par le mensonge, on transforme, en un clin d'œil, une tribu d'hommes en troupeau!...

« ... Vous, qui devez être des conducteurs d'êtres... il ne faut pas que

vous croyiez à l'erreur... au mensonge... Il ne faut pas que vous soyiez cré-
dules... Je veux que vous ne teniez pour vrai que ce qui est évident... que
ce qui tombe sous le sens... que ce qui est démontré par la raison... Ne niez
rien *a priori*... Mais doutez de tout ce qui n'est pas suffisamment clair...
précis... exact...

« ... La Vérité !... La Vérité !... C'est la lumière !... Hors de là, tout est
vain... L'homme ne peut être heureux que dans la lumière et par la Vérité...
Tout être bien doué, qui pense, et qui aime, doit s'efforcer de marcher, sans
cesse, vers la lumière... Il doit tout entreprendre pour faire éclater la Sainte
Vérité, partout, en tous lieux... Moins il y aura de crédulité, de superstition,
et moins il y aura de ténèbres... Les ténèbres affolent... La lumière vivifie...
Combattez l'ignorance... Abattez les imposteurs et les sophistes... Créez de
la Vérité... le plus de vérité possible... Et vous féconderez de la lumière, de
la joie, du bonheur !

« ... Ne pensez plus à cette aventure, indigne d'occuper vos esprits cul-
tivés... Plus de rêvasseries stériles !... Qui rêve trop longtemps erre !... Le
rêve est doux ; mais il est nuisible quand il se prolonge !... Agir... Tout est
là... L'action est utile et ennoblit... Agissez sans cesse... Et si vous rêvez, que
ce ne soit que pour préparer de nouveaux actes... La vie d'un être agissant
se passe sans que les douleurs l'accablent... Sans compter que, par ses actes,
il sert les autres et lui-même... Tout profit, par conséquent.

« ... Préoccupez-vous, uniquement, de votre prochain départ... Préparez-
vous à ce voyage, si utile, que nous allons entreprendre... Et montrez un
front serein à ce noble vieillard, qui vous fit tant de bien, qui vous aime, et
que votre tristesse accable... Mettez tout en œuvre pour lui faire supporter,
sans défaillance, le chagrin de votre prochaine séparation... Il faut qu'il vous
voie partir sans regret, ou, du moins, que ses regrets soient mitigés par la certitude, que vous lui aurez donnée, si vous le voulez bien, que cette séparation
est éminemment utile à votre avenir, dont il se préoccupe pour le bien de
ceux qu'il laissera derrière lui.

« ... Réfléchissez à tout ce que je vous ai dit... Il est tard... Vous êtes las...
Retirons-nous... Et que, demain, je vous trouve gais, souriants, réconfortés...
Allez, mes chers enfants... Et que Dieu vous garde !... »

*
* *

... Huit jours après cette scène, les Comtes Gaultier et Philippe d'Aulnay
quittèrent, avec le Révérend Père Anselme, le Château d'Hannebaud.

Le vieux Baron les avait bénis devant la Poterne du Château.

— Je ne vous reverrai plus !... avait-il dit... Je ne vous reverrai plus !...
Soyez toujours léaux !... Souvenez-vous de moi !... Priez pour moi qui prierai
pour vous !...

Quand ses fils se furent éloignés, le Haut Seigneur monta sur le Donjon du Château.

Et, de là, il suivit, des yeux, la chevauchée des voyageurs, tant qu'il put la voir.

Bientôt, il ne distingua plus, à l'horizon, sur la route poudreuse, qu'un point noir, quasiment imperceptible.

Puis, plus rien!...

Alors, il redressa sa haute taille... leva la tête, et clama, d'une voix forte :

— Dieu!... Dieu Puissant... je t'ai toujours servi fidèlement!... Protège mes enfants!... Protège mes héritiers... Ceux qui poursuivront, ici-bas, mon œuvre avec ton aide!... Dieu clément, je te confie mes fils!...

Il redescendit dans la Salle des Bannières.

Et, à la place, même, où il avait passé tant d'heures, heureuses, près de « ses enfants », il s'assit... et pleura, longtemps!...

LXV

QUATRE ANS APRÈS

... Le magnifique paysage qui entoure le Château d'Hannebaud est, maintenant, couvert de neige.

Les prairies, les bois, les villages, les routes sont comme ensevelis sous les blancs flocons, qui tombent toujours, toujours, sans discontinuer, épais, serrés, depuis trois jours.

Il fait très froid.

La bise, glacée, de Décembre, siffle, gémit, hulule, formidablement, et lugubrement.

La nuit va tomber, bientôt.

Quatre années se sont écoulées depuis que les comtes Gaultier et Philippe d'Aulnay, avec le Révérend Père Anselme, ont quitté la terre française.

On est en l'an de Notre Seigneur Jésus 1314.

Le vieux Baron d'Hannebaud, presque septuagénaire, est dans la vaste chambre Seigneuriale, au premier étage du Château.

Une chambre éclairée par une large et très haute croisée donnant, au-dessus de la terrasse, sur la prairie, où, neuf années auparavant, les « fils » du Très Haut Seigneur « joutaient », courant sus un « simulacre » d'archer... le jour de l'arrivée du Moine de l'Abbaye du Bec au Château d'Hannebaud.

Elle est meublée d'un grand lit, à colonnes torses, surmonté d'une sorte de dais, portant le fier écusson du Noble Baron... de deux grands coffres, en bois sculpté, de chaises à bras, à haut dossier, chargées de carreaux faits d'étoffes de velours cramoisi, de sièges, bancs, escabeaux... d'une table.

lourde, massive, portant des vaisseaux d'argent et d'or, des aiguières précieuses, des coupes, des flambeaux munis de cires.

Des peaux de bêtes recouvrent les dalles.

Un grand Christ, en bois enluminé, presque de grandeur naturelle, est crucifié, sur la muraille, à côté du lit.

Des tapisseries, représentant des feuillages, couvrent les murs... où sont accrochées des armes, des trophées.

Dans la haute cheminée de pierre, sculptée, écussonnée, trois grosses bûches brûlent, sur des landiers, en fer forgé, où l'on voit des serpents rampant sous des fleurs de lys.

Les flammes montent au-dessus d'un brasier qui rougeoie, et éclairent, d'une lueur d'incendie, la vaste chambre, que l'ombre envahit.

Le vieux Baron d'Hannebaud est debout près de la croisée, appuyé au dossier d'une chaise à bras.

Il est enveloppé dans une robe de velours bleu, garnie de chaudes fourrures de martre-zibeline, et serrée, à la taille, par une ceinture d'argent.

Ses longs cheveux blancs recouvrent ses épaules.

Il est très pâle.

Plus amaigri que jamais.

Ce n'est plus qu'une ombre.

Depuis que les feuilles des arbres ont chu, après le chaud été de la Saint-Martin qui a si radieusement ensoleillé le dernier mois d'octobre... il se sent mourir.

Ce froid hiver le tue !

Il sait que l'heure est proche où il ira rejoindre, sous la pierre tombale des Barons d'Hannebaud, tous ceux qu'il a aimés, respectés, vénérés... ses ancêtres, les Preux, qui guerroyèrent, glorieusement, aux côtés de leur Souverain... sa mère... sa femme... ses enfants.

Chaque jour, sa force décroît.

Il ne verra pas reverdir les prairies et les bois.

Il ne verra pas refleurir les aubépines et les roses.

Mais ce sage... cet homme de bien, qui a conscience d'avoir accompli son œuvre, n'est pas troublé par l'approche de la Mort.

Tranquille, il l'attend.

Il ne forme plus qu'un vœu...

Il voudrait embrasser, une dernière fois, ses fils... les Comtes Gaultier, et Philippe d'Aulnay.

Si le Très Haut, qu'il implore, dévotement, à ce sujet... exauce ce vœu... il mourra satisfait...

*
* *

...Au dehors, maintenant, la bise hulule plus sinistrement encore.

La nuit tombe de plus en plus.

Et les flocons de neige tourbillonnent... marbrant l'horizon désolé, qui va s'effacer et disparaître dans le noir.

Depuis une heure, le Baron regarde le paysage ambiant... la vaste prairie où il évolua, si souvent, jeune, ardent, joyeux — soit aux jours de fête où il dansait, avec ses vassales, au son des violes... soit aux jours de chasse où tous les chasseurs se réunissaient, là, pour se partager les dépouilles des bêtes abattues... soit aux jours de joutes, où l'on voyait étinceler les armures au soleil, flotter bannières et oriflammes.

Toute sa vie a tenu là.

Là, il a connu toutes les joies.

C'est fini !

L'hiver est sur sa tête chenue.

La neige des ans s'est amoncelée sur son front... comme elle s'amoncelle sur la prairie et les collines voisines.

La froide nuit commence, pour les choses et pour lui !

Les ténèbres envahissent la Haute Baronnie... et, bientôt, s'appesantiront sur le Haut Baron.

— Gaultier !... Philippe !... dit le Seigneur d'Hannebaud.

Ces noms, chéris, reviennent, sans cesse, sur ses lèvres.

— Gaultier !... Philippe !... répète-t-il, tristement.

Nuit noire, à présent... sur le paysage.

Brisé, le Baron d'Hannebaud se rapproche de la haute cheminée, et s'assied sur la chaise armoriée.

Son plus féal servant, qui vit, près de lui, depuis cinquante ans, et qui ut, jadis, son varlet de guerre, de chasse et de joute... le vieux Christophe, voûté, cassé, ridé, tout blanc, très maigre, comme son Maître, et Seigneur — se tient debout, maintenant, près de lui.

Depuis une heure, il observait ses faits et gestes.

Il sait les motifs de sa profonde tristesse.

Il sait que le Noble Baron est condamné... qu'il va mourir, ou, plutôt, s'éteindre.

Il sait que Monseigneur d'Hannebaud se désespère à l'idée que la Mort peut le prendre avant qu'il ait revu ses « fils »... ses héritiers... les Comtes Gaultier, et Philippe d'Aulnay.

— Monseigneur souhaite-t-il que j'allume les cires des flambeaux ?... demande-t-il, d'une voix très douce.

Le son de cette voix humaine fait tressaillir le Baron.

— Non, mon amé Christophe... répond le Haut Seigneur... La lueur du foyer éclaire, suffisamment, cette chambre... Demeurons dans cette pénombre... On y peut rêver plus profondément...

Et il ajoute, après un temps de silence :

— Dans cette pénombre... les choses ne m'apparaissent plus que confusément !... De même, je ne vois plus que confusément en moi... A cette heure
de ma vie, je regarde mon passé... le plus lointain... Je n'aperçois plus que
des silhouettes vagues... très vagues !... Tout s'efface !... C'est la fin !... C'est
la nuit !... Bientôt, Christophe, tu ne me verras plus !

— Monseigneur !...

— C'est la nuit !... Nuit noire !... Le repos !... La paix !... L'oubli !...

*
* *

...Un formidable hululement de la bise fit trembler les murailles épaisses,
et gémir, au dehors, les hautes girouettes de fer du Donjon.

— Te souviens-tu, Christophe... reprit le Baron... du jour de mon
hyménée ?...

— Oui, Monseigneur !... répliqua le féal varlet.

— Ah ! comme l'épousée était jolie, sous ses blancs atours !

— Bien jolie !

— Belle journée !... Belle journée !... Comme il y a longtemps de cela !...
Longtemps !... Bien, bien longtemps !... Et je la revois, la chère femme,
chevauchant, à côté de moi, sur sa haquenée... parcourant nos villages et
distribuant des aumônes... Partout, en la voyant si belle, si bonne, on nous
bénissait !

— Partout !... Oui, Monseigneur !

— Elle ne laissait que joies, derrière elle !... C'était la protectrice de
tous ceux qui souffraient !

Le Baron sourit... et, dans une sorte d'extase... les mains jointes... il
ajouta :

— Je la reverrai bientôt... bientôt !... Elle m'attend....Elle m'appelle !...
Oui, par moments, elle m'appelle !... J'entends sa voix, distinctement !...

Il se tut, un moment.

Ses yeux s'étaient fermés.

Christophe put croire qu'il dormait.

Mais, soudain, il reprit :

— Je reverrai tous les miens... tous !... Père, mère, femme, enfant !...
Tous !... O mes chers aimés !...

La tempête faisait rage, au dehors...

Les mugissements du vent ressemblaient à la plainte prolongée, lamentable, de quelque être gigantesque, formidable, errant dans la tourmente.

Au dedans, la flamme du foyer montait, et chantait...

Après un nouveau temps de silence le Baron répéta :

Visiblement, ils l'avaient charmée. Ils se parlèrent. (P. 1205.)

— Gaultier !... Philippe !...

Il baissa la tête, et murmura :

— Ils arriveront trop tard !...

LXVI

LA PREMIÈRE MISSION DU RÉVÉREND PÈRE ANSELME

...Une heure se passe.

Le Baron, las, s'est assoupi.

Il ne dort pas...

Il ne veille plus...

Il est dans cet état de torpeur qui ne permet plus de rêver ; mais qui féconde le songe.

Et des paroles, indistinctes, passent sur ses lèvres.

— Je les vois !... dit-il... Gaultier !... Philippe !... Comme ils galopent !... Ils viennent !... Ils viennent !... Oh ! cette neige !... Tempête !... Sans cette neige, cette tempête, ils seraient ici !... Courage, enfants !... Gaultier !... Philippe !... Ils viennent !... Montjoie !... Montjoie !...

Brusquement, il sort de sa torpeur.

Il regarde autour de lui.

Il ne voit que Christophe... qui a veillé, près de lui, respectueusement, silencieusement, et qui s'est levé, précipitamment, en le voyant bouger.

— Ils viennent !... dit-il, joyeusement... Ils viennent !... Ils sont en route !... Ils galopent !... Oh ! les beaux enfants !... Comme ils doivent avoir froid !... Oui, oui, je les ai vus... A cette heure, Dieu permet que je voie dans les espaces... Je les ai vus très nettement... Christophe, mes « fils » seront, cette nuit, au Château d'Hannebaud !... Montjoie !... Montjoie !...

— Que le Dieu Tout Puissant vous entende, Monseigneur !... réplique le vieux varlet... Qu'il exauce votre vœu !...

— Ainsi soit-il !...

Les deux vieillards : le Très Haut Seigneur, et le féal servant, se signent, en même temps, très dévotement.

— Christophe ?... reprend Monseigneur d'Hannebaud.

— Monseigneur ?...

— Je veux que tu allumes les cires des flambeaux.

— Bien, Monseigneur.

— Et tu me donneras...

— Achevez, Monseigneur ?

— Les dernières missives qui me sont arrivées de là-bas... Elles sont dans mon coffre, près de mon lit, à côté de la Sainte Croix de Notre-Seigneur Jésus...

— Oui... Monseigneur.

Christophe obéit.

Sur une petite table, près du lit, à côté de la Croix, il y a, en effet, un coffre... en cuivre doré, orné d'émaux et de cabochons de toutes couleurs.

Le vieux servant ouvre ce coffre.

Il y prend trois parchemins, chargés de sceaux...

Il les apporte au Baron.

Puis, il allume les cires des flambeaux... douze cires, dont la lueur illumine, de manière resplendissante, la vaste chambre, et fait étinceler les lames des armes, les cuirasses, les flancs des vaisseaux d'or et d'argent.

Et, enfin, il met, dans l'âtre, une grosse bûche, sur le brasier incandescent.

De temps à autre, on entend, au dehors, les sifflements, aigus, de la bise glacée.

Il neige toujours... dans la nuit noire.

Monseigneur d'Hannebaud s'est penché sur la table... les missives en main...

— Je vais les relire... dit-il... Pour la vingtième fois, peut-être depuis trois mois !... Par ainsi, je m'occuperai d'eux, encore !... Et l'attente me semblera moins longue !...

Il soupire, profondément, en entendant la plainte, lugubre, du vent, sur la prairie voisine.

— Oh ! les pauvres gens qui sont dehors, par une pareille tempête !... murmure-t-il, avec un indicible accent de pitié.

Il regarde le Christ... et il ajoute :

— Dieu Puissant... protégez-les !...

Après cette oraison... lentement, il lit l'une des trois missives, la première en date...

*
* *

« *Sur les bords du Gange*

    « *ce seizième du mois de mai 1314*

        « *jour de l'Ascension de Notre Seigneur Jésus.*

« *A Monseigneur le Baron ROGER D'HANNEBAUD*

        « *au Château d'HANNEBAUD.*

« Monseigneur,

  « La missive, très longue, que je vous ai envoyée, il y a deux mois,
« avait pour but de vous donner une relation, complète, du voyage que
« nous avons accompli, pendant sept mois, à travers le Céleste Empire.

« Cette missive doit être, à cette heure, entre vos mains.

« Vous savez, par conséquent, que notre voyage, au Pays Chinois, a été
« fertile en événements de toute sorte... et très fructueux pour l'instruction
« de vos chers enfants, les Comtes Gaultier, et Philippe d'Aulnay.

« Je n'y reviendrai donc pas.

« Je veux, seulement, aujourd'hui, vous faire connaître une aventure
« qui est arrivée récemment, et qui m'a donné une certaine inquiétude.

« Il y a une quinzaine, environ, nos jouvenceaux ont rencontré, dans
« une pagode que nous visitions, une jeune fille.

« Une très belle jeune fille.

« A peine âgée de dix-sept ans.

« Elle était venue, là, dans son palanquin, avec une très nombreuse
« escorte de serviteurs à cheval, et de servantes.

« A son aspect, les Comtes Gaultier, et Philippe... qui sont très impres-
« sionnables, comme vous savez... ont été très fortement troublés.

« D'autre part, la jeune fille avait remarqué les jouvenceaux.

« Visiblement, ils l'avaient charmée.

« Ils se parlèrent.

« La jeune fille exprima le désir de les connaître davantage, et nous
« convia à la visiter, chez son père, qui — assura-t-elle — nous accueillerait
« avec joie.

« Nos jouvenceaux acceptèrent.

« Et nous nous séparâmes.

« Le soir, même, de ce jour, un cavalier, richement vêtu, monté sur
« un magnifique cheval, nous apporta, de la part du père de la jeune fille,
« une invitation à venir, le surlendemain, visiter le palais qu'il habite, sur
« les bords du Gange, proche le Monastère où nous recevons une si cordiale
« et si large hospitalité.

« Sur la demande, très instante, des jouvenceaux — de qui la curiosité
« était considérablement surexcitée... — je dus répondre, au cavalier, que
« nous nous rendrions à l'invitation.

« Et, lorsque les Comtes Gaultier, et Philippe, se furent retirés dans
« leur chambre, je passai dans la cellule du vénéré Supérieur du Monastère,
« afin de l'interroger, relativement à ce Seigneur, père de la jeune fille de
« la Pagode... qui nous avait adressé l'invitation.

« Or, voici les renseignements, très précis, qu'il me fournit.

« Ce Seigneur, de race Indienne, est un marchand.

« Un marchand richissime.

« Il possède une fortune considérable.

« Fort honnêtement acquise, du reste... par son intelligence et sa pro-
« digieuse activité.

« Il possède trois Palais, en ce pays... trois Palais regorgeant de
« trésors... pleins de merveilles inestimables.

« Il a huit cents serviteurs des deux sexes... deux cents chevaux...
« cinquante éléphants.

« Sur mer... il a douze nefs, qui transportent, sans cesse, en Europe,
« des marchandises expédiées, par lui, à ses correspondants.

« Une fois par an, il va en France... à Paris, où il s'est constitué, sous
« le chevet de Notre Dame, une habitation somptueuse, si bien aménagée,
« par lui, que, au cœur, même, de la Cité française, il peut se croire dans
« l'Inde, en son Palais des bords du Gange.

« Il vend aux Rois... aux plus riches Seigneurs du Monde entier... des
« armes, des joyaux, des étoffes, des pierres précieuses.

« Même, ses nefs sont organisées de telle sorte qu'il peut transporter,
« en Europe, des animaux, voire des bêtes féroces, éléphants, tigres,
« panthères, lions, singes, reptiles... ou des oiseaux — ces merveilleux
« oiseaux, au plumage éclatant, qui voltigent, ici, partout, en liberté.

« Vous avez pu voir, au Louvre, une intéressante collection de bêtes
« fauves réunie par le fils aîné de Notre Sire le Roi, Monseigneur Louis,
« Roi de Navarre... et dirigée par Maître Lothaire, de Pibrac?... Eh ! bien,
« la plupart des animaux qui y figurent ont été amenés, des Indes, en
« France, par les nefs du marchand indien... et vendus, par lui, au fils
« du Roi.

« Les plus belles armes... les plus superbes étoffes... les plus admirables
« joyaux qui se fabriquent, dans tout le pays, sont achetés par lui.

« Il a d'innombrables esclaves dressés à prendre les fauves dans les
« jungles... les oiseaux dans les bois.

« Le Supérieur du Monastère le connaît, depuis très longtemps, et
« l'estime beaucoup.

« Il est Chrétien...

« Il fait beaucoup de bonnes œuvres...

« Il donne, en aumônes, chaque an, des sommes très importantes.

« Le Monastère possède des Vases Sacrés, d'une richesse inouïe, qu'il
« tient de sa générosité.

« Jamais on n'implore, en vain, son inépuisable charité.

« Il chérit sa fille... son unique enfant — qui se nomme Kaly.

« Il ne lui refuse rien.

« Elle exerce, sur lui, une influence considérable.

« Kaly est une adorable créature — ainsi que je l'ai indiqué, déjà...

« Elle n'est pas seulement très belle... elle est, de plus, instruite,
« intelligente, et, ce qui vaut mieux encore, bonne, charitable, douce et
« pieuse.

« Sa mère était française — de Paris, même.

« Le marchand l'avait connue au cours de l'un de ses séjours en la
« grande ville.

« Elle est morte il y a six ans.

« Kaly a vécu, à Paris, pendant plusieurs années, jadis, avec sa mère,
« qui l'a élevée dans la religion Chrétienne... et qui a voulu qu'elle parlât
« notre langue... qu'elle connût nos mœurs, nos coutumes.

« Depuis la mort de sa mère, la jeune fille est revenue, à Paris, trois fois.

« Elle y a fait, chaque fois, avec son père, un séjour de plusieurs mois.

« Elle aime beaucoup son pays, l'Inde ; mais elle aime, aussi, beaucoup,
« la France, qui est sa seconde patrie.

« Elle revient, toujours, avec grand plaisir, à Paris, dans la maison
« située sous le chevet de Notre-Dame.

« Je vous donne tous ces détails afin que vous vous rendiez compte,
« plus exactement, de ce qui s'est passé ici.

« Vous ne vous étonnerez pas, que, dans ces conditions, nos jouven-
« ceaux, et la fille du richissime indien, aient subi les charmes d'une réci-
« proque attraction.

« Kaly est à demi-française, et elle ne voit pas, souvent, ici, des jeunes
« hommes de France aussi accomplis que nos enfants.

« Il n'est donc pas surprenant que Gaultier, et Philippe, aient fait très
« grande impression sur elle.

« D'autre part, les filles de ce pays, quoique fort belles, en général, ne
« pouvaient exercer, sur les yeux, et sur l'esprit de nos jouvenceaux, autant
« d'attrait que Kaly, qui parle, très purement, leur langue, et qui est
« capable de s'intéresser, en même temps qu'eux, aux choses de l'Inde,
« qu'elle connaît à merveille, et aux choses de France, qu'elle ne connaît
« pas moins.

« Quand le Supérieur du Monastère m'eut donné, sur le marchand et
« sur sa fille, ces renseignements très détaillés... je me dis qu'il n'y avait
« pas lieu de refuser son invitation.

« Nous nous y rendîmes donc au jour dit.

« Nous fûmes reçus, par le marchand, et par sa fille, de la manière la
« plus grandiose.

« Une fête, somptueuse, avait été organisée en notre honneur.

« Nous visitâmes le Palais, qui est, vraiment, d'une richesse tout à fait
« extraordinaire.

« Le marchand offrit, à nos jouvenceaux, deux cimeterres, dont les
« lames, d'une trempe sans pareille, sont superbement damasquinées... et
« dont les poignées, d'or ciselé, sont enrichies de diamants, de saphirs,
« d'émeraudes, de corail et de turquoises.

« Ces armes, absolument pareilles, ont une très grande valeur.

« Les lames portent, chacune, une inscription indienne, qui constitue,

« paraît-il, une protection pour celui qui la porte... car il ne peut être
« frappé, blessé, mis. à mort, par une autre lame, quelconque, alors qu'il
« tient cette arme nue à son poing.

« On nous offrit un repas à la mode française... où l'on but les meil-
« leurs, les plus vieux vins de nos crus les plus estimés de Bourgogne.

« Puis, nous assistâmes à des danses de belles jeunes filles, superbement
« vêtues et parées... dont les pas étaient scandés par des harmonies étran-
« gement mélodieuses, que des musiciens du pays produisaient avec des
« instruments d'une sonorité excessive ou d'une infinie douceur.

« Enfin, nous vîmes la collection de bêtes fauves du marchand, dix fois.
« plus riche que celle du Louvre.

« Elle contient lions, tigres, panthères, enfermés dans des cages
« immenses... dont les ferrures, dorées, sont dissimulées, à demi, sous des
« lianes.

« Ces cages, très vastes, sont très hautes, pleines d'arbres géants, de
« rochers.

« Elles sont sablées... On y voit des ruisseaux où les fauves vont boire...

« Chaque jour, on leur jette des proies vivantes... sur lesquelles ils bon-
dissent en rugissant... Ils évoluent, là, en plein air, quasiment comme s'ils
étaient libres.

« Aussi sont-ils beaux, majestueux, terribles, farouches... presque autant que dans l'état de nature — et ne ressemblent-ils pas à ces animaux
que vous avez pu voir au Louvre, et qui sont comme déchus de leur splendeur sauvage par leur déprimante captivité.

« La collection contient, encore, dans des bassins de marbre, des alligators d'une taille démesurée.

« Aussi, des éléphants dressés, patiemment, par des esclaves habiles, à
des besognes stupéfiantes.

« Et, encore, dans d'admirables volières, d'innombrables oiseaux de
toutes tailles, de toutes couleurs.

« Un peuple de servants s'occupe de ces bêtes : fauves, reptiles,
oiseaux.

« Nos jouvenceaux, Monseigneur, ont vécu, là, une inoubliable journée,
qui laissera, en eux, une très profonde empreinte.

« Nous sortîmes du Palais à la tombée du jour.

« Nous revînmes au Monastère.

« Et quel contraste !

« Au sortir de cette demeure enchantée, où nous avions vu, en quelques
heures, tout ce que l'imagination des hommes — servie par une richesse prodigieuse, une fantaisie, une originalité extraordinaires — peut créer de splendeurs, pour charmer les yeux et féconder le rêve... nous nous retrouvions

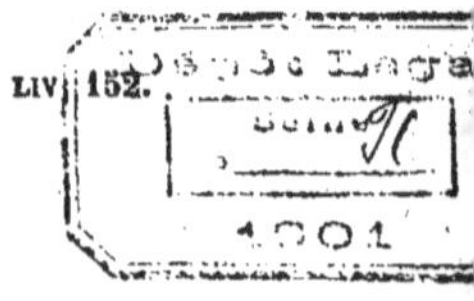

Alors, je leur fournis les renseignements que j'avais recueillis... (P. 1210.)

dans la paix, tranquille, de nos cellules si simples, en le pieux Monastère où l'on travaille et où l'on prie.

« Nos jouvenceaux sont inlassables.

« Après une journée très fatigante, en somme, ils ne paraissaient pas avoir besoin de se reposer.

« Ils étaient encore éblouis par la magnificence, et la diversité, des spectacles auxquels ils avaient assisté.

« Nous causâmes.

« Je les laissai exprimer leurs sentiments sur les choses, sur les faits
dont ils avaient été plus particulièrement frappés.

« Et, bientôt, je m'aperçus que la beauté de Kaly les avait fortement
impressionnés, l'un et l'autre, au même degré.

« Ils en arrivèrent à ne parler plus que d'elle.

« Ils s'étonnèrent que, vivant en ce pays presque exclusivement, elle fût,
à ce point, au courant de nos mœurs, de nos usages, de nos coutumes... et
qu'elle parlât si purement notre langue.

« Alors, je leur fournis les renseignements que j'avais recueillis, sur la
jeune fille... et ils apprirent, avec un plaisir très évident, qu'elle était Chrétienne... née d'une mère française — qu'elle avait habité Paris... et, même,
qu'elle y venait vivre, de loin en loin, pendant quelques mois, avec son père,
dans leur somptueuse habitation sise sous le chevet de Notre-Dame.

« Déjà, ils s'étaient dit que, lorsqu'ils auraient quitté l'Inde, pour rentrer en France, ils ne reverraient plus Kaly.

« Or, cette idée les troublait.

« Ils furent enthousiasmés lorsqu'ils surent que la jeune fille venait
à Paris, et qu'ils pourraient l'y retrouver.

« Il importe que vous ne vous alarmiez point de ces faits, Monseigneur.

« Il importe, que, de loin, vous ne leur donniez point une importance
qu'ils n'ont pas.

« Je vous les ai révélés parce que je veux ne vous céler rien de ce qui
touche vos fils... me réservant, du reste, de vous fournir toutes les explications nécessaires pour vous rassurer, s'il en était besoin.

« Il est certain que nos jouvenceaux sont, d'ores et déjà, amoureux de
la fille du marchand richissime.

« Oui... amoureux.

« A leur insu, même.

« Jusqu'ici, ils ont vu, rencontré, cent autres filles, également très belles,
qu'ils ont regardées avec curiosité, et plaisir.

« Emotion, aussi... il n'en faut pas douter.

« Ne sont-ils pas à l'âge où, chez l'être humain, le cœur, et les sens,
s'éveillent?

« A cet âge où les jeunes hommes frissonnent et se troublent à l'aspect
d'une jeune fille?...

« A cet âge où les jeunes filles rêvent, pendant de longues heures, rien
qu'en évoquant la silhouette de quelque jouvenceau à la taille svelte, aux
cheveux blonds, aux yeux clairs, qu'elles ont entrevu, la veille, et distingué
des autres?

« Aucune fille, il faut l'indiquer, n'avait troublé les Comtes Gaultier et
Philippe autant que Kaly les a troublés.

« Il est évident que, à partir de maintenant, leur esprit sera, sans cesse, occupé d'elle.

« Je ne m'en alarme pas.

« Au contraire.

« Et je m'explique :

« Il me plaît que mes jeunes disciples soient distraits de leurs travaux, qui les absorbent trop, à mon gré...

« Il me plaît que leurs pensées se portent sur d'autres objets que ceux dont ils s'occupent par trop exclusivement.

« Cette aventure d'amour qui va faire agir leur imagination constituera, pour eux, une diversion très salutaire.

« Et puis, il me plaît, aussi, que nos jouvenceaux ressentent les émotions que tous les hommes éprouvent, à leur âge.

« Cela les formera.

« Pour eux, du reste — et je crois devoir insister, tout particulièrement, sur ce point — aucun danger, en cette aventure.

« Aucun danger, croyez-le, Monseigneur.

« Aucun danger d'aucune sorte.

« Je veux dire que les Comtes Gaultier et Philippe d'Aulnay sont gentilshommes incapables d'enfreindre leurs devoirs... incapables d'une félonie.

« Ils sauront respecter, certes, la fille de leur hôte.

« Et, d'autre part, ils savent que les héritiers du nom, des titres, de la fortune du Très Noble et Très Haut Seigneur le Baron Roger d'Hannebaud... ne peuvent s'unir à la fille d'un marchand, si riche qu'il soit.

« Vous n'en avez pas douté un seul instant, Monseigneur, j'en suis sûr ; mais, pourtant, il importait, à ce qu'il m'a semblé, que cela fût indiqué nettement.

« C'est pour cela que j'ai insisté sur ce point.

« C'est fait.

« Et je conclus :

« Je laisserai nos jeunes jouvenceaux revoir Kaly — et, ce, pour les raisons que j'ai plus haut indiquées.

« Je les laisserai — encore une fois... sans crainte d'aucun danger subséquent — admirer la belle fille... jouir de sa présence... l'aimer, même — comme tous les jeunes hommes aiment la première jouvencelle qui a ébloui leurs yeux... c'est-à-dire en se livrant à des rêveries très douces, à des manifestations où le cœur seul prend une part.

« Je veux ajouter, que, si, contre mon attente, l'aventure me semblait devoir devenir dangereuse, je romprais, immédiatement, toute relation avec la fille du marchand.

« J'espère, Monseigneur, qu'il vous plaira de m'approuver.

« En cette circonstance, et comme toujours depuis que vous m'avez confié vos fils, j'ai agi avec la plus extrême prudence, et dans l'intérêt de mes jeunes disciples... qui me sont plus chers que jamais, après ces quatre années que j'ai passées près d'eux.

« Je profite du départ d'une des nefs du père de Kaly... qui fera voile, demain, pour l'Europe — pour vous adresser cette missive.

« Je vous écrirai, de nouveau, dans un mois... et vous tiendrai au courant, fidèlement, de tout ce qui se passera ici.

« Je prie Notre Seigneur Jésus qu'il vous ait toujours en sa Très Sainte Garde, Monseigneur...

« LE RÉVÉREND PÈRE ANSELME »

LXVII

LA SECONDE MISSIVE DU RÉVÉREND PÈRE ANSELME.

...Le Baron d'Hannebaud avait lu cette longue missive lentement, interrompant sa lecture, parfois, soit pour reposer ses yeux fatigués, soit pour rêver.

Il prenait plaisir, grand plaisir, même... à se représenter, par la pensée, les scènes qui s'étaient jouées, là-bas, dans ce lointain pays, entre « ses fils », Gaultier, et Philippe... et la belle Kaly, la fille du marchand indien.

Grâce aux descriptions, très détaillées, pleines de couleur, du Révérend Père Anselme, il entrevoyait la pagode où les jeunes gens s'étaient rencontrés... le palais du marchand, les merveilles qui y étaient entassées ; il assistait aux danses des bayadères ; il voyait les cages, aux barreaux dorés, recouverts de lianes, où vivaient les fauves, les reptiles, les oiseaux que les jouvenceaux avaient admirés ; il vivait dans ce pays de lumière éblouissante... dans ce pays de rêve, dans ce pays enchanté... au milieu de splendeurs — et il n'entendait plus les hululements de l'ouragan qui faisait rage, au dehors, par cette nuit glacée.

Fiction extra bienfaisante !

Trois longues heures se passèrent.

Le brasier de l'âtre rougeoyait, maintenant, mettant une pourpre, éclatante, sur les armures.

Tout près du siège où le vieux Baron était assis, Christophe, son servant, s'était assoupi.

Monseigneur d'Hannebaud mit, sur la table, à côté de lui, la missive du Moine, qu'il venait de lire.

Il en prit une autre.

Mais, avant d'en commencer la lecture, il demeura rêveur.

A présent, il évoquait, de nouveau, cette vision qu'il avait eue, quelques heures auparavant, et qui lui avait montré « ses fils », les Comtes d'Aulnay, Gaultier, et Philippe, chevauchant sous la neige, et se rapprochant, de plus en plus, du Château d'Hannebaud.

Plusieurs fois, il secoua la tête, tristement.

— C'est la fin!... murmura-t-il... Mon sang se glace!... Mon cœur ne bat plus que très faiblement... Bientôt... oui, oui, bientôt, je le sens, j'en suis sûr... il ne battra plus!...

Après un assez long temps de silence, il ajouta :

— Mes chers enfants!... Ils arriveront trop tard!... Hélas!... Hélas!.. Je ne les verrai plus!...

Il dit, encore :

— Dans l'au delà!... Dans l'au delà!... Près « de mes autres aimés »... Quand ils viendront nous rejoindre!...

Son beau visage avait une expression d'indicible joie.

Sa contemplation lui donnait de l'extase.

On eut dit que, déjà, il voyait dans cet au delà... où, bientôt — il le croyait fermement — son âme, débarrassée de son enveloppe mortelle, s'envolerait, enfin.

— Dieu!... Dieu bon!... Dieu Tout Puissant!... Dieu clément, daignez me recevoir parmi ceux qui vous ont toujours féalement servis !

Huit jours auparavant, il avait reçu, pieusement, les Derniers Sacrements, par les mains du Chapelain du Château.

Depuis, il attendait sa dernière heure.

Il se sentait mourir.

Il n'avait aucun mal.

Il ne ressentait aucune souffrance.

Ce Juste s'éteignait!

Sa journée faite, et bien remplie... il allait s'endormir, doucement, du sommeil sans réveil...

.   .   .   .

L'ouragan, au dehors, redoublait de violence.

La bise, glacée, hurlait, gémissait, sifflait... faisait grincer les girouettes armoriées... se brisait, furieuse, aux murailles, épaisses, du haut Donjon du Château d'Hannebaud.

La neige, emportée dans les tourbillons du vent, fouettait les croisées sur lesquelles elle restait fixée... dessinant, sur les verrières, des formes blanches ressemblant à des floraisons d'une sans pareille originalité, d'une légèreté incomparable... calfeutrant les moindres issues... ouatant, comme d'un duvet, les plus minces saillies.

Dans l'âtre, les braises, incandescentes, éclairaient, d'en bas, le blason

d'Hannebaud, sculpté, en surplomb, au fronton de la cheminée de pierre...
le fier blason, qui semblait être illuminé par la lueur, très vive encore, d'un
soleil couchant...

*
* *

...Une longue heure se passa.

Il était, alors, une heure, après minuit.

Sur sa chaise, Christophe dormait profondément... brisé par la fatigue,
qui avait triomphé de sa poignante douleur.

Le vieux Baron soupira.

Soudain, sa main, très blanche, décharnée, se dégagea des fourrures de
sa robe.

Il prit sur la table, près de lui, un deuxième parchemin... une autre
missive du Révérend Père Anselme.

Et il se remit à lire...

*
* *

« *A Monseigneur le Baron ROGER D'HANNEBAUD.*

« *au Château d'HANNEBAUD.*

« *Sur les bords du Gange le deuxième jour du mois de Juillet*
« *de l'an de Notre Seigneur Jésus 1314*
« *Jour de la Visitation de la Très Sainte Vierge Marie*

« Monseigneur,

« Nous nous embarquerons, pour revenir en France, dans vingt jours.

« C'est-à-dire huit mois avant l'époque qui avait été fixée, primitive-
« ment, pour notre retour.

« Et, ce, pour deux raisons, également très graves, et que je vais vous
« exposer.

« La première est que, depuis quelques semaines, une épidémie, qui a
« pris, en ces derniers jours surtout, des proportions terribles, sévit sur le
« pays.

« Comme toujours, elle est née, et s'est développée, ici, dans les foyers
« des pauvres gens.

« Longtemps, elle s'y est cantonnée.

« Elle a couvé sous les haillons d'une foule de malheureux vivant au
« milieu d'immondices, au fond de huttes où il semble invraisemblable que
« des êtres humains puissent subsister.

« Depuis huit jours, elle s'est répandue jusque chez les riches habitants
« de la contrée.

« Plusieurs d'entre eux ont succombé en quelques heures.

« Revanche du Sort !

« Ces riches, impitoyables, ont développé la misère ambiante, ou n'ont
« rien fait pour l'amoindrir... et la misère se venge, en renvoyant le mal à
« ceux qui l'on créé !

« Nous ne pouvons rester ici, plus longtemps, sans danger.

« J'aurais voulu partir tout de suite ; mais il nous faut attendre qu'une
« nef soit prête à prendre la mer.

« Aucune ne quittera le rivage avant le vingt-deuxième jour de ce mois.

« J'en suis tout navré.

« J'aurais voulu que nous nous éloignions de la zone où le fléau est le
« plus menaçant ; mais nous ne pourrions le faire qu'à cheval, à petites
« journées... il nous faudrait nous arrêter — pour nous abriter contre la
« chaleur torride, et pour nous reposer — dans des habitations malsaines,
« ou nous serions par trop exposés à la contagion.

« Après mûres réflexions, j'ai estimé qu'il valait mieux que nous
« attendissions le jour du départ de la nef...

« Toutes les mesures ont été prises pour sauvegarder ceux qui vivent
« au Monastère où nous sommes.

« Croyez que je m'efforcerai de protéger nos jouvenceaux, par tous les
« moyens de préservation dont je dispose, contre le mal, qui s'attaque, de
« préférence, — je me hâte de le dire pour vous rassurer autant que possible,
« Monseigneur — aux hommes mûrs, affaiblis par les excès, le travail, ou
« les privations... et qui, jusqu'à présent, a semblé épargner les jeunes,
« vigoureux et résistants.

« Quant à la deuxième raison qui m'aurait décidé à retourner en
« France, avant l'heure, avec vos fils, elle est d'importance moindre, sans
« doute ; mais il importe que vous la connaissiez.

« Gaultier, et Philippe, ont revu, presque chaque jour, la fille du
« marchand de qui je vous ai longuement entretenu dans ma précédente
« missive.

« Or, j'ai remarqué qu'ils se plaisent, de plus en plus, à voir cette
« jeune fille.

« J'ai remarqué, d'autre part, que la jeune fille les voit avec non moins
« de plaisir.

« Il est certain que ces trois êtres éprouvent un sentiment, encore mal
« défini, fait d'affection, d'attirance sexuelle... et qui devenant, bientôt plus
« tendre, se transformerait, vite, je le crois, en troublance d'amour.

« Ce qui constituerait un danger auquel il est urgent de soustraire les
« jouvenceaux.

« Un danger, car je le répète, il ne saurait être question, jamais,
« d'une union entre l'un des Comtes d'Aulnay, héritiers des apanages de la
« Noble Baronnie d'Hannebaud, et la fille du marchand indien.

« Nos enfants, amoureux, et contraints de s'éloigner de l'objet de leur
« amour, souffriraient.

« Il faut leur épargner cette souffrance.

« Pour cela, il est nécessaire de brusquer une séparation, qui s'impo-
« serait plus tard — et, ce, avant que l'amour ait pu prendre, irrémédia-
« blement, de jeunes cœurs.

« Certes, dès nos premières rencontres avec la fille du marchand, j'ai
« prévu ce qui est arrivé.

« Mais je n'ai pas voulu priver nos jouvenceaux des distractions qui
« devaient leur venir de nos relations avec elle... ni des études qu'ils pou-
« vaient faire, et qui leur ont été fort utiles, en vivant au milieu de ces
« riches indiens, chez qui l'on voyait tout ce que le pays, si plein de splen-
« deurs et de misères tout à la fois, produit de plus superbe et de plus
« rare... chez qui, mieux que partout ailleurs, on peut trouver tout ce qui se
« rattache au passé, si florissant, si prospère, d'une race mère, en puissance,
« jadis, d'une incomparable puissance... et qui est si déchue, hélas, de son
« antique grandeur.

« Je veillais, du reste, sur vos fils, Monseigneur, avec une attention très
« soutenue, prêt à les dégager de toute entrave amoureuse, à l'instant, même,
« où j'aurais constaté que cela était devenu rigoureusement nécessaire.

« Ce moment est venu.

« Et, je vous le répète, pour cette seule raison, j'eusse ordonné notre
« prochain départ pour la France.

« Gaultier, et Philippe, sont, tous les deux, impressionnés, au même
« degré, par Kaly.

« Vous savez que ces deux enfants éprouvent, toujours, presque en
« même temps, des sentiments absolument pareils.

« Ils aiment les mêmes personnes et les mêmes choses.

« Ils haïssent les mêmes êtres, et ont le même dégoût pour les mêmes
« choses.

« Phénomène qui est commun à tous les jumeaux.

« Kaly, d'autre part, ne saurait dire, exactement, j'en suis sûr, qui des
« deux elle préfère.

« Elle serait fort embarrassée s'il lui fallait choisir entre Gaultier et
« Philippe.

« Cependant, elle est, d'ores et déjà, attachée à eux... plus qu'ils ne le
« sont à elle.

« J'en suis sûr.

« Pour elle, comme pour eux, donc, il est temps qu'ils cessent de se
« voir.

« Lorsqu'ils se seront séparés... l'oubli viendra, vite.

... Le vieux Baron d'Hannebaud, enfin, lut une troisième missive. (P. 1219.)

« A leur âge, la vie est pleine de mirages.

« Celui qui éblouit les yeux, aujourd'hui, efface celui devant lequel on « s'extasiait la veille.

« Du reste, la séparation est un fait accompli, déjà, depuis quelques « jours, par le vouloir, même, de nos jouvenceaux.

« Il me faut ajouter que ce n'est pas sans regret qu'ils ont pris, d'un « commun accord, la résolution de ne plus voir Kaly.

« Ils l'ont prise, néanmoins.

« Je m'explique.

« Vous vous souvenez, Monseigneur, que, peu de temps avant notre
« départ de France, Gaultier, et Philippe, ayant pris part à une chasse
« organisée par l'un de vos Vassaux, il arriva que la sangle du cheval que
« montait Gaultier se rompit, et qu'il ne dut de ne pas rouler au fond du
« gouffre ouvert au bord de la route qu'il suivait, et où il devait se tuer...
« qu'à son adresse, à son sang-froid...

« Vous vous souvenez que, comme, effrayés, tout tremblants, nos jou-
« venceaux s'étaient arrêtés pour se remettre de la vive émotion qu'ils
« avaient éprouvée, ils virent paraître, devant eux, à l'improviste, l'étrange
« et mystérieuse créature dénommée « La recluse du trou aux chouettes ».

« Vous vous souvenez que cette femme fit des prédictions qui trou-
« blèrent si fort et Gaultier, et Philippe, que, plusieurs jours durant, vous
« crûtes qu'ils étaient tout attristés à l'idée qu'ils allaient quitter le Château
« d'Hannebaud, se séparer de vous, Monseigneur... et que vous décidâtes
« que ce voyage, que vous aviez voulu qu'ils entreprissent, ne s'accom-
« plirait pas.

« Vous vous souvenez, enfin, que je ne tardai pas à connaître la raison,
« réelle, de la tristesse des jumeaux, et que, non sans peine, je parvins à
« les convaincre qu'il ne fallait pas que leur esprit s'obstinât au pourchas
« de ces fadaises, indignes d'eux.

« Or, après cinq années, l'empreinte laissée, en leur cerveau, par les
« prédictions de la folle... a subsisté.

« Oui !... Ils se sont rappelé ses prédictions.

« — Si, jamais... a-t-elle dit... vous aimez une femme riche, puissante,
« et qui vous aimera tous les deux, fuyez-la !... Fuyez-la le plus vite possible...
« sinon vous serez perdus ! »

« Gaultier, et Philippe, se sentant prêts à aimer, tous les deux, Kaly...
« qui, ils s'en sont rendu compte, paraît les aimer tous les deux — se sont
« souvenus, tout à coup, de la prophétie de la recluse du trou aux chouettes.

« Je les ai vus troublés, profondément, comme naguère.

« Je les ai interrogés.

« Et, comme naguère, ils ont fini par me révéler les raisons de leur
« trouble, de leur tristesse.

« — Nous avons beau nous souvenir de tout ce que vous nous avez
« appris, mon Révérend... m'a dit Gaultier... Nous avons beau nous répéter,
« d'après vos doctes leçons, que personne, au monde, n'a... ni ne peut avoir, le
« don de prophétie... Nous avons beau nous indigner, contre nous-mêmes,
« de notre niaise crédulité... Malgré tout, nous avons peur !... Et, quelque
« grand que soit notre regret de ne plus voir Kaly, nous sommes décidés à
« la fuir... Depuis que nous nous sommes rappelé les paroles de la sorcière,

« elles nous poursuivent chaque fois que nous nous retrouvons en présence
« de la jeune fille... Et cela nous ôte tout le plaisir que nous prenions à
« vivre près d'elle.

« Et Philippe, fièrement, a ajouté :

« — Nous ne sommes pas lâches, mon Révérend, croyez-le bien !...
« Nous n'aurions pas peur de la Mort si elle nous frappait, tous les deux en
« même temps, et pour une cause utile, noble, ou sainte... Mais à l'idée
« que l'un de nous deux pourrait voir l'autre mort, nous frissonnons, nous
« gémissons ! »

« Un double éclair a jailli, de ses yeux, comme il parlait ainsi.

« Puis, il étreignit, tendrement, Gaultier... qui lui rendit, affectueu-
« sement, ses caresses fraternelles.

« Certes, si vous les aviez vus, Monseigneur, alors, vous eussiez éprouvé
« une très vive émotion.

« Ils n'ont pas revu Kaly.

« Sous ce prétexte... d'ailleurs fort plausible... qu'il importe de se pré-
« server, en sortant le moins possible, du mal qui sévit sur cette malheu-
« reuse contrée.

« Ils ne se reverront, c'est probable, qu'une seule fois, à l'heure des
« adieux.

« Donc, Monseigneur, si Dieu le veut, nous serons de retour, en France,
« au Château d'Hannebaud, avant la fin de la présente année...

« Je profite, pour vous envoyer cette missive, du départ d'un Moine de
« ce Monastère, qui se rend en Chine... un courageux Religieux qui, pour
« des raisons d'importance — va braver la contagion en traversant la région
« qui nous entoure et où le fléau sévit.

« Il remettra ma missive, dès qu'il le pourra, à quiconque pourra vous
« la faire parvenir.

« J'espère qu'elle vous arrivera.

« Et je prie Notre Seigneur Jésus qu'il vous ait en sa Très Sainte
« Garde...

« R. P. ANSELME. »

LXVIII

LA MISSIVE DES COMTES GAULTIER ET PHILIPPE D'AULNAY.

...Le vieux Baron d'Hannebaud, enfin, lut une troisième missive.
Celle-ci était signée Gaultier et Philippe d'Aulnay...

« A Monseigneur le Baron ROGER D'HANNEBAUD

« Au Château d'Hannebaud

« De Lisbonne, le huitième du mois de septembre 1314,

« Jour de la Nativité de la Très Sainte Vierge Marie.

« Monseigneur et Très Vénéré Père,

« Nous venons de toucher terre, en cette ville, après deux longs mois
« de terribles épreuves.

« Nous avons cruellement souffert moralement et physiquement.

« Avant de poursuivre notre route, et quelque hâte que nous ayions de
« vous revoir, nous nous reposerons, ici, pendant quelques jours.

« Nous en avons grand besoin.

« En attendant, nous vous envoyons cette missive par un voyageur qui a
« fait la traversée de l'Inde, ici, avec nous, et qui partira, tout à l'heure,
« pour la France.

« Sachez, Monseigneur et Très Vénéré Père, que nous avons eu le très
« grand malheur de perdre, le seizième jour du mois de juillet dernier, notre
« amé Maître, le Révérend Père Anselme.

« Il a été emporté, en quelques heures, par un mal, mystérieux et
« meurtrier, qui a fait, en très peu de temps, autour du Monastère où nous
« avons vécu, d'innombrables victimes.

« Nous lui avons rendu, pieusement, les derniers devoirs.

« Sa dernière pensée a été pour vous, Monseigneur... et pour nous.

« Il nous a ordonné de nous éloigner, de ce rivage maudit, à bord de
« la nef où nous devions nous embarquer, tous les trois, quelques jours plus
« tard... soit le vingt-deuxième jour du mois de juillet.

« Le Révérend Père Anselme avait décidé que nous retournerions en
« France longtemps avant la date, primitivement fixée dans votre pensée...
« et, ce, précisément, à cause de cette épidémie, meurtrière, qui s'était
« abattue, sur la région que nous habitions, et qui devenait de jour en jour
« plus menaçante.

« Nous nous sommes embarqués à la date indiquée.

« Notre voyage a été long et très périlleux.

« Plusieurs fois, nous avons craint de ne pas vous revoir.

« Par une journée d'août, notamment, nous avons essuyé une violente
« tempête, et il s'en est fallu de peu que la nef qui nous portait ne sombrât.

« Mais, enfin, nous sommes saufs.

« Exténués, tristes, meurtris... il est vrai.

« Bienheureux, pourtant, à l'idée que, dans quelques semaines, nous
« serons près de vous.

« Nous regagnerons le Château d'Hannebaud par terre, et à petites
« journées, afin de voir du pays.

« Nous nous remettrons en route dans quinze jours.

« Nous estimons que nous pourrons arriver, à Hannebaud, vers le milieu
« du prochain mois de décembre.

« Nous nous arrêterons, en route, chez les Moines de Saint François qui
« ont un Monastère au pied des Monts Pyrénéens.

« Nous espérons que nous trouverons, là, une missive de vous, qui nous
« donnera de vos nouvelles.

« Et nous prions Dieu très dévotement, Monseigneur et Très Vénéré
« Père, qu'il lui plaise de vous garder, longtemps, à la tendre affection de
« vos très féaux fils.

« GAULTIER D'AULNAY,
« PHILIPPE D'AULNAY. »

LXIX

AVANT LE LEVER DU SOLEIL.

...Le Baron d'Hannebaud soupire, et dit, une fois encore :

— Ils arriveront trop tard !

Il met, sur la table, près des missives du Révérend Père Anselme, celle
de Gaultier et Philippe d'Aulnay.

Oh ! ces missives... il les a si souvent lues, et relues, depuis quelques
semaines !

Comme il a gémi en apprenant la mort du Religieux, si dévoué, qui
s'était consacré à l'éducation de « ses fils ».

Mourir, ainsi... loin de son pays !

Double deuil !

Mort glorieuse, en somme... car tout ouvrier tombé sur le champ qu'il
labourait est digne d'envie !

Jusqu'à sa dernière heure, le très grand Moine s'est préoccupé, uniquement, des jouvenceaux que son Seigneur lui avait confiés.

Il leur a ordonné de partir... en toute hâte... de fuir ce pays où la peste
faisait son œuvre maudite.

Saufs !

Ses enfants saufs !

Avec quelle joie — après tant de transes — le Très Haut Seigneur d'Hannebaud a reçu la missive par laquelle Gaultier et Philippe d'Aulnay lui ont
annoncé leur arrivée à Lisbonne.

Il leur a dépêché un des siens... un de ses plus féaux serviteurs — l'Ecuyer, qui, jadis, leur a enseigné l'art de la guerre.

Celui-ci est allé les attendre chez les Moines de Saint François, en leur Monastère, au pied des Monts Pyrénéens, où les jouvenceaux devaient s'arrêter.

L'Ecuyer s'est mis en route vers la fin du mois d'octobre.

Selon toute probabilité, il a atteint le Monastère — but de son voyage — au milieu du mois de novembre.

A cette époque, les Comtes Gaultier et Philippe d'Aulnay y étaient, arrivés.

— Qu'ils hâtent leur retour à Hannebaud!... a dit le Noble Baron à son Ecuyer... Qu'ils sachent que je me meurs!... Oui, oui, qu'ils se hâtent!... Je veux les embrasser, une dernière fois, avant de rendre mon âme à Dieu!... Je veux les bénir!... Que le Tout Puissant m'accorde cette grâce... et je mourrai tranquille!...

Depuis, aucune nouvelle!

Mais Monseigneur d'Hannebaud est sûr que l'Ecuyer a rejoint ses Seigneurs à la date présumée.

Il est sûr que les Comtes Gaultier et Philippe d'Aulnay se sont mis en route, avec lui, tout aussitôt.

Il est sûr que « ses fils » chevauchent, depuis cette époque, en hâte de se retrouver dans la Seigneurie d'Hannebaud.

Seulement, ils ont été arrêtés, en route, par les intempéries.

Hélas !

Depuis dix jours, la neige tombe, presque sans interruption.

En certains endroits, elle s'élève à une hauteur telle, que, jamais, de mémoire d'homme, on n'a vu pareil amoncellement.

Les routes sont impraticables.

Les habitants des villages, à vingt lieues à la ronde, sont bloqués dans leurs masures... souffrant autant du froid que de la faim, car ils ne peuvent se procurer des vivres.

Qui sait ?...

Ceux que le Baron d'Hannebaud attend, impatiemment, sont, peut-être, tout près du Château...

Pour franchir la distance qui les sépare de lui, il ne faudrait qu'une demi-journée, en temps ordinaire.

Mais comment chevaucher sur des routes que six pieds de neige recouvrent ?

A coup sûr, les jouvenceaux tentent des efforts surhumains pour atteindre leur but.

L'atteindront-ils ?

— Encore quelques heures !... murmure le Haut Seigneur d'Hannebaud...

Je n'ai plus que quelques heures à vivre !... Dieu, montrez-moi « mes fils » avant qu'il vous plaise de me fermer les yeux !

Il est sûr que son heure est proche.

Si près de sa fin, tout son passé, toute sa vie, tous les êtres qui ont vécu à ses côtés, tous ceux qu'il a aimés lui apparaissent... et, en même temps, comme dans une sorte de vision, resplendissante, que, seuls, des yeux du mourant peuvent voir... l'avenir.

— Je les bénirai !... s'écrie-t-il, tout à coup... Je les bénirai !... Ils arrivent !... Je les vois !... Montjoie !... Montjoie !...

Son noble visage a une expression d'indicible allégresse.

Ses yeux flamboient.

— Oui, oui... répète-t-il... je les bénirai !...

Il ajoute :

— Lumière !... Lumière !... Quelle lumière !... Oh ! cela m'éblouit !... Cela m'éblouit !... Dieu, Dieu Tout Puissant, que de clartés !...

Soudain, Christophe se réveille.

— Oh ! Monseigneur... pardon !... Pardon !... dit-il, les mains jointes...

Et le Baron, avec bonté, réplique :

— Tu étais las !... Je suis aise que tu te sois reposé... Tu auras besoin de toutes tes forces, tout à l'heure...

Le féal serviteur s'aperçoit que les braises de l'âtre achèvent de se consumer.

Vite, il remet, dans le foyer, deux grosses bûches... qui, bientôt, chantent, et flambent.

Derechef, les flammes font resplendir, au fronton de la cheminée de pierre, le fier écusson des Barons d'Hannebaud.

Le vieux servant regarde son Seigneur, avec une tendre sollicitude... son Seigneur, dont le visage est vivement éclairé par la lueur du foyer.

Or, il est stupéfait.

Le masque du Baron est comme transfiguré.

Jamais il n'a été plus beau !

Jamais il n'a eu pareille expression de joie... et, aussi, de grandeur, de noblesse !

— Monseigneur... murmure-t-il.

— Quoi ?... demande le baron.

— Monseigneur... réplique Christophe... on dirait que vous vous trouvez mieux.

Le Seigneur d'Hannebaud sourit.

— C'est la fin !... dit-il, d'une voix très douce... J'ai toujours ouï dire que la mort des justes est toute auréolée !... Or, je fus un juste !... Je peux le proclamer... C'est pour cela que mon front rayonne !...

Et il dit encore :

— Il rayonne, aussi, de joie... car je reverrai mes fils !... Ils seront ici au lever du soleil !

Au lever du soleil ?

Comment croire que le soleil luira en le jour qui commencera bientôt ?

Le soleil !...

Depuis plus de trois semaines on n'a pas vu ses rayons — source de joie et de santé !

Depuis plus de trois semaines, en ces premiers jours de décembre glacé... le jour, très court, se passe tout entier dans une quasi obscurité.

Le ciel est gris noir... l'atmosphère opaque... et l'horizon est zébré par les flocons de neige qui tourbillonnent sous le souffle de la bise.

Le soleil !

Le Baron a bien dit : « Mes fils seront ici au lever du soleil. »

Or, Christophe, effaré, constate que la tempête a cessé.

Le vent, qui faisait rage, lorsque, brisé par la fatigue, le servant s'est assoupi... a cessé, tout à fait.

De même, la neige ne tombe plus.

Bien mieux, il semble qu'il y a une clarté sur le paysage.

Christophe s'approche de la croisée et regarde au dehors.

Spectacle extraordinaire, inouï !

La lune, sur l'horizon, resplendit dans un ciel très pur, tout étoilé.

A perte de vue, le paysage apparaît, couvert de neige immaculée.

Il y a eu une saute brusque de la température.

Vienne le jour... et, certainement, le soleil luira.

Christophe, tout ému, très impressionné, se signe, dévotement, car, il en est bien sûr, à présent... le vieux Baron est près de sa fin, puisqu'il voit dans l'avenir — et, c'est connu... on le répète dans toutes les chaumières et les Châteaux de France — les mourants ont le don de double vue.

Il se rapproche de son Seigneur et Maître.

Il le regarde.

Il s'effare, car le Très Haut Seigneur ne bouge plus.

Ses yeux sont clos.

Sa tête est appuyée aux montants, armoriés, de sa chaise... et son masque a, toujours, cette expression de grandeur qui a excité l'admiration du servant.

Est-ce que Monseigneur d'Hannebaud a rendu son âme à Dieu ?

Non !

Il dort.

Il dort très paisiblement...

*
* *

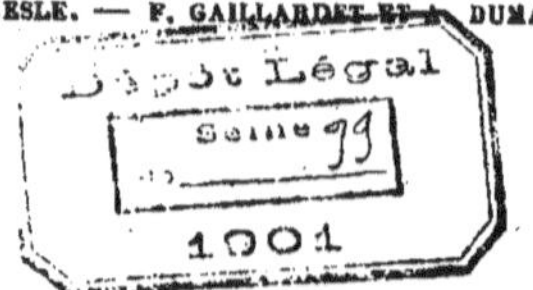

La bannière d'Hannebaud flotte sur leurs têtes. L'olifant de Messire Guillaume,
l'Écuyer, retentit... (P. 1232.)

... Il est quatre heures, après minuit.

— « Mes fils seront ici au lever du soleil »... a dit Monseigneur d'Hannebaud.

S'il doit mourir après avoir béni ses enfants... Dieu lui a donné, avant
sa fin, quelques heures de sommeil tranquille... sans doute afin qu'il ait la
force nécessaire pour supporter l'émotion du dernier adieu à ceux qu'il a si
longtemps attendus.

Christophe, attendri, s'agenouille devant le Christ... joint les mains...
et prie...

LXX

LE LEVER DU SOLEIL.

... Il est, maintenant, un peu plus de sept heures du matin.

Le petit jour commence à poindre.

Le vieux baron d'Hannebaud est toujours assis sur la haute chaise à
bras, devant le foyer.

Depuis plus de trois heures, il dort du même sommeil tranquille...

Sa belle tête est appuyée sur des carreaux de velours rouge cramoisi...
et sa face, blême, entourée de ses cheveux blancs, se profile, en vigueur,
comme un masque, de pierre.

Ses mains blanches, maigres, longues, sont posées sur ses genoux... et
l'anneau d'or massif, portant son scel, qu'il porte, brille, sous la lueur du
brasier.

Un profond silence plane, à cette heure, sur le Château Seigneurial, et
sur les environs.

Le jour monte, de plus en plus...

Il commence à éclairer la chambre du Haut Baron... assez pour faire
pâlir la clarté des cires, qui achèvent de se consumer dans les flambeaux.

Christophe, debout près de la croisée, regarde au dehors.

La plaine blanche s'étend, à perte de vue... et l'on distingue, nettement,
les moindres points du paysage... les collines qui bornent l'horizon, et, plus
près, les villages, dominés par le clocher de leur Moustier, qu'on n'a pas vu
depuis huit jours, durant lesquels ils ont été perdus dans la brume.

Quel calme... après la tempête!

Quel apaisement!

Pas un souffle de vent... pas un appel... pas un murmure.

Bientôt, du côté du Levant, une clarté, qui devient, de seconde en seconde,
plus resplendissante, surgit... illuminant l'immense décor.

Christophe est tout ému, devant cet admirable spectacle.

Le soleil va paraître.

Des rayons dorés s'élèvent de l'horizon, et mettent, dans le ciel radieux,
une gloire.

La lumière augmente, progressivement.

Tout à l'heure, elle sera éblouissante.

Soudain, on entend sonner une cloche — sans doute au Moustier voisin —

une sonnerie claire, qui carillonne, joyeusement, dans l'air, très pur, de cette belle matinée d'hiver.

La nature, si morne, hier, est en joie.

La lumière semble la mettre en allégresse.

Et, lentement, majestueusement, dans sa magnificence, dans la splendeur, souveraine, de sa bienfaisante toute puissance, le soleil émerge de l'horizon.

Tout resplendit.

L'immense décor de neige miroite.

Le givre accroché aux branches des arbres brille.

Un prodige.

Le triomphe de la lumière!...

LXXI

LA SONNERIE DE GUERRE DES BARONS D'HANNEBAUD

...Dans la chambre, què les rayons dorés illuminent, les cires agonisent, et s'éteignent, l'une après l'autre.

Les armures paraissent plus que jamais étincelantes.

Les bannières plus colorées, plus fières.

Au fronton de la monumentale cheminée, l'écusson du Baron d'Hannebaud est auréolé par le même rayon du soleil qui met comme un nimbe autour du front du vieillard, toujours endormi, et dont le masque, entouré de cheveux blancs, ressort, en vigueur, sur les carreaux de velours cramoisi auxquels il s'appuie.

Tout à coup, le Très Haut Seigneur ouvre les yeux.

Il se soulève, à demi, sur son siège.

Ses yeux flamboient.

— Montjoie!... clame-t-il, d'une voix vibrante comme une sonnerie de bronze.

Christophe, stupéfait, effaré, le regarde.

— Monseigneur... murmura-t-il... Monseigneur, qu'avez-vous donc?

— Ecoute... répond le Baron.

— Quoi?

— Ecoute!... Ecoute!...

Monseigneur d'Hannebaud se penche vers la croisée... comme pour mieux entendre les sons qui frappent son oreille, et qui retentissent au loin.

Son visage exprime une joie indicible.

— Ils viennent!... Ils viennent!... dit-il...

Christophe est épouvanté.

Pour lui, son Seigneur, et Maître, délire.

Il est en proie à une hallucination.

C'est la fin!

— Ecoute!... Ecoute!... répond le moribond.

Christophe écoute.

Il n'entend rien.

Oh! Il ferait bien, peut-être, d'appeler à l'aide... d'aller quérir les gens du Baron, et, notamment, le Chapelain.

A cette heure ultime il serait bon qu'il y eut, près du mourant, le représentant du Dieu Vivant.

Mais le vieux et très féal servant est si profondément ému, si troublé, si désespéré... qu'il ne peut articuler un appel.

— Ils se rapprochent!... dit, à demi-voix, le Seigneur d'Hannebaud...

Il est tout en allégresse.

— Oui... oui... ils se rapprochent!... poursuit-il... Le Tout-Puissant Maître du Ciel a entendu mes vœux et les a exaucés!... Qu'il en soit béni!...

Il écoute.

— N'entends-tu pas?... demande-t-il à Christophe.

Le vieux Servant répond, par un signe, négativement.

Il est de plus en plus certain que le Baron délire.

— Ecoute!... Ecoute!... reprend Monseigneur d'Hannebaud... Ils ne sont plus guère qu'à un quart de lieue du Château... Avant dix minutes, ils seront ici!... Oh! mes enfants... mes chers enfants!... Je les reverrai!... Montjoie!.., Montjoie!...

Il se tait.

Le son qu'il entendait a cessé de retentir.

Il écoute.

Impatiemment, il attend que cette sonnerie, lointaine, que ses oreilles ont perçue, vibre, de nouveau, dans l'espace.

— Plus rien!... dit-il, tristement... Je n'entends plus rien!...

Frémissant, il se penche vers la croisée.

— Oh!... Dieu de bonté!... Je vous en supplie... murmure-t-il... Faites que ce signal, tant attendu, retentisse encore!

Un long instant se passe... qui semble sempiternel au Très Haut Seigneur!

Rien!... Toujours rien!...

Aucun bruit ne trouble le silence, profond, qui plane sur les alentours.

Le Baron a joint les mains, dévotement.

Il prie.

Et, soudain, une sonnerie, encore lointaine ; mais très vibante, chante, au dehors.

Cette fois, Christophe, lui-même, l'a entendue.

Il redresse sa taille, affaissée par les ans... et par la douleur qu'il éprouvait, torturante, à cette heure solennelle.

— Monseigneur !... Monseigneur !... s'écrie-t-il... dans un transport de joie... J'ai entendu !... J'ai entendu !... Le son de l'olifant !... La sonnerie de guerre des Barons d'Hannebaud...

Dire que le Haut Seigneur l'a entendue depuis longtemps, déjà, cette sonnerie.

Quelle acuité a l'ouïe de ce moribond !

Ne faut-il pas voir, en cela, l'effort d'une Puissance d'ordre surnaturel ?

Dieu a voulu, il n'en faut pas douter, que ce Juste, qu'il attend, qui, bientôt, va comparaître par devant lui, perçoive ce qu'aucune oreille humaine ne pouvait percevoir.

Satisfaction qu'il a plu, au Très Haut, d'accorder à celui qui est, d'avance, son élu.

Et le vieux servant regarde, plus que jamais respectueusement, son Seigneur, et Maître bien aimé, pour qui le Souverain du Ciel a produit ce miracle.

La sonnerie se fait entendre, de nouveau, plus vibrante encore.

Oui, c'est bien la sonnerie de guerre des Barons d'Hannebaud.

Elle a retenti en maint combat, depuis un siècle.

Partout, accompagnant la marche en avant des compagnons des Hauts Seigneurs... et annonçant leur victoire.

Elle résonne, là-bas, dans la campagne couverte de neige.

Il semble que tous les échos du voisinage, joyeux de l'entendre, la répètent, en allégresse.

Jamais elle ne fut plus sonore, plus chantante, plus fière, plus triomphale, plus éclatante.

On dirait que mille bouches de guerriers la soufflent en même temps.

On dirait, que dans ce décor tout blanc, illuminé par le soleil... dans ce décor profond... dans ce décor immense, tous ceux qui ont fait la Haute Seigneurie... tous ceux qui se sont couchés dans la terre étrangère après maint combat formidable... tous ceux qui dorment, maintenant, sous la terre du pays natal après avoir accompli leur œuvre — ombres invisibles, entourent le Vieux Château Féodal, à cette heure, solennelle, où le Baron Roger agonise... et que leurs voix chantent la Gloire du grand nom d'Hannebaud.

Le dernier Baron l'écoute, cette sonnerie, dans une extase.

La tête haute... les yeux fixes... la bouche souriante.

Elle lui dit la noblesse de sa race.

Elle célèbre les prouesses de ses aïeux.

C'est l'hymne, trois fois sacré, qui chante les Preux d'antan.

Tout à coup, une autre sonnerie vibre, au sommet du Donjon, répondant à l'autre, qui retentit là bas.

C'est le guetteur qui veille dans la Tour... et qui signale l'arrivée, en vue du Château, d'une troupe de cavaliers.

Ces cavaliers, à coup sûr, ont arboré la bannière d'Hannebaud, car la sonnerie du guetteur constitue le salut du Donjon aux Armoiries de la Haute Seigneurie.

— Montjoie!... Montjoie!... clame le Baron Roger...

LXXII

MONTJOIE!

... Christophe est toujours près de la croisée.

Il regarde au dehors.

— C'est bien le son de l'olifant de Messire Guillaume, l'Écuyer, Monseigneur... dit-il... Je le reconnais.

— Oui!... Oui!... réplique le baron... qui écoute, avec ravissement, la vibrante fanfare.

— Nos Seigneurs les Comtes Gaultier, et Philippe d'Aulnay, sont avec lui, c'est sûr...

— Oui!... Oui!...

— On ne tardera guère, sans doute, à les voir apparaître, là-bas, au tournant de la route... à gauche du Moustier au toit rouge.

— Préviens-moi dès que tu les verras, mon amé Christophe.

— Oui, oui, Monseigneur.

Un silence...

De part et d'autre, dans la plaine, et au sommet du Donjon, les sonneries ont cessé de retentir.

Monseigneur d'Hannebaud attend qu'elles vibrent derechef.

Depuis qu'elles ne chantent plus, il lui semble que son cœur a suspendu ses battements.

Oh! Sonnez... sonnez, olifants... sonnez l'hymne des Barons d'Hannebaud.... afin de ranimer ce vieillard, le dernier de sa race, qui veut bénir, debout, ses héritiers, avant d'aller dormir sous la pierre armoriée qui recouvre les squelettes blanchis de tant de Preux!

— Montjoie!

Le vieux Baron s'est redressé.

Son visage, qui s'était assombri, a repris son expression extatique.

C'est que la sonnerie de l'olifant de Messire Guillaume l'Écuyer, qui chevauche, là-bas, avec les Comtes Gaultier, et Philippe d'Aulnay, s'est fait entendre, de nouveau... cette fois plus que jamais proche du Château.

La sonnerie du veilleur installé au sommet du Donjon lui répond.

Et, à la même minute, Christophe, enthousiasmé, s'écrie :

— Monseigneur... Monseigneur...

— Parle?... Parle?... dit le vieux Baron.

— Je les vois !...

— Mes fils?

— Oui... oui, Monseigneur !

— Ils sont loin d'ici?

— Ils vont passer tout près de la maison du Fauconnier Loys.

— Guillaume, l'Écuyer, est avec eux?

— Oui, Monseigneur... Il porte la bannière d'Hannebaud.

— Peux-tu distinguer les traits des Comtes Gaultier et Philippe d'Aulnay?

— Pas encore.

— Viennent-ils vite?

— Aussi vite que possible, Monseigneur...

— Oui, ils ne peuvent chevaucher que très péniblement... Oh ! J'ai hâte de les voir... de les étreindre !... Christophe?

— Monseigneur?

— Approche-toi de moi...

Le vieux servant obéit.

Il se rapproche de son Seigneur, et Maître.

— Que voulez-vous, Monseigneur?... demande-t-il.

— Aide-moi à me mettre debout... Je veux aller jusque vers la crcisée... Je veux voir mes fils...

Et il ajoute :

— Voir mes fils !... Il est temps !... Mon heure est proche !

Avec l'aide de Christophe, il se lève... non sans peine.

Il est debout.

Debout !

Il redresse sa haute taille... et, dans son long vêtement chargé de fourrures précieuses... il apparaît comme grandi.

— Marchons, mon amé Christophe... marchons !... Conduis-moi vers la croisée... Allons !... Allons !... Oui, oui, je veux voir mes fils !....

Il s'appuie sur le bras de son très féal serviteur... et, à pas lents, il se dirige vers la croisée.

Que de peines... pour faire ces vingt pas !

Monseigneur d'Hannebaud use, en cet effort, ses dernières forces.

Enfin, il atteint son but.

Il est tout près de la croisée, maintenant.

Il regarde au dehors...

Les jouvenceaux, cependant, ont fait du chemin.

Ont-ils eu comme un pressentiment qu'il leur faut se hâter ?

Ou bien, ont-ils senti plus d'ardeur à la vue du Château d'Hannebaud... et ont-ils poussé leurs chevaux, dans l'impatience, grandissante, de la dernière minute ?

Toujours est-il qu'ils ne sont plus, à présent, qu'à cent pas du Château.

On les voit, très nettement.

On distingue, parfaitement, toutes les pièces de leur ajustement... les traits de leurs visages.

— Mes enfants !... Mes enfants bien-aimés !... s'écrie le Baron, dans un transport... Gaultier !... Philippe !...

Il tend, vers eux, ses bras tremblants.

Des larmes roulent sur ses joues blêmes...

Ses yeux resplendissent.

Christophe, qui s'est arcbouté, solidement, au sol, le soutient.

— Je les reconnais !... reprend le très Haut Seigneur d'Hannebaud... Ils n'ont pas changé... Leurs traits sont plus mâles... Ils ont grandi... Ils sont beaux !... Ce sont des hommes !... Montjoie !... Montjoie !...

La bannière d'Hannebaud flotte sur leurs têtes.

L'olifant de Messire Guillaume, l'Écuyer, retentit... et la fanfare du veilleur du Donjon lui répond.

— Montjoie !... Montjoie !... répète le vieillard.

Gaultier, Philippe, et leur Écuyer, Guillaume, ont poussé leur chevaux.

A cette heure, les cavaliers sont si près du Château que l'on pourrait presque entendre leur voix.

Là-bas, au-dessous du Donjon, le pont-levis s'abaisse pour leur livrer passage.

Ils atteignent la porte d'entrée, principale, du Château d'Hannebaud — qui sera leur, bientôt !

Ils s'engouffrent sous la voûte de pierre... et les pas de leurs montures battent, avec un bruit sonore, le massif plancher de bois du pont-levis.

Ils sont dans la demeure Seigneuriale.

— Oh ! qu'ils viennent !... Qu'ils viennent !... s'écrie le Baron...

Toujours avec l'aide de son amé Christophe, il regagne sa chaise à bras.

Et, quand, brisé par cette émotion, poignante, qu'il a eue, il se retrouve assis...

— Va... va... dit-il... va, Christophe !... Va chercher mes fils !... Va !... Va !... Et qu'ils se hâtent !... Va !... Va !... Va !...

Alors, tous les assistants s'agenouillent... leurs mains se joignent... et le Chapelain,
debout, récite, à voix haute, les prières des morts... (P. 1235.)

Christophe s'effare.

Son Seigneur, et Maître, est effroyablement pâle ..

Sa respiration est difficile.

— J'étouffe!... Va!... Va, Christophe!... dit, encore, le Baron... Mes
fils!... Mes fils!... Va!...

Christophe sort, précipitamment, de la Chambre du Haut Seigneur
d'Hannebaud...

LXXIII

UN JUSTE.

... Maintenant, la vaste pièce est toute illuminée par le soleil... dont les rayons, éblouissants, se colorent en passant à travers les verrières de la croisée.

Plus que jamais, au fronton de la cheminée, l'écusson Seigneurial apparaît, tout baigné de lumière.

Immobile... le Baron attend ses fils.

Ses yeux, démesurément ouverts, fixes, regardent le blason d'Hannebaud.

Ses mains reposent sur ses genoux.

— Dieu Puissant... murmure-t-il, d'une voix éteinte... vous avez exaucé mes vœux !... Soyez béni !... Daignez me recevoir parmi vos Elus !

Un moment se passe.

Les mains du moribond sont glacées.

Le froid de la Mort l'envahit.

Il est toujours immobile... les yeux fixés sur son fier blason.

Tout à coup, la porte de la chambre s'ouvre.

Christophe paraît.

— Monseigneur !... Monseigneur !... s'écrie-t-il...

Il marche vers la haute chaise sur laquelle le Baron est assis... et il recule, épouvanté.

Monseigneur d'Hannebaud n'a pas tourné la tête de son côté... n'a pas fait un mouvement.

Cependant, les Comtes Gaultier, et Philippe d'Aulnay, sont entrés derrière Christophe... suivis du Chapelain du Château, et de tous les serviteurs du Haut-Seigneur : Ecuyers, Pages, Echansons, Panetiers, Fauconniers, varlets.

Une foule... qui se masse dans la chambre Seigneuriale.

Ce, sur l'ordre, exprès, du Chapelain, qui a tout réglé, à l'avance... afin qu'il y ait cortège, autour des Comtes d'Aulnay, lors de leur retour au Château d'Hannebaud.

Gaultier, et Philippe, portent, encore, leur costume de voyage... un vêtement de velours bleu, garni d'épaisses fourrures.

Ils ont, au cou, la chaîne d'or... et, aux talons, les éperons, d'or également... des Chevaliers.

La lourde épée, à la poignée d'acier, et la dague... à la ceinture.

La tête nue, ils se sont approchés de « leur père ».

Dans un geste, tout juvénile, d'affection et de respect.

Avec la hâte d'étreindre celui qu'ils vénèrent.

Mais, lorsqu'ils l'ont vu immobile... ils ont été, comme Christophe, épouvantés.

Ils éprouvent une poignante émotion.

Ils restent graves, interdits, muets, profondément troublés.

Il leur semble que le Haut Seigneur d'Hannebaud a rendu son âme à Dieu.

Une demi-seconde se passe... qui paraît, à tous les assistants... longue, effroyablement longue.

Soudain, les regards du Baron s'abaissent.

Un beau sourire passe sur ses lèvres.

L'une de ses mains blanches, décharnées... se lève — celle qui porte l'anneau orné du scel Seigneurial.

— Mes enfants!... dit Monseigneur d'Hannebaud.

Les Comtes Gaultier, et Philippe d'Aulnay, s'agenouillent, par un même mouvement, devant le noble vieillard... qui lève ses deux mains, et les laisse retomber, lentement, sur leur tête...

— Je... vous... bénis... mes... enfants!... dit le Haut Seigneur, d'une voix très faible... qu'on entend, pourtant, très distinctement, dans le silence, solennel, qui plane sur cette très émouvante scène.

Puis, il dit encore...

— Dieu!... Le Roi!...

Il se soulève sur son siège.

Sa face resplendit.

— Lumière!... Lumière!... clame-t-il... Mes... chers... aimés!... A vous!... A... vous!...

Il retombe.

Il est mort...

L'âme de ce juste s'est envolée dans les espaces.

Alors, tous les assistants s'agenouillent... leurs mains se joignent... et le Chapelain, debout, récite, à voix haute, les prières des morts...

LXXIV

APRÈS LA MORT DU BARON D'HANNEBAUD

...Or, comme le mois de mai faisait refleurir les haies, sur lesquelles, dans l'air, embaumé, des matins ensoleillés, les oiseaux voltigeaient... les Comtes Gaultier, et Philippe, d'Aulnay, Seigneurs d'Hannebaud, revenaient au Château, par une tiède après-midi, à l'heure où le soleil s'abaissait sur l'horizon.

Ils avaient fait un pèlerinage, à la tombe du défunt Baron... leur tant regretté protecteur... leur père vénéré.

Chaque semaine, ils allaient, ainsi, prier pour le repos de l'âme de celui qui les avait aimés.

A cent pas, environ, de la Poterne du Château, ils s'arrêtèrent, sous les arbres, au milieu d'un rond-point, où il y avait une vaste chaise de pierre, surmontée d'une statue, enluminée, et dorée, de la Madone.

Là, le vieux Baron aimait s'asseoir, par les chaudes journées d'été.

Il y donnait audience, souvent, à ses Vassaux, de qui il jugeait, paternellement, les différends... en plein air, comme, autrefois, le bon Roi Saint-Louis, sous le chêne de Vincennes.

La place était fort bien choisie pour une halte reposante.

Comme elle était surélevée, on dominait, de là, tout le paysage environnant.

On voyait, à travers les jeunes feuillages, aux pousses vert tendre, très doux aux yeux, d'une part, la route cavalière par laquelle on arrivait au Château, et, d'autre part, la façade, monumentale, de la Seigneuriale demeure, surmontée de son fier Donjon, dont la massive silhouette se découpait, alors, en vigueur, sur l'or du couchant.

Gaultier, et Philippe, avaient été salués, respectueusement, par les vilains qu'ils avaient rencontrés, depuis leur sortie du funèbre enclos où reposait, près de ses aïeux, dans la paix du Tout Puissant Maître du Ciel, feu le Haut Baron d'Hannebaud.

Tous leurs Vassaux les aimaient, déjà, car on savait qu'ils se montreraient, en toute occasion, les dignes héritiers du défunt, de qui ils avaient le haut esprit de justice, la bonté, la générosité inlassable.

Ah ! la mort de leurs deux bienfaiteurs : le Révérend Père Anselme et Monseigneur d'Hannebaud... décédés à quelques mois d'intervalle — les avait meurtris.

Ils s'étaient trouvés seuls au monde.

Seuls !

Personne, autour d'eux, désormais, pour leur donner ces témoignages d'affection dont la plupart des êtres ont besoin, et qui sont si nécessaires, si indispensables aux tendres !

Leur affection, réciproque, ne pouvait pas leur suffire, puisqu'ils ne formaient, on le sait... ces jumeaux... qu'un seul et même être en deux êtres.

Pendant les trois mois qui avaient suivi leur retour sur la terre d'Hannebaud, les jeunes hommes avaient vécu très tristement.

Ils avaient fait, à leur protecteur, des obsèques solennelles, auxquelles tous les Seigneurs du pays, à quarante lieues à la ronde, avaient assisté...

Le deuil avait été conduit par eux, et par un des plus hauts Barons de la Cour de Sa Majesté le Roi de France et de Navarre, Louis, le Dixième... envoyé, tout exprès, de Paris, par le Souverain, pour rendre hommage à la mémoire du Seigneur d'Hannebaud.

Pendant huit jours, le cercueil du défunt, recouvert d'une étoffe de velours noir ornée de croix d'argent, chargé des armoiries des Barons d'Hannebaud, avait été exposé, solennellement, parmi des fleurs, des feuillages de pins, de houx, de mélèzes, de gui, entouré de cires continuellement renouvelées — dans la Salle des Bannières du Château... et tous les Vassaux de la Très Haute Baronnie : Seigneurs et manants, avaient défilé, s'étaient agenouillés devant le Catafalque, et avaient prié pour le mort.

Après la funèbre cérémonie le Château Seigneurial était tombé au silence solennel qui doit planer sur les demeures en deuil.

Les nouveaux Seigneurs d'Hannebaud avaient vécu dans le recueillement le plus absolument complet.

A peine si on les avait vus errer, mélancolieux, dans les vastes salles, jadis pleines de rires, de murmures... pleines, aussi, des harmonieux sons des violes, aux jours de fêtes, présidées par Très Haute, Très Noble et Très Puissante Dame, la Baronne Blanche d'Hannebaud.

Mais, enfin, avril avait fait reverdir les arbres et les prairies.

La Nature, au renouveau, s'était parée.

Tout renaissait.

Les lilas, les giroflées, les aubépines refleurissaient.

La joyeuse et amoureuse chanson des nids retentissait comme un hymne au Mai prochain.

Lors, les Comtes Gaultier, et Philippe, d'Aulnay, s'étaient montrés, derechef, à leurs Vassaux.

Tout de noir vêtus, et l'âme en deuil, certes ; mais repris par le désir de vivre hors les murs, massifs, de la Seigneuriale demeure, et d'aspirer, à pleins poumons, l'air printanier, chargé des aromes balsamiques se dégageant des vastes plaines et des bois profonds.

Ils allaient, chaque jour, côte à côte, tendrement enlacés, faire de longues promenades, à pied, à travers cette contrée où s'était écoulée leur enfance, cette contrée dont chaque coin leur était connu, et où chaque sentier, chaque combe, chaque village, chaque prairie, bords de rivière, bouquet d'arbres, Calvaire de pierre, Donjon, ou masure, leur rappelait quelque lointain et toujours très doux souvenir.

Ils revenaient, de ces excursions quotidiennes, las ; mais apaisés.

Ils se remémoraient le passé... et cela les charmait.

Ils ne s'étaient pas préoccupés, encore, de l'avenir.

Qu'allaient-ils faire, désormais ?

Ils n'en savaient rien.

— Quelle belle journée !... dit Philippe d'Aulnay, debout, près de son frère, qui s'était assis sur la chaise de pierre surmontée de la statue de la Madone, à cent pas de la Poterne du Château d'Hannebaud.

— Oui !... répliqua, distraitement, Gaultier.

Le soleil s'abaissait, de plus en plus, sur l'horizon, et sa lumière, dorée, mettait comme une lueur d'incendie derrière le jeune feuillage des arbres... et illuminait, superbement, le Donjon, où flottait la bannière, endeuillée, des Barons d'Hannebaud.

— Frère... reprit Philippe... tu es plus préoccupé, aujourd'hui, que jamais !... A quoi penses-tu ?

Gaultier soupira, et répliqua :

— Je pense, mon amé Philippe, qu'il nous faudra, avant longtemps, nous éloigner d'ici, afin d'aller rendre hommage, selon notre devoir, à Notre Sire le Roi.

— Nous remplirons ce devoir, Gaultier, quand tu voudras... Mais... réponds... ce n'est pas cela qui te fait rêver, si profondément, depuis plusieurs jours, déjà ?... Ton esprit est tout occupé d'autre chose...

— Oui.

— Gaultier, tu es, de plus en plus, amoureux de Kaly... C'est elle que tu vois, sans cesse...

— Si l'on en croit la dernière missive qui nous est venue d'elle, la belle Indienne doit être, à présent, ou sera, bientôt, en sa demeure Parisienne, sous le chevet de Notre-Dame.

— Et tu ne rêves que d'aller à Paris, présentement, afin de te rapprocher de celle que tu aimes ?...

— Je l'avoue !

— A la bonne heure !...

Philippe poursuivit, très tendrement :

— Est-ce que nous pouvons avoir un secret l'un pour l'autre ?... Est-ce que l'un de nous peut souffrir sans que l'autre soit, de même, meurtri par la même souffrance ?...

— Mon bon Philippe...

— Gaultier... comme toi, j'ai aimé Kaly... Elle est si belle !...

Gaultier fit un mouvement ; mais Philippe s'écria :

— Oh ! que cet aveu ne te trouble pas... Mon frère, aucune passion humaine ne nous divisera jamais, parce que nous sommes prêts, d'avance, l'un pour l'autre, à tous les sacrifices !... N'est-ce pas vrai ?

— C'est vrai !... répliqua Gaultier, gravement... C'est vrai...

— Bien !...

— Poursuis ?

— Oui, j'ai aimé Kaly... répliqua Philippe... Il est certain qu'elle nous a aimés tous les deux... Il est certain qu'elle eût été fort troublée s'il lui avait fallu faire un choix entre nous deux... Mais, lors de notre dernière entrevue — tu dois te le rappeler — il fut flagrant, pour nous trois...

— Achève...

— Que c'est toi qu'elle quitta avec le plus de regret... On peut... on doit déduire, de cette constatation, mon ame Gaultier, que c'est toi qu'elle préfère... que c'est toi qu'elle aime...

Gaultier fit encore un mouvement et voulut parler; mais Philippe dit :

— Oh ! ne m'interromps pas, de grâce, mon frère bien-aimé... Laisse-moi achever, je t'en prie?

— Parle donc?

— Je te dirai tout...

— Parle?

— Gaultier, j'ai longtemps réfléchi à ces choses... Ecoute... Certain que tu étais préféré par Kaly, je me suis efforcé d'oublier cette jeune fille...

— Philippe...

— A présent...

— A présent?

— Je n'aime plus la belle Indienne que comme une très tendre amie... une sœur...

— Mon amé Philippe...

— Tu peux donc l'aimer sans la moindre arrière-pensée... sûr que tu dois être, à présent, que tu ne me trouveras jamais, en face de toi, comme un rival... sûr que tu dois être, aussi, que je n'aurai point à souffrir de te voir aimé par elle... Ce n'est pas tout...

— Achève?

— Tu peux l'aimer, encore, sans craindre que la prédiction de la recluse du trou aux chouettes nous atteigne... En effet, d'après cette prédiction, nous ne serons en danger que lorsque nous aimerons « la même femme qui nous aimera tous les deux »... Kaly ne nous sera pas fatale, mon amé Gaultier, puisque, seul, tu aimes cette jouvencelle, et puisqu'elle n'aime que toi...

Gaultier regarda son frère, très tendrement... Il lui prit la main, et dit :

— Mon doux Philippe !... Comme tu es bon !

— Je te chéris, mon frère !... Ne me chéris-tu pas toi-même?

— Je t'aime de tout mon cœur !

Les deux jeunes hommes restèrent, un moment, la main dans la main, immobiles, muets, profondément émus.

Le soleil s'abaissait, de plus en plus, sur l'horizon... incendiant le ciel et la vallée, dorant le paysage, et mettant une lueur rouge pourpre sur le Donjon du Château d'Hannebaud.

Une brise très douce, parfumée, soufflait... faisant bruire le feuillage des arbres.

On entendait les gais appels des oiseaux, qui se poursuivaient avant l'heure du prochain retour au nid... et, au loin, avec le grincement des roues de quelque char roulant sur la route voisine, la chanson monotone, des grelots et des sonnettes attachés au collier des bœufs roux, traînant, lentement, le lourd véhicule.

Cette fin de journée était très douce...

*
* *

— Donc... reprit Philippe... nous ferons, à partir de demain, mon frère, nos préparatifs de départ... et, vers le milieu de la semaine prochaine, nous nous mettrons en route pour Paris... Cela te convient-il ?

— Oui!... répliqua Gaultier.

— Tous les deux, nous irons rendre hommage à Notre Sire le Roi, comme nous le devons... Puis...

— Puis...

Gaultier, étonné, regarda son frère.

Anxieux, il attendit qu'il s'expliquât.

— Puis... poursuivit, lentement, Philippe... nous nous séparerons...

— Nous nous séparerons...

— Oui!... Pour un temps...

— Où iras-tu ?

— Guerroyer...

— Guerroyer?

— Voir du pays... Courir les aventures...

— Tu pourrais me quitter?

— Cela est nécessaire...

— Je ne comprends pas...

Philippe, très gravement, répliqua :

— Depuis plusieurs jours, déjà, mon ami Gaultier... je pense à ces choses... Oui, il faut que nous nous séparions, pour un temps... Cela me peine, certes... Ce n'est pas sans regret, crois-le bien, que j'ai pris cette résolution... Mais, après longues et mûres réflexions, j'en suis arrivé à avoir cette conviction, profonde, que notre séparation — pour un temps, bien entendu... il est utile d'insister sur ce point — s'impose...

— Mais...

— Il importe que tu vives, pendant quelques mois, au moins, seul, près de Kaly...

— Philippe...

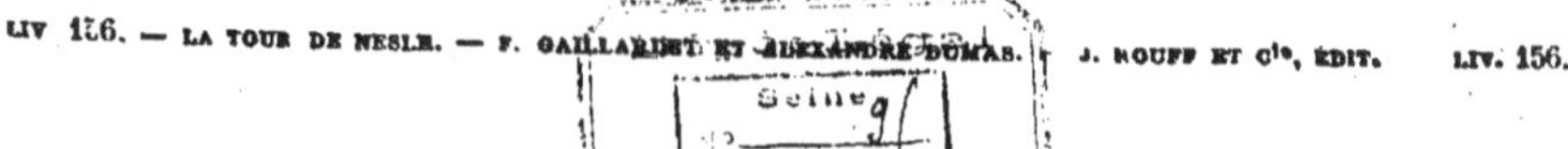

Il y avait une très grande douceur sur tous les environs... dans l'apaisement de la tombée du jour. (P. 1245.)

— Ma présence vous constituerait une entrave perpétuelle... que je dois, que je veux vous épargner...

Gaultier reprit la main de son frère, que celui-ci avait retirée de la sienne, et lui dit :

— Philippe... tu aimes encore Kaly?... Et tu veux t'éloigner, de nous, pour me laisser le champ libre... Je n'accepterai pas ce sacrifice...

Mais Philippe répliqua :

— Mon doux Gaultier, cette parole fraternelle, que ton cœur t'a suggérée, spontanément, me touche à un point que je ne saurais dire... Elle me prouve — ce dont je n'ai pas un instant douté — que tu serais prêt, au besoin, à sacrifier ta passion amoureuse à ta tendresse fraternelle...

— Certes !

— Oui, oui, je t'en remercie, du plus profond de mon âme... Je t'en sais un gré infini... Mais, tu te trompes...

— Je me trompe ?

— J'ai aimé Kaly... je l'avoue encore... Elle est belle, bonne, douce, spirituelle... Elle a tout pour plaire... Aucun jeune homme ne saurait l'approcher sans trouble...

— Après?

— Et puis, elle me plut, aussi, parce que, dans cette lointaine contrée où nous l'avons connue, elle me rappelait, plus que personne, notre pays, notre France, que nous désirions si ardemment revoir... Je te le jure, mon amé Gaultier, mon esprit fut pris, par elle, bien plus que mon cœur... C'est ce dont je me suis convaincu en m'interrogeant souvent, au cours des derniers mois que nous avons vécus, depuis la mort de notre tant regretté bienfaiteur et père, le Noble Seigneur d'Hannebaud... Non, je n'aime pas Kaly d'amour... Sois-en bien sûr... Au lieu que toi — et j'en suis sûr aussi — tu l'aimes... Du reste, tu me l'as avoué, tout à l'heure... Mais, avais-je besoin de cet aveu?... Non... Ton amour éclate à tous les yeux... Comment ne l'aurais-je pas vu, moi, surtout?... Moi, qui suis habitué, dès longtemps, à lire en ton cœur... à deviner tes plus secrètes pensées?...

— Mon frère bien-aimé...

— Dès lors — et n'était-ce pas mon devoir? — j'ai cherché à assurer ton bonheur... Enfin, je me suis décidé à avoir, avec toi, dès aujourd'hui, cette conversation... à te dire le résultat de mes réflexions... et à t'informer de la résolution que j'ai prise...

— Poursuis?

— Revois Kaly... Elle est, assurément, à Paris, maintenant... Elle attend ta venue, très impatiemment, n'en doute pas... Aussi ardemment que toi, certes, elle désire te revoir... car elle t'aime, tu le sais bien?... Elle n'aime que toi, seul... Aime-la... Sois heureux... Moi...

— Toi?

— Moi... je m'éloignerai... Tu seras tout à ton amour, mon Gaultier... Je me ferais scrupule de te prendre un seul jour de ta joie...

— Mais...

— Si je restais là, tu voudrais te partager entre ta maîtresse et ton frère...

— Nous pourrions vivre côte à côte.

— Non!... Vous me haïriez si je vous séparais...

— Quelle idée!

— Ne dis pas non, c'est la règle... Il faut que les amants vivent pour eux... s'appartiennent, exclusivement... Tout témoin de leur bonheur, pour tant aimé qu'il soit, leur paraît importun... Laisse-moi donc partir...

Et, très résolument, Philippe ajouta :

— Je partirai... Ma résolution est prise... irrévocablement prise...

Gaultier soupira.

— Nous séparer!... fit-il... Qui eût dit, Philippe, que nous pourrions, jamais, vivre l'un sans l'autre?

— Notre séparation ne sera que de courte durée... Mais, crois-moi, elle s'impose...

— Rien ne dit que Kaly m'aime plus que toi!

— Tu as tressailli rien qu'en articulant ces mots!... Comme tu souffrirais si elle ne t'aimait pas!

— Je ferais comme toi... Je m'efforcerais de ne plus l'aimer... J'y parviendrais... N'y es-tu pas parvenu?

— Je ne l'aimais pas comme tu l'aimes... car, autrement, tout mon effort, pour l'oublier, eût été inutile...

— Tu as réplique à tout!... Mais...

— Parle?

— Où cet amour me conduira-t-il?

— Un amant éperdu ne se demande ces choses que pour mieux s'absorber dans sa passion amoureuse... Où cet amour te conduira-t-il?... Qu'importe?... Quand tu t'y livreras, il te donnera la satisfaction que tu cherches, dont tu as besoin — un besoin impérieux... auquel, vainement, tu tenterais de résister.

Gaultier secoua la tête.

— Je devrais tenter, pourtant, de résister à cet amour... dit-il...

— Pourquoi donc?

— Pourrai-je devenir l'époux de Kaly?...

— Je t'entends... Tu te dis que le Comte Gaultier d'Aulnay, Seigneur d'Hannebaud, ne saurait échanger l'anneau avec la fille d'un marchand indien?...

— Notre père, le Baron Roger d'Hannebaud, m'eût maudit, s'il m'avait vu prêt à faire, de cette jouvencelle, une Comtesse d'Aulnay.

— Ne songe point à ces choses, Gaultier !...

— Pourtant... il y faut songer.

— Non !... Ne gâte pas ton bonheur présent, par la vision de difficultés que ton esprit te crée, et qui ne surgiront pas, peut-être.

— Elles surgiront... J'aime Kaly... Je la veux toute à moi... Or, elle ne peut m'appartenir, absolument, que par cette union...

— Alors...

— Alors ?

— Tu t'uniras à elle.

— Union que notre père eut réprouvée, encore une fois.

— Qui sait ?... Notre père était un homme de cœur et de sens. Il eut estimé que l'amour vrai, pur, absolu, donne, à qui le porte, une grandeur quasiment divine, qui efface toutes les grandeurs humaines... C'est ainsi que tu dois penser, mon Gaultier... Si tu aimes Kaly... si elle t'aime — et ces deux propositions ne font pas de doute — épouse-la... Elle est digne de toi, rien que par son amour...

— M'aime-t-elle ?

— Sois-en sûr !

— Philippe, tu me ravis !... Tout ce que tu me dis m'enchante !... Tu me réconfortes !... Depuis que nous avons commencé cet entretien, je me sens tout rasséréné...

— A la bonne heure !

— Il me semble — chose qui me paraissait impossible — oui, il me semble que je t'en aime davantage encore !... Philippe, tu es l'être le plus tendre que je connaisse... Et tu sais avoir, toujours à propos, les plus exquises délicatesses du cœur.

— Je fais, pour toi, en toute occasion, mon frère, ce que tu ferais, toi-même, pour moi !...

Les deux jeunes hommes s'étreignirent, très affectueusement, et se baisèrent...

... Le soleil avait disparu, dans une gloire... laissant, sur l'horizon, une pourpre, éblouissante, qui commençait à se décolorer.

Le bleuâtre crépuscule s'étendait, déjà, au Levant, sur le paysage, dont les profondeurs s'enténébraient.

Il y avait une très grande douceur sur tous les environs... dans l'apaisement de la tombée du jour.

Un vol de corbeaux passa, jetant une clameur, rauque, dans l'air... qui devenait plus frais.

L'horizon était jaune d'or...

On eût dit que l'on apercevait un champ d'une incommensurable étendue... un champ dont les épis, hauts, pressés, achevaient de mûrir, sous un chaud soleil, peu avant la prochaine moisson.

* *

... Gaultier reprit :

— Verrai-je Kaly, à Paris?

— C'est certain... répliqua Philippe... Encore une fois, la dernière missive que nous avons reçue d'elle, n'indiquait-elle pas qu'elle arriverait, en France, vers l'époque où nous sommes?... Dans tous les cas, crois-le bien, mon frère, tu ne tarderas guère à voir celle que tu aimes...

— Puisses-tu être bon prophète!

— Kaly est à Paris, te dis-je... Et, même...

— Même?... Poursuis donc?

— Même... mon amé Gaultier... il me semble...

— Achève?

— Il me semble que tu la verras plus tôt, encore, que tu ne le crois.

— Explique-toi mieux?

— Oui... depuis deux jours...

— Depuis deux jours?...

— Depuis deux jours, je l'attends...

— Ici?

— Ici!... Quelque chose me crie qu'elle va venir...

Gaultier était stupéfait... charmé, aussi...

— C'est singulier!... dit-il... Philippe... en même temps que toi, je pensais, donc, aux mêmes choses!...

— Comment?

— Moi aussi, depuis deux jours, j'attends l'arrivée de Kaly au Château d'Hannebaud.

Et Philippe répondit :

— C'est qu'elle y vient, en réalité!

— Ah! Philippe!... Philippe, si cela était!

— Cela est!... Elle vient, te dis-je... Même, elle se rapproche de nous, car, depuis quelques heures, ma pensée est occupée d'elle, uniquement.

— Comme moi!

— C'est pour cela, mon Gaultier, que j'ai voulu te parler, sans retard, d'elle... et de la résolution que j'ai prise — ce, afin que, voyant Kaly chez nous, tu fusses tranquille... afin que tu pusses jouir, sans réserve, de toute ta joie... afin que tu te donnes, à elle, tout entier...

— Mon frère bien-aimé!

— Oui, Kaly est en route, Gaultier... Elle n'est plus très loin d'ici... Elle y arrivera, sois-en sûr, avant la fin de cette journée.

— La même certitude est en moi...

— Sois certain que nous ne nous laissons pas duper par cette sorte de suggestion qui met en nous, souvent, le désir de voir se réaliser ce que nous souhaitons le plus... Non... Souviens-toi que notre Maître vénéré et regretté, le Révérend Père Anselme, nous a dit, souvent, que des êtres qui s'aiment, ardemment, et de qui la pensée est fortement bandée, de part et d'autre, sur le même point, peuvent, par ainsi, communiquer, entre eux, même à de très longues distances... s'avertir, mutuellement... tout comme si un fluide, qui se dégage d'eux, traversant les espaces, se rejoignait, pour unir, momentanément... par delà les monts, les plaines, les mers... leurs deux êtres...

— C'est vrai !

— Le Révérend Père Anselme voyait, dans ce fait, qui était démontré, selon lui... et bien connu de certains savants... l'influx d'une force qui est en nous, d'une force inconnue, invisible, latente... positive pourtant... Il assurait qu'un jour viendra où l'on saura reconnaître, mater et utiliser cette force... Il n'y a donc rien de surnaturel dans ce que nous éprouvons, à cette heure... Kaly est en route, venant à Hannebaud... Elle pense à nous, sans cesse... Le fluide qui se dégage d'elle, se répand vers le but où elle tend... et attire le nôtre... Depuis que cette communication, entre nous, est établie... chaque pas que fait Kaly, vers le Château, nous rapproche les uns de l'autre... Plus elle se rapproche, et plus nous sommes unis, par la pensée... Et...

Philippe s'interrompit, brusquement.

— Ecoute !... fit-il.

Gaultier était devenu très pâle.

Il tremblait, à présent.

Ses mains, moites, étaient glacées.

Il éprouvait une très poignante émotion.

Comme Philippe, il avait entendu le bruit, lointain encore, d'une chevauchée.

— Philippe !... Philippe !... s'écria-t-il... Si c'était Kaly !

— C'est elle !... répliqua Philippe, plus tranquille que son frère, dont l'émotion augmentait de seconde en seconde... Oui, oui, c'est elle, n'en doute pas !

— Oh! la voir !... La voir !... Je vais la voir !... reprit Gaultier.

Philippe l'étreignit, et, tout bas, il lui dit:

— Tu vas la voir !... Calme-toi !... Calme-toi, de grâce !... Oh ! mon frère... mon frère... comme tu l'aimes !...

— Oui, oui !... s'écria Gaultier, tout énivré... Oui, je l'aime !... Je l'aime !... Kaly !... Kaly !... Ma chère Kaly !

... Maintenant, le paysage, du côté du Levant, était tout enveloppé de la clarté bleuâtre du crépuscule.

Au Couchant, le ciel, tout à l'heure encore mauve, passait au violet foncé, strié de larges bandes sanglantes.

On ne distinguait plus les choses que confusément.

Tout se fondait...

Les villages, accroupis dans la plaine, semblaient s'enfoncer dans le sol...

Les bouquets d'arbres se perdaient dans le ciel.

Les sentiers... les routes s'effaçaient.

A peine si l'on apercevait, encore, la façade du Château d'Hannebaud... dominée par son haut Donjon, dont la massive base, était toujours visible, et pareille à une formidable borne, debout dans les envahissantes ténèbres.

C'était l'heure, sombre, où le jour meurt... et où la nuit paraît plus noire, avant le prochain resplendissement des étoiles...

*
* *

— La chevauchée se rapproche... dit Gaultier, de plus en plus frémissant.

— Sois fort, mon frère !... murmura Philippe, tendrement.

— Si ceux qui viennent, là, ont pour but le Château d'Hannebaud, ils passeront sur cette route, devant nous.

— Oui, attendons !

— Kaly !... Si c'était Kaly !

— C'est elle, mon frère !... C'est elle, encore une fois... N'en doute pas.

— Mon cœur me le dit...

— Tu vois bien !

— Mais je n'ose croire que tant de bonheur m'est promis.

— Avant cinq minutes, ils seront ici.

— Cinq minutes !... Un siècle !

— Patience !

— Comment se fait-il que le veilleur du Donjon n'ait pas signalé l'arrivée des cavaliers ?

A cette minute-là, même... et comme pour constituer une réplique à la question de Gaultier... on entendit vibrer, dans le grand silence, le son de l'olifant du guetteur du Donjon.

— Plus de doute... s'écria Philippe... les cavaliers viennent bien au Château d'Hannebaud.

Au loin, une sonnerie retentit... répondant à l'appel du guetteur — une sonnerie, vibrante, à l'harmonie étrange, cuivrée...

— C'est Kaly !... reprit Philippe... Cette sonnerie est produite par ces trompettes de bronze que nous avons entendues résonner si souvent, là-bas !...

Puis, elle retomba aux bras de son amoureux... de celui qui, pour elle, désormais,
était tout, ici bas. (P. 1252.)

— Oui, oui... c'est elle!... murmura Gaultier, éperdu.

On entendait très distinctement, à présent, le bruit de la chevauchée qui se dirigeait vers le Château d'Hannebaud.

La nuit était venue, tout à fait.

Une nuit très noire.

Dans l'air, frais, on sentait passer les vols, lourds, frôlants, des chauves-souris, qui logeaient dans les crevasses du Haut-Donjon.

Les deux jeunes hommes étaient attentifs à tous les bruits ; ils écoutaient les sonneries de trompettes avec autant d'émotion, et d'impatience, que, plusieurs mois auparavant, Très Haut, Très Noble, et Très Puissant Seigneur le défunt Baron Roger d'Hannebaud... avait écouté les fanfares annonçant l'arrivée de ses fils au Château.

Même scène.

L'une, au matin d'une froide journée d'hiver.

L'autre, à la fin d'une tiède journée de printemps.

Alors, un vieillard, prêt à disparaître de ce monde, ouvrait ses bras à ceux qui devaient perpétuer son œuvre.

Maintenant, un jeune homme, tout frémissant d'amour, se préparait à étreindre, passionnément, l'adorée.

Tout se recommence.

La branche morte tombe..

Et l'avril, qui fait monter la sève, met de nouvelles pousses aux cimes rajeunies...

. . . .

— Ils viennent !... Ils viennent !... dit Philippe.

— Je distingue le pas de plusieurs chevaux... ajouta Gaultier.

— Et le roulement des roues d'un char.

— Hélas !... L'obscurité est profonde !...

— C'est à cause de cela que les cavaliers ne sont pas ici, encore... Dans les ténèbres, ils ont dû ralentir leur allure.

— Le ciel s'éclairera bientôt... Les étoiles vont briller... Qu'elles brillent, afin que je puisse voir Kaly. . ma chère Kaly !

Le vœu de Gaultier fut exaucé... presque au moment, même, où il l'avait formé.

Les étoiles rutilèrent dans la superbe pureté du ciel.

Alors, le paysage réapparut... tout enveloppé de la molle et tremblante clarté des astres.

Et, au détour du chemin, à moins de cent pas de la chaise, de pierre, devant laquelle les jeunes hommes s'étaient longuement entretenus, ils aperçurent deux cavaliers... d'abord ; puis, un char, auquel quatre chevaux étaient attelés.

Cavaliers, et char, se rapprochèrent.

— C'est elle !... C'est bien elle !... s'écria Gaultier, dans un transport de joie... C'est elle, Philippe !... C'est Kaly !...

— Oui, oui !... C'est elle !... dit Philippe...

Les deux cavaliers qui chevauchaient en avant du char portaient de riches vêtements à la mode indienne... des vêtements faits de richissimes étoffes... et des armures qui étincelaient sous la lueur des étoiles.

Comme ils allaient passer devant les Comtes d'Aulnay, Gaultier leur jeta un ordre, en langue indoue... un ordre bref.

Surpris, ils s'arrêtèrent... net.

Ils avaient reconnu les deux jeunes hommes.

Ils les avaient vus, si souvent, là-bas, dans l'habitation du père de Kaly, sur les bords du Gange.

De même, le varlet qui conduisait les chevaux du char, retint ses rênes.

Le véhicule s'arrêta.

C'était un char magnifique... splendidement empanaché de plumes d'autruche... et dont la caisse, en bois précieux, était sculptée et peinte.

Des rideaux, de cuir parfumé orné de féeriques broderies faites de fils d'or, d'argent, de soie, parsemées de turquoises, de coraux, de nacre, d'ivoire — protégeaient les voyageurs contre les chauds rayons du soleil de midi... contre la fraîcheur des soirs... et contre la poussière des routes.

Les chevaux étaient superbement caparaçonnés.

Couverts de harnais, en cuir rouge, chargés d'ornements en or fin... et d'une sorte de filet, très léger, dont les mailles, de soie rouge, très serrées, les préservaient des piqûres des taons.

Des sonnettes, et grelots, d'or fin, comme les ornements des harnais, étaient attachés à leurs colliers... sonnaient, carillonnaient, tintinnabulaient, mettaient, dans leur marche rapide, une harmonie... qui les excitait et cadençait leurs pas.

Les cavaliers... le char s'étaient arrêtés, au milieu du chemin, en pleine lumière.

Soudain, les rideaux de cuir, relevés par une toute petite main, très blanche, s'écartèrent.

— Sommes-nous arrivés?... dit une voix de femme.

Deux cris, joyeux, lui répondirent... poussés, à la même seconde, par les Comtes d'Aulnay.

— Kaly!... Kaly!...

C'était, en effet, la jeune Indienne.

Les fils de Monseigneur Roger d'Hannebaud étaient, déjà, près d'elle.

— Gaultier!... Gaultier!... fit-elle, extasiée.

Elle n'avait vu, d'abord, que celui qu'elle adorait.

Gaultier l'avait étreinte.

Passionnément, il baisait ses mains... son front... ses yeux... ses lèvres.

— Kaly!... répétait-il... tout enivré... Ma bien-aimée!...

— Mon Gaultier!... répondait Kaly, tremblante d'émotion, en allégresse, extasiée...

Enfin, elle aperçut Philippe.

Lors, confuse, elle lui tendit la main...

— Mon amé Philippe!... dit-elle, avec un beau sourire.

— Je suis aise de vous voir... Kaly!... répliqua le jeune homme.

Il souriait, lui aussi.

Et il était heureux... bien heureux du bonheur de son frère.

L'envie... la jalousie... la haine, ne s'enracinent que dans un cœur sans flamme...

L'enthousiasme, la générosité, le sens du beau, du bon, du juste, allument, en nous, un foyer, qui brûle toute malfaisante ivraie.

Philippe, enthousiaste, généreux, épris du beau, du bon, du juste, ne pouvait être envieux, ni jaloux, ni haineux...

*
* *

...Kaly avait mis pied à terre.

Elle baisa Philippe, tendrement.

Puis, elle retomba aux bras de son amoureux... de celui qui, pour elle, désormais, était tout, ici-bas.

Et c'était un beau spectacle, certes, que celui que donnaient ces deux êtres, très jeunes, très beaux, ardemment épris l'un de l'autre, enlacés, sous ce ciel si radieux et si pur... dans ce décor mystérieusement doux, vaguement éclairé par la clarté d'en haut... et où flottaient, apportés par la brise, tous les aromes, les plus subtils, des prés, des bois, des coteaux voisins.

L'*Angelus* tinta, soudain, au clocher du prochain Moustier... un tintement harmonieux, particulièrement impressionnant.

. . . .

Kaly, au bras de Messire Gaultier d'Aulnay, et suivie de Philippe, entra, bientôt, dans la demeure, Seigneuriale, des Barons d'Hannebaud... où les cavaliers, et le char qui avaient amené et escorté la voyageuse, les avait précédés...

...Or, quinze jours après cette scène, le char de Kaly, toujours précédé par les deux cavaliers indous; mais escorté, maintenant par les Comtes Gaultier et Philippe d'Aulnay, Seigneurs d'Hannebaud, entra, par la Poterne de Saint Germain-des-Prés, dans la Bonne Ville de Paris, un moment avant la levée du pont-levis.

Gaultier, et Kaly, avaient vécu quinze journées inoubliables, dans une perpétuelle extase, dans un enivrement divin, au Château d'Hannebaud.

Ensemble, ils avaient parcouru toute la contrée... visitant les villes voisines, s'arrêtant dans les villages, cueillant des fleurs dans les prairies, s'asseyant dans les grands bois ombreux, ou se laissant glisser, en bateau, sur les eaux de la Risle, bordées de saules aux frondaisons grises et de hauts peupliers dont le feuillage bruissait comme une étoffe de soie qu'on froisse.

Philippe les laissa vivre dans leur rêve.

Il ne les vit que lorsqu'ils l'avaient cherché, appelé, prié de les rejoindre.

Du reste, tout occupé des préparatifs de leur prochain départ... fixé d'un commun accord, dès le surlendemain de l'arrivée de Kaly sur la terre d'Hannebaud, à douze jours de date.

Au jour dit, les Comtes d'Aulnay se mirent en route.

Ils escortèrent le char de Kaly pendant tout le voyage... et, après leur entrée dans Paris, jusqu'à la maison sise sous le chevet de Notre-Dame.

Puis, ils allèrent se loger à l'Hôtellerie des Saints Innocents, chez Maître Pierre de Bourges, où s'installaient, à cette époque, tous les hauts et riches Seigneurs de passage dans la Bonne Ville de Paris.

Kaly leur offrit l'hospitalité dans sa maison; mais, Gaultier, et Philippe, estimèrent qu'il convenait qu'ils se logeassent ailleurs, tant qu'ils n'auraient pas rendu, à Sa Majesté le Roi de France, l'hommage qu'ils lui devaient comme Seigneurs d'Hannebaud.

Ils furent présentés, au Roi, quatre jours après.

Et, huit jours plus tard, Philippe, ayant fait ses adieux à Gaultier, et à Kaly... partit, avec son Ecuyer, pour l'Italie, porteur d'une missive, Royale, adressée, par Louis X, à son oncle, Monseigneur Charles de Valois, qui guerroyait, là bas.

Resté seul, à Paris, Gaultier d'Aulnay revit, chaque jour, Kaly... en sa demeure.

De même, il alla, chaque jour aussi, au Louvre, faire sa cour au Roi.

La Reine, Marguerite de Bourgogne, le remarqua.

Elle lui proposa, bientôt, de la servir.

Il accepta... déjà tout fasciné par elle.

Elle lui donna la charge, enviée, d'Ecuyer-Capitaine attaché à sa Royale personne... une charge qui mit Gaultier, presque sans cesse, à ses côtés, et qui lui valut un logis dans le logis, même, de la Reine... soit à Paris, soit dans les autres habitations où il lui plaisait de séjourner.

Moins d'un mois après, Gaultier d'Aulnay aima, passionnément, Marguerite de Bourgogne.

Et Marguerite de Bourgogne, d'autre part, ne put plus se passer de le voir, et de le voir encore, et de le voir toujours!

Il vécut, dès lors, entre deux amours.

Partagé entre la Reine et Kaly.

Les aimant, toutes les deux; mais de manière très différente.

C'est-à-dire, pressentant que l'une de ces deux femmes, Kaly, l'aimait d'un amour très pur, fait de tendresse uniquement, et dans lequel il trouverait le bonheur... et se disant, d'autre part, avec épouvante, que l'amour de l'autre, qu'il ne pouvait arracher de son cœur, ne serait qu'un amour coupable, et lui serait fatal!

Tout occupé de Marguerite, il délaissait Kaly, pendant des semaines entières, au cours desquelles la jeune Indienne gémissait de son abandon.

Mais, dès qu'il souffrait, par trop, des coquetteries de la Reine, il ne trouvait de refuge, de consolation à ses maux, que chez Kaly — son bon ange, comme il l'appelait.

Plusieurs mois se passèrent, ainsi.

Gaultier avait toujours respecté Kaly... en qui il voyait une très pure fiancée.

On sait qu'il n'avait obtenu aucune faveur de la Reine.

De temps à autre, il recevait des nouvelles de Philippe... que son voyage, en Italie, avait transporté d'enthousiasme; mais qui souffrait, assurément, de vivre loin de son frère... et qui annonçait son retour, en France, pour une date encore incertaine, qui, toutefois, ne devait pas excéder deux mois.

Dans ses réponses à Philippe, Gaultier — qui ne souffrait pas moins que son frère de leur séparation — le priait de revenir le plus tôt possible.

Bien entendu, Gaultier s'était efforcé de cacher, à Kaly, son amour pour Marguerite de Bourgogne.

Mais la jeune fille, amoureuse, avait pressenti la vérité.

Une femme qui aime est douée, toujours, d'une extraordinaire clairvoyance pour tout ce qui se rapporte à son amour.

Il lui répugnait de faire espionner Gaultier.

Longtemps, elle résista aux suggestions de son esprit curieux, qui lui conseillait de s'éclairer sur un point qui la touchait si profondément.

Mais un jour, torturée par la jalousie, elle agit, enfin.

Richissime, elle dépensa, sans compter, pour faire évoluer des gens capables de la renseigner, exactement, sur les faits et gestes de celui qu'elle chérissait.

Ah! Comme elle fut meurtrie quand elle apprit que Gaultier était le favori de la Reine.

Tout d'abord, elle résolut de quitter Paris, en toute hâte... de retourner dans son pays lointain.

La terre française, où elle vivait depuis plusieurs mois, était, pour elle, une terre d'exil.

Elle soupirait après son palais merveilleux des bords du Gange... son pays de lumière qu'elle avait quitté pour revoir Gaultier.

Or, Gaultier la trahissait!

Gaultier... à qui tout son cœur appartenait... aimait une autre femme!...

Il lui répétait, sans doute, les mêmes paroles, troublantes, qu'il lui avait dites à elle-même!...

Oui, oui, il fallait fuir...

Fuir tout de suite.

Même, sans revoir le parjure à des serments d'amour éternel!

Mais Kaly, après avoir tout ordonné pour son départ, ne put se décider à s'éloigner de cette ville où demeurerait l'être pour qui elle vivait.

Elle ne put s'habituer à cette idée qu'elle ne le reverrait plus jamais.

Elle eût mieux aimé mourir !

Et puis, Gaultier, qui ne l'avait pas visitée depuis quinze jours, vint à la maison de Kaly.

Dans quel état ?

Morne, accablé, désespéré.

Car la Reine, depuis trois jours, refusait de le recevoir.

Tactique dont elle usait, souvent, pour exaspérer la passion de son amant.

Et Kaly, ce jour-là, eut pitié du jeune homme.

Il ne lui avoua rien ; mais elle devina les raisons de son désespoir.

Elle se jura qu'elle resterait près de lui... quelque souffrance qu'elle dût éprouver — et, ce, afin de le consoler quand cela serait nécessaire.

Comme tous ceux qui aiment vraiment, sincèrement, passionnément, elle n'aimait pas Gaultier pour elle ; mais pour lui.

Elle souffrait, de ses souffrances, plus que des siennes propres.

Elle était prête, pour les lui épargner, dans la mesure de ses forces, à tous les dévouements, à tous les sacrifices, à tous les renoncements.

Kaly était une admirable créature !

Parfaitement renseignée, de jour en jour davantage, sur les amours de Gaultier et de la Reine... elle ne l'était pas moins — grâce à ses espions largement, généreusement, royalement payés — sur les faits et gestes de Marguerite de Bourgogne.

On lui révéla, enfin, le secret des orgies de la Reine, et de ses sœurs, à la Tour de Nesle.

Terrifiée, épouvantée, écœurée, elle eut la force de cacher, à Gaultier, tout ce qu'elle savait... afin de ne pas le meurtrir.

Elle attendait, patiemment, une occasion de l'éclairer.

Elle avait hâte que cette occasion s'offrît à elle... car elle se disait, avec un tremblement, qu'elle reprendrait, alors, Gaultier, qui, désormais, serait tout à elle, à elle seule, pour toujours !...

En attendant, elle faisait surveiller le jeune homme, jour et nuit, par deux espions à elle, deux êtres dévoués, qui avaient mission de le protéger contre toute atteinte... et, même, au besoin, contre lui-même, au cas, où, désespéré, il eût voulu commettre quelque acte capable de lui nuire...

*
* *

...Telle était la situation de Gaultier d'Aulnay, et de Kaly, le jour où le favori de Marguerite de Bourgogne était entré dans la maison sise sous le chevet de Notre-Dame... quelques heures après l'arrestation du hardi Capitaine Buridan...

On se souvient que, à son aspect, Kaly s'était élancée vers lui, joyeuse... et que les musiciens, et bayadères, qui évoluaient, devant elle, pour charmer sa solitude... avaient disparu, tout aussitôt, comme par enchantement...

LXXXV

CŒUR CONTRE CŒUR.

— Enfin!... Je te vois!... dit la jeune fille...

De ses bras, nus, elle fit un collier, vivant, à Gaultier... et le regarda, très tendrement.

Elle était, tout à la fois, charmée... et délicieusement émue.

— Comme il y a longtemps que tu n'es venu me voir!... reprit-elle.

— Six jours!... répliqua Gaultier.

— Un siècle!

— Je souffre, davantage, de mon exil, quand je ne te vois pas!...

— Ma chère Kaly!...

— Tu ne devrais pas m'abandonner ainsi!... Quand tu restes trop long-temps loin de moi, je crains de ne plus te revoir!

— Folle!

— Je me dis que tu ne m'aimes plus!...

— Enfant!

Kaly soupira.

— Dis, Gaultier... reprit-elle, de sa voix aux caressantes modulations... quand retournerons-nous dans mon beau pays?...

Elle sourit, charmée, à la vision, qui lui était apparue, de ce beau pays dont elle avait parlé.

— Comme il y a longtemps, déjà, que nous vivons sous ce ciel noir... si froid... si triste!... ajouta-t-elle...

Il y eut un temps de silence... pendant lequel on n'entendit, sous la tente, que la chanson des oiseaux qui voltigeaient à travers les branches des arbres du jardin voisin... et le murmure de l'eau, qui retombait, là-bas, en pluie très fine, dans le bassin de marbre.

— Oh! revoir mon pays... mon cher pays!... reprit Kaly... Me retrouver, avec toi, dans mon Palais... Vivre sous notre ciel radieux, dans l'air plein de chansons et de parfums... sous les grands arbres qui nous ont si souvent abrités... parmi nos innombrables serviteurs!... Gaultier... retournons là-bas!... Retournons là-bas!...

Gaultier soupira.

Il baissait la tête, prestement.

Comme il se taisait, Kaly le regarda, fixement.

— Qu'as-tu donc?... lui demanda-t-elle.

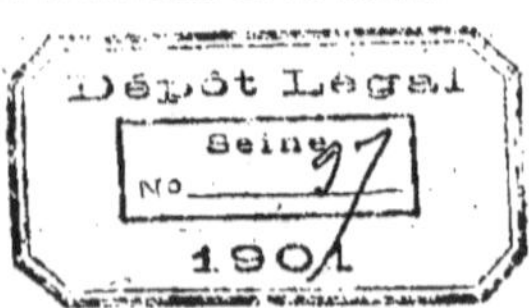

Kaly avait écouté son récit avec une émotion grandissante. (P. 1258.)

Elle s'était aperçue, subitement, qu'il était plus triste, encore, que de coutume.

Elle s'était aperçue qu'il était tout vêtu de noir.

Alors, elle jeta un cri rauque... un cri d'épouvante.

— Gaultier... clama-t-elle... que se passe-t-il?... J'ai peur!...

Effarée... frissonnante... très pâle, elle aussi, maintenant... elle se serra, éperdûment, étroitement, contre Gaultier.

Il la regarda, à son tour.

— Je souffre !... Je suis très malheureux !... Je suis très affligé !... dit-il.

Kaly l'étreignit.

— Et tu es venu près de moi, dans ton affliction, pour que je te console... pour que je souffre avec toi ?... demanda-t-elle.

— Oui !

— Tu as bien fait, Gaultier !... Aucun être, au monde, ne saurait, mieux que moi, apaiser tes souffrances, en en prenant une part... Ce, tout simplement, parce que personne, au monde, ne t'aime... ne peut t'aimer comme je t'aime !...

Elle était apparue, soudain, prête à tout pour réconforter le bien-aimé.

— Parle ?... reprit-elle... Dis tout ?... J'écoute ?... Egoïste que je suis !... Je me plaignais de mon sort !... Je n'étais occupée que de moi !... Dans ma joie de te voir, enfin, je n'ai pas deviné que tu souffrais !... Oui, parle... Gaultier ?...

Gaultier, très ému, remercia la jeune fille, qui reprit :

— De qui portes-tu le deuil ?

— De mon frère !

Kaly jeta un cri d'effroi...

— Philippe est mort ?... demanda-t-elle.

— Oui !

— Quand ?

— Hier !...

— A Paris ?

— Oui !...

— Comment ?

— Je vais te le dire...

...Gaultier raconta, aussi brièvement, et aussi clairement que possible, tout ce qui s'était passé, dans sa vie, depuis le moment où il avait revu Philippe, à la Taverne d'Orsini... jusqu'au moment où il s'était trouvé en face de son cadavre, couché, sur la grève, à côté de celui de son infortuné compagnon : Hector de Chevreuse.

Kaly avait écouté son récit avec une émotion grandissante.

Lorsque Gaultier eut cessé de parler :

— C'est effrayant !... s'écria-t-elle.

Puis, elle ajouta :

— Oh !... Cette ville !... Ville abominable !... Qu'elle soit maudite !

Elle était en proie à une extraordinaire surexcitation.

— Fuyons cette ville, Gaultier !... reprit-elle... Elle nous prendra, nous aussi !... Oh ! mourir loin de mon pays !... Cela m'épouvante !...

Puis, après un silence, plus calme, toute attendrie... elle reprit :

— Pauvre... pauvre Philippe !... Mort !... Je ne le verrai plus !... Jamais !... Oui, c'est effrayant !...

Des larmes, pressées, roulèrent sur ses joues...

— Gaultier... poursuivit-elle... il ne te reste plus que moi, à présent !... Mais, je t'aimerai plus encore, si possible !... Je te consolerai !... Comme tu dois souffrir !... Tu as bien fait de venir ici !... Ton cœur t'y a poussé... Tu savais bien que, ici, seulement, tu trouverais un cœur battant à l'unisson du tien !... Tu savais bien, que, moi, seule, je pouvais te plaindre... et soulager ta peine !...

Gaultier demeurait muet.

Tout rêveur.

Kaly comprit que le jeune homme, torturé, ne voyant plus que ténèbres autour de lui, avait besoin que quelqu'un — un ami sûr — l'aidât à se retrouver dans cette obscurité.

Elle reprit :

— Alors... on connaît l'assassin de Philippe ?

— Ce serait ce Capitaine Buridan... cet homme qui l'a entraîné dans un guet-apens... répliqua Gaultier, heureux que la jeune fille sollicitât ses confidences.

— Ce serait... as-tu dit... Tu n'as donc pas, à ce sujet, une certitude ?

— Non !...

— Pourtant... ta protectrice, la Reine... Marguerite de Bourgogne... ne t'a-t-elle pas déclaré, formellement, si j'ai bien compris tes paroles... que l'assassin de Philippe, c'est le Capitaine ?

— Oui !

— Eh ! bien ?

Gaultier hésita à répondre.

— Tu te tais ?... dit Kaly... Pourquoi ?... As-tu donc des secrets pour moi, qui n'en ai pas pour toi ?...

Gaultier, sans répondre à la question de la jeune fille, s'écria :

— Le doute me torture !

Il avait prononcé ces paroles avec un indicible accent de douleur... qui impressionna, très vivement, Kaly.

— Le doute ?... dit-elle...

— Oui !... Oui !...

Kaly se rendit compte que Gaultier avait besoin de s'expliquer davantage ; mais que, pour des raisons qu'elle devinait, de crainte de la faire souffrir, il n'osait pas aller, plus avant, dans ses confidences.

Mais ne l'aimait-elle pas ?

Et, par suite, n'était-elle pas prête à souffrir... atrocement, même — et jusque dans son amour... pourvu que, de sa souffrance, sortît un allégement aux maux de celui qu'elle chérissait ?

Oui, elle souffrirait...

Mais il fallait que Gaultier souffrît moins, en confessant sa peine.

— Tu doutes des affirmations de la Reine?... interrogea-t-elle.

— J'en arrive à douter de Dieu, même!...

— Mais...

— Ecoute !... Je te dirai tout...

Kaly était satisfaite.

Elle en était arrivée à ses fins.

— Bien !... s'écria-t-elle... Parle ?...

Et elle se prépara à subir les confidences de Gaultier... à lui montrer un front serein... bien qu'elle prévît — et pour cause — qu'elle allait être tenaillée par la jalousie...

Gaultier, poursuivant son récit, raconta comment, l'avant-veille, le Moine de Saint-François lui avait remis les tablettes de Philippe... comment le Capitaine Buridan les lui avait réclamées, ces tablettes, à l'heure de son arrestation... et comment il avait insinué, alors — en proie à une indignation... peut-être jouée — que, sur une page, qui manquait aux tablettes, il y avait, écrit par Philippe, avec son sang...

— Quoi donc ?... demanda Kaly.

— Je l'ignore !... répliqua Philippe... Le Capitaine a refusé de me le dire !...

La jeune Orientale réfléchit.

Puis, après un instant de silence :

— Donc... reprit-elle... le Capitaine a prétendu qu'il manquait une page aux tablettes de Philippe?...

— Oui !...

— Est-ce exact ?

Kaly, attentive, attendit, anxieusement la réponse de Gaultier.

— Du moins... répliqua-t-il — non sans avoir hésité à parler davantage... fait qui n'avait pas échappé à la jeune fille — du moins, il a ouvert les tablettes, devant moi, et m'a montré les restes d'une page, arrachée, visiblement.

— Est-ce que tu les as ouvertes, ces tablettes?

— Non !

— Est-ce qu'elles sont sorties de tes mains ?

Gaultier, cette fois encore, hésita à répondre.

— Réponds?... répéta Kaly... Ces tablettes sont sorties de tes mains?

— Un instant !

— Oh !... clama la jeune fille, stupéfaite, interdite, peinée... Tu avais juré, au Moine, que tu ne t'en démunirais pas!... Pour que tu aies manqué à ta parole, Gaultier, il a fallu que tu y fusses poussé par quelque motif d'une haute gravité?...

— Oui.

— Lequel?...

— Je...

— Tu m'as promis que tu me dirais tout .. Réponds?

Gaultier, visiblement, hésitait, toujours, à parler davantage... mais il était heureux, pourtant, que son interlocutrice le poussât à s'expliquer jusqu'au bout.

— Ces tablettes... dit-il... ont été confiées, par moi, à...

— Achève?

— A la Reine.

— A la Reine

— Oui?...

Les yeux de Kaly flamboyèrent.

Elle se leva, frémissante.

— Je l'aurais deviné!... clama-t-elle... Je l'avais pressenti!...

Puis, farouche, elle ajouta, bientôt :

— Oh! cette femme!... Je la hais!... D'instinct!... Sans la connaître!...

Elle demanda :

— Elle est belle, dit-on... très belle?

Et, la tête haute... fièrement dressée... superbe de grâce :

— Est-elle plus belle que moi?... interrogea-t-elle.

Puis, comme Gaultier, profondément troublé, ne répondait pas... elle ajouta :

— Tu l'aimes?...

Le jeune homme tressaillit.

— Oui, oui, tu l'aimes!... répéta Kaly, d'une voix vibrante... Du reste, on me l'a dit... Tu es son amant!

Gaultier regarda, fixement, son interlocutrice.

— Non!... répliqua-t-il, très gravement.

Kaly fit comprendre, par un signe, qu'elle ne doutait pas de la parole du bien-aimé.

Gaultier, alors, se rapprocha de la jeune fille :

— Tout ce que je te dis te fait souffrir, toi-même... murmura-t-il, très tendrement... Mais il fallait que je te le dise...

Il ajouta, plus tendrement encore :

— Toi, je t'aime comme on aime Dieu!... Je t'aime pour ta beauté sans pareille... pour la noblesse de ton âme!... Kaly, tu es mon ange gardien...

Le sein de la jeune fille battait...

— Ton bon ange!... Oui!... murmura-t-elle, reconnaissante, délicieusement émue.

— L'autre, l'autre est un démon!... dit Gaultier, d'une voix vibrante.

Et, étreignant la jeune fille, il lui dit, dans un transport :

— Kaly, sauve-moi du démon qui nous perdra tous les deux!...

— Gaultier!... s'écria Kaly... Comme tu souffres!... Je devine ce qui se passe en toi... Dès longtemps, je l'ai pressenti!... Je te suis reconnaissante de ne m'avoir rien caché!... Je hais cette femme, moi aussi, cette Reine... à qui je sais, depuis plusieurs mois, que tu es attaché... Mais si j'ai souffert quand j'ai su cela, je n'ai jamais douté de ton amour... Ne suis-je pas certaine d'être ta bien-aimée!... Jalouse!... Oui!... Mais sûre de toi... parce que...

— Parce que?

— Parce que je sens que, pas une femme ne pouvant t'aimer comme je t'aime, tu ne peux aimer aucune femme comme tu m'aimes!...

— Non!... Non!...

— Cette femme ne nous perdra pas tous les deux... Oui, je suis ton bon ange... Mon amour te préservera des dangers que tu cours...

Et, très caressante, Kaly reprit :

— Écoute... Sois calme... Reprenons...

— Que veux-tu dire?

— Reprenons l'entretien tout à l'heure interrompu... Examinons les choses ensemble... Tu disais que tu t'es démuni, un moment, des tablettes de Philippe, au profit de la Reine?...

Gaultier, de plus en plus troublé, dut faire un effort d'attention pour se ressouvenir.

Son cerveau, depuis quelques heures hanté par tant d'idées différentes qui s'y heurtaient, confusément, était lassé.

— Oui!... répondit-il... Au profit de la Reine...

— Elle te les avait demandées?

— Oui!

Gaultier raconta comment, et dans quelles circonstances... à la suite de quels efforts de la Reine, il s'était démuni, pour un moment, des tablettes de Philippe.

Quand il eut tout dit, Kaly le regarda fixement.

— J'en sais assez!... fit-elle, triomphante.

— Que signifie?

— La preuve est faite!

— Quelle?

— J'avais pressenti la vérité...

— Explique-toi mieux?

Kaly s'assit tout près de Gaultier... et, parlant vite, à demi-voix, elle répliqua :

— Tu veux que je te nomme l'assassin de Philippe... selon moi?... demanda-t-elle, frémissante.

— Oui!

— Eh! bien...

— Achève?

— Je le nommerai.

— Parle?

— Je le nommerai, dussé-je te faire plus que jamais souffrir!...

— Parle?...

— Selon moi, Philippe a été assassiné par...

— Par...

— Par Marguerite de Bourgogne, ou, tout au moins, sur son ordre... Pourquoi?... Dans quelles circonstances?... En quel lieu?... Je l'ignore!... Mais je suis sûre... absolument sûre que je ne me trompe pas...

— Je t'admire!... s'écria Gaultier.

Très gravement, Kaly répondit :

— Aime-moi!... Aime ton ange gardien... comme tu disais tout à l'heure...

Puis, elle reprit :

— Mes déductions, basées sur des faits certains, apportés par toi-même, sont judicieusement établies!...

Et, fixant, encore, son regard ardent sur Gaultier, elle dit :

— Confiant en mon amour... torturé, tu es venu à moi... tu m'as raconté ces choses afin de savoir ce que j'en penserais... Je t'ai livré ma pensée tout entière... Dis-moi, maintenant, ce que tu penses, toi-même, à ce sujet?

— Je t'ai dit, tout à l'heure : « Je t'admire! »... Je le répète... Oui, ton amour a fait, de toi, comme une divinatrice... Grâce aux renseignements que je t'ai fournis, et avec une sans pareille clairvoyance, tu as entrevu la vérité, toute l'horrible, l'odieuse vérité... Oui, pour moi, Marguerite ordonna la mort de Philippe... J'en ai acquis la conviction, absolue, qui se trouve corroborée par tes dires... Oh! comme j'ai souffert quand cette conviction est entrée en mon esprit!... J'ai souffert atrocement, et je suis venu, ici, en toute hâte, pour te dire ma peine...

— Encore une fois, tu as bien fait!... dit la jeune Orientale.

Et, faisant, encore, un collier de ses beaux bras nus à son bien-aimé, elle reprit, de sa voix harmonieuse :

— Je te consolerai!... Bientôt, bientôt, nous vivrons des jours meilleurs!...

Gaultier eut un geste de doute.

Mais Kaly poursuivit, avec une tendresse infinie :

— L'amour vainc tout!... Mon amour te rendra la joie... la paix... te donnera le bonheur!

Gaultier secoua la tête, tristement :

— Hélas!... Ma destinée s'achève... murmura-t-il.

— Que veux-tu dire?...

— Ma fin est proche !

— Fol !

— Tu connais la prédiction qui me fut faite, jadis...

— Eh ! bien ?...

— Elle s'est accomplie, déjà, en partie...

— Comment ?

— Sans doute !... Mon frère est mort... Je ne lui survivrai pas long-temps... La sorcière qui tira notre horoscope, jadis, a déclaré que, après la mort de l'un de nous deux, l'autre n'aurait plus que vingt-quatre heures à vivre... La prédiction se réalisera jusqu'au bout... Demain, à pareille heure, j'aurai vécu !...

— La prédiction ne s'accomplira pas !... Tu vivras... Souviens-toi que, là-bas, dans mon pays, un devin fit, à ton sujet, une autre prédiction... Il a dit — je m'en souviens comme si le fait datait d'hier — « que l'horoscope de la sorcière était vrai ; mais que ta destinée serait modifiée si tu aimais une fille de race étrangère à la tienne, et si elle t'aimait !... » Or, tu m'aimes... Je suis de race étrangère... Et je t'aime !... Gaultier, tu ne mourras pas... L'étrangère te sauvera !...

Kaly, en prononçant ces paroles, était apparue superbe, parée par son ardent amour, qui lui donnait une force, une énergie surhumaines.

— Oui, oui... répéta-t-elle... l'étrangère te sauvera !...

Et elle ajouta, après un temps de silence :

— Pour cela... je suis prête à tous les dévouements, à tous les sacri-fices... Je suis prête à risquer ma vie, même, s'il le faut... Je te sauverai, Gaultier !... Tant que je vivrai, espère !...

Et, très tendre, elle reprit :

— Oh ! si tu voulais écouter mes prières !... Si tu voulais me suivre... Si tu voulais que nous retournions là-bas, dans mon pays... Nous y serions loin des embûches qui te menacent ici... loin de cette femme, par qui tu souffres tant... loin de cette femme, qui est une gueuse, et qui pourrait t'entraîner, avec elle, dans sa chute, qui, sois-en sûr, est imminente... J'en ai le pressentiment... Gaultier, Gaultier, retournons là-bas ?... Dis un mot, un seul, et, dès demain, tout sera prêt pour notre départ ?...

Elle étreignit Gaultier... et elle répéta, à demi-voix, suppliante :

— Dis ?... Veux-tu que nous fuyions cette terre maudite ?... Oh ! réponds... réponds, Gaultier ?

Gaultier répliqua :

— Tu l'as fort bien dit, j'étais torturé... Je suis venu ici pour avoir, de par toi — c'est-à-dire de par l'être que je vénère, que j'admire, et que j'aime le plus, en ce monde — un allègement à mes maux... Je l'ai trouvé... Maintenant, j'ai l'esprit plus libre... Ecoute...

— Parle ?...

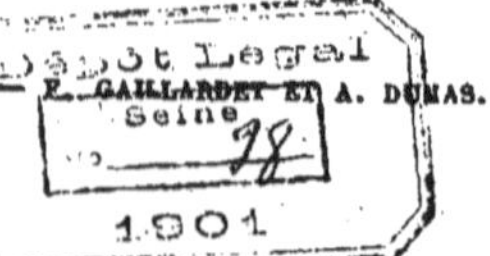

Elle ajouta, impérieusement : Vous le suivrez, pas à pas, jusqu'à demain,
partout où il ira... (P. 1269.)

— Quand je sortirai d'ici, je tenterai l'impossible pour revoir le Capitaine Buridan...

— Après ?

— Je le verrai... Alors...

— Alors ?

— Je l'interrogerai.

— Après ?

— Si j'acquiers la certitude que Marguerite de Bourgogne est une gueuse...

— Achève?

Gaultier, frémissant, reprit :

— Si j'acquiers la certitude que c'est elle qui a fait tuer Philippe...

— Eh! bien?

— Je vengerai, sur elle, mon frère !... Il faut — je veux, que Philippe soit vengé !

— Après?

— Si, demain, à pareille heure... je suis, encore, vivant...

— Parle?... Parle?...

— C'est que la prédiction de la sorcière ne devra pas s'accomplir...

— Alors?

— Alors, je céderai à tes désirs... Nous retournerons dans l'Inde.

— O joie !

— Nous partirons avant un mois.

— Oh! demain... demain... s'écria Kaly, dans un transport... je donnerais, avec joie, dix ans de ma vie, pour que nous soyions à demain !...

Gaultier se leva.

— Tu me quittes?... demanda Kaly.

— Il le faut !... répliqua Gaultier... Il faut que je mette mes projets en œuvre...

La jeune fille étreignit son bien aimé.

— Tu vas courir au devant de dangers terribles !... fit-elle, épouvantée... Gaultier, mon Gaultier... je t'en supplie... reste avec moi... Ne me quitte pas... Personne ne pourra t'atteindre, ici... Nous ferons, en secret, nos préparatifs de départ... Et nous fuirons cette terre maudite...

Elle se fit plus que jamais tendre... plus que jamais caressante.

— Là-bas... nous n'aurons rien à craindre de personne... poursuivit-elle, de sa voix harmonieuse... Là-bas, nous vivrons heureux... par notre amour... dans une perpétuelle extase... Gaultier, crois-moi?... Gautier, je t'implore...

— J'ai des devoirs à remplir !...

— Gaultier!...

— Laisse-moi m'éloigner !... Kaly, laisse-moi fuir...

— Reste !... Reste !... Je t'en conjure...

— Impossible !

— Philippe serait le premier à te conseiller de rester près de moi...

— Je veux venger sa mort !...

— Au prix de quels dangers !

— Il agirait, de même, à ma place...

— Il te conseillerait de fuir cette femme, cette gueuse !... Il te conseillerait de ne jamais la revoir... Il te dirait, comme moi, que tu as tout à redouter d'elle...

— Qu'importe ?

— Gaultier, Gaultier, entends ma voix ?... Gaultier, écoute mes supplications ?... Ne me quitte pas !... Ne me quitte pas !...

— C'est impossible, encore une fois !

— Gaultier...

— Laisse-moi, Kaly !...

— Tu cours à la mort !

— Que ma destinée s'accomplisse !

— Tu me désespères !... Jusqu'à demain, je vais être angoissée...

— Prie pour moi !... La prière te réconfortera... Et, qui sait, le Tout Puissant t'entendra, peut-être !

— Si tu meurs... je mourrai !

— Dieu nous protégera, si tu le pries, dévotement, pour nous deux !

— Oh ! tu ne m'aimes pas comme je t'aime !

— Tu blasphèmes !

— Moi, je suis toute à toi... Tout ce qui n'est pas toi ne compte pas pour moi...

— Je serai tout à toi... demain !

— Demain !... Qui sait si nous nous reverrons ?

— Espère !... Ne l'as tu pas dit, tout à l'heure ?... L'amour vainc tout...

Kaly jeta un cri... et, frémissante, superbe... comme si ces paroles de Gaultier lui avaient rendu, tout à coup, force, courage, énergie, foi, elle clama :

— Oui, l'amour vainc tout !...

— Ma bien-aimée !... répliqua Gaultier, fortement ému.

Et Kaly poursuivit :

— Donc... c'est bien décidé, tu ne veux pas suivre mes conseils ?... Tu ne veux pas demeurer céans, près de moi ?

— Je me mépriserais... je me considérerais comme un frère félon si je ne tentais rien pour venger Philippe.

— Pars donc...

— Que signifie ?... Kaly, que passe-t-il en ton esprit ?... Quelle résolution as-tu prise subitement ?...

— Oui, pars !... Moi aussi, je remplirai mon devoir envers toi.

— Quel ?

— Je te sauverai, malgré toi-même... imprudent qui veux affronter des périls, terribles, pour chercher une satisfaction incertaine, au lieu de vouloir vivre heureux, dans les bras, passionnément joints autour de ton cou, d'un être qui donnerait sa vie pour sauver la tienne...

— Que comptes-tu faire?

— Tu le sauras.

— Explique-toi mieux?

Kaly, en proie à une surexcitation extraordinaire, répliqua :

— Va... va!... Cours au-devant de la gueuse qui t'a fait tant de mal!... Va lutter contre le démon qui s'acharne à ta perte... Moi, ton bon ange... ton ange gardien — comme tu disais, tout à l'heure — je veillerai sur toi!... Je te protégerai contre toute atteinte... Je te sauverai!... Va!... va!... Et que Dieu te garde!...

En parlant ainsi, Kaly frappa, deux fois, sur un gong, qui résonna, formidablement, jusque dans les profondeurs de la mystérieuse demeure.

Puis, elle étreignit Gaultier, éperdument.

Elle mit, sur son front, un baiser.

Et elle dit :

— A demain!...

— A demain!... répéta Gaultier.

— Oui, à demain!... Grâce à moi, sois-en sûr, demain luira pour nous deux!...

Kaly disparut...

... Cependant, Gaultier vit, près de lui, le noir qui l'avait introduit, deux heures auparavant, dans la salle où s'était tenu son colloque avec la jeune fille.

Le favori de Marguerite de Bourgogne regarda, non sans émotion, la place où Kaly était assise tout à l'heure.

On eût dit qu'il était hésitant, à présent.

Il allait rappeler l'adorée créature, peut-être... lui dire qu'il suivrait son conseil, qu'il renoncerait à tenter de venger Philippe, à courir au-devant des dangers, certains, qui le menaçaient... qu'il était prêt à vivre pour elle, et par elle... prêt à quitter la France, à retourner, avec elle, dans l'Inde.

— Non!... Non!... Non!... murmura-t-il... Pas de lâcheté!... A l'œuvre!... A l'œuvre!...

Et, s'adressant au noir... qui était resté, près de lui, immobile... attendant ses ordres.

— Marchons!... dit-il, en cette langue aux intonations gutturales qu'il avait employée, déjà, pour lui parler...

L'esclave se mit en marche suivi par Gaultier.

Ils parcoururent, en sens contraire, le chemin qu'ils avaient parcouru...

Bientôt, ils se retrouvèrent dans le vestibule de la maison de Kaly.

Le noir ouvrit la porte donnant sur la ruelle.

Et Gaultier remit le pied sur le pavé du Roi, dans la Bonne Ville de Paris...

Il s'éloigna à grands pas...

*
* *

... Lorsque Kaly, après avoir fait résonner le gong, dans la grande serre, avait quitté Gaultier, elle était entrée dans une sorte de tourelle.

Rapidement, elle gravit quelques marches.

Elle arriva sur une plateforme, en plein air, dominée par les murailles d'un Monastère voisin.

Elle pénétra dans une vaste pièce, qui donnait, de plain-pied, sur la plateforme.

Cette pièce prenait jour sur la cour, que Gaultier, et l'esclave noir, avaient longée pour passer dans la serre, et qu'ils devaient longer, encore, lorsqu'ils en sortiraient.

Là, Kaly vit deux hommes... appelés par les vibrations du gong.

Deux géants.

Deux Indiens aux formes herculéennes... et de qui l'antique Rome eut fait des belluaires.

Ils portaient des vêtements, à la mode française... très simples — comme ceux que revêtaient les gens du populaire.

Ils s'étaient inclinés, profondément, respectueusement, devant la jeune fille.

— Messire Gaultier d'Aulnay va sortir d'ici... dit-elle... d'une voix saccadée, dans la langue de son pays... Vous allez le suivre...

Et elle ajouta, impérieusement :

— Vous le suivrez, pas à pas, jusqu'à demain, partout où il ira... Vous ne le quitterez pas... Vous le protégerez... Si on l'attaque, vous le défendrez... Je veux que vous donniez, au besoin, votre vie pour sauver la sienne... Vous me répondez de lui...

Les deux hommes s'inclinèrent.

— Prenez de l'or et des armes... poursuivit Kaly... Payez ou frappez, pour corrompre ou pour abattre!... Si, demain, à pareille heure, Messire Gaultier d'Aulnay est sauf... je vous ferai libres!... Allez!...

. . . .

... Un instant après, les deux Indiens sortirent de la maison sise sous le chevet de Notre-Dame....

Ils se mirent, tout aussitôt, au pourchas de Gaultier.

Ils le retrouvèrent, sur le Parvis de la Basilique, devant la coquille de marbre placée sous la Madone, où, jadis, les jumeaux avaient été exposés.

Il s'était arrêté, là, avant de s'engager dans l'aventure en laquelle il allait, peut-être, laisser sa vie... et, ce, afin de prier, un moment, pour son

frère, et pour Très Haut, Très Puissant et Très Noble Seigneur le Baron
Roger d'Hannebaud...

LXXVI

OU L'ON REVERRA LE BON LANDRY

... Et, comme plusieurs heures auparavant, le bon Landry se réveilla...
après un soubresaut sur son grabat...

Il rêvait.

Rêve très doux, cette fois...

Le sacripant, dans ce rêve, s'était vu, près de Mariette, devant sa maisonnette fleurié, au penchant du coteau bourguignon chauffé par le soleil.

Il caressait sa maîtresse... toute transformée par l'amour, par le grand
air... rajeunie, presque potelée, fraîche, rose, coquettement attifée... sa
maîtresse dont l'automne, ensoleillé par les bons soins de son très tendre
amant, constituait un adorable été de la Saint-Martin.

A quelques pas d'eux, sous une treille, Maître Pierre Etienne Sabasse,
ivre, ronflait.

Or, tout à coup, l'ivrogne, endormi, avait perdu l'équilibre, et s'était
affalé sur le sol, où il avait roulé comme une futaille.

Mariette avait jeté, soudain, un cri d'effroi.

Et Landry s'était réveillé, dans son bouge... en sursaut.

Luc aboya.

Merlin siffla.

Satan miaula.

Comme leur maître, et ami, ils dormaient profondément... et ils avaient
été réveillés, brusquement, eux aussi, par le mouvement, inattendu, de
Landry.

— Dommage!... fit le sacripant, encore charmé par sa vision... Dommage!... J'étais mieux, certes, là-bas, que céans!...

Il sourit.

— Que Mariette était jolie!... poursuivit-il... Sa bouche... une fraise!...
Ses yeux... des tisons!... Sa peau... le velours d'une pêche!... Et grasse
comme une caille!... Oh! oui, l'amour pare les femmes!... Puissé-je voir cette
transformation!... Puissé-je jouir de l'automne, ensoleillé, de mon amée
Mariette!... De par mon très vénéré patron, cette compensation me serait
due!... Quelque chose me dit que je l'aurai... Ainsi soit-il!...

Luc cherchait une caresse.

Merlin s'était posé sur l'épaule de Landry.

Et Satan se frottait, queue en panache, aux maigres tibias de son maître.

— Patience!... Patience, mes amés compagnons!... s'écria-t-il... Vous vivrez, bientôt, loin de ce bouge... prison sans air et sans lumière, pareille à celles où végètent, niaisement, sous prétexte d'être habitants de la Grande Ville, tant d'êtres qui seraient heureux dans la saine atmosphère des champs... Oui, vous vivrez, avec moi, au pays bourguignon!... Patience!... Patience!... Cela sera plutôt, qui sait, qu'on ne le pense...

Les trois bêtes approuvèrent, par un aboiement, par un miaulement, et par un sifflement aigu.

— Dormir est bon!... reprit Landry... J'étais fourbu!... Je me sens tout reposé... Oui, oui, cela va mieux...

Mais, soudain, il parut inquiet.

Il avait songé à la mission dont il avait été chargé par le capitaine Buridan.

Avait-il dormi longtemps?

Quelle heure était-il?

— Diavolo!... murmura-t-il... Est-ce qu'il serait trop tard pour agir?... Il fait grand jour... Mais, est-ce le jour qui m'a vu m'endormir qui luit encore? J'étais si las, quand je me suis couché, que j'ai dormi, peut-être, pendant vingt-quatre heures!... De par les cornes des Messire Belzébuth, voilà qui serait terrible!... J'ai promis, formellement, au Capitaine Buridan, que, si je ne l'avais pas revu, avant la fin de la journée au cours de laquelle ces paroles étaient prononcées, je remettrais, à Sa Majesté Notre Sire le Roi Louis, le Dixième... en personne, le coffret que j'ai pris, à l'Hôtellerie des Saints Innocents, dans la chambre du Capitaine, sous la septième dalle à partir du Crucifix... Si j'ai dormi vingt-quatre heures durant, tout est perdu!... Diavolo!... Diavolo!...

Le sacripant réfléchit.

— Non!... J'ai dormi seulement pendant quelques heures... pensa-t-il... En effet, si vingt-quatre heures s'étaient passées, depuis que je suis rentré, céans, après les aventures qui me sont arrivées, c'est-à-dire ma promenade, tragique, avec Mariette, à travers les tours, tourelles, couloirs et cachots du Grand-Châtelet... j'aurais une faim de loup!... Au lieu que, si je me sens capable de me mettre, avec plaisir, quelque chose sous la dent, à tout prendre je ne suis pas affamé...

« ... L'estomac, en somme, constitue un instrument, suffisamment exact, et dont tout le monde est muni... grâce auquel il est possible de se rendre compte du temps qui s'écoule... Sans compter que j'ai le droit de corroborer ma certitude, à cet égard, par un autre indice, non moins probant, certes... A savoir que mes bêtes, mes très amés compagnons, Luc, Satan, et Merlin, ne paraissent pas, plus que moi, tomber d'inanition, ce qui arriverait — le fait n'est pas douteux — s'ils n'avaient pas mangé depuis vingt-quatre heures !... Or, ils vont, viennent, sont tranquilles... Quel sabbat, s'ils avaient le ventre creux !... Rassurons-nous donc... Il est démontré, surabondamment, que le jour qui luit, présentement, est le même que celui qui éclaira mes exploits de ce matin... Diavolo, j'ai eu un moment de véritable inquiétude !...

Il se leva, s'étira... et bâilla.

— Pas moins... poursuivit-il — monologuant toujours... comme tous les êtres habitués à vivre dans la solitude, et qui, ne pouvant échanger leurs idées avec d'autres êtres, traduisent les leurs à haute voix... — pas moins qu'il serait bon de savoir, de manière précise, quelle heure il peut être... Ce, afin de se mettre en campagne, en temps voulu, pour remplir la promesse que j'ai faite au Capitaine... Voyons... Récapitulons...

Landry s'assit, sur un escabeau... et pensa.

Ses bêtes, le voyant immobile, constatant qu'il ne lui plaisait pas de s'occuper d'elles... s'étaient éloignées, et dormaient, de nouveau...

— Récapitulons... répéta Landry... Premièrement, je vais sortir... Il le faut pour savoir l'heure qu'il est... Deuxièmement, j'irai au Grand-Châtelet, et je verrai Mariette... Par elle, j'apprendrai toujours quelque chose... Troisièment, je préparerai, avec elle, si c'est possible, l'évasion du Capitaine, comme c'est convenu... Quatrièmement, je reviendrai, céans; je prendrai le coffret, et je tâcherai de le remettre au Roi... Cinquièmement, je retournerai au Grand-Châtelet, afin d'aider le Capitaine à sortir de la Prison Royale... Voilà de la besogne !... Une besogne difficile et très dangereuse, certes... Je l'entreprendrai, pourtant...

Après un temps de silence, il ajouta :

— Toujours le même résultat final : La potence, en cas de non réussite... et, au contraire, la fortune... le repos, jusqu'à ma dernière heure, dans ma maisonnette fleurie, au penchant du coteau bourguignon...

Gaiement, il ajouta :

— Je jouerai la partie !... Pour être heureux, il faut oser agir !... J'agirai !... Après tout, si l'on me pend, je n'aurai plus besoin de rien !...

Un tintement, métallique, retentit... scandant le geste, large, et expressif, qu'il avait fait en parlant, ainsi, en philosophe et en beau joueur.

Il sourit.

Ce bruit avait, à ses oreilles, une harmonie délicieuse.

Il vida sa poche... et mit, sur la table boiteuse, l'or que le Capitaine Buridan lui avait donné.

Une fortune !...

Jamais pareille somme n'avait brillé entre les quatre murs, lépreux, enfumés, de ce bouge... jamais !

— Tout cela est à moi !... murmura le bon Landry, extasié.

La solitude des carrefours, la fermeture des boutiques marchandes, l'étonnèrent. (P. 1276.)

Cet or le fascinait.

Il le regardait en écarquillant ses yeux comiquement.

Il le touchait avec ivresse, et respect... comme un dévot touche la Croix Sainte.

En le regardant... en le touchant, il entrevoyait toutes les jouissances qu'il pouvait avoir, grâce à cet or... il lui semblait, même, qu'il les étreignait.

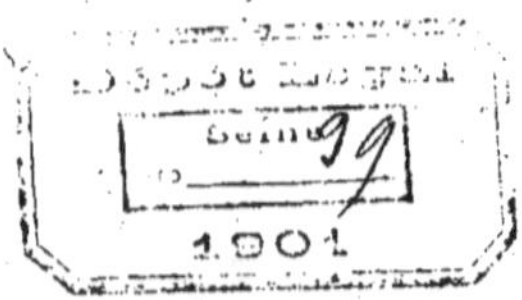

— Avec cet or, s'écria-t-il... on peut tout!... Être bon, mauvais, ou pire!... Se faire aimer, ou corrompre... Créer du bonheur ou féconder le crime!... Susciter des actes magnanimes ou exciter l'infamie!...

Il ricana.

— Métal superbe et abominable!... dit-il... Que sais-tu?... Qu'as-tu fait?... En quelles mains as-tu passé?... As-tu donné de la joie ou fait couler des larmes?... Je t'admire et je te méprise!... Tu me charmes et tu me fais horreur!... Brillant, tu peux répandre des ténèbres... Sonore et harmonieux, tu appelles les plaintes, lugubres!... Métal honni et tout puissant, celui qui te dédaigne et n'a pas besoin de toi est le plus grand, le plus puissant, le plus pur, et le plus heureux!... La créature humaine ne retrouvera la paix, ne sera heureuse, que quand tu ne vaudras pas plus que les feuilles sèches qui tombent des arbres à la fin de l'automne!...

Le sacripant demeura, un moment, pensif.

— Avec cet or... qui m'appartient légitimement... reprit-il... je pourrais vivre tranquille, dès maintenant... même, acheter une maisonnette, fleurie, au pays bourguignon... objet de mes rêves!... Pourquoi courir tant de dangers que ceux que je vais affronter?... Que m'importe le Capitaine Buridan?... A quoi bon accomplir la mission dont il m'a chargé?... Qui sait si le collier de chanvre ne paiera pas mon acte?... Pourquoi retourner au Grand-Châtelet?... Ai-je besoin de Mariette?... Elle m'est apparue toute rose et blanche, potelée, rajeunie... mais en rêve!... Dans la réalité, elle est ridée, édentée, maigre et sèche comme une vieille chèvre!... Landry, sois heureux — par cet or!... Fuis!... Ne t'occupe pas des autres... Vis pour toi seul... Quitte Paris ce soir même... Retourne en Bourgogne... Achète ta maisonnette... Mange chaud, bois frais, et laisse les autres sortir de peine, s'ils peuvent...

Mais il se leva, brusquement.

Nouveau réveil des bêtes!

Cacophonie!

Sifflement, aboiement, miaulement prolongés... du chien, du chat, du merle — encore reveillés en sursaut!

— Lâche!... Gredin!... Gueux!... clama Landry, dont la voix couvrit les sifflements, les aboiements, les miaulements de Luc, de Merlin et de Satan... Oui, oui, métal abominable!... C'est toi qui me suggère ces idées odieuses!... C'est toi qui veux me corrompre!.. Tu me fais horreur!...

Il rafla l'or, avec une dextérité surprenante.

Et, avec dégoût, il le jeta dans un vieux coffre vermoulu.

— A l'œuvre!... reprit-il... Sortons!... Agissons!... Sûr que je marche à la mort, je sortirais, plutôt que d'obéir aux suggestions que la vue de ce métal, honni, a mises en mon esprit!... Qu'on me prenne, qu'on me pende...

je n'abandonnerai pas le Capitaine Buridan... et je rendrai, à mon amée Mariette, amour pour amour !...

En proie à une surexcitation excessive, il ajouta :

— Hors d'ici, lâche... gueux... gredin !... Hors d'ici, tout de suite !... Va, va !... Le jour baisse, à ce qu'il me semble !... Il faut agir !... Il faut agir !...

Les bêtes s'effaraient à voir leur Maître, et Ami... si gesticulant.

Satan miaulait, lamentablement, sous la table, où il s'était réfugié... Luc aboyait formidablement... et Merlin voltigeait, éperdu, tout autour du bouge.

Landry décrocha, de la muraille, le sachet... le cher sachet... la sainte relique où il avait enfermé de la terre prise au champ funèbre où dormaient, au pays bourguignon, sa mère et sa fiancée... ainsi que des feuilles cueillies, par lui, jadis, aux arbres, et arbustes, abritant les tombes aimées — et, soudain calmé, il le baisa, dévotieusement.

Puis... rasséréné, il dit... s'adressant à Luc, à Satan, à Merlin.

— Je sors... Je vous rapporterai des vivres... Jusque-là, soyez calmes !... Vivez en paix !... Notre sort, à tous les quatre, va se décider... Demain, à pareille heure, je serai pendu... ou bien... nous ferons nos préparatifs de départ... pour quitter cette Ville, maudite, où nous sommes... et où j'ai tant souffert !... Avant un mois, nous serons en pleine nature... nous humerons l'air pur des campagnes... nous nous chaufferons au soleil... nous serons heureux, et libres !... A bientôt !... A bientôt !...

Il sortit.

Et il entendit, jusque dans la ruelle, où il déboucha, enfin, le trio, assourdissant, que formaient les trois voix, mêlées, de ses amés compagnons...

— A l'œuvre !... A l'œuvre !... répétait-il, en marchant, précipitamment, dehors... A l'œuvre !... A l'œuvre !... A l'œuvre !

*
* *

...C'était l'heure où Gaultier d'Aulnay, d'autre part, sortait de la maison de Kaly... et s'arrêtait devant la coquille à la Madone du Parvis Notre-Dame...

LXXVII

HÉSITATIONS

...Landry marcha, pendant cinq minutes, sans rencontrer personne.

Il constata que la plupart des échoppes, ordinairement ouvertes, à pareille heure, pour la vente des denrées, étaient closes, dans les ruelles avoisinant son logis.

La solitude des carrefours, la fermeture des boutiques marchandes, l'étonnèrent.

Le soleil déclinait, à l'horizon ; mais il n'était pas tard.

Le sacripant estima qu'il devait être cinq heures, environ... six heures, au plus.

Que se passait-il donc ?

— J'y suis !... se dit, enfin, Landry... Tout le populaire, et les marchands, sont allés voir le cortège de Notre Sire le Roi, qui fait, ce soir, sa rentrée dans sa Bonne Ville de Paris.

Cette idée l'aiguillonna.

Plus que jamais, il eut hâte de se « mettre à l'œuvre », comme il disait, pour servir le Capitaine Buridan.

Oui... oui... il accomplirait, certes, la mission dont il l'avait chargé.

Il remettrait, au Roi, le coffret de fer.

Comment s'y prendrait-il, pour atteindre ce résultat... difficile — car un manant, sans feu ni lieu, tel que lui, pourrait-il approcher Sa Majesté Louis X ? — il n'en savait rien encore ; mais il l'atteindrait, à coup sûr... attendu qu'il le voulait, fermement, et que le vouloir, en toutes circonstances, est l'outil vainqueur par excellence... il l'atteindrait, quand bien même ce fait devrait avoir, pour lui, cette conséquence : de le faire accrocher au gibet de Montfaucon !

Il déambulait, toujours, rapidement, tout en songeant à ces choses.

Son instinct le guidait.

Il allait, par le plus court chemin, vers le but qu'il s'était donné... c'est-à-dire, vers le Grand-Châtelet.

Vaguement apeuré, pourtant, à cette pensée qu'il lui faudrait, bientôt, s'introduire, derechef, dans la formidable Prison Royale.

Ah ! si le Sort le servait !

Si Mariette, ayant quelque bonne nouvelle à lui donner, relativement au Capitaine Buridan, s'était mise en route pour se rendre vers le bouge de son amant !

S'il allait la rencontrer, tout à coup, au tournant d'une ruelle !

Au bout de celle qu'il parcourait, alors, à larges enjambées de loup maigre, et qui le menait, tout droit, à la place des Saints Innocents.

Soudain, il entendit retentir comme une clameur lointaine.

D'où venait-elle ?

De la place... certainement.

— Fol !... s'écria-t-il... Comment n'ai-je pas, plus tôt, pensé à cela ?... C'est clair !... Pour aller au Louvre, le cortège de Notre Sire le Roi, venant du Château de Vincennes, traversera la place des Saints Innocents, où tout le populaire est présentement, massé... Cette clameur, que j'ai entendue, et que j'entends, mieux encore, au fur et à mesure que je me rapproche plus de la place, est produit par la foule !...

Il s'arrêta.

Poursuivrait-il sa route ?

Il n'avait pas de temps à perdre.

Il n'avait pas le temps de baguenauder.

Evidemment, il aurait toutes les peines du monde à se frayer un chemin, là-bas, à travers la cohue grouillante.

Il valait mieux, certes, qu'il ne s'y engageât point.

Il valait mieux qu'il fît un détour, si long qu'il fût, pour se rendre au Grand-Châtelet.

Bon pour ceux qui n'avaient pas de mission à remplir de s'attarder à voir passer le cortège du Roi de France.

Spectacle, qui, d'ailleurs, ne l'intéressait guère... lui, le sacripant.

Il avait, du reste, en horreur tous ces Hauts Seigneurs chamarrés, gens qui vivaient, grassement, aux dépens des miséreux !

— Rebroussons chemin !... murmura-t-il, après avoir hésité un moment... Faisons un détour... Allons voir Mariette... Occupons-nous de nos affaires... Nous verrons, ce soir — Dieu seul sait comment — Sa Majesté Louis le Dixième, Roi de France, et de Navarre... Allons !... Allons !...

Ainsi fit-il résolument.

Mais, tout à coup, il s'arrêta, derechef... à peine ayant déambulé durant quelques secondes.

Brusquement, il avait changé d'idée.

Maintenant, il voulait voir passer le Cortège Royal.

Oh ! non pas, certes, par un sentiment de curiosité.

Il était blasé, archiblasé, dès longtemps, sur la magnificence et la solennité des spectacles de ce genre.

— Très Haute, Très Noble, Très Puissante Dame, Marguerite de Bourgogne, qui visita, il y a quelques heures, dans son cachot, le Capitaine Buridan, sera-t-elle du cortège ?... s'était-il demandé... Au sortir du Grand-Châtelet, est-elle allée jusques au Château de Vincennes, ou, tout au moins, jusques à la Poterne de la Ville, au devant de son Royal époux ?... Il faut que je m'en assure... Après tout, j'ai quelques heures devant moi, puisque ce n'est que ce soir que je dois remettre le coffret de fer du Capitaine à Notre Sire le Roi... C'est dit... Assurons-nous que la Reine est du cortège... Je veux voir, aussi — cela est intéressant, certes — si Messire Gaultier d'Aulnay, déjà consolé, par l'amour, de son deuil cruel, escorte celle qui fit abattre, l'autre nuit, à la Tour de Nesle, le beau jouvenceau qui la suppliait de l'épargner... Spectacle qui me donnera une plus haute idée, encore, du noble caractère de tous ces Hauts Seigneurs !... C'est dit... Je verrai cela... Retournons... Après, j'irai au Grand Châtelet...

Et Landry, rebroussant chemin, encore une fois, se dirigea vers la Place des Saints Innocents.

LXXVIII

POUR VOIR LE CORTÈGE ROYAL.

...Sur cette place, une foule... énorme, grouillante, bigarrée, turbulente, égoïste et bon enfant tout à la fois... une foule composée des éléments, très divers, qui, toujours, ont constitué l'ensemble des amateurs de spectacles pareils à celui que celle-ci allait voir : marchands, manants, vilains, truands, ribaudes, tire-laines, coupe-bourses... braves gens bedonnants, femmes fortes en gueule, filles délurées, béjaunes ahuris, enfants piailleurs — tous, se bousculant, s'apostrophant, s'injuriant, se colletant, jetant mille lazzis plus ou moins spirituels, s'efforçant de trouver la meilleure place pour mieux voir... grimpant dans les arbres... se hissant sur les toits... escaladant les murailles... au risque de se rompre le col — et caressant les jouvencelles... pinçant les commères,... fouillant, dextrement, les escarcelles... riant, ricanant, hurlant, dans un méli-mélo éminemment pittoresque, drôlement comique.

A toutes les croisées, sur le faîte les maisons, les curieux, en habits de gala.

Des enfants s'étaient huchés jusques parmi des statues qui ornaient le portail de l'Eglise des Saints Innocents.

Là-bas, un marchand d'orviétan profitait de l'occasion pour vendre ses produits, grâce à une harangue savante, goguenarde, émaillée de quolibets et de coq-à-l'âne.

Çà et là, on avait planté des mâts, d'où pendaient des oriflammes, et où des feuillages verts étaient accrochés.

Le soleil, déclinant, éclairait, de biais, la place, dans une coloration à la fois très douce et très chaude de tons.

— Les ruelles, aux environs, sont désertes... se dit Landry, lorsqu'il arriva sur la place... ce n'est pas étonnant, de par mon très vénéré patron !... Tous les badauds de la ville se sont donné rendez-vous ici !...

Il voulait voir...

Il fallait, donc, qu'il fût bien placé.

Résolument, il entra dans la foule... en jouant des coudes, audacieusement.

La foule ne l'effrayait pas : il en était l'un des éléments habituels.

Et puis, il ne craignait pas de déchirer, ni de friper, même... les vêtements qu'il portait...

De même, il n'avait peur ni des horions... ni des quolibets — étant prêt, au besoin, à rendre les uns et les autres, sans barguigner.

Malgré ses préoccupations, le bon Landry, qui était né badaud, s'amusa, bientôt, dans cette foule.

Il s'amusa de tout... autant de regarder les types, si divers, qu'il frôlait... que d'entendre les propos, philosophiques, comiques, ou niais qu'il entendait.

— Notre Sire le Roi, devrait être ici... Il est en retard de plus d'une heure... Pourvu qu'il n'ait pas remis à demain sa rentrée solennelle dans sa Bonne Ville de Paris.

— Il y arrivera toujours assez tôt pour augmenter les taxes !... Pendant qu'il mange ailleurs, il ne mange pas à nos dépens !... C'est toujours autant de gagné...

— Il vient de Vincennes ?

— Oui.

— Il y aura vu son Ministre...

— Enguerrand de Marigny ?...

— Celui qui nous a si fortement tondus depuis dix ans !...

— J'espère qu'il aura donné l'ordre de le faire pendre !...

— J'avoue que j'irais voir, avec plaisir, à Montfaucon, se balancer sa carcasse au bout d'une chaîne !...

— Ah ! s'il pouvait faire pendre, aussi, sa femme, Marguerite de Bourgogne...

— On assure que c'est elle qui a donné l'ordre d'arrestation d'Enguerrand de Marigny.

— Vous croyez ?

— C'est certain.

— Ce serait donc l'unique acte utile qu'elle aurait accompli depuis qu'elle est venue, de sa Bourgogne, pour épouser le Hutin.

— Ne dites pas de mal de la Bourgogne !... N'en dites pas de mal, compère !

— Il a raison... La Bourgogne est un pays qui produit du nectar !...

— Le plus beau pays de France...

— Que voulez-vous, j'aime le bon vin !

— Sans compter que le soleil, lui-même, est Bourguignon, c'est connu !...

— Et qui voudrait dire du mal du soleil ?

— Vous assuriez que c'est Marguerite de Bourgogne qui a donné l'ordre d'arrestation du Premier Ministre ?

— Oui... Il paraît que le Marigny s'était mis en tête de faire répudier la Reine pour donner une autre femme à Notre Sire le Roi...

— Bah !...

— Dans quel but ?

— Eh! compère... quand les coffres sont vides, il faut s'ingénier à les remplir...

— D'accord!

— Eh! bien, on les remplit en encaissant une dot...

— C'est vrai.

— Le Marigny s'était dit que la dot de la nouvelle Reine mettrait quelque argent dans les caisses de l'Etat... Seulement, la Reine, Marguerite, naturellement, n'entendait pas de cette oreille... Et elle aurait tué le loup, afin de n'être pas mangée par lui.

— Non!... Il y a autre chose, compère.

— Quoi donc?

— Ce sont les Templiers qui ont agi... On a brûlé Jacques de Molay... Mais l'Ordre n'est pas abattu.

— Tant s'en faut...

— Il est plus riche, et plus puissant que jamais... Il agit... C'est Marigny qui fut le principal initiateur de la destruction des Templiers... sous le Roi défunt... Or, les Templiers se vengent en abattant leur principal ennemi.

— Il peut y avoir du vrai dans tout cela.

— Sans doute.

— Nous n'y gagnerons rien!

— Ou peu de chose!

— Que si!...

— Comment?

— Expliquez-vous?

— Les moutons peuvent se réjouir quand les loups se dévorent entre eux...

— Bien dit, compère!...

— Il a raison...

La voix du marchand d'orviétan faisait rage.

— Profitez de l'occasion, hautes Dames, jouvencelles, manants, ribauds... vous, tous, gens de bonne compagnie, gens de sac et de corde, gens d'esprit et simples imbéciles... Avec ce breuvage composé de substances diverses savamment triturées, et dont je ne vous ferai pas la longue nomenclature, car cela m'entraînerait trop loin, vous guérirez toutes les maladies... Je dis: Toutes!... Voire, et sachez-le, jouvencelles, le mal d'amour... Bien mieux, grâce à ce breuvage, versé à celui que vous aimez, vous vous ferez aimer... Vieillards, cette panacée vous rendra les forces du jeune âge... Pauvres, il vous donnera la gaîté, l'espoir... Prenez, prenez, prenez mon breuvage... Il calme les douleurs des dents... Il fait repousser les cheveux sur les têtes les plus chauves... Il enlève les taches et guérit les cors aux pieds... Les femmes stériles auront des enfants, mâle ou femelle, à leur gré, grâce à mon breuvage... Il tue les rats et protège la vertu des filles... Prenez, prenez, prenez,

Trois jolies filles, folles, très coquettement attifées, aux yeux ardents, à la bouche vermeille,
à l'opulent corsage, causaient entre elles. (P. 1284.)

prenez mon breuvage... Demain, personne ne pourra en avoir, car, demain, j'aurai quitté la Bonne Ville de Paris... Profitez de l'occasion... Profitez, profitez-en... J'ai connu la recette de ce breuvage par un Moine, qui la tenait d'un Brahme, qui la tenait d'un vieux Chinois, qui la tenait d'un Derviche, qui la tenait du fameux enchanteur Merlin, qui la tenait du Tout Puissant Maître du Ciel, lequel l'avait confiée à notre bisaïeul Noé... Oui, sachez-le, notre bisaïeul Noé composa mon breuvage dans l'arche, sur le Mont Ararat... La mixture était prête quand la colombe lui apporta le rameau... Or, ce rameau, il le jeta dans le récipient où cuisait mon breuvage... et c'est ce qui lui donne, surtout, les qualités curatives qui en font une incomparable panacée... J'en ai vendu aux plus hauts personnages de cette époque... à Sa Sainteté le Pape Clément V, qui s'en servit pour se faire aimer de ses maîtresses... J'en ai vendu, dans l'Inde, à des rajahs... en Chine, aux Mandarins... Prenez, prenez, prenez l'élixir sans pareil... Je ne le vends pas... Je le donne... Deux sols parisis... C'est pour rien !... Approchez, approchez... Deux sols parisis... Qui en veut?... Qui en veut?... Faites-vous servir... Faites-vous servir...

La vente de la panacée donnait gros.

Les sols parisis tombaient drus comme grêle.

— Quel « gueuloir !... » s'écria Landry, extasié.

Et il passa... poursuivi par les appels du marchand, qui répétait, d'une voix résonnant comme une trompette :

— Approchez !... Approchez !... Deux sols parisis !... Qui en veut?... Faites-vous servir !... Faites-vous servir !...

Plus loin, des marchands de pâtes, pâtisseries, sucreries, fruits, boissons, rafraîchissements de toutes sortes, offraient leurs produits avec des glapissements accompagnés de promesses non moins alléchantes.

Des jouvenceaux courtisaient les belles filles, les ribaudes, voire les femmes mariées, au nez, même de leur époux.

— Vous êtes jolie, ma blonde enfant !

— On me l'a dit déjà !

— Je vous aime !

— Pour l'anneau?

— Si vous voulez.

— Eh ! là, truand... prenez donc garde !... Vous me bousculez et me marchez sur les pieds !... Le pavé du Roi est assez large pour que vous y trouviez suffisante place !...

— Passe ton chemin, et ne moleste pas les gens, béjaune !

— Ah !

— Qu'est-ce donc?... Qu'y a-t-il, ma femme?

— On m'a pincée.

— Où?

— Au corsage.

— Qui ?

— Je n'en sais rien !

— Aussi, je ne voulais pas venir ici... C'est de ta faute, Anne... Dans les foules, il y a trop de gens sans feu ni lieu !... Rentrons chez nous... Il vaut mieux qu'une honnête femme telle que ma femme ne soit pas exposée aux attouchements des godelureaux qui foisonnent sur cette place...

— Où allez-vous, compère ?

— Je m'en vais... Je rentre au logis.

— Sans avoir vu le cortège ?

— Au diable soit votre cortège !... Il y a, pourtant, assez de ribaudes éhontées dans la Bonne Ville de Paris... à qui pourraient s'adresser, mieux qu'aux femmes vertueuses, les libidineuses caresses des gens du populaire !...

LXXIX

PAUVRE ENFANT !

... Maintenant, Landry n'était plus guère qu'à vingt pas de la grasse Hôtellerie des Saints Innocents... dont la gaie façade était toute baignée de lumière

Trois jolies filles, folles, très coquettement attifées, aux yeux ardents, à la bouche vermeille, à l'opulent corsage, causaient, entre elles.

— Regarde, Marion... le beau jeune homme !

— Où ?

— A ta droite... là-bas... près de ce gros vieux qui est à côté du mât... Le vois-tu ?... Tout près de la femme qui porte un enfant ?

— Oui, oui, je le vois !... Oh ! tu as raison, Margot, le beau jeune homme !... Regarde, Alloyse... Le vois-tu ?

— Il est tout de noir vêtu !...

— Oui, le beau... le beau jeune homme !...

— Comme il paraît triste !...

— Comme il est pâle !

— C'est un gentilhomme ?

— Certainement.

— Dire qu'il aime quelque femme, moins jolie que nous, peut-être !

— N'en crois rien, il est assez beau pour choisir.

— S'il lui plaît de venir se mirer dans mes yeux... il sera le bien-venu.

— Il te conviendrait mieux que le Très Haut Seigneur, sexagénaire, qui t'honore de son amour, et baise tes fines mains!

— Certes!...

— Rapprochons-nous de lui...

— Tâchons de lui parler... Viens, Marion!...

— Marche, je te suis...

— Elle est hardie, cette Alloyse!...

— Qui sait?... Il nous remarquera, peut-être... L'une de nous lui plaira... Je donnerais gros pour que ce soit moi...

Landry, amusé, sourit.

— Peine perdue!... murmura-t-il... Peine perdue, mes colombes!... Vous chassez, vous, ribaudes, un gibier de Reine!... Peine perdue!... Vous en serez pour vos frais!...

En effet, en le jeune homme, tout vêtu de noir, que les trois filles folles avaient remarqué, Landry avait reconnu Messire Gaultier d'Aulnay.

— Le pauvre enfant!... ajouta le sacripant, tout attendri... Oui, oui, le pauvre enfant!... Il n'est pas au bout de ses peines, hélas!...

*
* *

... Gaultier était adossé à la muraille d'une maison... rêveur... regardant droit devant lui, sans voir, assurément.

Après sa halte, sur le Parvis Notre-Dame, devant la coquille de marbre placée sous la Madone enluminée... il s'était remis en route.

Il avait traversé la rivière, sur la Planche de Mibrai, et déambulé, sur la rive droite... hésitant.

Maintenant... et malgré la résolution prise, par lui, devant Kaly... il ne savait plus ce qu'il voulait faire.

Irait-il au Grand Châtelet... et s'efforcerait-il de voir le Capitaine Buridan?

Ou bien, se rendrait-il au Louvre... et tenterait-il de voir Marguerite de Bourgogne?

Mais comment pénétrer, dans le Grand-Châtelet, et comment arriver jusques au prisonnier d'Etat, sans un ordre de la Reine?

C'était difficile.

Très difficile...

Impossible, même... à coup sûr!

Donc, il fallait voir Marguerite... obtenir, d'elle, l'ordre, nécessaire, pour arriver jusqu'à Buridan.

Et, cet ordre... le donnerait-elle?

Non!...

Il n'en fallait pas douter.

Elle ne se soucierait pas, certes, de remettre, en présence, deux hommes qu'elle avait séparés... et pour cause!

Et puis, Gaultier était tout frémissant rien qu'à l'idée de se retrouver en face de la Reine.

Revoir cette femme!

Cette créature qu'il avait tant aimée !

Qu'il aimait, encore, du reste... et qu'il haïssait, à la fois.

Cette femme par qui Philippe avait été frappé — n'était-ce pas quasiment démontré, à présent ?

Lors, Gaultier... perplexe, profondément troublé, avait erré, à l'aventure.

Presque décidé à suivre les avis de Kaly... c'est-à-dire à renoncer à ses projets de vengeance, et à fuir, avec la jeune Indienne, loin... bien loin de cette ville, où il avait tant souffert... loin de ces êtres, qui l'avaient abominablement torturé.

Le hasard l'avait conduit sur la Place des Saints Innocents.

Pris dans la foule, entraîné par elle... porté, comme une épave, par le flot des curieux... il avait échoué où il se trouvait — sans avoir assez de force et de volonté pour vouloir s'éloigner.

A quoi bon ?

Là, il pouvait rêver, tout aussi bien qu'ailleurs!

La foule ne le gênait en aucune façon.

Il était si préoccupé qu'il ne voyait personne... qu'il n'entendait pas les propos des gens qui l'entouraient.

Même, jusque-là... il ne s'était pas encore demandé pourquoi tout ce populaire était massé sur cette place.

Philippe!

Buridan!

Marguerite !

Kaly!

Pour Gaultier, l'Univers entier tenait dans ces quatre noms...

Le reste lui était indifférent !

La raison d'être de son existence était constituée par tout ce que ces quatre noms représentaient pour lui.

. . . .

... Les trois filles folles, cependant, Marion, Margot, et Alloyse, s'étaient rapprochées de lui, et lui faisaient, effrontément, des agaceries — ce, au grand scandale du bonhomme... le mari de Anne... cette femme qui avait été pincée, dans la foule, un moment auparavant... lequel bonhomme, prêt à s'éloigner, tout d'abord... prêt à rentrer au logis... prêt à épargner, à sa vertueuse épouse, les attouchements, impurs, des godelureaux trop hardis...

était resté, là, pourtant... sa badauderie ayant triomphé, finalement, des scrupules de sa pudeur, et des affres de sa jalousie.

Landry, de plus en plus amusé, observait, de loin, très curieusement, ce manège...

Tout en regardant, d'autre part, Maître Pierre de Bourges, allant, venant... obséquieux, souriant, suant sang et eau, au service des buveurs qui emplissaient la cour de son Hôtellerie, dans laquelle le très avisé Hôtelier avait fait mettre des tables, des bancs, et où il servait, à la foule, des pots... d'innombrables pots de vin clairet — un torrent de vin blanc, et rouge... assurément baptisé pour la circonstance... et qui, coulant, frais, dans le gosier, assoiffé, des badauds, faisait couler, en échange, dans son coffre, des ruisseaux de pièces blanches...

— Ce Pierre de Bourges est admirable!... répétait Landry, extasié... Quel homme!... Et il y aura des gens pour jalouser sa fortune!... De par les cornes de Belzébuth, il serait à souhaiter que les envieux de sa réussite, se conduisissent comme ce gros homme, qui, tout préoccupé, en apparence, de s'empiffrer de mets choisis, ne perd aucune occasion, en réalité, d'exercer son métier avec autant d'intelligence que d'inlassable activité!...

Puis, se tournant du côté de Gaultier, qui demeurait immobile, les yeux noyés dans le vide, là-bas, proche des trois jolies filles, si fraîches, si gracieuses, si gaîment aguichantes.

— Peine perdue!... répéta-t-il... Peine perdue, jeunes folles!... Cherchez plaisir ailleurs!... L'âme de celui-ci est en deuil!...

Il hocha la tête, et ajouta :

— Le pauvre enfant!... Le pauvre enfant!...

LXXX

OU MAITRE PIERRE DE BOURGES EST ÉTONNÉ, LE BON LANDRY STUPÉFAIT, ET GAULTIER D'AULNAY ÉPOUVANTÉ

...Tout à coup, il se produisit une sorte de remous, dans la foule... sur laquelle avait plané, jusque-là, une rumeur faite des devis, joyeux, de tous les curieux attendant... tranquilles, en somme... le passage du Cortège Royal — une rumeur qui se changea en une clameur formidable, laquelle couvrit les cris, éperdus, des femmes, et des enfants, à demi étouffés dans le mouvement de poussée qui s'était effectué, à l'improviste.

L'instant dangereux, procréateur de l'accident, ou de la catastrophe, au milieu des grands rassemblements populaires !

L'instant ou l'événement succède, brusquement, à l'attente, patiente, des badauds.

L'instant où le spectacle va commencer.

La foule, immobile, se déplace, alors, soudain... comme l'eau sous l'effort d'un coup de vent du large... et, formant vague, une vague énorme, que rien ne peut arrêter... une vague qui brise tout obstacle — se rue, tout entière, du même côté.

— Les voici !...

— C'est le Roi !

— Noël !... Noël !...

Un bruit, roulant, pareil à celui que produit la mer, par un gros temps, à l'heure où le flot monte, et se brise aux rochers des falaises.

Puis, un grand silence.

Très impressionnant, certes.

C'est ce silence, succédant aux premières acclamations de la foule enthousiaste, qui donne, à ces spectacles, leur très réelle solennité.

Toutes les têtes étaient tournées du côté de l'Eglise des Saints Innocents... à côté de laquelle s'ouvrait la ruelle que suivait le Cortège Royal, allant au Louvre.

— Noël !... Noël !...

Le soleil, presque sur l'horizon, maintenant, jetait une lueur mordorée, superbe, sur le portail de l'Eglise, et éclairait cette foule, bigarrée, pressée, curieuse, avide de voir.

Les armures des premiers hommes d'armes de l'escorte apparurent, étincelantes.

— Noël !... Noël !... Noël !...

Nouveau mouvement de remous... car les cavaliers avançaient, lentement, s'efforçant de frayer un chemin au Roi.

— Place !... Place !... Place à Notre Sire le Roi !... Place !... Place !... criaient-ils.

— Noël !... Noël !... Noël !... Noël !... clamèrent les badauds, refoulés, et qui refoulaient, par suite, jusqu'à l'écrasement sur les murailles, ceux qui se trouvaient derrière eux.

Les acclamations... les cris d'effroi, et de douleur, des gens qui perdaient pied dans cette houle humaine, étaient couverts, maintenant, par les fanfares, sonores, des cavaliers de l'Escorte Royale, et par les vibrations des cloches de l'Eglise, qui sonnaient à toute volée.

Maître Pierre de Bourges, émerillonné, se tenait à l'une des croisées du premier étage de son Hôtellerie.

— Noël !... Noël !... Noël !... répétait-il en agitant son bonnet.

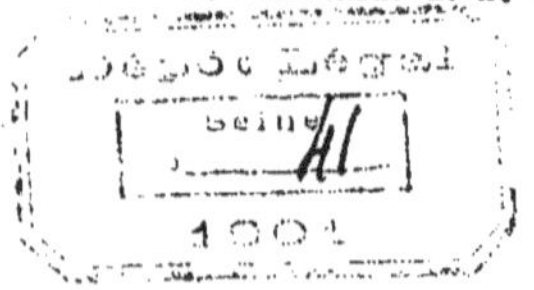

La chevauchée avançait, dans un triomphe, parmi les vivats... (P. 1293.)

Il était monté, là, pour voir le spectacle, lui aussi... et pour acclamer, en une journée qui lui vaudrait de l'or, certes... Sa Majesté le Roi de France.

Landry, ayant joué des coudes, s'était glissé... tout comme une anguille à travers les roseaux... jusques au premier rang de la foule.

Quant à Gaultier, un moment auparavant, il s'était déplacé... soit pour échapper aux aguicheries, pour lui insupportables, des trois filles folles qu'il avait remarquées, peut-être, enfin... soit pour obéir à quelque impulsion, secrète, qui lui avait ordonné d'agir.

Il se trouvait, maintenant, à côté de Landry, au premier rang des badauds.

Il y était venu d'instinct, certes... et sans que sa volonté lui eût suggéré de voir passer le Cortège Royal.

Certainement, du reste — et il faut insister sur ce point — il ne s'était pas rendu compte des raisons qui avaient amené, là, cette foule.

Il ne s'était pas dit qu'elle y était venue attirée par le spectacle que devait lui donner le Roi rentrant dans sa Bonne Ville de Paris.

Mais, tout à coup, il comprit.

— Le passage du Roi... rentrant au Louvre !... murmura-t-il.

Alors, il voulut fuir.

Oui... oui... fuir — vite, très vite.

Oh ! voir cet homme, l'époux de Marguerite !

Torture !

Et, aggravation : La voir... elle... la Reine !

Car elle accompagnait Louis X... c'était certain.

Gaultier, effaré, tenta de se dégager de cette foule, qui l'entourait, de toutes parts.

Impossible !

Il ne put ni avancer, ni reculer... quelque effort qu'il tentât... quelque énergie qu'il déployât.

Il se fit injurier par les badauds, qui se trouvaient autour de lui... et qui ne se souciaient pas de perdre leur place.

— Où veut-il aller ?

— Dans une foule, les gentilshommes n'ont pas plus de droits que les manants.

— Beau jouvenceau, vous vous agitez comme un damné sur le gril de Messire Lucifer !

— C'est gros comme une mauviette... et cela veut une place telle pour un bœuf !

— Joli comme il est, il eût trouvé asile, aisément, chez une des Nobles Dames qui regardent le spectacle du haut de la croisée de leur maison.

— Au moins, il nous eût moins gêné !

— Ne me bousculez plus, Messire, ou, de par mon patron Saint-Christophe, je vous ferai sentir le poids de mon poing !

— Ne le frappez pas, compère... il est si mignon !

— Miroir à Grandes Dames ou à filles folles !... Ça ne vaut pas les clous d'un fer à cheval !...

— On trouvera sa dépouille, un jour ou l'autre, sur la grève, au-dessous de la Tour de Nesle !

— Espérons-le !... Cela fera, toujours, un rongeur de moins !

Fort heureusement, Gaultier n'entendit pas ces injures, qui l'eussent profondément meurtri.

Il était cloué, là... cependant.

Retenu... tout comme au pilori.

Il lui faudrait voir le spectacle honni !

Le Cortège Royal se rapprochait, de plus en plus.

Les fanfares des cavaliers résonnaient... les cloches de l'Eglise des Saints Innocents vibraient, et le populaire criait :

— Noël !... Noël !... Noël !... Noël !...

A présent, les premiers hommes d'armes de l'escorte n'étaient plus qu'à vingt pas du groupe où se trouvaient Landry et Gaultier d'Aulnay.

Derrière eux, on voyait une foule de Hauts Seigneurs, à cheval... superbement vêtus.

— Noël !... Noël au Roi !... répétaient les manants, sans se lasser.

— C'est beau !...

— Nous savons ce que ça nous coûte !

— Où est le Roi?

— On ne le voit pas encore !

— Il est derrière ces Seigneurs.

— Que de richesses !... Que de plumes, de bijoux, de pierreries, de galons et de chamarrures !

— C'est notre Misère qui passe en habits de gala !

— Noël !... Noël !... Noël !

— Marigny manque à ce cortège.

— Il aura la première place dans celui qui l'escortera, avant peu, au gibet de Montfaucon.

— Ce gibet serait trop petit s'il fallait y accrocher tous ceux qui ont grugé le populaire !

— Ils vont nous écraser sous les pieds de leurs chevaux !

— Que leur importe !... Il faut que le Roi passe... Rangez-vous, truands !...

Des cris de douleur, d'épouvante, sortirent de la foule... que les cavaliers essayaient de percer ; mais ces cris furent couverts par les clameurs.

— Noël !... Noël !... Noël !

Le cortège avançait... lentement, très lentement, avec d'infinies précautions.

Maintenant, Landry, et Gaultier d'Aulnay... pouvaient voir les Hauts Seigneurs de l'escorte, précédant le Roi.

— Le Roi !... C'est le Roi !... Voici le Roi.

— Où donc?

— Là-bas !...

— Je ne le vois pas.

— C'est le grand, et très beau jeune homme, qui porte un collier d'or, et qui a une plume blanche à son chapeau.

— Oui, oui, je le reconnais !... Je l'ai vu, une fois, déjà, lors des fêtes où il fut armé Chevalier.

— Il est très beau !

— Majestueux !

— Il ressemble, étonnamment, à son père, le Roi défunt... Sa Majesté Philippe le Quatrième.

— Le Faux-Monnayeur !... Dites le Faux-Monnayeur, compère !... Le Roi Famine, pour tout dire !

— Qui ressemblait, dit-on, d'une manière frappante, à son aïeul, le Bon Roi Saint Louis.

— Noël !... Noël !... Noël !... Noël !...

— Est-ce la Reine, qui marche à la droite du Roi ?... Cette femme, montée sur une jument noire ?

— C'est elle !... Oui, c'est elle !... La « goule »... Marguerite de Bourgogne... Le fléau du Populaire de France !

— Elle est très belle, aussi.

— Elle a bien l'air d'une Reine !

— Elle porte un collier qui doit valoir une fortune.

— La vie de trois mille familles pendant un an !

— Noël !... Noël !... Noël à Notre Sire le Roi !

— Vive la Reine !

On voyait, en effet, derrière le groupe des Hauts Seigneurs, Sa Majesté Louis X, Roi de France et de Navarre.

Il était très beau... vêtu d'un costume en velours grenat... coiffé d'un chaperon de même étoffe, orné d'une plume blanche retenue par une agrafe, d'or, enrichie de rubis ; il avait un collier d'or au cou — et il portait une magnifique épée à poignée d'or ciselé.

Très svelte... élancé — il se tenait bien à cheval.

Il avait, vraiment, grand air.

Il était majestueux.

Souriant, il regardait la foule... et la saluait, très gracieusement, de sa main recouverte d'un gant où l'on voyait étinceler les fleurs de lys d'or qui y étaient brodées.

Marguerite de Bourgogne, pâle, grave, pensive... — marchait à sa droite.

Son amazone, en velours blanc, la parait splendidement... faisait valoir l'impeccable beauté de son buste et de ses hanches .. ainsi que l'éclat, incomparable de son teint de blonde.

Son toquet, également en velours blanc, était orné de trois grosses perles, et d'un diamant, assemblés en forme de trèfle... et laissait voir son admirable chevelure, encore dorée par les derniers rayons de soleil, qui, frappant, d'aplomb, sur le gros diamant de sa parure, le faisait étinceler, et lui mettait comme une étoile au front.

Les plis de sa robe, blanche, se drapaient, à merveille, pour dessiner la ligne, adorable, de ses jambes, sur le poitrail, noir, lustré, de sa fringante monture, qui piaffait, impatiente, retenue par une petite main nerveuse tenant les rênes d'argent attachées aux mors tintinnabulants.

Elle regardait droit devant elle, fixement — sans rien voir, à coup sûr... tant elle était absorbée dans sa pensée.

— Noël !... Noël !... Noël !... Noël !...

La chevauchée avançait, dans un triomphe, parmi les vivats, les sonores éclats des fanfares, les sonneries des cloches... et sous l'illumination du soleil, qui allait, bientôt, disparaître...

**

— Qui est le cavalier, de si bonne mine, qui marche à la gauche de Notre Sire le Roi ?

— Je ne le connais pas !

— N'est-ce pas Monseigneur Charles de Valois ?

— Oh ! que non !

— En êtes-vous sûr ?

— Absolument !...

— Le compère a raison : Monseigneur Charles de Valois est beaucoup plus âgé que ce Seigneur.

— Quel âge lui donnez-vous ?

— Trente-cinq ans, tout au plus.

— Moins même.

— Du reste, je connais Monseigneur Charles de Valois, frère du Roi défunt... je l'ai vu, souvent, chez mon oncle, qui lui a vendu de très belles armes... Je vous réponds que le cavalier qui marche à la droite du Roi, ce n'est pas le Prince.

— Qui donc, alors, peut prendre un pareil rang dans le Cortège ?

— La place de Monseigneur Enguerrand de Marigny...

— Le Roi a-t-il donc fait choix, déjà, d'un nouveau Ministre, pour remplacer celui qui fut arrêté, ce matin ?

— On pourrait le croire.

— Du pareil au même : Celui-ci nous grugera, tout comme l'autre !

— C'est probable !

— N'en doutez pas, compère... N'en doutez pas !... Les hommes changent, et ce n'est rien !... Mais les taxes restent, et c'est beaucoup !

— Elles s'accroissent, bien plutôt !

— Hélas !

— Ce fut ainsi, toujours !... Ce sera, toujours, ainsi !... Nos pères ont payé... Nous payons... Nos enfants paieront... C'est la vie !...

— Celui-ci a très belle allure !... Regardez-le... Comme il porte, haut, la tête !... Son regard, clair, se fixe droit devant lui.

— Regard clair... Soit !... A-t-il les dents longues ?... Voilà ce qui me préoccupe...

— Nous le verrons à l'œuvre !

— Trop tôt, j'en ai peur !

. . . .

...Or, Maître Pierre de Bourges, le gros Hôtelier des Saints-Innocents, avait vu le cavalier qui marchait à la droite de Sa Majesté Louis, le Dixième, Roi de France et de Navarre.

Et, à son aspect, il avait été profondément étonné, tout d'abord.

Puis, charmé... puis très fier...

Enfin, enthousiasmé.

Cela tenait du prodige, vraiment...

— Révélation inattendue !... murmura le bonhomme... Quel honneur ma maison !

Ah ! Quelle journée !

Tout lui réussissait !... Tout lui donnait joie... prospérité... orgueil !...

Une journée sans pareille !

Son allégresse se traduisit par une longue acclamation.

— Noël !... Noël !... Noël !... Noël !... cria-t-il, en agitant, plus que jamais, son bonnet au bout de son bras court, et en s'efforçant de faire tout le bruit possible, les gestes les plus exubérants, afin d'attirer, sur sa rondouillarde personne, l'attention du Cavalier...

...D'autre part, Gaultier d'Aulnay avait reconnu, lui aussi, l'homme qui chevauchait à côté du Roi.

Il pâlit.

— Je rêve !... murmura-t-il... Lui !... Lui !... Dans le cortège !... A la droite du Roi !... Oui, oui, je rêve !... Ou je suis fou !...

A peine s'il pouvait se tenir debout.

Ses jambes flageolaient.

Il était secoué par une émotion poignante.

Il regardait, fixement, cet homme... qui n'était plus qu'à quelques pas de lui.

Il le dévisageait.

— C'est bien lui !... murmura-t-il, épouvanté... Oui, oui, oui, c'est bien lui !... Comment ces choses peuvent-elles se faire ?...

Impossible de chercher à s'en rendre compte... car il faut être insensé pour essayer d'expliquer l'inexplicable ?

Le cavalier le vit, à son tour.

Son regard s'arrêta sur lui.

Il sourit.

Et il passa.

Gaultier, l'espace d'une seconde, avait aperçu la Reine, Marguerite de Bourgogne... cette femme qu'il chérissait, qu'il adorait, qu'il vénérait, la veille encore... et qui, toujours adorée, peut-être, lui faisait horreur, tout en même temps!

Or, il constata qu'elle allait, comme inconsciente...

Comme une créature qui accomplit, passivement, un acte où sa volonté n'a pas de part.

Comme une captive que son vainqueur mène, à son gré... enchaînée!

Oui, oui, Marguerite avait bien l'attitude d'une vaincue!

— C'est effrayant!... murmura Gaultier d'Aulnay... Oui, oui... c'est effrayant!... C'est effrayant!... Que s'est-il donc passé?...

Plus que jamais, il voulut fuir... se dégager de cette foule... s'affranchir — pour penser... pour réfléchir à ces choses stupéfiantes.

Il suffoquait.

Son cœur battait à coups précipités.

Il souffrait abominablement.

Un moment, il eut peur de mourir, subitement, au milieu de cette houle humaine... qui le portait, l'enserrait, l'empêchait de se mouvoir.

— Noël!... Noël!... Noël!... Noël!...

Oh! Fuir!... Fuir!... Fuir!...

Echapper à ce supplice!...

N'être plus mêlé à ces badauds — que le spectacle affolait — et qui ne pouvaient comprendre tout ce que souffrait cet être... cette triste épave perdue dans le flot, à la fois montant et immobile, qui la roulait.

. . . .

... A dix pas plus loin, se trouvait Landry.

A son tour, il reconnut le cavalier, dont le cheval, à la robe rousse, piaffait à la droite du Roi.

Comme Maître Pierre de Bourges, à sa vue, il fut étonné... stupéfait... puis, comme Gaultier d'Aulnay, épouvanté.

Comme Gaultier d'Aulnay, il se dit qu'il rêvait.

Non!... Non!...

Ce n'était pas possible!

Il était dupe d'une hallucination.

Ou bien, encore, de quelque extraordinaire, de quelque prodigieuse, de quelque invraisemblable ressemblance.

L'homme qu'il avait cru voir ne pouvait pas être, dans le Cortège Royal, à la droite du Roi de France.

Landry avait des raisons pour ne pas admettre une pareille chose!

Des raisons excellentes... péremptoires, certes!

Autant eût valu consentir à croire que Monseigneur Enguerrand de Marigny, arrêté, le matin même, était rentré en grâce.

Encore cette proposition eût-elle paru, au premier abord, moins absurde, encore, que l'autre.

Cependant... l'homme... le cavalier de très haute mine qui chevauchait à la droite du Roi de France, vit Landry.

Comme il avait souri en voyant Gaultier d'Aulnay... il sourit en voyant le sacripant.

Landry frissonna.

Cet homme le fascinait.

Soudain, il fait faire un écart à son cheval, qu'il dirigeait avec une incomparable adresse.

Par ainsi, il se rapprocha de Landry.

Puis, il se pencha sur sa selle...

Son double mouvement avait été si bien calculé... et si bien exécuté, que la tête du cavalier se trouva, pour un moment, juste au-dessus de celle de Landry... et si près, que, sans qu'aucune autre oreille que celles du sacripant l'entendît, il articula ces mots :

— Ce soir... à onze heures... avec le coffret... chez Pierre de Bourges!... Sois exact... Je t'attendrai...

Le cavalier se redressa.

Et il passa.

— Noël!... Noël!... Noël!... Noël!... clamaient, toujours, les manants...

Les fanfares retentissaient, au loin, maintenant...

Les cloches de l'Eglise des Saints Innocents cessèrent de sonner, soudain.

Le soleil avait disparu.

La nuit allait tomber.

Le cortège s'était éloigné.

A présent, Leurs Majestés, le Roi, et la Reine, devaient être arrivés au Louvre.

La foule, lasse, énervée, se dispersa, quasiment sans bruit...

*
* *

... Maître Pierre de Bourges, pour la première fois de sa vie, servit moins bien que de coutume ses hôtes...

Il restait préoccupé... stupéfait, et charmé, de ce qu'il avait vu.

D'autre part, Gaultier d'Aulnay, enfin maître de ses faits et gestes était allé au Louvre, tout droit.

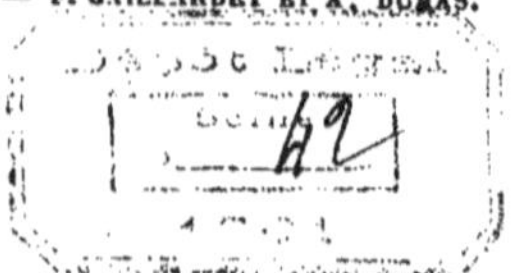

— Cela ne t'étonne pas? demanda Mariette, qui s'était attendue à voir Landry
se pâmer de surprise... (P. 1302.)

— Oh! je le verrai!... se répétait-il, en proie à une extraordinaire
surexcitation... Il faudra qu'il s'explique!... Je verrai, aussi, la Reine... Que
s'est-il donc passé?... Encore une fois, comment ces choses ont-elles pu se
produire?... Il y a de quoi en perdre l'esprit!... Tout cela cache des dessous
monstrueux, effrayants... Et cela m'épouvante!...

Quant à Landry... une demi-heure après la scène qui s'était jouée sur la
Place des Saints Innocents... il déambulait, dans la nuit noire, au bord de
la rivière où le hasard l'avait amené.

Il n'était pas encore revenu sa de surprise.

Il se demandait, encore, s'il n'avait pas rêvé.

Ou, même, si les événements, divers, invraisemblables, qui s'étaient produits, dans sa vie, depuis deux jours, n'avaient pas troublé sa raison.

— C'était lui !... C'était lui !... se répétait-il... pourtant... C'était lui, j'en suis sûr !...

Mais il ajoutait, bientôt :

— Lui... que j'ai laissé, lié, étroitement, sur un banc, dans le cachot le plus profond du Grand Châtelet !... Comment serait-il sorti de la formidable Prison Royale ?... Et comment aurait-il pu prendre place, dans le Cortège, à la droite de Notre Sire le Roi faisant sa rentrée dans sa Bonne Ville de Paris ?... Ce n'était... ce ne pouvait être qu'un fantôme !...

Le sacripant, à cette idée, tremblait de tous ses membres.

— Tout de même... murmura-t-il... j'irai au rendez-vous qu'il m'a donné, à onze heures, chez Pierre de Bourges...

Mais l'infortuné Landry, plus épouvanté que jamais, se dit :

— Et si je n'ai vu qu'un fantôme ?... Un fantôme, suscité, pour me tromper, par Messire Lucifer ?... Dans ce but : M'empêcher d'accomplir ma mission... c'est-à-dire de porter le coffret du Capitaine à Notre Sire le Roi ?... Diavolo !...

Même, il pensa :

— Qui sait si, lorsque je porterai le coffret, à onze heures, chez Pierre de Bourges, je ne rencontrerai pas des suppôts de l'Enfer appostés pour s'emparer de ce coffret... et pour faire disparaître les pièces que le Capitaine voulait voir mettre ès mains du Roi de France ?... Oui, oui, tout cela est effrayant !... Que faire... Que décider ?...

. . . .

... Le trouble, profond, qui agitait, à des degrés divers, et pour des causes très différentes, le gros Hôtelier des Saints Innocents, Maître Pierre de Bourges... Gaultier d'Aulnay, et le bon Landry, s'expliquait.

Car, tous les trois, en le cavalier qu'ils avaient vu chevaucher, à la droite de Sa Majesté Louis X, le Hutin... ils avaient reconnu — ou cru reconnaître — le hardi Capitaine Buridan...

*
* *

... Or, Landry, tout à coup, s'écria :

— C'est simple !... Comment n'ai-je pas pensé à cela plus tôt ?... Il n'y a pas autre chose à faire... Au surplus, je ne suis sorti, que pour cela, de mon logis... Je vais essayer de voir Mariette... Mariette m'éclairera... Elle me dira si le Capitaine Buridan est, maintenant, hors du Grand Châtelet... Elle doit le savoir, certes... Niais que je suis !... Voilà une heure que je m'interroge et me tourmente, alors que la solution du problème était si simple à trouver... Allons!... Rattrapons le temps perdu... Vite... Vite... Au Grand Châtelet...

Il se remit à déambuler, rapidement, à travers les ruelles, désertes, et noires.

— Oui, oui, niais que je suis!... répétait-il.

A présent, il n'était plus effrayé.

Tout au contraire, son âme était en allégresse... et pour cause.

Expliquons :

Landry était un être à la fois d'imagination et de raison.

En lui, tout d'abord, son imagination faisait son œuvre.

Une œuvre qui pouvait l'entraîner, et qui l'entraînait, trop souvent, aux pires excès.

Source de toutes les fautes qu'il avait commises dans sa vie...

Mais, quand sa raison pouvait intervenir à temps, elle le préservait de tout écart, l'empêchait de commettre aucun acte inconsidéré.

En cette circonstance, son imagination, folle, ardente, déréglée, lui avait suggéré des idées extravagantes, jusques à lui faire craindre que Messire Lucifer n'eût travaillé contre lui.

Il avait entrevu des entrelacements, effroyables, de démons, d'êtres infernaux, se ruant, devant lui, pour entraver ses actes en faveur de Buridan.

Et maintenant, après réflexion, la raison aidant, il apercevait la réalité dans toute sa lumineuse simplicité.

— Fol!... Fol!... se répétait-il, charmé... Triple fol!... Quand j'ai quitté le Grand Châtelet... Marguerite de Bourgogne, la « goule »... était dans le cachot du Capitaine... Il m'a dit — je m'en souviens à présent — que, peut-être, et grâce aux armes dont il disposait, contre la Reine, il triompherait d'elle... C'est clair!... Marguerite a donné l'ordre qu'il fût remis en liberté... Comment s'est-il trouvé, dans le Cortège Royal, à la droite de Notre Sire le Roi?... Ce fait est plus inexplicable... Mais il est constant... Ce n'est pas le fantôme du Capitaine que j'ai vu... C'est lui-même, en chair et en os... Cela prouve, tout simplement, que le Capitaine a triomphé, de la Reine, de manière plus complète, encore, qu'il ne l'espérait... Voilà tout...

Le raisonnement du bon Landry était très judicieux.

De par la force de ce raisonnement, il entrevoyait la vérité.

De là, son allégresse.

Car, puisque Buridan avait triomphé de Marguerite... son triomphe lui constituait, par suite, une toute puissance absolue.

Par suite, encore, il pourrait récompenser largement, ceux qui l'avaient servi.

Tout en déambulant vers le Grand-Châtelet, Landry voyait donc, plus

que jamais, sa maisonnette, au penchaut du coteau bourguignon... sa maisonnette fleurie, illuminée, splendidement, par le soleil.

Et cela mettait de la lumière dans les ténèbres, profondes, au milieu
desquelles il évoluait.

LXXXI

EN MARCHE VERS L'AVENIR.

...Il arriva, enfin, sur la Place du Grand Châtelet.

Maintenant, la lune brillait dans un ciel tout rutilant d'étoiles... et sa
clarté illuminait tout un côté de la Place, les façades des maisons, dont
toutes les croisées restaient ouvertes, par cette douce et tiède soirée de
printemps.

Des lumières, éclairant le foyer familial, pour la veillée, brillaient
derrière ces croisées.

Là, les travailleurs achevaient leur tâche quotidienne, dans la paix du
logis, très pauvre, où l'on vivait heureux, relativement, sans grands besoins...
et, surtout, sans envie, sans haine...

Ailleurs, ceux qui avaient vu passer le Cortège Royal en disaient, avec
force détails, toutes les splendeurs.

Et, de l'autre côté de la Place, la Prison, formidable, se perdait dans
l'ombre... comme honteuse !

Pas un passant sur cette Place.

Là-bas, une femme chantait une sorte de mélopée, en berçant son
enfant... et sa voix, grave, montait dans le silence.

Aucun autre bruit ne retentissait, là... que la rumeur, sourde, qui
plane, toujours, sur les villes, même à l'heure où tout dort dans les maisons
closes.

Landry s'était arrêté, proche du Calvaire de pierre...

A présent, il éprouvait, encore, cette appréhension qu'il avait éprouvée,
déjà, lorsqu'il s'était trouvé devant le Grand Châtelet.

Il frémissait en se rappelant tout ce qui s'était passé, là, quelques heures
auparavant... en se revoyant, par la pensée, dans les galeries souterraines,
dans le cachot de Buridan, et, même, dans le logis de Maître Pierre Etienne
Sabasse.

Il s'étonnait, après coup, de son audace, de son énergie, de son courage... il se disait qu'il ne pourrait pas recommencer pareils hauts faits.

Il se répétait que, à coup sûr, il avait été protégé, très efficacement,
par ses « aimées », au cours de ses déambulations dans la Prison.

Cette idée le réconforta.

Certes, la protection qui l'avait couvert, déjà, le protégerait encore.

Il se leva.

— Allons !... fit-il... Entrons !... Quand je suis venu, là, ce matin... je m'engageais dans l'inconnu, et j'avais des raisons d'être troublé... Mais, à cette heure, ne sais-je pas que je serai bien accueilli par Mariette ?... Donc, pourquoi ces hésitations ?... Entrons...

Cet impressionnable — las, d'ailleurs — subissait ce malaise qui pèse sur l'être, dans l'ombre, où tout vous apparaît danger... danger dont on s'effare, et qui, par suite, grandit jusqu'à de terrifiantes proportions... paralysant celui qui eut accompli son œuvre, sans difficulté, dans la pleine lumière.

Tout à coup, il tressaillit.

Il avait entendu, à quelques pas de lui, un bruit de pas.

Un bruit très léger...

Quelqu'un avait marché, là.

Une femme certainement.

Car Landry avait perçu, aussi, comme un froufrou d'étoffes... le bruissement d'une jupe.

Il se retourna, prestement.

Il ne s'était pas trompé.

Vaguement, il distingua une forme féminine.

Soudain, il jeta un cri joyeux.

— Mariette !... fit-il.

— Landry !... répliqua une voix.

C'était bien, en effet, Mariette... la femme de Maître Pierre Etienne Sabasse, geôlier au Grand Châtelet.

Cela tenait du prodige !

Le bon Landry était enthousiasmé.

Oui, oui, il était protégé, toujours, par celles qui veillaient sur lui, depuis plusieurs heures surtout, avec tant de sollicitude.

C'était elles qui avaient amené, sur cette Place, Mariette... qu'il voulait voir.

Elles l'avaient amenée, là, pour que Landry ne fût pas obligé de franchir, de nouveau, le seuil, abhorré, de l'odieuse Prison d'Etat.

— Que je suis aise de te revoir, Mariette... fit le sacripant...

— Et moi donc !... répliqua la femme de Maître Pierre Etienne Sabasse... Je te cherche partout, depuis deux heures...

— Bah !...

— Oui-dà... Partout...

— Ma douce Mariette...

— Je suis allé chez toi... Personne !...

— Pauvre Mariette !...

— Pendant plus d'une heure j'ai guetté ton retour, à ton logis... en me promenant aux alentours... Enfin...

— Enfin ?...

— La nuit étant venue, je n'ai pu attendre plus longtemps... Et, à regret, je me suis éloignée...

— Alors, tu rentrais au Grand Châtelet, quand je t'ai vue passer là ?

— Oui...

— Moi, j'y allais...

— Viens ?... Entrons...

— Non !... Attends... Nous pouvons causer ici... Je ne veux pas m'attarder, ce soir... J'ai de la besogne... Je voulais avoir, de toi, un renseignement...

— Sans doute le renseignement que je voulais te fournir... C'est pour cela que je t'ai tant attendu...

— Il s'agit du Capitaine ?

— Oui...

— Parle ?... Parle ?...

— Je voulais te faire savoir que, peu de temps après ton départ du Grand-Châtelet... et à la très grande surprise de tout le monde — depuis Monseigneur, le Grand Prévôt, jusqu'au dernier geôlier — le Capitaine Buridan est sorti, de la Prison Royale, avec la Reine... à qui, fort galamment, il donnait le bras.

— Fort galamment ?...

— Oui !

Le bon Landry exultait.

Ah ! Ce Capitaine Buridan... quel homme !

C'était Monseigneur Saint-Michel, Archange, en personne.

Il triomphait de tout.

Chose incroyable : Il avait triomphé de la « goule »... Marguerite de Bourgogne, elle-même !

— Cela ne t'étonne pas ?... demanda Mariette, qui s'était attendue à voir Landry se pâmer de surprise...

— Non !... répliqua Landry, avec une désinvolture extra réjouissante... Non, ma bonne Mariette, pas du tout !...

— Pourtant...

— Avec le Capitaine, il ne faut s'étonner de rien, jamais !...

— C'est que...

— Jadis, au temps où nous guerroyions, de compagnie, il m'en a fait voir bien d'autres !

Landry avait articulé ces mots : « Au temps où nous guerroyions, de compagnie » avec une crânerie absolument comique...

Le sacripant était de ces gens qui parlent, avec emphase, de la gloire, du courage, de la richesse de ceux qu'ils servent, ou approchent, parce qu'il leur semble, naïvement, qu'un peu de cette gloire, de ce courage, de cette richesse, les pare, eux-mêmes.

Landry se disait que Mariette penserait que puis qu'il avait vécu près d'un homme capable de prouesses, il avait été capable, lui aussi, d'actes extraordinaires.

Or, il n'était pas fâché que son amée maîtresse vit, en lui, une sorte de héros.

Cela le flattait, fort agréablement.

— Je savais que le Capitaine Buridan était sorti du Grand Châtelet... reprit-il, toujours sur le ton qui lui paraissait être seyant au compagnon d'un homme tel que son ancien chef... Et, si j'ai voulu te voir, Mariette...

— Eh ! bien ?

— C'était pour te demander...

— Achève ?

— Comment les choses se sont passées, dans la Prison.

— Je l'ignore !... répliqua Mariette.

Tout de bon elle admirait, très bénévolement, son amant, en qui elle voyait, à présent, le héros qu'il avait voulu lui paraître...

— Je ne sais que ce que je t'ai dit... ajouta-t-elle... à savoir que le Capitaine est sorti, du Grand-Châtelet, avec la Reine... Je me suis échappée, de notre logis, en toute hâte, pour aller t'en informer... parce que j'étais sûre que cela t'intéresserait...

— Cela m'intéresse, certes !... Et je te remercie, mon amée Mariette, de la peine que tu as prise !...

En réalité, Landry n'était pas fâché d'acquérir la certitude, formelle, absolue, que cet homme, qu'il avait vu, dans le Cortège Royal, à la droite du Roi de France, c'était le Capitaine Buridan, en personne — et non son fantôme... ou son « Double »... ou son Menechme.

— Oui, oui... reprit-il... je savais que le Capitaine était libre... Je l'a vu...

— Tu l'as vu ?... interrogea Mariette, stupéfaite.

— Oui !... Comme je te vois.

— Où donc ?

— Je l'ai vu, chevauchant à la droite de Notre Sire le Roi, Sa Majesté Louis, le Dixième, surnommé le Hutin — faisant, il y a moins d'une heure, sa rentrée dans sa Bonne Ville de Paris.

— A la droite de Notre Sire le Roi ?

— Oui.

— Est-ce possible ?

— C'est certain !

— Lui!... Lui qui était, il y a quelques heures, encore, dans le cachot du Grand Châtelet ?

— Oui, mon amée Mariette...

— Je rêve !

— Tu es éveillée !

— Comment de pareils faits, si extraordinaires... ne t'étonnent-ils pas ?...

— Rien ne m'étonne plus !

— Pourtant...

— J'en ai vu bien d'autres !

— Mon Landry... tu es un homme fort !

— Oui-dà !... Peut-être plus qu'on ne le croit... et que je ne le crois moi-même !

— Je t'admire !

— Mon amée Mariette... il ne faut rien exagérer !

— Et je suis fière d'être aimée par un compagnon aussi hardi, aussi décidé, aussi sûr de soi que tu l'es.

— Mariette... tu es un ange !... Je t'ai méconnue !... Mais...

— Mais...

— Je réparerai mes torts.

— Que veux-tu dire ?

— Je veux te donner l'assurance, définitivement formelle — car je suis certain de réussir, désormais — que la promesse, que je t'ai faite, il y a quelques heures, sera tenue par moi...

— Tu m'as promis, que, avant peu...

— Nous quitterions Paris... Oui, Mariette... Nous irons en Bourgogne... Nous nous y installerons... dans une maisonnette qui nous appartiendra, une maisonnette accrochée, dans la verdure, en plein Midi, au penchant d'un coteau...

— Mais...

— Des vignes l'entoureront... des vignes qui nous donneront, chaque an, une abondante récolte de vin clairet et parfumé... Nous vivrons, là, Mariette...

— Mais...

— Quoi ?

— Mon mari...

— Maître Etienne Pierre Sabasse ?...

— Oui...

— Cette futaille ambulante ?...

— Oui...

— Eh ! bien ?...

— Que deviendra-t-il ?...

- Nous l'emmènerons.

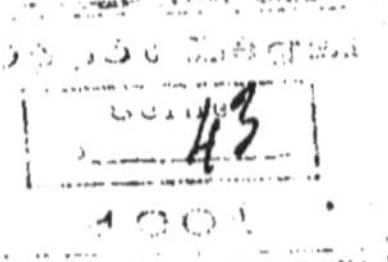

La porte de la cellule s'ouvre. Un frère — un grand gaillard maigre et sec... (P. 1310.)

— En Bourgogne ?...

— Pourquoi pas ?... Ne t'ai-je pas dit que nous aurons des vignes, qui nous donneront, chaque an, une abondante récolte de vin clairet et parfumé ?

— Si fait !...

— Eh ! donc... quand on a du vin, il faut des récipients pour le mettre.. Ton mari, futaille humaine, nous en servira... Il boira... Nous nous aimerons... Chacun de nous, par suite, vivra à sa guise, et content... Oui, oui, Mariette, nous aurons la maisonnette, les vignes... Je te le jure... Nous y vivrons, heureux, les jours qui nous restent... Rien ne nous séparera plus...

— Un rêve !

— Non pas !... Une réalité... Crois-le...

— Tu serais assez bon pour...

— Je t'aime !

— Mon doux Landry !

— Et je ne pourrais vivre sans toi, désormais... Je veux te le répéter, mon aimée Mariette... Je sais que cela te met en joie !...

— Certes !...

— Nous partirons dans huit jours...

— Dans huit jours ?

— Avant, peut-être.

— Est-ce possible ?

— Dans trois mois... oui, oui, dans trois mois nous serons là-bas... dans ma belle Bourgogne, chez nous, en pleine nature, au grand air... Ou bien...

— Ou bien ?... Achève donc ?... Tu me troubles à un point indicible !... Ou bien ?

— Ou bien... je serai pendu !

— Landry... Landry !... Tu m'épouvantes !... Pendu ?... Toi !... Pendu ?... Vision qui m'effare !...

— Rassure-toi !... Simple hypothèse !... Elle ne se réalisera pas... Mes « aimées »... mes chères aimées me protègent... Elles veillent sur moi !... Rassure-toi, te dis-je... Du reste... c'est ce soir que notre sort se décidera.

— Ce soir ?

— Oui... Demain, de bonne heure, je te verrai... et te porterai la bonne nouvelle de notre prochain départ de cette ville, que je maudirais s'il ne m'avait pas été donné de t'y connaître.

— Demain !... Oh ! que je voudrais être à demain !

— Patience !

— Jusqu'à demain, je ne vivrai pas !

— Ange !... Il y a donc, à présent, quelqu'un, en ce bas monde, qui s'intéresse à ma personne !

— Oui !... Moi !... Moi !...

— Sois bénie, Mariette, pour la joie que tu me procures !

— Mais... dis, Landry...

— Parle ?

— Tu courras des dangers, ce soir ?

— Qui sait ?

— Je tremble !

— Rassure-toi, encore une fois...

— Que vas-tu donc entreprendre?

— Une simple démarche...

— Dangereuse?

— Je ne puis que te répéter ce que je t'ai dit, déjà: Qui sait?

— Si je t'accompagnais... où tu iras?

— Etre de dévouement autant que de tendresse!...

— Tu acceptes?... Tu consens que je t'accompagnes?... Oh! braver, avec toi, les dangers que tu courras!... Réponds?... Landry?... Je te suivrai?

— Impossible!...

— Mais... cette démarche...

— Curieuse!... Sache que je dois voir le Capitaine Buridan... Ne m'en demande pas plus... Je ne veux pas m'expliquer davantage... Tu sauras tout plus tard...

— Oh! Demain!... Demain!... Que je voudrais être à demain!...

— Aie confiance!... Ce demain luira, radieux, pour nous... Je le sens... J'en suis sûr!...

— Que le Tout Puissant t'entende!

— En attendant, mon amée Mariette, rentre chez toi... Ton époux...

— Je l'ai laissé dans la même situation...

— Ivre... et ronflant toujours?

— Oui!

— Mari précieux!... Durant qu'il cuve son vin, il ne gêne personne!... Oui, oui, rentre... Repose-toi... Tu en as besoin... Tu dois être lasse... Dors... si tu peux... Demain nous nous réjouirons... Or, on se réjouit mieux, plus complètement, quand on est d'aplomb... La joie rayonne mieux d'un corps dispos... Oui, rentre, et repose-toi... A demain!...

— A demain, mon Landry!... Oh! que cette nuit va me paraître longue... longue... sempiternelle!

— Pense à l'avenir qui nous est promis... Fais des rêves... Par ainsi, tu échapperas à la réalité. .

— Tu viendras, demain, de bonne heure?...

— Oui!... Oui!...

— Je t'attendrai avec impatience...

— Je me hâterai...

— Oh! si je ne devais pas te revoir!...

— J'ai foi en mon étoile... Va... Va... A demain!...

Landry étreignit Mariette... Il lui donna un long baiser, qu'elle lui rendit avec amour.

Puis, ils se séparèrent...

Le sacripant suivit des yeux, dans la pénombre, la fine silhouette de sa maîtresse...

Il ne quitta la place que lorsqu'il l'eut vue disparaître derrière la porte de la formidable Prison d'Etat.

— Pauvre ange !... murmura-t-il... non sans émotion... Pauvre ange !... Avant longtemps, j'espère, tu ne vivras plus dans cette odieuse demeure !...

Lors, il s'éloigna, rapidement.

Il regagna son logis... après avoir acheté des vivres, tant pour lui-même que pour ses amés compagnons : Luc, Satan et Merlin...

Il se proposait de faire un bon repas, avec ses bêtes, pour fêter, en famille, la prochaine délivrance.

Cela le réconforterait, au physique, et au moral...

Il en avait besoin, certes.

Après quoi, l'heure de son rendez-vous étant venue, il porterait, au Capitaine Buridan, le coffret de fer, à l'Hôtellerie des Saints Innocents, chez Maître Pierre de Bourges...

LXXXII

LE CONFESSEUR DE SA MAJESTÉ LE ROI DE FRANCE.

... Une cellule, aux murs nus, garnie de bancs et d'escabeaux, d'une table, d'un coffre, et d'un lit, surmonté d'un Christ de pierre.

Un flambeau, de fer, portant deux cires, éclaire l'étroite pièce... dont la croisée, haute, une sorte de meurtrière, donne sur la cour du Louvre.

Cette cellule se trouve dans la cour dite du Trésor, qui flanque le vaste bâtiment servant de Logis au Roi de France.

De cette cellule, on peut passer, de la Tour, dans le bâtiment voisin — ce qui permet, à celui qui l'habite, de communiquer, avec le Roi, fort aisément.

Or, l'habitant de la cellule, c'est un Moine, le confesseur de Sa Majesté Louis, le Dixième.

Le Révérend Père Angelo.

Un homme de trente ans, à peine.

Grand, mince, svelte, bien découplé... et très beau.

Son masque, aux traits forts, aux yeux noirs, aux lèvres grosses et rouges, au menton rond, dominé par un front superbe, entouré d'une couronne de cheveux noirs... a une singulière expression, tout à la fois, d'énergie, d'intelligence, d'audace, de finesse.

C'est un être de race.

Un de ces hommes en qui les autres hommes devinent un fort... et devant qui ils se courbent, par crainte et par respect, quoiqu'ils le haïssent

— parce que le vulgaire, les médiocres, les envieux, les humbles, les faibles, les déshérités, les disgraciés, les vaincus de la vie, tourbe odieuse, stupide, lâche, haïssent, d'instinct, tout ce qui les domine !

Il est vêtu d'une robe blanche, d'une grande finesse.

Il ne porte aucun bijou, ni croix, ni anneau... aucun insigne d'aucune sorte, bien qu'il soit Abbé Mitré.

Mais, sous ce simple costume, il a très haute allure.

Fils d'une des filles d'honneur de la défunte Reine, Jeanne de Navarre, femme de Sa Majesté Philippe-le-Quatrième, et mère du Roi régnant, Louis le Hutin... il a été élevé par un Religieux de l'Abbaye de Saint Germain-des-Prés.

Sa mère, séduite, à dix-sept ans, par un Haut Seigneur de la Cour, est morte peu après sa naissance.

Tragiquement, affirma-t-on, jadis.

Seule, la Reine Jeanne de Navarre connut le nom du père de l'enfant.

Elle ne le révéla jamais à personne...

Elle emporta son secret avec elle.

Toutefois, elle assura l'avenir de l'orphelin.

De bonne heure, par le vouloir, formellement exprimé, de sa bienfaitrice, il fut dirigé vers l'état religieux.

Il devint l'un des Moines les plus doctes de France.

De plus, il montra, dès qu'il eut l'âge d'homme, une intelligence absolument supérieure et qui le fit remarquer.

Il sut, souventes fois, faire preuve d'une telle puissance d'action, et, en même temps, d'une telle souplesse, pleine de ressources en tous genres, que, bien qu'il fût très jeune encore, on lui confia des missions, importantes, dont il se tira, toujours, avec une extraordinaire adresse... ce qui lui valut, d'abord, la faveur du Roi défunt... puis, celle du Roi régnant.

Depuis six mois, Louis X a fait, du Révérend Père Angelo, son confesseur.

Dès lors, il a suivi, dans toutes ses pérégrinations... son Royal Pénitent, qui a grande confiance en ses lumières, en son habileté, et qui n'agit, jamais, sans avoir pris, de lui, conseil.

Deux heures auparavant, le Moine, à cheval, a suivi le Cortège du Roi rentrant dans sa Bonne Ville de Paris.

Au Louvre, il a repris possession de sa cellule, proche le Logis Royal.

*
* *

... Maintenant, un profond silence plane sur la Forteresse.

Le Religieux est debout, près de la croisée de la cellule...

Il regarde au dehors.

Tout rêveur.

La nuit est superbe, tiède...

La cour du Louvre est éclairée par la lueur, bleue, de la lune.

Les hautes Tours, massives, surmontées de toits pointus, se profilent, noires, sur le fond du ciel, où les étoiles scintillent.

On voit briller, parfois, l'armure, étincelante, de quelque archer, de garde sur les murailles crénelées.

Parfois, dans la nuit, monte le rugissement d'un des lions de Maître Lothaire, de Pibrac.

Le Moine est comme fasciné par la lueur, rougeâtre, qui brille derrière la croisée du logis de la Reine, dans la Tour du bord de l'eau.

Il ne peut en détacher son regard.

Il prononce des paroles brèves, indistinctes... comme inconsciemment.

Par moments, il ricane.

Et son beau visage, alors, a une expression, effrayante, de haine, d'ironie.

Soudain, il tressaille.

La lueur s'est éteinte.

Marguerite de Bourgogne a dû passer dans une autre pièce de son logis... sans doute dans celle qui prend jour du côté de la rivière.

Pendant une minute, encore, le Moine reste près de la croisée, regardant, toujours, la place, où, tout à l'heure, la lumière brillait...

Puis, il vient s'asseoir devant la table, couverte de parchemins... et où il y a une écritoire, de plomb ouvragé, et des plumes.

Il prend l'un des parchemins.

Il le déroule.

Il lit :

« C'est convenu : j'irai vous voir, au Louvre, à la neuvième heure...
« Que votre servant m'attende, comme d'habitude, à la petite porte qui
« donne près de la berge, du côté de la porte Saint-Honoré. »

Le Révérend Père Angelo, ayant lu ces lignes, retombe dans sa rêverie.

Un assez long instant se passe.

Tout à coup, la porte de la cellule s'ouvre.

Un frère — un grand gaillard maigre et sec, au nez long et crochu, aux yeux verts, au front bas, à la bouche lippue — paraît.

Il porte, sur un froc blanc, un manteau noir.

Une corde ceint sa taille...

C'est le servant, tout dévoué, du Confesseur du Roi.

Frère Rigobert.

Fils de manants de village... fanatiquement Religieux... et capable des pires actes, pour la cause, trois fois sainte, du Dieu Très Puissant.

Il précède un Moine... celui qui a écrit la missive, si brève, que le Révérend Père Angelo a lue, un moment auparavant.

Frère Rigobert est allé l'attendre, à l'heure dite, à la petite porte du Louvre, qui donne près de la berge, du côté de la Porte Saint Honoré.

Or, ce Moine, c'est le Révérend Père Théodule... que Monseigneur Charles de Valois a visité, le matin de ce même jour, dans sa cellule-laboratoire, à l'Abbaye de Saint Germain-des-Prés... ce Moine, si docte, et si mystérieux, qui avait reçu, avant le Prince, Rolande, la servante de la Reine... et que nous avons vu en correspondance avec le Grand Maître, occulte, des Chevaliers de l'Ordre du Temple réfugiés en Angleterre.

— Attendez, ici près, que je vous rappelle, mon Frère... dit le Confesseur du Roi à son servant... Vous reconduirez le Père Théodule, après notre entretien.

Frère Rigobert sort...

Les deux Moines, le jeune homme, et le vieillard, restent en présence...

LXXXIII

LA COUR DU ROI LOUIS X, LE HUTIN, EN L'AN DE JÉSUS-CHRIST 1315.

— Je suis heureux de vous revoir, mon Fils... dit le Père Théodule

— Moi, de même, mon Père... répliqua le jeune Moine... J'aurais voulu vous épargner la peine que vous avez prise de venir au Louvre... Je serais allé vous visiter, à l'Abbaye, si, comme je vous l'ai mandé, ma présence, ici, ce soir, n'avait pas été absolument indispensable.

Les deux Religieux prirent place sur des escabeaux, côte à côte.

— Vous comptez, toujours, partir, dès demain, pour l'Angleterre?... demanda le confesseur du Roi.

— Cette nuit même... répondit le Révérend Père Théodule...

— Ah !

— Oui...

— Je me mettrai en route aussitôt après notre entretien... Toutes mes mesures sont prises à cet effet... Les événements sont graves... Les faits, depuis vingt-quatre heures se sont précipités...

— Oui !... Notre heure est proche...

— Il est temps d'agir... Il est temps que nos Frères redoublent d'efforts pour préparer notre Œuvre... c'est-à-dire pour FAUCHER LES LYS DE FRANCE !...

— Faucher les lys de France !... répéta le jeune Moine.

Il apparut farouche.

Ses yeux flamboyèrent.

— Oui, oui !... poursuivit-il... L'heure est propice !... Jamais on ne retrouvera meilleure occasion de frapper cette race honnie !... Meure... meure le dernier Capétien !...

Il se tut.

Le Révérend Père Théodule l'observa, curieusement.

Il reprit, après un temps de silence :

— Je les hais !... La mère de celui que je sers a tué ma mère !... Ma mère !... Ma mère bien-aimée !... C'est vous, mon Révérend, vous qui m'avez révélé cet abominable secret... C'est vous qui avez soufflé, en moi, ma haine contre le Roi... C'est vous qui avez allumé, en mon âme, cette flamme, qui me brûle, et qui ne s'éteindra que lorsque ma vengeance sera satisfaite !...

Il marcha, de long en large, dans la cellule.

— Oh ! ma mère... ma mère !... s'écria-t-il, d'une voix rauque... Ils l'ont tuée !...

Il s'arrêta devant le Révérend Père Théodule.

— Pourquoi ?... fit-il... Vous n'avez pu me le dire, mon Révérend, pas plus que vous n'avez pu me révéler le nom de mon père... Mais vous m'avez fourni, du moins... jusqu'à l'évidence... les preuves du crime qui m'a fait orphelin !...

Et, regardant, bien en face, son interlocuteur :

— Aussi... ajouta-t-il... quand vous m'avez proposé de me placer tout près du Trône, pour servir ceux qui, comme moi, haïssent, pour d'autres causes, la race maudite... ceux qui, disposant de forces toutes puissantes, ont juré de la détruire — ai-je accepté vos offres avec enthousiasme...

Froidement, il poursuivit :

— Depuis je vous ai servi, fidèlement... patiemment, avec toutes mon intelligence, toute mon énergie...

— C'est vrai !... dit le Père Théodule...

— Je vous servirai, de même, jusqu'à ce que le but soit atteint... c'est-à-dire jusqu'à ce que le dernier Capétien ait disparu, définitivement !... reprit le jeune Moine... Philippe IV, le plus grand de tous, est mort... A présent, la besogne est plus aisée...

— Vous avez raison, mon Fils, Philippe IV était un roc !... Les autres ne sont que des chiffes !...

— Un seul homme pouvait les protéger, encore... Marigny... reprit le Confesseur du Roi... Or, Marigny va disparaître... Ce tuteur abattu, les branches qu'il eût soutenues tomberont !... La catastrophe est proche, comme vous le disiez, fort exactement, tout à l'heure...

— A cette heure, il soupe, en tête à tête avec sa blonde maîtresse... (P. 1315.)

« ... Louis X marche, à pas de géant, vers sa fin... La débauche, seule, aura raison de lui, si le bras de ses ennemis ne le précipite pas vers l'abîme inévitable...

« ... Ses frères sont plus faibles que lui, encore !... Ils sombreront avant longtemps...

Et, plus que jamais farouche, il ajouta :

— Ah ! que ne puis-je, seul, les supprimer de ce monde, tous les trois, d'un seul coup?... Pour cela, je donnerais, avec joie, ma vie!... Ma mère, qui, dans l'au delà, me voit, serait satisfaite!... Ma mère!... Ma mère, qu'ils ont tuée!... Je la vengerai!... Je la vengerai!... Tes fils, ô Jeanne de Navarre, seront abattus, de par moi... si leurs ennemis ne sont pas assez puissants pour les vaincre... Il me faut leur vie... Ils me faut leur sang, pour la vie et le sang de ma mère!...

Le Révérend Père Théodule avait écouté parler le jeune Moine sans l'interrompre.

Sans approbation; mais sans désapprobation.

— Mon Fils... dit-il, enfin... le sentiment qui vous anime trouve sa justification, absolue, en ce sens qu'il vous excite à accomplir une mission, trois fois sainte, qui a, pour but, la plus grande gloire de Dieu!...

— Ma mère! ... Ma mère!...

— Calmez-vous, mon Fils!

— Comme je l'aurais aimée... idolâtrée!

Le jeune homme s'assit, devant la table, à laquelle il s'accouda.

Il resta rêveur, un moment.

Le Père Théodule respecta sa rêverie.

Soudain, le Confesseur du Roi se leva, et dit, d'une voix vibrante :

— Faucher les lys de France!... Voilà l'œuvre!. . Une œuvre à laquelle j'ai voué ma vie!...

Puis, il se calma.

En un clin d'œil, il redevint tout à fait maître de lui.

— Mon Père... dit-il... je suis prêt à répondre aux questions que vous voulez m'adresser.

— Mon Fils... répliqua le Père Théodule... je me suis associé, de toute mon âme, à vos légitimes douleurs, et je n'ai pas voulu vous interrompre pendant qu'elle s'exhalaient... Vous savez comme nous vous aimons?...

— Oui.

— Nous vous l'avons prouvé en maintes circonstances?...

— Oui!... Oui!...

— Nous vous le prouverons, encore, toutes les fois que cela sera nécessaire... Vous pouvez compter sur nous, en toute occasion, comme nous pouvons compter sur vous... Oui, mon Fils, les lys de France seront fauchés, croyez-le!... Dieu le veut!... Oui, l'heure de la catastrophe approche!... Hâtons-nous!... Hâtons-nous!...

Il se rapprocha de son interlocuteur, le regarda bien en face, et poursuivit :

— J'ai grande hâte d'avoir, de par vous, mon Fils, les renseignements dont j'ai besoin... Dès que je les aurai, je me mettrai en route... Nos Frères m'attendent, impatiemment, là-bas... pour agir!... Parlez donc?... Dites-moi tout ce que vous savez?

— Interrogez-moi, mon Père?

Les deux Moines parlaient à demi-voix...

Aucun bruit autour d'eux.

Tout était silencieux dans la formidable Forteresse Royale.

Des lueurs brillaient, çà et là, derrière les meurtrières des massives Tours... au sommet desquelles des archers veillaient, errant, sous la clarté des étoiles, et regardant le panorama de la Ville, qui s'étendait devant eux.

— Parlez-moi du Roi, d'abord... dit le Révérend Père Théodule... Où est-il, présentement?... Au Louvre?

— A deux pas d'ici... répliqua le Père Angelo.

— Est-il seul?

— Non pas!...

— Il s'occupe des affaires de l'Etat?

— Les affaires de l'Etat sont le moindre souci du roi de France... Depuis quatre mois il n'a pas vu sa maîtresse bien-aimée, la belle Aude, la blonde jouvencelle aux cheveux d'or... la fille du meunier de Conflans Sainte-Honorine, qu'il rencontra, il y a un an, lors d'une retraite qu'il fit à l'Abbaye Royale de Maubuisson... Vous savez qu'il adore cette créature, qui est plus belle, encore, que la Reine, Marguerite de Bourgogne, si belle, pourtant?... Vous savez qu'il lui a donné une fortune, assez d'or pour en paver un palais?... Vous savez que, un moment, même, il voulut l'épouser?...

— Eh! bien?

— Elle le ruine!.... Elle le tue!... Ses caresses le brûlent.. Il sort, de ses bras, épuisé!... La Belle Aude, mon Père, est notre plus utile alliée...

— Poursuivez?

— Or, Louis, depuis quinze jours, attendait, avec une souveraine impatience, l'instant où il la reverrait... Hier, encore, il lui a dépêché un envoyé, pour la prier, instamment, de se trouver, au Louvre, à son Logis, dès son arrivée... Il comptait souper, en sa compagnie, et la garder, céans, jusqu'au jour... Toutes les mesures ont été prises, à cet effet, par les gens du Roi, qui leur a fait, à ce sujet — pour que tous ses désirs soient satisfaits, selon son gré — mille et mille recommandations...

— Or...

— Or... mon Père, la Belle Aude était bien au Louvre lorsque nous y arrivâmes... Le Roi en fut informé, immédiatement... Dès qu'il eut mis pied à terre, dans la cour, il prit congé, très cérémonieusement, de la Reine, qui le voulait voir passer chez elle... Il prit congé, de même, de tous les assistants... Il était las, assura-t-il... très las. Il avait grand besoin de se reposer... Et il déclara qu'il remettait à demain les affaires... Il se fit conduire à son Logis... A cette heure, il soupe, en tête à tête avec sa blonde maîtresse... Nul être, au monde, ne le reverra avant demain, vers le milieu de la journée...

*
* *

... Rien de plus exact!

Pendant que les deux Moines conféraient ainsi, dans la cellule aux murs nus, meublée de quelques escabeaux de bois, d'un lit bas, étroit et dur — et préparaient cette Œuvre ayant pour but — selon l'expression du Révérend Père Théodule de « faucher les lys de France »... le Roi Louis X — caressait la Belle Aude, la fille si gente, si délicieusement blonde, du meunier de Conflans Sainte Honorine...

Dans son logis bien clos, dont les murs étaient tendus de richissimes étoffes...dans son logis rempli d'objets précieux... le Roi de France s'enivrait d'amour et de vin.

Il avait remis au lendemain les affaires de l'Etat.

Les cires resplendissaient dans des flambeaux d'or ciselé... éclairant les vaisseaux chargés de fleurs et de fruits, les vases contenant les vins les plus parfumés de Bourgogne, les aiguières précieuses, les bijoux, dont les pierres rares étincelaient.

Et qu'elle était belle, la troublante jouvencelle, demi nue, près de son Royal amant, charmé!...

Ils riaient, et leurs rires, joyeux, étaient scandés par la musique, ineffablement harmonieuse, des doux baisers qu'ils échangeaient...

*
* *

— Et la Reine?... reprit le Révérend Père Théodule.

— Elle est rentrée, d'autre part, chez elle... répliqua le Confesseur du Roi.

— Seule?

— Non...

— Avec Messire Gaultier d'Aulnay?

— Messire Gaultier d'Aulnay ne parut pas dans le Cortège Royal.

— Alors qui donc est avec Marguerite?

— Le Sire Lyonnet de Bournonville...

— Le Sire Lyonnet de Bournonville?

— Oui...

— Qui est-ce?

— C'est ce Seigneur, hardi, certes, jusqu'à la témérité... ce Seigneur, de très haute mine, que nul ne connaît à la Cour, et qui arrêta, ce matin... sur un ordre signé de la Reine... Monseigneur Enguerrand de Marigny...

— Nul ne le connaît, à la Cour, disiez-vous?

— Oui.

— Vous ne savez rien de lui?

— Si...

— Ah!... Voyons?

— Un fait... assez stupéfiant...

— Dites?

— Il paraît que la Reine, après l'arrestation de Marigny par le Sire Lyonnet de Bournonville, fit arrêter celui-ci par le Sire de Savoisy...

— Le fait est étrange, en effet.

— Le Sire Lyonnet de Bournonville fut conduit au Grand-Châtelet, où il ne resta que quelques heures... On le revit, au Louvre, peu après... Et, avec Marguerite, il vint, au Château de Vincennes, au devant du Roi...

— Qui vous a révélé ce fait?

— Le Sire de Pierrefonds.

— Comment l'avait-il appris?

— Il avait assisté à l'arrestation du Sire Lyonnet de Bournonville... et avait été stupéfait de revoir ce Seigneur, au Louvre, quelques heures plus tard, prêt à se rendre, avec la Reine, au devant de son époux.

— Vous êtes sûr que le Sire de Pierrefonds vous a dit la vérité?

— Sûr!... L'exactitude du fait m'a été confirmée, du reste, par d'autres Seigneurs, qui, comme le Sire de Pierrefonds, avaient assisté, devant la Poterne du Louvre, à l'arrestation du Sire Lyonnet de Bournonville.

— Avez-vous informé le Roi de ce fait?

— Non!

— Vous avez eu tort...

— Cela m'a été impossible.

— Pourquoi?

— Parce que, au moment, où le fait me fut révélé, Notre Sire se disposait à monter à cheval, dans la cour du Château de Vincennes, pour venir à Paris... Le cortège, alors se constitua... Je pris place, à mon rang, dans ce cortège, qui se mit en marche... Tout en chevauchant, j'interrogeai les Seigneurs qui m'entouraient, au sujet de cette aventure étrange... Et je ne me retrouvai plus en face de Louis X que dans la cour du Louvre... où je ne pus lui parler... pas plus que personne — ainsi que je vous l'ai dit — tant il avait hâte de se dérober... hâte de se trouver, en son logis, avec la Belle Aude, qui l'attendait...

— Ne manquez pas de révéler le fait à Louis... mon Fils... Cela est à mes yeux, fort important...

— Je n'y manquerai pas, certes... C'était mon intention formelle... Tout ce qui peut exciter la défiance du Roi, contre Marguerite, nous sert, et doit être exploité, par nous, avec toute l'habileté possible... Du reste, l'aventure est connue de tous, à présent... Elle sera racontée, au Roi, dès demain, soyez-en sûr.

— Poursuivons.

— Interrogez?

— Donc, personne, à la Cour, n'avait vu le Sire Lyonnet de Bournonville avant l'arrestation de Marigny?

— Personne.

— C'est bien lui, pourtant, qui arrêta le Ministre?

— Oui.

— Vous en êtes certain?

— Absolument.

— Où donc Marguerite a-t-elle pu le voir, pour le charger de cette mission, que nul autre que lui n'aurait pu accomplir?

— On ne fait, à ce sujet, que des suppositions.

— Quelles?

— On dit que le Sire Lyonnet de Bournonville fut l'un de ces amants, de rencontre, que la Reine fait rechercher pour ses amours secrètes... On croit qu'il est arrivé, depuis peu, à Paris... Marguerite se serait trouvée, avec lui, par hasard, peut-être à la Tour de Nesle, où l'on assure qu'elle passe souvent, la nuit, en orgies...

« ... En le voyant brave, énergique, vigoureux... en apprenant qu'il portait un beau nom... en constatant qu'il était ardemment ambitieux, prêt à tout pour devenir, vite, puissant et riche — d'autant plus que, presque quadragénaire, il est à cet âge où les passions s'exaspèrent... ou l'homme, ayant parcouru plus de la moitié de sa vie, est décidé aux pires actes, s'ils doivent lui apporter la réalisation, jusque là vainement poursuivie, des rêves de sa jeunesse — elle s'est dit qu'il constituait, pour elle, l'instrument, nécessaire, qu'elle cherchait pour abattre son plus redoutable ennemi, Marigny...

« ... Elle est adroite, troublante... Elle ne dut guère tarder à triompher d'un gaillard à qui, femme, et Reine, elle pouvait tout promettre... On peut expliquer, ainsi, un fait, autrement inexplicable...

« ... Jusqu'à nouvel ordre, tenons-nous-en à cette explication... Je me propose, bien entendu, d'étudier cela de plus près.

Le Révérend Père Théodule demeura rêveur, un moment.

— Cherchez... cherchez, mon Fils... dit-il, bientôt... Ce fait est important... Nous y pourrions trouver, j'imagine, une arme, toute puissante, contre Marguerite... Cet homme, hier inconnu... qui s'est chargé d'une mission telle que l'arrestation de Marigny, le Tout Puissant Ministre... cet homme qui fut arrêté, peu après, sur l'ordre de la Reine... et qui fut enfermé au Grand-Châtelet — ce qui prouve que Marguerite était décidée à briser l'instrument dont elle s'était servi... cet homme qui reparut, ensuite, — fait qui démontre que la Reine se croyait plus forte, contre lui, qu'elle ne l'était en réalité — cet homme qui alla, avec Marguerite, au devant du Roi... cet homme, enfin, qui, présentement, est au Louvre, chez la Reine... cet homme-là, c'est plus, et mieux, qu'un simple aventurier... Oui, oui, cherchez... En cherchant bien, vous trouverez... qui sait?... des choses stupéfiantes, peut-être!... Des choses — un secret... grâce auquel nous serions maîtres de la Reine.

Le Confesseur du Roi sourit, et répliqua.

— Je chercherai mon Révérend... Et je trouverai!... Mais, ne nous occupons pas trop de la Reine... Avant peu, croyez-le, nous n'aurons plus rien à redouter d'elle... Elle ne nous gênera plus... Ne portons pas nos efforts, qui peuvent être plus utilement dépensés ailleurs, au pourchas de personnalités, qui, dès à présent, doivent ne compter plus pour nous!...

— Expliquez-vous mieux?

— La perte de Marguerite de Bourgogne est résolue.

— Résolue...

— Tout est prêt pour le prochain mariage de Louis X avec Clémence de Hongrie... Marguerite a voulu abattre Marigny parce qu'elle a cru que le Ministre poussait le Roi à une union avec Clémence de Hongrie, union qui ne pouvait s'accomplir que par sa chute... C'est pour cela qu'elle a cherché, et trouvé, l'homme capable de mettre la main sur Marigny... En réalité, Marigny n'attaquait pas Marguerite... Seulement, ceux qui n'osaient pas toucher au Tout Puissant Ministre, toujours debout, malgré les attaques dont il était l'objet, depuis la mort du défunt Roi, ont excité la Reine contre lui, sachant bien qu'elle l'abattrait par crainte de se voir abattue par lui... La besogne est faite... Marigny est à Vincennes... Son supplice s'apprête... Mais Marguerite aura perdu le Ministre au profit de ses ennemis, et sans se sauver elle-même...

— Poursuivez?

— La dot, qui sera apportée, dans les coffres Royaux, par Clémence de Hongrie, est impatiemment attendue... et escomptée, déjà, en partie... Je vous l'ai indiqué, brièvement, il y a quelques semaines... Marigny étant abattu, Louis X sera affranchi, enfin, d'une tutelle qui lui pèse — héritage que son père, Philippe IV, lui a légué, en la personne du Ministre... Il éloignera, aussi, de lui, son oncle, Charles de Valois...

« .. Cette autre tutelle, que le Prince exerce, sur son neveu, pèse, non moins lourdement que l'autre, sur les épaules du Roi... Mais il faut, à Louis, des ressources en argent, pour atteindre ce but : Être Roi... détenir toute la puissance... Et, ce, non pour pouvoir, Sceptre en main, accomplir de grands actes ; mais, seulement, pour se donner toutes les jouissances, imbéciles, qu'il rêve...

« ... Il lui importe, donc, de s'unir à Clémence de Hongrie... Vous voyez bien que Marguerite est perdue?...

« ... Quels moyens Louis emploiera-t-il pour la perdre?... La Reine saura bien les lui fournir...

« ... Une nuit, elle se fera prendre aux bras d'un amant, Messire Gaultier d'Aulnay ou le Sire Lyonnet de Bournonville... à la Tour de Nesle ou au Louvre... peut-être, même, avec quelque manant, au fond d'un taudis de la Bonne Ville de Paris... Elle sera condamnée pour crime d'adultère... Louis X, libre, épousera Clémence de Hongrie... Il sera riche!... Et Roi!... Maître de lui!...

« ... Alors, la débauche nous le livrera... Il ne durera guère... Il disparaîtra... Un fils de Jeanne de Navarre aura vécu!... Vous me verrez prêt à poursuivre mon œuvre sur les deux autres, mon Révérend!... Avec quelle joie!... La joie, farouche, du chasseur qui poursuit une proie longtemps convoitée... et qui se prépare à sonner l'hallali vainqueur!...

— Les renseignements que vous venez de me donner sont très précieux, mon Fils... Oui, plus encore que je ne le croyais, au début de cet entretien, notre heure est proche... Hosannah!... Hosannah!...

— Criez, plutôt : « Taïaut!... Taïaut! »... mon Révérend... N'est-ce pas le cri des chasseurs qui vont forcer la bête?... Oui, oui, Taïaut!... Taïaut!...

*
* *

... Toujours même silence dans la formidable Forteresse Royale.

En son logis, le Roi buvait, dans des coupes d'or, les vins les plus parfumés de France, et baisait, à bouche goulue, les lèvres de sa gente maîtresse... dont les boucles blondes, dénouées, flottaient sur ses épaules, et jusque sur sa gorge, si blanche, si ronde, aux pointes rosées.

Les hommes d'armes de garde aux créneaux, criaient, de temps à autre, dans la nuit :

— Veillez!... Veillez !...

Et, cependant, les deux Moines, dans la cellule étroite, sous le Christ de pierre, s'occupaient, plus attentifs que jamais, à leur Œuvre, qui avait pour but « de faucher les lys de France »...

*
* *

Après un nouveau temps de silence, le Père Théodule reprit :

— Notre plus redoutable ennemi est à terre...

— Marigny?... fit le Confesseur du Roi.

— Oui!... N'est-il pas à craindre qu'il ne se relève?

— Non!...

— Vous en êtes sûr?

— Sûr.

— Vos raisons?

— Louis n'aurait jamais osé toucher à Marigny, « ce Colosse », qu'il redoutait, tant qu'il le savait debout... Il a voulu que le Ministre fût arrêté sur l'ordre de la Régente... Maintenant, le coup est porté... Le Colosse est tombé... Or, il est plus facile de frapper un ennemi à terre... Un nain peut suffire pour cette besogne lâche... Le Roi l'accomplira, désormais, croyez-le...

— Marigny n'a-t-il pas été interné au Château de Vincennes, après son arrestation?

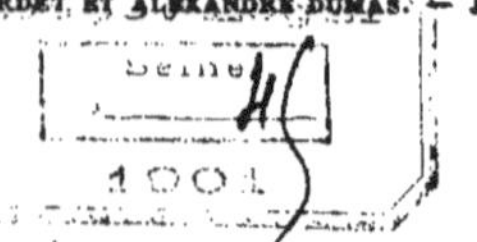

... Il était effroyablement pâle... Il tremblait... Visiblement, il avait peur !... (P. 1324.)

— Si...

— Or, le Roi a fait halte, aujourd'hui, au Château?... C'est à Vincennes que la Reine a rejoint son époux?... C'est de là que le Cortège, qui devait escorter Louis X, est parti?...

— Oui.

— Le Roi s'est donc trouvé, il y a quelques heures, dans ce Château... où le « Colosse » — comme vous dites, justement — l'ancien et tout puissant Ministre de son père... était enfermé, sur l'ordre de la Reine Régente?

— Oui.

— Louis X a-t-il vu Marigny, lors de son passage à Vincennes?

— Non!

— S'est-il seulement inquiété de lui?

— Oui!...

— Comment?

Le Confesseur du Roi ricana.

— Oh! la scène qui se joua, au Château de Vincennes, à ce sujet, dit-il, très ironiquement... fut digne, en vérité, de l'arrière-petit-fils du pieux Roi Saint Louis...

— Voyons?

— Dès son arrivée, au Château, avec le cortège de Hauts Seigneurs qui l'avaient accompagnée, Marguerite de Bourgogne entra dans la Salle où se tenait le Roi... D'abord, elle lui présenta le Sire Lyonnet de Bournonville... Puis, elle se rapprocha de son époux, et lui parla, bas, un moment... J'étais tout près de Louis, et, pourtant, je ne pus entendre les paroles de la Reine... Le Roi félicita, de son acte, le Sire Lyonnet de Bournonville... Il lui dit, que, jusqu'à nouvel ordre, et sur le vœu de la Régente, il garderait le Sceau Royal, aux lieux et place d'Enguerrand de Marigny...

« ... Puis, Monseigneur Charles de Valois vint saluer son neveu... Et, à très haute voix, il dit :

« — Sire, Votre Majesté ne fera pas sa rentrée dans sa Bonne Ville de Paris sans avoir accompli l'acte de justice que toute la France attend ! »

« — Quel? »... demanda le Roi...

Et Charles de Valois répliqua :

« — Sire, ce n'est rien d'avoir arrêté Marigny... Il faut plus... Il faut que le félon expie ses crimes... Tous les Hauts Seigneurs, ici présents... tous les Dignitaires Ecclésiastiques qui vous entourent... tous les manants de Paris vous acclameront, si vous donnez l'ordre, enfin, que Messire Enguerrand de Marigny soit accroché à l'infamant gibet de Montfaucon... Sire, l'Ordre est prêt... La Reine Régente l'a signé... Nous vous supplions qu'il vous plaise de le contresigner... »

« ... Oui, mon Révérend, cette scène avait de la grandeur... Charles de Valois, quoique bien inférieur à son très grand frère Philippe IV, a, dans les

veines, du sang de Preux... Il a du courage... Il sait ce qu'il veut... Il reste
fidèle à ceux qui le servent... Eternel défenseur, par devant le Trône, de la
Croix et de l'Épée, des Hauts Seigneurs et des Dignitaires Ecclésiastiques,
qui, selon lui, sont les appuis de la Royauté... il affirma sa Foi, en cette occasion, avec une véritable énergie... Il apparut, un moment, Majestueux...
Au milieu de toute cette Cour, où se trouvaient les petits-fils, et les fils, des
Preux d'autrefois, qui eussent fait si piteuse figure devant leurs valeureux
pères... au milieu de tous ces chiens, issus de lions... de tous ces Seigneurs
abâtardis, corrompus, vils, lâches, qui tremblaient, rien qu'à cette idée que
Marigny — enchaîné, garrotté, enfermé pourtant — pouvait les entendre...
Charles de Valois se montra digne de son très noble père Philippe, le Troi-
sième, dit le Hardi...

« — Signez, Sire ! »... répéta-t-il...

« — Signez ! »... fit Marguerite...

« — Signez ! »... dit, à son tour, le Sire Lyonnet de Bournonville...

« — Signez ! »... s'écrièrent tous les assistants.

« ... Louis, cependant, assis sur une chaise à bras, à haut dossier, surmontée d'un dais d'où pendaient des tentures de velours bleu, chargées de
fleurs de lys d'or... regardait son oncle, sa femme, tous ceux qui l'entouraient... Il était effroyablement pâle... Il tremblait... Visiblement, il avait
peur !... Oui, oui, comme ses Hauts Barons... il avait peur du Colosse !...

« ... Peut-être, à cette minute décisive, entrevit-il le spectre de son père,
qui lui était apparu, et qui restait invisible pour les autres... Philippe IV,
qui protégea, encore, contre la ligue de tant d'ennemis exaspérés, celui qui
fut son Coadjuteur pour tout le royaume de France... celui de qui la statue,
équestre, s'élève, encore, dans Notre-Dame, à côté de celle de son Maître, et
Seigneur...

« ... Ou bien, Louis craignit-il de ne pas bénéficier, seul, par devant
le Populaire, de l'exécution du Premier Ministre exécré ?...

« ... Toujours est-il, mon Révérend, qu'il repoussa, par un geste brutal,
la plume que Charles de Valois lui offrait afin qu'il apposât son seing au
bas du parchemin où se trouvait écrit l'Ordre de conduire Marigny à Montfaucon... Puis, il se leva, et, sans avoir répondu aux pressantes sollicitations
de toute sa Cour, il s'écria :

« — A cheval, Messires !... Il nous tarde d'être en Notre Château du
Louvre, dans Notre Bonne Ville de Paris... A cheval !... A cheval !... Demain,
Nous Nous occuperons des affaires de l'Etat !... »

« ... Vous savez le reste, mon Révérend... Le cortège se forma... Nous
rentrâmes dans Paris...

« ... La Reine, et le Sire Lyonnet de Bournonville, enrageaient, visiblement...

« Monseigneur Charles de Valois, exaspéré, resta à Vincennes, afin de prendre des mesures de défense contre toute attaque qui pourrait être tentée dans le but de délivrer Marigny... Car il parait que ses partisans sont nombreux : Deux amis, très dévoués, du Ministre déchu, les dirigent... Messire Nicolas de Garlande, Sénéchal de Fontainebleau, et Messire Jehan de Saintray, qui fut l'homme de confiance de Marigny... On les dit hardis, énergiques, audacieux... et capables de tout pour délivrer leur ami...

« ... Dignes serviteurs!... Ah! si le Roi tombait... pas un des siens ne se lèverait pour défendre sa vie!...

« ... Quant aux Seigneurs, ils souhaitent, certes, que l'ex-Ministre disparaisse; mais ils paraissaient heureux que le Roi ne l'eût pas frappé... On dirait qu'ils craignent de prendre parti, ouvertement... par peur des représailles!... Oui, l'ombre, même, de Marigny, les effraiera encore!... Lâches!... Lâches!...

« ... Je vous répète, mon Révérend, que Louis X, ce nain, frappera le Colosse, abattu... Il le frappera... C'est certain... Mais il le frappera de loin... de cette Forteresse du Louvre où il s'adonne, présentement, à l'ivresse et à la luxure... Il n'eut point osé le frapper là-bas... tout près de ce Prisonnier qui est si grand, encore, tout garrotté et détenu qu'il soit!...

« ... Avais-je pas raison, mon Révérend, quand je vous disais que la scène qui se joua, au Château de Vincennes, fut digne de l'arrière-petit-fils du Pieux Roi Saint Louis?...

Le Père Théodule approuva, du geste.

— Oui... oui... reprit le Confesseur du Roi... ce trône croule !... Nous triompherons avant peu!... Aucun homme, désormais... autour du Roi!... Aucun homme de qui nous ayions rien à craindre!...

Le Père Théodule hocha la tête... et dit :

— Ce Lyonnet de Bournonville...

— Achevez, mon Révérend?... fit le Père Angelo.

— Ce Lyonnet de Bournonville est un homme... Son acte, hardi, le prouve... Et, quoi que vous en disiez, mon Fils...

— Un aventurier... s'écria le jeune Moine, dédaigneusement.

— Un aventurier qui est résolu à se tailler une grande place est toujours dangereux... répliqua le Père Théodule, gravement... Qui veut, fermement, va loin... Je redoute plus un pareil aventurier, qui a tout à gagner et rien à perdre en cette aventure... qu'un très puissant Seigneur qui ne rêve que de garder toutes ses prérogatives... On a vu de pareils aventuriers devenir les maîtres des plus hauts Potentats... Du reste, il tient la Reine... ainsi que vous me l'avez dit...

— Soit!... Cela ne m'effraie pas !

— Pourtant...

— Il tombera avec elle !...

— Qui sait?... Il la soutiendra, peut-être... Il la sauvera...

— Entreprise qu'il ne tentera pas... s'il est habile...

— Pourquoi ?

— S'il veut se maintenir, et faire sa fortune, il devra combattre la Reine, au contraire... au profit du Roi... Croyez qu'il ne saurait jouer, fructueusement, un autre jeu !

— Dans tous les cas...

— Dans tous les cas?...

— Dans tous les cas, mon Fils.., observons, avec le plus grand soin, ses moindres faits et gestes.

— Ce sera fait !

Le Révérend Père Théodule réfléchit, un moment.

Puis, il reprit :

— Il est regrettable que, au Château de Vincennes, vous n'ayiez pas entendu ce que Marguerite de Bourgogne a dit, à voix basse, au Roi, lorsqu'elle lui présenta le Sire Lyonnet de Bournonville...

— Je le saurai, peut-être... répliqua le Confesseur du Roi.

— Expliquez-vous?... dit le Père Théodule, surpris.

— Un de mes plus dévoués alliés, Sire Raoul... était tout près de Louis, plus encore que moi-même, quand la Reine lui parla.

— Eh ! bien ?

— Peut-être a-t-il entendu les paroles de Marguerite ?

— Et vous ne l'avez pas interrogé, encore, à ce sujet ?

— Et pour cause.

— Quelle ?

— Il resta, au Château de Vincennes, avec Monseigneur Charles de Valois...

— Pourquoi donc ?

— Il est de ses gens...

— Mais...

— J'ai envoyé un de mes hommes, chez lui, pour l'interroger, à ce sujet... Dès qu'il sera rentré à Paris, mon envoyé le verra et me rapportera sa réponse.

— Vous êtes sûr de cet homme ?

— Comme de moi-même...

— Dans ce cas...

Le Père Théodule n'acheva pas.

On avait frappé à la porte de la cellule.

Frère Rigobert, le servant du Confesseur du Roi, parut.

— L'envoyé que vous avez envoyé chez Sire Raoul, mon Révérend, vient d'apporter, pour vous, cette missive... dit-il.

Il remit, au Père Angelo, un parchemin, roulé, chargé d'un scel de cire rouge.

Puis, il sortit, aussitôt.

— Cette missive arrive à point nommé!... dit le Confesseur du Roi.

Il rompit le scel et déroula le parchemin.

Il lut :

*« Je n'ai entendu que deux mots; mais deux mots qui ont une valeur
« révélatrice suffisamment importante.*

« Compagnon d'enfance.

« Tels sont ces deux mots, mon Révérend.

*« Vous pouvez en déduire que la Reine a connu, jadis, le Sire Lyonnet de
« Bournonville... qu'ils ont vécu, enfants, côte à côte, en Bourgogne.*

*« Même, il me semble — mais je ne veux pas l'affirmer — que Marguerite
« a prononcé, aussi, cet autre mot : « Page ».*

*« Le Sire Lyonnet de Bournonville fut, peut-être, page du Duc Robert II,
« de Bourgogne, père de la Reine.*

*« Je dois ajouter — la chose vous intéressera, j'espère — que Monséigneur
« Charles de Valois est exaspéré contre le Roi... parce qu'il a refusé de signer
« l'ordre d'exécution de Marigny... et qu'il ne voit pas, d'un bon œil, l'instal-
« lation, à la Cour, près de la Reine, du Sire Lyonnet de Bournonville.*

« RAOUL. »

... Le Confesseur du Roi remit la missive au Révérend Père Théodule,
qui la lut, à son tour.

— Ce renseignement est sans grande importance... dit-il...

— Peut-être!... fit le Père Angelo.

— La Reine, en présentant, au Roi, le Sire Lyonnet de Bournonville, a été
obligée d'indiquer comment elle l'avait connu... Rien de plus simple... Elle
a déclaré qu'elle a vécu, enfant, en Bourgogne, avec lui... J'admettrais,
plutôt, votre version... Marguerite a rencontré, par hasard, à la Tour de
Nesle, ou ailleurs, le Sire de Bournonville... Elle a vu quel parti elle pouvait
tirer de lui... Et...

— Les deux versions sont admissibles, mon Révérend... Retenons-les
toutes deux... Marguerite a pu retrouver, au cours de quelque aventure
amoureuse, un compagnon d'enfance... et l'armer, plus puissamment, encore,
que tout autre, à son profit... Qui sait, même, si dans le passé, il n'y eut pas,
entre la Reine et le Page du Duc Robert II, de Bourgogne, quelque aventure,
où se noua un lien, qui, déjà, les unissait?...

Le Père Théodule regarda le Confesseur du Roi.

— Oh!... fit-il... charmé... Vous êtes, vraiment, mon Fils, un homme
fort!... J'admire votre perspicacité... J'admire votre clairvoyance... C'est
vrai!... Votre idée me frappe... J'entrevois des choses... Vous avez raison...
Oh! tentez l'impossible pour pénétrer ce mystère... Pendant mon absence,

veillez, observez... Que pas un des actes de la Reine, et du Sire Lyonnet de Bournonville, ne vous échappe... A cette heure, le moindre fait peut avoir, pour nous, une importance capitale...

— Encore une fois, comptez sur moi...

— J'y compte...

Le Révérend Père Théodule se leva.

— Je pars... dit-il... Dans quelques heures, je serai en route pour l'Angleterre... Je ne serai pas de retour avant un mois... Si, dans l'intervalle, vous avez quelque chose d'urgent à me communiquer... envoyez-moi un courrier... C'est bien convenu?...

— C'est convenu!

— Oui, mon Fils... notre heure est proche!

— Ainsi soit-il!

— Que le Dieu Tout-Puissant vous garde!

— Que la Très Sainte Vierge Marie, Mère du Dieu Vivant, vous conduise au Port du Salut, mon Révérend!

Le Confesseur du Roi appela son servant, Frère Rigobert.

— Reconduisez le Révérend Père Théodule, mon Frère... ordonna-t-il.

Le vieux Moine leva la main droite, et bénit le Père Angelo, qui s'inclina, respectueusement devant lui...

*
* *

— Veillez!... Veillez!... criaient, toujours, de temps à autre, les hommes d'armes de garde aux créneaux de la Formidable Forteresse Royale.

Mais ce cri, qui retentissait dans la nuit silencieuse, tombait dans le vide... n'était qu'un appel de mercenaire accomplissant sa fonction.

Ceux qui avaient mission de veiller, ceux qui avaient charge d'âmes... les Chefs de la Nation... les Conducteurs d'Etres... le Roi de France, Louis X, s'enivrait de vin, et d'amour, aux bras de la Belle Aude, en son Logis, clos, où les fleurs répandaient leur subtil parfum — ce, pendant que la Reine, Marguerite de Bourgogne, était toute occupée de se défendre contre ses ennemis qui la menaçaient dans son amour, dans sa vie, même!...

Tous les Princes, Princesses, Hauts Barons, Dignitaires Ecclésiastiques... ailleurs... buvaient, aimaient, se divertissaient, eux aussi, ou préparaient, dans le silence de leur demeure opulente, des actes, ayant pour but d'augmenter, encore, leur puissance ou leurs richesses.

Et le Populaire, las de sa quotidienne et ingrate tâche, abruti, déprimé, meurtri par le joug des Grands, qui pesait, sur lui, jusqu'à l'écrasement... dormait, comme bêtes de somme, au fond de quelque taudis sordide, où il cohabitait avec la Misère — et avec la Mort, qui le guettait sans cesse!...

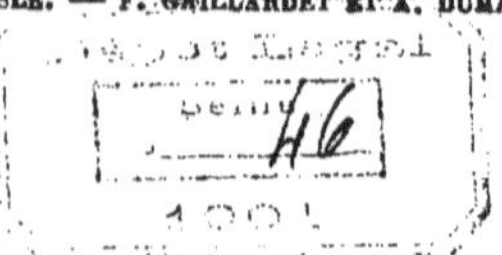

Et, bientôt, farouche, il répéta ce qu'il avait dit au Père Théodule.
— Meure... meure le dernier Capétien !... (P. 1331.)

Et, cependant, les Moines, le Père Théodule, agent des Chevaliers de
l'Ordre du Temple, cet Ordre que le Très grand Roi Philippe IV avait abattu,
et qui s'étaient réfugiés en Angleterre... et le Père Angelo, veillaient —
eux... et rêvaient de « faucher les lys de France » à leur profit !...

Et, partout, sur cette riche et noble terre de France, comme dans
toute l'Europe, tandis que le Populaire semait le grain dans le sol fécond,
qu'il baignait de sa sueur, sur lequel il usait ses forces vives, sans même

pouvoir vivre de son pénible et meurtrier labeur — le Moine s'efforçait de
faire sienne la riche moisson promise aux travailleurs...

Partout, le Moine, être sans foyer, sans personnalité, sans femme, sans
enfants, même sans patrie — sans autre famille que celle à laquelle il appartenait de par ses Vœux Religieux — sans attaches d'aucune sorte avec
l'Humanité, charriait l'or, attirait, à lui, le produit du travail d'autrui, aussi
bien dans le domaine matériel que dans le domaine moral et dans le domaine intellectuel... conquérait, par la crainte, par le dol, par toutes sortes de
manœuvres perfides, cruelles, lâches, ou seulement abusives... toute la puissance, afin de se rendre maître du Monde, et pour faire agir, enfin, à son
profit, et « pour la plus grande gloire d'un Dieu de Bonté, de Justice et de
Vérité ! »... le troupeau humain, définitivement dompté par l'Eglise !

*
* *

... Philippe-le-Bel avait vu le danger.

Avec ses très grands Ministres, Enguerrand de Marigny, Nogaret, dignes serviteurs de ce très grand Roi — injustement flétri par les historiens religieux...
et pour cause — il avait abattu l'omnipotence de la Papauté, quasi souveraine du Monde en la personne de Boniface VIII.

De même, il avait abattu l'Ordre du Temple, formidable puissance qui
s'était levée, qui avait grandi d'effrayante manière en moins de deux siècles,
et qui se dressait, menaçante, à côté de la Papauté.

L'Unité de la France était faite, par la Monarchie, presque maîtresse,
définitivement, de la Féodalité domptée.

Mais Philippe IV mourut...

Son sceptre, tombé de ses robustes mains, fut ramassé par son fils
Louis X... « un nain »... selon l'expression du Père Angelo...

L'héritage du géant Philippe IV écrasa le pygmée !...

Et l'Œuvre du Grand Roi, à peine ébauchée, et qui pouvait être si fertile
pour la France, ne constitua qu'un germe, qui fleurit plusieurs siècles après,
au Soleil de la Révolution...

* *

... Resté seul, dans la cellule nue, le Confesseur du Roi, le Père Angelo,
revint s'accouder près de la croisée, devant laquelle il avait rêvé, longtemps,
avant l'arrivée, au Louvre, du Moine de l'Abbaye de Saint Germain-des-
Prés.

Une vive lueur brillait, derechef, derrière la croisée qui éclairait le Logis de la Reine.

— Le dénouement approche !... murmura-t-il... Quelque chose me le dit !... Cet homme, le Sire Lyonnet de Bournonville, est un ennemi de Marguerite, c'est sûr !... Ils se perdront l'un l'autre !...

Il resta rêveur pendant un long temps.

— Ma mère !... fit-il, d'une voix très douce... Ma mère !

Et, bientôt, farouche, il répéta ce qu'il avait dit au Père Théodule.

— Meure... meure le dernier Capétien !...

LXXXIV

LA RÊVERIE DU ROI DE FRANCE

... Or, le Confesseur du Roi, le Père Angelo, n'avait pu révéler, au Révérend Père Théodule, de l'Abbaye de Saint Germain-des-Prés... l'homme des Chevaliers de l'Ordre du Temple, réfugiés à Londres... certains faits qui s'étaient produits, au Louvre, depuis le retour de Louis X.

C'est que, de par le formel vouloir du Roi, les susdits faits s'étaient accomplis dans le plus absolu secret.

Ils ne touchaient en rien, du reste, aux affaires de l'État

Ou, du moins, ils se rapportaient, plus particulièrement, à la personne, même, de Louis X.

Il faut qu'on les connaisse.

Pour cela, il importe que nous retournions en arrière... et que nous montrions l'état d'âme du Roi, de la Reine et du Capitaine Buridan — ou Lyonnet de Bournonville — au moment où ils étaient partis du Château de Vincennes, quelques heures auparavant, pour revenir dans la Bonne Ville de Paris.

La route n'était pas très longue, du Château de Vincennes à la Forteresse du Louvre.

A cheval, on la parcourait, très aisément, en moins d'une heure.

Mais le Cortège Royal, à partir de son entrée dans Paris, ayant dû n'avancer plus qu'avec une certaine lenteur, autant pour donner plus de solennité à son magnifique développement... que par prudence, afin d'éviter les accidents — n'avait pu parcourir la distance qui séparait le Château de la Forteresse en moins de deux heures.

D'un bout de la route à l'autre, Louis X avait chevauché sans mot dire, pas plus à la Reine qu'au Sire Lyonnet de Bournonville.

Il s'était contenté de saluer les manants qui se pressaient autour de lui en criant :

— Noël!... Noël!... Noël!... Noël!...

Acclamations qui avaient retenti partout, sur son passage, depuis son entrée dans Paris jusqu'au Louvre.

Il était trop préoccupé pour causer avec Marguerite, ou avec Buridan.

Il songeait à tout ce qui s'était passé, un instant auparavant, au Château de Vincennes.

Il revoyait cette scène au cours de laquelle on lui avait demandé, si instamment, si implacablement, l'ordre d'exécution du vieux et si noble serviteur de son père, Philippe IV... Messire Enguerrand de Marigny.

Et cela le troublait à un point indicible.

Oh!... envoyer Marigny au gibet de Montfaucon!

Cette idée l'épouvantait!

Frapper cet homme, en qui le Roi défunt avait mis toute sa confiance... à qui il avait donné, sans réserve, toute sa Royale amitié!

Cet homme, que Louis, enfant, et jeune homme... avait vu, toujours — tout près de son Père — respecté, admiré, craint, adulé... presque autant que son Maître.

Cet homme qui avait été tout puissant!

Le premier homme du Royaume après le Roi!

Celui devant qui tant de têtes — les plus hautes, même — s'étaient inclinées, pendant plus de dix années!

Cet homme qui avait tout fait, pour le Trône!

Cet homme, enfin, qui était un Juste, dans la plus magnifique acception du mot... et qu'il faudrait, pourtant, sacrifier, par Raison d'État — Louis X en était convaincu — à la haine de tous les Princes, de tous les Hauts Seigneurs, de tous les Dignitaires Ecclésiastiques!

Comme si la meilleure Raison d'État n'eut pas dû, toujours, conseiller, aux Conducteurs d'Êtres, de mettre, sur le pavois, le Juste!

Le Juste, qui est le Fort — car Justice, et Force, c'est tout un!

Seulement, pour aimer le Juste, et pour être prêt à le défendre, il faut être un Fort — et Louis X était un faible!

Dans son esprit, donc, Marigny était sacrifié.

Mais, par faiblesse, encore, et jusque dans son crime... il n'osait frapper le « Colosse ».

Il attendait.

— Demain!... Demain!... se répétait-il... Oui, demain, nous nous occuperons des affaires de l'État!

Abattrait-il demain, réellement, l'ancien « Coadjuteur du Roi pour tout le Royaume de France? »

Il n'eut pu répondre, à cette question, affirmativement.

Et, d'autre part, le Roi, tout en saluant, toujours, le Populaire, qui se pressait autour de sa personne... songeait à tout ce qui incombait à sa haute charge.

Être Roi !

Quelle misère !...

Faix pesant !

Que de soucis !

Un autre homme, revenant dans Paris, après une longue absence, aurait le droit de faire diligence... ne serait pas obligé de s'arrêter, à chaque pas, pour répondre aux acclamations de tous ces manants... et serait, plus tôt, arrivé à son logis, où une maîtresse, très gente, aux yeux ardents, aux cheveux d'or, à la bouche souriante, aux chairs blanches, roses et fraîches... l'attendait !

Ah ! qu'il était impatient de baiser les joues, le col, la gorge de l'adorée jouvencelle, la Belle Aude, la fille du meunier de Conflans-Sainte-Honorine.

Plus belle que la Reine, même !

Et combien aimée, chérie, idolâtrée !

Cette Reine, sa femme, Marguerite de Bourgogne... est-ce qu'elle comptait, pour lui ?

Non !

Il la haïssait !

Bien plus : il la méprisait.

Le mépris, en ce sens, est un superlatif de la haine !

Il l'avait connue trop jeune.

Depuis longtemps, elle n'était plus son épouse.

Si belle, si troublante, si désirable, si admirable et si admirée qu'elle fût... elle lui faisait horreur !

Il savait fort bien qu'elle avait des amants.

On les lui avait nommés, maintes fois.

Même, il savait, depuis un mois, qu'elle se donnait à des compagnons de débauche racolés au hasard.

Une « goule », que cette créature !

Oui, oui, Marguerite lui faisait horreur !

— Je la châtierai !... s'était-il dit.

Car ne lui fallait-il pas un prétexte pour rompre un hymen détesté... ce, pour convoler, en justes noces, avec la richissime Clémence de Hongrie, dont la main lui était promise, et dont la considérable dot remplirait les coffres royaux, ce qui lui permettrait de donner carrière libre à toutes ses fantaisies les plus folles, les plus extravagantes ?

Or, Louis se répétait, depuis un mois, qu'il ferait prendre, un jour, la Reine, en flagrant délit d'adultère... soit avec ce Messire Gaultier d'Aulnay que toute la Cour lui donnait comme amant, soit avec l'un de ses amants de rencontre.

Dès sa rentrée à Paris, il s'occuperait de ces choses.

Tout en chevauchant, à côté de la Reine, il se disait qu'elle serait, bientôt, abattue!

Et, derechef, il évoquait la fine silhouette de sa maîtresse, la belle Aude, dans les bras de qui, tout à l'heure, il oublierait ses soucis.

Ah! baiser sa bouche à la si douce haleine, sa gorge aux pointes rosées... son col aux reflets ambrés... ses cheveux d'or qui fleuraient le benjoin!...

Et pouvoir, quand son caprice pour celle-ci serait passé... quand Marguerite de Bourgogne, répudiée, aurait expié ses fautes — pouvoir, avec l'or de Clémence de Hongrie, acheter la beauté d'autres femmes... plus jeunes, plus fraîches, plus gentes, encore, que la Belle Aude!

— Noël!... Noël!... Noël... Noël!... clamaient les manants sur le passage du Roi.

Et Louis X, tout en répondant à ses acclamations, rêvait... rêvait toujours!

Marigny!

Marguerite de Bourgogne!

Clémence de Hongrie!

La Belle Aude!

Personnages qui l'enveloppaient... et en qui toute sa vie tenait.

Ceux-là honnis, exécrés... constituant une gêne pour lui... lui causant un trouble... lui créant des angoisses!

Celle-ci une joie!

Ah! que ne pouvait-il, d'un geste, d'un signe, supprimer, du même coup, Marigny et Marguerite... épouser Clémence... recevoir sa richissime dot, empiler son or dans ses coffres — et être tout à la Belle Aude?

A quoi bon être Roi, puisqu'on ne pouvait pas faire toutes ses moindres volontés, voir se réaliser tous ses rêves... donner l'essor à tous ses caprices?

Il fallait dicter des ordres... prendre des responsabilités... avoir des soucis... se préoccuper des choses de l'État — au lieu de vivre pour soi, et de jouir!

Et pas un homme, à côté du Trône, pour prendre toutes les charges de la Royauté, et pour ne vous en laisser que les joies!

Un seul.

Marigny.

Marigny eut accepté de supporter le poids du Sceptre.

Mais il eut voulu que son Maître fût digne de lui... qu'il ressemblât à Philippe IV, le Roi défunt.

Or, encore une fois, Philippe IV était un Colosse... et Louis X un nain !
Marigny... l'homme du Colosse... n'eut pu servir le nain !

— Noël!... Noël!... Noël!... Noël!... clamaient, toujours, les manants, sur le passage du Roi de France.

Et le Roi, toujours rêveur... saluait... saluait toujours!..

... Soudain, une idée traversa son cerveau.

C'était le moment où le Cortège Royal traversait la Place des Saints-Innocents, devant la très grasse Hôtellerie de Maître Pierre de Bourges.

Louis X, charmé par son idée, qui lui était venue à l'improviste, avait tiré les rênes de son cheval par un mouvement nerveux.

Le cheval — une bête fringante — faillit se cabrer.

Le Roi, bon cavalier, le retint.

Beau geste... qui fut remarqué par les gentes filles et les commères.

Et, par suite, plus enthousiastes acclamations — car la foule, qui aime le panache et les chamarrures, aime, aussi, la grâce, et l'élégance, dans l'adresse, et la force...

— Noël!... Noël!... Noël!... Noël!...

— Vive le Roi!...

— Vive Louis X!...

— Noël!... Noël!... Noël!... Noël!...

Le Roi salua, machinalement.

. . . .

... Oui, oui, son idée lui semblait excellente.

Avoir, près de lui, un homme disposé à prendre toutes les charges de la Royauté... et qui lui en laisserait toutes les joies!...

Quel rêve!

S'il pouvait se réaliser!

Pourquoi ne se réaliserait il pas?

Ce Lyonnet de Bournonville, que la Reine lui avait présenté, au Château de Vincennes... ne serait-il pas capable de jouer, auprès de lui, ce rôle?

Un homme, vraiment, que ce Capitaine!

Il avait osé arrêter Marigny!

Acte hardi, certes — qui dénotait une rare énergie... une audace extraordinaire mise — probablement — au service d'une effrénée ambition...

En accomplissant cet acte, à quel mobile, autre que l'ambition, aurait-il obéi?

Ce Capitaine, fils de Preux, dont le nom rappelait, au Roi, des actes héroïques accomplis, en Terre Sainte, par les aïeux de Messire Lyonnet de Bournonville, serait tout à lui, c'était évident, s'il lui promettait puissance et richesses...

Et Louis X regarda Buridan... obliquement.

Il avait été séduit, déjà, dès le premier abord, par sa fière allure.

Il admirait, maintenant, sa belle prestance, son air vainqueur, son masque expressif.

Le poing sur la cuisse, la tête haute, rêveur, Messire Lyonnet de Bournonville fixait son regard, dédaigneux et ironique, tout à la fois, sur le Populaire qui acclamait son Roi — et sa dextre, nerveuse, guidait son cheval avec une incomparable habileté.

Ce devait être un homme d'action...

Et, aussi, de réflexion.

Capable, en même temps, de penser, et d'agir... de concevoir et d'exécuter.

De plus, il avait atteint cet âge où la plupart des hommes, mûris par les affres de la vie, ont acquis cet égoïsme qui peut rendre féroce l'être le plus généreux, dans la hâte qu'il a d'utiliser, pour la réalisation, jusque-là vainement poursuivie, des ardents désirs de sa prime jeunesse — toutes les forces dont il dispose.

Jadis, d'après les dires de la Reine, il avait été Page du Duc Robert II, de Bourgogne.

Qu'est-ce qu'il avait fait depuis quinze années?

Pourquoi ne s'était-il pas présenté à la Cour, où son nom lui eût donné accès?

Comment, et depuis quand, Marguerite l'avait-elle retrouvé?

Comment l'avait-elle décidé à agir contre Messire Enguerrand de Marigny?

Et, enfin, par quelles promesses l'avait-elle enchaîné?

Autant de questions auxquelles Louis ne pouvait répondre!

— Est-il son amant?... se demanda le Roi.

Dans ce cas, était-il, déjà, inféodé à Marguerite, à ce point qu'il voudrait rester tout à elle?

Non!

Un homme de l'âge de Messire Lyonnet de Bournonville ne pouvait être l'amant d'une femme telle que Marguerite que par entraînement des sens...

Or, on n'était tout dévoué, vraiment, qu'à une femme qu'on aimait...

On pouvait donc, en le voulant fermement, attirer et retenir le Capitaine d'aventures, qui ne recherchait, c'était sûr, que puissance, richesses et jouissances...

Plus que personne, le Roi pouvait les lui donner...

Oui, oui, Messire Lyonnet de Bournonville servirait le Roi même contre Marguerite...

Il le servirait avec d'autant plus de dévouement qu'il n'avait rien et qu'il désirait tout...

— Si tu le veux, Marguerite, nous marcherons, côte à côte, pour nous faire, ensemble,
tout-puissants et riches... (P. 1340.)

Il le servirait mieux que pas un de ces Hauts Seigneurs qui l'entouraient...

Ceux-ci, repus, ne seraient à lui qu'à demi...

Lui, affamé, était prêt à obéir, aveuglément, — il n'en fallait pas douter — à quiconque lui promettrait de satisfaire ses appétits...

Et dire que c'était la Reine, elle-même, qui avait pris soin de donner, à son époux, cet allié !

Chose plaisante !

Elle avait présenté, au Roi, cet homme qui allait l'aider, peut-être, à mettre, contre elle, les projets royaux à exécution.

Car Louis X, à partir de ce moment, était décidé... absolument décidé, à tout tenter pour s'attacher Buridan.

Sans perdre de temps, même...

C'est-à-dire dès sa rentrée au Louvre...

**

... Et le Cortège, cependant, avançait toujours, à travers le flot, pressé, du Populaire enthousiasmé.

— Noël !... Noël !... Noël !... Noël !...

— Vive Louis X !...

— Vive le Roi !

— Noël !... Noël !... Noël !... Noël !...

Le soleil avait disparu, derrière les hautes et massives Tours du Louvre, qui profilaient leurs toits pointus sur le ciel incendié.

— C'est dit !... pensa le Roi... Je verrai cet homme, tout à l'heure, en secret... Il faut qu'il soit à moi, tout à moi... à moi seul...

Et, satisfait, il salua, avec plus de bonne grâce que jamais, les innombrables manants qui agitaient, à bout de bras, leurs chapeaux, en criant :

— Vive le Roi !

— Noël !... Noël !... Noël !...

— Noël au Roi !...

LXXXV

LES RÉFLEXIONS DE LA REINE

... Et, pendant la chevauchée du Cortège Royal, du Château de Vincennes au Louvre, la Reine, de son côté, avait pensé.

Jamais le Roi ne lui avait montré pareille froideur.

A Vincennes, lorsqu'ils s'étaient retrouvés face à face, après une séparation d'assez longue durée, il ne lui avait même pas baisé la main.

Oh! Elle était en danger.

En grand danger !

Elle était perdue !

Elle le sentait.

Elle en était sûre...

Auprès d'elle, hélas!... aucun appui!

Au contraire, des ennemis innombrables!

Et qui seraient acharnés... c'était sûr!

Louis X, d'abord... qui s'efforcerait de se séparer d'elle, afin de pouvoir épouser Clémence de Hongrie, et d'encaisser sa richissime dot.

Charles de Valois, qui haïssait la Reine, depuis longtemps, parce qu'elle avait, souvent, contrecarré ses projets, tant par devant le roi défunt, Philippe IV, que par devant Louis X.

Puis, la plupart des femmes de la Cour... jalouses de la beauté, de la puissance de Marguerite... jalouses de l'action qu'elle avait si longtemps exercée, de par sa grâce troublante — et qui, du reste, avaient été, en mille occasions, humiliées par la Reine... toujours hautaine, toujours soucieuse d'exercer, dans les moindres circonstances, ses Royales prérogatives...

Certes, ces femmes, les Hautes et Nobles Dames, seraient heureuses, bien heureuses, de la chute de Marguerite de Bourgogne.

Elles y applaudiraient, avec enthousiasme... après avoir **tout fait pour** la précipiter.

Naturellement, elles entraîneraient, avec elles, dans leur haine, d'autant plus exaspérée que la déchéance de Marguerite paraîtrait plus certaine, tout le troupeau, lâche, de leurs maris trompés et de leurs amants.

Marguerite se disait que les Dignitaires Ecclésiastiques seraient contre elle, aussi... d'abord parce qu'elle les avait toujours écartés, systématiquement, de sa route... et parce que — elle le savait dès longtemps — les Religieux vont, d'instinct, vers le Pouvoir, détenteur de la faveur et de la richesse, tournant le dos à tout astre qui s'efface.

Enfin, elle se disait que ce Buridan... ce Lyonnet de Bournonville — qui la tenait... avait tout intérêt à la perdre.

Il constituait, à coup sûr, le plus terrible de ses ennemis.

Elle avait eu tort, peut-être, de ne pas accepter de s'unir à lui, lorsqu'il le lui avait offert lors de la conversation qu'elle avait eue, avec lui, dans le cachot du Grand-Châtelet.

Peut-être aurait-il su écarter, d'elle, ses ennemis... la protéger contre eux... la sauver, même!

Il était habile, énergique, brave.

Il n'eut fallu que le rendre dévoué.

Elle eut pu y arriver, sans doute.

N'étaient-ils pas liés par les souvenirs du passé?

Par cet amour qui les avait unis, si étroitement, jadis?

Elle eut pu aider à son ascension, en utilisant, à son profit, la puissance dont elle disposait encore... et s'appuyer sur lui lorsqu'il serait au faîte où elle l'aurait porté.

— Il est temps encore!... pensa la Reine.

Pourquoi pas?

Il fallait voir Buridan... et tout tenter pour le conquérir.

C'était facile, certes!

Le salut, peut-être!

Et, un moment, Marguerite, qui chevauchait, tristement... accablée... à la droite de son époux, le Roi de France, apparut, plus souriante, rassérénée, ayant, soudain, repris espoir.

Mais cet espoir ne dura pas plus qu'un éclair, qui jette, tout à coup, une vive lumière sur un paysage désolé, lequel, presque aussitôt, retombe aux ténèbres, plus épaisses, encore, semble-t-il.

Oui, oui... pour conquérir Buridan, il fallait sacrifier Gaultier!

Pendant qu'ils allaient à Vincennes, au devant du Roi, Buridan avait répété, à la Reine, ce qu'il lui avait dit, déjà, dans les caveaux du Grand-Châtelet.

— Si tu le veux, Marguerite, nous marcherons, côte à côte, pour nous faire, ensemble, tout-puissants et riches... Songes-y... Seulement, je te demanderai, d'abord, d'éloigner, de nous, Gaultier d'Aulnay.

Sacrifice impossible!

Oui, oui... impossible!... Absolument impossible!

Et la Reine avait répondu, formellement, à son interlocuteur :

— Me séparer de Gaultier!... Jamais!... Jamais!... Jamais!... Demande-moi tout ce que tu voudras, tout... mais pas cela... Oh! pas cela!...

Gaultier!...

Comme il devait souffrir!

Marguerite ne l'avait pas revu depuis la scène qui s'était jouée, devant la Poterne du Louvre, lors de l'arrestation de Buridan.

Où était-il?

Que faisait-il?

La Reine avait hâte, très grande hâte d'être de retour au Louvre, pour s'enquérir de lui.

Se séparer de lui !

Jamais!... Jamais!... Jamais!

Lui... lui seul l'aimait!

Par lui, elle pouvait vivre heureuse!

Lui... lui seul suffirait à sa vie, au besoin.

Oh! oui... oui... comme il devait souffrir!

Lui aussi devait avoir hâte de la voir, hâte de l'interroger, hâte de savoir le pourquoi de toutes les choses qui s'étaient produites...

Que lui avait dit Buridan, relativement aux tablettes de Philippe, au cours du bref colloque qu'ils avaient tenu... et qu'elle avait interrompu brusquement, en donnant, au Sire de Savoisy, l'ordre d'emmener le hardi Capitaine?

Ne maudissait-il pas celle qu'il avait tant aimée?

Parviendrait-elle à le reconquérir?

— Oui!... Oui!... pensait-elle... attendrie... Mon Gaultier!... Mon bien-aimé Gaultier!... Il me chérit... Je le reprendrai... Oh! Dieu, que deviendrai-je, s'il ne m'aimait plus?...

Plus que jamais elle avait besoin de se savoir aimée par Gaultier.

Et, encore une fois, en lui... elle ne voyait pas un amant.

Il n'y avait rien de charnel dans le sentiment qu'elle éprouvait pour son favori... mais quelque chose de très tendre, de très doux, de très affectueux...

Se séparer de Gaultier?... Ne plus le voir? Non!... Non!...

Mieux valait mourir!

Le Roi, tous ses ennemis conjurés, et Buridan, pouvaient l'abattre... lui prendre ses titres, son rang... peu lui importait — pourvu qu'elle gardât l'amour, le respect de Gaultier.

Oh! oui... oui... tout le monde la haïssait.

Son époux... tous les Grands du Royaume... et même, le Populaire.

— Noël!... Noël!... Noël... Noël!...

— Vive le Roi!

— Noël, au Roi!

Que d'acclamations, sur le Passage du Cortège Royal!

Aucun cri, pour la Reine!

Les manants saluaient leur Roi.

Pour eux — et Marguerite de Bourgogne le savait — elle n'était que « la goule ».

Seul, Gaultier l'aimait.

Et Charlotte... la servante dévouée, qui, certainement, était prête, pour elle, à tous les sacrifices.

Ses belles-sœurs, elles-mêmes, les Princesses Jeanne et Blanche, ses compagnes de débauche, ne lui eussent pas tendu la main pour empêcher sa chute.

N'était-elle pas Reine... et plus belle, plus troublante qu'elles?

Ne portait-elle pas, par suite, une double Couronne, qui lui avait valu leur haine jalouse?

— Que faire?... se demandait la Reine, éplorée.

Et les acclamations, pour le Roi, retentissaient, toujours, comme un reproche, comme une injure, même, à ses oreilles.

— Noël!... Noël!... Noël!... Noël!...

— Vive le Roi!...

— Noël!... Noël au Roi!...

Le Cortège Royal venait de déboucher sur la Place des Saints Innocents, où s'était massé le Populaire.

Les fanfares sonnaient.

Les cloches de l'Église tintaient.

La chevauchée était, vraiment, triomphale.

— Que faire?... Que faire?... se répétait la Reine... dans une angoisse sans cesse grandissante... Oui!... Oui!... Que faire!...

Oh! Elle était au supplice!

Comme elle expiait ses fautes... ses crimes! ·

Elle était perdue!

Tout s'écroulait, autour d'elle!

A présent, elle n'avait plus d'énergie... plus de courage... plus de forces... plus de ressort!

Assurément... et si elle s'obstinait à ne pas s'allier à Buridan, il s'allierait au Roi pour servir son ambition.

Et, allié à Louis X, il l'aiderait à abattre, en elle, une redoutable et implacable ennemie.

Danger terrible!

Oui, oui, terrible!

Car cet homme, ce Buridan, ce démon, la tenait.

Il n'avait qu'à produire ces lettres qu'il possédait... ces lettres dont il l'avait menacée, ces lettres où le crime d'antan était révélé... et elle serait perdue.

Pour prix de son service, le Roi, Tout-Puissant, ferait grâce à son complice.

— Oh!... se dit-elle; farouche... Si je pouvais lui reprendre ces lettres!...

Oui, mais comment?

Par quel moyen?

Ces lettres... cette arme, redoutable, qu'il possédait, contre elle, il ne s'en dessaisirait pas, certes!

Oh! avoir ces lettres!

Marguerite eut donné, sans hésiter, dix ans de sa vie, pour les tenir, ces preuves qui la mettaient dans la main du hardi Capitaine.

— Le hasard, seul, pourrait, désormais, me venir en aide... pensat-elle.

Elle sourit.

Le hasard!

Elle ne croyait pas au hasard.

Elle ne croyait qu'à l'effort, mis en œuvre par une volonté ferme, servie par une intelligence réfléchie, ayant préparé des actes longuement mûris.

Oh! abattre Buridan, avant qu'il ne l'abatte!

Rêve!

Entreprise impossible!

— Je la tenterai, pourtant!... se dit Marguerite de Bourgogne, tout à coup.

Elle apparut comme transfigurée.

Prête, derechef, à la lutte... à la lutte opiniâtre.

Elle avait reconquis, brusquement, tout à la fois, force, énergie, courage.

Comment une pareille et si inattendue transformation avait-elle pu se produire ?

Rien de plus simple.

Dans la foule des manants qui acclamaient le Roi, elle avait vu Gaultier d'Aulnay.

Gaultier !... Son bien-aimé Gaultier !

Si triste, hélas !... Si morne !... Si accablé !...

Gaultier, qui regardait passer le Cortège Royal... sans voir, assurément — son esprit errant dans l'espace.

Oh ! Comme il devait souffrir, le « cher mignon ! » — comme elle l'appelait, très tendrement, dans leurs si douces étreintes.

Oui... oui... pour lui... elle lutterait.

Contre le Roi... contre tous ses ennemis conjurés... contre Buridan.

Et sa force, par son amour, serait si grande... qu'elle vaincrait, peut-être !

Dès sa rentrée au Louvre elle allait se mettre à l'œuvre.

Elle serait farouche.

Elle ne reculerait devant aucun acte — aucun... capable de lui donner le triomphe final.

Et si elle échouait... si elle était vaincue, définitivement — eh ! bien, elle mettrait à exécution le projet qu'elle avait maintes fois formé, déjà, depuis quelques mois... depuis qu'elle se sentait menacée... depuis qu'elle prévoyait qu'elle pourrait être abattue, par le Roi, désireux d'emplir ses coffres, vides, avec la dot de la richissime Clémence de Hongrie.

Elle fuirait.

Elle fuirait avec Gaultier.

Elle quitterait la France.

Tout était prêt pour cela.

Elle avait mis en lieu sûr, à cet effet, de l'or... tout l'or dont elle avait pu s'emparer... et ses bijoux, tous les bijoux qui lui appartenaient en propre, et qui représentaient des trésors inestimables.

Elle perdrait la Couronne... son titre de Reine dont elle était si fière ; mais elle sauverait sa vie.

Et, de plus, elle assurerait son bonheur.

Loin de France... avec Gaultier... riche, libre.

Cela ne valait-il pas bien d'être Reine !

— C'est dit !... pensa Marguerite, rassérénée... Je lutterai... Je lutterai

avec toute l'énergie et l'habileté dont je suis capable... Et, si je suis vaincue,
je fuirai, avec mon bien-aimé Gaultier!...

*
* *

...Et le Cortège Royal, cependant, se rapprochait du Louvre... et les
acclamations du Populaire retentissaient toujours.

— Noël!... Noël!... Noël!... Noël!...

— Vive le Roi!

— Noël!... Noël au Roi.

. . . .

...Marguerite, maintenant, chevauchait tête haute, fièrement — très
belle, très majestueuse, très admirée.

Ceux qui l'avaient vue, tout à l'heure, morne, accablée, ne l'eussent pas
reconnue... certes!

Son amour, profond, incommensurable, fait de tendresse, uniquement
— lui avait mis, au front, comme une auréole... plus resplendissante que la
Couronne Royale... plus éblouissante que le rarissime diamant qui ornait la
toque posée sur ses cheveux d'or...

LXXXVI

LES DÉCISIONS DE MESSIRE LYONNET DE BOURNONVILLE

...Et le très hardi Capitaine Buridan, avait pensé, lui aussi, tout en chevauchant, à la gauche du Roi de France, du Château de Vincennes à la Forteresse du Louvre.

Pendant ce trajet, il avait eu plus de temps qu'il n'en fallait, certes, à
un homme tel que lui, pour réfléchir à sa situation.

Dès longtemps — et parce que cela avait été toujours nécessaire au
cours de sa vie aventureuse — il s'était habitué à se décider vite.

Il faut insister sur ce point, que, en mainte circonstance, il n'avait dû
la vie qu'à son sang-froid et à son énergie.

Or, jamais il ne s'était trouvé dans une situation plus dangereuse que
celle où il se trouvait, alors.

Jamais il n'avait eu à combattre de plus puissants et plus redoutables
ennemis.

Jamais il n'avait eu plus d'intérêt à triompher.

Jamais, par conséquent, il n'avait mieux senti la nécessité de réfléchir,
plus attentivement... de façon plus serrée... aux moyens qu'il fallait employer pour s'assurer la victoire.

Selon son désir... ou, mieux, sur son ordre — elle l'avait présenté au Roi... (P. 1347.)

A Vincennes, il s'était rendu compte que tout le monde était contre lui.

Il y voyait clair, le Capitaine.

Il connaissait les hommes.

Et, surtout, les Hauts Seigneurs... les gens de Cour.

Engeance capable de se liguer et d'entreprendre les manœuvres les plus odieuses afin d'abattre tout nouveau favori prêt à entrer en lice pour leur disputer les faveurs Royales...

Oui, Buridan avait compris que tous les Barons, tous les Dignitaires Ecclésiastiques... les Princes... la Reine, et Sa Majesté Louis X, lui-même... étaient contre lui.

Quoi donc?...

Ce Capitaine d'aventures — qui sortait on ne savait d'où — avait osé accomplir cet acte que personne n'eut osé accomplir: l'arrestation du Colosse, Enguerrand de Marigny.

De plus, il portait un vieux nom, jadis très renommé.

De par son acte... et de par son nom, il pouvait prétendre, désormais — pour peu qu'il fût habile et qu'il fût aidé par les événements — aux plus hautes destinées.

Il pouvait devenir Premier Ministre... aux lieu, et place, du Colosse abattu.

Il pouvait conquérir honneurs, puissance, richesses.

S'asseoir au premier rang, au-dessous du Trône.

Dominer... devenir le Maître!

Or, il serait temps de lécher sa main quand il serait au sommet... s'il y parvenait !

En attendant, il fallait s'efforcer de l'abattre... avec assez d'habileté, pourtant, pour ne pas se compromettre — car un pareil homme... qui avait osé s'attaquer à Marigny... deviendrait terrible à ses adversaires, sans doute, dès qu'il se sentirait fort.

Comment la Reine l'avait-elle connu ?

Le protégerait-elle?

Pourquoi l'avait-elle fait arrêter, ce jour-là même ; pourquoi l'avait-elle fait conduire au Grand-Châtelet ; pourquoi l'en avait-elle tiré ; pourqui s'était-elle décidée à se faire escorter, par lui, jusques à Vincennes... et pourquoi l'avait-elle présenté au Roi ?

Oh ! Tout cela était louche.

Il faudrait bien que l'on pénétrât ce mystère...

A coup sûr, on y trouverait des armes avec lesquelles on combattrait, en même temps, victorieusement, c'était probable, et la Reine et son étrange Protégé, Messire Lyonnet de Bournonville...

Quel succès... si l'on pouvait les abattre tous les deux, l'un par l'autre !

Une joie, pour tous ces Hauts Seigneurs... qui vivaient de et par l'intrigue... recueillant, toujours, quelque fructueuse épave après chaque naufrage d'un des leurs, emporté par le flot, toujours montant, des caprices Royaux, ou par les tempêtes que suscitait, dans les hautes sphères, la Raison d'État.

Aucun allié, parmi ces Barons, pour aider Buridan.

Il était seul.

Seul... contre tous!

Il savait bien que Marguerite de Bourgogne serait contre lui — et pour cause — plus acharnée, encore, que les **Hauts Seigneurs**.

Plus redoutable, aussi !

Et plus puissante, certes.

Momentanément, tout au moins.

Selon son désir... ou, mieux, sur son ordre — elle l'avait présenté au Roi... dès leur arrivée au Château de Vincennes.

Toujours sur son ordre — car, puisqu'il la tenait, il lui avait parlé en maître — elle avait vanté, par devant Sa Majesté Louis **X**, les très hautes qualités, le courage, l'habileté, l'énergie, l'audace, de celui qui avait osé mettre sa main sur Marigny.

Elle avait exalté la gloire de ses aïeux.

Et affirmé, même, que cet homme — qu'elle connaissait dès longtemps, puisqu'il avait été, à la Cour de Bourgogne, Page de son père, le Duc Robert II — cet homme, à qui elle avait donné toute sa confiance, pourrait être... serait, assurément, le plus solide, le plus ferme, le plus habile, le plus énergique appui du Trône.

Elle avait conclu en engageant le Roi, de toutes ses forces, à lui accorder sa faveur, dont il ne se servirait que pour aider son Maître, et Souverain, à accomplir la tâche, très difficile, qui lui était imposée, désormais, par la chute du Ministre déchu.

Comme Régente du Royaume, elle lui avait conféré le Pouvoir... après Marigny — estimant qu'il en était digne.

Elle espérait que le Roi approuverait les actes de la Régente... et laisserait le Pouvoir à celui qu'elle avait cru devoir choisir.

Et Louis X avait approuvé, par un geste...

Puis, il avait articulé quelques paroles banales... de vagues félicitations... des mots... sans s'engager aucunement.

Cependant, comme on sait, la bonne mine... l'attitude, à la fois respectueuse, et décidée, de Messire Lyonnet de Bournonville, lui avaient plu.

Il avait examiné, avec attention, son masque, à l'expression empreinte de loyauté, d'audace, d'intelligence et d'énergie.

Il avait acquis la certitude que la Reine le haïssait... et que tous les Hauts Seigneurs le regardaient jalousement.

Et, à cause de tout cela, le hardi Capitaine lui plaisait.

Il s'intéressait à lui...

...Or, Buridan, ayant tout vu, tout deviné, tout pressenti, tout pesé, tout déduit, s'était interrogé.

— Que ferai-je?... s'était-il dit, perplexe.

Il était au faîte.

Résultat merveilleux... invraisemblable... réel, pourtant — il était sorti

du Grand-Châtelet; il avait accompagné la Reine au Château de Vincennes ;
il lui avait dicté des ordres relativement à ce qu'il voulait qu'elle fît pour
le présenter au Roi ; Marguerite avait exécuté ses ordres, ponctuellement ;
le Roi l'avait accueilli, au moins momentanément, comme détenteur du
Pouvoir que la Régente lui avait conféré ; enfin, il chevauchait, dans le
Cortège Royal, à la gauche du Roi, c'est-à-dire comme le Premier Personnage du Royaume.

Oui, oui, cela constituait, certes... un résultat prodigieux et admirable.

Mais ce n'était rien !

Tout cela n'était qu'une sorte de mirage !

Une pareille situation était sans base.

Construite sur le sable...

Même.., sur un sable mouvant.

Cela s'écroulerait, certes, lourdement... avant peu — et la chute serait
d'autant plus terrible, d'autant plus dangereuse, d'autant plus meurtrière
qu'il était plus haut juché.

A moins que... par adresse, il ne parvienne à consolider sa base.

Comment?

C'est qu'il fallait agir vite.

Très vite, même !

Et, pendant que Sa Majesté le Roi de France et de Navarre, Louis, le
Dixième... rêvait — pendant que la Reine, Marguerite de Bourgogne, réfléchissait... tout en chevauchant vers le Louvre, au milieu du Populaire, qui
clamait : — « Noël !... Noël !... Noël !... Noël ! »... le hardi Capitaine
Buridan, ou Messire Lyonnet de Bournonville... cherchait le moyen de se
maintenir dans la très haute Dignité qu'il avait su conquérir, à force d'habileté, de courage, d'audace, d'intelligence et d'énergie.

Au cours des précédentes conversations qu'il avait eues avec la Reine,
il avait acquis la certitude, définitive, qu'il ne pourrait pas s'appuyer
sur elle...

Elle resterait son implacable ennemie.

Elle tenterait tout pour l'abattre... lui, le complice de son premier
crime, du parricide !

De plus, elle ne consentirait jamais à se séparer de Gaultier d'Aulnay.

Or, en admettant que Buridan parviendrait à triompher de Marguerite...
à lui imposer ses volontés... à faire, d'elle, son esclave, de par la toute
puissance de ces armes dont il disposait contre elle, à savoir les lettres qu'il
possédait... jamais il ne serait sûr de la tenir, absolument, tant que Gaultier
d'Aulnay resterait entre eux, source, perpétuelle, de dangers de toutes
sortes, alimentée par l'amour, la jalousie, tout le cortège de soucis que les
amants fortement passionnés traînent à leur suite.

Et Buridan, fort judicieusement, se dit :

— Je ne triompherai... je ne me maintiendrai sur la première marche du Trône, où j'ai su me hisser... je ne combattrai, victorieusement, tant de puissants et redoutables adversaires, acharnés à ma perte : les Hauts Seigneurs... les Dignitaires Ecclésiastiques... et la Reine, surtout, que si je peux me ménager la faveur, l'appui du Roi.

Encore une fois, comment atteindre ce résultat si difficile?

Et promptement?

En quelques heures?

Conditions indispensables, certes?

Car ses ennemis agiraient vite, eux... il n'en fallait pas douter.

Et, sur le passage du Cortège Royal, le Populaire clamait toujours :

— Noël!... Noël!... Noël!... Noël!...

— Vive le Roi!

— Noël!... Noël au Roi!

Oh! Vaincre!

Triompher!

Se maintenir à ce rang de Premier Ministre qu'il tenait presque..., et ce, contre tant d'adversaires!

Etait-ce pour la satisfaction que tout homme éprouve à détenir le Pouvoir... à dominer... à voir toutes les têtes courbées devant soi, que Buridan était prêt à s'engager dans cette périlleuse aventure?

Était-ce pour être Tout Puissant et richissime... afin de jouir de tous les avantages que donnent la richesse et la Toute Puissance?

Non!

C'était — uniquement... car la vie de Capitaine d'aventures, qu'il avait si longtemps menée, lui plaisait plus que celle qu'il mènerait au faîte des Grandeurs humaines — c'était afin d'être armé, suffisamment, pour retrouver ses enfants, ses fils, ces chers êtres nés de son premier amour... ces enfants dont l'existence lui avait été révélée tout récemment... ces enfants que leur mère avait abandonnés!

C'était, pour — dès qu'il les aurait retrouvés... résultat qui constituerait, pour lui, son plus précieux triomphe! — leur donner toutes les joies qui lui avaient été promises, jadis, et que le Sort lui avait volées... pour qu'ils eussent toutes les ivresses... pour qu'ils fussent honorés et riches... pour qu'ils portassent leur grand nom avec orgueil... et pour que leur race illustre fût continuée dans la splendeur.

— Oh! mes enfants!.. Mes enfants!... Mes chers enfants!... se répétait-il, très vivement ému — tout en chevauchant à la gauche du Roi de France, par devant le Populaire qui clamait :

— Noël!... Noël!... Noël!... Noël!...

— Vive le Roi!

— Noël!... Noël au Roi!...

Oui, oui... pour eux, il fallait triompher!...

Il fallait vaincre tous les ennemis qui allaient s'acharner contre lui...

Il fallait abattre Marguerite.

Et Gaultier!

Ce Gaultier — ce frère de l'infortuné Philippe... à qui, désormais, Buridan ne s'intéressait plus, ne pouvait plus s'intéresser — car ne l'avait-il pas trahi?...

Et — pour son amour, pour sa passion... ne le trahirait-il pas encore?

Il se répéta ce qu'il s'était dit, déjà.

Il lui fallait se donner au Roi... le servir... conquérir sa confiance, sa faveur — et s'appuyer sur lui.

Ce point étant fixé, définitivement, en son esprit, il se demanda, derechef :

— Comment... comment y arriver?

Et, dès lors, il s'efforça de trouver le moyen qu'il lui fallait employer pour atteindre le résultat souhaité...

*

... Le Cortège Royal allait s'engager sur la Place des Saints Innocents.

Les acclamations du Populaire retentissaient, plus que jamais nourries, enthousiastes, joyeuses.

Les fanfares des hommes d'armes qui chevauchaient en avant du Cortège éclataient, sonores, triomphales.

Les cloches de l'Église résonnaient, et leurs vibrations dominaient clameurs et fanfares.

Et tous les manants, empressés, curieux, agitaient, à bout de bras, leurs chaperons, pour saluer leur Roi.

Dans cette foule, pas un homme qui n'enviât le sort de ce jeune cavalier, si beau, si majestueux, à qui s'adressaient les « Noëls », les « vivats ».

Pas une femme qui ne souhaitât d'être à la place de cette Reine, si magnifiquement vêtue!

Ah! les fols!

Le plus pauvre, parmi ces manants, était libre d'aller où bon lui semblait... de s'enivrer d'air pur... d'éblouir ses yeux par la splendeur du soleil couchant... de jouir de tous les biens que la nature donne, à tous, avec prodigalité... et qui sont les seuls biens enviables; il lui était loisible de caresser sa mie sans craindre les regards jaloux.... sans être contraint de prendre des précautions pour que la douce étreinte amoureuse ne fût pas troublée; il pouvait boire un pot de vin clairet qui ne parfumerait pas sa bouche autant que les vins que buvait le Roi de France... mais qui lui donnerait même chaleur et même gaîté — et si, après une journée passée à baguenauder à son gré, il ne se couchait pas dans un lit richissime, surmonté d'un dais empanaché, du moins dormirait-il, à poings fermés, sur son grabat, dans son bouge... sans que ses soucis créassent l'angoissante insomnie... sans que ses rêves fussent hantés par de torturants cauchemars!

Et quelle fille, perdue dans la foule pressée, écarquillant ses yeux pour admirer la robe d'atour de Marguerite de Bourgogne... le diamant qui brillait, au-dessus de son front, comme une étoile — quelle fille, même la plus laide, même la plus misérablement vêtue... eût voulu être Reine, belle, parée, à la condition de subir les affres où se débattait celle que, jalousement, elle regardait passer.

La puissance, et la richesse, appellent l'abus, qui crée l'injuste, et féconde du malheur pour soi et pour les autres.

Le bonheur n'est donné qu'à celui qui sait vivre avec simplicité, en s'efforçant de distribuer, autour de lui, tous les biens, matériels, et moraux, que la Nature, et le Sort, lui ont octroyés.

On n'est heureux, vraiment, que par le bonheur d'autrui.

Quiconque prend, à son prochain, pour augmenter sa jouissance propre, une part du bonheur auquel il a droit, commet un acte odieux et stupide, tout à la fois, car il prive quelqu'un de son dû, et ne féconde, pour soi, que des regrets et des soucis — parce qu'il lui faut, dès lors, subir les remords que lui cause son dol, et parce qu'il est obligé, tout au moins, de défendre sa proie mal acquise... sans compter qu'il use, encore, sa vie, par surcroît, à jouir deux fois, de son bien et de celui qu'il a volé à l'autre!

C'est pour cela que le pauvre, qui vit honnête, et qui promène sa conscience pure au grand soleil des jours d'été, ne doit jamais envier le riche qu'il voit passer en brillant équipage... car l'homme heureux, presque toujours, c'est lui, le pauvre... l'autre gémit, tandis qu'il chante!...

*
* *

... Tout à coup, le hardi Capitaine Buridan — qui, depuis un moment, déjà, chevauchait sans rien voir de ce qui se passait autour de lui, tant il était enfoncé dans une profonde rêverie — releva la tête.

Son masque s'était éclairé.

Une indicible expression de joie l'avait transformé radicalement.

Avait-il donc trouvé le moyen qu'il cherchait pour servir le Roi si magnifiquement que l'éminence du service rendu lui vaudrait, à coup sûr, l'appui dont il avait besoin?

Oui!

Ou, du moins, il croyait l'avoir trouvé, ce moyen.

Restait à savoir s'il lui serait possible de le mettre en œuvre.

Mais il était décidé, absolument décidé à le tenter... et, cela, dès son arrivée au Louvre...

. . . .

... A ce moment-là, même, il aperçut Landry — ainsi que cela a été indiqué plus haut — au premier rang des manants qui se pressaient pour voir le Cortège Royal.

Le Sort le servait, certes.

Car, pour qu'il pût mettre à exécution le projet qu'il avait formé, il lui fallait se rencontrer avec son amé compagnon, et lui redemander le coffret, que, d'après ses ordres, il avait dû prendre, dans sa chambre, à l'Hôtellerie des Saints Innocents, chez Maître Pierre de Bourges... ce coffret qui contenait les lettres adressées, jadis, au Page Lyonnet de Bournonville, par Marguerite de Bourgogne.

C'est alors qu'il enleva son cheval... et que, grâce à ce mouvement, habilement exécuté, il lui fut loisible, sans attirer l'attention de personne, de dire, à Landry, tout bas :

— « Ce soir... à onze heures... avec le coffret... chez Pierre de Bourges... Sois exact... Je t'attendrai... »

La chevauchée du Cortège Royal se poursuivit au milieu des acclamations du Populaire, qui retentissaient de plus belle.

— Noël!... Noël !... Noël!... Noël!...

— Vive le Roi !

— Noël au Roi!... Noël!... Noël!...

— Oui... oui... pensait Buridan... Noël!... Noël au Roi!... De par lui, seul, je triompherai!...

Moins d'un quart d'heure après, et comme la nuit tombait... le Cortège Royal pénétra dans la Forteresse.

— Agissons!... se dit Messire Lyonnet de Bournonville... Vite et habilement!... Il s'agit de vaincre, ou de mourir!... A l'œuvre!... A l'œuvre!...

Il mit pied à terre, et laissa son cheval ès mains d'un Ecuyer.

Et, prestement, il se rapprocha de Sa Majesté Louis X, qui semblait tout heureux de se retrouver au Louvre, où l'attendait sa maîtresse aimée, la Belle Aude...

LXXXVII

DEUX RENDEZ-VOUS.

... Maintenant, tout le Cortège Royal était dans la grande cour du Louvre.

Il faisait nuit.

Nuit noire.

C'était ce moment, particulièrement impressionnant, où après le coucher du soleil, après le crépuscule, les ténèbres s'étendent, avec une surprenante et décevante rapidité, et où l'obscurité, profonde, cause, aux êtres,

Celle-ci s'était approchée du hardi Capitaine. — Monseigneur... lui dit-elle. (P. 1357.)

une mélancolie qui se dissipe, seulement, lorsque, du ciel, subitement redevenu lumineux, tombe la clarté douce, bleuâtre, des étoiles.

Dans la cour de la Forteresse Royale, entourée des massifs bâtiments crénelés, dominés par les hautes Tours aux toits en éteignoir, on entrevoyait,
vaguement, confusément, une foule... des ombres, qui s'agitaient.

On les devinait plutôt qu'on ne les voyait.

Il se dégageait de cette foule, pressée, de cavaliers, de dames, d'hommes

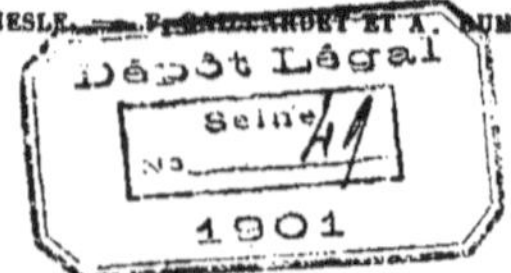

d'armes, une rumeur... où se mêlaient des rires, des appels, des cliquetis d'armes, des hennissements et des piaffements de chevaux.

Un Ecuyer avait emmené le cheval du Roi.

Un varlet de haute taille, le serviteur favori de Louis X, qui lui était tout dévoué, prit ses armes, son épée, sa dague, et son manteau.

Il était arrivé, au Louvre, le matin même, de bonne heure, pour faire préparer le Logis de son Maître.

Le Roi lui dit, à demi-voix... de telle sorte que, seul, il pût l'entendre... ce mot:

— Aude?

— Elle attend, impatiemment, Votre Majesté... répliqua le varlet.

Louis X sourit.

Il était éminemment satisfait.

— Bien!... murmura-t-il.

Lors, il se trouva face à face avec Messire Lyonnet de Bournonville.

— Messire... dit-il, toujours à demi-voix... un mot?

— Je suis tout aux ordres de mon Roi!... répondit Buridan.

Le hardi Capitaine était stupéfait.

Il avait résolu d'aller au Roi... et voilà que le Roi venait à lui.

Dans quel but?

Devait-il s'effarer ou se féliciter de ce fait imprévu?

— Je veux vous voir, un moment, Messire... pour causer avec vous... reprit Louis X.

— Le Roi est mon Maître!... fit Buridan... Où lui plaît-il que je le rejoigne, et à quelle heure?

— Tout de suite... Et à mon Logis.

— Le Roi sera obéi.

— Il importe que personne ne sache que nous nous sommes rencontrés?

— Personne ne le saura, Sire.

— Vous trouverez, dans un instant, au pied de la petite Tour, un de mes varlets, qui vous guidera jusque chez moi.

— C'est dit... Votre Majesté peut compter que je suis prêt à le servir en Féal Chevalier... tout comme mes aïeux ont servi les siens.

— J'y compte!... Donc, à bientôt, Capitaine!

— A bientôt, Sire!

Tout à coup, des lueurs brillèrent.

Sur l'ordre d'un Majordome, des torches avaient été allumées.

Vingt hommes d'armes les portaient, à bout de bras.

Spectacle à la fois superbe et sinistre...

Sous la lueur, rougeâtre, de ces torches, qui mettait comme une onde sanglante sur la vaste Cour, et qui éclairait, comme en un incendie, les

Tours, et les murailles crénelées, à la moitié de leur hauteur, les Seigneurs, les Nobles Dames, en costumes d'atour, semblaient évoluer dans une ronde infernale...

Leurs bijoux, les ors, dont ils étaient parés... leurs armes étincelaient.

— Votre Majesté souhaite-t-elle que je l'accompagne?... demanda, à Louis X, son Confesseur, le Révérend Père Angelo.

— Vous pouvez rentrer chez vous, mon Révérend... répliqua le Roi... Je veux que vous vous reposiez... Nous nous verrons demain...

Le Moine s'inclina, profondément, devant son Souverain...

Louis X fit quelques pas au devant de la Reine, qui marchait vers lui

— Votre Majesté daignera-t-elle me donner un instant d'entretien?... dit Marguerite de Bourgogne.

— Il ne convient pas que j'abuse de vous, Madame... répliqua le Roi... Votre Majesté a pris la peine de venir jusqu'au Château de Vincennes, ce dont je lui ai su un gré infini... Elle a chevauché à travers cette foule, qui se pressait sur nos pas... Elle doit être brisée... D'autre part, je suis las... Demain, je serai tout heureux de vous voir, Marguerite... Oui, oui, à demain... à demain !

Et, s'adressant aux Seigneurs qui l'entouraient, quêtant un regard du Maître :

— Je vous remercie, Messires, de vous être joints à mon Cortège... dit-il, d'une voix sonore... Il me plaît, toujours, de voir, autour de moi, les meilleurs, les plus solides appuis de mon Trône !

Il salua.

Puis, brusquement, il s'éloigna... et se dirigea vers son Logis, suivi par son fidèle varlet, et par ses pages.

Or, ce fut comme le signal de la débandade définitive du Cortège.

Pour tous les assistants, la Reine était en disgrâce.

Louis X, au Château de Vincennes, l'avait accueillie avec froideur — et tout le monde l'avait remarqué.

Pendant le trajet du Château au Louvre, il ne lui avait pas parlé.

Et, tout à l'heure, ne lui avait-il pas refusé le moment d'entretien qu'elle lui avait demandé?

Oui, oui, l'astre de Marguerite déclinait.

Par suite, personne ne se souciait de se rapprocher d'elle.

Au contraire, il fallait la fuir.

A quoi bon être englobé dans sa disgrâce, assurément très prochaine?

Marguerite se rendit compte de ce qui se passait en l'esprit des assistants.

Dès longtemps, elle savait comme ils étaient lâches !

Elle devina qu'ils allaient s'efforcer de s'éloigner d'elle; mais sans trop marquer leur défection, car, en ces temps tourmentés, tout être aujourd'hui disgracié, pouvait redevenir, demain, puissant... et se venger, implacablement, des injures reçues la veille.

Elle ne voulut pas exposer Sa Majesté à l'affront que ces Courtisans, par elle honnis, se préparaient à lui faire.

Elle se tourna vers ses femmes, qui s'étaient empressées, à ses côtés, dès qu'elle avait mis pied à terre.

— Rentrons!... dit-elle à Charlotte... qui venait de jeter un manteau sur ses épaules, car l'air du soir était frais, et la Reine était frileuse.

Puis, s'adressant aux Seigneurs, aux Dignitaires Ecclésiastiques :

— Dieu vous garde, Messires !... s'écria-t-elle, de sa voix la plus vibrante.

Dédaigneuse, la tête haute, elle passa... devant les Courtisans, qui, impressionnés, la saluèrent.

Tout en marchant, lentement, vers le bâtiment où se trouvait son logis, elle appela :

— Charlotte ?

Sa dévouée servante se rapprocha d'elle.

La Reine lui parla tout bas.

— Tu m'as bien compris ?... demanda Marguerite.

— Oui, Madame.

— Bien !... Va donc !... Et reviens le plus tôt possible... J'aurai encore besoin de toi... Va !... Va !...

Charlotte se dégagea du cortège de la Reine, et revint vers le groupe des Courtisans.

La plupart remontaient à cheval... ayant hâte, à présent, de rentrer chez eux, après une journée très fatigante, en somme.

Ceux-ci s'éloignèrent.

D'autres s'attardèrent à causer des événements auxquels ils avaient été mêlés, depuis quelques heures, et se disposèrent à prendre part à la collation que le Roi leur avait fait préparer dans l'une des Salles du Louvre.

Qu'allait-il advenir de Marigny?

Serait-il remplacé par le Sire Lyonnet de Bournonville ?

Evénement qui serait stupéfiant, certes, s'il se produisait !

Car, enfin, n'y avait-il pas, à la Cour, des hommes capables de remplir les fonctions de Ministre ?

Pourquoi aller chercher cet aventurier, inconnu de tous, pour exercer une si haute charge ?

Quelle action exerçait-il donc sur la Reine... et sur le Roi ?

Ah ! Tout allait de mal en pis depuis la mort de Philippe IV.

Celui-ci, au moins, savait ce qu'il voulait... et il l'appliquait, parfois brutalement, mais, sous son règne, on ne vivait pas, perpétuellement, dans les transes.

Depuis que Louis X régnait, on ne pouvait plus compter sur rien.

Mieux valait un Maître redoutable, et redouté ; mais fort... qu'un Maître relativement bénévole ; mais faible et capricieux.

Sans chef, homme de tête, un Etat marchait à sa perte.

On avait tout fait pour abattre Philippe-le-Bel...

On l'avait abattu.

On en arriverait à le regretter.

On avait tout fait, aussi, pour abattre Enguerrand de Marigny.

A cette heure, sa chute était un fait accompli.

Or, à coup sûr, on le regretterait, de même.

Et avant longtemps, c'était à craindre.

Le Révérend Père Angelo, le Confesseur du Roi, allait, de groupe en groupe, écoutant les propos qui se tenaient, afin d'en faire son profit.

En sa présence, bien entendu, on ne prononçait aucune parole imprudente.

Au contraire, on vantait la prudence du Roi.

Discrètement, on daubait sur la Reine.

Peu à peu, les Courtisans s'éloignaient.

Le Père Angelo observait, cependant, tout ce qui se passait autour de lui.

Or, il avait vu le Sire Lyonnet de Bournonville causer avec Charlotte, la servante de Marguerite de Bourgogne.

Celle-ci s'était approchée du hardi Capitaine.

— Monseigneur... lui dit-elle.

Buridan donnait des ordres à l'un des Ecuyers.

— Un mot, de la part de Sa Majesté la Reine ?... reprit Charlotte, à demi-voix.

— Parlez ?... répliqua le Capitaine.

— Ma maîtresse veut vous voir.

— Quand ?

— Dans une heure.

— Où ?

— Chez elle... Viendrez-vous ?

— J'irai !

— Bien !... Dans une heure, Monseigneur, je vous attendrai, pour vous conduire chez la Reine, au pied de la Tour du bord de l'eau...

— C'est dit !

Charlotte, prestement, s'éloigna.

— Que va-t-il faire ?... se demanda le Père Angelo.

Lors, Buridan — qui, depuis l'arrivée du Cortège Royal, au Louvre, avait vu s'incliner, devant son astre qui semblait se lever, toutes les plus hautes têtes — se sentant observé, se dit :

— Ayons l'air d'aller chez Marguerite... Par ainsi, je dépisterai les curieux.

Manœuvre habile, certes.

D'autant plus habile que, Charlotte venant de lui parler, on devait supposer que la Reine l'avait fait mander, près d'elle, par sa servante.

Ayant salué les courtisans qui devisaient, encore, dans la Cour du Louvre, et qui s'inclinèrent très bas devant lui... il se dirigea, résolûment, vers le Logis de la Reine.

Il s'engagea dans une tourelle ; il gravit quelques marches... s'arrêta derrière une meurtrière par laquelle, sans être vu, il voyait tout ce qui se passait dans la Cour du Louvre.

— C'est tout ce que je voulais savoir... se dit le Révérend Père Angelo, trompé par la manœuvre de Buridan... Il va voir Marguerite... Il fallait s'y attendre... Rentrons !

Il prit congé, lui aussi, des Courtisans attardés dans la Cour de la Forteresse... et il pénétra dans le bâtiment où se trouvait sa cellule.

Un moment après, la vaste Cour, où évoluaient, tout à l'heure, tant de Hauts-Seigneurs, de Nobles Dames, d'Ecuyers, de Pages, de Varlets, de Héraults, d'Hommes d'armes, de Sonneurs de fanfares... sous la lueur, rougeâtre, des torches — et où l'on entendait ce bruit, retentissant, qui plane sur les foules... bruit fait d'appels, de rires, du murmure des conversations, dominé, ici, par le cliquetis des armes, le hennissement et le piaffement des chevaux — devint désert, et retomba au silence profond...

Seulement, elle était éclairée, à présent, par la lueur de la lune, par la clarté des étoiles, qui jetaient, sur les hautes Tours, sur les bâtiments crénelés, une lumière très douce, sous laquelle la Forteresse Royale prenait des proportions plus formidables... paraissait, plus que jamais, enfermer des êtres tout occupés de besognes à la fois mystérieuses et terribles.

Alors, Buridan sortit de son refuge.

Sans honte d'avoir joué un pareil jeu, qui eût paru, sans doute, à d'autres qu'à un aventurier sans feu ni lieu, exposé aux pires dangers — indigne d'un Chevalier en posture de prendre l'une des premières charges de l'Etat.

— Bah !... se dit le Sire Lyonnet de Bournonville... Les petits moyens donnent, souvent, de grands résultats... Je me suis caché... Soit !... Demain, je me montrerai, peut-être... Si je ne m'étais pas caché, ce soir, pourrais-je me montrer quand le prochain jour luira ?... Je me suis fait taupe... Demain, je serai lion !... Il y a des moments, où, pour devenir le premier, il faut savoir être le dernier... Et, pour monter très haut, il importe d'avoir gravi, d'abord, les plus bas échelons... Marigny fut bien Panetier de la défunte Reine... Qui sait par quelles manœuvres, serviles ou ténébreuses, mesquines, ou, même, honteuses, il sut conquérir le point d'appui qu'il lui fallait pour se hisser jusqu'au sommet?...

Avant de sortir de la Tourelle, pour aller, de l'autre côté de la Cour, à l'endroit où devait l'attendre le serviteur du Roi, il réfléchit.

— Deux rendez-vous !... fit-il, souriant... Qui eût dit que les choses se passeraient ainsi?... Deux rendez-vous !... L'un, avec le Roi... l'autre, avec la Reine !... Fort heureusement, les deux rendez-vous sont donnés pour une heure différente !...

Il n'était pas sans inquiétude.

Que lui voulait le Roi?

Seulement, il était tout heureux que Louis X l'eût appelé.

En vérité, le Roi — on le sait — était allé au devant de ses désirs.

— Que je puisse l'amener à faire ce que je désire... pensa-t-il... et, pour mon triomphe final, je pourrai mettre à exécution le projet que j'ai formé, grâce auquel, demain, je n'aurai plus rien à redouter de Marguerite... En même temps, j'aurai si utilement travaillé pour le Roi, qu'il sera convaincu qu'il ne saurait trouver serviteur plus habile, plus énergique et plus hardi que moi...

Mais qu'est-ce que Marguerite voulait de lui?

— Il n'importe !... pensa-t-il... Je viendrai à bout d'elle aisément !...

Il ajouta, farouche :

— Je la tiens !... Elle ne saurait me résister... Elle est adroite, certes, scélérate, et décidée... Soit !... Je ne serai pas, moins qu'elle, adroit et décidé... pas moins qu'elle, s'il le faut, scélérat !...

Et, avec cette émotion, poignante, qu'il éprouvait chaque fois qu'il pensait à ses enfants, à ces deux fils issus de ses amours avec la fille du Duc Robert II, de Bourgogne, maintenant Reine de France... il dit encore :

— C'est pour eux... pour mes enfants bien aimés — que j'agirai !... Mes enfants, mes chers enfants !...

Oui, oui, pour eux, il était capable de tout .

Il voulait — encore une fois — qu'ils eussent en partage toutes les joies qui lui avaient été promises, jadis, en sa prime jeunesse, et que Marguerite, pour quelques jours d'ivresse, lui avait volées.

Il voulait qu'ils fussent puissants et riches.

Il voulait que sa race, en eux, se continuât.

Il voulait qu'ils fussent dignes des Preux de qui ils étaient sortis.

Il voulait, enfin, que leur rameau, verdoyant, montât, dans la clarté et la chaleur du soleil, sur la tige, puissante, que leurs ancêtres avaient constituée.

— Allons !... Allons !... dit le hardi Capitaine... A l'œuvre !.. A l'œuvre !... Sans défaillance, sans peur !... Pour mes enfants !...

Il sortit de la Tourelle.

Il se trouva dans la Cour.

Maintenant, le serviteur de Louis X devait l'attendre, là-bas, au pied de la Tour où se trouvait le Logis Royal.

Par surcroît de prudence, Buridan se glissa dans l'ombre portée des hautes murailles.

Il put, ainsi, traverser la cour, et arriver, sans être vu, à l'endroit où, effectivement, l'attendait le varlet favori du Roi.

— C'est vous qui devez me conduire chez Notre Sire le Roi ?... dit Buridan.

— Oui, si vous êtes Monseigneur Lyonnet de Bournonville ?... répliqua le varlet.

— Je suis Lyonnet de Bournonville.

— Alors, venez, Monseigneur.

— Marchons... je vous suis...

Buridan suivit le varlet...

LXXXVIII

ROI ET CAPITAINE D'AVENTURES EN PRÉSENCE.

... Après avoir parcouru une longue galerie... gravi deux étages... traversé plusieurs couloirs... Buridan se trouva dans une petite pièce, prenant jour sur des jardins.

C'était la salle où le Roi de France se tenait, de préférence, quand il vivait au Louvre, et quand il voulait rêver, en paix.

Elle était magnifiquement meublée — de bahuts superbement sculptés... de sièges recouverts de carreaux faits de riches étoffes et de cuirs dorés, gaufrés... de tables chargées de vases, précieux, en or, en argent, en cristal...

On y voyait des armes et des armures admirables... collectionnées par le Roi — et que son oncle, Charles de Valois, grand amateur d'épées, épieux, dagues, cuirasses, gantelets, heaumes... lui avait souvent enviées.

Aussi des émaux, des pièces d'orfévrerie, des ivoires... pièces rarissimes, dignes du plus haut Seigneur de France.

Et des manuscrits remarquablement tracés par les plus habiles enlumineurs du temps, de vrais chefs-d'œuvre d'art, pleins de délicieuses peintures s'enlevant sur des fonds d'azur, de pourpre et d'or.

Ces manuscrits étaient enfermés sous des reliures d'une valeur inestimable, en cuir ouvragé, avec fermoirs d'or, d'argent, ou de bronze, ornés de pierreries étincelantes, diamants, émeraudes, topazes, turquoises, saphirs — ou corail, nacre, ivoire.

LA TOUR DE NESLE

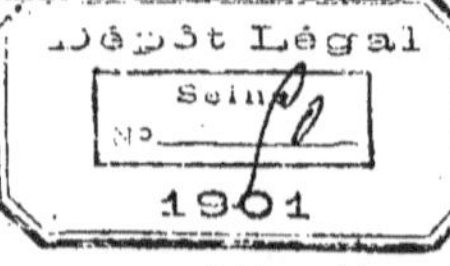

Il avait vu sa gente maîtresse, Aude, la fille du meunier de Conflans-Sainte-Honorine. (P. 1363.)

LIV. 171. — LA TOUR DE NESLE. — F. GAILLARDET ET ALEXANDRE DUMAS. — J. ROUFF ET Cie, ÉDIT.   LIV. 171.

Sur l'une des tables, on voyait une écritoire de très grande dimension, en ivoire vert, représentant un éléphant portant, en bât, deux tourelles... Chacune des tourelles était creuse, garnie de plomb, formant réservoir d'encre... On y voyait, encore, des plumes d'aigle, toutes taillées, dont les barbes étaient frisées et argentées... des feuilles de velin... le Sceau Royal... de la cire rouge... et un flambeau, de bronze, à six branches, chargées de cires jaunes allumées, et dont le pied était chargé de quatre lézards, argentés, admirable travail d'un maître « ymaigier » inconnu.

On avait jeté... sur les dalles en marbre blanc, rouge et noir... des peaux de bêtes : ours, tigres, lions.

Les murailles étaient couvertes d'une étoffe de soie, à fond bleu, brodée de fleurs de lys d'or.

Et une haute cheminée, en marbre rouge, portait, à son fronton, l'Ecusson Royal, soutenu par deux cariatides représentant d'admirables corps de femmes...

*
* *

... Le Capitaine Buridan s'assit, là.

— La partie va s'engager !... se dit-il, non sans trouble... Il s'agit de la gagner !...

Il ajouta, avec une énergie indicible :

— Je la gagnerai !

Un moment, ses yeux flamboyèrent.

— Oui, oui... je la gagnerai !... répéta-t-il...

Soudain, il entendit, tout près de lui, une sorte de grincement... le grincement d'une clé qui joue dans une serrure.

Puis, un froufrou d'étoffes.

Et Sa Majesté Louis X, Roi de France, et de Navarre... parut...

Buridan se leva, respectueusement.

.   .   .   .

...Le Roi était comme transfiguré.

Son beau visage avait une indicible expression de bonheur, de joie, d'ivresse, de félicité, d'allégresse.

Il avait vu sa gente maîtresse, Aude, la fille du meunier de Conflans-Sainte-Honorine.

Il avait baisé ses lèvres rouges... joué avec les boucles de sa chevelure d'or... caressé ses blanches épaules... étreint sa taille souple... écouté, dans le ravissement, l'harmonie de sa voix... admiré sa grâce...

Il lui avait dit :

— Je t'aime !

Et, tendrement, elle lui avait répondu :

— Moi, je t'adore !

Et les baisers des deux amants s'étaient succédé...

Ah! les délices des premières caresses... après une longue absence, quand on est jeune, quand on s'aime, et quand — surtout pendant les derniers moments de la prochaine étreinte — on a compté les minutes, impatiemment, qui doivent s'écouler, encore, avant que sonne l'heure tant attendue.

Qui ne les a pas éprouvées n'a pas vécu!

Pendant une minute, dans les beaux bras de sa maîtresse, ronds, potelés, si blancs, troués, aux coudes, de mignonnes fossettes — Louis X avait pu oublier qu'il était Roi...

Il avait oublié tous les soucis du Trône.

Sa grandeur... sa puissance... et ses ennemis!

Il était redevenu un homme.

Il n'avait plus été qu'un amoureux.

— Je t'aime!... Je t'aime!... Je t'aime!

Mots divins!... Mots adorables... qui se redisaient, sans répit — dans la Chambre Royale, bien close, pleine de fleurs, et de parfums... brillamment illuminée — scandés par l'ineffable musique des longs baisers donnés et reçus.

— Je t'attendais avec impatience!

— Et moi, je croyais que cette chevauchée, insipide, du Château de Vincennes, au Louvre, n'en finirait pas!

— Comme il y a longtemps que nous vivons loin l'un de l'autre!...

— Hélas!...

— J'ai cru que je ne te reverrais jamais...

— Ma chère Aude!...

— Mais nous ne nous quitterons plus?

— Jamais!...

— M'aimes-tu comme je t'aime?

— Plus encore!

— M'aimeras-tu toujours ainsi?

— Toujours!

Jamais!

Toujours!

Je t'aime!

Tout le vocabulaire de l'amour tient en ces quelques mots... que les amants, dans tous les temps, et dans tous les pays, se sont répétés, à l'envi... et qu'ils se répéteront tant que des lèvres de jeunes êtres se chercheront pour l'ivresse des baisers!

Toujours!

L'Eternité semble appartenir à ceux que la passion unit!...

...Rapidement, avant de venir se jeter dans les bras de la belle Aude, Louis X avait ôté ses vêtements de voyage... et revêtu d'autres habits.

Ses serviteurs, à cet effet, avaient tout préparé, à l'avance, sur son ordre.

Il s'était baigné.

On avait parfumé ses cheveux.

Et, sur du linge frais, il avait passé une sorte de robe en soie blanche, rehaussée de féeriques broderies d'argent, et enrichie de pierreries scintillantes.

Une ceinture, en filigrane d'or, dont le fermoir était orné d'un gros rubis entouré de diamants, entourait sa taille svelte, souple, élancée... et supportait un mignon poignard, enfermé dans une gaine de cuir blanc, et dont le manche était d'or ciselé.

Il était chaussé de souliers en satin blanc, bordés d'une fourrure d'hermine...

...Ainsi vêtu, pour plaire à sa maîtresse... pour fêter son retour, avec elle, dans la paix de son Logis bien clos... et paré, plus encore, par la joie qui illuminait son beau visage — le Roi de France apparut, à Buridan, comme un être nouveau... bien dissemblable de celui qu'il avait vu, tout à l'heure, souriant à la foule empressée sur son passage ; mais accomplissant, visiblement, une corvée, insipide, et, du reste, écrasé par de pesants soucis.

— Oh !... pensa Buridan... Je vois un homme heureux, c'est sûr !... De par tous les Saints du Paradis, quel changement s'est opéré en ce jeune homme !... Tâchons d'en profiter... Jouons serré !... Tout mon avenir dépend, certes, du colloque qui va s'engager entre nous...

Il se fit, donc, très attentif...

— Il sent la femme !... se dit, encore, le hardi Capitaine... Une femme est là, il n'en faut pas douter... Une femme aimée... C'est le reflet de sa beauté qui pare le Roi... son sourire qui l'enchante... l'harmonie de sa voix qui vibre à ses oreilles... Il l'a quittée à regret... Il a hâte de se retourner près d'elle... Pourtant, il est venu me retrouver... Ce qu'il veut me dire a donc de l'importance, à ses yeux... Ecoutons-le... Répondons-lui vite... Ne le privons pas, trop longtemps, du plaisir d'oublier sa grandeur, aux bras de celle qui l'attend, et qui m'en voudrait de l'avoir retenu... Je la connaîtrai... Je saurai qui elle est... Elle me servira, peut-être...

Le bonheur fait envie plus encore que la richesse et la puissance.

Buridan, qui n'eut pas envié, à Louis X, Sa Couronne Royale... lui envia, l'espace d'une seconde, son sourire d'amoureux... toute l'ivresse que l'étreinte, passionnée, de la belle Aude, avait mise au front du Roi, et qui le faisait resplendir...

LXXXIX

OU LE ROI DE FRANCE COMMENCE A ENTREVOIR LES LIENS QUI UNISSENT LYONNET DE BOURNONVILLE A MARGUERITE DE BOURGOGNE.

... Louis s'assit.

Buridan demeura debout près de lui.

— Oh!... se dit le hardi Capitaine... Il a pris place, volontairement, à coup sûr, de telle sorte que son visage reste dans l'ombre, afin que je ne puisse pas me rendre compte de ce qui se passera, en lui, au cours de notre entretien...

Au contraire, Buridan était en pleine lumière.

— Messire Capitaine... commença le Roi, tout en jouant avec le mignon poignard qu'il portait à sa ceinture, et qu'il avait tiré de sa gaine... j'ai remis, à demain, les affaires de l'Etat ; mais, pourtant, j'ai tenu à avoir, avec vous, dès ce soir, une conversation... Et, ce, pour des raisons que je vais vous faire connaître...

Buridan s'inclina sans mot dire.

Louis X reprit :

— Je vous parlerai avec franchise... Je vous saurai gré de m'imiter...

Buridan s'inclina, derechef.

— Je compte vous adresser, d'abord... poursuivit le Roi... quelques ques-tions, auxquelles je vous prie de répondre.

— Interrogez, Sire?... dit le Capitaine...

— Vous vous nommez Lyonnet de Bournonville... Ce nom m'est connu... J'ai souvenance que mon père, et mon grand-père, l'ont prononcé, souvent, devant moi...

— C'est que mon père, et mon grand-père, Sire, furent les plus féaux serviteurs de Leurs Majestés Philippe III, dit le Hardi, votre aïeul... et Phi-lippe IV, dit le Bel, votre père... Mon grand-père combattit aux côtés de Phi-lippe, le Troisième, contre Pierre III, d'Aragon ; il était près de son Roi lorsque celui-ci mourut, à Perpignan, au retour de l'expédition de Cata-logne... Quant à mon père, il fut laissé pour mort, en 1302, sur le champ de bataille de Courtrai ; mais, aux côtés de Philippe, le Quatrième, il prit sa revanche, sur les Flamands, en 1304, à la journée de Mons-en-Puelle... Le Roi, votre père, Sire, l'avait surnommé le Vaillant, titre dont il était fier, et qu'il porta jusqu'à sa dernière minute, arrivée en l'an de Notre Seigneur Jésus 1305... c'est-à-dire, il y a dix ans.

— Votre grand-père, et votre père, étaient vassaux du Duc de Bourgogne?

— Oui, Sire.

— Ainsi, jeune homme alors, vous connûtes la Reine?

— Oui, Sire... Page de notre Duc, Monseigneur Robert II, chez qui mon père m'avait mis, je vécus, pendant quelques années, près de la Princesse Marguerite...

— Vous quittâtes la Cour de Bourgogne?

— Oui, Sire... aussitôt après la mort de Monseigneur Robert.

Certes, le hardi Capitaine était maître de lui à un degré excessif, car, malgré l'émotion, très poignante, qu'il ressentait... pas un muscle de son visage ne bougea, lorsqu'il prononça le nom de sa victime... de son bienfaiteur... de ce vieillard qu'il avait occis — pour obéir à Marguerite.

— Et que fîtes-vous, alors?... reprit Louis X.

— Je voyageai...

— Longtemps?

— Pendant trois ans.

— En France?

— En Italie.

— Après?

— Je revins en France.

— En Bourgogne?

— Oui, Sire.

— Chez votre père?

— Oui, chez mon père... Puis, je guerroyai, avec lui... J'étais à Courtrai, avec le Sire Roger de Bournonville, le Vaillant, et à Mons-en-Puelle, aussi... Au retour de cette campagne, je reçus les éperons d'or ; je fus armé Chevalier... Mon père mourut... Un an après, je quittai la Bourgogne... Je levai une compagnie... Et, depuis,... je combattis partout où flotta la bannière du Roi.

— Pourquoi ne vîntes-vous pas à la Cour, où votre nom vous eût donné accès?... Les services rendus par vos aïeux vous eussent valu, certes, la faveur Royale?

— La vie d'aventures me plaisait.

— Vous pouviez devenir puissant et riche.

— Je ne suis pas né Courtisan,.. Il me fallait une existence active, libre, au grand air...

— Vous avez promis que vous me répondriez avec franchise?... Dites, Messire, n'aviez-vous pas une raison, que vous n'avouez pas, de vous tenir éloigné du Trône?

— J'en avais une...

— Allons donc!... Quelle?

— Jeune, j'avais aimé, follement, passionnément, une jeune fille de très haute lignée...

— A la Cour du Duc Robert II?

— A la Cour du Duc Robert II.

— Eh! bien?

— Or, cette jeune fille, Sire...

— Achevez donc?

— Cette jeune fille était devenue ma maîtresse.

— Après?

— Maîtresse idolâtrée...

— Qu'advint-il?

— On nous sépara... On me força à m'éloigner d'elle... Et, pourtant...

— Pourtant...

— Elle était grosse de mes œuvres... Je ne le sus que plus tard.

— Pourquoi ne vous unit-on point?... De si haute lignée que fût la jouvencelle... votre grand nom vous rendait digne d'elle.

— Elle ne m'aimait pas comme je l'aimais.

— Que fit-elle?

— Elle se maria.

— Mais... son enfant...

— Dites « ses enfants », Sire... car elle mit au monde deux jumeaux, deux fils...

— Eh! bien, ces fils...

— Elle les mit au monde en secret, avant son mariage... puis, elle les confia à un de ses serviteurs, qui les exposa.

— Où?

— A Paris...

— Comment avez vous su cela?

— Par hasard... Et depuis peu...

— Donc... la jeune fille se maria?...

— Oui, Sire... Elle épousa l'un des plus hauts Seigneurs de France... Et, avec lui, elle vécut à la Cour...

— Je comprends... Vous restâtes loin de Paris, loin du Trône, loin de la Cour... afin de ne pas être exposé à vous trouver, sans cesse, face à face avec...

— Avec une créature toute puissante, et scélérate, qui m'eût poursuivi de sa haine, alors que, malgré tous les maux que j'avais soufferts, je n'avais, au cœur, encore, pour elle, que de l'amour, en souvenir des jours délicieux, et inoubliables, que j'avais vécus, dans ses bras, au printemps de ma vie...

— Vous l'adoriez et la haïssiez, tout à la fois?

— Oui, Sire!

Le Roi hocha la tête.

Puis, après un temps de silence, il reprit :

— La Reine me demanda ce que j'attendais d'elle... (P. 1372.)

— Je comprends!... Vous aviez tout à redouter d'elle... Elle avait tout à redouter de vous... Elle vous eût attaqué... Et vous n'eussiez pas voulu vous défendre contre elle.

— C'est bien cela, Sire.

— Noble sentiment!

Le Roi se tut encore.

— Cette femme... poursuivit-il... elle vit, encore, à la Cour?

— Oui, Sire.

— Avec son mari?

— Avec son mari... oui, Sire !

— Un très haut personnage?

— Oui.

Louis X regarda, fixement, Buridan...

— Cet homme... le mari — et votre maîtresse... étaient-ils près de nous, aujourd'hui, dans le Cortège qui nous accompagna, de Vincennes au Louvre ?

— Oui, Sire !... répliqua Buridan, sans hésiter.

Il y eut un nouveau temps de silence.

Le Roi le rompit, brusquement

— Votre maîtresse, Messire... dit-il, d'une voix vibrante... n'était-elle pas à ma droite dans le Cortège?... Répondez?... Ne s'appelle-t-elle pas Marguerite de Bourgogne?...

Lyonnet de Bournonville ne tressaillit pas.

Il regarda Louis X bien en face.

Et, la tête haute, dans une attitude à la fois très énergique, très fière, très virile, il dit :

— Sire, je répondrai franchement, à Votre Majesté, comme je m'y suis engagé... comme je le dois, car vous êtes le Maître... vous êtes le Seigneur Souverain... oui, je vous dirai tout, Sire — sauf le nom de la femme qui me tortura...

— Si j'exigeais que vous parliez?

— Je ne parlerai pas !... Ceci est un secret qui restera entre moi, elle, et Dieu !...

XC

OÙ LE ROI SE REND COMPTE DES MOBILES QUI FONT AGIR BURIDAN

... Le visage du Roi, tout à l'heure radieux, s'était rembruni, soudain.

Louis X demeura rêveur, un instant.

Il était tout frémissant.

Un double éclair avait jailli de ses prunelles.

Buridan, immobile, toujours impassible, attendit qu'il plût, à son Royal interlocuteur, de l'interroger derechef.

— Poursuivons?... reprit, enfin, le Roi de France.

— Je suis aux ordres de Votre Majesté...

— Mais, puisque, pour les raisons, fort judicieuses, que vous m'avez données, vous avez vécu, pendant tout près de dix années, loin de Paris, loin de la Cour... pourquoi donc y êtes-vous venu, enfin, en ces temps derniers?... Pouvez-vous répondre à cette question?

— Oui, Sire.

— Parlez?

— Ainsi que je l'ai dit, à Votre Majesté, tout à l'heure, j'ai appris, il y a fort peu de temps, que, de mes amours d'antan avec la jeune fille, de très haute lignée, que j'ai connue, en Bourgogne, à la Cour du Duc Robert II, deux enfants étaient nés...

— Eh! bien?

— J'ai acquis, en même temps, la quasi certitude que je pourrais retrouver ces enfants.

— Alors?

— J'en éprouvai une très grande joie!... Voir mes enfants!... Ivresse!.. Sire, vous êtes trop jeune pour comprendre ces choses-là... A mon âge, l'homme se sent décroître... Tout au moins, il entrevoit, déjà, le prochain déclin... Jeune, on regarde devant soi... L'avenir, seul, vous préoccupe... et vous éblouit... car il vous montre, dans une gloire, tous vos rêves réalisés... Mais, à l'heure, triste, du déclin, on est déçu, toujours... On sent que l'avenir ne vous a pas donné... ne vous donnera pas tout ce qu'on en avait attendu... Et l'on se plaît, alors, à revivre, par la pensée, dans le passé, où l'on retrouve ses rêves, sa jeunesse, tous les souvenirs des jours enchantés que l'on a vécus avec l'espérance au cœur... Et comment peut-on mieux évoquer ses souvenirs sinon en les revoyant sourire sur les lèvres des enfants nés en les jours de la radieuse jeunesse, des enfants issus d'un amour qui constitua la plus grande allégresse d'une existence entière?...

« ... Ah! ces enfants!... Jusque-là, on les a aimés pour eux... Dès lors, on les aime pour soi... jusqu'à l'égoïsme, jusqu'à souffrir, jalousement, de tout ce qui peut vous prendre une part de leur tendresse... On veut revivre en eux... On veut qu'ils aient tout ce qu'on n'a pu avoir... parce que l'on se persuade que l'on sera paré, soi-même, de ce qui les parera, de par l'effort, même, de votre volonté...

« ... J'en suis là, Sire... Retrouver mes enfants... les voir... les étreindre... les chérir... les adorer... leur donner toutes les forces qui me restent, toute mon énergie, toute mon activité, toute mon intelligence... les faire riches, puissants!... Mon rêve!... Le but de ma vie, désormais... Je veux me voir grand... je veux me perpétuer, de par eux...

« ... Mais, pour atteindre ce résultat, il me fallait me mettre en campagne... Il me fallait conquérir, à force d'audace et d'énergie, un tout puissant appui, grâce auquel il me serait permis d'accomplir mon œuvre... Alors, je licenciai ma compagnie... Et je vins à Paris...

« ... Oh! mon impatience était grande d'agir... Je compris que, pour
conquérir, vite, cet appui dont j'avais besoin, il me fallait frapper un grand
coup... En pareille circonstance, la patience — en d'autres cas si utile —
ne pouvait me servir... L'audace, seule, devait me porter... Avec cette arme,
la patience, on vainc sûrement, certes, et ce que l'on a conquis tient mieux,
a une plus solide base... Mais par cette autre arme, l'audace, on vainc, d'un
seul coup... ou l'on succombe... On en est quitte, si l'on a vaincu, pour consolider, ensuite, sa base, par la patience... Hardiment, dès mon arrivée à
Paris. je me présentai au Louvre... J'obtins de voir la Reine...

Louis X se troubla.

Buridan ne sourcilla pas.

— Après?... dit le Roi, nerveusement... Après?

Le hardi Capitaine poursuivit :

— Je rappelai... à Sa Majesté Marguerite de Bourgogne... Lyonnet de
Bournonville, Page du Duc Robert II, son père... Elle voulut bien se souvenir
de moi...

Un sourire sarcastique passa sur les lèvres de Buridan pendant qu'il
prononçait ces paroles.

Louis X, qui l'observait, vit ce sourire.

Il serra, plus fortement, entre ses doigts crispés, le mignon poignard
avec lequel il jouait, et dont la lame étincela.

— Après?... dit-il encore.

— La Reine me demanda ce que j'attendais d'elle... reprit le Capitaine...
Or, je lui répondis que je voulais être riche, puissant .. que, pour atteindre
ce but, j'étais prêt à accomplir tous les actes — quels qu'ils fussent — grâce
auxquels, avant peu, je serais au sommet... La Reine Régente réfléchit, et,
tout de suite, elle me donna l'Ordre, signé, d'arrêter Messire Enguerrand de
Marigny... Je pris l'Ordre sans hésiter... Et je partis...

« ... Cet acte, l'arrestation du Tout Puissant Ministre, acte qu'aucun
Seigneur de la Cour n'eût osé accomplir, ne devait-il pas me porter, d'un seul
coup?... Je l'accomplis... J'arrêtai Marigny, et je le conduisis au Château de
Vincennes...J'étais sûr, que, par ce seul acte, je conquerrais votre faveur, Sire...

« ... Et je me disais que quand vous me connaîtriez, quand vous m'auriez
vu, à l'œuvre, derechef... quand vous sauriez quel parti vous pouviez tirer
d'un homme tel que moi... quand j'aurais accompli les autres actes que je suis
prêt à entreprendre pour le service de Votre Majesté — vous vous diriez :
qu'il n'existe pas, dans tout le Royaume de France, un seul homme, un seul
Seigneur, de bonne race, plus que moi capable d'être votre bras droit... plus
que moi digne, par suite, de recevoir cette richesse, et cette puissance, que
je recherche, Sire, encore une fois, pour retrouver mes fils, et pour les porter,
avec moi, au sommet, où j'aurai su monter... et où ils n'auront plus qu'à se
maintenir, avec mon aide, et votre appui souverain...

XCI

OÙ BURIDAN ABONDE DANS LE SENS DE LOUIS X

... Le Roi réfléchit un moment.

Ainsi, il ne s'était pas trompé.

Buridan serait son second... cet homme dont il avait besoin pour exécuter ses ordres... cet homme grâce à qui il pourrait jouir des avantages de la Royauté, pendant que son « bras droit » — selon l'expression du hardi Capitaine — en aurait toutes les charges, tous les soucis.

Buridan était ambitieux de richesses et de puissance.

Pour ses fils !...

Aggravation !

Appétit double !

Par conséquent, le Roi le tiendrait deux fois, puisqu'il serait, doublement, intéressé, à le servir.

Oui, oui, cet homme lui plaisait, décidément.

Cet homme était un fort, certes.

Fort à tous les points de vue.

Il était, à la fois, habile, audacieux... prudent, aussi — et, même, tendre...

C'était bien l'homme que le Roi avait cherché... l'homme dont il pourrait utiliser l'énergie, de la manière la plus satisfaisante, la plus haute.

Pour l'avoir à soi, tout à soi, il suffirait, certes, qu'on favorisât, largement, ses visées ambitieuses.

Quitte, du reste, à l'abattre, s'il devenait gênant.

Le Roi de France n'était-il pas tout puissant ?

Il n'avait qu'à vouloir pour mettre au sommet, en pleine lumière, qui il voulait... ou pour précipiter, à son gré, de ce sommet, celui qu'il y avait hissé la veille.

Depuis le règne de son glorieux père, Philippe, le Quatrième... le Roi n'était tenu d'obéir à personne.

« Tel est Notre bon plaisir ! »

C'était la formule Royale... devant laquelle s'inclinaient, à présent, tous les Hauts Barons, qui, jadis, avaient opposé leur volonté à la volonté du Roi... alors « Pair parmi ses Pairs ».

Le Roi, maintenant, était le Maître.

Maître absolu.

De par l'œuvre de Philippe-le-Bel... véritable fondateur de la Monarchie française...

. . . .

...Louis X se rappela les paroles que Buridan avait prononcées, tout à l'heure.

« Quand vous me connaîtrez... avait-il déclaré... quand vous m'aurez vu à l'œuvre, derechef... quand vous saurez quel parti vous pouvez tirer d'un homme tel que moi... quand j'aurai accompli les autres actes que je suis prêt à entreprendre pour le service de Votre Majesté, vous vous convaincrez qu'il n'existe pas, dans tout le Royaume de France, un seul homme, un seul Seigneur, de bonne race, plus que moi capable d'être votre bras droit... plus que moi digne, par suite, de recevoir cette richesse et cette puissance que je recherche... »

Qu'est-ce qu'il avait voulu dire ?

Il fallait le savoir.

De plus, il fallait pénétrer, plus avant, dans la pensée du hardi Capitaine, relativement à ses attaches avec la Reine, aussi bien dans le passé que dans le présent, et s'efforcer de lui faire indiquer, nettement, quel rôle il comptait jouer, auprès d'elle, dans l'avenir...

**
* *

— Ainsi, Capitaine... dit le Roi... vous seriez tout dévoué à ma personne ?

— Tout dévoué, oui, Sire !... répliqua Buridan.

— Mais... vous resteriez, aussi, tout dévoué à la Reine, par un sentiment de reconnaissance bien explicable ?

— Quel ?

— Ne vous fit-elle pas gravir le premier échelon vers ce sommet où vous voulez atteindre ?

— Sire, il me fallait arriver jusqu'à vous... Je me suis servi de la Reine, à cet effet... J'ai réussi... Ne suis-je pas par devant vous ?... Or, j'ai éprouvé, dès longtemps, qu'on ne peut bien servir qu'un Maître.

— C'est vrai... Toutefois — je veux insister sur ce point, et pour cause — vous resteriez fidèle à Marguerite, quand ce ne serait qu'en souvenir du passé... d'un passé où vous revoyez les joies que vous éprouvâtes, au printemps de votre vie, et dont vous m'avez parlé, tout à l'heure, avec une si sincère et si poignante émotion ?

Louis X prononça ces paroles avec une vague ironie.

Ce qui n'échappa point à Buridan.

— Sire... répondit celui-ci, très gravement... il est bien vrai que, il y a

un mois encore, quand je me rappelais ce passé, auquel Votre Majesté daigne
faire allusion, j'étais, à la fois, troublé, délicieusement, et torturé... ainsi
que je vous l'ai déclaré, il n'y a qu'un moment... Je vous ai promis de vous
parler avec franchise, Sire, et je tiendrai, jusqu'au bout, ma promesse...
Oui, la Reine, me combla de ses faveurs quand je vivais à la Cour du Duc
Robert II... Mais elle me fit, aussi, souffrir, cruellement... Malgré tout, son
souvenir était resté gravé, dans ma mémoire, de manière inoubliable...
J'eusse pu la frapper, ainsi que ceux qui furent cause de tous mes maux,
que je ne l'eusse pas fait... estimant que je devais lui être reconnaissant des
joies, délicieuses, qui m'étaient venues par eux, et que ces joies n'avaient
pas été payées, trop chèrement, au prix, même, de mes tortures...

« ...A cette heure, il ne s'agit plus de moi... Il s'agit de mes fils... Pour
eux, je vous le répète, je suis prêt à tout... Aucune attache, dans le passé,
de quelque nature qu'elle soit, ne me retiendra... aucune !... Je ne vois...
je ne veux, je ne peux voir que l'avenir... L'avenir de mes enfants... Tout
autre sentiment s'efface, pour moi, devant celui-là... J'obéirai, aveuglément,
aux ordres, quels qu'ils soient, que me donnera mon Maître, celui de qui
j'attends tout... Je frapperai, impitoyablement, tous ceux qui le gêneront...
Ceux que j'ai aimés, même... et ceux qui m'ont fait gémir... Je frapperai
ceux-ci, non dans un sentiment de vengeance — je me suis expliqué, sur
ce point, tout à l'heure — mais pour obéir, encore une fois, à la volonté de
celui à qui j'aurai voué toutes mes forces, afin qu'il me les paie à leur valeur...

« ...N'ai-je pas répondu, Sire, à la question que vous m'avez adressée,
et où vous exprimiez la crainte — à ce qu'il m'a semblé — que je ne restasse
attaché à la Reine, en souvenir du passé ?... Du reste, Votre Majesté me
permettra d'ajouter, que, visant le but que je me soucie d'atteindre, je
serais bien malhabile... pouvant m'appuyer sur la Puissance que vous
représentez, et qui est solide... si je m'appuyais, aussi, par surcroît, et très
imprudemment, sur une Puissance toute factice, qui, demain, peut-être, se
sera écroulée !...

Louis X, très calme, à présent, jouait, toujours, négligemment, avec
son mignon poignard.

— Ecroulée ?... dites-vous... Vous croyez que la Reine...

— Je crois, Sire, que trois personnes gênaient, et gênent, l'essor du
Roi de France.

— Quelles ?

— Messire Enguerrand de Marigny.

— Celui-ci, grâce à vous, est hors de cause... Nommez les autres....

— Monseigneur Charles de Valois.

— Mon oncle ?

— Qui... petit-fils et fils de Rois, frère, oncle de Rois... n'est pas Roi

— et qui, gémissant de n'avoir pu régner en nom, s'efforce, par trop, de vouloir régner en fait...

— Un vaillant Capitaine!

— Qu'il faudra cantonner dans son rôle de Capitaine — si telle est votre volonté, Sire?

Le Roi ne répondit pas.

— Et... l'autre personne, qui, selon vous, gêne l'essor du roi de France?... Nommez-la...

— J'ai dit que je parlerais avec franchise... Sire, j'espère que Votre Majesté ne me reprochera rien...

— Parlez sans crainte!... Je tiens, beaucoup, à connaître toute votre pensée.. Le nom de la troisième personne?...

— Marguerite de Bourgogne...

— Mais...

Buridan, fort habilement, interrompit Louis X.

— Clémence de Hongrie n'attend-elle pas, Sire, que votre lit soit vide pour devenir Reine de France?... dit-il, audacieusement.

Le Roi répliqua :

— Messire Capitaine, Marguerite est fort jeune encore... Elle ne me fera pas veuf...

— La mort nous guette sans cesse, Sire... Aucun être ne sait ce que demain lui réserve?... Du reste, Votre Majesté aurait le droit d'épouser Clotilde de Hongrie sans que Marguerite meure.

— Comment?

— Il peut survenir tel fait qui permette au Roi...

— Achevez?

— De rompre son hymen... Même...

— Même...

— Ne serait-il pas possible de le faire naître, ce fait...

— Agir... contre une femme... dit, hypocritement, Louis X.

Buridan ne fut pas dupe de son Royal interlocuteur, qui, bien certainement, l'écoutait avec plus d'attention que jamais.

— Sire... poursuivit le hardi Capitaine... les Rois ont des devoirs...

— Expliquez-vous mieux?

— La Raison d'Etat commande.

— La Raison d'Etat...

— Oui, la Raison d'Etat peut mettre un Conducteur d'Etres dans telle situation qu'il soit contraint d'accomplir des actes qui seraient attribués... à crime, même — à un manant.

— Mais, dans ce cas, quelles raisons aurais-je, selon vous, d'obéir à la Raison d'Etat?

De temps à autre, on retrouve des cadavres sur les berges de la Seine... (P. 1379.)

— Sire, d'abord, la Reine Marguerite de Bourgogne n'a pas donné d'héritier du Trône à Votre Majesté.

— C'est vrai... Mais elle peut m'en donner un...

— Une femme qui n'est plus épouse ne peut devenir mère... Or, Sire, ce n'est un secret pour personne que la Reine n'est plus, que de nom, l'épouse de Votre Majesté.

— Après?

— En second lieu, Sire, la Raison d'Etat vous conseille un hymen avec une Princesse dont la dot, considérable, remplirait les **coffres Royaux**, qui sont vides.

— Est-ce tout?

— Non.

— Eh! bien, dites le reste, Messire...

— C'est que...

— Vous avez promis de parler avec franchise.

— J'ai tenu ma promesse... Votre Majesté me rendra cette justice?... Mais...

— Mais...

— M'expliquer mieux devient difficile.

— Pourquoi?

— C'est qu'il s'agit de choses, qui, d'une part, sont d'un ordre tout intime, et que je crains, en m'en occupant, de déplaire au Roi — et, d'autre part c'est que, en parlant davantage, je serais obligé d'attaquer, par devant vous, une femme... et que'le femme? — une Reine.

— Messire... si la Raison d'Etat peut mettre un Conducteur d'Etres dans telle situation qu'il soit contraint d'accomplir des actes qui seraient attribués... à crime, même — à un manant... ainsi que vous l'avez dit tout à l'heure... cette raison d'Etat ne doit-elle pas l'obliger à entendre ce qui lui déplaît, à certaines heures, et dans certains cas?

— Oui, Sire.

— Parlez donc, Capitaine, et ne craignez pas de me déplaire... Ne craignez pas, non plus, d'attaquer une femme, fût-elle Reine, si vous croyez que cela est utile aux intérêts de l'Etat, que vous voulez servir en me servant.

— Je parlerai donc.

— J'écoute?...

— Sire, partout, à la Cour, et dans le Populaire, on accuse la Reine d'avoir des mœurs qui déshonorent le Roi... On assure qu'elle a des amants... On les nomme... A cette heure, son favori est Messire Gaultier d'Aulnay... Ce n'est pas tout... Oserais-je aller plus loin?

— Osez, Messire Capitaine... J'écoute?

— On affirme que la Reine...

— Poursuivez donc?... Pourquoi vous interrompre?

— On affirme que la Reine fait racoler, par une femme à son service, fort experte, dit-on, en ces honteuses manœuvres, de jeunes et beaux gentilshommes, récemment arrivés à Paris, inconnus à la Cour... et que, en leur compagnie, elle se livre, à la Tour de Nesle, à des orgies qui se terminent, au petit jour, par le meurtre des imprudents qui ont passé, dans ses bras, une folle nuictée d'amour, qui se sont enivrés de ses baisers et des vins généreux qui leur ont été versés...

« ...Sire, de temps à autre, on retrouve des cadavres sur les berges de la Seine... Il y a deux jours, on en a encore recueilli deux... Sire, le Populaire s'affole de ces meurtres dont on ne recherche pas les auteurs... Sire, on affirme que ces cadavres ont été faits à la Tour de Nesle... On affirme que les victimes ont été frappées par des assassins aux gages de la Reine de France, qui a voulu clore, à jamais, des lèvres qui se sont posées sur les siennes... des yeux qui ont vu un adorable visage qu'ils pourraient revoir et reconnaître... des oreilles qui ont entendu une voix qu'ils entendraient encore, si le hasard les conduisait, jamais, au Louvre, et les mettait en présence de celle qui prend place, aux côtés du Roi, assis sur le Trône de France...

« ...Sire, excusez-moi d'avoir ainsi parlé à Votre Majesté... Qu'elle veuille bien se souvenir que c'est elle qui a souhaité... exigé, même, que je parlasse... Et qu'elle soit assurée que, si j'ai tout dit, c'est parce que j'ai estimé que c'était mon devoir, et pour obéir aux suggestions de la Raison d'État, qui, dans un pareil conciliabule, devait primer, pour moi, toute autre considération, de quelque nature qu'elle fût...

— Messire Capitaine... dit Louis X... en regardant, fixement, Buridan... accuser n'est rien...

Et, après un temps de silence, il laissa tomber, lentement, ces mots :
— Prouver vaut mieux !
— Sire... répliqua Buridan... je ne conseillerais jamais à mon Roi — que je voudrais voir surnommer le Juste — de condamner sans preuves...
— Fort bien !... Poursuivez ?
— Mais si j'avais une preuve, une preuve irréfutable...
— Achevez ?
— Je condamnerais le coupable...
— Certes !
— Et je l'abattrais... si haut placé qu'il fût — tout près de mon Trône, même.
— J'agirais ainsi.
— Telle est la parole que j'attendais, Sire, d'un Prince tel que vous, qui est épris, avant tout, de Justice... d'un Prince dont on devine les hautes aspirations... d'un Prince qui, en toute occasion, sait prévoir, vouloir et agir, pour la Gloire de son nom, et le bien de son Peuple...
— Concluez, Messire Capitaine ?
— Je serai bref, Sire...
— Parlez ?
— J'ai eu l'honneur de dire, à Votre Majesté — qui s'en souvient, c'est sûr — que trois personnes gênaient l'essor du Roi de France... Enguerrand de Marigny... Marguerite de Bourgogne... et Monseigneur Charles de Valois...
— Eh ! bien ?

— Enguerrand de Marigny, déjà, est condamné?

— Il le sera... Après?

— Monseigneur Charles de Valois...

— Nous saurions, au besoin, nous affranchir de ce fougueux Capitaine, qui irait commander nos armées dans les Flandres, ou en Italie... et qui y glanerait des lauriers...

— Et qui, peut-être...

— Peut-être?

— Y trouverait le repos, après tant d'exploits... dans le trépas!

— Un trépas qui conviendrait, certes, à un héros tel que lui!... Le trépas que, souvent, je l'ai entendu envier!... Reste, Marguerite...

— Oui, Sire... contre qui — ainsi que vous l'avez dit, tout à l'heure, dans un très haut esprit de justice — il faudrait que vous eussiez une preuve, qui l'accuse... une preuve qui vous permettrait de la répudier, après quoi il vous serait permis de convoler, en justes noces, avec Clotilde de Hongrie, qui vous apporterait sa riche dot, avec laquelle on pourrait entreprendre de grandes choses... Clotilde de Hongrie, qui, peut-être, vous donnerait, Sire, un héritier du Trône de France.

Le Roi se leva.

Il fit quelques pas dans la salle... et s'assit.

— Eh! bien... Capitaine... dit-il...

Buridan, impatient de l'entendre, de nouveau, répéta :

— Eh bien! Sire...

— Vous m'avez convaincu... fit le Roi.

— Est-ce possible?...

— Je veux vous mettre à l'épreuve, tout au moins...

— Sire, Votre Majesté comble de joie son très humble et très féal serviteur.

— Un mot, d'abord...

— J'attends qu'il plaise, à mon Roi, de s'expliquer...

XCII

BURIDAN AU BUT

— Il paraît... on m'a dit, Messire Capitaine, que, lorsque vous eûtes arrêté, sur l'ordre de la Reine Régente, Enguerrand de Marigny... lorsque vous vîntes, au Louvre, pour rendre compte, à Marguerite, de votre mission... elle vous fit arrêter, à votre tour, par le Sire de Savoisy, qui vous conduisit au Grand-Châtelet... Est-ce vrai?

— C'est vrai, Sire.

— Je tenais à avoir, de votre bouche, même, confirmation de ce fait...
On me dit tant de choses, souvent fausses, ou considérablement et systématiquement grossies... que je ne peux parvenir, toujours, à discerner le faux
du vrai... Donc, le fait est exact?... Mais il demande explications... On m'a
dit, aussi, que vous reçûtes, au Grand-Châtelet, dans votre cachot, peu de
temps après que l'on vous y eût enfermé, la visite de la Reine... Est-ce
vrai?...

— C'est vrai, Sire.

— On m'a dit, enfin, que vous eûtes, dans votre cachot, avec Marguerite, une longue conversation... à la suite de laquelle vous sortîtes de la
Prison Royale... La Reine s'appuyait à votre bras... Puis, vous l'accom-
pagnâtes, jusqu'au Château de Vincennes, où elle devait me rejoindre... et
où elle vous présenta à moi... Est-ce toujours vrai, Messire Capitaine?

— Oui, Sire.

— Je vous ai dit que ces faits, étranges, demandent explications...
N'est-ce pas votre avis?... Pourquoi la Reine Régente, en récompense de
l'acte que vous aviez accompli, sur son ordre, vous a-t-elle fait enfermer
dans une Prison réservée aux Criminels d'État?... Pourquoi vous y a-t-elle
visité?... Et pourquoi, enfin, vous en a-t-elle fait sortir pour vous permettre
de l'accompagner jusqu'au Château de Vincennes?...

*
* *

...Le Révérend Père Angelo, Confesseur du Roi, ne s'était donc pas
trompé, lorsqu'il avait dit, au Père Théodule :

« — L'aventure est connue de tous, à présent... Elle sera racontée, au
Roi, soyez-en sûr... »

L' « aventure » — selon le mot du Moine — avait été contée, en effet,
à Louis X, dès son retour à son Logis, au Louvre, par son varlet, qui la
tenait du Sire de Savoisy — celui-ci ayant chargé le servant favori du Roi
de la répéter, à son Maître, en son nom... l'habile courtisan ne perdant
jamais une occasion de complaire à Celui qui était le grand dispensateur
des faveurs que savent cueillir, à force de bassesse et de vile courtisanerie,
tous ceux qui vivent près des Grands.

. . . .

...Certes, la question que Louis X venait de lui adresser eut embar-
rassé tout autre que Buridan.

Mais elle ne troubla pas, le moins du monde, le très hardi Capitaine.

Oh! c'est qu'il était sûr de lui.

C'est qu'il avait tout prévu... lorsque, en chevauchant, à la gauche du
Roi, du Château de Vincennes au Louvre... il avait forgé son plan d'attaque

contre la Reine, de qui il avait résolu de se défaire, afin de supprimer sa plus redoutable ennemie, et afin de se hisser, au faîte, sur sa ruine.

Un moment, il s'était dit : .

« — Pourquoi... pour abattre Marguerite... n'utiliserais-je pas ces lettres, que je possède, ces lettres qui prouvent qu'elle fut ma maîtresse et qu'elle fut parricide? »

Il ne s'était pas arrêté à ce projet, non pas, seulement, parce qu'il portait, en soi, de réels dangers, pour lui-même — en ce sens qu'il ferait savoir, au Roi, en lui confiant ces lettres, qu'il avait frappé, pour obéir à Marguerite, le Duc Robert II, de Bourgogne — mais aussi, et surtout, parce qu'il voulait les garder, ces lettres, parce qu'elles constituaient, entre ses mains, une arme, terrible, avec laquelle il avait, déjà, dompté Marguerite... et grâce à laquelle, au besoin, il resterait maître d'elle.

Louis X eut fait grâce, peut-être, au meurtrier du Duc, en faveur du service qu'il lui aurait rendu en le débarrassant de Marguerite... à moins qu'il ne l'accusât, dans le but de se défaire d'un homme, de qui il n'attendrait plus rien, et qui, possesseur de secrets redoutables, pourrait avoir la velléité, gênante, de s'en servir, à son profit.

Buridan s'était donc dit, très judicieusement, qu'il avait le plus grand intérêt à garder ses lettres.

Du reste, il en avait besoin — comme on le verra bientôt — pour mettre à exécution le projet qu'il avait formé.

Or, depuis le commencement de son entretien avec Louis X, il avait manœuvré avec une sans pareille habileté.

Le Roi avait, maintenant, la certitude — et Buridan, audacieusement, avait tout fait pour atteindre ce résultat — que le Page du Duc Robert, Messire Lyonnet de Bournonville, avait été l'amant de Marguerite... et que ces enfants, qu'il recherchait, étaient issus de leurs amours d'antan.

Par suite, il pouvait se rendre compte, à peu près exactement, de tout ce qui s'était passé, réellement, depuis quelques jours, entre le Capitaine et la Reine.

Louis X, en effet, grâce aux demi-confidences de Buridan, avait compris : Que l'ancien Page, ayant connu que deux enfants étaient nés de Marguerite... et de lui — que ces enfants avaient été confiés, par elle, à l'un de ses serviteurs... s'était mis en campagne pour les retrouver ; qu'il avait tout tenté pour revoir sa maîtresse, devenue Reine de France, et pour l'interroger au sujet de leurs enfants... que Marguerite, dominée par cet homme, — qu'elle avait tout lieu de croire mort et qui avait reparu, à l'improviste — avait dû lui céder jusqu'à l'heure où elle avait cru pouvoir l'abattre ; mais que cet homme, habile, l'avait vaincue, enfin.

Et le Roi, tout joyeux, se disait :

— Personne, mieux que ce Lyonnet de Bournonville, ne me servirait

contre la Reine... Il la hait... Et pour cause : Il a tout à redouter d'elle...
Pour atteindre son but, c'est-à-dire retrouver ses enfants, il tentera l'impossible pour abattre Marguerite, dans la crainte qu'elle ne l'abatte lui-même...
et, aussi, pour me servir... moi, — en qui il veut trouver un Maître, capable
de lui donner richesse et puissance...

Marguerite ne lui avait pas donné, bénévolement, ainsi qu'il l'avait cru,
d'abord — ce dont il s'était amusé fort, comme on sait — ce serviteur,
qu'elle avait si chaudement recommandé, et qui serait l'artisan de sa perte.

Au contraire, certes.

Elle n'avait agi que contrainte, et forcée, par un adversaire qui la tenait
dans sa main, parce qu'il avait, sans doute, contre elle, des preuves capables
de la perdre.

Or, Louis X était convaincu, à présent, que Buridan allait les lui fournir
ces preuves...

C'est pour cela qu'il avait posé, à son interlocuteur, sa dernière question :

— « Pourquoi la Reine Régente, en récompense de l'acte que vous aviez
accompli, sur son ordre, vous a-t-elle fait enfermer dans une Prison réservée
aux Criminels d'Etat?... Pourquoi vous y a-telle visité?... Et pourquoi, enfin,
vous en a-t-elle fait sortir? »

Selon Louis X, cette question devait forcer son interlocuteur aux dernières confidences.

Et, par suite, en lui donnant la révélation, entière, du secret qu'il portait... lui fournir une garantie, suprême, qu'il le servirait, mieux, contre la
Reine.

Il attendait, avec une impatience extrême, que Buridan lui répondit...
sûr qu'il allait, enfin, pénétrer le mystère du passé, dont il avait reconstitué
— non sans clairvoyance, certes — les faits principaux; mais dont il lui
tardait de connaître les détails, même...

*
* *

.. Mais Buridan, poursuivant son œuvre avec un sang-froid et une adresse
exceptionnellement remarquables, répliqua :

— Sire, la Reine a agi ainsi pour des raisons que vous connaîtrez...

— Quand?... demanda le Roi.

— Demain.

— Pourquoi pas dès ce soir?

— Pour des motifs graves.

— Quels?

— D'abord, Sire, parce que, ainsi que vous l'avez fort justement dit,
tout à l'heure : « Accuser n'est rien... Prouver est tout ».

— Eh! bien, prouvez...

— Les preuves qui pourront appuyer les accusations que je porterai, précises, ne sont pas encore entre mes mains.

— Vous les aurez demain?

— Je l'espère, Sire.

— Vous n'en êtes pas sûr?

— Qui peut-être sûr de rien?... Ce n'est pas tout, Sire...

— Poursuivez?

— L'heure passe... Le moment approche où je devrai me mettre à l'œuvre pour acquérir les preuves dont il s'agit...

— Vous souhaitez que je vous rende votre liberté?

— Je souhaite que Votre Majesté me fournisse les moyens d'entrer en campagne...

— Mais... ces moyens...

— Je ne peux les tenir que du Roi.

— Expliquez-vous?

— Je vais conclure, Sire...

— J'attends?

— Si Votre Majesté le veut... demain, deux des personnes qui gênent l'essor du Roi — ainsi que cela résulte, très complètement, de la conversation que nous venons d'avoir — auront disparu... ou seront, tout au moins, hors d'état de tenter rien qui puisse le gêner, derechef.

— Et... pour atteindre ce résultat...

— Pour atteindre ce résultat, Sire, il suffira...

— Achevez donc?

— Que Votre Majesté signe trois Ordres...

— Trois Ordres...

— Oui, Sire, trois Ordres que j'emporterai d'ici, et qui me donneront les armes dont j'ai besoin pour agir à votre profit.

— Et ces Ordres...

— Je suis prêt à les dicter à Votre Majesté...

Louis X se leva.

Il marcha vers la table qui se trouvait au milieu de la pièce... et qui portait des parchemins, des plumes, de l'encre, et le Scel Royal.

Il s'assit.

Il prit un parchemin... une plume, et, regardant, fixement, le hardi Capitaine Buridan, il dit :

— J'attends !... Dictez, Messire...

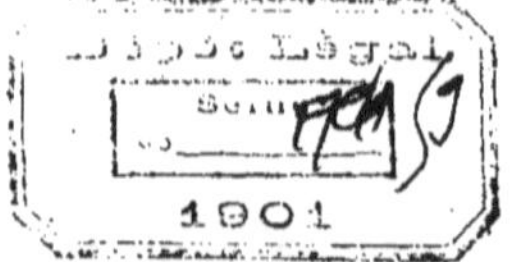

— Fais porter ces parchemins, tout de suite... celui-ci à Messire de Savoisy...
et l'autre à Messire Gaultier d'Aulnay... (P. 1386.)

XCIII

LES TROIS ORDRES.

...Buridan redressa sa haute taille... et, debout près de la table devant
laquelle le Roi de France avait pris place, il dicta ce qui suit :

« *Le Sire de Savoisy est nommé Capitaine de mes gardes.* »

Louis X regarda Buridan.

— Mais... fit-il... cette charge de Capitaine de mes gardes appartient à Messire Gaultier d'Aulnay?

— Je le sais, Sire... répliqua Buridan...

— Eh ! bien...

— Que Votre Majesté veuille signer ce premier Ordre... Le Roi saura, en signant le deuxième, que celui-ci fera vacante la charge de Messire Gaultier d'Aulnay.

Le Roi signa le premier Ordre... et il y apposa son sceau.

— Dictez le deuxième Ordre, Messire?... reprit-il.

Buridan reprit :

— Que Votre Majesté daigne écrire :

« *Lettres patentes du Roi donnant, à Messire Gaultier d'Aulnay, le Commandement de la Comté de Champagne.*

« *Messire Gaultier d'Aulnay quittera Paris demain pour se rendre à Troyes.* »

— Je comprends... dit Louis X.

Il sourit — il signa et il scella l'Ordre.

— Est-ce tout?... dit-il.

— Non, Sire.

— Que souhaitez-vous?

— Je souhaite qu'il plaise, à Votre Majesté, de faire porter ces Ordres au Sire de Savoisy, nouveau Capitaine des gardes, et à Messire Gaultier d'Aulnay, nouveau Gouverneur de la Comté de Champagne.

— Sont-ils au Louvre?

— Assurément, ils y sont encore... Votre Majesté a-t-elle donc oublié qu'elle a donné des ordres pour qu'une collation fut servie aux Seigneurs qui ont pris rang dans le Cortège Royal?... La plupart d'entre eux, certes, se sont réunis dans la Salle où la collation a été servie... Ils devaient avoir très grand besoin de se réunir pour s'entretenir des événements de la journée... Soyez assuré que Messire de Savoisy se trouve parmi les plus curieux de connaître les faits qui vont se produire... Quant à Messire Gaultier d'Aulnay, on le trouvera au Louvre, c'est sûr... sinon parmi les Seigneurs attablés autour des tables servies de par la munificence Royale, du moins à son logis... De par sa charge, il habite au Louvre, je crois?

— C'est juste!... dit Louis X... Vos vœux seront exaucés, Messire.

Il frappa, sur un timbre d'or, avec un petit marteau d'ivoire, à manche d'ébène.

Le varlet qui avait introduit, chez le Roi, le Capitaine Buridan, parut.

Louis X lui remit les deux parchemins qu'il avait signés, et lui dit:

— Fais porter ces parchemins, tout de suite... celui-ci à Messire de

Savoisy... et l'autre à Messire Gaultier d'Aulnay... On les trouvera, tous les deux, au Louvre, dans la Salle où a été servie la collation offerte aux Seigneurs qui m'ont escorté, tout à l'heure... Va...

Le varlet prit les parchemins, s'inclina et sortit...

— Est-ce tout?... demanda Louis X, pour la deuxième fois.

— Pas encore, Sire... répliqua Buridan...

— Que vous faut-il de plus?

— Un troisième Ordre.

— Un troisième Ordre?

— Oui.

— Dictez, Messire?

— Ce troisième Ordre, que Votre Majesté va donner, est, de tous, le plus important...

— J'attends?

Toujours grave, toujours impassible, Buridan dicta :

« *Nous avons appris, avec peine, les massacres qui désolent Notre Bonne Ville de Paris.*

« *Nous supposons, avec quelque raison, que les meurtriers se réunissent à la Tour de Nesle.*

« *Nous ordonnons au Sire de Savoisy, Capitaine de Nos gardes, de s'y transporter, cette nuit, avec dix hommes.*

« *Nous voulons qu'il arrête tous ceux qui s'y trouveront... quels que soient leur titre et leur rang..* »

— Signez, Sire... dit Buridan...

Et il ajouta :

— Du moins... si tel est le bon plaisir de Votre Majesté?...

Louis X réfléchit, un moment.

Puis, sans mot dire, il signa l'Ordre... et, lentement, il le scella.

Enfin, il le remit à son interlocuteur.

— Agissez, Messire... fit-il résolûment... Je me fie à vous... Ce que vous ferez sera bien fait...

— Oui, Sire... répliqua Buridan... Ce que je ferai sera bien fait... J'ose le dire à Votre Majesté.

Il roula l'Ordre... soigneusement.

Une pièce pour lui... extra précieuse.

Une arme d'une supérieure trempe... avec laquelle il allait pouvoir mettre en œuvre le projet, hardi, qu'il avait échafaudé tout en chevauchant, à la gauche du Roi, du château de Vincennes au Louvre... quelques heures auparavant.

Une arme avec laquelle il allait se mesurer contre Marguerite... et triompher, peut-être.

Oh ! Buridan exultait, vraiment.

Il y avait de quoi, certes !

Que de chemin parcouru en moins de douze heures !

Quelle force acquise !

Seulement, il fallait agir... et agir vite, maintenant.

Sans perdre une minute.

Il fallait aller tout droit à l'ennemi.

Se jeter dans l'aventure — d'abord avec toute la prudence possible ; puis, frapper... et frapper fort... afin d'abattre, d'un seul coup, l'adversaire, avant qu'il ait eu le temps de se défendre, d'attaquer à son tour...

*
* *

D'autre part, le Roi était satisfait.

Il ne pouvait deviner les projets de Buridan ; mais il se rendait compte, vaguement, de ce qu'il comptait entreprendre.

Oui, oui, il avait confiance.

Le Sort l'avait bien servi.

Ce Capitaine Buridan était un homme... dans la très grande acception du mot, certes.

Il lui constituerait un serviteur de tout premier ordre.

Le serviteur rêvé... et, jusque-là, vainement cherché parmi tous les Seigneurs qui vivaient près de lui, à la Cour.

Celui-ci agirait.

Avec toute l'audace, toute l'énergie nécessaire... car il risquait le tout pour le tout : sa vie contre le pouvoir !

Au moins pendant quelques mois, le Roi pourrait se reposer, sur lui, des soucis de l'Etat.

Au moins pendant quelques mois, car, assurément, Buridan, bien pareil aux autres hommes, deviendrait prudent, et veule, dès qu'il serait au sommet, dès qu'il aurait honneurs, puissance, richesses, qu'il voudrait conserver et dont il s'efforcerait de jouir.

Rien de tel que les gueux pour faire belle et bonne besogne.

Ils sont prêts à tout pour apaiser leur faim.

Il n'y a plus rien à tirer d'un repu !

Quelques mois !

Oui, oui, Buridan servirait le Roi, très féalement, pendant quelques mois.

Toujours autant de gagné !

Pendant ces quelques mois, Louis X vivrait en Roi, sans être Roi.

Il pourrait se passer tous ses caprices, toutes ses fantaisies... être tout à la Belle Aude... sans tracas... sans gêne...

Ah ! la bonne vie qu'il allait mener !

Quelques mois !

Laps suffisant.

Pendant ces quelques mois, Buridan agirait.

Il assumerait, sur sa tête, la responsabilité de l'acte qu'il fallait accomplir, et qui épouvantait le Roi... savoir : l'exécution du Colosse, l'ancien ministre du Roi défunt, Philippe, le Quatrième... Monseigneur Enguerrand de Marigny.

Et puis... et sans nul doute... il abattrait Marguerite de Bourgogne.

Par suite, l'union, projetée, avec Clémence de Hongrie, pourrait s'accomplir... et l'on encaisserait la richissime dot de la future Reine.

Enfin, il s'attaquerait à Monseigneur Charles de Valois... ce « brouillon »... grand Capitaine, esprit médiocre... petit-fils et fils de Rois, frère et oncle de Rois, jamais Roi lui-même — et qui, sans Couronne, sans Sceptre, prenait des airs de Roi depuis la mort de son frère, depuis l'avènement de son neveu, Louis X, au Trône de France.

Il saurait bien se défaire, aussi, de lui.

Triple profit pour le Roi.

Bonne... très bonne journée !

Retour à Paris...

Découverte d'un homme, en la personne de Buridan.

Douce étreinte avec la Belle Aude.

Oui, oui, très bonne journée !...

*
* *

— Or... qu'est-ce que vous allez faire, à présent, Messire Capitaine ?... demanda Louis X.

— Je vais exécuter les Ordres de Votre Majesté... répliqua Buridan.

— En personne ?

— En personne... Ou, du moins, veiller à ce qu'ils soient exécutés fidèlement... Et, d'abord...

— D'abord ?

— Mettre tout en œuvre pour que mes projets me donnent les résultats que j'en attends.

— Quels ?

— Vous le saurez demain, Sire, je l'espère ..

— Vous souhaitez que je vous rende votre liberté ?

— Il est temps que je me mette en campagne... Du reste, il est tard, déjà... Et Votre Majesté, lasse, doit avoir besoin de prendre du repos ?...

Louis X sourit.

— Vous êtes un bon serviteur, Messire Capitaine... ajouta t-il... Pendant que je me reposerai, vous allez dépenser vos forces, au dehors, à mon profit...

— Pour mon plaisir, et pour remplir mon devoir...

— Vous êtes libre, Messire... Vous pouvez vous retirer... Nous nous reverrons demain...

— De bonne heure...

— Où vous rendez-vous, présentement ?

— Chez la Reine...

— Chez la Reine ?

— Elle m'a fait dire, lors de notre retour au Louvre, qu'elle souhaitait de me voir dans une heure... L'heure est écoulée... Je serai exact au rendez-vous qu'elle m'a donné...

— Allez donc !

— A demain, Sire.

— A demain !... Dieu vous garde !

Buridan s'inclina, très respectueusement, devant son Roi.

Puis, toujours impassible... sans que son visage exprimât la joie, pourtant très vive, qu'il éprouvait... il sortit, tête haute... la main appuyée sur la garde de sa redoutable épée...

Et, tandis qu'il traversait, à grands pas, la cour du Louvre, se rendant vers le Logis de la Reine.... Louis X, certain qu'il venait de faire une très bonne besogne... certain que le hardi Capitaine allait travailler, très fructueusement, à son profit — rentra dans sa chambre, pleine de fleurs, de parfums, de lumières... où l'attendait, impatiente de le revoir et de lui ouvrir ses bras, la Belle Aude, la fille du meunier de Conflans-Sainte-Honorine, la très gente jouvencelle à la gorge marmoréenne, aux cheveux d'or...

XCIV

DEVIS DE COURTISANS

...C'était dans une grande salle sise au rez-de-chaussée du bâtiment qui flanquait la Tour où se trouvait le Logis de la Reine.

Une salle où le Roi défunt, Philippe, le Quatrième, dit le Bel, avait fait réunir des trophées, pris sur les Infidèles, pendant les Croisades, par son aïeul, le pieux Roi Saint Louis, et par son père, Philippe, le Troisième, surnommé le Hardi.

Des étendards, aux couleurs éclatantes, rouges, jaunes, verts, étaient attachés, par leur hampe, démesurément longue, aux voûtes, et flottaient sur la tête des convives du Roi de France.

Des armes, armures, cimeterres, couteaux, piques, faulx, épieux — armes magnifiques, richement damasquinées, enrichies de pierreries, étaient accrochées aux murailles, parmi des tentures, des tapisseries, des peaux de bêtes : lions et tigres, — des tissus chargés de féeriques broderies, où des fils d'or et d'argent étincelaient.

Au fond, une haute cheminée de pierre, portant, à son fronton, comme dans toutes les salles des habitations Royales, l'Écusson du Roi.

Au milieu, une large table, recouverte de napperons en lin, brodés de fines broderies rouges et bleues... chargée de huit flambeaux d'argent massif, supportant, chacun, huit cires... de buires contenant des fleurs... de vaisseaux pleins de viandes, de fruits, de pâtisseries... de pots remplis de vins généreux et parfumés, blanc et rouge... de coupes en vermeil.

Une vingtaine de Seigneurs, la plupart ayant charge à la Cour et habitant le Louvre, étaient restés, là... après le départ de ceux — de moindre ou de très haute importance — qui avaient accompagné le Cortège Royal jusque dans la Forteresse, et que nous avons vus s'éloigner... courant à leurs plaisirs... sans prendre leur part de la collation offerte par le Roi.

Assis, autour de la table, ils devisaient... tout en buvant les vins de choix servis par l'hospitalité Royale.

L'aspect de cette salle — illuminée, où flottaient les multicolores étendards des Infidèles, dont les soies étaient chargées d'insignes, d'inscriptions... où les armes, armures, étincelaient, ainsi que les vaisseaux d'argent, les ors et les pierreries qui chamarraient les riches costumes d'atour des Courtisans — était très beau... offrait un spectacle très brillant.

Un passant, ayant l'œil artiste... c'est-à-dire sachant voir la couleur des choses, parées, par la lumière, de tons aux plus délicates et plus douces nuances... eut été charmé, certes, dès son entrée dans cette salle, — charmé et ébloui.

Mais pour lui... quelle scène amusante, intéressante, curieuse, instructive... s'il avait été, de plus, observateur...

Car, rien qu'en écoutant parler tous ces Seigneurs, il eut appris à connaître, en quelques minutes, la Cour de Sa Majesté Louis X... et il eut entendu des propos qui lui eussent démontré l'état d'âme des Courtisans.

Il en eut gémi, peut être.

A moins qu'il ne fût très philosophe.

Et qu'il ne sût ce que valent les hommes... dès qu'ils se dégagent de la vie simple, où ils se gardent purs... dès qu'ils se haussent jusqu'aux sphères où s'épand la richesse corruptrice.

Il y avait là, le Sire de Savoisy, le Sire de Pierrefonds, Sire Raoul...

l'ami du Révérend Père Angelo (¹), Confesseur du Roi... le Baron Hugues d'Augeron... Milon, Seigneur de Noyers... Gaucher, Connétable de France... le Comte Guillaume de Juliers... Messire Jean de Vierzon... Messire Simon de Melun — ces deux derniers fils de Preux, morts, glorieusement, sous la bannière du Roi, à la bataille de Courtrai, le 11 juillet 1302 — et d'autres, de moindre importance.

Tout au bout de la table, à l'écart, se tenait Messire Gaultier d'Aulnay.

Morne, rêveur.

Personne ne s'occupait de lui — et pour cause : d'abord parce qu'il avait voulu s'isoler en un coin, où l'ombre portée de deux bannières, le mettait dans une demi-obscurité favorable à sa rêverie... et, aussi, parce que l'on ne se souciait guère du favori de la Reine... dont l'astre déclinait.

Il ne s'occupait de personne.

Pourquoi était-il là?

Il n'en savait rien, bien sûr.

Il y était venu machinalement.

Il souffrait...

* *

...Après le passage du Cortège Royal, sur la Place des Saints Innocents, lorsqu'il avait pu se dégager du groupe des manants qui l'enserraient, il avait couru au Louvre.

Dans le but de voir le Capitaine Buridan.

Oh! cet homme... ce démon — il voulait l'interroger... le contraindre à révéler le secret qu'il portait.

Mais, lorsqu'il était arrivé dans la Cour du Louvre, le Roi... la Reine s'étaient retirés chacun en son Logis...

Gaultier n'avait plus trouvé que quelques Seigneurs prêts à la retraite, ou disposés à prendre leur part de la collation offerte par le Roi.

A tous, il avait demandé, anxieusement, où était le hardi Capitaine.

Oui, oui... ce démon... qui avait repris son vrai nom : Lyonnet de Bournonville — et qui était sorti des cachots du Grand Châtelet où la volonté, toute puissante, de la Reine Régente, l'avait jeté... pour rentrer dans la Bonne Ville de Paris, solennellement, à la gauche du Roi de France!

Fait inexplicable, inouï, stupéfiant, monstrueux !

Personne n'avait pu répondre aux questions de Gaultier.

Personne!

Nul ne savait ce que Messire Lyonnet de Bournonville était devenu.

Il était là, quelques instants auparavant.

On l'avait vu mettre pied à terre... donner les rênes de son cheval à un Ecuyer... saluer Louis X....

---

(1) Il se nommait Vibert... Angelo était son nom de Religieux.

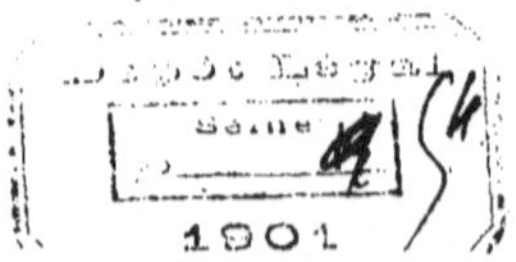

Il remit, au Sire de Savoisy, le parchemin que Louis X avait signé... (P. 1398.)

Puis, il avait disparu.

Comme par enchantement !

Tout comme s'il avait disposé — cet homme prodigieux, invraisemblable — du pouvoir de se rendre invisible, à son gré...

Lors, Gaultier d'Aulnay... affolé, s'était dit qu'il verrait la Reine.

Et il avait gagné, par des galeries qu'il connaissait, le couloir secret... le couloir qu'il avait suivi, tant de fois, pour pénétrer, secrètement, dans la chambre de Marguerite de Bourgogne.

Mais la porte était close !

Vainement, Gaultier avait tenté de se la faire ouvrir.

Vainement, il avait frappé à cet huis... dont il avait franchi le seuil si souvent, avec la joie au cœur, et, avec, au front, l'incommensurable orgueil d'être aimé.

Oui, oui, cette porte était restée close !

Par la volonté, expresse... sur l'ordre de Marguerite, sans doute ?

Oh ! quelle torture en l'âme de Gaultier !

Ce Buridan lui avait échappé... et la Reine refusait de le voir !

Supplice !

Que faire ?

Comment obtenir satisfaction ?

Et l'infortuné jouvenceau s'était dit :

— Mourir !... Il vaudrait mieux mourir !... La mort me délivrerait !... Le faix que je porte m'écrase !...

Mais, dans ce moment, où le désespoir le tenaillait, il avait été réconforté, soudain, en évoquant le souvenir de l'heure, reposante, qu'il avait passée près de sa bien-aimée Kaly, son bon ange... dans la demeure mystérieuse sise sous le chevet de Notre-Dame.

Fuir !

Ne pas chercher, davantage, à voir ni Buridan, ni la Reine.

Sortir de ce Louvre...

Sortir de ce Louvre... où il avait eu tant d'ivresses... où il avait tant gémi !

Retourner là-bas... près de la jeune étrangère, qui l'aimait, elle... oui, oui, qui l'aimait, éperdument... qui était prête, pour lui — il en était bien sûr — à tous les sacrifices.

S'éloigner de France... avec elle.

Partir pour les Indes, et vivre, désormais, avec l'oubli, aussi complet que possible, d'un passé torturant !

Voilà ce qu'il fallait faire, pour échapper à une destinée... où — ce n'était que trop sûr — s'accumuleraient les ruines de tous les amours, de tous les rêves, en attendant une mort certaine !

Pourtant, Gaultier d'Aulnay était resté au Louvre.

Il y avait été retenu par une force mystérieuse, et qui avait triomphé de sa volonté.

Par la Fatalité, sans doute.

Et il était entré, quasi machinalement, dans la salle où les Seigneurs du Cortège Royal buvaient et devisaient...

Ce, pendant que le hardi Capitaine Buridan dictait les Ordres à Sa Majesté Louis X, Roi de France ..

⁎

... Le Sire de Savoisy, qui pérorait, dans un groupe, leva sa coupe, et but.
Puis, riant :

— Oui, Messeigneurs... dit-il... nous vivons dans un temps bien étrange...
Hier, Marigny Premier Ministre... aujourd'hui, Marigny arrêté... Ce matin, ce
Capitaine... ce Lyonnet de Bournonville, arrêté — peut-être sera-t-il, demain,
Premier Ministre ?... On croirait, sur mon honneur, que Dieu joue aux dés,
avec Satan, ce beau Royaume de France!...

— Il a grande allure!... fit le Sire de Pierrefonds.

— Lyonnet de Bournonville... Un vieux nom, Messires... Ce Capitaine
n'est pas, comme on l'avait cru, d'abord, un chevalier de fortune.

— Il fut Page du Duc Robert II, de Bourgogne?

— Oui... C'est alors qu'il connut Marguerite.

— Son père se battit, très vaillamment, sous le feu Roi...

— Il se fera une haute fortune, c'est sûr...

— Ou il tombera, avant huit jours.

— C'est plus probable...

— Savoisy a raison, car, Messeigneurs, on ne saurait monter si haut,
aussi vite, et s'y tenir solidement... Le temps, seul, fait une base durable...

— Dieu merci, on pourrait trouver, à la Cour, des hommes capables
d'occuper, dan les Conseil, la charge de Marigny... Il n'est pas besoin d'aller
chercher, pour occuper cette charge, un homme que nul ne connaît, qui n'a
pas fait ses preuves, en somme...

— Si la Reine le protège...

— La Reine le protège... et le fait, d'abord, conduire au Grand-Châtelet !

— D'où elle le tire quelques heures après, du reste...

— Oui!... Tout cela est étrange... inexplicable¹...

— Marguerite ne protège pas le Sire Lyonnet de Bournonville, Messeigneurs... Elle n'est plus en état de protéger personne... pas même elle, n'en
doutez pas.

— C'est à craindre.

— Nous assisterons à une fête nuptiale avant longtemps, c'est sûr.

— La Hongrie nous donnera une Reine.

— On ne sait plus comment on vit.

— Nous serons, peut-être, arrêtés, tout à l'heure, et conduits au Grand-
Châtelet.

— Le Roi est rentré en son Logis?

— Certes!... Et pour cause ?

— Quelle ?

— Ne le savez-vous pas?

— Ma foi non...

— La vraie Reine, Messeigneurs, ne vient pas de Bourgogne, et ne viendra pas de Hongrie... Elle est née sur les bords de la Seine... à Conflans Sainte Honorine... Elle porte une meule et des sacs de farine dans ses armoiries... A son col, Dame Nature, qui s'y connaît, a attaché le collier de Vénus, plus splendide et plus blanc que le plus richissime collier de perles... et elle lui a mis, au front, une Couronne de cheveux d'or, qui la pare plus superbement que la plus belle Couronne Royale du monde... Elle ne s'appelle ni Marguerite, ni Clémence... mais bien, Aude, tout court... C'est la Majesté Souveraine, sans sceptre et sans titres... Si le Sire Lyonnet de Bournonville est protégé par elle, je suis prêt à lui faire ma cour... Il est le vrai maître...

— Et cela durera?

— Ce que durent les choses les plus belles et les plus fragiles qu'il y ait ici-bas.. c'est-à-dire: la splendeur d'une rose... la vie d'un éphémère... la pourpre des soleils couchants... l'amour d'une femme... et le caprice d'un Roi !

— Messeigneurs...

— Quoi donc?

— Vous souvient-il de ce Sorcier... de ce Bohémien... vêtu d'une si curieuse robe jaune, et qui, au cours d'une réception de la Reine, un de ces derniers matins, ici même, tira l'horoscope de Marguerite, et prédit, à Marigny, sa chute imminente?

— Oui.

— Eh! bien...

— Eh! bien?

— C'est singulier... Depuis un instant, je me dis que le Sorcier, et le Sire Lyonnet de Bournonville...

— Achevez donc ?

— Ne font qu'un seul et même personnage.

— Bah !...

— Quelle idée!...

— Même taille...

— C'est vrai...

— Et même voix, Messeigneurs... J'entends encore la voix de ce Bohémien... Une voix grave, sonore, bien timbrée... Et, d'autre part, j'entends la voix du Sire de Bournonville, quand, cette après-midi, au Château de Vincennes, il s'efforçait, avec nous tous, d'obtenir, du Roi, qu'il apposât son seing au bas de l'ordre d'exécution de Marigny... Oui, oui, même voix, Messeigneurs, vous dis-je... J'en suis sûr, le Bohémien, et le Capitaine, ne font qu'un seul et même personnage...

— Tout est possible!... Pour moi, je suis décidé à ne m'étonner plus de rien, désormais...

— Qu'est-ce qu'il est devenu, ce Capitaine, le savez-vous?

— Non..

— Personne n'en sait rien...

— Il doit être chez la Reine...

— Je l'ai vu parler bas au Roi.

— Et moi, à la Reine.

— Moi, de même...

— Vous vous trompez, Messeigneurs, il ne parlait pas à la Reine... c'était la Reine qui lui parlait... Elle sembla lui donner un ordre... Il s'inclina, devant elle, respectueusement.

— Que peut-il tramer, dans l'ombre, avec elle?

— Elle lui donnait... qui sait? — un rendez-vous d'amour?

— Pour la nuit prochaine.

— A la Tour de Nesle, peut-être?

— On retrouvera, sans doute, demain, sur la berge de la rivière, le cadavre du Sire Lyonnet de Bournonville.

— Souhaitons-le !

Gaultier d'Aulnay était bien profondément absorbé dans sa rêverie, certes...

Il n'entendait pas ces propos, à coup sûr... car il les eût relevés; il eût défendu Marguerite.

Les Hauts Seigneurs reprirent :

— Pendant que Notre Sire le Roi caresse la Belle Aude... la Reine, du moins, se consolera avec le Sire Lyonnet de Bournonville.

— Il n'est plus très jeune.

— Mais il est encore fort beau.

— Il est, surtout, très vigoureux.

— Et tel que Marguerite aime les amants de rencontre qu'elle se donne.

— Seulement, qu'est-ce qu'il est devenu?...

— En sa qualité de Sorcier... et comme féal de Messire Lucifer, il a le don, peut-être, de passer à travers les murailles... de s'envoler dans les airs, ou de s'enfoncer dans les entrailles de la terre...

— Qui sait s'il ne va pas surgir, tout à coup, au milieu de nous?

— Ce serait, au moins, inattendu.

— Je bois à sa santé.

— A ses amours.

— A son ascension vers les plus hauts sommets.

— A son patron, Messire Belzébuth, en personne!

Les coupes, pleines de vin vermeil, se heurtèrent... au milieu des rires des Courtisans gouailleurs.

Tout à coup, dans le silence qui avait suivi les propos des buveurs, on entendit un bruit de pas, au dehors.

Qui venait là?

Messire Lyonnet de Bournonville?

Les Hauts Seigneurs devinrent très attentifs.

Or, ce fut le varlet favori de Sa Majesté Louis X qui parut.

Stupéfaction!

Que voulait-il?

Que venait-il faire dans la salle?

Etait-il envoyé par le Roi?

Dans quel but?

Les visages s'embrumèrent.

Chaque assistant était vaguement inquiet... troublé, même, dans l'attente d'un événement, quelconque, qui allait, peut-être, l'atteindre, personnellement, et le frapper...

XGV

OÙ L'ON VERRA COMMENT FURENT ACCUEILLIS, PAR LE SIRE DE SAVOISY ET PAR GAULTIER D'AULNAY, LES ORDRES DE SA MAJESTÉ LOUIS X.

... Le varlet, cependant, avait salué, très respectueusement, les Hauts Seigneurs assemblés.

Tout de suite, il avait vu le Sire de Savoisy, qui s'était trouvé presque en face de lui dès son entrée dans la Salle.

Il ne vit qu'un instant après Gaultier d'Aulnay, qui était resté à la même place, toujours rêveur, là-bas, dans la pénombre.

Enfin, il s'approcha du Sire de Savoisy.

— Lettres patentes de Notre Sire le Roi... pour vous, Monseigneur... dit-il.

Il remit, au Sire de Savoisy, le parchemin que Louis X avait signé, et scellé, selon le vœu du Capitaine Buridan.

Grand émoi pour le Sire de Savoisy, d'une part.

Et, d'autre part, aguichement excessif de la curiosité des Hauts Seigneurs.

Donc, le Roi, que l'on croyait tout enfiévré de passion amoureuse... tout occupé, uniquement, de sa très gente maîtresse, la Belle Aude, la fille du meunier de Conflans Sainte Honorine — signait des Ordres?

Voilà qui était extraordinaire... prodigieux — et, surtout, absolument inattendu.

Qu'est-ce que le Sire de Savoisy allait apprendre?

Louis X lui accordait-il quelque faveur?

Ou bien, était-il disgrâcié?

Il fallait s'attendre à tout.

Tout était possible.

— Lisez !... Lisez !... Lisez !... dirent, au Sire de Savoisy, les Seigneurs qui se trouvaient tout à côté de lui...

Le Sire de Savoisy, en proie à une émotion indicible, tournait, et retournait, entre ses doigts chargés de bagues, étincelantes de pierreries, le parchemin Royal, sans se décider à le dérouler.

— De par tous les Saints du Paradis, Messeigneurs, vous êtes plus pressés que moi !... fit-il, en ricanant, pour dissimuler son émoi... Si Notre Sire, le Roi — de qui le Dieu Tout Puissant veuille conserver les très précieux jours — m'envoie à Montfaucon... avouez que j'ai toujours le temps de connaître la fâcheuse nouvelle !

Le varlet du Roi, pendant que se jouait cette scène, s'était dirigé vers Messire Gaultier d'Aulnay.

Tous les Seigneurs, de plus en plus curieux, observaient ses faits et gestes.

Gaultier, enfoui dans sa rêverie, ne vit pas le varlet... qui s'était arrêté devant lui.

— L'autre Ordre est pour Gaultier d'Aulnay... dirent les Courtisans, stupéfaits.

— Que se passe-t-il donc?

— Le Roi emploiera-t-il sa nuit à signer des Ordres?

— Serait-ce le Sire Lyonnet de Bournonville qui les lui suggère?

— C'est probable !

— La société de la Belle Aude lui eût été plus agréable.

— Le fait est qu'elle est exquise, la fille du meunier de Conflans Sainte Honorine.

— S'il m'était donné de passer une heure entre ses bras, si blancs et roses, si potelés... sur sa gorge si ronde et si fleurie — je céderais... même une Couronne Royale — fût-ce la Couronne de France — plutôt que de tenter de conserver cette Couronne en me privant d'un seul baiser à cueillir aux lèvres de la délicieuse jouvencelle !...

Deux fois, déjà, le varlet du Roi avait appelé Gaultier...

Vainement !...

Enfin, il lui mit une main sur l'épaule.

Gaultier tressaillit.

Il était loin... bien loin, certes.

Il vivait dans le cher passé... au Château d'Hannebaud, avec Philippe et le vieux Baron, son protecteur, son père.

Ou bien, aux Indes, avec son frère et Kaly, dans l'admirable demeure, pleine d'incomparables richesses, où il avait passé tant de beaux jours.

Doux souvenirs !

Ils dataient d'hier.

Et, pourtant, il semblait, à Gaultier, qu'ils s'enfonçaient dans la nuit de temps très reculés.

Il regarda le varlet du Roi de France.

Il vit le rouleau, portant le scel Royal, qu'il tenait.

— Que voulez-vous?... demanda-t-il.

Il était stupéfait, et, aussi, vaguement effrayé.

Le varlet répéta ce qu'il avait dit, déjà, à Messire de Savoisy.

— Lettres patentes de Notre Sire, le Roi... pour vous, Monseigneur.

Et il remit, à Gaultier d'Aulnay, le parchemin qu'il portait.

Puis il le salua...

Il salua, de même, tous les Seigneurs assis autour de la table... et il sortit.

Pas un des assistants, certes, n'eût quitté sa place, alors... avant d'avoir satisfait une curiosité prodigieusement surexcitée par les événements, extraordinaires, qui se produisaient.

Quelle journée!

On avait vécu, pendant plusieurs mois, d'une existence atrocement plate et monotone... dans l'attente, énervante, d'un bouleversement qui devait certainement se produire!

Or, l'orage était imminent.

La tempête, prévue, approchait.

A la bonne heure!

Maintenant, on allait vivre.

— Çà... sommes-nous éveillés?... dit Sire Raoul... Dormons-nous, Messeigneurs?... Quant à moi, je m'installe ici... Si je dors, on m'éveillera... Si je veille, on me mettra à la porte; mais je veux savoir comment finiront ces choses!...

— Moi, de même...

— Restons...

— Il n'est pas un seul endroit, à cette heure, dans la Bonne Ville de Paris, où l'on puisse s'amuser mieux qu'au Louvre...

— Spectacle comique et tragique, tout à la fois...

— Dont le Roi est l'auteur...

— Dont nous sommes les acteurs, hélas!

— Et dont le Maître des Hautes Œuvres pourrait bien être, avant peu — craignez-le, Messeigneurs — le principal interprète...

— Quel Ordre Notre Sire, le Roi, donne-t-il à Messire Gaultier d'Aulnay?... Je serais curieux de le savoir... Gaultier d'Aulnay n'est habitué à recevoir d'ordres que de Marguerite de Bourgogne...

— Messeigneurs, le vent souffle, la girouette tourne... Mettons-nous, autant que possible, à l'abri de la foudre...

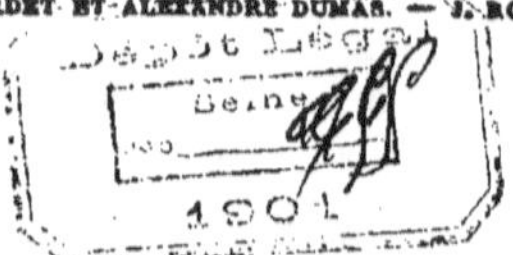

— Partir!... Partir!... Quitter Paris!... (P. 1407.)

LIV. 176. — LA TOUR DE NESLE. — F. GAILLARDET ET ALEXANDRE DUMAS. — J. ROUFF ET Cie, ÉDIT.   LIV. 176.

Le Sire de Savoisy, cependant, avait déroulé le parchemin Royal.

— De par mon Très Saint Patron — qui daigne me protéger encore! — s'écria-t-il... Voilà qui est étrange!

On s'empressa autour de lui.

Il était joyeux.

Donc, la nouvelle qu'il avait reçue n'était pas mauvaise.

Par suite, ses meilleurs amis devaient être jaloux de la **bonne fortune** — quelle qu'elle fût — que le Sort lui apportait.

— Le Roi vous fait Baron?... lui demanda-t-on.

— Il vous crée Gouverneur d'une province?

— Etant donné vos aptitudes spéciales en ces matières difficiles, il vous charge de lui organiser un harem, à l'instar de celui qui sert aux Chefs des Infidèles que nos aïeux combattirent?

— Ou vous nomme-t-il Abbé Mitré dans l'espoir que vous deviendrez chaste?

— A moins qu'il ne vous propose de devenir le mari de la Belle Aude, afin que les enfants qu'il lui fera aient un père.

— Riez, riez, Messeigneurs... répondit le Sire de Savoisy... goguenard... Il n'est pas une des charges que votre bonne amitié crée pour moi, fort plaisamment, dont vous ne soyiez dignes, autant que je le suis... et que vous ne soyiez prêts à accepter, quelles qu'elles soient, si elles vous étaient offertes — ce en quoi vous auriez, certes, grandement raison, attendu que tout ce qui nous vient de Notre Sire, le Roi, est bon à prendre, et à garder!...

— Mais... enfin... Savoisy, satisfaites notre curiosité?

— Oui... dites-nous ce qui vous échoit?

— Est-ce donc un secret que vous devez garder?

Le Sire de Savoisy éclata de rire.

— Messeigneurs... dit-il plaisamment... je ne m'offusque pas de votre curiosité, car, je l'avoue, à votre place, je serais... autant que vous l'êtes de savoir ce qui m'arrive... curieux de savoir ce qui vous arriverait... Ravi, du reste, est-il besoin de le déclarer... s'il vous tombait une tuile sur la tête!... Navré, d'autre part, je vous le dis en toute franchise, s'il vous était donné une faveur quelconque!... Ne sommes-nous pas hommes... et, de plus, Courtisans... c'est-à-dire loups?... Eh! bien, soyez navrés, mes bons amis... car l'événement est heureux pour moi... Oui, oui, soyez navrés... Mais, comme il convient, félicitez-moi, pourtant, car il n'est pas besoin — tout au contraire! — que les paroles que vous allez articuler soient adéquates à vos secrètes pensées... Oui, Messeigneurs, Notre Sire, le Roi — qui est un grand Roi, décidément — me fait l'honneur, insigne, de me nommer Capitaine de ses gardes.

Tous les Courtisans, amusés par la faconde du Sire de Savoisy, l'entourèrent.

— Une charge que vous tiendrez à merveille, Savoisy...

— Nul autre que vous n'était plus digne d'occuper ce poste de confiance auprès du Roi.

— Félicitations, Savoisy...

— Croyez bien, mon ami, que je suis tout aise de votre joie...

— Ne doutez pas du plaisir que j'éprouve à connaître que le Roi a rendu justice à votre haut mérite...

— Vous avez plaisanté, tout à l'heure, fort spirituellement, comme toujours... Vous êtes certain, pourtant, n'est-ce pas, Savoisy, que nous vous aimons tous, et qu'aucun de nous n'est navré de vous voir en faveur, au contraire?...

— Merci... merci... Messeigneurs!... dit le Sire de Savoisy...

Il serra, à la ronde, les mains qui se tendaient vers lui.

Puis, il reprit:

— Je dois, à l'instant, prendre mon poste dans les appartements... Restez ici, si tel est votre bon plaisir... Messeigneurs, j'ai appris, pour mon compte, ce que je voulais savoir...

Il leva, à bout de bras, sa toque empanachée, et s'écria, très gaîment:

— Oui, oui, Messeigneurs, le Roi est un grand Roi... et le nouveau Ministre, le Sire Lyonnet de Bournonville, un grand homme!...

Enfin, il marcha vers la porte, et dit:

— Dieu vous garde, Messeigneurs!...

Il sortit, tête haute, la main sur la garde de son épée, tout fier du titre qui lui avait été conféré.

— Un heureux homme!... fit le sire de Pierrefonds....

— Dites, plutôt, Messire, un homme heureux... ce qui n'est pas la même chose, Dieu merci!

— Heureux pour peu de chose!

— C'est vrai.

— Peut-on se réjouir d'avoir un pareil titre?

— Capitaine des gardes... une charge que je n'envie pas.

— Ni moi!...

— Pour la remplir convenablement, il faut avoir des mœurs de varlet bien plus que de soldat.

— Et, surtout de gentilhomme!

— Le Roi a nommé Savoisy... cela prouve qu'il a, du moins, une qualité...

— Laquelle?

— Il sait ce qu'il peut attendre de nous.

— Bien dit, sur ma foi!

Et de rire...

L'envie se console en narguant le succès!

... Et, cependant, on s'empressait, maintenant, autour de Messire Gaultier d'Aulnay.

On voulait savoir, encore, quelle nouvelle l'Ordre Royal avait apportée, de ce côté.

Faveur ?

Disgrâce ?

Plutôt disgrâce, à coup sûr.

Car Gaultier d'Aulnay n'était-il pas le favori de la Reine ?

Or, la disgrâce des Maîtres n'entraîne-t-elle pas celle des serviteurs ?

Et tous les Hauts Seigneurs se réjouissaient, à l'avance.

La disgrâce de celui-ci constituerait une compensation de la faveur accordée à celui-là.

Cela rétablirait l'équilibre.

Après une journée fatigante, après tant d'événements si divers, si pleins d'émouvantes péripéties on pourrait, enfin, aller dormir tranquille.

— Quelle nouvelle, Messire Gaultier d'Aulnay ?... demanda Sire Raoul.

Gaultier, après avoir pris, des mains du varlet de Sa Majesté Louis X l'Ordre Royal, était resté, pendant quelques instants, immobile... troublé, profondément... pressentant qu'il allait souffrir plus encore que jamais.

Enfin, brusquement... et au moment, même, où le Sire de Savoisy, satisfait, sortait de la salle — il déroula le parchemin.

Il lut :

> « *Lettres patentes du Roi donnant, à Messire Gaultier d'Aulnay, le Commandement de la Comté de Champagne.*
>
> « *Ordre de quitter Paris pour se rendre à Troyes.*
>
> « *Signé:* LOUIS. »

Les Hauts Seigneurs, curieux, l'entouraient.

Gaultier, éperdu, tremblait.

Joie pour les Courtisans !

La disgrâce du favori de la Reine était certaine.

Son attitude, morne, l'indiquait suffisamment.

— A moi... le Commandement de la Comté de Champagne !... s'écria Gaultier d'Aulnay.

Que disait-il donc ?

Le Roi lui avait donné le commandement de la Comté de Champagne ?

Une faveur insigne !

Et il ne paraissait pas satisfait !

Que lui fallait-il donc ?

— Moi... moi... quitter Paris !... reprit Gaultier.

A la bonne heure !

Maintenant, les Courtisans — tout d'abord stupéfaits, ce qui les avait empêchés de voir clair dans l'aventure — comprenaient le jeu du Roi... et s'expliquaient la colère de Gaultier.

Quitter Paris!

Un coup très cruel pour l'amant de la Reine!

Louis X l'exilait, loin de Paris, loin de la Cour.

Il le séparait, brusquement, de sa belle maîtresse, Marguerite de Bourgogne.

En même temps — et c'était en cela, surtout, que le Roi se montrait habile — il enlevait, à la Reine, son plus fidèle serviteur, son appui le plus sûr et le plus dévoué, un homme capable de donner sa vie, sans hésiter, pour la femme aimée.

Oh! Si le Roi était conseillé par le Sire Lyonnet de Bournonville, cet homme était, vraiment, un fort.

On ferait bien de ne pas se heurter à lui.

Au contraire, il serait bon de le servir.

Cet homme, assurément, monterait haut.

— Messire Gaultier d'Aulnay.... dit le Sire de Pierrefonds... nous vous félicitons!

— Le Commandement d'une province!... Un des plus enviés postes de France!...

— Surtout le Commandement de la Comté de Champagne.

— Une terre privilégiée!...

— Vous y boirez des vins délicieusement parfumés, Messire.

— Un pays où toutes les filles sont jolies... dit, méchamment, Sire Raoul... et où l'on trouve les maris les plus trompés de France... plus, encore qu'à Paris... à la Cour, même!

— Cela constituera, pour Messire Gaultier d'Aulnay, une compensation.

— Ce sera jouer à qui perd gagne!

— Justice est faite, Messire Gaultier d'Aulnay... Le nouveau titre qui vous est confié récompense vos longs et précieux services...

— Certes, le Roi ne pouvait mieux choisir pour le Commandement de la Comté de Champagne.

— Messire Gaultier d'Aulnay étant né en terre normande, sur laquelle il a vécu pendant près de vingt années, il connaît, à merveille, le pays Champenois, où il n'a jamais mis les pieds, et les besoins de ses habitants, qu'il verra, demain, pour la première fois de sa vie...

Tous les Courtisans ricanèrent.

Ils s'étaient amusés, fort, des propos, aigres-doux, ironiques, ou malveillants, qui avaient été tenus... et que Gaultier, du reste, n'avait pas entendus.

Ils se rapprochèrent du favori de la Reine.

— Nous vous félicitons, Messire Gaultier d'Aulnay... dirent-ils.

Le jeune homme se leva... et dit, d'une voix vibrante:

— Félicitez Satan... car c'est lui qui me vaut tant d'honneur !...

Il froissa l'Ordre Royal... entre ses doigts, nerveusement.

— Je ne partirai pas !... s'écria-t-il, en proie à une indicible surexcitation... Non, non, cent fois non... je ne partirai pas !...

Il était très pâle.

Il tremblait.

Ses yeux étincelaient.

— Partir !... Partir !... Quitter Paris !... Est-ce cela qu'on m'avait promis ?... Mais qui me dira donc sur quel terrain je marche depuis quelques jours ?... Autour de moi, tout n'est que déception.?... Chaque objet me paraît réel jusqu'à ce que je le touche !... Puis, alors, il s'évanouit entre mes mains !... Fantômes !...

Il s'assit.

Il était atterré...

Ses jambes, flageolantes, le soutenaient mal.

Oh ! l'infortuné souffrait abominablement.

Tout à coup, et après un temps de silence, il se leva... comme s'il avait recouvré, soudainement, ses forces.

Tout à ses pensées, qui, depuis un moment, se succédaient, pressées, en son cerveau lassé, où elles se heurtaient, confusément — il ne semblait plus se rendre compte de l'ambiance.

Les Seigneurs qui l'entouraient n'étaient plus, pour lui, que des silhouettes vagues.

Hagard... articulant des paroles indistinctes, il marcha... il courut, plutôt — vers la porte de la Salle.

Et, brusquement, il sortit.

Et les Courtisans, qui l'observaient, très curieusement... demeurèrent bouche bée.

Très déçus, certes !

Le spectacle qui leur était promis leur échappait.

L'acteur principal s'était dérobé...

N'était-ce pas grand dommage ?

Un spectacle éminemment affriolant, certes... où ils comptaient voir agoniser une pauvre victime !...

Oui, oui, c'était grand dommage !...

— Où va-t-il ?... dit le Sire de Pierrefonds.

— Pourfendre le Sire Lyonnet de Bournonville, peut-être.

— Ou se plaindre, au Roi, de ce qu'il le sépare de « leur » femme...

— Quoi qu'il en soit, Messeigneurs, j'imagine que nous allons avoir de l'agrément, pendant quelques jours.

— La prochaine exécution de Marigny... d'abord — espérons-le, tout au moins.

— Puis des scènes de ménage, plus ou moins graves, ou tragiques, entre le Roi, la Reine, et Messire Gaultier d'Aulnay.

— Scènes qui amèneront, sans doute, la rupture entre Louis, et Marguerite, et qui permettra, à Notre Sire le Roi, d'épouser Clémence de Hongrie.

— Et, par suite, pour nous, pendant les jours de Noces Royales, fêtes, joûtes, tournois, danses, festins.

— Quant au Sire Lyonnet de Bournonville, il jouera un rôle, aussi, dans l'aventure, il n'en faut pas douter...

— Certes !... Il nous apportera l'élément imprévu... qui dénoue — parfois, très brusquement — les situations les plus compliquées.

— Il représentera la Fatalité.

— En attendant tant de divertissements dont nous avions grand besoin, car on se morfondait, depuis trois mois, à la Cour, dans une existence trop platement monotone... buvons, Messeigneurs.

— Buvons !

— A la santé du Sire Lyonnet de Bournonville... qui me semble devoir être le grand organisateur de nos futurs plaisirs.

— Bien dit !... A la santé du Sire Lyonnet de Bournonville...

— A sa fortune !

— A son triomphe !

Les coupes se heurtèrent...

Et, plus d'une heure durant, les Courtisans, tout en buvant, à pleins bords, les vins du Roi de France, s'entretinrent des événements, extraordinaires, qui s'étaient produits à la Cour, depuis la rentrée de Sa Majesté Louis X dans sa Bonne Ville de Paris...

XCVI

CHEZ LA REINE.

... Marguerite, après avoir donné l'ordre, à Charlotte, de convoquer, chez elle, le Capitaine Buridan, était rentrée en son Logis, avec ses femmes.

Avec l'aide de celles-ci, elle se dévêtit.

Elle ôta cette robe d'atour... cette robe blanche, qu'elle portait en chevauchant à la droite de Louis X... cette robe qui la parait si superbement, qu

Charlotte, enfin, parut, par devant elle.
Marguerite se souleva, par un geste rapide... (P. 1410.)

la faisait si majestueuse... cette robe sous laquelle tous les hommes l'avaient
trouvée si belle, et que toutes les femmes, dans la foule, lui avaient enviée.

Elle déposa sa toque empanachée, ornée du richissime diamant qui
avait étincelé à son front, parmi ses cheveux d'or.

Puis elle se baigna...

Ses femmes peignèrent et parfumèrent sa magnifique chevelure.

Et, demi-nue, elle s'assit, enfin, devant une table où on lui avait servi
une collation : viandes froides, fruits, pâtisseries... vins généreux.

Elle mangea avec appétit...

Elle avait grand besoin de réparer ses forces.

Le vin vermeil remit du rose à ses joues blêmies.

Réconfortée par sa collation... reposée par son bain... et libre de ses mouvements, sous sa robe légère, faite d'une étoffe, de couleur ambrée, si fine qu'elle était quasi transparente et laissait entrevoir son admirable corps — elle s'étendit, dans sa chambre, sur une sorte de divan, bas, recouvert d'étoffe de soie, brodée de fleurs aux vives couleurs.

Ah! comme elle était belle!

Ses longs cheveux, dénoués, flottaient sur ses blanches épaules... se glissaient, légers, ondulés, sur ses seins frémissants... et leurs boucles, dorées, s'étendaient jusque sur ses hanches, dont les impeccables rondeurs, bien dessinées par l'étoffe de sa robe, se cambraient, dans sa pose alanguie.

Elle n'avait plus de bijoux, plus de parures.

Sa beauté ne devait plus rien qu'à elle-même.

Elle n'était plus Reine.

Elle était femme.

Et, femme, elle était plus Reine, encore, cent fois, que sous les signes de la Royauté.

L'adorable créature!

Si blanche, si rose, si potelée, si fine... svelte, pleine de grâce, troublante à damner un Saint, même.

Ange... démon — tout à la fois.

Femme... panthère — en même temps.

Superbe... et terrible!

Admirable... et farouche!

Sublime objet d'amour... et de torture, aussi.

Capable d'enchanter... et, au besoin, de déchirer avec une sauvagerie féroce.

Dans sa posture, elle eût charmé Gaultier... elle eût effrayé Buridan.

On eût donné sa vie pour être aimé, par elle, ne fût-ce qu'une minute.

Personne n'eût osé s'attaquer à cette dangereuse créature.

Oh! comme ses narines battaient!

Comme ses yeux flamboyaient.

Elle pensait à Buridan...

Comme elle le haïssait!

Charlotte, enfin, parut, par devant elle.

Marguerite se souleva, par un geste rapide, d'une grâce toute féline, tout comme un fauve, affamé, qui, couché dans la jungle, attentif aux moindres bruits, dresse la tête, parce qu'il a flairé une proie passant au loin.

— Eh bien?... demanda-t-elle... Tu as vu le Sire Lyonnet de Bournonville?

— Oui, Madame.

— Viendra-t-il?

— Il viendra...

— Dans une heure?

— Oui, Madame...

Les yeux de la Reine flamboient plus que jamais...

Deux lueurs, phosphorescentes, aussitôt éteintes, s'en dégagent.

— C'est bien!... dit Marguerite...

Après un temps de silence, elle reprit :

— Il n'a fait aucune objection?

— Aucune... répond la dévouée servante.

— Personne n'a pu entendre ce que tu lui as dit?

— Personne.

— Tu en es sûre?

— Oui, Madame.

— Les Seigneurs qui ont accompagné le Cortège Royal se sont-ils retirés, à présent?

— Lorsque j'ai parlé à Messire Lyonnet de Bournonville, ils étaient nombreux, encore, dans la Cour.

— Et le Roi?

— Il s'est retiré en son Logis.

— Tu n'as rien vu qui m'intéresse?

— Si fait, Madame.

— Parle?

— J'ai vu passer, tout près de moi, comme je revenais ici, Messire
Gaultier d'Aulnay.

La Reine tressaillit.

— Ah! fit-elle.

Et, sous l'étoffe, légère, de sa robe, sa gorge battit plus précipitamment.

— Oui,... reprit Charlotte... il marchait vite, très vite... Il paraissait
très triste... Il entra dans le bâtiment où se trouve son logement... Il semblait ne rien voir de ce qui l'entourait... Je suis sûre, Madame, qu'il venait
ici...

Pour la seconde fois, la Reine se souleva, sur son coude...

Et, soudain, effarée, elle lui dit :

— La porte du couloir secret est-elle fermée?... Vite, vite, ferme-la...
Pousse le verrou... Vite... Vite...

La servante obéit.

Elle poussa le verrou de la porte secrète...

— Je ne veux pas voir Gaultier!... reprit Marguerite... Non!... Non!... je ne veux pas le voir!... Pas en ce moment!... Non!... Non!...

— Messire Gaultier d'Aulnay n'entrera pas, Madame... dit la servante, en revenant vers la Reine.

— Bien!... fit Marguerite, rassurée... Bien!...

Oh! non, elle ne voulait pas voir Gaultier en ce moment!... Elle ne saurait que lui dire...

Sa présence la troublerait... l'empêcherait de penser à ce qu'il faut qu'elle fasse pour frapper ce Buridan... et pour l'abattre!...

Elle sourit.

— Le cher mignon!... ajouta-t-elle, d'une voix très douce... Comme il doit souffrir!...

Farouche, elle reprit :

— Et je ne peux rien pour le consoler!... Je suis forcée de le fuir!... A cause de Lyonnet de Bournonville!...

Oh! comme cet homme lui paierait toutes les tortures qu'elle avait subies, de par lui, depuis quelques jours!...

Il les lui paierait, certes!...

Comme elle allait se venger de lui!

Elle l'espérait!...

Il était temps, certes, que la Reine fît fermer, par Charlotte, la porte du couloir secret.

— Écoute... dit-elle, à sa dévouée servante.

Elle était effarée.

Elle avait entendu marcher, soudain, dans le couloir.

— Lui!... Lui!... reprit-elle...

Le bruit de pas cessa.

Gaultier d'Aulnay — car c'était lui qui était là — s'était arrêté derrière la porte.

Il tenta de l'ouvrir.

Vainement.

Un court instant se passa.

Marguerite, angoissée, attendit.

Tout à coup, on frappa à la porte, doucement, d'abord... très doucement; puis, bientôt, plus fort, avec une sorte d'impatience... de fureur, même.

Charlotte regarda la Reine.

Elle semblait l'interroger... et, même, la supplier de lui donner l'ordre d'ouvrir cette porte.

Marguerite, frémissante, fit un geste, impérieux.

— N'ouvre pas!... ordonna-t-elle.

Le bruit ne retentissait plus

Gaultier s'était lassé de frapper à la porte.

Toutefois, il était resté là...

— Le cher mignon'... murmura la Reine, apitoyée.

A ce moment-là, même — et comme si le jouvenceau avait entendu les paroles de Marguerite... il recommença à frapper, à la porte, par coups secs, répétés.

Et Charlotte dit :

— Oh! Madame... si Votre Majesté voulait...

Mais, derechef, la Reine lui ordonna, par un deuxième geste non moins impérieux.que le premier, de ne pas bouger.

Oh! oui, oui, elle souhaitait de voir Gaultier...

Pauvre Gaultier!

Elle souffrait, cruellement, de sa souffrance!

Et jamais elle n'avait donné preuve plus absolue de son énergie, de l'empire que sa volonté avait sur elle, qu'en refusant de voir son favori!

Il était là...

Elle n'avait qu'à faire un signe pour qu'il entrât... pour qu'il l'étreignît — et ce signe, elle ne le faisait pas!

Oui, oui, cette femme était maîtresse d'elle-même à un degré vraiment exceptionnel, absolument extraordinaire, quasiment surhumain.

C'est que Buridan allait venir...

Il pouvait arriver d'un moment à l'autre...

Or, comment quitter Gaultier, brusquement, en un pareil moment, pour aller retrouver le hardi Capitaine?

Gaultier avait tant de choses à dire à la Reine...

Et la Reine n'eut pu lui donner que quelques minutes

Impossible de faire attendre Buridan.

Ah! Dieu, non...

L'entretien que Marguerite allait avoir, avec lui, avait, aux yeux de la Reine, une capitale importance.

Il s'agissait, pour elle, de tout tenter pour abattre ce redoutable... cet implacable ennemi.

Et voilà pourquoi Marguerite, résistant aux poussées de son désir, s'obstinait à ne pas vouloir que Charlotte ouvrît la porte du couloir secret.

Elle verrait Gaultier... certes — et avec quelle joie! — mais plus tard.

C'est-à-dire après son entrevue avec Buridan.

Quand elle aurait assuré son triomphe, final, contre son terrible adversaire.

Quand elle aurait la certitude d'avoir des lendemains débarrassés des dangers qui la menaçaient, dans son amour, dans ses prérogatives, dans sa vie, même.

Ne valait-il pas mieux que Gaultier souffrît une heure de plus que de compromettre, pour une joie d'un instant, tout l'avenir?

Oh! le cher mignon!

Comme il devait être exaspéré!

Derechef, il avait cessé de frapper à cette porte, impitoyablement close; mais, après un nouveau temps d'accalmie, il avait frappé, encore... et plus fort!

Évidemment obstiné... dominé par une idée fixe.

Oui, oui, il avait grand besoin de voir Marguerite... d'entendre sa voix... d'écouter les tendres paroles qu'elle savait lui dire pour le consoler, quand il souffrait.

— Quand j'aurai reçu Buridan... se dit Marguerite, attendrie... je te ferai appeler, va, mon cher mignon!...

Oh! quel courage elle montrait, encore une fois, en résistant au désir qui la poussait à faire ouvrir cette porte!

Elle tordait entre ses doigts, nerveusement crispés, l'étoffe, légère, de sa robe... qui se déchira, à la hauteur de sa gorge... dont les rondeurs, fleuries de rose, saillirent, nues... superbes, marmoréennes.

Ah! comme Buridan paierait cher — oui, oui, très cher... toutes les tortures que subissait, par son fait, cette femme meurtrie... cette Reine exaspérée.

Soudain, tout bruit cessa.

Gaultier d'Aulnay ne frappa plus à la porte.

Puis, Marguerite entendit, très distinctement, un bruit de pas précipités.

Gaultier, las, indigné, furieux, s'était éloigné.

Tout retomba au silence, profond, lugubre, que la venue du favori de la Reine, dans le couloir secret, avait troublé, pendant un moment.

Alors Marguerite se sentit, à la fois, satisfaite et profondément troublée.

Satisfaite,... car elle avait conscience d'avoir agi énergiquement, habilement... dans l'intérêt, même, de Gaultier d'Aulnay.

Profondément troublée, aussi... parce qu'il lui sembla — tout à coup... pressentiment particulièrement impressionnant — qu'elle ne reverrait plus, jamais, son bien-aimé Gaultier.

Oui, son cœur se serra.

Elle éprouva une angoisse inexprimable...

Elle se sentit défaillir.

Une seconde, elle eut la sensation, effroyable, qu'elle allait cesser de vivre.

— Charlotte!... Charlotte!... clama-t-elle, effarée, blême.

— Madame... dit la servante, épouvantée... en se rapprochant, précipitamment, de la Reine... Madame... qu'avez-vous donc?

— Vite... vite... ouvre la porte... et appelle Gaultier... Va... Vite!... Vite!...

Prestement, Charlotte ouvrit la porte...

Ténèbres!...

Silence!...

Gaultier, qui avait gémi, là... était déjà loin...

Charlotte s'arrêta...

Que devait elle faire?

Courir sur les traces de Gaultier?

Elle regarda la Reine... comme pour lui demander ce qu'il fallait qu'elle fit.

Elle s'aperçut, alors, que Marguerite pleurait.

De grosses larmes, pressées, lourdes, roulaient sur les joues blêmies.

— Madame!... Madame!... s'écria la jolie servante, avec une émotion indicible... Que Votre Majesté ne pleure plus... Je vais courir jusque chez Messire Gaultier... je le ramènerai!...

Elle pleurait, elle aussi... la douce et très tendre créature — et les larmes mouillaient les blanches mains de la Reine, qu'elle baisait, respectueusement.

Elle s'était agenouillée devant le lit de repos où Marguerite était étendue.

— Oui, oui, je ramènerai Messire Gaultier, Madame...'répétait-elle... je le ramènerai!

— Non!... fit la Reine... Reste!... Reste!... Gaultier est déjà loin... je le verrai plus tard... Reste, mon amée Charlotte... Tu es bonne, chère enfant!... Merci!...

Elle soupira.

— Oh!... reprit-elle... Mon cœur s'est serré, tout à coup!... J'ai cru que j'allais mourir!... J'ai eu peur de mourir, là, sans avoir revu Gaultier!...

Elle soupira encore.

— Mon Gaultier!... murmura-t-elle, de sa voix aux caressantes modulations... Mon Gaultier bien-aimé!... C'est vrai, j'ai cru que je ne le reverrais pas!...

Elle hocha la tête et sourit.

— J'ai été folle!... ajouta-t-elle, plus calme... Quelle idée a traversé mon esprit!... Oui, oui, j'ai été folle...

Et, regardant Charlotte :

— Cela va mieux!... dit-elle... Rassure-toi!...

— Votre Majesté veut-elle boire un réconfortant?... demanda la dévouée servante.

— Merci!... Oui, oui, cela va mieux!...

— Votre Majesté m'a effrayée!...

— Rassure-toi, te dis-je...

Tout en parlant ainsi, Marguerite, remise, à présent, de l'émotion, très poignante, qu'elle avait éprouvée... rajustait, tant bien que mal, sa robe, sur sa gorge encore frémissante.

XCVII

AVANT L'ACTION

... Messire Gaultier d'Aulnay, cependant... au sortir du couloir secret, avait marché au hasard.

Après avoir parcouru, sans savoir où il allait, d'innombrables couloirs, il se retrouva dans la Cour du Louvre.

L'air frais du soir lui fit du bien, rafraîchit son front brûlant, calma la fièvre qui le dévorait.

De loin, il aperçut la lueur qui brillait derrière les verrières de la salle où l'on avait servi, sur l'ordre du Roi, une collation aux Seigneurs qui avaient pris rang dans le Cortège Royal, du Château de Vincennes à la Forteresse du Louvre.

Cette lueur l'attira...

Il marcha vers elle.

Et, machinalement, il pénétra dans la salle, où, quelques instants plus tard, le valet favori de Louis X devait le trouver, et lui remettre les Lettres patentes qui le nommaient au commandement de la Comté de Champagne...

****

— Pauvre mignon!... dit Marguerite.

Et elle soupira, pour la troisième fois.

Oh! oui... oui... elle ferait appeler Gaultier aussitôt après son entretien avec le Capitaine Buridan.

Elle saurait bien le réconforter.

Par de douces paroles... par de tendres caresses.

Dieu!... Comme elle avait souffert, tout à l'heure, à l'idée qu'elle ne reverrait plus le beau jouvenceau !

Pensée odieuse !

Encore une fois, elle était prête à tout, absolument, pour ne pas quitter Gaultier.

Prête à tout... oui, oui!

Disposée à abandonner sa Couronne... à perdre son rang, sa Toute-Puissance... tout ce qu'on lui enviait.

— Vous!... Vous!... fit Gaultier, menaçant. (P. 1421.)

Et à fuir, loin... bien loin, avec son favori.

Prête à vivre ignorée... obscurément, par lui, et pour lui — tout enivrée.

Oh! Elle attendait, avec une grandissante impatience, que Buridan se
présentât, par devant elle.

Elle avait hâte d'en finir avec lui.

Où était-il?

Que faisait-il?

Charlotte, sur l'ordre de Marguérite, l'avait prévenu qu'on l'attendrait dans une heure.

L'heure n'était pas écoulée, encore.

Ah! comme le temps passait, lentement, quand on vivait dans les affres... alors qu'il filait, si vite, pendant les minutes de joie!

La Reine demeura rêveuse, les yeux clos... pensant à ce qu'il faudrait qu'elle fît pour abattre Buridan.

Oh! si elle pouvait rentrer en possession de ces lettres, qui lui constituaient, contre elle, une arme si redoutable !

Comment y parvenir?

Si elle les avait, ces lettres... si elle avait arraché son arme à son implacable ennemi... alors — oh! alors, il ne pèserait pas lourd entre ses mains !

— Nous verrons!... se dit Marguerite... Peut-être, au cours de notre entretien, me fournira-t-il, lui-même, le moyen que je cherche, en vain, de le frapper!

Charlotte restait à l'écart, dans la Chambre Royale... respectant la profonde rêverie de la Reine.

Soudain, Marguerite l'appela.

Elle accourut.

— Il est temps que tu ailles au-devant de Messire Lyonnet de Bournonville... dit-elle... Va... Va... Va, ma fille... Amène-moi ce gentilhomme... Va... Va... sois prudente... que personne ne vous voie entrer céans... Va...

Charlotte salua et sortit...

La Reine, restée seule, retomba dans sa rêverie...

XCVIII

MESSIRE GAULTIER D'AULNAY ET MESSIRE LYONNET DE BOURNONVILLE EN PRÉSENCE

... Or, Buridan, au sortir du Logis du Roi, et portant le dernier Ordre que Louis X avait signé, et scellé, sur sa demande... traversait la Cour du Louvre, et se rendait au pied de la Tour du bord de l'eau... c'est-à-dire à l'endroit où il devait rencontrer Charlotte, qui le conduirait chez la Reine.

On le sait... il était tout joyeux.

Il exultait.

Il avait réussi, jusque là, au delà, même, de ses espérances.

Encore quelques efforts, et il triompherait de la « goule » — comme disait le bon Landry... lorsqu'il parlait de Marguerite de Bourgogne.

Il avait bon espoir.

Très bon espoir.

Pour lui, la partie était plus qu'à demi gagnée, déjà.

Toutefois, il fallait agir avec plus de prudence, d'habileté, d'audace que jamais.

Soudain, le hardi Capitaine vit passer, à quelques pas de lui, une ombre.

Un homme, qu'il ne reconnut pas, tout d'abord... et qui, sortant, évidemment, de la Salle où l'on avait servi la collation aux Seigneurs de l'Escorte Royale... se dirigeait, vite, très vite, vers cette même Tour du bord de l'eau où il allait, lui-même.

Cet homme paraissait étrangement surexcité.

Il levait les bras au ciel.

Il prononçait, à très haute voix, des paroles inintelligibles.

Qui était-ce?

Où allait-il?

Ce devait être un des Seigneurs de l'Escorte Royale, logé au Louvre, et qui regagnait son logis, après avoir fait de trop copieuses libations.

Il était ivre.

Ce n'était pas douteux.

Car, autrement, comment expliquer son étrange allure?

Oui, oui, c'était quelque ivrogne, assurément.

Gênant, du reste !

Buridan, cependant, s'était arrêté, une minute, hésitant.

Il se dit qu'il laisserait passer l'ivrogne, et qu'il se rendrait, à l'endroit où la servante de la Reine l'attendait... dès qu'il aurait disparu.

Il ne se souciait pas d'être vu, reconnu, même par un ivrogne, qui pouvait, fort bien, n'être pas suffisamment dans les vignes du Seigneur pour n'avoir plus aucune curiosité indiscrète et malveillante.

Mais — par malechance — l'ivrogne l'avait vu... et reconnu, sans doute.

Oui, oui, malechance !

Le hasard avait voulu que Buridan se trouvât en pleine lumière... sous l'éclatante lumière de la lune, en son plein, au moment, même, où il s'était arrêté.

— Que Messire Lucifer confonde cet intrus!... se dit Buridan, tout dépité... Il va me faire perdre un temps précieux, peut-être!... Impossible de l'éviter!... Malechance !... Malechance!...

Effectivement, l'homme, le passant, l'ivrogne, maintenant, se dirigeait, tout droit, vers lui.

Sans doute, il l'avait vu, et reconnu.

Encore une fois, qui était-ce donc?

Pour voir son visage, il fallait attendre qu'il fût arrivé jusque dans le rayon lumineux où se trouvait Buridan, toujours immobile, et attendant, de pied ferme.

L'homme, l'ivrogne, l'intrus, marchait de plus en plus vite.

Et, de plus en plus, aussi, il paraissait surexcité.

Soudain, il apparut en pleine lumière.

— Gaultier d'Aulnay!... s'écria Buridan, stupéfait, et troublé...

. . . .

... C'était Gaultier, en effet.

Il tenait, encore, le parchemin que lui avait remis, un instant auparavant, le varlet favori du Roi... ce parchemin qui portait sa nomination au Commandement de la Comté de Champagne.

Au sortir de la Salle où l'on avait servi, aux Seigneurs de l'Escorte Royale, la collation offerte par Louis X... il s'était dirigé, d'abord, vers la Tour du bord de l'eau, c'est-à-dire vers le bâtiment où se trouvait le Logis de la Reine.

Derechef, il s'était dit qu'il allait, encore, tenter de voir Margnerite de Bourgogne.

Il faudrait bien qu'elle se décidât à le recevoir.

Il faudrait bien qu'elle lui donnât des explications.

N'était-ce pas elle qui avait demandé, à Louis X, de l'éloigner de Paris?

Toute cette aventure était extraordinaire.

Tout ce qui se passait à la Cour, depuis plusieurs jours... surtout dans l'entourage de Marguerite... était louche, certes.

Plus que louche, même.

Effrayant!

Evidemment, Gaultier la gênait.

Pour quelle cause?

Buridan!

Oui, oui, ce Buridan... ce personnage éminemment suspect... ce Lyonnet de Bournonville — à présent triomphant... — exerçait, à coup sûr, une action, aussi inexplicable que toute-puissante, sur la Reine.

Or, il importait de risquer le tout pour le tout pour s'en assurer... pour confondre Marguerite, et pour, ensuite, se retirer loin, bien loin de ce milieu abominable, avec la pure et bien-aimée Kaly.

Il jouirait mieux, plus complètement, de son bonheur, quand il aurait fait bonne justice de ceux qui l'avaient meurtri.

Et voilà que, comme il courait, éperdu, affolé, vers celle qu'il comptait contraindre à un définitif entretien, il avait aperçu Buridan.

Enfin !

Le Ciel faisait donc quelque chose pour lui.

Il lui livrait cet homme... ce complice de Marguerite...

L'assassin de son frère...

Lui, qui, avec la « goule »... était cause de toutes ses tortures !...

Joie !

Joie profonde !...

Et Gaultier, en proie à une indicible surexcitation, avait marché vers Buridan...

XCIX

SPHINX

. . . .

... Buridan, d'autre part, éprouvait, à présent — et le premier moment de trouble qu'il avait ressenti à l'esprit de Gaultier étant passé — une joie farouche.

Oui, oui farouche !

Et pour cause.

— Cet homme... se disait-il — cet homme, de qui j'ai besoin, absolument, pour mettre mon projet à exécution... cet homme que j'allais être obligé de chercher, sans savoir où je le trouverais... cet homme vient à moi !... C'est merveilleux !... Le Sort continue à me servir !... Messire Belzébuth est avec moi, décidément !... Mon triomphe, final, est assuré !...

Lors, il se disposa à recevoir le choc du jouvenceau, que le hasard avait mis, si utilement, sur sa route.

Il se dit qu'il fallait jouer serré... et, surtout, agir vite... avec toute l'habileté possible

Du reste, Marguerite l'attendait... et il n'avait pas de temps à perdre à fournir, à son interlocuteur, les explications qu'il allait, sans aucun doute, lui demander.

Gaultier d'Aulnay s'était approché de lui.

Tout frémissant.

Ses yeux, qui reflétaient la clarté de la lune, étincelaient.

Son visage était en pleine lumière.

Au contraire, Buridan était placé de telle sorte que sa face restait dans l'ombre.

— Vous !... Vous !... fit Gaultier, menaçant.

— Moi !... répliqua Buridan.

— Je vous trouve, enfin !

— Je ne me suis jamais caché.

— Soit !... Nous avons un compte à régler, nous deux... N'est-ce pas votre avis?

— Quel?

— Vous me devez des explications.

— N'est-ce pas vous, bien plutôt, qui m'en devez, Messire?

— Ne jouons pas sur les mots...

— Messire Gaultier d'Aulnay, vous essayez, en vain, de transposer les rôles... Veuillez vous souvenir que, moi, je ne vous ai rien promis, rien juré... Je n'ai donc pu trahir aucun serment... Vous, au contraire, vous avez trahi le vôtre... Je maintiens donc, sans jouer sur les mots, comme vous dites... que c'est vous qui me devriez des explications... Mais je ne vous en demande pas... Votre conscience vous a adressé, déjà, les reproches que je pouvais vous adresser... Le Remords de l'acte que vous avez accompli vous poursuivra toujours... Cela suffit pour ma revanche... J'ai dit... Et maintenant, laissez-moi passer... J'ai une besogne à accomplir... Elle ne doit subir aucun retard... Ecartez-vous... Laissez-moi passer, vous dis-je...

— Vous avez une besogne à accomplir?

— Oui...

— Besogne qui m'est suspecte.

— Il n'importe.

— Il m'importe beaucoup, à moi...

— Qu'est-ce que cela me fait?

— Cette besogne, que vous allez accomplir, me créera-t-elle, encore, de nouvelles tortures... comme toutes celles auxquelles vous vous êtes associé depuis que vous avez versé le sang de mon frère ?...

— Vous me faites pitié !

— Vous me faites horreur !

— Vous êtes un insensé !

— Et vous un assassin !

— Finissons !... Que voulez-vous de moi?

— Je veux savoir ce qui s'est passé au cours de cette nuit, fatale, où mon frère, entraîné, par vous, à ce rendez-vous, suspect, où vous l'avez accompagné, a été frappé à mort.

— Et puis?

— Je veux savoir quel lien vous attache à Marguerite de Bourgogne?

— Après?

— Je veux savoir, enfin, d'où vient l'ascendant, inexplicable, que vous exercez sur la Reine, et qui vous donne cette force grâce à laquelle vous obtenez, d'elle, tout ce que vous voulez?

— Est-ce tout?

— C'est tout.

— Eh! bien... Messire... vous saurez tout cela....

— Allons donc!

— Oui, j'ai pitié de vous... Et...

— Achevez?

— Quoique vous m'ayiez odieusement trahi... quoique votre trahison m'ait ôté une arme, toute puissante, qui pouvait vous être si utile pour connaître le nom du véritable assassin de Philippe... quoique cette trahison m'ait mis à deux doigts de ma perte — car je serais perdu, certes, à cette heure, si je n'avais pas été très fortement armé, d'autre part, et par surcroît, contre mes ennemis, qui sont les vôtres, en cette circonstance — oui, quoique vous ayiez commis un acte indigne de vous...

— Poursuivez?

— Je m'intéresse encore, Messire, à votre personne, en souvenir de votre frère... et je répondrai à toutes vos questions...

— Tout de suite?

— Non!

— Pourquoi?

— Parce que nous ne pouvons causer, dans cette cour, comme il convient... Et puis...

— Et puis...

— Et puis, parce que... ainsi que je vous l'ai dit, déjà — parce que je suis attendu.

— Alors, quand vous reverrai-je?

— Ce soir même.

— A quelle heure?

— A onze heures.

— Où?

— Chez moi... A l'Hôtellerie des Saints Innocents, tenue par Maître Pierre de Bourges... où je retournerai très prochainement...

— Ne cherchez-vous pas à m'échapper?

— Dans quel but?

— Dans le but de vous soustraire à ma vengeance...

— Messire Gaultier d'Aulnay, je veux bien vous excuser... Vous devez souffrir atrocement ... Et, par suite, vous n'avez plus la faculté de penser sainement... Je n'ai rien à redouter de vous, n'en doutez pas... Je ne crains ni votre pouvoir, ni votre épée... Soyez tranquille... Je ne vous fuirai pas... Venez, à onze heures, à l'Hôtellerie des Saints Innocents... Vous m'y trouverez... Je répondrai à toutes vos questions... Et, de plus...

— De plus?...

— Je vous fournirai toutes les preuves nécessaires à l'appui de mes dires...

— J'irai, donc, à onze heures, chez Maître Pierre de Bourges, à l'Hôtellerie des Saints Innocents... Et sachez... sachez, Messire...

— Dites?

— Sachez, que, si vous avez cherché à m'échapper, ce soir — je saurai vous retrouver, demain... Sachez que je veux que vous répondiez aux questions que je vous ai adressées... Je vous y contraindrai, au besoin...

— Enfant!

— Un enfant qui souffre comme un homme!...

— Tout être qui subit les premières atteintes de la vie croit, naïvement, égoïstement, que personne, avant lui, ne les a subies!... La souffrance, Messire Gaultier, guette, dès le berceau, toutes les créatures... et les suit jusqu'à la tombe... Pour quelques heures d'ivresse, des ans de tortures!... C'est la règle... Or, se plaindre est inutile... Et menacer n'est rien!... Il faut, seulement, s'efforcer de braver le mauvais sort... et le subir, courageusement, quand il vous accable... C'est lorsqu'on a acquis pareille force qu'on est un homme, vraiment .. Et, de par tous les Saints du Paradis, Messire, vous vous en convaincrez, si Dieu vous prête longue vie... Cela dit, je vous répète que vous me trouverez, à onze heures, à l'Hôtellerie des Saints Innocents... et que, là, je répondrai à toutes vos questions... Même, je vous révélerai bien des choses que vous ignorez.... Avec preuves à l'appui — je veux insister sur ce point... Et préparez-vous à souffrir, Messire... plus encore que vous ne souffrez à cette heure...

— Que voulez-vous dire?

— Vous le saurez.

— Vous êtes un être étrange... Vous exercez, sur moi, une action inexplicable... Vous me faites horreur et vous m'attirez... Je vous hais et je voudrais vous aimer.

— Enfant!... On t'a trompé... Voilà pourquoi tu me hais... Tu aurais dû m'aimer comme je t'aimais moi-même.

— Il me tarde de vous revoir.

— Laisse-moi donc m'éloigner... Avant que sonne l'heure de notre rendez-vous, j'ai une besogne à accomplir... Un mot, encore...

— Parlez?

— Promets-moi que, d'ici à l'heure où tu viendras chez Maître Pierre de Bourges...

— D'ici à l'heure où j'irai chez Maître Pierre de Bourges?...

— Tu ne verras personne?

— Personne!...

— Pas même la Reine?...

— Pas même la Reine!...

... Au pied d'une Tourelle, le hardi Capitaine vit Charlotte... (P. 1426.)

— Elle, surtout... Promets-le?

— Je le promets...

— Et, cette fois... tu tiendras ta promesse?

— Je la tiendrai.

— Bien!... Donc, à tout à l'heure...

— Mais... vous — vous, Messire...

— Moi?... Achève?

— Vous vous rendez chez Marguerite?... Répondez?...

— C'est vrai ..

— Pourquoi m'interdisez-vous de voir celle que vous allez voir vous-même... Ne me tendez-vous pas quelque nouveau piège, d'accord avec elle?

— Jeune homme... je vais voir Marguerite, sache-le... pour tendre un piège en effet...

— A qui?

— Je veux que tu le saches...

— Parlez-donc!

— Je parlerai, certes, parce que ce que je te dirai t'intéresse fort...

— J'attends...

— Je vais tendre un piège, Messire Gaultier d'Aulnay... où se prendra, j'espère...

— Poursuivez?...

— Le véritable assassin de votre frère, l'infortuné Philippe...

— Si vous disiez vrai, Messire...

— N'en doute pas.

— Dans ce cas...

— Parle?

— Et si je pouvais vous servir...

— Tu me serviras.

— Comment?

— Tu le sauras... enfant — quand l'heure sera venue.

— Quand viendra-elle?

— Bientôt, j'espère.

— Vous êtes un sphinx!... Vous m'effrayez!... Que préparez-vous?... Oh! je donnerais ma vie... mon âme, pour le savoir.

— Fol!... Voilà une parole imprudente... Si Messire Belzébuth l'a entendue... il pourrait te prendre au mot... Allons, séparons-nous... Pour la troisième fois, je te répète que je tiendrai, loyalement, toutes les promesses que je t'ai faites... A bientôt... En attendant... que Dieu te garde!...

— A bientôt, donc, Messire!... Dieu vous garde... Ou Satan... si c'est lui que vous servez!...

Buridan sourit.

Il fit un dernier signe d'adieu à Gaultier d'Aulnay.

Et, la tête haute... impassible... il se dirigea vers la Tour du bord de l'eau... laissant son interlocuteur immobile, profondément angoissé.

. . . .

... Au pied d'une Tourelle, le hardi Capitaine vit Charlotte — la dévouée servante de Marguerite de Bourgogne.

— C'est vous, mon enfant... dit Buridan... qui m'avez donné rendez-vous, il y a une heure, avec Sa Majesté la Reine?

— Oui, Monseigneur... répliqua Charlotte.

— C'est vous qui devez me conduire près d'elle ?

— C'est moi... oui, Monseigneur.

— Eh ! bien... marchons, mon enfant... Je vous suis...

— Venez, Monseigneur...

Charlotte ouvrit les portes du falot qu'elle portait... et qu'elle leva à bout de bras, pour éclairer la marche de Buridan.

Le Capitaine, et la servante, parcoururent des couloirs et galeries... montèrent des degrés... et arrivèrent, enfin, à l'étage où se trouvait la Chambre de la Reine.

Charlotte s'arrêta dans une petite Salle qui précédait la Chambre Royale.

— Je vais prévenir la Reine que vous êtes là, Monseigneur... dit-elle.

— Allez, mon enfant... répliqua Buridan...

Charlotte disparut.

— Allons !... pensa le Capitaine... Je suis dans la place... Je tiens le Roi... Je tiens Gaultier... Il s'agit de prendre Marguerite... A l'œuvre !... A l'œuvre !... Il s'agit d'être plus que jamais adroit, car celle-ci est la plus adroite, et, surtout, la plus scélérate !... J'y parviendrai, j'espère !...

Cependant, Charlotte reparut.

— Sa Majesté la Reine vous attend, Monseigneur... dit-elle à Buridan... Veuillez entrer...

La jolie servante tint la portière soulevée, et le hardi Capitaine pénétra dans la Chambre de Marguerite de Bourgogne...

C

LE JEU DE LA REINE.

... La Reine était toujours étendue sur son lit de repos... demi-nue, sous cette robe, légère, qu'elle avait passée lors de son retour en son Logis.

On voyait, très nettement, sa gorge... et les contours de son admirable corps... à travers les plis de l'étoffe transparente.

Les boucles, rousses, de ses cheveux dénoués, auréolaient son front... ondulaient sur son col... et s'épandaient, autour d'elle, mettant, jusque sur ses hanches rebondies, comme un reflet doré.

Ses yeux, cernés de bistre, paraissaient plus brillants, encore, que de coutume.

Et ses petites dents, nacrées, étincelaient, à travers ses lèvres... si rouges qu'elles semblaient saigner.

En la voyant ainsi, Buridan eut un frisson.

En cette créature, maintenant femme dans l'épanouissement de son admirable beauté... il avait revu, tout à coup, l'adorable et très perverse fille qu'il avait tant aimée, jadis, en Bourgogne, au Château du Duc Robert II, au printemps de sa vie.

Elle était plus belle, encore, peut-être!

Plus troublante... à coup sûr!

Plus que jamais dangereuse... certes!

Marguerite le vit, devant elle, prostré, pâle, frémissant — en cette posture où elle avait vu tant d'hommes, vaincus par sa beauté, et prêts à tout — même au crime... sur un signe de sa petite main.

Ah! ce regard à la fois brillant et louche, cette attitude de fauve en rut... ce masque que la luxure faisait farouche, stupide, sarcastique, hideux — comme elle l'avait vu, souvent, cette femme qui semblait avoir été créée, uniquement, pour les plus brûlants plaisirs d'amour.

— Je le tiens!... se dit-elle, joyeuse.

Elle sourit.

Buridan vit ce sourire...

Ce fut assez.

Pourtant, ce sourire n'avait fait que passer sur les lèvres de la Reine... telle une abeille, capricieuse, effleurant le calice embaumé d'une rose en une matinée de juin, et s'envolant, tout aussitôt, dans un rayon de soleil.

Le hardi Capitaine, se reconquit, en un clin d'œil.

Dès lors, la vision, charmeresse, s'évanouit.

La femme, extra-troublante, disparut.

Devant lui, il n'y eut plus que l'implacable... toute puissante... et très redoutable ennemie, qu'il fallait vaincre, à tout prix.

Et il se prépara à jouer, avec toute l'adresse dont il était capable, le rôle dont il s'était tracé les lignes, à l'avance.

La Reine lui indiqua un siège, à côté d'elle.

Il s'assit...

Rapidement, il avait tout examiné, aux alentours.

Il s'était assuré qu'il n'y avait rien de suspect autour de lui.

Toutefois, et par surcroît de prudence, il se plaça de telle sorte qu'il lui fût possible de voir surgir quiconque entrerait, dans la Chambre Royale, à l'improviste... et il mit la garde de son épée bien à portée de sa main droite.

Marguerite, à qui rien n'échappait, se rendit compte des faits et gestes de son interlocuteur.

Elle comprit qu'elle « tenait » Buridan bien moins qu'elle ne l'avait cru, tout d'abord, et qu'il fallait, pour le vaincre, déployer, plus que jamais, toutes les ressources de son fertile cerveau.

— On dirait que vous avez peur, Messire... fit-elle, vaguement railleuse, et comme entrée en matière volontairement aggressive.

— J'ai peur, en effet, Madame... répliqua Buridan, très maître de lui. Marguerite sourit encore.

— Bah !... Et, de quoi?... demanda-t-elle, négligemment.

— De qui... voulez-vous dire?... répliqua Buridan.

— Soit !... De qui?

— De vous, Madame.

— De moi?

— Certes !... En vous voyant, tout à coup, devant moi, si belle... si troublante...

— Achevez, Messire?

— J'ai revu Marguerite la jeune fille... celle que j'ai si passionnément aimée... et qui me fit tant de mal !...

— Et puis...

— Puis, j'ai constaté que vous étiez plus belle, encore, si possible, que jadis...

— Alors?

— Et j'ai eu peur, je le répète...

— Pourquoi?

— Parce que je me suis dit que je pourrais vous aimer passionnément, comme naguère... et que, si je redevenais votre esclave, vous me feriez, assurément, plus de mal que jamais !

— Et vous n'avez plus peur, à présent?

— Non.

— Or, ce changement...

— Ce changement, Madame, s'est opéré, en moi, parce que, après le premier moment d'extase où votre prodigieuse beauté m'avait jeté, je me suis convaincu — rien qu'en vous regardant...

— Poursuivez?

— Que nous ne sommes plus, que nous ne pouvons plus être, l'un pour l'autre, que des ennemis... prêts à une lutte acharnée, implacable, où l'un de nous succombera.

— Vous croyez que je suis votre ennemie?

— Oui... J'en suis sûr !... Et je veux ajouter que je le regrette fort...

— Si vous vous trompiez...

— Si je me trompais?...

— Oui !

— Que voulez-vous dire?

— Je veux dire, Messire, que je vous ai prié de venir céans, pour avoir, avec vous, une explication... au cours de laquelle je compte vous prouver...

— Achevez, Madame?

— Que je ne suis pas votre ennemie...

— Bah !

— Au contraire.

— Au contraire?

— Oui...

— Pourtant...

— Ecoutez...

— J'écoute...

— Messire... j'ai longuement réfléchi, depuis quelques heures... à notre situation — pendant que nous chevauchions, aux côtés du Roi, du Château de Vincennes, au Louvre... et depuis que, de retour, ici, j'attends votre visite...

— Poursuivez?

— Oui, oui, j'ai longuement, et mûrement, réfléchi à notre situation... Et, je veux vous le dire, d'abord, je suis aise... bien aise — heureuse, même... de vous avoir retrouvé...

Buridan fit un mouvement.

Marguerite reprit :

— Avouez que vous ne vous attendiez pas à ce que je vous parle ainsi?

— Je l'avoue.

— Vous m'écoutez avec défiance, je le sens... Et, du reste, je ne vous en sais pas mauvais gré... Vous avez, certes, tant de raisons de vous défier de moi !... Mais je vous parlerai avec tant de sincérité que je vous convaincrai, j'espère, de mon entière bonne foi...

— Je ne m'attendais guère...

— Messire... je veux que vous puissiez lire jusqu'au plus profond de mon âme... Vous connaîtrez comme je souffre !... Vous aurez pitié de moi... Et, loin d'être mon ennemi... vous deviendrez mon allié — j'en suis sûre... Mon allié, car je n'ose pas dire, encore : « mon ami » — bien que j'espère, aussi, que vous me donnerez ce titre, qui me sera très précieux...

La surprise de Buridan augmentait, certes... et, aussi, sa défiance.

Quel jeu jouait Marguerite?

Que comptait-elle entreprendre?

Le hardi Capitaine se fit très attentif.

— Parlez?... Parlez, Madame... dit-il.

— Messire... poursuivit la Reine... il y a, en moi... présentement... trois êtres bien distincts.

— Trois êtres...

— Oui... la fille du Duc Robert II de Bourgogne... Marguerite — qui fut liée, à vous, jadis, par l'amour... et qui, malgré tout, a gardé... des jours, déjà lointains, que nous avons vécus côte à côte... ce souvenir, très doux, que tous les amants, passionnément épris, gardent, l'un pour l'autre, par delà le temps...

— Après?

— Puis, la Reine de France.

— Et... enfin...

— Enfin... la femme que je suis aujourd'hui.

— Eh! bien?

— Eh! bien, Messire Lyonnet de Bournonville... la fille du Duc Robert II, en vous reconnaissant, aujourd'hui, au Grand Châtelet, a été, tout à la fois, émue et effrayée...

— Emue, et effrayée?

— Emue, parce qu'elle a revu, en un clin d'œil, tout son passé... et qu'elle n'a pu l'évoquer sans trouble, certes... Effrayée, parce que, se sachant coupable, envers vous, elle a craint qu'il ne vous plût d'exercer, contre elle, de terribles représailles...

— Poursuivez?

— La Reine, toute-puissante, s'est dit qu'il lui faudrait s'efforcer d'abattre, par tous les moyens qui sont en son pouvoir, cet ennemi, qui avait surgi, debout, devant elle, tout à coup, et qui la menaçait.

— Après?

— La femme, enfin, s'est affolée, en songeant qu'elle pouvait être atteinte dans son amour, pour le seul être qui l'aime ici-bas... Et, à cause de cela, la femme, en moi... plus farouche, encore, que la Reine... s'est promis de tout tenter pour se défendre contre des attaques qui pouvaient la blesser au point le plus sensible de son être... Vous constatez, sans doute, que je m'exprime avec une absolue franchise?

— Je serai tout aussi franc que vous êtes franche, Madame, quand j'aurai à vous répondre, croyez-le.

— J'y compte, Messire... et je poursuis... Fille du Duc Robert, je souffre atrocement...

Si maître de lui qu'il fut, Buridan tressaillit.

Il se troublait, toujours, quand il évoquait le souvenir de son bienfaiteur, le Duc Robert, de Bourgogne... ou quand, par suite d'un hasard quelconque, on prononçait, devant lui, le nom de sa victime.

Marguerite poursuivit.

— Si je vous disais tout, Messire, vous seriez épouvanté!... Oui, oui, le Remords me tenaille!... Je veux vous avouer que, si je cherche des plaisirs tels que ceux que je trouve, parfois, à la Tour de Nesle, c'est pour fuir les abhorrés fantômes qui hantent mes nuits solitaires... pour étouffer leurs voix, menaçantes, dans le bruit de l'orgie...

— Après?... Après?... dit Buridan, nerveusement.

— Reine... je suis, depuis longtemps, dédaignée par mon époux, qui vit, publiquement, avec ses maîtresses... Et, de plus, honnie par tous les Grands, qui s'acharnent à ma perte... Même, menacée!... Qui sait, si, demain, le Roi ne me répudiera pas pour prendre une autre femme?...

— Après?... Après?...

— Femme... je me réfugie en mon amour pour Gaultier d'Aulnay, qui constitue l'unique joie, la consolation de ma déplorable existence!

— Où voulez-vous en venir?

— Vous allez le savoir...

— Dites?

— Messire... après notre conversation au Grand Châtelet, j'ai réfléchi, longuement, et mûrement, ainsi que je vous l'ai déclaré, tout à l'heure... Or...

— Or...

— Or, j'ai acquis la certitude que le Dieu Tout-Puissant a eu pitié de moi...

— Le Dieu Tout-Puissant...

— J'ai acquis la certitude qu'il a fait surgir, devant moi, en votre personne — et alors que je me sentais entraînée vers un gouffre où j'allais bientôt choir — une aide, un protecteur...

— Mais...

— Bien plus...

— Achevez?

— Un être qui peut être, en quelque sorte, l'instrument de mon rachat... un être grâce à qui je pourrai retrouver une paix relative, et expier, autant que possible, mes fautes... mes crimes!

— Expliquez-vous?

— Commencez-vous à lire en mon âme?... Croyez-vous que je mérite, à présent, d'être écoutée, par vous, avec moins de défiance?

— Poursuivez?

— Lyonnet... je vous ai tendrement aimé...

De plus en plus, Buridan était stupéfait de l'étrange tournure que prenait l'entretien.

Encore une fois, où Marguerite voulait-elle en venir?

— Le souvenir des jours de joie d'antan est, pour moi, inoubliable, Marguerite!... répliqua-t-il.

Et la Reine poursuivit :

— Lyonnet... on dit que tout homme à qui une femme s'est donnée, amoureusement, lui doit une reconnaissance infinie, et éternelle.

— Cela doit être.

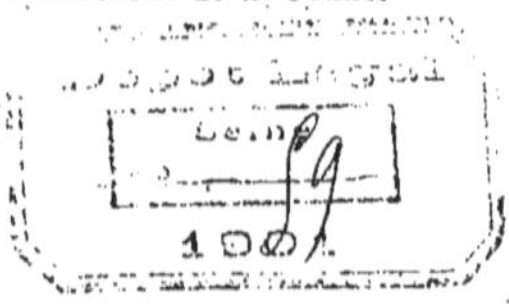

— Et si je suis jaloux de lui, moi?... dit-il d'une voix chaude, vibrante... (P. 1439.)

— Lyonnet... parce que je vous ai aimé, parce que je me suis donnée à vous, amoureusement, me gardez-vous donc — malgré toutes les tortures qui vous ont été imposées, ensuite, par mon fait — une reconnaissance infinie et éternelle?

— Madame...

— Répondez?

— Si vous m'aviez adressé cette question il y a huit jours...

— Eh! bien?...

— Je vous eusse répondu : « Oui »... sans hésiter...

— Et à présent?

— A présent...

— Dites?...

— Depuis huit jours bien des choses se sont passées, entre nous...

— Qui ont tué, en vous, le sentiment de reconnaissance que vous m'aviez gardé?

— Qui l'ont diminué, tout au moins...

— Sans l'effacer à tout jamais?...

— Peut-être...

— Êtes-vous sincère?

— Absolument...

— Je vous crois...

Après un court temps de silence, Marguerite reprit :

— Donc, je ne me suis pas trompée?.. Le Dieu Tout-Puissant a eu pitié de moi?... Il a fait surgir, devant moi, en votre personne, l'aide, tant souhaitée, si longtemps et si vainement recherchée, dont j'ai besoin pour me défendre contre le désespoir qui allait m'abattre?... Je m'explique...

Et, accoudée dans une jolie pose, Marguerite, regardant, fixement, son interlocuteur, reprit :

— Lyonnet, sachez que, au cours de mes réflexions dernières, je me suis souvenue de tout ce que vous m'avez dit au Grand Châtelet... Sachez que cette conversation m'a transformée, radicalement... Cette conversation sera le point de départ de l'œuvre que je veux entreprendre, avec votre aide, pour l'expiation... Lyonnet, vous aviez raison quand vous me disiez que, si nous marchions unis, désormais, nous serions forts... Les liens du passé nous attachent toujours... Nous sommes liés, l'un à l'autre, à jamais, par l'amour, et par le crime... Resserrons ces liens... Unissons-nous... Nous nous protégerons, réciproquement... Et nous nous consolerons en nous efforçant d'expier... Par ainsi, et grâce à la reconnaissance que Lyonnet gardera à la fille du Duc Robert, la Reine servira Lyonnet, qui servira Marguerite... Nous serons inattaquables... et, qui sait, nous pourrons encore être heureux...

La Reine manœuvrait, à merveille, selon le plan qu'elle avait formé.

Convaincue qu'elle ne prendrait pas Buridan par les sens, elle espérait le duper en exploitant la sentimentalité qu'il lui avait montrée, au cours de la conversation qu'ils avaient eue au Grand Châtelet.

Buridan, toujours attentif, l'écoutait, et l'observait.

Elle reprit :

— Oui, nous pourrons encore être heureux... Tout au moins, nous souffrirons moins... Le Remords ne nous tenaillera plus, puisque tous nos efforts tendront au rachat de nos fautes... Lyonnet, je vous propose, donc, de conclure, ce soir, avec vous, un pacte ayant pour but notre union parfaite... Ce pacte, du reste, vous me l'avez proposé, aujourd'hui, au Grand Châtelet... C'est moi qui vous le propose, à présent... Oui, oui, j'ai compris, enfin, quel bienfait vous m'avez offert... quel bienfait j'ai écarté de ma main... Quelle force nous aurons, si nous vivons unis... Aucun autre homme... aucun, ne peut être, pour moi, à cause du passé, un plus sûr allié que vous... Aucune femme, d'autre part, ne pourrait vous donner l'appui que je vous donnerai... Grâce à moi, vous serez au sommet, où je me maintiendrai grâce à vous...

Elle baissa la voix, et poursuivit, en feignant d'être émue...

— Ce n'est pas tout... Croyez-vous que je n'ai pas songé à tout ce que vous m'avez dit relativement à nos enfants?...

Elle joignit les mains, et dit :

— Nos enfants!... Ah! Lyonnet, que ne donnerais-je pas pour les voir... pour les embrasser?... S'ils étaient là, nous serions invincibles...

Elle se rapprocha de Buridan, et poursuivit :

— Écoute... Nous les rechercherons... Je n'épargnerai rien pour les retrouver... Je suis riche... je sèmerai l'or... Nous retrouverons nos enfants, te dis-je... Je suis puissante... Je donnerai des ordres précis, détaillés... grâce auxquels ceux qui se mettront en campagne dans ce but, qui m'est, à cette heure, aussi cher qu'à .toi-même — ne tarderont pas à être sur les traces de ces êtres par qui le lien qui nous unissait, jadis, sera renoué... Ah! depuis que cette idée, que tu as jetée en mon esprit, me préoccupe — je te le répète, je me sens toute transformée... Oui, oui, je suis un tout autre être...

Elle dit, encore, avec une expression de tendresse admirablement jouée :

— Mes enfants!... Je suis mère, Lyonnet... La mère, en moi, va sauver la femme... Par la maternité, je serai rachetée... Et je te devrai cette joie, cette ivresse de vivre, désormais, avec une force, au cœur, pour porter le poids, écrasant, de mes crimes!...

Elle prit les mains de Buridan, et, les serrant dans les siennes, elle reprit :

— Entre mes fils, et toi, Lyonnet, je serai plus que jamais puissante... De par moi, de par toi, nos enfants seront grands... Je disais, aujourd'hui : « A nous deux, la France! »... Pourquoi pas?... Je répète : « A nous deux la France! »... Et j'ajoute : « Pour nos fils »...

Enfin, elle conclut :

— T'ai-je convaincu?... T'ai-je dit, assez, tout ce qu'il fallait te dire pour t'attacher à moi par la confiance?... Réponds?... Es-tu disposé à m'aider, à me servir, à m'aimer?... Es-tu prêt à tout pour servir mes projets?... Réponds?... Réponds?... Veux-tu que nous unissions nos efforts pour atteindre le but que j'ai indiqué?... Veux-tu que nous marchions, désormais, la main dans la main?...

Veux-tu que nous fassions tête, ensemble, à nos ennemis communs?...
Réponds, Lyonnet?... Réponds?... Réponds? ..

Et, non sans anxiété, elle attendit la réplique de son interlocuteur...

Elle se rendait compte que son adversaire était plus redoutable, encore,
qu'elle ne l'avait pensé... qu'elle ne triompherait pas aisément de lui...

De vrai, Buridan n'avait pas été sa dupe une minute.

Maintenant, il se rendait compte de son jeu...

Il se dit que le moment était venu de jouer son rôle, dans ce colloque,
et d'atteindre le résultat qu'il voulait atteindre...

— Un mot, d'abord... fit-il.

— Parle?... répliqua la Reine.

— Tu as dit : « A nous deux la France »...

— Oui...

— Et tu as ajouté : « Pour nos fils. »

— Je le répète.

— Donc, tu ne vois plus que nous deux...

Marguerite regarda Buridan.

— Je ne m'explique pas... dit-elle, déjà inquiète.

— Je veux dire qu'il n'y aura plus, désormais, personne entre nous...

— Personne?

— Sans doute... « A nous deux la France »... Ce sont bien tes paroles...

— Mais...

— Tu ne t'opposeras pas aux mesures qu'il a fallu prendre...

— Je ne comprends pas...

— Sache que Gaultier d'Aulnay va partir.

Marguerite tressaillit.

— Gaultier d'Aulnay?... Partir?... s'écria-t-elle.

— Oui !

— Quand?

— Demain.

— Où ira-t il?

— Rejoindre son nouveau poste.

— Quel nouveau poste ?

— Le Roi l'a nommé, aujourd'hui, au Commandement de la Comté de
Champagne.

— Le Roi l'a nommé?

— Oui.

— Quand?

— Tout à l'heure.

— Comment sais-tu cela?

— J'ai vu le Roi.

— C'est de lui que tu tiens la nouvelle?

— Oui...

Marguerite fixa sur Buridan des regards flamboyants.

— C'est toi, peut-être, qui as demandé, au Roi, la nomination de Gaultier d'Aulnay?

— C'est moi... répliqua Buridan, hardiment.

— Tu as donc crédit sur le Roi ?

— Je lui ai démontré qu'il y avait intérêt, pour lui, pour toi-même, à éloigner Gaultier d'Aulnay de Paris.

— Tu me trahissais, déjà?

— Je te servais.

— Et c'est demain que Gaultier doit obéir à l'ordre du Roi?

— Demain... Oui...

— Il ne partira pas!... dit la Reine, d'une voix vibrante.

Buridan ricana :

— Allons donc... fit-il... j'attendais ce mot...

— Pourquoi?

— Pour me rendre compte, exactement, de la sincérité des promesses que tu me faisais, là, tout à l'heure...

Oh! oui... oui... cet homme était plus dangereux, plus redoutable encore que la Reine ne l'avait pensé.

Quel chemin il avait parcouru en quelques heures !

Ah! comme elle avait eu tort de lui résister...

Il la vaincrait.

Cet homme était vraiment fort...

Comment l'abattre, à présent?

Comment le prendre?

Elle ne savait plus...

Il était invulnérable...

Et, pourtant, Marguerite ne désespérait pas, encore, de venir à bout de lui...

Le hasard allait la servir, peut-être...

Elle reprit :

— Je t'ai promis que je te porterais au Pouvoir... N'ai-je pas tenu parole?... Tu m'avais promis de me laisser Gaultier, et tu exiges qu'il parte...

— Nous avons dit : « A nous deux la France »... et non : « A nous trois »...

— Mais...

— Ce jeune homme serait en tiers dans le Pouvoir et les secrets...

— Ecoute...

— Rien !... C'est impossible.

— Cela sera, pourtant... dit énergiquement la Reine...

— Dans ce cas, pas d'alliance entre nous, Marguerite.

— En quoi ce jeune homme peut-il te gêner ?

— Il me gêne...

— Lyonnet...

— Cède...

— Si je refuse...

— Achève ?

— Tu agiras contre moi ?

— J'agirai contre tous ceux qui barreront ma route.

— Seul, tu n'auras pas la force dont tu disposerais avec mon aide.

— Je l'aurai, cette aide.

— Comment?

— As-tu donc oublié que tu es en ma puissance ?

Marguerite sourit...

— Peut-être !... fit-elle...

— Je répète que tu es en ma puissance.

— J'étais en ta puissance quand tu étais Buridan prisonnier... non maintenant que tu es Lyonnet de Bournonville, et quasi Ministre.

— Comment ?

— Tu ne peux pas me perdre sans te perdre toi-même.

— Cela m'aurait-il arrêté, ce matin ?

— Cela t'arrêtera demain... Quand tu me menaçais, dans les caveaux du Grand-Châtelet, tu avais tout à gagner... et rien à perdre — que la vie !...

— Eh ! bien ?

— Ce soir... avec la vie, tu as à perdre : honneurs, rang, fortune, richesses, pouvoir... qui te sont promis... Tu tomberais de trop haut, n'est-ce pas ?... pour que l'espoir de me briser, dans ta chute, te décide à la précipiter !... Nous sommes arrivés, ensemble, au faîte d'une montagne escarpée et glissante... Crois-moi, Buridan, soutenons-nous, l'un l'autre, plutôt que de nous menacer tous deux...

Buridan regarda la Reine fixement.

Il croisa ses bras sur sa poitrine, et, sarcastique, il demanda :

— Tu l'aimes donc bien ?

— Plus que ma vie !... répliqua la Reine.

Et, pour la première fois, depuis le commencement de cet entretien, elle avait parlé avec sincérité.

Le Capitaine ricana.

— L'amour dans le cœur de Marguerite !... s'écria-t-il, ironiquement.. J'aurais cru qu'on pouvait le presser, et le tordre, sans qu'il en sortît un seul sentiment humain !...

Et, haussant les épaules, dédaigneusement, il ajouta :

— Tu es au-dessous de ce que j'espérais de toi...

— Explique ces paroles ?

— Oui, oui, si nous voulons que rien n'arrête notre volonté où nous lui dirons d'aller, il faut...

— Il faut...

— Il faut que cette volonté soit assez forte pour briser, sur sa route, tout ce qu'elle rencontrera, sans coûter une larme à nos yeux, un regret à notre cœur... Nous sommes devenus des choses qui gouvernent, et non des créatures qui s'attendrissent... Oh! malheur, malheur à toi, Marguerite!... Je te croyais un démon, et tu n'es qu'un ange déchu!

— Ecoute : Si ce n'est pas de l'amour, invente un mot pour ma faiblesse... Ah! qu'il ne parte pas, je t'en supplie?

CI

LE JEU DE BURIDAN

... Alors, brusquement, le hardi Capitaine se dit que le moment était venu, enfin, de mettre à exécution le plan, hardi, qu'il avait formé, tandis qu'il chevauchait, à côté du Roi de France, du Château de Vincennes au Louvre.

Il changea de ton, et d'attitude.

Il se transforma radicalement...

Ce, avec une incomparable habileté, une incroyable souplesse, une sans pareille puissance d'action...

Il se rapprocha de Marguerite...

Il la regarda fixement, avec des yeux ardents.

Il devint farouche, et, tout en même temps, très tendre... et superbe...

Un amant extasié, prostré...

Non plus, comme jadis, Lyonnet de Bournonville jouvenceau aux pieds de Marguerite jeune fille... mais comme un homme subjugué, pâmé, devant une femme ardemment convoitée.

— Et si je suis jaloux de lui, moi?... dit-il d'une voix chaude, vibrante... caressante et harmonieuse, tout à la fois.

— Toi?... Jaloux?... répondit Marguerite... stupéfaite de ce changement inattendu... et charmée, déjà, autant que défiante.

Buridan, se rapprocha, plus encore, de la Reine...

Il osa lui prendre la main...

Et, jouant la passion avec une infinie adresse, il poursuivit, à demi-voix :

— Si le souvenir de ce que j'ai été pour toi me rend intolérable la pensée qu'un autre est aimé de toi... Si ce que tu as pris pour de l'ambition, pour de la haine, pour de la vengeance... n'était qu'un amour que je n'ai pu éteindre, et qui se reproduisait sous toutes les formes... Si je ne voulais monter que pour arriver à toi... Si, maintenant que je suis arrivé, je ne voulais que toi... Si, pour mes anciens droits, mes droits antérieurs aux droits de Gaultier, je te sacrifiais tout... Si, en échange d'une de ces nuits où le Page Lyonnet se glissait, tremblant, chez la jeune Marguerite, pour n'en sortir qu'au jour naissant, je te rendais ces lettres auxquelles je dois d'être arrivé où je suis... Si je te livrais mes moyens de fortune pour te prouver que ma fortune n'avait qu'un but... que, ce but atteint, peu m'importe le reste... Dis, dis, si tu trouvais, en moi, ce dévouement, cet amour, ne consentirais-tu pas à ce que Gaultier d'Aulnay partît?

Il avait étreint la Reine...

Il la tenait serrée contre lui.

Il semblait tout enivré, affolé, en extase...

On eût dit qu'il était grisé par le parfum, subtil, qui se dégageait de la chevelure de Marguerite... par l'odeur de sa chair, qui palpitait sous ses mains...

— Je t'aime!... Je t'aime!... Oui, oui, je t'aime, Marguerite... Je t'aime toujours... Je t'aime plus que jamais...

La Reine, haletante, hésitait.

Ses narines battaient.

Ses yeux flamboyaient.

Sa gorge frémissait.

Oh! Était-ce vrai?...

L'avait-elle conquis?

Ou jouait-il un jeu, terrible, grâce auquel il la prendrait?

Le tenir!

L'abattre!

Quel espoir!

Non!... Non!... c'était impossible.

Il fallait rester en défiance, attendre... observer... ne pas se livrer trop vite...

Elle se dégagea de l'étreinte, passionnée, de Buridan...

— Parles-tu sincèrement... ou railles-tu, Lyonnet?... demanda-t-elle, très grave.

Buridan répliqua :

— Un rendez-vous ce soir, et, ce soir...

— Ce soir...

— Je te rends tes lettres...

Dieu!... Ces lettres... ces preuves... ces armes... Les avoir!...

— Lyonnet, Lyonnet...

« ... Encore un baiser... Vingt baisers !... Combien tendres !... » (P. 1445)

— Mais non plus, Marguerite, un rendez-vous comme celui de la Taverne, comme celui de la Prison... non plus un rendez-vous de haine et de menaces!... Non!... Non!... Un rendez-vous d'amour!... Et demain, demain...

— Demain?...

— Tu pourras garder, près de toi, Gaultier d'Aulnay... et perdre Buridan.

— Garder Gaultier et perdre Buridan?

— Sans doute, puisque je t'aurai livré tout ce qui fait ma force.

— En vérité, je...

— Dis que tu acceptes, Marguerite?

— Mais...

— Je t'en supplie...

— Une pareille aventure...

— Tu hésites?...

— Je me sens profondément troublée.

— N'avais-tu pas deviné ce qui se passait en moi?

— Je suis bouleversée!

— Marguerite... Ah! comme je t'ai aimée!

— Toute surprise, aussi!...

— Et comme je t'aime encore!

— Emue, même, je l'avoue...

— Marguerite, accorde-moi la grâce que je te demande?...

— Tu disais tout à l'heure : Nous sommes devenus des choses qui gouvernent, et non des êtres qui s'attendrissent...

— Est-ce que je sais ce que j'ai dit?... Je ne sais qu'une chose, c'est que je t'aime, que je suis jaloux de Gaultier d'Aulnay... et que je donnerais ma vie pour une heure de ton amour...

— Tu avais parlé, en termes si chaleureux, de nos enfants...

— Je t'aime!...

— Tu m'apparais radicalement transformé!...

— Je t'aime!...

— Tu n'es pas l'homme que je croyais que tu étais devenu...

— Je suis toujours Lyonnet de Bournonville... ton premier amant — et je t'aime, Marguerite, je t'aime comme autrefois...

— N'est-ce pas un leurre?...

— Je t'adore!...

— Ne me trompes-tu pas?...

— Tu es si belle, si troublante!...

— Mais...

— Plus belle, encore, qu'autrefois!... Oh! dis, dis, que tu m'accorderas le rendez-vous demandé?... Dis que tu frémiras d'amour entre mes bras?... Marguerite, souviens-toi de notre cher passé... Qu'il constitue le lien qui va nous rattacher l'un à l'autre...

Buridan avait étreint, derechef, passionnément, la Reine... qui, pour la deuxième fois, se dégagea de son étreinte.

— Oh! laisse-moi... laisse-moi !... dit-elle.

— Je t'aime!

— Que veux-tu obtenir de moi ?

— Rien que ton amour.

— Encore une fois, est-ce vrai?

— Je t'adore !... Ecoute... A ton tour, tu te défies de moi ?

— Et pour cause !

— Tu as raison !... Que puis-je faire pour te convaincre ?... Marguerite, parle ?... Je suis prêt à te donner toutes les preuves de mon amour sincère... Réfléchis... Est-ce que le sentiment que j'éprouve, à cette heure, n'est pas bien naturel ?... Je t'ai aimée, naguère, follement... passionnément... jusqu'au crime !... En toi, je revois toute ma jeunesse, tous mes espoirs, tous mes rêves... Les heures, enchantées, de ma vingtième année... En ta présence, mille souvenirs délicieux passent en mon esprit, me charment, m'enivrent...

«... Ah! que nos nuits d'antan furent douces... Que tu étais belle, Marguerite !... Souviens-toi !... Souviens-toi !... Quand l'heure de notre rendez-vous était arrivée, ô mon adorée... quand tout dormait autour de nous... quand la dernière lumière, trouant les ténèbres, épaisses, s'était éteinte... tu accrochais, aux pierres, en surplomb, de ta croisée, une légère échelle... Moi, au pied de la Tourelle, j'attendais... Et, leste, je gravissais les échelons... La montée au ciel... Mon paradis, c'était ta chambre, Marguerite...

«... Un instant après, j'étais dans tes bras... sur ton cœur !... Nuits délicieuses !... Oui, oui, les souvenirs qu'elles me rappellent sont inoubliables !... Combien de fois ai-je revécu ces nuits, au cours de ma vie aventureuse !... Alors, je me disais : « Oh! la revoir !... Revoir la chère aimée !... » Et je décidais que je partirais, dès le lendemain même, pour Paris, ou tu étais Reine... Reine deux fois... Par le rang, et par la beauté !...

«... Mais Marguerite la Reine se souviendrait-elle... voudrait-elle... pourrait-elle se souvenir du Page Lyonnet, jadis bien aimé?...

«... Et je ne suis pas venu à Paris, Marguerite... parce que j'aimais mieux garder, nette, la vision de Marguerite la jouvencelle... vision qui se fût dissipée, peut-être, si j'avais eu quelque chagrin à éprouver du fait de Marguerite la Reine... Oui, oui, je vivais pour, et par le très doux souvenir de Marguerite la jouvencelle... Encore une fois, souviens-toi... souviens-toi !...

«... Dans tes bras !... Sur ton cœur !... Il ne battait... il n'avait encore battu, d'amour, que pour le jeune Page...

«... Toute la nuit, nous devisions... Nous formions des projets d'avenir... Je rêvais d'exploits formidables à accomplir, qui me vaudraient ton admiration... et dont la gloire eût rejailli sur toi... Je te voyais, au retour de mes expéditions guerrières, prête à m'accueillir comme le plus brave, le plus beau, le plus ardemment aimé... devant tous nos Vassaux assemblés...

«... Et je baisais ta chevelure, si blonde, si légère... Je contemplais, en extase, ta jeune gorge fleurie... tes bras adorables... ta taille si svelte... Je me mirais dans tes yeux, qui reflétaient la molle clarté des étoiles... Et je te répétais : « Je t'aime! »... Et tu me disais : « Je t'adore! »...

«... Quel silence, autour de nous!... Les nuits d'été étaient radieuses... Une brise, tout embaumée d'odeurs sylvaines, soufflait sur nos jeunes têtes... On entendait le bruissement du feuillage... Au loin, la trompe de quelque pâtre résonnait dans la montagne... Et, tout près de nous, un grillon chantait... C'était très doux... Souviens-toi... souviens-toi, Marguerite...

«... Hélas!... Une lueur surgissait, du côté du Levant... Et, bientôt, le tout petit jour commençait à poindre à l'horizon, où flottaient de fines vapeurs grises... Les matinales alouettes volaient dans l'air frais, très pur... se mirant, coquettes, dans les gouttes de rosée que l'aube mettait sur les fleurs... et chantant le réveil de la nature...

«... C'était l'heure, triste, des adieux!...

«... Un moment, encore, je restais avec toi... Nous étions aux bras l'un de l'autre, étroitement enlacés... muets... délicieusement troublés!... Nous regardions, sans le voir, l'admirable spectacle qui s'offrait à nos yeux... la magnificence de l'aurore qui montait, montait, sur le paysage, profond, qui apparaissait peu à peu, se dégageant de l'ombre...

«... Encore un baiser... Vingt baisers!... Combien tendres!... Quelles caresses!... Il fallait attendre le retour de la nuit pour nous retrouver ensemble, libres de nous aimer!... Tout un jour à passer!... Un jour!... Une éternité!...

«... Je remettais l'échelle de cordes à la muraille... Et je m'enfuyais comme le soleil dardait, sur le ciel, ses premiers rayons, avant de surgir, au-dessus de l'horizon, dans toute sa majesté, dans le triomphe de la terre, sur laquelle il allait répandre sa bienfaisante clarté, sa revivifiante chaleur!... Marguerite, je donnerais ma vie... oui, oui, ma vie — sans regrets... pour revivre, tel que j'étais alors, une seule de ces nuits... »

La Reine, toujours hésitante, toujours défiante... avait laissé parler Buridan, sans l'interrompre.

Elle l'observait, très attentive.

Le hardi Capitaine, non moins attentif... non moins sûr, à présent, de sa victoire finale... reprit — jouant, toujours, avec une incomparable adresse, le rôle, très difficile, qu'il s'était tracé :

— Dis... dis... trouves-tu étrange que, en te revoyant, céans, ce soir, j'aie été reconquis, brusquement, et tout entier, par toi ?... N'aurais-je pas été pris, même si je n'avais pas, par derrière moi, tant de souvenirs troublants ?... Depuis les nuits embaumées de notre jeunesse, Marguerite, des années ont passé... Mais la Reine de France n'est pas moins belle que Mar-

guerite la jouvencelle... La jeune maîtresse que j'ai adorée, en Bourgogne,
dans le Château de son père, le Duc Robert, était comme un arbre en fleur,
qui porte, à présent, les fruits, veloutés, que la fleur, si délicate, promettait
au printemps...

« ... J'ai aimé Marguerite, jeune fille... Je reste en extase devant Marguerite femme... Par toi, je puis, homme, avoir des ivresses plus profondes,
plus exquises, plus délicieuses que celles que j'ai éprouvées, jadis, jouvenceau...
L'homme aime mieux que l'adolescent... Il aime autrement, tout au moins...
L'aube est radieuse... Mais midi est superbe... Le printemps est saison très
douce... L'été est plus encore embaumé...

« ... Marguerite, Lyonnet, Page... ne t'aima pas comme le Capitaine
Buridan t'aime... Lyonnet, le Page, t'aimait avec tout son cœur... Buridan,
le Capitaine, t'aime avec, à la fois, tout son cœur, et tout son cerveau... Le
Page, Lyonnet, était faible comme une femme... Buridan, le Capitaine, est
fort... Le Page, Lyonnet, n'était, ne pouvait être, que ton amant... Buridan,
le Capitaine, peut être, en même temps, ton amant passionné, et ton protecteur...

« ... Ton protecteur sûr... ferme... capable de tous les exploits que
rêvait le Page — ce protecteur, cet appui, que tu voulais avoir, en moi, tout
à l'heure... ce protecteur que tu te félicitais d'avoir trouvé, et qui est à toi,
certes... si tu le paies d'un amour partagé...

« ... Marguerite, est-ce que Gaultier d'Aulnay, ton amant, mon rival —
cet homme que je veux écarter de toi... pour ton bonheur — est-ce que ce
Gaultier peut te donner tout ce que je te donnerai ?... Non, non !...

« ... Il ne sait que gémir, se plaindre... menacer sans abattre... aimer
et te le dire sans te le prouver autrement que par des caresses... Il t'aime, et
ne peut t'aimer, que comme t'aima le Page Lyonnet...

« ... Mais, à Marguerite Reine, à Marguerite femme, il faut un autre
amour que celui d'un jouvenceau... Il lui faut un homme dans la plus large
acception du mot... Cet homme-là, il est devant toi !... Je t'ai fourni, jusqu'ici, assez de preuves de mon énergie, de ma volonté ferme, de mon
intelligence, de mon audace, pour que tu ne puisses douter de moi... Aime-
moi... sois à moi, toute à moi... à moi seul... et tu pourras encore être
heureuse, et triomphante... De par moi, tu n'auras plus rien à craindre de
personne, pas même des plus puissants... pas même du Roi, lui-même...

« ... Tu me l'as dit... Tu souffres... Le Remords te tenaille... Et tu
organises — pour fuir les spectres, abhorrés, qui hantent tes nuits — des
fêtes au cours desquelles tu oublies, dans l'ivresse du vin et des plaisirs
d'amour... Moi je te donnerai des fêtes splendides... Jamais tu ne reverras
les fantômes qui t'effraient, jamais !... Leur infernale sarabande sera disper-
sée... Je mettrai, dans tes nuits, tant de lumières, tant de fleurs, de par-

fums et d'harmonies, que les ombres vengeresses qui se dressent, devant toi, dans la solitude des ténèbres, ne pourront plus te faire frissonner...

« ... On te hait, disais-tu encore?... Tu seras si puissante que la haine ne t'atteindra plus... On ne hait que parce que l'on jalouse... et l'on ne jalouse plus qui peut donner... Tout être qui s'élève, s'il veut monter plus haut encore, doit s'efforcer d'avoir, en montant, les mains pleines... Car la main, qui se tend, vers lui, pour prendre ce qu'il offre, ne peut pas, en même temps, s'acharner à l'abattre... Oui, oui, tu seras si puissante que tu pourras transformer en esclave chacun de tes ennemis...

«... Ne m'as-tu pas dit, aussi, que tu es menacée?... Oui, je sais... les coffres de l'Etat sont vides... Le Roi songe à les remplir en convolant, en justes noces, avec Clotilde de Hongrie, qui lui apportera une richissime dot... Je saurai détourner, de toi, ce danger, sois-en sûre... Je remplirai, autrement, par d'autres moyens, les coffres de l'État... Ton époux aura, de par moi, assez d'or pour ses caprices... pour ses maîtresses... Que t'importe, qu'il dépense sa force hors de ton lit?... Ne seras-tu pas à moi, toute à moi?... Je t'aimerai en Roi... Ne serai-je pas Roi, en fait?... Et ne régneras-tu pas par suite, puisque tu régneras, de par ton amour, sur le véritable Roi de France ?

«... Du reste, si tu étais menacée... si Louis X osait s'attaquer à ta personne... crois que je saurais te défendre jusqu'à la mort !... Dis, est-ce que le Page, Lyonnet de Bournonville, armé par toi, poussé par sa passion amoureuse, ne sut pas frapper celui qui voulait attenter, jadis, à la liberté de Marguerite la jouvencelle... celui qui voulait, pour la punir, enfermer, au fond d'un Cloître, tant de grâce et de beauté ?... Si le Page, le jouvenceau, osa agir, naguère, contre ton ennemi, ton père, et son bienfaiteur... dis, de quoi ne serait pas capable, à cette heure, le Capitaine Buridan, demain, Premier Ministre, et amant bien-aimé de Marguerite, la Reine ?...

«... J'en ai dit assez... Je t'ai convaincue, n'est-il pas vrai, ma bien⁻ aimée?... Tu ne te défies plus de moi, maintenant ?... Dis, dis que tu ne te défies plus de moi?... Dis que tu es d'accord avec moi?... Dis que tu renonceras à ce Gaultier d'Aulnay?... Dis que tu me rendras l'amour que tu m'avais donné, jadis?... Dis que tu seras à moi, toute à moi, à moi seul... Marguerite, si tu savais comme je t'aime! »

Le hardi Capitaine avait passé son bras autour de la taille, si souple, de la Reine.

Il l'avait attirée vers lui.

Il serrait, sur sa poitrine, sa gorge frémissante.

Les cheveux, dénoués, de Marguerite, flottaient sur les épaules de Buridan.

Il pouvait baiser ses belles épaules nues...

Elle lui appartenait, déjà, comme naguère.

Elle était dans ses bras, à demi-pâmée.

Jamais Gaultier d'Aulnay ne l'avait si étroitement, si passionnément enlacée.

— Marguerite!... Marguerite!... reprit Buridan, à demi-voix... Je t'aime!... Je t'adore!... Sois à moi!

Oui, oui, il jouait son rôle avec une adresse extraordinaire.. une incroyable force de volonté.

Car, à ce moment-là même, tenant, dans ses bras, cette admirable créature... cette Reine, il n'éprouvait pas même le frisson qu'il eût éprouvé près d'une fille folle, ainsi demi-nue...

C'est que Marguerite n'était pas, pour lui, une femme.

C'était l'ennemie.

Celle qu'il fallait abattre, à tout prix.

Oui, oui, à tout prix!

Afin de pouvoir, ensuite, accomplir son œuvre.

Pour ses enfants!...

Ces enfants qu'il retrouverait, certes... et qu'il ferait grands, puissants, riches, heureux!

— Ma bien-aimée!... murmura-t-il... Une nuit d'amour?... Donne-moi une nuit d'amour?... Une de ces nuits pareilles à celles pendant lesquelles, jadis, le Page Lyonnet de Bournonville eut la vision du Paradis.

Pas plus que Buridan, Marguerite ne frémissait dans les bras de son ancien amant.

Pour elle aussi, il était l'ennemi.

L'ennemi qu'il fallait abattre, implacablement.

A cette minute extrême, farouche, elle se dit :

— Je te tiens!

Mais, cette fois, elle était sûre de son fait

Oui, oui, elle tenait sa proie.

Ah!.. quelle ivresse!

Buridan l'avait convaincue.

Fermement, elle croyait qu'elle l'avait conquis.

Non qu'elle ût capable de supposer que Buridan l'aimait d'amour, comme jadis le Page Lyonnet de Bournonville l'avait aimée.

Mais elle était certaine que la passion, mal éteinte, que le Page avait éprouvée, naguère, pour Marguerite la jouvencelle, s'était rallumée, soudain, en Buridan, à l'aspect de la Reine, demi-nue, si belle, certes... si troublante...

Oui, oui, elle le tenait.

Une nuit d'amour!...

Il demandait une nuit d'amour!...

L'imprudent!...

— La clef de la Tour de Nesle... lui dit-elle... (P. 1453.)

Une nuit...
Plus de temps qu'il n'en fallait, certes, pour l'abattre...
Il l'aurait, cette nuit qu'il demandait...
Et demain, demain, il aurait cessé de vivre...
La résolution de Margüerite fut bientôt prise...
Dès lors, elle s'efforça de la mettre en œuvre.
Pour cela, il n'y avait pas une minute à perdre.

Il fallait agir.... agir vite — et, pourtant, sans imprudence.

Sans imprudence, car, jamais — non, non, jamais — on ne retrouve rait pareille occasion, si on laissait échapper celle-ci...

CII

PARTIE LIÉE.

— Je suis troublée à un point indicible!... fit la Reine, en feignant de partager l'émoi, non moins feint, de Buridan.

— Marguerite...

— Oui... oui... je suis très profondément émue!

— Je t'ai convaincue?

— Je ne sais ce qui se passe en moi!

— Ai-je ôté, de ton âme, toute idée de défiance?

— Dieu... qu'une femme est faible quand on lui parle d'amour!... Et, surtout, quand, à de certaines heures, une voix, jadis bien-aimée, se fait entendre, et réveille, soudain, de lointains et très doux souvenirs!

— Marguerite... le passé, qui te fut cher, peut revivre.

— Ah! si c'était possible!

— C'est possible!...

— Ce serait trop de bonheur!

— Je te dis que nous pouvons encore être heureux.

— Avoir un pareil espoir qui ne se réaliserait pas!... Ah! pour moi, à cette heure si désolée, déjà... quel surcroît de souffrances!...

— Nous serons heureux, te dis-je.

— Je ne crois plus au bonheur!

— Il s'offre à toi, pourtant.

— Non!... Tu es sincère, à cette heure, je le crois... Tu l'as fort bien expliqué, tout à l'heure... Je suis belle, toujours... Et, à mon aspect, tes sens ont ravivé, en toi, la passion d'antan... Un homme de ton âge peut aimer, d'amour, une femme près de qui il a toujours vécu, amoureux, depuis sa prime jeunesse... Son amour est fait, tout à la fois, de respect, de recon- naissance... d'accoutumance, aussi... Mais, à ton âge, encore une fois, il ne peut plus aimer avec son cœur... Or, seuls, les amants dominés par un amour où les sens ne tiennent que la seconde place sont capables de dévouements sublimes, d'actes héroïques... Jadis, tu eusses donné ta vie, pour moi... Aujourd'hui, tu m'aimeras tant que tes sens te conduiront... Combien de temps?... Quelques mois?... Quelques jours?... Quelques heures, peut-être?...

Et puis, tu m'abandonneras pour courir à quelque autre amour... C'est la règle !... Alors, tu me haïras d'autant plus que tu m'auras promis davantage... et que tu te reprocheras, plus, de ne pas tenir tes promesses... Gaultier, lui, m'aime avec tout son cœur, uniquement.

— Est-ce pour exaspérer ma passion que tu prononces, à cette heure, le nom de ce Gaultier?

— C'est pour résister, mieux, en évoquant son souvenir, aux suggestions, extra-troublantes, que tu as, si habilement, jetées en mon esprit.

— Résister!... Résister, as-tu dit?... Ai-je bien entendu?

— Tu as bien entendu...

— Tu as donc été prête à me céder?

— Tu étais si persuasif.

— Parce que, plus que jamais, passionnément épris.

— Tu m'as promis tant de choses enviées.

— Tu les auras, toutes.

— Démon tentateur!

— Marguerite... Marguerite... accorde-moi la grâce que je t'ai demandée.

— J'en arriverais à ne pouvoir te résister davantage.

— En parlant ainsi, tu me rendrais capable... même, des actes les plus téméraires!

— Oui... oui... que les femmes sont faibles, quand un homme murmure, à leurs oreilles, de doux propos d'amour!

— Marguerite... sois à moi.

— Même lorsqu'il ment!

— Tu me rendras fou!... Je ne mens pas... Je t'aime... et je ne demande qu'à te le prouver par tous les moyens qui sont en mon pouvoir!

— Moi aussi, en t'écoutant parler, tout à l'heure, j'ai eu la vision du passé...

— Tu m'enchantes!

— J'ai revu le joli Page, si naïvement, si tendrement épris, arrivant, chez moi, éperdu... m'enlaçant, follement... me couvrant de baisers... Ah! comme tu m'aimais, alors!

— Je t'aime plus encore!

— Oui... oui... nuits inoubliables !...

— Nous en aurons de pareilles!

— La jeunesse n'est plus!... Hélas!...

— Encore une fois, le printemps est saison parfumée ; mais l'été est saison de force, de lumière, de chaleur... Ne regrettons pas le passé dans la joie que le présent nous donne.

— C'est bien vrai... ta vue me rappelle des moments de bonheur, d'extase!... Etrange et dangereuse faiblesse!

— Sois à moi...

— Ta voix éveille tant de souvenirs d'amour que je croyais morts au fond de mon cœur !

— Avoue donc que tu m'aimes encore ?

— Et, hier, je te haïssais !

— Tu m'aimes ?

— Au moins, je ne te hais plus...

— Marguerite... Marguerite, d'un mot, tu peux faire, de moi, l'homme le plus fortuné de France...

— Or, ce mot...

— Appelle ta servante... Ordonne-lui de tout clore, ici... Et permets-moi d'y demeurer.

— Non!... Non!... Que me demandes-tu là?... C'est impossible !

— Marguerite...

— C'est impossible !

— Je te supplie...

— Laisse-moi me reprendre... réfléchir... me recueillir... Demain... Demain...

— Demain est à Dieu!... Cette nuit nous appartient...

— C'est impossible!... Je ne puis te recevoir ici, dans ce Logis...

— N'en sors-tu pas comme tu le veux ?

— Puis-je, sans me perdre, te voir ailleurs ?

— La Tour de Nesle ?

— Tu y viendrais ?

— N'y suis-je pas allé, déjà, sans savoir que tu m'y attendais ?

— Lyonnet...

— Cède...

— Lyonnet...

— Marguerite...

— Eh! bien?...

— Eh! bien?... De par tous les Saints du Paradis, achève donc...

— Eh! bien!... oui, oui, je cède...

— Enfin!... Ah! Marguerite, comment pourrai-je, jamais, te donner une joie pareille à celle que tu me donnes ?

— Ne suis-je pas, d'avance, payée, suffisamment, par ce fait, que tu es venu, céans, convaincu que j'étais ton implacable ennemie... et que, maintenant, tu es tout à moi, comme je suis toute à toi.

— Toute à moi?...

— Oui...

— Gaultier d'Aulnay partira-t-il demain ?

— Je te le dirai cette nuit... dans deux heures... à la Tour de Nesle.

— Où je te rejoindrai, Marguerite... Avec quelle ivresse!... Oui, oui, je t'y rejoindrai... Et je te rapporterai tes lettres...

— Va... Pars... Compte sur moi...

— J'y compte!... Je t'aime!...

— A bientôt...

— D'un mot, tu m'as rendu bien heureux!.... Je pars!... Oh! Marguerite, Marguerite, sois sûre, que, désormais, tu n'as pas de serviteur plus que moi féal... Ton amant!... Ton amant extasié!... Merci!... Merci!...

Marguerite s'était levée.

Elle prit, dans un coffre, sur la table, une clef.

Elle la remit à Buridan.

— La clef de la Tour de Nesle... lui dit-elle...

Le hardi Capitaine prit cette clef.

— Bien!... Dans deux heures?... fit-il.

— Dans deux heures!... Va!... Séparons-nous... Il ne me reste plus, à présent, que le temps strictement nécessaire pour tout mettre en œuvre afin de me rendre, là-bas, sans danger... Va!... Va!... Et, en attendant, que Dieu te garde!

Buridan baisa la main de la Reine... et sortit de la Chambre Royale...

* *
*

...Marguerite pensait :

— Ah! Buridan... si cette fois tu m'échappes!

Et le Capitaine se disait :

— Tu m'as donné la clef de ton tombeau, Marguerite!... Mais, sois tranquille, je ne t'y renfermerai pas seule..

*
* *

...En réalité, et quelque habileté qu'ils eussent déployée, des deux parts, pour se tromper mutuellement... ils n'avaient été dupes ni l'un, ni l'autre.

Buridan s'était dit :

— Elle veut m'attirer, à la Tour de Nesle... où elle compte me faire assassiner... Soit, puisqu'elle compte sans son hôte!... L'important, pour moi, est qu'elle se prenne à mon piège... Or, elle viendra, certes, à la Tour, car elle voudra recevoir, elle-même, de ma main, ses lettres... Elle se dit qu'elle ne tentera rien, contre moi, que quand elle les tiendra... tant elle aurait peur que je ne sois allé, à la Tour, sans les avoir sur moi... tant elle aurait peur — ainsi que je l'en ai menacée dans les caveaux du Grand Châtelet — que ces lettres ne fussent remises, au Roi, après ma mort...

Oui, oui, elle viendra à la Tour... Qu'elle y vienne!... C'est tout ce qu'il me faut!...

. . . .

... Marguerite avait pensé :

— Il me tend un piège... Lequel ?... Impossible de s'en rendre compte ?... Peut-être veut-il me faire prendre, par les gens du Roi, en flagrant délit d'adultère ?... Non !... Car il courrait trop gros risques... puisqu'il serait mon complice... Assurément, il n'a pas formé le projet d'attenter à ma vie... On ne tue pas, dans un guet-apens, une Reine de France... Du reste, contre cette impossible alternative... je prendrai, néanmoins, toutes les mesures nécessaires... Il ne me paraît pas admissible qu'il ait éprouvé un renouveau de passion amoureuse... et qu'il se livre, à moi, si imprudemment... Il est évident qu'il a formé quelque projet grâce auquel il compte m'abattre... Réussira-t-il?... Dans tous les cas, je dois risquer la partie... Il me semble que je la gagnerai... Je ne retrouverais pas une occasion pareille à celle qu'il m'offre... Je me garderai... Qu'il vienne à la Tour... qu'il me livre mes lettres... alors, alors, je le tiendrai... Oh! le tenir!... Triompher de lui!... Que ne donnerais-je pas... que ne tenterais-je pas pour obtenir ce résultat?...

CIII

OU L'ON VERRA QUELLES MESURES PRIRENT LA REINE, ET LE CAPITAINE
BURIDAN, CHACUN DE SON CÔTÉ, AVANT LE RENDEZ-VOUS A LA TOUR DE NESLE

... Et la Reine appela :
— Charlotte !... Charlotte !...
La très gente et très dévouée servante accourut.
— Rolande est-elle céans ?... demanda Marguerite.
— Oui, Madame... répliqua Charlotte... Comme tous les soirs, Rolande attend les ordres de Votre Majesté.
— Va la chercher !... Qu'elle vienne... Va !... Va !...
— A l'instant!
Charlotte sortit.
Restée seule, Marguerite, très agitée, toute frémissante, s'assit.
— Oh! le démon !... pensa-t-elle... Lui reprendre mes lettres, et l'abattre!... Quelle victoire!... Si cet homme n'était plus là, je viendrais à bout, peut-être, de mes autres ennemis!...

Elle se leva, et, farouche, elle marcha, de long en large, dans la vaste pièce.

— Oui, oui... reprit-elle... je vais tenter de me défaire de lui... Il sera ma dernière victime!... La dernière!... Oui, la dernière!...

Elle ouvrit la verrière qui fermait la meurtrière ouverte du côté de la rivière.

Elle s'y accouda... à la place, même, où se trouvait sa belle-sœur, lorsqu'elle avait vu errer Philippe d'Aulnay sur la berge.

Elle pensa au jouvenceau.

— C'est de cette aventure que tout le mal est venu!... s'écria-t-elle... Oh! Je l'avais prévu!...

Elle regarda la Tour de Nesle, dont la masse s'élevait, là-bas, baignant sa base dans les eaux, qui roulaient, tranquilles, sous un ciel radieux.

— Oh! Qu'il vienne, là!... Qu'il vienne!... murmura-t-elle, terrible, menaçante.

Soudain, elle marcha vers la porte du couloir secret, afin de s'assurer que Charlotte en avait bien poussé le verrou.

Il ne fallait pas que Gaultier parût chez elle.

Elle avait tremblé qu'il n'y revînt à l'improviste.

Le verrou était mis.

— Oh! Gaultier, mon bien-aimé Gaultier!... reprit-elle, en proie à une indicible surexcitation... Ils voudraient me séparer de toi!... Jamais!... Jamais!... Je n'ai plus que toi au monde!... Je te garderai!... Je veux te garder... Je suis prête à tout perdre... oui, oui, tout — pourvu que tu me restes!...

Elle était profondément troublée.

— Partir!... se dit-elle...

Elle s'assit, derechef...

— Fuir!... Cela vaudrait mieux, peut-être?... s'écria-t-elle...

Elle en revenait toujours là, lorsqu'elle avait peur... dans la lassitude d'une lutte énervante.

— Fuir?... Dès ce soir?... Sans aller à la Tour de Nesle?... Sans rien tenter contre cet homme?...

Elle réfléchit.

— J'ai... là, une grosse somme, en or... tous mes bijoux... Assez pour vivre, partout, très richement... Avant que luise l'aube de demain, je pourrais être cachée, bien cachée, dans la retraite, sûre, que je me suis préparée, à tout hasard... et d'où je m'éloignerais, certes, sans danger, dans quelques jours, pour gagner l'Angleterre... Gaultier serait, tôt, prévenu... Il viendrait me rejoindre... ou, mieux encore, il partirait avec moi... Orsini nous accompagnerait, ainsi que Charlotte...

Pourtant, elle hésitait...

— Oh! que faire?... Que faire? Qui me conseillera?... se demanda-t-elle... Si je pouvais voir Gaultier !... Que m'importe cet homme, ce Buridan... Que m'importent ces lettres, dont il me menace?... Si je fuis?... Si je disparais?... Que m'importe le Roi?... Il sera libre... Il pourra épouser Clémence de Hongrie... Tout ce qu'il désire... Je perdrai la Couronne... Mais, du moins, je serai libre... Libre!... Avec Gaultier!... Et heureuse!... Oui, oui, bien heureuse!... Délivrée!... A quoi bon lutter?... Lutter?... Oh! Je lutte depuis longtemps, déjà... Je suis lasse... Et si je suis vaincue?... Oui, oui, fuir vaudrait mieux!...

Mais, pourtant, et malgré tout, elle souffrait, dans son orgueil... à l'idée qu'elle pouvait fuir — elle, Marguerite de Bourgogne... la fille du Tout Puissant Duc Robert II... la Reine de France... à l'idée de perdre son Titre, son Rang, la Couronne Royale.

Elle se voyait errante... sans appui... elle qui avait été tant adulée!

Quelle chute!

Oh! Elle était lâche!

Oui, oui, lâche!

Elle si hardie, si énergique!...

Elle, qui, jusque-là, avait brisé tous les obstacles qui avaient surgi devant elle.

N'avait-elle donc plus de courage?

N'était-elle pas en pleine force?...

Et riche... et puissante?

Buridan abattu... il lui suffirait, certes, de reconquérir le Roi, pour redevenir la Reine, adulée, entourée, redoutée, toute puissante.

Sans perdre Gaultier.

Louis lui laisserait son amant.

N'avait-il pas ses maîtresses?

Oui, il lui fallait lutter, encore... opiniâtrement — et elle triompherait.

Seulement, il était nécessaire de briser ce Lyonnet de Bournonville.

— A l'œuvre!... A l'œuvre, donc!... conclut Marguerite, très résolùment... Je veux risquer le tout pour le tout... Mieux vaut mourir que fuir!... Si Marguerite de Bourgogne tombe... elle tombera Reine!... C'est dit!... J'agirai!... Ou j'abattrai Buridan, ou il m'abattra!... Il aura ma vie, ou j'aurai la sienne!... Que je gagne cette partie... et, encore une fois, je viendrai à bout de mes autres ennemis... Oui, oui, à l'œuvre!... A l'œuvre!...

Charlotte reparut, précédant Rolande.

— Écoute... dit Marguerite à celle-ci... Faisons vite...

— Je suis toute aux ordres de Votre Majesté... répliqua Rolande...

— Tu vas te rendre chez Orsini...

— Oui, Madame...

Orsini était là... appuyé sur la longue perche, ferrée... (P. 1461.)

— Tu lui ordonneras de tout mettre en œuvre pour aller à la Tour de Nesle...

— Cette nuit?

— Cette nuit... Il faut que nous y soyons, tous, avant deux heures...

— Bien!... Est-ce tout ce qu'ordonne la Reine?

— Attends... Dis à Orsini qu'il ait, avec lui, six hommes, les plus résolus qu'il ait employés jamais, les plus robustes, les plus hardis...

— Six hommes?...

— Oui!... Toi, tu iras m'attendre à la Tour, comme d'habitude... Et, comme d'habitude, aussi, Orsini viendra me chercher... Que sa barque soit, dans une heure, au pied de la Tour...

— Les ordres de Votre Majesté seront exécutés fidèlement... La Reine veut-elle me dire pour combien de convives je devrai dresser la table du souper?...

— Nous ne souperons pas!... Il n'y aura, cette nuit, à la Tour de Nesle, qu'un seul être avec moi... Va!... Va!... Hâte-toi!...

Rolande, stupéfaite, salua la Reine... et s'éloigna.

Qu'est-ce que cela voulait dire?

Marguerite irait, seule, à la Tour de Nesle.

Et elle prenait, si tard, cette résolution!

C'était étrange!

Et très louche, certes!

Or, Rolande se dit qu'elle irait voir, dès le lendemain, le Révérend Père Théodule, à l'Abbaye de Saint Germain-des-Prés, et qu'elle lui vendrait, très cher, le secret des aventures, mystérieuses, de Marguerite de Bourgogne, au cours de la nuit qui commençait.

La Reine, cependant, rappela Charlotte.

Elle se fit habiller.

Elle revêtit un costume en velours noir... à longue traîne... qui laissait ses épaules et ses bras nus...

Elle attacha, à ses oreilles, deux gros diamants noirs, et elle mit, à son cou, un collier, fait de diamants, noirs également — pierres rarissimes... qui constituaient une parure superbe, étincelante, d'un inestimable prix.

Enfin, elle glissa, dans son corsage, ce poignard — cette arme mignonne et terrible à la fois... cette arme de Reine amoureuse et jalouse, avec laquelle, dans les caveaux du Grand-Châtelet, elle avait tranché les liens du hardi Capitaine Buridan

— Je suis prête!... dit-elle enfin... Oh! Il me tarde que l'heure d'agir soit arrivée!

Avait-elle tout prévu?

Six hommes... six hommes bien choisis, robustes, résolus, tiendraient tête, certes, à Buridan.

Seul, il avait la clef de la Tour de Nesle... Seul, par conséquent, il y pourrait pénétrer...

Farouche, Marguerite le voyait devant elle, abattu, râlant.

— Dès que j'aurai les lettres... se dit-elle, encore... je donnerai le signal convenu... Orsini paraîtra, avec ses hommes... Ils l'occiront!... En un clin d'œil!... Il faut qu'il n'ait pas le temps de se reconnaître... pas le temps, même, de recommander son âme à Dieu!... Messire Belzébuth emportera son

âme damnée... et, demain, la rivière roulera son cadavre !... Dire que demain,
demain, à pareille heure... cet homme, peut-être, ne me gênera plus !...

Pourtant, elle n'était pas sans inquiétude...

Quel projet avait-il formé, contre elle, d'autre part?

Et puis, irait-il à la Tour de Nesle?

Au dernier moment, pris de peur, ne se raviserait-il pas?...

— Oh! qu'il vienne... qu'il vienne !... répéta-t-elle.

Ah! comme l'heure s'écoulait lentement !...

Orsini, à présent, ne serait pas, au pied de la Tour, avec sa barque,
avant trois quarts d'heure.

Encore trois quarts d'heure d'attente, dans ces affres, avec l'angoisse !...
Une éternité!

Et, pendant que la Reine, profondément absorbée, pensait à ces choses...
Charlotte allait, et venait, dans la Chambre Royale, en proie à une émotion
indicible ; mais sans oser dire un mot, quelque envie qu'elle en eût, afin de
ne pas troubler la rêverie de sa maîtresse aimée.

Elle avait peur !

Avertie par cet instinct, parfois prodigieux, que certains êtres, particulièrement tendres, ont, quand il s'agit du sort de ceux qui leur sont chers,
elle se rendait compte qu'un danger menaçait la Reine.

Elle était sûre que l'aventure, où Marguerite allait s'engager, lui serait
fatale.

Oui, oui... elle était torturée.

Elle éprouvait pareille angoisse, du reste, toutes les fois que la Reine
sortait du Louvre, la nuit... toutes les fois, surtout, qu'elle allait, avec ses
belles-sœurs, à la Tour de Nesle.

Mais, jamais, autant qu'à cette heure, elle n'avait été si troublée.

Oh! pourquoi n'osait-elle pas parler?

Pourquoi n'osait-elle pas faire part, à la Reine, de ses secrètes et lanci-
nantes appréhensions ?

Peut-être parviendrait-elle à lui persuader qu'il vaudrait mieux, pour
elle, qu'elle ne sortît pas, du Louvre, cette nuit-là.

Comment s'y prendre pour obtenir ce résultat?

Assurément, Marguerite la traiterait de visionnaire, de folle.

Et, pourtant, la Reine courait un danger... un très grand danger
— elle en était sûre... un danger de mort !

Ses pressentiments ne l'avaient jamais trompée.

Un assez long temps se passa.

Charlotte, de plus en plus affolée, s'énervait dans ses hésitations, dans
ses frayeurs.

Et Marguerite, toujours rêveuse, muette, immobile, regardait droit devant elle, sans voir... attendant, impatiemment, que sonnât, enfin, l'heure de l'action.

Tout à coup, dans le grand silence qui planait sur la Forteresse Royale... elle entendit, nettement, retentir le bruit d'une chaîne traînant sur des pierres.

Ce devait être Orsini.

Marguerite se leva.

Elle regarda au dehors.

Elle vit la barque du Tavernier amarrée au pied de la Tour.

Ses yeux s'allumèrent.

— Allons!... fit-elle.

Et, s'adressant à la gente servante :

— Charlotte... ma mante... dit-elle...

Charlotte mit une mante, épaisse, sur les épaules, nues, de la Reine.

— Je serai de retour, céans, avant le jour... reprit Marguerite... Viens, Charlotte... Conduis-mois jusqu'à la porte de l'escalier dérobé... Viens... Viens... Prends ce flambeau pour éclairer notre sortie... Viens... Viens... Faisons vite...

Elle vit la servante très pâle, toute tremblante.

Surprise, elle l'interrogea.

— Qu'as-tu donc?...

— Oh! Madame... Madame... répliqua Charlotte, toute éplorée... J'ai peur!... J'ai peur!...

— De quoi?

— J'ai peur pour Votre Majesté...

— Pour moi?... Que veux-tu dire?

— Que Votre Majesté me pardonne!... Je suis folle... Je...

— Parle?... Parle?...

— Il me semble...

— Achève?

— Il me semble que la Reine court au devant d'un danger.

— D'un danger?

— Oui... oui... d'un grand danger, même!... Oh! que Votre Majesté ne sorte pas!... Qu'elle ne sorte pas cette nuit!...

Marguerite tressaillit.

Charlotte, donc, éprouvait les appréhensions qu'elle éprouvait, elle-même, depuis une heure, à un degré excessif.

Ne fallait-il pas voir, dans ce fait, un avertissement... à elle donné, par quelque puissance occulte, afin qu'elle se gardât?

Mais pouvait-elle hésiter?

N'avait-elle pas pris la résolution, définitive, de risquer le tout pour le tout?

Cette résolution prise, il n'y avait plus qu'à agir.

Elle marchait au triomphe ou à la défaite... à la mort, peut-être ?

Soit !

Personne ne pouvait préjuger de la lutte... qu'il fallait, absolument, entreprendre.

Abattre Buridan, ou être abattue par lui.

Gagner ou perdre la partie.

— Je la gagnerai, j'espère !... se dit la Reine.

En un clin d'œil, elle s'était reconquise.

Elle regarda Charlotte en souriant, avec une grande bienveillance, car elle avait été touchée, vraiment, du geste, si affectueusement respectueux, si éploré, de la très gente servante.

— Folle !... dit-elle... Je ne serai pas en danger, dehors, cette nuit, plus que les autres nuits... Rassure-toi !... Du reste, je me garderai...

— Madame...

— Marchons !... Prends le flambeau, encore une fois...

— Oh ! Madame !... Madame !...

— Hâtons-nous...

La Reine avait fait un geste impérieux...

Charlotte n'osa pas insister davantage, quelque envie qu'elle en eût.

Elle prit donc le flambeau et sortit de la Chambre Royale, suivie par Marguerite, qui s'était enveloppée, étroitement, dans les vastes plis de sa mante.

Bientôt, elles s'engagèrent dans l'escalier étroit, aux marches de pierre, usées, qui conduisait au pied de la Tour, au bord de la rivière.

Au bas de l'escalier, la Reine mit sa petite main, nerveuse, sur le verrou rouillé, qu'elle fit jouer d'un seul coup.

Une bouffée d'air pur s'engouffra dans l'escalier, d'où se dégageait cette odeur, affadissante, des milieux clos et humides — et rafraîchit le front, brûlant, de Marguerite...

Orsini était là... appuyé sur la longue perche, ferrée, dont il se servait pour conduire sa barque.

Six hommes... aux faces à la fois bestiales et abruties, étaient assis dans le bateau... qui dansait sur l'eau, secoué par le remous.

— Embarquons... dit la Reine...

Lestement, elle sauta à bord de la lourde embarcation.

— Dieu vous garde !... dit Charlotte frémissante, angoissée.

La Reine lui fit un geste affectueux.

Orsini déroula la chaîne, attachée à un pieu ; puis, il s'embarqua... et, debout à l'arrière du bateau, il le fit virer, dextrement, et le poussa, vigoureusement, vers l'autre rive, du côté de la Tour de Nesle.

Alors, Charlotte regarda s'éloigner la barque...

Elle était haletante...

Elle étouffait...

Elle était convaincue... absolument convaincue qu'elle ne reverrait plus jamais la Reine.

Un moment, la lourde embarcation apparut, en pleine lumière, au milieu de la rivière scintillante ; puis, elle disparut dans l'ombre portée, gigantesque, de la massive Tour.

La servante ne vit plus que des silhouettes, vagues, s'agitant dans la nuit.

Au loin, tout le paysage environnant était baigné de clartés, sous la molle lueur des étoiles, rutilantes, dans le ciel très pur.

Charlotte, profondément attristée... plus que jamais épouvantée, se signa dévotement.

Et elle pria, avec ferveur — la pauvre !... pour sa maîtresse aimée, pour sa bienfaitrice — qui, selon elle, marchait à la mort...

*
* *

... D'autre part, le hardi Capitaine Buridan, après sa conversation, avec la Reine, dans la Chambre Royale, s'était retrouvé, bientôt, dans la cour du Louvre.

Triomphant !

Quasiment sûr de la réussite de son audacieuse entreprise.

Seulement, il lui fallait, à présent, tendre, avec non moins d'habileté, les derniers fils des rêts dans lesquels il comptait prendre Marguerite de Bourgogne.

Il importait qu'il se hâtât, car l'heure approchait du rendez-vous par lui donné à son amé Landry, d'une part, et, d'autre part, à Messire Gaultier d'Aulnay.

Mais la besogne qu'il avait à accomplir, encore, au Louvre, pour très importante qu'elle fût, ne devait pas l'y retenir longtemps.

La vaste cour était déserte.

Plus que jamais éclairée par la lueur de la lune, qui se trouvait très haut dans le ciel.

Là-bas, une lumière brillait derrière la croisée de la Chambre où Sa Majesté le Roi de France oubliait les soucis du Trône, dans les bras de sa blonde maîtresse, la belle Aude, fille du meunier de Conflans Sainte Honorine.

Et une autre lumière, très vive, illuminait la baie de la Salle où banquetaient, toujours, en devisant, les Seigneurs qui avaient suivi le Cortège Royal, du Château de Vincennes au Louvre.

— Oui... oui... je la tiens, j'espère !.. murmura Buridan, tout en aspirant, avec volupté, l'air pur, et frais, de la nuit... Je la tiens !... Pourvu qu'aucun des fils que j'ai tendus, jusqu'ici, autour d'elle, ne se rompe !...

Et, après avoir réfléchi, une minute.

— Agissons !... fit-il.

Un homme d'armes, de garde à la Poterne, était assis, là-bas, sur une borne, rêvant à sa promise, sans doute... sous la douce clarté de Phébé, favorable aux amants.

Buridan s'approcha de lui... et lui toucha l'épaule.

L'homme sursauta.

Fâcheux appel, certes... qui ramenait à la réalité, un esprit voguant dans les rêves bleus !

L'homme reconnut le Sire Lyonnet de Bournonville... qu'il avait vu che-vaucher, peu auparavant, à la gauche de Sa Majesté Louis X, lors de son entrée dans la Royale Forteresse...

Il se leva, respectueusement.

— Que voulez-vous, Monseigneur?... demanda-t-il.

— Ecoute... fit Buridan...

— Parlez, Monseigneur?...

— Messire de Savoisy est connu de toi?

— Oui, Monseigneur.

— Il n'est pas sorti du Louvre?

— Il n'y a qu'un instant, je l'ai vu passer près d'ici.

— Où est-il allé?

— Là-bas.

L'homme d'armes montra le Logis du Roi.

— Fort bien !... dit Buridan... Il y est encore, c'est sûr... Va le cher-cher... Fais-lui savoir que Monseigneur Lyonnet de Bournonville veut le voir, tout de suite, et l'attend, à la Poterne.

— J'y vais, Monseigneur... répliqua l'homme d'armes.

— Va !

L'homme s'éloigna.

Buridan, pensif, déambula, à grands pas, dans la Cour.

Un instant après, le hardi Capitaine vit reparaître l'homme d'armes... précédant Messire de Savoisy.

L'homme d'armes, et le Sire de Savoisy, se trouvèrent, bientôt, par devant Buridan.

— Eloigne-toi !... dit Messire Lyonnet de Bournonville, à l'homme d'armes... Je te remercie...

L'homme salua, et s'éloigna.

— Que voulez-vous de moi, Monseigneur?... demanda le Sire de Sa-voisy.

— D'abord, Messire... répliqua Buridan... je veux vous féliciter sur votre nomination de Capitaine des gardes de Sa Majesté le Roi de France.

— Je suis d'autant plus sensible à ces félicitations, Monseigneur, qu'elles me viennent de l'homme à qui je dois, à coup sûr, mon nouveau grade.

— Vous ne vous trompez pas, Messire... C'est moi, en effet, qui ai demandé, au Roi, votre nomination.

— Je vous en sais un gré infini, Monseigneur, croyez-le bien... Je saisirai, avec grande joie, toutes les occasions qui s'offriront, à moi, de vous témoigner toute ma reconnaissance.

— J'y compte !... En me servant bien, Messire, vous vous servirez vous-même...

Le Sire de Savoisy s'inclina.

Buridan reprit :

— Messire, vous accomplirez, cette nuit même, le premier acte de votre fonction nouvelle...

— Cette nuit?

— Oui, Messire...

— Et... cet acte...

— Sera l'un des plus importants que vous ayez à remplir, jamais...

— Je le remplirai, certes...

— Avec toute l'énergie désirable...

— Je vous répète que vous pouvez compter sur moi, absolument, Monseigneur...

Lors, Buridan sortit, de son escarcelle, le dernier Ordre, que, sous sa dictée, le Roi de France avait signé.

— Lisez cet Ordre de Notre Sire le Roi, Capitaine... dit-il...

Il remit l'Ordre au Sire de Savoisy.

Celui-ci le prit... le déroula... constata qu'il était écrit, tout entier, de la main, même, de Louis X... et qu'il portait le Scel Royal...

Il lut :

« *Nous avons appris, avec peine, les massacres qui désolent Notre Bonne Ville de Paris.*

« *Nous supposons, avec quelque raison, que les meurtriers se réunissent à la Tour de Nesle.*

« *Nous ordonnons au Sire de Savoisy, Capitaine de Nos gardes, de s'y transporter, cette nuit, avec dix hommes.*

« *Nous voulons qu'il arrête tous ceux qui s'y trouveront... quels que soient leur titre et leur rang...*

« *Signé :* LOUIS. »

— Eh ! bien, Messire?... dit Buridan.

— J'obéirai, Monseigneur... répliqua le Sire de Savoisy.

— Dieu vous garde, Monseigneur !...
Buridan, et le Sire de Savoisy, se séparèrent. (P. 1467.)

— Je dois ajouter, Messire... que le Roi attache, à cet acte, que vous allez accomplir sur son ordre, une capitale importance... Vous pouvez être certain que vous vous assurerez la faveur Royale en exécutant l'Ordre dans toute sa rigueur.

— Je l'exécuterai dans toute sa rigueur... aveuglément.

— Aveuglément !... C'est bien cela... L'Ordre dit, formellement : « *Nous voulons qu'il arrête tous ceux qui s'y trouveront... quels que soient leur titre et leur rang...* » Vous avez bien lu, Capitaine?... « *Quels que soient leur titre et leur rang.* »

— Quels que soient leur titre et leur rang, Monseigneur, j'arrêterai — aveuglément, je le répète — tous ceux que je trouverai, cette nuit, à la Tour de Nesle...

— Même, si vous me trouviez là-bas, Messire, vous m'arrêteriez en personne?

— Oui, Monseigneur!

— Vous arrêteriez tout autre très haut personnage, quel qu'il fût?

— Oui, Monseigneur.

— Une femme, même?...

— Une femme, même!

— Même si cette femme tenait le rang le plus élevé!

— Même si cette femme tenait le rang le plus élevé!

— Bien!... Telle est la volonté, absolument expresse, de Notre Sire le Roi...

— A quelle heure dois-je me rendre à la Tour de Nesle, Monseigneur?...

— Entre minuit et une heure du matin.

— J'y serai...

— Avec dix hommes?... L'Ordre est formel.

— Avec dix hommes...

— Il importe que ces hommes soient choisis, par vous, avec soin, parmi les plus robustes, les plus hardis, les plus résolus...

— Ce sera fait...

— Car il se peut que vous trouviez, devant vous, résistance... et résistance armée, énergique d'autant plus que la proie que vous prendrez, peut-être, sera plus importante... et qu'elle sera défendue, c'est certain, avec une excessive vigueur.

— Je triompherai de cette résistance, Monseigneur, je vous en réponds... Je m'emparerai de la proie...

— Et, pour vos débuts dans votre nouvelle fonction, Messire Capitaine, je vous le répète, vous aurez accompli un acte qui vous vaudra moisson, en ce sens que Notre Sire le Roi vous en saura un gré infini, et vous le prouvera en vous témoignant toute sa faveur...

Le Sire de Savoisy s'inclina.

— Je vous laisse... reprit Buridan... vous n'avez que le temps, juste, de choisir, de rassembler vos hommes... et de vous rendre à la Tour...

— Oui, Monseigneur.

— Un mot, encore.

— Dites?

— Munissez-vous de leviers pour ouvrir la porte de la Tour... Emmenez avec vous, au besoin, deux hommes de plus... deux hommes habitués aux plus durs travaux... Ayez, aussi, des haches... Il faut que votre attaque soit soudaine... et qu'elle vous donne des résultats immédiats... Je veux dire qu'il faut que la porte cède dès votre premier assaut... Car il importe de ne pas attirer, derrière cette porte, tous ceux qui pourraient défendre l'entrée de la Tour... Il importe de ne pas risquer, inconsidérément, la vie des hommes qui vous accompagneront... Oui, oui, Messire Capitaine, agissez adroitement... Il faut que vous surpreniez ceux que vous allez attaquer... Il faut qu'il ne puissent se mettre en état de vous résister... Il faut qu'ils soient pris avant d'avoir eu le temps de se reconnaître...

— Encore une fois, comptez sur moi, Monseigneur.

— J'y compte !... Bonne chance, Messire Capitaine !

— Dieu vous garde, Monseigneur !...

Buridan, et le Sire de Savoisy, se séparèrent.

Buridan sortit du Louvre... et se dirigea vers la grasse Hôtellerie de Maître Pierre de Bourges, où il avait donné rendez-vous à Landry, et à Gaultier d'Aulnay.

Le Sire de Savoisy se mit en devoir, incontinent, de chercher les hommes avec lesquels il devait aller, à la Tour de Nesle, pour exécuter l'Ordre de Sa Majesté le Roi de France...

Tout en déambulant, hors du Louvre, à travers les ruelles, désertes, de la Bonne Ville de Paris, Buridan se disait :

— Que Gaultier d'Aulnay vienne chez Maître Pierre de Bourges... que je parvienne à le convaincre... — et j'y parviendrai, c'est certain — et Marguerite est perdue !...

CIV

LES ANGOISSES D'ORSINI.

... Or, à l'heure ou le Cortége Royal, venant du Château de Vincennes, se rendait au Louvre, chevauchant au milieu du Populaire, Maître Orsini rêvait, dans sa Taverne close... où il était rentré... et où il s'était enfermé, après son expédition, avec Marguerite de Bourgogne, dans les caveaux du Grand Châtelet.

Que de choses s'étaient passées, dans sa vie, depuis quelques jours... et, surtout, depuis quelques heures !

Des choses stupéfiantes!

Telles, que nul ne pouvait prévoir le dénouement des aventures qui s'étaient jouées entre celle qu'il servait et ses adversaires.

Depuis vingt-quatre heures, tantôt Buridan avait semblé devoir triompher de Marguerite... et tantôt Marguerite était sortie victorieuse de la lutte entre eux entamée.

Qui des deux triompherait finalement?

Qui des deux abattrait l'autre?

La Reine était toute puissante, richissime et scélérate.

Buridan était hardi, énergique, habile...

Tous les deux, ils représentaient, chacun, une force quasiment égale.

Pour le moment, le hardi Capitaine avait l'avantage, incontestablement.

N'avait-il pas pu obtenir, de Marguerite, son exode du Grand Châtelet?

Il était sorti de la formidable Prison d'Etat... en maître, ayant, à son bras, la Reine — visiblement domptée.

Ah! ce Lyonnet de Bournonville !...

Orsini le revoyait tel qu'il l'avait connu, jadis.

Comme Marguerite l'avait aimé.

Comme ils étaient beaux, tous les deux!

Qui eût dit, alors, qu'ils deviendraient, un jour, ennemis... ennemis acharnés?

Le Page était devenu le hardi Capitaine... et la blonde jouvencelle, fille du Duc Robert de Bourgogne, « la goule », — selon le mot du bon Landry.

Oui, oui, qui des deux abattrait l'autre?

Question fort importante pour maître Orsini.

Il faisait des vœux pour le triomphe de Buridan.

Et pour cause.

N'avait-il pas aidé Landry à servir le Capitaine?

Or, si le Capitaine abattait Marguerite,.. lui, Orsini, délivré de « la goule », pourrait, enfin, mettre à exécution ses projets de retraite.

Il pourrait retourner en Italie... vivre, en paix, les jours qui lui restaient... tout entreprendre pour expier ses crimes, et racheter son âme.

Selon lui, le dénouement approchait.

Il ne tarderait plus longtemps à se produire, désormais.

La lutte entamée entre Marguerite de Bourgogne, et Buridan, était entrée, c'était certain, dans la phase aiguë.

Elle ne pouvait se prolonger.

Du reste, Maître Orsini connaissait bien la Reine.

Il savait qu'elle ne s'attardait pas en de patientes attaques...

Elle abattait, tout de suite qui la gênait...

Buridan, ou Marguerite, auraient disparu, certes, avant vingt-quatre heures.

Or, Maître Orsini n'était pas sans inquiétude.

Oui, Buridan semblait avoir l'avantage, contre Marguerite; mais qui pouvait savoir si Marguerite ne reconquerrait pas, bientôt, toute sa force d'action contre son redoutable adversaire ?...

Encore une fois, elle était si adroite, si puissante, si scélérate... femme et Reine!...

Qu'allait-il arriver?

Et le Tavernier, angoissé, attendait... claquemuré dans son bouge... tout frémissant... anxieux .. angoissé... attentif aux moindres bruits du dehors... tremblant que la Reine ne le fît appeler... suppliant tous les Saints du Paradis, et la Madone, d'obtenir, du Dieu Tout Puissant, qu'il voulût que Buridan, et la Reine, s'entrégorgeassent — hors sa présence à lui, Orsini... et sans qu'il fût obligé d'intervenir pour ou contre.

Oh! apprendre que Marguerite avait vécu!

Et, par suite, être délivré d'elle!

Pouvoir, dès le lendemain, s'éloigner de Paris... cette ville, trois fois maudite... où tant de victimes avaient été abattues par son fait!

Quel rêve!

Se réaliserait-il?

Orsini, épouvanté, se disait :

— Non!... Non!... Elle tombera, la « goule »!... Elle tombera!... Elle tombera avant demain!... Et elle m'entraînera dans sa chute!... C'est inévitable, fatal!... Quelque chose me le dit!... Tous les présages l'indiquent!

Blême, frissonnant, il s'écriait :

— Je suis perdu!... Irrémédiablement perdu!... Je n'ai plus que quelques heures à vivre!... Je mourrai sans avoir eu le temps de me réconcilier avec Dieu... Je serai damné!... Je serai, dans l'Eternité, la proie de Messire Lucifer!...

Il avait vécu, pendant plusieurs heures, dans ces affres.

Des buveurs, ses clients habituels, surpris de voir close la porte de la Taverne, avaient, à divers reprises, cogné à l'huis, voulant entrer chez Orsini, et boire.

Vains efforts!

Maître Orsini n'avait pas bougé.

Sans doute, il ne voulait pas être troublé dans sa rêverie.

Pour un gain modique!

A quoi bon?

Peut-être, aussi, n'avait-il pas entendu frapper à sa porte.

Son corps, seul, était dans la Taverne.

Son esprit s'était envolé, par delà les espaces.

Les choses ambiantes lui échappaient.

Pourtant, et comme la faim le talonnait... il se leva, soudain — à l'heure, même, où Sa Majesté Louis X faisait sa rentrée, solennelle, dans sa Bonne Ville de Paris.

Et il sortit, en quête de provisions de bouche.

Par malechance, et comme il avait marché, dehors, machinalement, il se trouva pris, dans la foule, grouillante, proche la Place des Saints Innocents.

Il ne put se dégager de cette foule, qui l'enserrait... pas plus que, d'autre part, Gaultier d'Aulnay n'avait pu s'en dégager...

Et il vit, sans l'avoir voulu, le défilé, magnifique, du Cortège Royal...

Il vit le hardi Capitaine Buridan chevaucher, triomphant, à la gauche du Roi de France. . cependant que « la goule » chevauchait à sa droite.

Et, stupéfait, charmé, il s'écria :

— Quel homme !...

Il admirait le Capitaine.

Son courage, son audace, son adresse.

Il avait pu sortir, vivant, de la Tour de Nesle !...

Fait unique !

Jeté dans les caveaux du Grand Châtelet... et, par suite, condamné — il était sorti, pourtant, du Grand Châtelet !...

Fait prodigieux !

Et voilà que, maintenant, événement plus prodigieux encore... il chevauchait, dans le Cortège Royal, à la place qui eût été occupée, la veille, par Très Haut et Très Puissant Seigneur Enguerrand de Marigny, Premier Ministre !

Oh ! réussirait-il ?

Triompherait-il de la « goule » ?

Pourquoi non ?

Avec un pareil homme, il ne fallait douter de rien !

Les événements les plus extraordinaires pouvaient se produire.

Il était bien capable d'abattre Marguerite... si formidablement armée, si redoutable, si scélérate qu'elle fût.

Et le Tavernier, qui était sorti navré de son bouge... y rentra tout plein d'espoir, en pleine allégresse.

Depuis le matin, il passait par les mêmes alternatives de désespérance et d'ivresse délicieuse.

Tantôt, il se voyait pris par les gens de Justice du Roi... et pendu, haut et court — et, tantôt, il se représentait la jolie demeure, toute fleurie, et ensoleillée, qu'il habiterait, bientôt, devant la mer bleue, dans son Italie.

De retour en sa Taverne, il s'y claquemura, derechef.

Il mangea, gloutonnement, pour apaiser sa faim... pour se refaire des forces.

Et il but, beaucoup — contre son habitude... pour s'enivrer, afin de se donner l'oubli, si possible.

Il était énervé à un degré excessif.

Il eut l'idée de se retirer dans sa chambre... de se coucher... d'essayer de dormir.

Mais il ne donna pas suite à ce projet...

Il resta là, comme s'il y avait été maintenu, malgré lui, par une force inconnue, et toute puissante, contre laquelle il ne pouvait rien.

La nuit était tombée, depuis un moment déjà.

Orsini n'alluma aucune cire.

Il s'obstina à demeurer dans les ténèbres, qui, pourtant, pesaient, sur lui, jusqu'à l'écrasement!

Jusqu'à l'écrasement, car, à travers son ivresse, grandissante, il voyait s'agiter, devant lui, comme en un torturant cauchemar, l'effroyable cortège de victimes agonisantes, dont il entendait les lamentables cris de détresse, et qui tombaient, ensanglantées, après avoir tenté, vainement, d'apitoyer leur bourreau.

L'apaisement, momentané, qu'il avait trouvé, pendant sa déambulation, en plein air, un moment auparavant, n'avait pas duré.

Depuis son retour à la Taverne, il était retombé à sa désespérance.

Oui, oui, l'heure de l'expiation était proche.

Elle aurait sonné, certes, avant que luise l'aube nouvelle.

Il en était sûr... absolument sûr!

Comment le châtiment l'atteindrait-il?

Il n'eût pu le dire!

Mais il l'atteindrait... il n'en fallait pas douter...

— Je suis perdu!... Je suis perdu!... Je suis perdu!... répéta-t-il, en se tordant les bras... O sainte Madone, ayez pitié de moi!...

Et la brute, avinée, suant la peur... s'agenouilla... joignit ses grosses mains velues... et pria... avec ferveur.

CV

VERS LA MORT.

... L'heure passe.

Tout est silencieux.

— La « goule » est rentrée, au Louvre, depuis longtemps... dit le Tavernier, une fois encore rasséréné... Elle doit être lasse... Elle dort, peut-être, maintenant?... Je n'aurai plus à m'occuper d'elle, cette nuit, c'est probable... Non!... Non!... Je ne succomberai pas cette nuit... Je peux reprendre espoir!... Et, qui sait, si, demain, le Capitaine Buridan ne l'aura pas vaincue?

Il se signe, dévotement, et dit :

— Au Nom du Père, et du Fils, et du Saint Esprit!... Ainsi soit-il!

Puis, il se décide, enfin, à allumer une cire... et il boit...

L'ivresse, qu'il a voulu se donner, monte, en lui, de plus en plus.

Il croit voir rôder, autour des murs, enfumés, de la Taverne, ce même chien jaune — mauvais présage! — qui s'est faufilé, dans ses jambes, le matin, sur la Place des Saints Innocents, devant l'Hôtellerie de Maître Pierre de Bourges.

Toute une sarabande de spectres, hideux, ricanants, flotte autour de la table devant laquelle il est assis.

Il les repousse...

Il les injurie.

Il veut les frapper...

Il prononce des mots sans suite, incohérents... en les menaçant.

Et il se signe pour conjurer le Mauvais Sort... les Mauvais Esprits.

Soudain, las, brisé, il s'assoupit.

Sommeil agité... dans lequel les spectres lui apparaissent, toujours, terrifiants, sarcastiques.

Et il parle, encore :

— La « goule » !... dit-il,... Landry... Landry... Le Capitaine Buridan... Marguerite... Grâce!... Grâce, Monseigneur!... Ayez pitié de moi!...

La cire, fixée dans un flambeau de fer, éclaire, d'une lueur rouge-jaune, la Taverne... et projette, sur les murailles, des ombres portées formidables.

De temps à autre, un bruit de pas retentit, au dehors... le pas de quelque manant, qui rentre, en son logis, après quelque « beuverie », au fond d'un bouge, autour d'une table grasse, en compagnie d'autres manants, qui ont fêté, le gobelet en main, la rentrée, solennelle, de Sa Majesté Louis, le Dixième, dans sa Bonne Ville de Paris.

Tout à coup, le Tavernier sursaute.

Il a été réveillé, brusquement.

Il se lève, terrifié.

On a frappé à son huis.

— Je suis perdu!... s'écrie-t-il... L'expiation!... L'heure de l'expiation!... C'est Messire Lucifer qui vient chercher sa proie!...

L'épouvante l'a dégrisé, semble-t-il.

Maintenant, il se tient mieux debout sur ses jambes, tout à l'heure flageolantes.

On frappe, derechef, à son huis...

L'être qui est là, quel qu'il soit, s'impatiente.

— Je n'ouvrirai pas!... se dit le Tavernier... Non!... Non!... Je n'ouvrirai pas!...

Et, se tournant, il souffle sur la lueur, vacillante, de la cire... qui s'éteint.

Une silhouette féminine, très gracieuse, se dessine, dans la lumière
du rayon de lune... (P. 1475.)

La Taverne, cependant, reste éclairée, vaguement, par la clarté de la lune,
qui donne, d'aplomb, sur la baie, étoilée de poussiéreuses toiles d'araignée.

— Après tout... pense Orsini... je me suis à tort alarmé, qui sait?... Il
n'y avait, là, qu'un ivrogne, cherchant à boire, peut-être...

Cette idée le rassure.

— Si c'était Landry?... se dit-il, encore.

Ce Landry...

Il a disparu.

Où peut-il être?...

Que fait-il?

Pourquoi n'est-il pas revenu, à la Taverne, pour apporter des nouvelles?...

Mais, si c'est Landry qui a frappé, à la porte, il trouvera bien moyen de se faire reconnaître.

Quand Orsini sera sûr que c'est son second qui est là, il sera toujours temps de lui ouvrir l'huis.

Que ce soit Landry... un ivrogne... ou Messire Lucifer, en personne, l'être qui a frappé est encore derrière la porte.

Orsini ne l'a pas entendu s'éloigner.

Un court instant se passe.

Le Tavernier, immobile, attend.

Soudain, on frappe encore... et, cette fois, plus fort que tout à l'heure.

Et Orsini frissonne.

— Ouvrez!... Ouvrez!... dit une voix.

Une voix de femme.

Oh! qui donc est là?

Le Tavernier écoute.

A pas de loup, il s'est rapproché de la porte, sur laquelle il applique son oreille.

— Ouvrez!... Ouvrez!... Ouvrez!... répète la voix... Ouvrez, au nom de la Reine.

Au nom de la Reine!

Oh! les présages n'ont pas menti.

Oui, oui, l'heure du châtiment a sonné.

Marguerite de Bourgogne... « la goule »... tombera, pendant le cours de cette nuit qui commence, et elle entraînera, dans sa chute, tous ceux qui l'ont servie... tous ceux qui se sont associés à ses crimes!

— C'était écrit!... murmure, accablé, le Tavernier.

Ce n'est pas un leurre.

Il n'a pas été halluciné.

Il a bien entendu ces mots :

— Ouvrez!... Ouvrez!... Ouvrez!... Au nom de la Reine...

Du reste, cette fois, il a reconnu la voix de Rolande... la servante de « la goule »... la pourvoyeuse d'amants pour les nocturnes orgies de Marguerite, et de ses belles-sœurs, à la Tour de Nesle.

Cependant, Orsini hésite.

S'il n'ouvrait pas la porte à Rolande... s'il n'obéissait pas à la Reine... peut-être, par ainsi, conjurerait-il le Mauvais Sort?

Oui, sans doute; mais demain... demain, la vengeance de Marguerite s'exercerait, sur lui, terrible!

D'ailleurs, échapperait-il à la Destinée?

Si son heure était marquée... il succomberait, fatalement, quelque précaution qu'il prenne!

Et, brusquement, Orsini ouvre son huis.

Une silhouette féminine, très gracieuse, se dessine, dans la lumière du rayon de lune qui baigne la façade de la Taverne.

C'est bien Rolande.

Elle entre.

— Comme vous m'avez fait attendre!... dit-elle, furieuse... Je pouvais être vue... reconnue...

— Vous êtes, là, depuis longtemps?... demande le Tavernier, qui est devenu obséquieux.

— Depuis longtemps!... Oui!... J'ai dû frapper plusieurs fois...

— Je ne vous attendais pas... murmure le Tavernier, en manière d'excuse, et tout en rallumant la cire, d'une main tremblante... Je m'étais endormi... Que voulez-vous?...

— Je viens vous dire, de la part de la Reine, qu'elle vous attendra, dans une heure, au pied de la Tour du bord de l'eau...

Orsini frissonne.

— Pour aller à la Tour de Nesle!... demande-t-il.

— Oui...

— Cette nuit?

— Dans une heure, ai-je dit...

— Mais...

— Quoi?

— Notre Sire, le Roi, est dans la Bonne Ville de Paris?

— Sans doute...

— Au Louvre...

— Eh! bien?

Le Tavernier, absolument épouvanté, lève, vers le ciel, ses deux formidables bras...

— Quelle imprudence!... murmure-t-il.

Rolande le regarde, surprise.

— Je ne vous entends pas... dit-elle.

Et Orsini, baissant la voix, réplique :

— Si nous étions épiés, par ordre du Roi, Notre Sire... surpris, à la Tour... Nous serions arrêtés... et pendus!

— Vous êtes bien timoré, ce soir...

— Non sans cause!...

Le Tavernier marche, lourdement, à travers son bouge, avec des allures de fauve vivant dans les cages de fer de Maître Lothaire, de Pibrac...

— Il y a longtemps que je le dis... gémit-il... Tout cela finira mal!... Bien mieux... j'ai la conviction que cela finira mal cette nuit même !... Oui, j'ai la conviction que nous serons pendus demain... Vous entendez, Rolande?... Pendus?... Demain?

La brute s'arrête... saisit le pot de vin qui est sur la table... et boit.

Rolande l'observe.

— Oh !... reprend Orsini... si j'avais pu voir la Reine... je l'aurais convaincue qu'il vaudrait mieux, pour nous tous, ne pas aller, cette nuit, à la Tour de Nesle. . Quelle imprudence !... Quelle imprudence !... On nous hait... On veut notre perte... C'est connu... On nous épie... Ne vous en êtes-vous pas aperçue?... Il faudrait que vous fussiez aveugle pour n'avoir pas vu cela... Pendant que Notre Sire, le Roi, était loin, passe encore... La Reine était le plus puissant personnage du Royaume... Elle pouvait agir à sa guise, sans trop de dangers... A présent, autre affaire...

Il se remet à marcher, à grands pas, dans la Taverne, de plus en plus agité.

Il est hagard...

Il gesticule, frénétiquement.

— La Reine est folle !... poursuit-il... Oui, oui, folle à lier !... Je vous répète qu'elle nous fera pendre !...

Son poing, son énorme poing, couvert de poils, s'abat sur la table, comme une masse... et les pieds de cette table grincent sous le coup.

Il redresse son torse, à la géante encolure.

Il se cambre...

Et, solidement appuyé sur ses petites jambes torses... regardant, fixement, Rolande, il dit :

— Oui, oui, je l'avoue... je l'avoue... j'ai peur !... Nous serons pris, cette nuit... J'en suis sûr... Et pendus, demain !...

Il s'assied, accablé... gémissant...

Et, sous la lueur, rougeaude, de la cire, Rolande, debout... très fine, très gracieuse — ne voit plus que l'épaisse toison qui entoure la face, le masque hideux du Tavernier...

— Et si nous n'obéissons pas aux ordres de la Reine, Maître Orsini... nous serons pendus, de même, demain, n'en doutez pas !... répond la fine mouche... Mettez-vous donc en devoir de satisfaire celle qui m'envoie vers vous...

Orsini, toujours effondré sur son escabeau, gémit...

Et Rolande reprend :

— Je dois ajouter que vous devrez emmener, avec vous, cette nuit, à la Tour, six hommes...

Le Tavernier relève la tête.

— Six hommes?... dit-il, stupéfait.

— Oui !...

— Pourquoi faire?

— La Reine a paru attacher, à ce détail, une capitale importance...

— Ah !

— Et pour cause, sans doute.

— Pour cause?... Quelle?

— Vous la connaîtrez en temps et lieu, c'est probable !...

Orsini, après un temps de silence, s'écrie, désespéré :

— Combien de victimes ferons-nous donc, encore, tout à l'heure... o Sainte Madone?

Maintenant, la pourvoyeuse de la Reine est sûre que le Tavernier obéira...

Elle ne s'attarde pas plus longtemps dans le bouge... puant... où le vouloir de la Reine l'a menée...

— Ma mission, chez vous, est remplie, Maître Orsini... dit-elle... Je pars... J'ai de la besogne ailleurs...

Et, ironiquement, par nargue, elle ajoute :

— Dieu vous garde !...

Puis, lestement, elle tourne les talons... marche vers la porte, l'ouvre, et sort.

Et le Tavernier, resté seul, s'écrie :

— Que maudit soit le jour où ma destinée m'a conduit au Château de Monseigneur Robert de Bourgogne, où je devais connaître la fille, trois fois damnée, qui m'a fait ce que je suis !...

Pourtant, et tout en titubant, il prend son coutelas...

Il l'attache à sa ceinture.

Il se munit de cordes, qu'il passe autour de son cou...

Il saisit la longue perche, ferrée, dont il se sert pour conduire sa barque.

Il se rapproche de la table... lève le pot de vin, encore à demi-plein, et le vide, d'une seule rasade.

Puis, il éteint la cire... et sort, à son tour.

Il ferme son huis, à double tour...

Dehors, il marche dans l'ombre... par prudence, et instinctivement, car il n'est plus guidé par sa raison, tant il est préoccupé de son idée fixe : Sa mort prochaine...

— Pendu !... Demain !... C'est sûr !... répète-t-il, tout en déambulant du côté de la rivière.

Sur la grève, superbement éclairée par la lune, qui illumine le décor ambiant : la Ville, et, à perte de vue, les coteaux environnants — il s'arrête, et regarde, alternativement, les Tours du Louvre, où Marguerite attend l'heure de son aventure nocturne... et la Tour de Nesle, qui, certainement, selon Orsini, sera leur tombeau, avant que le jour prochain luise.

— Oh ! Gueuse !... Gueuse !... clame le Tavernier, en montrant le poing à la Tour du Louvre, où brille une lueur, très vive, derrière la meurtrière qui éclaire la Chambre de la Reine.

Mais son bateau est là.

Il y jette ses cordes, sa perche ferrée...

Et, toujours titubant, toujours soupirant, se plaignant, gémissant, il rebrousse chemin...

Il lui faut, à présent, chercher ses acolytes... ces six hommes, qui seront, tout à l'heure, sous ses ordres, les exécuteurs des volontés de la Reine de France...

CVI

LE CADEAU DU BON LANDRY.

... D'abord, il veut emmener, avec lui, là-bas, Landry.

Et, tout de suite, il se dirige vers le logis de son second.

Ah ! ce Landry, qui n'a pas reparu...

Que fait-il donc ?

Orsini est perplexe.

Trouvera-t-il le Bourguignon chez lui ?

Sans doute, il a déclaré, formellement, qu'il n'irait plus jamais à la Tour de Nesle.

Mais Orsini le suppliera d'y venir, une fois encore... et, probablement, il cédera aux instances de son Maître.

C'est que le Tavernier tient beaucoup à voir Landry, à ses côtés, pendant ses expéditions nocturnes, à la Tour.

Oui, oui, beaucoup !

Et pour cause.

Le très superstitieux Italien est convaincu, depuis longtemps, que la présence de Landry — près de lui, quand il doit faire œuvre meurtrière — conjure les maléfices du Sort.

Maintenant il garde cet espoir :

« S'il trouve, en son logis, Landry... et si Landry consent à le suivre... le danger qui plane, sur sa tête, pourra, par ce seul fait, être écarté. »

Cette brute, ce meurtrier, ce bourreau, ce boucher — qui a tué, sans un tressaillement, par cupidité, et par crainte de la colère de Marguerite — tremble, tout comme une frêle jouvencelle effeuillant une marguerite, et attendant, anxieuse, convaincue, l'arrêt que son dernier pétale va rendre, pour ou contre l'amour que lui voue l'élu de son cœur.

Ah ! s'il trouvait Landry, en son logis !

Si Landry consentait à lui prêter son aide, une fois encore — la dernière... oui, oui, la dernière !

Certes, le Noël que Landry entonne, en allant à la Tour, et à l'heure où il frappe la victime désignée... les protège.

Jamais le Tavernier n'a fait part, à Landry, de cette conviction, qu'il a gardée, pour soi, afin de ne pas donner trop d'exigences à son second.

Mais quelle assurance... quelle force Orsini acquérait, dès qu'il entendait monter, dans la nuit, la voix avinée de Landry, chantant son Noël protecteur !

— Faites... faites, ô Très Sainte, Très Puissante, Très vénérée Madone... faites que je trouve Landry, en son logis ?... Faites qu'il me suive, cette nuit, là-bas ?. . Je vous jure, ô Vierge des Vierges, Mère, Trois fois Sacrée, de Notre Doux Seigneur Jésus... que je vous offrirai une châsse, en vermeil...

Il déambule à travers les ruelles, désertes... frôlant les murs des bicoques closes...

Enfin, il arrive devant la maison de Landry.

Il pousse la porte... que les habitants, miséreux, de cette demeure, ne ferment jamais, car, ne possédant rien, ils n'ont pas à redouter les méfaits d'autrui.

Il se signe, dévotement... et, saisissant la corde qui sert de rampe, il monte, lourdement, les degrés qui mènent au taudis de son second.

Joie !...

Il voit briller, bientôt, une lueur, qui filtre à travers les ais, disjoints, de la porte du logis de Landry.

Même, il entend, et reconnaît sa voix...

Le bon Landry parle à ses bêtes, sans doute.

Oui, oui, Landry est là...

La Madone a exaucé la fervente prière d'Orsini...

Elle aura la châsse promise... le Tavernier s'y engage, encore, formellement, pourvu que Landry le suive à la Tour de Nesle...

Angoissé, il frappe à la porte.

Un aboiement sonore retentit... suivi d'un miaulement aigu... et d'un froufrou d'ailes.

Triple manifestation par laquelle les amées bêtes du bon Landry, Luc, Satan, et Merlin, semblent protester contre la venue, inopinée, d'un intrus... qui interrompt leurs ébats.

La porte s'ouvre, cependant.

— Vous... Maître ?... s'écrie Landry... à l'aspect d'Orsini... Voilà une surprise !... Je ne vous attendais guère...

Le sacripant paraît joyeux... tout heureux de vivre.

— Entrez !... Entrez !... dit-il au Tavernier...

Orsini entre.

Landry referme la porte.

Puis, il approche un escabeau qui n'a plus que trois pieds, et sur lequel on ne peut s'asseoir qu'en accomplissant des miracles d'équilibre.

Le taudis est éclairé par une chandelle, fumeuse, fixée dans un chandelier de cuivre, tout vert-de-grisé, et couvert de graisse.

Sur la table, des reliefs du repas que les hôtes du bouge, hommes et bêtes, ont pris « en famille », selon l'expression de Landry.

Os d'un jambonneau... pelures de fruits... coquilles d'œufs... croûtes de pain — et un pot d'étain, qui a contenu du vin, et qui est vide, maintenant.

Aussi, un coffret, de fer... le coffret du Capitaine Buridan, que Landry a pris à l'Hôtellerie des Saints Innocents, et qu'il doit porter, tout à l'heure, au Capitaine, chez Maître Pierre de Bourges.

Il n'a pas eu l'idée de le cacher, ce coffret... avant d'ouvrir la porte au visiteur.

Qu'importe?

Orsini ne pourra se douter que ce coffret appartient à Buridan.

Le Tavernier s'est assis...

Tout d'abord, il a failli dégringoler en prenant place sur son siège boiteux ; mais il s'est retenu à temps... et, maintenant, s'il vacille, il parvient, pourtant, à se tenir d'aplomb.

— Je craignais de ne pas te rencontrer!... dit Orsini.

— Sur ma foi, Maître, vous ne m'auriez pas trouvé, céans, si vous y étiez venu dix minutes plus tard... répond Landry.

— Tu vas sortir?

— Oui!... J'ai un rendez-vous.

— D'amour?

— Eh! mais... j'en suis capable!... réplique Landry, avec une mimique extra comique... en songeant à la douce Mariette, la femme de Maître Pierre Etienne Sabasse, Guichetier au Grand Châtelet et...

Et, gravement, il reprend :

— Non !... J'ai un rendez-vous d'affaires.

— Voilà qui tombe mal... dit le Tavernier... dont le front s'est rembruni subitement.

— Pourquoi?...

— Mais, tu peux remettre, à demain, ce rendez-vous?

— Impossible, Maître!... Absolument impossible!...

— C'est que...

— C'est que...

— J'ai besoin de toi...

— J'en suis désolé... Je ne puis vous servir...

— Garde le taudis!... lui dit-il, gravement... (P. 1487.)

— Je te paierai bien...

— Maître, je ne manquerais pas au rendez-vous où je suis attendu, quand bien même vous m'offririez le Trésor de Notre-Dame...

— Je ne peux me passer de toi.

— Il faudra que vous vous en passiez.

— Si tu ne me rends pas le service que j'attends de toi, mon amé Landry... il y va, pour moi, de la vie, peut-être.

— Où comptez-vous donc aller?

— Où nous allons, toujours, à pareille heure.

— A la Tour de Nesle?

— Oui !

— Maître... quand bien même je n'aurais pas mon rendez-vous... vous entendez ? — je n'irais pas à la Tour de Nesle.

— Landry !

— Non!... Non !... Cent fois... mille fois non !... Je n'irais pas à la Tour de Nesle... Vous savez bien, depuis l'autre nuit... que vous ne devez plus compter, sur moi, pour cela!... Non!... Non!... Je ne tuerai plus !... Je me le suis promis, à moi-même... Je l'ai juré, solennellement, à mes chères aimées, qui m'ont protégé en ces derniers jours... Je ne tuerai plus... Je suis en passe de redevenir un honnête homme... Je ne me parjurerai pas!

— Landry !

— Je ne suis pas votre homme.

— Accompagne-moi, là-bas, une fois encore.

— Impossible, vous dis-je.

— Pour la dernière fois.

— Non !

— Moi aussi, je jure que je n'irai plus, à la Tour de Nesle, après cette expédition... qui, je te le répète, sera, bien, la dernière.

— J'y suis allé, l'autre nuit, pour la dernière fois.

— Landry... je suis sûr que, si tu ne m'accompagnes pas, là-bas, cette nuit...

— Eh ! bien?

— Si tu ne chantes pas, à l'heure de l'action, ton « Noël protecteur »...

— Achevez?

— Je ne reviendrai pas vivant de cette dernière aventure !

— Ne vous y embarquez pas...

— Puis-je désobéir aux ordres de « la goule »?

— Cela vaudrait mieux que de vous faire occire !

— Elle me fera pendre, demain, si je ne l'ai pas servie, ce soir...

— Fuyez !...

— Elle me retrouvera... Landry, mon bon Landry... par pitié... Sou

viens-toi que je t'ai rendu service, souventes fois... Landry, ne me laisse pas
dans la peine... Landry, dis que tu m'accompagneras...

— Je suis aux regrets, Maître, de ne pouvoir vous satisfaire... Mais,
encore une fois, c'est impossible... Je dois aller à ce rendez-vous, où je suis
attendu... Je n'y manquerais pas pour un Empire... Il s'agit de choses graves,
très graves... Et puis, vous exagérez... Ma présence ne vous est pas indispensable... Vous trouverez, aisément, un tas de meurt-la-faim, qui, pour quelques
sous parisis, ne demanderont pas mieux que de vous servir...

«... Oui, oui, je sais... vous avez remarqué que mon « Noël » nous a
toujours protégés... De par tous les Saints du Paradis, et de par mon Patron Vénéré, vous avez grandement raison !... Si je n'avais pas chanté mon
Noël, lors de notre dernière expédition, à la Tour... à cette heure, Maître,
soyez-en sûr... nous serions, au fond des Enfers, les hôtes de Messire Lucifer...
C'est cette fois-là, surtout, que la chanson de ma Sainte mère, défunte, nous
a protégés le plus efficacement... Sainte, sainte femme !... Avant longtemps, je vivrai dans le pays où gît sa dépouille... près de la terre où repose,
aussi, dans la paix du Seigneur, ma douce fiancée !... Je l'espère... Quelque
chose me dit que l'heure, tant désirée, de mon exode de Paris approche !...
Mais je suis bon homme, Maître... Et je vais vous le prouver...

— Tu consentirais...

— Ecoutez ?

— Parle ?... Parle, mon amé Landry ?

— Vous avez dit, tout à l'heure, que vous m'aviez rendu service souventes fois...

— Tu le reconnais ?

Le sacripant hoche la tête... et fait une moue très significative.

— Vous m'avez empêché de mourir de faim... dit-il.

— Il est vrai que j'aurais pu te traiter mieux ; mais, je réparerai mes
torts, je te le promets.

— Je ne vous adresse aucun reproche... Il ne faut pas jauger les bienfaits qu'on reçoit... On doit rester reconnaissant de ce qu'on a fait pour vous
venir en aide, si peu que l'on ait fait, et même alors que l'on pouvait... que
l'on devait faire davantage...

— Poursuis ?

— Maître... vous croyez que, en allant, sans moi, cette nuit, à la Tour
de Nesle... vous serez en danger plus particulièrement que jamais ?

— Oui !... Oui !...

— Vous croyez que la Mort vous surprendra, et vous abattra, si elle
n'est pas effrayée par les accents de mon Noël protecteur ?

— Je le crois !... J'en suis sûr !

Blême, frissonnant... le Tavernier se signe, ce disant.

— Eh ! bien... fait Landry...

— Eh! bien?... demande Orsini.

Lors, le sacripant se lève.

Son masque resplendit...

Il apparaît comme transfiguré.

Landry semble grandi.

Il étend le bras vers le Crucifix suspendu au chevet du grabat, sordide, qui lui sert de lit.

Respectueusement, dévotieusement, il prend le sachet, la relique — pour lui trois fois sainte — accrochée aux bras du Crucifié.

Ce sachet qui contient — on se le rappelle, sans doute — de la terre, prise, par Landry, au champ clos où repose sa mère... et des feuilles cueillies aux branches des arbres qui se penchent, en terre bourguignonne, sur l'endroit, présumé, où gît sa fiancée...

— Regardez, Maître... dit-il, gravement.

Orsini, attentif, regarde l'objet.

— Ce sachet... dit-il...

— Je vous le donne... reprend Landry, en proie à une très vive et très poignante émotion... Oui, oui, je vous le donne...

— Que signifie?

— Bientôt... je n'en aurai plus besoin... puisque je serai là-bas — près... tout près d'elles!

— Mais...

— Emportez ce sachet, Maître... Portez-le suspendu à votre cou... Il vous protégera contre tout maléfice.

— Ce sachet...

— Pour moi, relique!... Il m'a protégé, mieux encore que mon Noël... Il vous protégera, de même.

— C'est que...

— En vous le donnant, je vous paie, avec magnificence... croyez-le... de tout ce que vous avez fait pour moi.

— Je voudrais savoir...

— A quoi bon?... Prenez... prenez ce sachet... Et ayez confiance!... Je vous dis que Maître Lucifer ne pourra rien, contre vous, tant que vous porterez cette relique sainte...

Le bon Landry, de plus en plus ému, parle avec une conviction souveraine, qui gagne, vaguement, Orsini.

Il baise le sachet, avec amour... et il l'offre au Tavernier, qui le prend... et le passe à son cou.

Il hoche la tête.

— Tout de même... dit-il, doutant, encore, de l'efficacité de l'étrange et mystérieuse amulette... je préférerais, mon amé Landry, que tu vinsses, avec moi, à la Tour de Nesle.

— C'est impossible, je vous le répète, Messire... réplique le sacripant...
Et inutile, permettez-moi d'insister sur ce fait... Car, croyez, je vous en
prie... croyez que, désormais, vous êtes en sûreté...

A ce moment-là, même, et comme pour donner plus de valeur aux paroles de leur amé compagnon, Luc aboie, Satan miaule, Merlin siffle... sans
doute en guise d'approbation.

Orsini, cependant, reste comme atterré.

Il est pénétré de cette idée que sa fin est proche.

Il est sûr, de plus en plus sûr, que la Mort le guette... et qu'elle le
fauchera au cours de cette nouvelle aventure où la fantaisie de la Reine va
l'engager.

Il est tout désemparé.

Dans cet état où tous les coups du Sort peuvent vous atteindre, parce
qu'on ne leur oppose plus aucune résistance.

Quelle chiffe !...

Landry ne reconnaît plus le farouche Orsini... qui frappait, sans pitié,
hier encore, et sans plus de tremblement que le boucher abattant un bétail...
les victimes humaines qu'il fallait sacrifier pour qu'elles ne gênent jamais
Marguerite « la goule. »

Mais l'heure passe...

L'heure approche où Landry doit retrouver le Capitaine Buridan à l'Hôtellerie des Saints Innocents.

— Il faut que je vous quitte, Maître... dit-il...

Orsini soupire... profondément.

— Je suis perdu !... murmure-t-il.

Il se lève.

Il regarde Landry.

— Te reverrai-je jamais ?... murmure-t-il.

Landry proteste...

— Certes !... réplique-t-il... J'irai vous voir demain... Je suis sûr que
vous aurez éprouvé l'efficacité, protectrice, de ma relique... et que je vous
trouverai tout réconforté... A demain, Maître, à demain !... En attendant,
que Dieu vous garde !...

Orsini courbe la tête.

— Dire... s'exclame-t-il... que j'avais rêvé de revoir mon pays.,. ma
chère Italie.

— Comme moi, ma Bourgogne... dit Landry, dans un transport...
Mais je vais la revoir, cette Bourgogne tant aimée... Vous reverrez, aussi,
votre Italie !

Le Tavernier fait un geste de doute.

— Non !... Non !... C'est fini !... affirme-t-il... Landry, je serai pendu,
demain !... Pendu, te dis-je !... C'est écrit !... Et tu en seras cause !...

— Cause?... Moi?...

— Cela n'arriverait pas, si tu m'accompagnais à la Tour...

— Cela n'arrivera pas!... Courage, Maître... Du reste...

— Du reste...

— Le Capitaine Buridan est là... Il est en beau chemin... Il sera maître de « la goule » demain, peut-être... Puissant, par conséquent... Il vous protégera...

— Trop tard!... Et quelque chose me dit qu'il succombera avec nous!...

— Lui?

Orsini, frissonnant, se signe, et répond :

— Oui!... Le châtiment... le châtiment du crime de jadis... La vengeance, trop tardive, du Duc de Bourgogne!... Elle atteindra la Reine... le Capitaine Buridan — qui n'est autre... il faut que tu le saches... que le Page Lyonnet de Bournonville — et moi-même!

Landry est stupéfait.

— Le Capitaine Buridan est le Page Lyonnet de Bournonville?... demande-t-il.

— En personne!

— Le premier amant de « la goule »?

— Oui !... C'est le père des enfants que tu as exposés... Landry...

— Et vous ne me disiez pas cela?

— A quoi bon?

— Alors, le Capitaine tient la Reine?... Nous triomphons!... Pourquoi tremblez-vous?

— Je suis perdu, te dis-je!... C'est écrit!... C'est écrit!... En ce moment, il se trame, dans la Bonne Ville de Paris, quelque chose qui amènera notre perte... Oui, oui, c'est écrit!.. On ne peut rien contre cela... Rien !... Rien !... Dieu te garde Landry!... Sois heureux !...

Orsini ouvre la porte, et part, précipitamment... en levant les bras... comme un être en détresse.

Un moment, Landry perçoit le bruit de ses pas, dans l'escalier...

Puis, tout retombe au silence, profond, de la maison endormie.

Le sacripant demeure, pendant quelques minutes, immobile...

Quelle révélation !...

Le Capitaine Buridan est le Page Lyonnet de Bournonville!...

— J'avais deviné juste!... murmure Landry...

Il est tout joyeux.

— Ma fortune est faite!... ajoute-t-il...

Brusquement, il prend le coffret de fer... qui est sur la table.

Il appelle Luc.

— Garde le taudis!... lui dit-il, gravement... Cette fois, je te l'affirme, avant un mois, nous serons en Bourgogne...

Luc aboie... joyeusement, comme s'il avait compris.

Satan dresse son magnifique panache... et Merlin bat des ailes.

— Dormez!... reprend Landry.

Il souffle la chandelle, ouvre la porte... et s'éloigne, dans les ténèbres.

Comme il va franchir le seuil de la porte d'entrée de sa maison, son pied bute sur quelque chose.

Il se baisse et ramasse l'objet que son pied a touché.

— Dieu!... s'écrie-t-il, tout frissonnant.

Rien qu'au palper il s'est rendu compte que c'est sa « relique »... le sachet, si précieux, qu'il a donné, tout à l'heure, à Orsini.

Dans sa fuite, précipitée, le Tavernier l'a perdu, sans doute.

— Oh! oui, oui... murmure le sacripant, en proie à une très profonde émotion... il est condamné !...

Il glisse le sachet, respectueusement, dans sa poche.

Sa face resplendit.

— La protection de mes « amées » me suivra!... pense-t-il... Je triompherai !... Oui, oui, avant un mois, je vivrai, avec Mariette, en terre bourguignonne... Allons voir le Capitaine!... Allons!... Allons!...

Et, rapidement, il déambule, à travers les ruelles, se dirigeant vers l'Hôtellerie de Maître Pierre de Bourges...

Ce, pendant que le Tavernier Orsini se met au pourchas des hommes miséreux, sans feu ni lieu, qu'il emmènera à la Tour de Nesle... et qu'il trouvera, certes, au fond de quelque bouge infâme, où ils boivent en attendant l'heure du mauvais coup nocturne... quel qu'il soit... qu'ils sont toujours prêts à tenter, pour le gain de quelques sous parisis...

CVII

RETOUR DU CAPITAINE BURIDAN A L'HOTELLERIE DES SAINTS INNOCENTS

... Maître Pierre de Bourges, le gros Hôtelier des Saints Innocents, suait sang et eau... plus, encore, que dans la journée, pendant qu'il acclamait Sa Majesté Louis X, Roi de France, et de Navarre, faisant sa rentrée dans sa Bonne Ville de Paris.

Et pour cause...

Ce soir-là, il traitait une noce.

Cinquante-trois convives.

La fille d'un Maître Ferronnier, très cossu, qui avait échangé l'anneau, le matin même, avec le premier élève de son père, son élève préféré — Maître, lui-même.

Une fraîche jouvencelle, aux yeux allumés, chantait... (P. 1491.)

Tous les Ferronniers de Paris, avec leurs femmes, et leurs enfants, étaient assis, autour des nouveaux époux, dans la Grand' Salle de l'Hôtellerie.

La mariée, très gente... toute blanche et rose... une blondinette de vingt ans... souriait, à son mari, un fort gars de vingt-six ans, au masque rougeaud, brûlé par le feu de la forge... à la chevelure noire, crépue... aux yeux ardents... et superbe, sous son vêtement d'atours, en drap violet, orné d'un bouquet de fleurs d'oranger.

L'Hôtelier des Saints Innocents connaissait le Ferronnier depuis plus de quarante ans.

Il avait vu les mariés tout petits.

Et, avant le banquet, il avait répété, à satiété, à son Compère le Ferronnier, qu'il traiterait ses hôtes bien plus en ami, pour le plaisir... qu'en Hôtelier, et pour le profit.

Il y trouvait son compte, néanmoins.

Car Maître Pierre de Bourges, en toutes circonstances, entendait avoir juste rétribution de ses peines.

Ce qui était justice, en somme.

Quelle bonne... quelle fructueuse journée, pour le gros Hôtelier!

Au cours de l'après-midi, et pendant le défilé du Cortège Royal, il avait fait de l'or,... en servant à boire aux badauds.

Et, le soir, le banquet nuptial lui donnait, tout à la fois... et profit relatif, et plaisir complet.

Ah! Il n'avait rien épargné pour que les gens de la noce fussent satisfaits.

Il leur avait donné, vraiment, l'hospitalité la plus large.

Un banquet magnifiquement servi... où n'avaient paru que des mets exquis et des vins de choix, les meilleurs qu'on pût boire, alors — sauf, peut-être, à la table du Roi — dans la Bonne Ville de Paris.

Quelle tablée!

Fleurs, fruits... lumières, faisant resplendir l'argenterie, massive, posée sur les napperons de lin, tout brodés de feuillages, sur lesquels volaient des papillons et des oiseaux.

Et, autour des mariés, cinquante têtes émerillonnées...

Des rires, des appels...

Cette belle humeur, très haut montée par l'arome des vins les plus fins des meilleurs coteaux bourguignons.

Spectacle splendide... dont se réjouissait le gros Hôtelier, et comme artiste — car il l'était, certes — et comme cuisinier, émérite... et comme gourmet.

Spectacle qui eût charmé un poète, un penseur.

Il eût vu, là, le bon peuple de France.

Le peuple qui, par son travail, son épargne, sa gaîté, son esprit de famille, son bon sens, son endurance, faisait, vraiment, la grandeur, la richesse de cette noble terre où flamboya, toujours, la lumière qui éclaire le Monde.

Les Rois, les Princes, les Hauts Seigneurs, les Dignitaires de l'Eglise... pressuraient, et géhennaient, ces braves gens, sous prétexte de les conduire, de les moraliser... de faire leur bonheur.

Ils travaillaient, eux.

Ils couvraient le pays de leurs œuvres.

Vaillants, inlassables, gais, ils faisaient leur tâche...

Ils se consolaient des exactions qu'ils subissaient, en riant, entre eux, de leurs oppresseurs, aux jours de fête.

Ils restaient sains, de corps et d'esprit.

Forts... parce qu'ils étaient le nombre... parce que leurs besoins étaient limités, et parce qu'ils avaient la paix de la conscience.

Chez Maître Pierre de Bourges... autour des mariés, ils s'amusaient, comme des enfants, après l'étude lâchés dans un pré verdoyant et ensoleillé.

Une halte dans leur vie laborieuse!

Une halte, dont ils appréciaient, mieux, les délices... après les durs jours de labeur et d'épargne.

Les mets leur paraissaient de choix d'autant plus qu'ils vivaient plus sobrement, d'ordinaire.

Et les vins d'autant plus parfumés qu'ils buvaient, toujours, des breuvages surets.

La bombance perpétuelle, le plaisir incessant tuent le plaisir.

Qui jouit toujours, ne jouit jamais...

Bien plus, le jouisseur sempiternel devient un monstre dangereux, car, pour se satisfaire, dans la montée de ses besoins, il recherche des jouissances qui le transforment, bientôt, en bourreau!

Les hôtes de Maître Pierre de Bourges... les bons Ferronniers, avaient passé une journée délicieuse, après laquelle ils se remettraient au travail, plus gaîment que jamais... poursuivant leur œuvre, qui, pour le bonheur, incessant, des races, donnera, un jour, du bonheur à tous, malgré les obstacles que les prétendus Conducteurs d'Êtres, oisifs, lâches, corrompus, accumulent, à leur profit, depuis tant et tant de siècles, devant les laborieux...

. . . .

... La fête, nuptiale, était dans toute sa gloire.

Les gobelets, pleins de vin vermeil, s'étaient heurtés... et l'on avait bu, à gosier assoiffé, à ce point que tous les convives étaient gris, peu ou prou.

D'une griserie douce... cette griserie qui féconde le rire, les chansons, et les baisers.

Une ivresse, légère, qui fait monter plus haut le diapason des devis joyeux.

Cette ivresse qui ne peut être malsaine quand elle suit le gai repas d'honnêtes convives que la sobriété ordinaire entretient en santé... et quand elle est produite par des vins généreux.

Une fraîche jouvencelle, aux yeux allumés, chantait, d'une très sonore voix, au timbre harmonieux, un vieux refrain d'amour.

Et les vieux l'écoutaient, charmés, dodelinant de la tête, en cadence... pendant que les jeunes, qui trouvaient la chanteuse sémillante, la mangeaient du regard!

Maître Pierre de Bourges, extasié, le gobelet en main, — car il avait trinqué avec ses hôtes, sur leur demande... reprenait la chanson, au refrain, en chœur, avec tous les convives.

Or, tout à coup, le Capitaine Buridan, ou Messire Lyonnet de Bournonville, parut, dans la Grand'Salle.

Il était sorti du Louvre peu auparavant, après son entrevue avec Marguerite de Bourgogne, et sa rencontre avec Messire Gaultier d'Aulnay.

En toute hâte, il s'était rendu à l'Hôtellerie des Saints Innocents.

A son aspect, la jouvencelle, intimidée, cessa de chanter.

Tous les convives regardèrent, bouche bée, cet intrus.

Les femmes, du reste, trouvaient à leur gré ce cavalier... ce gentilhomme... ce Haut Seigneur — si beau, si bien fait, si élégant, à l'allure si martiale.

— De par tous les Saints du Paradis... s'écria Buridan, gaîment... s'adressant à la chanteuse... je crois que j'ai interrompu votre chanson, ma gente damoiselle!... Reprenez-la, de grâce... La jolie épousée que voilà m'en voudrait, certes, et avec grand' raison, d'avoir troublé la fête donnée pour célébrer son union... Holà, Maître Pierre de Bourges, un gobelet... Je veux boire à la santé des époux... Toutefois, si l'épousée me le permet ?

Le gros Hôtelier s'était empressé.

Un Seigneur d'importance que son hôte !

Un Seigneur qui avait pris rang, dans le Cortège Royal, à la gauche de Sa Majesté Louis X.

— L'épousée accepte, Monseigneur! ... dit Pierre de Bourges... Vous lu faites honneur!...

Il offrit, à Buridan, un gobelet... qu'il emplit de son meilleur vin.

Et le Capitaine, s'approchant de la jeune épousée, leva son gobelet, et dit :

— A vos amours, ma belle enfant!... A votre bonheur!... A la joie de votre foyer !... A vos enfants!...

Tous les assistants, charmés par la bonne grâce du Seigneur, levèrent leur gobelet, à leur tour...

— A l'épousée!... clamèrent-ils.

— A vous, Monseigneur!... répliqua, gentiment, la fille du Ferronnier.

— Oui, oui, à vous, Monseigneur!... s'écria Maître Pierre de Bourges, tout heureux que l'on fît bon accueil à son hôte.

— Noël!... Noël!... Noël!... dirent les gens de la noce, debout, le gobelet haut... Noël au galant Seigneur !

Buridan ôta un petit anneau, d'or, qu'il portait...

Il l'offrit à l'épousée.

— Gardez ce bijou, mon enfant, que je prends la liberté de vous offrir... dit-il, non sans émotion... Portez-le en souvenir de moi... J'ai troublé votre

fête... Excusez-moi... Je suis aise de vous avoir vue... Il me semble que cela
me portera bonheur...

Il baisa, fort galamment, la main, très blanche, de la jeune femme...

Puis, s'adressant aux convives :

— Holà... buvez... chantez!... Esbattez-vous !... Un mot à dire à notre
Hôte... Et je me retire... Encore une fois, excusez-moi de vous avoir, pour
un moment, empêché de rire et de boire...

— Noël !... Noël !... Noël !... répartirent les bonnes gens...

Maître Pierre de Bourges, cependant, avait suivi le Capitaine dans l'embrasure d'une croisée.

Il lui parlait bas, respectueusement, son bonnet à la main.

— Maître... dit Buridan... j'attends la visite de deux personnes... mon
amé Landry, que vous connaissez déjà... et un jeune homme, un Seigneur
que vous connaissez également — de nom, tout au moins — Messire Gaultier
d'Aulnay.

— Messire Gaultier d'Aulnay?... répliqua l'Hôtelier... Je le connais,
certes... Il fut mon hôte... L'héritier du vieux Baron Roger d'Hannebaud,
qui descendait, toujours, céans, lorsqu'il venait, de Normandie, passer
quelques jours dans la Bonne Ville de Paris... Je le connais... Je le connais,
Monseigneur... Un très haut Seigneur... Fort bien en Cour, à ce qu'il
paraît !...

Le gros homme, ce disant, cligna de l'œil, finaudement.

— Faites conduire Landry, mon amé compagnon, et Messire Gaultier
d'Aulnay, à mon logis, Maître, sitôt qu'ils se présenteront céans, je vous en
prie... reprit Buridan.

— Ce sera fait, Monseigneur!... dit l'Hôtelier...

— Bien !...

— Je suis aise de revoir, chez moi, dans mon humble maison, qui en
est honorée bien plus que je ne saurais le dire... un gentilhomme de votre
importance, Monseigneur!...

Et Maître Pierre de Bourges, s'étant incliné, profondément, devant le
Capitaine, ajouta :

— Monseigneur n'a-t-il besoin de rien?... Souhaite-t-il qu'on porte, à
son logis, un pot de vieux vin frais?... Une volaille?... Des fruits?

— Volontiers !... Faites, Maître !... répliqua Buridan, qui n'était pas
fâché de réparer ses forces après une journée fatigante.

— Je vous servirai moi-même, Monseigneur... fit le gros Hôtelier.

— Non !... Non !...

— Je sais à qui je parle... Je veux...

— Je ne le souffrirai pas... Restez avec les gens de la noce, Maître...
Faites monter le vin, et les vivres, à mon logis, par l'un de vos aides.

— Monseigneur...

— Restez, Maître, vous dis-je...

— J'obéirai !... Ah ! Monseigneur, comme j'avais deviné que vous monteriez haut, très haut... et très vite !... J'avais raison, certes !...

— Maître... répondit Buridan, gravement... souvenez-vous que je vous ai dit — hier, je crois... et, depuis, je n'ai pas changé d'avis — que, de nous deux, l'heureux homme, l'homme sage, c'est vous !...

— Qui sait?... Qui sait?...

— C'est sûr !... Mangez chaud, Maître, buvez frais !... Et que Dieu vous garde !...

Buridan sortit de la Grand'Salle...

L'Hôtelier le reconduisit jusques à la porte.

— Noël !... Noël !... Noël !... crièrent les convives...

Et la gente jouvencelle reprit sa chanson interrompue...

CVIII

ENTRETIEN INTERROMPU

... Il y avait une heure, environ, que le hardi Capitaine Buridan était rentré à son logis.

Maintenant, après avoir bu, et mangé... repu, dispos, il rêvait.

L'heure approchait du double rendez-vous par lui donné à Landry et à Gaultier d'Aulnay.

A mesure que l'heure passait, Buridan devenait de plus en plus perplexe...

Gaultier viendrait-il à l'hôtellerie des Saints Innocents ?

Question fort importante, certes, pour le Capitaine.

Et pour cause !

De cette visite, attendue, du favori de la Reine, dépendait le succès de l'entreprise de Buridan.

— Oh! qu'il vienne !... Qu'il vienne !... se répétait-il... Et Marguerite est perdue !...

Tout avait été combiné, préparé, pour la chute de la « goule »...

Tout échouerait si Gaultier d'Aulnay ne venait pas au rendez-vous de Buridan.

Tout serait à recommencer.

Or, Buridan retrouverait-il, jamais, le moyen de tendre, de nouveau, tous ses fils, autour de Marguerite, aussi sûrement... aussi solidement qu'ils étaient tendus, ce soir-là?

— Oui... oui !... Qu'il vienne !... Qu'il vienne !...

Il était à craindre que le jeune homme ne rencontrât la Reine... et qu'elle ne le dissuadât de se rendre chez Pierre de Bourges.

Elle devait trembler que Gaultier d'Aulnay, et Buridan, ne se trouvassent en face l'un de l'autre.

Gaultier avait promis, à Buridan, qu'il ne verrait pas Marguerite

Sans doute !

Mais n'avait-il pas juré, de même, au Moine de Saint-François, qu'il ne se démunirait, pour personne, au monde, des lettres de Philippe ?

Il s'en était démuni, pourtant.

Et au profit de la Reine !

Buridan ne pouvait, donc, faire fonds sur la parole de Gaultier.

Il ne s'appartenait pas.

Il était, tout entier, à sa dangereuse et très scélérate maîtresse... qui faisait, de lui, tout ce qu'elle voulait !...

... La chambre du Capitaine était éclairée par la lueur de quatre cires, fixées dans un flambeau de fer... posé sur la table, au milieu de la pièce...

Cette table était encombrée des reliefs du repas de Buridan.

On y voyait, aussi, une bourse, très lourde, pleine d'or... tout ce que possédait le Capitaine — la somme qu'il avait apportée, à Paris, après avoir licencié sa compagnie.

Il l'avait tirée de ses sacs, un moment auparavant... et jetée sur la table, en disant :

— Grâce à cet or... je ferai, de mon amé Landry, un homme heureux, et libre !... Je lui dois cela !...

Puis, soupirant, il ajouta :

— Il pourra me rendre heureux, aussi, peut-être !...

Et, plus bas, il dit, encore :

— Mes enfants !... Mes chers enfants !...

Enfin, il déambula, dans la vaste pièce, afin de tromper son impatience par une action quelconque.

— Oh !... murmura-t-il... Pourvu que Gaultier vienne !...

Comme il tardait !

Et Landry ?

Pourquoi n'était-il pas là ?

Il semblait, au Capitaine, que l'heure, par lui indiquée à Landry et à Gaultier, était passée, depuis longtemps déjà !

Il s'assit...

Il ne s'était pas déshabillé ; mais il s'était mis à l'aise...

Il avait déboutonné ses vêtements... dégrafé sa lourde épée... ôté sa ceinture.

De temps à autre, il entendait les rires, les acclamations des convives de la noce, qui buvaient, devisaient, chantaient, dans la Grand'Salle du rez-de-chaussée de l'Hôtellerie.

Des gens heureux que ces manants !

Ils vivaient sans soucis...

Rien ne manquait à leur félicité...

Ils avaient une femme, des enfants, une famille, des amis !

Dans leur médiocrité, ils goûtaient les vraies... les seules joies de l'existence !...

Oh ! oui, oui, Gaultier était en retard...

Assurément, il avait vu Marguerite...

Il ne viendrait pas à l'Hôtellerie des Saints Innocents.

Soudain, un bruit de pas retentit dans l'escalier.

Buridan dressa l'oreille.

Qui était là ?

— N'allez pas plus loin !... fit une voix... Je connais la porte .. Merci !... Merci !...

C'était Landry.

— Enfin !... dit Buridan.

— J'y suis !... Merci !... Merci !... reprit le sacripant.

Il parlait, ainsi, à l'un des garçons de Maître Pierre de Bourges, qui l'avait accompagné, jusque-là, sur l'ordre de l'Hôtelier des Saints Innocents.

Il cogna à la porte.

Buridan ouvrit.

— Entre... dit-il.

Landry pénétra dans la chambre du Capitaine.

Puis, et comme Buridan, ayant refermé la porte, s'était assis, devant la table... le sacripant s'arrêta, à quelques pas de lui, et le regarda, fixement...

Il était, vraiment, très ému, le second de Maître Orsini.

— De par mon Très Vénéré Patron... dit-il... je vous jure, Capitaine, que je me demande si je ne rêve pas !... Vous êtes là, en chair et en os ?... C'est bien vous ?... Une forme réelle ?... Vous n'allez pas vous dissiper en fumée ?...

Il avait croisé ses bras, et il examinait son interlocuteur.

Plus que jamais, il l'admirait.

Buridan, malgré ses préoccupations, relativement à Gaultier d'Aulnay... malgré son inquiétude... était tout amusé par la faconde du Bourguignon... très touché, aussi, de son affectueuse attitude... et charmé de voir ce fidèle ami, ce brave homme, qui l'avait servi avec tant de dévouement, sans idée intéressée, uniquement par reconnaissance, en souvenir des services rendus.

— C'est bien moi, mon amé compagnon !... répliqua-t-il, gaîment...

Gaultier d'Aulnay entra dans la chambre. (P. 1502.)

Landry hocha la tête.

— Vous revenez de loin!... dit-il.

— De loin, oui!... fit Buridan, en soupirant.

Landry reprit :

— Être sorti de la Tour de Nesle!...

— Grâce à toi !

— Et des caveaux du Grand-Châtelet !

— Toujours grâce à toi !

— Grâce à moi... Grâce à moi...

— Sans doute.

— Facile à dire!... Je vous ai servi, c'est vrai... Mais, malgré tout, vous ne seriez pas céans, Capitaine, si vous n'étiez pas l'homme que vous êtes... Un homme comme il n'y en a pas deux, dans tout le Royaume de France!... On raconterait vos exploits que personne n'y croirait!... Pourtant, vous les avez accomplis... Vous avez triomphé de « la goule »...

— Pas encore!

— Vous viendrez à bout d'elle!

— Je l'espère!... Sieds-toi, mon amé compagnon.

Buridan montra un escabeau à Landry, qui s'assit.

— En attendant... poursuivit-il... elle se gaudit selon ses goûts.

Le Capitaine dressa l'oreille.

— Comment?... Que veux-tu dire?... interrogea-t-il.

Au point où il en était, le moindre détail, relatif aux faits et gestes de la Reine, pouvait lui être très éminemment utile.

— Elle passera cette nuit, encore, à la Tour de Nesle... répliqua Landry.

Buridan fit un mouvement.

— Ah!... s'écria-t-il.

— Eh! Oui!...

— Qui te l'a dit?

— Comme je me disposais à sortir de chez moi, pour me rendre ici... j'ai reçu la visite d'Orsini, qui venait me demander de l'accompagner, là-bas...

— Tu as refusé?

— Sans doute... Ne m'attendiez-vous pas?

— Si fait.

— Et puis...

— Et puis?

— Je m'étais promis, à moi-même, formellement, que je ne servirais plus « la goule ».

Landry raconta, à Buridan, en détail, ce qui s'était passé entre Orsini et lui.

Le Capitaine écouta le récit de son amé compagnon avec une attention soutenue.

Ce récit, certes, l'intéressait à un très haut degré.

Sans qu'il s'en doutât, Landry servait, encore, puissamment, Buridan.

Grâce au sacripant, le Capitaine apprenait, en effet, que la Reine irait à la Tour... et qu'elle s'y ferait accompagner par ses assassins ordinaires... qui — il n'en fallait pas douter — auraient reçu, d'elle, l'ordre d'occire l'amant qu'elle y attendrait.

Or, cet amant — à qui elle avait remis la clé de la Tour... c'était lui, Buridan !

Il sourit.

Oh ! pouvoir la prendre au piège qu'il lui avait tendu !

Il l'y prendrait, peut-être.

Mais, comme Gaultier d'Aulnay tardait à venir !

— Encore une fois, je ne peux rien sans lui !... pensa Buridan... Oui, oui, qu'il vienne !... Et je la tiens !...

Il mit sa main, nerveuse... cette main qui eût tordu, sans effort, une barre de fer — sur l'épaule de Landry.

— Tu m'as servi, plus, et mieux encore que tu ne le crois, mon bon Landry !... dit-il, très affectueusement.

— J'en suis aise !...

— Et tu as bien fait de ne pas aller, là-bas, cette nuit... Orsini a raison de trembler pour sa vie... Il se peut que ses sinistres pressentiments se réalisent !...

Landry leva les bras, et hocha la tête, comme un homme qui prend son parti d'une chose qu'il ne peut empêcher...

— Mais, parlons d'autre chose... reprit Buridan.

— A vos ordres, Capitaine.

— Tu m'as rapporté mon coffret ?

— Le voici...

Landry, non sans peine, tira, de dessous son vêtement, le coffret de fer. Il le déposa sur la table.

— Merci !... dit Buridan... Merci, mon amé compagnon... Tu es aussi fidèle que brave et dévoué !... Merci !...

— Oh !... s'écria le sacripant... Je ne sais pas comment je m'y serais pris — car la chose eût été difficile, certes... mais je l'aurais remis à Notre Sire, le Roi, ainsi que je vous l'avais promis... si je ne vous avais pas revu.

— J'en suis sûr !

— Toutefois — et je m'empresse de l'ajouter — je préfère, de beaucoup, pouvoir vous le remettre à vous-même, Capitaine.

— Certes !

— Et j'aime mieux vous voir, céans... que dans le cachot... dans le cul de basse-fosse, où je vous ai retrouvé, aujourd'hui.

— On respire, ici, plus librement !...

— Ah ! quand je suis entré dans cette Prison, j'ai cru que ses énormes murailles de pierre se resserraient sur moi, et m'étouffaient !

— Et moi j'ai cru que le Grand Châtelet serait mon tombeau !... Il n'en est rien !

— Heureusement !

— Tu dis bien !...

Buridan reprit, après un silence :

— Or çà, mon amé Landry... nous avons des comptes à régler... Réglons-les donc...

— Je suis prêt à faire tout ce qu'il vous plaira, Capitaine.

— Je t'ai promis que je te récompenserais de tes éminents services.

— Je suis déjà payé par le plaisir que j'ai de vous voir sain et sauf.

— Cela ne suffit pas... Je veux m'acquitter envers toi...

— Vous m'avez donné votre bourse... Plus d'or que je n'en ai possédé jamais !...

— Tu en auras plus encore... J'entends que tu vives, heureux, les jours qui te restent... Heureux... et, aussi, en honnête homme.

— C'est mon vœu le plus cher !

— Il sera exaucé... Seulement...

Buridan n'acheva pas...

— Seulement ?... demanda Landry.

Le hardi Capitaine dit, avec émotion :

— Sache que tu peux me rendre heureux... cent fois plus que tu seras heureux toi-même.

— Que ne ferais-je pas pour cela ?... Expliquez-vous, Capitaine ?... Il s'agit de la chose de laquelle vous m'avez parlé, déjà ?... Je peux...

— Ecoute... Et, d'abord, tu vois cette bourse, qui est là, sur cette table ?

— Je la vois.

— Elle est à toi !

— A moi ?... Cette bourse ?

— Oui-dà !

— Cette bourse... pleine d'or ?... Cette bourse qui contient une somme considérable ?...

— Elle est à toi, te dis-je !

Landry leva, haut, ses deux longs bras, terminés par des mains grosses comme une tête d'enfant.

— Je pourrais avoir l'objet de mes plus chers rêves !... s'écria-t-il, enthousiasmé... Ma maisonnette, au penchant d'un coteau, en terre bourguignonne... Une maisonnette entourée de vignes, qui se chaufferont au soleil d'août, et qui me donneront un petit vin vermeil, parfum du gosier et chaleur de l'estomac !

Buridan sourit.

— Tu auras ta maisonnette !... fit-il... Il y a, là, assez d'or, certes, pour acheter tout un village.

— Je pourrais vivre... dans ma maisonnette... avec mes bêtes !

— Avec toutes les bêtes que tu voudras !... L'arche de Notre Vénéré Père Noé, si tu le souhaites.

— Avec mon amée Mariette, femme de Maître Pierre Etienne Sabasse, Guichetier au Grand Châtelet.

— Landry, tu agiras mal!...

— Mal?

— Sans doute... Il ne faut pas prendre le bien d'autrui!

— Maître Pierre Etienne Sabasse boira mon vin, Capitaine... Je caresserai sa femme... Chacun aura son bien... Nous serons heureux, ainsi, tous trois!

— Argument sans réplique!... Tu vivras, donc, dans ta maisonnette, en terre bourguignonne, avec tes bêtes et ton amée Mariette, ce, pendant que l'époux de celle-ci boira ton vin... Personne ne peut rien contre le consentement mutuel... Oui, oui, cette bourse est à toi... Prends-là... Mais...

— Achevez?

— J'ai dit que tu peux me rendre heureux cent fois plus que tu seras heureux toi-même.

— J'entends... oui, oui — et je l'ai indiqué déjà — j'entends ce que vous voulez dire, Capitaine... fit-il...

Buridan reprit :

— Il s'agit de ces enfants... de qui nous avons parlé, à diverses reprises.

— De vos enfants?... fit le sacripant.

Le Capitaine, surpris, demanda:

— Tu sais donc...

Et Landry, tout en allégresse s'écria :

— Je sais que le Capitaine Buridan, mon Capitaine aimé... qui fut, pour moi, si bon, jadis, en toutes circonstances... mon Capitaine, qui protégea mes jours lorsque j'étais en grand danger après le meurtre de celui qui fut cause de la mort de ma douce fiancée — ne fait, avec Messire Lyonnel de Bournonville, naguère Page de Monseigneur le Duc Robert II, de Bourgogne... qu'une seule et même personne... Je sais, par conséquent, que mon Capitaine fut l'amant de Marguerite, jeune fille... au service de qui j'étais, alors, ainsi que Maître Orsini... Je sais qu'il est le père de deux enfants que Maître Orsini avait reçu l'ordre de faire disparaître, sur l'ordre de leur mère, « la goule »... Et je peux ajouter que ces enfants...

Landry s'interrompit.

— Ces enfants... ces enfants... achève... achève donc, mon amé compagnon?... s'écria Buridan, en proie à une poignante émotion.

Mais Landry, qui avait dressé l'oreille, dit, tout bas :

— Prenez garde, Capitaine...

— Qu'y a-t-il donc?

Le sacripant répondit, plus bas encore :

— On nous écoute...

— Que signifie ?

— On a marché... derrière cette porte...

— Je n'ai rien entendu...

— On a marché, vous dis-je... Il y a, là, quelqu'un, soyez-en sûr.

Landry ne s'était pas trompé.

Ses oreilles, exercées, avaient perçu, très nettement, le bruit d'un pas léger, dans l'escalier.

On frappa à la porte.

Buridan se leva, précipitamment.

Gaultier d'Aulnay !

Ce ne pouvait être que Gaultier d'Aulnay !

Victoire !

Oui, oui, Gaultier d'Aulnay était là !

De par Messire Lucifer, Buridan tenait, donc, Marguerite de Bourgogne !

Quelque grand que fût son désir de poursuivre, avec le bon Landry, l'entretien... qui l'intéressait à un si haut degré, puisqu'il se rapportait à ses fils... il se dit qu'il fallait l'interrompre.

Il le reprendrait plus tard.

Plus tard... c'est-à-dire quand l'œuvre qu'il voulait entreprendre, pour abattre Marguerite, serait achevée.

Or, cette œuvre, si laborieusement échafaudée, au milieu des plus grands périls... cette œuvre si péniblement amenée au point où elle se trouvait — allait avoir, enfin, son dénouement.

De par Gaultier d'Aulnay !

Question de patience, seulement, désormais.

Et d'adresse, aussi.

Oh ! Buridan se promettait d'être, à la fois, patient et adroit... pour assurer son triomphe.

Il ouvrit la porte.

Et il vit, devant lui, en effet, le favori de Marguerite de Bourgogne...

CIX

DEMANDE DE PREUVES

— Entrez, Messire... dit Buridan... je vous attendais...

Gaultier d'Aulnay entra dans la chambre.

Il regarda, avec défiance, Landry... dont la mine, louche, l'aspect miséreux, justifiaient, certes, les appréhensions du jouvenceau.

— Je suis un peu en retard... dit-il, s'adressant à Buridan... Excusez-moi !

Le Capitaine, cependant, se tourna vers Landry.

— Laisse-nous, mon amé compagnon... fit-il... Nous reprendrons, plus tard, l'entretien interrompu, et qui m'intéresse si fort, comme bien tu penses, j'imagine ?

— Quand vous voudrez, Capitaine.

— Il faut que je cause avec ce gentilhomme .. Descends... Dis à l'un des garçons de Maître Pierre de Bourges, de ma part, qu'il te donne à boire... Et quand tu verras sortir, d'ici, Messire que voilà, tu viendras me rejoindre, tout aussitôt... Va...

— C'est convenu, Capitaine.

— Va... va... mon amé compagnon !

Landry sortit.

Un moment, on entendit le bruit de ses pas, lourds, dans l'escalier.

Puis, tout redevint silencieux.

Lors, Buridan offrit un siège à Gaultier d'Aulnay, qui s'assit.

Le jeune homme était pâle.

Ses yeux, allumés par la fièvre qui le brûlait, brillaient.

Il était enveloppé, tout entier, dans un long manteau noir, sous lequel se dessinait la forme de son épée.

— Nous sommes seuls, Messire... dit Buridan... Causons...

Il prit place devant son interlocuteur.

Gaultier le regarda fixement.

— Je vous écoute, Capitaine Buridan... fit-il, entrant, tout aussitôt, en matière.

Buridan sourit.

— Je croyais que vous connaissiez mon nouveau titre et mon nouveau nom, Messire Gaultier... reprit-il... Je me trompais, ce me semble ?... Depuis quelques heures, on me nomme Lyonnet de Bournonville... et l'on m'appelle Monseigneur, parce que je remplis les fonctions de Premier Ministre.

— Peu m'importe de quel nom on vous nomme !... répliqua Gaultier... Peu m'importe quel titre est le vôtre !... Vous êtes un homme qu'un autre homme vient sommer de tenir sa promesse... Êtes-vous en mesure de la tenir?

— Je vous ai promis de vous faire connaître le nom du meurtrier de votre frère?

— Ce n'est pas cela : Vous m'avez promis autre chose.

— Je vous ai promis de vous dire comment Monseigneur Enguerrand de Marigny est passé, en un jour, du Palais du Louvre au Château de Vincennes, d'où il ira, sans doute, au gibet de Montfaucon ?

— Ce n'est point cela !... Que Monseigneur Enguerrand de Marigny soit

coupable ou non, c'est un débat entre ses juges et Dieu!... Vous m'avez promis autre chose.

— Est-ce de vous apprendre comment l'homme arrêté, ce matin, sur
l'ordre de la Reine Régente, et conduit au Grand Châtelet, est, à présent,
libre, après avoir pris place, dans le Cortège Royal, à la gauche de Notre
Sire le Roi?

— Non!... Non!... Que ses moyens lui viennent de Dieu, ou de Satan,
peu m'importe!... Il y a, dans tout cela, des secrets, terribles, que je ne veux
pas approfondir... Mon frère est mort, Dieu le vengera!... Marigny mourra,
Dieu le jugera... Ce n'est pas cela... Vous m'avez promis autre chose.

— Expliquez-vous?

— Vous m'avez promis que vous me diriez...

— Achevez donc?

— Quel lien vous unit à la Reine, et vous donne, sur elle, la puissance
d'action qui vous fait maître d'elle.

— Pourquoi ne lui avez-vous pas plutôt demandé, à elle-même, de vous
révéler ce secret?

Et Buridan, regardant, bien en face, son interlocuteur, reprit, sans
attendre sa réponse :

— Messire Gaultier, ne savez-vous pas qu'un amant bien aimé fait tout
ce qu'il veut de la femme qui l'aime?... La Reine ne peut rien refuser à Messire Lyonnet de Bournonville!...

Gaultier tressaillit.

Ses yeux s'allumèrent plus encore.

— Blasphème!... s'écria-t-il... véhémentement.

— Calme-toi, enfant!... Je te répète que la Reine de France ne peut
rien refuser à Lyonnet de Bournonville.

— Tu blasphèmes, te dis-je!...

— Calme-toi!... Ne tourmente pas la garde de ton épée... A quoi
bon?...

Et, souriant, ironique, Buridan reprit :

— Ah! c'est une femme belle, et passionnée, que Marguerite, n'est-ce
pas?...

— Qui accuse sans preuves s'expose à s'entendre dire qu'il ment... Tu
accuses... Prouve... Ou bien...

— Les preuves, je te les donnerai...

— Donne-les donc... J'attends!

— Sois patient!...

— Parle?... Parle?... Tu as dit que la Reine ne peut rien refuser à
Lyonnet de Bournonville?

— Rien!

— Prouve-le... encore une fois!

Il en tira un parchemin. (P. 1507.)

— Ah ! comme tu l'aimes !...

— Tu ne me réponds pas !

— C'est une créature extra troublante... et qui rend fous tous ceux qui s'approchent !... Elle les rend, même, félons, et, même, au besoin, criminels !... Car elle est aussi belle que perverse et scélérate !... Elle fait souffrir, abominablement, ceux qui se laissent prendre par elle !... Tu souffres, enfant !... Tu souffres cruellement... C'est visible... D'autres ont souffert, autant, par son fait.

— Toi ?...

— Moi !... Oui....

— Et tu ne souffres plus ?

— Non !

— Tu l'as aimée ?

— Comme tu l'aimes !

— Et tu ne l'aimes plus ?

— Non !... C'est pour cela qu'elle ne peut plus me faire souffrir... Et je te dis tout cela pour...

— Pour...

— Tuer, en ton cœur, l'amour que tu ressens pour elle... afin que tu ne souffres plus !

Gaultier regarda, fixement, Buridan.

— Quand je t'ai rencontré, l'autre soir, avec mon infortuné frère, Philippe, à la Taverne d'Orsini... dit-il...

— Eh ! bien ?

— Tu étais arrivé, à Paris, depuis peu ?...

— Oui !... répliqua Buridan... Mais à quoi bon ceci ?

— Tu venais de guerrroyer ?

— Oui...

— Tu ne t'étais pas trouvé, dans Paris, depuis longtemps ?

— Non !

— Tu n'avais pu voir Marguerite, encore ?... Tu ne la connaissais pas... par conséquent ?

— Où veux-tu en venir ?

— A ceci : Que tu mens quand tu prétends que tu as aimé Marguerite et que Marguerite t'a aimé.

— Fol !... Et le passé !

— Le passé ?...

— Sans doute... Sache que je fus Page du Duc Robert II, de Bourgogne...

— Eh ! bien ?

— Sache que j'ai vécu, jouvenceau, près de Marguerite, jeune fille.

— Après ?...

— Sache que je la voyais, chaque jour...

— Qu'est-ce que cela prouve ?

— Elle était très belle, très troublante, et, déjà, très perverse.

— Tu l'aimas ?

— Oui !... Je l'aimai... Je te l'ai dit, déjà...

— Mais elle ne t'aima pas ?

— Si fait !... Pour mon bonheur d'un jour, et pour le malheur de toute ma vie...

— Tu mens !... Tu mens !...

— Sache que le premier homme qui frissonna dans les bras de Marguerite...

— Achève?

— C'est moi!

— La preuve?... Une preuve?... Fournis-moi une preuve de ce que tu avances?...

— Je puis t'en fournir plusieurs...

— Démon!... Donne-les donc?...

Buridan se leva.

— Sans doute, elle t'a écrit?... dit-il.

Gaultier haussa les épaules.

— Pourquoi cette question?... interrogea-t-il... La preuve?... La preuve?...

— Je te la donnerai, encore une fois?... Mais réponds à ma question?... Marguerite t'a écrit?...

— Que t'importe?

Implacable... avançant, pas à pas, vers son but, Buridan poursuivit :

— C'est d'un style magique, et ardent, qu'elle peint la passion, n'est-ce pas?

Gaultier, exaspéré, s'écria :

— Tes yeux, damnés, n'ont jamais vu, je l'espère, l'écriture de la Reine?

Buridan, lentement, ouvrit, alors, le coffret de fer qui était sur la table.

Il en tira un parchemin.

Il le déplia...

— Ecoute... fit-il...

Il lut :

CX

DOUTES

« Mon joli petit page, mon doux Lyonnet.

« Je garderai un souvenir inoubliable de la journée qui s'achève, je « veux que tu le saches, et je veux te le redire.

« Je t'écris dès ma rentrée dans ma chambre.

« Je te ferai porter ma lettre par Rolande, qui m'est toute dévouée.

« Ecoute : Attendre jusqu'à demain pour te revoir m'est impossible.

« Il me tarde d'entendre, encore, ta voix, qui chante, à mes oreilles, « ces tendres propos d'amour que tu sais trouver pour me plaire.

« Si tu veux, la nuit prochaine, vers la onzième heure, quand tout dor-
« mira, dans le Château... viens au pied de la Tour dorée... juste au-dessous
« de cette croisée que tu connais, et qui éclaire ma chambre.

« Cela te sera facile, puisque ton logis donne sur la cour qui s'étend
« au pied de la dite Tour.

« En cet endroit, tu le sais, aucune sentinelle.

« Tu ne courras donc aucun risque.

« Tu ne seras vu par personne.

« Du reste, tu agiras avec toute la prudence nécessaire.

« A l'heure indiquée, je ferai pendre une corde, solide, dans l'espace.

« Cette corde sera attachée à une barre de fer qui est fixée à la
« croisée.

« Tu es agile, mon bien aimé Lyonnet, et, de plus, tu dois désirer me
« revoir tout de suite, autant que je le désire moi-même?

« Or, tu saisiras la corde, et, fort aisément sans doute, tu te hisseras
« jusque chez moi.

« Nous passerons quelques heures ensemble, en un doux tête à tête.

— C'est ainsi que Marguerite, jeune fille, trouva le moyen de recevoir,
dans sa chambre, le Page du Duc Robert II, de Bourgogne... dit Buridan...
Maintenant, écoute... écoute la suite... Tu sauras si la jouvencelle aimait le
Page....

Il poursuivit sa lecture.

« Te revoir, mon doux Lyonnet !

« Je vais te revoir bientôt !

« Comme il me tarde que sonne cette onzième heure qui nous réunira !

« Il me semble qu'elle ne sonnera jamais !

« Que serait-ce, s'il me fallait rester jusqu'à demain sans te serrer dans
« mes bras?

« Oui, oui, je t'attends... Je t'attends impatiemment.

« Mon cher mignon, je t'adore !

« Tu es toute ma vie!

« Oh! cette journée... où, pour la première fois, tu m'as dit, si ten-
« drement : « Je t'aime! »

« Jamais... jamais je ne l'oublierai !

« Tant que je vivrai, j'en garderai le souvenir attendri.

« Je le garderai jusqu'à ma dernière heure.

« Toujours, je me sentirai doucement émue en évoquant cet instant
« délicieux!

« Depuis longtemps, déjà, j'avais tant de joie en ta présence.

« Quand tu parlais, à quelques pas de moi, j'écoutais ta voix... et cela
« me charmait.

« Je reconnaissais ton pas quand tu t'approchais de moi.

« Je devinais ta présence aux alentours.

« Et je souffrais quand tu t'éloignais.

« Quand j'avais passé un seul jour loin de toi, j'étais toute attristée...
« et il me semblait que, ce jour-là, je n'avais pas vécu.

« J'avais besoin de te voir, près de moi, empressé... j'avais besoin de
« recevoir tes soins.

« C'est que je t'aimais, mon cher mignon... je m'en rends compte,
« à présent — oui, oui, je t'aimais!

« Aimer!

« Quelle douce chose!

« Aimer, c'est la raison d'être de notre existence...

« Quiconque n'aime pas ne vit pas.

« C'est l'amour, seul, qui fait notre joie... qui nous donne le bonheur.

« Oh! comme je suis heureuse, et comme je te suis reconnaissante de
« m'avoir fait connaitre ces joies que je ressens à cette heure.

« Jamais, jusqu'ici, je n'ai éprouvé, encore, ce que j'éprouve.

« Pourvu que cela dure longtemps!

« Quant à moi, je t'aimerai jusqu'à mon dernier souffle... mon adoré
« Lyonnet — jusqu'à ma dernière heure!

« Rien ne pourra nous séparer, désormais... rien!

« Aucune force humaine ne serait assez puissante pour rompre le cher
« lien qui nous unit... »

— Dis... s'écria Buridan... a-t-elle répété ces propos d'amour à tes
oreilles charmées?... Réponds?... Quand tu la tenais, étroitement enlacée,
a-t-elle murmuré, très tendrement, ces mots « — Je t'aime »... ces mots,
qui, articulés par elle, vous transportent, vous enivrent, vous jettent dans
l'extase?...

Gaultier, atterré, épouvanté, demeurait immobile, sans voix.

Buridan poursuivit :

— Oui, oui, c'est d'un style magique, et ardent, qu'elle peint la passion!... Ecoute plutôt... Ecoute...

Il reprit sa lecture interrompue.

« Il y a six mois, je me sentais mourir d'ennui, dans ce vieux Château,
« où nous sommes nés, tous les deux... et où nous avons vécu, côte à côte,
« depuis notre plus tendre enfance... dans ce vieux Château où nous nous
« sommes esbattus, tout petits.

« Je ne prenais plus aucun plaisir à toutes les choses qui m'avaient
« charmée, naguère.

« Nos chevauchées dans nos grands bois — ne m'amusaient plus... ces
« chevauchées où je m'enivrais d'air pur... et au cours desquelles j'étais

« prise, soudain — tu te le rappelles — du vertige de la vitesse... à ce point
« que, souventes fois, j'ai failli me tuer... et que je me serais tuée, certes,
« sans toi, qui mettais à mon service toute ton adresse, tout ton courage,
« ton sang-froid et ta rare vigueur d'adolescent... sans toi qui risquas ta vie,
« si souvent, pour sauver la mienne !

« Nos promenades sur les coteaux verdoyants qui nous entourent... et
« pendant lesquelles je courais, éperdue, ramassant des fleurs des champs,
« que tu réunissais, en bouquets énormes, et que nous rapportions, si joyeux,
« tout grisés d'air pur et d'espace, tout éblouis par la resplendissante lumière
« du soleil dans laquelle nous nous étions baignés — ces longues prome-
« nades qui nous distrayaient tant, jadis, ne me causaient plus que fatigues !

« Plus de joie à voir nos bons amis les vignerons des environs, qui
« nous réservaient les plus belles grappes de leurs ceps.

« Plus de joie à prier dans nôtre petite Eglise... agenouillés devant
« l'autel de la Madone à qui nous offrions des fleurs, et qui, tout en portant,
« dans ses bras, son divin Fils... semblait nous sourire, du haut de son pié-
« destal, où elle se trouvait dans l'éblouissante clarté des cires, qui brûlaient,
« autour du Tabernacle, au-dessus des grands flambeaux d'or, donnés, par
« mon Très Noble père, au vieux Chapelain qui nous avait appris à con-
« naitre, à prier, à vénérer le Dieu Tout Puissant.

« Plus de joie à faire vibrer, sous mes doigts, la viole, sonore, qui accom-
« pagnait mes chants !

« Plus de joie à voir nos Vassaux danser, gaîment, le dimanche et aux
« jours de fêtes, sur la grande pelouse du Château... à regarder les luttes
« d'adresse, des jeunes hommes de nos villages... à distribuer les prix aux
« plus vaillants, aux plus adroits d'entre eux... à écouter les chansons des
« trouvères qui s'arrêtaient chez nous, et à qui nous offrions l'hospitalité, en
« échange du plaisir qu'ils nous avaient donné !

« Oui, oui, je mourais d'ennui, mon Lyonnet.

« Je vivais morne, découragée, mélancolique.

« Je rêvais de me faire couper les cheveux et de m'enfermer dans un
Cloître.

« A quoi bon être née?

« Rien ne me souriait plus, ici-bas?

. . . .

« Et, maintenant, de par toi, mon Lyonnet, tout est changé.

. . . .

« Aujourd'hui, tu m'as prise dans tes bras... tu m'as attirée sur ton
« cœur... et, pâle, frémissant, tu m'as donné cet ardent baiser qui brûle en-
« core mes lèvres, en me disant :

« — Je t'aime !

« Lyonnet, je t'appartiens.

« Je suis toute à toi.

« Oui, oui, je t'aime.

« Je souffrais du mal d'amour... de ce doux mal qui torture et charme
« tous les êtres, au printemps de la vie... de ce mal qui tue, lorsque ne
« paraît pas celui qui doit le guérir !

« Quand tu m'as étreinte, j'ai senti que le moment tant attendu était
« arrivé.

« Quelque chose m'a averti que le moment était proche.

« Je n'ai pas été surprise... car j'étais à toi, déjà, depuis longtemps,
« sans le savoir.

« J'ai éprouvé, sous ta caresse, une émotion profonde... une ivresse
« délicieuse... une joie inoubliable.

« Peut-être ce moment-là sera-t-il le plus doux de ma vie tout entière.

« L'avoir vécu, ce moment, cela suffit pour illuminer, radieusement,
« toute une existence.

« Quiconque meurt sans avoir ressenti pareille ivresse, n'a pas existé !

« Je te dois ce bonheur, mon bien aimé, et je ne l'oublierai jamais.

« Je ne me dis pas que je suis coupable ; je ne me dis pas que je cours
« de grands dangers ; je ne me dis pas que j'encours la colère de mon père...
« et que je paierai, peut-être, un jour, cruellement, les joies d'un pareil
« jour — non... je ne veux que me répéter ceci : J'aime, et je suis aimée !

« Peu m'importe l'avenir !

« Le présent, seul, m'occupe.

« Il me charme et m'enivre.

« J'aime et je suis aimée.

« En me répétant ces mots, je me sens toute en allégresse, toute enthou-
« siasmée.

« Oui, je vis !

« Tout chante en moi, hors moi !

« Jamais je n'ai tant désiré de vivre.

« Jamais la vie ne m'a semblé plus délicieuse.

« Jamais la nature ne m'est apparue plus belle... plus pleine de mur-
« mures harmonieux... de souffles embaumés.

« Jamais ce vieux Château, où j'ai passé tant d'années auprès de toi...
« cette campagne, où nous avons erré, si souvent, côte à côte... ne se sont
« montrés, à moi, plus parés de splendeurs.

« J'aime et je suis aimée !

« Cela dit tout !

« Cela résume tout !

« De là viennent mes transports.

« L'amour !... L'amour m'a transformée, ennoblie... grandie à mes
« propres yeux.

« Il me semble que sa flamme, qui a réchauffé mon cœur, m'a mis, au
« front, une auréole.

« Il me semble que je marche dans un chemin tout ensoleillé, et bordé
« de fleurs, à l'éclatant coloris, d'où se dégagent des parfums qui me
« grisent.

« Oh! t'entendre me dire encore, de cette voix qui vibre, à mes oreilles,
« telle une harmonie supra céleste :

« — Je t'aime!

« Viens, viens, mon adoré Lyonnet...

« Viens!...

« Hâte-toi!...

« Je t'attends impatiemment... »

— Regarde!... Regarde!... dit Buridan... Reconnais-tu son écriture?...
Et c'est signé... Lis... « Marguerite »...

— Démon!... Démon!... Démon!... s'écria Gaultier, frémissant.

— Peux-tu douter de mes dires, à présent?... T'ai-je fourni la preuve
que tu m'as demandée?...

— Oh! Je suis damné!... Je suis damné!... clama Gaultier.

Il souffrait abominablement.

— Mais je ne t'ai pas tout dit... poursuivit Buridan... Je compléterai
mes confidences... Oui, oui, tu sauras tout... Ecoute...

— Non!... Non!... Tais-toi!... Tu me tortures!... fit Gaultier.

Mais Buridan reprit :

— Je t'ai dit que je l'ai aimée autant que tu l'aimes... et qu'elle me fit
horriblement souffrir... Je vais te le prouver...

*
* *

...Oui, oui, Gaultier souffrait; mais, cette fois, il n'interrompit pas son
interlocuteur.

Maintenant, il voulait savoir tout ce que Buridan pouvait lui révéler.

Il ne pouvait plus douter de la bonne foi du hardi Capitaine.

Il n'en doutait plus.

Certes, Marguerite avait été sa maîtresse!

Odieuse révélation !

Oh! cette femme... cette créature adorée, idolâtrée... qu'il avait cru si
pure!

C'était un monstre!

Tout ce que les Courtisans racontaient, sur elle, était vrai!

Absolument vrai !

Vraies les accusations qui lui donnaient des amants pris parmi les Seigneurs de la Cour!

Lors, Gaultier d'Aulnay se croisa les bras. (P. 1518)

Vraies, aussi, sans doute, celles qui la représentaient vivant des nuits d'orgie à la Tour de Nesle !

Ah ! comme elle l'avait joué, dupé !

Dans quel but ?

Pourquoi lui avait-elle résisté ?

Pourquoi ne s'était-elle pas donnée à lui... elle qui s'était donnée à tant d'autres ?

Pourquoi s'était-elle efforcée de se montrer, à lui, comme un être tout de pureté?

Que tout cela était étrange!...

Inexplicable, du reste!

Mais il importait peu!

A quoi bon vouloir pénétrer ce mystère?

On n'y parviendrait pas, c'était plus que probable.

Ce serait inutile, d'ailleurs.

— Elle m'a fait souffrir cruellement!... se disait Gaultier... Tout est là!... Je veux lui crier ma haine et mon mépris!... Pour cela, il faut que je sois bien armé contre elle... Aussi, quelque tortures que je doive éprouver, par ce fait, j'entendrai, jusqu'au bout, les révélations de Buridan... Je veux qu'il parle, maintenant... Je l'écouterai, certes...

CXI

AMERS SOUVENIRS

— Parle?... Parle?... fit Gaultier...

— Tu ne veux plus que je me taise?... interrogea Buridan.

— Parle, te dis-je?... Tu ne m'as pas convaincu, encore!... Tu comptais me prouver que Marguerite te fit horriblement souffrir?...

— Ecoute donc...

— J'écoute?

Et Buridan poursuivit :

— Mon ivresse amoureuse dura quelques mois... Notre union fut rompue, brusquement!...

— Brusquement?

— Oui!...

Buridan tressaillit...

On sait qu'il était, toujours, fort troublé — et pour cause! — quand il se remémorait les scènes qui s'étaient jouées, à cette époque de sa vie, au Château du Duc Robert II, de Bourgogne.

Après un temps de silence, le hardi Capitaine reprit :

— Il s'était passé, entre Marguerite, et moi... un fait... grave, terrible...

— Quel?... demanda Gaultier.

Mais Buridan répondit :

— Je ne peux... et ne veux révéler ce secret... qui doit rester entre Dieu, elle et moi!...

Il se tut, encore, et poursuivit, après un nouveau temps de silence :

— Qu'il te suffise de savoir que je dus quitter le Château du Duc Robert, sur l'ordre, formel, de Marguerite... C'était au lendemain, même, de la mort du Duc... Orsini m'apporta, de la part de Marguerite, une bourse, pleine d'or, et une lettre, une lettre que voici, et où celle que j'avais aimée... si ardemment — m'adressait ses adieux.

— Que lui avais-tu fait?

Buridan soupira, et dit :

— Je l'avais trop aimée!

— Elle ne t'aimait plus?

— Ecoute!... Voici la fin de cette lettre, dont je ne puis te lire le commencement!

Et le Capitaine, ayant pris, dans le coffret de fer, un autre parchemin, le déroula... et lut :

« En vous remettant cette lettre, Lyonnet, Orsini vous donnera une
« sacoche, pleine d'or, une somme importante, avec laquelle vous pourrez
« vivre à l'aise pendant plusieurs années.

« Dès que vous l'aurez reçue, montez à cheval, et fuyez.

« Fuyez sans regarder derrière vous...

« Fuyez à toute bride...

« Éloignez-vous de cette contrée avec la plus grande hâte.

« Et, même, sortez de France.

« Je vous l'ordonne, au nom de cet amour qui nous a donné de si
« douces joies.

 .   .   .   .

« Lyonnet!... je vous ai bien aimé !

« Lyonnet... je vous aime encore!

« Mais, je vous le répète, nous ne pouvons plus nous revoir—après ce
« qui s'est passé!

« Non, non, nous ne pouvons plus nous revoir.

« Jamais!... Jamais!... Jamais !

« Vous allez souffrir, certes, de notre séparation, si brusque... et abso-
« lument nécessaire.

« Croyez que je n'en souffrirai pas moins que vous !

« Demain, je quitterai ce Château, où j'ai été bien heureuse de par
« vous, en ces derniers mois.

« Je me retirerai dans un Monastère... où je vivrai, dans la retraite la plus absolue, la plus austère, pendant plusieurs semaines.

« Que ferai-je, ensuite!

« Le Très-Haut, seul, le sait !

« Adieu, Lyonnet.

« Soyez heureux !

« Adieu !...

« Adieu !...

« Signé : MARGUERITE. »

... Et Buridan, après avoir remis le parchemin dans le coffret de fer, s'écria :

— Ah ! comme j'ai souffert, alors !... Comme j'ai souffert !... Oui, oui, je l'adorais !... Il fallait la quitter, m'éloigner d'elle !... Et je savais que je ne la reverrais jamais !... Jamais !... Comme ces quelques mois, que j'avais passés, près d'elle, tout enivré d'amour, avaient passé vite !... J'avais vécu ces jours dans une extase... J'avais eu la vision d'un Paradis... Ne plus la voir !... Ne plus la regarder, dans une muette contemplation !... Ne plus entendre sa voix !... Dire que, la veille encore, elle m'avait juré que nous ne nous séparerions jamais !...

« ... Tout était fini !... Le rêve... le doux rêve s'évanouissait !... Je retombais à la morne réalité !... Il me sembla que ma vie était achevée !... Je me dis que j'allais mourir !... La souffrance que j'éprouvais me tuerait, j'en étais sûr !... Il ne me semblait pas possible qu'une pareille torture n'emportât point la victime !... Et je ne me plaignais pas... car la mort m'apparaissait comme une libératrice !...

« ... Or, j'avais vingt ans ; j'étais enthousiaste, ardent, courageux !... J'avais formé des rêves de gloire... Je comptais accomplir des exploits qui rendraient mon nom fameux... et qui me donneraient puissance, titres, richesses... Rêves vains !... Puisque j'allais mourir !... Tout était brisé, en moi !...

« ... Je tentai de résister au vouloir de Marguerite... J'essayai de la voir... Je me disais que, peut-être, j'obtiendrais de rester près d'elle... ne fût-ce que en qualité du dernier de ses Écuyers... Il me fut impossible d'arriver jusqu'à elle, malgré menaces, supplications, prières instantes... Et je partis...

Gaultier d'Aulnay, livide, à présent... regardait droit devant lui, fixement.

Oh ! oui... oui... cet homme avait souffert atrocement !

Buridan reprit :

— Des jours passés au Château du Duc Robert II... il ne me restait plus qu'un souvenir... et ces missives d'amour, ainsi que ces boucles de cheveux...

Il montra, à son interlocuteur, une tresse de cheveux blonds, dorés, attachée par un ruban de soie, jadis blanc, maintenant jauni.

CXII

PREUVE DÉCISIVE

... Soudain, Gaultier se leva.

Ses yeux brillaient, plus que jamais, dans sa face pâle.

En lui, un revirement, radical, s'était opéré.

Il avait eu beau se dire, tout à l'heure, qu'il ne pouvait douter de la bonne foi de Buridan.

Il avait eu beau se dire que Marguerite était un monstre... qu'elle l'avait joué, dupé.

Buridan avait eu beau lui fournir les preuves, terribles, accablantes, qu'il lui avait promises.

Son amour, profond, quasiment religieux... pour la Reine, l'avait reconquis, tout entier, brusquement.

Ces preuves, que Buridan montrait, pouvaient être fausses.

Fabriquées, habilement, par des gens qui avaient un intérêt, quelconque, à le tromper.

Sans doute, pour mieux l'atteindre, on voulait éloigner, de Marguerite, l'être qui était prêt à donner sa vie, pour elle, afin de la défendre contre toute attaque.

Il n'était pas possible que celle qu'il idolâtrait fût un pareil monstre de perversité, de scélératesse, de duplicité.

Non !... Non !... Non !... Cent fois non !

Ce n'était pas possible !

Raisonnement très humain, certes.

Et qui rasséréna Gaultier.

Oui, oui, il se sentait tout réconforté depuis que cette idée était entrée en son cerveau.

Le doute... le doute bienfaisant, lui laissait, intact, son culte.

Pourtant, et prêt déjà, à dire, à Buridan, qu'il était un imposteur, il se contint.

Il voulait que le hardi Capitaine allât jusqu'au bout de « son imposture ».

Il voulait qu'il dît tout ce qu'il avait à dire...

.

— Et, depuis... depuis ton départ du Château du Duc Robert II, de Bourgogne... interrogea-t-il... de ce Château où tu avais vécu, près de ta jeune maîtresse, dans une délicieuse et amoureuse extase... tu n'avais pas revu Marguerite?

— Non!... répliqua Buridan... Elle était devenue Reine de Navarre par son mariage avec Louis, fils aîné du défunt Roi Philippe, le Quatrième... Elle devint Reine de France... Moi, je m'étais fait Capitaine... Je guerroyais...

— Mais, enfin... tu vins à Paris?

— Oui.

— En ces jours derniers?

— Oui.

— Pour quelle cause?

— Un secret que je ne veux pas livrer... A ce sujet, je ne t'ai fait aucune promesse...

— Et tu vis la Reine?

— Oui.

— Et tu redevins son amant?

— Elle consentit, tout au moins, à redevenir ma maîtresse...

Lors, Gaultier d'Aulnay se croisa les bras.

Et, regardant, bien en face, Buridan.

— Tu mens!... fit-il, d'une voix sourde... Tu mens!... Je te dis que tu mens!... Ces prétendues preuves, que tu m'as montrées, ne prouvent rien!... Qui me garantit leur authenticité?... Il est facile de s'en procurer de pareilles... Avec de l'or, on obtient tout ce qu'on veut... La Reine a de puissants ennemis... Tu les sers... Le Roi, d'abord... Il veut perdre Marguerite... Tout le monde le sait... Il s'agit, pour lui, de répudier sa femme, afin de pouvoir épouser Clémence de Hongrie, et d'empocher sa richissime dot!...

« ... De plus, tous les Hauts Seigneurs haïssent Marguerite... Aussi, tous les Dignitaires Ecclésiastiques... Tu les sers, encore une fois!...

« ... On veut m'éloigner d'elle!... On veut la priver de son plus féal et plus courageux serviteur... Vaine tentative!... Je ne suis pas ta dupe...

« ... Les pièces que tu m'as montrées sont fausses!... Marguerite est toujours digne de mon culte... Je reste tout à elle, d'autant plus que toutes les apparences sont contre elle, d'autant plus que je sens ses ennemis plus acharnés à sa perte...

« ... Je l'aime... Je la vénère... Je l'adore... Je l'idolâtre... Elle m'aime, aussi, certes... Or, je n'ai jamais, obtenu, d'elle, d'autre faveur que celle de lui baiser la main... Pourquoi donc m'aurait-elle résisté — bien que la passion, la plus ardente, nous brûlât, tous les deux — si elle était le monstre de luxure... l'être pervers, scélérat, fourbe, que tu l'accuses d'être?...

« ... N'est-ce pas une preuve, cela?... Une preuve que, seul, je possède, et que je te livre, ce soir, pour détruire les tiennes... Rien ne saurait prévaloir, dans mon esprit, contre cette preuve flagrante, irréfutable, que Marguerite est calomniée, dans un but trop visible...

« ... Cherche d'autres preuves, plus convaincantes que celles que tu m'as fournies jusqu'ici... ou bien renonce à me persuader... Tant que tu ne me les auras pas offertes, ces preuves que je te demande, et que je te demanderai, toujours, en vain... je te crierai ce que je te crie, déjà... mais avec plus d'indignation que jamais : « Tu mens!... Tu mens!... Tu mens!... »

Buridan comprit ce qui s'était passé en l'âme du jouvenceau.

Il haussa les épaules.

Puis, ironique, il dit :

— Fol!... Triple fol!...

Et, après un temps de silence, il ajouta, avec une superbe assurance :

— Tu veux que je te fournisse d'autres preuves?... Soit!... Je t'en fournirai... J'en ai!

Gaultier se troubla, visiblement.

— Une seule suffira!... dit-il, déjà moins sûr de soi... Seulement, je ne me contenterai pas d'accusations vagues, basées sur des pièces, plus ou moins adroitement composées, et que l'on peut se procurer aisément...

— Je comprends!... fit Buridan, sarcastique... Tu veux voir!... Tu veux voir par tes propres yeux?

— Oui!...

Lors, le hardi Capitaine, qui avait mené, jusque-là, si habilement, l'entretien... se prépara à porter, avec non moins d'habileté, à son adversaire, le coup définitif... le coup qui devait lui donner la victoire attendue, et bien gagnée.

— Tu verras donc!... ajouta-t-il.

— Quand?

— Tout à l'heure...

— Démon!... Démon!... Tu mens encore!... Tu veux me tromper, derechef!... Oh! Tu me rendras fou, vraiment!...

— Malheureux enfant!... Je te plains!... Tu me fais pitié!...

— Je ne veux pas de ta pitié!... La preuve!... La preuve!... Il ne me faut rien de plus... La preuve, encore une fois?

Buridan ricana...

— Peut-être Marguerite n'est-elle pas encore au rendez-vous... insinua-t-il.

Gaultier tressaillit.

— Un rendez-vous!... s'écria-t-il... Qui a un rendez-vous avec elle?... Nomme-moi celui-là?... Oh! J'ai soif de son sang... Oui, oui, j'aurai sa vie!

Buridan, sarcastique, répliqua :

— Ingrat!... Et si celui-là te cédait sa place au rendez-vous?

— A moi?... fit Gaultier abasourdi... A moi?... Je ne comprends pas!... Que veux-tu dire?... Explique-toi?

— C'est simple...

— Parle?... Parle?... Mais parle donc?...

— Sois calme!

— Oh! Comme tu me tortures!

— Tu m'as demandé, tout à l'heure, si j'étais redevenu l'amant de Marguerite...

— Eh! bien?

— Et je t'ai répondu : « Elle a consenti, tout au moins, à redevenir ma maîtresse... » Or, sache...

— Achève?

— Que, sur ma demande, elle m'a accordé un rendez-vous.

— Oh! c'est impossible!... C'est impossible!..

— C'est vrai!... Marguerite, te dis-je, a consenti à m'accorder un rendez-vous... Un rendez-vous d'amour... Tu m'entends?... Un rendez-vous d'amour...

— Tu mens!... Tu mens!...

— Elle s'est dit qu'il lui plairait de revivre, elle devenue Reine, une nuit d'amour, avec le Page Lyonnet de Bournonville, devenu le Capitaine Buridan!...

— Tu mens!... Tu mens!...

— Ah! Ni le Page, ni la Reine, n'ont plus le printemps sur le front!... Mais, si les caresses qu'ils pourront échanger sont moins tendres, moins juvéniles, elles seront, certes, plus ardentes, plus passionnées...

— Démon!... Démon!... Prends garde!...

— Laisse ta dague!... Renonce à l'idée qui t'est venue de me tuer... Ne charge pas ta conscience d'un meurtre inutile... Ne me considère pas comme un rival... Mais, au contraire, comme un ami... Eh! oui, comme un ami, puisque, encore une fois, je suis prêt à te céder ma place à ce rendez-vous d'amour... N'as-tu pas dit qu'il te fallait une preuve?... N'as-tu pas dit que tu ne te contenterais pas d'accusations, vagues, basées sur des pièces, plus ou moins adroitement composées, et qu'on peut se procurer aisément?... Ce sont tes expressions mêmes... Tu as dit que tu voulais voir... voir par tes propres yeux?... Eh! bien, je te donne ce que tu demandes... Je t'offre les moyens de voir... Va... Cours au rendez-vous qu'elle m'a accordé... Si tu l'y trouves... tu ne douteras plus, j'espère?... Or, tu la trouveras, sois-en sûr... Oui, soit que je sois las d'elle, soit que j'aie pitié de toi, je ne veux plus de cette femme... Je te la cède!... Je te la rends!... Je te la donne!...

Gaultier jeta un grand cri... cri de rage et de désespoir... un cri lamentable, prolongé, terrifiant.

— Malédiction!... clama-t il... Malédiction!...

Une lame étincela à son poing.

Et, brusquement, il marcha, menaçant, vers Buridan.

Le Capitaine lui saisit le bras...

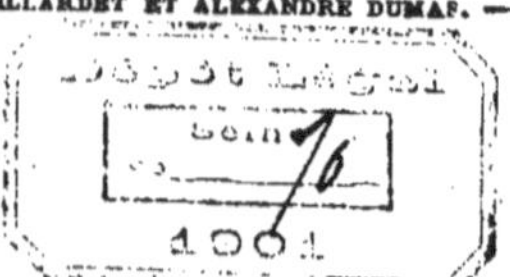

— Grâce à moi... ajouta Buridan... tu verras!... (P. 1524.)

Et, avec une force extraordinaire... une incomparable adresse, il le désarma.

Puis, jetant le poignard sur la table, il dit, en souriant :

— Enfant!...

— O mon Dieu!... Dieu Puissant!... Pitié!... Pitié!... Pitié!... s'écria Gaultier, en proie à une excessive surexcitation.

Mais Buridan, de plus en plus implacable, reprit :

— Messire Gaultier d'Aulnay... cette femme... cette Reine... cette « goule » — exécrable créature... a fait tuer ton malheureux frère, l'infortuné Philippe, l'autre nuit, à la Tour de Nesle... où il avait passé, avec elle, une nuit d'orgie!... J'étais là... Il lui demandait grâce... Elle le fit abattre par les assassins à ses gages, commandés par l'odieux Orsini...

— Pitié!... Pitié!...

— Oui, oui, j'étais là... Je ne suis sorti, de cette Tour, vivant, que par miracle!... Messire Gaultier d'Aulnay, j'avais la preuve du crime, écrite sur les tablettes que le Moine de Saint François t'a remises de ma part... Sur ces tablettes, Philippe avait écrit, avec son sang, ces mots : « Je meurs assassiné par Marguerite de Bourgogne... »

— Pitié!... Pitié!...

— Mais cette preuve, Marguerite l'a détruite... Elle a arraché, des tablettes, la page accusatrice, pendant le court espace de temps, où, d'après ton aveu, fait à moi-même... ces tablettes, dont tu avais juré de ne pas te défaire, fût-ce même, pour une seule minute, et pour qui que ce soit au monde... sont passées de tes mains dans les siennes... Ainsi que je t'ai dit, par cette félonie, dont tu t'es rendu coupable, tu as failli me tuer... moi-même... A cette heure, certes, je n'existerais plus, si je n'avais pas été armé, comme je le suis, contre Marguerite, si je n'avais pas eu ces pièces, que tu crois fausses, et que je t'ai montrées, tout à l'heure... ces lettres d'amour que la fille du Duc Robert II écrivit, jadis, au Page Lyonnet de Bournonville, lettres dont la lecture te révélerait, de plus, un épouvantable secret, si tu pouvais les lire... Oui, oui, cette femme, que j'ai tant et si follement aimée, cette femme que tu aimes est un monstre... Et je te dis qu'elle a consenti à me donner un rendez-vous d'amour... où elle m'attend, à cette heure, et où, pour te convaincre, par tes propres yeux, tu peux aller, toi-même...

— Et ce rendez-vous?... Ce rendez-vous?... Où doit-il avoir lieu?

— A la Tour de Nesle...

— J'y vais !... s'écria Gaultier d'Aulnay, terrible.

Il prit, sur la table, son poignard, et le remit dans sa gaine.

— Oui, oui... j'y vais !... répéta le jouvenceau.

— Va !... Va donc !... dit Buridan, triomphant...

Gaultier, frissonnant, marcha vers la porte de la chambre.

— Attends !... lui cria le hardi Capitaine.

Gaultier s'arrêta.

— Quoi?... demanda-t-il.

Buridan le regarda, fixement.

— Tu ne pourras pas entrer, à la Tour... dit-il.

— Comment y serais-tu entré, si tu étais allé au rendez-vous que Marguerite t'a donné?... interrogea le jouvenceau...

— Avec la clé qu'elle m'a remise... répliqua Buridan, ironiquement.

— Et cette clé !

— La voici...

Le Capitaine offrit, à Gaultier d'Aulnay, la clé de la Tour de Nesle.

— Donne !... Donne !... Donne !... s'écria Gaultier.

— Grâce à moi... ajouta Buridan... tu verras!...

Et, ricanant encore, il reprit :

— Ai-je tenu toutes mes promesses ?... Oui !... Tu dois en convenir?... Mais, j'ai fait plus, et mieux...

— Quoi?

— J'ai vengé ton frère, ainsi que je lui avais juré que je le ferais... Je me suis vengé moi-même... Et j'ai arraché, j'espère, de ton cœur, l'amour, profond, que tu éprouvais pour un être indigne... un amour qui pouvait te perdre... Je t'ai sauvé d'un immense péril... Tu le reconnaîtras, peut-être, demain !... En attendant, que Dieu te garde !...

Gaultier sortit, précipitamment, sans répondre un seul mot...

CXIII

RENTRÉE DE LANDRY.

...Buridan exultait.

Il y avait de quoi, certes...

La victoire...

Il avait la victoire.

Il triomphait.

Non sans peine, certes...

De point en point, il avait mis en œuvre le plan qu'il avait formé, tandis qu'il chevauchait, à la gauche du Roi de France faisant sa rentrée, solennelle, dans sa Bonne Ville de Paris.

Il avait pu convaincre Sa Majesté Louis X, et s'en faire un tout puissant allié contre la Reine.

Il avait pu attirer Marguerite à Tour de Nesle.

Il avait pu y envoyer Gaultier d'Aulnay...

Oui, oui, il triomphait sur toute la ligne !...

Admirable résultat.— qui serait extra-fructueux — d'une entreprise habilement préparée, audacieusement et patiemment conduite.

— Va... va la rejoindre !... dit le hardi Capitaine... Va la rejoindre !... Et perdez-vous l'un par l'autre !...

Il ricana.

Puis, il ajouta :

— Si Messire de Savoisy est aussi exact qu'eux au rendez-vous — et il s'y trouvera, certes, à l'heure dite — il fera d'étranges prisonniers !...

La Reine !

La Reine... à la Tour de Nesle !

Avec Gaultier d'Aulnay !

C'est-à-dire avec l'homme que la Cour, et la Ville, d'une seule voix, lui donnaient pour amant.

Avec son favori... qu'elle avait comblé de faveurs, depuis quelques mois, au grand regret de tous les Hauts Seigneurs.

Quel scandale !

Le Sire de Savoisy — c'était sûr — accomplirait « aveuglément... » selon son expression... la mission qui lui avait été donnée.

Buridan l'entendait, encore, lui dire :

« — Quels que soient leur titre et leur rang, Monseigneur, j'arrêterai, aveuglément, tous ceux que je trouverai, cette nuit, à la Tour de Nesle... tous !... Je vous arrêterais, vous-même, Monseigneur, si je vous y trouvais... J'arrêterais, de même, tout autre très haut personnage, quel qu'il fût... Une femme, même... Et, même, si cette femme tenait le rang le plus élevé !

C'était net, précis.

Une femme, même !...

Et, même, si cette femme tenait le rang le plus élevé !

Fût-elle Reine, par conséquent !

Du reste, en agissant ainsi, le Sire de Savoisy ne faisait qu'exécuter, strictement, les Ordres du Roi de France.

Oui, oui, il obéirait aux volontés de son Souverain.

Il savait bien qu'il avait tout à y gagner.

Ne s'assurerait-il pas, du même coup, et par surcroît, la faveur du Premier Ministre de demain, du successeur, probable, de Messire Enguerrand de Marigny ?

Marguerite, et Gaultier, avant la fin de la nuit, seraient au pouvoir du Roi.

Marguerite était perdue !

Rien ne pouvait la sauver.

Rien !...

Buridan l'avait abattue, définitivement.

Il l'avait précipitée du Trône.

Désormais, elle ne le gênerait plus !...

Il n'avait plus rien à redouter d'elle.

Oui, oui, admirable résultat !

Qui eût pu prévoir, quelques heures auparavant, qu'il serait atteint si vite ?

Personne !

Oh ! Buridan convenait qu'il avait été aidé, très puissamment, dans son œuvre, par le Sort.

Marguerite, arrêtée... serait enfermée, par Ordre Royal, dans quelque Prison d'Etat... dans quelque Château fort.

On instruirait son procès.

Tous ses Juges, d'ailleurs prêts à servir la volonté du Roi... de plus, endoctrinés par les innombrables ennemis de la Reine : Dames de la Cour, Hauts Seigneurs, Dignitaires Ecclésiastiques... la condamneraient.

Pour crime d'adultère.

Là voix publique, dès longtemps, ne clamait-elle pas, d'autre part, contre celle qui jetait tant de cadavres sur les berges de la rivière ?

On démontrerait que Marguerite, arrêtée à la Tour de Nesle, était bien le « vampire », dont on parlait tant, dans le Populaire, qui, ayant établi son nid dans cette Tour sinistre, faisait tant de victimes !

Et cela constituerait, au gré de ses accusateurs, une terrible aggravation.

Elle expierait ses crimes !

Par la mort, peut-être ?

Tout au moins serait-elle répudiée par le Roi... internée, jusqu'à la fin de ses jours, dans quelque Cloître — d'où aucune puissance humaine ne saurait la tirer.

Elle y mourrait, tôt, de chagrin, de souffrance, de remords !

Juste châtiment de ses forfaits !

Mais, à ce point de sa rêverie, Buridan tressaillit, soudain.

— Elle expiera, aussi, le plus abominable de ses crimes !... murmura-t-il... Le Parricide !...

Et, comme il avait besoin de s'exonérer, par devant sa conscience profondément troublée, de sa complicité dans l'odieux forfait :

— Je ne fus que le bras, armé par elle, et qui frappa !... s'écria-t-il... Gueuse !... Gueuse !... Gueuse !...

Il hocha la tête, tristement.

— Mon bienfaiteur !... reprit-il, tout bas... Mon Seigneur !... Presque mon Père !... Abjection !... Lâcheté !...

Il rêva, pendant assez longtemps encore.

Puis, il reprit :

— Frappé !... Frappé... par moi !... Elle m'a fait criminel !... Oui, oui,

elle m'a tout pris!... Ma jeunesse... Mon avenir... La Gloire qui m'était promise... que j'aurais eue, certes!... Oui, oui, je l'aurais eue!... J'aurais pu
rendre, à mon Roi, des services qui auraient fait étinceler un nom illustré,
déjà, par les Preux qui furent mes aïeux!... Tout cela, perdu!... Par elle!...
Et, de plus, elle m'a pris le repos... la paix de la Conscience!... Toujours...
toujours... je revois ce noble vieillard, endormi... que cette femme me
montra... en glissant un poignard à mon poing, et en me disant : « Frappe!...
Frappe!... Mais frappe donc!... » Honte!... Gueuse!... Gueuse!... Gueuse!...

Mais, bientôt, il releva la tête.

— Assez!... fit-il... Le Dieu, Tout Puissant, qui me jugera, sera
pitoyable, peut-être?... Il connaît quel fut le vrai coupable!... Il m'absoudra,
j'espère, en faveur de mon repentir... et de l'expiation que j'ai subie, par les
tenaillements, torturants, du Remords.

Et, redevenu maître de lui, absolument :

— Mes enfants!... dit-il, d'une voix tremblante d'émotion... Mes
enfants!... Il faut que je les retrouve... Mon amé Landry, tout à l'heure,
était prêt aux dernières confidences, quand nous avons été interrompus par
la venue, céans, de Gaultier d'Aulnay... Reprenons l'entretien... Comment se
fait-il que Landry n'ait pas reparu, encore?... Je lui avais dit de revenir, ici,
quand il aurait vu Gaultier s'éloigner... Je vais le rappeler...

Buridan marcha vers la porte de sa chambre.

Comme il allait l'ouvrir, il entendit un bruit de pas, dans l'escalier.

Le pas de Landry, qu'il avait entendu, déjà, une heure auparavant.

— Le voici!... murmura le Capitaine...

Et, de plus en plus ému, il ajouta :

— Ah! Pourvu... pourvu qu'il puisse me dire ce que mes enfants sont
devenus!...

Il ouvrit la porte... afin que le bon Landry y vit clair... et afin qu'il ne
se rompît pas le col en montant l'escalier tortueux, étroit, aux marches usées...

CXIV

SOUVENIRS DE GUERRE DU BON LANDRY.

...Buridan s'aperçut, tout aussitôt, que son amé compagnon de guerre
avait suivi, à la lettre, ses instructions.

Il lui avait dit :

« — Prie Maître Pierre de Bourges, de ma part, de te donner à boire... »
Or, Landry avait bu.
Un peu trop, même !

Il n'était pas ivre ; mais dans un état d'ébriété assez avancé.

— Que Messire Belzébuth le confonde !... pensa Buridan, tout dépité...

Et, non sans mauvaise humeur, il dit :

— Entre !...

Landry entra.

Le Capitaine referma la porte.

Landry s'affala sur un escabeau.

— De par tous les Saints du Paradis, tu es gris, ce me semble !... dit Buridan.

Landry sourit.

— C'est bien vrai, Capitaine !... répliqua-t-il... Oui, oui, je suis dans les vignes du Seigneur... Une vigne où je me plais... On y est très bien, sur ma foi... On voit tout en rose... C'est très agréable...

— Très agréable, peut-être...

— Sûrement, Capitaine !... Sûrement !...

— Oui !... Mais quand on est gris, on cause mal, parce qu'on n'a pas l'esprit lucide...

— L'esprit lucide ?

— Je veux dire que l'on ne suit pas assez sûrement ses idées... Or, il m'aurait été agréable, particulièrement, à cette heure, je l'avoue, que tu fusses en état de me répondre... Vraiment, mon amé Landry, je regrette que tu n'aies pas été plus sobre en cette occasion...

— Capitaine... comme vous me dites ça !... On croirait que vous êtes peiné ?... On croirait que vous n'êtes pas content de votre amé Landry ?...

— Je ne le suis pas, certes !

— Ah !... Et moi qui ai bu, uniquement, pour vous être agréable !

— A moi ?

— Oui !... Car jamais je ne suis plus lucide... comme vous disiez tout à l'heure... que quand je suis un peu gris...

— Bah !

— C'est vrai comme je vous le dis, Capitaine... — Et Orsini — que Dieu damne — le sait bien !... Il me faisait toujours boire, lorsqu'il voulait me faire parler, ou agir !

— Dans ce cas...

— Et puis... après notre conversation de tout à l'heure... au cours de laquelle vous m'avez fait entrevoir ma maisonnette rêvée, au penchant d'un coteau bourguignon... ma vigne, se chauffant au soleil des jours d'août incendié — j'étais tout en allégresse !... Et j'ai bu, pour mieux voir, encore, l'objet de mes rêves... Et puis, enfin, ce gros Hôtelier des Saints Innocents, ce tas de graisse ambulant, a un petit vin blanc qui est traître en diable... C'est parfumé comme la bouche d'une jouvencelle... frais comme une fraise cueillie à l'aube... et, en même temps, chaud comme l'Enfer... Ça se boit comme

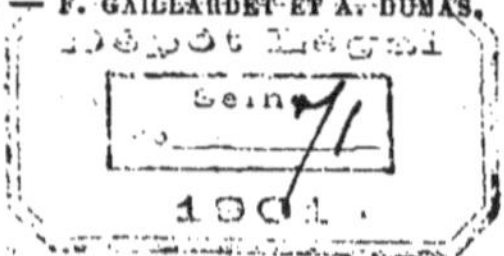

... En un tour de main, je le baptise... (P. 1531.)

du petit lait !... Et ça grise, comme les premiers baisers d'une première
maîtresse idolâtrée !...

Le sacripant sourit.

— C'est égal... reprit-il... vous n'y perdrez rien, Capitaine... Soyez tranquille... Votre amé Landry est lucide, très lucide... Vous pourrez vous en
convaincre, rien qu'en m'interrogeant... Causons... Causons... Reprenons
l'entretien interrompu par l'arrivée, céans, de l'amant de la « goule » —
Messire Gaultier d'Aulnay, que j'ai vu passer, tout à l'heure, comme il sor-

tait d'ici, dans un état d'agitation extrême... De par mon très vénéré Patron
— qui daigne me protéger — je ne sais pas où il allait... Mais on eût cru
qu'il courait au secours des habitants d'une maison incendiée... Il filait
comme le vent... On eût dit qu'il avait, aux trousses, tous les diables qui
forment le cortége habituel de Messire Lucifer...

Il dodelina de la tête, comiquement, et ajouta :

— Il avait l'air tout encharibotté!... La « goule » le rendra fou, le
pauvre!...

Il leva un doigt... et dit, très gravement — tel un oracle parlant :

— Cette femme-là met à mal tous ceux qui l'approchent, c'est connu!...

Quand il était gris, Landry était très bavard...

Il parlait... il parlait... sans se lasser — augmentant, par ce, son
ivresse.

Buridan se rendit compte que son amé compagnon, quoique dans les
vignes du Seigneur, était, tout de même, en état de le comprendre, de se
souvenir, de répondre à ses questions.

Il s'exprimait avec un vague embarras, car sa langue était comme empâtée; mais il disait, fort lucidement, en effet, tout ce qu'il voulait dire.

— Causons donc, mon bon Landry... dit-il... Causons...

— Causons, Capitaine!... répliqua le sacripant...

Et, dans un transport, il ajouta :

— Ah! c'est égal... je suis heureux, allez, d'être, céans, en tête à tête
avec vous, libre et d'aplomb!...

Il soupira.

— J'ai craint de ne jamais vous revoir!...

Après un moment de silence, il ajouta :

— Cela me rappelle les jours passés... déjà si lointains!... Quand nous
guerroyions, en Italie... Ah! c'étaient de rudes guerres et un bon temps!...
Vous vous en souvenez, Capitaine?... Les jours se passaient en batailles et les
nuits en orgies... Vous rappelez-vous les vins de ce riche Prieur de Gênes,
dont nous bûmes jusqu'à la dernière goutte?... Et ce couvent de jeunes filles,
dont nous enlevâmes jusqu'à la dernière Nonne?... Toutes ces choses nous
laissent de joyeux souvenirs; mais que de péchés sur notre conscience!...

— Bah!... répondit Buridan, gaiement... Au jour de la mort, on mettra
nos péchés d'un côté de la balance et nos bonnes actions de l'autre... J'espère que tu as fait assez provision de ces dernières pour que le bassin l'emporte?

— Oui, oui... j'ai bien quelques œuvres méritantes, et dans lesquelles
j'espère.

— Ah!...

— Dans le Procès des Templiers, qui eut lieu au commencement de
cette année, il manquait un témoin pour faire triompher la cause de Dieu,

et condamner Jacques de Molay, le Grand Maître... Un digne Bénédictin jeta les yeux sur moi, et me dicta un témoignage, que je répétai, saintement, mot pour mot, devant les Juges... Le surlendemain, les hérétiques furent brûlés, à la Grande Gloire de Dieu et de Notre Sainte Religion.

— Acte méritoire, en effet !...

— Autre acte méritoire... poursuivit le sacripant... qui se complaisait, surtout lorsqu'il était ivre, dans les souvenirs de son passé... C'était en Allemagne... Imaginez-vous, Capitaine, que nous donnions la chasse à des Bohémiens, qui sont, comme vous savez, Païens, Idolâtres et Infidèles... Nous traversions leur village, qui était tout en feu... J'entends pleurer, dans une maison qui brûlait... J'entre... Il y avait un pauvre petit enfant de bohême, abandonné... Je cherche autour de moi... Je trouve de l'eau, dans un vase... En un tour de main, je le baptise... Le voilà Chrétien... C'est bon !... J'allais le mettre dans un endroit où le feu ne pût l'atteindre, quand je réfléchis, que, le lendemain, les parents reviendraient, et le Baptême au Diable !... Alors, je le couchai, proprement, dans son berceau, et je rejoignis les camarades... Derrière moi, le toit s'abîma...

— Et... l'enfant périt?... demanda Buridan, distraitement.

Landry s'esclaffa.

— Oui !... Mais qui fut bien penaud?... Satan... qui croyait venir chercher une âme idolâtre... et qui se brûla les doigts à une âme Chrétienne.

— Acte méritoire... très méritoire !... répéta Buridan.

— Oh ! J'en ai bien d'autres, encore, qui me vaudront, j'en suis sûr, la clémence du Dieu Tout Puissant... Je ferai, peut-être, une halte en Purgatoire; mais je finirai bien par entrer dans le Saint Paradis... Voyez-vous, Capitaine, j'aurai gagné le Ciel par la vie, qui fut, pour moi, Enfer !... Oui, oui, je serai, un jour, parmi les Élus... à la dextre de Notre Père, qui est là-haut...

— Ainsi soit-il !

Buridan écoutait Landry de plus en plus distraitement.

— Dis-moi... interrogea-t-il... combien faut-il de temps à Messire Gaultier d'Aulnay, qui est sorti, d'ici, tout à l'heure, pour aller à la Tour de Nesle?

— Il allait à la Tour de Nesle?... demanda le sacripant.

— Oui !

— Rejoindre « la goule », alors ?

— Oui !

— Le pauvre !... Encore un qui finira mal !... Tant pis !... C'est un digne Gentilhomme !... L'autre soir, quand je suis allé le chercher, au Louvre, de la part de son malheureux frère, qui l'attendait chez Orsini... il a été très doux, pour moi !... Ah ! comme il était heureux, quand je lui remis la missive !... Hélas !... Ils ne devaient pas vivre longtemps, l'un près de l'autre, ces gentils jouvenceaux!... Oui, oui, le pauvre!... Le pauvre!... Mais vous voulez savoir, Capitaine, combien il lui faudra de temps pour aller, d'ici, à la Tour de Nesle?

— Oui !

— Vu qu'il n'y a pas de bateaux, maintenant... il faudra qu'il remonte jusqu'à la Planche de Mibrai... C'est une demi-heure à peu près... Est-ce tout ce que vous voulez savoir?

— Non, mon amé compagnon... Ce n'est pas tout...

— Interrogez?

— Il est temps que nous nous occupions de choses qui m'intéressent plus particulièrement... Nous nous en sommes bien éloignés, à ce qu'il me semble, mon amé Landry... Reprenons l'entretien, si tu veux, au point où nous en étions lorsque nous avons été interrompus par l'arrivée de Messire Gaultier d'Aulnay...

— C'est vrai!... C'est vrai!... C'est vrai!... Où ai-je la tête?... Pardonnez-moi Capitaine... Je cause... Je cause... Et je vous fais languir!... Oh ! mais je n'avais pas perdu de vue mon sujet, allez... Je comptais bien que nous y reviendrions... Oui, oui, il s'agit des enfants... de ces enfants... issus de vos amours avec « la goule »... Causons, causons... Je suis prêt... Et lucide!... Tout à fait lucide... quoique gris.

La langue de Landry, cependant, s'empâtait, de plus en plus.

L'ivresse, en lui, montait...

Le petit vin, clairet, de Maître Pierre de Bourges, lui brûlait les entrailles.

— Mon amé Landry!... fit Buridan, plus que jamais ému à cette minute ultime...

CXV

LE SIGNE.

... De temps à autre, on entendait le bruit des chansons, qui montait, de la salle basse de l'Hôtellerie des Saints Innocents, où la Noce festoyait, buvait...

Une rumeur, qui s'enflait, par moments... grossie par les « Noëls » des buveurs, par les applaudissements qui saluaient la fin de quelque couplet.

Au dehors, tout était calme, tranquille.

Tout dormait.

La lueur de la lune, en son plein, passait à travers les verrières, projetant une belle clarté bleue dans la chambre du hardi Capitaine.

Maintenant, Buridan, et Landry, étaient assis face à face, près de la table portant le flambeau, chargé de cires, qui éclairait les deux hommes.

Buridan n'avait point offert, à Landry, de boire, car il avait craint de l'enivrer tout à fait, et, par suite, de ne plus pouvoir rien tirer de lui.

Précaution utile, certes.

Le sacripant, visiblement, s'amollissait.

— Et, d'abord... dit Buridan... d'abord, mon amé compagnon, fais-moi le plaisir de mettre, dans ta poche, cet or, que je t'ai donné... qui t'appartient, par conséquent... et grâce auquel tu achèteras ta maisonnette en pays bourguignon...

— Mais... fit Landry, en regardant, fixement, son interlocuteur...

— Quoi donc?

— Je serai heureux, certes, d'avoir la maisonnette... Je ne vous l'ai pas célé...

— Poursuis?...

— Toutefois...

— Achève?

— Il faut que vous sachiez que je n'ai pas agi dans le but d'être payé...

— Fol!... Quelle idée!...

— Si vous croyiez cela... j'aimerais mieux ne pas prendre l'or... et n'avoir pas la maisonnette...

— Et moi, je veux que tu aies ta maisonnette... Prends cet or, te dis-je... Il est à toi... Tu l'as bien gagné... Et je suis aise de te l'offrir...

— J'ai agi, pour vous être utile... pour mon plaisir... par reconnaissance, et parce que je vous aime.

— Je le sais bien!...

— Je me suis passé de maisonnette, jusqu'ici... et je m'en passerai fort bien encore!

— Prends cet or... mon amé Landry...

— Du reste, vous me payez d'avance... Marché de dupe!... Qui vous dit que je vous en donnerai pour tant d'or!

— Je ne te paie pas, mon vieux compagnon, je te fais largesse... en t'associant à ma fortune... Je te donne ta part... La mienne est faite... Prends!... Prends, encore une fois...

— Puisqu'il en est ainsi...

— Pas de vains scrupules!

— C'est que...

— Ces scrupules t'honorent, certes... Prends!... Prends!...

— Je prends donc...

— A la bonne heure...

Landry se leva...

Il fit de visibles et très comiques efforts pour se tenir en assiette.

Il y parvint, non sans peine.

Et, obéissant à Buridan, il emplit ses poches d'or.

Il riait...

Il dodelinait de la tête en écoutant le son, tintinnabulant, des pièces qui s'entrechoquaient dans ses mains...

— Landry... riche!... murmura-t-il... Qui l'eût dit?... Landry regorgeant d'or!... Etrange!... La vie!... Farce!... Moi, le miséreux!... J'ai du bien!... Je deviens un tout autre homme!...

Il leva un doigt... et, gravement, il dit:

— Qui sait... qui sait si cela me rendra plus heureux?...

Il rit encore.

— Tout à l'heure... ajouta-t-il... quand je sortirai d'ici... j'aurai peur des rôdeurs nocturnes!... Moi, qui ai toujours déambulé, sans crainte, à travers les ruelles et carrefours!... Farce!... Farce!...

Enfin il s'assit... après avoir vidé, dans ses poches, la bourse de Buridan.

Il soupira, et reprit:

— Vous viendrez me voir, en Bourgogne, Capitaine... Ma maisonnette, ma vigne, mes bêtes, Mariette, Maître Etienne Pierre Sabasse, et Landry... seront à vous, toujours!...

— C'est dit!... fit Buridan.

— Et, maintenant... maintenant... occupons-nous des enfants... Ecoutez, Capitaine... Ecoutez...

— Parle?

Et le bon Landry commença son récit.

— Donc, c'est bien vrai... dit-il... il y a déjà longtemps de cela... Orsini me confia les enfants... deux pauvres petits êtres, enveloppés dans de très riches langes... Ah! Comme ils étaient jolis!... L'un châtain, l'autre blond!... Ils dormaient, côte à côte, dans le même berceau!...

Le sacripant refit, en détail, le récit qu'il avait fait, déjà, l'autre nuit, à Orsini.

Buridan l'écouta avec une attention soutenue... une émotion grandissante.

— Brave homme!... Brave homme!... Brave homme!... s'écria-t-il.

Il étreignit Landry et l'embrassa.

— Ah! j'aurais bien voulu les garder, Capitaine!... s'écria Landry... Oui, oui, ils m'auraient sauvé!... Je n'aurais pas mené la vie que j'ai menée!... Mais je n'eus pas de courage!... J'en ai été puni, certes!...

— Mon amé Landry!... Mon amé Landry!...

— Je les vois encore, dans la coquille, sous la Madone... proche le Parvis Notre Dame.... Ils dormaient toujours... Ils étaient tout roses... Il me

sembla que la Madone leur souriait... Je ne pouvais pas m'éloigner... Je ne
pouvais pas me séparer d'eux... Vingt fois, je fis quelques pas en arrière...
pour retourner à mon logis — et, vingt fois, je revins près d'eux... Tenez,
Capitaine, je vous le jure, si, à ce moment-là, l'un des enfants s'était réveillé,
je les eusse repris... Il m'eût semblé qu'ils me demandaient grâce... Mais,
pour mon malheur, ils ne se réveillèrent pas... Et, enfin, je partis...

— Mon amé Landry!...

— Je me souviens que je passai, alors, devant le Calvaire qui se trouve
sous le Parvis, à deux pas de la coquille à la Madone, où l'on expose les enfants abandonnés... Je vis, là, assis sous la Croix de pierre, un homme. .
un homme déjà vieux, qui paraissait tout accablé... Il priait, ou pensait...
Il me regarda... Je me figurai qu'il m'avait vu apporter les enfants... et qu'il
allait me reprocher mon acte... Peut-être me faire prendre... me faire punir... me forcer à nommer, dans les tortures, le nom de ceux qui m'avaient
confié ma mission maudite... J'eus peur!... Je fus lâche... Et je pris la
fuite...

— Hélas!

— Quand je revins sur le Parvis, poussé par une force invincible... désireux de retrouver les enfants, à la place où je les avais mis... peut-être
prêt à me charger d'eux... me disant que je m'en chargerais s'ils étaient,
encore, dans la coquille, sous la Madone — car je verrais, dans ce fait,
comme un ordre, à moi donné par le Très Haut, de me constituer le protecteur des orphelins...

— Achève?

— Ils avaient disparu!

— Hélas!... Hélas!...

— Quelqu'un les avait emportés... Or...

— Or...

— Je m'informai... J'interrogeai...

— Eh! bien?

— Personne ne put me fournir le moindre renseignement relatif aux
enfants!... Personne!... Ils avaient été pris par quelque passant apitoyé...
un passant qui n'avait rien dit à personne, et que personne n'avait vu accomplir son acte charitable... Mais, alors, j'eus la conviction, absolue —
que j'ai gardée, depuis — que les enfants avaient été emportés par l'homme
que j'avais vu, prier, ou penser... ainsi que je vous l'ai dit, Capitaine...
sous la Croix du Calvaire de pierre.

— Et cet homme ..

— Encore une fois, il était déjà vieux... Il avait un mâle visage... Je
ne l'ai regardé qu'un instant... mais je le reconnaîtrais, j'en suis sûr, si je
me retrouvais en sa présence... et bien qu'il y ait longtemps de cela!... Ce
devait être un Seigneur... Dans la demi-obscurité, j'avais vu briller la

riche chaîne d'or qu'il portait au cou, et la poignée, d'argent, de son épée...

Landry se tut.

Buridan, tout attristé, songeait.

Il y eut un assez long temps de silence entre les deux interlocuteurs.

— Hélas!... Hélas!... reprit le hardi Capitaine...

Il soupira.

— Ces renseignements que tu m'as donnés, mon amé Landry... poursuivit-il... offrent, pour moi, cet intérêt, assurément fort important, que mes enfants vivent... grâce à toi — ce dont je te suis reconnaissant plus que je ne saurais le dire!...

Et, soupirant, derechef, il ajouta :

— Mais... comment les retrouver?... Comment?... Sur ces données si vagues!...

Il se leva, et, tout agité, se mit à marcher, de long en large, dans la chambre.

Puis, tout à coup, il s'écria :

— Ne désespérons pas!... Le Sort nous aidera!...

Et, avec cette énergie dont il avait donné, déjà, tant de preuves :

— Je vais être tout puissant... et riche!... reprit-il... J'aurai l'appui du Roi, Notre Sire... On fait tout ce qu'on veut quand on veut fermement, et quand on a la richesse et la toute puissance!... Non, non, il ne faut pas désespérer... Je paierai des émissaires qui battront toute la France... Ils visiteront tous les Donjons qui s'élèvent, fièrement, dans les Provinces... L'homme, qui, selon toi, mon amé Landry, a emporté les enfants... cet homme qui priait sous la Croix du Calvaire, proche le Parvis Notre Dame... ce Seigneur, on le retrouvera...

Dans un transport, il s'écria :

— Mes enfants!... Mes enfants!... Mes enfants bien aimés!... Ils vivent!...

Joignant les mains, comme s'il voyait ses fils, dans une extase...

— Ce sont des hommes, à présent!... murmura-t-il... Des hommes!... Mes enfants!...

Landry, plus gris que jamais, pleurait, à chaudes larmes...

Il était profondément ému.

Il admirait Buridan...

Quel homme!

Courageux soldat... audacieux jusqu'à la témérité... habile, en même temps, à stupéfier les plus habiles... il avait de plus une grande âme!

Il était délicieusement tendre!

— Du courage... Du courage, Capitaine !... dit le sacripant... (P. 1543.)

— Ah !... Capitaine... s'écria-t-il... jamais je n'ai regretté, autant qu'à cette heure, de n'avoir pas gardé ces enfants!... Vos enfants!... Tenez, s'il fallait, pour que je puisse les mettre dans vos bras, que je donne un bien qui est, pour moi, plus cher que ma vie : ma liberté... je le donnerais avec joie!...

Buridan sourit.

— Mon bon Landry!... dit-il... plus calme à présent.

Oui, oui, il semblait tout rasséréné.

— On ne fouillera pas, seulement, les Donjons Seigneuriaux... fit-il... on visitera, au besoin, les moindres chaumières, les masures, les huttes... Je veux retrouver mes fils!... Je les retrouverai... Encore une fois, que ne fait-on pas, avec de l'or?... En somme, ces renseignements, que tu m'as donnés, ont une valeur considérable... Deux enfants, deux jumeaux — deux jumeaux... point capital — trouvés, à une date précise, dans la coquille de marbre, sous la Madone, sur le Parvis Notre-Dame, où l'on met les enfants abandonnés... Et puis, qui sait, celui qui les a pris a gardé leurs langes, ces riches langes qu'ils portaient... ce berceau dans lequel ils étaient couchés, côte à côte, quand tu les as quittés... Tu reconnaîtrais ces langes, ce berceau, n'est-il pas vrai, mon amé Landry?... Dis?... Oh!... dis que tu les reconnaîtrais?

— Je les reconnaîtrais, certes, entre mille... répondit Landry... Oui, oui, je les reconnaîtrais... Les langes étaient en étoffe très fine, brodée... Je les vois encore... Le berceau était d'osier, garni de soie bleue... Les deux enfants avaient une chemise ornée d'un ruban rose... Le petit blond portait, au col, une médaille d'argent...

— Détails précis!... Indices probants!...

— Ce n'est pas tout, Capitaine... Il y a un indice plus probant, encore...

— Lequel?... Parle, parle, mon amé compagnon?

— Quand, ayant reçu, des mains d'Orsini, le berceau qui contenait les deux enfants... j'eus décidé que je les abandonnerais, je me dis que, plus tard, il serait utile, peut-être, que l'on pût, un jour, les reconnaître...

— Alors?... Achève donc, mon bon Landry... achève donc?

— Alors... doucement, tout doucement, je mis à nu le bras gauche des enfants...

Buridan, haletant, écoutait.

— Le bras gauche?... dit-il... Après?... Après?

— Oh! le joli petit bras!... reprit le sacripant... C'était tout blanc et rose... et potelé... et frais... et plein de fossettes...

— Après?... Après?... Après?...

— Je pris mon couteau... et...

— Et...

— Non sans trembler...

— Non sans trembler?

— Je fis, avec mon couteau...

— Avec ton couteau?

— Une croix sur chaque bras...

— Une croix... sur chaque bras?... s'écria Buridan.

— Oui!...

Landry ricana.

— N'est-ce pas, Capitaine, que c'était une bonne idée?... fit-il...
N'est-ce pas que, ainsi que je vous le disais, tout à l'heure, ce fait constitue
un indice plus probant que tous les autres?... Grâce à cet indice, on retrouvera, plus aisément, les enfants...

Il était tout heureux de la joie qu'il donnait — c'était sûr — à Buridan, par cette révélation.

Il reprit :

— Oui, oui, on retrouvera vos fils, Capitaine... Avec vous, je me
mettrai à l'œuvre... Vous savez bien que vous ne sauriez vous faire un
auxiliaire plus que moi dévoué?... Vous êtes tout puissant et riche... Tout
est là... Rien ne résiste au pouvoir de l'or!... Nous chercherons tous les
jumeaux qui vivent, présentement, au pays de France... dans la Bonne Ville
de Paris... et jusques au fond des plus reculées provinces... Dès que nous
serons en présence de deux jumeaux, l'un châtain, l'autre blond, ayant, à
cette heure, vingt ans, environ... nous interrogerons les gens qui les auront
élevés... Nous saurons bien s'ils ont été pris dans la coquille, sous la
Madone, sur le Parvis Notre-Dame... Enfin, si ces jumeaux ont, au bras
gauche, la croix que je leur ai faite, avec mon couteau, la veille de leur
exposition — marque qui fut profondément creusée, jadis, et qui laissa,
c'est sûr, une cicatrice encore visible... alors, Capitaine, ne doutez pas que
vous vous trouvez bien en présence de vos fils... Ah! les pauvres enfants,
comme ils piaillaient, quand je leur fis cette marque!... Comme ils piaillaient, les innocents!... Mais c'était pour leur bien!...

CXVI

DÉSESPOIR

... Depuis longtemps, déjà, Buridan n'écoutait plus son amé compagnon.

Il rêvait, profondément.

Tête basse... les yeux fixes... comme prostré.

— Eh! mais... qu'avez-vous donc, Capitaine?... demanda Landry,
stupéfait.

Buridan tressaillit....

— Dieu!... Dieu!... Dieu!... C'est effrayant!... clama-t-il.

Il était effroyablement pâle.

Surexcité à un degré indicible.

— Oui, oui, c'est effrayant!... répéta-t-il...

— Qu'est-ce qui est effrayant? interrogea le sacripant... Parlez?...
Parlez donc, Capitaine?

A ce moment-là, même, deux des cires, qui, depuis quelques minutes,
vacillaient, s'éteignirent, brusquement, sans cause apparente.

— Oh! oh! Mauvais présage!... murmura le superstitieux Landry.

Et, tout aussitôt, pour conjurer le Mauvais Sort, il chantonna, à demi-
voix, son Noël protecteur :

> Comme les bestes autrefois
> Parloient mieux latin que françois,
> Le coq, de loin voyant le faict,
> S'écria : *Christus natus est.*
> Le bœuf, d'un air tout ébaubi,
> Demande : *Ubi, Ubi, Ubi?*
> La chèvre se tordant le groin,
> Respond que c'est à Bethléem.
> Maistre Baudet...

Il dut s'interrompre.

Buridan s'était levé, terrible.

— Oui, oui, il n'en faut pas douter... c'étaient mes enfants!...
s'écria-t-il, gémissant. .

Que disait-il donc?

Landry, de plus en plus effaré, le regardait.

Est-ce qu'il était devenu fou, subitement?

On pouvait le craindre!

Il était hagard.

Il avait l'air d'un être en détresse.

— Mes enfants!... Mes enfants!... Mes enfants bien aimés!... clamait-il,
désespéré... Je les ai vus!... Ils étaient devant moi... Tous les deux!... Oui,
oui, tous les deux!... Et rien ne m'a averti que c'étaient mes enfants!... Ah!
Dieu... Dieu Tout Puissant... comme vous me châtiez cruellement!... Le
châtiment!... Oui, oui, c'est le châtiment!... C'est le mort qui se venge!...

Gaultier!... Philippe!...

Devant lui!

A la Taverne d'Orsini.

Oh! il avait été charmé lorsqu'il les avait vus, si beaux, si jeunes.

Comme ils se ressemblaient!

Buridan revoyait la scène avec une implacable netteté.

« — Vous vous aimez saintement, mes gentilshommes, à ce qu'il
paraît!... » leur avait-il dit.

Et Philippe... qui devait tomber, peu après, à la Tour de Nesle, sous
les coups des acolytes d'Orsini... avait répondu, de sa voix harmonieuse :

« — Oui!... Voyez-vous, Capitaine, c'est que nous n'avons, dans le monde, lui, que moi... moi, que lui!... Car nous sommes jumeaux et sans parents... *avec une croix rouge au bras gauche pour tout signe de reconnaissance... car nous avons été exposés, ensemble, sur le Parvis Notre-Dame...* »

Et Gaultier avait ajouté, avec une pareille émotion :

« — Et, depuis ce temps-là... nos plus longues absences ont été de six mois... Et, lorsqu'il mourra, lui, je mourrai, moi... car, ainsi qu'il n'est venu au monde que quelques heures avant moi, je ne dois lui survivre que de quelques heures!... Ces choses-là sont écrites, voyez-vous... Aussi, entre nous, tout à deux, rien à un seul : Notre cheval, notre bourse, notre épée sur un signe... Notre vie sur un mot! »

Oh! comme ces paroles étaient restées gravées, profondément, dans l'esprit de Buridan.

« Car nous sommes jumeaux et sans parents... avec une croix rouge au bras gauche pour tout signe de reconnaissance... car nous avons été exposés, ensemble, sur le Parvis Notre-Dame. »

C'était précis!

Et terrible!

Gaultier!... Philippe!...

Encore une fois, le doute n'était pas possible!

Gaultier et Philippe d'Aulnay étaient bien les fils du Page Lyonnet de Bournonville et de la fille du Duc Robert II, de Bourgogne, Marguerite... « la goule » — maintenant Reine de France!

Fatalité!

Abominable découverte!

Révélation exécrée!

Ces enfants, ces jumeaux, que Marguerite avait confiés à Orsini, et que celui-ci avait remis à Landry, en lui ordonnant de les faire disparaître à jamais — ces enfants, le bon Landry les avait bien exposés au Parvis Notre-Dame.

Et, de plus, il leur avait fait, au bras gauche, avec un couteau, une croix... afin de pouvoir, au besoin, les reconnaître un jour.

Le fait était bien exact.

Trop exact, malheureusement!

Tout à l'heure, Landry l'avait confessé.

Et Buridan, toujours gémissant... voulant douter, encore, malgré l'évidence même... se rapprocha de son vieux compagnon de guerre... et, suppliant, il lui dit :

— Oh! dis que ce n'est pas une croix que tu leur as faite?... Dis que ce n'était pas au bras gauche?... Dis que c'était un autre signe?

Mais le bon Landry répliqua :

— C'était une croix, et pas autre chose!... C'était au bras gauche, et pas autre part!... La vérité avant tout!

— Oh! malheur!... Malheur!... clama Buridan...

Il était au désespoir.

— Malheur!... Malheur!... Trois fois malheur!... répéta-t-il... Malheur sur moi!... Malheur sur eux!...

Il s'écria, d'une voix vibrante :

— Je suis damné!... Je suis maudit!... C'est le châtiment!... Oui, oui, c'est le châtiment!... Dieu se venge!...

Puis, tout à coup, il demanda :

— Landry?... Landry?... Réponds?... Réponds?

— Interrogez, Capitaine?

— Tu m'as dit, tout à l'heure, que Marguerite doit aller, cette nuit, à la Tour de Nesle?

— Oui!...

— Pour y recevoir un amant?

— Oui!... Oui!

— Un seul amant?

— Oui!... Oui!... Oui!

— Et Orsini, avec d'autres assassins, doit attendre cet amant... et l'occire?

— Oui!... Oui!... Oui!... Oui!...

Buridan, au paroxysme du désespoir, de l'épouvantement, s'écria :

— Dieu!... Dieu!... Mes enfants!... Philippe!... Gaultier!... L'un, mort!... L'autre, près de mourir!... Tous deux, assassinés!... L'un, par elle!... L'autre... l'autre, par moi!... Justice de Dieu!... Non!... Non!... Il ne faut pas que cela soit!... Vierge sainte, protégez-moi!...

Il s'affaissa sur un escabeau.

— Oui!... Je suis damné!... s'exclama-t-il.

Landry était épouvanté, lui aussi.

Il avait tout compris.

Ainsi, Gaultier et Philippe d'Aulnay étaient les fils de Buridan et de Marguerite!

Ces deux beaux jouvenceaux qu'il avait vus, quelques jours auparavant, si joyeux de se retrouver après une longue absence... si heureux de vivre... c'étaient les chers êtres qu'il avait abandonnés, jadis, sur le Parvis Notre-Dame... et à qui, depuis, il avait si souvent pensé, tout ému!

Et rien, en leur présence, ne l'avait averti, jamais, que, ces gentils-hommes, c'étaient les jouvenceaux qu'il avait portés, tout petits, dans la coquille à la Madone!

Et l'un de ces enfants, Philippe, avait été abattu, à la Tour de Nesle, sur l'ordre de sa mère!

Scène effroyable!

Le châtiment!

Buridan avait raison, certes : C'était le châtiment!

Châtiment terrible!

Expiation vengeresse!

Mais le bon Landry ne savait pas tout, encore.

Il ne savait pas que Gaultier d'Aulnay... autre victime!... avait été envoyé, par Buridan, à la Tour de Nesle...

A la Tour de Nesle, où Orsini, et ses acolytes, devaient l'assassiner!

En voyant Buridan accablé... il se rendait compte de ce qui se passait en l'âme de cet homme.

Dégrisé, presque complètement, depuis un moment, déjà... il se dit qu'il fallait tout entreprendre pour apaiser celui qui souffrait atrocement, certes... de celui qui avait été si bon pour lui... de celui qui s'était montré, toujours, pitoyable pour son compagnon de guerre, pour le manant sans feu ni lieu, honni de tous!

— Capitaine... s'écria-t-il, avec cet accent, vibrant, que donne... aux humbles comme aux plus fiers... l'enthousiasme, la foi ardente, le noble désir d'être utile... Capitaine, ne vous abandonnez pas au désespoir!... Nous sommes protégés!... Oui, oui, croyez-moi, nous sommes protégés!...

Ce disant, il tira, de sa poche, sa relique...

Ce sachet qui contenait de la terre prise à l'enclos funèbre où reposait sa défunte mère... et des feuilles cueillies aux arbres qui abritaient le sol où dormait sa douce fiancée.

Ce sachet qu'il avait donné à Orsini, pour le protéger au cours de la nuit qu'il allait passer à la Tour de Nesle... et que le Tavernier avait perdu en sortant du logis de Landry.

— Cette relique... reprit le sacripant, en montrant le sachet à Buridan... cette sainte relique nous protège!... Messire Lucifer, et tout le cortège des anges déchus qui volent autour de Son Infernale Majesté... ne pourront rien, contre nous, tant que cette relique sera entre nos mains!...

Il était comme transfiguré.

Sa face rayonnait.

Convaincu, jusqu'au plus profond de son âme, de la vertu... de la toute puissance protectrice de son sachet... il eût convaincu, aussi, Buridan, et lui eût communiqué sa foi... si le Capitaine avait pu l'entendre.

Mais le pauvre Buridan, prostré, avait perdu toute conscience des choses ambiantes.

— Du courage!... Du courage, Capitaine!... dit le sacripant...

Il toucha l'épaule de Buridan, qui tressaillit.

— Les défuntes sont avec nous, et nous protègent, vous dis-je!... ajouta-t-il...

Oui, oui, le bon Landry était superbe.

Il représentait le dévouement... l'affection tendre et profonde et noblement désintéressée... la charité — qui est la plus enviable des vertus humaines!...

Buridan, cependant, s'était redressé.

Cet homme, dont le front ne s'était pas courbé, jamais, devant les orages de la vie qui l'avaient tant de fois menacé... cet homme qui n'avait jamais tremblé, même devant des puissances souveraines acharnées à sa perte... cet homme que les plus odieuses injustices n'avaient pu aigrir... que les pires douleurs n'avaient pu émouvoir — avait été comme écrasé par le faix que la Fatalité avait jeté, soudain, sur ses épaules.

Mais, plein de ressort, d'énergie, il ne devait pas tarder à se reconquérir... à recouvrer tout son sang-froid... à reprendre pied.

Il le fallait.

N'avait-il pas un devoir à remplir?

Ne devait-il pas s'efforcer de réparer le mal qu'il avait causé?

Ne devait-il pas tenter l'impossible, même, pour sauver la victime désignée aux coups des assassins appostés à la Tour de Nesle?

Et quelle victime?

Son fils!...

Le seul qui lui restât!

Gaultier d'Aulnay!

Gaultier d'Aulnay qu'il avait jeté, lui-même — hélas! — sous le couteau des meurtriers!

— Du courage, Capitaine!... répéta le bon Landry... Du courage!... Messire Philippe d'Aulnay est mort!... Mais Messire Gaultier d'Aulnay est vivant, bien vivant!... Il vous reste... Il vous consolera!... Capitaine, Capitaine, il vous reste un fils... Il vous consolera, vous dis-je!... Vous pourrez être heureux, encore, de par lui!...

Jamais Landry n'avait parlé de façon plus opportune.

« Messire Gaultier d'Aulnay est vivant, bien vivant »... avait-il dit.

Buridan se leva.

Ces paroles avaient achevé de lui rendre toute son énergie, un moment perdue.

Oui, oui, Gaultier d'Aulnay était vivant.

Mais menacé!

Terriblement menacé.

Quelques minutes de retard, et sa perte était certaine... hélas!

Or, il fallait le sauver.

Il fallait l'arracher des mains des meurtriers, qui, là-bas — sinistres, dans la sinistre Tour — guettaient leur proie!

Tâche difficile!

Il allait l'entreprendre.

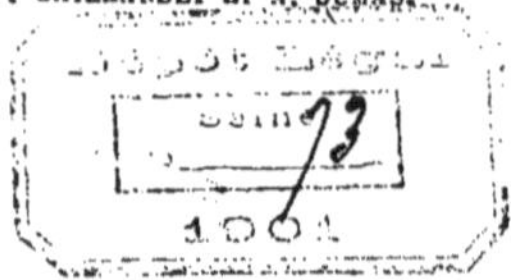

Au fur et à mesure qu'il avançait davantage, la trouée s'élargissait. (P. 1551.)

Jamais, autant qu'à cette heure, il ne s'était senti plus de courage, d'é-
nergie, de force.

Ces qualités, dont il avait donné tant de preuves, et qui lui avaient valu
tant d'admirations, semblaient être, en lui, décuplées.

Seulement, il fallait agir vite.

Il n'y avait pas une minute à perdre.

Trop de temps s'était écoulé, déjà, depuis que Gaultier d'Aulnay était
sorti de l'Hôtellerie des Saints Innocents.

— Marchons, Landry!... s'écria-t-il... Viens!... Viens, mon amé compagnon?... Hâtons-nous?... Viens?... Viens?...

Ce disant, il ceignait le ceinturon qui portait sa lourde et redoutable épée.

Il se coiffa et prit son manteau.

— Viens?... Viens?... répéta-t-il.

A présent, superbe de résolution, d'audace, de témérité, même...

Et d'amour, aussi!

L'amour paternel mettait une flamme en son regard... auréolait son large front, où le Remords du crime d'antan avait creusé un sillon profond.

— Peux-tu me procurer une barque?... demanda-t-il.

— Oui!... Oui!... répondit Landry.

— En es-tu sûr?

— Oui!...

— Alors, marchons!... Viens?... Tu m'accompagnes?

— Certes!

— Plus que jamais j'ai besoin de toi.

— Où vous irez, j'irai!

— Nous courrons des dangers?

— Ma relique nous protège!

— Que Dieu t'entende!... Suis-moi!...

— Où allons-nous?

— A la Tour de Nesle!...

CXVII

VERS LA RIVIÈRE

... Dans la Grand' Salle de l'Hôtellerie, les ferronniers, fêtant les épousailles, buvaient, et chantaient, toujours.

Tout à l'heure, pendant que Buridan gémissait, ils avaient entonné un refrain à l'air vif, sautillant, brodé, par un artiste inconnu, sur une chanson très gaie, qui avait soulevé des rires éperdus, fous,... suivis de « Noëls » prolongés.

Sous ces rires, qui montaient... qui emplissaient la Salle, toute parfumée de l'arome des vins de choix, de l'odeur des chères délicates, des pâtisseries fines, des fruits veloutés... sous ces acclamations qui saluaient la chute, spirituelle, d'un couplet grivois, toute la grasse Hôtellerie semblait plus plantureuse, encore...

La joie a une extraordinaire puissance d'expansion.

Elle s'étale, grandit, enfle, se répand, monte, éclate, envahit tout.

La maison de Pierre de Bourges, ce soir-là, plus, encore, que de coutume, était lieu de délices.

Le bonheur de vivre s'y était installé.

Il y régnait en bienfaisant souverain.

De la Salle du rez-de-chaussée, il avait gagné les autres salles, les couloirs, la cour, les escaliers, jusques aux combles.

Marié, Mariée, jouvencelles, béjaunes, hommes, femmes, vieillards, serviteurs, garçons, varlets, cuisiniers et marmitons... ayant mangé de bonnes choses, et bu des vins chauds... repus, gais, riaient, chantaient.

S'il eût fait jour, certes, la joie de l'Hôtellerie se fût répandue au dehors, sans doute... aurait gagné la Place, et réjoui la Ville.

Peut-être eût-elle fait rire même les Saints très graves, pétrifiés, en des postures diverses, au portail de l'Eglise des Saints Innocents.

Contraste effarant !

Dans la chambre du hardi Capitaine, l'angoisse !

Deux êtres torturés !

Deux êtres qui étaient la proie de la Fatalité !

Deux êtres sur qui pesait le poids écrasant que leur imposait le Remords... et qui entrevoyaient, dans les affres, l'Expiation de leurs fautes !

La joie des braves ferronniers aggravait leur souffrance !

Leurs rires, leurs chants avaient géhenné Buridan et Landry.

Or, comme le Capitaine, et son amé compagnon, descendaient les degrés qui menaient, du rez-de-chaussée aux étages... gagnaient une porte de dégagement, proche des Cuisines et Offices, pour passer dans la cour, et sortir, de l'Hôtellerie des Saints Innocents, sans passer par la Grand' Salle... l'un des ferronniers entonnait une autre chanson.

Une chanson triste, cette fois.

Par contraste.

Les contrastes étant les pivots sur lesquels tournent les impressions humaines.

Après avoir ri, à ventre secoué, de la chanson gaie... il convenait que la soirée fût assaisonnée, aussi, d'une petite pointe d'émotion.

On n'en rirait que mieux après... quand un autre convive reprendrait une chanson gaie.

Très graves, maintenant, les gens de la noce écoutaient le ferronnier chantant la « Complainte de Renaud »... très célèbre à cette époque :

> Quand Renaud de la guerre vint,
> Sa mère à la fenêtre en haut
> Dit : « Voici venir mon fils Renaud »
>
> Renaud, Renaud, réjouis-toi,
> Ta femme est accouchée d'un Roi !

> — Ni de ma femme, ni de mon fils
> Mon cœur ne peut se réjouir ;
> Qu'on me fasse vite un lit blanc
> Pour que je m'y couche dedans.
>
> Et quand il fut mis dans son lit,
> Pauvre Renaud rendit l'esprit.

Un grand silence, à présent, sur l'Hôtellerie, tout à l'heure si pleine de gais éclats de rires, d'acclamations, de « Noëls ».

On écoutait, dans le recueillement, la grave chanson, l'épopée émouvante, tragique, qui s'enlevait sur un air lent, cadencé.

Buridan, et Landry... disparurent dans la nuit, poursuivis par cette mélopée.

— Oh!... dit le sacripant, tout impressionné... J'aimais encore mieux la chanson gaie qu'ils chantaient tout à l'heure !

Il frissonna... se signa... et fredonna, malgré lui, l'air connu, tout en déambulant aux trousses de Buridan.

> Et quand il fut mis dans son lit,
> Pauvre Renaud rendit l'esprit.

Personne n'avait vu le hardi Capitaine, et son dévoué compagnon, sortir de l'Hôtellerie.

Dehors, ils déambulèrent très vite.

Ils traversèrent la Place des Saints Innocents, absolument déserte... cette Place où grouillaient, l'avant-veille — quand Buridan s'était mis en campagne pour aller voir Marguerite de Bourgogne — la foule des manants et commères en quête de provisions de bouche, parmi les innombrables marchands de victuailles... cette Place où Buridan avait passé, le jour même, dans le Cortège Royal, à la gauche de Sa Majesté Louis X, Roi de France et de Navarre.

Que de faits s'étaient produits, dont la traversée de cette Place avait été le prélude.

Le commencement, le milieu, et la fin de l'aventure où s'était engagé le hardi Capitaine.

Le départ, l'entrée dans un inconnu plein de dangers !

Puis, l'heure du triomphe !

Enfin, l'heure du désespoir !

Buridan s'était vu, là, tout d'abord plein de ressort, d'audace, de courage, de vaillance, d'énergie — et d'espérance.

Il s'y était vu troublé, inquiet ; mais toujours soutenu par la confiance en l'heureuse issue de son entreprise extra téméraire.

Maintenant, il était accablé !

Il pressentait que, vainqueur par la toute puissance de sa volonté, par les actes qu'il avait accomplis avec tant d'adresse et de fermeté... il serait vaincu par la Fatalité.

La Fatalité... c'est-à-dire Dieu !

Dieu qui se vengeait !

Dieu qui voulait atteindre et frapper les coupables !

Oui, oui, vaincu !

Il était vaincu !

Il en était sûr, il n'arriverait pas à temps à la Tour de Nesle.

Gaultier d'Aulnay succomberait sous les coups des assassins appostés, là-bas, par Marguerite.

Et cette victime, il l'aurait faite !

Lui !

Oui, oui — chose horrible à penser — lui... qui eût donné, avec joie, tout son sang, pour épargner celui qui allait couler de par l'abominable vouloir de l'implacable Sort !

— Mon fils !... Mon fils !... Mon pauvre enfant !... répétait Buridan, tout en marchant dans les ténèbres.

— Du courage, Capitaine !... dit Landry... qui souffrait, éperdûment, de la souffrance de cet homme qu'il aimait et qu'il admirait.

Soudain, Landry tourna à gauche.

— Où vas-tu ?... demanda le Capitaine.

— Vers la rivière... répliqua le sacripant... N'avez-vous pas dit que vous vouliez que je vous procure une barque ?

— Oui !... Mais cette ruelle...

— Cette ruelle nous mènera, directement, à la rivière... et plus vite que si nous prenions l'autre, qui est à cent pas d'ici.

— Tu en es sûr ?

— Absolument sûr !... Fiez-vous à moi, Capitaine... Je la connais la Bonne Ville de Paris... Ville trois fois maudite !... Je l'ai tant parcourue, en tous sens, et la nuit, et le jour... J'en connais tous les coins et recoins... J'irais, partout, les yeux fermés, quasiment.

— Prenons donc cette ruelle !... Je te suis aveuglément, mon amé Landry !...

— Venez...

— Sache... sache, mon bon Landry... que, au point où nous en sommes, la moindre minute compte pour sauver la vie d'un homme.

— Hâtons-nous donc, Capitaine !... Hâtons-nous !...

— Sache que ma vie dépend, aussi, de celle qu'il nous faut préserver !

— Votre vie...

— Oui, oui !... Viens ?... Viens ?... Hâtons-nous !... Hâtons-nous !... Dieu, Dieu Puissant, veuillez que nous n'arrivions pas trop tard !...

La ruelle qu'ils suivaient était si étroite qu'ils ne pouvaient y évoluer que l'un derrière l'autre.

Et si tortueuse que, de cinq pas en cinq pas, elle faisait un crochet.

On pataugeait dans le ruisseau, puant, fétide, creusé au milieu, et qui, souillé par les immondices, formait cloaque.

Tous les bouges que les deux hommes longeaient, étaient clos.

Aucune lueur ne brillait derrière aucune croisée.

De loin en loin, une flamme, poussée par le vent, vacillait, dansait dans une lampe de cuivre, au pied de quelque statue de Saint, enfermée au fond d'une niche sculptée au fronton d'une porte.

Aucun bruit.

Tout dormait.

Cette nuit-là, le sommeil, peut-être paisible, des habitants de la ruelle, dut être géhenné jusques au cauchemar, par le passage du Capitaine Buridan... s'il est vrai — comme c'est probable — qu'il se dégage de nous, toujours, mais plus particulièrement dans nos moments d'exaltation, quand nous sommes troublés ou enthousiasmés, un fluide, dont l'action est ressentie par tous ceux que nous côtoyons, et plus encore lorsqu'ils dorment.

Le rêve, en effet, n'est-il pas produit par le choc des pensées d'autrui, éparses dans l'espace, et qui nous atteignent, nous pénétrent, soit que nous veillions, soit que nous dormions, et d'autant mieux qu'elles ont été dirigées vers nous?

Après cinq longues minutes de déambulation dans la ruelle fétide, Buridan, qui marchait en avant, aperçut, devant lui, une trouée lumineuse.

Avec quelle satisfaction.

Les ténèbres avaient, lourdement, pesé sur lui!

Il n'avait pu voir, pendant cinq minutes, sur sa tête, entre les pignons des masures, qu'un pan du ciel étoilé, comme s'il avait été au fond d'un puits.

Il lui avait semblé que les murailles se resserraient, de plus en plus, comme pour l'écraser.

Il était arrivé à ce degré d'énervement, torturant, ou tout vous cause une souffrance aiguë: Etres et choses.

Même les bruits... même les contacts... même les odeurs...

CXVIII

LA BARQUE DE SIMON-LE-PÊCHEUR.

— Qu'est cela?... demanda-t-il, à Landry.

— Quoi donc, Capitaine?... fit le sacripant, qui souffrait, quoique à un degré moindre, la même souffrance que Buridan... et qui, lui aussi, avait grande hâte d'être hors de la ruelle, à l'air, et dans la lumière.

— Cette trouée de lumière.

— C'est la grève.

— Les bords de la rivière?

— Oui, Capitaine!

— Dieu soit loué!... J'étouffais!

— Moi de même!

— Allons!... Hâtons-nous!... Hâtons-nous!

Buridan pressa, encore, le pas.

Au fur et à mesure qu'il avançait davantage, la trouée s'élargissait.

Il respirait mieux.

— Enfin!... s'écria-t-il... lorsqu'il eut dépassé la dernière masure de la ruelle...

Il soupira profondément.

A cette place, il ne se trouvait guère qu'à cent pas, environ, de cette Chapelle, maintenant désaffectée, où, jadis, officiaient les Clercs chargés de bénir les barques que l'on allait mettre à flot — cette Chapelle où il était entré, l'avant-veille... et où, pour se transformer, de Capitaine en Bohémien, avant d'oser aller au Louvre, et de comparaître par devant Marguerite de Bourgogne, Reine Régente de France, il avait endossé, sous son habit de cavalier, la robe, jaune, couverte de signes de la Kabbale, qu'il avait achetée à Maître Loys Ferrier.

La rivière coulait à une distance d'un trait d'arbalète.

A droite, au loin, les Tours de la Forteresse du Louvre.

A gauche, les toits, pointus, du Palais... Demeure Royale, dominés par la flèche, ajourée, et dorée, de la Sainte Chapelle, qui se découpait, très fine, sur le fond tout étoilé du Ciel.

En face, la Tour de Nesle.

Au fond de l'horizon, les collines, empanachées de verdure.

Sur ce décor, la molle lumière de la lune.

Et tout cela était très calme, très doux.

Contraste — dont souffrit, jusqu'à l'angoisse la plus lancinante, l'âme, torturée, du hardi Capitaine!

La Tour de Nesle!

Arriver là!

Pouvoir franchir, par le seul effort du désir... en un clin d'œil, l'espace qui le séparait de ce sinistre bâtiment!

Dire que Gaultier d'Aulnay y était entré, déjà, peut-être!

Dire que, déjà, il avait été frappé par les assassins aux gages de la Reine... de « la goule ».

Dire que le malheureux enfant n'existait plus!

Dire que, pour le châtiment de ceux qui lui avaient donné la vie... de par leur vouloir, scélérat... et parce qu'il leur avait plu de se haïr, après s'être tant, et si follement aimés, il était mort!

Oh! le sauver!

Le sauver!

Peut-être le pouvait-on encore?

— Tu m'as dit, mon amé Landry, que tu me procurerais une barque... fit Buridan.

— Oui, Capitaine.

— Tu n'as pas compté, j'imagine, que tu pourrais utiliser celle d'Orsini?

— Non, certes... puisque je sais que l'Italien s'en est servi pour conduire « la goule » à la Tour de Nesle.

— Eh! bien?

— Mais je pourrai prendre, j'espère, celle de Simon-le-Pêcheur.

— Tu n'en es pas sûr?

— Non!... Car Simon-le-Pêcheur est, peut-être, en ce moment, occupé à jeter ses filets.

— Dans ce cas...

— Soyez tranquille, Capitaine... Je vous ai promis que vous auriez une barque... Nous en aurons une... N'en doutez pas...

— A l'œuvre donc... car nous n'avons pas un instant à perdre!... La mort est en marche!... Il faut la devancer...

— La barque de Simon-le-Pêcheur est amarrée, ordinairement, dans une petite anse, creusée, par le flot, dans la berge.

— Où?

— A cent pas d'ici... Mais, au surplus, Capitaine, vous la connaissez cette barque...

— Comment?

— C'est dans cette barque que vous vous étiez caché, l'autre matin, après la nuit où vous avez failli être occis à la Tour de Nesle.

— Allons nous assurer qu'elle est là...

— Allons!

— Ah! Pourvu qu'elle y soit... Pourvu que ce Simon n'ait pas eu l'idée d'aller jeter ses filets cette nuit...

— Cela m'étonnerait, car, comme je regardais passer le Cortège Royal, aujourd'hui, sur la Place des Saints Innocents, je l'ai vu, dans la foule des manants qui se pressaient pour voir le Roi... Il était avec sa maîtresse: Une ribaude aux yeux verts, et aux cheveux roux, qu'il aime à la folie, qui lui mange tout le produit de sa pêche, qui le trompe abominablement, et de qui, naturellement, il est jaloux jusqu'à en devenir criminel... Simon était gris... A cette heure, il doit dormir à poings fermés, cuvant son ivresse...

Il enfonçait sa perche, dans l'eau, profondément... et il poussait,
de toutes ses forces. (P. 1557.)

cependant que sa maîtresse dépense, avec ses amants, tous les sous parisis qu'elle a pu lui prend re.

Tout en parlant ainsi, les deux hommes déambulaient, rapidement, sur la grève, allant vers l'anse où la barque de Simon-le-Pêcheur était amarrée, d'ordinaire, en effet.

Buridan était angoissé.

— Ah! oui... oui... pourvu que les pronostics du bon Landry ne soient pas leurre!... pensait-il.

Si la barque de Simon était là... en moins de cinq minutes, on atteindrait l'autre rive.

Au contraire, que de temps à perdre, hélas!... pour en trouver une autre.

A une heure, dans une situation, où les minutes avaient une valeur tout exceptionnelle !

— Tu m'as dit... reprit Buridan... que Messire Gaultier d'Aulnay n'a pu arriver, à la Tour de Nesle, qu'en passant par la Planche de Mibrai?

— Oui, certes... à moins qu'il n'ait eu une barque à sa disposition — ce qui est tout au moins douteux... ou à moins qu'il n'ait traversé la rivière à la nage, ce qui est invraisemblable.

— De telle sorte que, quoique nous soyions sortis de l'Hôtellerie de Maître Pierre de Bourges bien après Messire Gaultier d'Aulnay... nous courons de grandes chances d'arriver, à la Tour de Nesle, avant lui... si nous avons la barque de Simon-le-Pêcheur?

— Oui, Capitaine.

— Pourvu... pourvu que nous ayions cette barque!... répéta Buridan.

Il haletait.

Il s'écarquillait les yeux pour voir, plus tôt, l'embarcation tant désirée.

Que n'eût-il pas donné pour avoir la certitude qu'il aurait cette barque !

Et il hâtait le pas de telle sorte que le bon Landry avait peine à le suivre.

Oh! Il était décidé... bien décidé, dans le cas où la barque de Simon-le-Pêcheur ne serait pas amarrée à la berge... à se jeter à l'eau... à passer la rivière à la nage.

Il l'avait bien fait, l'autre nuit.

Pourquoi ne le referait-il pas encore?

L'autre nuit, il ne voulait que sauver sa vie.

Au lieu que, maintenant, il s'agissait de sauver la vie de Gaultier d'Aulnay... de son fils !

De son fils, que, lui-même — abominable aggravation — il avait envoyé à la mort.

Landry se rendait compte, exactement, des angoisses du Capitaine Buridan.

Il était tout angoissé, lui aussi.

Lui aussi, il eût donné gros pour que la barque fût là.

Il comptait bien que la très sainte relique, qu'il portait, le protégerait, ainsi que son amé compagnon.

Ne l'avait-elle pas protégé, déjà?

Elle le protégerait encore, c'était sûr.

Et, comme le bon Landry se répétait cela... tout à coup, il poussa un cri.

Un cri de joie !...

Un cri d'allégresse !

— Qu'y a-t-il donc?... demanda Buridan.

Et Landry, tout essoufflé, tant il avait marché vite, répondit :

— La barque!... La barque!...

— Eh ! bien?

— Elle est là !...

— Tu l'as vue?

— Oui !

— Quels yeux !

— Oui, je suis comme les chats!... J'y vois dans les ténèbres!... Affaire d'habitude, tout simplement... Je suis un oiseau nocturne!... J'ai tant rôdé, la nuit, avec Orsini, au service de la « goule »... Oui, oui, la barque est là, Capitaine... Dieu soit loué!... Comme je l'espérais, ma relique nous a été d'un grand secours!... Mes « chères aimées » nous ont protégés!... Dieu soit loué!... Dieu soit loué!...

Buridan, ayant fait quelques pas, vit la barque, à son tour.

Une lourde barque, aux flancs massifs, dont l'avant, émergeant de l'ombre portée de la berge, était éclairée par la lueur de la lune.

— Oui, oui... Dieu soit loué!... répéta le Capitaine... Voilà qui est, pour nous, de bon augure, mon amé compagnon...

En quelques enjambées, les deux hommes se trouvèrent, au bord de la rivière, près de la barque.

— Aurons-nous une perche ferrée?... dit Buridan, derechef inquiet... Sans perche, comment conduire l'embarcation?

Déjà, Landry — qui, en même temps que le Capitaine, avait eu cette préoccupation — était monté à bord du bateau, lestement.

— Hosannah!... clama-t-il, joyeux.

Et il souleva, à bout de bras, une longue perche ferrée qui se trouvait dans la barque.

Par hasard, certes !

Car, habituellement, Simon-le-Pêcheur emportait sa perche, et ses filets, à son logis, après la pêche.

La veille, las, sans doute... ou trop chargé de poisson... il avait laissé la perche dans son bateau.

Dans ce fait, Landry voulut voir, encore, l'influence, bienfaisante, de ses « chères aimées ».

Il remit pied à terre.

— Embarquez, Capitaine... dit-il... Moi, je vais détacher la corde d'amarre... L'affaire d'un instant !... Embarquez!... Embarquez!...

Buridan monta à bord du bateau.

En un clin d'œil, avec une excessive habileté, Landry eut dénoué les cordes d'amarre, solidement fixées à un pieu profondément fiché en terre.

Il était triomphant.

Il avait conscience d'avoir puissamment aidé le hardi Capitaine, cette fois encore.

Et cela comblait de joie le brave sacripant.

A son tour, il monta à bord de la barque.

— Oui, oui... s'écria-t-il, en allégresse... nous arriverons, à la Tour de Nesle, avant Messire Gaultier d'Aulnay, Capitaine... Soyez-en sûr... Je vous réponds, encore une fois, que nous serons, là-bas, avant lui... quelque avance qu'il ait sur nous pour être sorti, avant nous, de l'Hôtellerie des Saints Innocents...

— Ainsi soit-il!... murmura Buridan.

Debout à l'arrière de la barque, la perche ferrée aux poings... Landry poussa l'embarcation au milieu de la rivière...

CXIX

DÉBARQUEMENT

... Une clarté, très vive, brillait, derrière l'une des meurtrières de la Tour de Nesle... trouait, d'une lueur rougeâtre, le massif bâtiment, dont le sommet était tout illuminé par la lune, qui mettait, sur les pierres noircies, comme un glacis lumineux.

Certainement, « la goule » était là.

La vampire attendait sa proie.

Il la guettait, peut-être.

Ah! si Marguerite était là, derrière cette meurtrière, l'œil au guet... si elle voyait la barque, qui avançait, au beau milieu de la rivière... si elle reconnaissait Buridan, son implacable ennemi... comme elle devait être joyeuse!

Elle devait se dire qu'elle triomphait... qu'elle le tenait, enfin, ce redoutable adversaire... qu'elle allait le faire abattre, enfin!

N'avait-elle pas donné, déjà, à Orsini, l'ordre de mettre les couteaux au clair?

La malheureuse!

Elle ne se doutait guère, certes, de ce qui s'était passé.

Elle ne pouvait supposer quel mobile poussait, maintenant, celui qu'elle haïssait tant vers la Tour de Nesle.

— Oui, oui, elle est là!... se dit Buridan, frissonnant... Elle me voit!... Elle tressaille de joie!... Oh! malheureuse!... Malheureuse!...

Le bon Landry poussait, toujours, la barque, avec une énergie farouche.

Tâche difficile!

Et fatigante, aussi.

Car le courant était très rapide... et il fallait faire de prodigieux efforts pour qu'il n'entraînât point la lourde barque à la dérive.

— Oh! nous arriverons!... Nous arriverons, Capitaine!... s'écria-t-il... tout en faisant des « Han!... Han!... Han!... » répétés.

Il enfonçait sa perche, dans l'eau, profondément... et il poussait, de toutes ses forces.

Puis, il se relevait, et recommençait la même manœuvre.

— Le courant est rapide!... reprit-il... Nous nageons sur plus de six pieds d'eau!... Han!... Han!... Han!...

La barque évoluait en pleine lumière.

Et, si Marguerite, comme le pressentait Buridan... guettait l'arrivée de son ennemi... elle pouvait le voir, assis, tout frissonnant, à l'avant du bateau, car la clarté de la lune mettait, au milieu de la rivière, une lueur, qui semblait d'autant plus éclatante que la berge, du côté de la Tour de Nesle, était, absolument, dans l'ombre.

Le hardi Capitaine regardait comme fasciné, la flamme, rougeâtre, qui brillait derrière la meurtrière de la Tour.

C'était là, sûrement, que, l'autre nuit, avait eu lieu cette orgie à laquelle il avait pris part, avec Philippe d'Aulnay et Hector de Chevreuse... avec, aussi, Marguerite, et ses belles-sœurs, les Princesses Jeanne, et Blanche.

Oh! cette nuit!

Nuit terrible!

Philippe!

Pauvre Philippe!

Et dire que, à cette même place... dans ce même bâtiment maudit, où le premier fils de Marguerite, et de Buridan, était tombé, frappé par des assassins obéissant aux ordres de sa mère, le second fils allait tomber, peut-être, dans un guet-apens organisé par son père!

— Hâte-toi!... Hâte-toi!... s'exclama Buridan... surexcité à un point indicible... Hâte-toi, mon amé Landry!...

— Nous arriverons!... Nous arriverons!... répéta le sacripant...

La sueur coulait, à flots, sur son visage.

Il faisait des efforts quasiment surhumains.

Il se raidissait sur sa perche, afin de donner, à la barque, à chacune de ses poussées, un plus vigoureux mouvement de propulsion... et, aussi, pour la maintenir, contre la force du courant, dans la direction de l'autre berge.

— Il y a de l'eau!... Il y a de l'eau!... disait-il... avec cet accent, navré, de l'être, qui œuvre, péniblement, impuissant contre des forces supérieures aux siennes... Han!... Han!... Han!...

Après une nouvelle poussée de Landry, le bateau se trouva dans l'ombre portée de la Tour.

Perdu, subitement, dans les ténèbres.

Une éclipse.

Or, cela rasséréna Buridan.

— Enfin!... murmura-t-il.

Il se disait, avec une véritable satisfaction, que Marguerite ne pouvait plus le voir.

Oh! cette idée que « la goule » guettait son arrivée, l'avait obsédé!

Elle l'avait fait souffrir atrocement.

Tant qu'il s'était senti sous son regard, il n'avait pu penser à autre chose!

Quel apaisement, en lui, maintenant!

Dans ces ténèbres extérieures, qui enveloppaient son être matériel, il lui semblait que son esprit s'était éclairé.

Oui, oui, il pouvait penser.

— Oh! pourvu, pourvu que j'arrive à temps!... murmura-t-il.

Sauver Gaultier!

Doux rêve!

Se réaliserait-il?

Bientôt... bientôt, Marguerite connaîtrait la vérité : Elle saurait que Messire Gaultier d'Aulnay était son fils.

Que se passerait-il, en elle, quand elle saurait cela?

Déjà, il formait des projets d'avenir.

Il échafaudait des plans.

L'esprit est si fécond, quand il fait des rêves de bonheur!

Grâce aux efforts du bon Landry, dont les « Han!... Han!... Han!... » gutturaux, étaient répétés par les échos de la rive, le bateau n'était plus qu'à quelques brasses de la berge.

— Oui, oui... nous arriverons!... Nous arriverons!... disait-il, de temps à autre...

Et, à demi-voix, il fredonnait son Noël protecteur, entre deux : « Han!... Han!... »

> Comme les bestes, autrefois,
> Parloient mieux latin que françois...

Soudain, Buridan fit un mouvement, violent... La barque pencha... à ce point que le bon Landry, debout à l'arrière, faillit perdre l'équilibre.

Il se raccrocha à sa perche, alors enfoncée, dans l'eau, profondément.

Mais, effrayé... parce que, dans les ténèbres, il n'avait pu se rendre compte de ce qui s'était passé, il s'écria :

— Qu'y a-t-il donc?

Cela occasionna une perte de temps, car, un moment, Landry cessa de manœuvrer... et la barque, non maintenue... emportée, dès lors, par le courant rapide... s'éloigna de la rive.

Une idée, qui l'avait épouvanté, avait traversé, tout à coup, l'esprit du hardi Capitaine.

Subitement, il s'était souvenu qu'il avait donné, à Gaultier d'Aulnay, la clé de la Tour de Nesle... cette clé que Marguerite, perfidement, lui avait remise, au Louvre.

Idée effarante!

Et qui expliquait, certes, l'émoi de Buridan.

Oh! comment n'avait-il pas pensé, plus tôt, à cela?

Toute son entreprise, pour sauver Gaultier d'Aulnay, allait échouer, par ce fait.

Impossible d'entrer à la Tour de Nesle!

Marguerite ne s'était pas préoccupée, assurément, de laisser, près de la porte — comme l'autre nuit — quelqu'un... pour recevoir celui qu'elle attendait... puisque, elle-même, elle avait fourni, à ce visiteur, le moyen d'entrer dans la Tour.

Comment voir « la goule »?

Comment arriver jusqu'à elle?

Comment s'introduire dans ce formidable et massif bâtiment, aux murs épais?

Oh! c'était terrible!...

Oui, oui, terrible!

Landry, cependant, par un effort vigoureux, avait ramené, non sans peine... non sans pousser d'énergiques : Han !... le bateau vers la rive...

— Patience, Capitaine!... dit-il... Patience !... Nous approchons!... Dans un instant, nous mettrons pied à terre !...

Il était convaincu que le mouvement de Buridan était un mouvement d'impatience..., bien compréhensible, certes!

Mais le Capitaine lui dit :

— Landry?... Landry?... Ecoute?

— Quoi?

— La porte...

— Eh! bien?

— Je n'en ai plus la clé... Je l'avais, cette clé... « La goule » me l'avait donnée... Mais je l'ai remise à Gaultier...

— Après?

— Comment pénétrerai-je dans la Tour?

Landry ne répliqua pas tout de suite.

Près du rivage, la berge faisait une courbe... et, là, le courant se faisait sentir plus encore qu'au milieu de la rivière.

Le sacripant devait, donc, redoubler d'efforts.

Or, comment parler quand on manœuvrait si difficilement... quand on n'avait pas trop de tout son souffle pour agir, musculairement?

Cependant, il put répondre, enfin :

— Ne vous inquiétez pas, Capitaine?... Nous entrerons dans la Tour... Nous y entrerons, sans clé, n'en doutez pas !... Ne vous inquiétez pas !... Ne vous inquiétez pas !

Que voulait-il dire?

Ne parlait-il, ainsi, que pour rassurer Buridan ?

Ou bien avait-il un moyen de pénétrer, sans clé, dans la Tour de Nesle?

C'était possible.

Il y était venu tant de fois, dans cette Tour sinistre, et maudite !

Il devait en connaître, à merveille, tous les aîtres.

Landry ne s'expliqua pas davantage.

Il avait besoin de toute sa force pour achever son œuvre... pour atteindre la rive.

Assurément, il était très las.

La besogne qu'il accomplissait, après celle qu'il avait accomplie, déjà, pendant cette journée qui finissait, l'avait exténué.

Il geignait, lamentablement, à chaque nouvelle poussée qu'il imprimait à la très lourde barque.

Du reste, Buridan était plus calme, à présent.

Une autre idée qui avait succédé, presque aussitôt, à l'autre, l'avait rasséréné.

Il s'était dit :

— D'après Landry... et il a parlé, c'est sûr, en connaissance de cause... Gaultier, qui n'avait pas de bateau, a dû, pour passer sur l'autre rive, passer par la Planche de Mibrai... Long détour... La Planche passée, il lui faudra venir, par les ruelles, jusqu'au pied de la Tour... Il est plus que probable que nous serons, avant lui, à la porte de cette Tour maudite... Nous l'attendrons... Et, quand il se présentera, clé en main, à la porte... je l'entraînerai... Il n'entrera pas dans la Tour... Et, par ainsi, il sera sauvé !...

Oh ! oui, oui, il entraînerait Gaultier.

Son fils !

Son fils bien aimé !

— N'as-tu pas entendu marcher, ici près? (P. 1565.)

Il l'emporterait, au besoin... plutôt que de le laisser pénétrer dans cet antre, où le vampire, assoiffé de sang, attendait une victime !

— C'est cela !... C'est cela !... pensa-t-il... Il n'y a pas autre chose à faire !

Il était tout joyeux.

Maintenant, la barque était tout près du bord... dont on voyait l'escarpement, dans la demi-obscurité.

Même, Buridan distinguait, vaguement, dans les ténèbres, la place où il avait abordé, l'autre nuit, avec Philippe d'Aulnay et Hector de Chevreuse.

Et la porte... la porte qui donnait accès dans la Tour.

Cette porte devant laquelle Gaultier d'Aulnay ne tarderait pas à se trouver.

A cette heure, il pouvait venir.

Buridan le verrait.

Il aurait assez de temps pour le joindre, avant qu'il eut ouvert cette porte, derrière laquelle, certes, Orsini, et ses acolytes, couteau au poing, étaient déjà prêts à frapper l'homme, quel qu'il fût, qui s'engagerait dans l'escalier, tortueux, de la Tour.

Pourtant, le hardi Capitaine gardait cette crainte... qui le torturait.

Gaultier n'était-il pas entré, déjà, dans la Tour?

N'était-il pas arrivé, là, depuis longtemps, malgré les pronostics, contraires, du bon Landry.

N'avait-il pas trouvé, dans sa rage jalouse, un moyen d'entrer, dans la Tour... un moyen plus rapide que celui qu'il aurait pu employer, selon Landry... c'est-à-dire de faire le long détour par la Planche de Mibrai?

Mais Buridan, bien humainement, ne voulait pas admettre que cette chose, qui le désespérait, fût possible.

Il voulait garder son espoir, qui le soutenait, et lui donnait la force nécessaire pour parachever son œuvre.

Quiconque désespère est perdu.

La crainte de ne pas réussir paralyse... et crée la défaite.

La certitude du succès peut le donner... et le donne, seule, souvent.

Tout à coup, le bateau toucha la rive... brusquement, et très rudement.

— Abordez, Capitaine !... cria le bon Landry, triomphant.

Il avait fixé sa perche, ferrée, dans le sol du rivage... ce, afin de maintenir, solidement, la barque immobile.

Buridan se leva, et sauta, très lestement, sur la grève... au pied, même, de la Tour de Nesle.

— Enfin !... s'écria-t-il.

Il rayonnait.

Oui, oui, il sauverait Gaultier.

Il en était sûr, à présent.

Ah! ce Landry!...

Comme il l'avait servi avec activité, avec intelligence, et dévouement... depuis quelques jours... depuis quelques heures, surtout!...

Le brave homme!

Quelle aide, bienfaitrice, il lui avait fournie!

Même, il lui avait porté bonheur.

Grâce à lui... grâce à sa présence... il s'était tiré, victorieusement, des situations les plus inextricables.

Le sacripant, cependant, mit pied à terre, à son tour.

Puis, rapidement, il amarra le bateau de Simon-le-Pêcheur, à l'un des pieux qui servaient, à cette place, à cet effet.

Non loin de là était amarrée la barque du Tavernier... la barque dans laquelle Marguerite était venue à la Tour...

Landry haletait.

Il était couvert de sueur...

— Nous y sommes, Capitaine!... fit-il, en riant... Nous y sommes!... Pas sans peine, par exemple!... Mais il ne faut pas se plaindre de la peine qu'on a prise quand elle vous a donné résultat...

Il leva ses bras pour distendre ses muscles... et pour mieux faire pénétrer l'air dans ses poumons.

— J'avais grand besoin de reprendre haleine!... ajouta-t-il... Vraiment, je suffoquais!...

— Mon brave Landry!... dit Buridan, en lui touchant l'épaule, très affectueusement.

Déjà, le bon Landry était prêt à se remettre en campagne, au service de son amé compagnon...

— Ouvrons l'œil!... fit-il... Craignons que les gens qui sont là, ne paraissent, soudain... Orsini, qui est aux aguets, toujours, quand la Reine est à la Tour, n'aime guère à voir rôder, sur les berges, des promeneurs nocturnes, aux environs... Oui, oui, ouvrons l'œil... Il faut être prudents...

Il s'assura, ce disant, que son couteau jouait, bien, dans sa gaine... et, par un même mouvement instinctif, Buridan mit la main sur la garde de son épée...

CXX

LA TRAPPE

... Le hardi Capitaine, cependant, fouillait, des yeux, tous les alentours... et prêtait l'oreille à tous les bruits.

Ah! si Gaultier paraissait, soudain!

Si le Sort, bienfaisant, mettait, à cette minute-là même, le jouvenceau en présence de l'homme qui le chérissait le plus au monde!

Voir Gaultier... lui parler!...

Jamais Buridan n'avait rien désiré avec une pareille ardeur.

Pour obtenir ce résultat... il eût donné, certes, avec joie, sans hésiter, toutes les joies qui pouvaient lui être encore promises!

Ce Gaultier... son fils... il l'appelait, à part soi... avec une indicible puissance d'exaltation.

Se disant que, peut-être, la force de son désir... se répandant, hors lui, à travers l'espace... s'étendrait jusqu'à Gaultier... et, produisant attirance irrésistible, l'amènerait, plus vite, au pied de la Tour de Nesle.

Certes, et si les pronostics de Landry se réalisaient, Gaultier ne pouvait tarder à venir.

A coup sûr, il n'était pas loin, à présent.

Au moindre bruit, Buridan tressaillait.

Il lui semblait, toujours, voir passer, là-bas, dans le clair-obscur, la fine silhouette de celui de qui il attendait, si impatiemment, la venue.

Le bon Landry, stupéfait de l'inaction de son compagnon — tout à l'heure si pressé d'arriver à son but — se tenait coi, pourtant, muet, respectant sa rêverie.

— Ecoute!... dit Buridan, tout à coup.

Landry dressa l'oreille.

— Quoi?... demanda-t-il, non sans inquiétude.

— N'as-tu pas entendu marcher, ici près?

— Non!

Et, après un silence... pendant lequel les deux hommes n'avaient perçu que les clapotements de l'eau se brisant aux terres de la rive... le Capitaine reprit :

— Je n'entends plus rien!... Je me suis trompé!... J'avais cru reconnaître le pas d'un homme, là-bas, derrière cette palissade... Et je m'étais dit que c'était Gaultier, peut-être...

Nouveau silence.

Ce fut Landry qui le rompit, cette fois.

Doucement, il toucha le bras de Buridan.

— Capitaine... murmura-t-il.

Buridan fit un mouvement.

— Est-ce que nous n'allons pas agir?... demanda le sacripant.

— Nous attendons... répliqua le Capitaine.

— Quoi?

— Que Messire Gaultier d'Aulnay paraisse.

Comment?... Le Capitaine voulait attendre que Gaultier parût?

Pourquoi?

— C'est que... insinua-t-il.

Mais il s'interrompit, tout aussitôt, craignant de troubler Buridan.

— Qu'est-ce que tu allais dire ?... interrogea le Capitaine... Achève donc ?

Lors, Landry s'expliqua.

Il lui semblait qu'il valait mieux avertir son compagnon de ses craintes, que de le laisser s'endormir dans une attente dangereuse.

— Messire Gaultier d'Aulnay est entré, déjà, dans la Tour, peut-être !... fit-il... Et, dans ce cas, nous risquerions d'attendre, longtemps, ici, sa venue.

Buridan frissonna : Landry avait eu la même idée qu'il avait eue, tout à l'heure...

— Tu m'épouvantes !... murmura-t-il.

Un moment, tout bouleversé, il reconquit, vite, son sang-froid.

C'était bien vrai...

Il était parfaitement possible que Gaultier fût arrivé, déjà, à la Tour... qu'il y eût pénétré... qu'il se trouvât avec Marguerite.

Or, cette idée, que Landry avait exprimée, avait épouvanté Buridan... et pour cause.

Les assassins, appostés, à la Tour, par Marguerite, pour frapper l'homme qui s'y présenterait, n'avaient-ils pas occis Gaultier, dans l'ombre, croyant frapper Buridan ?

Marguerite n'était-elle pas convaincue, à cette heure, que Buridan était mort ?

Alors que celui qui gisait, là, peut-être, c'était son fils !

Ou bien, Gaultier avait-il été reconnu par Orsini ?...

Était-il près de Marguerite, stupéfaite de le voir, à la Tour, aux lieu et place de Buridan ?

Il fallait s'assurer de ces choses.

Pour cela, il était nécessaire de pénétrer dans la Tour.

Landry n'avait-il pas affirmé, à Buridan, qu'il lui fournirait un moyen d'y entrer ?

Mais, d'autre part, si Gaultier n'était pas arrivé, encore, sur les bords de la rivière... et si Buridan, avec Landry, s'éloignaient, pour tenter de s'introduire dans la Tour de Nesle... qui prémunirait le jeune homme contre les dangers qui le menaçaient, s'il tentait d'entrer, dans la Tour, avant que Buridan ait pu voir Marguerite... avant qu'il ait pu lui dire toute la vérité... et la contraindre à donner contre-ordre aux meurtriers à ses gages ?...

C'est qu'il fallait se hâter.

Le Sire de Savoisy ne tarderait pas à venir, à la Tour de Nesle, pour mettre à exécution l'Ordre du Roi de France...

Buridan réfléchit.

Bientôt, ayant pris une résolution, il se rapprocha de son compagnon, et dit :

— Écoute, mon amé Landry ?

— Parlez, Capitaine ?... fit le sacripant.

— Que Gaultier d'Aulnay soit entré, ou non, dans la Tour, il faut, absolument, que j'y pénètre, moi... et, cela, immédiatement, car chaque minute qui s'écoule est grosse de dangers... Or, tu m'as affirmé, tout à l'heure... quand je t'ai dit que je n'avais plus la clé de cet antre... tu m'as affirmé que tu pouvais, néanmoins, m'y faire entrer ?

— Je l'ai dit... Je le répète...

— Comment t'y prendras-tu ?

— C'est simple.

— Explique-toi ?... Vite !... Vite !

— Il y a, à dix pas d'ici, au pied, même, de la Tour, une trappe.

— Une trappe ?

— Oui... Elle a été·construite, tout récemment, sur l'ordre d'Orsini...

— Poursuis ?

— C'est par là que l'Italien sort, à l'aube — pour les jeter dans la rivière — les cadavres des jeunes hommes qui ont passé une chaude nuictée d'amour à la Tour, avec la Reine et ses sœurs...

— Après ?

— Cette trappe s'ouvre sur un caveau, d'où l'on monte, aux étages, par un escalier étroit, en pierre...

— Mais cette trappe...

— Achevez ?

— Est-elle ouverte ?

— Il n'y a qu'à la soulever... On pénètre dans le caveau... et, un instant après, on est dans la Tour...

— Mais...

— Cela vous étonne ?... Vous vous dites que le premier venu peut voir cette trappe, la soulever, pénétrer dans le bâtiment ?... Et que cela constitue une souveraine imprudence, de la part d'Orsini, que d'avoir fait pratiquer, là, cette ouverture ?...

— Oui...

— Toutes ces objections seraient valables partout ailleurs... Ici, rien à craindre de tel...

— Pourquoi !

— La Tour a un renom qui effraie !... Non sans causes, certes !... Personne, au monde, n'oserait s'y aventurer... Personne n'oserait soulever la trappe... et s'introduire dans l'antre qui vomit tant de victimes !...

Ces explications, d'ailleurs fort judicieuses, satisfirent Buridan.

— Bien !... dit-il... Je vais, donc, entrer, dans la Tour, par cette trappe...

Landry protesta.

— Nous y entrerons ensemble, s'il vous plaît!... dit-il.

— Non pas... mon amé compagnon...

— Comment?... Je serais venu, avec vous, jusqu'ici, et...

— Tu auras de la besogne ailleurs.

— Ailleurs?

— Oui !

— Quelle?... Où?...

— Tu vas rester ici.

— Ici?

— Oui.

— Pourquoi faire?

— Supposons — et c'est probable — que Gaultier ne soit pas entré dans la Tour...

— Supposons-le... quelque invraisemblable que cela paraisse — car il a eu plus de temps qu'il n'en fallait pour venir jusqu'ici, étant donné l'avance qu'il avait sur nous, et bien qu'il ait dû faire le détour par la Planche de Mibrai... Mais, enfin, comme vous dites, Capitaine... supposons...

— Tu l'attendras.

— Et puis...

— Tu tenteras tout le possible pour l'empêcher de pénétrer dans ce repaire.

— Bien !... C'est que...

— Par la conviction... et, au besoin...

— Au besoin?

— Par la force...

— Bien !... Je viendrai à bout de lui aisément, j'imagine?... Je suis robuste... Et ce jouvenceau...

Landry n'acheva pas sa phrase ; mais son geste, dédaigneux, expliqua sa pensée...

Il était convaincu que Gaultier, frêle comme une jouvencelle, ne pèserait pas lourd en ses vigoureuses mains...

Buridan reprit :

— Et tu retiendras, ici, Gaultier, jusqu'à ce que je vous fasse appeler, tous les deux, par Orsini...

— Par Orsini?

— Oui !

— Mais... alors, avec l'assentiment de « la goule ».

— Certes !...

Landry était décidé à ne plus s'étonner de rien...

Tout ce qui se passait lui eût semblé invraisemblable, irréalisable, fou...

... Et, d'autre part, le bon Landry le suivit, des yeux, tant qu'il put le voir. (P. 1571.)

si cela n'avait pas été mis en œuvre par un homme tel que Buridan, qui, certainement, avait ses raisons pour agir ainsi...

— Besogne facile !... dit-il...

-- Tu l'accompliras ?

— Absolument...

— J'y compte !... Cela est de toute importance pour la réussite de mes projets.

— Vous pouvez compter, Capitaine, que, si Messire Gaultier d'Alnay se présente ici, il n'entrera pas, dans la Tour — moi vivant — avant que vous nous ayez fait appeler, tous les deux, par Orsini.

— C'est cela, mon amé compagnon.

— Je ne sais pas pourquoi vous voulez agir ainsi, Capitaine... Mais, bien que cela me paraisse dangereux, je vous obéirai, encore une fois, attendu que vous êtes le chef de file, et que vous devez avoir vos raisons pour tout mettre en œuvre de cette façon...

— Tu comprendras tout plus tard !... Le temps me manque pour m'expliquer... Il faut que nous agissions vite... Et pour cause... Donc, la trappe...

— Longez le mur...

— Bien...

— Jusqu'à la palissade de planches qu'on voit d'ici, dans la pénombre.

— Je la vois... Après ?

— Juste au-dessous de cette palissade... au pied, même, du mur de la Tour, vous toucherez, du pied, la trappe... qui sonnera creux sous vos talons...

— Bien...

— Cette trappe porte un anneau de fer... Grâce à cet anneau, vous la soulèverez...

— Poursuis ?

— Ainsi que je vous l'ai dit, vous vous trouverez dans un caveau, après avoir descendu six marches... Vous entendez : six marches...

— Six marches...

— Les mains aux murs, dans l'obscurité épaisse, vous tournerez autour du caveau, jusqu'à ce que vous rencontriez l'embrasure d'une porte... et d'autres degrés... Vous en monterez dix-sept... Je dis bien : Dix-sept... Vous vous en souviendrez ?

— Dix-sept.

— Au-dessus de ces dix-sept marches, vous arriverez dans la petite pièce attenante à la Salle où vous avez banqueté l'autre nuit...

— Bien !... Six marches dans le caveau ?

— Six !

— Et dix-sept pour monter du caveau jusqu'à la pièce attenante à la Salle où nous avons banqueté ?

— Dix-sept !

— Merci, mon amé Landry... Cette fois, encore, tu viens de me rendre un éminent service...

Landry soupira.

— J'espère, Capitaine... dit-il... que ce sera le dernier que j'aurai à vous rendre dans des circonstances aussi dangereuses...

— Je l'espère, aussi !

— Ainsi soit-il !... **N'avancez qu'avec la plus extrême prudence... toujours prêt à la défense...**

— Certes !... Toi, arrête, ici, Gaultier !... **Sur ta vie... tu le promets?**

— Sur ma vie !... Je le jure !...

— Bien !... Embrassons-nous, Landry...

Buridan étreignit le sacripant.

Et, très ému, il le baisa, tendrement.

Landry, d'autre part, était ému à un point indicible.

— Dieu te garde, mon amé compagnon !

— Dieu vous garde, Capitaine !

— A bientôt, j'espère !

— A bientôt !...

... Buridan s'éloigna... non sans avoir fouillé, encore, des yeux, les alentours... non sans avoir prêté l'oreille aux bruits — espérant, toujours, qu'il verrait venir Gaultier... ou qu'il entendrait, dans le silence de la nuit, le bruit de ses pas résonner au loin.

Personne !

Aucun bruit !

Oui, oui, il était à craindre, de plus en plus, que Gaultier ne fût entré, déjà, dans la Tour, ainsi que Landry l'avait indiqué.

Il était à craindre que les assassins, appostés, par la Reine, pour l'occire, lui, Buridan... n'eussent frappé le jouvenceau.

— Gaultier !... Gaultier !... répétait le Capitaine, en marchant, vite, vers la palissade.

Si le jeune homme n'était pas venu, encore, à la Tour, il était urgent de prévenir Marguerite de tout ce qui s'était passé...

Il fallait qu'elle prît la fuite, le plus tôt possible.

Il ne fallait pas qu'elle tombât aux mains du Sire de Savoisy... qui allait se présenter, à la Tour, avec ses hommes d'armes, pour exécuter l'Ordre, dicté par Buridan, et signé par le Roi.

Maintenant, le hardi Capitaine ne voulait pas qu'il arrivât malheur à la mère de son fils...

— Allons !... Allons !... dit-il... Que le Dieu Tout Puissant soit avec moi !...:

*
* *

... Et, d'autre part, le bon Landry le suivit, des yeux, tant qu'il put le voir.

Plus que jamais troublé !

Plus que jamais ému !

Triste !...

Profondément triste !...

Convaincu qu'il avait vu le Capitaine pour la dernière fois !

Et, pour conjurer le Mauvais Sort... il toucha sa relique... et chanta, à demi-voix, son « Noël » protecteur...

> Comme les bestes, autrefois,
> Parloient mieux latin que françois....

CXXI

PAR DEVANT « LA GOULE »

... Buridan, cependant, suivant les instructions de Landry, longeait le mur de la **Tour de Nesle**.

L'œil et l'oreille au guet... la main sur la garde de son épée... prêt à tout événement.

Il arriva, bientôt, près de la palissade — faite de planches épaisses, dégrossies à la hache, pointues par le bout — qui, de ce côté, s'étendait dans un rayon de quelques toises, jusqu'au bord de la rivière, enfermant, dans une sorte de demi-cercle, la maudite Tour... et la protégeant contre les nocturnes incursions des rôdeurs, des truands, des amoureux et des pêcheurs.

L'ombre portée, gigantesque, de la Tour... couvrait tout le coin où le Capitaine évoluait.

Avantage, pour lui... et désavantage, aussi.

Avantage, en ce sens que, comme il était perdu dans les ténèbres, personne ne pouvait le voir déambuler là.

Désavantage, car il n'y voyait goutte... et, par suite, il n'avançait que très lentement, sur un terrain inégal, où il fallait manœuvrer avec prudence, afin de ne pas se rompre le col.

A tâtons, il retrouva le mur de la Tour... dont il avait dû s'éloigner, un moment, pour ne pas choir dans un fossé, creusé, sans doute, à cette place, par les pluies.

Tout au pied du mur, il chercha la trappe dont Landry lui avait parlé.

Soudain, il entendit sonner creux, sous son talon.

Ce devait être là.

Il se baissa.

Et il s'efforça de mettre la main sur l'anneau de fer, grâce auquel il pourrait soulever la trappe.

— Le voici !... s'écria-t-il, enfin, après une demi-minute de tâtonnements impatients.

Lors, saisissant l'anneau, et s'arcboutant solidement, il tenta de faire jouer la trappe.

Il n'y put parvenir.

La trappe, composée de planches massives, et garnie, à coup sûr, de pesantes ferrures, était très lourde.

De plus, elle était, en partie, recouverte de pierres, et de terres éboulées... qui la rendaient plus lourde, encore.

Buridan dut la déblayer, d'abord, de ces pierres et de ces terres... non sans peine.

Son impatience, grandissante, le rendait malhabile... et retardait sa besogne.

Mais, enfin, la trappe étant déblayée, il saisit, derechef, l'anneau de fer... il s'arcbouta, pour la seconde fois, et, grâce à un très vigoureux effort, il souleva la trappe.

Il reprit haleine, un moment.

Il aspira, à plein poumons, l'air frais de la nuit.

Puis, s'étant assuré que, sous ses pas, et selon les indications du bon Landry, il y avait des marches de pierre, il s'engagea, très résolument, dans le caveau... lentement, du reste, et avec une infinie prudence.

Il compta six marches.

Au bas desquelles, il constata qu'il avait bien touché le sol du caveau.

Sans perdre de temps... et toujours à tâtons, dans une obscurité profonde, il longea le mur, humide, tout en marchant, péniblement, et en glissant, parfois, sur la terre détrempée, grasse, molle, où ses pieds s'enfonçaient, s'enlisaient.

Aucun bruit, que le clapotement de l'eau, qui, çà et là, formaient mares... produites par les infiltrations de la rivière prochaine.

Un moment, il sembla, à Buridan, qu'il était revenu dans son cachot, au Grand Châtelet.

Même silence lugubre!

Mêmes ténèbres!

Mais la situation où il se trouvait était plus terrible encore!

Au Grand Châtelet, il n'avait souci que de défendre sa vie...

Dans le caveau de la Tour de Nesle, il était torturé par cette idée qu'il lui fallait défendre celle de son fils.

Combien plus précieuse, à ses yeux, que la sienne!

Il s'arrêta, soudain.

— La porte!... s'écria-t-il... C'est la porte!...

En effet, il avait touché des pierres, posées, non plus obliquement, comme celles que ses mains avaient palpées, jusque-là, et qui constituaient les murs du caveau; mais verticalement... et formant comme l'encadrement d'une porte.

En même temps que ses bras s'étendaient dans le vide... ses pieds heurtèrent des marches.

— J'y suis !... fit-il.

Sa voix résonna, sinistrement, au fond de ce caveau, comme s'il avait
parlé dans un sépulcre.

Il était plus profondément ému que jamais.

Et non sans cause, certes !

Car, où se trouverait-il lorsqu'il aurait gravi ces marches, qu'il allait
monter ?

Et qui rencontrerait-il ?

Marguerite ?

Gaultier ?

Ou bien, Orsini, et ses acolytes ?

Ceux-ci n'auraient-ils pas accompli, déjà, leur œuvre meurtrière ?

Ne verrait-il pas le cadavre de son fils ?

Cette pensée l'affola.

— Allons !... Allons !... murmura-t-il.

A tout événement, il tira son épée.

Il en assujettit, solidement, la garde à son poing.

Et, résolument, après avoir fait un large signe de croix... il s'engagea
dans l'escalier.

Lentement... toujours.

Et prudemment, aussi.

Dressant l'oreille... et prêt à se défendre, au besoin, avec une énergie
farouche... contre les assassins, s'ils surgissaient, par devant lui, à l'improviste.

— Six... Sept... Huit... Neuf... Dix... Onze...

Fort attentivement, il comptait chacune des marches de l'escalier qu'il
montait, non sans peine... car ces marches, étroites usées, humides, étaient
glissantes.

Il s'arrêta.

Il leva la tête.

Toujours aucun bruit, au-dessus de lui.

Aucune lueur.

Landry l'avait prévenu qu'il aurait à monter dix-sept marches.

Il était, alors, sur la onzième marche.

Il n'en avait donc plus que six à gravir.

Après quoi — toujours d'après les indications du sacripant — il se trouverait dans la salle attenante à celle où il avait banqueté, l'autre nuit, avec
Marguerite, ses sœurs, et les infortunés Hector de Chevreuse et Philippe
d'Aulnay.

— Montons !... dit-il.

Oh ! son cœur battait à coups précipités.

Si fort, que les battements de ses artères lui martelaient le cerveau.

— Douze... Treize... Quatorze... reprit-il, en comptant les marches, à demi-voix.

Il s'arrêta, derechef.

Il avait aperçu, devant lui, un mince filet de lumière.

Et, en même temps, il lui avait semblé entendre pousser un soupir.

Or, qui cette lumière éclairait-il ?

Et qui avait soupiré ?

Encore trois marches à monter... plus que trois marches... et il allait le savoir.

L'épée nue à la main... très pâle... décidé à tout... le hardi Capitaine gravit, brusquement, les trois marches.

Landry avait dit vrai.

Il était bien dans la pièce qu'il avait plusieurs fois traversée, l'autre nuit... la nuit fatale... la nuit maudite !

Il reconnut les tentures, vaguement éclairées par la lueur qui venait de la salle voisine... cette lueur qu'il avait aperçue, pour la première fois, pendant qu'il montait les degrés de l'escalier du caveau.

Dans cette salle voisine, il y avait quelqu'un.

Qui ?

Hardiment, guidé par la lueur qui passait par l'entrebâillement de la porte entr'ouverte... Buridan pénétra dans la salle voisine.

Et, terrible, armé, farouche... il se trouva, tout à coup, en présence de la Reine... assise sur une chaise à bras, à haut dossier, près d'une table.

Un double cri retentit.

— Marguerite !

— Buridan !

— Je te trouve !... Le Tout Puissant en soit loué !... clama le Capitaine, en allégresse.

— Comment est-il vivant ?... murmura « la goule », stupéfaite et terrifiée...

CXXII

AVANT L'ARRIVÉE DU CAPITAINE BURIDAN A LA TOUR DE NESLE

... Lorsque Marguerite de Bourgogne était arrivée à la Tour de Nesle... tout de suite, précédée par Rolande, qui portait un flambleau, en argent doré, chargé de cires, elle était montée à la Salle, où, avec ses belles-sœurs, les Princesses Jeanne et Blanche, elle recevait ses amants de rencontre.

Rolande l'aida à ôter sa mante.

Elle enleva son masque de velours noir.

Elle apparut, superbe... en sa robe noire, qui laissait ses épaules et ses bras nus.

Les diamants, noirs, qu'elle portait, étincelaient — sur sa peau très blanche de blonde rousse — allumés par la flamme des cires.

On voyait briller, à sa ceinture, la poignée, d'or, du mignon et terrible poignard qu'elle gardait sur elle, toujours, pendant ses nocturnes expéditions à la Tour de Nesle.

Elle était lasse.

Accablée, même.

Et profondément triste !

Elle s'assit, sur une sorte de divan, très bas, recouvert de richissimes étoffes aux vives couleurs, et chargé de carreaux de velours, tout brodés de fils d'or, et d'argent, par de patientes mains d'ouvriers qui avaient usé leurs yeux à ce travail.

Orsini, et ses acolytes, étaient restés dans une salle basse... attendant les ordres de « la goule ».

Marguerite demeura rêveuse, un moment.

Rolande, debout à côté d'elle, se disait :

— Que va-t-elle faire ?... Pourquoi est-elle venue, céans, cette nuit ?...

La Reine sentit ce regard, braqué sur elle.

Elle leva la tête, fixa ses yeux, ardents, sur la servante, et dit :

— Va-t'en !

Très dépitée, Rolande, répliqua :

— Votre Majesté n'a pas d'ordres à me donner ?

— Non !

— Votre Majesté n'a pas besoin de moi ?

— Non.

— Je vais, donc, me retirer dans la salle voisine ?... Votre Majesté n'aurait qu'à m'appeler, si...

— Inutile !... Je n'aurai pas besoin de toi, cette nuit... Tu peux te retirer...

— La Reine souhaite que je retourne au Louvre ?

— Oui...

— Votre Majesté restera seule, à la Tour ?

— Oui !... Oui !... Va-t'en !... Retire-toi, te dis-je !... fit Marguerite, impatiemment.

.·.

... On eut dit, que, à cette minute ultime, et pour la première fois depuis qu'elle utilisait les services de Rolande, la Reine se défiait d'elle.

... Comme Rolande s'éloignait, Marguerite lui dit : — Envoie-moi Orsini... (P. 1579.)

De plus en plus dépitée, la servante s'inclina, respectueusement, devant Marguerite, sans mot dire.

Oui, oui, elle était très dépitée.

Et pour cause, certes.

Car, de par la volonté, expresse, de Marguerite, il lui fallait se retirer... et, par conséquent, elle ne saurait pas le pourquoi de la présence de la Reine, cette nuit-là, dans le sinistre édifice.

Elle ne pourrait pas fournir des renseignements, précis, au Révérend Père Théodule, de l'Abbaye de Saint Germain-des-Prés... sur les faits et gestes de Marguerite.

Par suite, elle y perdrait gros.

Il allait se passer des choses bien intéressantes, pourtant, à la Tour... il n'en fallait pas douter.

Des choses qui intéresseraient, au plus haut degré, le Savant Religieux.

Marguerite, seule, à la Tour de Nesle !...

Toute rêveuse... triste... morne, même!

Pas de fête!

Pas de banquet!

Pas de libations!

Aucun amant de rencontre convoqué.

Et, malgré tout, Orsini était là... avec ses acolytes!

Qui donc allait-on frapper, cette nuit-là?

Pourquoi la Reine renvoyait-elle sa servante?

Oh! oui, oui, tout cela était étrange... plus qu'étrange — louche!

Rolande ne se disait pas, que, d'autre part, il y avait danger... grand danger, même, à demeurer, cette nuit-là, à la Tour de Nesle — et que Marguerite, en la congédiant, la servait... puisque, par suite, elle la soustrayait à ces dangers que couraient tous ceux qui se tenaient près d'elle.

C'est que Rolande était une de ces créatures, fort rares, heureusement, qui semblent être organisées pour le Mal... qui n'ont ni préjugés, ni scrupules, ni superstitions — une de ces créatures sur lesquelles le Remords n'a aucune prise...

Marguerite, Buridan, Orsini... étaient devenus criminels, sous la pression des passions humaines.

Rolande était née perverse.

Elle avait vécu, dans le Mal, comme en un élément hors duquel elle n'eût pu évoluer.

Aussi, Marguerite, Buridan, Orsini... en proie au Remords... torturés, terrifiés par leur Conscience en révolte... pouvaient-ils être avertis que l'heure de l'expiation approchait, pour eux.

Rolande... point!

Les criminels passionnels se perdent, tôt, car leur Conscience, qui, déjà, s'est faite leur bourreau, les livre, enfin, à leurs juges.

Au lieu que les scélérats nés, sont, longtemps, protégés, soutenus par leur Inconscience...

Ils tombent aussi, certes; mais seulement parce que leur audace les a entraînés à être plus audacieux encore, et parce que l'excès, en tout, est maladresse...

Qui croit au danger ne tarde pas à devenir la proie de ce danger.

On sort, sain et sauf, des plus téméraires aventures où l'on s'est engagé sans rien savoir, et, partant, sans rien craindre.

La peur, seule, de souffrir, crée la douleur, et torture plus que la souffrance même.

Quiconque croit qu'il va mourir, meurt — souvent par auto-suggestion, tout simplement.

L'imagination a tué plus de gens que la maladie!

Le gredin n'est perdu que quand il commence à se rendre compte, exactement, de sa gredinerie...

*
* *

... Comme Rolande s'éloignait, Marguerite lui dit :

— Envoie-moi Orsini...

La servante se retourna... salua, derechef... et sortit — toujours sans mot dire.

. . . .

Quand Marguerite se trouva seule, elle frissonna.

Elle avait peur!...

Peur de voir surgir, devant elle, toutes les victimes qu'elle avait faites, à cette place.

Peur, aussi — et surtout — de voir apparaître « le Spectre ».

Le Spectre honni... qui la poursuivait, la nuit... jusque dans les odieux cauchemars qui hantaient son sommeil!

Le Spectre de ce vieillard, à longue barbe blanche, qui lui causait ces épouvantements dont elle sortait profondément meurtrie.

Le Spectre de son Père, le Duc Robert II, de Bourgogne... qu'elle avait fait occire par le Page Lyonnet de Bournonville.

Le Spectre qui, pendant des heures, lui criait, d'une voix qui résonnait, formidablement, à ses oreilles...

— Parricide!... Parricide!... Parricide!...

Elle n'osait bouger.

Le moindre bruit la faisait tressaillir... et l'affolait.

Elle regardait droit devant elle, fixement... n'osant tourner la tête... tremblant éperdument.

Elle était au martyre!

Un assez long moment se passa... qui lui parut sempiternel!

Tout à coup, elle entendit un bruit de pas résonnant, sur les dalles, dans la pièce voisine.

Ce devait être Orsini.

C'était lui, en effet.

Il entra dans la Salle où se tenait la Reine.

Alors, « la goule » se reconquit...

Toute l'odieuse sarabande des spectres qui évoluaient, autour d'elle, sous l'effort de son imagination surexcitée... s'évanouit.

Et Marguerite, farouche, ne songea plus qu'à son œuvre...

CXXIII

LE COMPLICE NÉCESSAIRE

...Le Tavernier était livide.

Dans ses yeux, aux sclérotiques injectées de sang, de fauves lueurs passaient.

Il semblait avoir vieilli de dix ans en quelques heures.

Sa tête penchait en avant de ses larges épaules, voûtées subitement.

Il s'était comme affaissé... telles ces maisons vieillottes, dont la façade, restée longtemps intacte, se lézarde, tout à coup, et menace ruine.

Jamais son masque n'avait été plus hideux...

Et, pourtant, il n'avait plus son expression bestiale.

Maintenant, il indiquait l'état d'âme d'un être morne, abruti, résigné... prêt à tout, dans la conscience, absolument désespérée, de son impuissance à lutter contre des forces invincibles.

Ce, depuis son arrivée à la Tour de Nesle.

Ce meurtrier, ce boucher, cet homme sanguinaire s'était transformé, radicalement.

La peur... la certitude, superstitieuse, de sa fin prochaine... l'avaient rendu plus timoré, plus pusillanime, plus faible qu'une frêle et gracile jouvencelle... plus tremblant, plus désarmé, plus veule qu'un tout petit enfantelet.

Et, surtout, depuis qu'il avait constaté — avec quelle épouvante! — qu'il avait perdu la relique... la sainte relique du bon Landry... cette relique grâce à laquelle Orsini devait être préservé des maléfices d'Enfer, tout autant que par le Noël Protecteur du Sacripant.

Oui... oui... cette constatation avait, profondément, bouleversé le Tavernier.

Il avait voulu voir... il avait vu, dans ce fait... une preuve nouvelle, et décisive, que ses pressentiments, sinistres, étaient fondés.

Il s'était senti définitivement abandonné par le Dieu Tout-Puissant... et par les hommes.

Livré, tout vif, à Messire Lucifer!

— Je suis perdu!... Je suis perdu!... Je suis perdu!... s'était-il écrié.

De là son effondrement!

De là sa tristesse, son désespoir, et sa résignation.

Il n'avait même plus la force de prier.

A quoi bon?

Ses prières — cela n'était que trop certain — ne seraient pas entendues!

Il avait lassé Dieu!

Il appartenait, désormais, et sans rémission possible, aux Anges déchus, à Messire Belzébuth, à toutes les Puissances Infernales!

Quand Rolande lui avait dit, un moment auparavant :

« — La Reine vous appelle. »

Il était venu, tout aussitôt, dans la Salle où l'attendait « la goule »... Marguerite de Bourgogne.

Machinalement...

Sans force, sans pensée...

Sûr que le coup qui devait l'atteindre était imminent... et qu'on ne pouvait rien... rien... absolument rien — pour l'éviter...

***

— Écoute... dit Marguerite.

— Parlez !... répliqua Orsini.

Marguerite, ayant levé la tête, et regardé Orsini, s'aperçut, seulement alors, de son affaissement.

— Qu'as-tu donc?... demanda-t-elle.

— Que veut dire Votre Majesté ?

— Tu parais tout déprimé!

— Je le suis!

— Tu es las?

— D'abord...

— Et, de plus...

— J'ai peur!

— Peur?

— Oui!

— De quoi?...

— Nous sommes perdus!

Marguerite tressaillit.

Oh! était-ce donc vrai?...

Ce danger, qu'elle sentait planer sur sa tête, elle aussi, depuis quelques heures, allait donc l'atteindre?

Tous ceux qui l'entouraient semblaient être avertis, par quelque Puissance Occulte, que ce danger les menaçait.

Au Louvre, Charlotte... sa toute dévouée servante, lui avait ainsi parlé.

Et voilà que Orsini, à la Tour de Nesle, parlait de même!

Oui, oui, cela était effrayant!

Un moment, et tout comme son interlocuteur, elle demeura sans force, sans pensée... sans voix, même !

Mais elle était vaillante... on le sait — et, cette fois encore, elle se reconquit.

Du reste, la haine qui remplissait son cœur... lui donnait une force... une force prodigieuse, capable de la soutenir, de lui donner le triomphe qu'elle rêvait.

Elle comprit qu'il lui fallait tout entreprendre pour ranimer le courage d'Orsini.

Comment se passer de lui ?

Il ne fallait pas qu'il fût veule, à cette minute ultime.

Sa défection pouvait tout perdre.

Lors, bien décidée, elle se mit à l'œuvre... prête à tout pour reconquérir l'aide, indispensable, de son acolyte.

— Nous sommes perdus ?... dit-elle, répétant le propos du Tavernier.

— Oui !... Oui !... Oui !... Nous sommes perdus !... murmura Orsini, tête basse...

— Fol !... s'écria Marguerite, railleuse.

— Ne raillez pas !... Ne raillez pas, Madame !... C'est écrit !... Nous n'avons qu'un moyen, peut-être, de nous sauver.

— Lequel ?

— J'ai dit : « Peut-être »... Au fond, je suis convaincu qu'il est trop tard pour l'employer... ce moyen.

— Quel est-il ?

— Fuir !... Fuir !... Fuir !... Sortir, immédiatement, de cette Tour maudite, où nous allons succomber... soyez-en sûre... si nous y restons.

Marguerite, frémissante, se leva.

Elle regarda, fixement, son interlocuteur.

— Fuis !... Fuis donc !... s'écria-t-elle... Par ainsi, tu te soustrairas à tes craintes imbéciles et chimériques... Seulement, tu n'auras échappé à un danger incertain que pour tomber dans un autre... auquel tu n'échapperas pas... Car, demain, je te ferai pendre, haut et court...

Elle était apparue menaçante, farouche, terrible.

Orsini frissonna.

Depuis dix années, elle tenait cet homme... en exploitant, tour à tour, très habilement, à son profit, et selon les heures, sa cupidité et sa pusillanimité.

— Oui... Oui... répéta-t-elle... Fuis !... Fuis !... Hors d'ici !... Tu seras pendu, demain !... Encore une fois, ceci est sûr !... Va !... Va !...

Le Tavernier se redressa soudain.

— Mais... fit-il...

Et la Reine poursuivit :

— Je saurai bien trouver, pour me seconder dans ma tâche, un homme...

Orsini se redressa plus encore.

— Madame...

Sa physionomie, en un clin d'œil, s'était modifiée... avait repris son ordinaire expression de bestialité...

— Je n'ai que faire d'une chiffe!... reprit Marguerite... jouant le même jeu qui lui avait donné de si inespérés résultats... Il me faut un homme, te dis-je!... Un bras solide... prêt à abattre la victime désignée!... Non un être qui, comme toi, à cette minute décisive, sue la peur, et créerait la défaite, alors que jamais, autant que cette nuit, le triomphe ne fut nécessaire!...

Maintenant, le Tavernier semblait avoir recouvré son courage d'antan.

— Je n'ai pas dit que je ne voulais pas vous servir... fit-il, d'une voix vibrante...

— Tu te soutiens à peine!... Tu as peur!... Ne l'as-tu pas avoué, il n'y a qu'un moment?

— Quand l'heure d'agir sera venue, je serai, plus que jamais, debout, et fort!

— Non!... Non!... Va-t'en!... Va-t'en!... Je n'ai plus confiance en toi!... Je crains que tu ne faiblisses, au dernier moment...

— Je ne faiblirai pas!...

— Va-t-en!... Va-t'en!...

— Où est la victime?... Je vous dis que je suis prêt à l'abattre...

— On est vaincu, d'avance, lorsqu'on craint d'être vaincu...

— Je n'ai jamais craint la victime que vous voulez me désigner... quelle qu'elle soit!...

— Pourtant, tu avais peur?...

— Oui!... Mais d'une force d'ordre supérieur... contre laquelle se brisent tout pouvoir et tout courage humains!

Marguerite ricana.

— Il n'y a pas de force d'un ordre supérieur!... dit-elle.

Orsini frissonna.

— Oh! taisez-vous, Madame, taisez-vous!... s'exclama-t-il...

Et, après un silence, à demi-voix, il ajouta :

— Craignez, à cette heure où nous sommes... craignez d'attirer, sur nous, la colère du Dieu Tout-Puissant!... Ah! ne blasphémez pas!... Ne blasphémez pas!

La Reine haussa les épaules.

— Fol!... dit-elle, encore...

Et, comme le Tavernier se signait, dévotement... elle reprit :

— Donc... tu ne veux pas fuir?

— Je suis venu, céans, pour vous servir... Je vous servirai, fidèlement, comme toujours.

— Et quoi qu'il doive arriver?

— Quoi qu'il doive arriver...

— Tu ne faibliras pas?

— Pas plus que d'habitude!

— C'est que... ainsi que je te l'ai dit... jamais, autant que cette nuit, il ne fallut être résolu, énergique... sûr de soi.

— Encore une fois, où est la victime?...

— Elle va venir.

— D'avance, croyez qu'elle succombera...

— Tu auras affaire à un adversaire redoutable!

— Qu'importe?

— Très redoutable!

— Il sera seul?

— Seul!

— Que pourrait-il, seul, si redoutable qu'il soit, contre sept hommes, au bras solide et bien armé?

— Ce Landry... de qui je me défie... est-il là?

— Non, Madame...

— Ah!

— Il a refusé de m'accompagner, céans, cette nuit.

— Tant mieux!... Oui, oui, je me défie de lui!

— Plût au Ciel, pourtant, qu'il fût avec nous!...

— Que veux-tu dire?

— Sa présence, j'en suis certain, nous a préservés, souvent, des maléfices d'Enfer...

— Fol!

— Je n'eusse pas eu une minute de crainte, s'il avait été présent, parmi nous, cette nuit!...

— Fadaises!... Ce Landry est un traître!... Tu feras bien de te passer de lui... Du reste, tu n'auras plus besoin de ses services, jamais!...

— Jamais?

— Non!... Car, cette nuit, nous sommes venus, pour la dernière fois, à la Tour de Nesle.

Orsini, stupéfait, et charmé, regarda la Reine.

— Pour la dernière fois?... demanda-t-il.

— Je l'ai résolu...

Lors, le Tavernier s'exclama, dans un transport :

— Ah! Madame... que le Dieu Tout-Puissant ait entendu votre promesse... et que, en faveur d'elle, il daigne nous épargner!...

— Ainsi soit-il!... répliqua, sarcastiquement, Marguerite.

L'homme qui chantait, ainsi, dans la nuit, passait, sans doute, dans l'une des ruelles
qui serpentaient derrière la Tour de Nesle. (P. 1590.)

Ce, pendant que le superstitieux Tavernier se signait, derechef.

— Oui, oui... reprit la Reine... nous sommes venus, cette nuit, pour la
dernière fois, à la Tour de Nesle... Je me le suis juré à moi-même... Seulement...

— Seulement... demanda Orsini, anxieux.

— Seulement, je te répète qu'il faut que celui que j'attends, ce soir,
céans, succombe... Il le faut absolument... Impérieuse nécessité !...

— Et, ce meurtre...

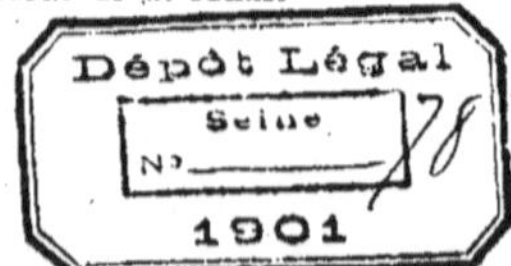

— Achève?

— Ce meurtre — nécessaire selon vous...

— Oui, oui, oui... nécessaire!...

— Ce meurtre sera-t-il le dernier que nous commettrons?

— Le dernier!...

— Est-ce sûr?

— Sûr!

Le masque du Tavernier s'éclaira...

— Alors... s'écria-t-il... alors, je reprends confiance!... La dernière victime!...

Solennellement, il ajouta:

— Il est temps, Madame, croyez-le bien!... Le Tout-Puissant se lasse!... Qui sait... qui sait s'il n'est pas trop tard, déjà!...

Et il demanda:

— Mais... cette victime?...

— Parle!

— Est-ce que je la connais?

— Oui!...

— Ah!

— Et depuis de longues années...

— Son nom!...

— C'est l'homme que ton Landry a laissé fuir, d'ici, l'autre nuit, pour mon malheur!...

— Le Capitaine Buridan?

— Ou le Page du Duc Robert II, mon père... Sire Lyonnet de Bournonville, que tu devais frapper, et abattre, jadis... et qui, toujours pour mon malheur, t'a échappé!...

— Hélas!...

— Tu comprends?... C'est une dernière nécessité... C'est un meurtre, encore... Mais c'est le dernier...

— Le dernier!... Le dernier!...

— Cet homme connaît tous nos secrets, nos secrets de vie ou de mort...

— C'est vrai!... C'est bien vrai!

— Les tiens, et les miens!...

— Oui, oui, cet homme est dangereux!

— Si je n'avais lutté, depuis trois jours, contre lui, au point d'être lasse de la lutte, nous serions, déjà, perdus, tous deux...

— C'est vrai!... C'est vrai!...

— Aujourd'hui, dans les caveaux du Grand Châtelet... avec un mot, cet homme m'a jetée, à ses genoux, comme une esclave, moi, Marguerite de

Bourgogne, Reine de France!... Il m'a vue lui détacher, un à un, les liens dont je l'avais fait charger... Et cet homme-là...

— Cet homme-là...

— Cet homme-là... qui sait tous nos secrets... qui m'a vue ainsi... qui peut nous perdre...

— Eh bien?

— Cet homme a eu l'imprudence de me demander un rendez-vous... un rendez-vous à la Tour de Nesle.

— Un rendez-vous?... Il vous a demandé un rendez-vous?...

— Oui!

— A la Tour de Nesle?

— Oui!... Oui!...

— A la Tour de Nesle... d'où il n'est sorti, l'autre nuit, que par miracle!... Cet homme est insensé!... Il veut tenter Dieu!... Ou bien...

— Ou bien?

— Ou bien... et c'est plus que probable... il vous a tendu un piège!... N'en doutez pas, Madame... il vous a tendu un piège!

— Je me suis dit cela...

— Et vous êtes venue, néanmoins, céans?

— Quel piège Buridan peut-il m'avoir tendu?

— Qui sait?... Cet homme est habile, résolu, audacieux, énergique... Oh! voilà que, derechef, j'ai peur que nous ne sortions pas, d'ici, vivants!... Ne craignez rien!... Je lutterai... Je lutterai jusqu'à mon dernier souffle... Mais quel danger!... Quelle imprudence!...

— Je te répète que j'ai examiné, de très près, la situation... Buridan va venir... Peut-il tenter de me faire occire?... Non!... Il ne pénétrera, dans la Tour, que s'il s'y présente seul... Or, si brave, si hardi qu'il soit, que pourrait-il, seul, contre toi et tes hommes?... Rien!... Du reste, on n'assassine pas une Reine de France... à moins que ce ne soit traîtreusement... Quoi encore?... Buridan peut me faire surprendre, céans, avec un amant, en flagrant délit d'adultère, par les gens du Roi?... Non!... Car Buridan serait arrêté comme mon complice... Rien à craindre, te dis-je... Non!... Non!... Rien à craindre!... Pour moi, il y avait du vrai dans ce qu'il m'a dit... Et c'est le motif, réel, de sa demande du rendez-vous que je lui ai accordé...

— Or, ce motif...

— Le Capitaine Buridan a souhaité de voir, face à face, à la Tour de Nesle, Marguerite de Bourgogne, Reine... comme le Page Lyonnet de Bournonville voyait, jadis, dans le Château du Duc Robert II, Marguerite, la jouvencelle...

— Un rendez-vous...

— Un rendez-vous d'amour...

... Orsini réfléchit, un moment.

La Reine avait raison...

Buridan pouvait n'être qu'un amoureux.

Fait qui paraissait invraisemblable, tout d'abord... étant donné l'homme que représentait le hardi Capitaine.

Étant donné tout ce que le Tavernier savait, de lui, par son amé compagnon, le bon Landry.

Étant donné qu'il semblait avoir eu pour but, unique, de retrouver ses enfants... ses fils...

Un homme aussi énergique, aussi courageux, aussi adroit .. un homme capable des prouesses que Buridan avait accomplies... pouvait-il jouer sa vie, avec tout ce qu'elle devait produire d'actes utiles et nobles... pour une satisfaction amoureuse de quelques heures?

C'était invraisemblable.

Louche, même.

Mais possible, pourtant!

Car tout être humain est la proie des passions... lesquelles ont, souvent, abattu les meilleurs, et les plus grands!

La nouvelle révélation de la Reine rasséréna le Tavernier.

Buridan, amoureux, était perdu.

Parce que tout amoureux devient esclave... et se livre, pieds et poings liés, à celle qui peut faire, de lui, à son gré, selon son rang, selon sa force, et son ambition, un héros, ou une victime!

Du reste, il était possible que le Capitaine Buridan, ayant revu la Reine, plus belle que jamais, certes... plus que jamais troublante... ait été repris, brusquement, par la passion, ardente, qui, jadis, avait brûlé le Page Lyonnet de Bournonville.

Toutes ces pensées avaient traversé l'esprit d'Orsini, en un clin d'œil.

Il voyait juste, souvent, l'Italien.

Il connaissait les hommes, certes.

Il se dit, encore :

— Buridan, amoureux, est perdu...

On l'abattrait, sans coup férir.

Peut-être qu'on s'était tout à fait à tort alarmé, jusque-là?

Le Tavernier avait essayé, d'accord avec Landry, de travailler au profit de Buridan; mais cela n'avait pas donné les résultats qu'il en avait attendus.

A présent, il valait mieux servir Marguerite, contre Buridan...

Et, dès lors, Orsini fut résolu, absolument, à abattre le hardi Capitaine...

CXXIV

LA CHANSON DU PASSANT.

— Oh!... poursuivit la Reine... j'ai hésité, longtemps, à accorder, à Buridan, ce qu'il me demandait... Mais, n'est-ce pas, c'était bien imprudent, à lui?... Comme tu le disais, fort justement, tout à l'heure, c'était tenter Dieu!... J'ai accordé le rendez-vous, enfin!... Au moins, il s'est invité, lui!... C'est encore autant de moins pour le Remords!...

— Eh bien... répliqua le Tavernier... Encore celui-ci... Moi, qui vous demandais du repos, je suis le premier à vous dire : « Il le faut! »

— Ah! n'est-ce pas qu'il le faut, Orsini?... Tu vois bien : Tu veux, aussi, qu'il meure, cet homme?... Quand bien même je ne te l'ordonnerais pas .. pour ta propre sûreté tu le frapperais?...

— Oui, oui!... Mais une trêve, après?... Si votre cœur n'est point blasé, notre fer s'émousse!... Et ce sera assez... ce sera trop, pour notre repos éternel!...

— Notre tranquillité, en ce monde, l'exige... Tant que cet homme vivra, je ne serai pas Reine... Je ne serai maîtresse, ni de ma Puissance, ni de mes trésors, ni de ma vie!... Mais, lui, mort... oh! je te le jure... plus de nuits passées hors du Louvre, plus d'orgies à la Tour... plus de cadavres à la rivière!...

Orsini opina de la mine et du geste.

La Reine, pour achever de convaincre son acolyte... déjà convaincu, du reste — pour le séduire et l'enchaîner... pour le décider à frapper, sans trembler, son redoutable et terrible adversaire... poursuivit :

— Puis, je te donnerai assez d'or pour acheter une province!... Tu entends, Orsini?... Et tu seras libre, si cela te convient, de retourner dans ta belle Italie... ou de rester en France, si cela te convient mieux...

Le masque du meurtrier s'illumina.

— Cet homme, qui vous gêne, disparaîtra, Madame!... s'écria-t-il, tout en allégresse.

Oh! Marguerite jouait, de lui, avec son habituelle habileté.

Tout ce qu'elle lui disait... tout — faisait, sur Orsini, l'impression qu'elle en espérait.

Après l'avoir épouvanté... en le menaçant du gibet... elle excitait sa cupidité en lui promettant de l'or.

Assez d'or pour acheter une province!

Mais ce n'était rien, encore.

Elle lui promettait de lui rendre sa liberté !

Elle lui permettrait de retourner dans sa belle Italie !...

Son rêve !...

Elle savait bien qu'elle obtiendrait, de lui, tout ce qu'elle voudrait avec de telles promesses !

Elle reprit :

— Ecoute... Je ferai raser cette Tour... Je bâtirai un Monastère, à sa place... Je doterai des Moines... Ils passeront leur vie à prier, nu-pieds, sur la pierre nue... à prier pour moi, et pour toi, Orsini....

Le Tavernier approuva.

Avec son or... cet or que la Reine lui donnerait, pour le payer de son dernier meurtre, il ferait, lui aussi, des œuvres pies, pour le rachat de ses crimes... quand il serait revenu dans sa belle Italie.

Il en avait eu l'idée, déjà, on le sait...

Il le jurait, encore, solennellement, par devant la Madone, Mère du Dieu Puissant !

Il se signa, dévotement, comme pour sceller son vœu.

En même temps que lui, et pour lui complaire... Marguerite se signa, très dévotement, elle aussi.

Après quoi, elle reprit encore :

— C'est que je suis lasse, autant que toi, de toutes ces amours, et de tous ces massacres !...

— Bien !... Bien !... s'exclama Orsini...

Ils s'interrompirent.

Dans le silence, profond, qui planait sur la Tour, une voix monta, tout à coup, chantant :

> On doibt le temps ainsi prendre qu'il vient :
> Tout dit que pas ne dure la fortune.
> Un temps se part et puis l'autre revient :
> On doibt le temps ainsi prendre qu'il vient :
>
> Je me conforte en ce qu'il me soubvient
> Que tous les mois avons nouvelle lune.
> On doibt le temps ainsi prendre qu'il vient .
> Tout dit que pas ne dure la fortune.

L'homme qui chantait, ainsi, dans la nuit, passait, sans doute, dans l'une des ruelles qui serpentaient derrière la Tour de Nesle.

Sa voix, très sonore, vibrait harmonieusement.

Il modulait les sons avec un goût infini.

Il répéta le deuxième couplet...

> Je me conforte en ce qu'il me soubvient
> Que tous les mois avons nouvelle lune.
> On doibt le temps ainsi prendre qu'il vient :
> Tout dit que pas ne dure la fortune.

L'homme s'éloignait.

Marguerite, et Orsini, entendaient, encore, la voix ; mais ne distinguaient plus les paroles.

Et cette voix, bien timbrée, ainsi perçue dans le lointain, avait une exquise douceur.

La Reine, et le Tavernier, s'étaient tus.

— Tout dit que pas ne dure la fortune !... répéta la Reine, rêveuse.

Elle soupira.

Maintenant, la voix ne retentissait plus.

Le chanteur, nocturne, était loin.

Et Marguerite, si préoccupée qu'elle fût, à cette minute ultime, se disait que cet être, qui s'en allait dans la nuit, chantant... libre... miséreux... peut-être sans feu ni lieu, était heureux, pourtant, bien heureux !

Cet incident, inattendu, lui avait donné une minute de répit... avait mis comme une fraîcheur à son front.

Ç'avait été, pour elle, un apaisement...

Et jamais, bien sûr, le chanteur ne se douterait que la chanson qui s'était envolée de ses lèvres, pendant qu'il déambulait, cette nuit-là, sous les murs de la Tour de Nesle, avait été considérée comme un bienfait par une femme meurtrie... par une Reine exaspérée !

— Tout dit que pas ne dure la fortune !... fit Marguerite, à demi-voix... pour la seconde fois.

Orsini, cependant — qui n'avait pas été impressionné, comme la Reine, par la chanson du passant — s'était accoudé à l'une des meurtrières percées dans le mur de la Salle.

Une meurtrière qui donnait sur la rivière.

Il regardait au dehors, attendant que Marguerite reprit l'entretien soudainement interrompu.

— Madame... s'écria-t-il, tout à coup.

Il était très agité.

La Reine, qui rêvait... tressaillit...

CXXV

LA BARQUE

— Qu'y a-t-il ?... demanda-t-elle.

— Une barque... répondit le Tavernier.

— Une barque ?...

— Oui !... Une barque montée par deux hommes.

— Des pêcheurs, sans doute.

— Non pas... Visiblement, cette barque se dirige vers la rive où nous sommes, et, même, vers la Tour...

— Peux-tu voir les hommes qui sont dans cette barque ?

— Pas encore... Ils sont trop loin... Et, de plus, dans l'ombre... Mais je les verrai bientôt, sans doute... La barque se rapproche... Elle se trouvera, tout à l'heure, au beau milieu de la rivière, et en pleine lumière.

— Attendons !

Marguerite n'avait pas bougé.

On eût dit qu'elle tremblait d'acquérir la certitude que celui qui venait là, c'était le Capitaine Buridan.

La victime désignée !

La victime qu'il fallait faire encore !

Un assez long temps se passa... dans le silence le plus impressionnant.

Orsini observait, toujours, très attentivement, la manœuvre de la barque.

— C'est la barque de Simon-le-Pêcheur... dit-il, soudain... Je la reconnais.

— Tu vois bien... fit Marguerite, rassérénée... Des pêcheurs !...

— Non !... Non !... Ce n'est pas Simon qui est à bord de la barque... J'en suis sûr...

— Qui est-ce, alors ?

— Je vous le dirai avant une minute... La barque est toujours dans l'ombre... Je me rends bien compte que l'homme qui la mène — malhabilement du reste — n'est pas habitué à manœuvrer une embarcation... Il peine, visiblement, contre le courant, qui est très rapide... Ce n'est pas Simon-le-Pêcheur, j'en réponds, quoique je ne le voie pas distinctement... pas plus que l'homme qui est assis à l'avant.

Il y eut un nouveau temps de silence.

Marguerite était toute frémissante.

Angoissée, elle attendait que le Tavernier parlât.

— Landry !... Landry !... s'exclama Orsini, stupéfait.

— Landry ?... répéta la Reine, non moins surprise, certes... et, de plus, inquiète.

— Oui, oui, c'est Landry qui conduit la barque de Simon-le-Pêcheur.

— Mais... l'autre homme ?... interrogea Marguerite.

Oh ! comme elle était angoissée !

Quel nom le Tavernier allait-il prononcer ?

— L'autre homme... dit Orsini, effaré.

— Oui !... Oui ?...

— C'est celui que vous attendez !

Orsini s'était écarté pour lui faire place... (P. 1594.)

— Le Capitaine Buridan ?

— Lui-même !...

Orsini était épouvanté.

Et pour cause !...

Le Capitaine Buridan venait à la Tour de Nesle... et Landry le conduisait.

Événement inattendu, certes!

Et effrayant, aussi !

Landry !

Pourquoi ?

Oui, oui, c'était effrayant !...

Landry l'avait-il trahi ?

Landry avait continué à servir Buridan... contre la Reine — pendant que, lui, il avait servi la Reine contre Buridan !

Que résulterait-il de tout cela ?

— Rien de bon pour moi, sans doute !... se disait le Tavernier.

Maintenant, il craignait que Marguerite, et Buridan, ne s'entendissent... et qu'ils ne l'accusassent de les avoir trahis, tous les deux.

Il craignait que, tous les deux, chacun de son côté, ils ne voulussent le faire pendre !

Ah ! Ce Landry !...

Il avait trahi son bienfaiteur !...

Comment tout cela finirait-il ?

Il fallait que cela finît... d'une manière ou de l'autre.

Pareille existence était, vraiment, intolérable !

Depuis quelques heures, Orsini, cahoté, tourmenté, torturé, vivait dans les affres !

Tantôt croyant qu'il se sauverait... tantôt sûr de sa perte prochaine !

Oui, oui, il fallait que cela finît !

Par la mort, même... qui lui constituerait, certes, une délivrance !

La Reine, cependant, s'était levée, enfin, d'un bond.

Rapidement, elle marcha vers la meurtrière.

Orsini s'était écarté pour lui faire place... afin qu'elle pût mieux voir la barque de Simon-le-Pêcheur, alors en pleine lumière, au beau milieu de la rivière.

Ses prunelles flamboyaient.

Ses narines, dilatées, battaient.

Elle frissonnait.

— Lui !... Lui !... Lui !... Lyonnet !... Buridan !... C'est bien lui !... C'est bien lui !... clama-t-elle.

Toute sa haine contre cet homme lui était revenue.

Elle apparut plus que jamais terrible... farouche — plus que jamais implacable.

Elle sourit.

Enfin !

Elle tenait donc sa proie !

Cette fois, Buridan... l'imprudent et par trop téméraire Buridan, ne pouvait plus lui échapper.

Avant dix minutes, il aurait vécu.

Il aurait emporté, avec lui, dans la mort, les secrets, extra dangereux, qu'il portait!

Oui, oui, l'imprudent... l'imprudent!

— C'est bien lui!... C'est bien lui!... C'est bien lui!... répétait-elle, en proie à une indicible surexcitation... C'est bien lui!... Quelle audace!... Comme il se croit fort!... Seul!... Il est seul!...

Et, inquiète, elle s'écria :

— Aurait-il donc, encore, contre moi, quelque autre arme de laquelle il tirerait son incroyable témérité?

Mais elle ajouta, bientôt :

— Non!... Non!... Et qu'importe, du reste?... Qu'importe?... Je l'abattrai!... Quand bien même il devrait m'entraîner, avec lui, dans sa chute!... Oh! se venger!... Se venger!... Inouïe jouissance!... Abattre cet homme qui m'a tant fait souffrir!... Cet homme qui m'a abaissée, qui m'a torturée!... Il mourra!... Il mourra!... Il faut qu'il meure!... Il va mourir!...

Et farouche, elle répéta :

— C'est lui!... C'est lui!... C'est bien lui!...

*
* *

... Or, à ce moment-là, même, Buridan, assis à l'avant du bateau de Simon-le-Pêcheur, regardait — on se le rappelle, sans doute — la lueur qui brillait, rougeâtre, derrière la mêurtrière de la Tour, dans la Salle où se trouvaient Orsini et « la goule ».

Et, triste, il pensait :

« — Elle est là!... Elle me voit!... Elle se dit, que la proie qu'elle attend vient!... Et elle donne des ordres aux assassins, apostés, là, pour m'occire! »

Et il se répétait :

« — La malheureuse!... La malheureuse!... La malheureuse!... »

Le hardi Capitaine, donc, ne s'était pas trompé.

La « goule », en effet, le voyait... pendant qu'il traversait la rivière, conduit par le bon Landry... pendant qu'il se rendait à la Tour de Nesle.

Oui, oui, Marguerite guettait sa proie...

*
* *

... Dans la Salle de la Tour, cependant, la Reine reprit :

— Avais-je pas raison, quand je te disais de te défier de ce Landry?... Il servait, contre nous, notre plus redoutable ennemi!... J'en étais sûre, absolument sûre!... En es-tu convaincu, à présent?... C'est flagrant, j'imagine?...

Orsini ne broncha pas.

L'Italien, toujours prudent, ne voulant articuler aucune parole compromettante, garda le silence.

— Oh! Je le tiens!... Je le tiens donc!... Enfin!... s'exclama Marguerite, triomphante... Oui, oui, je le tiens!...

Elle regardait, avec une indicible joie, cette barque, qui s'avançait vers la Tour... et qui lui amenait son ennemi.

— Cette fois... ajouta-t-elle... cette fois, il ne m'échappera pas!... Messire Lucifer, lui-même, ne l'arrachera pas de mes mains!...

Oh! comme ses yeux brillaient!

Elle frissonnait.

Elle ne pouvait s'éloigner de cette meurtrière.

Le spectacle qui s'offrait à elle la fascinait, en quelque sorte.

Elle s'imaginait que son regard, fixé sur sa proie... l'attirait, irrésistiblement...

— Ils vont disparaître à nos yeux... fit Orsini, qui, lui aussi, observait, attentivement, la manœuvre de la barque...

En effet, le bateau de Simon-le-Pêcheur se rapprochait, de plus en plus, de l'endroit où l'ombre portée de la Tour mettait la rivière, et la grève, dans l'obscurité noire.

— Plus rien!... On ne voit plus rien!... reprit le Tavernier.

— Plus rien!... ajouta la Reine, avec colère... Plus rien!... Hélas!...

Elle était profondément troublée.

Il lui semblait que cette proie, qu'elle avait cru tenir, lui avait échappé!

Elle fit un bond en arrière.

— Orsini!... clama-t-elle.

Le Tavernier sursauta.

Tout ce qui se passait autour de lui, l'effarait de plus en plus.

— Madame?... répliqua-t-il.

La Reine, maintenant oppressée, haletante... avait repris place sur sa chaise à bras.

— Dis... dis... reprit-elle... c'est bien ici qu'ils viennent?

— Sans doute!... répondit Orsini.

— Tu en es sûr?

— Où voulez-vous qu'ils aillent?... La barque naviguait, visiblement, vers la Tour de Nesle... En abordant sur cette rive, le Capitaine Buridan ne peut avoir eu d'autre but que de venir ici...

— Oh! pourvu... pourvu qu'il y vienne!

— Il y vient, n'en doutez pas!

— Que l'Enfer t'entende!

Orsini se signa.

L'Enfer!

Cette nuit-là, la Reine n'invoquait que les Puissances Infernales!

Oh! cela leur porterait malheur!

Le Capitaine Buridan triompherait de « la goule » — c'était plus que probable... hélas!

Il triompherait d'autant plus sûrement que le bon Landry était avec lui... et pour lui!

Le bon Landry qui était protégé, toujours, aux heures dangereuses, par son « Noël »...

CXXVI

LE PLAN D'ATTAQUE

— S'il vient ici... poursuivit Marguerite... il ne faut pas qu'il m'échappe, tu m'entends, Orsini?

— Il ne vous échappera pas!

— Il faut qu'il meure!...

— Il mourra!...

— Tu le frapperas toi-même?

Orsini, un moment, hésita à répondre...

Il dit, enfin :

— Après lui... pas d'autres?... Vous l'avez juré?

— Et je le jure, encore...

— Par le sang du Christ?...

— Par le sang du Christ!...

— Bien!... Je vous obéirai!... Je le frapperai moi-même!... Vous serez obéie!...

— Il ne peut tarder à être ici?

— Non!... Certes!...

— Alors, prépare-toi à le recevoir... Prends toutes les mesures nécessaires pour l'abattre sûrement...

— Je suis à vos ordres...

— Bien... Écoute...

— Parlez!...

— Cet homme, ce démon... a une clé de la Tour... C'est moi-même qui la lui ai donnée...

— Après?

— Tout à l'heure, donc, quand il aura débarqué, il se présentera à la porte de ce bâtiment... qui sera sa tombe, j'espère... Il ouvrira cette porte avec la clé que je lui ai remise.

— Après ?

— Il entrera...

— Après ?... Après ?

— Toi, tu seras caché derrière la porte... Aucune lumière... Il n'est pas besoin d'y voir pour occire un pareil ennemi... Lui, seul, a la clé de la Tour... Par conséquent, lui, seul, pourra ouvrir la porte... Pas de crainte d'abattre une victime autre que celle qui doit tomber...

— Après ?... Après ?... Après ?

— Tu le laisseras entrer... Si Landry le suit.. tu laisseras passer, aussi, Landry... A quoi bon s'opposer à son entrée... soulever, pour un fait sans importance, un inutile débat... créer un retard qui pourrait tout compromettre ?... Quand les deux hommes seront dans la Tour, tu refermeras la porte, rapidement, habilement...

— Bien !... Bien !...

— Lors, tu frapperas le Capitaine... Tu l'abattras, si possible, d'un seul coup... avant qu'il ait eu le temps de se reconnaître et de se mettre en défense... Car, tu le sais — et souviens-t'en — c'est un adversaire redoutable, et formidable !... Prends donc toutes tes précautions... Quant à Landry, tuez-le... s'il est entré, dans la Tour, avec Buridan... Oui, oui, tuez ce traître !... Il vaut mieux se défaire, aussi, de lui... Plus tard, nous regretterions, peut-être, de l'avoir tenu, et de l'avoir laissé vivre... Tuez-le !... Tuez-le !... Pas de grâce !... Pas de merci !... Pas de pitié !... Tuez !... Tuez !... Tuez !...

La Reine, farouche, avait parlé impérieusement.

Orsini s'inclina.

— Vos ordres seront exécutés !... dit-il... Avant un quart d'heure, le Capitaine Buridan ne vous gênera plus !

— Va !... Va !...

A la voix de « la goule », le Tavernier était devenu farouche, lui aussi.

Oui, oui, il allait abattre le Capitaine Buridan, et Landry.

Son intérêt le lui commandait.

Il ne fallait pas que le Capitaine, ou Landry, se retrouvassent, jamais, en présence de Marguerite.

Il ne fallait pas qu'elle pût savoir, que, un moment, et d'accord avec Landry, il avait formé le projet de servir le Capitaine contre elle...

— Frappe !... Frappe !... reprit Marguerite... Je te le jure, encore, par le sang du Christ, ce sera ta dernière victime... Va !... Va !...

Orsini mit son énorme poing sur la poignée de son coutelas.

Puis, terrible, hideux, il se dirigea vers la porte.

— Attends !... lui dit Marguerite...

Le Tavernier s'arrêta.

— Un mot, encore!... fit « la goule »...

— Parlez?... répliqua l'Italien, d'une voix rauque...

Oui, oui, il était hideux!

Jamais sa face n'avait eu pareille expression de bestialité, de sauvagerie...

Ses petits yeux, injectés de sang, clignotants, étaient éclairés par des lueurs verdâtres...

— On ne peut pénétrer, ici, que par cette porte?... demanda la Reine.

— Et, aussi... répliqua Orsini... par cette issue que j'ai fait pratiquer sur votre ordre... et qui conduit dans le caveau, sous la Tour... ce caveau d'où l'on sort par la trappe, ouverte au pied, même, de la muraille... Mais qui pourrait entrer, céans, par cette issue?... Personne... Je la connais, seul...

— Tu en es sûr?

— Sûr!

— Landry ne la connaît pas?

— Non!...

— Bien!... Donc, Buridan, entrant par la porte de la Tour, ne saurait pénétrer, jusqu'à moi — dans le cas où, par impossible, il vous aurait échappé — qu'en passant par cette porte?

— Oui!

— Alors... ferme-la derrière toi... A clé!... Tu m'entends?... A clé!... Oui, oui, ferme cette porte!... Que cet homme ne vienne pas jusqu'ici... Je ne puis pas, je ne veux pas le revoir!... Peut-être a-t-il, encore, quelque secret qui lui sauverait la vie!... Va!... Va!... Enferme-moi!... L'heure passe!... L'homme approche... Maintenant, il a débarqué, sans doute... A ton poste... Que ton bras ne tremble pas!... Frappe sans scrupules, et sans peur!... Sois fort!... Dis-toi qu'il faut que cet homme, qui va ouvrir cette porte, et qui passera, devant toi, dans les ténèbres, c'est bien... ce ne peut être que notre plus terrible ennemi... Frappe!... Frappe!... Tue!... Tue!... Tue!... Va!...

Orsini s'éloigna, rapidement.

Derrière lui, la porte, massive... toute barrée de lourdes ferrures... se ferma.

Marguerite entendit le grincement, strident, de la clé, tournant dans la formidable serrure.

Le Tavernier avait exécuté ses ordres, strictement.

Par ainsi, il avait constitué une barrière, infranchissable... absolument infranchissable — entre la Reine et la victime désignée.

Même, Marguerite se trouvait enclose dans la Salle.

Elle n'eût pu rouvrir cette porte... quelque désir qu'elle en eût.

Elle avait voulu que cela fût ainsi.

Craignant, sans doute, d'avoir la velléité d'aller donner, à la dernière minute, et pour une cause quelconque, un contre-ordre aux assassins...

Elle s'était prémunie, par ainsi, contre toute faiblesse inopportune... à elle suggérée par la crainte que Buridan ne fût, encore, armé contre elle.

Non !... Non !...

Il fallait qu'il pérît...

La Reine entendit, pendant quelques secondes, le bruit des pas, lourds, du Tavernier, résonnant sur les marches de pierre.

Puis, plus rien !...

— Toutes mes mesures sont prises !... s'écria-t-elle... frémissante... Je le tiens !... Oui, oui, je le tiens !... Aucune puissance humaine ne peut le tirer de mes mains, à présent...

CXXVII

HALLUCINATION.

... Et, soudain, elle pensa à Gaultier d'Aulnay.

— Ah ! Gaultier... Gaultier... mon gentilhomme bien-aimé !... murmura-t-elle, très tendrement... Il a voulu nous séparer, cet homme, nous séparer avant que nous fussions l'un à l'autre !...

Elle hocha la tête, et elle ajouta :

— Tant qu'il n'a voulu que de l'or, j'ai été disposée à lui en donner !... Des honneurs, il en a eu... Il en aurait eu plus encore !... Mais il a voulu plus !... Il a voulu nous séparer... Il va mourir !...

Après un temps de silence, elle reprit :

— Oh ! Si tu savais qu'il a voulu nous séparer... Gaultier... toi-même tu me pardonnerais sa mort !... Oh ! Ce Lyonnet... ce Buridan... ce démon !... Qu'il rentre dans l'Enfer, d'où il est sorti !... C'est à lui que je dois tous mes crimes !... C'est lui qui m'a faite toute de sang !... Oh ! si Dieu est juste... tout retombera sur lui !...

Elle se leva.

Elle marcha vers la porte que le Tavernier avait fermée, à clé, sur son ordre.

Elle écouta.

Sans doute, le bruit de la lutte qui allait s'engager, entre Orsini, ses acolytes, et Buridan, arriverait jusqu'à elle.

LA TOUR DE NESLE

Il était là, debout, terrible... (P. 1605.)

Elle percevrait, assurément, dans le silence, le cri que la victime pousserait, en tombant.

Oh ! ce cri !

Comme il lui tardait de l'entendre !

Comme il lui tardait d'avoir, enfin, la certitude, absolue, qu'elle n'avait plus rien à redouter du Capitaine Buridan !

Maintenant, certes, le dénouement était imminent.

Buridan, et Landry, avaient abordé.

D'un moment à l'autre, le Capitaine ouvrirait la porte de la Tour.

Or, derrière cette porte, il trouverait Orsini, et ses hommes, bien armés, résolus, prêts à l'abattre.

Désormais, Buridan n'avait plus que quelques minutes à vivre !

A moins que quelque événement extraordinaire... providentiel, ne le sauvât !

Or, cet événement ne se produirait pas... ne pouvait pas se produire...

— On n'entend rien, encore !... dit la Reine, haletante... Rien !... Que font-ils donc ?

Pourquoi Buridan n'avait-il pas ouvert la porte, encore ?

A la dernière minute, il avait eu peur, peut-être !

Le démon !

S'il avait pris la fuite !...

S'il était remonté à bord du bateau de Simon-le-Pêcheur — qui l'avait amené là — et s'il voguait, à présent, vers l'autre rive !

Peut-être avait-il eu conscience du danger qu'il courait ?

Il en avait été averti, peut-être, par quelque puissance mystérieuse !

— Oh ! S'il était venu, jusque-là, et s'il fuyait, maintenant !... s'écria Marguerite, hagarde... S'il m'échappait !

L'avoir vu... là... tout près d'elle !

Et ne pas triompher de lui !

Malédiction !

Pourquoi avait-on attendu qu'il ouvrît cette porte ?

Pourquoi ne s'était-on pas jeté, sur lui, au moment, même, où il abordait ?

Aussi... comment croire que, lui, le Capitaine Buridan... si habile, si hardi... commettrait pareille imprudence — viendrait se prendre, ainsi, niaisement, à un guet-apens aussi enfantin... offrirait, quasiment, son cou à l'égorgeur ?

Il avait fui !

Il n'en fallait pas douter !

Il échappait à celle qui avait compté l'occire !

Car, depuis longtemps, déjà, la barque qu'il montait, avait touché la rive.

Depuis longtemps, il eût dû ouvrir la porte de la Tour.

Il y avait une éternité, déjà, que Orsini avait quitté la Salle.

Or, Marguerite n'entendait rien.

Un silence profond, autour d'elle!

Un silence qui pesait, sur elle, jusqu'à l'écrasement!

Oh! que n'eût-elle pas donné pour entendre ce cri... ce cri d'angoisse... ce cri lamentable qu'elle avait attendu... ce cri que la victime devait pousser, en tombant?

Un cri!

Un râle!

Et puis, plus rien!

La « goule » se rapprocha de la meurtrière.

Elle regarda au dehors...

Elle ne vit rien.

La rivière, illuminée par la lune, scintillait...

Là-bas, l'autre rive était absolument déserte...

A gauche, les hautes Tours du Louvre se dressaient, formidables, dominant les murailles crénelées, sur lesquelles la clarté du ciel mettait une lueur argentée...

Tout était calme, tranquille.

Tout dormait...

Maintenant, Marguerite regrettait d'avoir ordonné, à Orsini, de fermer cette porte.

Si elle avait pu l'ouvrir, elle eût appelé le Tavernier... qui, pour lui obéir, était, assurément, au bas des degrés de pierre, derrière la porte, le coutelas au poing, attendant la victime... s'étonnant qu'elle ne parût pas... et se demandant, lui aussi, ce que pouvait faire le hardi Capitaine, au dehors, sur la berge.

Oui, oui, Marguerite eût appelé Orsini, si elle l'avait pu.

Cette attente, si longue... l'avait énervée à un point indicible.

Plus que jamais le silence l'accablait.

Et la solitude, où elle était, l'épouvantait, maintenant.

Elle avait peur!

Il lui semblait entendre, autour d'elle, comme des frôlements.

Il lui semblait que la Salle, en un clin d'œil, s'était peuplée d'êtres invisibles... qui passaient, et repassaient, autour d'elle... touchaient ses mains... son front... les boucles de ses cheveux... ses vêtements...

Il lui semblait qu'elle entendait des murmures... des soupirs... des ricanements — et des râles, aussi!

Elle se sentait environnée de fantômes.

Frémissante, affolée... terrifiée... elle s'assit, baissant la tête...

Elle était livide.

Ses dents claquaient.

La sueur perlait sur ses tempes... une sueur, qui, s'évaporant, la gla-çait.

Elle suffoquait... comme si ces fantômes, toujours invisibles, serraient son col entre leurs doigts de squelettes.

Elle se plaignait...

Des sons, rauques, sortaient de sa gorge.

Elle n'eût pu articuler une parole... proférer un appel quelconque.

Et, tout à coup, elle entendit une voix... distinctement — cette voix qu'elle avait entendue, tant de fois, déjà... et qui lui criait :

— Parricide!... Parricide!... Parricide!...

Puis, elle aperçut le spectre honni...

Le spectre du Duc Robert II...

Le spectre de son père...

Il était là, debout, terrible...

Portant son richissime costume... un collier d'or au col... la main appuyée au pommeau de son épée...

Une large blessure, sanglante, ouvrait sa poitrine...

Farouche, il regardait, droit devant lui...

Très noble...

Très grand...

Très vénérable, avec sa longue barbe blanche...

Il répétait, lentement, ces mots terrifiants :

— Parricide!... Parricide!... Parricide!...

Pour Marguerite, hallucinée, la Salle s'était comme remplie de ténè-bres, où la silhouette, fluidique, très lumineuse, du Spectre, se dressait, toute blanche.

Elle tendait ses deux bras, suppliante, vers lui.

Elle l'implorait.

Et elle crut entendre, encore, la voix.

— Non!... Non!... disait le fantôme... Pas de grâce!... Pas de pitié!... Tu as lassé Dieu!... Ton heure est venue!... Tu vas mourir!... Parricide!... Parricide!... Parricide!...

Oh! Il était plus que jamais irrité... plus que jamais terrible... plus que jamais implacable...

Comme il torturait sa victime!

Comme elle expiait!

Châtiment abominable!...

*
*   *

... La Reine tressaille.

Le Spectre a disparu, soudain.

Marguerite relève la tête.

Elle est brisée !...

Pourtant, elle ne souffre plus autant, depuis que le fantôme s'est envolé...

Mais elle est inquiète...

Elle a entendu, distinctement, un bruit de pas... dans la Salle voisine.

Elle s'est trompée, sans doute.

Oui, oui, elle s'est trompée.

Il ne peut y avoir personne, là.

Marguerite, en un clin d'œil, a repris pleine possession d'elle-même .. depuis que le terrifiant spectre a disparu.

Elle se rend compte qu'un danger la menace.

Certes, le Spectre l'épouvantait ; mais la présence, dans la Salle prochaine d'un être vivant, l'épouvante plus encore.

Elle écoute.

Le même bruit, déjà perçu par elle, se fait entendre, derechef.

Il vient, bien, de la Salle voisine.

Qui donc est là ?...

Comment l'être, quel qu'il soit, qui marche, là, s'est-il introduit dans cette Salle ?

La porte qu'Orsini a close, sur l'ordre de la Reine, ne s'est pas ouverte...

Est-ce quelque autre fantôme, qui a passé à travers les épaisses murailles ?...

En effet, pour arriver là, il n'y a pas d'autre issue que cette porte... fermée, à clé...

L'épouvante de Marguerite croit, soudain.

Si... si... il y a une autre issue....

— Comment n'y ai-je pas pensé plus tôt ?... se dit la Reine...

Oui, oui, il y a une autre issue...

Par l'escalier secret, par le caveau, par la trappe... qui ouvre, au pied de la Tour, sur la berge, près de la palissade...

Mais, cette issue, Orsini, seul, la connaît.

Ne l'a-t-il pas dit, très nettement, un moment auparavant ?

Marguerite attend...

Qui va surgir par devant elle ?

Et, tout à coup, un homme paraît, dans la Salle, l'épée nue à la main.

La « goule », stupéfaite, le reconnaît...

Elle jette un cri, auquel un autre cri répond.

— Marguerite !...

— Buridan !...

C'est Buridan, en effet...

Buridan!... Vivant!... Vivant!...

Oh! cet homme est le Démon, en personne, c'est sûr!...

CXXVIII

MESSIRE GAULTIER D'AULNAY EN MARCHE VERS LA TOUR DE NESLE.

... Au sortir de l'Hôtellerie des Saints Innocents, après sa conversation avec le Capitaine Buridan... quand Gaultier d'Aulnay se trouva sur la Place, tout enténébrée... il marcha, d'abord, hagard... tout droit devant lui, au hasard.

Affolé... éperdu!

Souffrant abominablement... sans qu'il lui fût possible de se rendre compte, exactement, des motifs de sa souffrance!

Il déambula, vite, très vite, à travers les ruelles... désertes et noires.

Proférant des plaintes... vagues, inarticulées.

Comme un être en détresse... qui fuit un danger, auquel il n'a échappé que par miracle.

Gémissant!... Sanglotant!...

Parfois, tout secoué... et jetant, alors, dans la nuit, un cri... un cri d'angoisse... un cri lamentable et prolongé!...

Il haletait.

Il était las... effroyablement las!

Son front était inondé de sueur.

Il marchait.

Il marchait toujours... sans rien voir autour de lui... comme une âme en peine... trébuchant... titubant... glissant... se relevant, et reprenant sa déambulation, d'un pas de plus en plus rapide...

Il avait suivi la route que le hardi Capitaine Buridan... et son amé compagnon, le bon Landry... devaient suivre, quelques instants plus tard.

Enfin, il arriva sur la grève.

Il vit les Tours du Louvre.

Il vit la Tour de Nesle.

Alors, brusquement, il se souvint.

Brusquement, il reprit pied dans l'épouvantable réalité.

En même temps, la volonté d'agir lui revint.

Oui, oui, il lui fallait se convaincre que le Capitaine Buridan n'avait pas menti... il lui fallait aller à la Tour de Nesle — n'en avait-il pas la clé?...

il lui fallait voir, par ses propres yeux... il lui fallait crier sa haine, son mépris, à celle qu'il avait tant aimée... et par qui il avait tant et si cruellement souffert.

Après quoi... il irait se jeter aux genoux de Kaly... de l'amour de qui il était sûr... et à qui, dès lors, il appartiendrait tout entier.

Avec elle, il quitterait Paris... la ville maudite !

Avec elle, il irait en pèlerinage au Château d'Hannebaud...

Avec elle, il s'agenouillerait sur la tombe de son bienfaiteur.

Puis, toujours avec elle, il s'en irait aux Indes... où il vivrait, désormais, tout à l'amour, très pur, de la jouvencelle étrangère.

— C'est cela... s'écria-t-il... C'est cela !.. Agissons !... Hâtons-nous !

Oh ! cette Tour de Nesle !

Comme, souvent, il l'avait regardée avec une inexprimable impression de dégoût, d'horreur... lorsqu'il pensait que les Hauts Seigneurs, les Nobles Dames de la Cour, accusaient Marguerite d'y recevoir des amants de rencontre !...

Or, cette accusation était vraie, hélas !...

Du moins, Gaultier pouvait, en moins d'une heure, en acquérir la preuve irréfutable...

— Je l'aurai !... dit-il... Je veux l'avoir !...

Oh ! quand il l'aurait, cette preuve, il souffrirait, certes... il souffrirait atrocement ; mais Kaly le consolerait... Kaly l'aimerait... et, par l'amour de Kaly, il oublierait « l'autre »... Marguerite, encore une fois la tant aimée !...

Comment aller à la Tour ?...

Il aurait voulu s'y trouver vite... afin d'avoir, plus tôt, cette preuve dont il avait besoin pour maudire sa maîtresse...

— Une barque... se dit-il... Il me faudrait une barque...

Tout d'abord, décidé à en chercher une, quelconque, en déambulant sur la rive, il se dit, bientôt :

— Trouverai-je cette barque, dont j'ai besoin ?... Ne perdrai-je pas un temps, précieux, en une recherche vaine ?... Et puis, en admettant que j'en trouve une... pourrai-je la manœuvrer assez adroitement ?... C'est douteux...

Et, toute réflexion faite.... bien que sa décision fut en opposition avec l'impatience, indicible, qu'il éprouvait, de se voir sur l'autre rive... il résolut de passer la rivière en faisant le long détour, nécessaire, par la Planche de Mibrai.

Lors, et immédiatement, il remonta la berge.

Vite... très vite.

Le jouvenceau avait pris le seul parti qu'il pouvait prendre...

Toujours l'épée nue au poing, Gaultier monta, très lestement, cet escalier. (P. 1614.)

Et, le bon Landry avait dit juste, lorsqu'il s'était expliqué, sur ce point, avec le Capitaine Buridan.

Depuis que Gaultier d'Aulnay était sorti de l'Hôtellerie des Saints-Innocents, il n'avait rencontré personne.

Il était si préoccupé, si troublé, qu'il ne s'était pas dit, encore, que sa déambulation était dangereuse.

En effet, les berges étaient hantées par des truands, sans feu, ni lieu, qui venaient y dormir à la belle étoile.

L'un d'eux pouvait se réveiller, tout à coup, en l'entendant marcher, et se trouver prêt, soudain, à une attaque.

Le coup fait... la rivière étant proche, il n'y avait qu'à y jeter la victime, dévalisée et égorgée.

Du reste, Gaultier était brave.

Il n'avait pas peur du danger.

Avec sa bonne épée... solidement affermie en sa main de gentilhomme... il eût tenu tête, sans un tressaillement — et victorieusement, c'était probable — à plusieurs assaillants.

Toutefois, il était prudent... habituellement.

En toute autre circonstance... et si, pour une raison quelconque, il avait été obligé de rôder, à pareille heure, à cette place mal famée... il se fût gardé de s'y exposer sans prendre toutes les mesures nécessaires pour n'être pas contraint de subir une lutte inégale, où il eût risqué sa vie sans noblesse et sans utilité.

Mais, ce soir-là, il était trop angoissé, encore une fois, pour songer à une chose, quelle qu'elle fût, qui ne touchait pas, exclusivement, l'objet, même, de ses angoisses.

Seulement, en nous, quand l'esprit rêve... l'instinct veille.

L'esprit du jouvenceau rêvait donc; mais son instinct veillait.

Pour gagner du temps... pour arriver, plus vite, à la Planche de Mibrai... il était descendu jusque sur la berge.

Ce, afin d'éviter le long détour qu'il lui eût fallu faire s'il avait suivi la grève, au-dessus des berges — cette grève, pour éviter les inondations en temps de crue, surplombant la rive, et étant couverte de masures, de bicoques, où logeaient des pêcheurs.

Tout à coup, son instinct l'avertit qu'il était suivi.

Nettement, il avait perçu, dans le silence, un bruit de pas, derrière lui.

Même, à une faible distance.

Et, ce, juste au moment, même, où il avait mis le pied sur la rive, tout au bord de la rivière, dont les eaux coulaient à sa droite... c'est-à-dire à l'endroit le plus dangereux où il se fût encore trouvé, depuis qu'il déambulait là...

A cette place, il pouvait être occis, en un clin d'œil, sans espoir d'aucun secours, et, même, sans pouvoir se défendre, l'épée à la main, tant le sentier qu'il suivait était étroit... et, par surcroît, humide, par conséquent glissant.

Or, si préoccupé qu'il fût... ce fait ayant attiré son attention — il écouta.

Il s'était arrêté, net.

Brusquement, il se retourna.

La main sur la garde de son épée... prêt à dégaîner.

Il regarda tout autour de lui... fouillant, des yeux, la berge, la rive, la rivière.

Certaines places étaient éclairées par la lueur de la lune... mais d'autres étaient perdues dans les ténèbres... dans l'ombre, portée, de la berge, surplombante, et des masures.

Il ne vit rien de suspect.

Tous les environs étaient déserts.

Plus aucun bruit.

Pourtant, il ne s'était pas trompé...

Il était bien sûr d'avoir entendu marcher, derrière lui, un moment auparavant.

Un bruit de pas précipités.

De plusieurs personnes... de deux individus, au moins — courant, même, plutôt que marchant sur ses traces.

Sans doute, ces truands, qui le suivaient, depuis longtemps, peut-être — sans qu'il s'en fût aperçu — en le voyant s'engager dans le sentier qui conduisait à l'extrême bord de la rivière... avaient craint de le perdre de vue... et qu'il ne leur échappât.

Lors, ils s'étaient mis à son pourchas, hâtant le pas pour le rejoindre... avant qu'il n'eût disparu.

Dans leur mouvement plus précipité, ils avaient perdu toute prudence... et, maladroitement, trahi leur présence.

A coup sûr, à la seconde, même, où Gaultier avait fait halte, et s'était retourné, ils s'étaient jetés dans l'ombre...

Il restaient cachés, invisibles, à quelques pas, au fond de l'une des anses creusées dans le rivage.

Ils en sortiraient — il n'en fallait pas douter — dès que leur proie... qu'ils guettaient... se remettrait à déambuler.

Peut-être voulaient-ils ne risquer leur attaque que dans les meilleures conditions possibles.

Peut-être, aussi, étaient-ils moins nombreux que Gaultier ne l'avait supposé, tout d'abord... et s'étaient-ils dit que, celui qu'ils voulaient assaillir, étant, de par leur imprudence, sur la défensive, à présent, ils avaient moins de chances de l'abattre, sans coup férir... comme ils l'eussent fait s'ils avaient pu le frapper par surprise.

Peut-être, même, se consultaient-ils pour savoir s'ils devaient continuer leur pourchas, contre un gentilhomme qui, très assurément, vendrait chèrement sa vie.

Ces truands étaient lâches...

Peut-être, enfin, que d'autres allaient lui barrer la route, en avant... et se trouverait-il, bientôt, arrêté entre une double bande d'assaillants.

Il ne fallait pas songer à remonter sur la berge, surélevée au-dessus de la rive de plusieurs toises.

Un moment, Gaultier se dit qu'il était perdu... qu'il allait mourir, là... et que, demain, on retrouverait son cadavre, sur la grève, comme, la veille, on avait relevé, à cette même place, le cadavre de son frère, l'infortuné Philippe!

Mourir!...

Mourir là!...

Frappé par des truands... pour l'appât de quelques pièces d'or!... Lui!

Gaultier d'Aulnay... Seigneur d'Hannebaud!

Lui, qui avait couru tant de dangers dont il était sorti à son honneur.

Lui, qui avait rêvé une mort glorieuse... sur quelque champ de bataille... sous les plis de la bannière fleurdelysée du Roi de France... lui, qui avait rêvé de succomber, l'épée à la main, en s'écriant : « Montjoie! »

Mourir... avant d'avoir accompli son œuvre... avant d'avoir dit son mépris à Marguerite...

Mourir... sans avoir revu Kaly!

Non!... Non!...

Ce n'était pas possible!

Que devait-il faire?

Mettre tout en œuvre pour sa défense.

Et, d'abord, s'éloigner... le plus hâtivement possible.

Ce, afin de se trouver à une place moins resserrée, où il lui serait loisible de se servir, utilement, de son épée.

Derechef, il fouilla, donc, des yeux, les alentours.

Il prêta l'oreille à tous les bruits.

Mais, pas plus que tout à l'heure, il ne vit... il n'entendit rien de suspect.

Alors, brusquement, il fit volte-face... et se mit à courir, en remontant la rive, allant du côté de la Planche de Mibrai.

Il allait aussi vite que possible... non sans glisser, souvent, sur le terrain boueux... heurtant, du pied, quasiment à chaque pas, des pierres et des mottes de terre éboulées de la grève... les racines des arbres, rabougris, qui croissaient autour des masures... les pieux que les pêcheurs plantaient, au bord de la rivière, pour amarrer leur barque ou attacher leurs filets.

Vingt fois, il faillit tomber.

Vingt fois, il risqua d'être précipité dans la rivière.

Mais, très leste, très vif, très adroit... il se relevait toujours à point... ou se raccrochait à quelque touffe d'herbe... à quelque anfractuosité...

Après avoir fait trois cents pas, il s'arrêta, de nouveau... tout net — et se retourna.

Il constata, non sans émotion... qu'il avait, bien, deux hommes à ses trousses.

Il entrevit, très distinctement, à cent pas derrière lui, leur silhouette, sous l'illumination de la lune.

Ces hommes s'étaient, tout à coup, dégagés de l'ombre, au moment, même, où, tout à l'heure, il s'était remis en marche... et l'avaient suivi.

En le voyant s'arrêter, ils s'arrêtèrent, à leur tour... évidemment très dépités d'avoir été, ainsi, surpris par le brusque mouvement du jouvenceau.

— Ils s'arrêtent!... se dit Gaultier... C'est étrange!..

C'était très étrange, en effet.

Pourquoi ces hommes ne s'efforçaient-ils pas de le rejoindre?...

Pourquoi ne l'attaquaient-ils pas?...

Qu'attendaient-ils pour agir?...

Certes, nulle part ils ne trouveraient de terrain plus propice pour risquer un coup de main.

Manifestement — maintenant, c'était démontré — ils le suivaient.

Or, dans quel but?

Sinon pour le dévaliser?...

— C'est clair... pensa Gaultier... Ils m'ont vu m'engager sur la rive... Ils me guettaient, sans doute... Une bande, c'est probable, sinon évident... La bande s'est divisée... Pendant que ceux-ci me suivaient, les autres sont remontés sur la grève... ont pu dévaler, là-haut, très vite, et sont allés m'attendre au bout, extrême, de ce sentier que je parcours... Tout à l'heure, je me trouverai en face d'eux... Les autres, ceux qui sont derrière moi, me rejoindront... Alors, je serai attaqué, en même temps, de deux côtés à la fois, par toute la bande!...

Et il conclut :

— Je suis perdu !...

Raisonnement assurément fort judicieux, en somme...

Et qui amenait le jouvenceau à une constatation effrayante.

Mais, courageusement... avec une énergie farouche, encore décuplée par le désir, ardent, qu'il éprouvait, d'échapper à ces truands afin de pouvoir accomplir son œuvre de vengeance contre Marguerite de Bourgogne — il se remit en route.

L'épée nue au poing, cette fois.

Plus que jamais prêt à se défendre... et à vaincre.

Il courut, pendant cinq minutes.

Et, halètant, il arriva, enfin, au bout du sentier qu'il avait si péniblement parcouru au bord de la rivière.

Au pied de la Planche de Mibrai.

Toujours suivi, par les deux hommes... dont il entendait les pas retentir, derrière lui.

Maintenant, il était au pied d'un escalier de bois, qu'il fallait monter pour arriver au niveau de la grève... de plain pied avec la passerelle dénommée Planche de Mibrai... sur laquelle on passait d'une rive à l'autre.

Gaultier, qui n'avait pas perdu son sang-froid, se disait, depuis un moment, déjà, qu'il serait, à cette place, en grand danger.

Selon lui, c'était là que les truands devaient l'attendre, et l'attaquer.

Là, les piliers, formidables, qui soutenaient la passerelle... très nombreux, très rapprochés l'un de l'autre... constituaient comme une inextricable forêt de bois mort.

L'escalier, qui conduisait à la grève, s'attachait à ces piliers.

Au-dessus de lui, Gaultier voyait une autre forêt de poutres, énormes, posées transversalement, et sur lesquelles s'appuyait le plancher de la passerelle.

Cette masse de bois, noirci, mettait, là, une ombre très épaisse...

Le jouvenceau ne pouvait plus se mouvoir qu'à tâtons.

Cependant... sans perdre de temps, il s'engagea dans l'escalier... se disant que les truands qui le suivaient ne le rejoindraient pas avant une demi-minute, et que, par conséquent, il pourrait mieux se défendre, tout d'abord, contre les seuls agresseurs qu'il allait avoir devant lui, à coup sûr, et qu'il s'attendait à voir apparaître tout à coup.

L'escalier était étroit.

Bordé de deux rampes...

Les marches, à claire-voie, étaient usées, boueuses, branlantes.

Un vrai casse-cou.

Un chemin quasi impraticable pour un homme peu agile.

Il n'était guère suivi, du reste, que par les pêcheurs... par les commères qui allaient laver leur linge à la rivière... par les bouchers qui y déversaient les détritus de leur étal.,. et par les rôdeurs nocturnes.

Toujours l'épée nue au poing, Gaultier monta, très lestement, cet escalier.

Chose extraordinaire.... invraisemblable... stupéfiante, il ne vit personne!

Aucun être ne se dressa, devant lui, à l'improviste.

Il se trouva, soudain, sur la grève.

En pleine lumière.

A l'entrée de la passerelle.

Tout était absolument désert, aux alentours.

Le panorama de la Bonne Ville de Paris... qu'il ne voyait plus depuis qu'il s'était engagé sur la rive, au-dessous de la grève... avait surgi, derechef, devant ses yeux.

Le Palais, et la Sainte Chapelle, devant lui...

Là-bas, à l'extrême droite, les **Tours du Louvre**...

Sur la rive gauche, la Tour de Nesle...

A ses pieds, la rivière.

Au sortir de l'ombre, où il avait évolué, la vive lueur du ciel l'éblouit, quasiment.

Le décor ambiant lui sembla éclairé comme en plein jour.

A perte de vue, il distinguait, très nettement, les moindres détails d'architecture, les toits en poivrière, les girouettes armoriées, dorées, écussonnées... les gargouilles représentant des figures grimaçantes, masques ricanants d'hommes, de monstres, de bêtes fantastiques, chimériques, abracadabrantes, créées par la fantaisie, extraordinaire, des prodigieux et inimitables artistes du temps.

Maintenant, il était sûr de lui.

Il y avait de l'air, de la lumière, de l'espace, autour de son épée.

Là, il pourrait tenir tête à ses assaillants.

Il fit quelques pas sur la Planche de Mibrai.

Et il s'arrêta.

Il attendit.

Les hommes qu'il avait eus à ses trousses, allaient-ils apparaître, à leur tour, sur la grève, à l'entrée de la passerelle?

Un moment se passa, qui parut très long à Gaultier d'Aulnay.

— Non!... Non!... se dit-il... Ce sont des oiseaux de proie... oiseaux nocturnes à qui les ténèbres conviennent mieux que la lumière... Ils resteront dans leur ombre...

Ah! vraiment, ces truands étaient bien lâches... ou bien maladroits!

Puisque — contrairement aux prévisions du jouvenceau — ils éta'ent seuls... pourquoi ne l'avaient-ils pas rejoint, et attaqué, pendant qu'il déambulait sur la rive?

Et Gaultier, de plus en plus étonné... attendant toujours... stupéfait, se disait :

— C'est étrange!...

Tout heureux, d'ailleurs, d'avoir échappé, si heureusement, au danger qu'il avait certainement couru...

CXXIX

DOUBLE MANŒUVRE ET STUPÉFIANT RÉSULTAT.

— Allons... se dit-il... ils ne me pourchasseront plus, c'est certain... Remettons-nous en route!...

Il avait été repris, brusquement, par l'objet de ses préoccupations.

Marguerite de Bourgogne.

La Tour de Nesle.

Son œuvre de vengeance.

Ah! que de temps perdu!

Il lui faudrait, encore, près d'une demi-heure pour arriver, sur l'autre rive, à la Tour... qui se dressait, à sa droite, seulement à un trait d'arbalète.

S'il avait pu s'y rendre en marchant droit devant lui, il ne lui eût pas fallu cinq minutes.

La distance à parcourir, de la Planche de Mibrai à la Tour de Nesle, était courte, en effet, à vol d'oiseau.

La rivière à traverser obliquement... voilà tout.

Mais, pour un piéton, il fallait parcourir la Planche de Mibrai... l'Ile de la Cité, et, au delà, le Petit Pont.... sur l'autre bras de la rivière.

Puis, redescendre, en longeant la rive gauche, jusqu'à la Tour.

— En route!... En route!... répéta-t-il.

Toujours même solitude, autour de lui.

Et, toujours, même silence.

Décidément, les truands avaient abandonné la proie qu'ils s'étaient promis d'abattre.

Gaultier remit son épée au fourreau.

Puis, ayant fait volte-face, il s'engagea sur la Planche de Mibrai.

Il parcourut cinquante pas... très rapidement.

Il s'arrêta, brusquement.

Il se trouvait, alors, au beau milieu de la passerelle... éclairée, comme en plein jour, par la lumière du ciel.

Il se retourna.

Et il vit, à trente pas derrière lui... deux silhouettes d'hommes... qui le suivaient, comme en rampant, en s'efforçant de se dissimuler dans l'ombre portée de la balustrade.

Il n'avait pu les voir que l'espace d'une seconde... et parce qu'il avait virevolté avec une extraordinaire souplesse...

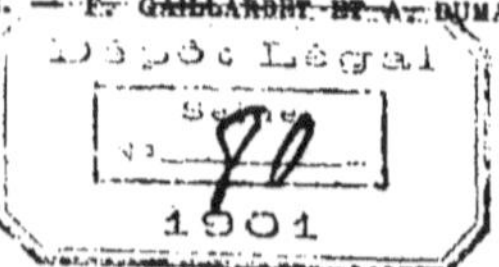

Gaultier brandit son épée... (P. 1619.)

Les hommes, maintenant, demeuraient immobiles... et absolument invisibles.

Ils s'étaient comme amalgamés avec l'ombre.

Quel jeu jouaient-ils donc?

Et Gaultier se dit, alors, que, décidément, ils n'en voulaient ni à sa bourse, ni à sa vie.

Car ils avaient, depuis dix minutes, sa vie entre leurs mains... et sa bourse, par conséquent.

Or, ils n'avaient tenté, contre lui, aucune attaque.

Non par lâcheté, puisqu'ils continuaient leur pourchas...

Et Gaultier conclut que ces hommes le suivaient pour un autre motif que la cupidité...

Lequel?

Impossible de s'en rendre compte.

Dans tous les cas, ces hommes étaient adroits.

Ils manœuvraient avec une peu commune adresse.

En effet, le jouvenceau n'avait pu, jusque-là, que les entrevoir... et, tout aussitôt, ils avaient disparu.

Gaultier réfléchit, un moment.

Qu'allait-il faire?

Ou bien — et contre toute probabilité — ces hommes... ayant hésité à l'assaillir lorsqu'il côtoyait la rive... où leur attaque, pourtant, eût été plus sûrement victorieuse... s'étaient dit qu'ils se jetteraient, sur lui, plus loin.

Ou bien ils l'espionnaient... dans un but qui échappait à Gaultier.

Dans ce dernier cas, il tenait à leur déclarer que leur pourchas lui déplaisait fort... et à leur ordonner, énergiquement, de le laisser évoluer, désormais, librement.

Dans l'autre cas, il était préférable d'en finir, le plus tôt possible, avec eux.

Encore une fois, sur la passerelle, dans la lumière, avec de l'espace autour de lui, il lui serait facile de pourfendre ses agresseurs... et de se débarrasser d'eux.

Plus facile que lorsqu'il se serait enfoncé au milieu des ruelles, étroites, obscures, de la Cité... ou lorsqu'il déambulerait sur l'autre rive.

Il n'y avait donc pas à hésiter.

Il importait d'agir contre eux.

Immédiatement.

Une nouvelle perte de temps, sans doute.

Et, ce, en un moment où Gaultier avait, plus que jamais, très grande hâte d'agir... d'aller à la Tour, et de voir Marguerite.

Mais il se trouvait en face d'une nécessité inéluctable.

— C'est dit!... pensa-t-il... Éloignons des espions... ou pourfendons des agresseurs possibles!...

Il était bien décidé...

Seulement, il fallait n'avancer qu'avec une extrême prudence... et, aussi, avec une excessive rapidité.

Avec prudence, afin d'être prêt à tout événement.

Avec rapidité, pour que les hommes n'eussent pas le temps de fuir.

Gaultier, s'étant jeté, lui aussi, dans l'ombre portée de la balustrade de la passerelle... dégaîna — et tint son épée, nue, à la main... mais en la

cachant sous son manteau, afin que l'on ne pût voir qu'il était armé et prêt
à combattre.

Puis, longeant la passerelle, toujours dans l'ombre... il rebroussa chemin — allant vers l'endroit où il avait vu disparaître les hommes.

Ceux-ci, ne l'apercevant plus... stupéfaits, et très marris, avaient tenu
conseil, sans doute...

Après quoi, ils avaient décidé de se remettre à son pourchas.

Seulement, en restant cachés dans l'ombre propice...

Si bien que, d'une part, les hommes, avançant, dans l'ombre de la
balustrade, vers l'endroit de la passerelle où Gaultier avait disparu... et
Gaultier, aussi dans l'ombre de la balustrade, ayant rebroussé chemin, marchant vers le point où il avait vu s'éclipser les deux silhouettes humaines —
se rencontrèrent, soudain... se heurtèrent...

Trois cris..

Trois bonds.

Et les trois hommes se trouvèrent, face à face... en pleine lumière... au
milieu de la Planche de Mibrai.

Gaultier brandit son épée... dont la lame, au clair, décrivit un demi-
cercle, rapide et étincelant comme un éclair.

— Au large, truands!... s'exclama-t-il, d'une voix vibrante.

Lors, l'un des hommes leva les deux bras... et prononça plusieurs mots
en une langue étrangère, à intonations gutturales, stridentes.

Stupéfait... charmé... profondément ému — le jouvenceau abaissa son
épée.

Il avait reconnu les Indiens qui accompagnaient, partout, sa bien-aimée
Kaly... au cours de ses pérégrinations dans la Bonne Ville de Paris...

CXXX

RENFORT.

... Gaultier pressentit... devina, même, ce qui s'était passé.

Kaly, troublée, inquiète... après sa conversation, avec lui, dans la Maison sise sous le Chevet de Notre-Dame... avait donné l'ordre, à ses féaux serviteurs, de le suivre, partout où il irait, de le secourir, de le protéger, au
besoin, contre tout et tous, surtout contre lui-même.

Ah! l'adorée créature!

Comme sa sollicitude s'était étendue, discrètement, et efficacement, sur
celui qu'elle chérissait!

Cependant, le jouvenceau voulut avoir, de par les Indiens, la certitude qu'il avait deviné juste.

Il les interrogea, donc, dans leur langue... qu'il parlait à merveille.

Ils tremblaient.

Ils étaient confus... tristes... navrés.

Leur jeune maîtresse leur avait recommandé d'agir avec assez d'adresse pour que leur protection s'exerçât à l'insu de celui qui devait en être l'objet.

Or, malgré tous leurs efforts pour atteindre ce résultat, ils n'avaient pu l'obtenir, jusqu'au bout.

Gaultier s'était aperçu de leur présence.

D'où... leur confusion... leur tristesse.

Il leur semblait qu'ils avaient manqué à leur devoir... et que, par ce fait, ils encourraient la colère de Kaly... leur bienfaitrice, pour qui, sur un seul geste, ils eussent, sans hésiter, donné leur vie.

C'est ce qu'ils exprimèrent, d'abord, au jeune homme.

Donc, il ne s'était pas trompé.

Kaly... la tendre Kaly avait voulu veiller sur lui !

Oui... oui... oui... l'adorée créature !

Les Indiens l'avaient suivi depuis sa sortie de la Maison de leur maîtresse.

Partout...

Pendant sa halte devant la coquille de marbre, sous la Madone, proche le Parvis Notre-Dame.

Au Louvre.

A l'Hôtellerie de Maître Pierre de Bourges.

A travers les ruelles qu'il avait parcourues depuis la place des Saints-Innocents jusqu'à la grève.

Enfin, au bord de la rivière... et jusqu'à la Planche de Mibrai.

Les braves gens !

Ils avaient, vraiment, fait montre d'une infinie adresse, d'un dévouement à toute épreuve, d'une patience incomparable.

Gaultier les rassura au sujet de leurs craintes... et les remercia, très cordialement, de tout ce qu'ils avaient fait pour lui.

Ils s'inclinèrent, devant lui, respectueusement... et baisèrent ses mains.

Il était enthousiasmé.

Maintenant, il n'était plus seul.

Depuis la présence, à ses côtés, de ses dévoués serviteurs, Kaly n'était-elle pas avec lui ?

Ah ! seule... une créature au cœur surabondant d'amour avait pu se montrer si pleine de tendre sollicitude.

Trouver cette aide... ce réconfort — en un pareil moment !

C'est-à-dire à l'heure, même, où tout secours, moral et matériel, devait donner une force à un être angoissé.

Une force capable de le rendre invincible.

Une force grâce à laquelle il serait capable de braver les pires ennemis... d'affronter les plus redoutables adversaires.

L'âme de Kaly s'était, derechef, comme rapprochée de l'âme de Gaultier, dans une communion très chère, et extra bienfaisante...

Et cela mettait, sur la blessure, saignante, de son cœur, qu'une passion amoureuse avait meurtri, comme un baume, très pur, fait d'ineffable amour...

De plus, et pour l'aider, au besoin, à vaincre les obstacles matériels qu'il pourrait rencontrer... il aurait les Indiens.

Deux hommes aux bras robustes.

Deux géants.

Qui, pour la bravoure, autant que pour l'adresse, l'énergie, la force musculaire... et, par surcroît, grâce à leur dévouement qui les soutiendrait jusqu'à la mort — valaient dix hommes.

Maintenant, Gaultier pouvait aller à la Tour de Nesle,

Accomplir son œuvre...

Crier sa haine, son mépris à la Reine... par qui il avait tant souffert.

Et — car il fallait tout prévoir, tout redouter — si Buridan lui avait tendu un piège... s'il l'avait attiré dans quelque guet-apens, où, seul, il eût succombé, peut-être... du moins, grâce aux Indiens, il soutiendrait une lutte acharnée, d'où il avait quelque chance de sortir vainqueur.

Lors, s'adressant aux serviteurs de Kaly :

— Venez... venez !... leur dit-il... Suivez-moi !... Suivez-moi, mes amés compagnons !... Avant une heure, j'espère, nous nous retrouverons par devant celle qui vous a mis dans mon chemin... J'ai hâte de la revoir, de la remercier de tout ce qu'elle a fait pour moi... hâte de la rassurer sur mon sort... Ah ! désormais — de par le Dieu, Tout-Puissant, qui m'entend, et qui me jugera... je le jure, nous ne nous quitterons plus... jamais... jamais... jamais !... Kaly !... Ma chère, ma bien aimée Kaly !... Venez !... Venez !... Suivez-moi !... Suivez-moi !

Les deux Indiens s'inclinèrent.

D'une même voix, ils répondirent :

— Nous sommes tes esclaves... Seigneur !... Marche !... Nous te suivrons !...

— Venez !... Venez !

Messire Gaultier d'Aulnay, et ses compagnons... se mirent en route.

Bientôt, ils eurent parcouru la Planche de Mibrai... la Cité... le Petit Pont — et ils se retrouvèrent au bord de la rivière, sur la rive gauche.

Vite... très vite — ils se dirigèrent vers la Tour de Nesle...

CXXXI

L'OBSTACLE.

... Là-bas... devant la massive porte de la Tour... toute barrée de formidables ferrements... le bon Landry attendait toujours.

Il y avait déjà dix minutes, au moins, que le hardi Capitaine Buridan s'était éloigné.

Ces dix minutes avaient paru sempiternelles à l'amant de Mariette Sabasse.

A coup sûr, le Capitaine, ayant suivi ses indications, s'était introduit, dans le sinistre bâtiment, par le caveau.

Il devait être en présence de « la goule ».

A coup sûr, aussi, il avait retrouvé Messire Gaultier d'Aulnay.

— Car, certainement... se disait le sacripant... le jouvenceau est entré dans la Tour, avant que nous débarquions sur cette rive... En admettant, même — ce qui n'est pas probable — qu'il ait « musé », en route, il n'est pas possible, étant donné l'avance qu'il avait sur nous, qu'il n'ait pas eu le temps de venir jusqu'ici... Donc, il n'en faut pas douter, il était, avec Marguerite de Bourgogne, quand le Capitaine a surgi, par devant eux... à leur très grande surprise...

Et Landry se demandait, perplexe :

— Que s'est-il passé ?

Il tremblait que « la goule » n'eût fait occire Buridan...

Oh ! il éprouvait, plus que jamais, alors, cette angoisse qui lui avait serré le cœur lorsqu'il avait vu le Capitaine disparaître, dans la nuit... lorsqu'il avait eu cette pensée, profondément troublante, qu'il l'avait vu pour la dernière fois !..

Aucun bruit n'avait retenti.

Aucun cri.

Aucun appel de détresse.

Mais qu'est-ce que cela prouvait ?

Rien, hélas !

Landry ne savait-il pas — et pour cause — que les épaisses murailles de la sinistre Tour absorbaient l'agonie des victimes ?

Ah ! pourquoi le Capitaine l'avait-il laissé là ?

Pourquoi n'avait-il pas voulu que son amé compagnon l'accompagnât, jusqu'au bout ?

Ils eussent été deux pour combattre.

Deux... pour résister à l'attaque, meurtrière, des assassins aux gages de Marguerite de Bourgogne.

Peut-être que la résistance, acharnée, de deux hommes, résolus, eût été triomphante.

Sans compter que, Landry étant présent... ses « chères aimées » l'eussent protégé, ainsi que celui pour qui il était venu là.

Ah ! Malheur !... Malheur !... Malheur !...

Non !... Non !... Jamais le bon Landry ne reverrait l'infortuné Capitaine... jamais... jamais !

La « goule »... le vampire de la Tour de Nesle... Marguerite de Bourgogne avait dévoré sa proie !

Une victime de plus !

Et quelle victime ?

Le seul homme, au monde, à qui Landry s'intéressât... en reconnaissance des services qu'il lui avait rendus...

— Oh ! j'ai été stupide !... se répétait le sacripant... Oui, stupide !... J'ai cédé, trop aisément, au Capitaine !... J'aurais dû ne pas le laisser pénétrer, seul, là !... Ne me rendais-je pas compte, fort exactement, des périls qu'il courait ?... Est-ce que je ne connais pas Marguerite ?... Est-ce que je ne sais pas, dès longtemps, qu'elle est capable de tout ? ... La gueuse !... La gueuse !... Mon Capitaine !... Elle l'a fait tuer !... Je ne le verrai plus !... Je ne le verrai plus !...

Et ne pouvoir rien faire... rien... absolument rien... pour venir en aide à Buridan, s'il en était temps encore !

Landry était désespéré.

Il allait, et venait... devant la porte de la Tour... tout comme une âme en peine !

Cherchant un moyen, quelconque, de ne pas demeurer, plus longtemps, dans cette inaction, qui l'énervait à un degré excessif.

Car, à quoi servait-il, là ?

Alors qu'il eût pu être si utile, ailleurs.

A rien !

Non, il ne servait à rien.

Encore une fois, il y avait beau temps, certes, que Messire Gaultier d'Aulnay était entré dans la Tour.

Par conséquent... à quoi bon l'attendre, là, passivement ?

Pénétrer dans la Tour.

Voilà ce qu'il fallait faire.

Résultat qu'il convenait d'atteindre.

Et, ce, afin de prêter aide à Buridan... si cela était possible, encore.

Ou bien, tomber... avec lui... sous les coups des acolytes de Maître Orsini.

Oui... mais, comment s'y prendre?

— Suis-je bête!... s'exclama le bon Landry, tout à coup... Suis-je bête!... Rien de plus facile!... Comment n'ai-je pas pensé à cela plus tôt?... Vraiment le souci, l'angoisse me paralysent!... Entrer dans la Tour... C'est simple!...

En effet, n'avait-il pas fourni, à Buridan, le moyen de pénétrer dans le sinistre bâtiment?

— En passant par le caveau... j'y pénétrerai à mon tour.... se dit Landry... Oh! agir, agir!... Tout vaut mieux, pour moi, que de rester ici, où je me morfonds dans une mortelle inquiétude!...

Toutefois, il réfléchit.

Et si, par hasard... par impossible... Gaultier d'Aulnay n'était pas venu, encore, à la Tour!

S'il avait été arrêté, en route... retenu... retardé — par quelque événement qu'on ne pouvait prévoir?

S'il arrivait, sur la berge de la rivière, devant cette porte dont il avait la clé... et, ce, juste au moment où celui qui avait reçu mission de l'empêcher d'entrer, dans la Tour, s'était éloigné!

Le Capitaine ne le blâmerait-il pas d'avoir déserté son poste?

Et avec grand raison.

Quels malheurs pouvaient sortir de ce fait : la désertion de Landry?

Oh! il était très perplexe.

Il ne savait plus que faire.

Devait-il tout tenter pour suivre, pour retrouver Buridan... pour lui prêter secours... pour venger sa mort, au besoin, et pour mourir, aussi?

Ou bien, devait-il attendre Messire Gaultier d'Aulnay... qui — c'était certain — ne viendrait plus... puisque — et selon Landry... raison péremptoire, certes! — il était venu, déjà?...

C'est qu'il n'y avait pas un instant à perdre.

Il fallait agir.

Chaque minute qui s'écoulait aggravait le danger de la situation.

Une seule minute de retard pouvait coûter la vie à Buridan.

— Que faire?... s'écria Landry, en levant ses deux énormes poings vers le Ciel... Que faire?... O Grand Saint Landry, mon Très Vénéré Patron, inspirez-moi!... Et vous, mes « chères aimées », secourez-moi, protégez-moi!...

*
* *

... Or, il semble que l'appel du sacripant a été entendu...

Dans ce silence, crispant, qui plane sur ce coin de la Bonne Ville de Paris, Landry a entendu un bruit indistinct.

Un bruit dont il n'a pu définir la cause.

Les trois hommes l'ont vu surgir, tout à coup, sur la rive. (P. 1628.)

Il s'est arrêté, soudain.

Il écoute.

Il regarde.

Il n'entend plus rien.

Il ne voit personne aux environs.

Le bruit, qui a attiré son attention, s'est-il, donc, produit dans la Tour de Nesle?

C'est probable.

Derrière cette porte close, peut-être?

Va-t-elle s'ouvrir?

Et qui paraîtra?

Par mesure de prudence, et instinctivement, le bon Landry fait quelques pas... gagne l'ombre, au pied même de la Tour... et attend, immobile, l'œil et l'oreille au guet.

Que va-t-il se passer?

Ah! si cette porte, maudite, s'ouvrait... pour donner passage au Capitaine Buridan, sain et sauf!

Rêve!

Et rêve irréalisable, sans doute!

Tout est possible, pourtant.

Le hardi Capitaine... au cours de sa vie si aventureuse... a accompli, déjà, tant de prouesses!

N'est-il pas sorti, vivant, l'autre nuit, de cette même Tour de Nesle?...

Fait invraisemblable... inouï!

N'est-il pas sorti, le jour même, des caveaux de la formidable Prison d'État... le Grand Châtelet?

Ce qu'il a fait, déjà, répond de ce qu'il peut faire encore.

— Oh! le voir!... Le voir!... murmure Landry, tout angoissé, et tout en allégresse, en même temps.

Cependant, le bruit qu'il a perçu, tout à l'heure, ne se reproduit pas.

Tout est redevenu tranquille.

On n'entend plus que le murmure de l'eau, qui file au long des rives... ou clapote, en se brisant aux terres éboulées.

Et, sur ce décor, la clarté de la lune, la lueur des étoiles, jettent comme une poussière argentée, scintillante.

— On a marché, ici près!... dit, tout à coup, le sacripant... qui a tressailli.

C'est bien vrai.

Un bruit de pas retentit, très distinctement.

Est-ce ce bruit que Landry a entendu, tout à l'heure?...

C'est probable...

Il ne venait donc pas de la Tour de Nesle...

Des hommes marchent, sur la rive, c'est sûr.

Des rôdeurs nocturnes, sans doute.

Car, qui pourrait-ce être?

— Et si c'était Messire Gaultier d'Aulnay?... se dit Landry, effaré.

Ah! comme il a bien fait, dans ce cas, de ne pas s'éloigner... comme, un moment auparavant, il en a eu l'intention!

Comme il a bien fait d'invoquer son Très Saint Patron... d'appeler, à l'aide, ses « chères aimées » !

Une fois, encore, elles l'ont très efficacement protégé.

Elles lui ont dicté son devoir.

Si c'est bien Messire Gaultier d'Aulnay qui vient là.... comment arrive-t-il, si tard, au rendez-vous ?

Il y a plus d'une heure qu'il est sorti de l'Hôtellerie des Saints-Innocents.

C'est incompréhensible.

Inexplicable.

— Attendons !... se dit Landry.

Il est tout yeux et tout oreilles.

Il observe.

Il écoute.

Il ne voit rien.

Mais il entend, toujours, le bruit de pas... qui se rapproche, davantage, de seconde en seconde.

Assurément, les êtres, quels qu'ils soient, qui rôdent, non loin de là, vont apparaître, d'un moment à l'autre.

Ils apparaissent, enfin.

Landry voit, là-bas, la silhouette de trois hommes.

Il est haletant.

Ces hommes longent la rive... et se dirigent, très manifestement, vers la Tour de Nesle.

Bien mieux... vers le point où se trouve la porte qui donne accès dans le sinistre bâtiment.

Trois hommes...

Deux de très haute taille... des géants, quasiment.

Le troisième, au contraire, est de taille moyenne, frêle, svelte... autant qu'une gente damoiselle.

Ce doit être Messire Gaultier d'Aulnay.

Toutefois, le bon Landry n'en est pas sûr, encore.

Il attend, impatiemment, que les trois hommes, qui avancent rapidement, se trouvent à une place, qu'ils vont atteindre, et qui est très vivement éclairée par la lueur des étoiles.

— C'est lui !... s'écrie le sacripant, tout à coup... C'est bien lui... C'est bien Messire Gaultier d'Aulnay... Mais qui sont ces hommes, ces géants qui l'accompagnent ?

Des amis, sans doute... qu'il est allé chercher, ne voulant pas se risquer, seul, à pareille heure, sur les bords, mal hantés, de la rivière.

Cela explique son retard.

Il lui a fallu trouver ces amis... et les décider à le suivre...

Et Landry sort de l'ombre où il s'est tenu, caché, jusque-là.

Il a grande hâte d'accomplir la mission que le Capitaine Buridan lui a confiée.

A tout prix... et, même, au besoin, par la force... il doit tout mettre en œuvre pour empêcher Messire Gaultier d'Aulnay d'entrer dans la Tour de Nesle.

Il ne faillira pas à son devoir.

Le sacripant est, maintenant, en pleine lumière.

Sûr du juste de l'acte qu'il va accomplir... il n'a pas gardé la prudence — il n'a pas manœuvré avec l'adresse qui eussent été nécessaires en pareille situation.

Aussi, ce qui devait arriver, arrive.

Les trois hommes l'ont vu surgir, tout à coup, sur la rive.

Or, surpris, ils ont fait halte.

Visiblement, ils s'interrogent.

Ils se consultent.

Landry se rend compte qu'il a agi trop vite, peut-être...

Il voudrait crier à Messire Gaultier d'Aulnay, et à ses amis... qu'ils peuvent avancer sans crainte.

N'est-il pas, là, pour leur service?

Mais quoi... en le voyant, à l'improviste, ils ont été effarés... tout d'abord.

Rien de plus compréhensible.

Seulement, ils ne tarderont pas à se dire, sans doute, qu'ils sont trois contre un... et que, par conséquent, ils sont en force.

Alors, ils poursuivront leur route, vers leur but.

Ils se rapprocheront.

Et l'on s'expliquera.

Il n'y a, donc, qu'à attendre.

Un moment se passe.

Là-bas, les trois hommes se consultent toujours.

Visiblement, c'est Messire Gaultier d'Aulnay qui est le chef des trois... c'est lui qui donne des ordres, ou, tout au moins, des conseils.

Et, soudain — à la grande joie du bon Landry... les trois hommes se remettent en marche.

— Allons donc!... se dit le sacripant...

Les hommes s'avancent.

Landry les attend, de pied ferme... immobile... très satisfait...

Très satisfait... car il lui semble qu'il n'a pas été inutile à son poste... Il a conscience de ce fait, à savoir: qu'il va servir le Capitaine Buridan.

Maintenant, les trois hommes, qui marchent de front, les deux géants flanquant, à droite et à gauche, Messire Gaultier d'Aulnay — ne sont plus qu'à quelques pas de Landry...

Oh! ils sont en défiance, c'est évident...

Messire Gaultier d'Aulnay est prêt à tirer son épée, à la moindre alerte...

CXXXII

LUTTE.

... A cinq pas du sacripant, le jouvenceau s'est arrêté.

— Je te reconnais... dit-il... C'est toi qui es venu me chercher, au Louvre, l'autre soir, porteur d'une missive de mon infortuné frère?

— C'est bien moi... oui, Messire!... répond Landry, tout souriant.

— Tu es aux gages du Tavernier Orsini?

— J'y étais!... Pour le moment — et j'en suis bien aise — je n'ai plus d'autre maître que moi-même... à moins que je ne me considère comme le servant de celui, qui — pour vous être utile — m'a aposté ici.

— De qui veux-tu parler?

— Du Capitaine Buridan.

— C'est le Capitaine Buridan qui t'a aposté ici?

— Oui, Messire.

— Pour m'être utile?

— Oui, Messire.

— Comment?

— En vous empêchant d'entrer dans la. Tour de Nesle.

— . Et pourquoi le Capitaine Buridan t'a-t-il chargé de m'empêcher d'entrer dans la Tour de Nesle?

— Probablement parce que vous y seriez en très grand danger.

— En très grand danger?

— Oui, Messire.

— Parle plus clairement!

— Je ne le saurais faire... Je ne suis que le bras qui agit... Celui que je sers n'a pas eu le temps de me donner des explications... Il m'a seulement confié une mission...

— Où est le Capitaine Buridan, présentement?

— Dans la Tour.

— Dans la Tour?

— Oui, Messire.

— Pourquoi n'est-ce pas lui-même que je trouve, devant moi, en ton lieu et place, pour m'empêcher d'entrer dans cette Tour, où il est, et où, moi, je serais en danger?

— Pour des raisons que je ne saurais vous expliquer suffisamment — je le répète, Messire ; mais le Capitaine vous fournira toutes les explications nécessaires...

— Quand ?

— Bientôt, j'espère.

Après un temps de silence, Gaultier d'Aulnay dit :

— L'ami... tu m'es suspect.

— Suspect ?

— Plus que suspect !...

— Pourquoi donc ?

— Qui sers-tu, vraiment ?... Le Capitaine Buridan, le Tavernier Orsini, ou Messire Belzébuth, en personne ?... Tous les trois, sans doute... Car le Capitaine, et le Tavernier, sont, assurément, les suppôts de l'autre.

— Messire, je sers, seulement, ainsi que je vous l'ai dit, le Capitaine Buridan... Je vous supplie de me croire...

— Tu m'es suspect, te dis-je...

— Messire...

— Tout ce que tu m'as dit est louche...

— Messire... je vous jure...

— Assez !... Tu me gênes... Éloigne-toi...

— Je vous supplie...

— Éloigne-toi...

— Oh ! que pourrais-je faire, ou dire, pour vous convaincre, Messire ?...

— Rien !...

— Pourtant...

— Fais-moi place... Je n'ai perdu que trop de temps, déjà, à discuter avec toi...

— Messire... il y va de votre intérêt le plus immédiat...

— Fais-moi place, encore une fois...

— Il y va de votre vie, peut-être !... N'avancez pas... J'ai reçu une mission... Je l'accomplirai, certes... Et fût-ce, même, au péril de mes jours... Vous ne passerez pas, Messire.

— Qui m'en empêchera ?

— Moi !...

Gaultier d'Aulnay ricane.

— Fol !... dit-il...

Il montre ses deux compagnons... les Indiens — qui ont assisté, immobiles, à tout ce colloque.

— Regarde ces hommes... reprend-il... Et regarde-toi !... Tu ne pèserais pas lourd entre leurs mains... Or, ils me sont dévoués... Sur un seul mot, de moi... sur un seul geste... ils se rendront maîtres de toi... Je passerai, sans que j'aie eu besoin, même, de te toucher du doigt...

— Messire... réplique le pauvre Landry, épouvanté... écoutez-moi, je vous en conjure !...

Il a vu les Indiens.

Leur taille, colossale, qui dénote une force herculéenne, ne l'a point effrayé.

Il tremble, seulement, de ne pouvoir remplir cette mission dont il a été chargé par Buridan... cette mission qu'il a juré d'accomplir.

Il joint les mains, et poursuit :

— Si vous saviez... Si je pouvais vous dire... S'il plaisait à Votre Seigneurie de m'entendre...

Les accents du sacripant sont si poignants qu'ils ébranlent, semble-t-il, la conviction de Gaultier d'Aulnay.

Landry se rend compte qu'il a des chances, peut-être, de convaincre le jouvenceau.

Il reprend :

— Ah ! Messire, si vous me connaissiez... Si vous pouviez apprendre, d'un seul coup, toute mon histoire... Vous êtes lié à moi, Monseigneur, sachez-le... Oui, oui, plus que vous ne vous l'imagineriez...

Et, comme Gaultier fait un geste d'impatience, Landry, plus que jamais suppliant, s'écrie :

— Messire, daignez suivre mes avis... N'entrez pas dans ce sinistre bâtiment... Je vous le répète... Il y va, pour vous, de la vie... Attendez !... Un moment !... Oh ! de grâce, Messire, un moment seulement !... Le Capitaine Buridan va reparaître, c'est certain... Il s'expliquera, lui... Et vous verrez, alors... vous verrez bien que je ne suis pas un traître... vous verrez que je vous ai servi, tout au contraire, contre ceux qui s'apprêtent à vous frapper, sans doute...

* *

... Mais Gaultier d'Aulnay, malgré les efforts du bon Landry pour le convaincre, sent augmenter, contre lui, sa défiance.

De plus en plus, le sacripant lui est suspect.

Et pour cause.

Landry prétend qu'il a été aposté, là, par Buridan, pour l'empêcher d'entrer dans la Tour de Nesle.

Or, chose étrange, c'est Buridan, lui-même, qui... tout à l'heure, chez Pierre de Bourges... l'a engagé à se rendre à la Tour.

Bien mieux, c'est lui qui lui a fourni le moyen d'y entrer.

Ce, en lui en remettant la clé.

Et ce même Buridan, à présent, voudrait détruire son œuvre ?

Il voudrait que celui qu'il a envoyé, à la Tour, n'y entrât point ?

Un pareil revirement !

En si peu de temps!

Tout cela est invraisemblable.

Oui, oui, Landry est suspect... très suspect, à Gaultier.

Du reste, ce Landry... c'est l'homme du Tavernier Orsini...

Et ce Tavernier, maudit... cet Italien, exécré, c'est l'âme damnée de la Reine.

Tout le monde le sait.

Tout le monde le dit...

Pas un Courtisan qui n'ait demandé, dès longtemps, pour faire pièce à Marguerite de Bourgogne, que l'on pendît Orsini, haut et court.

Orsini, l'exécuteur des volontés de la Régente!...

Celui, qui, d'après les Hauts Seigneurs, les Nobles Dames, les Dignitaires Ecclésiastiques... est le meurtrier des amants de rencontre de Marguerite.

Comment croire à ce que dit le second d'un pareil homme?

Non!... Non!... Il n'a pas été aposté, là, par le Capitaine Buridan.

Mais... bien... par Orsini.

Et, probablement, par le vouloir... sur l'ordre, formel, de la Reine.

Quel jeu joue Marguerite, en toute cette mystérieuse aventure?

Impossible de le deviner.

Sans doute, elle a intérêt à empêcher son favori... Messire Gaultier d'Aulnay... d'entrer dans la Tour, de pénétrer jusqu'à sa maîtresse.

— Mais... comment a-t-elle pu savoir que je viendrais ici?... se demande le jouvenceau.

Le Capitaine Buridan est-il, donc, vraiment, là, avec la Reine... ainsi que Landry l'a dit, tout à l'heure?

Est-ce lui qui a annoncé, à Marguerite, que Gaultier allait se présenter à la Tour?

A-t-il changé d'avis, depuis qu'il a vu le jeune homme, à l'Hôtellerie des Saints-Innocents?

Est-il venu au rendez-vous de la Reine?

Et pour quelle cause?

Comment a-t-il pu arriver, si vite, jusque-là?

Avait-il donc, à sa disposition, une barque... pour passer la rivière?

Dans ce cas, tout ce qui s'est passé... tout ce qui se passe, a donc été préparé à l'avance?

Buridan a donc joué un jeu, lui aussi... au cours de son entrevue, chez Pierre de Bourges, avec Gaultier?

Dans quel but?

Toutes ces idées traversent l'esprit du jouvenceau en un clin d'œil... et le troublent à un point indicible.

Alors, en un clin d'œil... et sans qu'il ait pu achever la phrase commencée... (P. 1638.)

De plus en plus, l'aventure où il se trouve engagé lui paraît suspecte, louche...

Bientôt, il se demande si Buridan, et la Reine — contrainte par le Capitaine — ne se sont pas mis d'accord pour l'attirer dans un guet-apens.

— Oh!... pense-t-il... Si j'avais calomnié Marguerite!... Si, en toute cette aventure, elle n'était qu'une victime!... Si cet homme, ce Buridan... la tenait — par quelque secret terrible... peut-être?... S'il agissait, contre elle, par ambition... pour se hisser au premier rang?... Craignant que je ne la protège, contre lui... moi qui l'aime — il ne sera tranquille que lorsqu'il se sera défait de moi... D'abord, il a voulu m'éloigner d'elle... C'est lui, sans doute, qui m'a fait donner, par le Roi, le Commandement de la Comté de Champagne... Mais, comme il doit craindre que je ne m'éloigne pas, qui sait s'il n'a pas formé le projet de me faire occire?... Oui, oui, c'est cela... C'est bien cela... C'est pour cela qu'il m'a attiré ici... Il aura pu contraindre Marguerite à y venir... Comment a-t-il eu ces missives, qu'il m'a montrées, chez Pierre de Bourges?... Elles sont bien de l'écriture de la Reine... Je m'y perds!... Il faut renoncer à s'expliquer ce mystère... Oui, oui, Marguerite est la victime de cet homme... Oh! je veux la voir... Je veux qu'elle me parle... A demi-mot, je la comprendrai, certes... Et, si elle a besoin de mon aide, contre ce Buridan... elle l'aura!... Oui, elle l'aura, dussé-je donner ma vie pour lui rendre sa liberté d'action, pour la débarrasser... des entraves dont elle a été chargée par le fait de cet homme... Oh! retrouver Marguerite à moi, à moi seul, toute à moi!... Félicité!...

Marguerite!

Toujours Marguerite!

Oh! « la goule » le tient encore!

D'un geste... d'un seul geste caressant, elle le reprendra, certes.

Il sera, derechef, tout à elle... reconquis... dompté... charmé — en extase !

— Oui, oui... se dit-il, en allégresse... elle a besoin de moi, qui sait?... Je veux la voir!... Je veux la voir, la chère adorée!... Je veux la défendre, la protéger... Et, si elle me trompe, je veux mourir!... Mourir!... Oui, oui!... J'aime mieux mourir!...

Il ne sait plus pourquoi il est venu là...

Il ne pense plus à Kaly, si aimante, si pure, si dévouée.

Il est tout à Marguerite, qui n'a pas cessé de l'aimer, peut-être...

C'est décidé... bien décidé...

Il entrera dans la Tour de Nesle...

*
* *

— Allons... fais-moi place!... ordonne-t-il, impérieusement, à Landry... Tu as en vain parlé... Tu ne m'as pas convaincu... Tout au contraire, tu m'es plus que jamais suspect... Ne me contrains pas à employer, contre toi, la force... Éloigne-toi... Et ne donne aucun signal... Ne fais aucun appel... pour prévenir tes acolytes de ma présence ici... Si tu pousses un cri, si tu ébauches un signe, tu es mort!

Et, résolument, Gaultier fait un pas en avant.

Mais le bon Landry l'arrête.

— Messire... s'exclame-t-il... vous marchez à la mort!

— Va-t-en !

— Messire... je vous supplie.

— Tu lasses ma patience!

— Messire... le Capitaine Buridan, qui a des raisons, puissantes, de tenir à votre vie, car — croyez-moi — elle lui est extra précieuse... vous conjure, par ma voix, de ne pas vous exposer aux couteaux des meurtriers qui vous guettent, sans doute...

— T'éloigneras-tu?

— Messire... voyez cette barque... C'est la barque d'Orsini... C'est dans cette barque que la Reine a fait la traversée de la rivière... du Louvre à la Tour de Nesle... C'est dans cette barque que les assassins, aux gages de la « goule », et qui sont dans la Tour, à cette heure, ont passé la rivière avec elle !... Messire, c'est cette barque qui sert à Marguerite de Bourgogne toutes les fois qu'elle vient à la Tour... Elle s'en est servie, l'autre nuit, pour se rendre ici, où elle devait retrouver le Capitaine Buridan et votre frère... L'infortuné !... Il est tombé, sachez-le, sous les coups des assassins, sur l'ordre, même, de la Reine !...

— Tu mens!

— Par le Dieu Tout-Puissant... qui me jugera — je vous jure, Messire... par tout ce que j'ai aimé, respecté, vénéré, ici-bas... je vous jure que je dis la vérité... toute la vérité !

— Tu mens!... Ceux qui t'ont aposté, ici, t'ont payé pour me parler ainsi... D'ailleurs, autrement, comment saurais-tu cela?

— J'étais là, Messire !... J'ai vu la victime, suppliante... demandant grâce... Oui, oui, j'ai vu frapper votre frère, et je l'ai vu tomber.

— Peut-être, même, l'as-tu frappé toi-même?...

— Messire... gardez-vous du sort de Philippe d'Aulnay !

— Je te somme — et, bien décidément, pour la dernière fois — de me livrer passage.

— Messire...

* *

... Le bon Landry est affolé.

Il se rend compte que tous ses efforts... pour tenter d'empêcher le jouvenceau d'entrer dans la Tour... seront vains.

Il se rend compte qu'il ne parviendra pas à convaincre son interlocuteur.

Aucun raisonnement ne prévaudra, c'est évident, contre les soupçons que Gaultier d'Aulnay ressent en présence du sacripant.

Il est certain que ces soupçons sont justifiés.

Le rôle que joue Landry paraîtrait suspect, certes, même à un homme moins que Gaultier prévenu contre lui.

— Oh! que faire... que faire pour accomplir la mission que le Capitaine Buridan m'a confiée?... se dit l'amant de Mariette Sabasse.

Lorsqu'il a promis, au Capitaine, que, lui vivant, Gaultier n'entrerait pas dans la Tour... il n'avait pas prévu que le jouvenceau arriverait, sur les bords de la rivière, devant la porte de la Tour de Nesle, flanqué de ses deux compagnons...

Il avait compté qu'il n'aurait affaire qu'à Gaultier, seul... et qu'il triompherait, assez aisément, de lui — au besoin par la force.

Mais il n'y a rien à entreprendre contre trois hommes... surtout contre les deux colosses, qui, ainsi que l'a dit le jouvenceau, tout à l'heure, « sur un seul mot de lui... sur un seul de ses gestes »... se rendront maîtres de quiconque prétendrait s'opposer à son passage.

Ah! si Buridan pouvait paraître, tout à coup!

— Si mes « chères aimées » me fournissaient cette aide... hélas, inespérée!... pense Landry.

Le seul espoir qui lui reste.

Une intervention providentielle.

L'apparition, inespérée, du hardi Capitaine.

Se produira-t-elle?

Et, tout à coup, une idée passe en l'esprit du sacripant.

Une idée qui lui a été suggérée, c'est sûr, par « celles » de qui il a invoqué l'aide.

Il exulte.

Son idée — à son sens — est merveilleuse.

Elle peut donner... elle donnera — c'est plus que probable — le résultat tant souhaité.

En l'exploitant, il convaincra Gaultier d'Aulnay.

Il l'empêchera d'entrer dans la Tour de Nesle.

Oui, oui, il va dire, au jouvenceau, ce qu'il sait.

Il va lui révéler le secret de sa naissance.

Il va lui apprendre que le Capitaine Buridan — au nom de qui il lui parle — est son père.

Certes, cette révélation, sensationnelle, troublera fort Gaultier... le fera réfléchir... le rendra hésitant.

Et, par ainsi, tout au moins... on gagnera du temps... quelques minutes — un répit peut-être suffisant pour atteindre le moment, tant désiré, où le Capitaine reparaîtra.

Buridan ne pourra jamais blâmer son amé compagnon d'avoir, en un pareil péril, employé ce moyen.

L'unique moyen qui reste de sauver le jouvenceau.

Jamais Buridan ne lui reprochera — en faveur des motifs qui ont guidé

Landry — de lui avoir volé cette joie, de faire, lui-même, à Gaultier, la touchante révélation.

— Oh! Merci... merci... mes « chères aimées »... murmure le sacripant dans un transport d'allégresse... Merci!... Encore une fois vous m'avez efficacement protégé!... Grâce à vous.... grâce à vous... je triompherai!... Merci!... Merci!... Merci!...

.   .   .   .

... Et, cependant, Gaultier d'Aulnay s'est tourné vers les Indiens qui l'accompagnent.

Le colloque suivant s'engage, entre eux... en cette langue étrangère qu'ils parlent:

— Cet homme me gêne!... dit le jouvenceau... Emparez-vous de lui... Sans lui faire de mal, garrottez-le... bâillonnez-le, solidement... Mettez-le, momentanément, dans l'impossibilité de gêner mes faits et gestes... Qu'il ne puisse faire un mouvement... Qu'il ne puisse proférer un appel... Et, portez-le, là-bas, dans l'ombre... en un endroit où personne ne pourra le voir...

— Tu seras obéi, Seigneur... répondent, d'une même voix, les deux Indiens.

Et ils se mettent en devoir, immédiatement, d'exécuter l'ordre de Gaultier.

Tous les deux, d'un même mouvement, ils ôtent le couvre-chef qu'ils portent — une sorte de turban — qu'ils déroulent, dextrement.

C'est une longue bande d'étoffe de soie, très menue, et d'une incroyable solidité.

Cela constituera les liens qui garrotteront Landry... le bâillon qui étouffera ses cris... ses appels... ses plaintes.

— Un mot encore... reprend Gaultier d'Aulnay.

— Parle, parle, Seigneur!

— Pendant que vous vous rendrez maîtres de cet homme... moi, je pénétrerai — par cette porte que vous voyez, d'ici — dans cette Tour... Votre besogne faite, vous demeurerez proche de la porte, dissimulés dans l'ombre... Que personne ne vous aperçoive... ne soupçonne, même, votre présence en cet endroit... Quoi que vous voyiez, quoi que vous entendiez, vous ne bougerez pas... Vous attendrez mon retour... Je le veux...

— Mais... ose dire l'un des colosses... si tu cours quelque danger, Seigneur?... Nous avons promis, tu le sais, de veiller sur ta vie.

— Je ne courrai aucun danger!... Obéissez-moi...

— Nous obéirons, Seigneur!

— Bien!... Nous sommes d'accord?... Vous m'avez bien compris?

— Oui, Seigneur!

— Vous saisirez cet homme... vous le garrotterez, et le bâillonnerez, quand je prononcerai ce nom : Kaly...

— Oui, Seigneur !...

. . . .

... Lors, Gaultier... tout à coup... et très résolument, fait deux pas en avant.

C'est le moment, même, où Landry, sûr de convaincre son interlocuteur, grâce à l'idée que « ses chères aimées » lui ont suggérée, se dispose à agir...

Il a bien constaté que Gaultier a donné des ordres à ses compagnons.

Et il s'est dit, certes, que ces ordres le concernaient.

Même, il est persuadé que ces ordres le mettent en présence d'un danger imminent.

Mais il ne doute pas de son triomphe final.

Il est absolument certain que, par un seul mot, il va arrêter, tout net, Gaultier d'Aulnay, et ses deux redoutables compagnons...

*
* *

— Messire... s'exclame-t-il... écoutez-moi.

— Au large !... fait Gaultier.

— Messire... je veux que vous ne doutiez pas de moi... plus longtemps... Et, pour cela....

— Au large !...

— Messire... il importe que vous ayiez foi en le Capitaine Buridan... et en celui qui vous parle en son nom.

— Au large !...

— Messire... sachez que le Capitaine Buridan est...

Gaultier regarde ses deux compagnons et prononçe ce nom :

— Kaly...

Alors, en un clin d'œil... et sans qu'il ait pu achever la phrase commencée... ni, même, articuler une plainte... Landry est saisi par quatre mains puissantes — et ligotté, bâillonné.

Les deux Indiens ont accompli cette besogne avec une rapidité, une habileté prodigieuses... servies, du reste, considérablement, par leur extraordinaire force musculaire.

Obéissant aux ordres à eux donnés par Gaultier d'Aulnay, ils portent le pauvre Landry sous le mur, même, de la Tour de Nesle, dans l'ombre portée du massif édifice.

Sans mot dire, enfin, ils vont se blottir, tout près de la porte, dans l'ombre, également... où ils restent invisibles.

Leur jeune Seigneur a dit :

— « Que personne ne vous aperçoive... ne soupçonne, même, votre présence en cet endroit... Quoi que vous voyiez, quoi que vous entendiez, vous ne bougerez pas... Vous attendrez mon retour... Je le veux... »

Or, ils exécuteront cet ordre, certes, religieusement.

Ils se plieront, stoïquement, à la volonté de Gaultier.

Ils ne bougeront pas.

Ils attendront son retour...

CXXXIII

LES VISIONS DE MESSIRE GAULTIER D'AULNAY.

. . . .

... Aucun bruit ne retentit... si ce n'est le clapotement, incessant, et monotone, de l'eau, qui se brise aux flancs, rebondis, des deux barques... celle du Tavernier Orsini, et celle de Simon-le-Pêcheur.

Tout est désert, là-bas, sur la grève... comme aux abords de la Tour de Nesle.

La rivière, les deux bords, le Louvre, la Ville... avec ses toits pointus, ses tours, tourelles, flèches, clochers et clochetons... sont éclairés, superbement, par la lueur de la lune, qui est juste au dessus de l'horizon, en son plein.

Admirable panorama... où tout est tranquille... où tout dort.

— Que le Dieu Tout-Puissant me protège!... dit Gaultier d'Aulnay...

Il fait un large signe de croix.

Oh! Il a grande hâte d'entrer dans cette Tour maudite, et de pénétrer les mystères qu'elle contient.

De son escarcelle, il a tiré la clé que le Capitaine Buridan lui a remise, à l'Hôtellerie des Saints-Innocents.

Résolument... il marche vers la porte de la Tour de Nesle...

Il est troublé à un point indicible.

Il pourrait compter les battements de ses artères.

— Allons !... Allons!... dit-il...

Il glisse la clé dans la serrure.

Elle grince.

Et, Gaultier entend, soudain, derrière la porte, un bruit de pas.

Il frissonne.

A cette minute, décisive, il a conscience du danger, terrible, qu'il court.

Il est pâle...

Ses mains tremblent.

Il lui semble qu'il vient d'entrevoir la Mort... dont le masque, terrifiant, ricane.

Il lui semble qu'il perçoit le son d'une voix bien aimée... la voix de Philippe !

Il se dit qu'il a eu tort de ne pas écouter le bon Landry.

Maintenant, il se dit que le sacripant était sincère... et voulait le servir.

Et cette phrase, que l'amé compagnon du hardi Capitaine Buridan n'a pu achever, retentit, avec son mystérieux, son inexplicable sens... aux oreilles du jouvenceau :

— ... « Messire... Sachez que le Capitaine Buridan est... »

Quoi donc ?

Que signifiaient ces paroles ?

Ces paroles que Landry a articulées à la dernière minute... comme un argument désespéré... et qu'il donnait comme à regret ?

Quel secret allait-il révéler ?...

Mais il est trop tard pour reculer...

Il est trop tard pour tenter d'interroger Landry...

Gaultier... convaincu qu'il va mourir... ne songe même pas à appeler, à l'aide, les Indiens de Kaly.

La Fatalité, qui s'est acharnée, sur lui, comme sur son frère, depuis leur naissance — est sur lui...

Elle fait son œuvre.

Il en est sûr.

Aucune puissance humaine ne peut le sauver.

La prédiction de la Sorcière du Trou aux Chouettes va s'accomplir.

Toute son existence lui apparaît avec une prodigieuse netteté.

Il revoit tous ceux qu'il a aimés : son frère... le vieux Baron Roger d'Hannebaud... son Maître, le Grand Religieux qu'il a suivi aux Indes... et ses Vassaux de la Haute Seigneurie d'Hannebaud... et ses Ecuyers... et ses Varlets.

Il revoit le fier Donjon, à l'ombre duquel toute son enfance s'est écoulée... si douce, — près de son tendre Père d'adoption... qui a tout fait pour lui préparer une vie heureuse, glorieuse, utile.

Il revoit les fêtes auxquelles il a assisté, là-bas, en terre Normande... les tournois où combattaient les Chevaliers, bardés de mailles, agitant leur lance au fer orné de flottantes oriflammes, pendant que résonnaient les olifants vibrants, dont les sonneries, éperdues, triomphantes... saluant le vainqueur acclamé par la foule des Seigneurs et des Nobles Dames en robes d'atour écussonnées... étaient répétées par les échos de la vallée et des grands bois environnants.

Et les danses des manants, sur les prairies verdoyantes, où s'esbattaient, au son des violes et des rebecs, les vigoureux laboureurs et les robustes villageoises, si gentes, si rieuses.

Celui qui guide les meurtriers a allumé une torche. (P. 1648.)

Et les majestueuses processions où défilaient, portant cires et riches bannières, tous les manants des paroisses dont les Clochers s'éparpillaient sur les terres de la Haute Baronnie, suivant le Chapelain, environné d'enfants couronnés de fleurs, et marchant, sous un dais empanaché, portant l'Ostensoir d'or.

Et les chasses, auxquelles prenaient part tous les Seigneurs, toutes les Nobles Dames, toutes les Damoiselles vivant dans les Manoirs de la contrée... qui, montés sur des chevaux caparaçonnés de superbes étoffes chargées de glorieuses armoiries, poursuivaient le gibier : cerfs et sangliers... jusques dans les profondeurs des épais halliers, au milieu des éperdus aboiements des meutes et des sonneries claires, sonores, des cors embouchés par les veneurs.

Et les festins, plantureux, offerts par le Puissant Baron, aux jours de liesse, à Pâques, à Noël, ou, encore, après les moissons, quand les gerbes étaient liées, fleuries de bleuets et de coquelicots, dans l'immensité des espaces champêtres.

Et, aussi, les veillées d'hiver, passées dans le Donjon, sous la haute cheminée de pierre portant le fier blason d'Hannebaud, où brûlaient, en chantant, d'énormes troncs de chêne, et pendant lesquelles le vieux Chevalier narrait, lentement, de sa belle et harmonieuse voix, avec un enthousiasme qui gagnait ses auditeurs, depuis ses féaux Écuyers jusqu'à ses fils d'adoption, tous les hauts faits de guerre accomplis, par ses nobles aïeux, et par lui-même, en Terre Sainte, ou dans les Flandres, sous la bannière fleurdelysée des Rois de France, leurs suzerains : Louis IX, le Saint... Philippe III, le Hardi... et Philippe IV, le Bel.

Il revoit, de même, les Indes, les Pagodes, les jungles, les forêts immenses, dont les arbres, aux frondaisons géantes, cachent une faune quasiment impénétrable, où vivent des myriades d'oiseaux aux éclatants plumages, des fauves superbes et terribles, des reptiles, à la robe diaprée, dont la morsure donne une mort foudroyante... tout ce pays admirable, richissime, redevenu presque barbare, et qui garde trace, très manifeste, de l'incomparable puissance des êtres qui l'ont occupé, jadis, et qui y ont vécu dans le déploiement, magnifique, d'une très haute civilisation à jamais disparue.

Il revoit Kaly, dans sa somptueuse demeure...

Kaly!

Si belle, si douce, si pure!

Kaly... l'être bien aimé, qui est toute à lui.

La jouvencelle étrangère qui s'est éprise, éperdument, du jeune Chevalier Français... et qui, la première, a fait battre son cœur.

Chère... chère Kaly!

Très bienfaisante... et très adorée créature!

Toutes ces visions passent, en un clin d'œil, devant les yeux de Gaultier d'Aulnay.

Elles l'éblouissent.

Elles le charment... délicieusement.

Elles l'enchantent.

Et il revoit, enfin, Marguerite de Bourgogne... la superbe et superlativement troublante fille de France... la Reine — tout à la fois pleine de grâce et de Majesté... ange et démon... créature de rêve... une statue vivante... un être que la Création semble avoir créé avec amour — Marguerite, entourée des hommages d'une Cour où se heurtent, dans des splendeurs d'art uniques au monde, les hommes les plus doctes, les plus civilisés, les plus glorieux... les femmes les plus belles, les plus perverses, les plus adorablement femmes dans toute l'exceptionnelle, toute la plus exquise acception du mot... qu'il y ait dans l'Univers entier.

Il se revoit, tout épris, dans la Chambre Royale, aux pieds de cette femme... qui lui sourit — de cette femme... la plus idéalement belle — ... de cette Reine, la plus puissante de toutes les Reines du Monde... qui l'aime, et qui lui dit son amour, avec des mots qui chantent à ses oreilles... avec des caresses, très tendres, qui font courir de longs frissons dans sa chair.

Et, souriant, à présent, à la Mort, qui lève, sur lui, son bras de squelette, et qui ricane, abominablement... il semble dire :

— Je peux mourir !... Je n'ai guère plus de vingt ans; mais j'ai connu toutes les joies... J'ai eu toutes les ivresses, toutes les extases qui sont permises à l'homme !... Toutes !... Oui, toutes !...

Pourtant, son masque... radieusement éclairé par l'orgueil, et la joie, que lui ont donnés sa vision charmeresse... s'assombrit, soudain.

— Hélas !... pense-t-il... Une ivresse m'a manqué !... Celle qui doit le plus enivrer l'homme : le sourire et les caresses d'une mère !...

CXXXIV

BLESSÉ

... La porte de la Tour s'est ouverte...

Gaultier la pousse...

— — Ma mère !... murmure-t-il... d'une voix toute tremblante d'émotion... Ma mère !... Ma mère !...

Il fait un pas dans l'ombre épaisse...

Tout à coup... la lourde porte se referme, derrière lui...

L'infortuné jouvenceau est saisi par des bras vigoureux...

Il sent passer, sur sa face blêmie, des souffles d'êtres invisibles...

On l'entoure...

Quels démons se sont emparés de lui?...

Il perçoit des cris, des appels...

A son flanc, il ressent une souffrance aiguë...

Une autre à la tête...

Une autre, encore, à la poitrine...

Il chancelle...

Il porte ses mains à son front, et ses mains se couvrent d'un liquide chaud et gluant...

Du sang!...

C'est son sang qui coule...

Il est blessé...

Mais non mortellement...

— Frappez!... Frappez!... Frappez donc!... clame une voix, dans les ténèbres...

Et Gaultier est percé de coups...

Tout d'abord stupéfait par cette attaque, aussi soudaine qu'inattendue... il n'a pu se mettre en défense.

Du reste, il n'en a pas eu le temps.

Mais, enfin, il reprend conscience des choses ambiantes.

Et, quoique perdant son sang par dix blessures, béantes, qui n'ont atteint aucun organe vital... il entame, contre ses lâches agresseurs, une lutte énergique et désespérée.

Non qu'il espère sortir, vivant, et triomphant, de cette lutte inégale...

Chose impossible, certes!

Mais parce qu'il ne veut pas succomber, passivement, dans ce guet-apens.

Parce qu'il veut vendre sa vie aussi chèrement que possible.

Ah! mourir, ainsi... sans gloire... dans les ténèbres... frappé par de vulgaires assassins!

Quelle pitié!

Et, sa dague au poing, il porte de grands coups tout autour de lui, au hasard.

Il fait des victimes.

Il en est sûr.

Car il entend des gémissements, non loin de lui... des plaintes, des râles... et il marche sur des corps abattus.

Il se bat, en héros, contre des ennemis invisibles... dont le nombre a déjà diminué.

Atroce mêlée, dans l'obscurité noire!

Il écarte les bras qui cherchent à le saisir.

Sa dague se lève, et s'abat, sans cesse... faisant, chaque fois, une nouvelle victime.

Un moment, il se trouve seul.

Ses bras, étendus... et qui s'efforcent d'atteindre ses agresseurs... s'agitent dans le vide.

Les assassins, effarés, ont-ils fui?

Il gravit, d'un seul coup, plusieurs degrés de l'escalier... où la lutte s'est engagée.

Peut-être trouvera-t-il du secours, au bout de cet escalier?

Ou, tout au moins, peut-être, une lueur surgira-t-elle, et pourra-t-il voir les meurtriers?...

Marguerite est là... c'est sûr.

Peut-être entendra-t-elle le bruit de la lutte?...

Si ce n'est pas elle qui a organisé le guet-apens, peut-être viendra-t-elle à son secours?

Toutefois, il ne veut pas l'appeler.

Il ne criera pas : « A l'aide! »

Cependant son sang coule...

Et cela l'épuise...

Bientôt, il s'affaissera.

Déjà, il chancelle.

Une voix s'élève, dominant les plaintes, les gémissements des blessés... les râles des mourants... les soupirs, les halètements de ceux qui sont encore debout, et qui hésitent avant que d'oser affronter, derechef, cet être, qui, seul contre tant d'adversaires, se défend avec une farouche énergie, et couche ses victimes, râlantes, sur les degrés de pierre...

C'est la voix qui s'est fait entendre, tout à l'heure, et qui a dit :

— Frappez!... Frappez!... Frappez donc!...

Maintenant, cette voix est comme voilée...

Elle tremble.

D'émotion... ou de frayeur?

— Tuez!... Tuez!... Tuez!... clame-t-elle.

Une autre voix répond :

— C'est Messire Belzébuth, en personne!...

Une autre ajoute :

— Il est invulnérable!...

Et la première voix — celle du chef des meurtriers, sans doute — reprend :

— Lâches!... Vous êtes en nombre, pourtant!

— Frappe-le donc, toi qui nous commandes, et qui es resté, jusqu'ici, fort prudemment, à l'abri de ses coups !...

— Il a raison !... Moi, je ne risque pas deux fois ma peau pour un sou parisis !...

— Puisqu'il faut doubler les coups, il serait juste, au moins, que l'on doublât, aussi, la solde !...

— Il faudrait la tripler... On ne nous avait pas prévenu que nous aurions à combattre contre un pareil démon !

Lors, le chef s'écrie :

— Lâches !... Lâches !... Tuez !... Tuez, vous dis-je !... Un marc d'or pour celui qui abattra cet homme !

Pendant ce colloque, Gaultier... qui se soutient à peine — tant il est épuisé, de plus en plus, par la perte de son sang — a gravi, encore, quelques degrés.

Oh ! Il luttera jusqu'au bout !

Il luttera tant que son poing pourra tenir sa dague.

Il avance toujours... en étendant les bras, cherchant... mais en vain, de nouveaux adversaires.

Ils connaissent les aîtres.

Ils peuvent manœuvrer, même dans ces ténèbres... à tâtons, tout au moins.

Ils ont fait le vide, autour de lui.

Mais il devine leur présence sur les degrés, au-dessus, et au-dessous, de l'endroit où il se trouve.

Il sent leur souffle aviné, et haletant.

Cette accalmie, qui s'est produite, parce que les assaillants ont eu peur... a constitué, pour eux, un répit, pendant lequel ils ont repris haleine... reconquis des forces...

La lutte va recommencer, sans doute... et combien inégale, à présent, hélas !... car Gaultier se sent défaillir !

Les meurtriers seront aguichés par la promesse du marc d'or qui sera donné, a dit le chef, à celui qui frappera, mortellement, la victime désignée...

Et l'un des hommes répète :

— Je lui ai porté trois coups qui auraient dû l'abattre !... On ne peut rien contre lui !... Je vous dis qu'il est invulnérable !... Combat trop inégal !... Car, nous, nous sommes en chair et en os... Sa dague touche, et tue !... L'abatte qui voudra... Moi, je ne m'en mêle plus !...

CXXXV

RÉPIT.

... Gaultier a pu monter deux degrés, encore, sans coup férir.

Toutes les voix se sont tues.

Dans le silence, on perçoit des frôlements...

Les meurtriers fuient-ils?

Ou s'apprêtent-ils à frapper la victime?

Certes, si l'on y voyait clair... depuis longtemps Gaultier aurait été occis... traîtreusement.

Mais, dans ces ténèbres, les assassins n'osent s'approcher d'un homme si résolu.

Ils craignent sa dague redoutable, qui a déconfit, déjà, trois des leurs.

— A boire!... A boire!... A boire!... clame, d'une voix lamentable, l'un des truands, qui gît, agonisant, au pied des degrés.

Des étincelles brillent, soudain, tout en haut de l'escalier, trouant, de points rougeâtres, l'obscurité profonde...

Et, bientôt, une flamme éclaire la scène.

Celui qui guide les meurtriers a allumé une torche.

Maître Orsini, debout, farouche, blême, bestial... lève cette torche, à bout de bras, dans sa main gauche.

Dans sa main droite, il brandit son coutelas... lourd, massif, dont la lame, épaisse et acérée, qui reflète la lueur de la torche, paraît, déjà, toute tachée de sang.

Cette même lueur illumine les murs, suintants, humides... les degrés de pierre de l'escalier... les faces, épouvantées, des assassins... les victimes gisantes — et, sur ces murs, sur ces degrés, sur ces faces, sur ces victimes... un rouge ruisseau semble couler.

C'est, à la fois, sinistre, et effrayant.

D'un seul coup d'œil, Gaultier a tout vu.

Il se sent perdu.

Il n'a plus de forces.

Ce n'est qu'en s'appuyant à la muraille qu'il parvient — et, même, non sans effort — à se tenir debout.

Orsini est solidement arcbouté sur ses jambes torses, deux degrés au dessus de lui.

Les autres assassins sont au dessous... quelques marches plus bas.

Le jeune homme est tout ensanglanté...

Plus elle se gausse de lui... et plus il la chérit. (P. 1656.)

Sa face, livide, est barrée par une large blessure qui part du front, traverse l'arcade sourcilière, et balafre la joue...

Ses mains sont empourprées de sang... le sien et celui de ses victimes...
qui coule sur ses vêtements, les englue... et met, çà et là, des mares, sur
les degrés de pierre.

— Je suis perdu!... Je suis perdu!... se dit Gaultier... Dieu Clément...
reçois ton humble serviteur!

C'est qu'il se rend compte que le Tavernier Orsini n'a qu'un pas à faire pour se trouver immédiatement au-dessus de lui, à portée de son bras, qui brandit son effroyable coutelas.

Qu'il fasse ce pas... et il aura accompli, lui-même, l'œuvre homicide pour laquelle il vient d'offrir un marc d'or à ses acolytes apeurés.

Mais, chose étrange... événement inattendu, inexplicable, incompréhensible... ce pas, ce geste — il ne les fait pas.

Pourquoi donc?

Il y a de quoi étonner Gaultier, certes.

C'est que l'Italien est stupéfait... et épouvanté.

Médusé!

Tout à l'heure, debout devant la meurtrière, dans la Salle où il a eu son colloque avec Marguerite de Bourgogne... il a vu venir, vers la Tour de Nesle, dans la barque de Simon-le-Pêcheur, le hardi Capitaine Buridan, conduit par Landry... Buridan ou Lyonnet de Bournonville, le Page du Duc Robert II... l'ennemi, implacable, et exécré, de la Reine... un homme qui connaît tous ses secrets, et qui, par suite, peut la perdre, et perdre, par surcroît — fait qui a effrayé Orsini — tous ceux qui ont été ses complices... tous ceux qui ont accompli ses ordres détestables.

Or, c'est cet homme — ce démon... que le Tavernier attendait.

Lui... qu'il devait, et voulait frapper... abattre.

Il croyait le tenir.

Il en était sûr... absolument sûr.

Qui donc, sinon lui, ayant reçu, de Marguerite même, la clé de la Tour de Nesle... pouvait ouvrir la porte du sinistre bâtiment?

Qui donc, sinon lui, avait pu s'engager dans l'escalier... et était devenu, par conséquent, la proie des meurtriers aux gages de la Reine... puisque, après son entrée — et sur l'ordre, formel, donné, à ce sujet, à l'avance, par Orsini — la porte, qu'il avait ouverte, s'était refermée sur lui... comme la dalle d'un sépulcre se referme sur celui que l'on y a enseveli?

Mais Orsini, en présence de la défection de ses hommes, a voulu relever leur courage en leur montrant qu'ils étaient en nombre... et qu'ils n'avaient rien à redouter de leur adversaire, si terrible, si courageux fût-il... pourvu qu'ils unissent, contre lui, résolument, leurs efforts.

Pour cela, il a allumé une torche.

La lueur de cette torche a éclairé la scène.

Et Orsini a reconnu Gaultier d'Aulnay.

Gaultier d'Aulnay!

Le favori de Marguerite de Bourgogne!

Son amant!...

Un homme qu'elle adore!

Fait inouï!

Comment Gaultier d'Aulnay s'est-il introduit, dans la Tour, aux lieu et place du Capitaine Buridan?

Damnation !

Oui... oui... vraiment, ce Capitaine — ainsi que Orsini l'a dit, tout à l'heure, à Marguerite — est un homme extraordinaire.

Messire Belzébuth, en personne !

Lutter contre lui est folie !

Croire qu'on peut l'abattre est un leurre !

Il dispose — c'est sûr — d'un pouvoir qu'il tient de l'Enfer, même.

Et, cela, depuis longtemps, déjà.

En effet, jadis, lorsqu'il partit du Donjon du Duc Robert, de Bourgogne... n'a-t-il pas échappé aux meurtriers qui avaient reçu, de Marguerite, l'ordre de l'occire?

Depuis, n'est-il pas sorti, vivant — événement prodigieux — de la Tour de Nesle... après la nuit qu'il y a passée avec la Reine, ses sœurs, Philippe d'Aulnay, et Hector de Chevreuse ?

De même, n'est-il pas sorti, triomphant, au bras de la Reine, du cul-de-basse-fosse du Grand-Châtelet?

Mais tout cela n'est rien, encore !

C'est à lui que la Reine a accordé le rendez-vous, à la Tour, qu'il a demandé.

C'est à lui que la Reine a remis la clé grâce à laquelle il pourra ouvrir la porte de cette Tour.

C'est lui que l'on attend.

Lui... que l'on voit venir... dans la barque de Simon-le-Pêcheur.

Les assassins, apostés pour l'abattre, sont prêts.

Leurs bras se sont armés.

Déjà, on peut croire que la victime désignée est percée de coups... blessée... morte !

La porte par laquelle elle doit paraître s'ouvre; puis, se referme.

Le Capitaine Buridan est pris !

Le Capitaine Buridan ne gênera plus la Reine !

Le Capitaine Buridan n'est plus !

Les dangereux secrets qu'il portait ne seront jamais révélés à personne en ce bas monde.

Or, voilà que la proie que le Tavernier pensait tenir... s'est évanouie— cette fois encore.

Buridan a fourni, aux meurtriers, avec une monstrueuse et effroyable habileté, une autre victime.

Oui, oui, cet homme est le Diable !

Et, en même temps, que Messire Gaultier d'Aulnay, désespéré, défaillant, à demi mort, se dit:

— « Je suis perdu!... Je suis perdu!... Dieu Clément, reçois ton humble serviteur! »

Orsini, terrifié, stupéfait... déjà prêt à frapper la victime, puisque ses acolytes sont trop lâches pour le faire.... se sent plus que jamais proche de sa fin... et pense:

— L'Enfer triomphe!... Dieu le veut!... Notre dernière heure et venue!...

Gaultier d'Aulnay!

C'est Gaultier d'Aulnay qui est entré dans la Tour... et qui a été frappé par les meurtriers!

Gaultier d'Aulnay... et non Buridan!...

Oui, c'est effrayant... c'est effrayant!...

Gaultier d'Aulnay!...

Le pauvre enfant!

Innocente victime!

— Oh! Que dira la Reine?... pense Orsini.

Son favori... son « cher mignon »... l'homme qui fait son bonheur... sa vie!

Blessé!...

Mortellement, peut-être?

— Il faut le secourir!... se dit, encore, le Tavernier.

Toutes ces pensées ont traversé, en quelques secondes, l'esprit de Maître Orsini.

— Oui... oui... répète-t-il... il faut le secourir!... « Povero! »... Il fait pitié!... Que de sang, sur lui!... Il se soutient à peine... Il va choir, c'est sûr!... Il est à demi mort!...

Mais, lui-même... Orsini... défaille — tant il est éperdu.

Vainement, il veut descendre les marches... se rapprocher du blessé pour lui porter secours...

Lui aussi, il faut qu'il s'appuie à la muraille, pour ne pas tomber.

Vainement, il veut parler... donner l'ordre, à ses acolytes, de venir en aide à Gaultier d'Aulnay... ou, tout au moins, les empêcher de le frapper, derechef.

Il ne peut faire un pas... un geste, même — ni articuler un mot... un seul mot!

Son corps est sans force.

Et — supplice abominable — cependant, jamais son esprit ne fut plus lucide.

Jamais il n'eut plus absolue faculté de penser.

Il se rend compte, à merveille, de ce qu'il devrait faire... et il ne peut pas accomplir ses desseins!

Or, tout à coup, il se passe quelque chose d'effrayant...

CXXXVI

L'AMOUREUX DE LA JOLIE RIBAUDE.

... Trois hommes sont debout, au pied de l'escalier, au-dessous de Gaultier d'Aulnay.

Trois... seulement.

Les autres acolytes du Tavernier gisent... morts, ou mourants... abattus par le courageux jouvenceau.

Pendant qu'ils luttaient, dans l'ombre, au hasard, ils se sont rendus compte que plusieurs des leurs ont été déconfits.

Cela les a épouvantés.

Ils sont lâches.

D'ailleurs, abrutis... par la misère, le vice, la souffrance — et, par suite, sans grande force.

Du reste, ils ne sont pas habitués à pareille résistance.

Les victimes qu'ils frappent, d'ordinaire, — presque toujours ivres de vin et d'amour, sont atteintes, par eux, traîtreusement... et succombent sans que leurs meurtriers aient couru le moindre danger.

Avec Gaultier d'Aulnay... autre affaire !

Il s'est montré, tout de suite, redoutable adversaire.

En un clin d'œil, de plusieurs de ses agresseurs, il a fait des cadavres !

Ce démon peut en faire d'autres.

Aucun des meurtriers, restés debout, ne se soucie d'être, à son tour, abattu.

Ils sont donc demeurés cois... attendant.

Même... Orsini, pour surexciter leur courage, en exploitant leur cupidité... a eu beau leur promettre un marc d'or pour le meurtre — ils n'ont pas bougé davantage...

L'épouvante les paralyse.

Et, tout à coup, la lueur de la torche, allumée par le Tavernier, a brillé... éclairant la sinistre scène.

Deux des assassins ont vu leurs compagnons abattus.

Lors, ils ont été plus que jamais effrayés.

Il est certain qu'ils ne tenteront plus rien contre Gaultier.

Ils sont là, frémissants, angoissés... veules, sans force, sans voix, sans pensée.

Ils tremblent que le jouvenceau ne les pourchasse .. et qu'il ne devienne, à son tour, agresseur.

Il est blessé... sanglant, c'est vrai; mais c'est un gentilhomme... un Chevalier — et ce qu'il a fait, déjà... et qui démontre son courage, son énergie... indique, assez, ce qu'il peut faire, encore!...

On risquerait trop gros jeu à s'attaquer, à lui, derechef.

Quant au troisième assassin, c'est différent.

Celui-ci, tout d'abord, n'a pas été moins épouvanté que les deux autres.

Mais il semble que, bientôt, il s'est opéré, en lui, un subit revirement.

Cet homme est l'un des acolytes, habituels, de Maître Orsini.

C'est ce pauvre hère, qui, l'autre nuit, — lors de l'entrevue, première, de la Reine, et du Capitaine Buridan, à la Taverne d'Orsini, — attendait, avec ses compagnons, dans l'arrière salle de la Taverne, que l'Italien, obéissant à Marguerite, donnât l'ordre de frapper le Capitaine... ce miséreux, au masque tragico-comique... portant haut la tête, et qui, drapé dans ses haillons comme en un manteau de Roi, regardait, avec un vague dédain, ceux qui l'entouraient, dans une attitude de Capitan, avec des airs de Matamore — cet homme au masque sillonné de rides, marqué des stigmates que la faim, les passions, les vices, mettent au front de ceux qui usent leur existence dans une lutte, perpétuelle, mais qui, malgré son abaissement, a gardé, au fond de ses yeux, une flamme... et qui a, sur le front, une lueur... sur les lèvres, un sourire de pitié, et de nargue, tour à tour.

Cet homme est une manière de poète... et un histrion, tout à la fois.

Il ne lui a manqué, peut-être, pour que son talent, son génie — qui sait? — s'épanouissent et auréolent son chef... que l'amour d'une femme... l'encouragement et le soutien d'un des Grands dé ce monde... un logis... du pain.

Il a vécu au hasard... par le rêve... écrivant — disant, en ses écrits, ses visions... chantant la nature, les fleurs, les splendeurs des belles journées d'été, les sublimités des couchants, la majesté des aubes, exaltant la femme, s'attendrissant sur l'enfant, prêchant la bonté...

Il s'en est allé, jeune, la viole aux épaules, à travers la France, s'arrêtant, un jour dans les masures, le lendemain dans quelque Château, et payant l'hospitalité qu'il recevait — des manants comme des Hauts Seigneurs, des commères comme des très Nobles Dames, — d'une chanson de geste... d'un poème épique, ou d'un conte grivois, bon pour faire s'esbaudir les joyeux drilles comme les plus sveltes Damoiselles.

Usé... cassé... lamentable... abruti... quoique jeune encore — il a échoué, enfin... poussé par le hasard, qui a régi tous ses actes... dans la Bonne Ville de Paris.

Cela se passait un an auparavant.

Il s'est adonné, plus que jamais, au vin.

Jadis, il buvait uniquement pour le plaisir de humer le subtil parfum du clair breuvage, et pour, ayant bu, se sentir plus alerte, plus vif et plus joyeux.

Il s'est mis à boire, depuis lors, pour chercher l'ivresse... et pour trouver, par elle, l'oubli de ses maux.

Ivre, il évolue dans une Gloire.

Il lui semble que tous ses rêves se sont réalisés...

Les rêves de sa prime jeunesse enthousiaste... les rêves, très doux, enchantés, au cours desquels il se voyait couronné de fleurs par des mains de femmes, et marchant, pareil aux triomphateurs antiques, à travers une foule en délire, acclamant, en lui, l'Homère des temps nouveaux !

Depuis un mois... il est amoureux.

Amoureux éperdu.

Amoureux à la folie.

Or, c'est une règle que tout être devient, tôt au tard, la proie de l'Amour.

Cet homme, en sa vie errante, n'a jamais eu que des amours de rencontre : Filles des champs ou des villes... femmes folles, ou femmes de manants, ayant voulu se donner l'ivresse des baisers d'un passant qu'on ne reverra plus et qui ne compromettra pas... ribaudes, et, même, Châtelaines rêveuses, oisives, ennuyées, mariées à quelque vieux Seigneur, et tout à coup éprises du trouvère jeune, bien fait, dont les yeux brillent, dont le front apparaît radieux, et qui semble être l'un des fiers héros dont il chante les imaginaires exploits.

Mais ces amours n'ont duré qu'un jour sans lendemains.

Ce furent comme autant de haltes dans son existence aventureuse.

Quand il y songe, il sourit à tant de souvenirs qui le charment.

Il revoit des figures angéliques... ou rieuses, ou effarées, ou curieuses, ou ricanantes, ou folles... des fronts entourés de cheveux blonds ou bruns, roux ou noirs... des yeux bleus ou gris... et des silhouettes frêles, gracieuses, ou lourdes, ou rondes...

Il entend des voix, des bruits de baisers...

Ses narines sentent, encore, les parfums qui se dégageaient de toutes ces créatures, qui, jadis, ont frémi dans ses bras.

Et il s'est dit un jour :

— Avoir eu tant d'amoureuses sans connaître l'amour !... Triste !... Triste !... Tant de femmes !... Et pas une femme !... Hélas !... Je n'aimai jamais !... Et l'on ne m'aima point !...

Longtemps, mélancolieux... rêvasseur... il gémissait :

— Aimer !... Que ce doit être doux !... Être aimé !... Oh ! oui, oui, être aimé... c'est tout !... C'est le Ciel !... Joie paradisiaque !...

Et il concluait :

— Je n'aimai jamais !... L'on ne m'aima point !... Je n'ai pas vécu !...

Il voulut vivre...

Et, pour cela, il lui fallut aimer.

Or, il aima... enfin.

Trop tard, hélas !... pour être aimé.

Oui, oui, il aima... il aime, éperdument.

Une ribaude...

Une adorable fille folle, n'ayant, encore, vécu que vingt-trois avrils... petite, mignonne, rondelette... dont le corsage, toujours entrouvert, laisse voir des seins fleuris de rose... dont les yeux, noirs, sont plus étincelants que la plus étincelante étoile brillant dans un ciel très pur... dont la bouche est plus fraîche, plus parfumée que la fraise des bois quand l'aube l'a couverte de la matinale rosée... et qui va, vient, sautille, rit, chante, insouciante, inconsciente du temps qui passe — un sylphe, un ange, un démon... une créature que le plaisir grise... pour qui l'or ne compte guère, si ce n'est à seule fin de le transformer en la satisfaction, immédiate, de ses caprices incessants — un être ondoyant comme la mer... plus léger, de caractère et d'allures, que le fil de la Vierge emporté par le moindre souffle... plus épris de sa liberté que le rossignol, même, qui meurt dès que la plus faible entrave l'enserre...

Oui, c'est de cette fille, exquise, délicieuse, troublante, insensée, ivre de vie... et dont les blanches dents dévoreraient une fortune Royale... que le pauvre hère est épris.

Plus elle le repousse... et plus il la pourchasse — naturellement !

Plus elle se gausse de lui... et plus il la chérit.

Comme toujours, en pareil cas, l'obstacle exaspère la passion du vieux homme pour la folle jouvencelle.

Oh ! l'avoir à soi... tout à soi !

Pour huit jours !

Il eût vendu son âme à Messire Lucifer, pour reconquérir la jeunesse et se faire aimer d'elle... ou, seulement, dans le but d'avoir assez d'or pour pouvoir l'acheter.

Mais Messire Lucifer ne consentirait pas à faire marché avec lui.

Un marché de dupe, certes.

Car n'est-il pas bien sûr d'avoir, d'ores et déjà, cette âme de miséreux ?

C'est pour cela que le trouvère, qui, jadis, vivait en chantant... s'est fait meurtrier aux gages de Maître Orsini.

Dernier, et très déplorable avatar d'une existence manquée, qui, en d'autres temps, eût été pleine, peut-être, d'ivresses et de gloires !...

Puis, le jeune homme vient tomber, pantelant, dans les bras du Capitaine Buridan...
(P. 1663.)

CXXXVII

MARTYR!

... Un marc d'or !

Orsini n'a-t-il pas promis un marc d'or à celui qui abattra, enfin, l'homme qui est là?

Oui, oui, la promesse a été faite.

Formellement.

Elle sera tenue, certes!

Un marc d'or!

Une très grosse somme!

Assez, sans doute, pour acheter la fraîche. . la délicieuse ribaude — tant convoitée, tant idolâtrée!

Assez pour acheter son sourire... ses baisers... le droit de passer les doigts dans ses cheveux... de s'enivrer du parfum qui se dégage de son col, de sa nuque, de sa gorge toute rose et blanche, et si ronde, si dodue, si ferme... deux coupes d'ivoire, faites pour boire l'amour, à pleines lèvres, jusqu'à la satiété!...

Frapper cet homme?

Qu'importe?

Risquer sa vie?

Qu'est-ce que cela fait?

Mourir d'un coup de dague... ou du terrible mal d'amour, n'est-ce pas tout un?

Il entrevoit la belle ribaude... demi-nue... échevelée... si belle — et cette vision, charmeresse, l'affole.

Un brouillard rouge passe devant ses yeux... soudain — et intercepte l'adorée vision.

Oui... oui... pour avoir le marc d'or promis par Orsini... grâce auquel il aura la ribaude... il frappera Gaultier d'Aulnay.

Lors, cet homme... tout à l'heure apeuré, frissonnant... et qui se tenait, immobile, au pied de l'escalier, parmi ses compagnons, comme lui épouvantés... cet homme, qui, en regardant les victimes, râlantes, du jouvenceau, tremblait... cet homme devient, tout à coup, farouche.

Il lève son bras, armé de son couteau.

Il jette un cri... un cri strident... pareil à la plainte, prolongée, sinistre, lamentable, qui retentit, pendant les tièdes nuits d'été, dans les profondeurs des bois... cette plainte, poussée par les bêtes en rut, et qui trouble, émeut, géhenne quiconque l'écoute, tant elle est pleine, à la fois, de douleur et de désespérance.

Puis, rapide, enjambant les corps gisants... glissant sur les marches de pierre, ensanglantées... il fond sur Gaultier.

Tel un faucon sur sa proie.

Ce, avant que Orsini ait pu prévoir son geste, et l'empêcher.

Avant que Gaultier — du reste, défaillant — se rendant compte du danger qu'il court... ait pu tenter un suprême effort pour se mettre en état de défense.

Il pousse un deuxième cri, plus effroyable... plus vibrant... que le premier.

Son bras s'abat sur sa victime.

Son couteau disparaît, jusques au manche, dans la poitrine de Gaultier.

— Ma mère!... Ma mère!... Ma mère!... dit l'infortuné jeune homme.

Et, plus bas, il ajoute :

— Kaly!... Kaly!...

Puis, il tombe aux pieds d'Orsini.

Une écume rouge bouillonne sur ses lèvres.

— Ma mère!... répète-t-il.

— C'est fait!... s'exclame l'assassin, plus effaré, encore, que triomphant... et qui, revenu à lui, tremble, maintenant, en voyant son œuvre.

Il ricane, pourtant, et, regardant Orsini, il dit :

— Le marc d'or promis est à moi... Maître!...

CXXXVIII

PORTE OUVERTE AU NOM DE LA REINE ET PORTE OUVERTE AU NOM DU ROI

... Le Tavernier, cependant, est plus que jamais épouvanté.

Plus que jamais sans force, et sans voix.

Incapable d'articuler un mot... de faire un geste.

— Nous sommes, tous, perdus!... pense-t-il.

Le Capitaine Buridan est sauf!

Gaultier d'Aulnay va mourir !

C'est la fin !

Le coup qui doit le frapper, lui-même, est suspendu sur sa tête, et près de s'abattre.

Il tressaille, soudain.

Que se passe-t-il donc?

Derrière cette porte, massive, toute bardée de formidables ferrements... cette porte à laquelle il s'adosse, pour se soutenir — cette porte qu'il a fermée, à clé, sur l'ordre, formel, de la Reine... cette porte qui donne accès dans la Salle où se tient Marguerite — il a entendu retentir un grand cri.

Puis, vibrer la voix, bien connue, de la Reine.

Puis, il entend un bruit sourd.

Et, enfin, on frappe à la porte... avec force... à coups de poing, d'abord ; puis, bientôt, avec le pommeau d'une épée, sans doute.

On cherche à l'ouvrir... à l'ébranler... à l'enfoncer, même.

— Orsini !... Orsini !... Orsini !... clame la Reine... Ouvre !... Ouvre !...

Derechef, on ébranle l'huis, dont tous les ais gémissent... dont les ferrements grincent.

Ce n'est pas une main de femme qui peut secouer cette lourde porte avec tant de vigueur.

C'est une main d'homme, à coup sûr.

La Reine n'est donc pas seule ?

Qui est avec elle ?

Comment cet être, quel qu'il soit, a-t-il pu pénétrer dans la Salle ?

C'est inouï !

Invraisemblable !

Surnaturel !

Messire Lucifer hante la Tour de Nesle.

— Nous sommes perdus !... répète le Tavernier, toujours immobile, comme cloué au sol par l'effroi...

Dévotement, il se signe...

— Ouvre, Orsini !... Ouvre !... Ouvre !... répète Marguerite, de l'autre côté de la porte.

— Ouvre... ouvre... Orsini !... dit, tout à coup, une voix plus forte, plus vibrante, encore...

Une voix d'homme.

Oh ! cette voix... le Tavernier la reconnaît.

C'est la voix du capitaine Buridan.

Oui, oui, Orsini en est sûr !...

Ainsi, le capitaine Buridan est là !...

Encore une fois, comment a-t-il pu pénétrer dans la Tour ?...

L'Italien comprend tout, soudain.

Tout s'éclaire, pour lui... tout.

Il se dit :

— Eh ! De par le Dieu, Puissant, devant lequel je vais comparaître, c'est Landry qui a fourni, au Capitaine, le moyen d'entrer, ici, par la trappe, et le caveau... C'est clair... Ce Landry, qui était toujours à épier mes faits et gestes, a surpris le secret de l'entrée dérobée, que je croyais bien être seul à connaître...

Oui... oui... le capitaine Buridan a tendu un double piège... où sont tombés Marguerite de Bourgogne, et Gaultier d'Aulnay.

— Nous sommes perdus !... répète le Tavernier, pour la troisième fois.

Il en est bien définitivement convaincu, maintenant.

Mais, pourquoi la Reine... et le Capitaine... l'appellent-ils ?

Pourquoi lui demandent-ils d'ouvrir la porte ?

Par quel extraordinaire concours de circonstances ont-ils été amenés à formuler, d'un commun accord, le même vœu ?

Impossible de s'en rendre compte.

Tout ce qui se passe est absolument inexplicable.

C'est à rendre fou !

Cependant, Marguerite... et Buridan... de l'autre côté de la porte close, s'exaspèrent, semble-t-il.

Plus que jamais, le Capitaine secoue l'huis...

Avec une force excessive... une exceptionnelle vigueur — avec rage... avec fureur, même.

Mais cette porte est solide...

Aucune main humaine... si puissante, si vigoureuse, soit-elle... ne pourra la renverser.

Le Capitaine s'épuise, certes, en vains efforts.

— Par grâce... Orsini... ouvre !... ouvre !... clame la Reine, d'une voix suppliante...

— Ouvre !... ouvre !... Orsini !... ajoute Buridan, suppliant, lui aussi.

— Orsini ?... Orsini ?... M'entends-tu ?... Ouvre ?... Ouvre ?... reprend Marguerite.

— Orsini ?... Orsini ?... Ouvriras-tu, démon ?... ajoute le Capitaine.

Hélas !...

Le Tavernier... affolé... frissonnant... est hors d'état de se mouvoir.

Il regarde Gaultier d'Aulnay, qui gît, à ses pieds, râlant... il regarde le meurtrier qui a frappé le jouvenceau, et qui, lui aussi, est hagard, devant sa victime... il regarde ses deux acolytes qui sont restés, au pied de l'escalier, effarés, près des cadavres de leurs compagnons... il entend les appels, suppliants, désespérés, de la Reine et de Buridan... et, tenant toujours la torche qui éclaire la scène, il ne bouge pas !...

Il semble avoir été pétrifié, vivant, dans sa pose, où il symbolise l'épouvantement.

Maintenant, Buridan s'efforce d'enfoncer la porte... sur laquelle il frappe, à coups redoublés, avec l'un des meubles de la Salle, sans doute... et dont il se sert comme d'un bélier.

Ce, pendant que Marguerite, d'une voix vibrante, clame toujours :

— Orsini ?... Orsini ?... De par la Madone, ouvre ?... Ouvre, mon bon Orsini ?... Ouvre ?... Ouvre ?...

Toute cette scène, si longue à narrer... cette scène, pendant laquelle Gaultier est entré dans la Tour et a été frappé, d'abord, par les meurtriers... cette scène où les assassins, déconcertés par la défense, énergique, du jeune homme, se sont enfuis... où Orsini a cherché à secouer leur pusillanimité... où il a allumé la torche... où l'amoureux de la jolie ribaude — excité par la cupidité... pour conquérir le marc d'or offert par le Tavernier... et, ce, afin de pouvoir satisfaire sa passion lubrique — a abattu le jouvenceau... cette scène, enfin, où, à la grande surprise d'Orsini, la Reine, et le Capitaine Buridan, de l'autre côté de la porte close, ont fait entendre leurs appels... n'a pas duré une minute.

Mais comme cette minute a paru longue à tous les assistants !

Oh ! comme cette torche, à la lueur vacillante, éclaire, sinistrement, les murs, suintants, de la Tour... les marches, rougies de sang !

Elle dégage une fumée, épaisse... une âcre senteur de résine... mêlée à l'odeur, affadissante, de ce lieu clos, humide... où montent, avec les lourdes effluves qui se dégagent du sang répandu, des relents de la sueur qui mouille le front, la poitrine velue, et les haillons, sordides, de tous ces truands meurtriers.

L'air est empesté.

Dans cette atmosphère, les cerveaux se congestionnent... les oreilles tintent... les nerfs s'exaspèrent... les muscles s'amollissent.

D'où, épouvante... abattement... stupeur... hébétement !

La Mort, et la Folie, règnent, là, et guettent une proie...

— Orsini ?... Ouvre !... Ouvre !... ne cesse de répéter la Reine, qui semble être inlassable.

Et les coups que Buridan assène, sur l'huis qui résiste, retentissent, sans interruption.

Tout à coup, Gaultier, ayant tenté un vigoureux effort, se soulève...

Il parvient à se mettre debout.

C'est qu'il a entendu... — lui aussi — c'est qu'il a reconnu la voix de Marguerite de Bourgogne.

Il apparaît, tout ensanglanté... pâle...

Ses yeux, tout à l'heure éteints, se sont allumés.

Ils brillent d'un incomparable éclat.

Sa taille semble grandie.

— Marguerite !... clame-t-il... Marguerite !... Marguerite !... Je te maudis !... Je te maudis, Marguerite !...

Il monte deux degrés, encore...

Il veut se rapprocher de la porte... sans doute afin que la Reine entende mieux sa voix, qui s'enfle pour la malédiction...

— Marguerite !... Marguerite !... répète-t-il... Je te maudis !... Gueuse !... Gueuse !... Gueuse !

La Reine a entendu la voix du jouvenceau.

— Gaultier !... Gaultier !... Gaultier !... clame-t-elle, d'une voix déchirante.

Le jeune homme est tout près de la porte.

Il s'appuie sur Orsini, qui, machinalement, lui prête son aide, grâce à laquelle il se maintient debout.

Sa main touche la clé que le Tavernier a laissée dans la serrure.

— Gaultier!... Gaultier!... reprend Marguerite... Mon Gaultier bien-aimé... Ouvre?... Ouvre?...

— Je te maudis!... Je te maudis!... s'écrie le jeune homme... Je te maudis!... Je te maudis!...

Il use ses dernières forces pour maudire celle qu'il a tant aimée... et par qui il meurt.

— Ouvre?... Ouvre?... dit la Reine...

Gaultier se rend compte, tout à coup, que la clé de la porte est dans sa main.

Il se rend compte qu'il n'a qu'à la tourner pour supprimer cet obstacle qui le sépare de Marguerite.

Que cet obstacle disparaisse et il sera face à face avec la Reine.

Il pourra lui crier, au visage, sa malédiction suprême.

Il tente un dernier effort pour atteindre ce résultat.

Il s'arcboute... aussi solidement que possible... sur le Tavernier, toujours immobile... et qui le soutient, toujours, machinalement.

D'un seul coup, il tourne la clé.

La serrure joue.

La porte s'ouvre.

Marguerite, en voyant Gaultier tout ensanglanté, recule... et pousse un cri terrible.

Puis, le jeune homme vient tomber, pantelant, dans les bras du Capitaine Buridan...

. . . .

... Or, tout à coup, un bruit, étrange, inexplicable, formidable, retentit.

Les meurtriers, encore debout, et qui, au pied des marches, devant cette porte par laquelle l'infortuné Gaultier d'Aulnay est entré dans la Tour de Nesle... ont assisté à la tragique scène... rejoignent Orsini — qui se tient, toujours, immobile, comme pétrifié, sa torche à la main, près de la porte de la Salle où se trouvent la Reine, et Buridan, soutenant son fils à demi mort.

Si les meurtriers ont fui c'est qu'ils se sentent en danger.

En très grand danger, même.

Machinalement, ils se sont dirigés vers le point opposé à celui où ce danger les menaçait davantage.

Ils restent près d'Orsini, à l'entrée de la Salle.

Ils attendent.

Ils écoutent.

Anxieux, angoissés.

Et pour cause.

Le bruit qu'ils ont entendu... et qui les a effrayés... retentit, plus formidable que jamais.

La porte d'entrée de la sinistre Tour est attaquée.

Comme avec un bélier.

Sous les coups terribles, répétés... qui frappent ses planches massives, encore alourdies par d'énormes ferrures... elle ne tardera pas à voler en éclats.

Les coups se répercutent dans l'escalier, où ils résonnent, et produisent un assourdissant fracas.

Ils se succèdent, sans interruption, avec une rapidité prodigieuse.

Ils sont portés avec une violence inouïe.

Par qui?

Et de quel droit?

Événement extraordinaire, invraisemblable, inattendu!

Oui, oui, qui peut oser attaquer cette porte?

La porte de ce bâtiment, massif, qui se dresse, terrible, plein de mystères, au bord de la rivière... de ce bâtiment que les Hauts Seigneurs, les Nobles Dames ne regardent jamais qu'avec inquiétude... et devant lequel les manants, tout apeurés, ne passent, qu'en se signant!

Il faut que cet acte, hardi, soit accompli par des gens doués d'une audace absolument exceptionnelle, et, de plus, disposant d'un pouvoir souverain.

Le Roi de France, seul... Sa Majesté Louis, le Dixième... est assez puissant pour agir de cette sorte.

C'est, donc... il n'en faut pas douter, certes... au nom du Roi, que ceux qui sont là, opèrent.

Et c'est ce que se disent, enfin, les hommes qui attendent, frémissants, terrifiés, que la lourde porte ait cédé sous les coups des assaillants...

Ils se sentent perdus.

Ils ne peuvent fuir...

Ils n'ont ni assez de courage, ni assez d'énergie pour cela.

Du reste, comment fuir?

Comment sortir de ce boyau de pierre où ils sont enfermés?

Quant à tenter une lutte contre les gens du Roi... ce serait folie.

Ils sont en nombre, assurément.

Et bien armés... et frais, solides, vaillants.

Orsini, toujours immobile... inconscient... est comme courbé sous le faix de la Fatalité.

Résigné!...

... Lorsqu'il s'était trouvé face à face, avec elle, l'épée nue au poing, il avait éprouvé
une joie indicible... (P. 1666.)

Son heure est venue...

Il va mourir.

Il le sait... Il le sent...

Mentalement, il se recommande au Dieu Tout-Puissant, par devant qui
il va comparaître.

Dans la Salle, Gaultier d'Aulnay agonise, soutenu par le Capitaine Buridan qui gémit... ce, pendant que Marguerite de Bourgogne, affaissée, à genoux, pleure, et prie...

* *

... Tout à coup, la porte... littéralement hachée par les assaillants...
poussée par de puissants leviers... s'abattit, dans un craquement de bois
brisé, d'ais disjoints, de ferrures arrachées, de gonds descellés.

Des cris de joie retentirent.

Les assaillants triomphaient.

Un groupe d'hommes d'armes, l'épée nue au poing... portant haches...
et torches, dont la lueur, rouge jaune, faisait étinceler les armures... se précipitèrent, par la brèche, envahirent l'escalier, dont ils gravirent les marches,
dans un élan... sous la conduite du Sire de Savoisy, le nouveau Capitaine
des Gardes de Sa Majesté le Roi de France...

CXXXIX

PÈRE ET MÈRE

... Lorsque le Capitaine Buridan, au sortir du caveau par lequel il avait
pu pénétrer dans la Tour de Nesle, était arrivé dans la Salle où se tenait
Marguerite de Bourgogne... lorsqu'il s'était trouvé face à face, avec elle,
l'épée nue au poing... il avait éprouvé une joie indicible — ce, pendant que,
d'autre part, la Reine, stupéfaite de voir surgir, par devant elle, cet
homme... cet implacable ennemi qu'elle croyait avoir livré à Orsini... avait
été épouvantée.

Oui, oui... une joie indicible.

Et pour cause.

Marguerite était seule.

Les pronostics du bon Landry ne s'étaient pas réalisés.

Messire Gaultier d'Aulnay n'était pas venu, encore, à la Tour.

Par conséquent, il était sauf.

Sauf !...

Le cher enfant !

Il vivrait !

O bonheur !

— Que Dieu... qui nous a, tous, protégés... soit béni !... se dit le hardi
Capitaine.

Il était transporté d'allégresse.

Il jeta son épée — arme inutile, désormais.

Et, les bras levés, il marcha, précipitamment, vers la Reine.

Il avait hâte de s'expliquer avec elle... hâte de lui dire sa joie... hâte de lui révéler l'important secret qu'il lui apportait — assez tôt, heureusement !

Mais, en le voyant s'approcher d'elle — et bien qu'il fut désarmé... Marguerite eut peur.

Elle se leva, d'un bond, effarée...

Elle chercha, tout en même temps, un refuge et un secours.

— A moi!... A moi!... A moi!... clama-t-elle, d'une voix vibrante... Au secours!... A moi, Orsini!...

Machinalement, elle s'était dirigée vers la porte qui s'ouvrait sur l'escalier... cette porte que le Tavernier avait fermée, à clé, sur son ordre.

Oh! Comment cet homme... ce Buridan... ce démon, avait-il pu arriver jusqu'à elle?

Comment s'était-il introduit dans la Tour?

Ce, autrement que par cette porte dont elle lui avait donné la clé... par cette porte derrière laquelle, alors, Orsini, et ses hommes, attendaient leur proie.

Elle était à sa merci.

Absolument!

Il pouvait la tuer avant que ses appels fussent entendus... avant que Orsini eût rouvert la porte... avant qu'il pût lui prêter secours.

Elle se vit perdue.

Elle recommanda son âme à Dieu.

— Ne crains rien!... dit Buridan.

Il s'était aperçu de son émoi.

Il s'était aperçu qu'elle était épouvantée.

Il s'était rendu compte des motifs de son émoi, et de son épouvante.

Il s'efforça de la rassurer.

Ah! Dieu... elle lui faisait pitié... à présent!

Oui, oui... pitié, vraiment... la pauvre créature!

— Ne crains rien!... Ne crains rien!... répéta le Capitaine, d'une voix très douce... presque caressante... presque tendre.

Marguerite s'était remise, cependant.

Elle avait compris qu'elle ne courait pas un danger immédiat.

— Comment donc es-tu entré céans?... demanda-t-elle... maintenant plus surprise, encore, qu'effrayée.

— Qu'importe?... répliqua Buridan... J'y suis!... Cela suffit... pour notre bonheur à tous les deux.

— Pour notre bonheur?

— Oui!... Tu en seras, bientôt, autant que moi convaincue, j'espère.

— Tu avais la clé de la Tour... Ne te l'ai-je pas donnée, il y a quelques heures, lors de notre entrevue, au Louvre?... Pourquoi ne t'en es-tu pas servi?... Encore une fois, comment es-tu entré ici?...

— Je te le dirai tout à l'heure.

— Pouquoi pas tout de suite?

— Il faut que je te parle!

— Toutes tes démarches sont louches!... Tu m'es suspect, plus que jamais!

— Chaque minute que nous perdons est un trésor jeté dans un gouffre...

— Je ne t'entends pas!

— Écoute-moi.

— Viens-tu, encore, me faire quelque menace... m'imposer quelque condition?

— Non!... Non!... Encore une fois, tu n'as plus rien à craindre de moi!...

— Pourtant...

— N'ai-je pas jeté mon épée, dès mon entrée céans?

Le Capitaine ôta, de sa ceinture, sa dague.

Il la jeta, dans un coin de la Salle, près de son épée.

Il jeta, de même, le coffret de fer qu'il portait... ce coffret qui contenait les missives d'amour de Marguerite de Bourgogne... ce coffret que le bon Landry lui avait rapporté, deux heures auparavant, chez Maître Pierre de Bourges, à l'Hôtellerie des Saints Innocents... ce coffret dont il s'était chargé quand il s'était éloigné de l'Hôtellerie pour venir à la Tour de Nesle.

— Loin de moi mon poignard... reprit-il... Loin de moi ce coffret, où sont enfermées les preuves de nos crimes... ces preuves avec lesquelles je pourrais te perdre!...

Marguerite, de plus en plus stupéfaite, observait... très attentive.

Défiante, aussi... certes.

Se demandant quel nouveau jeu jouait Buridan.

— Maintenant... poursuivit le Capitaine... tu peux me tuer... je n'ai pas d'arme... pas d'armure!... Tu peux me tuer; puis, prendre ce coffret... brûler ce qu'il contient... et dormir, tranquille, sur mon tombeau.

Était-il donc sincère?

Il parlait, vraiment, avec une conviction souveraine... qui, peu à peu, gagnait son interlocutrice.

Que s'était-il donc passé en cet homme?

Quels événements avaient pu le transformer aussi subitement, et aussi radicalement?

— Non!... Non!... Je ne viens pas te menacer... fit Buridan... Je viens te dire...

Il s'interrompit.

Il se rapprocha de la Reine.

Il étendit ses deux bras vers elle...

Il fixa, sur elle, ses yeux pleins de flammes.

Et il reprit — d'une voix qui fit tressaillir Marguerite... d'une voix qui vibra, à ses oreilles, délicieusement, parce qu'elle constituait comme l'écho d'une musique, pleine d'harmonie, d'une musique jadis entendue en des jours de bonheur... d'une voix qui lui rappelait la voix, si chère, du Page Lyonnet de Bournonville, disant des mots d'amour à sa bien aimée, pendant les nuits, parfumées, et lumineuses, qu'ils avaient vécues au Château du Duc Robert II.

— Oh! Marguerite... Marguerite... si tu savais ce que je viens te dire!... Ce qui peut nous rester, encore, de beaux jours, à nous qui nous sommes crus maudits...

La Reine, troublée, émue... répondit:

— Parle?... Parle?... Je ne te comprends pas!

Suppliant... Buridan reprit:

— Marguerite... ne te reste-t-il rien dans le cœur?... Rien d'une femme?... Rien d'une mère?

— Où veux-tu en venir?

— Celle que j'ai connue si pure n'est-elle plus accessible à rien de ce qui est sacré pour Dieu et les hommes?

La Reine ricana.

— C'est toi qui viens me parler de vertu et de pureté?... fit-elle, ironiquement... Satan qui se fait convertisseur!... C'est étrange!... Tu en conviendras toi-même!...

Mais Buridan fit un geste large, comme pour démontrer, à Marguerite, que l'heure des joutes de paroles, dans un but de mesquins intérêts humains, était passée.

— Peu importe quel nom tu me donnes... dit-il... pourvu que mes accents te touchent.

Il se rapprocha, plus encore, de la Reine... et, très grave, il reprit:

— Marguerite... n'as-tu jamais eu un instant de repentir?... Oh! réponds-moi comme tu répondrais à Dieu même?... Car, ainsi que Dieu, je puis tout, en ce moment, pour ton bonheur ou ton désespoir... Je puis te damner ou t'absoudre... Je puis, à ton gré, t'ouvrir l'Enfer ou le Ciel...

— Mais...

— Suppose que rien ne s'est passé, entre nous, depuis trois jours... Oublie tout, excepté ton ancienne confiance envers moi... N'as-tu pas besoin de dire, à quelqu'un, tout ce que tu as souffert?

Buridan était tout prêt de Marguerite.

Il lui avait parlé d'une voix si chaude, si vibrante... et si solennellement.. avec tant de foi... qu'elle eut, soudain, pleine confiance en lui.

Elle courba la tête.

Elle était émue à un point indicible.

Troublée comme elle ne l'avait pas été depuis longtemps... depuis très longtemps, même.

Et délicieusement...

Le hardi Capitaine avait opéré ce miracle.

La victoire la plus complète qu'il eût remportée, jamais, certes.

Un triomphe!

Oh! oui, oui, la voix de Buridan s'était exercée, très bienfaisamment, sur Marguerite.

Elle avait compris... senti... deviné que cet homme n'était plus son ennemi.

Elle était sûre qu'il avait, tout au moins, pitié d'elle.

Sûre qu'il n'était préoccupé que de la servir... fidèlement... loyalement...

Sûre qu'il ne voulait que son bonheur.

Ah! Dieu... quelle joie!

En un pareil moment!

Elle avait un ami... un protecteur!

Oui, oui, oui... elle en était sûre, absolument sûre.

Comment cela s'était-il fait?

Comment Buridan, son implacable et redoutable adversaire, s'était-il à ce point transformé?

Marguerite allait le savoir, sans doute.

Mais elle ne doutait plus de lui.

Elle s'abandonna à son étreinte.

Et tout bas, elle lui répondit :

— Oui... oui, j'ai souffert!... J'ai bien souffert!... Personne... personne au monde ne sut, jamais, comme je fus torturée!... Il n'est point de prêtre à qui l'on ose confier des secrets pareils à ceux que je porte!... Il n'y a qu'un complice!... Et tu es le mien!... le mien... de tous mes crimes!...

Elle se serra, très étroitement, sur la poitrine du Capitaine... tout frémissant... ému, lui aussi, à un degré indicible... angoissé, et charmé tout à la fois.

— Oui... oui, Buridan... poursuivit-elle, toujours à demi-voix... ou, plutôt, Lyonnet... oui, tous mes crimes sont dans ma première faute...

— Espère!... fit, très tendrement, le hardi Capitaine...

— Ah! si la jeune fille n'avait pas manqué — pour toi, malheureux! — à ses devoirs... son premier crime, le plus horrible, n'aurait pas été commis!...

— Espère!... Espère, te dis-je!...

— Pour qu'on ne me soupçonnât pas d'avoir tué mon père... j'ai perdu mes fils!...

— Espère, Marguerite!... Espère!...

— Poursuivie par le Remords... je me suis réfugiée dans le crime!... J'ai voulu étouffer, dans les plaisirs, et dans le sang, cette voix de la conscience qui me criait incessamment : « Malheur ! »

— Le Remords !... Le Remords, hélas !...

— Autour de moi, pas un mot pour me rappeler à la vertu !... Des bouches de Courtisans qui me souriaient, qui me disaient que j'étais belle, que le Monde était à moi, que je pouvais le bouleverser pour satisfaire le moindre de mes caprices.

— L'enlisement dans le Crime !

— Pas de force pour lutter !... Des passions, des Remords, des nuits... hantées par des cauchemars où je voyais de hideux spectres, quand elles n'étaient pas pleines de voluptés... Oui, oui, Buridan, il n'y a qu'à un complice qu'on puisse confier de pareilles choses.

— Mais... dis-moi... dis-moi... si, près de toi...

— Achève ?

— Si tu avais eu...

— Quoi donc ?

— Tes fils.

Marguerite hocha la tête, et, lentement, elle dit :

— Mes fils !... Mes fils !... Mes fils !...

Elle sourit.

— Mes fils !... répéta-t-elle.

Le Capitaine Buridan reprit, après un temps de silence :

— Réponds ?... Réponds, Marguerite ?... Dis-moi ce que tu aurais fait, si, près de toi, tu avais eu tes fils ?

— Oh ! alors... répondit la Reine... aurais-je osé, sous leurs yeux — quand la voix de mes enfants m'eût appelée : « Ma mère... » aurais-je osé former des projets de meurtre et d'amour ?

— Marguerite...

— Oh ! mes fils m'eussent sauvée !... Ils m'eussent rendue à la vertu, peut-être...

La Reine hocha la tête, derechef.

Et, tristement, elle ajouta :

— Mais je ne pouvais garder mes fils !...

Elle soupira, profondément, et poursuivit :

— Mes fils !... Oh ! Je n'osais pas prononcer ces mots !... Car...

— Car...

— Car, parmi les spectres que j'ai revus, je n'ai point revu mes fils... Et je tremblais, en les appelant...

— Achève ?

— Je tremblais, d'évoquer leurs ombres !

Buridan tressaillit.

Il cessa d'étreindre Marguerite.

Et, d'une voix vibrante, il clama :

— Malheureuse !... Malheureuse !... Malheureuse !...

La Reine, stupéfaite, éperdue, regardait son interlocuteur.

Elle pressentait qu'il allait lui faire une révélation terrible.

Il allait lui expliquer ce qui s'était passé, dans sa vie, depuis leur entrevue au Louvre.

Elle allait apprendre les motifs du prodigieux changement qui s'était opéré dans l'attitude de Buridan.

Elle allait savoir pourquoi elle avait retrouvé, à la Tour de Nesle... en celui qu'elle s'était habituée à considérer comme un ennemi implacable... un très féal serviteur.

— Qu'as-tu donc?... demanda-t-elle, apeurée.

— Oui... oui... malheureuse!... Malheureuse!... Malheureuse!... répéta le Capitaine Buridan...

— Que signifie?...

— Tes fils... tes fils...

— Mes fils... Parle?... Parle donc?

— Ils étaient près de toi !

— Près de moi ?

— Oui, oui... près de toi!...

— Dieu Puissant !...

— Et rien ne t'a dit : « Marguerite... voilà tes fils ! »

— Explique-toi mieux?... Oh ! mais, tu me tortures!... Tu me tortures, te dis-je!... Encore une fois, explique-toi ?

— L'un d'eux, malheureuse mère... l'un d'eux, tu l'as vu à tes genoux...

— A mes genoux ?

— Il demandait merci contre le poignard des assassins...

— Tu m'épouvantes!

— Tu étais là !... Tu entendais ses prières...

— Tu m'épouvantes!... Oh! oui, oui, tu m'épouvantes!...

— Et tu n'as pas reconnu ton enfant!

— J'ai peur de deviner!

— Et tu as dit : « Frappez!... Frappez!... Mais frappez donc!... »

— Où se passait cette effroyable scène?

— Ici !

— Ici ?

— Oui!... Oui, Marguerite... A cette place, même, où nous sommes!

— Quand?

— Avant-hier!

Marguerite, qui s'était assise, un instant auparavant, étant brisée par l'émotion, se leva, éperdue...

— Par le sang du martyr... dit-elle... par le sang qui a coulé là... je le jure !... (P. 1675.)

— Philippe d'Aulnay?... s'exclama-t-elle.

— Philippe d'Aulnay!... Oui, oui, Philippe d'Aulnay!... répliqua Buridan...

— Philippe d'Aulnay était mon fils?...

— Ton fils!... Oui!...

— Dis-tu vrai?

— Oui!

— Tu es bien sûr de ce que tu avances?

— Sûr!

— Tu m'en donneras la preuve?

— Oui...

— Vengeance de Dieu!...

Marguerite se laissa choir sur la chaise à bras.

Elle ne pouvait plus se tenir debout.

Des larmes, pressées, roulaient sur ses joues blèmies.

Des sanglots la secouaient.

Avec une implacable netteté, elle revoyait cette scène, dont la vision la hantait, et la terrifiait, depuis trois jours : Philippe d'Aulnay évoluant, sur la berge de la rivière, sous ses yeux et sous les yeux de la Princesse, sa belle-sœur... qui le regardaient, de la meurtrière de la Chambre Royale, dans la Tour du Louvre.

Ah! Marguerite ne s'était pas trompée, lorsqu'elle avait dit, alors :

« — Le sang de cet enfant retombera sur ma tête! »

Philippe d'Aulnay!

— Mon fils!... Mon fils!... répétait la Reine, d'une voix rauque... entrecoupée de déchirants sanglots.

Ah! oui, oui, le spectre exécré... le fantôme de cette autre victime : Le Duc Robert II... l'avait bien dit, tout à l'heure :

« — Tu as lassé Dieu!... Ton heure est venue!... Tu vas expier!... »

Marguerite expiait!

Terriblement, même!

— Mon fils!... Mon fils!... répéta-t-elle, encore, gémissante.

C'était vrai : Il avait été là... à genoux... le pauvre enfant!...

Il avait demandé grâce.

— Et j'ai dit : « Frappe!... Frappe!... Mais frappe donc! »... reprit Marguerite... C'est moi, moi... moi qui l'ai tué!... Malédiction sur moi!...

Le Capitaine Buridan, brisé, lui aussi... demeura, un moment, immo-bile, sans voix...

Et, pendant une minute, l'on n'entendit plus, dans la Salle, que le bruit des sanglots de la Reine.

Tout à coup, Marguerite leva la tête.

Une flamme passa dans ses yeux.

Elle regarda Buridan...

Elle tremblait...

On eût dit qu'elle voulait l'interroger... et qu'elle n'osait pas parler.

— Écoute?... fit-elle... Écoute?...

Elle ne pleurait plus.

Elle ne sanglotait plus...

Son beau visage s'était transfiguré, soudain... Maintenant, il semblait tout auréolé...

Une idée avait traversé son esprit... et cette idée avait mis, autour de son front, comme un nimbe, qui éblouissait Buridan.

— Philippe d'Aulnay était mon fils, as-tu dit... reprit-elle, éperdue...

Elle n'acheva pas...

Elle était haletante...

Elle attendait que Buridan parlât...

Elle attendait qu'il lui dît ce nom, qui était sur ses lèvres... et qu'elle ne pouvait articuler...

— Gaultier!...

Gaultier!...

— Oui... oui... Philippe était notre fils!... repartit Buridan...

— Mais... alors... reprit Marguerite...

Elle s'interrompit encore...

Oh! Pourquoi Buridan ne disait-il mot?

Du regard, elle le suppliait.

— Buridan... clama-t-elle, enfin... Buridan... Il nous reste un fils!... Gaultier... Gaultier d'Aulnay...

Et elle attendit, plus que jamais frémissante, la réplique du Capitaine.

Mais Buridan, lentement, laissa tomber ces mots :

— L'amant de sa mère!...

Marguerite jeta un cri.

Un cri de joie, cette fois.

Un cri d'allégresse...

Et jamais, autant qu'à ce moment, son beau visage, radieusement éclairé par l'ivresse de son âme, n'était apparu, à personne, plus idéalement beau.

Buridan la regarda, comme en extase.

— Oh! non... non!... s'écria-t-elle, dans un transport... triomphalement... Non!... Non!... Grâce au Ciel, cela n'est pas!... Et j'en remercie le Dieu Tout-Puissant... Je l'en remercie à genoux!... Non!... Non!... Je puis, encore, appeler Gaultier : « Mon fils!... » Et Gaultier peut me dire : « Ma mère! ».

— Est-ce vrai?... demanda Buridan... tout frémissant.

Marguerite regarda fixement son interlocuteur... les yeux dans les yeux... et, levant sa main, où resplendissaient les pierreries de ses bagues :

— Par le sang du martyr... dit-elle... par le sang qui a coulé là... je le jure!... Oh! oui, oui, c'est la main de Dieu qui a dirigé tout cela... qui m'a mis, au cœur, cet amour bizarre que j'ai toujours éprouvé pour Gaul-

tier!... Un amour tout de mère, et pas d'amante!... C'est Dieu, Dieu bon...
Dieu Sauveur qui voulait qu'avec le repentir le bonheur revînt dans ma vie...
O mon Dieu!... Merci!... Merci!... Merci!...

Elle se mit à genoux... joignit les mains... et pria, avec ferveur...

CXL

L'EXPIATION

... Un assez long temps se passa.

Buridan, toujours immobile, recueilli... s'associait, mentalement, à la
prière, fervente, de Marguerite.

Lui aussi, il remerciait le Ciel d'avoir épargné les jours de Gaultier
d'Aulnay.

Dieu avait eu pitié des meurtriers.

Peut-être, en faveur de leur repentir, leur pardonnerait-il, un jour,
leurs crimes?

Il avait estimé que c'était assez d'une victime.

Toujours aucun bruit dans la Salle... comme aux alentours.

Un grand silence planait sur la Tour de Nesle...

Enfin, Marguerite se releva.

Elle semblait rassérénée.

Depuis longtemps, elle n'avait pu prier avec une pareille foi.

La prière lui avait fait du bien.

Elle s'assit...

Et, d'une voix très douce, très harmonieuse... elle dit, avec une poignante émotion :

— Gaultier!... Gaultier!... Mon Gaultier bien aimé!... Mon fi's!...

Alors, Buridan se rapprocha d'elle, derechef.

Puis, il la regarda, fixement, et demanda :

— Eh! bien... Marguerite... me pardonnes-tu?... Me considères-tu, toujours, comme un ennemi?

La Reine répondit, négativement, par un signe.

Il y eut, encore, entre les deux interlocuteurs, un temps de silence.

Marguerite réfléchissait, maintenant.

Buridan respecta sa rêverie.

Il était relativement tranquille.

Pourtant, il s'étonnait que Gaultier d'Aulnay tardât tant à paraître.

Toutefois, il se disait qu'il n'y avait pas lieu de s'alarmer outre mesure.

Sans doute, Gaultier était sorti, de l'Hôtellerie des Saints-Innocents, bien avant Buridan et son amé Landry; mais, ainsi que le sacripant l'avait expliqué, il lui avait fallu faire un long détour pour arriver à la Tour de Nesle.

— Ah! pourvu... pourvu qu'il n'ait pas fait, en route, de mauvaise rencontre!... pensait le hardi Capitaine...

Les bords de la rivière, des deux parts, étaient mal hantés... la nuit surtout, c'était connu.

Puis, Buridan se rassurait, en pensant que, d'un moment à l'autre, le jouvenceau... son fils... allait être, enfin; devant lui.

Ah! Comme l'étreinte du père, de la mère, et du fils, serait douce!

— Mon fils!... Mon fils!... se répétait le Capitaine, lui aussi...

Ivre de joie... tout frémissant d'impatience.

— Avais-je pas raison... fit-il, s'adressant à Marguerite... quand je te disais, tout à l'heure : « Espère!... Espère!... »

— Oui!... Oui!... répliqua la Reine.

— Crois-moi, nous pourrons être heureux encore!... Nos vœux d'ambition sont satisfaits!... Plus de lutte, entre nous!... Notre fils est le lien qui nous attache l'un à l'autre... Notre secret sera enseveli entre nous trois...

— Oui!... Oui!...

Marguerite, cependant, restait rêveuse... préoccupée... inquiète, même.

On eût dit qu'elle pressentait que cet espoir de bonheur, que son complice lui laissait entrevoir, ne se réaliserait pas.

Elle restait tourmentée... angoissée.

Elle demanda, bientôt :

— Lors de notre dernière conversation, au Louvre, tu ne savais pas que Gaultier était notre fils?

— Non... répondit Buridan..

— Tu l'as donc appris depuis?

— Oui...

— Trois heures, à peine, se sont passées dans l'intervalle de ton départ du Louvre et de ton arrivée céans.

— C'est vrai...

— Or, en si peu de temps, tu as pu...

— Acquérir la certitude que Gaultier est notre fils... Oui, oui...

— Comment?... Par qui?...

— Tu le sauras... C'est toute une histoire... une histoire très longue qu'il faut que je te conte...

— Pourquoi ne me la contes-tu pas?

— Plus tard!... Plus tard!...

— Au moins, tu ne me donnes pas un vain espoir?

— Non!... Non!... Rassure-toi!... Gaultier d'Aulnay est bien notre fils...

— Tu en es sûr?

— Absolument sûr, encore une fois!...

— Tu m'as dit que tu me donnerais des preuves, certaines, à l'appui de tes affirmations?

— Je te l'ai dit... et je te le répète... Oui, oui, j'ai les preuves... Elles sont irréfutables... Et tu t'en convaincras, toi-même, quand je te les fournirai...

— Fasse le ciel que ce soit bientôt!

La Reine, ce disant, soupira, profondément.

Soudain, elle sursauta.

— Écoute... fit-elle.

— Quoi?... demanda Buridan.

— Il m'a semblé entendre, au dehors, un bruit de voix...

Le hardi Capitaine frissonna.

— Je n'ai rien entendu... dit-il.

Pourtant, il s'approcha de la meurtrière... et regarda au dehors...

C'était à la place, même, où, un moment auparavant, Orsini, et Marguerite, guettant son arrivée à la Tour... l'avaient aperçu, au milieu de la rivière, avec Landry, dans la barque de Simon-le-Pêcheur.

Il ne vit rien.

Tout était désert, aux alentours.

Toutefois, il n'avait fouillé, des yeux, que la rivière, et la berge opposée à celle où s'élevait la Tour de Nesle, car son regard n'avait pu plonger, verticalement, de haut en bas, au pied, même, du sinistre bâtiment.

Marguerite, cependant, était aux aguets.

Elle était bien sûre d'avoir entendu parler, au dehors.

Buridan se dit que, sans doute, Gaultier d'Aulnay était arrivé, enfin, sur la berge... où il avait rencontré le bon Landry, qui l'avait exhorté à ne pas entrer dans la Tour.

D'où le colloque dont l'écho avait été entendu par la Reine...

Soit que, au moment où il s'était produit, elle eût été attentive plus que son interlocuteur... soit que son ouïe eût plus d'acuité... soit qu'elle fût plus accoutumée à entendre les bruits qui, de la berge, montaient jusques à la Salle.

Lors, le hardi Capitaine se dit qu'il était temps d'informer Marguerite de la venue, prochaine, de Gaultier d'Aulnay.

Le jouvenceau, certes... obéissant aux suggestions de Landry, qui saurait bien le convaincre, au nom de Buridan, qu'il y avait danger, pour lui, à pénétrer dans la Tour... attendrait.

Il ne s'agissait donc plus que de prévenir la Reine de ce qui s'était passé.

Elle appellerait Orsini... qui se tenait caché, c'était sûr, dans l'une des Salles voisines... avec ses acolytes.

Elle lui donnerait l'ordre d'aller chercher Gaultier d'Aulnay ..

— Au besoin... pensa Buridan... j'irai l'appeler moi-même.

Joie !...

Joie profonde !...

Dire, que, avant cinq minutes, peut-être, Gaultier d'Aulnay serait entre son père et sa mère !...

Et puis — car le Capitaine pensait à tout — il se disait, encore :

— Il faut que nous nous hâtions !... Il importe que nous nous éloignions, le plus tôt possible, de la Tour... Avant longtemps, certes, le Sire de Savoisy s'y présentera, avec ses hommes d'armes... porteur de l'Ordre Royal que je lui ai remis... Je ne veux pas qu'il nous trouve, céans... Oui, oui, agissons...

Pour la deuxième fois, cependant, la Reine tressaillit.

— Écoute !... dit-elle, encore, de plus en plus tourmentée, à cette minute ultime.

Elle se rapprocha de Buridan.

Maintenant — et en toute foi — elle le considérait comme son allié... comme son protecteur, même...

— N'as-tu pas entendu une sorte de grincement?... reprit-elle, toute tremblante.

— Si !... répliqua Buridan, frémissant... Comme le grincement, aigu, d'une porte, très lourde, qui s'ouvre, ou qui se ferme.

— C'est cela !... C'est bien cela !...

La Reine se serra contre le Capitaine.

— Lyonnet !... Lyonnet !... dit-elle, d'une voix rauque... Lyonnet, j'ai peur !...

Or, Marguerite ne s'était pas trompée.

Un bruit de voix avait bien retenti, sur la rive, au pied, même, de la Tour de Nesle... où avait eu lieu le colloque tenu entre Messire Gaultier d'Aulnay et le bon Landry.

De même, elle avait perçu le grincement de la porte de la Tour, que Gaultier avait ouverte.

— Oui... oui... Lyonnet... Lyonnet... j'ai peur !... reprit-elle, éperdue... Il se passe quelque chose d'effrayant !... J'ai peur !... J'ai peur !...

Buridan n'était pas moins effrayé qu'elle.

Et pour cause.

On avait bien ouvert la porte de la Tour.

C'était certain.

Qui?

Gaultier?

Avait-il donc passé outre, malgré Landry?

Le sacripant n'avait-il donc pu le convaincre?

Ce que Buridan avait craint était-il arrivé?...

Gaultier d'Aulnay, ayant pénétré, dans la Tour, par cette porte, dont la clé avait été remise, par la Reine, à Buridan... était-il tombé dans une embuscade?

Orsini avait-il occis le jouvenceau, croyant occire le Capitaine — et, ce, sur l'ordre de Marguerite?

Tout était à craindre!

Oh! Il fallait agir...

Il fallait, par tous les moyens possibles, essayer de sauver Gaultier...

Peut-être en était-il temps encore?

— Dire que j'étais sûr que cet enfant était hors de danger!... murmura Buridan.

Marguerite, défaillante, affolée, incapable de prendre une résolution, quelle qu'elle fût... car, plus que jamais, elle était sans force, et sans pensée... regardait, droit devant elle, fixement, sans voir...

— Marguerite... dit Buridan... Écoute...

La Reine tressaillit.

Elle fixa son regard sur son interlocuteur.

— Parle?... Parle?... fit-elle.

— Bientôt... bientôt... notre fils... notre fils... notre Gaultier... sera là... entre nous deux...

Marguerite, tremblante, demanda :

— Notre fils?... Gaultier?... Ici?...

— Oui... oui!... répliqua Buridan... Il va venir...

— A la Tour de Nesle?

— Oui... oui!...

— Comment?... Oh! Parle... parle vite?...

— Je lui ai remis la clé que tu m'avais donnée...

Marguerite jeta un cri d'épouvante.

— Dieu!.. Dieu!... C'est effrayant!... C'est effrayant!... gémit elle... Mais pourquoi as-tu fait cela, démon?...

Buridan comprit qu'il ne s'était pas trompé...

L'émoi de la Reine était probant...

Oui... oui — il n'en fallait pas douter, elle avait préparé une embuscade, pour que son implacable et redoutable ennemi fût occis...

Or, Gaultier — innocente victime! — y succombait à sa place...

Terrible, le Capitaine montra la porte que le Tavernier, Orsini, avait fermée, sur l'ordre, formel, de la Reine.

— Ma mère !... Ma mère !... Eh ! bien... .... maudite !... (P. 1687.)

— Gaultier va venir par cet escalier... reprit-il... par où je devais venir, moi !...

— Malédiction !... Malédiction !... clama Marguerite... Tu as envoyé notre fils à la mort !...

Le hardi Capitaine blêmit.

— A la mort ?... cria-t-il... A la mort ?... Explique-toi ?... Qu'as-tu fait ?... Réponds ?... Réponds ?

Éperdue, hagarde, Marguerite répliqua :

— Comme c'était toi que j'attendais...

— Eh ! bien ?

— J'avais placé...

— Achève ?

— J'avais placé des assassins sur ton passage...

— Damnation !...

— Ils vont occire Gaultier !... Ils vont tuer notre fils !...

— Gueuse !...

— Oh ! Ne me charge pas, seule, de ce nouveau crime !... Comme le premier, nous l'aurons commis ensemble... J'aurai fait tuer Gaultier... C'est toi qui l'auras mis sous le couteau des meurtriers...

— C'est vrai !... C'est vrai !... Oh ! nous sommes maudits !... C'est l'expiation !... C'est l'expiation !...

CXLI

LA MALÉDICTION

... Mais, en présence du danger, terrible, imminent, que court Gaultier... le hardi Capitaine, un moment abattu... courbant la tête sous les coups, répétés, de l'aveugle et implacable Destin... recouvre, soudain, toute son énergie.

— Oh ! Je sauverai cet enfant !... dit-il.

Il apparaît superbe d'audace, de courage, de résolution.

— Oui... oui... je le sauverai !... répète-t-il... sûr de soi.

Il se sent assez de forces pour accomplir des prodiges.

Capable de renverser tous les obstacles, quels qu'ils soient, qui se trouveront entre son fils et lui...

Jamais il n'a eu plus de foi en le pouvoir, vainqueur, d'une volonté de fer, très puissamment servie par un bras vigoureux.

— Mon fils !... Mon fils !... s'écrie-t-il, d'une voix vibrante... Gaultier !... Gaultier !...

A sa voix, Marguerite se redresse.

Elle reprend courage, elle aussi.

Elle admire cet homme !

— Oh !... Sauve-le !... Sauve-le !... Sauve-le, Lyonnet !... dit-elle.

Elle joint les mains, suppliante...

Dans un transport, elle murmure :

— J'ai eu raison de tant t'aimer, jadis !... Tu es la vaillance même !... Sauve Gaultier !... Lyonnet, Lyonnet, sauve notre enfant !...

Déjà, Buridan marche vers la porte. qui, de l'escalier, donne accès dans la Salle.

Il l'atteint.

Il lève le loquet et tire.

L'huis résiste.

A ce moment-là, même, un grand cri retentit, dans l'escalier, de l'autre côté de la porte... un cri de douleur et de rage — auquel, dans la Salle, répond un autre cri, poussé par Marguerite... un cri de terreur... une plainte rauque, lamentable et prolongée.

La Reine, qui marchait près de Buridan, s'est arrêtée, net.

Épouvantée !

— Oh !... murmure-t-elle... C'est lui... lui... lui que ces bouchers égorgent !... Trop tard !... Il est trop tard !...

Elle s'appuie à la muraille.

Elle sanglote.

— Trop tard !... Trop tard !... répète-t-elle.

Buridan a entendu le cri de Gaultier, cependant...

Or, il semble que ce cri ait décuplé son courage.

Il se bat contre l'huis...

Il veut l'ouvrir.

Il déploie une force surhumaine...

Il s'acharne contre cette muraille, faite de planches épaisses, et toute bardée de formidables ferrements.

Lutte insensée...

Lutte inutile.

La porte est solide.

Il faudrait des leviers puissants pour l'abattre... des haches pour l'entamer... des pinces pour arracher ces énormes ferrements.

Que peut faire une main humaine contre un pareil obstacle ?

Rien !

Absolument rien !

— Oh ! qui donc a fermé cette porte ?... dit le Capitaine.

— C'est moi... moi... qui ai donné l'ordre qu'on la fermât !... reprit Marguerite.

— Pourquoi ?

— Je ne voulais pas que tu pusses arriver jusqu'à moi !

Buridan jette un cri de fureur.

— Malheureuse !... Malheureuse !... s'écrie-t-il... farouche... Oh ! Malheureuse !... Malheureuse !...

— Trop tard !... Trop tard !... Trop tard !... dit, toujours, Marguerite.

— Hélas !... Hélas !...

— Oh ! nous sommes maudits !... Nous sommes maudits !

Mais le Capitaine s'acharne sur la porte.

Il a ramassé son épée...

Il en introduit la lame, à la hauteur de la serrure, pour tenter de la faire sauter.

La lame se brise comme verre.

Maintenant, Buridan frappe, sur l'huis, avec la poignée de son arme.

— Porte d'Enfer !... rugit-il...

Ses mains sont ensanglantées jusqu'aux coudes.

Hélas !...

Tous ses efforts sont inutiles.

L'huis est toujours intact.

Le Capitaine appelle d'une voix tonitruante :

— Mon fils !... Mon fils !... Orsini !... Orsini !...

S'adressant à la Reine, qui reste appuyée à la muraille, tout près de lui... il dit :

— Orsini t'entendra, peut-être ?... Il reconnaîtra ta voix... Donne-lui l'ordre d'ouvrir cette porte...

Marguerite, passivement, obéit.

— Gaultier !... Gaultier !... clame-t-elle... Orsini !... Orsini !... Ne frappe pas, malheureux !... Ouvre !... Ouvre !... Ouvre la porte !...

— Ouvre !... Ouvre, Orsini !... crie Buridan, d'autre part...

Vains appels...

L'huis reste clos...

Alors, Buridan jette le tronçon de son épée, qu'il a brandi inutilement...

Il saisit la chaise à bras sur laquelle Marguerite était assise, tout à l'heure.

Il apparaît, tel Herculès, en personne.

Il soulève, comme sans effort, le meuble... pourtant très pesant.

Et il le jette contre la porte... avec une telle vigueur que la chaise se brise, vole en éclats... sans que l'huis, protégé par ses ferrures, soit même entamé.

Deux autres cris, déchirants, ont retenti, cependant, dans l'escalier...

Ces cris ont été poussés par Gaultier.

Marguerite, et Buridan, ont reconnu sa voix.

Après ces cris... plus rien !

Aucun bruit.

Un silence profond... tragique.

Oh ! que s'est-il passé ?

Gaultier a-t-il succombé sous les coups des assassins ?

— Orsini ?... Orsini ?... Ouvre ?... Ouvre ?... clame le hardi Capitaine.

— Ouvre ?... Ouvre ?... Orsini ?... Orsini ?... dit la Reine, suppliante... d'une voix à peine distincte.

Mais l'huis reste clos.

— Oui... oui... nous sommes maudits !... s'écrie Buridan.

Dire qu'il ne peut rien... rien... absolument rien pour secourir son fils... Gaultier — que ces misérables égorgent !

Il ramasse l'un des débris de la chaise... une pièce de bois, formidable, qui a constitué le dossier du meuble...

Il la soulève... non sans peine, car ses forces s'épuisent... et il s'en sert, contre la porte, comme d'une massue...

Il frappe, sur l'huis, à coups redoublés.

Toujours inutilement.

La porte est solide...

Rien ne peut l'entamer.

Bientôt, le fragment du dossier de la chaise vole en éclats... après un dernier coup asséné, sur l'huis, par Buridan, avec plus de vigueur que jamais.

— Orsini !... Démon !... Enfer !... Orsini !... Ouvre !... s'écrie le Capitaine, désespéré, vaincu... brisé.

— Pitié !... Pitié !... Pitié !... dit Marguerite...

Elle défaille...

Elle joint ses deux mains sur sa poitrine, où roulent ses admirables cheveux d'or, dénoués...

Elle essaie de prier...

Tout à coup... la porte s'ouvre...

Buridan, épouvanté, recule.

Devant lui, il a vu surgir Gaultier, couvert de sang.

Gaultier, frappé à mort... et clamant :

— A moi !... A moi !... Au secours !....

Derrière Gaultier, Orsini est debout... comme la statue du meurtre... farouche, effrayant — portant une torche... et comme grandi.

Sur les marches de cette bouche d'enfer qui s'est ouverte, brusquement, comme pour vomir sa proie... les meurtriers, apeurés, se tiennent... et regardent.

Partout du sang !

Une odeur, âcre, se dégage de cet escalier... et suffoque Marguerite.

Gaultier, cependant, a vu... d'un seul coup d'œil... dans la Salle... et la Reine, et le Capitaine.

Il a pu faire deux pas en avant, tout en chancelant.

Il va tomber.

Marguerite tend les bras vers lui.

Pour l'étreindre, maternellement... et pour lui demander grâce

Gaultier la repousse... dédaigneusement.

Il la regarde, bien en face.

Il ricane.

— Marguerite !... Marguerite !... dit-il, d'une voix éteinte... Je te rapporte la clé de la Tour !...

Et il jette, aux pieds de la Reine... dans un ultime effort... la clé que Buridan lui a remise à l'Hôtellerie des Saints-Innocents.

Puis, de ses deux bras levés, il bat l'air, autour de lui...

Il tomberait... si Buridan, avec une prodigieuse souplesse, ne s'était pas précipité vers lui... assez tôt pour le soutenir.

Il agonise.

Ses paupières se ferment, sur ses yeux, déjà ternes.

Une écume, sanglante, couvre ses lèvres.

Marguerite, éperdue, s'agenouille près de lui.

— Gaultier !... Gaultier !... Gaultier !... clame-t-elle... Je suis ta mère !...

Le jouvenceau relève la tête...

Ses paupières se rouvrent.

Il regarde Marguerite...

Il dit :

— Ma mère !... Ma mère !... Eh ! bien... ma mère... soyez... maudite !...

Il s'affaisse dans les bras de Buridan...

Et il meurt...

La Reine jette un grand cri...

— Maudite !... Maudite !... Mon fils m'a maudite !... gémit-elle...

Elle se jette sur le corps, inanimé, du jouvenceau.

Elle l'étreint... et répète :

— Gaultier !... Gaultier !... Gaultier !... Mon fils !... Mon fils !... Mon enfant !...

Lors, Buridan, très grave, solennel... dit :

— Marguerite... Landry leur avait fait, à chacun, une marque sur le bras gauche.

Il déchire la manche du vêtement de Gaultier...

Il se penche.

Il regarde.

Il montre, à la Reine, sur le bras du mort, une cicatrice, rouge, en forme de croix.

— Regarde !... ajoute-t-il... Philippe portait la pareille !... Je m'en suis assuré !...

Et, terrible... en proie à une émotion profonde... abîmé dans une indicible douleur, il poursuit :

— Enfants damnés au sein de leur mère !... Un meurtre a présidé à leur naissance... un meurtre a abrégé leur vie !...

— Grâce !... Grâce !... Grâce !... s'écrie Marguerite, terrifiée...

CXLII

L'ARRESTATION

...Mais, depuis un moment, déjà, un bruit, étrange, retentit... un bruit sourd, lointain... qui semble venir des profondeurs de l'escalier.

Le bruit prend, bientôt, de formidables proportions.

On dirait que l'on sape la sinistre Tour.

Les Puissances Infernales veulent-elles ensevelir, sous les décombres, la victime, et les meurtriers ?

Marguerite, et Buridan, tout occupés du mort... ne semblent pas entendre ces bruits.

Le hardi Capitaine, debout, très pâle, regarde le cadavre du jouvenceau... la chair de sa chair... son fils !...

La Reine, toujours agenouillée, sanglote.

Soudain, un craquement retentit.

Des cris, sauvages... se font entendre... dominés par un cliquetis de fer.

Les cris augmentent, se rapprochent...

Et, tout à coup, des hommes surgissent dans la Salle... armés en guerre... et portant des torches.

Puis, le Sire de Savoisy... Capitaine des Gardes de Sa Majesté Louis X... Roi de France, paraît... l'épée nue à la main.

Tremblants, ils s'approchent... (P. 1693.)

Deux des hommes d'armes tiennent Orsini, qui tremble, éperdument, et s'écrie, en montrant Buridan et Marguerite :

— Monseigneur... Voilà les véritables assassins !... Ce sont eux, et non pas moi !...

Buridan a levé la tête...

La Reine, debout, maintenant... regarde....

Le Sire de Savoisy étend sa main, armée, vers Marguerite, et vers Buridan.

— Vous êtes mes prisonniers !... dit-il.

La Reine, fièrement, fixe son regard sur le Sire de Savoisy.

Devant le danger qu'elle court, elle s'est reconquise.

L'audace de ce Capitaine l'exaspère.

Elle redevient Marguerite de Bourgogne... la fille du Duc Robert II...
la Toute Puissante Reine de France.

— Messire... je suis la Reine !... dit-elle, hautaine.

— Et moi... je suis Premier Ministre !... ajoute Buridan.

Mais le Sire de Savoisy montre un parchemin portant le Scel Royal... et
répond, énergiquement :

— Il n'y a, ici, ni Reine, ni Premier Ministre... Il y a un cadavre, des
assassins... et l'Ordre, signé de la main du Roi... d'arrêter, cette nuit, quels
qu'ils soient... ceux que je trouverai dans la Tour de Nesle...

CXLIII

LES INDIENS DE KALY.

. . . .

... La lune, maintenant, éclaire la rive, au pied de la Tour de Nesle.

Il est une heure, après minuit.

La porte de la Tour, brisée, à coups de hache, par les hommes d'armes
du Sire de Savoisy, n'est plus qu'un amas de débris... de ferrements disjoints
et tordus.

Le sinistre bâtiment reste ouvert à tous les rôdeurs nocturnes.

Aucune barque n'est plus amarrée aux pieux de la berge.

Aucune lueur ne brille plus derrière les meurtrières du massif édifice.

Tout est désert, aux alentours.

Tout est tranquille.

Tout est silencieux.

Personne, au monde, ne pourrait se douter qu'il s'est passé, là, une
scène tragique.

Là-bas, sur la rive droite, les Tours du Louvre, entourées de murailles
crénelées, se profilent, lourdes, épaisses, sur le fond, lumineux, du ciel tout
étoilé.

De temps à autre, on voit briller l'armure de quelque archer, veillant,
au sommet d'une tourelle.

Et tout le panorama de la Bonne Ville de Paris, endormie, se dessine, enveloppé dans une atmosphère très légère, du Louvre, à la Planche de Mibrai.

. . . .

... Soudain, deux ombres, qui semblent s'être dégagées des murs de la Tour de Nesle... apparaissent sur la berge.

Or, ce sont les Indiens de Kaly.

Cachés dans l'ombre portée de la Tour... ils ont vu arriver le Sire de Savoisy, et ses hommes d'armes, sur la berge.

Ils les ont vus attaquer, à coups de hache, la porte... et l'abattre.

Ils ont entendu des cris, des appels, le bruit d'une lutte, des grincements, un cliquetis d'armes.

Puis, ils ont vu reparaître le Capitaine des Gardes du Roi de France, et ses compagnons, conduisant plusieurs hommes, et une femme, enchaînés.

Ils ont vu le Capitaine... ses hommes d'armes... et ceux qu'ils menaient, couverts de liens... monter à bord de deux barques amarrées à la rive.

Enfin, ils ont vu les barques s'éloigner... dans la direction de l'autre bord... le toucher.

Ils ont vu tous ceux qui les montaient mettre pied à terre, et disparaître...

Et, fidèles aux ordres qu'ils ont reçus de Gaultier d'Aulnay... ils n'ont pas bougé.

« — Que personne ne vous aperçoive... ne soupçonne, même, votre présence en cet endroit — a dit le jouvenceau qu'ils doivent servir. — Quoi que vous voyiez, quoi que vous entendiez... vous ne bougerez pas... Vous attendrez mon retour... Je le veux... »

Mais... il y a une heure, déjà, que les hommes d'armes sont sortis de la Tour... une heure que les barques se sont éloignées... et que les passagers ont disparu.

Or, les Indiens n'ont pas vu revenir Gaultier.

Ils s'alarment.

Le jouvenceau... qui est entré dans la Tour... n'en est pas ressorti.

De ce fait, ils sont sûrs.

Absolument sûrs.

Messire Gaultier d'Aulnay n'était pas parmi les prisonniers que le Capitaine a faits... et qu'il a emmenés.

Qu'est-il donc devenu ?

Pourvu qu'il ne lui soit pas arrivé malheur !

Oh ! les Indiens de Kaly sont capables, tout à la fois, d'une obéissance passive... et d'une patience à toute épreuve.

Ils demeureraient là, blottis dans l'ombre, jusqu'au jour, stoïques, résignés... sans fatigue, sans impatience.

Mais, à la longue, et étant donné ce qui s'est passé... étant donné qu'ils ont entendu le bruit d'une lutte... des cris, des appels, des grincements, ils ont eu peur.

Peur que l'amoureux de leur maîtresse aimée, Kaly... n'ait besoin de leur aide... et ne soit dans l'impossibilité de la leur demander.

Il est là, toujours... dans cette Tour maudite, c'est sûr.

Blessé ?...

Mort, peut-être ?

Et les Indiens se sont communiqué leurs craintes...

Rapidement, ils ont tenu conseil...

Ils ont décidé d'enfreindre l'ordre qu'ils ont reçu de Gaultier...

Ils ont décidé d'agir.

Lors, avec une infinie prudence, ils ont quitté la place où ils étaient blottis... la place d'où ils ont vu tout ce qui s'est passé, sans être vus.

Un moment, seulement, l'on a pu apercevoir leur silhouette, sur la berge éclairée par la lune...

Ils se baissent...

Ils rampent, quasiment.

Ils s'approchent de la porte brisée.

Vite, ils la franchissent...

Ils sont dans la Tour...

Avec plus de prudence que jamais, ils avancent...

Ils glissent dans les mares de sang...

Ils s'arrêtent.

Un obstacle leur a barré la route.

Un cadavre...

Une faible lueur... qui vient du dehors — de la berge éclairée par la lune... leur permet de s'assurer que ce n'est pas le corps de Gaultier d'Aulnay.

Effrayés... ils avancent.

Nouvel arrêt.

Nouveau cadavre...

Maintenant, ils sont plus avant dans l'escalier, et, par suite, dans l'obscurité la plus profonde.

Ils palpent le corps...

Ce n'est pas celui de Gaultier...

Le cadavre est replet... court — et couvert de haillons déchiquetés.

Ils se remettent en marche.

Ils gravissent, lentement, les degrés de l'escalier...

Ils se heurtent à un troisième cadavre — celui d'un homme long, très maigre, barbu... et, comme l'autre, haillonneux.

Haletants... frissonnants... ils laissent, derrière eux, ce troisième corps, et ils montent les marches, à tâtons... glissent, se relèvent... et atteignent, enfin, la porte derrière laquelle Orsini, hagard, s'est tenu, si longtemps, sa torche à la main...

Devant eux, la vaste Salle où la Reine a vu surgir, tout à coup, Buridan, l'épée nue à la main.

La lueur de la lune, qui frappe, d'aplomb, sur les verrières de la meurtrière ouverte du côté de la rivière, projette, dans cette salle, une clarté vague, très douce.

Suffisante pour que les Indiens voient, sur les dalles, la forme, longue, d'un autre corps, gisant.

Ce corps est recouvert d'un manteau noir.

Oh! Si c'était celui qu'ils cherchent... celui de qui ils ont attendu, vainement, le retour!

Tremblants, ils s'approchent...

L'un d'eux ramasse une dague... et une épée, dont la lame est brisée.

La dague de Gaultier.

L'épée de Buridan.

L'autre, brusquement, a soulevé le manteau qui couvre le corps, de la tête aux pieds.

Il se penche...

Il jette un cri guttural.

Il a reconnu Gaultier... dont la face blême, souillée de sang coagulé, est éclairée par la lueur, bleue, de la lune.

Son cri a attiré l'attention de son compagnon... qui s'est rapproché... et qui, à son tour, reconnaît le jouvenceau.

Lors, les deux géants, affolés... lèvent, vers le Ciel, leurs bras... et restent ainsi, pendant un assez long temps — gémissant... et priant, sans doute...

.   .   .   .

... Dix minutes après, les deux Indiens sortaient de la Tour de Nesle.

Ils portaient le corps de Gaultier d'Aulnay... enveloppé dans son manteau.

Ils remontèrent la berge, hâtivement.

Bientôt, ils se perdirent dans les ruelles, désertes, enténébrées... qui serpentaient à travers le faubourg.

Visiblement, ils se dirigeaient vers la maison indienne, qui s'élevait sous le chevet de Notre-Dame...

CXLIV

OU MARIETTE SABASSE REPARAIT.

— Hein?... Quoi?... Qu'y a-t-il?... Qui va là?... cria le bon Landry.

On avait frappé à la porte de son taudis.

Il était couché sur son grabat.

Il dormait, à poings fermés.

Il avait été réveillé en sursaut.

Il se mit debout.

Alors, il y eut comme un ruissellement d'or, tout autour de lui... ruissellement dont la source était dans ses poches.

Son grabat sordide... les carreaux du taudis, furent couverts, en un clin d'œil, de resplendissantes pièces d'or.

Une cascade... une pluie!

A croire que Jupiter renouvelait... pour le sacripant... le stratagème employé, par lui, jadis, pour s'introduire dans la Tour où Danaé, captive, gémissait.

Beau spectacle, certes!

Et quelle harmonie!

Éblouissement... pour l'amé compagnon du hardi Capitaine Buridan — et ineffable musique... tout à la fois!

Extase, aussi... par la vision, rapide et enchanteresse... de toutes les jouissances que pareille richesse pouvait lui donner!

Mais crainte, en même temps... car qui était là?

Qui avait frappé à l'huis?

Le quelqu'un avait dû entendre la chanson, tintinnabulante, des marcs d'or entrechoqués.

Ne s'étonnerait-il pas — et avec grand raison, certes — que cette troublante musique... si connue de tous, en tous temps — et si appréciée! — eût retenti, en le logis d'un truand, loqueteux, tel que le bon Landry?

Fort heureusement, la musique de l'or, ruisselant, avait été dominée... ou, tout au moins, accompagnée — lorsque l'intrus... quel qu'il fut... avait frappé à l'huis — par un trio cacophonique assourdissant... lequel avait pu étouffer le son, plus harmonieusement, plus délicieusement discret du richissime métal monnayé, à effigies, diverses, d'hommes couronnés... à profil de bêtes sacrées... ou portant des Signes Saints.

Car, en entendant cogner à la porte branlante, aux ais disjoints, à travers lesquels les vents des quatre points cardinaux soufflaient, chez Landry, selon les saisons, en légère brise, en zéphyr caressant, ou en tempête furieuse et glacée — Luc avait poussé un féroce aboiement... Satan un miaulement grinçant et prolongé... Merlin un sifflement strident.

— Paix !... cria Landry, dont l'ouïe souffrait de ce vacarme... Paix !.. Paix, ô mes amés compagnons !

Les bêtes, joyeuses, aboyèrent, pourtant... miaulèrent... et sifflèrent, de plus belle.

Pour cause...

Cette cause, on la connaîtra bientôt.

Luc faisait des bonds, prodigieux, tout autour du taudis... Satan, ayant sauté, légèrement, sur la table, agitait, triomphant, son opulent panache caudal... et Merlin battait des ailes éperdument.

Par l'étroite croisée, filtrait un éblouissant rayon de soleil... qui dorait le bouge — déjà doré par l'or sorti des poches de Landry... et mettait, là, une resplendissante lumière... en même temps qu'une douce chaleur.

Vu, ainsi... en cette matinée ensoleillée... le taudis, plein de loques, aux murs lépreux, garni de meubles sans assises sûres — avait un air de fête.

Le sacripant, cependant, regardait, tout autour de lui.

Stupéfait !... c'était visible.

— Je suis chez moi !... murmura-t-il... Oui, oui, je suis chez moi !... Depuis quand ?... Comment y suis-je revenu ?... Quel jour sommes-nous ?... Quelle heure est-il ?...

Toutes interrogations auxquelles cet homme — absolument ahuri — ne pouvait répondre.

Il soupira.

— Que s'est-il donc passé ?... se demanda-t-il.

Il s'assit, sur son grabat... et pensa.

— C'est singulier... reprit-il, bientôt... il m'avait semblé que l'on avait frappé à ma porte... C'est ce qui m'a réveillé...

Il hocha la tête, dubitativement.

— Je rêvais !... conclut-il...

Il ajouta, à demi-voix, en regardant l'or qui étincelait, à ses pieds, et sur les haillons de sa couche :

— Tant mieux !... Car il n'est pas indispensable d'exciter les soupçons et les convoitises d'autrui !...

Rassuré, il reprit :

— Oui, oui, j'ai rêvé... On n'a pas frappé...

Il soupira, derechef, et dit, comiquement... de plus en plus ahuri :

— De par mon Très Saint Patron... comment suis-je revenu, céans ?...

Une assez vive douleur, soudain, le mordit, aux poignets... sur lesquels, aussitôt, ses regards, instinctivement, se fixèrent.

Il constata qu'ils étaient meurtris... violacés... tuméfiés... ensanglantés.

— Les preuves sont flagrantes que tout ce dont je me rappelle ne fut pas un rêve... et se passa réellement!... s'exclama-t-il... Je suis bien allé chez Pierre de Bourges, à l'Hôtellerie des Saints-Innocents... J'y ai bien vu le Capitaine Buridan... Je lui ai bien remis le coffret de fer... Et il m'a bien donné de l'or... Cet or est là!... Preuve irréfutable! — De même, j'ai bien conduit le Capitaine, à la Tour de Nesle, dans la barque de Simon-le-Pêcheur... Je lui ai bien fourni le moyen d'entrer dans la Tour, par le caveau... Il m'a bien laissé, sur la berge, pour attendre la venue de Messire Gaultier d'Aulnay... Celui-ci est bien arrivé, flanqué des deux géants, au mufle de bronze... qui m'ont assailli... bâillonné, ficelé... et jeté contre le mur de la Tour... La preuve est là... non moins irréfutable.. En effet, mes poignets saignent encore! — Non!... Non!... Ce ne fut pas un rêve!... J'ai vécu, c'est certain, ces heures si tourmentées!... Seulement, encore une fois, comment suis-je revenu céans?...

Du reste, il se sentait très dispos... très vaillant... très vigoureux.

Tous ses muscles jouaient à souhait.

Il avait la tête fraîche et les pieds chauds.

Les nerfs calmes.

Le cerveau relativement lucide.

Il avait dû dormir longtemps.

Toutefois, il se sentait un creux, profond, à l'estomac.

— J'ai faim!... conclut-il... Je meurs de faim!... Je tombe d'inanition, c'est clair!...

Conclusion très logique, certes... et fort raisonnablement explicative de la sensation qu'il éprouvait.

Luc, cependant, s'était rapproché de la porte... avait collé son museau au ras du sol... flairait, bruyamment, tout en agitant sa queue, sans doute pour marquer son inquiétude... et aboyait, de temps à autre, en regardant son maître, son amé compagnon, comme pour attirer son attention sur un fait insolite.

La vigilante manœuvre du fidèle animal fut, enfin, remarquée par le bon Landry.

— Eh! mais... se dit-il... est-ce que je n'aurais pas rêvé?... Est-ce qu'on n'aurait pas frappé, vraiment, à mon huis?... Est-ce qu'il y aurait, là, quelqu'un?... Cela me paraît probable!... Luc est inquiet, c'est visible... Toutefois, il ne donne pas de la voix furieusement... Connaît-il, donc, le visiteur?... Qui cela peut-il-être?

A ce moment-là, même, on cogna à la porte.

Mariette s'était assise, sur le grabat, à côté de Landry. (P. 1700).

Doucement.

Tout doucement.

Comme si le visiteur, quel qu'il fût, voulait, par sa discrétion, se faire excuser son importunité.

— Au diable, cet intrus !... pensa Landry.

Il arrivait bien mal à propos... certes.

D'abord, parce que le sacripant avait grand besoin de se recueillir... de songer aux choses, extraordinaires, inexplicables, qui s'étaient produites dans sa vie.

Puis, parce qu'il avait faim.., et qu'il lui fallait, sans délai, se mettre en quête de vivres — car, sans doute, lorsqu'il serait repu, il aurait l'esprit plus lucide : A ventre creux, cerveau vide !

Enfin, parce que cet or, que le Capitaine Buridan lui avait donné, s'était éparpillé, au sortir de ses poches, dans le mouvement, brusque, qu'il avait fait en se levant... cet or étincelait sur les carreaux du taudis... sur le grabat — et Landry ne se souciait pas d'exhiber sa richesse...

Il lui faudrait plusieurs minutes, au moins, pour ramasser cet or... et le cacher.

— Oui... oui... répéta-t-il... au diable, l'importun !

Ce devait être Orsini.

Ce ne pouvait être que lui.

Landry décida qu'il ne bougerait pas... qu'il ne donnerait pas signe de vie... qu'il n'ouvrirait pas sa porte.

Le Tavernier, las de frapper, vainement, à l'huis, s'éloignerait.

Le sacripant ne voulait pas que l'Italien vît son or.

C'était assez... c'était trop, même, qu'il eût entendu, peut-être — s'il était là depuis longtemps, déjà — le tintinnabulement des pièces.

— Il me donnerait des nouvelles du Capitaine Buridan... et de « la goule »... c'est vrai !... murmura-t-il... Il me révèlerait ce qui s'est passé à la Tour de Nesle... entre le Capitaine, Messire Gaultier d'Aulnay, et Marguerite... Il m'expliquerait toutes ces choses qui sont, pour moi, vagues, inexplicables, incohérentes...

Un instant, Landry fut hésitant.

Ouvrirait-il... ou n'ouvrirait-il pas sa porte ?

Très désireux, d'une part, d'avoir des nouvelles... et, d'autre part, craignant d'être imprudent en laissant voir, inconsidérément, son trésor.

— Bon !... résolut-il... N'ouvrons pas !... Cela vaudra mieux... J'en serai quitte, tout à l'heure, et quand j'aurai ramassé et caché mon or... j'en serai quitte pour aller jusques chez Orsini...

Lors, il demeura coi.

Luc, cependant, le museau au ras du sol... flairait toujours... et, toujours, aboyait.

Soudain, une voix dit... de l'autre côté de la porte :

— Ouvre... ouvre, Landry ?...

Le sacripant reconnut la voix, aimée, de Mariette Sabasse... sa douce maîtresse... la femme de Maître Pierre Étienne Sabasse, Guichetier au Grand-Châtelet.

D'un bond, il fut debout.

Mariette...

C'était Mariette...

Mariette!... Autre affaire!...

On pouvait ouvrir à Mariette. .

Il n'y avait aucune raison de se défier d'elle...

Ah! la chère créature!...

Elle arrivait à point nommé...

Landry avait grand besoin de revoir la toute dévouée femme qu'il s'était repris à aimer depuis leur aventure dans les caveaux du Grand-Châtelet.

Sans qu'il sût, au juste, pourquoi... il pressentait — depuis qu'il était réveillé — qu'il n'avait plus que Mariette, au monde.

Il éprouvait une étrange sensation de solitude...

Cela le géhennait!

Or, Mariette était là!

Elle était la très bien venue, certes.

Joie!...

— Ah! la bonne surprise!... s'écria Landry, tout en allégresse... La bonne surprise!... Mon amée Mariette!...

Il marcha vers la porte... précipitamment... mettant, autour de ses pieds, un nouveau ruissellement d'or... trébuchant parce que Satan, qui faisait le gros dos en voyant son maître debout, s'était glissé, maladroitement, entre ses jambes... et avançant, dans un vacarme assourdissant, produit par les aboiements éperdus, joyeux, de Luc... et par les battements d'ailes, les sifflements de Merlin, qui sifflait, comme dans un triomphe, le Noël protecteur...

Enfin, il ouvrit la porte.

Et Mariette entra, tout aussitôt...

CXLV

MALENTENDU CHRONOLOGIQUE.

... Le sacripant referma l'huis.

Puis il étreignit Mariette... et la baisa, à bouche goulue — ce, pendant que les bêtes, pour ne pas rester en reste, lui souhaitaient, à leur façon, la bienvenue : Merlin en voletant sur sa tête, Satan en frottant sa luisante queue contre ses jupes, et Luc en lui léchant la main.

Ils ne l'avaient vue qu'une fois ; mais les bêtes savent, tôt, reconnaître, et aimer, ceux qui aiment qui elles aiment.

— Mon amé Landry!... dit Mariette, charmée.

— Ma douce Mariette !... répliqua le bon Landry.

Nouveaux baisers !

Aboiements... miaulements... sifflements — et tintinnabulement de l'or.

Sextuor plein d'harmonie... se produisant dans le taudis tout ensoleillé.

Une fête !

Une fête de famille !

Quelque chose de très doux!...

— Mon amé Landry !...

— Ma douce Mariette !...

Il est bien vrai que l'amour pare ceux qui lui rendent hommage.

Ce couple : le sacripant... et la femme du gros Guichetier — ce couple qui eût prêté à rire, certainement, à qui eût pu les voir, quelques jours auparavant... était, alors, enlacé si étroitement, si amoureusement... qu'il constituait, maintenant, un beau spectacle, vraiment.

Tout ce qui est sincère... et pur, est beau.

Mariette était vêtue, très simplement, d'une robe noire, qui moulait, bien, son corps souple, à la taille encore fine.

Landry, haillonneux, paraissait moins gauche... moins déjeté.,. et moins dépenaillé, en étreignant Mariette.

L'amour mettait une flamme en leurs yeux... faisait rayonner leur front, dont les rides s'étaient, soudain, effacées... cachait, sous un ineffable sourire, leur bouche édentée... prêtait, à leurs gestes, à leurs poses, à leurs attitudes, des lignes, du style, presque de la noblesse.

Ils aimaient !...

Cela dit tout !

Les derniers beaux jours d'un automne qui finit n'ont-ils pas leur splendeur... quand un chaud rayon de soleil brille à travers les arbres, dont les feuilles, jaunies, tombent?

Mariette s'était assise, sur le grabat, à côté de Landry.

Heureuse !

Enivrée !

Toute à son amour... à sa joie... elle n'avait pas vu l'or, qui jonchait les carreaux du taudis.

— Oh!... dit Mariette... Je te vois, enfin!... J'étais dans une inquiétude mortelle...

Elle soupira.

— Une inquiétude mortelle?... répliqua Landry, étonné... Et pourquoi donc?

— Je suis venue, ici, hier, dans la journée, trois fois... J'ai cogné à la porte... Les aboiements, furieux, de ton chien, m'ont, seuls, répondu...

— Hier?

— Oui!... Trois fois, te dis-je... La dernière fois à la tombée de la nuit... J'aurais voulu revenir, encore, dans la soirée; mais cela ne m'a pas été possible!... On ne sort pas, comme on veut, à toute heure, du Grand-Châtelet !

— Hier?... Hier?...

— Qu'est-ce que tu étais devenu?... Pourquoi n'étais-tu pas rentré?... Je tremblais qu'il ne te fût arrivé malheur!... Je me disais que tu avais succombé, peut-être... que je ne te reverrais plus jamais!... J'étais désespérée!... T'avoir retrouvé... plus que jamais aimant et tendre!... Avoir entrevu des jours de bonheur... après avoir vécu tant de sombres jours!... Et être obligée de renoncer aux joies promises, attendues!... J'en serais morte, vois-tu!... Mais tu es là, vivant, près de moi!... Tu m'aimes toujours!... Tout est oublié!... Ah! mon amé Landry, à présent, je ne pourrais plus me passer de te voir... et de te voir encore!...

Le sacripant, préoccupé... n'avait écouté Mariette que d'une oreille distraite.

— Hier?...

La femme de Maître Étienne Pierre Sabasse avait bien dit qu'elle s'était présentée, la veille, au logis de Landry... trois fois.

Or, qui des deux était détraqué?

— Elle?... Ou moi?... se demanda le sacripant.

Il regarda Mariette, fixement.

— Tu es venue, céans, hier?... demanda-t-il.

Et il attendit, anxieusement, la réponse de son amée maîtresse.

— Oui, oui... hier!... fit Mariette... étonnée, à son tour... Comme tu me regardes!... Pourquoi ces questions?...

Oh! Il n'était pas étonnant que la pauvre femme eût l'esprit troublé, après les aventures tour à tour très tendres, et très effroyables, qui s'étaient produites, dans sa vie, depuis qu'elle avait retrouvé Landry.

Mais il ne fallait pas se tracasser, à ce sujet.

Cela se remettrait.

Avec des soins... de l'amour... une vie tranquille, Mariette reprendrait ses esprits... il n'en fallait pas douter.

La pauvre créature!

— Voyons... Mariette... reprit, bientôt, le sacripant .. réfléchis, mon adorée?... Tu n'as pu venir, ici, hier... puisque...

— Puisque... fit la femme de Maître Pierre Étienne Sabasse.

— Puisque... hier...

— Eh! bien?

— Dans la journée...

— Achève?

— Nous avons évolué, de compagnie, et au service du Capitaine Buridan, à travers les couloirs, galeries, tours, tourelles, et cachots du Grand-Châtelet.

Ce fut au tour de Mariette de regarder le bon Landry avec une très réelle inquiétude.

Après un temps de silence, elle répliqua :

— Tu te trompes... mon mignon !

— Je me trompe?... fit Landry, de plus en plus navré en constatant l'incohérence des idées de Mariette.

— Eh! oui... tu te trompes!... Réfléchis, toi-même!... Rappelle tes souvenirs... C'est avant-hier, et non hier... que tu es venu au Grand-Châtelet... et que nous avons couru tant de dangers en évoluant, au service du Capitaine Buridan, à travers les couloirs, galeries, tours, tourelles, et cachots de la Prison.

— Avant-hier ?

— Oui !

— Tu en es sûre?...

— Sûre !...

— Avant-hier!... répéta Landry, comme se parlant à lui-même.

Oh! tout cela était étrange... invraisemblable... inouï !

L'Esprit Malin se jouait — par nargue — du protégé du grand Saint Landry...

Le sacripant, pour éloigner les Puissances Infernales, se signa, très dévotement.

Il répéta, pour la troisième fois :

— Avant-hier!...

Ce, avec une mine effarée très comique...

Puis, regardant Mariette, derechef, fixement, il reprit :

— Mais alors... dis-moi...

— Parle?... Parle?...

Mariette, aussi, était angoissée.

Elle avait hâte que ce malentendu, lamentable, cessât.

— Dis-moi... poursuivit Landry... dis-moi... quel jour sommes-nous aujourd'hui ?

— Jeudi... répliqua Mariette.

Le sacripant fit un bond.

— Jeudi?... Plaisante chose!...

— Oui!... Oui, jeudi !

— C'est impossible !

— Jeudi, pourtant !

— Mercredi ?

— Non pas!... Jeudi...

Landry se leva.

Et, d'une voix tonitruante... il entonna son « Noël protecteur »... qui fut, tout aussitôt, sifflé par Merlin... et accompagné par les aboiements, rauques, de Luc... les miaulements, plaintifs, de Satan — qui n'aimaient pas la musique.

Il fallait, à tout prix, conjurer les maléfices de Messire Lucifer.

C'était lui, à coup sûr, qui troublait la cervelle de Mariette, ou de Landry.

Il y avait de quoi devenir fou !

Jeudi !...

Mariette affirmait que l'on était au jeudi !

Or, Landry savait fort bien — il était sûr... absolument sûr, que, le jour où il avait visité le Capitaine Buridan, avec l'aide de Mariette, dans le cul de basse fosse du Grand-Châtelet... était un mardi.

Il était sûr que c'était un mardi le jour où il avait vu... avec tant d'étonnement... le Capitaine Buridan — qu'il avait laissé dans son cachot — chevaucher dans le Cortège Royal, à la droite de Sa Majesté Louis X... sur la place des Saints-Innocents... scène au cours de laquelle le Capitaine, ayant aperçu son amé compagnon au premier rang des badauds rassemblés pour s'extasier sur le passage de la brillante cavalcade, s'était penché sur sa selle, et, tout bas, lui avait donné rendez-vous, pour le soir même, à l'Hôtellerie de Maître Pierre de Bourges.

Il était sûr, enfin, que c'était un mardi qu'il avait retrouvé le Capitaine à l'Hôtellerie des Saints-Innocents... d'où ils étaient partis, tous les deux, en hâte, pour la Tour de Nesle...

Or, d'après Landry, ce mardi-là, c'était la veille.

Il n'en voulait pas démordre...

Par conséquent, on était au mercredi... et non au jeudi — comme le prétendait Mariette.

Et le bon Landry, sûr de soi, décidément... conclut que c'était bien la pauvre Mariette qui était hantée par le Malin...

Dès lors, tout en chantant, à pleine voix, son « Noël », il appela, par surcroît, l'aide de ses « chères aimées » à la rescousse.

Mariette, effarée, regardait le sacripant...

Celui-ci, de son côté, attendait... pour reprendre l'entretien, que l'effet de ses invocations se fût produit... c'est-à-dire que les Esprits Infernaux eussent été chassés, définitivement, par le chant, pieux, qui devait les mettre en déroute.

Enfin, il dit :

— Que nous soyons, aujourd'hui, mercredi, ou jeudi, il n'importe, Mariette !... Nous sommes l'un près de l'autre, et c'est tout ce qu'il faut...

Très tendrement, il ajouta :

— Donc... tu as été inquiète, à mon sujet ?

— Oui... oui... répliqua Mariette... très inquiète !

— Ange !

— Quand tu m'as quittée, avant-hier, devant le Grand-Châtelet...

— Encore !... se dit Landry, avec dépit.

Il rectifia le propos de Mariette.

— Hier !... fit-il.

— Non... non... avant-hier !... répliqua, timidement, Mariette.

Landry hocha la tête... et comme un homme disposé à toutes les concessions, il répondit :

— Soit !... Soit, Mariette !... Poursuis ?... Quand je t'ai quittée, avant-hier, disais-tu...

— Je savais — tu me l'avais confié — que tu devais aller retrouver le Capitaine Buridan, et t'engager, avec lui, dans une aventure où tu courrais des dangers...

— Après ?...

— Je savais, de même, que, si tu sortais, sauf, de cette aventure... tu me donnerais, dès le lendemain, même, de tes nouvelles, de très bonne heure...

— Il est vrai, Mariette, que je suis en retard... s'écria Landry.

Et, très gravement, il demanda :

— Quelle heure est-il ?

— Onze heures !

— Onze heures !... J'ai fait la grasse matinée... Cela s'explique... J'étais las... Et non sans causes, certes... Mais je comptais bien, dès mon réveil, ce matin, tenir ma promesse, et aller te voir...

Il demeurait convaincu que, petit à petit, il verrait Mariette reprendre une juste notion du temps.

Les Esprits Infernaux, qui la hantaient, ne se résignaient pas à abandonner, si aisément, leur proie.

Il fallait du temps pour que l'action bienfaisante, des « chères aimées », se produisît.

Landry était certain qu'il agissait très habilement en ne contredisant pas, ouvertement, son interlocutrice ; mais il croyait nécessaire de rectifier ses propos toutes les fois, que, à son sens, ils choquaient la raison, l'évidence.

— Je suis donc sorti, sauf, de l'aventure, ma bien-aimée... poursuivit-il... Et j'espère bien, que, avant longtemps, nous pourrons, comme je te l'ai promis, quitter cette ville maudite... et nous retirer en Bourgogne... Je serai fixé, à ce sujet, dès aujourd'hui, je pense... Tu es rassurée, dis ?...

— Oui !... répliqua Mariette.

Elle était toute interloquée.

Et, soudain, des lueurs brillèrent... Les hommes qui étaient là, quels qu'ils fussent,
avaient allumé des torches... (P. 1711.)

Elle sentait bien que ce malentendu, qui la tracassait, existait, toujours,
entre Landry et elle.

— Tout est donc pour le mieux !... fit le sacripant.

De plus en plus il avait faim... une faim atroce !...

Il lui semblait que son estomac avait les profondeurs d'un gouffre.

Il sentait, en soi, des tiraillements abominables.

Certes, il ne voulait pas renvoyer la douce Mariette ; mais il cherchait
un moyen de l'éloigner, un moment, afin de se mettre en quête de vivres...

Après avoir mangé, il reprendrait l'entretien avec bien plus de plaisir.

Du reste, il se rendait compte, que, si son estomac était vide, son cerveau, d'autre part, était moins lucide...

Il ne rassemblait pas ses idées aussi aisément que de coutume.

Oui, oui, il fallait qu'il prît de la nourriture...

— Tout de même... reprit Mariette... après un temps de silence... par quelles angoisses j'ai passé!... Quand le Sire de Savoisy, et ses hommes d'armes, sont arrivés, l'autre nuit, au Grand-Châtelet... quand il a fallu lui ouvrir la porte, à laquelle il avait frappé au nom du Roi... et quand j'ai vu qu'il amenait le Capitaine Buridan, couvert de chaînes... je me suis dit — avec quelle douleur! — je me suis dit : « Le pauvre Landry est mort! »

Le sacripant, épouvanté, regarda Mariette.

— Le Capitaine Buridan?... fit-il... Le Capitaine Buridan au Grand-Châtelet?... Le Capitaine, couvert de chaînes?... Conduit par le Sire de Savoisy agissant au nom du Roi?... L'autre nuit?...

— Oui!... Oui!... Dans la nuit d'avant-hier... Il pouvait être, alors, deux heures du matin... Cela s'est produit comme je te l'ai dit...

— Le Capitaine Buridan est au Grand-Châtelet?

— Hélas!... Oh! après plusieurs heures de souffrance indicible... et dès que parut le jour... dès que je pus — non sans peine — m'éloigner... j'accourus ici... Je frappai!... Longtemps!... Vainement!... Tu n'étais pas rentré!... Désespérée, je partis... Mais pour revenir quelques heures plus tard... Je frappai, derechef... Personne!... Toujours personne!... Et je partis, encore!... Pour revenir, une troisième fois, dans la soirée. . Et toujours inutilement!... J'étais sûre, absolument sûre, que je ne te reverrais jamais plus!... Sûre que tu avais été tué, au service de ton amé Capitaine... Lui, arrêté!... Toi, occis!... C'était la fin!... Je n'avais plus qu'à mourir, moi aussi!... A quoi bon vivre, puisque tout ce qui pouvait me donner du bonheur, ici-bas, n'existait plus!

Landry avait écouté sa maîtresse avec une attention soutenue.

Il était abasourdi.

Cette Mariette-là raisonnait à merveille!

Elle n'avait pas l'air, du tout, d'une déséquilibrée.

Elle parlait, au contraire. avec beaucoup de sens.

Même, elle disait ses angoisses avec une conviction, une émotion très communicatives.

Et le sacripant... comprenant, enfin, qu'il s'était passé, dans sa vie, quelque chose d'inexplicable... se dit, dans un ahurissement éminemment comique :

— Est-ce qu'elle aurait raison?... Est-ce que le jour qui est hier pour moi, et avant-hier pour elle... ne serait pas, réellement, avant-hier?... Serait-il vrai que nous sommes au jeudi, et non au mercredi?... Est-il exact que cet hier, que je crois être mardi, et qui est, pour elle, mercredi, était mercredi ?... Mais, alors, si elle ne se trompe pas — et cela m'en a tout l'air — qu'ai je donc fait, en ce mercredi pendant lequel il ne semble pas que j'aie vécu... en ce mercredi dont je ne garde aucun souvenir ?...

Lors, regardant Mariette... qui s'étonnait, de plus en plus, de ses allures singulières... et qui le regardait, bouche bée — il dit :

— Écoute ?... Tu dois avoir raison... Mon hier, fut, je le crois, maintenant, avant-hier, comme tu l'affirmes... Pendant l'hier qui fut mercredi... moi, je n'ai pas vécu... Messire Lucifer en est cause, sans doute... Vous avez eu une journée qui me manque, c'est clair !...

Il ricana, et reprit :

— Je devine ce qui se passe en toi, Mariette... Tu as peur !... Tu te dis que je suis fou ?... Rassure-toi... J'ai toute ma raison... Je suis seulement interloqué... Et il y a de quoi, certes !... Tout à l'heure, du reste, j'ai cru, moi aussi, que, à la suite de toutes les aventures qui nous sont arrivées, tu étais détraquée... Patience !... Tout se débrouillera... Et avant peu, j'espère...

« ... Seulement, il faut s'aider pour sortir de peine... Que faire ?... disais-tu... C'est simple !... Mariette, j'ai faim !... J'ai une faim terrible !... Je tombe d'inanition !... Si je n'ai pas vécu, hier... je n'ai pas mangé, par suite... Comment ne serais-je pas affamé ?... Mon estomac chante creux, mon cerveau, par suite, est vide... En remplissant mon estomac, je remplirai, du même coup, mon cerveau... N'est-ce pas vrai ?... Et, quand je serai repu... peut-être verrai-je plus clair dans ma situation ?...

« ... Donc, c'est dit, je sors... je vais chercher des vivres... Toi, attends mon retour, céans... Les bêtes, qui, déjà, t'aiment, c'est visible, te tiendront compagnie... Et puis, pour t'occuper, ramasse cet or, qui est épars, sur les carreaux, sur mon lit... partout... Compte les marcs qui sont là... Sache qu'ils nous appartiennent... Oh! je les ai acquis honnêtement, sois-en persuadée...

« ... C'est avec cet or que, bientôt, retirés en Bourgogne, nous achèterons la maison que nous habiterons... une maison qui s'élèvera au penchant d'un côteau couvert de vignes qui se chaufferont au soleil d'août, et qui nous donneront le vin, clairet, avec lequel ton époux, Maître Pierre Sabasse, se parfumera le gosier, ce, pendant que nous filerons le parfait amour, heureux, contents, libres, jusques à ce qu'il plaise au Dieu Tout Puissant de nous rappeler à lui !...

« .... Je serai de retour dans quelques minutes, ma douce Mariette... Ne t'impatiente donc pas !... Si, par hasard, quelqu'un venait, ici... frappait à l'huis — n'ouvre pas .. Il faut être prudent !... Ne compromettons pas notre bonheur futur... Car nous serons heureux... te dis-je !... Oui, oui, bienheureux... après tant de vicissitudes !... A bientôt, Mariette, à bientôt !... »

Landry embrassa, très tendrement, Mariette, qui l'avait écouté, tour à tour, avec inquiétude... puis, avec plaisir... enfin, avec une réelle émotion — et qui, maintenant, charmée, enthousiasmée, déjà heureuse rien qu'en évoquant le bonheur promis, rendit, au sacripant, ses caresses avec effusion.

Lestement, sans attendre la réplique de sa maîtresse, Landry sortit... dans un assourdissant vacarme, produit par les plaintes, prolongées, de Luc, de Satan, et de Merlin... qui, affamés, eux aussi, voyaient, avec grand émoi, s'éloigner celui qui, seul, pouvait pourvoir à leurs besoins...

CXLVI

OÙ LE BON LANDRY SE SOUVIENT

... Or, effectivement, la mémoire des faits qui s'étaient accomplis revint, au bon Landry... lorsqu'il fut repu.

Tandis que Luc, Merlin, et Satan, repus, eux aussi, digéraient, en dormant... le sacripant raconta son épopée à son aimée Mariette.

Il dit tout ce qui s'était passé dans la soirée de l'avant-veille... depuis le moment où il avait porté, au Capitaine Buridan, le coffret de fer, à l'Hôtellerie des Saints-Innocents... jusqu'au moment où il avait été saisi, ligotté, bâillonné, devant la porte de la Tour de Nesle, par les géants qui accompagnaient Messire Gaultier d'Aulnay.

La douce Mariette, apeurée, frémissante, admirait Landry.

Quel courage il avait montré !...

Que de dangers il avait courus !...

Le tout pour payer une dette, très noblement, à celui qui lui avait fait du bien, jadis !...

Oh ! Elle était fière d'être aimée d'un pareil homme, capable d'un tel dévouement, de tels exploits !

Le bon Landry s'était interrompu, pour reprendre haleine.

Il but une large lampée de vin frais... fit claquer sa langue, et poursuivit :

— Oui... oui... ma douce Mariette... je me souviens... je me souviens !... Je revois les moindres détails de l'aventure... C'est singulier... Un moment, il y a eu un trouble, dans mon esprit... J'avais tout oublié .. Comment cela s'est-il fait ?... Et maintenant, au contraire, les moindres détails des scènes qui se sont jouées m'apparaissent avec une incroyable netteté... Écoute, écoute la suite...

— Parle ?... Parle, mon bien-aimé... mon héros !... répliqua Mariette, enthousiasmée.

— Donc... reprit Landry... je disais que les géants, qui accompagnaient Messire Gaultier d'Aulnay, m'avaient bâillonné, ligotté, étroitement... et jeté, comme un paquet de hardes, dans l'ombre, au long du mur de la Tour de Nesle...

— C'est cela !... C'est cela !...

Landry leva un doigt... prit un air très grave... et poursuivit :

— Tiens... la preuve que j'y vois clair, maintenant, d'une manière surprenante... je vais te la fournir.

— J'écoute ?

— Tout à l'heure, quand tu as frappé, à la porte, je dormais... Je me suis réveillé, en sursaut... Mes bêtes faisaient un assourdissant vacarme... Or, je me suis mis debout... Et, tout aussitôt, de mes poches, sortirent ces marcs d'or, que, sur ma prière, tu as ramassés, pendant que j'étais dehors, en quête de vivres... Ce fut un ruissellement... L'or roulait, en cascades, tout autour de moi... Beau spectacle, du reste !... Très harmonieuse musique, certes !...

— Eh ! bien ?

— Or, il n'y a qu'un instant, encore... je me disais : « Ces marcs ont roulé, du fond de mes poches, jusques à leur orifice, tandis que j'étais étendu, sur mon grabat... Et, quand je me suis réveillé... quand je me suis mis debout... ils se sont éparpillés, tout autour de moi... Rien de plus facile à comprendre... Mais... lorsque les géants de Messire Gaultier d'Aulnay m'ont jeté, si brutalement... dans l'ombre, encore une fois, au long du mur de la Tour de Nesle .. comment donc cet or, que je portais, n'est-il pas sorti de mes poches... ne s'est-il pas éparpillé sur la grève ? »

— C'est vrai !... Et tu t'es expliqué, depuis, le pourquoi de cet inexplicable incident ?

— Oui !... Oui dà !

— Comment ?

— C'est bien simple... Les géants m'avaient ligotté à l'aide d'une sorte de turban qu'ils portaient en guise de coiffure... Ce turban était fait de bandes de soie très fines... et d'une incroyable solidité... Or, ils m'avaient lié non seulement les poignets.. les jambes ; mais tout le corps... Les bandes de soie m'entouraient du col aux genoux... Je devais ressembler à ces langues de bœuf que l'on enferme dans un boyau, et autour desquelles on tourne une corde avant de les mettre dans la saumure... ou de les suspendre au-dessus de l'âtre pour les fumer... Comprends-tu, mon amée Mariette ?... Par suite, tous mes vêtements étaient serrés contre moi, si étroitement, par les bandes de soie, que l'or, qui était dans mes poches, s'est trouvé maintenu, et que pas un des marcs n'en est sorti.

— Je comprends...

Landry sourit... et dit, très gaiement :

— Ce qui prouve, ma douce amie... une fois de plus, que tout événe-

ment malheureux a une autre face où le bonheur se montre... et que tout
cas fâcheux a sa contre-partie satisfaisante... ce qui fait qu'il faut savoir se
résigner, dans le malheur, à attendre les heures moins torturantes... et se
préparer, dans le bonheur, à vivre les jours néfastes qui peuvent luire!...

Il but encore une lampée... et poursuivit :

— Cela dit... je reprends mon récit... Donc, et comme tu dois le penser, Mariette... ligotté, bâillonné... incapable de me mouvoir... de proférer
un appel, une plainte, un soupir... je gémissais!

— Pauvre Landry!

— Je gémissais — je dois le dire — moins encore sur mon sort que
sur celui de Messire Gaultier d'Aulnay et du Capitaine Buridan.

— Noble cœur!

— Qu'est-ce qu'ils allaient devenir?... N'étaient-ils pas, tous les deux,
les victimes, infortunées, de « la goule »?... Sans doute, ils ne tarderaient
pas à succomber, sous les coups d'Orsini, et de ses acolytes... Et je me disais, par surcroît, que l'on me trouverait, peut-être, moi aussi, gisant...
proche de la porte... et que rien ne serait plus facile que de m'occire, sans
que j'aie pu faire un seul geste, proférer une seule plainte!

— C'est effrayant!

— Tout à coup...

— Tout à coup?

— J'entendis... oh! très nettement... un bruit, encore assez éloigné...
un bruit d'armes et d'armures entrechoquées... Puis, je perçus le bruit que
font, en s'enfonçant dans l'eau, les perches ferrées avec lesquelles on conduit une barque... La nuit surtout, les bruits qui retentissent sur l'eau sont
portés, pour ainsi dire, par l'onde, et sont perçus, parfois, même à des distances prodigieuses... Moi qui ai passé des nuits, en bateau, sur la rivière,
au service de « la goule », j'ai pu l'observer souventes fois...

« ... Le bruit arriva, bientôt, plus distinctement, encore, à mes oreilles...
Une barque évoluait aux alentours... J'en acquis, bientôt, la certitude absolue... Et, comme le bruit se rapprochait, de plus en plus, je pus en conclure
que cette barque se dirigeait vers la grève, du côté de la Tour de Nesle...
Le cliquetis d'armes se faisait entendre aussi... Et, je me dis, enfin, que la
barque qui allait aborder, sans doute, au pied, même, de la Tour, portait
des hommes d'armes...

« ... Cette constatation augmenta mon effarement...

« ... Pourquoi ces hommes d'armes venaient-ils à la Tour?... S'ils y
venaient, qui allaient-ils y trouver?... Devais-je considérer ce fait comme un
fait heureux, ou comme une aggravation de la situation?... Ces hommes d'armes
protégeraient-ils le Capitaine Buridan et Messire Gaultier d'Aulnay?... Ou
bien renforceraient-ils les acolytes d'Orsini?... Serviraient-ils la Reine... ou,

chose encore plus effrayante à penser, peut-être — venaient-ils, à la Tour,
sur un Ordre de Notre Sire le Roi ?...

« ... Dans les deux cas, je considérais que le Capitaine Buridan, Messire
Gaultier d'Aulnay, et moi-même... nous étions perdus... irrémédiablement
perdus !...

— Pauvre... pauvre Landry !

— Déjà... j'avais cru entendre plusieurs cris... lointains, sourds... des
cris de douleur !... J'en entendis un dernier, plus vibrant, encore, que les
autres... Ces cris venaient, assurément, de la Tour de Nesle... On avait occis
Messire Gaultier d'Aulnay !... Il n'en fallait pas douter...

— C'est effrayant !...

— Cependant... le cliquetis d'armes, et d'armures, retentissait plus que
jamais... Le bruit de la perche ferrée, battant l'eau, ne se faisait plus entendre... J'eus la perception que les gens qui montaient la barque avaient
touché la rive et abordé... J'en acquis, enfin, la certitude.. car, distinctement, le son de voix humaines arriva à mes oreilles...

« ... Et, soudain, des lueurs brillèrent... Les hommes qui étaient là,
quels qu'ils fussent, avaient allumé des torches... Puis, il y eut un fracas, assourdissant, de coups de haches, portés, avec une exceptionnelle vigueur, sur
une porte... Et je me dis que les gens qui avaient débarqué, attaquaient,
sans doute, la porte de la Tour.

— Tu ne te trompais pas?

— Non !... Je pus constater, quelques heures après — tu sauras comment — que tout ce que j'avais pressenti s'était passé, bien réellement...
Oui, oui, les hommes d'armes battaient en brèche, à coups de haches, la porte
de la Tour... Bientôt, les bois craquèrent... les ferrures grincèrent... et la
porte s'abattit, dans un dernier et triomphant effort de ceux qui l'attaquaient...

« ... Alors, des cris, vibrants, furent poussés par les hommes d'armes...
Ils retentirent, encore, un moment, comme dans l'éloignement... A coup
sûr, les assaillants avaient pénétré dans la Tour... Et tout retomba au silence... qui me parut d'autant plus profond après le fracas et les clameurs
qui l'avaient troublé, tout à l'heure... Je n'entendais plus, à présent, que
le murmure de l'eau, qui se brisait aux terres de la rive.

— Oui... oui... c'est effrayant !...

— Un assez long temps se passa... Tout à coup, j'entendis, de nouveau,
le cliquetis d'armes et d'armures... un bruit de pas, de voix, de chaînes
grinçantes... Enfin, je constatai que les hommes d'armes s'embarquaient...
Même, j'acquis la certitude que, non seulement ils remontaient dans la
barque qui les avait amenés, là ; mais que, de plus, ils s'embarquaient à
bord des deux autres barques amarrées à la rive : celle d'Orsini, qui avait
conduit la Reine à la Tour... et celle de Simon-le-Pêcheur, de laquelle le Ca-

pitaine Buridan, et moi, nous nous étions servis pour passer la rivière...

« ... En effet, je perçus, bientôt, le bruit, très distinct, des trois perches ferrées, battant l'eau... et poussées, mises en œuvre, dans chaque barque, par un nautonnier différent... Sans doute, les hommes d'armes emmenaient tous ceux qu'ils avaient trouvés dans la Tour... Pour cela, leur barque n'avait pas suffi... Et ils avaient dû prendre les deux autres, celle d'Orsini, et celle de Simon-le-Pêcheur...

— Poursuis... poursuis, mon amé Landry?

— Ah! j'étais très perplexe!... Que s'était-il passé?... Pendant quelques minutes, encore, j'entendis le bruit des barques qui s'éloignaient... Bientôt, et pour la deuxième fois, tout redevint silencieux... Assurément, il n'y avait plus personne dans la Tour... Pourtant...

— Pourtant?

— Pourtant, j'entendis, encore, comme des frôlements... Des hommes marchaient, non loin de moi... Je tremblais qu'ils ne fussent conduits vers l'endroit où je gisais...

— Or... que se passa-t-il?

— Vaine crainte!

— Après?... Après?...

— Les hommes — qui étaient-ils?... je l'ignore! — me frôlèrent, presque... Je les vis, ou, plutôt, je les entraperçus, dans l'ombre... mais sans pouvoir les reconnaître... Je constatai, pourtant, qu'ils portaient un autre homme... un cadavre, j'en répondrais...

— Après, mon amé Landry... après?...

— Ces hommes s'éloignèrent... Il était évident, pour moi, dès lors, que, à moins d'un retour, improbable, de ceux qui avaient évolué, là, je n'avais plus rien à craindre...

— Tu avais été sauvé, quasi miraculeusement!

— Qui sait?...

— Oui... oui... sauvé, par ce fait que les géants de Messire Gaultier d'Aulnay t'avaient ligotté, bâillonné, et jeté, dans l'ombre, à cette place où tu gisais...

— Tu as peut-être raison, Mariette.

— Sans cela... les hommes d'armes t'auraient vu.... Ils t'auraient arrêté, et emmené, comme ils ont arrêté, et emmené les autres.

— C'est possible!

— C'est sûr, n'en doute pas!... Ah! mon amé Landry, tu as été protégé, très efficacement, en cette circonstance, encore!

— Tu dis vrai!... J'en suis convaincu, à présent!... C'est que je portais, sur moi, ma relique... ma relique sainte!... Ce sont mes « chères aimées » qui m'ont sauvé la vie...

... Ah! quel spectacle!... Il y avait eu, là, une lutte... Trois cadavres!... (P. 1715.)

— Que le Tout-Puissant en soit loué!... Sauf!... Tu es sauf, Landry!...
Oui, oui, tu as jugé juste, les hommes d'armes qui sont allés, à la Tour de
Nesle, y ont été envoyés, sois-en sûr, par Ordre de Notre Sire le Roi... Ils
ont arrêté, à la Tour, tous ceux qu'ils y ont trouvés.

— Le Capitaine Buridan ?

— Qui fut amené, au sortir de la Tour, par le Sire de Savoisy, Capitaine
des Gardes du Roi, au Grand-Châtelet, ainsi que je te l'ai dit, tout à l'heure...

— Mais la Reine...

— Tu ne sais pas tout... Je n'ai pas pu tout te dire, jusqu'ici...

— Parle?... Parle?...

— La Reine...

— Eh! bien, la Reine...

— On ne parlait que de cela, aujourd'hui, dans la Bonne Ville de Paris...

— Que disait-on?... Parle?... Parle donc?...

— La Reine a été arrêtée...

— Arrêtée?... Elle?... La « goule »?...

— Oui!... Oui!... Par Ordre du Roi, à la Tour de Nesle, en flagrant délit d'adultère...

— Est-ce possible?

— C'est sûr...

— J'ai vu, en effet, tout à l'heure, quand je suis allé chercher des vivres, des gens rassemblés, et causant, avec animation... Je ne m'en suis pas inquiété, alors... Et pour cause: Je mourais de faim... J'avais hâte de me sustenter... Hâte, aussi, de me retrouver, céans, où tu m'attendais, mon amée Mariette... Ah! la Reine est arrêtée?... Sait-on ce qu'on a fait d'elle?...

— Elle a été enfermée, assure-t-on, au Château de Vincennes.

— Où se trouve, déjà, Monseigneur Enguerrand de Marigny... hier, encore, Premier Ministre?

— Oui!... On assure, de plus, que, très prochainement, elle quittera le Château de Vincennes, et sera enfermée au Château-Gaillard.

— Au Château-Gaillard?

— C'est un Château qui se trouve en Normandie, m'a-t-on dit...

— Voilà des nouvelles!...

Le bon Landry était, de plus en plus, abasourdi.

Il commençait à voir très clair dans la situation.

Il se rendait compte, vaguement, avec cette clairvoyance excessive... ce bon sens... cette logique qui sont la caractéristique de l'homme du Peuple de France — de tout ce qui s'était passé.

Et, généreux, il restait tout troublé, en pensant à son amé compagnon de guerre... qui était resté dans la bagarre.

— Mais, dis-moi, Mariette... reprit-il... le Capitaine Buridan...

— Achève?

— Court-il des dangers?

— C'est à craindre!

Landry frissonna.

— Dieu Puissant!... fit-il... Mais il est encore vivant, tu en es sûre?

— Il vivait, encore, quand j'ai quitté le Grand-Châtelet pour venir ici.

— Tu ne sais rien de plus?... Notre Sire, le Roi, est capable de le faire occire?

— Qui pourrait le dire?

Landry soupira.

— Pauvre... pauvre Capitaine!... fit-il...

Mais Mariette, après un silence, reprit, d'une voix très douce... très caressante :

— Ne te trouble pas, mon bon Landry... Le Capitaine est madré... Il a prouvé, souventes fois, depuis quelques jours, qu'il est homme à sortir des situations les plus difficiles, les plus périlleuses... Il sortira, de celle-ci, comme il est sorti des autres... Souhaitons-le, tout au moins...

— Le souhaiter n'est pas suffisant, Mariette... **Nous devons nous efforcer de le servir encore...**

— Nous le tenterons...

— Le plus tôt possible?

— Le plus tôt possible!... Oui!... Je saurai ce que nous pourrons faire... Je t'en aviserai...

— Ce n'est pas assez... Je veux aller, avec toi, au Grand-Châtelet... et...

Mais Mariette changea de ton.

Elle devint très grave...

Elle sentait bien qu'elle exerçait, déjà, une action, très réelle, sur le sacripant...

Elle sentait qu'elle pouvait l'exhorter à se préoccuper, aussi, de lui, et d'elle.

Lors, avec autorité, elle dit :

— Mon amé Landry, tu ne sortiras pas d'ici... Tu ne viendras pas au Grand-Châtelet... Ce serait te jeter dans la gueule du loup... Et tout à fait inutilement... A cette heure, le Grand-Châtelet est étroitement surveillé... Par ordre du Roi... personne n'y peut entrer sans montrer patte blanche... Tu as échappé à un terrible danger, par le plus grand et le plus fortuné des hasards... Cela suffit!... Tu as rempli ton devoir, tout ton devoir... Faire plus, ce serait tenter Dieu, ou le Diable... Du reste, encore une fois, je te le répète, toutes les démarches que tu pourrais faire, à cette heure, toi, chétif... pour venir en aide au Capitaine Buridan, seraient dangereuses, et inutiles.

Landry courba la tête, et soupira, derechef.

— Pauvre.. pauvre Capitaine!... murmura-t-il.

Et Mariette redevint caressante.

— Espère!... reprit-elle, très doucement... Qui sait si, demain, nous ne verrons pas le Capitaine triompher de nouveau?... Du reste, encore une fois, mon amé Landry, nous l'y aiderons...

— Oui!... Oui!... Je suis prêt, pour lui, de nouveau, à tout.

Mariette, jouant le même jeu que précédemment, protesta, derechef.

— Non pas!... dit-elle... Si cela doit être inutile... Risquer sa vie pour ceux qu'on aime quand cela peut les servir, c'est bien... Autrement, c'est folie... Hier, mon amé Landry, nous pouvions agir utilement... Nous l'avons fait... Nous n'avons rien à nous reprocher... Aujourd'hui, c'est très différent... Après avoir rempli notre devoir, tout notre devoir... gardons-nous... pour nous-mêmes — si nous devons courir des risques sans aucun profit pour personne...

Et elle ajouta, très gentiment :

— Tu te dois à moi, aussi... à moi qui t'aime... et qui mourrais si je ne t'avais plus !

— Mon amée Mariette !...

— Et notre exode de Paris?... Et notre maisonnette, en Bourgogne... au penchant d'un coteau... près de nos vignes, qui se chaufferont aux chaudes journées d'août incendié?... Songe à tout cela, mon Landry !... Mon héros !...

— Mon amée Mariette !... fit Landry, ému... enorgueilli, et dompté.

— Ah ! si tu savais comme je t'aime, Landry !... reprit Mariette décidée à gagner la partie...

— Tu me rends égoïste !... fit le sacripant.

— Il faut l'être à de certains moments... Encore une fois faire ce qu'on doit, tout ce qu'on doit... rien de mieux !... Aller plus loin... sans profit pour personne, c'est être dupe !...

Landry soupira, pour la troisième fois.

— Je suis riche... et amoureux !... s'écria-t-il... Cela me change... La fortune, et l'amour, tuent, en nous, la générosité !...

— La fortune, et l'amour, créent le bonheur... Et nous aurons assez chèrement payé le nôtre !... rectifia Mariette.

— C'est vrai !... dit Landry... C'est vrai !... C'est vrai !

— Et puis, enfin... nous n'abandonnerons pas la partie...

— C'est vrai !

— Nous nous emploierons, encore, de toutes nos forces, au service du Capitaine.

— J'y compte...

— Tu peux y compter... Donc... c'est dit?... Tu ne bougeras pas d'ici, de plusieurs jours?... Tant que je ne t'aurai pas fait dire que nous pouvons agir avec quelque chance de réussite?... Sois tranquille, je serai de bonne foi... Si j'entrevois le moyen de servir le Capitaine, je ne ménagerai rien... Réponds?... Tu céderas aux prières de ta servante?

— Je céderai, Mariette...

— Bien !... Et maintenant, mon amé Landry, poursuis ton récit interrompu?... J'ai hâte de savoir comment tu es revenu céans... Ah ! comme tu as été courageux !... De quel dévouement tu as fait montre !... Mon héros !...

Oui, oui, mon héros !... Car tu t'es conduit en héros, vraiment !... Quelle femme ne serait fière de toi ?... Tu en es resté au moment où tu as entendu marcher, tout près de toi, deux hommes... qui, manifestement, en portaient un autre... un cadavre, as-tu dit ?...

— Oui !... Oui ! Je sais... reprit Landry, non sans morgue... Il est bien vrai que j'ai fait mon devoir... que j'ai couru des dangers, et que bien d'autres, en pareille circonstance, ne se seraient pas tiré d'affaire aussi courageusement que moi... Écoute le reste, Mariette, écoute...

— Parle ?...

Mariette exultait.

Elle avait triomphé de la résistance de Landry...

Oui, oui, il l'aimait...

Elle en était sûre...

Et la certitude d'être aimée, la joie du triomphe, la paraient...

Mariette semblait rajeunie...

Elle était jolie, quasiment, comme aux plus beaux jours de son été, alors que Landry l'avait connue... quand il s'était épris d'elle... jadis...

CXLVII

SUITE DU RÉCIT DU BON LANDRY

... Les bêtes sommeillaient, toujours, dans le taudis tout ensoleillé.

Le bon Landry poursuivit son récit interrompu :

— Ah ! les géants, qui accompagnaient Messire Gaultier d'Aulnay, m'avaient entortillé, dans leurs bandes de soie, si fortement, et si habilement, que je ne pouvais même pas remuer un doigt... Tous mes muscles sautaient... Je sentais, aux jambes, aux bras, comme des fourmillements... Je commençais à souffrir, cruellement, de mon immobilité... Et puis, j'avais froid... Je grelottais... La nuit s'avançait... Et, de la rivière prochaine, montait un brouillard qui retombait sur moi, et me glaçait... Mais cela n'était rien, encore... La souffrance physique n'est rien auprès de la souffrance morale !... Moralement, je souffrais cent fois plus... J'étais angoissé !... Que s'était-il passé ?... Qu'est-ce que le Capitaine Buridan était devenu ?... Je ne doutais pas qu'il eût été occis !... Et je ne pouvais rien faire !... Je ne pouvais pas me mouvoir !...

— Situation abominable !...

— Abominable... oui !... Et quel danger, pour moi-même !... Si je restais là, ligotté, bâillonné... on me trouverait à cette place, où les géants m'avaient jeté... Le jour luirait bientôt... Des gens de Justice viendraient, sans doute, à la Tour de Nesle... Je serais arrêté... On m'accuserait de complicité avec les êtres qui avaient évolué, là, au cours des scènes, assurément tragiques, qui s'étaient jouées... Il fallait éviter ce danger à tout prix... Il fallait que je me fisse libre, afin de pouvoir, encore, au besoin, servir mon amé Capitaine...

— Toujours cette même préoccupation !... Noble cœur !... Or, que fis-tu, mon Landry ?

— Alors... je tentai des efforts surhumains pour desserrer mes liens... Il devait bien y avoir un point, quelconque, où les bandes de soie, moins étroitement jointes, céderaient... Il me sembla que l'une de ces bandes, en effet, cédait, à la hauteur de mon coude... Je portai tous mes efforts, désormais, sur ce point...

— Fructueusement ?

— Au contraire !... Au bout d'un instant, je constatai que j'avais serré les bandes, plus fortement, après tant d'efforts, sur le point qui avait cédé, tout d'abord...

— Hélas !

— Mais je m'aperçus, après quelques minutes, que la bande qui attachait mes poignets, d'autre part, se trouvait plus lâche... Cela me rendit espoir... Il était temps, certes... Car j'étais las, très las... et décidé à me tenir coi... décidé à attendre les événements... décidé à tout, même à mourir...

— Mon pauvre Landry !... Ah ! j'étais très angoissée, moi aussi, va !... Je sentais que tu souffrais... Cette nuit-là, toute occupée de toi, mon cher mignon, je n'ai pas fermé les yeux... Pourquoi... pourquoi n'as-tu pas voulu que je t'accompagne, en cette expédition, comme je te l'ai proposé ?... Mais, poursuis... poursuis ?... Tu disais que tu t'étais aperçu que la bande, qui attachait les poignets, s'était trouvée plus lâche...

— Oui !... J'étais las, ai-je dit ?... Or, je demeurai immobile, un instant... afin de réparer, dans un repos momentané, mes forces épuisées... Enfin, je me remis à l'œuvre... Opération difficile, car je ne pouvais agir que sur un point... et, par suite, comme mes efforts portaient sur les mêmes muscles, il en résultait, bientôt, une fatigue qui me forçait à m'arrêter... Pourtant, je me rendais compte que j'obtiendrais, tôt ou tard, le résultat souhaité, et cela m'encourageait à persévérer... J'étais sûr que, quand la bande de soie sur laquelle je tirais, par des mouvements de tout mon corps, aurait cédé... je n'aurais plus que quelques efforts à faire pour dégager mes mains... Or, je serais libre dès que j'aurais les mains libres... Après une heure, au moins, d'efforts... une heure sempiternelle !... la bande céda...

— Enfin !... Après, Landry, après ?

— Moins de cinq minutes plus tard, j'avais les mains libres...

— Enfin !... Enfin !...

— Et, bientôt, je me retrouvai debout, sur la berge... délivré de tous mes liens !... Libre !... Libre !... Libre !... Résultat inespéré !...

— Il faisait toujours nuit ?

— Oui... La lune, qui avait, longtemps, illuminé les deux rives... avait disparu... Il y avait plus de trois heures que les bateaux, à bord desquels les hommes d'armes étaient montés, s'étaient éloignés... Les étoiles rutilaient, encore, au Ciel... Et, là-bas, du côté du Levant, le tout petit jour commençait à poindre... Fort heureusement, les efforts que j'avais tentés m'avaient réchauffé, car il faisait très froid... Tout était désert aux alentours... Tout dormait dans la Bonne Ville de Paris... Je pouvais agir sans encombre... Toutefois, je résolus de n'avancer qu'avec la plus extrême prudence, car les hommes d'armes avaient pu laisser un des leurs, en sentinelle, à la Tour... et il importait que je ne me fisse pas prendre, niaisement, après tant d'efforts tentés pour reconquérir ma liberté d'action.

— Aussi prudent que courageux !... Je t'admire, mon Landry !

— Je ne tardai pas à me rendre compte que les hommes d'armes n'avaient laissé, là, aucun des leurs... Sur les berges, tout au moins... Prudemment, toujours, je m'approchai de la porte de la Tour... Elle était brisée... Les planches étaient hachées... les ferrures tordues... Je pénétrai dans le sinistre bâtiment... Tout à coup, je jetai un cri d'effroi...

— Que s'était-il donc passé ?

— Du pied, j'avais touché un corps... gisant dans une mare de sang !... Un cadavre !...

— C'est effrayant !

— Sur la berge, un moment auparavant... non loin de la porte... j'avais ramassé une torche, à demi consumée — me disant que je m'en servirais, bientôt, sans doute... Je l'allumai... Ah ! quel spectacle !... Il y avait eu, là, une lutte... Trois cadavres !... Les acolytes d'Orsini... Des couteaux, sur les dalles, près des cadavres... Et du sang... partout !... Sur les marches !... Sur les murs !...

— Oui... oui... c'est effrayant !...

— Tout en haut des marches... des lambeaux de vêtements noirs... arrachés, certainement, aux vêtements de Messire Gaultier d'Aulnay... Là, une épée... l'épée du jouvenceau... et son chapeau, dont la plume, noire, était noyée dans une large flaque de sang coagulé !... Et, dans la salle, une autre épée... brisée — l'épée du Capitaine Buridan... sa dague, toute ébréchée... son manteau... son chapeau... Partout, les débris d'une lourde chaise à bras, dont on avait dû se servir comme d'une arme, ou comme d'un bélier... Tu as raison, Mariette, c'était effrayant !... Oui, oui, effrayant... effrayant !... -

— Et... personne ?

— Personne !

— Pas d'autres cadavres que ceux des acolytes d'Orsini ?

— Pas d'autres !...

— Messire Gaultier d'Aulnay...

— Peut-être a-t-il été arrêté, lui aussi ?...

— On ne l'a pas dit !... On sait que le Capitaine Buridan a été enfermé au Grand-Châtelet, et la Reine au Château de Vincennes... Mais personne n'a parlé de Messire Gaultier d'Aulnay... personne !... Il a succombé, c'est probable...

— S'il est mort... c'est que les hommes d'armes ont emporté son cadavre... car, encore une fois, je ne l'ai pas vu dans la Tour...

— L'infortuné !... Mort !... Si jeune !...

— Hélas !...

Landry soupira, profondément.

— Le pauvre enfant !... murmura-t-il... Martyr !...

Et, après un temps de silence, il ajouta :

— Plus je vais, Mariette, et plus je me rends compte, que, nous autres manants, malgré les vicissitudes de notre existence — parfois très lamentable — nous durons plus longtemps que tous ces Grands... et que, somme toute, bien qu'ils semblent avoir reçu, du Ciel, tous les biens en partage, nous sommes encore plus heureux qu'eux !...

— Peut-être !... répondit la femme de Maître Pierre Étienne Sabasse.

Elle reprit, bientôt :

— Mais... comment sortis-tu de la Tour de Nesle ?... Achève ton récit, mon amé Landry ?

— C'est vrai !... Où en étais-je ?... fit le sacripant.

— Tu disais que tu étais entré dans la Salle, au-dessus des marches... où tu n'avais vu que débris et lambeaux... armes, vêtements, meubles...

— Oui !... Tout à coup...

— Tout à coup...

— Était-ce faiblesse... car j'avais lutté, longtemps, et, depuis plusieurs heures, je n'avais pris aucune nourriture... j'eus une hallucination...

— Une hallucination ?

— Dans cette Tour déserte... où il y eut tant d'orgies et de meurtres... dans cette Tour où s'étaient joués, peu auparavant, tant de scènes tragiques... dans cette Tour où il ne restait plus que des cadavres... où, à chaque pas, je glissais dans le sang... je me vis, soudain, tout environné de fantômes... Ils m'entouraient... me menaçaient... cherchaient à se saisir de moi... à m'envelopper dans leurs suaires... Et leur foule grossissait sans cesse... Je les voyais surgir de toutes parts... La Salle en était pleine... Ils grouillaient dans l'escalier... Ils me frôlaient... J'entendais des plaintes, des râles, des ricanements... Alors, Mariette... alors...

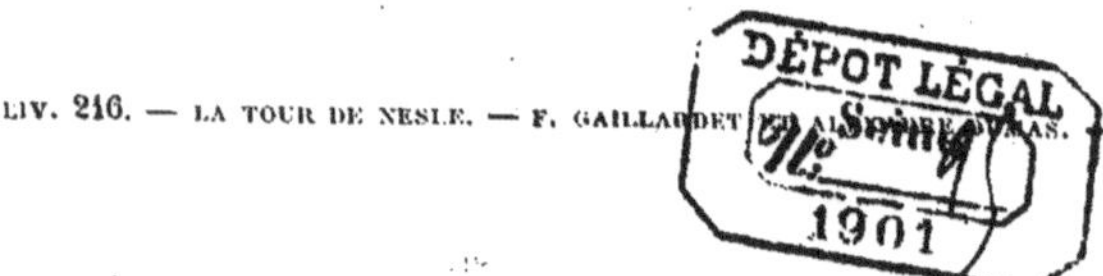

... J'étais brisé !... Je fis halte, une minute, pour reprendre haleine... (P. 1723.)

— Alors... fit Mariette, frémissante.

— Alors... j'eus peur !... répliqua Landry, encore tout frémissant, lui aussi... rien qu'en se remémorant l'effrayante scène...

— Il y avait de quoi, certes !... fit Mariette, qui avait pâli... Or, qu'arriva-t-il?...

— Je m'enfuis !... Vite... très vite... aussi vite que je pus... tout tremblant, affolé, éperdu, hébété, hagard !... Les fantômes, ricanants, cherchaient à me retenir... Mais je passai à travers eux... comme on passe à travers le brouillard... Je gagnai l'escalier... Vingt fois, en descendant les marches, je faillis me rompre le col, car je glissais, sans cesse, sur les degrés, dans les flaques de sang coagulé... Enfin, je me trouvai dehors... sur la berge, au bord de la rivière...

« ...Le jour montait, à l'horizon... Une grande lueur éclairait le Levant, et faisait pâlir les étoiles... Et, pourtant... bien que la lumière fasse s'évanouir les spectres les plus effrayants... il me sembla que ceux qui hantaient la Tour maudite s'étaient mis à mes trousses et me pourchassaient...

« ...En hâte, plus que jamais épouvanté, je gagnai les ruelles qui s'étendent derrière la Tour... Et je m'y engageai, de plus en plus halluciné... de plus en plus convaincu que les fantômes me suivaient, me rattrapaient, m'entouraient, et s'efforçaient de me barrer la route...

« ...Tout était désert et silencieux... Tout dormait, encore, aux alentours...

« ...Un moment, je faillis choir... en entendant, tout près de moi, les aboiements d'un chien errant, qui, pendant plusieurs minutes, me suivit, dans ma course échevelée, en hurlant à la mort !... Je dus faire effort pour me tenir debout... J'y parvins, malgré ma lassitude, mon énervement, ma frayeur... C'est qu'il me semblait que, si je tombais, je ne pourrais plus me relever... et que je deviendrais la proie des fantômes, qui me pourchassaient toujours !...

« ...Et j'atteignis la Planche de Mibrai... Comment suis-je venu jusque-là?... Je n'en sais rien...

« ...Il faisait grand jour, alors...

« ...Les fantômes avaient disparu !...

« ...J'étais brisé !... Je fis halte, une minute, pour reprendre haleine... L'air, très frais, très pur, me rasséréna... Des hommes passèrent, portant des vivres, et allant, sans doute, au Marché des Saints-Innocents... Ils me regardèrent — et je m'en rendis compte — avec une vague défiance... Mon aspect miséreux les effrayait... Peut-être y avait-il du sang sur mes habits en loques?...

« ...Si déprimé que je fusse, je me souvins que mes poches étaient pleines d'or... Et je pus penser assez pour me dire que, si mon attitude

louche, suspecte, poussait les passants à s'occuper par trop de moi, je serais
en danger, en ce sens qu'ils pourraient me signaler à quelque Officier de
Justice, à quelque Archer de ronde à cette heure matinale... Je craignis,
non sans cause, d'être arrêté... Je courais le risque d'être pendu...

« ... Alors, et non sans peine, je me remis en route... Je traversai la
Planche... Je me glissai sur la berge... où je devais être, moins qu'ailleurs,
exposé à la curiosité, indiscrète, des allants et venants, qui commençaient à
déambuler dans la Ville... Et, moins de dix minutes après, je me retrouvai,
enfin, céans...

« ... Je fus salué, dès mon entrée, par les aboiements, les miaulements,
les sifflements de Luc, de Satan, et de Merlin... Et cela me fut très doux!...
Plusieurs fois, au cours des aventures que je venais de traverser, j'avais
craint de ne jamais revoir mes amés compagnons de misère!...

« ... Je les caressai... Puis, las, brisé, je m'étendis sur mon grabat....
Je m'endormis...

« ... Or, Mariette, de la conversation que nous avons tenue, depuis une
heure, il résulte — car, tout s'explique, pour moi, à présent — il résulte,
disais-je, que je suis rentré, céans, hier matin... Par conséquent, j'ai dormi,
profondément, pendant vingt-quatre heures... au moins!... Ce qui n'est pas
trop, vraiment, après les fatigues de la journée et de la nuit précédentes...
après avoir éprouvé tant et de si poignantes angoisses... après avoir couru
tant de dangers!

« ... Oui, j'ai dormi, pendant vingt-quatre heures... si profondément,
que tu as pu venir, ici, trois fois... cogner à ma porte... faire, par suite,
aboyer Luc, miauler Satan, et siffler Merlin... probablement de façon formidable — sans que je me réveille!...

« ... Ah! le bon sommeil!... Comme il fut reposant!...

« ... Ce fait explique, encore, comment, en m'éveillant, j'avais un pareil
appétit!... Je n'avais rien pris depuis plus de trente-six heures!...

« ... Et mes bêtes!... Mes amés compagnons!... Ils avaient jeûné, de
même!... Ils n'ont mené un tel vacarme, certes, que parce qu'ils crevaient
de faim!

« ... Tout de même, une journée... une journée entière, à lui, pour tout
le monde, hormis pour ton amé Landry!... C'est la première fois qu'une
chose pareille s'est produite, pour moi, depuis que je vis... J'espère que ce
sera la dernière, l'unique!...

« ... Tu sais tout, à présent, Mariette... Je t'ai tout dit... »

CXLVIII

RÉSOLUTIONS

... Le bon Landry, étreignant sa maîtresse, tendrement, la baisa à bouche goulue, et ajouta :

— Ah! qu'il fait bon vivre!... Quel beau soleil!... Que je suis bien, ici, avec toi, et avec mes bêtes!... Frais, dispos, reposé, repu...

Il regarda l'or que Mariette avait mis sur la table boiteuse :

— Et riche!... s'exclama-t-il...

Il baisa, encore, sa maîtresse, et s'écria :

— Mariette... Mariette... tu m'as porté bonheur!... Depuis que je t'ai retrouvée, tout m'a réussi!... Mariette, Mariette, je t'aime!... Je t'aime!...

— Et moi, mon amé Landry... mon cher amant... mon héros... je t'adore!

— Nous serons heureux, va, bientôt, mon aimée.

— Que Dieu t'entende!...

— Nous serons heureux, te dis-je... Maintenant, j'en suis sûr... Écoute...

— Hâte-toi!... Hélas!... Il faudra que je te quitte, bientôt.

— Déjà!... Mauvaise!...

— Il faut être prudents... d'abord, si nous voulons jouir du bonheur que tu entrevois...

— C'est juste...

— Il y a longtemps que je suis partie du Grand-Châtelet... Si je demeurais, céans, plus longtemps — et quelle joie, pourtant, pour moi, si je pouvais y rester davantage! — mon absence, par trop prolongée, exciterait des soupçons, qui sait?... Il vaut mieux que je rentre... Quitte à revenir dès que ce sera possible...

— Tu as toujours raison.

— Seulement, avant de partir, je veux savoir ce que tu allais me dire, quand je t'ai interrompu...

— Écoute donc...

— Parle?... Parle?...

— Après tout ce qui s'est passé, j'imagine qu'il vaut mieux, pour moi, à tous égards, que je quitte Paris au plus tôt... Mes accointances avec Orsini, avec « la goule »... me rendent suspect... Plus je serai loin, et mieux cela vaudra... Il importe que je disparaisse, et que l'on m'oublie... Je compte, donc, déguerpir... D'autant mieux que, en cette affaire, mon intérêt est d'accord avec mes plus ardents désirs... Tu m'approuves, je pense?

— Absolument!

— Bien!... Je poursuis... Grâce aux libéralités... à la munificence, même, de mon très amé Capitaine Buridan, je suis riche... Et je vais pouvoir, enfin, réaliser mon rêve... qui, tu le sais, est de retourner dans ma plantureuse Bourgogne, où je compte finir mes jours...

— Après?

— Avec toi... cela va sans dire, Mariette!... Car, désormais, nous vivrons, côte à côte, les ans qui nous restent... pour notre bonheur à tous les deux...

— Que tu es bon!... Que tu es généreux!... Je te devrai toutes les meilleures joies de mon existence!...

Il y eut, entre les amants, un nouvel échange de doux baisers...

Et le bon Landry, tenant Mariette étroitement serrée sur sa poitrine, reprit, d'une voix très caressante :

— Dès maintenant, ma douce Mariette... prépare tout pour notre prochain départ... Préviens Maître Pierre Étienne Sabasse de nos intentions... Il n'y mettra pas obstacle, c'est certain... quand il saura, par toi, qu'il vivra, désormais, en pleine nature, en terre bourguignonne — qui est une terre bénie du Ciel — en plein soleil, dans la verdure et dans les fleurs — ce qui vaut bien, j'espère, de vivre dans cette maison de pierre, dont les échos répètent les cris de douleur des torturés, et dont les murs suintent les larmes de désespoir qui ont été versées par tant d'infortunés! — quand il saura, enfin, que, à l'endroit où nous vivrons, il y aura une cave, très fraîche, remplie de tonneaux pleins de vin clairet, dont il boira des pots, tant qu'il lui plaira, toute la journée... Il boira!... Nous nous aimerons... Et chacun de nous sera heureux!...

— C'est dit!... Ah! mon Landry, fasse le Ciel que ce rêve se réalise!...

— Il se réalisera... Seulement...

— Seulement?...

— Seulement, nous ne partirons que quand j'aurai la certitude, absolue, que le Capitaine Buridan n'a plus besoin de mes dévoués services... Tu l'as fort bien dit, tout à l'heure, Mariette, il faudra agir avec prudence, et réserve... Renoncer à voir se réaliser nos rêves de bonheur, risquer ma vie... j'y suis prêt!... Mais à la condition, expresse, que ce sacrifice serve, utilement, le Capitaine... Autrement, je demeurerai coi... Par ainsi, je ferai mon devoir, tout mon devoir... Ma conscience ne me reprochera rien... Et nous pourrons jouir, en toute tranquillité, de notre bonheur... Approuves-tu?

— J'approuve!... Comment n'approuverais-je pas?... Rien de plus noble!... Rien de plus généreux!...

— Fort bien!... Je n'attendais pas moins de toi, Mariette... Donc, tu vas retourner au Grand-Châtelet?... Tu te tiendras à l'affût des moindres faits qui se rapporteront au Capitaine Buridan?...

— Oui...

— Tu me mettras au courant, fidèlement, de tout ce que tu apprendras?

— Fidèlement!... Oui...

— J'y compte absolument?

— Tu peux y compter.

— Et... si tu entrevois un moyen, quelconque... si dangereux soit-il pour nous... de venir en aide, encore — utilement, j'insiste sur ce point — à mon amé compagnon de guerre... nous l'emploierons, sans hésiter?...

— Sans hésiter!

— Quoi qu'il doive en résulter, pour nous... encore une fois?

— Quoi qu'il doive en résulter, pour nous!...

— C'est dit!... Va, ma douce Mariette... va!... Et, quand le Capitaine sera sauf... nous partirons... Nous quitterons cette ville maudite, où nous avons tant souffert... Nous irons nous réchauffer au soleil de Bourgogne... Ah! je voudrais que cela fût demain!... Va, va, Mariette... va!...

— En attendant...

— En attendant?

— En attendant, mon Landry... ne sors pas d'ici!... Sois prudent!... Même, n'ouvre ta porte qu'à bon escient...

— Je serai prudent... Va... Va... Je serai prudent, te dis-je!... Ne s'agit-il pas de notre bonheur?... Reviens le plus tôt possible... n'est-ce pas?... Je voudrais, déjà, que tu fusses de retour... Je voudrais avoir des nouvelles du Capitaine... Je vais m'étendre, de nouveau, et rêver... rêver à notre future installation en terre bourguignonne... Va... Va... Embrasse-moi...

Mariette baisa Landry, très amoureusement.

Puis, discrètement, elle sortit, en disant :

— A bientôt!... A bientôt!...

— Que Dieu te garde!... répondit le sacripant.

La sortie de Mariette fut saluée par le trio des bêtes... qui s'étaient réveillées en sursaut.

Un moment, on entendit un froufrou de jupes, dans l'escalier.

Puis, plus rien.

Mariette Sabasse était déjà loin.

Alors, Landry s'étendit sur son grabat... et rêva.

Luc, Satan, et Merlin, se rendormirent.

Et, dans le silence, apaisant, qui planait sur le taudis ensoleillé... le bon Landry, emporté par son rêve, entrevit, plus nettement que jamais, sa maisonnette au penchant du coteau bourguignon... et ses vignes, qui, à perte de vue, s'étendaient, devant lui, chargées de grappes vermeilles...

CXLIX

A LA MAISON SITUÉE SOUS LE CHEVET DE NOTRE-DAME

... Tout au sommet d'une tourelle qui domine la maison de Kaly... située sous le chevet de Notre-Dame, une salle de dimensions moyennes... entièrement tendue d'une étoffe de soie écarlate.

Aucune ouverture sur le dehors.

Aucune porte visible.

Aux quatre coins de cette Salle... des Idoles Indoues, en or, chefs-d'œuvre d'orfévrerie... sont montées sur des piédouches en marbre vert...

Ce sont les Dieux les plus vénérés de l'Inde.

Les dalles, de marbre rouge, disparaissent, quasiment, sous des pétales de fleurs.

Une sorte de divan, circulaire, très bas, court tout autour de la Salle...

Il est fait d'une étoffe de soie, écarlate, pareille aux tentures qui cachent les murailles.

Des peaux de lions, de tigres, d'ours, sont jetées devant ce divan.

Six cassolettes, en or rouge... posées sur des supports de bronze ouvragé, représentant des chimères... fument, et répandent, dans l'atmosphère, déjà alourdie par le parfum, pénétrant, des fleurs, l'arôme des encens et des myrrhes.

Douze grands flambeaux, chargés, chacun, de huit cires allumées... et portés par des statues, en argent doré, de femmes en costume Indou, illuminent la Salle... au milieu de laquelle s'élève, sur une sorte d'estrade, un lit, bas, en ivoire, admirablement ciselé, et tout incrusté d'argent, de nacre, de turquoises, d'émeraudes, de rubis et de topazes.

Ce lit est surmonté d'un dais, très haut, empanaché de plumes blanches... et, de ce dais, tombent, en plis lourds, des rideaux, également en soie écarlate, brodée de fils d'or et d'argent... chargée de perles, et de pierreries, qui forment, dans une ornementation féerique, des fleurs, des feuillages, des oiseaux et des insectes.

Sur ce lit, Messire Gaultier d'Aulnay est étendu.

Il semble dormir.

Sa belle tête, entourée de ses cheveux bouclés, repose sur des carreaux de soie blanche.

Ses joues sont légèrement rosées... par l'artifice d'un fard.

Il est vêtu d'une sorte de robe, faite d'une étoffe de soie blanche, sur laquelle étincellent, sous la lumière des cires, les diamants, richissimes, dont elle est constellée.

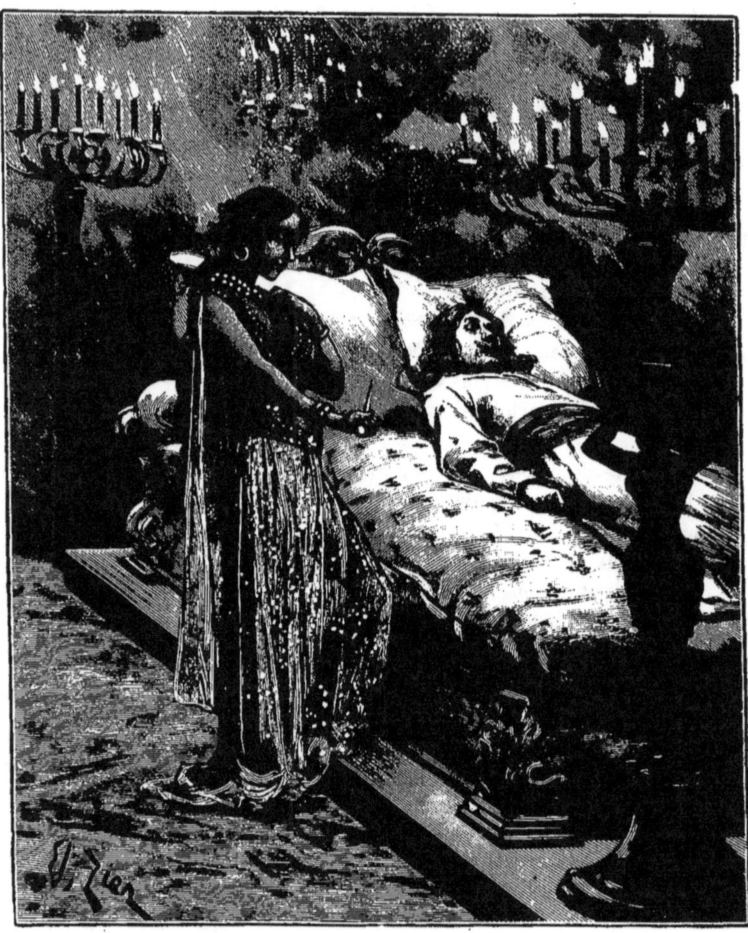

Elle prend, à sa ceinture, un stylet, à la lame aiguë... (P. 1730.)

Ses mains sont croisées sur sa poitrine.

Tout autour de lui, une jonchée de fleurs.

Kaly est agenouillée au pied du lit...

Elle porte un costume fait d'une étoffe blanche, et constellée de diamants... pareille à celle qui pare Gaultier.

C'est une sorte de veste, sous laquelle son admirable col — entouré d'un collier de diamants gros comme des noisettes — reste libre... ainsi que sa jeune gorge, aux seins petits, fermes, aux pointes roses... et dont les très longues manches, pendantes, laissent, nus, ses bras, chargés, aux poignets et aux points d'attache des épaules, de bracelets faits, aussi, de diamants.

Sa taille, souple... ses hanches, rebondies... et ses jambes, fines, sont couvertes d'un tissu, très fin, blanc, tout pailleté de lames d'or... sous lequel ses formes, juvéniles, sont entr'aperçues dans toute leur impeccable beauté.

Des anneaux, chargés de diamants, sont attachés à ses chevilles, nues.

Et ses pieds, nus également... ses pieds, mignons, blancs, veinés de bleu... sont quasiment libres dans des babouches, en soie blanche, bordées de duvet d'hermine... enrichies, chacune, d'un énorme diamant... et montées sur de hauts talons d'or.

Ses cheveux, démesurément longs, flottent sur ses épaules, et tombent, en boucles soyeuses, presque jusque sur ses chevilles.

Ils sont retenus, sur le crâne, par un diadème, entouré de diamants, et surmonté d'une étincelante aigrette, faite, de même, de diamants... qui mettent comme un nimbe autour de son front.

Après son long agenouillement, la jeune fille se lève.

Elle s'approche d'une table... sur laquelle il y a un parchemin et des roseaux taillés...

Elle s'assied.

Elle trempe l'un des roseaux dans une encre de couleur pourpre.

Elle écrit, en langue indoue :

« Je veux que mon corps, ainsi que celui de mon bien-aimé, reposent « dans le jardin de mon Palais des bords du Gange.

« Mon fidèle ami Djaki exécutera ma dernière volonté.

« KALY. »

Puis, elle laisse le parchemin bien en vue.

Elle se lève.

Elle prend, à sa ceinture, un stylet, à lame aiguë, à manche d'or ciselé.

Elle s'étend, à côté du corps de Gaultier, sur le lit funèbre — qui est, en même temps, une couche nuptiale.

Elle se pique le sein gauche.

Elle jette le stylet.

Elle passe son bras, nu, autour du cou de « son bien-aimé... »

— A toi !... Toute à toi !... Pour toujours !... murmure-t-elle.

Et elle ferme les yeux...

. . . .

Le poison, foudroyant, dont la pointe de l'arme était imprégnée, a fait son œuvre.

L'âme de Kaly a retrouvé, dans l'au-delà — où tout est pur — l'âme de Gaultier d'Aulnay...

CL

MOINE A L'ŒUVRE

...Or, pendant que ces choses se passaient, le Révérend Père Théodule... le Moine qui vivait, au fond d'une cellule laboratoire, à l'Abbaye de Saint-Germain-des-Prés... avait reçu deux personnes.

Le Révérend Père Angelo, Confesseur de Sa Majesté Louis X, Roi de France.

Et Rolande, la servante de Marguerite de Bourgogne.

Resté seul, il pensa, longtemps.

Puis, il s'assit...

Et il écrivit...

> *« Fait à Paris, à l'Abbaye de Saint-Germain-des-Prés.*
> *« A Très Haut et Très Puissant Seigneur*
> *« Le Comte de Saint-Pol*
> *« Grand Maître de l'Ordre des Chevaliers du Temple*
> *« à Londres. »*

∴ *Marie* ∴ *Étoile des Mers* ∴ *Conduis-nous au Port du Salut* ∴

« Par courrier spécial, hier, je vous ai fait connaître, de manière très « détaillée, les raisons, fort importantes, qui m'ont empêché de partir, « pour Londres, l'autre nuit.

« Vous devez les connaître, maintenant.

« Vous pouvez vous rendre compte, par conséquent, que, si nécessaire « que fût ma présence, là-bas, elle était plus nécessaire, encore, à Paris.

« Les événements qui se sont produits, en effet, ici, sont d'une gravité « absolument exceptionnelle.

« Ceux qui ont retardé mon départ n'ont été, en quelque sorte, que le « prélude des autres.

« Voici le récit, très complet, de tous les nouveaux faits qui se sont « passés, à Paris, depuis hier.

« Je vous les donne comme certains.

« Ils m'ont été fournis par des gens de qui je suis sûr.

« Notamment, par Rolande, cette servante de la Reine... que vous
« connaissez — et de qui je m'occuperai, avant de clore cette missive.

« Et, surtout, par le Révérend Père Angelo... Confesseur du Roi Louis,
« le Dixiesme.

« Le nouveau Capitaine des Gardes du Roi, le Sire de Savoisy, muni
« d'un Ordre portant le Scel du Roi, a arrêté, à la Tour de Nesle, la Reine,
« Marguerite de Bourgogne... et deux de ses amants : Messire Gaultier
« d'Aulnay, et le Sire Lyonnet de Bournonville.

« J'écris « deux de ses amants » — car ce sont les expressions dont on
« se sert, à la Cour, et parmi les manants, pour qualifier les deux hommes
« qui ont été trouvés, à la Tour de Nesle, avec Marguerite de Bourgogne.

« On dira... on croira... on répètera que ces deux hommes étaient les
« amants de la Reine...

« Le Roi le laissera dire... écrire... et répéter... parce que cela servira
« ses projets.

« Par ainsi, il pourra faire juger, et condamner, Marguerite, pour
« crime d'adultère... et épouser Clotilde de Hongrie... pour encaisser sa dot
« richissime.

« En réalité, il paraît démontré que ce ne fut pas à un rendez-vous
« d'amour que le Sire Lyonnet de Bournonville, et Messire Gaultier d'Aul-
« nay, allèrent, quand ils coururent retrouver la Reine. à la Tour de Nesle.

« Je vous ai appris que le Sire Lyonnet de Bournonville... ou le Capi-
« taine Buridan... n'est arrivé, à Paris, et ne s'est présenté, à la Cour, que
« depuis quelques jours.

« Vous savez, déjà, que, en ces quelques jours, il avait fait une ascen-
« sion, prodigieuse, vers les plus hauts sommets de l'État.

« En effet, lors de la rentrée du Roi dans sa Bonne Ville de Paris, il avait
« pris rang, dans le Cortège Royal, à la gauche de Louis X.

« Arrêté, le matin, sur l'Ordre, formel, de Marguerite, et conduit au
« Grand-Châtelet... tout le monde voyait, en lui, le même soir, le futur Pre-
« mier Ministre.

« Pour tout le monde, le Sire Lyonnet de Bournonville devait rem-
« placer, dans sa charge, Enguerrand de Marigny... qu'il avait arrêté, et
« conduit, sur l'Ordre de la Reine, au Château de Vincennes.

« Le Révérend Père Angelo m'a affirmé que l'Ordre, dont le Sire de
« Savoisy était porteur, pour arrêter, « quels qu'ils fussent », ceux qu'il
« trouverait à la Tour, a été demandé, au Roi, par le Sire Lyonnet de Bour-
« nonville, lui-même.

« Il est certain que le Sire Lyonnet de Bournonville connaît la Reine de-
« puis longtemps.

« Il aurait été, jadis, Page du Duc Robert II, de Bourgogne... père de
« Marguerite.

« Même, il aurait été le premier amant de la fille du Duc... jouven-
« celle.

« Bien plus, il y aurait, dans leur passé, un secret, terrible... qui aurait
« rendu le Sire Lyonnet de Bournonville maître de la Reine.

« On assure que le Sire de Savoisy a trouvé, à la Tour de Nesle, dans
« la Salle où se tenaient les coupables, à l'heure de l'arrestation... un coffret,
« de fer, qu'il a remis au Roi... et qui contenait des pièces, de la plus haute
« importance — lesquelles pièces ne seront montrées, par Louis X, qu'aux
« juges qui condamneront Marguerite... et sous le sceau du secret.

« Il est probable que le Sire Lyonnet de Bournonville, s'étant servi, de
« la Reine, pour atteindre son but — c'est-à-dire pour arriver au plus haut
« poste de l'État — a voulu briser Marguerite... ce, pendant que la Reine,
« d'autre part, voulait l'abattre...

« Ils se sont perdus l'un l'autre.

« Le Roi semble tout heureux d'être débarrassé, du même coup, de Ma-
« rigny, de la Reine, et du Sire Lyonnet de Bournonville...

« Quel rôle a joué Messire Gaultier d'Aulnay, en toute cette affaire?

« Nul ne le sait!

« Ce qui est certain, c'est qu'il y a trouvé la mort.

« Il venait de rendre son âme à Dieu quand le Sire de Savoisy, et ses
« hommes d'armes, sont entrés dans la Tour, dont ils avaient brisé la porte
« à coups de hache.

« Il aurait été occis par ce Tavernier Italien, Orsini — de qui je vous ai
« entretenu plusieurs fois — et qui, après les orgies de la Reine et de ses
« belles-sœurs, à la Tour de Nesle, abattait... avec l'aide d'acolytes, par lui
« recrutés parmi les innombrables miséreux qui errent sur le pavé de la
« Bonne Ville de Paris... les amants, d'une nuit, de Marguerite, et des Prin-
« cesses.

« Détail curieux :

« Le cadavre de Messire Gaultier d'Aulnay, laissé, par le Sire de Savoisy,
« à la Tour, après l'arrestation... n'y a pas été retrouvé, le lendemain.

« On se perd en conjectures sur ce fait singulier.

« Qui a eu intérêt à enlever ce cadavre?

« Il est dit que tout restera mystérieux dans cette tragique aventure!...

. . . .

« Pour moi, j'ai très longuement réfléchi aux choses qui se rattachent
« à la rencontre de Marguerite, et du Sire de Bournonville, à la Tour...

« Et voici le résultat de mes réflexions...

« Je suis sûr que, après y avoir, vous-même, réfléchi, mûrement... vous
« serez de mon avis.

« Il me semble que le Capitaine Buridan, ayant intérêt à abattre la Reine,
« a dû obtenir, d'elle, un rendez-vous à la Tour...

« Marguerite le lui aurait accordé... se disant qu'elle le ferait occire par
« Orsini.

« Le Capitaine Buridan, cependant, aurait envoyé, à sa place, au rendez-
« vous, et sous un prétexte quelconque, Messire Gaultier d'Aulnay, amant,
« avéré, de la Reine...

« Il comptait les faire prendre, ensemble, à la Tour, par le Sire de
« Savoisy...

« C'est pour cela qu'il aurait demandé, lui-même, au Roi, l'Ordre d'ar-
« restation.

« Mais, pour une raison que l'on ne peut s'expliquer, il a dû se trouver
« dans la nécessité de se rendre, lui aussi, à la Tour.

« Et Messire Gaultier d'Aulnay a été frappé, par les assassins aux
« gages de Marguerite... qui ont tué l'amant de la Reine, en croyant tuer le
« Capitaine Buridan.

« Peut-être que les nouveaux renseignements qui me parviendront sur
« cette très mystérieuse aventure démontreront, victorieusement, la vérité
« de mes suppositions.

« Bien entendu, je ne manquerai pas de vous mander tout ce que j'ap-
« prendrai à ce sujet.

« En attendant, sachez :

« 1° — que le Capitaine Buridan, ou le Sire Lyonnet de Bournonville, a
« été conduit, par le Sire de Savoisy, au Grand-Châtelet... qu'il a été enfermé
« dans un cul de basse fosse — d'où il ne sortira pas vivant... c'est probable...
« On m'a affirmé, même, qu'il a été étranglé, ce matin, dans son cachot.

« 2° — que la Reine, Marguerite de Bourgogne, enfermée, d'abord, au
« Château de Vincennes, sera transférée, dès ce soir, au Château-Gaillard, en
« Normandie... où elle sera jugée, et condamnée, c'est certain.

« 3° — que Messire Enguerrand de Marigny sera pendu, demain, au
« petit jour, au gibet de Montfaucon... Ses plus féaux amis, son second,
« Messire Jehan de Saintray... et Messire Nicolas de Guerlande, Sénéchal
« de Fontainebleau — qui nous donna tant de fil à retordre, sous le Règne
« du Roi défunt, Philippe, le Quatrième... et qui fit échouer, notamment,
« notre entreprise, si habilement organisée, de la grotte d'Arbonne — ont
« emmené, hors de France, dans les Flandres, assure-t-on, la femme, et les
« enfants du Premier Ministre déchu... et, ce, afin de les soustraire à la
« vindicte de Monseigneur Charles de Valois, qui a juré de poursuivre, de
« sa haine, son ennemi, exécré, jusque dans sa famille.

« 4° — que des ordres ont été donnés, aujourd'hui même, pour que
« se poursuivent, très activement, les négociations entreprises pour l'union
« de Notre Sire, le Roi, avec Clotilde de Hongrie... Du reste, Sa Majesté
« Louis X, avant de convoler, en justes noces, avec la Hongroise, s'amuse
« avec la belle Aude, la fille du meunier de Conflans-Sainte-Honorine, dont

« il raffole... plus que d'aucune des innombrables maîtresses qui passèrent
« dans ses bras.

« 5° — que Monseigneur Charles de Valois est à nous de plus en plus...
« Il m'a fait annoncer sa prochaine visite... Je l'attends... Je ne fermerai
« cette missive que quand je l'aurai vu... Peut-être m'apportera-t-il des ren-
« seignements nouveaux... Je vous les transmettrai...

. . . .

« ... Je viens d'apprendre que le Tavernier, Orsini... et les meurtriers
« aux gages de la Reine, qui occirent, à la Tour de Nesle, Messire Gaultier
« d'Aulnay, ont été pendus, ce matin, à Montfaucon.

« Parmi eux, se trouvait un pauvre diable qui fut des nôtres, jadis...
« Novice dans un Monastère de Franciscains, en Bourgogne, il quitta la Com-
« munauté pour courir le monde, avec une belle fille qu'il avait vue, dans le
« pays, et avec qui il avait lié des relations intimes... Il avait donné de
« belles espérances... Il a écrit de fort belles choses... Il les chantait, dans
« les Châteaux, dans les manoirs, dans les chaumières, pour charmer Nobles
« et manants... Il eût été un de nos plus distingués prêcheurs... En ces der-
« nières années, il avait échoué, dans la Bonne Ville de Paris, où il vivait,
« misérablement, et lamentablement... presque toujours ivre... hanté par
« le démon de luxure !... Il s'est souvenu, à sa dernière heure, qu'il fut, jadis,
« un pieux Serviteur du Dieu Vivant... Il s'est repenti... Il est mort chré-
« tiennement... Que le Seigneur ait pitié de lui, et fasse paix à son âme !...
« Ainsi-soit-il !...

.   .

« ... Je vous envoie Rolande, la servante de la Reine...
« C'est une fille très futée, qui m'a rendu de grands services... et qui
« pourra vous en rendre encore.
« Servez-vous d'elle, tout en vous en défiant.
« On peut l'employer à toutes les besognes... à la condition de la payer.
« Ici, et à cause de ses accointances, louches, avec Marguerite de Bour-
« gogne, elle est suspecte...
« Elle courrait des dangers à demeurer dans Paris.
« C'est sur mon conseil qu'elle s'éloignera de France, momentanément.
« Il serait regrettable, vraiment, qu'elle fût mise à mal...
« On ne trouve pas, tous les jours, des instruments capables de vous
« servir aussi utilement. »

. . . .

... Le Révérend Père Théodule relut, par deux fois, les lignes qu'il avait
écrites.

Il parut satisfait.

Tout à coup, le Frère qui le servait entra dans la cellule.

— Monseigneur Charles de Valois vient de descendre de cheval devant la petite porte secrète, ouverte, près du Calvaire, dans le mur de l'Abbaye... dit-il.

Le Moine, qui attendait le Prince, avait mis le Frère, son servant, aux aguets, afin de n'être pas surpris, à l'improviste, par l'arrivée, soudaine, de l'oncle du Roi de France.

— Bien !... Bien !... répliqua le Révérend Père Théodule... Va au-devant de lui... Et amène-le, céans... Va...

Le Frère s'inclina, et sortit.

Le Père Théodule cacha la missive qu'il avait écrite... et qui était adressée au Grand Maître des Chevaliers de l'Ordre du Temple.

Il se leva... sourit... et dit, ironiquement :

— Préparons-nous à recevoir, comme il veut être reçu... ce petit-fils, fils, frère, oncle de Rois... jamais Roi, lui-même... ce dont il enrage!... Ce Prince, niais, qui nous sert si fort... et qui nous servira, plus encore, j'espère!...

Un moment après, Monseigneur Charles de Valois... oncle de Sa Majesté Louis, le Dixième... entra dans la cellule du Moine...

. . . .

Après le départ du Prince, le Révérend Père Théodule reprit sa missive interrompue deux heures auparavant.

Il écrivit :

« Monseigneur Charles de Valois sort de l'Abbaye.

« Nous avons eu un très long entretien.

« Il m'a confirmé tous les renseignements que je vous ai donnés, plus « haut.

« Et, sous le sceau du secret, il m'en a fourni plusieurs autres, qui ont « un intérêt considérable.

« Il est certain que le Capitaine Buridan, *aliás* le Sire Lyonnel de Bour-« nonville, aura vécu ce soir.

« Il est certain, de même, que la Reine, Marguerite de Bourgogne, sera « mise à mort, au Château-Gaillard, en Normandie.

« Le Capitaine, et la Reine... ont commis le plus exécrable des for-« faits.

« Le Capitaine Buridan fut bien, jadis, en Bourgogne, Page du Duc « Robert II.

« Il fut le premier amant de Marguerite, jouvencelle... ainsi que je « vous l'ai mandé.

« Or, il parait que Marguerite, enceinte des œuvres du Page, et ne « voulant pas que son père l'enfermât dans un Cloître, comme il l'en avait « menacée... a poussé son amant à occire le Duc Robert II.

... Marguerite de Bourgogne est morte... étranglée avec ses cheveux, par son geôlier,
dans son cachot... (P. 1739.)

« Ce crime... un parricide!... aurait été commis, il y a vingt et un ans,
« au Château du Duc.

« Le Roi en aurait eu la preuve par des lettres de Marguerite, écrites
« au Page Lyonnet de Bournonville... et trouvées dans le coffret de fer ra-
« massé, à la Tour de Nesle, par le Sire de Savoisy, Capitaine des Gardes,
« lors de l'arrestation de la Reine et du Capitaine.

« Le Sire Lyonnet de Bournonville sera mis à mort, sans jugement,
« sur l'ordre du Roi, pour ce crime.

LIV. 218. — LA TOUR DE NESLE. — F. GAILLARDET ET A. DUMAS.　　LIV. 218.

« De même, la Reine, parricide !

. . . .

« Avant de clore cette missive, qui vous sera expédiée par un courrier
« spécial, je veux attirer toute votre attention sur les faits et gestes du
« Révérend Père Angelo, Confesseur du Roi.

« Je crois que, avant longtemps, il sera bon de se défaire de lui.

« Jusqu'ici, il nous a fort bien servis, je dois en convenir.

« Mais, depuis plusieurs mois, il s'est transformé, considérablement.

« Notre règle veut que nous travaillions, non pour nous-mêmes ; mais
« dans l'intérêt, Supérieur, de notre Ordre.

« Tous nos efforts doivent tenter à augmenter sa richesse, et sa puis-
« sance... sans que nous nous laissions entraîner par aucune considération
« personnelle.

« Tel n'est plus le cas du Révérend Père Angelo.

« Cet homme, qui nous doit tout, ne nous sert plus que parce qu'il
« compte, grâce à nous, grâce à notre soutien, être assez fort pour atteindre
« un double but.

« D'abord, en haine de la défunte Reine Jeanne de Navarre — femme
« du trois fois maudit Philippe IV, le Faux Monnayeur, qui voulut sup-
« primer notre Ordre, qui nous poursuivit, farouchement, et qui expia son
« crime, par la mort — le Révérend Père Angelo veut assouvir sa ven-
« geance en abattant les derniers Capétiens.

« De plus, il est très ambitieux.

« Il rêve de reconstituer notre Ordre, en France... et de s'en faire élire
« Grand Maître.

« J'ai la preuve qu'il travaille, très habilement, dans ce but.

« Il négocie, à cet effet, avec le Pape... à qui il offrirait une part, consi-
« dérable, des sommes qu'il pourrait obtenir dans l'exercice de la Grand'Maî-
« trise en France.

« D'autre part, il cherche à se concilier les bonnes grâces de Charles de
« Valois.

« Il s'est fait fort d'asseoir, sur le Trône de France, ce Prince — qui
« fut, dit-on, un grand Capitaine ; mais qui est un piètre politique... un
« brouillon... et, surtout, un envieux, un jaloux, autoritaire niaisement, et
« vaniteux à un degré extravagant.

« Je continuerai à observer, de très près, par tous les moyens possi-
« bles, les manœuvres du Confesseur du Roi... et je vous ferai part, tou-
« jours, très exactement, de mes observations.

« Il importait, tout d'abord, que je vous avertisse.

« Vous y réfléchirez, et voudrez bien, à ce sujet, me donner vos
« ordres.

« Ils seront exécutés, comme toujours, religieusement.

« Je prie Dieu Tout-Puissant qu'il vous ait en sa Très Sainte Garde... et
« qu'il daigne conduire notre Ordre au Port du Salut...

« R. P. THÉODULE. »

CLI

DEUX ANS APRÈS

... En l'an de grâce 1317.

Le Roi Louis X, dit le Hutin, est mort.

Son frère, deuxième fils de Philippe IV, dit le Bel, et de Jeanne de
Navarre, règne, sur la France... sous le nom de Philippe V, dit le Long.

Par acte authentique, le nouveau Roi a réhabilité la mémoire de Messire Enguerrand de Marigny — ce Juste, qui, après avoir servi, si fidèlement,
son Roi, et la France... a été accroché, ignominieusement, au gibet de
Montfaucon[1].

Depuis deux ans, Marguerite de Bourgogne est morte... étranglée, avec
ses cheveux, par son geôlier, dans son cachot, au Château-Gaillard, situé en
terre normande[2].

Le Capitaine Buridan... Messire Lyonnet de Bournonville, a été étranglé,
de même, dans son cachot, au Grand-Châtelet.

La volonté, suprême, de Kaly a été exécutée : elle repose, avec Gaultier
d'Aulnay, dans le jardin qui entoure son Palais sur les bords du Gange...

Le Révérend Père Théodule vit, toujours, dans sa cellule-laboratoire, à
l'Abbaye de Saint-Germain-des-Prés... où il reçoit, fréquemment, Monseigneur Charles de Valois, qui le sert, puissamment... et qui attend, impatiemment, que se réalisent ses horoscopes — c'est-à-dire : de voir disparaître les deux derniers Capétiens, fils de son frère... après qui le Trône de
France doit revenir aux descendants de sa race, les Valois.

Rolande, l'ex-servante de « la goule », est en Angleterre.

Devenue richissime, elle s'est mariée avec un jeune Capitaine Écossais,
du qui elle s'est éprise éperdument... qui la bat, ce qui fait qu'elle l'en aime
davantage... et qui dévore ses biens, gaîment, avec de fraîches ribaudes.

---

1. Voici la copie de l'acte de réhabilitation :

« Philippe... faisons savoir que Nous, en pleine connaissance de cause, et par la
« vertu de Notre Autorité Royale, restituons aux enfants de feu Enguerrand, jadis Sei-
« gneur de Marigny, l'entière jouissance de leur réputation et de leurs droits légitimes,
« au cas où la mort, infamante, de leur père, aurait porté atteinte à leur honneur.
« Donné à Chanteloup, le Vendredi, Fête de la Nativité de Saint Jean-Baptiste, l'An
« du Seigneur 1317. »

Archives Nationales, I. 404, N° 22.

2. On voit, encore, près des Andelys, les ruines de ce château.

Le Révérend Père Angelo, Confesseur de Sa Majesté le Roi Louis X...
est mort, un mois après le décès de son Royal Pénitent, frappé d'un coup
de stylet, en plein cœur, par un Moine, au détour d'une ruelle, comme il
regagnait son logis, au Louvre, à la nuit tombante, après une visite qu'il
avait faite, au Révérend Père Théodule, à l'Abbaye de Saint-Germain-des-
Prés...

On a perdu la trace du Moine assassin... qui, dit-on, est en Angleterre.

Et, cependant... depuis plus de dix-huit mois, le bon Landry vit, en
terre bourguignonne, avec sa maîtresse Mariette, le mari de celle-ci, Maître
Pierre Étienne Sabasse... et, aussi, ses amées bêtes : Luc, Satan, et Merlin...

CLII

LE PÈLERINAGE MATINAL ET QUOTIDIEN DU BON LANDRY

...Or, par une matinée du mois d'août de l'an de Jésus-Christ 1317, le
petit jour commence à luire... et éclaire, de sa douce clarté, la façade
d'une jolie maisonnette, construite au flanc d'une colline, du côté du Levant... et regardant un horizon profond et large d'une lieue, au moins.

Au pied de cette maisonnette... des vignes s'accrochent aux terres,
rocheuses, du coteau...

Elles sont chargées de grappes, presque mûres, qui promettent une très
abondante récolte.

Plus bas, des ruisseaux coulent... sur des pierres.

Leurs eaux limpides, fraîches, alimentées par les innombrables sources
de la montagne, regorgent de truites.

Dans la plaine, entourée d'une ceinture d'autres collines, aux profils
étonnamment variés, dont les monstrueux et pittoresques rochers sont tout
empanachés de verdures vivaces... une ville s'étale.

C'est Dijon.

Dijon, la noble et fière ville... dont les enfants sont francs, joyaux,
braves, généreux, spirituels — avec une finesse toute spéciale, faite, à la
fois, de madrerie, matoise, et de rare clairvoyance...

Dijon, l'un des plus riches trésors de la très riche France.

Dijon, où vivent de doctes travailleurs, dont les œuvres contribuent
à éclairer l'esprit humain en marche vers les hautes destinées où seront
conduits les êtres par le labeur accumulé des ans.

Dijon, hérissé de flèches, et qui se dégage, lentement, dans la douceur
du matin, des brouillards, légers, qui montent de la rivière, dont les eaux
coulent tout autour de ses murailles.

Là-bas, sur une colline au cône coupé, un gai village... surmonté d'un massif Château flanqué d'un formidable Donjon.

C'est là que vécut, jadis, le bon Duc Robert II.

C'est là que Marguerite de Bourgogne connut, et aima, le Page Lyonnet de Bournonville.

A gauche, un autre village... où naquit ce grand Moine : Saint Bernard... le Prédicateur des Croisades... qui donna leur Règle, austère — et si mal suivie par leurs successeurs — aux premiers Chevaliers de l'Ordre du Temple.

Le jour monte.

Le paysage apparaît, peu à peu, dans la majesté de l'aube.

Les feuillages pleurent la rosée... qui rafraîchit la terre, assoiffée par les torrides chaleurs des jours précédents...

Chaque goutte d'eau qui glisse sur les plantes forme autant de diamants, où se mirent, coquettement, les matinales alouettes, réveillées les premières, et dont le chant salue la lumière naissante, qui se dégage, lentement, des voiles, bleuâtres, de l'aube.

Tout est pur.

De tous les clochers environnants s'envolent les vibrantes sonneries de l'*Angelus*...

* *
*

...Depuis un moment, déjà, une lueur brille derrière l'une des croisées du rez-de-chaussée de la maisonnette.

Cette lueur, tout à coup, s'éteint.

Bientôt, la porte d'entrée principale s'ouvre.

Un homme paraît.

C'est le bon Landry.

Mais un Landry tout différent du très lamentable Landry qui, deux ans auparavant, traînait ses loques, déchiquetées, sur le pavé, boueux, de la Bonne Ville de Paris,

Landry est tout transformé.

Landry est, maintenant, vigoureux et robuste... sans embonpoint ; mais tout en muscles.

Son visage, rougeaud, est soigneusement rasé.

Ses cheveux sont peignés avec goût.

Influence, manifeste, d'une femme !...

Ses yeux brillent.

Sa bouche, aux lèvres rouges, sourit.

Il paraît heureux de vivre.

Il porte un vêtement très seyant, très propre, bien taillé... un vêtement qui fait valoir la forme de son torse puissant.

Ce vêtement est en laine fine, légère, de couleur grise...

Il est serré, à la taille, par une ceinture, en cuir jaune, à laquelle sont suspendus un coutelas, à manche de corne noire avec garnitures d'argent, et une escarcelle, rebondie, qu'on devine pleine de monnaie blanche.

Un chien, au poil luisant... s'est glissé, frétillant, entre les jambes de Landry... et, dehors, bondit, aboie, agite sa queue... tout joyeux qu'il est de se voir en plein air...

C'est Luc.

— Paix!... lui dit son maître... Paix!... Tu vas réveiller Mariette!...

L'homme, et le chien, s'éloignent.

Ils laissent, derrière eux, la maisonnette, haute d'un étage... au toit couvert de chaume doré, parsemé de fleurettes... et dont la façade, ornée d'une statuette peinte de la Madone, disparaît derrière un rideau de verdure, tout étoilé de roses blanches.

Ils s'engagent dans un sentier pierreux, bordé de vignes, dont les ceps s'appuient aux « paisceaux » noirs, régulièrement fichés en terre.

Des vignes, partout, autour d'eux... toujours des vignes, à perte de vue.

Dans la vallée, les coqs chantent.

Tout s'éveille.

Et le paysage, dans la montée du jour, se pare, de plus en plus.

Landry, et Luc, arrivent, bientôt, sur une sorte de plate-forme, soutenue, au-dessus d'un abîme, par une énorme masse rocheuse, dont le profil, entrevu, de loin, figure un masque de monstre chimérique, dont la chevelure, hirsute, est faite de lianes, de lierres pendants, dominés par des pins qui exhalent une forte odeur résineuse, et par de monstrueux noyers aux troncs rugueux et difformes.

Une source coule, là, et son eau, limpide, glacée, s'épand dans une sorte de conque, grossièrement taillée dans le roc.

Cette fontaine est dédiée à Sainte Anne... la Très Sainte et Très Vénérée Mère de la Madone... dont une statue est nichée au-dessus du buisson qui surmonte la source.

De cette place, la vue s'étend sur la combe prochaine... un gouffre, plein d'une verdure vigoureuse : pins, mélèzes, lierres... d'où monte, dans la fraîcheur du matin, le pénétrant arôme des bruyères, mouillées par les pleurs de l'aurore.

Et sur ces splendeurs, la clarté monte... monte toujours.

C'est un éblouissement.

Une apothéose.

Maintenant, les profondeurs du Ciel s'emplissent d'une lueur rouge et dorée.

Il semble que l'horizon s'auréole d'un diadème fait de rayons enflammés.

Le soleil va paraître.

Tout chante.

Des oiseaux battent, de l'aile, l'air embaumé, se pourchassent, de buissons en buissons.

Les insectes bourdonnent.

Les feuilles bruissent, sous l'action du vent léger, qui éparpille, dans l'atmosphère, les innombrables parfums émanés de la plaine, des combes, et des sommets rocheux.

On voit passer, au long des sentiers, les vignerons des environs, allant à leur besogne, l'outil au dos... très allègrement, dans la douceur de ce radieux matin.

Là-bas, au bord des ruisseaux, des vapeurs s'enlèvent, flottent, légères, un moment... au-dessus des saules, accroupis sur les rives, et se fondent, bientôt, dans la chaleur, qui s'élève en même temps que la lumière monte.

La voix, vibrante, des cloches prochaines, ajoute à l'harmonie, sainte, de l'hymne que la nature, en joie, entonne, pour célébrer la majesté du jour naissant.

Tout à coup, le soleil surgit... dans une gloire...

Landry, debout tout au bord de l'abîme, sur la plate-forme... le front nu... recueilli... grave... regarde, écoute, admire.

Que de splendeurs!...

Que de trésors!...

Quelles harmonies, dans ces mille clameurs, indistinctes, qui sourdent des profondeurs du sol, et ascendent vers le Ciel!

Et, en présence de ce spectacle magnifiqué, tout enivré, il pense à ces fous qui s'agitent, là-bas, au fond des villes, au pourchas de jouissances factices... de vaines grandeurs... d'inutiles richesses!

Ses yeux sont éblouis.

Ses oreilles s'emplissent de murmures très mélodieux et très ineffablement doux.

Ce, pour l'allégresse de son âme rassérénée.

Ses lèvres boivent l'air, très pur, qui rafraîchit son sang...

Ce, pour la santé de son corps régénéré.

Et il laisse tomber ces mots, qui équivalent à un solennel « Credo » adressé à l'Être Suprême... à une invocation pleine, à la fois, d'extase, d'allégresse, et de fervente reconnaissance :

— N'avoir jamais d'autre richesse que celle-ci... qui appartient à tous... et qui donne le seul vrai bonheur!... Ainsi soit-il!...

. . . .

Il s'est remis en route... toujours suivi par son fidèle Luc, qui quête, en chaque buisson, couvert de mûres saignantes, et d'où s'envolent, en chantant, les chardonnerets.

Le soleil, au-dessus de l'horizon, met des flammes au sommet de chaque colline, illumine chaque rocher... baise la moindre fleurette qui vient de s'épanouir... dore la plaine, où Dijon s'éveille... fait miroiter les eaux de la rivière... répand de la chaleur sur les terres rougeâtres, d'où monte la vie de la vigne vermeille, le parfum des grappes, qui donneront le vin de la prochaine récolte, au délicieux goût de framboise, aiguisé de l'odeur, âpre, du silex.

Landry descend... descend toujours, par des sentiers presque à pic... faisant débouler, sous ses pas, les cailloux, et fuir, éperdus, les lézards, qui se chauffent parmi les mousses veloutées.

Les haies défilent à ses côtés... tout empanachées d'églantines, sur lesquelles, fleurs animées, volent des papillons, dont les ailes semblent poudrées d'une fine poussière de soufre, de corail ou de nacre.

Il arrive, enfin, au pied de la colline, près du ruisseau qu'on aperçoit de là-haut, du seuil de la maisonnette fleurie.

Il longe l'une des rives, émaillées de myosotis, de boutons d'or, et bordées d'oseraies, dont les branches, pendantes, se baignent en l'eau claire, cependant que leur tronc, tors, sert de nid aux mésanges, et de refuge aux libellules...

Luc s'est jeté dans le torrent chantant.

Il s'y plonge...

Il y évolue avec ivresse.

Il en sort, en se secouant, et se met au pourchas, échevelé, d'une compagnie de perdrix, venue, là, pour se désaltérer.

Bientôt, Landry s'arrête, devant une porte basse, pratiquée au milieu d'un petit mur, croulant, sur lequel croissent des herbes folles, des fleurs champêtres, très vivaces : marguerites à la corolle argentée, pavots aux pétales flamboyants, résédas qui exhalent un arome violent.

Cette porte, en fer, est surmontée d'une croix, qui garde, sous la rouille dont elle est couverte, trace des dorures dont elle fut parée, et qui brillent, au soleil.

Landry fait un pas en avant, pousse la porte, et la referme, sur lui, brusquement.

Ce, afin que Luc ne le suive pas jusque dans le champs clos, funèbre, où il est entré.

Le chien, habitué à ce manège, s'est assis, dans l'herbe, au dehors, résigné.

Le bon Landry, tête nue, déambule, lentement, à travers les allées, envahies par les ronces... qui poussent, dru, jusque sur les pierres tombales... par les végétations parasites, qui s'enroulent, verdoyantes, épineuses, et fleuries,

Lorsqu'il ne fut plus qu'à quelques pas de Landry, le gros homme arrêta la bête. (P. 1751.)

autour des croix de bois, à demi pourri, dont les inscriptions sont effacées.

Il passe, en se signant, devant une Chapelle, dont il ne reste, quasiment, que les quatre murs, en ruines, sur lesquels croissent des mousses et des lichens.

Il s'arrête, enfin, proche d'un très gros arbre... géant maintenant rabougri, au tronc crevassé... soutenu, surtout, par son écorce... et dont les très hautes branches, noires, presque mortes, ne portent plus qu'un chétif feuillage, suffisant, encore, pourtant, pour mettre une ombre, fraîche, sur les terres avoisinantes, couvertes, à cette place, d'une herbe plus vivace, plus verte, et plus étoilée de marguerites, de bleuets et de pavots.

C'est la place, présumée, où furent inhumées, jadis, ses « chères aimées ».

Sa mère, tant regrettée!

Sa douce fiancée!

Tous les matins, depuis qu'il est revenu en Bourgogne, Landry, suivi de Luc, vient, là, en pèlerinage.

Pas un seul jour, il n'a manqué de remplir ce devoir pieux...

Depuis dix-huit mois, il a vu ce coin de terre tantôt fleuri et ensoleillé, pendant les chaudes journées d'été... tantôt détrempé par les averses des mois pluvieux... tantôt glacé, couvert de neige... et tantôt égayé par les chansons des oiseaux voltigeant, au printemps, parmi les jeunes pousses, sortant de leur bourgeon, résineux, sous les efforts de la sève — et, chaque jour, par bise haletante et glacée, pluie pénétrante et torrentielle, neige épaisse et serrée, ou par les belles matinées du renouveau, de l'été triomphant et de l'automne mordoré, il s'est recueilli, là,... il a prié pour celles qui ne sont plus!...

Il y demeure, pendant quelques minutes... parfois, davantage — selon le degré d'émotion qu'il éprouve, de façon plus ou moins poignante, en se remémorant les jours, déjà si lointains, de sa prime jeunesse, de son enfance et de son adolescence.

Et, ce matin-là, il se recueille, et prie encore — comme il se recueillera, comme il priera, le lendemain, le surlendemain, et tous les jours, à pareille heure, à cette même place, jusqu'à sa fin.

Toutes sortes de visions, charmeresses, le hantent.

Il se sent frôlé, très doucement, par des fantômes, extra légers, qui passent, et repassent, tout autour de lui, et murmurent, à ses oreilles, des paroles qui l'enchantent.

Il perçoit des sonneries de cloches, entendues, jadis, aux jours de fêtes... des airs, joyeux, que son père chantait, après boire... les refrains que sa mère murmurait, en le berçant — surtout le « Noël protecteur », qui le sauvegarda tant, et si longtemps, au cours de sa vie aventureuse... et les récits des vieux, qui se répétaient, le soir, aux veillées... et les sons des violes, qui retentissaient, quand il dansait, sur l'herbe, avec sa fiancée.

Et cela le secoue, l'émeut, le trouble, délicieusement.

Il sort de là tout attendri.

Maintenant, les oiseaux chantent... les insectes bourdonnent...

Un carillon, lointain, s'élève...

Le soleil, haut dans le ciel, devient brûlant.

Et Landry, frémissant, écoute une voix, qu'il a entendue, jadis,— il y a longtemps... très, très longtemps... et qu'il n'a jamais entendue, depuis — la voix, grêle, de son aïeul, le père de sa mère... un petit vieux — qu'il revoit encore. — très maigre, robuste et vigoureux, pourtant... avec des yeux noirs très brillants, une bouche fine, aux lèvres sarcastisques.

A peine s'il l'a connu, cet aïeul, mort quand il n'était qu'un enfantelet.

Mais il se le rappelle, très nettement... oui, oui, très nettement — et il lui a toujours gardé une sorte de culte.

Car cet aïeul fut — et Landry le sait — un homme de haute intelligence, un savant, une manière de penseur... qui, en d'autres temps, eût été une lumière, et qui ne put donner toute sa mesure à une époque où tant de facultés humaines ne donnèrent qu'une relative fructification... perdues qu'elles furent dans une société dont le hasard de la naissance, seul — sauf exceptions très rares — formait, inévitablement, les sommets...

CLIII

LA VOIX DE L'AIEUL

... Or, l'aïeul dit à Landry :

« — Tu es un bon fils !... Tu as gardé souvenir de nous !... Tu as bien « fait !... Ce souvenir, seul, t'a soutenu, toujours... il t'a toujours protégé, « au cours de ta vie aventureuse... et t'a donné le triomphe final !... Nos « leçons t'ont maintenu pur, au fond de toi-même... Nos exemples t'ont « constitué des armes de bonne trempe...

« ...Mon fils, tu eus, en partage, trois forces : le courage, la générosité, « la patience...

« ...Ce sont les trois forces maîtresses...

« ...Avec l'une de ces forces, seulement, on vainc... On renverse tous « les obstacles quand on les a, en soi, réunies...

« ...Dis-le... Redis-le, car il te faut rendre, à autrui, ce que tu as « reçu de nous...

« ...Et, ce n'est pas tout — pour faire ton devoir, continue à payer « d'exemple, c'est-à-dire à être courageux, généreux, et patient...

« ... Mieux encore : Efforce-toi de créer, tout autour de toi, des êtres
« pareils à toi... Il faut des bras pour les récoltes futures... Plus il y en aura,
« et plus les récoltes seront abondantes... E. plus les récoltes seront abon-
« dantes, et plus le sort de l'humanité s'améliorera...

« ... Quelques hommes, particulièrement doués — et très rares — naissent
« courageux, généreux, et patients... Mais la plus grande partie des êtres
« peuvent le devenir... plus ou moins... Or, on n'acquiert courage, généro-
« sité, et patience, qu'en usant sa vie aux difficultés dont elle est hérissée...
« Quiconque ne fait pas d'œuvres ne se perfectionne pas... La branche para-
« site se pare de la floraison que lui apporte la sève; mais elle ne porte
« jamais de fruits...

« ... Il faut œuvrer, mon fils... Un temps viendra où qui n'œuvrera
« pas, ne vivra pas... Un temps viendra où nul être ne sera nourri que par
« son effort...

« ... Alors, toutes les forces seront utilisées... pour le bonheur général.

« ... Et toutes les forces seront, par suite, décuplées, car, en œuvrant,
« elles auront acquis plus de vaillance, encore...

« ... Comment un être qui naît entouré de défenseurs, chargés de pro-
« téger sa vie, peut-il devenir courageux?... Pourquoi tenterait-il un effort
« pour se hausser au niveau de ses protecteurs nés, puisque ceux-ci sont
« prêts à donner leur vie pour lui?...

« ... Aussi, cet être-là restet-il, toujours, veule, sans ressort, sans éner-
« gie!... On ne devient courageux que lorsqu'on est contraint de se défen-
« dre contre des attaques multipliées... Et, dès lors, la force qu'on a acquise,
« dans la lutte quotidienne, se dépense utilement, car toute force mise en
« œuvre donne, toujours, des résultats.

« ... Comment un être qui naît riche, et sans besoins d'aucune sorte,
« peut-il devenir généreux?...

« ... L'homme est égoïste... Il ne peut comprendre les besoins d'autrui
« que lorsqu'il a pâti lui-même... Seul, celui qui fut victime a peur de
« faire d'autres victimes... Seul, celui qui a manqué de pain sait ce que
« c'est que le besoin... Seul, celui qui a souffert, gémi, peut s'intéresser
« à la souffrance des autres... Seul, celui qui a pleuré, sait essuyer les lar-
« mes des affligés.

« ... Enfin, comment un être qui a toujours vu tous ses désirs satisfaits
« peut-il être patient?...

« ... La patience ne s'acquiert que quand on a longtemps œuvré, long-
« temps attendu le résultat de son œuvre... quand il a fallu la recommen-

« cer vingt fois, cette œuvre, avant qu'elle vous porte... et quand on s'est
« convaincu que le temps est maître souverain des choses...

« ... Toi, mon fils, tu es né courageux, généreux, et patient; mais tu
« as, encore, développé tes forces dans ta lutte pour la vie.

« ... Il faut que tes frères, les manants, voient, en toi, comme le sym-
« bole, éternel, de la force, latente, qui est en eux, et qu'ils devront déve-
« lopper, perfectionner, pour leur bonheur, et pour celui des générations
« futures.

« ... Oui, oui, sois-en sûr — et tâche qu'ils en soient, tous, sûrs,
« comme toi-même — les forces maîtresses de l'homme sont : le courage, la
« générosité, la patience...

« ... Sois sûr que ces forces s'acquièrent... mais uniquement dans la
« mise en action d'une œuvre... par le travail, l'effort personnel com-
« plet...

« ... Sois sûr que le bonheur régnera sur l'univers quand le plus grand
« nombre sera pénétré de ces vérités.

« ... Regarde :

« ... Tous les Grands de ce Monde, parmi lesquels tu as vécu, ont dis-
« paru... et toi, le Manant, tu subsistes.

« ... Ils avaient tout... Toi, rien !...

« ... Et le triomphateur... l'homme heureux, à cette heure, c'est toi !

« ... Marguerite de Bourgogne... le Capitaine Buridan... le Roi de
« France... Enguerrand de Marigny, ont disparu !

« ... Tragiquement !...

« ... Et toi, tu es debout !

« ... C'est que tu avais acquis ces armes qui t'ont donné la victoire : le
« courage, la générosité, la patience... en luttant, dès ton premier âge, contre
« toutes les difficultés de l'existence... au lieu que les autres, n'ayant eu à
« lutter que pour grossir leurs jouissances, ou pour garder leur bien acquis,
« n'ont pu que perdre leurs forces à ce jeu détestable, bien loin d'en acqué-
« rir de nouvelles.

« ... L'espoir du Monde est en la masse, mon fils, en la masse labo-
« rieuse... qui, dans son œuvre inlassable et perpétuelle, féconde les trois
« forces dominatrices et créatrices.

« ... C'est d'elle — et d'elle seulement... que sont sortis, que sortent et
« que sortiront tous ces grands hommes qui furent, sont, et seront, généra-
« teurs de courage, de générosité et de patience, — parce que c'est elle qui
« œuvre... elle qui gémit... elle qui pleure, qui souffre, qui attend et
« espère...

« ... Qu'elle attende et espère, donc... comme tu as attendu et espéré.

« ... Elle triomphera... comme tu as triomphé, — toi, le symbole, encore
« une fois, de la force que représente cette masse laborieuse et grouillante,
« torturée, opprimée, gehennée, affamée, meurtrie... parfois criminelle
« par révolte, esprit de vengeance, ou nécessité... mais victorieuse, enfin,
« de par les forces acquises, au cours même de ces combats : courage, géné-
« rosité, patience!...

« ... Oui, oui, qu'elle attende, et qu'elle espère... cette masse coura-
« geuse, généreuse et patiente...

« ... Son heure viendra.

« ... Comme toi, elle aura droit à l'air pur et salubre... Elle s'enivrera
« d'espace... Elle entendra les sublimes harmonies qui sont dans la nature...
« Elle humera le parfum des arbres et des plantes... Elle se chauffera au
« soleil qui fera mûrir, pour elle, la récolte abondante.

« ... Va!... Jouis de ton bonheur, mon fils.

« ... Tu as souffert!... Tu as pâti, pleuré, gémi!... Tu as manqué de
« tout... Tu fus criminel, même, mais Dieu t'a absous — parce que tu fus
« courageux, généreux et patient...

« ... Nous te bénissons!... »

. . . .

La voix se tut.

Landry, toujours debout, très pâle... attendit.

L'aïeul n'avait pas tout dit, encore, peut-être.

Mais l'amé compagnon du Capitaine Buridan n'entendit plus que le murmure de la brise qui faisait bruire le feuillage des arbres... le chant, éperdu,
des oiseaux qui voltigeaient dans le funèbre enclos... et les bourdonnements

des insectes qui butinaient en la corolle des fleurs épanouies sous les baisers du soleil, maintenant très haut dans le Ciel radieux.

Cependant, il crut sentir, autour de lui, comme des frôlements, à peine distincts.

Et il lui sembla que des lèvres effleuraient son front pour y mettre un long et très tendre baiser...

Il était ému à un point indicible!...

Tout frissonnant!

Il attendit encore.

Il n'entendit plus rien.

Un assez long temps se passa... sans qu'aucune nouvelle manifestation se produisît.

— Mes chers disparus!... dit-il, à voix basse...

Et il pria, dévotieusement...

*
* *

... Une demi-heure après, le bon Landry sortit du champ funèbre.

Il semblait comme grandi.

Ses yeux flamboyaient.

Devant la grille de fer, il retrouva son fidèle compagnon, Luc, qui salua son retour par des aboiements répétés et des bonds joyeux.

De nouveau, il longea le ruisseau qu'il avait longé, déjà.

Puis, il tourna à gauche, et gagna la route qui passait, au pied du coteau, et qui conduisait à Dijon.

Il comptait, de là, atteindre un sentier, étroit, qui le ramènerait au flanc de la colline, au milieu de ses vignes.

Chaque matin, après son pèlerinage, pieux, au cimetière, il allait, ainsi, errer sur ses terres, voir et encourager ses servants, les vignerons, occupés des derniers soins à donner à la prochaine récolte.

Tout à coup, et comme il déambulait sur la route poussiéreuse, en plein soleil... comme il allait atteindre le bas du sentier qui s'enfonçait à travers les vignes... il aperçut, à vingt pas devant lui, un homme... monté sur une mule.

Un homme énorme... à la face rougeaude... et qui écrasait la bête qu'il montait.

L'homme, et la bête, l'une portant l'autre, se rapprochèrent.

— Eh! mais... fit le bon Landry, absourdi... Je connais cette futaille, humaine, si mal en équilibre sur cette infortunée mule !

Lorsqu'il ne fut plus qu'à quelques pas de Landry, le gros homme arrêta la bête.

— Compère... dit le voyageur... cette route mène, bien, à Dijon?... demanda-t-il.

— Tout droit, oui, compère!... répondit Landry.

— Merci!... Dieu vous garde!

Or, le bon Landry connaissait, en effet, le voyageur, qui n'avait pu le reconnaître.

C'était Maître Pierre de Bourges, l'Hôtelier des Saints-Innocents, de la Bonne Ville de Paris.

Il était venu, en Bourgogne, comme il y venait, chaque an, à pareille époque, pour y faire, sur place, et en personne, l'achat des vins, de choix, qu'il offrait à sa clientèle...

CLIV

TRAGIQUE FIN DU PAUVRE MERLIN

... A gauche de la maisonnette, fleurie, du bon Landry, au sommet du coteau au flanc duquel s'étendent des vignes qui se chauffent au soleil d'août incendié — un berceau, très vaste, s'élève.

Il est fait d'un léger treillage de bois... envahi par une épaisse végétation.

Des vignes folles, vivaces, superposent, entrecroisent leurs épais rameaux, tout autour des montants et du dôme du berceau... qui constitue un refuge, très frais, même par les jours caniculaires.

Sous ce berceau, se trouvent trois êtres : un homme... et deux bêtes. — à l'heure où Landry, après son pèlerinage, après sa rencontre, si inopinée, si inattendue, avec Maître Pierre de Bourges, déambule, pour son plaisir quotidien, à travers ses vignes verdoyantes, chargées de vermeilles grappes

L'homme, c'est Maître Pierre Étienne Sabasse, ex-Guichetier du Grand-Châtelet, mari de notre amée Mariette.

Les bêtes sont deux des compagnons de misère du bon Landry : Merlin... et Satan.

L'homme mange, et boit.

Le merle siffle.

Le chat dort... un œil ouvert.

Maître Pierre Étienne Sabasse est plus que jamais énorme.

Une masse de chair, de graisse, sans forme.

Il est tout rond.

Lors, très gentiment, elle lui fait un collier de ses deux bras... (P. 1758.)

Sa tête, nue, sans poil, sans cheveux, est une boule... plus petite —
posée sur son torse, autre boule... à laquelle sont attachées, on ne sait où,
ni comment, deux masses oblongues, qui sont ses jambes.

Son masque est percé de quatre trous, qui furent des yeux — qui sont,
encore, un nez, et une bouche.

Et quelle bouche?

Un gouffre!

Dans lequel s'engloutissent, chaque jour, assez de victuailles, et de liquides, pour nourrir, et abreuver, quatre hommes!

A présent, Maître Pierre Étienne Sabasse ne fait plus, dans toute la journée, que manger, boire, et dormir.

Quand il s'éveille, c'est pour manger et boire.

Dès qu'il a mangé et bu, il se rendort.

Il est vêtu d'une sorte de robe, en drap léger, sans ceinture — à quoi bon? — qui l'enveloppe, comme dans un sac, du col aux chevilles.

Pour l'instant, il est attablé devant un poulet froid, une écuelle de fromage blanc entouré de crème onctueuse, une autre écuelle qui contient des pêches, des poires et des raisins — et deux pots de vin blanc.

Il attaque le poulet... qui disparaît — dans le gouffre — en un clin d'œil.

C'est en vain que Satan a voulu en avoir sa part... en employant, à cet effet, ses moyens naturels, savoir : la flatterie et la ruse.

D'abord, il a ronronné... il a frôlé, câlinement, les énormes cuisses de Maître Pierre Sabasse, avec son mirifique panache caudal.

Inutiles caresses, auxquelles, comme toujours, l'ex-Guichetier est resté insensible !

Puis, profitant d'un moment d'inattention du mangeur, il a sauté sur la table, brusquement... toutes griffes hors, prêt à saisir sa part, et à fuir, lestement.

Attaque qui fut parée, fort dextrement, par Maître Pierre... et qui valut, à Satan, un formidable revers de main qui l'a étendu, gémissant, sur le sol.

Maintenant, Satan, vaincu... pelotonné sur lui-même, semble s'être rendormi.

Mais, à coup sûr, il médite quelque mauvais coup... il se prépare à quelque traîtrise.

Maître Pierre Étienne Sabasse, ayant englouti le poulet, dont il ne reste que les os... épluche une gousse d'ail, qu'il coupe, soigneusement, en morceaux menus, menus... il sème ces morceaux sur le fromage blanc, qu'il écrase, ensuite, et qu'il bat, pour l'imprégner de crème dans toutes ses parties : Le fromage à la crème, ainsi battu, et parfumé d'ail nouveau — mets dont raffolent les vignerons de la côte bourguignonne — constitue un franc régal pour le gros homme..., qui sait l'arroser, comme il convient, d'un pot de vin blanc à goût de pierre à fusil.

Il mange avec une évidente satisfaction.

Le fromage est préparé à point... et le vin est exquisement frais.

Si Maître Pierre Étienne Sabasse, mangeant, pouvait prendre d'autre plaisir que celui de savourer les victuailles, il serait charmé par Merlin, qui, perché sur une branche, à l'endroit le plus ombragé du berceau, après

avoir, longtemps, lustré, de son bec jaune, son noir plumage... siffle, maintenant, éperdument, le « Noël protecteur » du bon Landry, l'air de vaillance, l'air de prédilection du merle.

C'est que Merlin est heureux... depuis dix-huit mois... tout comme
Landry, et Luc — heureux de sa liberté reconquise, heureux de se retrouver
en pleine nature, de vivre dans l'air pur, de se chauffer au soleil, de voler
sur les branches, et — car Merlin aime son maître, Landry... de revenir,
après des excursions où il a cherché ses libres amours, au cher logis familial.

Aussi, jamais il n'eut sifflet plus harmonieux, plus roulant, plus artistement nuancé.

Merlin est devenu un artiste incomparable.

Il charme, souvent, le bon Landry, la douce Mariette... qui, pendant
des heures entières, se plaisent à l'écouter.

Mais, d'autre part, il agace, souvent, aussi... Satan — car les chansons
aiguës du merle troublent le sommeil du chat.

Depuis quelque temps, déjà, Landry surveille, de près, Satan... qui,
visiblement, en veut à Merlin.

Heureusement pour Merlin, si Satan est agile, autant que traître... il a
des ailes, et il est prudent.

— C'est égal !... a dit, encore, la veille, Landry... Cela finira mal !...
J'en ai peur !...

Or, si Maître Étienne Pierre Sabasse savoure son fromage et déguste
son vin blanc sans prêter aucune attention à la musique — si mélodieuse,
pourtant — de Merlin... cette musique agace, de plus en plus, Satan... du
reste, tout dépité de n'avoir pu, ayant faim, voler une part du poulet, et
d'avoir reçu, au contraire, cette maîtresse et si vigoureuse taloche qui l'a
abattu, gémissant, sur le sol.

Un moment se passe.

Le mangeur, ayant dévoré trois pêches, vidé son dernier pot... croise
ses mains, béatement, sur son redondant abdomen... et somnole.

Soudain, Merlin se tait...

Dans le silence, Maître Pierre s'endort, profondément... et ronfle, formidablement.

Le chat semble toujours dormir.

De vrai, il guette Merlin.

Celui-ci secoue ses ailes... quitte son perchoir haut placé... vole, de
biais, pour sortir du berceau.

Ayant chanté, à l'ombre, il veut s'esbattre au soleil...

Un frou frou d'ailes...

Le bond d'une bête qui n'est plus que griffes et crocs.

Un cri d'agonie de Merlin... dominé par les ronflements, sonores, de l'ex Guichetier du Grand-Châtelet...

Le pauvre oiseau — le doux chanteur ailé... a vécu !...

Victime de l'égoïste, féroce, et lâche Satan !...

CLV

LE DERNIER CHAGRIN DU BON LANDRY.

... C'est l'heure méridienne.

Le soleil, au plus haut point du Ciel, darde, sur la colline, sur la Ville, accroupie dans la plaine, sur la Côte environnante, des rayons de feu.

La lumière est aveuglante.

Il n'y a plus aucun autre bruit, tout autour de l'habitation du bon Landry, que les bourdonnements des insectes, qui volent, lourdement, dans l'air embrasé, et se posent sur les fleurs, qui se sont entr'ouvertes et pâmées.

Les oiseaux, qui se poursuivaient gaîment, en chantant, au lever du jour, se sont abrités, pendant les heures, torrides, de ce midi brûlant, sous les feuillages, épais, des arbres... dans la combe voisine, ou sur les bords, frais, du prochain ruisseau.

Tous les vignerons, las, après leur travail matinal, sont rentrés au logis, et se reposent.

Landry est revenu, au sommet de la colline, depuis dix minutes, environ... après sa longue déambulation à travers ses vignes.

Or, maintenant, profondément attristé, il est assis, à l'entrée de son berceau fleuri... au fond duquel Maître Pierre Étienne Sabasse, toujours endormi, ronfle plus que jamais formidablement.

De grosses larmes roulent sur ses joues hâlées, tannées par le grand air, et rougies par le soleil.

A ses pieds, il y a les restes de son amé Merlin : quelques plumes noires... des os, un bec, des pattes, ensanglantés.

Et, aussi, le cadavre de Satan.

De Satan, tué, par Landry, dans un irrésistible mouvement de colère.

Tout à l'heure, quand l'heureux amant de Mariette a reparu devant sa maisonnette, harassé, en sueur, il a fait halte, d'abord, devant le berceau, avant de rentrer en son logis.

Il a vu Maître Pierre dormant.

Il a vu Satan pelotonné, fermant les yeux à demi, dans une attitude éminemment louche.

Il a observé... et remarqué, bientôt, qu'une plume noire, ensanglantée, était encore attachée aux babines du chat: Preuve, irréfutable, du crime !

Or, il a eu l'épouvantable soupçon de la vérité.

Puis, il a aperçu, enfin, les restes de Merlin.

Le crime de Satan était patent!

Lors, exaspéré, Landry a saisi le chat... qui a miaulé férocement, sous l'étreinte vigoureuse qui tenaillait sa peau, et qui, en défendant sa vie menacée, a labouré, profondément, les chairs de son Maître — et il lui a broyé la tête sur le sol.

Satan a été tué, net.

Or, le coup fait, Landry, apaisé... meurtri... désespéré... s'est laissé choir sur un siège.

Et, tout à coup, il a sangloté... devant ce qu'il lui reste hélas !... de ses deux bêtes tant aimées... de ses deux très chers compagnons de misère !

Depuis cinq minutes, il est là, accablé, sans forces !

Gémissant !

Il pleure !... Il sanglote !...

— Mes pauvres amis !... murmure-t-il, lamentablement.

Et il est seul !

Seul !...

Car, Luc, assoiffé, affamé, a filé, comme d'habitude, dans la maison, dès leur retour, pour se repaître et boire.

Cependant, une forme féminine, extra gracieuse, se découpe dans l'embrasure de la porte de la maisonnette... dont la façade, verdoyante, étoilée de roses blanches, lui constitue un cadre fleuri.

C'est Mariette.

Ah ! qu'elle est jolie, encore... sous sa robe en étoffe de laine blanche, découpée, en carré, sur sa poitrine, et laissant voir, à nu, ses épaules, le haut de sa gorge, sur laquelle s'étale, suspendue à un collier, une belle croix d'or — un cadeau que Landry lui a fait, pour sa fête... la fête de la Madone, quelques jours auparavant.

Comme elle est svelte, et fine, et gracieuse... sa Mariette !

Tout comme en ses plus beaux jours !

Comme son beau visage — que le bonheur, et le bien-être parent — est frais, épanoui, adorablement rondelet.

Ses yeux brillent.

Sa bouche sourit.

Elle a vu Landry.

Tout doucement, elle s'approche de lui.

Et sa démarche, lente, est pleine de grâce.

Maintenant, elle est derrière celui à qui elle a donné sa vie.

Il pleure.

Qu'a-t-il donc?

Et Mariette, enfin, voit le cadavre de Satan... les restes de Merlin.

Elle devine ce qui s'est passé... cause du chagrin du bon Landry.

Lors, très gentiment, elle lui fait un collier de ses deux bras...

Elle le baise très affectueusement.

Ce, pendant que Luc, qui, repu, rafraîchi... a rejoint ses maîtres — lèche la main, pendante, de son amé compagnon.

Et Landry, apaisé par la double caresse... de la très tendre femme, du très fidèle ami... sourit...

FIN.

Chers Messieurs,

Quand, munis de tous les droits qui vous assuraient l'exclusive autori-
sation indispensable, vous avez voulu donner au public, en livraisons illustrées,
La Tour de Nesle, *vous avez estimé que — après le succès de la récente*
publication de mon roman **Marguerite de Bourgogne,** *pour lequel j'avais*
amassé tant de documents sur l'admirable fin du XIIIe siècle... connaissant
l'époque aussi complètement qu'il était nécessaire pour la reconstituer autant
que possible dans une œuvre d'imagination — j'étais tout indiqué pour écrire
le roman qui devait être tiré du célèbre drame de Frédéric Gaillardet et
Alexandre Dumas.

J'ai accepté les propositions que vous m'avez adressées, dans ce sens, tout
heureux que j'étais de contribuer à répandre, et à faire apprécier, sous une
forme nouvelle, ce chef-d'œuvre de la scène française.

Toutefois, me disant que tous les personnages que j'allais faire évoluer,
et toutes les scènes dans lesquelles ils évolueraient, appartenaient à Frédéric
Gaillardet et Alexandre Dumas... me disant, de plus, tout d'abord, que **La**
Tour de Nesle, *sous sa forme de roman, ne constituerait qu'une adaptation*
du drame, j'ai pensé qu'il convenait que l'œuvre, tant et si justement réputée,
ne portât que les noms, seuls, de ses auteurs.

De son vivant, le grand et immortel conteur Dumas eut vingt collabora-
teurs anonymes — ne se flattait-il pas d'avoir des collaborateurs comme Napo-
léon avait des généraux? — parmi lesquels, et pour ne citer que les plus
connus, on peut nommer: Paul Meurice, Auguste Maquet, Théophile Gautier,
Gérard de Nerval, Paul Lacroix, G. de Cherville, Paul Bocage, Hippolyte
Auger, etc... etc... Rien de plus honorable, pour moi, que de pouvoir me dire,
aussi, le collaborateur, anonyme, de cet homme, qui fut, selon l'expression
bien connue: « Une force de la nature ».

Il m'a fallu plus de deux années pour écrire le roman qu'on vient de lire.

Puis je déclarer, à présent, que, ces deux années, je les ai vécues en me
répétant, de plus en plus, chaque jour, que, contrairement à mes prévisions
premières, je faisais mieux qu'une œuvre d'adaptateur?

*Ainsi que je me l'étais proposé, j'ai suivi, il est vrai, très scrupuleuse-
ment — comme il convient quand on touche à une œuvre si connue et si
puissamment composée — les scènes du célèbre drame; mais j'ai dû lui donner, sous la forme du roman, des développements considérables qui m'appartiennent absolument : on s'en rendra compte, exactement, en lisant le drame,
et le roman, séparément.*

*Bref, la publication achevée, il me paraît que je peux, sans scrupules,
et, même, me voilà convaincu que je dois, pour augmenter, légitimement, mon
bagage littéraire de ce qui m'appartient, revendiquer la part que j'ai apportée
à l'œuvre sous sa forme nouvelle, et me dire — ce que je fais ici, avec votre
agrément, chers Messieurs — l'auteur du roman* **La Tour de Nesle,** *tiré
du célèbre drame de Frédéric Gaillardet et Alexandre Dumas.*

HENRI DEMESSE.

TABLE DES CHAPITRES

DEUXIEME PARTIE

TABLE DES CHAPITRES

Paris. — E. KAPP, imprimeur, 83, rue du Bac.